HET VREUGDEVUUR DER IJDELHEDEN

Vertaald door Jan Fastenau, Balt Lenders en Gerard Verbart

Tom Wolfe

Het vreugdevuur der ijdelheden

2001 Ooievaar Amsterdam

Eerste druk 1988
Dertiende druk 2001

Oorspronkelijke titel *The Bonfire of the Vanities*
© 1987 Tom Wolfe
© 1988 Nederlandse vertaling Jan Fastenau, Balt Lenders en Gerard Verbart
Omslagontwerp Erik Prinsen, Venlo
ISBN 90 5713 539 6

Uitgeverij Ooievaar is onderdeel van Uitgeverij Prometheus

Met de vinger aan de hoed
draagt de schrijver dit boek op aan
RAADSMAN EDDIE HAYES
die tussen de vlammen liep
en de laaiende vuurtjes aanwees.
En hij wil
zijn diepe erkentelijkheid uitspreken jegens
BURT ROBERTS
die de weg wees.

Proloog

Bulletje brandt

'En wat zeg je dan? Zeg je: "Vergeet dajje honger heb, vergeet dajje een kogel in je rug gekregen heb van een racistische smeris – Chuck is hier geweest? Chuck is naar Harlem gekomen – "'

'Nee, ik zal je *vertellen* hoeveel – '

'"Chuck is naar Harlem gekomen en – "'

'Ik zal je *vertellen* hoeveel – '

'Zeg je: "Chuck is naar Harlem gekomen om de zaken 'ns even recht te zetten voor de zwarte gemeenschap"?'

Dat doet het 'm.

Heh-heggggggggggggggggggghhhhhhhhhhhhhhh!

Weer zo'n godgeklaagd schurend gekakel daar ergens in het publiek. Het is een geluid dat van zo diep komt, vanonder zoveel lagen vet vandaan dat hij precies weet hoe ze eruit moet zien. Tweehonderd pond, als 't niet meer is! Gebouwd als een olietank! Het gekakel slaat over op de mannen. Die barsten los in dat bulkende geluid waar hij zo de pest aan heeft.

Ze roepen: *'Hèhèhè... unnnnhhhh-hunhhh... Precies... Goed zo, broer... Yo...'*

Chuck! De schoft – daar heb je 'm, daar vooraan – hij heeft hem daarnet een Charlie genoemd! Chuck is een afkorting van Charlie, en Charlie is de oude codenaam voor een intolerante blanke dweper uit het Zuiden. Wat een onbeschoftheid! Wat een brutaliteit! De hitte en het felle licht zijn verschrikkelijk. De burgemeester moet zijn ogen half dichtknijpen. Het zijn de tv-lampen. Hij staat in een verblindende mist. Hij kan het gezicht van de opstoker amper onderscheiden. Hij ziet een lange gestalte en de ongelooflijke benige hoeken die z'n ellebogen maken als hij zijn handen in de lucht gooit. En een oorring. In één oor heeft de man een grote gouden oorring.

De burgemeester buigt zich naar de microfoon en zegt: 'Nee, ik zal u *vertellen* hoeveel. Oké? Ik zal u de harde cijfers geven. Oké?'

'We moeten die cijfers van jou niet, man!'

Man, zegt-ie. Wat een onbeschoftheid! 'Jij bent er mee aangekomen, vriend. Dus nu krijg je de harde cijfers. *Oké?*'

'Probeer ons niet meer op te geilen met die cijfers van je!'

Weer een uitbarsting in de menigte, harder deze keer: *'Unnnnhunnnnh-*

7

unnnh... Goed zo, broer... Zo is 't maar net!... Yo, Gober!'

'In deze ambtsperiode – en dat is officieel vastgelegd – is het percentage van het totale jaarbudget voor New York City – '

'Ach, maaaan,' gilt de opstoker, 'probeer ons niet op te geilen met die cijfers van je en je bureaucratische babbel!'

Dat vinden ze heerlijk. Wat een onbeschoftheid! De onbeschoftheid brengt een nieuwe uitbarsting teweeg. Hij tuurt door het schroeiend felle licht van de tv-lampen heen. Hij blijft zijn ogen half dichtknijpen. Voor zich uit ontwaart hij een grote massa gestalten. De menigte zwelt op. Het plafond drukt naar beneden. Het is bedekt met beige platen. De platen zitten vol grillige scheuren. Aan de randen brokkelen ze af. Asbest! Hij ziet het meteen! De gezichten – ze wachten op de keet, op het echte knokwerk. Bloedneuzen! – dat is het idee. Alles hangt af van wat er nu komt. Hij kan het aan! Opstokers kan hij wel aan! Niet groter dan éénvijfenzestig, maar hij is er nog beter in dan Koch vroeger! Hij is de burgemeester van de grootste stad op aarde – New York! Hij!

'Oké! Zo is 't wel genoeg geweest, en nou houen jullie even je *kop*!'

Daar schrikt de opstoker van op. Hij verstijft. Meer heeft de burgemeester niet nodig. Hij weet hoe hij het aan moet pakken.

'Jijjjjjj hebt mijjjjjjj iets gevraagd, of niet soms, en je hebt je consorten flink aan het lachen gebracht. En nu hou jijjjjj je *gedei-ei-eisd* en lui-ui-uistert naar het antwoord. *Oké?*'

'Wat? Consorten?' De man heeft even naar lucht moeten happen, maar hij houdt nog steeds stand.

'Oké? Dan zijn hier de gegevens van jùllie gemeenschap, hier, Harlem.'

'Wat? Consorten?' De smeerlap heeft het woord *consorten* beet alsof het een kluif is. 'D'r is hier geen mens die gegevens kan eten, man!'

'*Goed zo, broer*... Yo... Yo, Gober!'

'Laat me uitpraten. Denken jùllie – '

'Sta niet te budgetteren met je jaarpercentages, man! Wij willen *banen*!'

De menigte barst weer los. Nog erger dan daarnet. Veel kan hij er niet van verstaan – kreten van diep uit de buik. Maar dat *Yo*-geroep. Ergens achterin staat een of andere schreeuwlelijk met een stem die overal doorheen snijdt.

'Yo, Gober! Yo, Gober! Yo, Gober!'

Maar hij zegt geen *Gober*. Hij zegt *Goldberg*.

'Yo, *Goldberg*! Yo, *Goldberg*! Yo, *Goldberg*!'

Hij staat perplex. Hier, in Harlem! Goldberg is in Harlem de bijnaam voor jood. Dat is onbeschoft! – schandalig! – dat iemand de burgemeester van New York City zulke vunzigheid naar het hoofd slingert!

Boe-geroep, gesis, gegrom, gebulk, geschreeuw. Ze willen een paar losse tanden zien. Het loopt uit de hand.

'Denken jullie – '

Het heeft geen zin. Zelfs met de microfoon kan hij zich niet verstaanbaar maken. De haat op hun gezicht! Puur gif! Het werkt hypnotiserend.

'Yo,*Goldberg*! Yo, *Goldberg*! Yo, Hymie!'

Hymie! Ook dat nog! Een van hen staat Goldberg te gillen en een ander

Hymie. Dan begint het te dagen. Dominee Bacon! Het zijn mensen van Bacon! Hij weet het zeker. De sociaalvoelende burgers die in Harlem naar openbare bijeenkomsten komen – de mensen met wie deze zaal eigenlijk vol had moeten zitten, daar zou Sheldon voor zorgen – die zouden hier niet zulke schandalige dingen staan gillen. Hier zit Bacon achter! Sheldon heeft het verkloot! Bacon heeft zijn mensen hier binnengekregen!

De burgemeester wordt overspoeld door een golf van het zuiverste zelfmedelijden. Vanuit zijn ooghoeken kan hij de televisieploegen door de mist van licht zien rondkronkelen. Hun camera's steken als hoorns uit hun hoofd. Ze draaien van de ene naar de andere kant. Ze lusten er pap van! Ze zijn hier voor de stennis! Geen vinger zouden ze uitsteken! Lafaards zijn het! Parasieten! De luizen van het openbare leven!

Op het volgende moment dringt een vreselijk besef tot hem door: Het is voorbij. Niet te geloven. Ik heb verloren.

'*Hou op met die… Rot op… Boeoeh… Willen geen… Yo, Goldberg!*'

Guliaggi, het hoofd van het in burger gestoken veiligheidsdetachement van de burgemeester, komt vanaf de zijkant van het podium op hem af. De burgemeester dirigeert hem terug met een bedekt handgebaar, zonder hem rechtstreeks aan te kijken. Wat zou hij trouwens kunnen uitrichten? Hij heeft maar vier mensen meegebracht. Hij wilde hier niet met een heel leger aankomen. Het ging er juist om dat hij wilde laten zien dat hij naar Harlem kon komen en net zo'n bijeenkomst in het gemeentehuis kon houden als in Riverdale of Park Slope.

Op de voorste rij vangt hij, door de mist heen, de blik van mevrouw Langhorn op, de vrouw met de korte krulletjes, voorzitter van de stadsdeelraad, de vrouw die hem nog maar net – hoelang? – een paar minuten geleden heeft aangekondigd. Ze perst haar lippen op elkaar, houdt haar hoofd scheef en begint het te schudden. Dit uiterlijk vertoon moet betekenen: 'Ik zou je graag willen helpen, maar wat kan ik uitrichten? Zie de toorn van het volk!' O, ze is bang, net als de rest! Ze weet dat ze zich tegen deze types zou moeten verzetten! Straks gaan ze achter zwarte mensen zoals zijzelf aan! Dat zullen ze maar al te graag doen! Dat weet ze. Maar de brave mensen zijn geïntimideerd! Ze durven helemaal niks te beginnen! Terug naar bloedvergieten! Hun en ons!

'*Donder op!… Boeoeh… Yaaagggghhh… Yo!*'

Hij probeert de microfoon weer. '*Is dit soms – is dit soms –* '

Hopeloos. Alsof je tegen de branding inbrult. Hij kan ze wel in de ogen spugen. Hij wil ze vertellen dat hij niet bang is. Jullie zetten mij niet te kijk! Jullie laten een handjevol sjoemelaars in deze zaal heel Harlem te kijk zetten! Jullie laten een stelletje schreeuwlelijkerds mij voor Goldberg en Hymie uitmaken, en jullie overschreeuwen *die lui* niet – jullie overschreeuwen *mij*! Niet te geloven! Denken jullie – jullie hardwerkende, eerzame, godvruchtige mensen van Harlem, jullie mevrouw Langhorns, jullie sociaalvoelende burgers – denken jullie echt dat zij jullie *broeders* zijn! Wie zijn al die jaren jullie vrienden geweest? De joden! En jullie laten mij door die sjoemelaars uitmaken voor een *Charlie*! Voor dat soort dingen laten jullie mij uitmaken, en jullie zeggen *niets*?

De hele zaal lijkt wel op en neer te springen. Ze zwaaien met hun vuisten. Hun mond staat open. Ze schreeuwen. Als ze nog wat hoger springen stuiten ze tegen het plafond.

Het komt op tv. De hele stad zal het zien. Ze zullen het heerlijk vinden. Harlem komt in opstand! Wat een spektakel! Het zijn niet de sjoemelaars en de zwendelaars en de ritselaars die in opstand komen – maar *Harlem* komt in opstand! Heel zwart New York komt in opstand! Hij is maar burgemeester voor *sommigen* van het volk! Hij is de burgemeester van Blank New York! Maak de kachel maar aan met Bulletje! De Italianen zullen dit op tv zien en ze zullen ervan smullen. En de Ieren. Zelfs de Wasps. Ze zullen niet weten wat ze zien. Ze zullen in hun koopflats op Park Avenue en Fifth Avenue en East Seventy-second Street en Sutton Place zitten huiveren van het geweld en genieten van het spektakel. Kuddebeesten! Uilskuikens! Rozewatertjes! *Gojim!* Jullie hebben het niet eens door, hè? Denk je nou echt dat dit nog *jullie* stad is? Kijk eens uit je doppen! De grootste stad van de twintigste eeuw! Denk je dat je die met *geld* in je bezit kan houden?

Kom eens naar beneden uit je poenige koopflats, stelletje directeuren en fusie-adviseurs! Hier beneden heb je de Derde Wereld! Portoricanen, West-Indiërs, Haïtianen, Dominicanen, Cubanen, Columbianen, Hondurezen, Koreanen, Chinezen, Thaïs, Vietnamezen, Ecuadorianen, Panamezen, Filippino's, Albanezen, Senegalezen en Afro-Amerikanen. Ga eens aan de grenzen van de beschaving kijken, stelletje angsthazen! Morningside Heights, St. Nicholas Park, Washington Heights, Fort Tryon – ¡por qué pagar más! De Bronx – de Bronx is voorbij voor jullie! Riverdale daarboven is nog maar een vrijhaventje! Pelham Parkway – hou de doorgang naar Westchester open! Brooklyn – jullie Brooklyn bestaat niet meer! Brooklyn Heights, Park Slope – kleine Hongkongs, meer niet! En Queens! Jackson Heights, Elmhurst, Hollis, Jamaica, Ozone Park – van wie is 't? Weten jullie 't? En wat dacht je van Ridgewood, Bayside en Forest Hills? Hebben jullie daar wel eens over gedacht? En Staten Island? Denken jullie zaterdagse doe-het-zelvers echt dat je daar veilig in je paleisje zit? Denken jullie dat de toekomst niet weet hoe ze een *brug* over moet komen? En jullie, jullie liefdadigheidsbal-Wasps op je bergen geërfd geld daarboven in je koopflats met je vier meter hoge plafonds en je twee vleugels, een voor jezelf en een voor je personeel, denken jullie echt dat je onaantastbaar bent? En jullie, Duits-joodse financiers die het eindelijk tot in dezelfde gebouwen geschopt hebben om jezelf des te beter af te schermen van de hordes uit de *sjtetls*, denken jullie echt dat jullie je afgeschermd hebben van de *Derde Wereld*?

Zielige vetzakken! Bleekscheten! Kakelwijven! Koeien! Wacht maar eens tot je een dominee Bacon als burgemeester hebt, en een gemeenteraad en een begrotingscommissie met een rijtje dominee Bacons van de ene kant van de raadszaal tot de andere! Dan zul je ze leren kennen, en goed ook! Ze zullen je komen opzoeken! Ze zullen je komen opzoeken op Wall Street 60 en Number One Chase Manhattan Plaza! Ze zullen op jullie bureaus zitten en met hun vingers trommelen! Ze zullen jullie bankkluizen voor je uitstoffen, gratis en voor niks –

Volslagen krankzinnig, deze dingen die door zijn hoofd razen! Volslagen paranoïde! Niemand zal Bacon kiezen, tot wat dan ook. Niemand komt Manhattan binnenmarcheren. Dat weet hij. Maar hij voelt zich zo alleen! In de steek gelaten! Verkeerd begrepen! Mij! Wacht maar tot jullie mij niet meer hebben! Kijk maar eens hoe 't je dan bevalt! En jullie laten mij hier alleen aan deze kathedra staan terwijl ik verdomme een asbest plafond op m'n hoofd krijg –

'Boeoeh!… Yegggghhh… Yaaagggghhh!… Yo!… Goldberg!'

Er is een vreselijk tumult aan een kant van het toneel. De tv-lampen schijnen recht in zijn gezicht. Een hoop geduw en getrek – hij ziet een cameraman neergaan. Een stuk of wat hufters komen in de richting van de trappen naar het toneel en de televisieploegen staan in de weg. Dus gaan ze er dwars doorheen. Duwen – iemand achteruit de trap afgeduwd – zijn mannen, het detachement in burger, de grootste, Norrejo – Norrejo duwt iemand achteruit de trap af. De burgemeester wordt door iets aan de schouder geraakt. Au, godverdomme! Daar op de vloer – een pot mayonaise, een kwartliterpot Hellman's mayonaise. Halfvol! Half op! Iemand heeft een half leeggegeten pot Hellman's mayonaise naar hem gegooid! Op dat moment wordt hij beheerst door de meest onbenullige gedachte. Wie neemt er in godsnaam een half leeggegeten pot Hellman's mayonaise mee naar een openbare bijeenkomst?

Die godverdomde lampen! Er zijn mensen op het toneel… er wordt flink gemept… een regelrechte mêlée… Norrejo grijpt een grote vechtersbaas om het middel en haakt zijn been achter hem en smijt hem tegen de grond. De andere twee rechercheurs, Holt en Danforth, staan met hun rug naar de burgemeester. Ze staan gekromd als backs die een blok vormen om de man die de pass geeft af te schermen. Guliaggi is vlak naast hem.

'Kom achter me aan,' zegt Guliaggi. 'We gaan door die deur.'

Glimlacht hij? Guliaggi lijkt zo'n glimlachje op zijn gezicht te hebben. Hij knikt in de richting van een deur achterop het toneel. Hij is kort, hij heeft een klein hoofd, een laag voorhoofd, kleine smalle ogen, een platte neus, een brede gemene mond met een dun snorretje. De burgemeester blijft naar zijn mond staren. Is dat een glimlach? Onmogelijk, maar misschien toch. Dit vreemde gemene trekje om zijn lippen lijkt te betekenen: 'Tot nu toe heb jij 't voor het zeggen gehad, maar nu is 't mijn beurt.'

Op de een of andere manier geeft de glimlach de doorslag. De burgemeester geeft zijn custeriaanse commandopost aan de katheder op. Hij levert zichzelf over aan dit kleine blok beton. Nu staan ook de anderen dicht om hem heen, Norrejo, Holt, Danforth. Ze sluiten hem in als de vier hoeken van een kooi. Het toneel is vol mensen. Guliaggi en Norrejo worstelen zich door de meute heen. De burgemeester komt vlak achter hen aan. Hij wordt omstuwd door snauwende gezichten. Een kerel amper een halve meter van hem vandaan blijft maar opspringen en gillen: 'Kleine witte kuttekop! Kleine witte kuttekop!'

Elke keer als de smeerlap opspringt, kan de burgemeester zijn uitpuilende ivoorwitte ogen zien en zijn reusachtige adamsappel. Die is zo groot als een fritesaardappel.

'Kleine witte kuttekop!' Hij blijft het maar zeggen. 'Kleine witte kuttekop!'

Vlak voor zijn neus – de grote opstoker himself! Die met de ellebogen en de gouden oorring! Guliaggi staat tussen de burgemeester en de opstoker in, maar de opstoker torent boven Guliaggi uit. Hij moet bijna twee meter zijn. Hij brult naar de burgemeester, recht in zijn gezicht:

'Pleur op naar – oef!'

Plotseling krimpt de grote klootzak ineen, met zijn mond open en ogen die uit zijn kop puilen. Guliaggi heeft zijn elleboog en zijn onderarm in 's mans plexus solaris gedreven.

Guliaggi is bij de deur en doet hem open. De burgemeester volgt. Hij voelt hoe de andere rechercheurs hem voor zich uit duwen. Hij hangt tegen de rug van Guliaggi. Die kerel is een brok graniet!

Ze gaan een trap af. Ze kletteren over de stalen treden. Hij is nog heel. De meute zit hem niet eens op de hielen. Hij is veilig – zijn hart zinkt hem in de schoenen. Ze proberen hem niet eens te volgen. Ze hebben niet eens echt geprobeerd om aan hem te komen. En op dat moment... *weet* hij het. Hij weet het nog voor zijn hersens het op een rijtje kunnen zetten.

Ik heb het verkeerd gedaan. Ik ben door de knieën gegaan voor dat glimlachje. Ik ben in paniek geraakt. Ik heb alles verspeeld.

1

De Meester van het Universum

Op datzelfde ogenblik, in precies zo'n soort koopflat aan Park Avenue waar de burgemeester altijd zo door geobsedeerd werd... plafonds van meer dan drieënhalve meter hoog... twee vleugels, een voor de Wasps, de blanke Angelsaksische protestantse eigenaars, en een voor het personeel... zat Sherman McCoy geknield in zijn hal en probeerde een tekkel aan te lijnen. De vloer was van donkergroen marmer, en strekte zich eindeloos uit. Er kwam een notehouten trap op uit van bijna twee meter breed, die in een weelderige bocht omhoog zwierde naar de verdieping erboven. Het was het soort appartement dat bij de gedachte eraan alleen al een vlammend gevoel van afgunst ontsteekt bij mensen in heel New York, en trouwens in de hele wereld. Maar het enige verlangen dat Sherman verteerde was om voor een half uur weg te zijn uit zijn fabelachtige onderkomen.

Daar zat hij dan op zijn beide knieën, te worstelen met een hond. De tekkel, zo meende hij, was zijn uitreisvisum.

Als je Sherman McCoy zo zag, voorover gebukt in zijn geruite overhemd, kaki broek en leren bootschoenen, zou je nooit vermoeden hoe indrukwekkend hij er gewoonlijk uitzag. Nog jong... achtendertig jaar... lang... bijna 1.85... krachtig postuur... krachtig op het heerszuchtige af... net zo heerszuchtig als zijn vader, de Leeuw van Dunning Sponget... een mooie kop met rossig haar... lange neus... een prominente kin... Hij was trots op zijn kin. De McCoy-kin; de Leeuw had er ook zo een. Het was een mannelijke kin, een grote ronde kin zoals vroeger de mannen die op Yale zaten ze hadden op de schilderijen van Gibson en Leyendecker, een aristocratische kin, als je wilt weten wat Sherman ervan vond. Hij had zelf ook op Yale gezeten.

Maar op dit moment was het de bedoeling dat zijn hele verschijning uitdrukte: 'Ik ga alleen maar even de hond uitlaten.'

De tekkel scheen te weten wat er te gebeuren stond. Hij dook steeds weg van de riem die om zijn nek moest. Je vergiste je makkelijk in de onvolgroeide pootjes van het beest. Als je hem probeerde vast te pakken veranderde hij in een lange, cilindervormige spierbundel. In de worsteling met het beest moest Sherman een uitval doen. En toen hij een uitval deed klapte zijn knieschijf op de marmeren vloer, en hij werd kwaad van de pijn.

'Kom nou Marshall,' foeterde hij, 'hou je nou eens stil, verdomme.'

Weer dook het beest weg, en weer bezeerde hij zijn knie, en nu ergerde hij zich niet alleen aan zijn hond maar ook aan zijn vrouw. Het waren immers de waandenkbeelden van zijn vrouw over een carrière als binnenhuisarchitecte die geleid hadden tot deze pronkerige marmeren vlakte. De kleine geribbelde punt van een damesschoen –

– daar stond ze.

'Je hebt het maar druk, Sherman. Wat voer je in 's hemelsnaam uit?'

Zonder op te kijken: 'Ik ga Marshall uitla-a-a-a-aten.'

Laten kwam eruit als gekreun omdat de tekkel probeerde zich los te kronkelen en Sherman zijn arm om het middenstuk van het beest moest slaan.

'Weet je wel dat het regent?'

Nog steeds zonder op te kijken: 'Ja, weet ik.' Eindelijk lukte het hem de riem aan de halsband van het beest te klikken.

'Je bent opeens wel erg aardig voor Marshall.'

Wacht eens even. Was dit ironisch? Vermoedde zij iets? Hij keek op.

Maar de glimlach op haar gezicht was zo te zien gemeend, aangenaam zelfs... een erg lieve glimlach... *Ze ziet er nog steeds erg aantrekkelijk uit, mijn vrouw*... met haar verfijnde gelaatstrekken, haar grote helderblauwe ogen, haar volle bruine haar... *Maar ze is veertig!*... Daar kun je niet omheen... Vandaag *aantrekkelijk*... Morgen hebben ze het erover dat ze er *goed* uitziet... Niet haar fout... *Maar de mijne evenmin!*

'Ik heb een idee,' zei ze. 'Ik zal Marshall wel uitlaten. Of ik laat het Eddie doen. Dan ga jij naar boven en lees je Campbell nog een verhaaltje voor, voor het slapen gaan. Dat zou ze leuk vinden. Zo vaak gebeurt het niet dat je zo vroeg thuis bent. Waarom doe je dat niet?'

Hij staarde haar aan. Dit was geen spelletje! Ze meende het! En toch, *zip zip zip zip zip zip zip*, met een paar snelle bewegingen, een paar zinnetjes maar, had ze hem... *vastgesnoerd!* – riemen van schuld en logica! Zonder opzet ook nog!

Het feit dat Campbell waarschijnlijk in haar bedje lag – *mijn enig kind!* – *de volmaakte onschuld van een kind van zes!* – en hoopte dat hij haar voor het slapen gaan nog een verhaaltje voor zou lezen... terwijl hij... deed wat hij nu aan het doen was... *Schuld!*... Het feit dat hij meestal te laat thuis was om haar überhaupt nog te zien... *Schuld beladen met schuld!*... Hij was gek op Campbell! – niemand op de wereld van wie hij meer hield!... En om het nog erger te maken – *de logica ervan!* Het zachte vrouwelijke gezicht waar hij nu naar staarde had hem zojuist een attent en doordacht voorstel gedaan, een logisch voorstel... zo logisch dat hij met de mond vol tanden stond! Er waren over de hele wereld niet genoeg uitvluchten voorhanden om aan zo'n logica te kunnen ontsnappen! En ze probeerde alleen maar aardig te zijn!

'Vooruit,' zei ze, 'dat zal Campbell leuk vinden. Ik zorg voor Marshall.'

Nu stond de wereld toch op zijn kop. Waar was hij, een Meester van het Universum, hier op de vloer mee bezig, zo in het nauw gedreven dat hij zijn hersens afjakkerde op zoek naar uitvluchten om de lieve logica van zijn vrouw te ontlopen? De Meesters van het Universum waren een set lugubere roofzuchtige plastic poppen, waar zijn overigens volmaakte dochter graag

mee speelde. Ze zagen eruit als Noorse goden die aan gewichtheffen deden, en ze hadden namen als Dracon, Ahor, Mangelred en Blutong. Ze waren opmerkelijk vulgair, zelfs voor plastic speelgoed. Maar op een goeie dag, in een ogenblik van euforie, nadat hij de telefoon had aangenomen en een order had ontvangen voor obligaties zonder rentecoupons, die hem $50.000 aan commissie had opgeleverd, *zo maar even*, was juist deze benaming in zijn hersens op komen borrelen. Op Wall Street waren hij en nog een paar anderen – hoeveel? – drie, vier, vijfhonderd? – exact *dàt* geworden... Meesters van het Universum. Er waren... hoegenaamd geen grenzen! Natuurlijk had hij deze uitdrukking nooit, zelfs niet fluisterend, tegen enige sterveling gebezigd. Hij was niet gek. Maar hij kon hem ook niet meer uit zijn hoofd krijgen. En hier had je dan de Meester van het Universum, op de vloer met een hond, gekneveld door liefheid, schuld en logica... Waarom kon hij (een Meester van het Universum) het niet eenvoudig aan haar *uitleggen*? Hoor eens Judy, ik hou nog steeds van je, en ik hou van onze dochter en ik hou van ons huis en van ons leven, en ik wil er ook niets aan veranderen – het is alleen dat ik, een Meester van het Universum, een jonge man die zijn sappen nog volop voelt stromen, van tijd tot tijd, als de geest vaardig over mij wordt, *meer* verdien –
– maar hij wist dat hij dit soort gedachten nooit in woorden zou kunnen vatten. Dus begon er afkeer in hem op te borrelen... Ergens haalde ze het zichzelf op de hals, of niet soms,... Die vrouwen met wie ze tegenwoordig zo graag omgaat... die... die... op dàt moment schiet hem het juiste woord te binnen: *Society Schimmen*... Ze zorgen ervoor dat ze zo dun blijven dat ze eruit zien als röntgenfoto's... Door hun beenderen heen kun je een lamp zien schijnen... terwijl ze babbelen over *binnenhuis-* en *tuinarchitectuur*... en hun broodmagere benen in strakke metallic Lycra maillots hijsen als ze hun Fitness Training hebben... En het heeft geen greintje geholpen, zeg nou zelf!... Kijk maar hoe uitgeteerd haar gezicht en haar hals eruit zien... Hij richtte zijn aandacht op haar gezicht en haar nek... *uitgeteerd*...Ongelogen... Fitness Training... ook *een van hen* aan het worden –
Hij slaagde erin net genoeg afkeer bij zichzelf op te wekken om het beroemde McCoy-temperament vlam te doen vatten.
Hij voelde zijn gezicht warm worden. Hij hield zijn hoofd naar beneden en zei: 'Juuuuuudy...' Het was een kreet die door de tanden werd gesmoord. Hij kneep zijn duim en de eerste twee vingers van zijn linkerhand tegen elkaar en hield ze voor zijn opeengeklemde kaken en zijn laaiende ogen, en hij zei:
'Luister... Ik ben helemaal – klaar – om de hond – uit te laten... En dus ga ik – de hond – uitlaten... *Oké?*'
Halverwege al wist hij dat het totaal buiten alle proporties was om... om... maar hij kon zich niet inhouden. Dat was tenslotte het geheim van het McCoy-temperament... op Wall Street... overal... het heerszuchtige doordrammen.
Judy klemde haar lippen op elkaar. Ze schudde haar hoofd.
'Doe alsjeblieft wat je wilt,' zei ze toonloos. Daarna draaide ze zich om en liep door de marmeren hal en ging de weelderige trap op naar boven.
Nog op zijn knieën gezeten keek hij haar na, maar ze keek niet om. *Doe*

alsjeblieft wat je wilt. Hij was zo over haar heen gelopen. Alsof het niks was. Maar het was een overwinning zonder inhoud.

Weer een stuiptrekking van schuld –

De Meester van het Universum kwam overeind en het lukte hem de riem vast te houden en zich in zijn regenjas te wurmen. Het was een versleten maar formidabele geïmpregneerde Britse regenjas, vol kleppen, riempjes en gespen. Hij had hem gekocht bij Knoud op Madison Avenue. Ooit had hij de verouderde aanblik van de jas precies je van het gevonden, naar de trend van de Boston Cracked Shoe-look. Nu twijfelde hij. Hij rukte de tekkel met zich mee aan de riem en ging de hal uit naar de vestibule waar de lift was en drukte op de knop.

In plaats van $200.000 te blijven betalen aan Ieren uit Queens of Portoricanen uit de Bronx om dag en nacht de liften te bedienen, hadden de eigenaars van de appartementen twee jaar geleden besloten de liften te automatiseren. Vanavond kwam dat Sherman goed uit. In deze uitrusting, met deze kronkelende hond op sleeptouw, voelde hij er niets voor om met een liftbediende in de lift te staan die gekleed was als een Oostenrijkse legerkolonel uit 1870. De lift ging naar beneden – en stopte twee verdiepingen lager. *Browning*. De deur ging open en de kolossale Pollard Browning met zijn gladde kinnen stapte naar binnen. Browning bekeek Sherman en zijn velduitrusting en de hond van top tot teen en zei, zonder een spoor van een glimlach: 'Hallo, Sherman.'

'Hallo, Sherman' klonk vanaf de punt van een drie meter hoge stok, en bevatte in slechts vier lettergrepen de boodschap: 'Jij haalt met je kleren en met je hond onze mahoniehouten lift naar beneden.'

Sherman ergerde zich groen en geel maar boog zich desondanks voorover om de hond van de grond te tillen. Browning was voorzitter van de eigenarenvereniging van het gebouw. Hij was een Newyorkse jongen die uit de moederschoot te voorschijn was gekomen als vijftigjarige firmant van Davis Polk en als directeur van de Downtown Association. Hij was nog maar veertig maar zag er al twintig jaar uit alsof hij vijftig was. Zijn haar was glad achterover gekamd over zijn ronde schedel. Hij droeg een onberispelijk marineblauw pak, een wit overhemd, een geruite stropdas, en geen regenjas. Hij stond met zijn gezicht naar de deur van de lift, draaide toen zijn hoofd om, bekeek Sherman nog een keer, zei niets en keek weer voor zich.

Sherman kende hem al sinds ze als jongetjes op de Buckley School zaten. Browning was een dikke, zware, joviale junior snob geweest, die al op negenjarige leeftijd wist hoe hij het schokkende nieuws moest doorvertellen dat McCoy een pummelnaam was (en een pummelfamilie), zoals in Hatfields and McCoys, terwijl hij, Browning, een volbloed Knickerbocker was. Hij noemde Sherman vroeger 'Sherman McCoy de Boerenpummel'.

Toen ze de begane grond bereikten zei Browning: 'Je weet toch dat het regent?'

'Jazeker.'

Browning keek naar de tekkel en schudde zijn hoofd. 'Sherman McCoy. Vriend van de trouwste mensenvriend.'

Sherman voelde zijn gezicht weer warm aanlopen. Hij zei : 'En dat is het dan?'

'Wat is het dan?'

'Van de achtste verdieping tot hier beneden had je de tijd om iets flitsends te bedenken, en dit is het dan?' Het was bedoeld te klinken als vriendelijk sarcasme, maar hij wist dat de ergernis ook mee naar buiten was geglipt.

'Ik weet niet waar je het over hebt,' zei Browning, en liep voor hem uit. De portier glimlachte en knikte en hield de deur voor hem open. Browning liep onder de luifel door naar zijn auto. Zijn chauffeur hield het portier voor hem open. Niet een drupje regen raakte zijn glanzende gestalte, en soepeltjes, onberispelijk, ging hij op in het gekrioel van rode achterlichten die zich over Park Avenue voortbewogen. Op de welgedane vette rug van Pollard Browning drukte niet de last van een morsige regenjas.

In feite regende het maar lichtjes, en er stond geen wind, maar de tekkel moest er niets van hebben. Hij begon te spartelen in Shermans armen. Wat was dat kleine kreng sterk! Hij zette de hond neer op de loper onder de luifel en stapte toen met de lijn de regen in. In het donker leken de gebouwen aan de overkant van de avenue op een statige zwarte muur die de fel paars ge-kleurde lucht van de stad tegenhield. De hemel gloeide alsof hij door hevige koorts was aangestoken.

Verdomme, zo erg was het nou ook weer niet hier buiten. Sherman trok, maar de hond groef zijn nagels diep in de loper.

'Kom op, Marshall.'

De portier stond buiten de deur naar hem te kijken.

'Ik geloof niet dat hij er veel zin in heeft, meneer McCoy.'

'Nou ik anders ook niet, Eddie.' Vooral niet op het commentaar letten, dacht Sherman. 'Kom, kom, kom op, Marshall.'

Nu stond Sherman helemaal in de regen en gaf een flinke ruk aan de lijn, maar er kwam geen beweging in de tekkel. Daarom pakte hij hem maar op van de rubber loper en zette hem op het trottoir. De hond probeerde naar de deur te schieten. Sherman kon de lijn echt niet meer laten vieren anders was hij weer precies even ver als toen hij begon. Dus nu leunde hij naar de ene kant en de hond naar de andere, en stond de lijn strak tussen hen in gespan-nen. Het was een touwtrekwedstrijd tussen een man en een hond... op Park Avenue. Waarom ging de portier verdomme niet terug het gebouw in waar hij thuishoorde?

Sherman gaf de lijn een echte zwieper. De tekkel slipte een paar centimeter vooruit over het trottoir. Je kon zijn nagels horen krassen. Nou, als hij hem maar hard genoeg meesleurde zou hij het wel opgeven en beginnen te lopen alleen al om maar niet voortgesleurd te worden.

'Kom, Marshall, we gaan alleen maar even een klein eindje om!'

Weer gaf hij de lijn een flinke ruk en bleef toen uit alle macht staan trekken. De hond gleed een halve meter voorwaarts. Hij gleed! Hij vertikte het om te lopen. En hij zou niet zomaar opgeven. Het zwaartepunt van het beest leek zich ergens midden in de aarde te bevinden. Het was alsof je een slee pro-beerde vooruit te trekken die volgestapeld was met stenen. Jezus, als hij eerst de hoek maar om was. Dat was het enige wat hij wilde. Waarom konden de eenvoudigste dingen – weer gaf hij een ruk aan de lijn en hield hem toen strak gespannen. Hij leunde als een zeeman tegen de wind in. Hij kreeg het warm in zijn geïmpregneerde regenjas. De regen liep over zijn gezicht. De tekkel stond met wijd gespreide poten op het trottoir. Zijn schouderspieren waren opgezet. Hij werkte tegen met zijn hele lijf. Zijn nek was uitgerekt. God zij dank blafte hij tenminste niet! Hij *gleed*. Jezus, je kon het horen! Je kon zijn nagels over het trottoir horen schuren. Hij gaf geen centimeter toe. Sherman hield zijn hoofd omlaag en zijn schouders voorover en sleurde het beest door het donker en door de regen over Park Avenue. Hij voelde de regen achter in zijn nek.

Hij hurkte neer en pakte de tekkel op en ving tegelijkertijd een glimp op van Eddie, de portier. Hij stond nog te kijken! De hond begon te spartelen en nog meer tegen te stribbelen. Sherman struikelde. Hij keek naar beneden. De riem zat om zijn benen gedraaid. Hij begon over het trottoir te hinken. Eindelijk lukte het hem de hoek om te komen tot aan de telefooncel. Hij zette de hond neer op het trottoir.

Jezus Christus! Bijna ervandoor! Net op tijd grijpt hij de riem. Hij zweet. Zijn hoofd is kletsnat van de regen. Zijn hart gaat tekeer. Hij steekt een arm door de lus van de riem. De hond geeft niet op. En weer zit de riem om Shermans benen. Hij pakt de hoorn van de telefoon en haakt deze tussen zijn schouder en zijn oor en vist in zijn zakken naar een kwartje, laat het in de gleuf glijden en draait.

Drie keer gaat hij over, dan een vrouwenstem: 'Hallo?'

Maar het was niet de stem van Maria. Hij bedacht dat het haar vriendin Germaine moest zijn, van wie ze de flat onderhuurde. Dus zei hij: 'Mag ik Maria alsjeblieft spreken?'

De vrouw zei: 'Sherman? Ben jij dat?'

Jezus! Het is Judy! Hij heeft zijn eigen nummer gedraaid! Hij is ont-zet – lamgeslagen!

'Sherman?'

Hij hangt op. Oh Jezus. Wat moet hij doen? Hij zal zich eruit bluffen. Als ze hem ernaar vraagt zal hij zeggen dat hij niet weet waar ze het over heeft. Hij heeft tenslotte maar vijf of zes woorden gezegd. Hoe kan zij er dan zeker van zijn?

Maar het had geen zin. Ze zou er wel degelijk zeker van zijn. Bovendien was hij niet zo'n overtuigend bluffer. Ze zou dwars door hem heen kijken. Maar toch, wat kon hij anders doen?

Daar stond hij in de regen, in het donker, naast de telefooncel. Het water was langs het boord van zijn overhemd naar binnen gesijpeld. Hij ademde zwaar. Hij probeerde zich voor te stellen hoe beroerd dit uit zou pakken. Wat zou ze doen? Wat zou ze zeggen? Zou ze erg kwaad worden? Deze keer had ze echt iets waar ze mee aan de slag kon. Als ze wilde had ze haar scène verdiend. Hij was ook wel ongehoord stom geweest! Hoe kon hij zoiets voor elkaar krijgen? Hij kon zich wel voor zijn kop slaan. Hij was helemaal niet kwaad meer op Judy. Kon hij dit nog wegbluffen, of was het nu gebeurd? Had hij haar echt pijn gedaan?

Opeens kreeg Sherman een gestalte in de gaten die over het trottoir náderbij kwam, in de natte zwarte schaduwen van de huizen en de bomen. Zelfs op twintig meter afstand in het donker, wist hij waar hij aan toe was. Het was die panische angst die in het achterhoofd van elke bewoner van Park Avenue ten zuiden van Ninety-sixth Street verankerd zat – een zwarte jongen, lang en lenig, op witte sneakers. Hij was nog vijftien, tien meter van hem vandaan. Sherman staarde zijn kant uit. Nou, laat hem maar komen! Ik ga niet aan de kant! Dit is mijn territorium! Ik ga niet opzij voor een of andere straatschuimer!

De zwarte jongen maakte plotseling een draai van negentig graden en stak recht de straat over naar het trottoir aan de andere kant. Het zwakgele natriumlicht van een straatlantaarn weerkaatste heel even in zijn gezicht toen hij Sherman opnam.

Hij was overgestoken! Wat een mazzel!

Niet één keer kwam het bij Sherman McCoy op dat wat de jongen gezien had een blanke man van achtendertig was, drijfnat, gekleed in een soort militaire regenjas vol riempjes en gespen, die een hevig spartelend dier in zijn armen hield, en die met grote schrikogen in zichzelf stond te praten.

Sherman stond bij de telefoon, snel ademend, bijna hijgend. Wat moest hij nu doen? Hij voelde zich zo aangeslagen dat hij misschien net zo goed naar huis kon gaan. Maar als hij nu direct naar huis terug zou gaan zou het er toch wel erg dik bovenop liggen, nietwaar? Hij was niet naar buiten gegaan om de hond uit te laten, maar om een telefoontje te plegen. Bovendien, wat Judy ook zou gaan zeggen, hij was er niet op voorbereid. Hij moest er eerst over denken. Hij had goede raad nodig. Hij moest deze onhandelbare hond uit de regen zien te krijgen.

Dus diepte hij weer een kwartje op en haalde zich Maria's telefoonnummer voor de geest. Hij concentreerde zich erop. Hij metselde het in. Vervolgens draaide hij het met zo'n moeizame omzichtigheid alsof hij deze specifieke uitvinding, de telefoon, voor het eerst van zijn leven gebruikte.

'Hallo?'

'Maria?'

'Ja?'

Geen risico nemend: 'Ik ben het.'

'Sherman?' Het klonk als Shuhhh-mun. Sherman was gerustgesteld. Dat was Maria, wel degelijk. Ze had het soort zuidelijk accent waarbij de helft van alle klinkers als korte u's worden uitgesproken, en de andere helft als korte i's. Ben sprak je uit als bin, bezig als bezug, ik werd uk, en enveloppe invillup.

'Luister,' zei hij. 'Ik ben zo bij je. Ik sta in een telefooncel. Ik ben maar een paar straten van je vandaan.'

Er viel een pauze, waaruit hij afleidde dat zij geïrriteerd was. Tenslotte: 'Waar heb je in 's hemelsnaam gezeten?' Wuh hib juh n shemelsnaam guzihtuh?

Sherman liet een gemelijk lachje horen. 'Luister, ik ben zo bij je.'

De trap van het huis boog mee en kraakte toen Sherman omhoog liep. Op elke verdieping slechts één zwak TL-buisje, bekend als de Halo van de Huisbaas, een zwak tuberculeus blauw licht op de muren, die Huurwoning-groen waren. Sherman kwam langs voordeuren met talloze sloten, schots en scheef boven elkaar bevestigd. Over de sloten zaten plaatjes tegen buigtangen en op de deurstijlen zaten hoekijzers tegen het openbreken en over de deurpanelen zaten platen tegen het intrappen.

In zorgelozer tijden, wanneer koning Priapus heerste zonder crises in zijn rijk, maakte Sherman deze klim naar Maria's woning met een heerlijk romantisch gevoel. Hoe bohémien! Hoe… *echt* deze omgeving was! Hoe absoluut *geknipt* voor deze momenten waarop de Meester van het Universum het uitgestreken-gezichten-decorum van Park Avenue en Wall Street van zich afgooide en zijn schelmse hormonen de vrije loop liet voor een stoeipartijtje! Maria's eenkamerwoning, waarvan een kast als keuken en een andere kast als badkamer diende, dit zogenaamde appartement van haar, vier-hoog achter, dat ze onderhuurde van haar vriendin Germaine – nou, dat was ideaal. Germaine was weer een ander verhaal. Sherman had haar twee keer ontmoet. Ze had de bouw van een hydrant. Ze had een woeste harige heg op haar bovenlip, praktisch een snor. Sherman was ervan overtuigd dat ze lesbisch was. Maar wat zou het? Het was allemaal echt! Heerlijk goor! New York! Een laaiend vuur in het kruis!

Maar vanavond heerste Priapus niet. Vanavond drukte de groezeligheid van het oude huis zwaar op de Meester van het Universum.

Alleen de tekkel was blij. Hij sleepte zijn buik met opgewekte pasjes de trap op. Het was warm en droog hierbinnen, en vertrouwd.

Toen Sherman Maria's deur bereikte was hij verbaasd te merken dat hij buiten adem was. Hij zweette. Zijn lijf stond ontegenzeggelijk in volle bloei onder zijn regenjas, zijn geruite overhemd en zijn t-shirt.

Nog voor hij op de deur kon kloppen ging deze een eindje open, en daar was ze. Ze deed niet verder open. Ze stond daar, Sherman van onder tot boven opnemend, alsof ze ontstemd was. Haar ogen glansden boven die opmerkelijk hoge jukbeenderen van haar. Haar kort geknipte haar leek wel een zwarte kap. Haar lippen waren getuit tot een O. Opeens begon ze te glimlachen en met korte snuifjes door haar neus te gniffelen.

'Nou, vooruit,' zei Sherman. 'Laat me er in! Wacht maar eens tot ik je vertel wat er gebeurd is.'

Nu duwde Maria de deur helemaal open, maar in plaats van hem binnen te laten leunde ze tegen de deurpost en kruiste ze haar benen en sloeg haar armen over elkaar onder haar borsten en bleef ze naar hem kijken en grinniken. Ze droeg hooggehakte pumps met een zwart-wit dambord-motief in het leer. Sherman wist weinig van schoenontwerpen, maar het drong wel tot hem door dat dit er eentje van het moment was. Ze droeg een eenvoudige witte garbardine rok, erg kort, meer dan tien centimeter boven de knie, zodat haar benen, in Shermans ogen de benen van een danseres, goed zichtbaar waren en ook haar smalle middel duidelijk uitkwam. Ze droeg een witte zijden blouse, die tot aan haar borsten open stond. Het licht in de kleine hal was zodanig dat haar hele verschijning zich in haut-reliëf aftekende: haar donkere haar, die jukbeenderen, haar prachtige gelaatstrekken, de volle curve van haar lippen, haar roomzachte blouse, die romige soezen van borsten, haar glanzende benen, zo nonchalant gekruist.

'Sherman...' Shuhhh-mun. 'Weet je wat? Je bent een schatje. Je bent precies m'n kleine broertje.'

De Meester van het Universum was lichtelijk ontstemd, maar hij liep naar binnen, haar voorbij, en zei: 'Tjonge jonge, wacht maar tot ik je vertel wat er gebeurd is.'

Zonder haar houding in de deuropening te veranderen, keek Maria naar beneden naar de hond die aan de mat stond te snuffelen. 'Hallo Marshall!' Muhshull. 'Jij bent me ook een nat stuk salami, Marshall.'

'Wacht maar tot ik je – '

Maria begon te lachen en deed de deur dicht. 'Sherman... je ziet eruit alsof iemand je net heeft... *opgefrommeld*' – ze frommelde een denkbeeldig stuk papier in elkaar – 'en je heeft weggegooid.'

'Zo voel ik me wel, ja. Moet je horen wat er gebeurd is.'

'Precies m'n kleine broertje. Die kwam elke dag uit school, en dan kon je zijn navel zien.'

Sherman keek naar beneden. Het was waar. Zijn geruite overhemd hing uit zijn broek, en je kon zijn navel zien. Hij stopte zijn overhemd weer in zijn broek, maar trok zijn regenjas niet uit. Hij kon het zich hier nu niet gemakkelijk gaan maken. Hij kon niet te lang blijven. En hij wist nog niet precies hoe hij dat Maria duidelijk moest maken.

''t Was elke dag vechten op school met m'n broertje...'

Sherman luisterde niet meer. Hij was Maria's kleine broertje beu, niet zozeer omdat de strekking van die verhalen was dat hij, Sherman, kinderachtig was, maar omdat zij er zo hardnekkig over door bleef zagen. Sherman had Maria nooit een typisch meisje uit het Zuiden gevonden. Ze zag er Italiaans of Grieks uit. Maar ze praatte als een meisje uit het Zuiden. Het gebabbel stroomde gewoon naar buiten. Ze praatte nog steeds toen Sherman zei:

'Zeg, ik heb je net uit een telefooncel gebeld. Weet je wat er gebeurd is?'

Maria keerde zich om en liep naar het midden van de kamer, draaide zich toen om en nam een pose aan, met haar hoofd een beetje schuin opzij en haar handen op haar heupen en een hooggehakte voet nonchalant naar buiten gedraaid en haar schouder naar achter getrokken en haar rug een beetje hol zodat haar borsten naar voren staken, en ze zei:

'Zie je niks nieuws?'

Waar had ze het in godsnaam over? Sherman was niet in de stemming voor iets nieuws. Maar toch bekeek hij haar plichtmatig. Had ze haar haar laten doen? Iets nieuws van de juwelier? Jezus, man begroef haar onder de juwelen, wie kon dat allemaal bijhouden? Nee, het moest iets in de kamer zijn. Zijn ogen dwaalden snel rond. Waarschijnlijk was dit zo'n honderd jaar geleden gebouwd als kinderslaapkamer. Er was een kleine uitbouw met drie glas-in-loodramen en een zit-vensterbank helemaal rondom. Zijn blik gleed over de meubels... dezelfde drie oude stoelen van gebogen hout, dezelfde lompe eikehouten tafel, dezelfde oude matras en spiraal met een corduroy sprei en drie of vier paisley kussens erop in een poging het bed er als een divan uit te laten zien. Het hele vertrek schreeuwde: Wel Behelpen. Er was in elk geval niets veranderd.

Sherman schudde zijn hoofd.

'Echt niet?' Maria wees met haar hoofd in de richting van het bed.

Nu zag Sherman het, boven het bed, een klein schilderij in een eenvoudige lijst van blank hout. Hij ging een paar stappen dichterbij staan. Het was een afbeelding van een naakte man, van achteren gezien, neergezet in ruwe zwarte penseelvegen, zoals een kind van acht jaar dat zou doen, als je er tenminste van uitging dat een achtjarige op het idee zou komen een naakte man te schilderen. Het leek alsof de man stond te douchen, er zat tenminste iets wat op een sproeier leek boven zijn hoofd, en er kwamen een paar achteloze zwarte vegen uit de sproeier. Het leek wel alsof hij in motorolie stond te douchen. De huid van de man was gebruind met ongezonde lavendelpaarse plekken erop, alsof hij het slachtoffer van een brand was. Wat een rotzooi... Het was ziek... Maar er hing de gewijde geur van serieuze kunst omheen, en daarom aarzelde Sherman om rechtuit te zijn.

'Hoe kom je daaraan?'

'Vind je 't mooi? Ken je z'n werk?'

'Wie zijn werk?'

'Filippo Chirazzi.'

'Nee, ik ken zijn werk niet.'

Ze glimlachte. 'Er stond een heel artikel over hem in de *Times*.'

Omdat hij niet de cultuurbarbaar van Wall Street wilde uithangen, ging Sherman verder met het bestuderen van dit meesterwerk.

'Nou, het heeft een zekere... hoe zal ik het zeggen?... directheid.' Hij onderdrukte de neiging ironisch te worden. 'Hoe kom je eraan?'

'Ik heb 't van Filippo gekregen.' Heel opgewekt.

'Dat was erg royaal van hem.'

'Arthur heeft vier schilderijen van hem *gekocht*, hele grote.'

'Maar hij heeft het niet aan Arthur gegeven, maar aan jou.'

'Ik wilde er eentje voor mezelf. Die grote zijn van Arthur. Bovendien weet Arthur niet eens 't verschil tussen Filippo en... en ik weet niet wat als ik 't 'm niet gezegd had.'

'Ah.'

'Jij vindt er niet veel aan, hè?'

'Jawel, ik vind het wel *goed*. Om je de waarheid te zeggen, ik ben behoorlijk van streek. Ik heb net zoiets allemachtig stoms gedaan.'

Maria gaf haar pose op en ging op de rand van het bed zitten, de pseudodivan, alsof ze wilde zeggen: 'Oké, ik luister.' Ze sloeg haar benen over elkaar. Haar rok zat nu tot halverwege haar dijen. Hoewel het op dit ogenblik helemaal niet om die benen, dat prachtige rank geflankte onderstel ging, kon Sherman zijn ogen er niet van afhouden. Door haar kousen kregen ze glans. Ze glinsterden. Telkens als ze zich bewoog glansden die verrukkelijke vormen op.

Sherman bleef staan. Hij had niet veel tijd, zoals hij net wilde gaan uitleggen.

'Ik was Marshall uit gaan laten.' Marshall lag nu uitgestrekt op het kleed. 'En het regent. En hij begint het me erg lastig te maken.'

Toen hij bij het gedeelte over het telefoontje zelf kwam, raakte hij alleen al bij het navertellen danig opgewonden. Hij merkte dat Maria haar bezorgdheid, zo ze die al had, met succes wist te bedwingen, maar hij kon niet tot bedaren komen. Hij stortte zich op de emotionele essentie van de zaak, de dingen die hij voelde onmiddellijk nadat hij had opgehangen – maar Maria onderbrak hem door haar schouders op te halen en met de rug van haar hand een klein wegwuif-gebaar te maken.

'O, dat stelt niks voor, Sherman.' Dut stuhlt neks vuh, Shuhmun.

Hij gaapte haar aan.

''t Enige wat je gedaan hebt was even opbellen. Ik begrijp niet dat je niet gewoon gezegd hebt: "O, sorry. Ik wilde m'n vriendin Maria Ruskin bellen." Dat zou ik gewoon gedaan hebben. Ik doe ook nooit moeite om tegen Arthur te liegen. Ik vertel 'm heus niet elk kleinigheidje, maar ik lieg niet tegen hem.'

Had hij zo'n brutale tactiek kunnen volgen? Hij liet zijn gedachten erover gaan. 'Ehhhhhmmm.' Het eindigde in gekreun. 'Ik zie niet goed hoe ik 's avonds om halftien het huis uit kan gaan en zeggen dat ik de hond uit ga laten en dan opbel en zeg: "O, sorry, ik sta hier eigenlijk buiten om Maria Ruskin op te bellen."'

'Weet je wat het verschil is tussen jou en mij, Sherman? Jij hebt medelijden met je vrouw, en ik niet met Arthur. Arthur wordt tweeënzeventig in augustus. Hij wist dat ik m'n eigen vrienden had toen-ie met me trouwde, en hij wist dat-ie ze niet mocht, en hij had z'n eigen vrienden, en hij wist dat ik hen niet mocht. Ik kan ze niet uitstaan. Al die ouwe jidden… Kijk me niet aan alsof ik iets ergs gezegd heb! Zo praat Arthur nou eenmaal. "De jidden." En de gojim, en ik ben een sjikse. Voor ik Arthur ontmoette had ik ook nog nooit van dit soort dingen gehoord. Toevallig ben ik degene die met een jood getrouwd is, en niet jij, en de laatste vijf jaar heb ik genoeg van dat joodse gedoe moeten slikken om er mee op de proppen te komen als ik daar zin in heb.'

'Heb je hem verteld dat je hier je eigen flatje hebt?'

'Natuurlijk niet. Ik zei toch tegen je dat ik niet tegen hem lieg, maar ik vertel hem niet elk kleinigheidje.'

'Is dit een kleinigheidje?'

''t Is in elk geval niet zo belangrijk als jij denkt. 't Is een hoop gezeik. De huisbaas begint ook weer stennis te maken.'

Maria stond op en liep naar de tafel en pakte een vel papier op en gaf het aan Sherman en ging weer op de rand van het bed zitten. Het was een brief van het advocatenkantoor Golan, Shander, Morgan en Greenbaum aan mej. Germaine Boll betreffende haar positie als huurster van een appartement met vastgestelde huur dat eigendom was van Winter Real Properties, Inc. Sherman kon er zich niet op concentreren. Hij had geen zin om erover na te denken. Het werd laat. Maria bleef maar afdwalen. Het werd laat.

'Dat weet ik niet, Maria. Hier zal Germaine op moeten reageren.'

'Sherman?'

Ze zat te glimlachen met haar lippen iets van elkaar. Ze stond op.

'Sherman, kom 'ns hier.'

Hij deed een paar stappen in haar richting, maar hij weigerde al te dicht bij haar te komen. De blik op haar gezicht deelde mee dat ze wel heel dichtbij bedoelde.

'Je denkt dat je sores met je vrouw hebt, en je hebt alleen maar iemand opgebeld.'

'Haha. Ik denk niet dat ik sores heb, ik weet zeker dat ik sores heb.'

'Nou als je dan al sores hebt en je hebt nog niet eens wat gedaan, dan kun je net zo goed ook wat doen, want dan maakt allemaal 't zelfde uit.'

Toen raakte ze hem aan.

Koning Priapus, hij die zich was doodgeschrokken, herrees nu uit de dood.

Uitgestrekt op het bed ving Sherman een glimp op van de tekkel. Het beest was overeind gekomen van het kleed en naar het bed gelopen en stond kwispelend naar hen te kijken.

Jezus! Kon een hond op de een of andere manier te kennen geven... Was er iets wat honden deden waaraan je kon merken dat ze gezien hadden dat... Judy was een echte dierenkenner. Over elk wissewasje stond ze Marshall zo lang te sussen en te vertroetelen dat het weerzinwekkend werd. Deden tekkels misschien iets als ze gezien hadden... Maar toen begonnen zijn zenuwen zich te ontspannen, en kon het hem niet meer schelen.

Zijne majesteit, de aloude koning, Priapus, de Meester van het Universum, had geen geweten.

Sherman deed de deur van het appartement open en zorgde ervoor dat de gebruikelijke knusse geluidjes nadrukkelijk te horen waren.

'Goed zo, Marshall, braaf, oké.'

Hij trok zijn regenjas uit met een hoop geruis van het geïmpregneerde materiaal en geklik van de gespen en liet nog een paar *tjonge-jonge's* horen.

Geen teken van Judy.

De eetkamer, de woonkamer en een kleine bibliotheek kwamen uit op de marmeren hal. Elk vertrek had zijn eigen vertrouwde schijn en gloed van gesneden hout, geslepen glas, écru zijden lampekappen, glansvernis en al die overige dingen waaraan je de adembenemend dure hand kon herkennen van zijn vrouw, de aankomende binnenhuisarchitecte. Toen kreeg hij haar in de gaten. De grote leren oorfauteuil die meestal met het zicht naar de deur van de bibliotheek stond was omgedraaid. Hij kon nog juist het bovenste gedeelte van Judy's hoofd zien, van achteren. Er stond een lamp naast de stoel. Ze zat blijkbaar een boek te lezen.

Hij liep naar de deuropening.

'Daar zijn we weer.'

Geen antwoord.

'Je had wel gelijk. Ik ben drijfnat geworden en Marshall vond het ook maar niks.'

Ze keek niet op of om. Alleen haar stem klonk op vanuit de oorfauteuil:

'Sherman, als je ene Maria wilt spreken, waarom bel je mij dan?'

Sherman deed een stap de kamer in.

'Hoe bedoel je? Als ik wie wil spreken?'

De stem: 'O, in godsnaam. Ga nu niet staan liegen.'

'Liegen – waarover?'

Toen stak Judy haar hoofd aan een kant om de oorfauteuil. Hoe ze hem aankeek!

Met het hart al bijna in zijn schoenen liep Sherman naar de stoel. Omgeven door een krans van zachtbruin haar was het gezicht van zijn vrouw een en al kwelling.

'Waar heb je het over, Judy?'

Ze was zo van haar stuk dat ze eerst bijna geen woord uit kon brengen. 'Ik wou dat je kon zien hoe schijnheilig je staat te kijken.'

'Ik weet niet waar je het over hebt!'

Ze moest lachen omdat zijn stem zo schril klonk.

'Oké, Sherman, wou je me nou echt vertellen dat je niet hierheen hebt opgebeld en gevraagd hebt of je ene Maria kon spreken?'

'Wie?'

'Een of ander hoertje, als je het mij vraagt, dat Maria heet.'

'Judy, ik zweer bij God, ik weet niet waar je het over hebt! Ik ben met Marshall wezen wandelen! Ik ken niet eens iemand die Maria heet! Heeft er iemand gebeld die ene Maria wilde spreken?'

'Ehhh!' Het was een korte kreun, vol ongeloof. Ze stond op en ze keek hem recht in zijn ogen. 'Moet je hem daar nou zien staan! Denk je dat ik jouw stem aan de telefoon niet herken?'

'Dat denk ik wel, maar vanavond heb je hem toch echt niet gehoord. Dat zweer ik bij God.'

'Je liegt!' Ze gaf hem een afschuwelijke glimlach. 'Je bent een rottige leugenaar. En je bent een rottig mens. Je denkt dat je geweldig bent, maar je bent zo onbeduidend. Je liegt, of niet soms?'

'Ik lieg niet. Ik zweer bij God, ik ben Marshall uit gaan laten en kom hier terug en wham – ik bedoel, ik weet nauwelijks wat ik moet zeggen want ik weet werkelijk niet waar je het over hebt. Je vraagt me om een omgekeerde bewijslast te leveren.'

'Omgekeerde bewijslast.' De walging droop van de fraaie uitdrukking af. 'Je bent anders lang genoeg weggeweest. Ben je haar welterusten gaan zoenen en heb je haar ook nog eventjes lekker ingestopt?'

'Judy – '

'Of niet soms?'

Sherman boog zijn hoofd wat achterover voor haar bijtende blikken, draaide zijn handpalmen naar boven en zuchtte.

'Luister, Judy, je hebt het helemaal... helemaal... volslagen mis. Dat zweer ik bij God.'

Ze staarde hem aan. Opeens waren er tranen in haar ogen. 'O, jij zweert bij God. O, Sherman.' Ze probeerde haar tranen snuivend te onderdrukken. 'Ik ga nu niet – ik ga naar boven. Daar staat de telefoon. Waarom bel je haar niet hier vandaan?' Met moeite kon ze haar woorden door haar tranen heen uitbrengen. 'Het kan me niks schelen. Het kan me echt niks schelen.'

Toen liep ze de kamer uit. Hij hoorde haar schoenen over de marmeren vloer klikken, in de richting van de trap.

Sherman liep naar het bureau en ging in zijn Hepplewhite draaistoel zitten. Hij liet zich onderuit zakken. Zijn ogen vestigden zich op de fries die helemaal rondom langs het plafond van het kleine vertrek liep. Hij was van Indisch roodhout gesneden, in haut-reliëf, in de vorm van gestaltes die zich voorthaasten over een trottoir in een stad. Judy liet de fries in Hongkong laten maken voor een verbijsterende hoeveelheid geld... *mijn geld.* Toen leunde hij naar voren. *Ze kon barsten!* Wanhopig probeerde hij het smeulende vuur van gerechtvaardigde verontwaardiging weer op te stoken. Zijn ouders hadden gelijk gehad, niet soms? Hij verdiende beter. Zij was twee jaar ouder dan hij en zijn moeder had gezegd dat zoiets zou *kunnen* tellen – hetgeen, zoals zij het zei, betekende dat het zou *gaan* tellen, en had hij naar haar geluisterd? Oooo, nee. Zijn vader had vermoedelijk Cowles Wilton op het oog, die een kort en kommervol huwelijk achter de rug had met een onbeduidend joods meisje, toen hij had gezegd: 'Is het niet net zo gemakkelijk om verliefd te worden op een rijk meisje uit een goede familie?' En had hij naar hem geluisterd? Ooooo, nee. En al die jaren had Judy, de dochter van een professor in de geschiedenis uit het Midden-Westen – *een professor in de geschiedenis uit het Midden-Westen!* – zich gedragen als een intellectuele aristocrate – maar had ze er geen bedenkingen tegen gehad om zijn geld en zijn familie te gebruiken om opgenomen te worden in de nieuwe society kringen van haar en om zich als binnenhuisarchitecte te vestigen en om hun namen en hun appartement vet uitgesmeerd te krijgen over de pagina's van die vulgaire tijdschriften als *W* en *Architectural Digest* en al die andere, of wel soms? Oooooo nee, helemaal niet. Geen minuut! En waar was hij nu mee blijven zitten? Een veertigjarige die er altijd snel vandoor moest vanwege haar Fitness Training –

– en opeens ziet hij haar zoals hij haar voor de eerste keer zag, die avond veertien jaar geleden in de Village in de flat van Hal Thorndike met de chocoladebruine muren en de gigantische tafel die vol stond met obelisken en de mensen die nog aanzienlijk verder gingen dan bohémien, als bohémien tenminste was wat hij dacht – en het meisje met het lichtbruine haar en die fijne, delicate gelaatstrekken en het wilde korte krappe jurkje dat zoveel onthulde van haar perfecte kleine lichaam. En opeens *voelt* hij de niet te verwoorden wijze waarop ze zichzelf opgesloten hadden in de volmaakte cocon, in zijn flatje in Charles Street en haar flatje op West Nineteenth Street, immuun voor alles wat zijn ouders en Buckley en St. Paul's en Yale hem ooit bijgebracht hadden – en hij *herinnert zich* hoe hij tegen haar zei – met *praktisch deze woorden!* – dat hun liefde *alles*... zou overstijgen –

– en daar gaat ze nu dan, veertig jaar oud en uitgehongerd en bijna tot in perfectie fit getraind, huilend naar bed.

Hij liet zich weer onderuit zakken in zijn draaistoel. Zoals al zoveel mannen voor hem was ook hij, uiteindelijk, niet opgewassen tegen de tranen van een vrouw. Hij liet zijn nobele kin rusten op zijn sleutelbeen. Hier moest hij het afleggen.

Afwezig drukte hij op een knop op zijn bureau. De schuifdeur van een namaak-Sheraton kabinet rolde naar achter en een televisiescherm werd zichtbaar. Weer de hand van zijn geliefde huilende architecte. Hij opende de bureaulade en pakte de afstandsbediening eruit en toetste het toestel tot leven. Het nieuws. De burgemeester van New York. Een podium. Een woedende menigte zwarte mensen. Harlem. Er wordt stevig op los getimmerd. Een rel. De burgemeester zoekt dekking. Geschreeuw... chaos... wat een gejoel. Totaal zinloos. Sherman werd er niet koud of warm van. Hij kon zich er niet op concentreren. Hij klikte het toestel uit.

Ze had gelijk. De Meester van het Universum was onbeduidend, en hij was rottig en hij was een leugenaar.

2

Gibraltar

De volgende morgen doemt ze voor de ogen van Lawrence Kramer op vanuit een nog aarzelend grijs ochtendgloren, het meisje met de bruine lipstick. Ze staat vlak naast hem. Hij kan haar gelaatstrekken niet onderscheiden, maar hij weet dat zij het meisje met de bruine lipstick is. Haar woorden kan hij ook niet onderscheiden, woorden die als pareltjes tussen die lippen met bruine lipstick vandaan naar buiten komen tuimelen, en toch weet hij wat ze zegt. *Ga niet weg, Larry. Kom toch lekker bij me liggen, Larry.* Daar heeft hij wel zin in! Daar heeft hij verdomd veel zin in! Niks ter wereld waar hij meer zin in zou hebben! Maar waarom doet hij het dan niet? Wat weerhoudt hem ervan zijn lippen op deze lippen met bruine lipstick te drukken? Zijn vrouw, natuurlijk. Zijn vrouw, zijn vrouw, zijn vrouw, zijn vrouw, zijn vrouw –

Hij werd wakker doordat zijn vrouw zich met veel misbaar omhoog werkte en vervolgens voorover naar het voeteneind van het bed schommelde. Wat een kwabbig, onelegant gezicht... Het probleem was dat het queen-size bed met zijn multiplex onderstel bijna net zo breed was als de kamer. Dus om uit bed te komen moest je eerst over de hele matras heen, kruipend of op een andere manier.

Nu stond ze op de vloer en boog zich over de stoel om haar kamerjas te pakken. Haar flanellen overhemd hing zo ruim over haar heupen dat ze wel een meter breed leek. Onmiddellijk had hij er spijt van dat zulke gedachten bij hem opkwamen. Hij voelde zich week worden. Mijn Rhoda! Per slot van rekening was ze nog maar drie weken geleden bevallen. Hij lag te kijken naar de lendenen die zijn eerste kind hadden voortgebracht. Een zoon! Ze had haar oude figuur nog niet terug. Dat moest hij ook willen zien.

Evengoed maakte dit het uitzicht er niet beter op.

Hij bekeek hoe ze zich in haar kamerjas wurmde. Ze draaide zich om. Er viel licht naar binnen uit de woonkamer. Ongetwijfeld was Miss Efficiency, hun Engelse kraamhulp, al lang op en bezig efficiënt te zijn. In het licht kon hij het bleke opgeblazen, onopgemaakte gezicht van zijn vrouw goed van opzij zien.

Pas negenentwintig, en ze zag er nu al net zo uit als haar moeder!

Ze was er een herhaling van! Ze *was* gewoon haar moeder! Geen twijfel mogelijk! Het was alleen nog een kwestie van tijd! Ze had hetzelfde rossige haar, dezelfde sproeten, dezelfde stevige, dikke neus en wangen, zelfs het begin van net zo'n dubbele kin. Een roddeltante in wording! Kleine Gretel uit de sjtetl! Jong en jits in de Upper West Side!

Hij kneep zijn ogen tot nauwe spleetjes zodat zij niet zou merken dat hij wakker was. Toen ging ze de kamer uit. Hij kon horen dat ze iets tegen de kraamhulp en tegen de baby zei. Ze had een bepaalde manier om 'Jo-shu-a' te zeggen, in een babycadans. Van die naam begon hij al een beetje spijt te krijgen. Als je een joodse naam wilde, wat was er dan fout aan Daniël of David of Jonathan? Hij trok de dekens weer omhoog tot over zijn schouders. Hij wilde nog even vijf of tien minuten wegzakken in die zalige verdoving van de slaap. Hij wilde nog even terug naar het meisje met de bruine lipstick. Hij deed zijn ogen dicht... Dit had geen zin. Hij kon haar niet terughalen. Het enige waar hij aan kon denken was hoe hij zich weer naar de ondergrondse zou moeten haasten als hij er nu niet snel uit zou komen.

Dus stond hij op. Hij liep over de matras. Het was alsof je over de bodem van een roeiboot probeerde te lopen, maar hij had geen zin om te kruipen. Zo kwabbig en onelegant... Hij had een t-shirt aan en BVD-shorts. Nu werd hij gewaar dat hij die gebruikelijke jongemannenaandoening had, een ochtenderectie. Hij liep naar de stoel en trok zijn oude geruite kamerjas aan. Hij en zijn vrouw waren allebei kamerjassen gaan dragen sinds de Engelse kraamhulp in huis was gekomen. Een van de vele treurige ongemakken van de flat was dat je het onmogelijk van de slaapkamer naar de badkamer kon komen zonder door de voorkamer heen te moeten; daar sliep de kraamhulp op de slaapbank, en daar lag de baby prinsheerlijk in de wieg onder een speeldoos-mobile waaraan een heleboel lappen clownspopjes ronddraaiden. Die hoorde hij ook. De speeldoos speelde het deuntje *Send in the Clowns*. Steeds opnieuw. Plink plink plinkplink, plink plink plinkplink, plink PLINK plinkplink.

Hij keek omlaag. Het lukte niet met de kamerjas. Het leek alsof er een tentstok onder zat. Maar als hij voorover boog, op deze manier, viel het niet op. Dus kon hij door de woonkamer lopen en de kraamhulp zijn tentstok laten zien, of gebogen gaan lopen alsof hij een scheut in zijn rug had. Hij bleef daarom maar waar hij stond, in de schemer.

Schemer, dat was het. Door de aanwezigheid van de kraamhulp waren hij en Rhoda pijnlijk gaan beseffen in wat voor kot ze eigenlijk woonden. Dit hele appartement, in New Yorks onroerend goed-jargon een 3½ kamerflat geheten, was gecreëerd uit wat eens een wel aardige maar beslist niet reusachtige slaapkamer geweest was op de derde verdieping van een herenhuis, en had drie ramen aan de straatkant. Het zogenaamde vertrek waarin hij nu stond was eigenlijk niet meer dan een nis, gefabriceerd door middel van een gipsplaten wand. In de nis zat een van de ramen. Wat er nog over was van het originele vertrek heette nu woonkamer, en daarin zaten de andere twee ramen. Achterin naast de deur naar de gang waren nog twee nissen, de ene een keuken waar nog geen twee mensen langs elkaar heen konden, en de andere een badkamer. Beide zonder raam. De woning deed denken aan zo'n kleine mierenkolonie die je kunt kopen, maar het kostte hun $888 per maand, voorgeschreven huur. Zonder de huurprijzenwet zou het waarschijnlijk $1500 gekost hebben, en dat zou al te gortig geweest zijn. En wat waren ze blij geweest toen ze dit vonden! Mijn God, in heel New York waren er academici van zijn leeftijd, tweeëndertig, die een moord zouden begaan voor een appartement als dit, 3½ kamer met uitzicht, in een herenhuis, hoge plafonds, aangepaste huur, in de West Seventies! Diep treurig, niet soms? Ze konden het net betalen toen ze allebei nog werkten en hun gezamelijke salaris $56.000 per jaar bedroeg, $41.000 na aftrek van belastingen. De opzet was geweest dat Rhoda's moeder hun als geboortegeschenk geld zou geven om voor een week of vier een kraamhulp in dienst te nemen, totdat Rhoda weer op krachten was en weer aan het werk kon. Ondertussen zouden zij een *au pair* meisje zoeken dat voor de baby zou zorgen in ruil voor kost en inwoning. Rhoda's moeder had haar belofte ingelost, maar het werd steeds duidelijker dat een *au pair* die op een bedbank in de woonkamer van een mierenkolonie in de West Side wilde slapen niet te vinden was. Dan zou Rhoda dus niet terug kunnen naar haar baan, en zouden ze zich moeten zien te redden met zijn $25.000 schoon, terwijl de huur van dit onderkomen, zelfs met een voorgeschreven huurprijs $10.656 per jaar bedroeg.

Nou, deze zwartgallige bespiegelingen hadden tenminste zijn kamerjas weer een decentere vorm doen aannemen. Dus kwam hij de slaapkamer uit.

'Goeiemorgen Glenda,' zei hij.

'O, goedemorgen meneer Kramer,' zei de kraamhulp.

Heel koel en Brits, die stem van haar. Kramer was ervan overtuigd dat Britse accenten of de Britten zelf hem koud lieten. In feite intimideerden ze hem, die Britten en hun accent. In het *o* van de kraamhulp, een eenvoudig *o*, bespeurde hij al een vleugje *Ook eindelijk op?*

Ze was reeds efficiënt gekleed in haar witte uniform, deze stevige vrouw van in de vijftig. Het haar strak naar achteren in een volmaakte knot. Ze had de slaapbank alweer dichtgeslagen en de kussens weer op hun plaats gelegd, zodat hij weer het sjofele gele synthetisch gestoffeerde zitmeubel voor overdag vormde. Ze zat op de rand van het ding, de rug kaarsrecht, met een kopje thee. De baby lag op zijn rug in zijn wieg, volmaakt tevreden. Volmaakt was ook de goede typering voor de kraamhulp. Ze waren aan haar gekomen via het Gough Agency, dat in een artikel in het Wonen-katern van de *Times* een van de beste en gewildste genoemd werd. Dus betaalden ze ook de gewilde prijs van $525 per week voor een Engelse kraamhulp. Af en toe had ze het over andere huizen waar ze gewerkt had. Dat was altijd op Park Avenue, Fifth Avenue, Sutton Place... Nou, jammer dan! Nu krijg je dan eens een in elkaar geflanst flatje zonder lift in de West Side! Ze noemden haar Glenda, en zij sprak hen aan met meneer Kramer en mevrouw Kramer, in plaats van Larry en Rhoda. Het was de omgekeerde wereld. Glenda was een toonbeeld van welgemanierdheid, met haar kopje thee, terwijl meneer Kramer, hoofd van de mierenkolonie, langs kwam sjouwen op weg naar de badkamer, op blote voeten, met ontblote benen, piekend haar en een oude afgedragen ruitjeskamerjas. In de tegenovergelegen hoek, naast een buitengewoon stoffige *Dracaena fragrans* plant, stond de tv aan. Na het voorbijflitsen van een commercial begon de Today-show met een paar glimlachende gezichten. Het geluid stond echter niet aan. Ze zou heus niet zo onvolmaakt zijn om de tv te laten blèren. Wat zou ze in 's hemelsnaam nou echt denken, deze Britse scheidsvrouw die rechter speelt (op een afgrijselijke uitklapsofa) over de miserabele toestand chez Kramer?

Wat de vrouw des huizes, mevrouw Kramer betrof, die kwam net uit de badkamer, nog steeds in haar kamerjas en slippers.

'Larry,' zei ze, 'kijk 'ns naa mun voo-hoof. Volgens mijn zit daa iets, een soot uitslag. Ik zag 't net in de spiegel.'

Nog half daas probeerde Kramer haar voo-hoof te bekijken.

'Da's niks Rhoda. Je krijgt gewoon een pukkel, daar.'

Nog zoiets. Sinds de kraamhulp in huis was, was Kramer zich pijnlijk bewust geworden van de manier van praten van zijn vrouw. Dat was hem nooit eerder opgevallen, of tenminste nauwelijks. Ze had haar doctoraal gehaald aan New York University. En ze was nu al vier jaar editor bij Waverly Place Books. Ze was het intellectuele type, tenminste, toen hij haar leerde kennen las ze een heleboel poëzie van John Ashbery en Gary Snyder, en had ze een uitgesproken mening over Zuid-Afrika en Nicaragua. Desalniettemin was voor haar een voorhoofd een voo-hoof en naar en daar sprak ze uit zonder r's.

Ook daarin leek ze op haar moeder.

Rhoda slofte hem voorbij en Kramer ging de badkamernis binnen. De badkamer was Sociale Woningbouw bij uitstek. De hele rails van het douchegordijn hing vol was. En er hing nog meer over een lijn die diagonaal door het vertrek gespannen was, een babypakje, twee slabbetjes, een paar slipjes, enkele panties, en God weet wat al niet, alleen niets van de kraamzuster natuurlijk. Kramer moest onder de was doorduiken om bij de wc te komen. Een natte panty slibberde langs zijn oor. Weerzinwekkend. Op het deksel van de wc lag een natte handdoek. Hij keek rond of hij hem ergens op kon hangen. Nergens. Hij gooide hem op de grond.

Hij urineerde en deed een stapje opzij tot voor de wasbak, deed zijn kamerjas en zijn t-shirt uit en legde ze over het deksel van de wc. Kramer hield ervan 's morgens zijn gezicht en zijn figuur eens goed te bekijken. Dankzij zijn brede, vlakke gezicht, zijn stompe neus en zijn dikke nek zag niemand hem op het eerste gezicht voor een jood aan. Hij zou Grieks kunnen zijn, Slavisch, Italiaans, Iers zelfs – in ieder geval een behoorlijke bink. Hij was er niet zo gelukkig mee dat hij bovenop zijn hoofd al kaal werd, maar aan de andere kant gaf hem dat ook een behoorlijk ruig uiterlijk. Zoals hij kaal werd, werden ook veel proffootball spelers kaal. En zijn figuur… Maar vanochtend raakte hij wat mismoedig. Die oersterke deltoïden van hem, die massieve schuin aflopende trapezii van hem, die dikke pectoraalbundels van hem, zijn strakgespannen vleesmassa, zijn biceps – het zag er allemaal nogal slapjes uit vandaag. Hij begon goddomme weg te kwijnen! Hij had niet meer kunnen trainen sinds de baby en de kraamhulp waren gekomen. Zijn gewichten lagen in een doos achter de bak met de dracaena plant en hij oefende ermee tussen de plant en de bank in – en hij kon met geen mogelijkheid gaan trainen, kreunen en steunen, zweten en zwoegen en zichzelf bewonderend in de spiegel bekijken voor de ogen van de Engelse kraamjuf... om nog maar te zwijgen van het nog steeds mythische *au pair* meisje van de toekomst... Zie de realiteit onder ogen! Zet die jongensdromen opzij! Je bent nu een Amerikaanse werkende vader, niks meer en niks minder.

Toen hij de badkamer uitkwam zag hij Rhoda naast de Engelse kraamhulp op de bank zitten, en allebei staarden ze naar de tv. Het geluid stond aan. Het waren de actualiteiten van de *Today*-show.

Rhoda keek op en zei opgewonden: 'Moet je kijken, Larry! De burgemeester! Er was een rel in Harlem, gisteren. Hij heeft een fles naar z'n hoofd gekregen!'

Het viel Kramer nauwelijks op dat ze *buggemeeste* zei in plaats van *burgemeester*. Er gebeurden verbijsterende dingen op het scherm. Een podium – een mêlée – duwende en trekkende mensen – en toen een grote hand voor de lens, zodat er even helemaal niets meer te zien was. Dan weer geschreeuw en verbeten gezichten, er werd flink gemept, en dan totale chaos. Kramer en Rhoda en de kraamhulp verwachtten dat de relschoppers elk moment uit de tv konden springen tot vlakbij de wieg van de kleine Joshua. En dit was niet eens een locale zender; dit was de *Today*-show. Dit kreeg heel Amerika vanmorgen als ontbijt onder de neus geduwd, het volk van Harlem dat in opstand komt en uit gerechtvaardigde toorn de blanke burgemeester van een openbaar podium verjaagt. Daar kon je nog net de achterkant van zijn hoofd zien, dekking zoekend. Eens was hij burgemeester van New York City. Nu is hij burgemeester van Blank New York.

Toen het afgelopen was, keken ze elkaar alledrie aan en Glenda, de Engelse kraamzuster, begon behoorlijk aangedaan haar hart te luchten.

'Nou zeg, ik vind het volstrekt walgelijk. Die gekleurden weten echt niet hoe goed ze het hebben in dit land, neem dat maar van mij aan. In Engeland vind je amper een gekleurde bij de politie, laat staan in een hogere overheidsbaan, zoals je dat hier hebt. Ik heb pas nog in een artikel gelezen dat er in dit land wel meer dan tweehonderd zwarte burgemeesters zijn. En dan willen ze de burgemeester van New York in elkaar slaan. Sommige mensen weten echt niet hoe goed ze het hebben, als je het mij vraagt.'

Ze schudde boos haar hoofd.

Kramer en zijn vrouw keken elkaar aan. Hij wist zeker dat zij precies hetzelfde dacht als hij.

God zij geprezen! Wat een opluchting! Ze konden weer vrij ademhalen. Miss Efficiency was een dweepster. Vandaag de dag viel er aan dweperij geen eer meer te behalen. Het duidde op een afkomst uit het milieu van huursubsidies, op een ondergeschikte maatschappelijke positie en slechte smaak. Uiteindelijk waren ze dan toch superieur aan hun Engelse kraamzuster. Dat luchtte verdomme op.

Het hield net op met regenen toen Kramer op weg ging naar de ondergrondse. Hij droeg een oude regenjas over zijn gebruikelijke grijze pak, buttondown overhemd, en stropdas. Aan zijn voeten een paar Nike joggingschoenen met witte strepen op de zijkanten. Zijn nette bruinleren schoenen had hij in een tas, zo'n gladde witte plastic zak die je bij A&P krijgt.

Het station van de ondergrondse waar hij zijn trein naar de Bronx kon nemen was in Eighty-first Street bij Central Park West. Hij hield ervan om over Seventy-seventh Street naar Central Park West te lopen, en die te volgen naar Eighty-first, omdat hij dan langs het Museum of Natural History kwam. Dat was een prachtig gebouw, het mooiste van de West Side volgens Kramer, net een straatbeeld in Parijs; niet dat hij ooit in Parijs geweest was. Op dat punt was Seventy-seventh Street erg breed. Aan de ene kant had je het museum, een schitterend neoromanesk ontwerp van oude roodachtige steen. Het lag een eind van de straat vandaan in een klein park achter bomen. Zelfs op een bewolkte dag als vandaag leken de lentebladeren op te gloeien. *Bronsgroen* was het woord dat hem te binnen schoot. Aan de kant van de straat waar hij liep rees een rotswand van flats omhoog met sjieke appartementen die op het museum uitkeken. Daar had je portiers. Hij kon een glimp opvangen van marmeren entreehallen. En toen kwam plotseling weer het meisje met de bruine lipstick in zijn gedachten... Hij zag haar nu heel duidelijk voor zich, veel duidelijker dan in zijn droom. Hij balde zijn vuisten. Verdomme! Hij ging 't gewoon doen! *Hij ging haar bellen*. Dat ging hij doen, haar opbellen! Hij zou wel tot het einde van de rechtszaak moeten wachten natuurlijk. Maar hij ging het wel doen. Hij had er de balen van om altijd maar *andere mensen*... Het Leven te zien leiden. Het meisje met de bruine lipstick! – zij tweeën, elkaar diep in de ogen kijkend, aan een tafeltje in een van die restaurants met blank hout en schoon metselwerk en koper en gegraveerd glas en op het menu rivierkreeft Natchez en kalfsvlees en bananen-mesquite en maïsbrood met cayennepepers!

Kramer liep zich aan dit visioen te verlekkeren toen een eindje voor hem een gestalte uit de imponerende entree van 44 West Seventy-seventh Street naar buiten kwam die hem deed verstijven.

Het was een jonge man, bijna baby-achtig van uiterlijk, met een rond gezicht en donker haar dat keurig naar achteren gekamd was. Hij droeg een wijdvallende Chesterfield overjas met goudbruine fluwelen kraag en hij had een van die bekende donkerrode leren attachékoffertjes in de hand die bij Mädler of T. Anthony op Park Avenue vandaan komen en die zo'n boterachtige soepelheid hebben die uitstraalt: 'Ik kost $500.' Je kon een gedeelte zien van de geüniformeerde arm die de deur voor hem open hield. Hij liep met kordate pasjes onder de luifel door, het trottoir over naar een gereedstaande Audi. Achter het stuur zat een chauffeur. Er stond een nummer – 271 – op het achterste zijraam; een huurauto met chauffeur. Toen haastte de portier zich naar buiten, en hield de jonge man zijn pas wat in om de gelegenheid te geven de achterdeur van de sedan open te maken.

En deze jonge man was... Andy Heller! Daar was geen twijfel over mogelijk. Hij had bij Kramer in het jaar gezeten op Columbia Law School – en hoe verheven had Kramer zich niet gevoeld toen Andy, de mollige, pientere, kleine Andy, het meest voor de hand liggende gedaan had, namelijk een baantje nemen downtown, bij Angstrom & Molner. Andy, en met hem honderden anderen, zouden de komende vijf of tien jaar ploeterend achter hun bureau's doorbrengen en komma's, citaten en formuleringen navlooien, en formules opzoeken om de hebzucht op te wekken en op te peppen van hypotheekmakelaars, fabrikanten van gezondheids- en schoonmaakmiddelen en van fusie- en overnamebemiddelaars, en grossiers in herverzekeringen – terwijl hij, Kramer, het echte leven tegemoet zou treden en tot aan zijn middel door de moerassen van de levens van de ongelukkigen en de verdoemden zou waden, en zijn rug zou rechten in de rechtszalen en voor hen zou vechten, *mano a mano*, voor de balie der gerechtigheid.

En zo was het in feite ook gegaan. Waarom hield Kramer zich nu dan in? Waarom stapte hij niet zelfbewust verder en hief hij geen 'Haay, Andy' aan? Hij was nog geen tien passen van zijn vroegere jaargenoot verwijderd. In plaats daarvan bleef hij staan en draaide zijn hoofd naar de voorgevel van het gebouw en begon met zijn hand in zijn oog te wrijven alsof er een vuiltje in zat. Hij keek wel uit om geconfronteerd te worden met Andy Heller – terwijl zijn portier de limousine voor hem open hield en zijn chauffeur wachtte op het teken dat hij kon vertrekken – hij keek wel uit om met Andy Heller geconfronteerd te worden die hem aan zou kijken en zeggen: 'Larry Kramer, hoe maak jij het!' en vervolgens 'En, wat doe je?' En hij zou moeten zeggen: 'Nou, ik ben hulpofficier van justitie in de Bronx.' Hij zou er niet eens bij hoeven te zeggen: 'Voor $36.600 per jaar.' Dat was algemeen bekend. En al die tijd zou Andy Heller zijn ogen laten gaan over zijn smerige regenjas, zijn oude grijze pak waarvan de broekspijpen eigenlijk te kort waren, zijn Nike sneakers, zijn plastic tasje van A&P... De ballen... Kramer bleef, met zijn hoofd afgewend, een denkbeeldig vuiltje uit zijn oog staan wrijven tot hij de deur van de Audi in het slot hoorde vallen. Het leek alsof je een safe hoorde dichtgaan. En op het moment dat hij zich weer omdraaide kreeg hij nog net een lekker wollig wolkje luxe Duits autouitlaatgas in zijn gezicht toen Andy Heller zich op weg begaf naar zijn kantoor. Kramer wilde er zelfs niet aan denken hoe het er daar goddomme wel niet uit zou zien.

In de ondergrondse, de D-trein die naar de Bronx ging, stond Kramer in het middenpad en hield zich vast aan een roestvrij stalen stang terwijl de wagon schokte en slingerde en piepte. Op de plastic bank tegenover hem zat een knokige oude man die als een zwam uit de graffiti-wand achter hem leek te groeien. Hij zat een krant te lezen. De kop op de voorpagina luidde: HARLEM MEUTE VERJAAGT BURGEMEESTER. De woorden waren zo groot dat ze de hele pagina besloegen. Erboven, in kleine letters stond: '*Verdwijn Hymiezwijn!*' De oude man droeg een paar wit en paars gestreepte sneakers. Ze hadden iets raars aan de voeten van zo'n oude man, maar echt vreemd zagen ze er niet uit, niet in de D-trein. Kramer tuurde naar de grond. De helft van de mensen in het compartiment had flitsend vormgegeven sneakers aan met gemodelleerde zolen die eruit zagen als juskommen. Jonge mensen liepen erop, oude mensen liepen erop, moeders met kinderen op schoot liepen erop, en de kinderen trouwens ook. Dit kwam niet zozeer door het heersende Jong Fit & Sportief Chic zoals in Manhattan waar je een heleboel keurig geklede jonge blanke mensen 's morgens op sneakers naar hun werk zag gaan. Nee, in de

D-trein kwam het gewoon doordat ze zo goedkoop waren. In de D-trein waren deze sneakers als een groot bord dat mensen om hun nek hadden hangen met SLUM of EL BARRIO erop.

Kramer weigerde bij zichzelf te erkennen waarom hij ze eigenlijk droeg. Hij richtte zijn blik wat hoger. Er zaten een paar mensen in de sensatiekranten met grote koppen over de rel te kijken, maar de D-trein naar de Bronx was niet bepaald een trein van lezers... Nee... Wat er ook in Harlem voorviel, het had totaal geen effect in de Bronx. Iedereen in de coupé bekeek de wereld met het gebruikelijke uitgestreken gezicht en vermeed oogcontact.

Op dat moment viel het geluid heel kort weg, zo'n gat in de herrie dat je krijgt als er een deur tussen twee treincoupés open gaat. Drie jongens kwamen de coupé in, zwart, een jaar of vijftien, zestien, op hoge sneakers met enorme veters die niet vastgeknoopt waren maar wel precies gelijke evenwijdige lussen hadden, en met zwart gevoerde jacks aan. Kramer zette zich schrap en zorgde ervoor dat hij er ruig en verveeld uitzag. Hij spande zijn sternocleidomastoïde spierbundels zodat zijn nek opzette zoals bij een worstelaar. Een tegen een... kon hij ze alledrie verrot meppen... Maar het was nooit een tegen een... Jongens als deze zag hij elke dag in de rechtszaal... Nu kwamen ze alledrie door het middenpad... Ze liepen met een beetje een schokkend loopje, bekend als de Patser Pas... In de rechtszaal zag hij de Patser Pas ook elke dag... Op warme dagen in de Bronx paradeerden er zoveel jongens met deze Patser Pas rond dat hele straten op en neer leken te hobbelen... Ze kwamen dichterbij, met die onveranderlijk koele lege blik... Nou, wat konden ze eigenlijk maken?... Ze liepen voorbij, aan beide kanten... en er gebeurde niets... Natuurlijk gebeurde er niets... Met zo'n os, zo'n hengst als hij... wel de allerlaatste met wie ze wat uit wilden halen... Evengoed was hij altijd blij als de trein het station aan 161st Street binnenrolde.

Kramer liep de trappen op en kwam buiten op 161st Street. De hemel klaarde op. Recht voor hem verhief zich de reusachtige kuip van Yankee Stadium. Achter dit stadion doemden de sinistere, steeds verder in verval rakende kolossen van de Bronx op. Tien of vijftien jaar geleden hadden ze het stadion gerenoveerd. Ze hadden er honderd miljoen dollar aan gespendeerd, in de veronderstelling dat dit zou leiden tot een 'nieuwe opleving van het hart van de Bronx'. Wat een macabere grap! Sinds die tijd was dit rayon, het 44e, verworden tot het crimineelste van de Bronx. Dat zag Kramer ook elke dag om zich heen.

Hij begon de heuvel op te lopen langs 161st Street, op zijn sneakers, de plastic A&P tas met zijn schoenen in zijn hand. De bewoners van deze droefstemmende straten stonden voor de winkels en snackbars aan weerszijden van 161st.

Hij keek op – en eventjes kon hij de oude Bronx in zijn volle glorie zien. Boven op de heuvel, op de hoek van 161st Street en de Grand Concourse, was de zon doorgebroken en stond de kalkstenen voorgevel van het Concourse Plaza Hotel in het licht. Van deze afstand bezien zou het nog steeds door kunnen gaan voor een Europees vakantiehotel uit de jaren twintig. Vroeger woonden de Yankee-spelers er gedurende het seizoen, degenen die het zich konden permitteren, de sterspelers. Hij had zich ook altijd voorgesteld dat ze enorme suites hadden. Joe DiMaggio, Babe Ruth, Lou Gehrig... Dit waren de enige namen die hij zich kon herinneren, hoewel zijn vader het altijd over veel meer sterren had gehad. O, gouden joodse heuvels van weleer! De Grand Concourse en 161st Street, daar boven op de heuvel, waren het hoogtepunt van de joodse droom geweest, van het nieuwe Kanaän, het nieuwe joodse stadsdeel van New York, de Bronx! Kramers vader was zeventien straten verderop opgegroeid, in 178th Street – en hij had gedroomd van het meest zaligmakende wat er bestond... om op zekere dag... de eigenaar van een appartement te zijn... in een van deze statige gebouwen op dit hoogtepunt, op de Grand Concourse. Ze hadden de Grand Concourse ontworpen als de Park Avenue van de Bronx, behalve dan dat het nieuwe land van Kanaän het beter zou gaan doen. De Concourse was breder dan Park Avenue, en was nog weelderiger opgezet – en dat was nog zo'n macabere grap. Wou je nu een appartement aan de Concourse? Je had ze voor het uitkiezen vandaag de dag. Het Grand Hotel uit de joodse droom was tegenwoordig een welfare hotel, en de Bronx, het Beloofde Land, was voor zeventig procent zwart en Portoricaans.

Die arme, trieste, joodse Bronx! Toen hij tweeëntwintig was en net rechten ging studeren was Kramer zijn vader gaan zien als een kleine jood die er bijna zijn hele leven over gedaan had om de grote Diaspora-verhuizing te bewerkstelligen vanuit de Bronx naar Oceanside, Long Island, hemelsbreed dertig kilometer verderop, en die daarna iedere dag op en neer bleef treinen naar een papier- en kartonpakhuis in de West Twenties in Manhattan, waar hij 'controleur' was. Hijzelf, Kramer, zou de advocaat zijn... de cosmopoliet... En nu, tien jaar later, wat was er gebeurd? Hij woonde in een mierenkolonie waarbij vergeleken het koloniale huis met drie slaapkamers van zijn ouwe heer er als San Simeon uitzag, en hij nam elke dag de D-trein – de D -trein! – naar zijn werk in... *de Bronx!*

Vlak voor Kramers ogen begon de zon het andere grote gebouw op de top van de heuvel in het licht te zetten, het gebouw waar hij werkte, het Bronx County Building. Het gebouw was een wonderbaarlijk kalkstenen parthenon, neergezet in de vroege jaren dertig in de Civic Moderne-stijl. Het was negen verdiepingen hoog en liep van 161st Street tot 158th Street. Wat een onbevangen optimisme bezaten degenen die dit gebouw destijds verzonnen.

Ondanks alles werd hij door het gerechtsgebouw in zijn ziel geraakt. De vier imposante gevels waren ware verrukkingen van beeldhouwkunst en basreliëf. Op elke hoek bevonden zich groepen klassieke beelden. Landbouw, Handel, Industrie, Religie, en Kunst, Justitie, Bestuur, Orde en Gezag, en de Rechten van de Mens – nobele Romeinen die toga's droegen in de Bronx! Wat een gouden droom van een apollinische toekomst!

Als een van die aanminnige jongelingen uit de Oudheid vandaag de dag naar beneden kwam van daarboven, zou hij niet lang genoeg in leven blijven om in 162nd Street een Choc-o-pop of een blauwe Shark te halen. Ze zouden hem uitkloppen, alleen al om zijn toga. Dit 44e rayon was bepaald geen lol-letje. Aan de kant van 158th Street keek het gerechtsgebouw uit op het Franz Sigel Park, dat door een raam op de zesde verdieping gezien een prachtige strook Engelse landschapsarchitectuur vormde, een sprookje van bomen, struiken, gazons en rotsuitstulpingen dat zich aan de zuidkant van de heuvel naar beneden uitstrekte. Bijna niemand behalve hijzelf wist echter de naam van het Franz Sigel Park omdat niemand met een beetje hersens in zijn hoofd het zou wagen zover het park in te lopen tot hij bij het bord kwam waarop de naam stond. Vorige week was er nog zo'n arme drommel doodgestoken om tien uur 's morgens op een van de betonnen banken die in 1971 in het park geplaatst waren tijdens de campagne waarbij 'stedelijke voorzieningen wer-den getroffen om het Franz Sigel Park nieuw leven in te blazen en het weer tot bezit van de gemeenschap te maken'. De bank stond nog geen drie meter het park in. Iemand had de man vermoord om zijn draagbare radio, zo'n grote die op het parket van de officier van justitie bekend stonden onder de naam Bronx Attachékoffertje. Niemand op het kantoor van de officier ging op zon-nige meidagen met zijn lunchpakket het park in, zelfs niet iemand die hon-derd kilo kon drukken zoals hij. Zelfs een parketwacht in uniform die een wettelijk toegestane 38 mm revolver droeg deed dat nooit. Ze bleven binnen op dit vestingeiland van de Macht, van de blanken, zoals hijzelf, op dit Gibral-tar in de trieste vervuilde Sargasso Zee van de Bronx.

In de straat die hij juist wou oversteken, Walton Avenue, stonden drie oranje-blauwe busjes van het gevangeniswezen achter elkaar te wachten tot ze naar binnen konden door de dienstingang van het gebouw. De busjes voerden gevangenen aan uit het Huis van Bewaring op Rikers Island, en uit de Rechtbank voor Strafzaken van de Bronx, een blok verderop, die voor moes-ten komen bij het Hooggerechtshof van Bronx County, het hof dat zware misdrijven behandelde. De rechtszalen bevonden zich op de bovenste ver-diepingen, en de gevangenen werden binnengebracht via de dienstingang. Met de liften gingen ze omhoog naar de verblijfscellen bij de rechtszalen.

Je kon niet naar binnen kijken in de busjes omdat er een zwaar draadroos-ter voor de raampjes zat. Kramer hoefde ook niet te kijken. In deze busjes zat het gebruikelijke zootje zwarten en Latino's, plus soms een jonge Italiaan uit de buurt van Arthur Avenue en af en toe een Ierse jongen helemaal uit Wood-lawn, of een paar zwervers die zo stom waren geweest de Bronx uit te pikken om in de problemen te raken.

'Bajesvoer,' zei Kramer bij zichzelf. En als iemand naar hem gekeken had, zou hij inderdaad zijn lippen hebben zien bewegen toen hij het zei.

In ongeveer vijfenveertig seconden zou hij er achter komen dat er inder-daad iemand naar hem keek, maar op dit moment was er niets bijzonders aan de hand, behalve de blauw-oranje busjes en hijzelf die 'bajesvoer' zei tegen zichzelf.

Kramer had dat punt bereikt in het leven van een hulpofficier van justitie waarop hij overweldigd wordt door Twijfels. Elk jaar werden er in de Bronx veertigduizend mensen gearresteerd, veertigduizend onbenullen, idioten, zuiplappen, psychopaten, scharrelaars, brave zielen die zo getergd waren dat bij hen de stoppen waren doorgeslagen, en mensen die je eigenlijk alleen nog als kwaadaardige gezwellen kon omschrijven. Zevenduizend van hen werden aangeklaagd en in staat van beschuldiging gesteld, en kwamen vervolgens terecht in de strot van het strafrechtelijke apparaat – hier, op deze plek – door de toegangspoort naar Gibraltar, waar de busjes achter elkaar stonden. Dat betekende ongeveer 150 nieuwe gevallen, 150 nieuwe zwaar kloppende harten en somber starende blikken, elke week dat de rechtbanken en het parket van de officier van justitie van Bronx County open waren. En wat voor zin had dat alles? Dag in dag uit werden toch steeds weer dezelfde stomme, armzalige, zielige, weerzinwekkende misdaden begaan. Wat werd er eigenlijk bereikt door al die hulpofficieren, met al dit niet aflatende geroer in de drek? De Bronx verbrokkelde en verpietterde weer wat verder, en in de barsten en scheuren stolde steeds meer bloed. De Twijfels! Maar één ding werd in ieder geval bereikt. Het apparaat werd gevoed, en deze busjes voerden het vreten aan. Vijftig rechters, vijfendertig griffiers, 245 hulpofficieren, één officier van justitie – en deze gedachte bracht een glimlach op Kramers lippen, want vast en zeker zat Weiss daarboven op de zesde verdieping woedend te schreeuwen tegen Channel 4 of 7 of 2 of 5 over de aandacht die de televisie gisteren helemaal niet aan hem besteed had, maar die hij vandaag móest hebben – en God wist hoeveel strafrechtadvocaten, toegevoegde advocaten, gerechtsschrijvers, griffiers, parketwachten, gevangenbewaarders, onderzoeksambtenaren, maatschappelijk werkers, borgsommedewerkers, speciale onderzoeksmensen, administratieve medewerkers, gerechtspsychiaters, wat een gigantische zwerm mensen er hier van vreten voorzien moest worden! Iedere morgen werd dat vreten aangevoerd, het vreten en de Twijfels.

Kramer wilde juist de straat oversteken toen een grote witte Pontiac Bonneville voorbij kwam scheuren, een echte boot met buitensporige uitsteeksels, voor en achter, het soort fregat van zeven meter lang dat sinds ongeveer 1980 niet meer gemaakt werd. Gierend en met de neus bijna op de weg kwam hij bij de tegenoverliggende straathoek tot stilstand. Het portier van de Bonneville, een enorm vlak gegoten plaatijzer, zo'n anderhalve meter breed, ging met een treurig twopgeluid van het scharnier open, en een rechter genaamd Myron Kovitsky hees zich naar buiten. Hij was ongeveer zestig, kort, dun, kaal, pezig, met een scherpe neus, diepliggende ogen, en een vastberaden trek om de mond. Door het achterraam van de Bonneville kon Kramer een gestalte achter het stuur zien schuiven waar net de rechter had gezeten. Dat zou zijn vrouw wel zijn.

Het geluid van het opengaan van dat enorme oude portier en de aanblik van zo'n klein mannetje dat uit de auto stapte, hadden een deprimerende uitwerking. De rechter, Mike Kovitsky, komt in een vetkuivenboot van zo'n tien jaar oud naar zijn werk. Als rechter van het Hooggerechtshof verdiende hij $65.100. Kramer kende de bedragen uit zijn hoofd. Na aftrek van belastingen had hij misschien nog $45.000 over. Voor een man van zestig op de bovenste sporten van de justitiële ladder was dat erbarmelijk. In Manhattan... in de wereld van Andy Heller... betaalden ze dat aan mensen die net hun rechtenstudie beëindigd hadden als aanvangssalaris. En deze man wiens autoportier elke keer dat *twop*geluid maakt als hij het open doet, vertoeft in de hiërarchische top van dit vestingeiland. Hij, Kramer, bekleedde een onduidelijke positie ergens in het midden. Als hij zijn kaarten goed uit zou spelen en de Democratische Partijorganisatie in de Bronx aan zich wist te verplichten, dan zou dit – *twop!* – het hoogste zijn waar hij de komende drie decennia naar kon streven.

Kramer was halverwege de straat toen het begon:

'Yo! Kramer!'

Het was een enorme stem. Kramer had geen idee waar hij vandaan kwam.

'Hé, jij, pijpelul!'

Wah? Dat nagelde hem ter plekke aan de grond. Een raar gevoel – een geluid – als het sissen van stoom – trok door zijn schedel.

'Hé, Kramer, stom stuk stront!'

Dat was een andere stem. Ze –

'Yo! Kuttelikker!'

Het klonk van achter uit het busje, het blauw-oranje busje dat het dichtst bij hem stond, nog geen tien meter van hem vandaan. Hij kon ze niet zien. Hij kon ze niet onderscheiden door het rooster voor de raampjes.

'Yo! Kramer! Hymie klootzak!'

Hymie! Hoe wisten ze in godsnaam dat hij joods was! Hij leek niet – Kramer was geen – waarom zouden ze – dat greep hem wel aan!

'Yo! Kramer! Gore miet! Lik me reet!'

'Aaaiiiiiii, maaaaan, steekum ije rreet! Steekum ije rreet!'

Een Latijnsamerikaanse stem – alleen al het barbaarse van 's mans uitspraak drong het mes nog wat dieper in hem.

'Yo! Strontkop!'

'Aaaaiiiiiii! Jij kom es lekker likke! Kom es lekker likke!'

'Yo! Kramer! Je moet je moeder beffen, man!'

'Aaaaaaaii! Maaaaan! Krrij de kleerre, jij!'

Het leek wel een koor! Een stortbui van vuilbekkerij! Het *Rigoletto* van het riool, uit de ranzige strot van de Bronx!

Kramer stond nog steeds midden op straat. Wat moest hij doen? Hij staarde naar het busje. Geen mens te zien. Wie zou?... Wie van hen... uit die eindeloze optocht ellendige zwarten en Latino's... Nee! Niet kijken! Hij wendde zijn hoofd af. Wie stond er te kijken? Liet hij zich deze ongelooflijke beledigingen aanleunen en bleef hij gewoon doorlopen naar de ingang van Walton Avenue, terwijl ze nog veel meer over hem uit zouden kotsen, of ging hij de confrontatie aan?... Confrontatie... *Hoe*... Nee! Hij moest gewoon doen alsof het gejoel niet voor hem bedoeld was... Wie zou dat nou opvallen!... Hij zou de straat uitlopen en dan de hoek omslaan naar de hoofdingang! Niemand hoefde te weten dat het op hem sloeg! Zijn ogen speurden het trottoir af voor de dienstingang aan Walton Avenue, dicht bij de busjes... Alleen de gebruikelijke verlopen inwoners... Ze waren blijven staan. Ze gaapten naar het busje... De wacht! De wacht bij de ingang kende hem! De wacht zou in de gaten hebben dat hij zich uit de voeten probeerde te maken en het hele gedoe tactvol wilde omzeilen! Maar er stond helemaal geen wacht... Die was waarschijnlijk naar binnen gedoken zodat hij er tenminste niets mee van doen kreeg. Toen zag Kramer Kovitsky. De rechter stond op nog geen vijf meter van de ingang op het trottoir naar het busje te staren. Toen keek Kramer recht in zijn gezicht. Shit! Hij kent me! Die weet dat ze tegen *mij* schreeuwen! Dat kleine mannetje dat net uit zijn – *twop!* – Bonneville gestapt was stond tussen Kramer en een geslaagde aftocht in.

'Yo! Kramer! Geile schijtlijster!'

'Hé! Kale wormenkop!'

'Aaaaaaiiii! Steek-ie kale kop in ons rreet, man! Steek-ie kale kop in ons rreet!'

Kaal? Hoezo kaal? Hij was niet kaal. Zijn haar werd wat dunner, zootje geteisem, maar hij was nog lang niet kaal! Wacht 's! Het ging niet om hem – ze hadden de rechter in de gaten gekregen, Kovitsky. Nu hadden ze twee mikpunten.

'Yo! Kramer! Wat hejje ijje zak, man.'

'Hé, kale ouwe drol!'

'Glimmende ouwe strontkop!'

'Hejje je balle ijje zak, Kramer?'

Nu ging het hun allebei aan, hem en Kovitsky. Nu moest hij afzien van zijn eindsprint naar de hoofdingang. Dus stak hij de straat verder over. Het was net alsof hij onder water zweefde. Hij wierp een blik op Kovitsky. Maar die sloeg al geen acht meer op hem. Die liep recht op het busje af. Zijn hoofd tussen de schouders getrokken. Zijn ogen schoten vuur. Je kon het wit van zijn ogen zien. Zijn pupillen waren twee dodelijke stralen die net onder zijn bovenste oogleden gloeiden. Kramer had hem zo wel eens in de rechtszaal gezien... zijn hoofd ingetrokken en zijn ogen twee vlammenwerpers.

De stemmen vanuit het busje probeerden hem terug te drijven.

'Waar kijk je naar, ouwe rimpelpik?'

'Yaaaagghh, kom op! Kom op dan, rupsenlul!'

Maar het koor begon uit zijn ritme te raken. Ze wisten niet wat ze met deze pezige kleine opdonder aanmoesten.

Kovitsky liep tot bij het busje en probeerde door het draadwerk heen te loeren. Hij zette zijn handen in zijn zij.

'Hé! Wat sta je stom te kijken, man?'

'Shiiit! 'k Zal je wat te kijke geve, man!'

Maar de druk raakte van de ketel. Kovitsky liep naar de voorkant van het busje. Hij richtte zijn vlammende ogen op de chauffeur.

'Hoor... jij... dat?' zei de kleine rechter, en wees naar de laadruimte van het busje.

'Wa?' zei de chauffeur. 'Watte?' Hij wist niet wat hij moest zeggen.

'Ben je goddomme doof?' zei Kovitsky. 'Jouw gevangenen...jouw... gevangenen... Je bent toch in dienst van het gevangeniswezen...'

Hij begon dreigend met zijn vinger naar de man te wijzen.

'Jouw... *gevangenen*... jij laat jouw *gevangenen*... deze *stront*... over de mensen van deze gemeente smijten, en over de medewerkers van dit *hof?*'

De chauffeur was een donkere dikzak, gedrongen, ongeveer vijftig, de gezichtsloze, grijze middelbare leeftijd, ambtenaar voor het leven... en opeens gingen zijn ogen en zijn mond open, zonder dat er geluid uitkwam, en trok hij zijn schouders op en hief zijn handen geopend omhoog en trok de mondhoeken naar beneden.

Dit was de oer-mimiek van de straten van New York, de uitdrukking waarmee te kennen werd gegeven: 'Hé, wat mot je? Wat mot je van me?' En op dit ogenblik met name: 'Wah wil je da'k doe, in die kooi kruipen bij dat zootje?'

Het was de eeuwenoude roep om erbarmen, niet te beantwoorden en evenmin te ontkennen.

Kovitsky staarde de man aan en schudde zijn hoofd als iemand die zich met een hopeloos geval geconfronteerd ziet. Toen draaide hij zich om en liep terug naar het achtereind van het busje.

'Daar heb je Hymie ook!'

'Unnh! Unnnh! Unnnhh!'

'Pikkie slikken, Edelachtbare?'

Kovitsky staarde naar het raam, en bleef proberen door het rooster heen zijn vijand te ontwaren. Daarop haalde hij diep adem, trok via zijn neus een enorme snotter naar binnen, en liet een diepe rochel vanuit zijn borstkas en zijn keel horen. Het was ongelooflijk hoe zo'n klein dun lijf zo'n geluid als uit een vulkaan kon produceren. En toen *spuugde* hij. Hij flensde een miraculeuze fluim spuug tegen het raam van de bus. Die kwakte tegen het rooster en bleef daar hangen, een enorme druipende gele oester die gedeeltelijk begon te verzakken als een afzichtelijke, besmettelijke brok kauwgum of zoetigheid, met een klodder eronder aan. En daar bleef hij hangen, glinsterend in het zonlicht, zodat degenen die in het busje zaten hem eens op hun gemak in ogenschouw konden nemen.

Ze waren met stomheid geslagen. Het hele koor viel stil. Gedurende één zeldzaam koortsachtig moment bestond er niets anders op de hele wereld, in het hele zonnestelsel, in het universum, in de hele astronomie, behalve de kooi en deze ene glinsterende, slijmerige, druipende kwak spuug in de zon.

Toen stak de rechter, vlak voor zijn buik zodat niemand op het trottoir het kon zien, zijn middelvinger omhoog, draaide zich om en liep naar de ingang van het gebouw.

Hij was al halverwege de deur voor ze hun adem terugvonden.

'Shiiiit, krijg de klere man!'

'Wou je... shit... da moeje 'ns probere...'

Maar de bezieling was eruit. De weerzinwekkende heftigheid van het oproer in het arrestantenbusje was als een nachtkaars uitgegaan bij het zien van de vlammende woede van deze kleine, ijzeren bonk van een kerel.

Kramer haastte zich achter Kovitsky aan, en haalde hem in toen deze de ingang van Walton Street naar binnen liep. Hij *moest* hem inhalen. Hij moest hem laten merken dat hij de hele tijd aan zijn kant gestaan had. Het waren zij tweeën geweest die daarbuiten die snijdende beledigingen hadden moeten incasseren.

De wacht was weer bij de deur verschenen. 'Goeiemorgen, rechter,' zei hij alsof het een dag als alle andere was op het vestingeiland van Gibraltar.

Kovitsky keek hem nauwelijks aan. Hij was in gedachten verzonken, zijn hoofd tussen de schouders.

Kramer tikte hem op zijn schouders. 'Hé, rechter, dat was niet mis, zeg!' Kramer stond te stralen alsof ze met z'n tweeën net een groot gevecht geleverd hadden, schouder aan schouder. 'Ze hielden hun kop! Ik kon m'n oren niet geloven! Ze *hielden hun kop!*'

Kovitsky bleef staan en bekeek Kramer van top tot teen, alsof hij naar iemand keek die hij nooit eerder gezien had.

'Je hebt er goddomme niks aan,' zei de rechter.

Hij neemt het me kwalijk dat ik niks gedaan heb, dat ik hem niet geholpen heb – maar meteen daarna realiseerde Kramer zich dat Kovitsky het eigenlijk over de chauffeur van het busje had.

'Nou ja, die arme klootzak,' zei Kovitsky, 'hij staat stijf van de schrik! Ik zou me kapot schamen als ik zo'n baantje had en ik zo godverdomde bang zou zijn.'

Het leek dat hij meer tegen zichzelf stond te praten dan tegen Kramer. Hij bleef maar doorgaan over godverdomme zus en godverdomme zo. Deze godslasteringen drongen maar nauwelijks tot Kramer door. Het gerechtsgebouw was als het leger. Van de rechters tot en met het bewakingspersoneel gebruikte iedereen dat ene onder alle omstandigheden geschikte bijvoeglijk naamwoord of bijwoord of hoe je het moet noemen, en na een tijdje was het even vanzelfsprekend als ademhalen. Nee, Kramers geest snelde vooruit. Hij was bang dat de volgende woorden uit Kovitsky's mond deze zouden zijn: 'Wat stònd je daar goddomme maar een beetje te niksen?' Hij was al bezig excuses te zoeken. 'Ik had geen idee waar het geschreeuw vandaan kwam... Ik wist niet of het uit dat busje kwam of...'

Het TL-licht gaf de gang de gedimde giftige gloed van een röntgenkliniek.

'... dat Hymie gescheld,' zei Kovitsky. Daarop keek hij Kramer aan met een gezicht dat duidelijk om antwoord vroeg.

Kramer wist bij God niet waar hij het over gehad had.

'Hymie?'

'Jaah. "Daar heb je Hymie ook," ' zei Kovitsky. ' "Rupsenlul." Dat geeft niet, "rupsenlul".' Hij lachte, helemaal opgevrolijkt door de gedachte. ' "Rupsenlul"... Maar "Hymie". Da's godverdomme smerig. Dat is *haat!* Dat is antisemitisch. En *waarom?* Zonder de jiddische zouden ze nu nog steeds asfalt leggen en tegen geweerlopen aankijken in South Carolina, godverdomme, de stakkers.'

Er ging een alarm af. Een krankzinnig gerinkel vulde de hal. Golvend beukte het in Kramers oren. Rechter Kovitsky moest zijn stem luid verheffen om zich verstaanbaar te maken, maar hij keek niet op of om. Kramer knipperde niet eens met de ogen. Het alarm betekende dat er een gevangene was ontsnapt of dat een miezerig, mager broertje van zo'n zware jongen in een rechtszaal een pistool had getrokken, of dat een kolos van een huurder het mannetje van vijfenzestig kilo dat het verhoor leidde zijn arm op zijn rug had gedraaid. Of misschien was het alleen maar brand. De eerste paar keren dat Kramer het alarm hoorde overgaan op het vestingeiland van Gibraltar wist hij niet waar hij het eerst moest kijken, en had hij zich schrap gezet voor het gestamp van een aanstormende kudde bewakers op soldatenkistjes die met 38 mm revolvers zwaaiden en over de marmeren vloeren holden om een of andere mafketel op supergrafische sneakers te pakken te krijgen, die opgefokt van angst de honderd meter in 8,4 seconden aflegt. Maar na een tijdje ging hij het negeren. Het was de normale toestand van alarm, paniek en chaos in het Bronx County Building. De mensen om Kramer en de rechter heen draaiden hun hoofden alle kanten op. Zulke trieste koppen... Ze kwamen voor het eerst op Gibraltar, om God weet wat voor treurige redenen.

Plotseling gebaarde Kovitsky naar de grond en zei: '... zijn dat dan, Kramer?'

'Dat?' zei Kramer, terwijl hij er wanhopig achter probeerde te komen waar de rechter het over had.

'Die verdomde schoenen,' zei Kovitsky.

'Oh! Die schoenen,' zei Kramer. 'Dat zijn joggingschoenen, rechter.'

'Heeft Weiss dat soms bedacht?'

'Neeee,' zei Kramer grinnikend alsof hij dat wel een goede vond van de rechter.

'Rennen voor de Rechtstaat? Zover heeft Abe Weiss jullie gekregen, dat jullie Rennen voor de Rechtstaat?'

'Nee, nee, nee, nee.' Nog meer gegrinnik, en een brede grijns, omdat Kovitsky dit duidelijk een scherpe uitdrukking vond van zichzelf, Rennen voor de Rechtstaat.

'Jezus, al die jongens die wegens een gewapende overval op 'n supermarkt bij mij in de rechtszaal komen, hebben die verdomde dingen aan, en nu jullie ook al?'

'Nee hoor, neeee.'

'Je denkt toch niet dat je d'r met die dingen bij mij in komt, hè?'

'Neeeeeh, nee hoor. Geen sprake van, rechter.'

Het alarm bleef maar rinkelen. De nieuwe mensen, de nieuwe treurige gezichten die nog nooit in dit fort geweest waren, keken om zich heen met wijd geopende ogen en dito mond, en zagen een kale, oude, blanke man in een grijs pak met een wit overhemd en een stropdas, en een kalende blanke jongeman in een grijs pak met een wit overhemd en een stropdas onverstoord staan glimlachen en praten, kletsend en keuvelend, en als deze twee blanke mannen, die zo overduidelijk deel uitmaakten van de sterke armen van de Wet, daar gewoon rustig stonden zonder zelfs maar met de ogen te knipperen, nou, dan kon het allemaal zo erg niet zijn, toch?

Terwijl het alarm door Kramers hoofd echode, voelde hij zich nog neerslachtiger worden.

Meteen nam hij ter plekke een besluit. Hij zou iets gaan ondernemen – iets opzienbarends, iets onbevuids, iets wanhopigs, wat dan ook. Hij ging hier uitbreken. Hij ging zich uit dit slijk omhoog worstelen. Zijn licht zou gaan stralen, en hij zou het Leven met beide handen vastgrijpen –

Weer zag hij het meisje met de bruine lipstick, zo echt alsof ze vlak naast hem stond in dit deprimerende, grimmige gebouw.

3

Vanaf de vijftigste verdieping

Sherman McCoy liep zijn flatgebouw uit met de hand van zijn dochtertje Campbell in de zijne. Op mistige dagen zoals vandaag hing er altijd een vreemd grauwblauw licht over Park Avenue. Maar toen ze eenmaal onder de luifel voor de ingang vandaan gestapt waren... Stralend! De middenberm van Park Avenue was één gele baan van tulpen. Het waren er duizenden, dankzij de contributie die flateigenaren zoals Sherman betaalden aan de Vereniging van Bewoners van Park Avenue, en dankzij de duizenden dollars die de Vereniging op haar beurt betaalde aan een hoveniersbedrijf genaamd Wiltshire Country Gardens van drie Koreanen uit Maspeth, Long Island. Het had iets hemels, die gele gloed van al die tulpen. En dat was zeer toepasselijk. Zolang Sherman de hand van zijn dochter in de zijne hield en met haar naar de bushalte liep, voelde hij dat hij deel had aan de gratie Gods. Een verheven gemoedstoestand was het en het kostte niet veel. De bushalte was aan de overkant van de straat. Zijn ongeduld over Campbells kleine stapjes kreeg nauwelijks de kans om deze verkwikkende teug vaderschap die hij elke dag nam te bederven.

Campbell zat in de eerste klas op Taliaferro, wat, zoals iedereen, *tout le monde*, wist, uitgesproken werd als Toliver. Iedere ochtend stuurde de school haar eigen bus met chauffeur en kinderleidster langs Park Avenue. En inderdaad zaten er bijna geen meisjes op Taliaferro die niet binnen loopafstand van deze busroute woonden.

Wanneer Sherman met Campbell aan de hand het trottoir opstapte, was ze een droombeeld voor hem. Ze was een droombeeld elke ochtend weer. Haar haar was een weelderige overdaad van zachte krullen, net zoals dat van haar moeder, maar dan lichter en goudkleuriger. Haar kleine gezichtje – volmaakt! Daar zouden zelfs de klungelige jaren van de puberteit geen verandering in kunnen brengen. Daar was hij vast van overtuigd. Met haar donkerrode schooljumper, haar witte bloes met gele kraag, haar nylon rugzakje en haar witte kniekousjes zag ze eruit als een engeltje. De aanblik alleen al vond Sherman ongelooflijk ontroerend.

De portier die ochtenddienst had was een oude Ier die Tony heette. Nadat hij de deur voor hen had opengehouden stapte hij naar buiten onder de luifel en keek hoe ze wegliepen. Dat was heerlijk... heerlijk! Sherman genoot ervan om zijn vaderrol voor de ogen van anderen te spelen. Vanochtend was hij een toegewijd man, een representant van Park Avenue en Wall Street. Hij droeg een blauwgrijs geruit kamgaren kostuum, op maat gemaakt in Engeland voor $1800, met twee knopen, zonder overslag, en met gewone, even ingekeepte revers. Op Wall Street werden twee rijen knopen en puntige revers als een beetje snel beschouwd, een beetje teveel Heersende Mode. Zijn dikke bruine haar was achterover gekamd. Hij rechtte zijn rug en stak zijn lange neus en prachtige kin de lucht in.

'Schat, laat me je vest dichtknopen. Het is een beetje fris.'

'Oh nee, José,' zei Campbell.

'Kom nou, liefje, ik wil niet dat je kou vat.'

'Neejo Séjo, Neejo.' Ze rukte haar schouders van hem weg. *Séjo* was *José* achterstevoren. 'N-n-n-n eeeeh.' Dus zuchtte Sherman maar eens diep en liet zijn voornemen varen om zijn dochtertje tegen de elementen in bescherming te nemen. Ze liepen een eindje door.

'Pappie?'

'Ja, schattebout?'

'Pappie, als er nou geen God is?'

Sherman was ontdaan, van zijn stuk gebracht. Campbell keek naar hem op met een volmaakt alledaagse uitdrukking op haar gezicht, alsof ze zojuist naar de naam van al die gele bloemen gevraagd had.

'Wie heeft dat gezegd, dat er geen God is?'

'Maar als er nou *geen* is?'

'Waarom denk je – heeft iemand dat tegen je gezegd, dat er geen God is?'

Wat voor geniepig onruststokertje uit haar klas had dit vergif rondgestrooid? Voorzover Sherman wist geloofde Campbell nog in de Kerstman, en nu begon ze hier even het bestaan van God in twijfel te trekken! Maar toch... het was wel een vroegrijpe vraag voor een kind van zes, of niet soms? Daar kon geen mens omheen. En dan te bedenken dat een dergelijke veronderstelling –

'Maar, als er nou *geen* is?' Ze was geïrriteerd. Het was ook geen antwoord om haar te vragen naar de herkomst van zo'n vraag.

'Maar, er is *wel* een God, liefje. Daarom kan ik je niets vertellen over "als er nou geen is".' Sherman probeerde nooit tegen haar te liegen. Maar deze keer voelde hij duidelijk dat het de meest tactvolle manier was. Hij had altijd gehoopt dat hij het met haar nooit over geloofszaken zou hoeven te hebben. Sinds kort stuurden ze haar naar de zondagsschool van de Episcopale Kerk van St. James, op Madison Avenue bij Seventy-first Street. Dat was de manier hoe je met religie omging. Je liet ze op de zondagsschool inschrijven, en je zorgde ervoor verder nooit meer over geloofszaken te praten of te denken.

'O,' zei Campbell. Ze staarde voor zich uit in de verte. Sherman voelde zich schuldig. Zij was met een moeilijke vraag gekomen en hij had hem ontweken. En hier stond ze nu, zes jaar oud, en probeerde de grootste puzzel van het leven stukje bij beetje aan elkaar te leggen.

'Pappie?'

'Ja, schat?' Hij hield zijn adem in.

'Ken je de fiets van mevrouw Winston?'

De fiets van mevrouw Winston? Toen schoot het hem te binnen. Twee jaar geleden was er bij Campbell op de kleuterschool een juf geweest, mevrouw Winston, die onverschrokken het verkeer trotseerde en elke dag met de fiets naar school kwam. Dat hadden alle kinderen prachtig gevonden, een juf die op de fiets naar school kwam. Sinds die tijd had Campbell het echter nooit meer over haar gehad.

'Ja hoor, dat herinner ik me nog.' Er viel een beklemmende stilte.

'MacKenzie heeft er net zo een.'

MacKenzie? MacKenzie Reed was een meisje bij Campbell uit de klas.

'Echt waar?'

'Ja. Alleen is-ie kleiner.'

Sherman bleef wachten... op de logische samenhang... maar die kwam niet. Dit was het dan. God leeft! God is dood! Mevrouw Winstons fiets! Oh, nee, José! Neejo Séjo! Ze kwamen allemaal uit dezelfde stapel in de speelgoedkist. Heel even was Sherman opgelucht, maar toen voelde hij zich genomen. Het idee dat zijn dochter daadwerkelijk het bestaan van God in twijfel trok, op zesjarige leeftijd – dat had hij opgevat als een teken van superieure intelligentie. En in de Upper East Side was intelligentie de laatste tien jaar voor het eerst ook voor meisjes een maatschappelijk vereiste geworden.

Een stuk of wat kleine meisjes in donkerrode jumpers stonden met hun ouders of kindermeisjes verzameld bij de Taliaferro bushalte, aan de andere kant van Park Avenue. Zo gauw Campbell ze in de gaten kreeg probeerde ze haar hand uit die van Sherman te bevrijden. Die leeftijd had ze nu bereikt. Maar hij liet dat niet toe. Hij bleef haar hand stevig vasthouden en leidde haar naar de overkant van de straat. Hij was haar beschermer. Verstoord keek hij naar een taxi die nogal luidruchtig voor het stoplicht tot stilstand kwam. Met alle plezier zou hij zich ervoor werpen als hij op die manier Campbells leven kon redden. Terwijl ze overstaken zweefde hem een helder beeld voor de geest van het ideale paar dat zij samen vormden. Campbell, de volmaakte engel in het uniform van een particuliere school; hijzelf, met zijn edele kop, zijn Yale kin, zijn grote postuur, en zijn Britse kostuum van $1800, de vader van de engel, een man van aanzien; hij vormde zich een beeld van de bewonderende blikken, de jaloerse blikken, van de automobilisten, de voetgangers, van iedereen.

Zodra ze de bushalte bereikten, trok Campbell zich los. Het was een opgewekt clubje, de ouders die hun dochtertjes 's ochtends naar de Taliaferro bushalte brachten. Wat waren ze altijd in een uitgelaten stemming! Sherman begon zijn rondje goeiemorgens. Edith Tompkins, John Channing, de moeder van MacKenzie Reed, het kindermeisje van Kirby Coleman, Leonard Schorske, mevrouw Lueger. Toen hij bij mevrouw Lueger kwam – hij was er nooit achter gekomen wat haar voornaam was – verslikte hij zich bijna. Het was een slanke bleke blonde vrouw die nooit make-up droeg. Deze ochtend was ze zo te zien op het laatste moment met haar dochtertje naar de bushalte gerend. Ze droeg een blauw buttondown mannenoverhemd met de bovenste twee knoopjes los. Ze had een oude spijkerbroek aan en een soort ballet-slippers. Die spijkerbroek zat heel strak. Ze had een fantastisch figuurtje. Dat was hem nog nooit opgevallen. Echt heel fantastisch! Ze zag er zo… bleekjes uit, zo half wakker en zo kwetsbaar. Weet u, mevrouw Lueger, wat u nodig heeft is een kop koffie. Kom mee, ik ga net naar die coffeeshop op Lexington Avenue. O, da's toch onzin, meneer McCoy. Kom mee naar boven naar onze flat. Ik heb nog versgezette koffie staan. Hij bleef haar wel twee seconden langer aankijken dan betamelijk was, en toen… *pop*… daar was de bus, een groot zwaar vehikel, en de kinderen klommen wild naar binnen.

Sherman draaide zich om, en keek toen nog een keer naar mevrouw Lue-ger. Maar zij keek niet naar hem. Ze liep in de richting van haar flat. De bilnaad van haar spijkerbroek spleet haar als het ware middendoor. Aan allebei de kanten van het zitvlak zat een ronde, bijna witte plek. Dat waren de lokkende toppen van het welvende vlees eronder. Wat een waanzinnig achterwerk had ze! En hij had deze vrouwen altijd als mama's gezien. Wie wist wat voor kleine maar o zo hete vuurtjes er in deze mama's laaiden?

Sherman begon in oostelijke richting te lopen, naar de taxistandplaats op de hoek van First Avenue en Seventy-ninth Street. Hij was in een vrolijke bui. Waarom precies zou hij niet uit hebben kunnen leggen. De ontdekking van die schattige kleine mevrouw Lueger… jawel, maar in feite was hij altijd in een goede stemming als hij Campbell naar de bushalte gebracht had. De Beste School, de Beste Meisjes, de Beste Families, de Beste Buurt in de hoofdstad van de westerse wereld aan het eind van de twintigste eeuw – maar het enige dat in zijn geest bleef hangen was de gewaarwording van Campbells handje in de zijne. Daarom voelde hij zich zo goed. De aanraking van haar handje, zo vol vertrouwen en volslagen afhankelijk, dat was het leven zelf!

Toen verdween zijn goede humeur. Hij had er behoorlijk de pas in, en zijn ogen dwaalden doelloos over de gevels van de huizen. Op deze grauwe och-tend zagen ze er oud en deprimerend uit. Ervoor waren vormeloze plastic vuilniszakken in schakeringen van Hondedrol-Bruin en Kak-Groen op het trottoir neergezet. De zakken zagen er afstotelijk uit. Hoe konden de mensen zo leven? Slechts twee straten verderop was Maria's appartement… dat van Ralston Thorpe was hier ook ergens… Sherman en Rawlie hadden samen op Buckley gezeten, op St. Paul's en op Yale, en nu werkten ze allebei bij Pierce & Pierce. Rawlie was van een appartement met zestien kamers op Fifth Avenue verhuisd naar de bovenste twee etages van een oud huis in deze buurt, na zijn scheiding. Niet bepaald opbeurend. Sherman had gisteravond zelf ook een royale stap in de richting van echtscheiding gezet, niet soms? Niet alleen had Judy hem betrapt, *in flagrante telefone*, als het ware, maar hij was toen, abject geil schepsel dat hij was, gewoon doorgegaan en had een nummertje ge-maakt – precies! niets meer en niets minder! – een nummertje! – en was pas drie kwartier later weer thuis gekomen… Wat zou het voor Campbell beteke-nen als hij en Judy ooit uit elkaar gingen? Hij kon zich niet voorstellen hoe zijn leven er na zo'n gebeurtenis uit zou zien. Het recht zijn eigen dochter in de weekenden te bezoeken? Hoe was de term ook weer die ze daarvoor bezigden? 'Het primaire recht'? Zo smakeloos, zo smakeloos… Campbells ziel die zich iedere maand verder verhardde tot een broos schildje…

Tegen de tijd dat hij een halve straat verder was haatte hij zichzelf. Hij had zin om zich om te draaien en terug te gaan naar zijn appartement en vergiffenis te vragen en te zweren *het nooit meer te doen*. Hij had er zin in, maar hij wist dat hij het niet zou doen. Dan zou hij te laat op kantoor komen, en dat gaf bij Pierce & Pierce altijd nogal bedenkelijke gezichten. Niemand zei er ooit openlijk iets van, maar je werd geacht vroeg te verschijnen en direct te beginnen met geld verdienen… en een Meester van het Universum te zijn. Een golf adrenaline – de Giscard! Hij stond op het punt de grootste transactie van zijn leven af te sluiten, de Giscard, door goud gedekte obligaties – Meester van het Universum! – en toen kwam hij weer tot bedaren. Judy had op de slaapbank in de kleedkamer van hun slaapsuite geslapen. Ze sliep nog, of deed alsof, toen hij opstond. Nou, God zij dank. Hij had vanochtend niet uitgezien naar nog een rondje met haar, en al helemaal niet met Campbell of Bonita erbij als toehoorders. Bonita was een Zuidamerikaans dienstmeisje met een volmaakt prettige maar niettemin formele manier van optreden. Het zou een stomme zet zijn om in haar bijzijn kwaad of verdrietig te zijn. Geen wonder dat vroeger de huwelijken langer standhielden. Shermans ouders en hun vrienden hadden allemaal een heleboel personeel gehad, en dat personeel had lange dagen gemaakt en ingewoond. Als je er niet voor voelde om in het bijzijn van het personeel ruzie te maken, dan had je niet veel kans om überhaupt ruzie te maken.

Dus had Sherman in de beste McCoy-traditie de schijn opgehouden, net zoals zijn vader gedaan zou hebben – behalve dat hij zich niet voor kon stellen dat zijn vader ooit zo in de knoei zou zitten. Hij had in de keuken met Campbell ontbeten, terwijl Bonita haar hielp met eten en zorgde dat ze klaar was om naar school te gaan. Bonita had een draagbare televisie in de keuken en ze wendde voortdurend haar hoofd naar het beeld om het verslag van de rellen in Harlem te volgen. Het ging er heet aan toe, maar Sherman had er geen aandacht aan geschonken. Het had allemaal zo ver van zijn bed gelegen… het soort zaken dat zich ergens daarbuiten afspeelde… bij al die andere mensen… Hij had druk geprobeerd vriendelijkheid en vrolijkheid uit te stralen zodat Bonita en Campbell niet zouden voelen wat een verziekte sfeer er over het huishouden hing.

Inmiddels was Sherman bij Lexington Avenue gekomen. Hij stopte altijd bij een snoepwinkel vlak bij de hoek om de *Times* te kopen. Toen hij de hoek omsloeg zag hij een meisje naderen, een lang meisje met een hoop blond haar. Ze had een grote handtas aan een riem over haar schouder hangen. Ze liep snel, alsof ze op weg was naar de ondergrondse bij Seventy-seventh Street. Ze had een lang vest aan dat van voren wijdopen hing, en daaronder een poloshirt met op de linkerborst een geborduurd embleem. Ze droeg een wie-doet-me-wat witte broek met wijde flapperende pijpen maar uitzonderlijk strak in het kruis. *Uitzonderlijk!* Er zat een verbijsterende spleet. Sherman gaapte ernaar en keek toen naar haar gezicht. Ze staarde pal terug. Ze blikte hem recht in zijn ogen en glimlachte. Ze hield haar pas niet in en keek ook niet uitdagend. Het was een vrijmoedige, optimistische blik die zoveel wilde zeggen als: 'Hallo! Zijn wij even een stel prachtige beesten, of niet!' Zo onbeschroomd! Zo ongegeneerd! Zo onstuimig arrogant!

In de snoepwinkel draaide Sherman zich weer in de richting van de deur nadat hij de *Times* betaald had. Zijn ogen dwaalden over een rek met tijdschriften. Het zalmkleurige vlees knalde ervan af... meisjes... jongens... meisjes met meisjes... jongens met jongens... meisjes met jongens... meisjes met blote borsten, meisjes met blote billen... meisjes met allerlei attributen... een vrolijk grijnzend pornofestijn, een bende, een orgie, een varkenspoel... Op het omslag van een van de tijdschriften staat een meisje met alleen een paar hooggehakte schoenen aan en een lendedoek... Alleen is het geen lendedoek maar een slang... Die zit op de een of andere manier als een wig in haar kruis geklemd en kijkt Sherman recht aan... En zij kijkt hem ook recht aan... Van haar gezicht straalt de meest ongedwongen glimlach die je je maar kan voorstellen... Het is het gezicht van het meisje dat ijs met chocoladevlokken serveert bij Baskin Robbins...

Sherman hervatte zijn wandeling naar First Avenue in een staat van opwinding. Het hing in de lucht! Het was een golf! Alom! Onontkoombaar!... Sex!... Voor het grijpen!... Het liep los op straat, zo schaamteloos als je het maar wou hebben!... Het droop gewoon van de winkels af! Als je een jonge kerel was met nog enig leven in je donder, wat voor kans had je dan?... Technisch gezien was hij zijn vrouw ontrouw geweest. Ja, toegegeven... maar wie kon er nou monogaam blijven bij deze, deze, deze *vloedgolf* van zinnelijkheid die de wereld overspoelde? God allemachtig! Een Meester van het Universum kon toch geen heilige zijn, per slot van rekening... Het was onvermijdelijk. Jezus nog aan toe, sneeuwvlokken kun je niet ontwijken, en dit was een sneeuwstorm! Hij was er alleen maar bij betrapt, dat was alles, of gedeeltelijk betrapt. Het had niets te betekenen. Moreel gezien stelde het niets voor. Het hield niet meer in dan kletsnat worden. Toen hij bij de taxistandplaats aankwam, had hij het in gedachten zo'n beetje op een rijtje gezet.

Op de hoek van Seventy-ninth Street en Fifth Avenue stonden de taxi's iedere dag in de rij om de jonge Meesters van het Universum naar Wall Street te brengen. Volgens de voorschriften werd iedere taxichauffeur geacht je overal heen te brengen waar je maar wilde, maar de chauffeurs die hier in de rij stonden zouden geen meter bewegen als je niet naar Wall Street of daar vlakbij wilde. Vanaf de taxistandplaats draaiden ze twee straten naar het oosten en gingen dan langs de East River naar het zuiden over de snelweg, de FDR, de Franklin Delano Roosevelt Drive.

Dat was iedere morgen een rit van tien dollar, maar dat was toch niks voor een Meester van het Universum? Shermans vader had altijd de ondergrondse genomen naar Wall Street, zelfs toen hij president-directeur was van Dunning Sponget & Leach. Zelfs nu, op zijn eenenzeventigste, wanneer hij zijn dagelijkse uitstapje maakte naar Dunning Sponget om voor een uur of drie, vier dezelfde lucht op te snuiven als zijn advocatengabbers, nam hij de ondergrondse. Dat was een kwestie van principe. Hoe grimmiger de ondergrondse werd, hoe meer graffiti die mensen op de wagons smeerden, hoe meer gouden kettinkjes ze meisjes van de hals gristen, hoe meer oude mannen ze beroofden, hoe meer vrouwen ze voor de trein duwden, des te vaster John Campbell McCoy zich voornam dat ze hem niet uit de ondergrondse van New York City zouden verdrijven. Maar voor de nieuwe lichting, de lichting van Meesters, Shermans lichting dus, bestond zo'n principe niet. *Afschermen!* Dat was het wachtwoord. Zo noemde Rawlie Thorpe het altijd. 'Als je in New York wil leven,' had hij Sherman eens gezegd, 'dan moet je je *afschermen, afschermen, afschermen,*' waarmee hij bedoelde afschermen van die mensen. Het cynisme en de zelfgenoegzaamheid van deze gedachte trof Sherman als heel *au courant.* Als je in een taxi de FDR Drive af kon zoeven, waarom zou je je dan in de loopgraven van de stadsguerrilla begeven?

De chauffeur was... een Turk? Een Armeniër? Sherman probeerde zijn naam te ontcijferen op het kaartje op het dashboard. Zodra de taxi op de snelweg was liet hij zich onderuit zakken om de *Times* te lezen. Op de voorpagina stond een foto van een bende mensen op een toneel en de burgemeester die bij een spreekgestoelte met grote ogen naar ze stond te kijken. De rel, natuurlijk. Hij begon het verhaal te lezen, maar zijn gedachten dwaalden af. De zon begon door de wolken heen te breken. Hij kon hem zien op de rivier, links van hem. De bedroevend smerige rivier glinsterde. Het was tenslotte een zonnige dag in mei. Voor hem uit rezen de torens van het New York Hospital op, pal naast de snelweg. Daar was het bord voor de afrit van East Seventy-first Street, die zijn vader altijd genomen had als ze 's zondagsavonds terug reden uit Southampton. De aanblik van het hospitaal en de afrit deden Sherman weer denken aan het huis aan Seventy-third Street met z'n Knicker-bocker-groene kamers, – nee, niet zozeer denken aan, maar veeleer *voelen.* Hij was in deze vale grijsgroene kamers opgegroeid en was die vier nauwe trappen op en af gesjouwd in de veronderstelling dat het huishouden van de machtige John Campbell McCoy, de Leeuw van Dunning Sponget & Leach, waar hij deel van uitmaakte, het toppunt van elegantie was. Pas kort geleden had hij in de gaten gekregen dat zijn ouders in 1948, toen ze het huis gekocht en opgeknapt hadden, nog een beetje een avontuurlijk stel waren geweest die het huis, destijds nog een bouwval in een haveloze straat, hadden aangepakt, bij elke fase de kosten scherp in het oog hadden gehouden en er trots op waren geweest dat ze er voor relatief weinig geld zo'n keurig huis van hadden gemaakt. Christus! Als zijn vader er ooit achter kwam hoeveel hij voor zijn appartement betaald had en hoe hij het gefinancierd had, dan zou hij een beroerte krijgen! Twee miljoen zeshonderdduizend dollar, waarvan $1.800.000 geleend... $21.000 per maand aan rente en aflossing, en over twee jaar een afbetaling van een miljoen dollar in één keer... De Leeuw van Dunning Sponget zou ontzet zijn... en, erger nog dan ontzet, gekwetst... gekwetst bij de gedachte dat al zijn eindeloos herhaalde lessen aangaande plicht, schuld, uiterlijk vertoon en de juiste verhouding, bij zijn zoon het ene oor in en het andere oor uit gegaan waren...

Was zijn vader ooit vreemd gegaan? Het was niet onmogelijk. Hij was een knappe man. Hij had de Kin. Toch kon Sherman het zich niet voorstellen.

En tegen de tijd dat hij de Brooklyn Bridge voor zich zag opdoemen, probeerde hij het ook niet meer. Over een paar minuten zou hij op Wall Street zijn.

De beleggingsfirma Pierce & Pierce besloeg de vijftigste, eenenvijftigste, twee-envijftigste, drieënvijftigste en vierenvijftigste verdieping van een glazen wol-kenkrabber die zestig verdiepingen hoog uit de schemerige schoot van Wall Street oprees. De handelsvloer voor obligaties, waar Sherman werkte, was op de vijftigste verdieping. Iedere dag stapte hij uit een lift met aluminium wan-den in wat er uitzag als de receptie van een van die nieuwe Londense hotels die zich vooral op de Yanks richten. Vlak bij de liftdeur was een namaak-open haard met een antieke mahoniehouten schoorsteenmantel waar op iedere hoek flinke trossen fruit in waren uitgesneden. Voor de namaakhaard stond een koperen vonkenscherm net als in de landhuizen in het westen van Enge-land. In de daarvoor geëigende maanden gloeide er een namaak-vuur in dat een flakkerend licht wierp op een stel gigantische koperen haardijzers. De muur eromheen was met nog meer mahoniehout betimmerd, weelderig en rossig, in briefpanelen die zo diep uitgesneden waren dat je er maar naar hoefde te kijken om te *voelen* hoeveel geld dat gekost moest hebben.

Dit alles weerspiegelde de passie voor Britse dingen van de hoogste baas bij Pierce & Pierce, Eugene Lopwitz. Er kwamen met de dag meer Britse spullen op de vijftigste verdieping bij Pierce & Pierce – bibliotheektrapjes, kabinetjes met gebogen deurtjes, Sheraton-poten, Chippendale-leuningen, sigareknip-pers, gecapitonneerde clubfauteuils, Wilton-tapijt met een zachte, dikke pool. Helaas kon Eugene Lopwitz niet veel doen aan het plafond dat nog geen tweeënhalve meter hoog was. De vloer was zo'n dertig centimeter ver-hoogd. Er liepen genoeg kabels en draden onder om heel Guatemala van elektriciteit te voorzien. De kabels zorgden voor stroom voor de computer-terminals en voor de telefoons op de obligatieafdeling. Het plafond was der-tig centimeter verlaagd om ruimte te scheppen voor de lichtarmaturen en de airconditioning en voor nog een paar kilometer draad. De vloer was ver-hoogd en het plafond verlaagd; het was alsof je je in een Engels herenhuis bevond dat in elkaar geperst was.

Zodra je voorbij de namaak-open haard was hoorde je een hels kabaal als van een opgewonden menigte. Het kwam van ergens om de hoek. Je kon het niet missen. Sherman McCoy liep er meteen op af, vol goede zin. Net als alle andere ochtenden voelde hij het tot in zijn ingewanden resoneren.

Hij sloeg de hoek om en daar was het: de obligatieafdeling van Pierce & Pierce. Het was een uitgestrekte ruimte, misschien twintig bij vijfentwintig meter, maar met hetzelfde plafond van twee meter veertig vlak boven je hoofd. Het was een benauwende ruimte met meedogenloos fel licht, druk door elkaar heen bewegende silhouetten, en dat onophoudelijke geraas. Het verblindende licht kwam door een grote glazen wand op het zuiden, waar je uitzag over de haven van New York, het Vrijheidsbeeld, Staten Island en de kust van Brooklyn en New Jersey. De druk door elkaar heen bewegende sil-houetten waren de armen en bovenlichamen van jongemannen, vrijwel alle-maal jonger dan veertig. Ze hadden het jasje van hun pak uit. Ze liepen druk heen en weer en ze zweetten hoewel het nog vroeg in de ochtend was en ze schreeuwden, waardoor al dat kabaal ontstond. Het was het geluid van goed opgeleide blanke jongemannen die blaffend achter geld aanjoegen op de obligatiemarkt.

'Pak die klote telefoon nou 'ns op alsjeblieft!' gilde iemand van Harvard, lichting 1976, met een mollig roze gezicht, naar iemand die twee rijen van hem vandaan aan een bureau zat. Het vertrek leek op de stadsredactie van een krant; er waren geen scheidingswandjes en geen uiterlijke tekenen van rang. Iedereen zat aan lichtgrijze metalen bureaus achter beige monitors met zwarte schermen waar rijen diode-groene letters en cijfers overheen gleden.

'Ik zei neem nou alsjeblieft die klote telefoon op! Godverdomme nog aan toe!' Onder zijn oksels waren donkere halve manen zichtbaar op zijn overhemd, en de dag was nog maar net begonnen.

Iemand van Yale, lichting 1973, met een nek die wel drie decimeter uit zijn overhemd op leek te rijzen, zat naar een scherm te staren en schreeuwde in de telefoon naar een makelaar in Parijs: 'Als je dat kutscherm niet goed kan zien... O, in godsnaam, Jean Pierre, dat zijn de vijf miljoen van de *koper*! Van de *koper*! Verder komt er niets binnen!'

Daarop legde hij zijn hand op de hoorn en tuurde recht omhoog naar het plafond en zei hardop tegen niemand, behalve Mammon: 'Die fransozen! Die kutfransozen!'

Vier bureaus verderop zat iemand van Stanford, lichting 1979, naar een blad papier op zijn bureau te staren met een telefoon aan zijn oor. Zijn rechtervoet rustte op de steun van een draagbaar schoenpoetsersbankje, en een zwarte genaamd Felix, die ongeveer vijftig was – of was hij misschien zestig? – zat over zijn voet gebogen en wreef de schoen op met een hoogglans-poetslap. De hele dag ging Felix van bureau naar bureau en poetste de schoenen van de jonge obligatiehandelaren en verkopers terwijl ze aan het werk waren, voor drie dollar de man, de fooi meegerekend. Er werd zelden een woord gewisseld; ze hadden nauwelijks door dat Felix er was. Op dat moment kwam Stanford 1979 omhoog uit zijn stoel, zijn ogen nog steeds gericht op het blad papier, de telefoon nog aan zijn oor – en zijn rechtervoet nog steeds op de steun – en schreeuwde: 'Maar waarom denk je dan dat iedereen verdomme die van twintig aan het knippen is?'

Hij nam zijn voet niet eens van het schoenpoetsersbankje! Wat moet die een sterke benen hebben! dacht Sherman. Sherman ging voor zijn eigen telefoon en monitors zitten. Het geschreeuw, de verwensingen, de heftige gebaren, de verdomde angst en hebzucht, omsloten hem van alle kanten, en hij genoot ervan. Hij was de topverkoper van obligaties, 'de grootste producent', zoals ze dat noemden, van de obligatieafdeling van Pierce & Pierce op de vijftigste verdieping, en hij genoot van het geraas van de storm.

'Die Goldman-order heeft de zaak goed verziekt!'

' – naar dat klote bord lopen en – '

' – bod van 8½ – '

'Nog twee ticks en ik stap eruit!'

'Iemand zit je verdomme een plaatje voor te schilderen! Snap je dat niet?'

'Ik ga 't afhandelen en koop ze voor 6 plus!'

'Pak die vijfjaars dan maar!'

'Gooi vijf eruit!'

'Kon je 't niet voor tien doen?'

'Denk je dat 't zaakje blijft stijgen?'

'Iedereen knipt die van twintig jaar! Da's 't enige waar die hufters de hele tijd over lullen!'

' – honderd miljoen juli negentigers voor hetzelfde geld – '

' – hardstikke short – '

'Jezus Christus, wat gebeurt er?'

'Ik geloof hier geen klote van!'

'Godverdegodver!' schreeuwden de mannen van Yale en van Harvard en van Stanford. 'Gatverdegatver.'

En wat trokken deze zonen van de grote universiteiten, deze erfgenamen van Jefferson, Emerson, Thoreau, William James, Frederick Jackson Turner, William Lyons Phelps, Samuel Flagg Bemis en de andere drie-naams giganten van de Amerikaanse wetenschap – wat trokken deze erfgenamen van het lux en de *veritas* nu in groten getale naar Wall Street en naar de obligatieafdeling van Pierce & Pierce! Wat een verhalen deden er niet op elke campus de ronde! Als je binnen vijf jaar geen $250.000 per jaar verdiende, dan was je of ontiegelijk stom of ontiegelijk lui. Dat verhaal ging rond. Op dertigjarige leeftijd, $500.000 – en dat bedrag had iets middelmatigs. Op je veertigste verdiende je òf een miljoen per jaar, òf je was timide en incompetent. *Sla je slag nu!* Dat was het motto dat in ieders hart brandde als myocarditis. Jongens op Wall Street, echt nog maar jongens, met zachte wangen en schone slagaders, jongens die nog konden blozen, kochten appartementen van drie miljoen dollar op Park Avenue en Fifth Avenue. (Waarom wachten?) Ze kochten zomerhuizen met dertig kamers en anderhalve hectare grond in Southampton, huizen die in de jaren twintig waren gebouwd en in de jaren vijftig als geldverslinders werden afgeschreven, huizen met bouwvallige vleugels voor het personeel, en ze knapten die personeelsvleugels nog op ook, breidden ze zelfs uit. (Waarom niet, we hebben het personeel ervoor.) Ze lieten kermisdraaimolens aanrukken en op hun grote groene gazonnen installeren voor de verjaardagspartijtjes van hun kinderen, compleet met een heel team kermismensen die ze moesten bedienen. (Een bloeiende kleine bedrijfstak.)

En waar kwam deze verbazingwekkende hoeveelheid nieuw geld vandaan? Sherman had Gene Lopwitz eens over dat onderwerp horen filosoferen. Volgens de analyse van Lopwitz was het aan Lyndon Johnson te danken. Zonder er ophef over te maken waren de vs miljarden bankbiljetten gaan drukken om de oorlog in Vietnam te financieren. Voordat ook maar iemand, zelfs Johnson, wist wat er gebeurde, was er een wereldwijde inflatie in gang gezet. En het drong pas echt tot iedereen door toen de Arabieren in het begin van de jaren zeventig plotseling de olieprijzen omhoog schroefden. In minder dan geen tijd werd elke markt een dobbelspel met sterk wisselende kansen: goud, zilver, koper, valuta's, bankcertificaten, aandelen – zelfs obligaties. Tientallen jaren was de handel in obligaties de bedlegerige reus van Wall Street geweest. Bij firma's als Salomon Brothers, Morgan Stanley, Goldman Sachs en Pierce & Pierce was er altijd twee keer zoveel geld omgegaan in de obligatiehandel als in de aandelenhandel. Maar de koersen waren altijd maar met een paar cent tegelijk veranderd, en meestal gingen ze naar beneden.

Zoals Lopwitz het uitdrukte: 'De obligatiemarkt is sinds de slag bij Midway alleen maar slechter geworden.' De slag bij Midway (Sherman moest het opzoeken) vond plaats tijdens de Tweede Wereldoorlog. De obligatieafdeling bij Pierce & Pierce had maar uit twintig zielen bestaan, twintig tamelijk duffe zielen die bekend stonden als de Obligatie Obligaten. De minder veelbelovende medewerkers van de firma werden afgevoerd naar de obligatieafdeling, waar ze geen schade konden aanrichten.

Sherman weigerde te geloven dat het nog steeds zo was toen hij op de obligatieafdeling kwam. In elk geval was er vandaag de dag totaal geen sprake meer van Obligatie Obligaten... Helemaal niet! Integendeel! De vlam was in de obligatiepan geslagen en er was opeens veel vraag naar ervaren handelaren zoals hijzelf. Plotsklaps gingen bij investeringsfirma's over heel Wall Street de voormalige Obligatie Obligaten zoveel geld verdienen dat ze er een gewoonte van maakten om na hun werk in Harry's Bar aan Hanover Square bij elkaar te komen om hun krijgsverhalen te vertellen... en om elkaar te verzekeren dat dit alles beslist geen stom geluk was, maar veeleer het opbruisen van hun collectieve talent. Obligaties vertegenwoordigden tegenwoordig vier-vijfde van wat er bij Pierce & Pierce omging, en de jonge lefgozers van Yale, Harvard en Stanford probeerden wanhopig een plaats te veroveren op de obligatiehandelsvloer bij Pierce & Pierce, en nu, op dit moment, weerkaatsten hun stemmen van de met mahoniehouten panelen betimmerde muren van Eugene Lopwitz.

Meesters van het Universum! Het geraas vulde Shermans ziel met hoop, vertrouwen, een gevoel van saamhorigheid en rechtschapenheid. Jazeker, rechtschapenheid! Judy begreep niets van dit alles, niet waar? Totaal niets. Hij zag het wel, dat ze een waas voor haar ogen kreeg als hij het erover had. De hefboom bedienen die de wereld aan het draaien bracht, dat was eigenlijk wat hij deed – en alles wat ze wilde weten was waarom hij nooit op tijd thuis kon zijn voor het eten. En als hij op tijd thuis was voor het eten, waar wilde zij het dan over hebben? Haar dierbare bezigheden als binnenhuisarchitecte, en hoe het haar gelukt was om hun huis in de *Architectural Digest* te krijgen wat, eerlijk gezegd, voor een doorgewinterde Wall Street'er verdomd gênant was. Prees ze hem wel eens voor de honderdduizenden dollars waarmee hij haar architectonische hoogstandjes en haar lunches en wat ze verdomme nog meer deed mogelijk maakte? Nee, dat deed ze nooit. Dat nam ze als vanzelfsprekend aan...

... en zo kon hij nog wel een tijdje doorgaan. Binnen negentig seconden lukte het Sherman, gesterkt door het machtige geraas van de obligatiehandelsvloer van Pierce & Pierce, om een flinke gerechtvaardigde portie ressentiment te kweken ten opzichte van deze vrouw die het had gewaagd hem een schuldgevoel te bezorgen.

Hij pakte de telefoon en was klaar om zijn werk aan de grootste coup uit zijn jonge carrière, de Giscard, weer op te pakken, toen hij vanuit zijn ooghoek iets ontwaarde. Hij *bespeurde* het – op zijn rechtschapen manier! – te midden van dit uitgestrekte obligatiewoud van heftig bewegende armen en bovenlijven. *Arguello zat een krant te lezen.*

Ferdinand Arguello was een beginnend verkoper, vijf- of zesentwintig jaar oud, uit Argentinië. Hij zat nonchalant achterover in zijn stoel geleund een krant te lezen, en Sherman kon van die afstand zelfs zien wat het was: *The Racing Form. The Racing Form!* De jongeman zag eruit als een karikatuur van een Zuidamerikaanse polospeler. Hij was slank en knap; hij had dik golvend zwart haar, recht achterover gekamd. Hij droeg een paar roodzijden moiré bretels. *Moiré.* De obligatieafdeling van Pierce & Pierce was als een Air Force-gevechtssquadron. Dat wist Sherman, ook al wist deze jonge Zuidamerikaan het dan niet. Als topverkoper van obligaties had Sherman geen officiële rang. Desalniettemin was hij moreel hoog boven de anderen verheven. Ofwel je kon het werk aan en je was bereid je er voor honderd procent voor in te zetten, ofwel je vloog eruit. De tachtig medewerkers van de afdeling ontvingen een basissalaris, een vangnet, van $120.000 de man per jaar. Dit werd beschouwd als een belachelijk klein bedrag. De rest van hun inkomen haalden ze uit commissies en winstdeling. Vijfenzestig procent van de winsten van de afdeling ging naar Pierce & Pierce. Maar vijfendertig procent werd verdeeld onder de tachtig verkopers en handelaren zelf. Allen voor één en één voor allen, en een heleboel voor jezelf! En daarom… geen lijntrekkers gepermitteerd! geen nullen! geen lichtgewichten! geen lanterfanters! 's Ochtends snelde je meteen naar je bureau, je telefoon en je beeldscherm. De dag begon niet met koetjes en kalfjes en koffie en het uitpluizen van de *Wall Street Journal* en de financiële pagina's van de *Times*, laat staan *The Racing Form.* Je hoorde de telefoon ter hand te nemen en te beginnen met geld verdienen. Als je het kantoor verliet, al was het maar om te lunchen, hoorde je je bestemming en een telefoonnummer achter te laten bij een van de 'verkoop-assistenten,' die in werkelijkheid secretaresses waren, zodat je onmiddellijk opgeroepen kon worden als er een nieuwe obligatie-emissie binnenkwam (en snel verkocht moest worden). Als je ergens ging lunchen was het je geraden dat het rechtstreeks te maken had met het verkopen van obligaties voor Pierce & Pierce. Zo niet – hier bij de telefoon blijven zitten en bestellen bij de broodjeszaak, zoals de rest van het squadron

Sherman liep naar Arguello's bureau en bleef voor hem staan. 'Wat ben je aan het doen, Ferdi?'

Vanaf het moment dat de jongeman opkeek was Sherman overtuigd dat hij wist wat de vraag inhield en dat hij wist dat hij verkeerd zat. Maar als er één ding was dat een Argentijnse aristocraat kon, dan was dat zo'n situatie brutaal het hoofd bieden.

Arguello blikte onbevangen in Shermans ogen en zei, met een stem die maar iets luider was dan strikt noodzakelijk: 'Ik ben *The Racing Form* aan het doornemen.'

'Waarvoor dat dan?'

'Waarvoor dat dan? Omdat er vandaag vier paarden van ons meelopen in de races op Lafayette. Dat is een baan aan de rand van Chicago.'

Daarna ging hij weer verder met zijn krant.

Het was het *van ons* dat het hem deed. Dit *van ons* hoorde je eraan te herinneren dat je je bevond in de aanwezigheid van het Huis van Arguello, heren van de pampas. En daar kwam nog bij dat deze vliegenpoeper een paar roodzijden moiré bretels droeg.

'Luister eens... knul,' zei Sherman, 'ik wil dat je dat blad wegdoet.'

Uitdagend: 'Wat zei je?'

'Je hebt me wel gehoord. Ik zei doe die klote krant weg!' Het was de bedoeling dat dit kalm en vastberaden klonk, maar het kwam er furieus uit. Het kwam er furieus genoeg uit om Judy, Pollard Browning, de portier en een eventuele tasjesdief de mond te snoeren.

De jongeman was sprakeloos.

'Als ik je hier ooit nog een keer met een *Racing Form* zie, dan kun je aan de rand van Chicago gaan zitten om je geld te verdienen! Dan kun je daar op de eerste rij gaan zitten en wedden wat je maar wil! Dit is Pierce & Pierce, geen goktent!'

Arguello was vuurrood. Hij was verlamd van woede. Het enige wat hij kon doen was Sherman een priemende blik vol pure haat toewerpen. Sherman, de toornige rechtschapenheid in persoon, draaide zich om, en terwijl hij dat deed merkte hij met voldoening dat de jongeman langzaam de opengeslagen pagina's van *The Racing Form* begon dicht te vouwen.

Toornig! Rechtschapen! Sherman genoot intens. De mensen zaten hem aan te gapen. Prima! Ledigheid was niet zozeer een zonde tegenover jezelf of tegenover God, maar tegenover Mammon en Pierce & Pierce. Als hij degene moest zijn die deze gastarbeider ter verantwoording moest roepen, dan – maar hij had spijt van dit *gastarbeider*, al had hij het alleen maar gedacht. Hij beschouwde zichzelf als een onderdeel van het nieuwe tijdperk en de nieuwe lichting van Wall Street, een voorstander van gelijkheid, een Meester van het Universum die alleen respect kon opbrengen voor prestaties. Wall Street en Pierce & Pierce stonden niet langer meer voor het begrip Protestantse Familie van Aanzien. Er waren talloze prominente joodse beleggingsdeskundigen. Lopwitz zelf was joods. Er waren talloze Ieren, Grieken en Slaven. Hij maakte zich niet druk om het feit dat niet één van de tachtig medewerkers van de obligatieafdeling zwart was of van het vrouwelijk geslacht. Waarom zou hij? Dat deed Lopwitz ook niet; die was van mening dat de obligatiehandel bij Pierce & Pierce geen plaats was voor symbolische gebaren.

'Hé, Sherman.'

Hij kwam net langs het bureau van Rawlie Thorpe. Rawlie was kaal, op een randje haar na dat rond zijn achterhoofd liep, maar toch zag hij er nog jeugdig uit. Hij was een enthousiast drager van button-down overhemden en Shep Miller bretels. Zijn boordjes zaten altijd onberispelijk omgeslagen.

'Waar ging dat allemaal over?' vroeg hij aan Sherman.

'Ongelooflijk,' zei Sherman. 'Hij zit daar met *The Racing Form* die godverdomde paardenkoersen bij te houden.' Hij voelde zich genoodzaakt het vergrijp enigszins aan te dikken.

Rawlie begon te lachen. 'Och, hij is nog jong. Waarschijnlijk heeft hij meer dan genoeg van elektrische donuts.'

'Meer dan genoeg van wat?'

Rawlie pakte zijn telefoon van de haak en wees op de hoorn. 'Zie je dat? Dat is een elektrische donut.'

Sherman staarde ernaar. Het leek inderdaad wat op een donut, met een heleboel kleine gaatjes in plaats van één groot.

'Dat is net vandaag bij me opgekomen,' zei Rawlie. 'Het enige wat ik de hele dag doe is praten tegen andere elektrische donuts. Ik heb net met een vent bij Drexel zitten praten. Ik heb hem anderhalf miljoen Joshua Tree obligaties verkocht.' Op Wall Street had je het niet over *obligaties met een waarde van anderhalf miljoen dollar*, maar over *anderhalf miljoen obligaties*. 'Da's een of andere klote handel in Arizona. Hij heet Earl. Z'n achternaam weet ik niet eens. Ik wed dat ik de laatste twee jaar wel zo'n vijfentwintig transacties met hem afgesloten heb, vijftig, zestig miljoen obligaties, en ik weet z'n achternaam niet eens, en ik heb hem ook nog nooit ontmoet, en dat zal ik waarschijnlijk ook nooit. Hij is een elektrische donut.'

Sherman vond het niet grappig. Het was een beetje een verloochening van zijn triomf over de lamzakkende jonge Argentijn. Het was een cynische miskenning van zijn rechtschapenheid. Rawlie was best een amusante kerel, maar sinds zijn scheiding was hij zichzelf niet meer. En misschien was hij ook niet meer zo'n goeie squadronvechter.

'Jaja,' zei Sherman, en kon nog net een halve glimlach opbrengen voor zijn oude vriend. 'Nou, ik moet maar eens een paar van mijn donuts gaan bellen.'

Toen hij weer achter zijn bureau zat, zette hij zich aan zijn werk. Hij staarde naar de kleine groene tekens die over het beeldscherm voor hem trokken. Hij pakte de telefoon op. De Franse obligatie die door goud gedekt werd... Een merkwaardige, uiterst veelbelovende toestand, die hij ontdekt had toen een van de kerels het er in het voorbijgaan over had, op een avond in Harry's Bar.

In het argeloze jaar 1973, aan de vooravond van het wilde dobbelspel, had de Franse regering een uitgifte van obligaties gedaan die bekend stond als de Giscard, naar de Franse president, Giscard d'Estaing, met een nominale waarde van $6,5 miljard. Er was een interessant aspect aan de Giscard: hij werd door goud gedekt. Dus als de goudprijs omhoog ging dan deed de prijs van de Giscard dat ook. Sinds die tijd was de prijs van goud en die van de Franse franc echter zo waanzinnig op en neer geschoten dat Amerikaanse investeerders al lang hun interesse in de Giscard verloren hadden. Maar omdat de goudprijs zich de laatste tijd stevig boven de $400 had genesteld, had Sherman ontdekt dat een Amerikaan die Giscards kocht zeker twee tot drie keer zoveel rente kon verdienen als op een obligatie van de Amerikaanse overheid, plus een winst van dertig procent als de looptijd van de Giscards om was. Het was een Schone Slaapster. Het grootste gevaar zou een daling in waarde van de franc zijn. Dat had Sherman geneutraliseerd met een plan om als compensatie short te gaan met de franc.

Het enige echte probleem was de complexiteit van de hele zaak. Je had grote, ervaren investeerders nodig om de transactie te doorgronden. Grote, ervaren investeerders die vol vertrouwen waren; een nieuwkomer zou geen mens er toe kunnen bewegen om miljoenen in de Giscard te steken. Daarvoor moest je een prestatielijst hebben. Daarvoor moest je talent hebben – genialiteit! – meesterschap van het universum! – zoals Sherman

McCoy, de grootste producent bij Pierce & Pierce. Hij had Gene Lopwitz overgehaald om $600 miljoen aan Pierce & Pierce-geld beschikbaar te stellen om de Giscard op te kopen. Behoedzaam en steels had hij de obligaties opgekocht van hun diverse Europese eigenaars, zonder de machtige hand van Pierce & Pierce te onthullen, door gebruik te maken van verscheidene 'blinde' makelaars. Nu kwam de grote vuurproef voor een Meester van het Universum. Er waren maar een stuk of twaalf spelers als potentiële kopers van een esoterisch iets als de Giscard. Het was Sherman gelukt om met vijf van hen onderhandelingen te openen: twee kredietbanken, Traders' Trust Co. (bekend als Trader T) en Metroland; twee financiers; en een van zijn beste privé-cliënten, Oscar Suder uit Cleveland, die al te kennen had gegeven dat hij $10 miljoen zou kopen. Maar Trader T was verreweg de belangrijkste, want dat overwoog om de helft van het totaal voor haar rekening te nemen, $300 miljoen.

De transactie zou Pierce & Pierce bij voorbaat een één procents commissie opleveren – $6 miljoen – voor het concipiëren van het plan en voor het riskeren van het kapitaal. Shermans aandeel, inclusief commissies, bonussen, winstdeling en doorverkoop-honorarium, zou tegen de $1,75 miljoen lopen. Hij was van plan daarmee die afgrijselijke persoonlijke lening van $1,8 miljoen af te betalen die hij aangegaan was om zijn appartement te kopen.

Dus de eerste zakelijke opdracht vandaag was een telefoontje naar Bernard Levy, een Fransman die bij Trader T verantwoordelijk was voor de transactie; een rustig, vriendschappelijk telefoontje, het telefoontje van de verkoper met de grootste produktie (Meester van het Universum), om Levy op het hart te drukken dat, hoewel ze allebei, goud en franc, in waarde gedaald waren, gisteren en ook vanmorgen (op de Europese beurzen), dit niets voorstelde; alles zag er goed uit, erg goed zelfs. Het was waar dat hij Bernard Levy maar één keer ontmoet had, toen hij hem voor de eerste keer het voorstel gedaan had. Ze hadden er maanden aan de telefoon over zitten beraadslagen... maar *elektrische donut?* Cynisme was zo'n lafhartige vorm van superioriteit. Dat was Rawlie's zwakke plek. Rawlie haalde zijn cheques wel binnen. Daarvoor was hij beslist niet te cynisch. Als hij zichzelf de das om wilde doen omdat hij niet met zijn vrouw overweg kon, dan was dat zijn eigen trieste probleem.

Terwijl Sherman toetste en wachtte tot Bernard Levy aan de lijn zou komen, omgaf het bezielend geraas van de hebzuchtige storm hem weer van alle kanten. Vanachter het bureau recht voor hem, een grote kerel met uitpuilende ogen (Yale '77): 'Een bod van eenendertig op die van januari achtentachtig – '

Vanachter een bureau ergens achter hem: 'Zeventig miljoen short, tienjaars!'

Ergens anders vandaan: 'Die blijven goddomme aan één stuk door kopen!'

'Ik zit in de knoei!'

' – lang 125 – '

' – een miljoen, vier jaar vast, van Midland – '

'Wie zit er te sodemieteren met de W-I's?'

'Ik zeg je toch, ik zit in de knoei!'

'– bod van 80½ –'
'– kopen bij 6 plus –'
'– herstelt 2½ basispunten –'
'Vergeet 't maar! 't Is tijd dat we de knoop doorhakken!'

Om tien uur kwamen Sherman, Rawlie en vijf anderen bij elkaar in de conferentiekamer van de kantorensuite van Eugene Lopwitz om een besluit te nemen over de strategie van Pierce & Pierce bij het belangrijkste wat er die dag op de obligatiemarkt te gebeuren stond, de verkoop bij opbod van tien miljard obligaties met een looptijd van twintig jaar die het Amerikaanse ministerie van Financiën uitgaf. Je kon het belang van de obligatiehandel voor Pierce & Pierce afleiden uit het feit dat de kantoren van Lopwitz rechtstreeks op de obligatiehandelsvloer uitkwamen.

In de conferentiekamer stond geen conferentietafel. De kamer leek veel op de lounge van een Engels hotel voor Yanks waar thee geserveerd wordt. Het stond er vol met antieke tafeltjes en kabinetjes. Ze waren zo oud, fragiel en glanzend gepolijst dat je het gevoel kreeg dat als je er eentje een harde tik met je middelvinger gaf, het in gruzelementen zou vallen. Tegelijkertijd drukte een wand die helemaal uit glas bestond je een uitzicht over de Hudson Rivier en de vervallen pieren van New Jersey in je gezicht.

Sherman zat in een George II leunstoel. Rawlie zat naast hem in een oude stoel met de rug in de vorm van een schild. Op andere antieke of antiek gemaakte stoelen zaten, met Sheraton en Chippendale consoletafeltjes naast zich, het hoofd staatsobligaties, George Connor, die twee jaar jonger was dan Sherman; zijn rechterhand, Vic Scaasi, die nog maar achtentwintig was; het hoofd marktanalyse, Paul Feiffer; en Arnold Parch, de vice-president van Pierce & Pierce, de eerste luitenant van Lopwitz.

Iedereen in de kamer zat in een klassieke stoel en staarde naar een kleine, bruine, plastic speakerbox bovenop een kast. De kast was een Adam van 220 jaar oud met een gebogen voorzijde, uit de tijd dat de gebroeders Adam er genoegen in schiepen om toneeltjes en barokke randen op houten meubels te schilderen. Op het middelste paneel zat een ovaalvormige schildering van een Griekse maagd die in een valleitje of grotopening zat, met gebladerte als kant dat in steeds diepere groentinten wolkig overging in een donkere lucht met wilde eenden. Het ding had een verbijsterende hoeveelheid geld gekost. De plastic speaker was zo groot als een wekkerradio. Iedereen zat er naar te staren en op de stem van Gene Lopwitz te wachten. Lopwitz was in Londen waar het nu vier uur 's middags was. Hij zou deze bijeenkomst voorzitten via de telefoon.

Er kwam een moeilijk te duiden geluid uit de speaker. Het zou een stem geweest kunnen zijn, en het zou een vliegtuig geweest kunnen zijn. Arnold Parch stond op uit zijn leunstoel en liep naar de Adam kast en keek naar de plastic speaker en zei: 'Gene, kun je me wel verstaan?'

Hij keek smekend naar het plastic speakertje, zonder zijn ogen ervan af te halen, alsof het in werkelijkheid Gene Lopwitz *was*, van gedaante veranderd, zoals in sprookjes prinsen in kikkers veranderen. Even zei de plastic kikker niets. Toen begon hij te spreken.

'Ja, ik versta je, Arnie. De mensen stonden net te juichen.' De stem van Lopwitz klonk alsof hij uit een afvoerputje kwam, maar je kon hem verstaan.

'Waar zit je, Gene?' vroeg Parch.

'Bij een cricketwedstrijd.' Toen wat minder duidelijk: 'Hoe heet het hier ook weer?' Hij was kennelijk met wat andere mensen. 'Tottenham Park, Arnie. Ik zit hier op een soort terras.'

'Wie spelen er?' Parch glimlachte, alsof hij de plastic kikker wou laten zien dat dit geen serieuze vraag was.

'Je moet me niet naar de technische details vragen, Arnie. Een heleboel aardige jongeheren in gebreide vesten en witte flanellen broeken, meer kan ik je er niet van vertellen.'

Er barstte een waarderend gelach uit in de kamer, en Sherman voelde hoe zijn lippen zich in de min of meer obligatoire glimlach krulden. Hij gluurde de kamer rond. Iedereen zat naar de bruine plastic speaker te grijnzen en te grinniken, behalve Rawlie, die zijn ogen met een O mijn God-uitdrukking ten hemel had geslagen.

Toen boog Rawlie zich opzij naar Sherman en zei op harde fluistertoon: 'Moet je al die idioten nou eens zien grijnzen. Ze denken echt dat dat plastic ding ogen heeft.'

Sherman vond dit niet erg geestig, want zelf had hij ook zitten grijnzen. Ook was hij bang dat Lopwitz' meest loyale adjudant, Parch, zou denken dat hij als Rawlie's handlanger de draak zat te steken met de hoogste leider.

'Nou, iedereen is er, Gene,' zei Parch tegen de speaker, 'en daarom zal ik George vragen je te vertellen hoe we er op dit moment voorstaan met de veiling.'

Parch keek naar George Connor en knikte en liep terug naar zijn stoel, en Connor stond op uit de zijne en liep naar de Adam kast en staarde naar het bruine plastic ding en zei: 'Gene? Dit is George.'

'Ja, hallo George,' zei de kikker. 'Ga je gang.'

'Het loopt als volgt, Gene,' zei Connor, terwijl hij voor de Adam kast stond en zijn ogen niet van het plastic ding af kon houden, 'het ziet er vrij goed uit. De ouwe twintigs doen 8 procent. De handelaren zeggen dat ze bij de nieuwe pas bij 8,05 mee zullen doen, maar wij denken dat ze een spelletje met ons spelen. We vermoeden dat we al bij 8 bieders zullen krijgen. Daarom denk ik dat we 't als volgt moeten doen. We schalen in op 8,01, 8,02, 8,03, terwijl de balans ligt op 8,04. Ik voel wel voor 60 procent van de hele uitgifte.'

Dit betekende met andere woorden dat hij voorstelde $6 miljard te kopen van de $10 miljard aan obligaties die te koop werden aangeboden, en dat de beoogde winst dan twee keer één tweeëndertigste van een dollar was – 6¼ dollarcent – op iedere honderd dollar. Dat heette dan 'twee ticks'.

Sherman moest, of hij wilde of niet, weer naar Rawlie kijken. Hij had een flauw, onplezierig glimlachje op zijn lippen, en zijn starende blik leek langs de Adam commode te dwalen, naar de havendokken van Hoboken. Rawlie's aanwezigheid was als een glas ijswater dat je in je gezicht kreeg. Sherman begon zich weer aan hem te storen. Hij wist wat er in hem omging. Deze mateloze arrivist, deze Lopwitz – Sherman wist wel dat Rawlie zo over hem dacht – zat daar op het terras van een Engelse cricketclub de bons uit te hangen en tegelijkertijd een bijeenkomst in New York te leiden waarop besloten moest worden of Pierce & Pierce over drie uur twee miljard, vier miljard of zes miljard in één enkele uitgifte van staatsobligaties zou steken. Ongetwijfeld had Lopwitz op de cricketclub zijn eigen gehoor bij de hand om getuige te zijn van dit optreden, terwijl zijn machtige woord terugkaatste van een communicatiesatelliet ergens aan het firmament en in Wall Street doel trof. Och, het was heus niet moeilijk om daar iets lachwekkends in te zien, maar Lopwitz was wis en waarachtig een Meester van het Universum. Lopwitz was zo'n vijfenveertig jaar oud. Voor over zeven jaar, als hij ook vijfenveertig was, ambieerde Sherman niets minder. Om aan twee kanten van de Atlantische Oceaan tegelijk te vertoeven... terwijl het om miljarden ging! Wat hem betrof kon Rawlie gniffelen... en door zijn knieschijven zakken... maar bedenk eens wat Lopwitz allemaal voor het grijpen had, bedenk eens wat hij ieder jaar binnensleepte, alleen al van Pierce & Pierce was dat minstens $25 miljoen, en bedenk eens wat voor leven hij leidde – en waar Sherman op de eerste plaats aan dacht, was Lopwitz' jonge vrouw, Sneeuwwitje. Zo noemde Rawlie haar. Gitzwart haar, bloedrode lippen, een sneeuwwitte huid... Ze was Lopwitz' vierde echtgenote, Française, een gravin, blijkbaar, niet ouder dan vijf- of zesentwintig, met een accent als dat van Cathérine Deneuve in een commercial voor badolie. Wat een vrouw... Sherman had haar ontmoet op een party bij de Petersons. Ze had haar hand op zijn arm gelegd, gewoon om iets wat ze zei kracht bij te zetten – maar zoals ze op zijn arm was blijven drukken en hem aan was blijven kijken op nog geen twintig centimeter van hem vandaan! Ze was een jong, dartel dier. Lopwitz had genomen wat hij wilde. Hij had een jong dartel dier gewild met lippen zo rood als bloed en een huid zo wit als sneeuw, en dat was ook wat hij genomen had. Wat er gebeurd was met de andere drie mevrouwen Lopwitz was een kwestie die Sherman nog nooit iemand te berde had horen brengen. Als je het niveau van Lopwitz bereikt had, deed dat er ook niet toe.

'Tja, nou, dat klinkt zo gek nog niet, George,' zei de plastic kikker. 'Wat vindt Sherman ervan? Ben je daar, Sherman?'

'Hallo, Gene,' zei Sherman, en kwam uit zijn George II stoel omhoog. Zijn eigen stem klonk hem raar in de oren nu hij tegen een plastic speakertje praatte, en hij durfde zelfs geen vluchtig blikje in de richting van Rawlie te werpen toen hij naar de Adam kast liep en ervoor bleef staan en gebiologeerd naar het apparaat erbovenop staarde.

'Gene, mijn klanten hebben het allemaal over 8,05. Maar m'n instinct zegt me dat ze ons zullen volgen. De markt klinkt goed. Ik denk dat we wel voor de rente van de klanten uit kunnen bieden.'

'Oké,' zei de stem uit de speaker, 'maar zorg er wel voor dat jij en George het verloop van de handel goed in de gaten blijven houden. Laat ik niet te horen krijgen dat Salomon of iemand anders met kortlopende aan het rotzooien is geslagen.'

Sherman stond te kijken van de wijsheid van de kikker.

Een soort onderdrukt gebrul klonk uit de speaker. Iedereen keek er met grote ogen naar.

Toen klonk de stem van Lopwitz weer. 'Daar gaf iemand die bal toch een rotmep,' zei hij. 'Toch is die bal een beetje traag. Nou ja, je had er eigenlijk bij moeten zijn.' Het was niet duidelijk wat hij daarmee bedoelde. 'Zeg, luister eens, George. Kun je me verstaan, George?'

Connor reageerde meteen, stond op uit zijn stoel en haastte zich naar de Adam kast.

'Ja, ik hoor je, Gene.'

'Ik wou zeggen dat als je zin hebt om vandaag op de plaat te gaan staan en een flinke klap uit te delen, ga je gang. Het klinkt allemaal goed.'

En dat was dat.

Vijfenveertig seconden voor de veiling om één uur 's middags sloot, las George Connor, via een telefoon midden op de obligatieafdeling, zijn laatste vastgestelde biedingen voor aan een medewerker van Pierce & Pierce die aan een telefoon zat in het gebouw van de Nationale Bank waar de veiling plaatsvond. De biedingen bedroegen gemiddeld $99,62643 op iedere $100 aan obligaties. Een paar seconden over één was Pierce & Pierce, zoals gepland, in het bezit van $6 miljard aan obligaties met een looptijd van twintig jaar. De obligatieafdeling had vier uur om een gunstige afzetmarkt te creëren. Vic Scaasi leidde de aanval van de handelaren, die de obligaties hoofdzakelijk aan makelaars doorverkochten – telefonisch. Sherman en Rawlie hadden de leiding over de verkopers, die de obligaties hoofdzakelijk doorverkochten aan verzekeringsmaatschappijen en kredietbanken – telefonisch. Rond twee uur was het kabaal op de handelsvloer, dat eerder door angst dan door hebzucht werd aangewakkerd, bovenmenselijk. Ze zaten allemaal te schreeuwen en te zweten en te vloeken en hun elektrische donuts te verzwelgen.

Om vijf uur hadden ze 40 procent – $2,4 miljard – van de $6 miljard verkocht voor een gemiddelde prijs van $99,75062 per $100 aan obligaties, met een winst van niet twee maar vier ticks! *Vier ticks!* Dat was een winst van twaalf en een halve dollarcent op iedere honderd dollar. *Vier ticks!* Voor de uiteindelijke koper van deze obligaties, of het nu een particulier, een bedrijf of een instelling was, bleef dit verschil onzichtbaar. Maar – *vier ticks!* Voor Pierce & Pierce betekende dit een winst van bijna $3 miljoen voor een middag hard werken. En daar was het niet mee afgelopen. De markt hield zich prima en trok iets aan. Binnen een week zouden ze gemakkelijk nog eens $5 tot $10 miljoen binnenhalen op de nog resterende 3,6 miljard obligaties. *Vier ticks!*

Tegen vijf uur zweefde Sherman op de adrenaline. Hij was een onderdeel van de verpulverende macht van Pierce & Pierce, Meesters van het Universum. De vermetelheid van de hele zaak deed je de adem in de keel stokken. $6 Miljard riskeren op één middag om *twee ticks* te halen – 6¼ dollarcent per 100 dollar – en om dan vier ticks te maken – *vier ticks!* – de vermetelheid! – de vermetelheid! Was er iets op deze aarde dat een opwindender gevoel van macht gaf? Laat Lopwitz alle cricketwedstrijden bekijken die hij maar wil! Laat hem maar de plastic kikker uithangen! Meester van het Universum – de vermetelheid!

Die vermetelheid stroomde door Shermans ledematen en lymfevaten en lendenen. Pierce & Pierce had de macht, en hij was aangesloten op die macht, en die bruiste en golfde door zijn ingewanden.

Judy... Hij had urenlang niet aan haar gedacht. Wat betekende nou een enkel, zij het achterlijk, telefoontje... op het ontzagwekkende kasboek van Pierce & Pierce? De vijftigste verdieping was voor mensen die niet bang waren om te pakken wat ze wilden. En, Christus nog aan toe, zoveel wilde hij niet, vergeleken met wat hem, Meester van het Universum, rechtmatig toekwam. Het enige wat hij wilde was om het er eens van te nemen als hij daar zin in had, de eenvoudige genoegens te smaken waar alle machtige krijgers recht op hadden.

Waar haalde ze het vandaan, om het hem zo moeilijk te maken?

Als de Middelbare Leeftijd de verdere ondersteuning en begeleiding door een Meester van het Universum wenste, dan moest ze hem de kostbaarheden gunnen die hij verdiend had, namelijk jeugd en schoonheid en tomeloze tieten en elastische lendenen –

Dit sloeg nergens op! Op de een of andere onverklaarbare manier had Judy hem altijd meteen door. Ze keek op hem neer – uit een volledig ingebeelde hoogte, maar toch keek ze neer. Nog altijd de dochter van professor Miller, E. (van Egbord!) Ronald Miller van DesPortes University, Terwilliger, Wisconsin, de arme, saaie professor Miller, in zijn vale tweed pakken, wiens enige aanspraak op roem een gezapige aanval was (Sherman had zich er ooit doorheen geworsteld) op senator Joseph McCarthy, die ook uit Wisconsin kwam, in het tijdschrift *Aspects* in 1955. Toch had Sherman in hun vroegste tijd samen, in hun cocon in de Village, haar aanspraak op superioriteit geldigheid verleend. Hij had het fijn gevonden om Judy te vertellen dat hij, hoewel hij *op* Wall Street werkte, niet *van* Wall Street was, en Wall Street eigenlijk alleen maar *gebruikte*. Hij had het heerlijk gevonden als zij zich verwaardigde hem te bewonderen vanwege de verlichte denkbeelden die zich roerden in zijn ziel. Op de een of andere manier maakte ze hem duidelijk dat zijn eigen vader, John Campbell McCoy, de Leeuw van Dunning Sponget, eigenlijk een nogal alledaags iemand was, een hooggeplaatst bewaker van andermans geld. Sherman kon zich niet eens een idee vormen waarom dat voor hem van belang zou zijn. Zijn interesse in psychoanalyse, toch al nooit levendig, was op een dag op Yale totaal verdwenen toen Rawlie Thorpe ernaar verwezen had als 'een joodse wetenschap' (exact de houding die Freud vijfenzeventig jaar eerder zo had gestoord en kwaad gemaakt).

Maar dat hoorde allemaal tot het verleden, tot zijn jeugd, zijn jeugd op East Seventy-third Street en zijn jeugd in de Village. Dit was een nieuw tijdperk! Dit was een nieuw Wall Street! – en Judy was... een voorwerp dat uit zijn jeugd was overgebleven... en toch leefde ze verder en werd ze ouder, dunner... er *goed uitzien*...

Sherman leunde achterover in zijn stoel en liet zijn blik over de obligatieafdeling gaan. De rijen fosforescerende groene tekens trokken nog steeds over de monitoren, maar het geraas was geluwd tot niet veel meer dan kleedkamerjolijt. George Connor stond met de handen in zijn zakken naast de stoel van Vic Scaasi, zo maar wat te kletsen. Vic kromde zijn rug en rolde met zijn schouders en stond op het punt te geeuwen. Daar had je Rawlie die languit in zijn stoel lag te grijnzen, met zijn hand over zijn kale schedel wreef en in de telefoon praatte. Zegevierende krijgers na de strijd... Meesters van het Universum ...

En zij heeft het lef hem kopzorg te geven vanwege een *telefoontje!*

4

Koning van de Jungle

Dumpadumpadumpadumpadumpadumpadumpa – het kabaal van de op-
stijgende vliegtuigen beukte zo hard naar beneden dat hij het kon voelen. De
lucht hing vol vliegtuigdampen. De stank sloeg hem rechtstreeks op de maag.
Er bleven auto's uit de schacht van een oprit opduiken en moeizaam hun weg
zoeken tussen de drommen mensen die in de schemer over het dak dool-
den, op zoek naar de liften of naar hun eigen of andermans auto – stelen!
stelen! stelen! – en die van hem zou de meest geschikte kandidaat zijn, nietwaar? Sherman stond zich met één hand op het portier af te vragen of hij hem
hier wel achter durfde te laten. Zijn auto was een zwarte Mercedes coupé
sport die $48.000 gekost had – of $120.000, dat was maar hoe je het bekeek.
Vanwege de belastinggroep van een Meester van het Universum die zowel
federale belasting als belasting van de staat New York en van de gemeente
New York moest afdragen, moest Sherman $120.000 verdienen om $48.000
over te houden om aan een coupé sportauto te besteden. Hoe zou hij het
Judy moeten uitleggen als het ding hier gestolen werd, van het dak van een
parkeergarage op Kennedy Airport?

Nou – waarom zou hij haar trouwens een verklaring verschuldigd zijn?
Een hele week lang was hij elke dag voor etenstijd thuis geweest. Het moest
de eerste keer geweest zijn dat hem dat gelukt was sinds hij bij Pierce & Pierce
was gaan werken. Hij was attent geweest voor Campbell en had op een avond
meer dan drie kwartier bij haar doorgebracht, en dat was ongebruikelijk, al
zou hij verbaasd en beledigd zijn geweest als iemand daar een opmerking
over gemaakt had. Hij had een staande lamp in de bibliotheek van een nieuw
snoer voorzien zonder al te overdreven gezucht en getier. Na drie dagen van
zulk voorbeeldig gedrag had Judy haar bed in de kleedkamer opgegeven en
was ze weer in de slaapkamer komen slapen. Toegegeven, de Berlijnse Muur
liep nu midden door hun bed, en ze weigerde zelfs maar een oppervlakkig
woordje met hem te wisselen. Maar als Campbell in de buurt was deed ze
altijd netjes tegen hem. Dat was het belangrijkste.

Toen hij Judy twee uur geleden gebeld had om te zeggen dat hij laat zou
doorwerken, had ze daar niet moeilijk over gedaan. Maar goed – dat had hij
ook verdiend! Hij wierp een laatste blik op de Mercedes en ging op weg naar

de aankomsthal voor internationale vluchten.

Die bevond zich in het binnenste van het gebouw, in een ruimte die oorspronkelijk ontworpen geweest moest zijn als bagageafdeling. Rijen TL-lampen streden tegen de schemerige somberheid van de grote ruimte. Achter een ijzeren hek stonden de mensen zich te verdringen, wachtend tot de passagiers uit het buitenland de douane gepasseerd waren. Stel dat er hier iemand was die hem en Judy kende? Hij begon de menigte wat grondiger op te nemen. Korte broeken, sneakers, spijkerbroeken, sporttruien – Christus, wat waren dit voor mensen? Eén voor één kwamen de reizigers door de douane. Trainingspakken, t-shirts, windjacks, aerobic kousen, overalls, sportjacks, honkbalpetten en mouwloze topjes; net binnen uit Rome, Milaan, Parijs, Brussel, München en Londen; de wereldreizigers; de cosmopolieten; Sherman hief zijn Yale-kin omhoog tegen het aanzwellend getij.

Toen Maria eindelijk opdook viel ze er niet moeilijk uit te pikken. In deze meute leek zij op iets uit een ander melkwegstelsel. Ze droeg een rok en een jasje met brede schouders in het koningsblauw dat in Frankrijk in de mode was, een blauw-wit gestreepte zijden blouse, en elektriserend-blauwe pumps van hagedisseleer met witte kalfsleren kapjes op de tenen. Voor de prijs van de blouse en de schoenen hadden twintig willekeurige vrouwen in die aankomsthal hun kleren kunnen kopen. Ze had de gang van een mannequin, neus omhoog en heupen draaiend als een tandwiel, erop berekend om een maximum aan haat en nijd uit te lokken. Mensen stonden met grote ogen te kijken. Naast haar stapte een kruier met een aluminium steekwagentje, afgeladen met bagage, een waanzinnige hoeveelheid, een hele bij elkaar passende set, roomkleurig leer met reepjes chocolade-leer langs de randen. Vulgair, maar niet zo vulgair als Louis Vuitton, dacht Sherman. Ze was maar voor een week naar Italië geweest om aan het Como Meer een huis voor de zomer te zoeken. Hij kon zich niet indenken waarom ze zoveel bagage had meegenomen. (Onbewust associeerde hij zulke dingen met een slappe opvoeding.) Hij vroeg zich af hoe hij dat allemaal in de Mercedes moest krijgen.

Hij baande zich een weg om het hek heen en stevende op haar af. Hij rechtte zijn rug.

'Hallo, baby,' zei hij.

'*Baby?*' zei Maria. Ze voegde er een glimlach aan toe, alsof ze niet echt geïrriteerd was, maar dat was ze duidelijk wel. Het was waar dat hij haar nooit eerder baby genoemd had. Hij had zelfverzekerd maar ook achteloos willen klinken, zoals een Meester van het Universum die zijn vriendin op een vliegveld ontmoet.

Hij nam haar bij de arm en liep in gelijke tred met haar op en besloot om het nog eens te proberen. 'Hoe was de vlucht?'

'Geweldig,' zei Maria, 'als 't je tenminste niks kan schelen om zes uur lang door een Engelsman verheeld te worden.' Het duurde een paar stappen eer Sherman zich realiseerde dat ze *verveeld* zei. Ze staarde in de verte, alsof ze haar beproevingen nog eens overdacht.

Boven op het dak had de Mercedes de stelende menigte overleefd. De kruier kon niet veel bagage in de sportieve kleine kofferruimte van de auto krijgen. Hij moest meer dan de helft opstapelen op de achterbank, niet veel meer dan een beklede richel. Prachtig, dacht Sherman. Als ik moet remmen krijg ik een set rondvliegende roomkleurige vanity cases met chocolade-bruine randen achter tegen mijn hersens.

Tegen de tijd dat ze het vliegveld achter zich lieten en de Van Wyck Expressway opreden richting Manhattan was enkel nog de laatst-wegstervende doffe gloed van het daglicht zichtbaar achter de gebouwen en bomen van South Ozone Park. Het was dat uur van de schemering waarop de straatlantaarns en de koplampen aangaan maar weinig verschil maken. Een stroom rode achterlichten rolde voor hen uit. Langs de snelweg even voorbij Rockaway Boulevard zag hij een enorme tweedeurs sedan, het soort auto dat ze in de jaren zeventig maakten, recht omhoog tegen een stenen steunmuur. Een man... wijdbeens uitgestrekt op de snelweg!... Nee, toen ze dichterbij kwamen kon hij zien dat het helemaal geen man was. Het was de motorkap van de auto. De hele motorkap was eraf getrokken en lag op het wegdek. De wielen, de stoelen en het stuur waren verdwenen... Dit enorme wrak maakte nu deel uit van het landschap... Sherman, Maria, de bagage en de Mercedes reden door.

Hij probeerde het nog een keer. 'En, hoe was Milaan? Hoe staat het ervoor aan het Como Meer?'

'Sherman, wie is Christopher Marlowe?' Shuhmum, wie's Christuphuh Muhlowe?

Christopher Marlowe? 'Weet ik niet. Ken ik die dan?'

'Ik heb het over iemand die schrijver was.'

'Je bedoelt toch niet de toneelschrijver?'

'Ik denk van wel. Wie was dat?' Maria bleef recht vooruit kijken. Ze klonk alsof haar laatste vriend was overleden.

'Christopher Marlowe... Dat was een Engelse toneelschrijver, ongeveer uit de tijd van Shakespeare, denk ik. Misschien nog wat eerder dan Shakespeare. Hoezo?'

'Wanneer was dat dan?' Ze had niet beroerder kunnen klinken.

'Eens kijken. Ik weet het niet... De zestiende eeuw – 15-zoveel. Hoezo?'

'Wat heeft hij geschreven?'

'God... al sla je me dood. Moet je horen, ik vond het al heel wat dat ik nog wist wie hij was. Hoezo?'

'Ja, maar je weet wèl wie hij was.'

'Nauwelijks. Hoezo?'

'Wat weet je van Dr. Faustus?'

'Dr. Faustus?'

'Heeft hij iets geschreven over Dr. Faustus?'

'Mmmmmmmm.' Een herinneringsflits, heel ver, maar het zakte weer weg. 'Zou kunnen. Dr. Faustus... *De Jood van Malta!* Hij heeft een stuk geschreven dat *De Jood van Malta* heet. Daar ben ik vrij zeker van. *De Jood van Malta.* Ik weet niet eens waarom ik me *De Jood van Malta* nog kan herinneren. Ik weet zeker dat ik het nooit gelezen heb.'

'Maar je weet wèl wie hij was. Dat is een van die dingen die je hoort te weten, niet soms?'

Daar legde ze de vinger op de zere plek. Het enige wat Sherman over Christopher Marlowe echt was bijgebleven, na negen jaar op Buckley, vier jaar op St. Paul's en vier jaar op Yale, was dat je eigenlijk hóórde te weten wie Christopher Marlowe was. Maar hij was niet van plan om dat te gaan zeggen.

In plaats daarvan vroeg hij: 'Wie hoort dat te weten?'

'Iedereen,' mompelde Maria. 'Ik.'

Het werd donkerder. De blitse meet- en regelapparatuur van de Mercedes lichtte op als in een gevechtsvliegtuig. Ze waren nu dicht bij het viaduct over Atlantic Avenue. Aan de kant van de weg stond weer een verlaten auto. De wielen waren eraf, de motorkap stond omhoog, en twee gestaltes, de ene met een zaklantaarn, stonden diep voorovergebogen over de motor.

Maria bleef strak vooruit kijken toen ze zich tussen het verkeer op Grand Central Parkway voegden. Een heelal van stromen koplampen en achterlichten vulde hun gezichtsveld, alsof de energie van de hele stad nu omgezet was in miljoenen lichtbollen die door de duisternis draaiden. Hierbinnen, in de Mercedes, met de ramen dicht, gleed de hele overweldigende show geluidloos voorbij.

'Weet je, Sherman?' Weet juh, Shuhmun? 'Ik haat Britten. Die haat ik echt.'

'Je haat Christopher Marlowe?'

'Bedankt, wijsneus,' zei Maria. 'Je klinkt net als die klootzak die naast me zat.'

Nu keek ze Sherman aan en glimlachte. Het was zo'n glimlach die je dapper op weet te brengen ondanks hevige pijnen. Uit haar ogen leken elk moment de tranen te voorschijn te kunnen schieten.

'Wat voor klootzak?' zei hij.

'In het vliegtuig. Die Brit.' Synoniem voor lul. 'Hij begon tegen me te praten. Ik zat in de catalogus te kijken van de Reiner Fetting tentoonstelling die ik in Milano gezien had' – het ergerde Sherman dat ze de Italiaanse naam gebruikte, Milano, in plaats van Milaan, vooral omdat hij nog nooit van Reiner Fetting gehoord had – 'en daar begint hij me over Reiner Fetting te praten. Hij had zo'n gouden Rolex om, zo'n kolossaal ding? 't Verbaast me dat je je arm er nog mee omhoog kan krijgen?' Ze had de gewoonte van meisjes uit het Zuiden om van meedelende zinnen vragen te maken.

'Denk je dat hij een toer bouwde?'

Maria lachte, deze keer met plezier. 'Natuurlijk deed hij dat!'

Haar lachen luchtte Sherman behoorlijk op. De ban was gebroken. Waarom precies wist hij niet. Hij besefte niet dat er vrouwen waren die op dezelfde manier over seksuele aantrekkelijkheid dachten als hij over de obligatiemarkt. Hij wist alleen dat de ban gebroken was en de druk van de ketel. Het deed er niet echt toe waar ze nu verder over kletste. En ze kletste inderdaad verder. Ze stortte zich uitgebreid op de kleinering die ze had moeten verdragen.

'Hij zat te springen om me te vertellen dat hij filmproducer was. Hij was een film aan het maken die gebaseerd was op dat toneelstuk, *Doctor Faustus*, van Christopher Marlowe, of alleen maar Marlowe, ik denk dat hij dat alleen maar zei, Marlowe, en ik heb geen idee waarom ik iets terug zei, maar ik begreep dat iemand die Marlowe heette voor de film schreef. Eigenlijk denk ik dat ik dacht aan die film met een *personage* erin dat Marlowe heette. Robert Mitchum speelde d'r in mee.'

'Klopt. Dat was een verhaal van Raymond Chandler.'

Maria keek hem volslagen uitdrukkingsloos aan. Hij liet Raymond Chandler maar zitten. 'En wat zei je tegen hem?'

'Ik zei: "Christopher Marlowe? Heeft die niet een film geschreven?" En weet je wat die… zak… tegen me zegt? Hij zegt: "Ik zou 't niet denken. Die is in 1593 gestorven." *Ik zou 't niet denken.*'

Haar ogen schoten vuur toen het haar weer voor de geest kwam. Sherman wachtte even. 'En dat is het?'

'Dat is het? Ik kon hem wel wurgen. Het was… vernederend. *Ik zou 't niet denken.* Ongelooflijk, wat een… inbeelding.'

'Wat zei je toen tegen hem?'

'Niks. Ik werd rood. Ik kon geen woord uitbrengen.'

'En dat is de reden dat je nu in zo'n bui bent?'

'Sherman, je moet me 'ns eerlijk zeggen. Als je niet weet wie Christopher Marlowe is, wil dat dan zeggen dat je dom bent?'

'Oh, in godsnaam Maria. Ik kan niet geloven dat je daardoor in zo'n bui bent.'

'Wat voor bui?'

'Die donkere wolk waarin je geland bent.'

'Je hebt me geen antwoord gegeven, Sherman. Wil dat zeggen dat je dom bent?'

'Doe niet zo belachelijk. Ik kon me hem ook maar vaag herinneren, en waarschijnlijk heb ik een keer college over hem gehad, of zoiets.'

'Nou, da's precies 't punt. Jij hebt tenminste college over hem gehad. Ik heb nooit college over hem gehad. Dat maakt me nou zo – je begrijpt helemaal niet waar ik 't over heb, is 't wel?'

'Nee, echt niet.' Hij lachte naar haar, en zij lachte terug.

Ze reden langs La Guardia Airport, dat door honderden natriumlampen verlicht werd. Het zag er niet uit als een grote toegangspoort tot het luchtruim. Het zag er uit als een fabriek. Sherman zwenkte naar links, gaf een flinke dot gas en liet de Mercedes onder het viaduct van Thirty-first Street doorscheuren de oprit van de Triborough Bridge op. De wolk was overgedreven. Hij voelde zich weer ingenomen met zichzelf. Hij had haar over het dode punt heen gejokerd.

Nu moest hij gas terugnemen. Op alle vier de rijbanen was het druk. Toen de Mercedes tegen de grote boog van de brug omhoog klom, kon hij het eiland Manhattan links zien liggen. De wolkenkrabbers stonden zo dicht tegen elkaar aangedrukt dat hij de massa en de massale druk kon voelen. Denk eens aan de miljoenen mensen, van over de hele wereld, die ernaar hunkerden om op dat eiland te zijn, in die wolkenkrabbers, in die nauwe straten! Daar lag het dan, het Rome, het Parijs, het Londen van de twintigste eeuw, de stad van ambitie, de compacte magnetische rots, de onweerstaanbare bestemming van al degenen die erop staan om daar te zijn *waar de dingen gebeu-*

ren – en hij behoorde tot de overwinnaars! Hij woonde op Park Avenue, de straat der dromen! Hij werkte op Wall Street, vijftig verdiepingen hoog, voor het legendarische Pierce & Pierce, met de hele wereld als uitzicht! Hij zat aan het stuur van een sportauto van $48.000 met een van de mooiste vrouwen van New York – geen drs. in de Alg.Lit.Wetensch. misschien, maar adembenemend – naast zich! Een dartel jong dier! Hij behoorde tot het soort mensen wier vanzelfsprekende lotsbestemming het was... te krijgen wat ze wilden!

Hij nam een hand van het stuur en maakte een wijds gebaar naar het machtige eiland.

'Daar ligt het dan, baby!'

'Beginnen we weer met baby?'

'Ik heb gewoon zin om je baby te noemen, baby. New York City. Daar heb je het.'

'Vind je echt dat ik 't type ben voor baby?'

'Je bent zo baby als maar kan, Maria. Waar wil je gaan eten? Je zegt het maar. New York City.'

'Sherman! Moet je er hier niet af?'

Hij keek naar rechts. Het was waar. Hij zat twee banen links van de banen die naar de afrit naar Manhattan voerden, en hij zag geen kans om naar rechts door te steken. Deze rijbaan – de volgende rijbaan – de volgende rijbaan – elke rijbaan – vormde hier een trein van auto's en vrachtwagens, bumper aan bumper, die voortkroop naar de tolhuisjes zo'n honderd meter verderop. Daar hing een reusachtig groen bord dat door gele lampen verlicht werd, met daarop BRONX UPSTATE N.Y. NEW ENGLAND.

'Sherman, ik weet zeker dat dat de afslag naar Manhattan is.'

'Je hebt gelijk, schat, maar ik zie geen mogelijkheid om daar nu te komen.'

'Waar gaat dit naar toe?'

'De Bronx.'

De treinen van voertuigen kropen in een wolk van zwavel- en koolstofdeeltjes voorwaarts naar de tolpoorten.

De Mercedes had zo'n lage ophanging dat Sherman een eind naar boven moest reiken om zijn twee dollar bij het hokje af te geven. Een moe uitziende zwarte man keek door het raampje vanaf zijn hoge positie op hem neer. De zijkant van het hokje was een heel eind opengereten. De scheur begon te roesten.

Een onbestemd mistig onpeilbaar gevoel van ongemak begon in Shermans schedel door te sijpelen. De Bronx... Hij was geboren en getogen in New York, en liet er zich graag op voorstaan dat hij de stad kende. *Ik ken de stad.* Maar in feite had hij, in de loop van zijn achtendertig jaar, met de Bronx alleen maar bekendheid opgedaan door middel van vijf of zes uitstapjes naar de dierentuin in de Bronx, twee naar de Botanische Tuinen, en misschien zo'n twaalf keer naar Yankee Stadium, de laatste keer in 1977 voor een wedstrijd in de World Series. Hij wist dat de nummering van de straten van de Bronx aansloot op die van Manhattan. Wat hij zou gaan doen, was – nou, hij zou een zijstraat nemen in westelijke richting totdat hij bij een van de avenues zou komen die je rechtstreeks naar Manhattan terugvoeren. Dat moest toch te doen zijn?

De vloed rode achterlichten bleef voor hen uitstromen, maar nu hinderden ze hem. In het donker, temidden van dit rode gekrioel, kon hij zich niet oriënteren. Zijn gevoel voor richting begon hem te ontglippen. Hij moest nog steeds in noordelijke richting gaan. Zo'n grote bocht had het stuk na het hoogste punt van de brug niet gemaakt. Maar nu kon hij alleen op richtingborden afgaan. Zijn hele voorraad oriëntatiepunten was verdwenen, achtergelaten. Aan het eind van de brug splitste de snelweg zich in een Y ... MAJOR DEEGAN GEO. WASHINGTON BRIDGE... BRUCKNER NEW ENGLAND... Major Deegan ging in noordelijke richting... Nee!... Rechts aanhouden... Plotseling weer een Y ... EAST BRONX NEW ENGLAND... EAST 138TH BRUCKNER BOULEVARD... Kies nou, onnozele hals!... Kruis of munt... een vinger, twee vingers... Hij ging weer naar rechts... EAST 138TH... een afrit... Ineens was er geen afrit meer, geen duidelijk afgebakende snelweg meer. Hij was beneden. Het was alsof hij bij een schroothandel verzeild geraakt was. Het leek alsof hij zich onder de snelweg bevond. In het pikkedonker kon hij aan de linkerkant een hek met prikkeldraad onderscheiden... er zat iets in vast... Het hoofd van een vrouw!... Nee, het was een stoel die halverwege door een hek geramd zat, met drie poten en een verbrande zitting waar de verschroeide vulling in grote dotten uit bungelde... Wie zou er in godsnaam een stoel in het draadwerk van een hek rammen? En waarom?

'Waar zijn we, Sherman?'

Uit de toon waarop ze dat vroeg kon hij opmaken dat er geen discussies over Christopher Marlowe meer zouden komen, en evenmin over waar ze zouden gaan eten.

'We zitten in de Bronx.'

'Weet je hoe we hier uit moeten komen?'

'Tuurlijk. Als ik maar een zijstraat kan vinden... Even kijken, even kijken, even kijken... 138th Street...'

Ze reden in noordelijke richting onder de snelweg. Maar welke snelweg? Twee rijbanen, allebei in noordelijke richting... Aan de linkerkant een steunmuur en hekken en betonnen pijlers waar de snelweg op rustte... Zou in westelijke richting moeten rijden om een straat terug naar Manhattan te vinden... links af... maar hij kan niet linksaf vanwege die muur... Even kijken, even kijken... 138th Street... Waar is die nou?... Daar! Het bord – 138th Street... Hij blijft links houden om af te kunnen slaan... Een grote opening in de muur... 138th Street... Maar hij kan niet linksaf! Links van hem lopen vier of vijf rijbanen vol verkeer, hier onder de snelweg, twee naar het noorden, twee naar het zuiden, en nog eentje erachter, waar auto's en vrachtwagens in beide richtingen overheen denderen – hij kan met geen mogelijkheid oversteken door zoveel verkeer... Dus blijft hij doorrijden... de Bronx in... Er komt weer een opening in de muur aan... Hij neemt de linker rijbaan weer... Dezelfde situatie!... Geen mogelijkheid om linksaf te slaan!... Hij begint zich in de val gelopen te voelen hier in het halfduister onder de snelweg... Maar het moest toch te doen zijn?... Zo'n hoop verkeer ...

'Wat doen we nou, Sherman?'

'Ik probeer linksaf te slaan, maar je kan helemaal nergens linksaf van deze

verdomde weg af. Ik zal hier verderop ergens rechtsaf moeten en dan omke-
ren of zo en langs de andere kant terugkomen.'

Maria had geen commentaar. Sherman wierp een snelle blik op haar. Ze zat
nors voor zich uit te kijken. Rechts van hem kon hij, boven een paar lage
vervallen gebouwen, een aanplakbord zien met daarop:

TOPS IN DE BRONX
VLEESGROOTHANDEL

Vleesgroothandel... midden in de Bronx... Weer een opening in de muur
voor hen uit... Deze keer begint hij rechts aan te houden – een geweldig
getoeter! – een vrachtwagen die hem rechts passeert... Hij zwenkt naar
links –

'Sherman!'

'Sorry, baby.'

– te laat om nog rechtsaf te kunnen draaien... Hij rijdt door, helemaal aan
de rechterkant van de rechter rijbaan, klaar om af te slaan... Weer een
opening... slaat rechtsaf... een brede straat... Wat een boel mensen opeens...
De helft van hen lijkt op straat te lopen... donker, maar ze zien er uit als
Latino's... Portoricanen?... Aan de overkant een lang laag gebouw met geschulpte dakkapellen... als bij een Zwitsers chalet in een sprookjesboek...
maar vreselijk zwart uitgeslagen... Aan deze kant een bar – hij spert zijn ogen
open – voor de helft met metalen rolluiken er voor... Zo'n hoop mensen op
straat... Hij gaat langzamer rijden... Lage flats met ontbrekende ruiten... hele
ramen zijn weg... Een stoplicht. Hij stopt. Hij ziet Maria's hoofd heen en
weer draaien... '*Oeoeoeaaaggggh!*' Een vreselijk gekrijs aan de linkerkant... Een
jongeman met een sprieterige snor en een sportshirtje slentert de straat over.
Een meisje rent hem schreeuwend achterna. 'Oeoeoeaggggh!'... Donker gezicht, blond kroeshaar... Ze slaat haar arm om zijn nek, maar in slow-motion,
alsof ze dronken is. 'Oeoeoeaaggggh!' Ze probeert hem te wurgen! Hij kijkt
niet eens naar haar. Hij ramt gewoon zijn elleboog naar achteren in haar
maag. Ze glijdt van hem af. Ze ligt languit op straat. Hij loopt door. Kijkt niet
een keer om. Zij komt overeind. Ze doet weer een uitval in zijn richting.
'Oeoeaagggh!' Nu zijn ze precies voor de auto. Sherman en Maria zitten in
hun bruinleren kuipstoelen met grote ogen naar hen te staren. Het meisje – ze heeft haar man weer bij zijn nek te pakken. Hij geeft haar weer een
elleboogstoot in haar maag. Het licht verspringt, maar Sherman kan moeilijk
op gaan trekken. Van allebei de kanten zijn mensen de straat op gekomen om
de consternatie gade te slaan. Ze staan te lachen. Te juichen. Ze trekt hem aan
zijn haar. Met een grimas op zijn gezicht stompt hij haar met beide ellebogen
achteruit. Overal mensen. Sherman kijkt naar Maria. Geen van tweeën heeft
iets te zeggen. Twee blanken, een van hen een jonge vrouw uitgedost in een
koningsblauw jasje van Avenue Foch met schouders tot hier... een set bagage
op de achterbank voor een boottocht naar China... een sportauto van
$48.000... midden in de South Bronx... Miraculeus! Niemand schenkt enige
aandacht aan hen. Gewoon een auto voor het stoplicht. De twee strijdende

partijen begeven zich geleidelijk naar de andere kant van de straat. Nu vallen ze elkaar aan als Sumo-worstelaars, hun gezichten tegen elkaar. Ze wankelen en slingeren. Ze zijn uitgeput. Ze komen lucht tekort. Ze hebben het gehad. Ze konden net zo goed aan het dansen zijn. De menigte verliest zijn belangstelling en begint weg te stromen.

Sherman zegt tegen Maria: 'Ware liefde, baby.' Wil dat ze denkt dat hij zich geen zorgen maakt.

Nu is er niemand meer voor de auto, maar het licht is weer op rood gesprongen. Hij blijft wachten en rijdt vervolgens verder de straat door. Niet zoveel mensen meer nu... een brede straat. Hij keert en rijdt in de richting waar ze vandaan gekomen zijn...

'Wat ga je nu doen, Sherman?'

'Ik denk dat we goed zitten. Dit is een grote dwarsstraat. We gaan in de goeie richting. We gaan naar het westen.'

Maar toen ze de drukke verkeersweg onder de snelweg overstaken kwamen ze terecht op een chaotisch kruispunt. De straten sneden elkaar onder vreemde hoeken... Mensen staken in allerlei richtingen de straat over... Donkere gezichten... Aan deze kant een ingang van de ondergrondse... Aan de overkant lage gebouwen, winkels... Great Taste Chinees Afhaalrestaurant... Hij had geen idee welke straat exact naar het westen liep... *Die daar* – de meest voor de hand liggende – hij sloeg die straat in... een brede straat... aan weerszijden geparkeerde auto's... een eindje verder, dubbel geparkeerd... driedubbel geparkeerd... een menigte... Kwam hij daar wel doorheen?... Dus draaide hij... *die kant uit*... daar had je een straatbord, maar de namen van de straten correspondeerden niet langer met de straten zelf. East Zoveel leek veeleer... in die richting te lopen... Dus nam hij die straat, maar al gauw ging deze over in een nauwe zijstraat en liep tussen wat lage gebouwen door. De gebouwen leken leeg te staan. Bij de volgende hoek sloeg hij af – naar het westen, meende hij – en bleef die straat een eind volgen. Nog meer lage gebouwen. Het konden garages zijn en het konden loodsen zijn. Er stonden hekken omheen met rollen prikkeldraad erbovenop. De straten waren verlaten, en dat kwam goed uit, zei hij tegen zichzelf, maar toch voelde hij zijn hart nerveus bonken. Toen sloeg hij weer af. Een smalle straat met flatgebouwen van zeven of acht verdiepingen aan weerskanten; geen mens te zien; niet eens een verlicht raam. De gebouwen daarna net zo. Hij sloeg weer af, en toen hij de hoek om ging –

– *niet te geloven*. Volkomen leeg, een uitgestrekt open terrein. Straatblok na straatblok – hoeveel? – zes? acht? twaalf? – hele stukken stad, waar geen gebouw meer te bekennen viel. Er waren straten en stoepranden en trottoirs en lantaarnpalen, en verder niets. Spookachtig lag het grondpatroon van een stad voor hem uitgestrekt, verlicht door het chemische geel van de straatlantaarns. Hier en daar lag nog wat puingruis en sintels. De aarde zag eruit als beton, behalve dat de grond hier naar beneden liep... en daar naar boven... de heuvels en dalen van de Bronx... gereduceerd tot asfalt, beton en sintels... in een akelig gele gloed.

Hij moest zijn ogen uitwrijven om zich ervan te verzekeren dat hij nog steeds daadwerkelijk door een Newyorkse straat reed. De straat voerde tegen een lange helling omhoog... Twee kruisingen verder... drie kruisingen verder... het viel moeilijk te zeggen op dit immense uitgestorven terrein... Daar stond een eenzaam gebouw, het laatste... Het lag op de hoek... drie of vier verdiepingen hoog... Het zag eruit alsof het ieder moment om kon kieperen... Op de begane grond brandde licht, alsof er een winkel was of een bar... Er stonden drie of vier mensen buiten op het trottoir. Sherman kon ze zien onder de straatlantaarn op de hoek.

'Wat is dit, Sherman?' Maria gaapte hem verbaasd aan.

'Het zuidoosten van de Bronx, vermoed ik.'

'Je bedoelt dat je niet weet waar we zijn?'

'Ik weet *ongeveer* waar we zijn. Zolang we in westelijke richting gaan komt het wel goed.'

'Hoezo denk je dan dat we in westelijke richting gaan?'

'Oh, maak je geen zorgen, we gaan in westelijke richting. Het is alleen, eh...'

'‘t Is alleen wat?'

'Als je een straatbord ziet... ik zoek naar een straat met een nummer.'

De waarheid was dat Sherman niet meer wist in welke richting hij reed. Toen ze het gebouw naderden kon hij *dung dung dung dung dung dung* horen. Hij kon het zelfs horen terwijl de ramen van de auto dicht waren... Een contrabas... Een elektriciteitssnoer hing met een boog vanaf de lantaarnpaal op de hoek door de open deur naar binnen. Op het trottoir buiten stonden een vrouw in wat leek op een basketballtrui en korte broek, en twee mannen in sportshirts met korte mouwen. De vrouw leunde voorover met haar handen op haar knieën en draaide lachend haar hoofd in een wijde cirkel in het rond. De twee mannen keken lachend toe. Waren het Portoricanen? Het viel niet te zeggen. Door de deuropening, de deur waar het snoer naar toe liep, kon Sherman een laaghangende lamp en silhouetten zien. *Dung dung dung dung dung...* de bas... dan een paar hoge trompettonen... Latin muziek?... Het hoofd van de vrouw bleef maar rondgaan.

Hij keek vluchtig naar Maria. Ze zat daar in haar fantastische koningsblauwe jasje. Haar dikke donkere kortgeknipte haar omgaf een gezicht dat er zo verstard uitzag als een foto. Sherman gaf gas en liet de spookachtige buitenpost in de woestenij achter zich liggen.

Hij sloeg af in de richting van een paar gebouwen... daar ginds... Hij kwam langs huizen zonder kozijnen in de raamopeningen...

Ze kwamen bij een parkje met een ijzeren omheining eromheen. Je moest links- of rechtsaf. De straten kruisten elkaar onder vreemde hoeken. Sherman was het spoor van het roosterpatroon van de straten volkomen bijster geraakt. Het zag er niet langer uit als New York. Het zag eruit als een kleine in verval rakende stad in New England. Hij sloeg linksaf.

'Sherman, ik begin dit niet leuk te vinden.'

'Maak je geen zorgen, kind.'

'Is 't nu kind?'

'Je vond baby niet leuk.' Hij deed zijn best om nonchalant te klinken.

Er stonden auto's geparkeerd langs de straat... Drie jongens stonden onder een straatlantaarn; drie donkere gezichten. Ze droegen gevoerde jacks. Ze keken met grote ogen naar de Mercedes. Sherman sloeg weer af.

In de verte kon hij de stoffige gele gloed zien van wat een bredere, veel heller verlichte straat leek te zijn. Hoe dichter ze daarbij kwamen, des te meer mensen... op de trottoirs, in deuropeningen, op straat... Wat een boel donkere gezichten... In de verte, iets op straat. Het licht van de koplampen werd door de duisternis opgeslorpt. Toen kon hij zien wat het was. Een midden op straat geparkeerde auto, een heel eind van de stoep af... een groep jongens stond eromheen... Nog meer donkere gezichten... Zou hij er nog langs kunnen? Hij drukte de knop in waarmee de portieren op slot gingen. Hij schrok van de elektronische klik alsof het het geluid van een roffeltrom was. Voorzichtig ging hij erlangs. De jongens bukten zich voorover en staarden door de ramen van de Mercedes.

Vanuit zijn ooghoek kon hij er eentje zien glimlachen. Maar hij zei niets. Hij staarde alleen maar en grijnsde. Goddank was er genoeg ruimte. Hij bleef er voorzichtig langs gaan. Stel dat hij een lekke band kreeg? Of de motor verzoop? Dan zaten ze mooi in de penarie. Maar hij voelde zich niet op stang gejaagd. Hij had het nog allemaal onder controle. Gewoon blijven rijden. Dat is het belangrijkste. Een Mercedes van $48.000. Kom op, stelletje moffen, stelletje panzerkoppen, stelletje constructeurs met staalhersens... Geen fouten maken... Hij haalde het langs de wagen. Verderop, een doorgaande weg... Het verkeer reed met behoorlijke snelheid in beide richtingen over de kruising. Hij slaakte een zucht van verlichting. Die ging hij nemen! Rechtsaf! Linksaf! Wat deed hij ertoe? Hij kwam bij de kruising. Het licht stond op rood. Nou, ze konden hem wat. Hij trok op.

'Sherman, je rijdt door rood!'

'Prima. Misschien komt de politie wel. Dat zou ik niet erg vinden.'

Maria zei geen woord. De beslommeringen van haar luxueuze leventje waren nu sterk op één punt geconcentreerd. Het menselijk bestaan had nog slechts één doel: uit de Bronx zien te komen.

In de verte was de mistige mosterdgloed van de straatlantaarns feller en meer gespreid... Een soort kruising van hoofdwegen... Wacht eens even... Aan die kant, een ingang van de ondergrondse... Aan deze kant, winkels, goedkope eettenten... Texas Fried Chicken... Great Taste Chinees Afhaal... *Great Taste Chinees Afhaalrestaurant!*

Maria zat hetzelfde te denken. 'Jezus Christus, Sherman, we zijn weer terug waar we begonnen! Je bent in een grote cirkel rondgereden!'

'Dat weet ik. Dat weet ik. Wacht nou eens even. Moet je horen. Ik ga rechts. Ik ga weer terug onder de snelweg. Ik ga – '

'Ga daar nou niet weer onder, Sherman.'

De snelweg liep vlak boven hen. Het licht stond op groen. Sherman wist niet wat hij moest doen. Achter hen toeterde iemand.

'Sherman! Kijk daar! Daar staat George Washington Bridge!'

Waar? Het toeteren hield aan. Toen zag hij het. Het was aan de overkant, onder de snelweg, in de haveloze grauwe gloed, een bord op een betonnen paal... 95.895 EAST.GEO.WASH.BRIDGE... Moest een oprit zijn...

'Maar we moeten die kant niet op! Dat is naar het noorden!'

'Nou en, Sherman? Je weet tenminste wat 't is! 't Is tenminste de beschaafde wereld! Laten we maken dat we hier weg komen!'

Een langgerekt getoeter. Achter hen stond iemand te schreeuwen. Sherman stoof weg nu het licht nog op groen stond. Hij stak de vijf rijbanen over in de richting van het kleine bord. Hij was weer onder de snelweg.

'Het is dáár, Sherman!'

'Oké, oké, ik zie het.'

De oprit zag eruit als een zwarte stortbaan die tussen de betonnen pijlers omhoog stak. De Mercedes ging met een flinke klap door een kuil.

'Jezus,' zei Sherman, 'die had ik niet gezien.'

Hij leunde naar voren over het stuur. De koplampen schoten dolzinnig over de betonnen pijlers. Hij schakelde naar de tweede versnelling. Hij draaide naar links om een pijler heen en stoof tegen de helling omhoog. Lichamen!... Lichamen op de weg!... Twee lagen er ineengekrompen!... Nee, geen lichamen... opstaande randen langs de weg... een bekisting... Nee, vaten, een soort vaten... Vuilnisemmers... Hij moest helemaal naar links om er langs te kunnen... Hij schakelde terug naar de eerste versnelling en ging naar links... Een schim in zijn koplampen... Een ogenblik dacht hij dat er iemand van de vangrail langs de oprit was gesprongen... Niet groot genoeg... Het was een dier... Het bleef op de weg liggen en blokkeerde de doorgang... Sherman knalde op de rem... Hij kreeg een koffer tegen zijn achterhoofd... nog een...

Een gil van Maria. Er lag een koffer op haar hoofdsteun. De motor was afgeslagen. Sherman zette de auto op de handrem en trok de koffer van haar af en schoof hem naar achteren.

'Alles goed?'

Ze keek niet naar hem. Ze staarde door de voorruit. 'Wat is dat?'

De weg werd versperd – het was geen dier... Profiel... Het was een wiel... Zijn eerste gedachte was dat er boven op de snelweg een wiel van een auto was gelopen en dat het hier naar beneden op de oprit was geduikeld. Ineens was het doodstil in de auto, omdat de motor afgeslagen was. Sherman startte de motor weer. Hij probeerde de handrem om zeker te zijn dat hij aangetrokken zat. Toen deed hij het portier open.

'Wat doe je, Sherman?'

'Ik ga dat ding aan de kant gooien.'

'Voorzichtig. Als er nou een auto aankomt?'

'Och.' Hij haalde zijn schouders op en stapte uit.

Hij had een eigenaardig gevoel vanaf het moment dat hij zijn voeten op de oprit zette. Van boven zijn hoofd vandaan het keiharde kletterende geluid van voertuigen die over een soort ijzeren verbindingsstuk of plaat in de snelweg reden. Hij tuurde naar boven naar de zwarte onderbuik van de snelweg. De auto's kon hij niet zien. Hij kon alleen horen dat ze blijkbaar met grote snelheid over de weg denderden en dat kletterende geluid maakten en een trillingsveld creëerden. De trillingen gonsden rond het verweerde zwarte bouwwerk. Maar tegelijkertijd kon hij zijn schoenen horen, zijn New & Lingwood-schoenen van $650, New & Lingwood in Jermyn Street, Londen, met hun Engelse leren zolen en hakken, die knerpende krasgeluidjes maakten terwijl hij tegen de oprit omhoog liep naar het wiel. Het knerpende krasgeluidje van zijn schoenen was het scherpste geluid dat hij ooit gehoord had. Hij boog voorover. Het was niet eens een wiel uiteindelijk, alleen een band. Stel je voor, een auto die een band verliest. Hij pakte hem op.

'Sherman!'

Hij draaide zich om, naar de Mercedes. Twee gestaltes!... Twee jonge kerels – zwart – die op de oprit achter hem opdoken... *Boston Celtics!*... Degene die voorop liep had een zilverachtig basketballjack aan met CELTICS op de borst... Hij was niet meer dan vier of vijf stappen van hem vandaan... krachtig postuur... Zijn jack stond open... een wit t-shirt... enorme gespierde borstkas... een vierkant gezicht... brede kaken... een brede mond... Wat was dat voor een gelaatsuitdrukking?... Jager! Rover!... De jongen keek Sherman recht in zijn gezicht... hij liep langzaam... De ander was lang maar mager, met een lange nek, een smal gezicht... een fijn gezicht... ogen wijd open... verschrikt... Hij zag er doodsbang uit... Hij had een grote wijde trui aan... Hij liep zo'n twee passen achter de grote...

'Yo!' zei de grote. 'Hulp nodig?'

Sherman stond daar met de band in zijn handen te staren.

'Wa's gebeurd, man? Hulp nodig?'

Het was een gemoedelijke stem. *Mij erin luizen! Een hand in de zak van zijn jack!* Maar het klinkt goedbedoeld. *Het is een val, idioot die je bent!* Maar stel dat hij alleen maar wil helpen? *Wat doen ze hier op deze oprit! Ze doen niks – geen bedreiging. Dat komt nog wel!* Wees gewoon aardig. *Ben je gek? Doe iets! Actie!* Een geluid trok door zijn schedel, het geluid van ontsnappende stoom. Hij hield de band omhoog voor zijn borst. *Nu!* Boing – hij viel uit naar de grootste en stootte de band naar hem toe. Die sprong terug, recht op hèm af! De band sprong terug, recht op hem af! Hij hield zijn handen omhoog. Hij sprong terug van zijn armen. Een struikelpartij – de bruut viel over de band heen. Zilverachtig CELTICS-jack – op het wegdek. Door de kracht waarmee Sherman de band gegooid had, werd hij vooruitgetrokken. Hij gleed weg op de party-schoenen van New & Lingwood. Hij draaide om zijn as.

'Sherman!'

Maria zat achter het stuur van de auto. De motor brulde. Het portier aan de passagierskant was open.

'Stap in!'

De andere, de magere, stond tussen hem en de auto in... een angstige blik op zijn smoel... ogen wijd open... Sherman was door het dolle heen... Moest naar de auto zien te komen!... Hij rende er naar toe. Hij hield zijn hoofd naar beneden. Hij beukte tegen hem op! De jongen tuimelde naar achteren en raakte het achterspatbord van de auto, maar ging niet languit neer.

'Henry!'

De grote kwam overeind. Sherman sprong de auto in.

Maria's doodsbleke ontdane gezicht: 'Stap in! Stap in!'

De ronkende motor... het dashboard van de panzerkop Mercedes... Een schim buiten de auto... Sherman greep de kruk van het portier en knalde het met een gierende golf adrenaline dicht. Vanuit zijn ooghoeken zag hij de grote – bijna bij het portier aan Maria's kant. Sherman sloeg op de sluitschakelaar. *Rep!* Hij stond aan de portierkruk te rukken – CELTICS centimeters van Maria's hoofd vandaan met alleen het glas er tussen. Maria gooide de Mercedes in zijn een en gierde vooruit. De jongen sprong aan de kant. De auto ging recht op de vuilnisemmers af. Maria stampte op de rem. Sherman sloeg tegen het dashboard. Een vanity case landde bovenop de versnellingspook. Sherman pakte hem eraf. Nu had hij hem op schoot. Maria gooide de auto in zijn achteruit. Hij schoot naar achteren. Hij keek snel naar rechts. De magere... Daar stond de magere jongen naar hem te staren... je reinste angst op zijn fijne gezicht... Maria schoof hem weer in zijn een... Zij ademde amechtig alsof ze aan het verdrinken was...

Sherman schreeuwde: 'Kijk uit!'

De grote kwam op de auto af. Hij hield de band boven zijn hoofd. Maria joeg de auto naar voren, recht op hem af. Hij dook opzij... een schim... een vreselijke klap... De band knalde tegen de voorruit en stuiterde terug, zonder het glas te breken... De moffen!... Maria rukte het stuur naar links om niet tegen de emmers te botsen... De magere stond daar nog net zo... Het achtereind zwiepte naar rechts... *tok!*... De magere jongen stond er niet meer... Maria vocht met het stuurwiel... Vrij baan tussen de vangrails en de vuilnisemmers door... Ze gaf plankgas... Een furieus gegier... De Mercedes vloog tegen de oprit omhoog... De weg steeg onder hem... Sherman hield zich uit alle macht vast... De kolossale tong van de snelweg... Lichten schoten voorbij... Maria remde... Sherman en de vanity case werden tegen het dashboard geslingerd... *Hahhh hahhhhh hahhhhh hahhhhh*... Eerst dacht hij dat ze zat te lachen. Ze probeerde alleen weer op adem te komen.

'Alles goed?'

Ze knalde de auto weer vooruit. Het loeien van een claxon –

'In godsnaam, Maria!'

De loeiende claxon week uit en denderde voorbij, en ze zaten op de snelweg.

Zijn ogen prikkelden van het zweet. Hij haalde een hand van de vanity case om in zijn ogen te wrijven, maar die begon zo erg te trillen dat hij hem weer teruglegde. Hij kon zijn hart in zijn keel voelen kloppen. Hij was drijfnat. Zijn jasje was aan flarden. Hij kon het voelen. De naden op de rug waren gescheurd. Zijn longen worstelden om meer zuurstof.

Ze raasden over de snelweg, veel te hard.

'Niet zo hard, Maria! Jezus Christus!'

'Waar gaat-ie naar toe, Sherman? Waar gaat-ie naar toe?'

'Volg de borden maar die George Washington Bridge aangeven, en in godsnaam, niet zo hard.'

Maria nam een hand van het stuur om het haar van haar voorhoofd naar achteren te strijken. Haar hele arm en ook haar hand trilde. Sherman vroeg zich af of ze de auto in haar macht kon houden, maar wilde haar niet uit haar concentratie halen. Zijn hart raasde voort met hol gebonk, alsof het op hol geslagen was in zijn ribbenkast.

'Ah shit, m'n armen trillen!' zei Maria. Aw shit, mun armuh trilluh. Hij had haar nog nooit eerder het woord shit horen gebruiken.

'Rustig aan maar,' zei Sherman. 'Het is in orde nu, het is in orde.'

'Maar waar gaat-ie heen!'

'Rustig aan nou! Volg de borden maar. George Washington Bridge.'

'Ah shit, Sherman, dat hebben we daarnet ook al gedaan!'

'Rustig *aan*, Jezus nog aan toe. Ik zeg wel waar.'

'Verstier 't deze keer niet, Sherman.'

Sherman merkte dat hij de vanity case in zijn handen hield alsof het een tweede stuur was. Hij probeerde zich te concentreren op de weg voor hem. Toen vielen zijn ogen op een bord voor hem over de snelweg: CROSS BRONX GEO.WASH.BRIDGE.

'Cross Bronx! Wat betekent dat?'

'Gewoon nemen!'

'Shit, Sherman!'

'Hou de snelweg aan. We zitten goed.' De navigator.

Hij staarde naar de witte lijn op het wegdek. Hij staarde zo hard dat ze voor zijn ogen een afzonderlijk leven gingen leiden... de lijnen... de borden... de achterlichten... Hij kon het patroon niet langer volgen... Hij zat zich te concentreren op... deeltjes!... moleculen!... atomen!... Jezus Christus!... *ik heb mijn verstand verloren!*... Zijn hart begon roffels te slaan... en toen een flinke *snap!*... het keerde weer terug naar een regelmatig ritme...

Toen, boven hun hoofden: MAJOR DEEGAN TRIBORO BRIDGE.

'Zie je dat, Maria? Triborough Bridge! Nemen!'

'Jezus Christus, Sherman, George Washington Bridge!'

'Nee, we moeten de Triborough hebben, Maria! Die brengt ons rechtstreeks naar Manhattan terug!'

Dus namen ze die snelweg. Even later, boven hun hoofden: WILLIS AVE.

'Waar is Willis Avenue?'

'Ik denk in de Bronx,' zei Sherman.

'Shit!'

'Gewoon links aanhouden! We zitten goed!'

'Shit, Sherman!'

Boven de snelweg een groot bord: TRIBORO.

'Daar is het, Maria! Zie je wel!'

'Jaah.'

'Daar moet je rechts aanhouden. De afrit is rechts!' Nu greep Sherman de vanity case stevig vast en maakte er in lichaamstaal een bocht naar rechts mee. Hij hield een vanity case in zijn handen en sprak er lichaamstaal mee. Maria had een koningsblauw Avenue Foch-jasje aan met schoudervullingen... tot *hier*... een gespannen diertje dat sidderde onder koningsblauwe schoudervullingen uit Parijs... zij tweeën in een Mercedes van $48.000 met blits cockpit instrumentarium... vertwijfeld proberend uit de Bronx te ontsnappen...

Ze kwamen bij de afrit. Hij hield zich uit alle macht vast, alsof er elk moment een tornado op zou steken en hen weer uit de juiste koers zou blazen – *terug naar de Bronx!*

Ze haalden het. Ze reden nu op het lange stuk omhoog dat naar de brug voerde en naar Manhattan.

Hahhhhh hahhhhhh hahhhhhh hahhhhh. 'Sherman!'

Hij staarde naar haar. Ze zat te zuchten en amechtig naar lucht te happen.

'Het is oké, lieverd.'

'Sherman, hij gooide 'm… recht op me af!'

'Gooide wat?'

'Dat… wiel, Sherman!'

De band was vlak voor haar ogen tegen de ruit geknald. Maar er flitste iets anders door Shermans gedachten… *tok!*… het geluid waarmee het achterspatbord iets geraakt had en de magere jongen die uit het zicht verdween… Maria gaf een snik.

'Kom, beheers je! We zijn er nu zo.'

Ze snoof haar tranen weg. 'God…'

Sherman stak zijn arm uit en masseerde met zijn linkerhand haar nek.

'Je bent oké, liefje. Je doet het grandioos.'

'O, Sherman.'

Het gekke was – en hij vond het op dat moment ook gek – dat hij zin had om te glimlachen. *Ik heb haar gered! Ik ben haar beschermer!* Hij bleef haar nek wrijven.

'Het was maar een band,' sprak de beschermer, terwijl hij genoot van de weelde de zwakke tot rust te brengen. 'Anders was hij door de voorruit gegaan.'

'Hij gooide 'm… recht… op me af.'

'Ik weet het, ik weet het. Het is oké. Het is voorbij allemaal.'

Maar hij kon het weer horen. Het zachte *tok.* En weg was de magere jongen.

'Maria, ik denk dat jij – ik denk dat we er eentje geraakt hebben.'

Jij – *we* – reeds was een diep instinct de klamme patriarch aan het ontbieden, schuld.

Maria zei niets.

'Weet je, toen we slipten. Toen was er zo'n soort… zo'n soort… zacht geluid, een zachte *tok.*'

Maria bleef stil. Sherman zat haar aan te staren. Ten slotte zei ze: 'Jaah – ik – ik weet 't niet. 't Zal me een rotzorg wezen, Sherman. Het enige wat mij interesseert is dat we daar weg zijn gekomen.'

'Dat is het belangrijkste, ja, maar – '

'O God, Sherman – wat 'n vreselijke nachtmerrie!' Ze begon haar gesnik weg te slikken, en zat de hele tijd naar voren gebogen terwijl ze recht voor zich uit keek door de voorruit en zich op het verkeer concentreerde.

'Het is oké, liefje. Er is niks aan de hand nu.' Hij wreef nog wat meer in haar nek. Daar stond de magere jongen. *Tok.* Hij stond er niet meer.

Het verkeer werd drukker. De golfrode achterlichten voor hen ging onder een viaduct door en maakte daarna een bocht omhoog. Ze waren niet ver van de brug. Maria ging langzamer rijden. In het donker zag het plein voor de tolhuisjes er uit als een grote betonnen vlek die door de lampen erboven gelig gekleurd werd. Voor hen uit vormden de rode achterlichten een dichter wordende zwerm die op de tolhuisjes neerstreek. In de verte kon Sherman het compacte zwart van Manhattan zien.

Wat een zuigkracht... wat een hoop lichtjes... wat een hoop mensen... wat een hoop zielen die deze gelige plek van beton met hem deelden... en geen van allen hadden ze enig idee van wat hij zojuist had doorgemaakt!

Sherman wachtte tot ze op de FDR Drive reden, langs de East River, terug in Blank Manhattan, en tot Maria wat gekalmeerd was, voor hij het onderwerp weer ter sprake bracht.

'Wat vind je Maria? Ik denk dat we dit bij de politie aan moeten geven.'

Ze zei niets. Hij keek naar haar. Ze bleef verbeten naar de rijweg kijken.

'Wat denk je?'

'Hoezo?'

'Nou, ik denk – '

'Sherman, hou op.' Ze zei het zacht, vriendelijk. 'Laat mij nou maar deze auto rijden.'

Niet ver voor hen waren de vertrouwde gotische palissaden uit de jaren twintig van het New York Hospital. Blank Manhattan! Bij de afrit naar Seventy-first Street verlieten ze de Roosevelt Drive.

Maria parkeerde tegenover het huis met haar geheime stek op de vierde verdieping. Sherman stapte uit en ging meteen het rechter achterspatbord inspecteren. Wat een opluchting – geen deuk; nergens iets te zien, tenminste niet hier in het donker. Omdat Maria haar man gezegd had dat ze pas de volgende dag uit Italië terug zou komen, wilde ze de bagage ook mee naar boven nemen naar de kleine etage. Drie keer klom Sherman de krakende trappen op om bij het miserabele licht van de Halo's van de Huisbaas de bagage naar boven te sjouwen.

Maria deed haar koningsblauwe jasje met de Parijse schouders uit en legde het op het bed. Sherman deed zijn jasje uit. Het was behoorlijk gescheurd op de rug, in de zijnaden. Huntsman, Savile Row, Londen. Kostte verdomme een vermogen. Hij gooide het op het bed. Zijn overhemd kon je uitwringen. Maria schopte haar schoenen uit en ging in een van de stoelen van gebogen hout bij de eiken tafel zitten en zette een elleboog op tafel en liet haar hoofd voorover tegen haar onderarm zakken. De oude tafel gaf op treurige wijze mee. Toen richtte zij zich op en keek naar Sherman.

'Ik wil een borrel,' zei ze. 'Jij ook?'

'Jawel. Zal ik het pakken?'

'Unh-hunh. Ik wil een heleboel wodka met een beetje jus d'orange en ijs. De wodka staat boven in de kast.'

Hij liep het armetierige keukentje in en deed het licht aan. Er zat een kakkerlak op de rand van een smerige koekepan op het fornuis. Nou ja, barst maar. Hij maakte Maria's wodka met jus en schonk zichzelf daarna een ouderwets glas scotch vol en deed er een beetje ijs en een beetje water bij. Hij ging op een van de gebogen stoelen tegenover haar aan tafel zitten. Hij merkte dat hij erg veel zin had in de whisky. Hij snakte naar iedere ijskoud brandende stoot in zijn maag. Het achtereind van de auto zwiepte naar rechts. Tok. De lange met zijn fijne gezicht stond er niet meer.

Maria had het grote bekerglas dat hij haar gegeven had al half leeg. Ze deed haar ogen dicht en gooide haar hoofd in haar nek en keek toen naar Sherman en glimlachte moe. 'Ik zweer 't je,' zei ze, 'ik dacht echt dat... we d'r geweest waren.'

'En, wat doen we nu?' zei Sherman.

'Hoe bedoel je?'

'Ik denk dat we – ik denk dat we het moeten aangeven bij de politie.'

'Dat heb je al gezegd. Oké. Vertel me 'ns waarvoor.'

'Nou, ze hebben geprobeerd ons te beroven – en ik denk dat jij misschien – ik denk dat je er mogelijk eentje geraakt hebt.'

Ze keek hem alleen maar aan.

'Het gebeurde toen je zo keihard wegschoot en we slipten.'

'Nou, zal ik je eens wat zeggen? Ik hoop dat 't zo is. Maar als 't zo is, dan heb ik hem heus niet hard geraakt. Ik heb nauwelijks iets gehoord.'

'Het was maar een zacht tok. En toen stond hij er niet meer.'

Maria haalde haar schouders op.

'Nou – ik denk alleen maar hardop,' zei Sherman. 'Ik denk dat we het moeten aangeven. Zo beschermen we onszelf.'

Maria pufte lucht door haar lippen zoals je doet wanneer je ten einde raad bent, en keek de andere kant uit.

'Nou, stel dat de vent gewond is.'

Ze keek hem aan en lachte zachtjes. 'Eerlijk gezegd kan 't me geen donder schelen.'

'Maar stel nou eens – '

'Hoor 'ns, we zijn daar weggekomen. Hoe we dat deden maakt niet uit.'

'Maar stel – '

'Stel bullshit, Sherman. Waar ga je naar toe om het aan de politie te vertellen? Wat ga je ze zeggen?'

'Dat weet ik niet. Ik vertel gewoon wat er gebeurd is.'

'Sherman, ik zal jou eens vertellen wat er gebeurd is. Ik kom uit South Carolina, en ik zal 't je in simpel Engels vertellen. Twee nikkers probeerden ons van kant te maken, en we zijn ontsnapt. Twee nikkers probeerden ons van kant te maken in de jungle, en we zijn uit de jungle ontsnapt, en we zijn nog steeds in leven, en dat is het.'

'Jaah, maar stel – '

'Jij stelt! Stel dat je naar de politie gaat. Wat zeg je tegen ze? Wat zeg je dat we in de Bronx aan 't doen waren? Je zegt dat je ze gewoon gaat vertellen wat er gebeurd is. Nou, vertel mij dat eens, Sherman. Wat is er gebeurd?'

Dus dat bedoelde ze eigenlijk. Ga je de politie vertellen dat mevrouw Ruskin van Fifth Avenue en de heer Sherman McCoy van Park Avenue toevallig een nachtelijk tête à tête hadden toen ze de afrit naar Manhattan misten bij Triborough Bridge en in een benauwde situatie in de Bronx verzeild raakten?

Daar moest hij even over denken. Nou, hij kon Judy gewoon vertellen – nee, op geen enkele manier kon hij Judy *gewoon vertellen* over een uitstapje met een vrouw die Maria heette. Als ze – als Maria de jongen geraakt had, dan was het beter om gewoon even door te bijten en gewoon te vertellen wat er gebeurd was. En wat was dat? Nou… twee jongens hadden geprobeerd hen te beroven. Ze hadden de weg versperd. Ze waren op hem afgekomen. Ze hadden gezegd… Er ging een schokje door zijn middenrif. *Yo! Hulp nodig?* Dat was alles wat de grote gezegd had. Hij had geen wapen te voorschijn gehaald. Geen van beiden had een dreigende beweging gemaakt, niet voordat hij de band had gegooid. Zou het soms – hola, wacht eens even. Dat is belachelijk. Wat waren ze anders aan het doen bij een versperring op een oprit naar een snelweg, in het donker – behalve dat ze – Maria zou zijn interpretatie steunen – *interpretatie!* – een dartel wild dier – plotseling besefte hij dat hij haar nauwelijks kende.

'Ik weet het niet,' zei hij. 'Misschien hebt je gelijk. Laten we even nadenken. Ik denk alleen maar hardop.'

'Ik hoef er niet over te denken, Sherman. Sommige dingen begrijp ik beter dan jij. Niet veel, maar een paar dingen. Ze zouden jou en mij graag in handen krijgen.'

'Wie?'

'De politie. En wat zou je er trouwens mee bereiken? Die jongens krijgen ze nooit te pakken.'

'Wat bedoel je, ons in handen krijgen?'

'Alsjeblieft, vergeet de politie.'

'Waar heb je het over?'

'Over jou, om te beginnen. Jij hoort bij de elite.'

'Ik hoor *niet* bij de elite.' Meesters van het Universum verkeerden op een niveau ver boven de elite.

'O nee? Jouw appartement heeft in de *Architectural Digest* gestaan. Je foto heeft in de *W* gestaan. Je vader was – is – nou, wat hij dan ook is. Je weet wel.'

'Mijn *vrouw* heeft het appartement in dat tijdschrift gezet!'

'Nou, dat moet je de politie dan maar uitleggen, Sherman. Ik weet zeker dat die dat onderscheid weten te waarderen.'

Sherman was sprakeloos. Het was een afschuwelijke gedachte.

'En ze zullen er evenmin wat op tegen hebben om mij in hun handen te krijgen trouwens. Ik ben maar een meisje uit South Carolina, maar mijn man heeft honderd miljoen dollar en een appartement op Fifth Avenue.'

'Goed dan, ik probeer me alleen de gang van zaken voor de geest te halen, wat er allemaal zou kunnen gebeuren, meer niet. Als je die jongen nou wel geraakt hebt – als hij gewond geraakt is?'

'Heb je gezien dat hij geraakt werd?'

'Nee.'

'Ik ook niet. Wat mij betreft heb ik niemand geraakt. Ik hoop bij God dat ik 't wel gedaan heb, maar wat mij betreft, en wat jou betreft, heb ik niemand geraakt. Oké?'

'Tja, ik denk dat je gelijk hebt. Ik heb niets gezien. Maar ik hoorde iets, en ik heb iets gevoeld.'

'Sherman, het gebeurde allemaal zo snel, je weet niet eens *wat* er gebeurd is, en ik ook niet. Die jongens gaan niet naar de politie. Daar kun je donder op zeggen. En als jij naar de politie gaat dan zullen zij ze ook niet vinden. Ze zullen zich alleen maar vermaken met jouw verhaal – en je weet toch niet wat er gebeurd is?'

'Nee, ik geloof van niet.'

'Ik geloof ook van niet. Als ze 't ons ooit vragen dan was het enige wat er gebeurde dat twee jongens de weg versperden en probeerden ons te overvallen, en dat wij maakten dat we wegkwamen. Finito. Da's alles wat wij weten.'

'En waarom hebben we het niet aangegeven?'

'Omdat dat geen zin had. Wij waren niet gewond, en we dachten dat ze die jongens toch nooit zouden vinden. En zal ik je wat zeggen, Sherman?'

'Ja?'

'Toevallig is dat de hele waarheid. Je kan je inbeelden wat je maar wil, maar dat is toevallig alles wat je weet, en alles wat ik weet.'

'Jaah. Je hebt gelijk. Ik weet niet, ik zou me toch beter voelen als – '

'Je hoeft je niet beter te voelen, Sherman. Ik was degene die aan het stuur zat. Als ik die stomme klootzak geraakt heb, dan wàs ik 't ook die hem geraakt heeft – en ik zeg dat ik niemand geraakt heb, en ik ga niets bij de politie aangeven. Dus maak je d'r maar geen zorgen over.'

'Ik zit me geen *zorgen* te maken, alleen – '

'Goed zo.'

Sherman aarzelde. Tja dat was waar, of niet? Zij zat aan het stuur. Het was zijn auto, maar zij was uit eigen beweging achter het stuur gaan zitten, en als die vraag ooit opkwam was het haar verantwoordelijkheid wat er gebeurde. Zij reed... dus als er iets aangegeven moest worden, dan was dat ook haar verantwoordelijkheid. Uiteraard zou hij achter haar staan... maar er begon al een zwaar pak van zijn hart te vallen.

'Je hebt gelijk, Maria. Het was zoals iets in de jungle.' Hij knikte een paar keer om aan te geven dat de waarheid hem eindelijk begon te dagen.

Maria zei: 'Ze hadden ons net zo makkelijk van kant kunnen maken, daar.'

'Zal ik je wat zeggen, Maria? We hebben gevochten.'

'Gevochten?'

'We waren verdomme in de jungle... en we werden aangevallen... en we hebben ons d'r weer uitgevochten.' Hij klonk alsof het hem steeds verder en verder daagde. 'Jezus, ik weet echt niet meer wanneer ik voor de laatste keer gevochten heb, echt gevochten. Misschien was ik twaalf, dertien. Zal ik je eens wat zeggen, baby? Je was geweldig. Je was fantastisch. Echt waar. Toen ik je achter het stuur zag zitten – ik wist niet eens of je wel met die wagen om kon gaan!' Hij was opgetogen. Zij zat aan het stuur. 'Maar je haalde er echt alles uit, verdomme! Je was geweldig!' Zeker, het daagde hem nu aan alle kanten. De wereld fleurde helemaal op door deze stralende dageraad.

'Ik weet niet eens meer wat ik gedaan heb,' zei Maria. 'Het was net een – een – alles gebeurde tegelijk. Het was nog het moeilijkste om in de andere stoel te komen. Ik snap niet waarom ze dat versnellingsding daar middenin zetten. Ik bleef er met mijn rok aan haken.'

'Toen ik je daar zag, kon ik mijn ogen niet geloven! Als je dat niet gedaan had' – hij schudde zijn hoofd – 'hadden we het nooit gehaald.'

Nu ze aan het triomfantelijke deel van het oorlogsverhaal toe waren kon Sherman het niet laten een opening te maken voor een klopje op zijn schouder.

Maria zei: 'Nou, ik deed het gewoon uit – ik weet niet – instinct.' Typisch haar; ze had de opening niet in de gaten.

'Jaah,' zei Sherman. 'Maar dat was wel een verdomd goed instinct. Ik had er zogezegd mijn handen aan vol, op dat moment!' Een opening groot genoeg voor een vrachtwagen.

Deze had zelfs zij in de gaten. 'O, Sherman – zeg dat wel. Toen je dat wiel, die band naar die jongen gooide – o God, ik dacht – ik had bijna – je hebt ze allebei verslagen, Sherman! Je hebt ze allebei verslagen!'

Ik heb ze allebei verslagen. Nooit was zulke muziek de Meester van het Universum ter ore gekomen. Doorspelen! Nooit ophouden!

'Ik snapte niet helemaal wat er aan de hand was!' zei Sherman. Hij zat nu opgewonden te glimlachen en probeerde niet eens zijn glimlach te onderdrukken. 'Ik gooide die band en plotseling kwam hij terug in mijn gezicht!'

'Dat kwam doordat hij zijn armen omhoog deed om 'm tegen te houden en toen sprong hij weer terug, en – '

Ze doken diep in de adrenaline details van het avontuur.

Steeds luider klonk het en steeds opgewekter, en ze lachten, schijnbaar over de bizarre bijzonderheden van het gevecht, maar in werkelijkheid uit pure vreugde, spontane verrukking vanwege *het mirakel.* Ze hadden samen oog in oog gestaan met de ergste nachtmerrie van New York, en ze hadden getriomfeerd.

Maria ging rechtop zitten en begon Sherman aan te blikken met extra grote ogen en haar lippen iets vaneen in een zweem van een glimlach. Hij had een heerlijk voorgevoel. Zonder een woord te zeggen stond ze op en deed haar blouse uit. Ze droeg er niets onder. Hij staarde naar haar borsten die er glorieus uitzagen. Het lelieblanke vlees was geladen met zinnelijkheid en glinsterde van transpiratie. Ze liep op hem toe en ging tussen zijn benen staan terwijl hij in de stoel zat en zijn das begon los te maken. Hij sloeg zijn armen om haar middel en trok haar zo hard naar zich toe dat ze haar evenwicht verloor. Ze lieten zich op het tapijt rollen. Wat een zalige, onhandige momenten beleefden ze terwijl ze zich uit hun kleren kronkelden!

Nu lagen ze uitgestrekt op de vloer, op het kleed, dat smerig was, tussen het opgehoopte stof, maar wat konden vuil en stof hen schelen? Ze waren allebei heet en nat van het zweet, en wie kon dàt wat schelen? Zo was het beter. Ze waren samen door de hel gegaan. Ze hadden samen in de jungle gevochten, niet soms? Ze lagen zij aan zij, en hun lichamen waren nog heet van de strijd. Sherman kuste haar op de lippen, en zo lagen ze een hele tijd alleen maar kussend, met hun lichamen tegen elkaar aangedrukt. Toen liet hij zijn vinger over haar rug lopen en over de perfecte ronding van haar heup en de perfecte ronding van haar dij en de perfecte binnenkant van haar dij – en nog nooit eerder zo'n sensatie! De roes raasde rechtstreeks van zijn vingertoppen naar zijn kruis en daarna heel zijn zenuwstelsel door naar miljarden explosieve paringscellen. Hij wilde deze vrouw letterlijk *hebben*, haar insluiten in zijn eigenste huid om dit hete heerlijke blanke lijf van haar op het hoogtepunt van de zoete wilde stevige dierlijke gezondheid van de jeugd in zich op te nemen, en het voor eeuwig het zijne te maken. Volmaakte liefde! Je reinste paradijs! Priapus, koning en meester! Meester van het Universum! Koning van de Jungle!

Sherman stalde allebei zijn auto's, de Mercedes en een grote Mercury stationcar, in een ondergrondse garage twee straatblokken van zijn appartement vandaan. Zoals altijd stopte hij onderaan de helling, naast het houten hokje van de parkeerwacht. Een mollig mannetje in een overhemd met korte mouwen en een grauwe keper slobberbroek kwam de deur uit. Het was degene die hij niet kon uitstaan, Dan, met zijn rode kop. Hij stapte de auto uit en vouwde snel zijn jasje op in de hoop dat de kleine parkeerwacht niet zou zien dat het gescheurd was.

'Hé, Sherm! Hoe is-t-ie?'

Dat was waar Sherman zo'n gruwelijke hekel aan had. Het was al erg genoeg dat deze man hem altijd bij zijn voornaam noemde. Maar dat hij hem afkortte tot *Sherm*, zoals nog nooit iemand hem genoemd had – dat was in aanstootgevendheid ontaarde aanmatiging. Sherman kon zich niet herinneren dat hij ooit iets gezegd had of ooit een gebaar gemaakt had dat voor hem een uitnodiging of zelfs maar een aanleiding geweest kon zijn om familiair te worden. Gratuite familiariteit was niet iets waar je dezer dagen bezwaar tegen hoorde te hebben, maar Sherman had er bezwaar tegen. Het was een vorm van agressie. *Jij denkt dat ik je ondergeschikte ben, jij Wall Street Wasp met je Yale-kin, maar daar kom je nog wel achter.* Vele malen had hij geprobeerd een beleefde maar ijskoude repliek te bedenken op deze joviale pseudo-vriendelijke begroetingen, maar er was hem niets te binnen geschoten.

'Sherm, hoe istermee?' Dan stond vlak naast hem. Hij zou geen gas terug nemen.

'Goed,' zei de heer McCoy ijzig... maar ook matjes. Een van de ongeschreven regels uit het wetboek van status is dat als een ondergeschikte je begroet met een hoe-is-het, je niet op de vraag ingaat. Sherman draaide zich om met de bedoeling weg te lopen.

'Sherm!'

Hij stond stil. Dan stond naast de Mercedes met zijn handen op zijn mollige heupen. Hij had de heupen van een oude vrouw.

'Weet je dat je jasje gescheurd is?'

Het ijsblok, met zijn vooruitgestoken Yale-kin, zei niets.

'Daar zo,' zei Dan met niet geringe voldoening. 'Je kan de voering zien. Hoe heb je dat geflikt?'

Sherman kon het horen – tok – en hij kon voelen dat het achterstuk van de auto naar rechts zwiepte, en de lange magere jongen stond er niet meer. *Geen woord daarover* – en toch voelde hij een vreselijke aandrang om het aan dit afschuwelijke mannetje te vertellen. Nu hij door de hel was gegaan en het overleefd had, ervoer hij een van de hevigste maar minst begrepen menselijke drijfveren: informatiedwang. Hij had zin om zijn oorlogsverhaal te vertellen.

Maar voorzichtigheid zegevierde, voorzichtigheid geschraagd door snobisme. Waarschijnlijk moest hij met niemand praten over wat er gebeurd was; en met deze man het minst van allemaal.

'Ik heb geen idee,' zei hij.

'Heb je 't niet gemerkt?'

De ijzige sneeuwman met de Yale-kin, de heer Sherman McCoy, gebaarde naar de Mercedes. 'Voor het weekend kom ik hem niet meer ophalen.' Toen draaide hij zich op zijn hielen om en vertrok.

Toen hij het trottoir opliep trok er een windvlaag door de straat. Hij kon voelen hoe klam zijn shirt was. Zijn broek was nog klam in de knieholtes. Zijn gescheurde jasje hing over de elleboog gedrapeerd. Zijn haar voelde aan als een vogelnest. Hij zag er niet uit. Zijn hart klopte een beetje te snel. *Ik heb iets te verbergen.* Maar waar maakte hij zich zorgen over? Hij zat niet achter het stuur toen het gebeurde – als het gebeurd was. Juist! *Als* het gebeurd was. Hij had niet *gezien* dat de jongen geraakt werd, en dat had zij ook niet, en bovendien, het was in het heetst van een gevecht voor eigen leven – en zij zat achter het stuur, in elk geval. Als zij het niet wou aangeven, dan was dat haar zaak.

Hij bleef staan en haalde diep adem en keek om zich heen. Ja, Blank Manhattan, het heiligdom van de East Seventies. Aan de overkant van de straat stond een portier onder de luifel voor een appartementengebouw een sigaret te roken. Een jongen in een donker pak en een leuk meisje in een witte jurk kwamen in zijn richting geslenterd. De kerel liep haar de oren van het hoofd te praten. Zo jong, en gekleed als een oude man in een pak van Brooks Brothers of van Chipp of van J. Press, precies zoals hij eruit gezien had toen hij bij Pierce & Pierce begon.

Opeens ging er een heerlijk gevoel door Sherman heen. God nog aan toe, waar maakte hij zich zorgen om? Hij stond daar op het trottoir, stokstijf, met zijn kin omhoog en een brede grijns op zijn gezicht. De jongen en het meisje dachten waarschijnlijk dat hij gestoord was. In wezen – was hij een man. Vanavond had hij met alleen maar zijn handen en zijn zenuwen strijd geleverd met de elementaire vijand, de jager, de rover, en hij had gezegevierd. In het gebied waar de nachtmerries heersen had hij zich uit een hinderlaag gevochten, en hij had gezegevierd. Hij had een vrouw gered. Het was tijd geweest om als een man op te treden, en hij had opgetreden en gezegevierd. Hij was niet zomaar een Meester van het Universum; hij was meer; hij was een man. Grijnzend en 'Ik moge tien stouthartige kerels graag zien' neuriënd, legde de stouthartige kerel, nog klam van het gevecht, te voet de twee straatblokken af naar zijn appartement met twee verdiepingen dat uitkeek over de straat der dromen.

5

Het meisje met de bruine lipstick

Op de mezzanine van de zesde verdieping van het Bronx County Building, niet ver van de liften, was een brede doorgang die gevat was in twee of drie ton mahonie en marmer en afgesloten werd door een balie en een hek. Achter de balie zat een bewaker met een 38 mm revolver in een holster op zijn heup. De bewaker fungeerde als receptionist. De revolver zag er groot genoeg uit om een bloemistenbusje mee tot stoppen te brengen, en werd geacht te dienen als afschrikmiddel voor het woeste wraakzuchtige schurkenzootje uit de Bronx.

Boven deze doorgang bevonden zich een stel grote Romeinse kapitalen die, voor een aanzienlijk bedrag aan Newyorks belastinggeld, in koper waren uitgevoerd en met epoxi-lijm tegen het marmeren front bevestigd zaten. Eens per week klom een klusjesman een ladder op en wreef de letters in met Simichrome-polish, zodat het opschrift RICHARD A. WEISS, OFFICIER VAN JUSTITIE, BRONX COUNTY veel feller van de muur afknalde dan alles wat de architecten van het gebouw, Joseph H. Freedlander en Max Hausle, zelfs op de buitenkant van het gebouw hadden durven zetten in de gouden tijden van het ontstaan een halve eeuw geleden.

Toen Larry Kramer uit de lift stapte en in de richting van deze koperen gloed liep, trok zijn rechtermondhoek opstandig omhoog. De A stond voor Abraham. Bij zijn vrienden en zijn politieke maatjes en bij de verslaggevers van de kranten en die van Channel 1, 2, 4, 5, 7 en 11 en bij zijn kiezers, het meest uitgesproken bij de joden en Italianen uit de omgeving van Riverdale en de Pelham Parkway en Co-op City, stond Weiss bekend als Abe Weiss. Hij haatte de bijnaam Abe, waar hij mee opgezadeld werd toen hij opgroeide in Brooklyn. Een paar jaar geleden had hij laten weten dat hij liever Dick genoemd werd, en was hij praktisch uit de Democratische Partijorganisatie van de Bronx gelachen. Dat was de laatste keer dat Abe Weiss het over Dick Weiss gehad had. Om uit de Democratische Partijorganisatie van de Bronx gelachen te worden, om daar trouwens op wat voor manier dan ook van gescheiden te worden, dat zou er voor Abe Weiss ongeveer op neergekomen zijn dat hij midden op de Caribische Zee over de railing van een kerstcruise-schip gegooid werd. Derhalve was hij alleen Richard A. Weiss in de New York Times en boven deze ingang.

De bewaker zoemde Kramer door het hek, en Kramers trimschoenen piepten over de marmeren vloer. De bewaker wierp er een dubieuze blik op. Zoals gewoonlijk droeg Kramer zijn leren schoenen in een boodschappen tas van A&P.

Achter de doorgang bleek de pracht en praal van de kantoren van de officier van justitie van verschillend niveau. Het kantoor van Weiss zelf was dankzij de betimmerde wanden groter en protseriger dan dat van de burgemeester van New York. De chefs van de afdelingen Moordzaken, Recherche, Zware Delicten, Hooggerechtshof, Strafzaken en Beroepszaken hadden nog hun portie van de betimmering en de leren of bijna leren banken en de Sheraton kantoorfauteuils. Maar tegen de tijd dat je bij een hulpofficier van justitie belandde, zoals Larry Kramer, keek je wat de aankleding betrof naar Goed Genoeg voor Ambtenaren.

De twee hulpofficieren van justitie die het kantoor met hem deelden, Ray Andriutti en Jimmy Caughey, lagen languit achterover in hun draaistoelen. De kamer was net groot genoeg voor drie stalen bureaus, drie draaistoelen, vier archiefkasten, een oude kapstok met zes woest uitstekende haken eraan en een tafel met een Mr. Coffee apparaat en een rommelige berg plastic bekertjes en lepeltjes en een kleverige collage van papieren servetjes en witte suikerzakjes en roze sacharinezakjes die op een bruin plastic dienblad geplakt zaten met een sterke zoetgeurende pasta die samengesteld was uit gemorste koffie en Cremora melkpoeder. Andriutti en Caughey zaten allebei op dezelfde manier met hun benen over elkaar. De linkerenkel rustte op de rechterknie, alsof ze zulke dekhengsten waren dat ze hun benen, al hadden ze het gewild, niet verder over elkaar hadden kunnen slaan. Dit was de geijkte zithouding op Moordzaken, de meest mannelijke van de zes afdelingen van het parket van de officier van justitie.

Ze hadden allebei hun colberts uit en met een volmaakte krijg-de-klere achteloosheid aan de kapstok hangen. Het boord van hun overhemd stond open en de strik van hun stropdassen was een paar centimeter of zo naar beneden getrokken. Andriutti zat met zijn rechterhand over de achterkant van zijn linkerarm te wrijven alsof hij jeuk had. In feite zat hij zijn triceps te bevoelen en te bewonderen, die hij minstens drie keer per week oppompte door hele series oefeningen met halters te doen op de New York Athletic Club. Andriutti kon zich veroorloven om op de Athletic Club te trainen, in plaats van op een tapijt tussen een bak *Dracaena fragrans* en een bedbank, omdat hij geen vrouw en kind hoefde te onderhouden in een mierenkolonie van $888 per maand in de West Seventies. Hij hoefde zich geen zorgen te maken dat zijn triceps en zijn deltoïden en zijn latissimi zouden verslappen. Andriutti vond het heerlijk om met zijn ene hand achter zijn rug langs zijn andere machtige arm vast te pakken zodat de breedste spieren op zijn rug, de latissimi dorsi, zo opzwollen dat zijn overhemd zowat scheurde en zijn pectoralen zich verhardden tot twee bergen van louter spieren. Kramer en Andriutti waren van de nieuwe generatie die de termen *triceps, deltoïden, latissimi dorsi* en *pectoralis major* beter kende dan de namen van de voornaamste planeten. Andriutti wreef wel honderdtwintig keer per dag over zijn triceps, gemiddeld genomen.

Nog steeds wrijvend keek Andriutti naar Kramer toen deze naar binnen liep en zei: 'Jezus Christus, daar is die zwerfster weer met haar plastic tas. Wat moet je toch met die klote A&P tas, Larry? Je komt hier al de hele week elke dag met dat klote tasje binnenstappen.' Daarop wendde hij zich tot Jimmy Caughey en zei: 'Hij lijkt echt zo'n zwerftante.'

Caughey was ook een atleet, maar meer het triathlon-type, met een smal gezicht en een lange kin. Hij glimlachte alleen naar Kramer om zoveel te zeggen als: 'Nou, wat zeg je daarop?'

Kramer zei: 'Jeuk aan je arm, Ray?' Toen keek hij naar Caughey en zei: 'Ray heeft een kloterige allergie. Die noemen ze de ziekte van Halters.' Daarop wendde hij zich weer tot Andriutti. 'Het jeukt wel als de nete, hè?'

Andriutti haalde zijn hand van zijn triceps af. 'En wat hebben die jogging-schoenen te betekenen?' zei hij tegen Kramer. 'Je hebt wel wat van die meis-jes die te voet naar hun werk bij Merrill Lynch gaan. Keurig gekleed, en dan hebben ze die klote rubberen flapdingen aan hun voeten.'

'Maar wat zit er dan in die klote tas?' zei Caughey.

'M'n hoge hakken,' zei Kramer. Hij trok zijn jasje uit en pleurde het, krijg-de-klere, op een kapstokhaak op de geijkte manier en trok zijn stropdas los en knoopte zijn overhemd open en ging op zijn draaistoel zitten en deed de plastic tas open en viste er zijn bruine leren schoenen van Johnston & Mur-phy uit en begon zijn Nikes uit te trekken.

'Jimmy,' zei Andriutti tegen Caughey, 'wist je dat joodse kerels – Larry, je moet dit niet persoonlijk opvatten, hoor – wist je dat joodse kerels, zelfs al zijn 't van die stoere binken, allemaal één flikker-determinant hebben? Da's een algemeen bekend feit. Ze kunnen er niet tegen om zonder paraplu de regen in te gaan of ze hebben allemaal van die moderne shit in huis of ze houden niet van jagen of ze zijn voor het bevriezen van de kernwapens of ze komen op voor minderheden of ze dragen joggingschoenen naar hun werk of zoiets stoms. Weet je wel?'

'Jeetje,' zei Kramer, 'hoe kom je d'r bij dat ik dat persoonlijk op zou vatten?'

'Kom nou, Larry,' zei Andriutti, 'zeg 't nou maar eerlijk. Zou je diep in je hart niet graag Italiaans of Iers willen wezen?'

'Jaah,' zei Kramer, 'dan zou ik niet eens weten wat er in dit klote kantoor allemaal aan de hand was.'

Caughey begon te lachen. 'Nou, laat Achab die schoenen maar niet zien, Larry. Dan laat-ie Jeanette weer een klote memorandum rondsturen.'

'Nah, dan belegt-ie meteen een klote persconferentie,' zei Andriutti.

'Daar kan je je klote kop om verwedden.'

En zo had weer een klote dag op de klote afdeling Moordzaken van het klote parket van de officier van justitie in de Bronx een klote aanvang geno-men.

Een hulpofficier van justitie van Zware Delicten was begonnen Abe Weiss 'Kapitein Achab' te noemen, en nu deden ze dat allemaal. Weiss was berucht vanwege zijn obsessie voor publiciteit, zelfs onder soortgenoten, de officie-ren van justitie, die van nature al publiciteitsgeil waren. In tegenstelling tot de grote officieren van vroeger, zoals Frank Hogan, Burt Roberts of Mario Merola, kwam Weiss nooit in de buurt van een rechtszaal. Hij had er de tijd niet voor. Zijn dagen hadden nauwelijks voldoende uren om zijn contacten met Channel 1, 2, 4, 5, 7 en 11 te onderhouden, en met de *Daily News*, de *Post*, *The City Light* en de *Times*.

Jimmy Caughey zei: 'Ik ben net bij de kapitein geweest. Je had – '

'O ja? Waarvoor?' vroeg Kramer, met net een tikkeltje te veel nieuwsgierigheid en ontluikende afgunst in zijn stem.

'Ik met Bernie,' zei Caughey. 'Hij wilde weten hoe 't er met de zaak Moore voorstond.'

'Is dat wat?'

'Een klotezaak,' zei Caughey. 'Die klootzak Moore, die heeft een groot huis in Riverdale, en de moeder van z'n vrouw woont bij hen in, en die maakt 'm al zo'n jaar of zesendertig 't leven zuur, oké? En dan verliest deze vent z'n baan. Hij werkt bij zo'n herverzekeringsbedrijf, en maakt wel $200.000 of $300.000 per jaar, en nou heeft-ie al een maand of acht, negen geen werk meer, en niemand wil 'm aannemen, en hij weet voor de godver niet wat-ie moet doen, oké? Dus op zekere dag zit-ie wat te rommelen in de tuin, en de schoonmoeder komt naar buiten en zegt: "Zie je wel, water zoekt altijd 't laagste punt op." Da's een citaat. "Water zoekt altijd 't laagste punt op. Je moet maar eens baantje als tuinman nemen." Nou, die vent gaat dus uit zijn bol, hij draait helemaal door. Hij gaat naar binnen en zegt tegen z'n vrouw: "Ik ben 't zat met je moeder. Ik ga m'n geweer halen en haar eens flink bang maken." Dus hij naar boven naar z'n slaapkamer, waar-ie z'n 12-kaliber geweer bewaart, en hij komt naar beneden en loopt op de schoonmoeder af, en hij zal 't haar wel eens van angst in 'r broek laten doen, en hij zegt: "Oké, Gladys," en hij struikelt over 't kleed, en 't geweer gaat af en hij schiet haar dood – babing! – Tweedegraads Moord.'

'Waarom interesseerde Weiss dat?'

'Nou, de kerel is blank, hij heeft wat geld, hij woont in een groot huis in Riverdale. In 't begin zag 't ernaar uit alsof-ie misschien voorwendde dat 't een ongeluk was.'

'Zit dat erin?'

'Nah. De klootzak is een van ons. Hij is een typische Ier die 't gemaakt heeft, maar 't blijft een Harp. Hij verzuipt in wroeging. Je zou denken dat-ie z'n eigen moeder neergeknald heeft, zo verdomd schuldig voelt-ie zich. Hij zou nu werkelijk alles bekennen. Bernie zou 'm voor de videocamera kunnen zetten en elke moordzaak van de laatste vijf jaar in de Bronx oplossen. Nah, 't is een klotezaak, maar in 't begin zag 't er goed uit.'

Kramer en Andriutti zaten zonder dat ze aan enige aanvulling behoefte hadden over deze klotezaak te peinzen. Iedere hulpofficier van justitie in de Bronx, van het jongste Italiaantje dat net van St. John's Law School kwam tot de oudste Ierse afdelingschef, wat iemand als Bernie Fitzgibbon zou zijn, die tweeënveertig was, deelde Kapitein Achabs obsessie voor de Grote Blanke Beklaagde. Om te beginnen was het geen pretje om door het leven te gaan en tegen jezelf te zeggen: 'Wat ik voor de kost doe, ik stouw zwarten en Latino's de bak in.' Kramer was opgevoed als liberaal. In joodse families als die van hem hoorde liberalisme erbij net als de Similac en Mott's appelsap en de Instamatic en het gegrijns van papa 's avonds. En zelfs de Italianen, zoals Ray Andriutti, en de Ieren zoals Jimmy Caughey, die nou niet direct door hun ouders met liberalisme opgezadeld waren, moesten wel onder de invloed raken van de mentaliteit op de rechtenfaculteiten waar, om maar iets te noemen, zoveel joodse docenten waren. Tegen de tijd dat je klaar was met je rechtenstudie in New York was het, tja... *onbeleefd!*... in de dagelijkse omgang... om grapjes te gaan lopen maken over de joms. Het was niet zo dat het moreel verkeerd was... Het was meer dat het getuigde van *slechte smaak*. En daarom zat het de jongens niet lekker, dit eeuwige vervolgen van zwarten en Latino's.

Niet dat ze niet schuldig waren. Eén ding dat Kramer binnen twee weken geleerd had als hulpofficier van justitie in de Bronx was dat 95 procent van de verdachten die zo ver kwamen dat ze in staat van beschuldiging werden gesteld, misschien 98 procent, ook daadwerkelijk schuldig was. Het aantal zaken was zo overstelpend dat je echt geen tijd ging verspillen om te proberen ook de marginale zaken aan de orde te stellen, tenzij de pers je op de nek zat. Ze bleven tonnen schuld aanslepen, die oranje-met-blauwe busjes daarbuiten op Walton Avenue. Maar de arme klootzakken achter het gaas verdienden de term *crimineel* nauwelijks, als je bij crimineel tenminste het romantische beeld voor ogen had van iemand die zich een doel gesteld heeft en dat op de een of andere wanhopige manier buiten de wet om tracht te bereiken. Nee, het waren zwakbegaafde onbenullen, de meesten van hen, en ze haalden ongelooflijk stomme, lage dingen uit.

Kramer keek naar Andriutti en Caughey, die daar met hun machtige dijen uit elkaar zaten te zitten. Hij voelde zich boven hen verheven. Hij was afgestudeerd aan Columbia Law School, en zij waren allebei afgestudeerd aan St. John's, dat wijd en zijd bekend stond als de school voor de meelopers in de academische competitie. En hij was joods. Heel vroeg in zijn leven had hij geleerd dat Italianen en Ieren beesten waren. Italianen waren varkens, en Ieren waren muildieren of geiten. Hij kon zich niet herinneren of zijn ouders werkelijk een van deze termen gebezigd hadden of niet, maar ze lieten aan duidelijkheid niets te wensen over. Voor zijn ouders was New York City – New York? verdomme, de hele Verenigde Staten, de hele wereld! – een drama met de naam *De Joden Oog in Oog met de Gojim*, en de *gojim* waren beesten. En wat moest hij hier dus eigenlijk met deze beesten? Een jood op de afdeling Moordzaken was iets zeldzaams. De afdeling Moordzaken was het elitecorps van het parket van de officier van justitie, de mariniers van justitie, want moord was de zwaarste van alle misdaden. Een hulpofficier van justitie op Moordzaken moest in staat zijn te allen tijde de straat op te gaan naar de plek van de misdaad, dag en nacht, en een echte commando zijn en met de politie overweg kunnen en weten hoe je verdachten en getuigen tegemoet trad en hoe je hen intimideerde als de tijd er rijp voor was, en dit waren waarschijnlijk de laagste, vuilste, verachtelijkste verdachten en getuigen in de geschiedenis van de misdaadbestrijding. Vijftig jaar lang, op zijn minst, misschien wel langer, was Moordzaken een Ierse enclave geweest, hoewel de Italianen zich de laatste tijd ook toegang hadden weten te verschaffen. De Ieren hadden op Moordzaken hun stempel gedrukt. De Ieren waren beredapper. Zelfs als het gekkenwerk was om het niet te doen, wisten ze van geen wijken. Andriutti had gelijk, of voor de helft gelijk. Kramer wilde geen Italiaan zijn, maar wel Ier, en Ray Andriutti ook, de domme lul. Ja, het waren beesten! De *gojim* waren beesten, en Kramer was er trots op om tussen de beesten te zitten, op de afdeling Moordzaken.

Hoe dan ook, hier zaten ze, zij drieën, te zitten in dit Goed Genoeg voor Ambtenaren-kantoor voor $36.000 tot $42.000 per jaar, in plaats van in Manhattan bij Cravath, Swaine & Moore of een dergelijk bedrijf voor $136.000 tot $142.000. Ze waren een miljoen kilometer van Wall Street vandaan geboren, dat wil zeggen, in de stadsdelen rondom Manhattan: Brooklyn, Queens en de Bronx. Dat zij naar de universiteit gingen en meester in de rechten werden, was voor hun families de grootste gebeurtenis geweest sinds Franklin D. Roosevelt. En zo hingen ze daar in hun stoel op de afdeling Moordzaken, kletsend over klote dit en klote dat, *nah* zeggend in plaats van *nee*, alsof ze nu eenmaal niet beter wisten.

Hier zaten ze dan... en hier zat hij, en wat moest er van hem worden? Wat voor zaken had hij onder handen? Klotezaken! Vuilophaal... Arthur Rivera. Arthur Rivera en een andere dope-dealer krijgen het in een soos met elkaar aan de stok over een pizzabestelling en ze trekken hun messen, en Arthur zegt: 'Laten we de wapens neerleggen en 't man tegen man uitknokken.' En dat doen ze, waarop Arthur een tweede mes te voorschijn trekt en die andere vent in zijn borst steekt en hem afmaakt... Jimmy Dollard. Jimmy Dollard en zijn dikste maatje, Otis Blakemore, en drie andere zwarte kerels zitten te zuipen en coke te snuiven en ze spelen een spelletje dat opnaaien heet, waarin het de bedoeling is om te zien hoe grof je de ander kan beledigen, en Blakemore doet een geïnspireerd nummer over Jimmy, en Jimmy trekt een revolver en schiet hem door zijn hart en stort dan op de tafel in elkaar, snikkend en jammerend: 'M'n kameraad! M'n kameraad Stan! Ik heb m'n kameraad Stan neergeknald!'... En de zaak van Herbert 92X –

Heel even deed de gedachte aan de zaak van Herbert een visioen opflitsen van het meisje met de bruine lipstick –

De pers was niet in staat deze zaken ook maar waar te nemen. Het ging enkel om arme mensen die arme mensen afmaakten. Zulke zaken voor de rechter brengen was deel uitmaken van de vuilnisophaaldienst, noodzakelijk en prijzenswaard, moeizaam en anoniem.

Kapitein Achab was zo belachelijk nog niet, uiteindelijk. Aandacht van de pers! Ray en Jimmy konden zoveel lachen als ze wilden, maar Weiss had er voor gezorgd dat de hele stad zijn naam kende. Voor Weiss was er een verkiezing in aantocht, en de Bronx bestond voor zeventig procent uit zwarten en Latino's, en hij ging er voor zorgen dat de naam Abe Weiss via ieder kanaal dat er maar bestond over hen werd uitgestort. Hij mocht verder misschien niet veel doen, maar dat ging hij wel doen.

Een telefoon ging: die van Ray. 'Moordzaken,' zei hij. 'Andriutti... Bernie is hier niet. Ik denk dat hij in de rechtszaal is... Wat?... Zeg dat nog eens?' Lang-

durige stilte. 'Nou, is hij door een auto geraakt of niet?... Unnh-hunnh...
Nou, shit, dat weet ik niet. Dat kun je beter met Bernie bepraten. Oké?...
Oké.' Hij hing op en schudde zijn hoofd en keek naar Jimmy Caughey. 'Dat
was een rechercheur in het Lincoln Hospital. Zegt dat ze d'r daar eentje hebben die op 't randje ligt, een knaap die bij de eerstehulp binnenkomt en die
niet weet of-ie in bad is uitgegleden en zijn pols heeft gebroken of dat-ie door
een Mercedes Benz is aangereden. Of zo'n soort shitverhaal. Wil Bernie spreken. Laat-ie dan verdomme met Bernie spreken.'
Ray schudde nog wat verder met zijn hoofd, en Kramer en Caughey knik-
ten instemmend. De eeuwige klotezaken in de Bronx.
Kramer keek op zijn horloge en stond op.
'Nou,' zei hij, 'jullie kunnen hier blijven zitten, en ze allemaal de klote
wensen, als je wilt, maar ik moet goddomme gaan luisteren naar die befaamde Midden-Oosten-geleerde Herbert 92X die uit de Koran voorleest.'

Er waren in het Bronx County Building vijfendertig rechtszalen gewijd aan
zaken van strafrechtelijke aard, en iedere zaal stond bekend als een 'part'. Ze
waren gebouwd in een tijd, de vroege jaren dertig, dat men er nog van uitging
dat alleen al het uiterlijk van een rechtszaal de zwaarwichtigheid en almacht
van het recht moest verkondigen. De plafonds waren ruim vierenhalve meter
hoog. De muren waren in hun geheel betimmerd met donkere houten panelen. De zetel van de rechter was een podium met een reusachtige lessenaar.
Aan de lessenaar zaten genoeg kroonlijsten, profielen, panelen, pilasters, in-
legwerk en een massa hardhout om je te doen geloven dat Salomon zelf, die
koning was, het imponerend gevonden zou hebben. De zitplaatsen op de
publieke tribune waren van het podium en de jurybanken en de tafels van de
aanklager, de verdachte en de griffier gescheiden door een houten balustrade
met een enorme bewerkte reling, de zogenaamde Balie der Gerechtigheid.
Kortom, de uiterlijke verschijning van de zaal gaf een buitenstaander geen
enkele aanwijzing omtrent de doldwaze chaos van de dagelijkse taak van een
rechter in strafzaken.
Zodra Kramer naar binnen liep wist hij dat de dag niet al te best begonnen
was in Part 60. Hij hoefde alleen maar naar de rechter te kijken. Kovitsky zat
op zijn hoge zetel, in zijn zwarte toga, en leunde met beide onderarmen op
zijn lessenaar naar voren. Zijn kin hing zo diep naar beneden dat hij de lessenaar zowat leek te raken. Zijn benige schedel en zijn scherpe haakneus staken
zo laag naar voren uit zijn toga dat hij eruitzag als een buizerd. Kramer kon
zijn irissen op het wit van zijn ogen zien drijven en dobberen terwijl hij naar
de zaal en zijn verzameling ratjetoe van de menselijke soort spiedde. Hij zag
eruit als stond hij op het punt zijn vleugels uit te slaan en de aanval te openen.
Kramer koesterde ambivalente gevoelens ten opzichte van Kovitsky. Aan de
ene kant stoorde hij zich aan zijn tirades in de rechtszaal die vaak persoonlijk
gericht waren en bedoeld om te vernederen. Aan de andere kant was Kovitsky een joodse krijger, een zoon van de Massada. Alleen Kovitsky had de vuil-
bekken in de gevangenisbusjes met een klodder spuug tot zwijgen kunnen
brengen.

'Waar is de heer Sonnenberg?' zei Kovitsky. Er kwam geen antwoord.

Dus zei hij het nog een keer, deze keer met een verbijsterende bariton die iedere lettergreep in de achterwand van de zaal spijkerde en iedere nieuwkomer in de rechtszaal van rechter Myron Kovitsky deed verstijven: 'WAAR IS DE HEER SON-NEN-BERG?'

Behalve twee jongetjes en een klein meisje die tussen de banken door renden en tikkertje aan het spelen waren, zaten de toeschouwers stokstijf. Eén voor één feliciteerden ze zichzelf. Hoe miserabel hun lot ook was, ze waren tenminste nog niet zo diep gezonken dat ze meneer Sonnenberg waren, dat miserabele insect, wie hij ook was.

Dat miserabele insect was een advocaat, en Kramer kende de aard van zijn vergrijp, namelijk dat hij met zijn afwezigheid verhinderde dat het bajesvreten in de strot geschoven werd van het strafrechtelijk apparaat, Part 60. In ieder part begon de dag met de zogenaamde kalendersessies, gedurende welke de rechter verzoeken en pleidooien afhandelde in een uiteenlopende reeks van zaken, soms wel twaalf op een ochtend. Kramer moest iedere keer lachen als hij een televisieprogramma zag met een rechtbankscène erin. Ze lieten altijd een rechtszaak zien die aan de gang was. Een rechtszaak! Wie verzon die programma's? Ieder jaar waren er in de Bronx 7000 tenlasteleggingen van misdrijven, en de capaciteit was 650 rechtszaken, op z'n hoogst. De rechters moesten de overige 6350 gevallen op een van de volgende twee manieren afhandelen. Ze konden een zaak niet-ontvankelijk verklaren of ze konden de verdachte wegens een minder ernstige aanklacht schuld laten bekennen in ruil voor het feit dat het hof dan niet genoodzaakt was een proces te houden. Zelfs voor een doorgewinterd cynicus was het een hachelijke onderneming het terugbrengen van de achterstand aan te pakken door zaken niet-ontvankelijk te verklaren. Telkens als een zware misdaad verworpen werd, zat het er dik in dat er iemand, het slachtoffer bijvoorbeeld of zijn familie, begon te tieren, en de pers viel maar al te graag over rechters heen die de boosdoeners op vrije voeten stelden. Bleef over strafvermindering in ruil voor een schuldbekentenis, en daar was het bij de kalendersessies om te doen. Zo waren de kalendersessies het spijsverteringskanaal zelve van het strafrechtelijk apparaat in de Bronx.

Iedere week leverde de griffier van ieder part één scoreformulier in bij Louis Mastroiani, de administratieve opperrechter van de strafrechtelijke divisie van het Hooggerechtshof van Bronx County. Het scoreformulier liet zien hoeveel zaken de rechter van dat part op zijn agenda had staan en hoeveel hij er die week afgehandeld had, door strafvermindering, door niet-ontvankelijkverklaringen en door processen. Op de muur van de rechtszaal, boven het hoofd van de rechter, stond: IN GOD WE TRUST. Op het scoreformulier echter stond: RESTANTZAKEN ANALYSE, en de effectiviteit van een rechter werd bijna alleen beoordeeld aan de hand van de RESTANTZAKEN ANALYSE.

Bijna alle zaken werden voor halftien 's morgens opgeroepen. Als de griffier een zaak opriep, en de beklaagde was niet aanwezig of zijn advocaat was niet aanwezig of als één van een heleboel andere dingen voorviel waardoor het onmogelijk werd om de betreffende zaak een eind verder in de trechter te schuiven, dan zouden, naar verondersteld mocht worden, de hoofdpersonen van de volgende zaak aanwezig zijn om naar voren te komen. Dus zaten op de publieke tribune groepjes mensen her en der verspreid, geen van allen toeschouwers in sportieve zin. Er waren verdachten en hun advocaten, verdachten en hun maatjes, verdachten en hun familie. De drie kleine kinderen kwamen tussen twee banken vandaan gegleden, renden giechelend naar achteren en verdwenen achter de laatste bank. Een vrouw draaide haar hoofd om en keek dreigend naar hen en deed geen moeite om ze te halen. Nu herkende Kramer het trio. Het waren de kinderen van Herbert 92x. Niet dat hij dit ook maar enigszins opmerkelijk vond; er waren elke dag kinderen in de rechtszalen. In de Bronx waren de rechtbanken een soort kinderdagverblijf. Verstoppertje spelen in Part 60 tijdens pappie's verzoeken, onderhandelingen over strafvermindering, processen en veroordelingen was gewoon een deel van hun opgroeien.

Kovitsky wendde zich tot de griffier die opzij onder het podium van de rechter aan een tafel zat. De griffier was een Italiaan met een stierenek, Charles Bruzzielli geheten. Hij had zijn colbertje uit. Hij droeg een overhemd met korte mouwen met het boord open en zijn stropdas halfstok. Je kon het randje van zijn t-shirt zien. De stropdas zat in een reusachtige Windsor knoop.

'Is dat de heer...' Kovitsky keek op een stuk papier dat voor hem lag, toen naar Bruzzielli. '... Lockwood?'

Bruzzielli knikte van ja, en Kovitsky keek recht voor zich uit naar een slanke gestalte die van de toeschouwersbanken tot aan de balie was gelopen.

'Meneer Lockwood,' zei Kovitsky, 'waar is uw advocaat? Waar is meneer Sonnenberg?'

'Da weeknie,' zei de gestalte.

Hij was nauwelijks te horen. Hij was niet ouder dan negentien of twintig. Hij had een donkere huid. Hij was zo dun dat er onder zijn zwarte gewatteerde jack geen schouders te bespeuren vielen. Hij had een zwarte spijkerbroek met kachelpijpen aan en een paar reusachtige witte sneakers die met klitteband sloten in plaats van veters.

Kovitsky staarde hem een ogenblik aan, toen zei hij: 'Goed, meneer Lockwood, gaat u maar zitten. Indien en wanneer meneer Sonnenberg zich verwaardigt ons met zijn aanwezigheid te vereren, zullen we uw zaak weer oproepen.'

Lockwood draaide zich om en begon terug te lopen naar de toeschouwersbanken. Hij had dezelfde pompende slingergang die praktisch iedere jonge verdachte in de Bronx gebruikte, de Patser Pas. Wat een stupide, zelfdestructieve macho-ego's, dacht Kramer. Ze vertoonden zich nooit zonder de zwarte jackjes en de sneakers en de Patser Pas. Ze wekten nooit een andere indruk dan die van de geheide jonge misdadiger in de ogen van de rechters, jury's, reclasseringsambtenaren, gerechtspsychiaters, in de ogen van werkelijk iedereen die er iets over te zeggen had of ze wel of niet de gevangenis ingingen of voor hoe lang. Lockwood patserpaste naar een bank achter in de publieke tribune en ging naast twee andere jongens in zwarte gewatteerde jacks zitten. Dit waren ongetwijfeld zijn maatjes, zijn kameraden. De kameraden van de verdachte arriveerden altijd in hun glimmende zwarte gewatteerde jacks en loop-naar-de-kloten sneakers bij de rechtbank. Dat was ook heel snugger. Daardoor kon meteen vastgesteld worden dat de verdachte geen arm weerloos slachtoffer was van het leven in het getto, maar deel uitmaakte van een bende meedogenloze jonge misdadigers van het soort dat graag oude dames met perspex wandelstokjes op de Grand Concourse tegen de grond sloeg en hun handtassen jatte. De hele bende kwam bruisend van energie de rechtszaal in met uitpuilende stalen spieren, net zo uitdagend als hun kaken hard waren, bereid om de eer en, indien noodzakelijk, de hachjes van hun maatjes te verdedigen tegen het Systeem. Maar al gauw spoelden er verlammende vloedgolven van verveling en verwarring over hen allemaal heen. Ze waren voorbereid op actie. Ze waren niet voorbereid op wat de dag vereiste, namelijk zitten wachten terwijl iets waar ze nooit van gehoord hadden, een kalendersessie, hen weg deed zinken onder een hoop opgepoetst taalgebruik, zoals 'zich verwaardigt ons met zijn aanwezigheid te vereren'.

Kramer liep langs de balie naar de tafel van de griffier. Daar stonden drie andere hulpofficieren van justitie te kijken en op hun beurt voor de rechter te wachten.

De griffier zei: 'Het Volk versus Albert en Marilyn Krin – '

Hij aarzelde en keek op de papieren die voor hem lagen. Hij keek naar een jonge vrouw die een meter van hem vandaan stond, een hulpofficier van justitie die Patti Stullieri heette, en hij zei op souffleertoon: 'Wat is dit, goddomme?'

Kramer keek over zijn schouder. Op de dagvaarding stond: 'Albert en Marilyn Krnkka.'

'Kri-nick-a,' zei Patti Stullieri.

'Albert en Marilyn Kri-nick-a!' declameerde hij. Dagvaardingnummer 3-2-8-1.' Toen tegen Patti Stullieri: 'Jezus, wat is dat verdomme voor een soort naam?'

'Da's Joegoslavisch.'

'Joegoslavisch. Het lijkt goddomme wel of iemand met zijn vingers in een typemachine bekneld is geraakt.'

Van achter uit de publieke tribune kwam een stel tot aan de brede reling stappen en leunde naar voren. De man, Albert Krnkka, glimlachte met een stralende blik en scheen de aandacht van rechter Kovitsky te willen trekken. Albert Krnkka was een lange, slungelachtige man met een sik van tien centimeter maar zonder snor en met lang blond haar als dat van een ouderwetse rockmuzikant. Hij had een benige neus, een lange nek en een adamsappel die wel drie decimeter naar boven en naar beneden leek te bewegen als hij slikte. Hij droeg een talinggroen overhemd met een buitenmaatse kraag en, in plaats van knopen, een ritssluiting die diagonaal van zijn linkerschouder naar de rechterzijde van zijn middel liep. Naast hem stond zijn vrouw. Marilyn Krnkka was een vrouw met zwart haar en een mager, fijn gezicht. Haar ogen waren twee spleten. Ze bleef haar lippen op elkaar persen en grimassen maken.

Iedereen, rechter Kovitsky, de griffier, Patti Stullieri, zelfs Kramer zelf, keek naar de Krnkka's in de verwachting dat hun advocaat naar voren zou komen of door de zijdeur binnen zou komen, of op een andere manier zou materialiseren. Maar er kwam geen advocaat.

Woedend wendde Kovitsky zich tot Bruzzielli en zei: 'Wie vertegenwoordigt deze mensen?'

'Ik denk Marvin Sunshine,' zei Bruzzielli.

'Nou, waar is hij dan? Ik heb hem een paar minuten geleden nog gezien. Wat bezielt deze figuren allemaal?'

Bruzzielli voerde de Newyorkse Oer Mimiek voor hem op en rolde met zijn ogen, alsof de hele zaak hem pijnlijk ter harte ging maar hij er ook niets aan kon doen.

Kovitsky's hoofd zat nu extreem laag. Zijn irissen dreven als torpedobootjagers op een zee van wit. Maar voor hij van wal kon steken met een vernietigend tractaat over hun plicht verzuimende advocaten, klonk er van de balie een stem op.

'Edelachtbare! Edelachtbare! Hé, rechter!'

Het was Albert Krnkka. Hij zwaaide met zijn rechterhand in een poging Kovitsky's aandacht te krijgen. Hij had dunne armen, maar zijn polsen en handen waren enorm. Zijn mond hing open in een halve glimlach die geacht werd de rechter ervan te overtuigen dat hij een redelijk mens was. In werkelijkheid zag hij er tot in zijn botten uit als een van die onberekenbare broodmagere lange mannen bij wie de stofwisseling met zeer hoge snelheid plaatsvindt en die meer dan alle andere mensen ter wereld geneigd zijn tot uitbarstingen.

'Hé, rechter! Moet u luisteren.'

Kovitsky zat met grote ogen te kijken, verbijsterd door dit optreden. 'Hé, rechter! Moet u horen. Twee weken geleden zei ze twee tot zes, ja?'

Toen Albert Krnkka 'twee tot zes' zei, hief hij beide handen in de lucht en stak van iedere hand twee vingers omhoog als een v voor victorie of een vredesteken, en vlegelde ze door de lucht alsof hij op een paar onzichtbare luchtdrums trommelde op de maat van de woorden 'twee tot zes'.

'Meneer Krnkka,' zei Kovitsky, nogal zachtjes voor zijn doen.

'En nou kom ze hier aanzette met drie tot nege,' zei Albert Krnkka. 'We hadde gezegd: "Oké, twee tot zes"' – opnieuw hief hij zijn handen en de twee v's omhoog en sloeg de luchtdrum op de maat van 'twee tot zes' – 'en ze kom hier aanzette met drie tot nege. Twee tot zes' – hij sloeg in de lucht – 'twee tot zes – '

'ME-NEER KRI-NICK-A, ALS U – '

Maar Albert Krnkka boog niet voor de hamerende stem van rechter Kovitsky.

'Twee tot zes' – blam, blam, blam – 'begrijpt u wel!'

'ME-NEER KRI-NICK-A. Als u een verzoek wilt richten tot het hof moet u dat door middel van uw advocaat doen.'

'Hé, rechter, vraag 't maar aan haar!' Hij priemde zijn linkerwijsvinger in de richting van Patti Stullieri. Zijn arm leek een kilometer lang. 'U moet haar

hebbe. Ze stelde twee tot zes voor rechter. Nu kom ze hier aanzette met –'
'Meneer Krnkka –'
'Twee tot zes, rechter, twee tot zes!' Omdat hij zich realiseerde dat hij zijn tijd aan de balie bijna gehad had, perste Albert Krnkka zijn boodschap nu samen in de sleutelzin, terwijl hij de hele tijd met zijn enorme handen de luchtdrum bespeelde.

'Twee tot zes! Begrijpt u wel! Twee tot zes! Begrijpt u wel!'

'Meneer Krnkka... GA ZITTEN! Wacht op uw advocaat.'

Albert Krnkka en zijn vrouw begonnen zich achteruit van de balie terug te trekken, terwijl ze de hele tijd naar Kovitsky keken, alsof ze een troonzaal verlieten. Albert bleef met zijn mond de woorden 'twee tot zes' vormen en met zijn v-vingers zwaaien.

Larry Kramer liep naar Patti Stullieri en zei: 'Wat hebben *die* gedaan?'

Patti Stullieri zei: 'De vrouw hield een meisje een mes op de keel terwijl haar man haar verkrachtte.'

'Jezus,' zei Kramer onwillekeurig.

Patti Stullieri gaf een wereldsmoeë glimlach. Ze was achtentwintig of negenentwintig jaar oud. Kramer vroeg zich af of ze het waard was om een toer voor te bouwen. Ze was geen spetter, maar haar houding van 'ik lust ze rauw' deed hem op de een of andere manier wel wat. Kramer vroeg zich af hoe ze op school geweest was. Hij vroeg zich af of ze een van die magere nerveuze seksloze heksen geweest was die altijd prikkelbaar waren en moeilijk deden en die het aan vrouwelijkheid ontbrak zonder dat ze stoer waren. Aan de andere kant had ze de olijfbruine huid, het dikke zwarte haar, de grote donkere ogen en de Cleopatra-lippen die bij elkaar opgeteld in Kramers hoofd het beeld van het Italiaanse Vieze Meisje als uitkomst hadden. Op school – Jezus, die Italiaanse Vieze Meisjes! – had Kramer ze altijd vulgair gevonden, ongelooflijk stom, anti-intellectueel, ongenaakbaar en intens begeerlijk.

De deur van de rechtszaal zwaaide open en een oude man met een groot, blozend, tamelijk Lord-achtig hoofd wandelde binnen. *Galant*, dat was het woord. Of hij was tenminste galant volgens de normen van Gibraltar. Hij droeg een marineblauw streepjespak met twee rijen knopen, een wit overhemd met een gesteven kraag, en een donkerrode stropdas. Zijn zwarte haar, dat dun was en de inktachtige dofheid had van een verfbeurt, was strak naar achteren gekamd en plat over zijn schedel gepommadeerd. Hij had een ouderwets dun snorretje, dat aan beide kanten van het greppeltje onder zijn neus een scherpe zwarte streep creëerde.

Larry Kramer, die bij de tafel van de griffier stond, keek op en staarde naar hem. Hij kende de man. Zijn stijl had iets charmants – nee, parmants. Tegelijkertijd moest je huiveren. Deze man was eens, zoals Kramer nu, hulpofficier van justitie geweest. *Bing! Bing! Bing!* Dertig jaren waren er verstreken, en nu was hij zijn carrière aan het afsluiten met een privé-praktijk en vertegenwoordigde hij deze zielige onbenullen, inclusief de 18-b's, degenen die zich geen advocaat konden veroorloven. *Bing! Bing! Bing!* Niet zo'n erg lange tijd, dertig jaar!

Larry Kramer was niet de enige die bleef staan kijken. De binnenkomst van de man was een evenement. Zijn kin had de vorm van een meloen. Hij hield hem zelfgenoegzaam in de hoogte, alsof hij een *boulevardier* was, alsof de Grand Concourse nog steeds een boulevard genoemd kon worden.

'ME-NEER SONNENBERG!'

De oude advocaat keek naar Kovitsky. Hij scheen aangenaam verrast dat zijn komst aanleiding gaf tot zo'n hartelijke begroeting.

'Wij hebben uw zaak vijf minuten geleden opgeroepen!'

'Mijn verontschuldigingen, Edelachtbare,' zei Sonnenberg terwijl hij naar de beklaagdenbank drentelde. Hij zwierde zijn kin in een elegante boog opwaarts in de richting van de rechter. 'Ik werd in Part 62 opgehouden door rechter Meldnick.'

'Wat doet u met een zaak in Part 62 terwijl u weet dat dit hof u als persoonlijke tegemoetkoming bovenaan op de kalender heeft gezet? Uw cliënt, de heer Lockwood, heeft een baan, naar ik me herinner.'

'Dat is correct, Edelachtbare, maar er werd mij verzekerd – '

'Uw cliënt is hier.'

'Dat weet ik.'

'Hij zit op u te wachten.'

'Dat ben ik me bewust, Edelachtbare, maar ik had geen idee dat rechter Meldnick – '

'In orde, meneer Sonnenberg, bent u nu klaar om te beginnen?'

'Jawel, Edelachtbare.'

Kovitsky liet de griffier, Bruzzielli, de zaak weer oproepen. De zwarte jongen, Lockwood, kwam overeind uit de publieke tribune en begaf zich pooierpassend naar de beklaagdenbank, naast Sonnenberg. Het werd al gauw duidelijk dat het de bedoeling van deze zitting was dat Lockwood zich schuldig verklaarde aan de aanklacht, gewapende roofoverval, in ruil voor een lichte straf, twee tot zes jaar, aangeboden door justitie. Maar daar viel Lockwood niet voor te porren. Het enige wat Sonnenberg kon doen was herhalen dat zijn cliënt zich niet schuldig achtte.

Kovitsky zei: 'Meneer Sonnenberg, wilt u even hier komen, alstublieft? En meneer Torres?'

Torres was de hulpofficier van justitie in de zaak. Hij was kort en tamelijk dik, al was hij maar nauwelijks dertig jaar oud. Hij had het soort snor dat jonge advocaten en dokters dragen om te proberen er ouder en ernstiger uit te zien.

Toen Sonnenberg voor hem stond, zei Kovitsky op een aimabele, gemoedelijke toon: 'U ziet er vandaag net uit als David Niven, meneer Sonnenberg.'

'Oh nee, rechter,' zei Sonnenberg, 'David Niven ben ik niet. William Powell misschien, maar David Niven niet.'

'William Powell? U antedateert uzelf, meneer Sonnenberg. Zo oud bent u toch niet?' Kovitsky richtte zich tot Torres en zei: 'Voor we 't in de gaten hebben gaat meneer Sonnenberg ons verlaten en vertrekt naar de Sun Belt. Hij koopt daar een appartement en 't enige waar hij zich zorgen over hoeft te maken is om op tijd in het winkelcentrum te zijn voor z'n Vroege Voordeeltje bij Denny's. Dan hoeft hij er ook niet meer aan te denken om 's morgens op te staan en een pleidooi te houden in Part 60 in de Bronx.'

'Echt rechter, ik zweer – '

'Meneer Sonnenberg, kent u meneer Torres?'

'Jazeker.'

'Wel, meneer Torres heeft verstand van koopflats en Vroege Voordeeltjes. Hij is zelf een halve Jiddeleh.'

'Jaa?' Sonnenberg wist niet of hij geacht werd zich gevleid te tonen of wat.

'Ja, hij is een halve Portoricaan en een halve Jiddeleh. Klopt hè, meneer Torres?'

Torres glimlachte en haalde zijn schouders op en probeerde gepast geamuseerd over te komen.

'Dus gebruikte hij z'n Jiddische *kop* en vroeg een minderhedenbeurs aan voor een rechtenstudie,' zei Kovitsky. 'Z'n Jiddische helft heeft een minderhedenbeurs aangevraagd voor z'n Portoricaanse helft! Dat is pas Eén Wereld, of niet soms? Het is in ieder geval je *kop* gebruiken.'

Kovitsky keek naar Sonnenberg tot hij glimlachte en toen keek hij naar Torres tot hij glimlachte, en toen keek Kovitsky hen allebei stralend aan. Waarom was hij opeens zo jolig geworden? Kramer keek naar de verdachte, Lockwood. Hij stond bij de beklaagdenbank en staarde naar dit jolige trio. Wat moest er door hem heengaan? De toppen van zijn vingers rustten op de tafel, en zijn borstkas leek wel ingeklapt. Zijn ogen! Zijn ogen waren de ogen van de opgejaagde in de nacht. Hij staarde naar het schouwspel van zijn advocaat die stond te grijnzen en te grinniken met de rechter en de aanklager. Daar stond hij, terwijl zijn blanke advocaat stond te lachen en te kwekken met de blanke rechter en de vette blanke lul die hem achter de tralies probeerde te krijgen.

Sonnenberg en Torres stonden allebei voor het podium en keken omhoog naar Kovitsky. Nu pakte Kovitsky de zaak weer op.

'Wat hebt u hem aangeboden, meneer Torres?'

'Twee tot zes, rechter.'

'Wat zegt uw cliënt, meneer Sonnenberg?'

'Hij wil 't niet aannemen, rechter. Ik heb vorige week met hem gepraat, en ik heb vanmorgen met hem gepraat. Hij wil een proces.'

'Waarom?' vroeg Kovitsky. 'Hebt u hem uitgelegd dat hij over een jaar in aanmerking kan komen voor werkverlof? Da's geen slechte regeling.'

'Nou,' zei Sonnenberg, 'het probleem is, zoals meneer Torres weet, mijn cliënt is een J.D. Die veroordeling was voor hetzelfde, gewapende roofoverval, en als hij nu bekent, dan moet hij z'n tijd voor die andere ook uitzitten.'

'Ah,' zei Kovitsky. 'Nou, waarmee gaat hij *wel* akkoord?'

'Hij gaat met anderhalf tot vierenhalf akkoord, met het vonnis van de eerste bij deze inbegrepen.'

'Wat vindt u, meneer Torres?'

De jonge hulpofficier van justitie zoog zijn adem naar binnen en sloeg zijn ogen neer en schudde zijn hoofd. 'Dat kan ik niet doen, rechter. We hebben 't over gewapende roofoverval!'

'Ja, dat weet ik,' zei Kovitsky, 'maar was hij degene met het wapen?'

'Nee,' zei Torres.

Kovitsky liet zijn ogen van de gezichten van Sonnenberg en Torres afglijden en keek naar Lockwood.

'Hij ziet er niet uit als een verkeerde jongen,' zei Kovitsky ten gerieve van Torres. 'In feite ziet hij er als een baby uit. Ik zie die knapen hier elke dag. Ze laten zich makkelijk leiden. Ze wonen in een of andere klote buurt en uiteindelijk gaan ze stomme dingen uithalen. Wat is hij er voor een, meneer Sonnenberg?'

'Zo ligt 't ongeveer wel, rechter,' zei Sonnenberg. 'Hij is een meeloper. Hij is geen hersenchirurg, maar hij is ook geen harde jongen. Naar mijn mening niet.'

Deze persoonlijkheidsschets was overduidelijk bedoeld om Torres zover te krijgen Lockwood een vonnis aan te bieden van slechts één en een derde tot vier jaar, met zijn J.D.-veroordeling feitelijk vergeten. J.D. stond voor 'jeugdig delinquent'.

'Moet u horen, rechter, 't heeft geen zin,' zei Torres. 'Ik kan 't niet doen. Ik kan niet lager gaan dan twee tot zes. Het parket – '

'Waarom bel je Frank niet?' vroeg Kovitsky.

'Het heeft geen zin, rechter. We hebben 't over gewapende roofoverval! Hij hield misschien geen pistool op 't slachtoffer gericht, maar dat kwam omdat hij met beide handen z'n zakken aan 't doorzoeken was! Een ouwe man van negenenzestig met een verlamming. Loopt ongeveer zo.'

Torres deed wat schuifelpasjes voor het podium, hinkend als een oude man met een verlamming.

Kovitsky glimlachte. 'Daar komt de Jiddeleh in hem boven! Meneer Torres heeft een paar van de chromosomen van Ted Lewis maar weet het zelf nog niet.'

'Was Ted Lewis joods?' vroeg Sonnenberg.

'Waarom niet?' zei Kovitsky. 'Hij was een komiek, nietwaar? Oké, meneer Torres, bedaar.'

Torres kwam weer naar het podium. 'Het slachtoffer, Borsalino, zegt dat hij een rib gebroken heeft. Daarvoor klagen wij die jongen niet eens aan, omdat de ouwe man nooit naar een dokter geweest is voor de rib. Nee, 't blijft twee tot zes.'

Kovitsky dacht daar over na. 'Heeft u dat uw cliënt uitgelegd?'

'Jazeker heb ik dat gedaan,' zei Sonnenberg. Hij schokschouderde en trok een gezicht alsof hij wilde zeggen dat zijn cliënt niet voor rede vatbaar was. 'Hij wil het risico nemen.'

'Het risico nemen?' zei Kovitsky. 'Maar hij heeft een bekentenis getekend.'

Sonnenberg trok weer een gezicht en kromde zijn wenkbrauwen.

Kovitsky keek weer op en staarde naar Lockwood en stak zijn kin in de lucht en zei: 'Jongen... kom hier.'

De jongen stond bij de beklaagdenbank, verstijfd, niet helemaal zeker of de rechter het tegen hem had of tegen iemand anders. Dus zette Kovitsky een glimlach op, de glimlach van de welwillende leider, Hij Die Genegen Is Geduld Te Hebben, en hij gebaarde met zijn rechterhand en zei: 'Kom eens hier, joh. Ik wil met je praten.'

De jongen, Lockwood, kwam in beweging, langzaam, behoedzaam, tot waar Sonnenberg en Torres stonden, en keek naar Kovitsky. Het was een totaal lege blik waarmee hij hem aankeek. Kovitsky bleef kijken. Het leek alsof hij 's nachts naar een klein leeg huis keek met alle lichten uit.

'Jongen,' zei Kovitsky, 'je lijkt me de kwaadste nog niet. Je ziet eruit als een aardige jonge kerel. Welnu, ik wil dat je jezelf een kans geeft. Ik zal je een kans geven, maar eerst moet je jezelf een kans geven.'

Toen keek Kovitsky Lockwood in de ogen alsof hetgeen hij op het punt stond te gaan zeggen een van de belangrijkste dingen was die hij waarschijnlijk in zijn hele leven te horen zou krijgen.

'Jongen,' zei hij, 'waarvoor wil je zo graag meedoen aan al die klote roofovervallen?'

Lockwoods lippen bewogen, maar hij onderdrukte de neiging om iets te zeggen, misschien uit vrees dat hij zichzelf zou belasten.

'Wat zegt je moeder? Woon je bij je moeder?'

Lockwood knikte ja.

'Wat zegt je moeder? Geeft ze je wel eens op je kop?'

'Nah,' zei Lockwood. Zijn ogen zagen er wazig uit. Kovitsky zag dat als een teken dat hij vooruitgang boekte.

'Nu, jongen,' zei hij, 'heb je een baan?'

Lockwood knikte ja.

'Wat doe je dan?'

'Bewakingsdienst.'

'Bewakingsdienst,' zei Kovitsky. Hij staarde naar een lege plek op de muur, alsof hij de maatschappelijke implicaties van dat antwoord afwoog, en besloot toen om zich aan het onderhavige onderwerp te houden.

'Zie je wel?' zei Kovitsky. 'Je hebt een baan, je hebt een thuis, je bent jong, je bent een goed uitziende, pientere jongeman. Je hebt 't niet gek getroffen. Je hebt meer dan de meeste mensen. Maar je heb één groot probleem waar je vanaf moet. JE HEBT MEEGEDAAN AAN DIE KLOTE ROOFOVERVALLEN! Nu dan, de officier van justitie heeft je een voorstel gedaan van twee tot zes jaar. Als je dat voorstel aanneemt en je je gedraagt, zul je dit in een mum van tijd achter de rug hebben, en zul je nog steeds een jonge kerel zijn met je hele leven nog voor je. Als je 't op een rechtszaak aan laat komen en je wordt veroordeeld, kun je acht tot vijfentwintig jaar krijgen. Denk daar nou eens over na. De officier van justitie heeft je een aanbod gedaan.'

Lockwood zei niets.

'Waarom neem je 't niet aan?' vroeg Kovitsky.

'Zo maar.'

'Zo maar?'

Lockwood wendde de ogen af. Hij ging niet staan bekvechten. Hij ging alleen maar voet bij stuk houden.

'Moet je horen,' zei Kovitsky, 'ik probeer je te helpen. Deze toestand gaat niet weg. Je kunt niet zomaar je ogen dichtdoen en hopen dat het allemaal zal verdwijnen. Begrijp je wat ik zeg?'

Lockwood bleef naar beneden of naar opzij kijken, steeds een paar centimeter verwijderd van oogcontact met de rechter. Kovitsky bleef met zijn hoofd bewegen als om hem te onderscheppen, als een ijshockeykeeper.

'Kijk me 'ns aan, jongen. Begrijp je dat?'

Lockwood gaf toe en keek hem aan. Het was het soort blik dat een vuurpeloton kon verwachten.

'Welnu, jongen, zie 't eens op deze manier. 't Is alsof je kanker hebt. Je weet hoe 't is bij kanker.'

Er was geen greintje begrip omtrent kanker of wat dan ook.

'Kanker gaat ook niet zomaar over. Je moet er iets aan doen. Als je er vroeg bij bent, als 't nog klein is, voordat 't zich door je hele lichaam verspreidt en je hele leven in beslag neemt – en je leven ruïneert – en een eind aan je leven maakt – begrijp je? – een eind aan je leven maakt – als je er iets aan doet terwijl 't nog een klein probleem is, als je de kleine operatie ondergaat die je nodig hebt, dan ben je d'r vanaf!' Kovitsky wierp zijn handen in de lucht en hief zijn kin op en glimlachte, alsof hij de opgeruimdheid in persoon was. 'Welnu, het is 't zelfde met het probleem dat jij nu hebt. Op dit moment is 't een klein probleem. Als je schuld bekent en je krijgt een straf van twee tot zes jaar, en je gedraagt je, kom je na één jaar in aanmerking voor een werkverlof-regeling en na twee jaar voor voorwaardelijke invrijheidsstelling. En dan heb je 't allemaal achter je. Maar als je 't op een rechtszaak aan laat komen en je wordt schuldig bevonden, dan zal je minimum straf acht jaar bedragen. Acht en een derde tot vijfentwintig. Acht – je bent nu pas negentien. Acht jaar, dat is bijna half zo lang als dat je op deze aardbol rondloopt. Wil je verdomme je hele jeugd in de gevangenis doorbrengen?'

Lockwood wendde de ogen af. Hij zei geen woord.

'Nou, wat vind je ervan?' vroeg Kovitsky.

Zonder op te kijken schudde Lockwood nee met zijn hoofd.

'Goed, als je onschuldig bent, wil ik niet dat je je schuldig verklaart, wat ze je ook aanbieden. Maar je hebt een bekentenis getekend! De officier van justitie heeft een videoband van je waarop je die bekentenis aflegt! Wat ga je daaraan doen?'

'Kweenie,' zei Lockwood.

'Wat zegt je advocaat?'

'Kweenie.'

'Kom op, jongen. Natuurlijk weet je dat. Je hebt een uitstekende advocaat. Hij is een van de besten, meneer Sonnenberg. Hij heeft een heleboel ervaring. Luister naar hem. Hij zal je zeggen dat ik gelijk heb. Deze toestand gaat niet zomaar weg, net zo min als kanker zo maar weg gaat.'

Lockwood bleef naar beneden kijken. Wat zijn advocaat en de rechter en de officier van justitie ook bekokstoofd hadden, hij zag het niet zitten.

'Luister, jongen,' zei Kovitsky, 'praat er nog wat verder over met je advocaat. Praat er met je moeder over. Wat zegt je moeder ervan?'

Lockwood keek op, een en al haat. Tranen begonnen in zijn ogen op te wellen. Het was een uiterst precaire zaak om tegen deze jongens over hun moeders te beginnen. Maar Kovitsky hield zijn ogen strak op hem gericht.

'In orde, raadsman!' zei Kovitsky met stemverheffing en keek naar Sonnenberg. 'En, meneer Torres. Ik schort deze zaak op naar vandaag over twee weken. En jij, jongen,' zei hij tegen Lockwood, 'denk jij eens na over wat ik je gezegd heb, en overleg met meneer Sonnenberg, en dan zet je 't eens op een rijtje. Oké?'

Lockwood schonk Kovitsky een laatste flits van een oogopslag en knikte ja en liep van het podium weg naar de publieke tribune. Sonnenberg liep met hem mee en zei iets maar Lockwood gaf geen antwoord. Toen hij de balie passeerde en zijn maatjes van de laatste bank overeind zag komen schakelde Lockwood over op de Patser Pas. Wegwezen hier! Terug naar... het Leven! Alle drie patserpaste ze pompend de rechtszaal uit, terwijl Sonnenberg erachteraan drentelde, zijn kin omhoog geprikt in een hoek van dertig graden.

De ochtend sleepte zich voort, en tot dusverre had Kovitsky nog geen enkele zaak afgehandeld.

Het was laat in de ochtend toen Kovitsky zich eindelijk door de kalender heengewerkt had en aan het proces van Herbert 92X toe was, dat nu zijn vierde dag inging. Kramer stond bij de tafel van de aanklagers. De parketwachten rolden met hun schouders en rekten zich uit en prepareerden zich anderszins op de komst van Herbert 92X, die ze maniakaal genoeg achtten om iets stoms of gewelddadigs te doen in de rechtszaal. De advocaat van Herbert 92X, Albert Teskowitz, door de rechtbank aangewezen, kwam aangelopen van de beklaagdenbank. Hij was een schriele gebogen man met een vaalblauw geruit colbertje dat bijna een decimeter boven zijn nek uitstak en een bruine broek die nooit aan het jasje voorgesteld was. Zijn dun wordend grijs haar had de kleur van droog ijs. Hij wierp Kramer een zonderling glimlachje toe waarmee zoveel gezegd wilde zijn als: 'De poppenkast gaat zo beginnen.'

'En Larry,' zei hij, 'ben je klaar voor de wijsheid van Allah?'

'Vertel eens,' zei Kramer, 'zoekt Herbert deze kletskoek elke dag uit met 't idee dat 't een soort commentaar levert op wat er tijdens de zaak gebeurt, of slaat hij 't boek gewoon open? Moeilijk te zeggen.'

'Ik weet 't niet,' zei Teskowitz. 'Ik begin er niet over, om je de waarheid te zeggen. Laat 't even vallen, en het kost je een uur van je leven. Heb je ooit met een logische gek gepraat? Die zijn veel erger dan een gewone gek.'

Teskowitz was zo'n slechte advocaat dat Kramer met Herbert te doen had. Maar hij had hoe dan ook met hem te doen. De wettige naam van Herbert 92X was Herbert Cantrell; 92X was zijn moslem naam. Hij was chauffeur bij een drankenhandel. Dat was een van de dingen waardoor Kramer geloofde dat hij geen echte moslem was. Een echte moslem zou niets van doen willen hebben met sterke drank. In elk geval, op zekere dag werd de vrachtwagen van Herbert op Wallis Avenue gekaapt door drie Italianen uit Brooklyn die de afgelopen tien jaar weinig anders gedaan hadden dan vrachtwagens kapen voor wie er maar betaalde voor het kapen van vrachtwagens. Ze bedreigden Herbert met revolvers, knevelden hem, gaven hem een stoot in zijn gezicht, gooiden hem in een container in een zijstraat en gaven hem te verstaan zich het eerste uur niet te verroeren. Toen reden de drie Italianen de vrachtwagen naar het magazijn van hun werkgever van dat moment, een ritselende grossier in drank die stelselmatig de kosten drukte door handelswaar te kapen. Ze kwamen voorrijden met de gekaapte wagen en de voorman van het magazijn zei: 'Godskloten! Daar krijgen jullie flinke last mee, jongens! Da's een van onze vrachtwagens!'

'Wah bedoel je?'

'Da's een van onze vrachtwagens! Die heb ik twee uur geleden net geladen! Jullie hebben spul gejat dat we net gejat hadden! Jullie hebben net een van onze lui onder handen gehad! Daar krijgen jullie flink last mee!'

Dus sprongen de drie Italianen weer in de vrachtauto en scheurden naar de container om Herbert 92X zijn vrachtwagen terug te geven. Maar Herbert was erin geslaagd om eruit te komen. Ze begonnen in de vrachtwagen straat in straat uit te rijden om hem te zoeken. Ze vonden hem ten slotte in een café waar hij naar toe gegaan was om zijn zenuwen te kalmeren. Dat was bepaald niet zoals het hoorde voor een moslem. Ze kwamen binnenlopen om hem te vertellen dat ze er spijt van hadden en dat hij zijn vrachtwagen terug kon hebben, maar Herbert dacht dat ze achter hem aan kwamen omdat hij hun waarschuwing om in de container te blijven genegeerd had. Dus trok hij een 38 mm revolver onder zijn gewatteerde jack vandaan – die had daar de hele tijd al gezeten, maar deze linke broeders hadden hem flink te grazen gehad – en hij loste twee schoten. Hij miste de drie Italianen maar raakte en doodde een man die Nestor Cabrillo heette die binnen was gekomen om te telefoneren. Het vuurwapen was misschien een noodzakelijk verdedigingsmiddel in wat duidelijk een hachelijk beroep was. Maar hij had geen vergunning om het te dragen, en Nestor Cabrillo was een doodeerlijk burger met vijf kinderen. Dus werd Herbert aangeklaagd wegens doodslag en verboden wapenbezit en moest de officier tot vervolging besluiten, en werd Kramer met die taak belast. De zaak was een studie in stupiditeit, incompetentie en zinloosheid; kortom, een klotezaak. Herbert 92X weigerde in te gaan op een aanbod van strafvermindering in ruil voor schuldbekentenis, aangezien hij het gebeurde als een ongeluk beschouwde. Hij had er alleen spijt van dat de revolver zijn hand zo uit de richting had geslagen. En zo was deze klotezaak nu voorgekomen.

Er ging een deur open aan de zijkant van het podium, en daar kwam Herbert 92X te voorschijn met twee gevangenbewaarders. De korte verblijfscellen, een stel raamloze kooien op de tussenverdieping boven de rechtszaal, vielen onder het Gevangeniswezen. Herbert 92X was een lange man. Zijn ogen lichtten op uit de schaduw van een geruite hoofddoek à la Yasser Arafat die over zijn voorhoofd hing. Hij droeg een bruin gewaad dat tot aan zijn kuiten reikte. Onder het gewaad kon je een crèmekleurige broek zien met overlappende zijnaden die met een contrasterende draad gestikt waren, en schoenen met Tuczek-punten. Zijn handen zaten op zijn rug. Toen de bewaarders hem omdraaiden om zijn handboeien los te maken kon Kramer zien dat hij de Koran vasthield.

'Yo! Herbert!' De stem van een uitgelaten klein jongetje. Het was een van de kinderen, vooraan bij de balie. De parketwachten keken hem boos aan. Een vrouw achterin de toeschouwersbanken gilde: 'Kom hier jij!' Het jongetje lachte en rende terug naar waar zij zat. Herbert bleef staan en draaide zich naar de jongen. Zijn verbeten tronie klaarde op. Hij schonk de jongen een stralende glimlach zo vol warmte en liefde dat Kramer ervan moest slikken – en weer een kleine stuiptrekking van de Twijfels voelde. Toen ging Herbert in de beklaagdenbank zitten.

De griffier, Bruzzielli, zei: 'Het Volk versus Herbert Cantrell, dagvaardingnummer 2-7-7-7.'

Herbert 92X was al overeind met zijn hand in de lucht. 'Hij heeft me weer niet bij m'n naam genoemd!'

Kovitsky leunde over zijn lessenaar naar voren en zei geduldig: 'Meneer 92X, ik heb u dit gisteren uitgelegd en eergisteren en de dag daarvoor.'

'Hij heeft me niet bij m'n naam genoemd!'

'Ik heb u dit uitgelegd, meneer 92X. De griffier is gebonden aan de wettelijke voorschriften. Maar met het oog op uw overduidelijke bedoelingen uw naam te veranderen, hetgeen uw goed recht is, en waarvoor een wettelijke procedure bestaat, zal het hof er genoegen mee nemen u met Herbert 92X aan te spreken omwille van de gerechtelijke voortgang. Akkoord, wat u betreft?'

'Dank u, Edelachtbare,' zei Herbert 92X, nog steeds staand. Hij opende de Koran en begon door de bladzijden heen te ritselen. 'Vanmorgen, Edelachtbare – '

'Kunnen we verder gaan?'

'Jawel, rechter. Vanmorgen – '

'Ga dan zitten!'

Herbert 92X staarde Kovitsky een ogenblik aan en liet zich toen op zijn stoel zakken, de Koran nog steeds open. Enigszins nukkig zei hij: 'Gaat u me laten voorlezen?'

Kovitsky keek op zijn polshorloge en knikte ja en gaf zijn stoel toen een draai van ongeveer vijfenveertig graden en tuurde naar de wand boven de lege jurybanken.

Herbert 92X legde de Koran op de tafel voor hem en zei: 'Vanmorgen, Edelachtbare, zal ik voorlezen uit Hoofdstuk 41, getiteld "Duidelijk uiteengezet, Geopenbaard in Mekka"… in de naam van de Hoogst Barmhartige God… Dit is een openbaring van de Hoogst Barmhartige… Waarschuw hen voor de dag waarop de vijanden van God zullen worden vergaderd tot het vuur en in groepen geordend zullen worden, en dan wanneer zij daar aankomen zullen tegen hen getuigen hun gehoor en hun blikken en hun huiden omtrent wat zij bedreven hebben…'

De parketwachten rolden hun ogen omhoog in hun hoofden. Een van hen, Kaminsky, een echt mestvarken wiens witte uniform-overhemd nauwelijks de vetrollen kon bevatten die over zijn pistoolgordel hingen, liet een hoorbare zucht los en maakte een draai van 180 graden op de zolen van zijn grote leren politieschoenen. De aanklagers en de advocaten beschouwden Kovitsky als een ware verschrikking. Maar de parketwachten waren het echte arbeidersvoetvolk van de ambtenarij en beschouwden Kovitsky, evenals praktisch iedere andere rechter, als een ergerlijk laffe slappeling tegenover misdadigers... deze maniak daar uit de Koran laten zitten lezen, terwijl zijn kinderen door de rechtszaal renden en 'Yo! Herbert!' gilden. Kovitsky's redenering leek te zijn dat hij, omdat Herbert 92X een heethoofd was en omdat hij tot rust kwam door uit de Koran voor te lezen, op de lange duur tijd uitspaarde.

'... en niet staan gelijk de goede daad en de boze daad, en dan zult ge zien, dat hij tussen wie en u er vijandschap was wordt, als het ware, uw oprechtste vriend, maar geen anderen zullen dit deelachtig worden...' De woorden van Herberts droefgeestige gezwollen voordracht daalden als een miezerige regen over de zaal neer... Kramers gedachten dwaalden af... Het meisje met de bruine lipstick... Nog even en ze zou te voorschijn komen... Bij de gedachte alleen ging hij rechtop zitten in zijn stoel... Hij wou dat hij zichzelf even bekeken had voor hij de rechtszaal inging... zijn haar, zijn das... Hij spande zijn nek en wierp zijn hoofd naar achteren... Hij was ervan overtuigd dat vrouwen onder de indruk waren van mannen met enorme sternocleidomastoïdespieren... Hij deed zijn ogen dicht...

Herbert zat nog steeds voor te lezen toen Kovitsky hem onderbrak: 'Dank u, meneer 92X, dat besluit dan de lezing uit de Koran.'

'Wat? Ik ben nog niet klaar!'

'Ik zei dat besluit dan de lezing uit de Koran, meneer 92X. IS DAT DUIDELIJK?'

Kovitsky's stem klonk ineens zo hard dat de mensen in de publieke tribune de mond open viel.

Herbert sprong overeind. 'U schendt mijn rechten!' Zijn kin stak recht naar Kovitsky en zijn ogen schoten vuur. Hij zag eruit als een raket op het punt van vertrek.

'Ga zitten!'

'U schendt mijn geloofsvrijheid!'

'GA ZITTEN, MENEER 92X!'

'Ongeldig!' riep Herbert. 'Ongeldig!' Toen richtte hij zijn woede op Teskowitz die nog steeds naast hem zat. 'Kom eens omhoog, man! Dit proces is ongeldig!'

Overdonderd en een beetje bangig kwam Teskowitz omhoog.

'Edelachtbare, mijn cliënt – '

'IK ZEI GA ZITTEN! ALLEBEI!'

Allebei gingen ze zitten.

'Wel dan, meneer 92X, dit hof is zeer inschikkelijk met u geweest. Niemand schendt uw geloofsvrijheid. Het wordt al laat, en we hebben daarbuiten een jury in een jurykamer die in geen vijfentwintig jaar geverfd is, en het is tijd om de Koranlezing te besluiten.'

'Besluiten, zegt u? U bedoelt *verbieden*! U schendt mijn religieuze rechten!'

'De verdachte moet z'N MOND HOUDEN! U heeft niet het recht om de Koran te lezen of de Talmoed of de Bijbel of de woorden van de Engel Moroni die het Boek van Mormon schreef, of elke andere religieuze pil, hoe goddelijk dan ook – u heeft niet het recht om dat in deze rechtszaal voor te lezen.

Laat me u eraan herinneren, heer, dat dit niet het land van de islam is. We leven toevallig in een republiek, en in deze republiek is er een scheiding tussen kerk en staat. Begrijpt u? En dit hof wordt bestuurd volgens de wetten van die republiek, die neergelegd zijn in de Grondwet van de Verenigde Staten.'

'Da's niet waar!'

'Wat is niet waar, meneer 92X?'

'De scheiding tussen kerk en staat. En ik kan 't bewijzen.'

'Waar hebt u 't over, meneer 92X?'

'Draai u maar om. Kijk maar naar de muur!' Herbert sprong weer overeind en wees naar de muur boven Kovitsky's hoofd. Kovitsky draaide zich met zijn stoel om en keek omhoog. En inderdaad, daar stonden, uitgesneden in de houten betimmering, de woorden IN GOD WE TRUST.

'Kerk en staat!' schreeuwde Herbert triomfantelijk. 'U hebt 't in de muur boven uw hoofd gekerfd staan!'

Heh heh heggggh! Een vrouw in de publieke tribune begon te lachen. Een van de parketwachten stootte een bulderend geluid uit maar wendde zijn gezicht af voordat Kovitsky hem kon ontdekken. De griffier, Bruzzielli, kon een grijns niet onderdrukken. Patti Stullieri had haar hand voor haar mond. Kramer keek naar Mike Kovitsky en wachtte op de explosie.

In plaats daarvan zette Kovitsky een brede glimlach op. Maar zijn hoofd hield hij laag en zijn irissen dreven weer opnieuw rond, dobberend op een woeste witte zee.

'Ik zie dat u zeer opmerkzaam bent, meneer 92X, en daarmee feliciteer ik u. En aangezien u zo opmerkzaam bent, zult u ook opmerken dat ik geen ogen heb in mijn achterhoofd. Maar ik heb vóór in mijn hoofd wel ogen, en wat ze zien is een verdachte die terechtstaat wegens zware beschuldigingen en die zich een gevangenisstraf in het vooruitzicht gesteld ziet van twaalfenhalf tot vijfentwintig jaar, mocht hij schuldig bevonden worden door een jury van zijns gelijken, en ik wil dat die jury de tijd heeft om de weegschaal der gerechtigheid in werking te stellen... ZORGVULDIG en EERLIJK!... bij het vaststellen van de schuld of onschuld van die verdachte. Dit is een vrij land, meneer 92X, en niemand kan u tegenhouden om te geloven in welke godheid u maar wilt. Maar zolang u zich in deze rechtszaal bevindt, is het u geraden te geloven in HET EVANGELIE VOLGENS MIKE!'

Kovitsky zei dit met zo'n heftigheid dat Herbert weer op zijn stoel ging zitten. Hij zei geen woord. In plaats daarvan keek hij naar Teskowitz. Teskowitz haalde enkel zijn schouders op en schudde zijn hoofd, alsof hij wou zeggen: 'Zo staat het ongeveer, Herbert.'

'Laat de jury binnenkomen,' zei Kovitsky. Een parketwacht deed de deur open die toegang gaf tot de jurykamer. Kramer ging rechtop zitten in zijn stoel aan de tafel van de aanklagers. Hij wierp zijn hoofd naar achteren om die krachtige nek uit te laten komen. In een rij begonnen de juryleden binnen te komen... drie zwarten, zes Portoricanen... Waar was ze?... Daar was ze, ze kwam juist door de deur!... Kramer probeerde het niet eens subtiel aan te pakken. Hij staarde haar recht aan. Dat lange glanzende donkerbruine haar, dik genoeg om je hoofd in te begraven, met een scheiding in het midden naar achteren gekamd zodat haar volmaakt zuivere lelieblanke voorhoofd te zien was, die grote ogen en weelderige wimpers, en die volmaakt gevormde lippen... met bruine lipstick! Ja! Ze had hem weer op! De bruine lipstick, de kleur van caramel, hels, rebels, volmaakt elegant –

Snel taxeerde Kramer de concurrentie. De grote griffier, Bruzzielli, zat met zijn ogen aan haar vastgepind. De drie parketwachten stonden zo ingespannen naar haar te staren dat Herbert een wandeling had kunnen gaan maken zonder dat ze het gemerkt hadden. Maar Herbert zat haar zelf uitgebreid te bekijken. Teskowitz zat naar haar te kijken. Sullivan, de gerechtsschrijver, zat vanachter zijn stenografeermachine naar haar te kijken. En Kovitsky! Hij ook! Kramer had verhalen over Kovitsky gehoord. Hij leek niet direct het type – maar je wist maar nooit.

Om bij de jurybanken te komen moest ze vlak langs de tafel van de aanklagers. Ze had een perzikkleurig vest aan, donzig, angora of mohair, dat van voren open stond, en een zijden blouse, roze en geel gestreept, waaronder Kramer de voluptueuze welving van haar borsten kon bespeuren, of meende te kunnen bespeuren. Ze had een crèmekleurige gabardine rok aan, strak genoeg om de rondingen van haar dijen te accentueren.

Het beroerde was dat praktisch iedere man aan deze kant van de Balie der Gerechtigheid een kans maakte in het gevecht. Nou, Herbert niet, maar zijn schriele kleine advocaat Teskowitz wel. Zelfs die vette parketwacht daar, die ton Kaminsky. Het aantal parketwachten, advocaten, griffiers, hulpofficieren van justitie (zeker!) en zelfs rechters (vlak die niet uit!) dat sappige jonge juryleden in strafzaken een beurt (dat is het woord!) gegeven had – God! als de pers die verhalen ooit op het spoor kwam – maar de pers kwam nooit opdagen bij het gerechtshof in de Bronx.

Juryleden die hun debuut maakten bij de rechtbanken voor strafzaken raakten in de regel in een roes door de romantiek en het rauwe voltage van de boosaardige wereld waar ze vanuit een logeplaats een kijkje op kregen, en de jonge vrouwen raakten het meest tipsy. Voor hen waren de verdachten geen bajesvoer; allesbehalve. Het waren desperado's. En deze zaken waren geen klotezaken. Het waren schrijnende drama's uit de krioelende miljoenenstad. En zij die de moed hadden deze desperado's onder handen te nemen, met hen te worstelen en hen te beteugelen, waren... echte mannen... zelfs een parketwacht met een vetrol die tien centimeter over zijn koppelriem bulkte. Maar wie was er manhaftiger dan een jonge openbare aanklager, hij die nog geen drie meter van de verdachte vandaan stond, met niets dan ijle lucht tussen hen tweeën in, en hem de aanklachten van het Volk tussen de tanden ramde?

Nu bevond ze zich vlak voor Kramer. Ze keek terug, recht in zijn ogen. Haar gezichtsuitdrukking verried niets, maar haar blik was zo open en onbevangen! En ze had bruine lipstick op!

En toen was ze hem voorbij en ging ze door het kleine poortje de jurybanken in. Hij kon zich moeilijk omdraaien en haar aangapen, maar hij voelde de verleiding. Hoevelen van hen waren naar Bruzzielli, de griffier, gestapt en hadden haar adres opgezocht en haar telefoonnummer, thuis en op haar werk – zoals hij? De griffier bewaarde de kaartjes met deze gegevens in een doos op zijn tafel in de rechtszaal, zodat de rechtbank snel contact op kon nemen met de juryleden om wijzigingen in het rooster of wat dan ook door te geven. Als openbare aanklager in de zaak kon hij, Kramer, met een uitgestreken gezicht Bruzzielli het kaartje van het meisje met de bruine lipstick of elk ander jurylid ter inzage vragen. Dat kon de advocaat van de verdediging, Teskowitz, ook. Kovitsky kon er met een redelijk uitgestreken gezicht om vragen, en natuurlijk kon Bruzzielli de kaartjes bekijken wanneer hij maar wilde. Wat een parketwacht als Kaminsky betrof, voor hem viel de vraag om de kaartjes te mogen zien in de categorie van... een knipoog en een wederdienst. Maar had Kramer Kaminsky al niet met Bruzzielli bij diens tafel zien staan smoezen over... iets? De gedachte dat zelfs zulke creaturen als de vette Kaminsky achter deze... deze *bloem*... aanzaten, maakte Kramer vastbesloten dan ooit. (Hij zou haar uit de klauwen van de anderen redden.)

Miss Shelly Thomas uit Riverdale.

Ze kwam uit de allerbeste buurt van Riverdale, een lommerrijke voorstad die geografisch gezien deel uitmaakte van Westchester County maar politiek gezien van de Bronx. Er waren nog heel wat leuke plekjes om te wonen in de North Bronx. Mensen in Riverdale hadden over het algemeen geld en ze hadden ook hun methodes om onder de juryplicht uit te komen. Ze wrongen zich in allerlei bochten voor ze zich neerlegden bij het vooruitzicht naar de South Bronx te komen, naar het 44ste rayon, naar het vestingeiland Gibraltar. De doorsnee Bronx-jury was Portoricaans en zwart, met af en toe een jood of een Italiaan.

Maar zo nu en dan belandde er een zeldzame bloem als Miss Shelly Thomas uit Riverdale in de jurybanken. Wat voor soort naam was dat? Thomas was een Wasp-naam. Maar je had Danny Thomas, en dat was een Arabier, een Libanees of zoiets. Wasps waren zeldzaam in de Bronx, met uitzondering van de society-figuren die van tijd tot tijd uit Manhattan overkwamen, in auto's met chauffeur, om een goede daad te verrichten voor de Getto Jeugd. De Big Brother Organisatie, het Episcopale Jongerenwerk, de Daedalus Stichting – deze mensen verschenen in de rechtszaal van de kinderrechter, de rechtbank voor criminelen onder de zeventien jaar. Ze hadden van die *namen*... Farnsworth, Fiske, Phipps, Simpson, Thornton, Frost... en voorbeeldige bedoelingen.

Nee, de kansen dat Miss Shelly Thomas een Wasp zou kunnen zijn waren gering. Maar wat was ze wel? Tijdens de selectie voor de jury had hij haar de informatie weten te ontlokken dat ze art director was, en dat betekende kennelijk een soort ontwerpster, voor het reclamebureau Prischker & Bolka in Manhattan. Voor Kramer duidde dat op een onbeschrijflijk glamoureus leven. Prachtig geschapen wezens die heen en weer draafden op bandjes met New Wave-muziek in een kantoor met gladde witte muren en glazen bouwstenen... een soort MTV-kantoor... fantastische lunches en diners in restaurants met blank hout, koper, indirecte verlichting en matglas met chevronspatronen erop... gebraden kwartel met cantarellen op een bed van bataat en een verenkraag van gesmoorde paardebloembladeren... Hij zag het allemaal voor zich. Ze maakte deel uit van dat *leven*, die gelegenheden waar de meisjes met bruine lipstick naar toe gaan!... Hij had allebei haar telefoonnummers, bij Prischker & Bolka en thuis. Uiteraard kon hij moeilijk iets doen zolang het proces nog voortduurde. Maar na afloop... Miss Thomas? U spreekt met Lawrence Kramer. Ik ben – oh! u weet 't nog! Da's fantastisch! Miss Thomas, ik bel u omdat ik soms, nadat weer een van die belangrijke zaken afgerond is, wil nagaan wat precies de doorslag heeft gegeven bij de jury – een plotselinge steek van twijfel... Stel dat hij door haar de zaak zou verliezen? De jury's in de Bronx waren op zich al lastig genoeg voor een openbare aanklager. Ze werden gerekruteerd uit de gelederen van mensen die weten dat de politie wel degelijk in staat is om te liegen. Jury's in de Bronx koesterden erg veel twijfels, zowel gegronde als ongegronde, en het kwam voor dat zwarte en Portoricaanse verdachten die oerschuldig waren, zo schuldig als de hel, zo vrij als een vogel het fort uitwandelden. Gelukkig had Herbert 92X een brave man neergeknald, een arme man, een huisvader uit het getto. God zij dank! Niet één jurylid dat in de South Bronx woonde zou enige sympathie hebben voor zo'n opvliegende gek als Herbert. Alleen zo'n onvoorspelbare factor als Miss Shelly Thomas uit Riverdale zou misschien wel sympathie voor hem hebben! Een jonge blanke vrouw met een goede opleiding, in goede doen, het artistieke type, mogelijk joods... Ze was precies het type om idealistisch tegen hem te gaan doen en te weigeren om Herbert te veroordelen op grond van het feit dat hij zwart was, romantisch, en reeds door het Noodlot gestraft. Maar dat risico moest hij nemen. Hij was niet van plan haar te laten glippen. Hij had haar nodig. Hij had deze persoonlijke overwinning nodig. In deze rechtszaal stond hij midden in de arena. Ze had haar ogen steeds op hem gericht gehouden. Dat wist hij. Hij kon het voelen. Er was al iets tussen hen... Larry Kramer en het meisje met de bruine lipstick.

De gerechtsmedewerkers stonden die dag te kijken van de bezieling en agressiviteit van hulpofficier van justitie Kramer in deze zaak van doodslag in de Bronx waarvan er dertien in het dozijn gingen.

Hij ging er hard tegenaan bij de getuigen inzake Herberts alibi.

'Het is toch waar, meneer Williams, dat dit "getuigenis" van u deel uitmaakt van een geldtransactie tussen u en de verdachte?'

Wat was er verdorie met Kramer aan de hand? Teskowitz begon langzamerhand woedend te worden. Hij maakte geen beste beurt dankzij deze zakkenwasser Kramer! Die raasde me daar door de rechtszaal alsof deze klotezaak het proces van de eeuw was.

Kramer was zich niet bewust van de gekwetste gevoelens van Teskowitz of van Herbert 92X of van de anderen. Er waren maar twee mensen in die holle mahoniehouten zaal, en dat waren Larry Kramer en het meisje met de bruine lipstick.

In de lunchpauze ging Kramer terug naar het kantoor, net als Ray Andriutti en Jimmy Caughey. Een hulpofficier van justitie die met een proces bezig was mocht, evenals zijn getuigen, op kosten van de staat New York gaan lunchen.

In de praktijk kwam dit erop neer dat iedereen van zijn kantoor op een gratis lunch getrakteerd werd, en Andriutti en Caughey als eersten. Dit erbarmelijke extraatje van het kantoor werd zeer ernstig genomen. De secretaresse van Bernie Fitzgibbon, Gloria Dawson, bestelde sandwiches bij de broodjeszaak. Zij kreeg er zelf ook een. Kramer had een sandwich met rosbief op uienringen met mosterd. De mosterd zat verpakt in een plastic zakje dat hij met zijn tanden moest openen. Ray Andriutti had een pepperoni-stokbrood met alles erin en erover wat je er maar in en over kon doen, behalve twee enorme schijven zure augurk die op een stuk vetvrij papier op zijn bureau lagen. De geur van gepekelde dille vulde de kamer. Kramer zat met gefascineerde afkeer te kijken hoe Andriutti naar voren schoot over zijn bureau, zodat de stukjes en de sappen die uit de stok overboord spoten op het bureau zouden vallen in plaats van op zijn stropdas. Hij deed dat bij elke hap; hij schoot over het bureau, en stukjes voedsel en saus dropen van zijn muil, alsof hij een walvis was of een tonijn. Bij iedere uitval schoot zijn kaak langs een plastic bekertje koffie dat op het bureau stond. De koffie kwam uit de Mr. Coffee. Het bekertje was zo vol dat de koffie boven de rand uit bolde van de oppervlaktespanning. Opeens begon het over te stromen. Een stroperig geel beekje, niet breder dan een veter, begon langs het bekertje naar beneden te stromen. Andriutti merkte het niet eens. Toen het smerige gele straaltje op het bureau kwam ontstond er een plasje ongeveer ter grootte van een dollar. In een mum van tijd had het de grootte en de kleur aangenomen van een pannekoek van een dollar. Al gauw waren de hoekjes van twee lege suikerzakjes in de drab gedompeld. Andriutti deed altijd zoveel Cremora-poeder en suiker in zijn koffie dat deze veranderde in een zwaar zoet walgelijk lichtbruin galvocht. Zijn opengesperde kaken met de pepperoni-stok erin gepropt bleven langs het bekertje naar voren schieten. Het hoogtepunt van de dag! Een gratis lunch!

En het wordt er niet beter op, dacht Kramer. Het waren niet alleen de jonge hulpofficieren van justitie zoals hijzelf en Andriutti en Jimmy Caughey. Op dit moment zaten in heel Gibraltar de vertegenwoordigers van het Gezag in de Bronx, van de laagsten tot de hoogsten, verschanst in hun kantoren, met gekromde ruggen over hun sandwiches gebogen die bij de broodjeszaak besteld waren. Rond de grote vergadertafel in het kantoor van Abe Weiss zaten ze over hun sandwich uit de broodjeszaak gebogen, en zij dat waren al degenen die Weiss dacht nodig te hebben en die dag te pakken kon krijgen op zijn kruistocht voor publiciteit. Rond de grote vergadertafel in het kantoor van Louis Mastroiani, de administratieve opperrechter van de strafrechtelijke divisie, zaten ze over hun sandwich uit de broodjeszaak gebogen. Zelfs als deze achtenswaardige jurist toevallig een illustere gast had, zelfs als er een lid van de senaat van de Verenigde Staten langs kwam, zaten ze over hun sandwich uit de broodjeszaak gebogen, de illustere gast ook. Je kon opklimmen tot de allerhoogste top van het strafrechtelijk apparaat van de Bronx en als lunch sandwiches uit de broodjeszaak eten tot de dag waarop je met pensioen ging of kwam te overlijden.

En waarom? Omdat zij, het Gezag, het Gezag dat de Bronx bestierde, doodsbenauwd waren! Ze waren doodsbenauwd om rond het middaguur het centrum van de Bronx in te gaan en in een restaurant te gaan lunchen! Doodsbenauwd! En zij bestierden het daar, de Bronx, een stadsdeel van 1,1 miljoen zielen! Het hart van de Bronx was nu zo'n sloppenwijk dat er niet langer meer iets te vinden was dat in de verste verte op een restaurant leek waar zakenlui kwamen om te lunchen. Maar al waren er wel van die restaurants, welke rechter of officier of hulpofficier van justitie, welke parketwacht, ook al droeg hij een 38 mm, zou Gibraltar rond lunchtijd verlaten en daar naar toe gaan? Allereerst was het een kwestie van louter angst. Je ging te voet van het Bronx County Building de Grand Concourse over en dan de heuvel van 161st Street af naar het Criminal Courts Building, een afstand van anderhalf straatblok, als het niet anders kon, maar de verstandige drager van het Gezag keek wel uit. Op mooie zonnige dagen om elf uur 's morgens vonden er op de top van de Grand Concourse, dit grootse sieraad van de Bronx, berovingen plaats. En waarom niet? Midden op mooie zonnige dagen waren er op straat meer portefeuilles en handtassen op de been. Verder dan het Criminal Courts Building kwam je al helemaal niet. Er waren hulpofficieren van justitie die tien jaar in Gibraltar gewerkt hadden met wie je kon wedden dat ze je niet konden vertellen wat er op 162nd Street of 163rd Street, een blok van de Grand Concourse vandaan, te zien was. Ze waren zelfs nog nooit in het Bronx Museum of Art geweest op 164th Street. Maar stel dat je in dat opzicht niet bang was. Dan bleef er een andere, meer subtiele angst. In de straten van het 44e rayon was je een vreemdeling en dat begreep je meteen, iedere keer als het Noodlot je hun territorium binnenvoerde. Hoe ze keken! Hoe ze keken! Het dodelijke wantrouwen! Je was ongewenst. Je was niet welkom. Gibraltar en het Gezag behoorden toe aan de Democratische Partij van de Bronx, in het bijzonder aan de joden en de Italianen, maar de straten behoorden toe aan de Lockwoods en de Arthur Rivera's en de Jimmy Dollards en Otis Blakemore's en de Herbert 92X-en.

Kramer raakte gedeprimeerd door de gedachte. Hier zaten ze dan, hijzelf en Andriutti, de jood en de Italiaan, terwijl ze de sandwiches naar binnen schrokten die ze hadden laten bezorgen in de vesting, in deze kalkstenen rots. En waarvoor? Wat hadden ze om naar uit te kijken? Hoe kon deze situatie blijven voortduren tot zij de top van deze pyramide hadden bereikt, er tenminste van uitgaand dat het de moeite waard was om hem te bereiken? Vroeger of later zouden de Portoricanen en de zwarten zich politiek organiseren, en zouden ze zelfs Gibraltar met alles erin confisceren. En wat zou hij ondertussen aan het doen zijn? Hij zou in de drek zitten roeren... in de drek roeren... tot ze hem zijn stok afnamen.

Toen ging de telefoon.

'Hallo?'

'Bernie?'

'Je hebt 't verkeerde toestel,' zei Kramer, 'maar ik denk trouwens niet dat-ie er is.'

'Met wie spreek ik?'

'Kramer.'

'O ja, jou ken ik nog wel. Met rechercheur Martin.'

Kramer kon zich Martin niet echt herinneren, maar de naam en de stem riepen een vagelijk onplezierige herinnering op.

'Wat kan ik voor je doen?'

'Nou, ik zit hier met m'n collega Goldberg in 't Lincoln Hospital, en we zijn hier bezig met een halve moordzaak, en ik vond dat we dat even aan Bernie moesten vertellen.'

'Heb je een paar uur geleden met iemand hier gesproken? Ray Andriutti?'

'Klopt.'

Kramer zuchtte. 'Nou, Bernie is nog niet terug. Ik weet niet waar-ie is.'

Stilte. 'Shit. Misschien kun jij 't aan hem doorgeven.'

Weer een zucht. 'Oké.'

'We hebben hier een jongen, Henry Lamb, L-A-M-B, achttien jaar oud, en hij ligt op intensive care. Hij is hier gisteravond binnengekomen met een gebroken pols. Oké? Toen-ie hier binnenkwam, tenminste volgens wat er hier op dit rapport staat, zei-ie er niks over dat-ie geraakt was door een auto. Er staat alleen dat hij viel. Oké? Dus hebben ze z'n pols opgelapt bij de eerste-hulp en 'm naar huis gestuurd. Vanmorgen komt de moeder van 't joch 'm hier weer terugbrengen en heeft-ie een hersenschudding, en hij raakt in coma, en nu schatten ze dat-ie 't waarschijnlijk niet haalt. Oké?'

'Jaah.'

'De knaap lag al in coma tegen de tijd dat ze ons belden, maar d'r is hier een verpleegster die zegt dat-ie z'n moeder verteld heeft dat-ie door een auto is geraakt, een Mercedes, en dat de auto d'r vandoor ging en hij een gedeelte van 't kenteken heeft.'

'Zijn er getuigen?'

'Nee. Dit heb ik allemaal van de verpleegster. We kunnen de moeder niet eens vinden.'

'Moet dit nou twee ongelukken voorstellen of één ongeluk? Je zei een ge-broken pols en een hersenschudding?'

'Eentje, volgens deze verpleegster, die 't nogal in d'r bol geslagen is en me de ballen van 't lijf blijft zeuren over doorrijden na een aanrijding. 't Is alle-maal flink klote, maar ik dacht laat ik 't Bernie vertellen voor 't geval dat hij er iets aan wil doen.'

'Nou, ik zal 't 'm zeggen, maar ik zie niet wat wij d'r mee te maken hebben. D'r is geen getuige, geen bestuurder – de jongen ligt in een coma – maar ik zal 't hem zeggen.'

'Jaah, ik weet 't. Zeg Bernie maar dat ik 'm bel als we de moeder vinden en iets aan de weet komen.'

'Oké.'

Nadat hij had opgehangen, krabbelde Kramer een briefje voor Bernie Fitz-gibbon. Het slachtoffer verzuimde te vermelden dat hij door een auto was geraakt. Een typische Bronx-zaak. Weer zo'n klotezaak.

6

Een leider van het volk

De volgende morgen beleefde Sherman McCoy iets wat hem in zijn acht jaren bij Pierce & Pierce nog nooit overkomen was. Hij was niet in staat zich te concentreren. Normaliter viel, zodra hij de obligatieafdeling betrad en hij door het verblindende licht van de ramen overspoeld werd en door het geraas van een legioen door hebzucht en ambitie verdwaasde jonge kerels, al het andere uit zijn leven weg en ging de wereld bestaan uit de kleine groene symbolen die over de zwarte schermen van de monitoren gleden. Zelfs op de ochtend na het stomste telefoontje dat hij ooit gepleegd had, de ochtend dat hij wakker werd en zich afvroeg of zijn vrouw hem ging verlaten en het dierbaarste uit zijn leven mee zou nemen, namelijk Campbell – zelfs op die ochtend was hij de obligatieafdeling binnengestapt en was het menselijk bestaan, *in een handomdraai*, gereduceerd tot Franse, met goud gedekte obligaties en Amerikaanse staatsobligaties met een looptijd van twintig jaar. Maar nu was het alsof er een tweesporenband in zijn schedel zat en het mechanisme van het ene op het andere spoor bleef springen zonder dat hij daar enige controle over had. Op het scherm:

'U Frag 10.1.'96 102.' Een heel punt naar beneden! De United Fragrance-obligaties van dertien jaar die in 1996 afliepen waren gisteren van 103 naar 102,5 gezakt. Nu, op 102, zou het rendement 9,75 procent zijn – en de vraag die hij zichzelf stelde was:

Was het noodzakelijkerwijs een *mens* geweest die door de auto geraakt was toen zij achteruit reed? Waarom zou het de band niet geweest kunnen zijn of een vuilnisemmer of iets totaal anders? Hij probeerde de schok in zijn centrale zenuwstelsel weer te voelen. Het was een... *tok*... een tikje. Het was echt niet veel geweest. Het had bijna van alles kunnen zijn. Maar toen zonk het hart hem in de schoenen. Wat zou het anders geweest kunnen zijn dan die lange magere jongen? – en toen kon hij dat donkere fijne gezicht zien, de mond openhangend van angst... Het was nog niet te laat om naar de politie te gaan! Zesendertig uur – veertig inmiddels – hoe zou hij het brengen? Ik vermoed dat wij – dat wil zeggen, mijn vriendin mevrouw Ruskin en ik – misschien een – in godsnaam, man, hou jezelf in de hand! Na veertig uur zou het geen aangifte van een ongeluk zijn, het zou een bekentenis zijn! Je bent een

Meester van het Universum. Je zit niet op de vijftigste verdieping bij Pierce & Pierce omdat je onder druk bezwijkt. Deze opbeurende gedachte sterkte hem voor het werk dat hij onder handen had en hij richtte zijn aandacht weer op het scherm.

De getallen gleden er in rijen overheen alsof ze door een radium-groen penseel getekend werden en ze gleden zo al een tijdje voort en veranderden vlak voor zijn ogen zonder dat het tot hem doorgedrongen was. Daar schrok hij van. United Fragrance was naar 101 ⅞ gezakt, en dat betekende dat het rendement tot bijna 10 procent steeg. Was er iets mis? Maar gisteren had hij het nog door Research na laten trekken en stond United Fragrance er goed voor, een solide AA. Op dit moment was het enige wat hij moest weten:

Stond er iets in *The City Light*? Hij lag op de vloer en schroeide zijn voeten. Er had niets in de *Times*, de *Post* en de *Daily News* gestaan, die hij op weg hierheen in de taxi doorgenomen had. De eerste editie van *The City Light*, een middagkrant, kwam pas na tien uur 's morgens uit. Dus had hij Felix, de schoenpoetser, twintig minuten geleden vijf dollar gegeven om naar beneden te gaan en *The City Light* voor hem te halen. Hoe kon hij hem in vredesnaam lezen? Het was uitgesloten dat anderen hem ermee aan zijn bureau zaggen zitten. Hij niet; niet na de uitbrander die hij de jonge señor Arguello gegeven had. Dus lag de krant onder het bureau, op de vloer, en schroeide zijn voeten. De krant schroeide, en hijzelf stond in brand. Hij brandde van verlangen om hem op te pakken en door te bladeren... nu *meteen*... en de pot op met wat voor indruk het maakte... Maar dat was natuurlijk absurd. Bovendien, wat voor verschil maakte het of hij hem nu las of over zes uur? Wat zou dat uitmaken? Niet zo veel, niet zo veel. En toen brandde hij nog wat verder tot hij dacht dat hij het niet meer uithield.

Shit! Er was iets aan de hand met de United Fragrance-dertien jaar. Ze waren weer terug op 102! Andere kopers kregen het buitenkansje in de gaten! Snel handelen! Hij draaide Oscar Suders nummer in Cleveland, kreeg zijn adjudant-te-velde, Frank... Frank... Wat was zijn achternaam?... Frank... Frank de donut... 'Frank? Sherman McCoy van Pierce & Pierce. Zeg Oscar dat ik United Fragrance tien-punt-tienen van '96 voor hem heb die 9,75 renderen, als hij geïnteresseerd is. Maar ze gaan omhoog.'

'Wacht even.' In minder dan geen tijd was de donut terug. 'Oscar neemt er drie.'

'Oké. Mooi. Drie miljoen United Fragrance tien-punt-tienen van '96.'
'Klopt.'

'Bedankt Frank, en het beste aan Oscar. O, en zeg hem dat ik binnenkort bel over de Giscard. De franc is een beetje gezakt maar dat valt makkelijk te ondervangen. In elk geval, ik spreek hem nog.'

'Ik zal 't hem zeggen,' zei de donut in Cleveland –

– en zelfs voordat hij het orderbriefje geschreven had en het aan Muriel, de verkoopassistente, had gegeven, zat hij te denken: Misschien moet ik naar een advocaat. Ik zou Freddy Button moeten bellen. Maar hij kende Freddy te goed. Per slot van rekening werkte Freddy bij Dunning Sponget. En zijn vader had hem naar Freddy Button gestuurd – en stel dat hij iets tegen de Leeuw zei? Dat zou hij niet doen – of wel? Freddy beschouwde zichzelf als een vriend van de familie. Hij kende Judy, en als ze elkaar zagen informeerde hij altijd naar Campbell, ook al was Freddy waarschijnlijk homoseksueel. Nou, homoseksuelen konden toch om kinderen geven, niet soms? Freddy had zelf kinderen. Dat betekende echter niet dat hij geen homoseksueel was – Jezus! Wat deed het er verdomme toe, Freddy Buttons seksleven? Het was te dol om zijn gedachten zo te laten gaan. Freddy Button. Hij zou voor gek staan als hij Freddy Button dit hele verhaal vertelde en het vals alarm zou blijken te zijn... wat het waarschijnlijk ook was. Twee jonge gangsters hadden hem en Maria proberen te beroven, en ze hadden gekregen wat hen toekwam. Een op- stootje in de jungle, volgens de wetten van de jungle; dat was alles wat er gebeurd was. Eventjes voelde hij zich weer helemaal content met zichzelf. De wet van de jungle! De Meester van het Universum!

Toen viel de bodem eruit. Ze hadden hem nooit openlijk bedreigd. *Yo! Hulp nodig?* En Maria had hem waarschijnlijk met de auto geraakt. Jawel, het was Maria. *Ik zat niet achter het stuur. Zij zat achter het stuur.* Maar ontsloeg hem dat van zijn verantwoordelijkheid in de ogen van de wet? En was –

Wat was dat? Op het scherm blieptem de United Fragrance tienpunt-tienen van '96 omhoog naar $102\frac{1}{8}$. Ah! Dat betekende dat hij zoëven door snel te handelen een kwart van een percentagepunt op drie miljoen obligaties voor Oscar Suder had verdiend. Dat zou hij hem morgen laten weten. Zou helpen de Giscard rond te krijgen – maar als er iets gebeurde met de... *tok*... de lange magere knaap... De kleine groene symbolen op het scherm gloeiden radioac- tief. Er zat al minstens een minuut geen beweging meer in. Hij kon het niet langer uithouden. Hij zou naar het toilet gaan. Geen wet die dat verbood. Hij nam een grote manilla enveloppe van zijn bureau. Aan de flap zat een koord- je dat je om een papierplaatje wikkelde om de enveloppe te sluiten. Het was het soort enveloppe dat gebruikt werd om documenten van het ene kantoor naar het andere te relayeren. Hij liet zijn blik over de obligatieafdeling gaan om te zien of de kust veilig was, stak zijn hoofd toen onder het bureau en stopte *The City Light* in de enveloppe en begaf zich naar het toilet.

Er waren vier wc-hokjes, twee urinoirs en een grote wasbak. In het wc- hokje was hij zich angstvallig bewust van het geritsel van de krant toen hij hem uit de enveloppe haalde. Hoe kon hij in vredesnaam de pagina's om- slaan? Iedere ruisende, ritselende, knisperende pagina die hij omsloeg zou denderend te kennen geven dat een of andere lijntrekker hierbinnen met een krant zat te lanterfanten. Hij trok zijn voeten terug tegen het porseleinen onderstuk van de closetpot. Zo kon niemand onder de deur van het hokje een glimp opvangen van zijn halfbrogues van New & Lingwood met de maat- werk-zolen en de schuin aflopende instap en concluderen: 'Aha! McCoy.'

Verstopt achter de deur van het toilet begon de Meester van het Universum met razende snelheid de krant te doorzoeken, de ene smerige pagina na de andere.

Niets, geen melding van een jongen die aangereden was op een oprit van een snelweg in de Bronx. Hij voelde zich geweldig opgelucht. Bijna twee volle dagen waren verstreken – en niets. Jezus, wat was het warm hierbinnen.

Hij transpireerde vreselijk. Hoe was het mogelijk dat hij zich zo op liet fokken? Maria had gelijk. De beesten waren in de aanval gegaan en hij had de beesten verslagen, en ze waren ontsnapt, en dat was dat. Met zijn blote vuisten had hij gezegevierd!

Of zou het kunnen zijn dat de jongen geraakt was en de politie naar de auto op zoek was, maar dat de kranten het niet belangrijk genoeg vonden voor een verhaal?

De koorts begon weer op te lopen. Stel dat er *toch* iets in de kranten terechtkwam... al was het maar een hint... Hoe kon hij de transactie met de Giscard ooit voor elkaar krijgen onder zo'n wolk?... Het zou met hem gedaan zijn!... *gedaan!*... Maar terwijl hij uit angst voor zo'n catastrofe zat te trillen, wist hij ook dat hij er zich in rond liet wentelen om reden van bijgeloof. Als je je bewust iets zo angstaanjagends voor de geest haalde dan kon het toch met geen mogelijkheid plaatsvinden, wel dan... God of het Noodlot zou toch weigeren zich tevoren door een sterveling te laten kennen, nietwaar... Hij stond er immers altijd op om van Zijn rampen een complete verrassing te maken, nietwaar... Maar toch – maar toch – sommige vormen van verdoemenis zijn zo duidelijk dat je ze op die manier niet kan vermijden! Eén *vleugje schandaal* –

– de moed zonk hem nog dieper in de schoenen. *Eén vleugje schandaal*, en niet alleen zou het Giscard-project in elkaar klappen maar het zou met *zijn hele carrière* gedaan zijn! En wat zou hij dan doen? *Ik ga nu bij een miljoen dollar per jaar al failliet!* De ontstellende cijfers kwamen in zijn hersens opborrelen. Verleden jaar was zijn inkomen $980.000 geweest. Maar hij moest $21.000 per maand afbetalen op de lening van $1,8 miljoen die hij afgesloten had om het appartement te kopen. Wat was $21.000 per maand voor iemand die een miljoen per jaar verdiende? Zo had hij er in die tijd over gedacht – en in feite was het alleen maar een *plettende, malende last* – daar kwam het op neer! De afbetaling kwam op $252.000 per jaar waarvan niets aftrekbaar was omdat het een persoonlijke lening was, geen hypotheek. (De eigenarenverenigingen in de Betere Park Avenue Gebouwen zoals het zijne stonden niet toe dat je een hypotheek nam op je appartement.) Als je de belastingen in aanmerking nam had je dus $420.000 aan inkomen nodig om $252.000 te betalen. Van de $560.000 die vorig jaar van zijn inkomen overbleef, was $44.400 nodig voor de maandelijkse onderhoudskosten van het appartement, $116.000 voor het huis op Old Drover's Mooring Lane in Southampton ($84.000 voor hypotheekaflossing en rente, $18.000 voor verwarming, voorzieningen, verzekering en reparaties, $6000 voor maaien en snoeien, $8000 voor belastingen). Ontvangsten thuis en in restaurants was op $37.000 gekomen. Dit was een bescheiden bedrag vergeleken bij wat andere mensen uitgaven; op Campbells verjaardag in Southampton, bijvoorbeeld, hadden ze maar één draaimolen gehad (plus natuurlijk de verplichte pony's en de goochelaar) en het had minder dan $4000 gekost. De Taliaferro School, inclusief de busservice, kostte $9400 per jaar. De rekening van meubels en kleding was op ongeveer $65.000 uitgekomen; en er bestond weinig hoop om dat te verminderen, omdat Judy per slot van rekening binnenhuisarchitecte was en het aan haar stand verplicht was.

De bedienden (Bonita, juffrouw Lyons, Lucille de schoonmaakster, en Hobie de klusjesman in Southampton) kwamen op $62.000 per jaar. Daardoor bleef er slechts $226.200 over, oftewel $18.850 per maand, voor bijkomende belastingen en ditjes en datjes, zoals verzekeringspremies (bijna duizend dollar per maand, gemiddeld genomen), garagehuur voor twee auto's ($840 per maand), huishoudgeld ($1500 per maand), clubcontributie (ongeveer $250 per maand) – de afgrijselijke waarheid was dat hij verleden jaar *meer* dan $980.000 had uitgegeven. Nou, het was duidelijk dat hij hier en daar naar beneden kon – maar op geen stukken na genoeg – *als het ergste gebeurde!* Hij kon niet onder de lening van $1,8 miljoen uit, de malende steen van $21.000 per maand, zonder hem in te lossen of het appartement te verkopen en naar een veel kleiner en bescheidener onderkomen te verhuizen – een *onmogelijkheid!* Er was geen weg terug! Als je eenmaal in een appartement van $2,6 miljoen op Park Avenue gewoond had – was het onmogelijk in een appartement van $1 miljoen te wonen! Natuurlijk kon je dit met geen mogelijkheid aan een sterveling uitleggen. Tenzij je volslagen idioot was, zou je de woorden niet eens uit je mond kunnen krijgen. Desalniettemin – *het was waar!* Het was... *een onmogelijkheid!* Allemachtig, zijn flat was een van de imposante gebouwen die vlak voor de Eerste Wereldoorlog gebouwd waren! In die tijd was het voor een gezin van stand nog niet helemaal gepast om in een flat te wonen (in plaats van in een huis). Dus werden de flats gebouwd als kapitale herenhuizen, met plafonds van drieënhalf, vier meter hoog, reusachtige hallen, trappen, personeelsvleugels, visgraatparket op de vloeren, binnenmuren van dertig centimeter dik, buitenmuren zo dik als van een fort, en open haarden, open haarden, open haarden, al werden de gebouwen allemaal met centrale verwarming gebouwd. Een herenhuis! – behalve dat je bij de voordeur kwam via een lift (die uitkwam op je eigen privé-vestibule) in plaats van over straat. Dat was wat je kreeg voor $2,6 miljoen, en iedereen die een voet zette in de hal van McCoy's twee etages op de tiende verdieping wist dat hij zich bevond in... *een van die legendarische appartementen waar de wereld*, le monde, *naar hongerde!* En wat kreeg je tegenwoordig voor een miljoen? Op zijn hoogst, op zijn hoogst, op zijn *hoogst*: een flat met drie slaapkamers – geen personeelsvertrekken, geen gastenverblijven, laat staan kleedkamers en een zonnekamer – in een wolkenkrabber van witte baksteen die in de jaren zestig ten oosten van Park Avenue gebouwd was met plafonds van tweeënhalve meter, een eetkamer maar geen bibliotheek, een hal ter grootte van een toilet, geen open haard, krenterig lijstwerk uit de houtgroothandel, als het er al was, gipsplaten wanden die gefluister doorlieten, en geen eigen liftportaal. O nee, in plaats daarvan een povere lifthal zonder ramen waar op zijn minst vijf erbarmelijk-alledaagse gal-beige plaatstalen deuren op uitkwamen, die elk met een of twee lelijke grendels beveiligd waren, en een van die morbide portaaltjes was *het jouwe.*

Het was evident... *een onmogelijkheid!*

Hij zat met zijn schoenen van $650 van New & Lingwood tegen de koude witte closetpot opgetrokken en met de ritselende krant in zijn trillende handen, en hij zag Campbell voor zich terwijl ze met de ogen vol tranen de marmeren hal op de tiende verdieping voor de laatste keer achter zich liet en aan haar afdaling naar donkere dieptes begon.

Omdat ik het aan heb zien komen, God, kunt U het toch niet laten gebeuren?

De Giscard!... Hij moest opschieten! Hij moest een contract hebben!... Hij was plotseling bezeten van deze gedachte, *een contract hebben*. Als zo'n grote transactie als de Giscard voltooid was, afgesloten, voor eens en voor altijd, werd hij vastgelegd in de vorm van een contract dat echt gedrukt werd door een drukkerij, op een pers. *Een contract hebben! Een contract hebben!*

Daar zat hij, een witte porseleinen closetpot te berijden en de Almachtige aan te roepen om een contract.

Twee jonge blanke mannen zaten in een herenhuis in Harlem naar een zwarte man van middelbare leeftijd te staren. De jongste van de twee, degene die het woord voerde, was helemaal de kluts kwijt door wat hij zag. Hij voelde zich alsof hij door astrale projectie uit zijn eigen lichaam was losgekomen en als toeschouwer naar zijn eigen woorden zat te luisteren terwijl ze uit zijn mond kwamen.

'Daarom weet ik niet precies hoe ik het moet zeggen, dominee Bacon, maar het geval is dat wij – ik bedoel het diocees – de Episcopale Kerk – dat wij u $350.000 gegeven hebben als beginkapitaal voor het Kinderdagverblijf De Kleine Herder, en dat we gisteren een telefoontje kregen van een verslaggever van een krant, en die zei dat de Commissie voor Werkgelegenheid *negen weken* geleden uw aanvraag voor een vergunning afgewezen heeft, en ik bedoel, eh, we konden het gewoon niet geloven. We hoorden er toen pas voor het eerst van, en dus...'

De woorden bleven uit zijn mond komen, maar de jongeman, die Edward Fiske III heette, was er met zijn gedachten niet meer bij. Zijn stem stond op automatisch, terwijl zijn verstand de situatie waar hij zich in bevond probeerde te doorgronden. Het vertrek was een immense salon in Beaux Arts-stijl, vol met architraven van diep vlammend eikehout en kroonlijsten en gepleisterde rozetten en guirlandes met vergulde bloemen en gecanneleerde kraallijsten in de hoeken en gegolfde plinten, dit alles zorgvuldig gerestaureerd in de originele stijl van rond de eeuwwisseling. Het was het soort herenhuis dat de textielbaronnen voor de Eerste Wereldoorlog in New York plachten neer te zetten. Maar nu was de baron van deze ruimte, gezeten achter een reusachtig mahoniehouten bureau, een zwarte man.

Zijn draaistoel met hoge rugleuning was bekleed met kostbaar wijnrood leer. Er was geen spoor van emotie op zijn gezicht. Hij was een van die dunne, broodmagere mannen die er sterk uitzien zonder gespierd te zijn. Zijn dunnend zwart haar zat recht naar achteren gekamd, een centimeter of vijf, voordat het overging in kleine krullende golfjes. Hij had een zwart pak aan met twee rijen knopen en puntige revers, een wit overhemd met een hoge gesteven spread-boord, en een zwarte stropdas met brede witte diagonale strepen. Om zijn linkerpols zat een horloge met genoeg goud om een meter bij af te lezen.

Fiske werd zich op bovennatuurlijke wijze bewust van het geluid van zijn eigen stem: '... en toen hebben we – heb ik, in feite – naar de commissie gebeld, en heb ik met een zekere meneer Lubidoff gesproken, en hij vertelde me – en ik herhaal alleen maar wat hij gezegd heeft – hij zei dat sommige – zeven zei hij, in feite – hij zei dat zeven van de negen bestuursleden van De Kleine Herder in de gevangenis gezeten hebben, en er drie voorwaardelijk vrijgelaten zijn, wat wil zeggen dat zij technisch gezien, wettelijk gezien' – hij wierp een snelle blik naar zijn jonge collega, Moody, die advocaat was – 'beschouwd worden als of gelijk staan met of, ik moet eigenlijk zeggen, belast zijn met de status van een gevangene.'

Fiske staarde naar dominee Bacon en sperde zijn ogen open en trok zijn wenkbrauwen op. Het was een wanhopige poging om de baron zover te krijgen het gespreksvacuüm op te vullen. Hij durfde niet te proberen hem *vragen* te stellen, hem te *verhoren*. Het beste wat hij kon hopen was dat de feiten die hij voor hem neerlegde hem gezien de samenhang van de situatie ertoe zouden bewegen te antwoorden.

Maar dominee Bacon veranderde niet eens van gezichtsuitdrukking. Hij staarde naar de jongeman alsof hij naar een gerbil keek op een tredmolentje in een kooi. Het dunne snorretje dat zijn bovenlip afbakende bewoog niet. Toen begon hij met de eerste twee vingers van zijn linkerhand op zijn bureau te trommelen alsof hij wou zeggen: 'En dus?'

Het was niet dominee Bacon maar Fiske zelf die het vacuüm niet meer kon verdragen en erin dook.

'En dus – ik bedoel in de ogen van de commissie – de manier waarop zij het bekijken – en zij verlenen de vergunningen voor kinderdagverblijven – en u bent zich bewust van alle opwinding – hoe gevoelig kinderdagverblijven voor hen liggen – het is een belangrijk politiek item – dat drie bestuursleden van het Kinderdagverblijf De Kleine Herder, degenen die voorwaardelijk vrij zijn, dat ze nog in *de gevangenis* zijn, omdat mensen die voorwaardelijk vrij zijn nog steeds een straf uitzitten en nog steeds verplicht zijn om alle... alle... nou ja, wat dan ook... en de andere vier hebben ook een strafblad, hetgeen op zichzelf genoeg is om... om... Enfin, de voorschriften laten het niet toe – '

De woorden gutsten in onbeholpen straaltjes naar buiten, terwijl zijn geest door het hele vertrek raasde in een poging een uitweg te vinden. Fiske was een van die door en door gezonde blanke mensen die het perzik-zachte uiterlijk van een dertienjarige onaangetast bewaren tot ver in de twintig. Nu begon zijn fijne, eerlijke gezicht rood aan te lopen. Hij was van zijn stuk gebracht. Nee, hij was bang. Over enkele ogenblikken zou hij het over de $350.000 moeten gaan hebben tenzij zijn metgezel hier, Moody, de advocaat, het voor hem deed. God allemachtig, hoe was het zover gekomen? Toen hij van Yale afkwam was Fiske naar de Wharton School of Business gegaan waar hij een doctoraalscriptie geschreven had met de titel 'Kwantitatieve Aspecten van Ethisch Gedrag in een Kapitaal-Intensieve Onderneming'. De laatste drie jaar was hij Directeur Dienstverlening van het Episcopale Bisdom in New York geweest, een positie waarin hij te maken had met de zware morele en financiële ondersteuning door het bisdom van dominee Bacon en zijn werken. Maar zelfs in de veelbelovende hartverwarmende dagen in het begin, twee jaar geleden, had hij zich niet lekker gevoeld over deze uitstapjes naar dit grote oude herenhuis in Harlem. Van het begin af aan hadden duizenden kleine dingen aan de wortels van zijn diepgevoelde intellectuele liberalisme geknaagd, te beginnen met dit gedoe rondom 'Eerwaarde Bacon'. Iedereen van Yale, of in elk geval iedereen van Yale die lid was van de Episcopale Kerk, wist dat *Eerwaarde* een adjectief was, geen substantief. Het was net als Edelachtbare voor de naam van een wetgever of een rechter. Je kon het hebben over 'de Edelachtbare William Rehnquist', maar je noemde hem niet 'Edelachtbare Rehnquist'. Op dezelfde manier kon je het hebben over 'de Eerwaarde Heer Reginald Bacon' of over 'de Eerwaarde dominee Bacon,' maar je had het niet over 'Eerwaarde Bacon' – behalve in dit huis en in dit deel van New York, waar je hem noemde zoals hij genoemd wilde worden, en je Yale maar vergat. In werkelijkheid had Fiske Eerwaarde Bacon zelfs in die begindagen toen hij een en al glimlach was geweest een nare man gevonden. Ze waren het op praktisch alle filosofische en politieke punten met elkaar eens. Toch waren ze *in geen enkel opzicht gelijksoortige mensen*. En dit waren niet de begindagen. Dit waren wat je zou kunnen noemen de nadagen.

'... En dus, dominee Bacon, hebben we duidelijk een probleem. Totdat we dit gedoe met de vergunning in orde kunnen brengen – en ik wou dat we dit negen weken geleden geweten hadden, toen het zich voordeed – nou ja, zie ik met geen mogelijkheid dat het project voortgang kan vinden totdat we het oplossen. Niet dat het niet opgelost kan worden, natuurlijk – maar u zult – nou ja, het eerste wat we zullen moeten doen, lijkt mij, is dat we zeer realistisch moeten zijn wat betreft die $350.000. Uiteraard kan dit bestuur – ik bedoel uw huidige bestuur – kan dit bestuur niets van die gelden aan het kinderdagverblijf besteden, omdat het bestuur gereorganiseerd moet worden, lijkt mij, wat, als je het onomwonden stelt, neerkomt op een reorganisatie van de onderneming, en dat zal enige tijd vergen. Niet heel veel tijd misschien, maar het zal enige tijd vergen, en...'

Terwijl zijn stem verder ploeterde schoten Fiske's ogen naar zijn collega. Die Moody leek totaal niet van streek. Hij zat daar in een leunstoel en hield zijn hoofd scheef, zeer koeltjes, alsof hij dominee Bacon wel in de peiling had. Dit was zijn eerste uitstapje naar Huize Bacon, en het leek alsof hij het als een geintje beschouwde. Hij was de laatste van de jongste medewerkers die de firma Dunning Sponget & Leach had afgeschoven naar het bisdom, een cliënt die zij als prestigieus maar 'soft' beschouwden. In de auto op de heenweg had de jonge advocaat Fiske verteld dat hij ook op Yale had gezeten. Hij was lijnverdediger geweest in het footballteam. Hij kreeg het voor elkaar dat wel vijf maal op verschillende momenten mee te delen. Hij was het hoofdkwartier van dominee Bacon binnen komen wandelen alsof hij een vaatje Dortmunder Light tussen zijn benen had. Hij was in de stoel gaan zitten en had heerlijk relaxt achterover geleund. Maar hij zei niks... 'Dus dachten wij, dominee Bacon,' zei Ed Fiske, 'dat het in de tussentijd het verstandigste zou zijn – we hebben het binnen het diocees hierover gehad – iedereen dacht er zo over, niet alleen ik – wij dachten dat het het verstandigste zou zijn – ik bedoel, het enige waar we ons hier zorgen om maken is de toekomst van het project, van het Kinderdagverblijf De Kleine Herder – omdat we nog steeds voor honderd procent achter het project staan – dat is niets veranderd – wij dachten dat het verstandigste zou zijn de $350.000 – het geld dat al besteed is aan het leasen van het gebouw op West 129th Street natuurlijk niet meegerekend – we zouden de overige – hoeveel? – $340.000 of hoeveel het dan ook is op een borgrekening moeten storten, en als u dan de kwestie van de leden van het bestuur geregeld hebt, en u de vergunning hebt van de commissie en u zich geen zorgen meer hoeft te maken over de bureaucratische rompslomp, dan zullen deze gelden aan u en uw nieuwe bestuur overgemaakt worden, en, nou, dat... is het wel ongeveer!'

Fiske sperde zijn ogen weer open en trok zijn wenkbrauwen op en probeerde zelfs een vriendelijk glimlachje, als om te zeggen: 'Tsja! We zitten hier allemaal in hetzelfde schuitje, niet soms!' Hij keek naar Moody, die op zijn koele manier naar dominee Bacon bleef staren. Dominee Bacon knipperde niet eens met zijn ogen, en iets in die onverbiddelijke blik deed Fiske besluiten dat het niet verstandig was om hem in de ogen te blijven kijken. Hij keek naar de vingers van dominee Bacon terwijl ze hun roffeltjes sloegen op het bureau. Geen woord. Dus liet hij zijn blik over het bureau dwalen. Er lag een groot mooi in leer gebonden vloeiblok, een gouden Dunhill-set met pen en vulpotlood op een voet van onyx, een collectie presse-papiers en in perspex gevatte medailles waarvan sommige inscripties droegen van maatschappelijke organisaties aan de Eerwaarde Reginald Bacon, een stapel papieren met een presse-papier erop die hoofdzakelijk bestond uit de letters WNBC-TV in massief koper, een intercom met een rij druktoetsen, en een grote asbak in de vorm van een doos met leren zijkanten in een koperen frame en een koperen rooster eroverheen...

Fiske hield zijn ogen neergeslagen. De geluiden van het gebouw drongen het vacuüm binnen. Op de bovenverdieping, zwaar gedempt door de dikke vloeren en muren van het gebouw, het flauwe geluid van een piano... Moody, die vlak naast hem zat, merkte het waarschijnlijk niet eens. Maar Fiske kon, in gedachten, zo met die rijke dreunende akkoorden meezingen.

'The mil-len-ni-al re-eign...

Is going... to be...'

Kolossale akkoorden.

'One thousand years of... e-ter-ni-tee...

Lord of lo-ords...

Ho-ost of hosts...'

Meer akkoorden. Een hele zee van akkoorden. Ze was boven, op ditzelfde moment. Toen dit gedoe begon, deze kwestie van het diocees en dominee Bacon, draaide Fiske vaak 's avonds in zijn flat de platen van de moeder van dominee Bacon, en zong hij vol extatische overgave mee – 'The mil-len-ni-al rei-eiggn!' – een door Shirley Caeser beroemd gemaakt lied... oh, hij kende zijn gospelzangers – hij! – Edward Fiske III, Yale '80! – die nu rechtmatig toegang had tot die rijke zwarte wereld... De naam Adela Bacon verscheen nog van tijd tot tijd op de hitlijsten van gospelmuziek. Van alle organisaties die beneden in de hal opgesomd stonden, SOLIDARITEIT ALLER VOLKEREN, DE KERK VAN DE POORT DES KONINKRIJKS, HET WERKGELEGENHEIDSVERBOND DE GEOPENDE POORT, MOEDERSCHAPS-ALARM, DE KINDERKRUISTOCHT TEGEN DRUGS, DE LIGA TEGEN BELASTERING VAN DE DERDE WERELD, KINDERDAGVERBLIJF DE KLEINE HERDER, en de hele rest, was alleen de MUZIEKUITGEVERIJ HET DUIZENDJARIG GODSRIJK van Adela Bacon een conventionele zakelijke onderneming. Hij betreurde het dat hij haar nooit echt had leren kennen. Zij had de Kerk van De Poort des Koninkrijks opgericht, die naar beweerd werd dominee Bacons kerk was, maar die in werkelijkheid nauwelijks meer bestond. Zij had de kerk beheerd; zij had de diensten geleid; zij had de Pinkster-kudde van de kerk in vervoering gebracht met haar wonderbaarlijke contraltostem en de deinende golven van haar zeeën van akkoorden – zij, zij alleen had als kerkelijk bestuur haar zoon Reggie aangesteld als de Eerwaarde Reginald Bacon. In het begin was Fiske geschokt geweest toen hij dit te weten kwam. Toen begon een grote sociologische waarheid bij hem te dagen. Elke religieuze aanstelling is arbitrair, op eigen gezag afgekondigd. Wie schiep de geloofsartikelen krachtens welke zijn eigen baas, de Episcopale bisschop van New York, was aangesteld? Had Mozes die in steen van de berg naar beneden gebracht? Nee, de een of andere Engelsman had ze een paar eeuwen geleden verzonnen, en een heleboel mensen met lange bleke gezichten kwamen overeen om ze onschendbaar en heilig te noemen. Het Episcopale geloof was in de blanke samenleving alleen maar ouder, meer verstard en respectabeler dan het Baconiaanse.

Maar de tijd om zich over theologie en kerkelijke historie druk te maken was al lang verstreken. Het was tijd om $350.000 terug te krijgen.

Hij hoorde water stromen en een koelkastdeur opengaan en zo'n snel koffiezetapparaat aan de kook raken. Dat betekende dat de deur naar de kleine bijkeuken open stond. Een grote zwarte man loerde naar buiten. Hij droeg een blauw werkhemd. Hij had een lange stevige nek en droeg één grote gouden oorring, als een zeerover in een sprookjesboek. Dat was een van die dingen hier... hoe deze... deze... deze... *heavy's* hier altijd rondhingen. Voor Fiske leken ze al lang niet meer op romantische revolutionairen... Ze leken eerder... De gedachte aan wat ze misschien waren deed Fiske zijn ogen afwenden... Nu keek hij langs Bacon heen door het erkerraam achter hem. Het raam bood uitzicht op een achtertuin. Het was vroeg in de middag, maar in de tuin drong slechts een schemerig groenachtig licht door vanwege de gebouwen die aan de straten erachter verrezen waren. Fiske kon de stammen zien van drie reusachtige oude platanen. Dat was alles wat er over was van wat ooit naar Newyorkse begrippen een aardig stukje natuurschoon geweest moest zijn.

De gedempte akkoorden. In gedachten kon Fiske de prachtige stem van Adela Bacon horen:

'Oh, *what*... shall I *say*, Lord?

And it *came*... to *pass*...'

Golven gedempte akkoorden.

'A voice... from on high said...

"All flesh... is grass..." ''
Een hele zee van akkoorden.

Dominee Bacon hield op met zijn vingers te trommelen. Hij plaatste de toppen van de vingers van allebei de handen op de rand van het bureau. Hij hief zijn kin iets op en zei:

'Dit is Harlem.'

Hij zei het langzaam en zacht. Hij was net zo kalm als Fiske nerveus was. Fiske had de man nog nooit zijn stem horen verheffen. Dominee Bacon bevroor de uitdrukking op zijn gezicht en de positie van zijn handen, met de bedoeling zijn woorden in al hun kracht te laten doordringen.

'Dit,' zei hij nog eens, 'is Harlem... snapt u...'

Hij pauzeerde.

'U komt nu hier na al die tijd, en u vertelt mij dat er mensen *met een strafblad* in het bestuur van het Kinderdagverblijf De Kleine Herder zitten. U stelt mij van dat feit op de hoogte.'

'Dat vertel ik u niet, dominee Bacon,' zei Fiske. 'Dat vertelt de Commissie voor Werkgelegenheid ons beiden.'

'Ik wil u iets vertellen. Ik wil u aan iets herinneren dat u verteld hebt aan mij. Wie *willen* we dat het Kinderdagverblijf De Kleine Herder gaat leiden? Weet u dat nog? Willen wij dat jullie meisjes van Wellesley en van Vassar zich hier over de kinderen van Harlem komen ontfermen? Willen wij jullie sociale weldoeners? Willen wij jullie gediplomeerde maatschappelijk werk-bureaucraten? Jullie beroepskrachten van City Hall? Is dat wat we willen? Is *dat* wat we willen?'

Fiske voelde zich gedwongen antwoord te geven. Gehoorzaam als een eerstejaars zei hij: 'Nee.'

'Nee,' zei dominee Bacon goedkeurend, 'dat is niet wat we willen. Wat willen we *wel*? Wij willen dat de mensen uit Harlem voor de kinderen uit Harlem zorgen. Wij gaan onze kracht... onze *kracht*... putten uit onze mensen en onze eigen buurt. Ik heb u dat een hele tijd geleden verteld, in de begintijd. Weet u dat nog? Weet u dat nog?'

'Jawel,' zei Fiske, die zich met de minuut kinderlijker voelde en hulpelozer tegenover die strakke blik.

'Jawel. Onze eigen buurt. Welnu, als een jongen in de straten van Harlem opgroeit bestaat er grote kans dat hij bekend is bij de politie. Begrijpt u wel? Ze hebben inlichtingen over die jongen. Ik heb 't over een politiedossier. Dus als je gaat zeggen tegen iedereen die ooit in de gevangenis heeft gezeten en iedereen die *uit* de gevangenis komt en iedereen die *voorwaardelijk* vrij is, als je gaat zeggen: "Jij kan niet aan de wedergeboorte van Harlem deelnemen omdat we jou hebben opgegeven zo gauw je een dossier kreeg"... snapt u... dan hebt u 't niet over de wedergeboorte van Harlem. U hebt 't over een of andere fantasieplek, 'n toverkoninkrijk. U houdt uzelf voor de gek. U bent niet uit op een radicale oplossing. U wilt hetzelfde oude spelletje spelen, u wilt dezelfde oude gezichten zien. U wilt hetzelfde oude kolonialisme uitoefenen. Begrijpt u? Begrijpt u wat ik zeg?'

Fiske had al bijna ja geknikt toen Moody plotseling het woord nam: 'Luister, dominee Bacon, dat weten we allemaal wel, maar dat is het probleem niet. We zitten met een urgent, specifiek, technisch, juridisch probleem. Volgens de wet is het de commissie verboden onder deze omstandigheden een vergunning te verstrekken, en dat is waar 't om gaat. Laten we dus dat probleem aanpakken, en laten die $350.000 regelen, en daarna zullen we de grotere problemen op kunnen lossen.'

Fiske kon niet geloven wat hij hoorde. Onwillekeurig zakte hij onderuit in zijn stoel en wierp een behoedzame blik op dominee Bacon. Dominee Bacon staarde zonder de geringste uitdrukking naar Moody. Hij staarde hem zolang aan dat de stilte zwaar op hem begon te drukken. Toen stak hij, zonder zijn lippen van elkaar te doen, zijn tong tegen zijn wang totdat zijn wang zo dik als een golfbal naar buiten bolde. Hij richtte zich tot Fiske en zei zacht:

'Hoe zijn jullie hier gekomen?'

'Eh... met de auto,' zei Fiske.

'Waar is jullie auto? Hoe ziet-ie eruit?'

Fiske aarzelde. Toen vertelde hij het hem.

'Dat had u me eerder moeten vertellen,' zei dominee Bacon. 'Er lopen hier verdachte lui rond.' Hij riep luid: 'Hé, Buck!'

De grote man met de gouden oorring kwam de keuken uit. De mouwen van zijn werkhemd waren opgerold. Hij had ontzagwekkende ellebogen. Dominee Bacon wenkte hem, en hij kwam naar hem toe en boog voorover en zette zijn handen in zijn zij, en dominee Bacon zei iets op gedempte toon. De armen van de man vormden geweldige hoeken bij de ellebogen. De man ging rechtop staan en keek heel ernstig naar dominee Bacon en knikte en wilde het vertrek verlaten.

'O, Buck,' zei dominee Bacon.

Buck bleef staan en keek om.

'En hou die auto in de gaten.'

Buck knikte weer en liep naar buiten.

Dominee Bacon keek naar Fiske. 'Ik hoop niet dat een van die lichtzinnige knapen – in elk geval zullen ze met Buck geen geintjes uithalen. Nu, waar was ik gebleven?' Dit alles was tot Fiske gericht. Het was alsof Moody niet meer in de kamer was.

'Dominee Bacon,' zei Fiske, 'ik denk – '

De intercom van dominee Bacon zoemde.

'Ja?'

Een vrouwenstem zei: 'Irv Stone van Channel 1, op 4-7.'

Dominee Bacon wendde zich naar een telefoon die op een klein kastje stond vlak bij zijn stoel. 'Hallo, Irv... Goed, goed... Nee, nee. Meestal de SAV, Solidariteit Aller Volkeren. We hebben een burgemeester te verslaan in november... Deze keer niet, Irv, deze keer niet. Het enige wat deze man nodig heeft is een zetje. Maar daarover heb ik je niet gebeld. Ik heb je gebeld over het Werkgelegenheidsverbond De Geopende Poort... het Werkgelegenheidsverbond De Geopende Poort, zei ik... Hoe lang? Heel lang, heel lang. Lees je de kranten niet?... O, da's in orde. Daar wilde ik je over spreken. Ken je die restaurants downtown in de East Fifties en de East Sixties, die restaurants waar de mensen honderd dollar uitgeven voor een lunch en waar ze tweehonderd dollar uitgeven voor een diner, zonder daar verder bij te denken?... Wat? Hou me niet voor de gek, Irv. Ik ken jullie tv-lui wel. Weet je, die tent waar je iedere dag luncht, La Boue d'Argent?' Fiske merkte op dat dominee Bacon geen enkele moeite had om de naam van een van de duurste en meest trendy restaurants van New York uit te spreken. 'Hè, hè, nou, dat hebben ze me verteld. Of is het Leicester's?' Die had hij ook goed. Leicester's moest je uitspreken als *Lester's*, op de Britse manier. Dominee Bacon grinnikte nu en glimlachte. Hij had er duidelijk schik in. Fiske was blij hem te zien lachen – waarover dan ook. 'Nou, wat ik bedoel is, heb je ooit een *zwarte kelner* gezien in een van die tenten? Hè? Heb je *ooit* een zwarte kelner gezien?... Zo is 't, nog nooit. Nog nooit. In niet *eentje*. En waarom?... Precies. En de bonden ook. Begrijp je wat ik zeg?... Precies. Nou, dat moet anders worden... snap je... anders worden. Aanstaande dinsdag, om twaalf uur 's middags, gaat het verbond een demonstratie houden bij restaurant Leicester's en als we het daar gehad hebben dan gaan we naar La Boue d'Argent en The Macaque en La Grise en The Three Ortolans en die gelegenheden... Hoe? Met alle noodzakelijke middelen. Jij hebt het altijd over beeldmateriaal, Irv. Nou, ik kan je een ding beloven. Je zult je *beeldmateriaal* hebben. Volg je me?... Leicester's bellen? Tuurlijk. Ga je gang... Nee, inderdaad. Daar heb ik niks op tegen.'

Toen hij ophing, zei hij, alsof hij tegen zichzelf praatte: 'Ik hoop echt dat ze d'r heen bellen.'

Toen keek hij naar de twee jongemannen. 'Goed!' zei hij alsof het tijd werd om de zaken af te ronden en iedereen op pad te sturen. 'Jullie zien wat ik hier allemaal te regelen heb. Ik voer het gevecht van mijn leven. Het gevecht... van... mijn... leven. De SAV, Solidariteit Aller Volkeren, in november moeten we de meest racistische burgemeester in de geschiedenis van de Verenigde Staten verslaan. Het Werkgelegenheidsverbond De Geopende Poort, we moeten de muren van apartheid op de arbeidsmarkt slechten. En de Liga tegen Belastering van de Derde Wereld, we zijn aan het onderhandelen met een stelletje uitbuiters die een puur racistische film aan het maken zijn die *Harlem's Angels* heet. Alleen maar jeugdbendes en drugsdealers en verslaafden en zuiplappen. Raciale stereotypen. Omdat ze er een zwarte man in hebben die een groep jongeren naar Jezus leidt, denken ze dat ze niet racistisch zijn. Maar ze zijn puur racistisch, en we moeten hen op gepaste wijze kond doen van dat feit. Dus komt in New York de dag naderbij. Het uur neigt. De beslissende slag, zou je kunnen zeggen. Gideons Strijdkrachten... en jullie!... jullie komen hier en gooien mij wat kippestr – wat onbenulligs voor de voeten over de raad van bestuur van het Kinderdagverblijf De Kleine Herder!'

Er klonk woede door in de stem van de baron. Het had niet veel gescheeld of hij had het woord *kippestront* uitgebracht, en Fiske had hem in al die tijd dat hij hem kende nog nooit één enkel vies woord of zelfs maar een *verdomme* horen zeggen. Fiske werd heen en weer geslingerd tussen het verlangen dit huis te verlaten voor de beslissende slag begon en het hellevuur neerdaalde, en het verlangen om zijn baantje te houden, hoe vervelend dat ook was. Voorlopig was hij degene die dominee Bacon de $350.000 had doen toekomen. Hij moest het nu zien terug te krijgen.

'Nou ja,' zei hij een middenweg proberend, 'u kan best gelijk hebben, dominee Bacon. En wij – het diocees – wij zijn niet gekomen om de zaak te compliceren. Eerlijk gezegd, wij willen u beschermen, en wij willen onze investering in u beschermen. We hebben u $350.000 gegeven afhankelijk van de vergunning voor het kinderdagverblijf. Dus als u ons de $350.000 teruggeeft, of de $340.000, hoeveel het exacte saldo dan ook is, en het ons op een borgrekening laat zetten, dan zullen we u helpen. We zullen ons sterk voor u maken.

Dominee Bacon keek hem verstrooid aan, alsof hij een belangrijke afweging aan het maken was.

'Zo eenvoudig is 't niet,' zei hij.

'Wel – waarom niet?'

'Dat geld is grotendeels… toegezegd.'

'Toegezegd?'

'Aan de leveranciers.'

'De leveranciers? Welke leveranciers?'

'*Welke* leveranciers? Goeie God, man, de outillage, de meubels, de computers, de telefoons, de vloerbedekking, de airconditioning, de ventilatie – erg belangrijk met kinderen, de ventilatie – het verantwoorde speelgoed. 't Valt niet mee alle dingen te onthouden.'

'Maar dominee Bacon,' zei Fiske met stemverheffing, 'u hebt tot nu toe alleen nog maar een oud leeg pakhuis! Ik ben er net langs geweest! Er staat niks in! U hebt niet eens een architect in de arm genomen! U hebt zelfs niet eens plannen!'

'Da's maar een futiliteit. Coördinatie is het belangrijkste in een project als dit. Coördinatie.'

'Coördinatie? Ik zie niet – nou, dat mag dan zijn, maar als u toezeggingen gedaan hebt aan leveranciers dan lijkt het mij dat u hen gewoon uit moet leggen dat er een onvermijdelijke vertraging op gaat treden.' Fiske was opeens bang dat hij een te strenge toon aansloeg. 'Neemt u me niet kwalijk, maar hoeveel van het geld hebt u nog in handen, dominee Bacon, hetzij toegezegd of niet?'

'Niets meer,' zei dominee Bacon.

'*Niets* meer? Hoe kan dat?'

'Dit was zaai-geld. We moesten het zaad uitzaaien. En d'r is wat op braakland terechtgekomen.'

'Het zaad uitzaaien? Dominee Bacon, u hebt deze mensen toch zeker niet hun geld voorgeschoten eer ze het werk gedaan hebben!'

'Dit zijn minderheden-bedrijven. Mensen uit de gemeenschap. Dat wilden we ook. Heb ik dat niet juist?'

'Jawel. Maar u hebt toch zeker niet van tevoren – '

'Dit zijn geen bedrijven met jullie "kredietmogelijkheden", jullie "converteerbaar activa-beheer", jullie "kapitaal-gevoelige liquiditeitsratio's", en al die dingen. Dit zijn geen bedrijven met geldschieters zoals ze die in de kledingindustrie hebben, waar je naar toe kan gaan wanneer het een keertje tegenzit zoals met uw "onvermijdelijke vertragingen"… snapt u… Dit zijn bedrijven die opgericht zijn door mensen uit de gemeenschap. Dit zijn de tere scheuten die opschieten uit het zaad dat wij zaaien – u, ik, de Episcopale Kerk, de Kerk van de Poort des Koninkrijks. Tere scheuten… en u hebt het over een "onvermijdelijke vertraging". Da's niet zomaar een term, da's niet zomaar die bureaucratie van u – da's een doodvonnis. Een doodvonnis. Dat is zeggen: "Val rustig dood." Dus vertel mij niet dat ik hun dat gewoon kan uitleggen. Onvermijdelijke vertraging… Zeg maar, onvermijdelijke ondergang.'

'Maar dominee Bacon – we hebben het over $350.000! Ongetwijfeld – '

Fiske keek naar Moody. Moody zat rechtop. Hij zag er niet meer zo koeltjes uit, en hij zei geen woord.

'Het diocees zal – er zal een accountantsonderzoek moeten komen,' zei Fiske. 'En wel direct.'

'O, ja,' zei dominee Bacon. 'Er zal een accountantsonderzoek komen. Ik zal u een accountantsonderzoek geven… en wel direct. Ik ga u iets vertellen. Ik ga u iets vertellen over kapitalisme ten noorden van Ninety-sixth Street. Waarom denken jullie dat jullie al dit geld, jullie $350.000, investeren in een kinderdagverblijf in Harlem? Waarom doen jullie dat?'

Fiske zei niets. De socratische dialogen van dominee Bacon bezorgde hem een kinderlijk en hulpeloos gevoel.

Maar Bacon drong aan. 'Nou, vertel mij dat maar eens. Ik wil 't van u horen. Zoals u zegt, we gaan een accountantsonderzoek krijgen. Een accountantsonderzoek. Ik wil het van u horen in uw eigen woorden. Waarom investeren jullie al dit geld in een kinderdagverblijf in Harlem? Waarom?'

Fiske kon het niet langer uithouden. 'Omdat er in Harlem een schrijnende behoefte is aan kinderdagverblijven,' zei hij terwijl hij zich ongeveer zes jaar oud voelde.

'Nee, mijn vriend,' zei Bacon zacht, 'daarom niet. Als mensen zoals jullie zich bezorgd zouden maken om de kinderen, dan zouden jullie het dagverblijf zelf bouwen en de beste beroepskrachten aanstellen om er te werken, mensen met ervaring. U zou er niet eens over praten om de mensen uit de buurt aan te stellen. Wat weten de mensen uit de buurt over het leiden van een kinderdagverblijf? Nee, mijn vriend, jullie beleggen in iets anders. Jullie beleggen in stoomcontrole. En jullie krijgen waar voor jullie geld. Waar voor jullie geld.'

'Stoomcontrole?'

'Stoomcontrole. Da's een kapitale belegging. Een hele goeie. Weet u wat kapitaal is? U denkt dat het iets is wat je bezit, nietwaar? U denkt dat 't fabrieken zijn en machines en gebouwen en land en dingen die je kan verkopen en aandelen en geld en banken en bedrijven. U denkt dat 't iets is wat je bezit, omdat jullie het altijd al bezeten hebben. Al dit land was jullie bezit.' Hij zwaaide zijn arm achterwaarts naar het erkerraam en de schemerige achtertuin en de drie platanen. 'Jullie bezaten al het land, en verderop, verderop in… Kansas… en… Oklahoma… stond iedereen gewoon in de rij, en zeiden ze: "Op de plaats, klaar, af!" en een hele hoop blanke mensen begonnen te rennen, en daar lag al dat land, en het enige wat ze hoefden te doen was zorgen dat ze d'r kwamen en d'r op gingen staan, en dan was het hun bezit, en hun blanke huid was hun eigendomsakte... snapt u... De roodhuid, hij stond in de weg, en hij werd uitgeroeid. De gele man, hij kon rails leggen van de ene naar de andere kant, maar toen werd hij opgesloten in Chinatown. En de zwarte lag gewoon de hele tijd aan de ketting. En zo kregen jullie het allemaal in jullie bezit, en jullie bezitten het nog, en daarom denkt u dat kapitaal het bezitten van dingen is. Maar u vergist zich. Kapitaal is het controleren van dingen. Controleren van dingen. Wilt u land in Kansas? Wilt u uw blanke eigendomsakte laten gelden? Dan moet u Kansas eerst controleren... snapt u... Dingen controleren. Ik vermoed dat u nooit in een ketelhuis gewerkt hebt. Ik heb in een ketelhuis gewerkt. Mensen hebben de ketels in hun *bezit*, maar daar hebben ze niet veel aan, tenzij ze weten hoe ze de *stoom* moeten controleren... snapt u... als je de stoom niet kunt *controleren*... dan is 't een kruitvat voor u en uw hele club. Als u ooit een stoomketel buiten controle ziet raken, dan ziet u een hele hoop mensen voor hun leven rennen. En die mensen, die denken niet aan die ketels als een kapitaalgoed, ze denken niet aan de opbrengst van hun belegging, ze denken niet aan de borgrekeningen en de accountantsonderzoeken en aan wat het verstandigste is... snapt u... Ze zeggen: "Grote almachtige God, ik heb de controle verloren," en ze rennen voor hun leven. Ze proberen hun eigen hachje te redden. Ziet u dit huis?' Hij gebaarde vaag naar het plafond. 'Dit huis werd in het jaar negentienhonderd-zes gebouwd door een man die Stanley Lightfoot Bowman heette. Lightfoot. Turkse handdoeken en damasten tafellakens, groothandel, Stanley Lightfoot Bowman. Hij verkocht die Turkse baddoeken en damasten tafellakens in grote partijen. Hij spendeerde bijna een half miljoen dollar aan dit huis in negentienhonderdzes... snapt u... Dat daar zijn de initialen van de man, S.L.B., ze zijn gemaakt van brons en gaan de hele trap omhoog, in plaats van spijlen. Op deze plek moest je wezen in negentienhonderdzes. Ze bouwden deze grote huizen langs de hele West Side, vanaf Seventy-second Street tot helemaal hier aan toe. Jaah, en ik heb dit huis gekocht van een – van een jood – in negentienhonderdachtenzeventig voor tweeënzestigduizend dollar, en die kerel was blij dat-ie dat er voor kreeg. Hij likte z'n lippen en zei: "Ik heb een of andere – een of andere dwaas die me tweeënzestigduizend dollar voor dat huis geeft." Jawel, en wat is er gebeurd met al die Stanley Lightfoot Bowmans? Hebben ze hun geld verloren? Nee, ze hebben de *controle* verloren... snapt u... Ze hebben de controle verloren ten noorden van Ninety-sixth Street, en toen ze de *controle* verloren, verloren ze het *kapitaal*. Begrijpt u? Al dat kapitaal, het verdween van het aardoppervlak. Het huis was er nog, maar het kapitaal, dat *verdween*... snapt u... Dus wat ik wil zeggen is dat jullie beter de ogen open kunnen doen. Jullie praktizeren het kapitalisme van de toekomst, en jullie wéten het niet eens. Jullie investeren niet in een dagverblijf voor kinderen van Harlem. Jullie investeren in de zielen... de *zielen*... van de mensen die al te lang in Harlem zijn om er nog langer als kinderen tegenaan te kijken, mensen die opgegroeid zijn met een gerechtvaardigde toorn in hun hart en met een gerechtvaardigde *stoom* die zich in hun ziel ophoopt, klaar om te ontploffen. Een *gerechtvaardigde* stoom. Als jullie hier komen praten over "minderheden-leveranciers" en "minderheden-personeel" en kinderdagverblijven vóór de mensen uit de buurt en dóór de mensen uit de buurt en vàn de mensen uit de buurt, dan slaan jullie de goeie toon aan, maar jullie willen de goeie woorden niet zingen. Jullie willen er niet openlijk voor uitkomen en zeggen: "O, lieve Heer, almachtige God, laat ze met het geld doen wat ze willen, zo lang het de *stoom* maar onder *controle* houdt... voor het te laat is"... Nou, zie dan maar dat jullie je accountantsonderzoek krijgen en dat jullie met de commissie praten en jullie besturen reorganiseren en dat jullie streepjes door alle t's en puntjes op alle i's zetten. Ondertussen heb ik jullie investering al voor jullie gedaan, en dankzij mij zijn jullie de wedstrijd al aan het winnen... O, *voer jullie accountantsonderzoek* uit!... Maar de tijd komt dat jullie zullen zeggen: "Goddank. Goddank! Goddank hebben we het geld op de manier van dominee Bacon ingeboekt!" Omdat ik conservatief ben, of jullie 't weten of niet. Jullie weten niet wie er *daarbuiten* over die wilde en hongerige straten loopt. Ik ben uw verstandige makelaar op de Dag des Oordeels. Harlem, de Bronx, Brooklyn, ze zullen *ontploffen*, mijn vriend, en wat zullen jullie op die dag jullie verstandige makelaar dankbaar zijn... jullie verstandige makelaar... die de stoom kan controleren. O zeker. Wat zullen de bezitters van kapitaal op die dag graag hun bezit inwisselen, wat zullen ze hun *geboorterecht* graag opgeven, alleen maar om die wilde en hongerige stoom te controleren. Nee, gaat u maar weer terug en zegt u: "Bisschop, ik ben daar geweest en ik kom u vertellen dat we een goeie investering gedaan hebben. We hebben een verstandige makelaar gevonden. Wij zullen veilig zitten wanneer het allemaal in elkaar gaat storten."'

Op dat moment zoemde de intercom weer, en de stem van de secretaresse zei: 'Er is een meneer Simpson aan de lijn van de Onderlinge Burgerlijke Verzekeringsmaatschappij. Hij wil de directeur van het Stedelijk Garantie Fonds spreken.'

Dominee Bacon nam de telefoon op. 'Met Reginald Bacon... Dat klopt, directeur en president-directeur... Dat klopt, dat klopt... Jawel, nou, ik waardeer uw belangstelling, meneer Simpson, maar we hebben die uitgifte al op de markt gebracht... Dat klopt, de hele uitgifte... O, vast en zeker, meneer Simpson, deze schoolfondsen zijn heel gewild. Natuurlijk helpt het als je die specifieke markt kent, en daarvoor is het Stedelijk Garantie Fonds er ook. Wij willen Harlem in de markt brengen... Dat klopt, dat klopt, Harlem is altijd *op* de markt geweest... ziet u... En nu brengen wij Harlem in de markt... Dank u, dank u... Nou, waarom probeert u het niet bij een van onze relaties. Kent u de firma Pierce & Pierce?... Dat klopt... Zij hebben een heel groot gedeelte van die uitgifte op de markt gebracht, een *heel* groot gedeelte. Ik weet zeker dat ze graag zaken met u zullen doen.'

Stedelijk Garantie Fonds? Pierce & Pierce? Pierce & Pierce was een van de grootste en succesvolste beleggingsfirma's op Wall Street. Een vreselijke verdenking rees in het doorgaans milde hart van Fiske. Hij gluurde naar Moody en Moody zat naar hem te kijken en, dat was duidelijk, zich hetzelfde af te vragen. Had Bacon $350.000 doorgeschoven naar die effectenoperatie, of wat het dan ook in godsnaam behelsde? Als het geld op de effectenmarkt terechtgekomen was, dan zou het nu spoorloos verdwenen kunnen zijn.

Zodra dominee Bacon ophing zei Fiske: 'Ik wist niet dat u – ik heb nooit gehoord dat – nou, misschien hebt u – maar ik denk van niet – wat is – ik kon 't niet helpen dat ik u dat hoorde noemen – wat is het Stedelijk Garantie Fonds?'

'O,' zei dominee Bacon, 'we doen een beetje in garanties, als we bij kunnen springen. Nergens voor nodig dat Harlem altijd de winkelprijs moet betalen en de grossiersprijs ontvangt... snapt u... Waarom zouden we van Harlem niet de makelaar maken?'

Voor Fiske was dit puur gebazel. 'Maar waar krijgt – hoe financiert u – ik bedoel, iets dergelijks – ' Hij kon geen manier bedenken om dit specifieke brandende rotje onder woorden te brengen. De noodzakelijke eufemismen ontschoten hem. Tot zijn verrassing nam Moody weer het woord.

'Ik heb een klein beetje verstand van beleggingsfirma's, dominee Bacon, en ik weet dat ze een heleboel kapitaal vereisen.' Hij pauzeerde, en Fiske wist dat ook Moody rondspartelde in de oeverloze wateren van omslachtig geprat. 'Wel, wat ik bedoel is normaal kapitaal, kapitaal in de normale betekenis. U hebt – wij hebben het zojuist gehad over kapitaal ten noorden van Ninety-sixth Street en het controleren... eh, van stoom zoals u zei... maar dit klinkt als puur kapitalisme, fundamenteel kapitalisme, als u begrijpt wat ik bedoel.'

Dominee Bacon keek hem onheilspellend aan, gniffelde toen en glimlachte, zonder sympathie.

'D'r is geen kapitaal voor vereist. We stellen ons garant. We verhandelen de uitgiftes zolang ze de gemeenschap ten goede komen... snapt u... scholen, ziekenhuizen – '

'Ja, maar – '

'Zoals Paulus al wist, d'r zijn vele wegen naar Damascus, mijn vriend. Vele wegen.' *Vele wegen* bleef in de lucht hangen, druipend van betekenis.

'Ja, dat weet ik, maar – '

'Als ik u was,' zei dominee Bacon, 'zou ik me geen zorgen maken over het Stedelijk Garantie Fonds. Als ik u was zou ik doen wat de oudjes zeggen. Ik zou me bij m'n leest houden.'

'Dat probeer ik ook te doen, dominee Bacon,' zei Moody. 'Mijn leest is – nou, die beloopt driehonderdvijftigduizend dollar.'

Fiske gleed weer onderuit in zijn stoel. Moody had zijn stoutmoedigheid weer hervonden. Fiske gluurde naar de man achter het bureau die met zijn blikken de stoutmoedige probeerde te doden. Op dat moment zoemde de intercom weer.

De stem van de secretaresse zei: 'Ik heb Annie Lamb aan de lijn. Zegt dat ze u moet spreken.'

'Annie Lamb?'

'Precies, dominee.'

Een diepe zucht. 'In orde, geef maar door.' Hij nam de telefoon op: 'Annie?... Annie, wacht even. Kalm aan... Wat zeg je? Henry?... Da's vreselijk, Annie. Hoe erg is 't... Ai, Annie, wat afschuwelijk... O ja?' Een lange pauze, terwijl dominee Bacon luisterde, de ogen neergeslagen. 'Wat zegt de politie?... Parkeerbonnen? Da's toch niet – ... Da's toch niet – ... Ik zeg, da's toch niet – ... Oké, Annie, hoor 'ns hier. Jij komt hierheen en vertelt me d'r alles over... Ondertussen bel ik het ziekenhuis. Ze hebben 't niet goed afgehandeld, Annie. Dat maak ik eruit op. Ze hebben 't niet goed afgehandeld... Wat?... Daar heb je volkomen gelijk in. Alle gelijk van de hemel. Ze hebben 't niet goed afgehandeld, en ze zullen nog van me horen... Maak je geen zorgen. Kom meteen naar toe.'

Dominee Bacon legde de telefoon neer en draaide zich weer naar Fiske en Moody en kneep zijn ogen toe en keek hen heel somber aan. 'Mijne heren, ik heb hier een noodgeval. Een van mijn meest loyale medewerkers, een van mijn leiders van de gemeenschap, haar zoon is aangereden door iemand die doorgereden is... in een Mercedes Benz. Een Mercedes Benz... Hij zweeft op het randje van de dood, en deze brave vrouw durft niet naar de politie te gaan, en weet u waarom? Parkeerbonnen. Ze hebben een aanhoudingsbevel tegen haar uitgevaardigd vanwege parkeerbonnen. Deze vrouw *werkt*. Ze werkt in City Hall, en heeft die auto *nodig*, en zij vaardigen een aanhoudingsbevel uit wegens... parkeerbonnen. Dat zou u niet weerhouden als het uw zoon was, maar u heeft nooit in het getto gewoond. Als het uw zoon was, zouden ze ook niet doen wat ze gedaan hebben. Ze zouden niet zijn pols verbinden en hem wegsturen terwijl-ie een hersenschudding heeft en hij op het randje van de dood zweeft... snapt u... Maar da's het verhaal van 't getto. Grove nalatigheid. Da's 't getto... grove nalatigheid... Mijne heren, onze conferentie wordt verdaagd. Ik heb nu dringende zaken die mijn aandacht vragen.'

Tijdens de terugrit zeiden de twee jongemannen van Yale niet veel totdat ze bijna bij Ninety-sixth Street waren. Fiske had zich al in zijn handen geknepen dat hij de auto terugvond waar hij hem had achtergelaten, met de banden nog vol lucht en de voorruit heel. Wat Moody betreft – twintig zijstraten waren ze gepasseerd en Fiske had Moody met geen woord horen reppen over het feit dat hij op Yale lijnverdediger was geweest.

Eindelijk zei Moody: 'En, heb je zin om bij Leicester's te gaan dineren? Ik ken de maître d', een grote lange zwarte vent met een gouden oorring.'

Fiske glimlachte flauwtjes maar zei niets. Moody's grapje gaf hem het gevoel dat hij, Fiske, boven hem stond. De zogenaamde humor lag gedeeltelijk in de onaannemelijkheid van het idee dat zelfs maar een van hen beiden zou dineren bij Leicester's, dat dit jaar het meest trendy restaurant van de eeuw was. Welnu, toevallig kwam het zo uit dat Fiske juist vanavond wél naar Leicester's ging. Moody besefte ook niet dat Leicester's, hoewel trendy, niet zozeer een deftig restaurant was met een regiment stijve maître d's en oberkelners. Het was meer het soort Britse bistro-op-Fulham-Road of zo. Leicester's was de favoriete pleisterplaats van de Britse kolonie in New York, en Fiske had heel wat Britten leren kennen – en, nou ja, zoiets kon hij een kerel als Moody toch niet uitleggen, maar de Britten verstonden de kunst van het converseren. Fiske beschouwde zichzelf als Brits in wezen, Brits van afkomst en Brits in... nou, in een zeker aangeboren aristocratisch inzicht in de manier waarop je je leven leidde, aristocratisch niet in de zin van het rijkste maar in de zin van *het beste*. Hij had veel weg van de grote Lord Philbank, niet? – Philbank, een pilaar van de Anglicaanse Kerk, die zijn maatschappelijke relaties en zijn kennis van de financiële wereld gebruikt had om de armen van het Londense East End te helpen.

'Nu ik erover nadenk,' zei Moody, 'ik heb nog nooit een zwarte kelner gezien in een restaurant in New York, behalve in snackbars. Denk je echt dat Bacon er iets mee zal bereiken?'

'Hangt ervan af wat je daarmee bedoelt.'

'Nou, wat *zal* er gebeuren?'

'Ik weet het niet,' zei Fiske, 'maar ze willen zowat net zo graag kelner bij Leicester's worden als jij en ik. Ik denk eigenlijk dat ze het misschien doen voor een bijdrage aan de goede werken die dominee Bacon in Harlem verricht, en dat ze dan naar het volgende restaurant trekken.'

'Dan is het gewoon afkopen,' zei Moody.

'Nou, dat is het eigenaardige,' zei Fiske. 'Toch verandert er iets. Ik weet niet zeker of het hem wat kan schelen dat er iets verandert of niet, maar er verandert iets. Tenten waar hij nooit van gehoord heeft en waar hij zich niets aan gelegen zou laten liggen als-ie dat wel had, die gaan liever zwarte kelners aanstellen dan wachten totdat Buck en al die figuren op komen dagen.'

'De stoom,' zei Moody.

'Ik denk het,' zei Fiske. 'Vond je het niet prachtig, al dat geleuter over dat ketelhuis? Hij heeft nog nooit in een ketelhuis gewerkt. Maar hij heeft een nieuwe bron aangeboord, zou je kunnen zeggen. Misschien is het zelfs een vorm van kapitaal, als je kapitaal definieert als alles wat je kunt gebruiken om meer rijkdom mee te scheppen. Ik weet het niet, misschien is Bacon niet anders dan Rockefeller of Carnegie. Je boort een nieuwe bron aan en dan pak je je geld als je nog jong bent, en als je oud bent geven ze je onderscheidingen en vernoemen ze dingen naar je, en leef je voort als een leider van het volk.'

'Goed, maar wat vind je dan van dat Stedelijk Garantie Fonds? Dat klinkt niet als een of andere nieuwe bron.'

'Daar zou ik niet te zeker van zijn. Ik weet niet wat het is, maar ik ga er wel achteraan. Om één ding durf ik met je te wedden. Wat het ook is, er zal wel een of ander raar addertje onder het gras zitten, en dat zal me goddorie nog een eind verder over mijn toeren jagen.'

Toen beet Fiske zich op zijn lip, omdat hij echt een devoot lid van de Episcopale Kerk was en zelden vloekte en smerige taal niet alleen verkeerd maar ordinair vond. Dit was een van de ettelijke punten waarop hij het, zelfs in deze nadagen, toevallig met Reginald Bacon eens was.

Tegen de tijd dat ze bij Seventy-ninth Street kwamen, veilig in Blank Manhattan, wist Fiske dat Bacon weer gelijk had. Ze waren niet in een kinderdagverblijf aan het investeren, nee... Ze probeerden zielen te kopen. Ze probeerden de gerechtvaardigd toornige ziel van Harlem tot bedaren te brengen.

Laten we de feiten onder ogen zien!

Toen gooide hij het van zich af. *Fiske... idioot die je bent...* Als het hem niet lukte om de $350.000 terug te krijgen, of het grootste gedeelte ervan, dan zou hij er pas als een idioot opstaan, gerechtvaardigd of niet.

7

Het vangen van de vis

De telefoon knalde Peter Fallow wakker binnenin een ei waar de schaal vanaf gepeld was en dat alleen intact gehouden werd door het eivlies. Ah! Het eivlies was zijn hoofd, en de rechterkant van zijn hoofd lag op het kussen, en de dooier was zo zwaar als kwik, en deinde als kwik, en drukte op zijn rechterslaap en zijn rechteroog en zijn rechteroor. Als hij probeerde overeind te komen om de telefoon op te nemen zou de dooier, het kwik, de giftige massa gaan schuiven en rollen en het vlies openscheuren, en zouden zijn hersens eruit vallen.

De telefoon stond op de vloer, in de hoek, bij het raam, op het bruine vloerkleed. Het vloerkleed was om te kotsen. Synthetisch; Amerikanen maakten smerige vloerbedekking; Metalon, Streptolon, dik, ruwharig, en hij kreeg kippevel van hoe het aanvoelde. Weer een explosie; hij lag er recht naar te kijken, een witte telefoon en een goor wit snoer die daar in een smerig harig bruin Streptolon-nest lagen. Achter de jaloezieën scheen de zon zo fel dat het pijn deed aan zijn ogen. De kamer kreeg alleen tussen een en twee uur 's middags licht wanneer de zon zich op haar reis langs de zuidelijke hemel tussen twee gebouwen bewoog. In andere vertrekken, de badkamer, de keuken en de woonkamer, kwam helemaal nooit zon. In de keuken en de badkamer waren zelfs geen ramen. Als je het licht aandeed in de badkamer, die een modulaire plastic douchecabine bevatte – *modulair!* – een uit één stuk geperste unit die lichtelijk doorboog wanneer hij in de kuip stapte – als je het licht in de badkamer aandeed, ging er een ventilator aan boven een metalen rooster in het plafond om voor frisse lucht te zorgen. De ventilator veroorzaakte een schurend kabaal en een vreselijk getril. Dus als hij net uit bed kwam deed hij het licht in de badkamer niet meer aan. Hij moest het dan alleen doen met de ziekelijke blauwe schemer die de tl-lamp aan het plafond in de gang buiten gaf. Meer dan eens was hij zonder zich te scheren naar zijn werk gegaan.

Met zijn hoofd nog op het kussen bleef Fallow naar de telefoon staren die door bleef gaan met exploderen. Hij moest echt een tafel zien te krijgen om bij het bed te zetten, als je een matras en een spiraal op zo'n Amerikaans verstelbaar ijzeren onderstel, dat vooral geschikt was om knokkels en vingers mee af te snijden wanneer je het probeerde te verstellen – als je dit een bed kon noemen. De telefoon zag er goor en smerig uit zoals hij daar op het smerige vloerkleed lag. Maar hij nodigde nooit iemand hierboven uit, behalve meisjes, en dat was altijd laat op de avond als hij twee of drie flessen wijn op had en het hem geen fluit meer kon schelen. Dat was niet helemaal waar, toch? Als hij een meisje hier mee naar toe nam bekeek hij dit erbarmelijke hol altijd met haar ogen, tenminste voor een ogenblik. De gedachte aan wijn en meisjes maakte kortsluiting in zijn hersens en er trok een huivering van wroeging door zijn zenuwstelsel. Er was iets gebeurd gisteravond. Hij werd de laatste tijd vaak op deze manier wakker, met een afschuwelijke kater, bang om zich te verroeren, en vervuld van een abstract gevoel van wanhoop en schaamte. Wat hij ook uitgevoerd had, het was als een monster naar de bodem van een koud donker meer gezonken. Zijn geheugen was verdronken in de nacht, en hij kon alleen de ijzige wanhoop voelen. Hij moest het monster via deductie opsporen, vadem na vadem. Soms wist hij dat wat het ook geweest was, hij het niet onder ogen kon zien, en dan besloot hij om het voor altijd van zich af te zetten en juist dan gaf er iets, een of ander verdwaald detail, een signaal en dook het beest plotseling uit zichzelf op en toonde hem zijn smerige snuit.

Hij herinnerde zich wel hoe het begon, namelijk bij Leicester's, waar hij, zoals vele van de Engelsen die er vaak kwamen, zichzelf slinks aan tafel wist te manoeuvreren bij een Amerikaan waar je van op aankon dat hij zonder mokken de rekening zou betalen, in dit geval een dikke kerel die Aaron Gutwillig heette die onlangs een bedrijf dat simulator-machines leasde verkocht had voor twaalf miljoen dollar en die graag uitgenodigd werd op feestjes die de Engelse kolonie en de Italiaanse kolonie in New York gaven. Een andere Yank, een grof maar amusant mannetje genaamd Benny Grillo, die zogenaamde nieuwsdocumentaires voor de televisie produceerde, was het naar zijn hoofd gestegen en wilde naar de Limelight, een discotheek die ingericht was in wat vroeger een Episcopale kerk was. Grillo was goed voor de rekening in de Limelight, en dus was hij daar naar toe gegaan met Grillo en met twee Amerikaanse modellen en Franco di Nodini, een Italiaanse journalist, en Tony Moss, die hij had leren kennen aan de universiteit van Kent, en Caroline Heftshank, die pas uit Londen was gearriveerd en absoluut stijf stond van angst voor straatcriminaliteit in New York, waar ze in Londen elke dag over las, en die bij iedere schaduw omhoog sprong, wat in het begin wel grappig was. De twee modellenmeisjes hadden bij Leicester's broodjes rosbief besteld en ze haalden het vlees eraf en lieten dat boven hun mond bungelen en aten het uit hun handen. Toen ze voor de Limelight uit de taxi stapten schrok Caroline Heftshank heel wat af. De discotheek was praktisch omzoomd door zwarte jongeren die enorme sneakers aan hadden en boven op het oude ijzeren hek om de kerk zaten en de dronkelappen en spetters die de deur in en uit gingen bekeken. Binnen zag de Limeligth er uitzonderlijk grotesk uit, en Fallow voelde zich uitzonderlijk gevat, dronken en innemend. Wat een hoop travestieten! Wat een hoop uiterst stuitende punkers! Wat een hoop Amerikaanse meisjes met bleke gezichtjes en ortho-perfecte tanden en zilveren lipstick en nat aangebrachte oogschaduw. Wat een harde naadloze eindeloze metallieke muziek en wat een wazige korrelige videobeelden op de schermen vol chagrijnige magere jongens en rookbommen! Het was allemaal dieper en dieper het meer in gezonken. Ze zaten in een taxi en reden straten in en uit in de West Fifties op zoek naar een gelegenheid met een gegalvaniseerd stalen deur die The Cup heette. Een zwarte vloer met rubber noppen, en een stel weerzinwekkende Ierse jongens, of ze zagen er Iers uit, zonder overhemd aan, die bier uit blik over iedereen heen spoten; en toen een paar meisjes zonder overhemd aan. Ah. Er was iets gebeurd voor de ogen van een stel mensen in een vertrek. Voorzover zijn geheugen hem niet in de steek liet, herinnerde hij zich dat... Waarom deed hij deze dingen toch?... Het huis in Canterbury... de kleedkamer op Cross Keys... Hij kon zichzelf zien zoals hij er toen uitzag... zijn blonde haar als uit een Victoriaans plaatjesboek, waar hij zo trots op geweest was... zijn lange puntige neus, zijn lange, smalle kaken, zijn spichtige lijf, altijd te dun vergeleken met zijn lange gestalte, waar hij ook zo trots op geweest was... zijn spichtige lijf... *Een rimpeling...* Het monster kwam van de bodem van het meer omhoog! Nog eventjes... *zijn smerige snuit!*

Kan het niet onder ogen zien –

De telefoon explodeerde weer. Hij deed zijn ogen een klein stukje open en gluurde naar de zonovergoten moderne misère, en met zijn ogen helemaal open was het nog erger. Met zijn ogen open – de toekomst van zo meteen. Wat een uitzichtloosheid! Wat een ijzige vertwijfeling! Hij gluurde door zijn oogleden en huiverde en deed zijn ogen weer dicht. *De snuit!*

Hij deed ze ogenblikkelijk weer open. Die streek die hij uitgehaald had toen hij zo dronken was – behalve vertwijfeling en wroeging voelde hij nu ook angst.

De rinkelende telefoon begon hem te alarmeren. Stel dat het *The City Light* was. Na de laatste preek van de Dooie Muis had hij bij zichzelf gezworen iedere morgen om tien uur op kantoor te zijn, en nu was het na enen. In dat geval – was het beter niet op te nemen. Nee – als hij de telefoon niet opnam zou hij voor eeuwig naar de bodem zinken, samen met het monster. Hij rolde uit bed en zette zijn voeten op de vloer, en de gruwelijke dooier verschoof. Hij kreeg een helse hoofdpijn. Hij wilde overgeven, maar hij wist dat het zo'n pijn zou doen in zijn hoofd dat hij dat onder geen beding mocht laten gebeuren. Hij deed een stap in de richting van de telefoon. Hij zonk op zijn knieën en toen op handen en voeten. Hij kroop naar de telefoon, nam de hoorn op, en ging op het kleed liggen in de hoop dat de dooier weer tot rust zou komen.

'Hallo,' zei hij.

'Peter?' Pie-tuh? God zij dank, het was een Engelse stem.

'Ja?'

'Peter, je murmelt zo. Ik heb je zeker wakker gemaakt. Met Tony.'

'Nee, nee, nee, nee, nee. Ik ben – ik was, ik was in de andere kamer. Ik werk vandaag thuis.' Het drong tot hem door dat zijn stem gedaald was tot een heimelijke bariton.

'Nou, dan doe je een prima imitatie van iemand die net wakker is.'

'Je gelooft me niet hè?' Goddank was het Tony. Tony was een Engelsman die tegelijkertijd met hem bij *The City Light* was komen werken. Ze waren mede-stoottroepers in dit lompe land.

'Natuurlijk geloof ik je. Maar daar sta ik nu dan wel alleen in. Als ik jou was zou ik zo snel als ik kon hierheen komen.'

'Uhmmmmmm. Ja.'

'De Muis was net bij me en vroeg waar je was. Niet uit nieuwsgierigheid, trouwens. Hij deed ontiegelijk pissig.'

'Wat heb je gezegd?'

'Ik zei dat je bij het verificatiegerecht was.'

'Uhmmmm. Niet om me ermee te bemoeien, maar wat ben ik daar aan 't doen?'

'Grote God, Peter, ik heb je echt uit bed gehaald, niet? Die Lacey Putney-toestand.'

'Uhmmmmmmm. Lacey Putney.' Pijn, misselijkheid en slaap rolden als een Hawaïaanse golf door Fallows hoofd dat plat op het vloerkleed lag. De giftige dooier klotste vreselijk in het rond. 'Uhmmmmmmmmmmmm.'

'Blijf er even bij, Peter. Ik maak geen grapjes. Ik denk dat je beter hierheen kan komen en je laten zien.'

'Weet ik, weet ik, weet ik, weet ik, weet ik. Bedankt, Tony. Je hebt volkomen gelijk.'

'Kom je?'

'Ja.' Op het moment dat hij het zei wist hij al hoe het ging voelen als hij probeerde rechtop te staan.

'En doe me een lol.'

'Wat je wilt.'

'Probeer je te herinneren dat je bij het verificatiegerecht was. De Lacey Putney-nalatenschap. Niet dat de Muis me echt geloofde. Maar je weet wel.'

'Ja. Lacey Putney. Bedankt, Tony.'

Fallow hing op, kwam overeind, wankelde de jaloezieën in en sneed zich in zijn lip. Het waren van die smalle metalen lamellen waar de Yanks zo van hielden. Het waren net messen. Met de rug van zijn wijsvinger veegde hij het bloed van zijn lip. Hij kon zijn hoofd niet rechtop houden. De kwikdooier verstoorde zijn evenwichtsgevoel. Hij strompelde naar de badkamer en stapte naar binnen onder de tuberculeuze blauwe schemer van het tl-licht in de gang. In de spiegel op de deur van het medicijnkastje zag het bloed op zijn lip er in dit ziekelijke licht paars uit. Dat was in orde. Met paars bloed kon hij leven. Maar als hij het licht in de badkamer aandeed, was het afgelopen met hem.

Rijen beeldschermen met diode-lichtjes in stopverfgrijze 2001 sci-fi omhulsels verleenden de stadsredactie van *The City Light* een schone schijn van orde en moderniteit. Deze overleefde nooit een tweede blik. De bureaus lagen bezaaid met de gebruikelijke rommel van papier, plastic bekertjes, boeken, naslagwerken, almanakken, tijdschriften en smerige asbakken. De gebruikelijke jonge mannen en vrouwen met gekromde ruggen zaten achter de toetsenborden. Een mat dof geklepper – thuk thuk thuk thuk thuk thuk thuk thuk thuk thuk thuk thuk – steeg van de toetsenborden op, alsof er een immens mahjong-toernooi aan de gang was. De verslaggevers, redacteuren en persklaarmakers zaten op de eeuwenoude journalistenmanier voorovergebogen. Elke paar seconden kwam er een hoofd omhoog, als om naar lucht te happen, en schreeuwde iets over interlinies, aantallen woorden van koppen, of lengtes van artikelen. Maar zelfs de druk van de deadline was een kort leven beschoren. Achterin ging een deur open en een Griek in een wit uniform kwam naar binnen wankelen met een gigantisch dienblad vol bekertjes koffie en frisdrank, dozen donuts, Deense kaasjes, uienbroodjes, tortillachips, elke variëteit troep en vette happen die de afhaal-etens-industrie kende, en de halve zaal liet zijn computer in de steek en stortte zich op hem, en haalde als uitgehongerde kevers het hele dienblad overhoop.

Fallow profiteerde van deze onderbreking om de zaal door te steken naar zijn plek. Midden in het veld beeldschermen hield hij stil en pakte, met het air van de kritische blik van de professional, een exemplaar op van de tweede editie die net naar boven gebracht was. Onder het logo – THE CITY LIGHT – bestond de voorpagina uit enorme kapitalen die de hele rechterkant in beslag namen –

SCALPEER
OMA
EN
BEROOF HAAR

– en een foto die de linkerkant in beslag nam. De foto was een uitgesneden vergroting van het soort lachende rimpelloze portretten dat fotostudio's produceren. Het was een afbeelding van een vrouw genaamd Carolina Pérez, vijfenvijftig jaar oud en niet bijzonder oma-achtig. Ze had een overvloedige kop zwart haar dat van achteren in de ouderwetse stijl van een Spaanse dame bijeengeknot zat.

Jezus Christus! Het moest een klus geweest zijn om haar te scalperen! Als hij er beter aan toe geweest was zou Fallow een stille hulde gebracht hebben aan de buitengewone *esthétique de l'abattoir* die deze schaamteloze duivels, zijn werkgevers, zijn compatriotten, zijn mede-Engelsen, zijn mede-afstammelingen van Shakespeare en Milton, in staat stelde dag in dag uit met dit soort dingen op de proppen te komen. Denk alleen eens aan het subtiele gevoel voor rioolsyntaxis dat hen inspireerde om een kop te verzinnen die louter uit werkwoorden en lijdende voorwerpen bestond, zonder onderwerp erin, om je des te gretiger in deze smoezelige zwarte pagina's te doen graaien om uit te vinden wat voor kinderen van het kwaad beestachtig genoeg waren om de zin af te maken! Denk alleen eens aan de vasthoudendheid van een made die een of andere verslaggever in staat stelde chez Pérez binnen te dringen en een foto van oma los te krijgen waardoor je de bloederige daad in je vingertoppen voelde – in je schoudergewrichten! Denk alleen eens aan de anticlimax van 'scalpeer Oma'…'en *beroof* haar'. Wat een botte *briljante* anticlimax!

Jezus, als ze meer ruimte gehad hadden zouden ze eraan toegevoegd hebben: 'en laat alle lichten in haar keuken aan'.

Op dat moment echter was hij te ziek en vergiftigd om ervan te genieten. Nee, hij stond daar naar dit laatste staaltje geniale sensatiejournalistiek te staren om, voor iedereen zichbaar – en heel in het bijzonder, naar hij hoopte, voor de Dooie Muis zelf – het feit te onderstrepen dat hij er was en in weinig anders in de wereld geïnteresseerd was dan in de Newyorkse *City Light*.

Terwijl hij de krant in zijn handen hield en naar de voorpagina staarde alsof hij in trance was door de virtuositeit ervan, liep hij verder de zaal door en stapte zijn hokje binnen. Het zogenaamde werkeiland met kleine high-tech ronde hoeken bestond uit spaanplaatwandjes van ruim een meter hoog in een ziekelijk zalmkleurtje, die een grijs stalen bureau insloten, het alomtegenwoordige beeldscherm en toetsenbord, een plastic bureaustoel die op een onprettige orthopedische manier vormgegeven was en een plastic kapstok moduul dat ingenieus in het modulen-wandje klikte. In de steel van de kapstok zat al een barst. Er hing maar één slonzig kledingstuk aan, Peter Fallows regenjas, en die kwam het hokje nooit uit.

Vlak naast de kapstok zat een raam, en hij kon zijn spiegelbeeld zien. Van voren leek hij eerder een jonge knappe man van zesendertig dan een uitgebloeide veertiger. Van voren zag zijn kuif en het lange blonde haar dat naar achteren golfde er nog steeds... nou, *byroniaans*... uit, in plaats van een beetje eenzaam op de top van zijn schedel. Jawel, zo van voren... kwam het allemaal best in orde! Zijn lange dunne neus zag er veeleer voornaam uit van boven tot onder, in plaats van te stomp aan de punt. Zijn grote kin met het kuiltje zag er niet al te zeer aangetast uit door de kwabjes die aan allebei de kanten ontstonden. Zijn marineblauwe blazer die acht – nee, *tien!* – jaar geleden bij Blades gemaakt was, begon een beetje... te *glimmen*... bij de revers... maar hij kon met zo'n staalborsteltje de vleug van het textiel wel wat opborstelen... Hij begon een buikje te krijgen en werd wat vlezig in zijn heupen en dijen. Maar dit zou geen probleem zijn nu hij ophield met drinken. Nooit meer. Vanavond zou hij met een trainingsregiem beginnen. Of morgen, in elk geval; hij voelde zich te beroerd om aan vanavond te denken. Dat zielige Amerikaanse jogging-gedoe zou het trouwens niet worden. Het zou iets gezonds worden, fris, kwiek, energiek... Engels. Hij dacht aan oefenballen en gymrekken en het paard en knotsen en katrolgewichten en de brug met gelijke leggers en dikke touwen met leer aan het uiteinde, en toen besefte hij dat dit de uitrusting was van de gymzaal op Cross Keys, de school waar hij op gezeten had voordat hij naar de universiteit van Kent ging. Here God... twintig jaar geleden. Maar hij was nog maar zesendertig, en hij was bijna een meter vijfentachtig, en hij had een voortreffelijk sterk gestel, in principe.

Hij trok zijn buik in en haalde diep adem. Het maakte hem duizelig. Hij nam de telefoon op en hield de hoorn aan zijn oor. Doe of je het druk hebt! Dat was het voornaamste. Hij vond de kiestoon rustgevend. Hij wou dat hij in de hoorn kon kruipen en op zijn rug op de kiestoon kon drijven en het gezoem over de uiteinden van zijn zenuwen kon laten spoelen. Het zou hem geen enkele moeite kosten om zijn hoofd op het bureau te leggen en zijn ogen te sluiten en een dutje te doen. Misschien kon hij het maken als hij een kant van zijn gezicht op het bureau zou leggen, met de achterkant van zijn hoofd naar de zaal, en de telefoon aan zijn andere oor zou houden alsof hij aan het praten was. Nee, het zou er nog steeds vreemd uit zien. Misschien…

O, Jezus Christus. Een Amerikaan die Robert Goldman heette, een van de verslaggevers, kwam op zijn hokje af. Goldman had een stropdas om met heldere rode, gele, zwarte en hemelsblauwe diagonale strepen. De Yanks noemden die pseudo regimentsstropdassen 'rep' stropdassen. De Yanks droegen altijd stropdassen die van hun overhemden afknalden als om de lompheid die daar achter kwam aan te kondigen. Twee weken geleden had hij honderd dollar geleend van Goldman. Hij had hem verteld dat hij die avond een speelschuld terug moest betalen – backgammon – de Bracers Club – snel Europees gezelschap. De Yanks hoorden dolgraag verhalen over Schuinsmarcheerders en Aristocraten. Sinds die tijd had de kleine zeikerd hem al drie keer lastig gevallen om het geld, alsof zijn toekomst op deze aarde van honderd dollar afhing. Met de hoorn nog aan zijn oor loerde Fallow minachtend naar de naderende gestalte, en de trompetterende stropdas die hem aankondigde. Zoals meer dan één Engelsman in New York beschouwde hij Amerikanen als hopeloze kinderen die de Voorzienigheid pervers voorzien had van dit grote opgeblazen vette varken van een continent. Elke manier waarop men hen, zonder gewelddadig te worden, van hun rijkdommen wenste te ontdoen was fair, zo niet moreel te rechtvaardigen, omdat ze die anders toch alleen maar op smakeloze en zinloze wijze zouden verspillen.

Fallow begon in de hoorn te praten alsof hij druk in gesprek was. Hij zocht zijn vergiftigde hersens af naar het soort eenrichting-dialoog waar toneelschrijvers voor telefoonscènes mee voor de dag moeten komen.

'Wat zeg je?… Zeg je dat de verificateur weigert de stenografist toe te staan ons een afschrift te geven? Nou, vertel hem dan maar… Goed, goed… Jazeker… Dat is volstrekt in strijd met… Nee, nee… Luister nou eens goed…'

De stropdas – en Goldman – stonden vlak naast hem. Peter Fallow hield zijn ogen neergeslagen en hief een hand op alsof hij wilde zeggen: 'Alsjeblieft! Dit gesprek kan niet onderbroken worden.'

'Hallo, Pete,' zei Goldman.

Pete! zei hij, niet erg vrolijk trouwens. *Pete!* Het geluid alleen al ging Fallow door merg en been. Deze… weerzinwekkende… Yank… familiariteit! En dat leuk-doen! De Yanks! – met hun Arnie's en Buddie's en Hanks en… *Pete's!* En deze botte tactloze pummel met zijn schreeuwerige stropdas heeft het lef je kantoor binnen te stappen als je zit te telefoneren, omdat hij een zenuwinzinking nabij is over zijn zielige honderd dollar! – en je *Pete* te noemen!

Fallow krikte zijn gezicht op tot een uitdrukking van diepe concentratie en begon als een bezetene te praten.

'Aha!… Vertel jij de verificateur *en* de stenografist dat we het afschrift morgen voor de middag willen hebben!… Jazeker!… Dat is duidelijk! Dat is iets wat haar jurist bekokstoofd heeft! Ze zijn daar allemaal dikke maatjes met elkaar!'

'Het is "rechter",' zei Goldman op vlakke toon.

Fallow liet zijn ogen met een furieuze donkere blik naar de Amerikaan opflitsen.

Goldman staarde terug met een vaag ironisch trekje op zijn lippen. 'Ze zeggen niet "stenografist",ze zeggen "gerechtsschrijver". En ze zeggen ook geen "jurist", al zullen ze wel weten wat je bedoelt.'

Fallow sloot zijn ogen en zijn mond tot drie strakke lijnen en schudde met zijn hoofd en flapperde met zijn hand, alsof hij geconfronteerd werd met een onverdraaglijk vertoon van onbeschoftheid.

Maar toen hij zijn ogen opende, stond Goldman er nog. Goldman keek op hem neer en trok een quasi-opgewonden gezicht en stak allebei de handen vooruit en hief zijn tien vingers recht voor Fallow omhoog en maakte toen twee vuisten en floepte de tien vingers weer rechtop en herhaalde dit gebaar tien keer – en zei: 'Honderd flappen, Pete,' en draaide zich om en liep terug de zaal in.

De onbeschoftheid! De onbeschoftheid! Zo gauw het duidelijk was dat de onbeschofte kleine kleffe klojo niet terugkwam, legde Fallow de hoorn neer en stond op en liep naar de kapstok. Hij had gezworen – maar Jezus Christus! Wat hij net had moeten ondergaan *was… net… een… tikkeltje… teveel.* Zonder hem van de kapstok te halen sloeg hij de regenjas open en stopte zijn hoofd erin, alsof hij de naden aan het nakijken was. Toen deed hij de regenjas om zijn schouders heen zodat de bovenste helft van zijn lichaam uit het zicht verdween. Het was zo'n regenjas met van die zakken die zowel aan de binnenkant als aan de buitenkant openingen hebben, zodat je in de regen bij je jasje of bij je broek kan komen zonder de jas van voren los te knopen. Onder zijn popelinen tent voelde Fallow rond naar de binnenopening van de linker jaszak. Uit de zak haalde hij een veldfles.

Hij draaide de dop eraf, zette de opening aan zijn lippen en nam twee grote slokken wodka en wachtte op de dreun in zijn maag. De wodka kwam neer en schoot toen als een hittegolf door zijn lijf en zijn hoofd omhoog. Hij draaide de dop er weer op en liet de veldfles weer in de zak glijden en kwam onder de regenjas vandaan. Zijn gezicht stond in brand. Er stonden tranen in zijn ogen. Hij wierp een behoedzame blik de zaal in, en –

Ah, shit.

– de Dooie Muis stond recht naar hem te kijken. Fallow durfde niet eens met de ogen te knipperen, laat staan te glimlachen. Hij wilde de Muis geen enkele reactie ontlokken. Hij wendde zich af alsof hij hem niet gezien had. Was wodka echt geurloos? Hij hoopte het vurig. Hij ging aan het bureau zitten en nam de telefoon weer op en bewoog zijn lippen. De kiestoon zoemde, maar hij was te gespannen om zich eraan over te geven. Had de Muis hem gezien onder de regenjas? En als dat zo was, zou hij iets vermoeden? O, hoe anders was dat kleine slokje vergeleken bij de glorieuze toost van een half jaar geleden! O, wat een glorieuze vooruitzichten had hij weggeboemeld! Hij kon het tafereel voor zich zien… het diner in de groteske flat van de Muis op Park Avenue… de pompeuze, overformele uitnodigingskaarten met de opdruk: *Sir Gerald Steiner en Lady Steiner verzoeken u hun het genoegen van uw gezelschap te schenken bij het diner ter ere van dhr. Peter Fallow (diner en dhr. Peter Fallow met* de hand geschreven)... het potsierlijke museum van meubels van Louis Bourbon en versleten vloerkleden van Aubusson dat de Dooie Muis en Lady Muis op Park Avenue bij elkaar gesleept hadden. Niettemin, wat was dat een uitgelaten avond geweest! Iedereen aan tafel was Engels geweest. Er waren trouwens maar drie of vier Amerikanen in de bovenste echelons van *The City Light*, en geen van hen was uitgenodigd. Diners als deze waren er iedere avond over de hele East Side van Manhattan, had hij spoedig ontdekt, buitensporige feesten die helemaal Engels waren of helemaal Frans of helemaal Italiaans of helemaal Europees; geen Amerikanen, in ieder geval. Je kreeg het idee van een heel rijk en heel beleefd geheim legioen dat op slinkse wijze in de koopflats van Park Avenue was binnengeslopen om zich vandaaruit naar het hun beliefde op het vette varken van de Yanks te storten en op hun gemak het laatste fijne blanke vlees aan de botten van het kapitalisme te verslinden.

In Engeland had Fallow Gerald Steiner altijd gezien als 'die jood Steiner', maar op deze avond was elk snobisme verdwenen. Ze waren wapenbroeders in het geheime legioen, in dienst van het Groot-Britse gekwetste chauvinisme. Steiner had de tafel verteld wat een genie Fallow was. Steiner was ontzettend onder de indruk geweest van een serie over het plattelandsleven van de rijken die Fallow voor de *Dispatch* gedaan had. Hij had volgestaan met namen en titels en helicopters en onthutsende perversiteiten ('dat met dat drinkgelag') en kostbare ziektes, en alles was zo kunstig in elkaar gedraaid dat het in termen van laster waterdicht was. Het was Fallows grootste triomf geweest als journalist (zijn enige, in feite), en Steiner kon zich niet voorstellen hoe hij het voor elkaar gekregen had. Fallow wist precies hoe, maar het lukte hem de herinnering eraan te bekleden met de fraaie franje van de ijdelheid. Ieder pikant hapje in de serie kwam van een meisje waar hij in die tijd een verhouding mee had, een wrokkig meisje met de naam Jeannie Brokenborough, een dochter van een handelaar in zeldzame boeken, die in de Plattelandse Ereklasse meerende als het maatschappelijk dwergpaardje uit de stal. Toen de kleine juffrouw Brokenborough verder trok, vervloog Fallows journalisten-magie met haar.

Steiners uitnodiging om naar New York te komen was precies op tijd gekomen, hoewel Fallow dat niet zo zag. Zoals iedere schrijver voor hem die ooit een triomf gescoord had, zelfs op het niveau van de Londense *Dispatch*, weigerde Fallow zijn succes aan geluk toe te schrijven. Zou hij er moeite mee hebben zijn triomf te herhalen in een stad waar hij niets vanaf wist, in een land dat hij beschouwde als een kolossale grap? Och... waarom zou hij? Zijn genialiteit was nog maar net begonnen te bloeien. Per slot van rekening was dit slechts journalistiek, een kopje thee op weg naar zijn uiteindelijke triomf als romanschrijver. Fallows vader, Ambrose Fallow, was romanschrijver, een beslist ondergeschikt romanschrijver, zo was gebleken. Zijn vader en zijn moeder kwamen uit East Anglia en waren het soort hoog opgeleide jonge mensen geweest uit het juiste bloed en uit het juiste hout bij wie na de Tweede Wereldoorlog het denkbeeld had postgevat dat literaire fijngevoeligheid een aristocraat van je kon maken. Het idee aristocratisch te zijn was nooit ver uit hun gedachten, en ook niet uit die van Fallow. Fallow had zijn geldgebrek proberen goed te maken door scherp van geest en licht van zinnen te zijn. Deze aristocratische vaardigheden hadden hem niet meer opgeleverd dan een onzeker plaatsje in de staart van de komeet van het toonaangevende volkje in Londen.

Nu ging Fallow, als lid van de Steiner-brigade in New York, ook zijn fortuin maken in de vette Nieuwe Wereld van het blanke vlees.

Men vroeg zich af waarom Steiner, die een journalistieke achtergrond had, naar de Verenigde Staten was gekomen en zich met zo'n uiterst kostbare onderneming als het opzetten van een sensatiekrant was gaan bezighouden. De sluwe verklaring was dat The City Light geschapen was als het aanvals- of represaillewapen voor Steiners veel belangrijkere financiële investeringen in de Verenigde Staten, waar hij reeds bekend stond als 'de Boze Brit'. Maar Fallow wist dat het andersom was. De 'serieuze' investeringen stonden ten dienste van The City Light. Steiner was grootgebracht, gevormd, gedrild en van een fortuin voorzien door de Oude Steiner, een luidruchtige en opgeblazen self-made financier die van zijn zoon een gedegen lid van de Britse adel wou maken, niet alleen een rijke joodse jongen. Steiner fils was de welgemanierde, welopgevoede, welgeklede gedegen muis geworden die zijn vader verlangd had. Hij had nooit de moed gevonden om te rebelleren. Nu, laat in zijn leven, had hij de wereld van de sensatiepers ontdekt. Zijn dagelijkse duik in het slijk – SCALPEER OMA EN BEROOF HAAR – bezorgde hem een onbeschrijflijke vreugde. Uhuru! Eindelijk vrij! Elke dag rolde hij zijn mouwen op en stortte hij zich in het leven van de stadsredactie. Soms schreef hij zelf koppen. Het was mogelijk dat hij SCALPEER OMA geschreven had, hoewel dat de onnavolgbare hand verried van zijn hoofdredacteur, een proleet uit Liverpool die Brian Highridge heette. Maar ondanks de vele overwinningen in zijn carrière was hij nooit een maatschappelijk succes geweest. Dit was grotendeels te wijten aan zijn persoonlijkheid, maar anti-joodse sentimenten waren evenmin dood, en dat kon hij niet volledig buiten beschouwing laten. In ieder geval beleefde hij een waar genoegen aan het vooruitzicht dat Peter Fallow een lekker knapperend vreugdevuurtje aan ging leggen onder alle hoge pieten die op hem neerkeken. En dus wachtte hij...

En wachtte. In het begin was Fallows onkostenrekening, die veel groter was dan van de andere schrijvers van The City Light (de zeldzame buitenlandse reportage niet meegerekend), geen reden tot bezorgdheid. Om het verheven leven binnen te dringen moest je per slot van rekening zelf zo leven, tot op zekere hoogte. De duizelingwekkende lunchrekeningen, dinerrekeningen en barrekeningen werden gevolgd door amusante verslagen van het woeste spoor dat de heer Peter Fallow als jolige Britse reus in trendy obscure tenten achterliet. Na een tijdje waren ze niet meer amusant. Niet één fantastisch meesterschot in het beschrijven van het eliteleven kwam uit het geweer van deze particuliere huursoldaat. Meer dan eens had Fallow verhalen ingeleverd om ze de volgende dag gereduceerd tot ongesigneerde kolomvullers terug te vinden. Steiner had hem een paar keer bij zich geroepen voor voortgangsbesprekingen. Deze gesprekjes waren koeler en koeler geworden. In zijn trots gekrenkt was Fallow begonnen zijn collega's te amuseren door naar Steiner, de vermaarde 'Boze Brit' te verwijzen als de Dooie Muis. Iedereen leek dit geweldig leuk te vinden. Per slot van rekening had Steiner een lange puntige neus als een muis en geen kin en een gerimpeld klein mondje en grote oren en kleine handen en voeten en ogen waarin het licht leek te zijn gedoofd en een vermoeid stemmetje. De laatste tijd was Steiner echter zonder meer kil en kortaf geworden, en Fallow begon zich af te vragen of hij misschien op de een of andere manier het geintje van de Dooie Muis had opgevangen.

Hij keek op... daar was Steiner, twee meter van hem vandaan in de deuropening van het hokje, en hij keek hem strak aan met één hand op een modulenwandje.

'Aardig van je dat je ons een bezoekje brengt, Fallow.'

Fallow! Het was het meest verachtelijke soort schoolopzichterspraat! Fallow was sprakeloos.

'En,' zei Steiner, 'wat heb je voor me?'

Fallow deed zijn mond open. Hij jakkerde zijn vergiftigde hersens af op zoek naar de vlotte conversatie waar hij beroemd om was en kwam haperend en sputterend voor de dag.

'Nou! u weet nog wel – de Lacey Putney-nalatenschap – ik heb het erover gehad – als ik me niet vergis – ze hebben het ons erg lastig proberen te maken bij het verificatiegerecht, de – de – ' Verdomme! Was het stenografisten of iets over schrijvers? Wat had Goldman gezegd? 'Nou! – ik kan bijna – maar nu heb ik de hele zaak echt op een rijtje! Het is alleen een kwestie van – ik kan u verzekeren – dit gaat vast en zeker heel wat open...'

Steiner wachtte niet eens tot hij klaar was.

'Ik hoop het echt, Fallow,' zei hij behoorlijk onheilspellend. 'Ik hoop het echt.'

Toen liep hij weg en stortte zich weer in zijn geliefde sensationele stadsredactie.

Fallow zeeg in zijn stoel neer. Het lukte hem bijna een volle minuut te wachten tot hij opstond en in zijn regenjas verdween.

Albert Teskowitz was niet wat Kramer of elke andere openbare aanklager een bedreiging zou noemen waar het erom ging een jury te bezweren met de toverkracht van zijn eindpleidooien. Emotionele crescendo's lagen buiten zijn bereik, en wat hij dan nog aan retorische bevlogenheid wist op te brengen werd prompt ondermijnd door zijn verschijning. Zijn houding was zo beroerd dat elke vrouw in een jury, of in ieder geval elke goede moeder, zat te springen om te roepen: 'Schouders naar achter!' Wat zijn voordracht betrof, het punt was niet dat hij zijn eindpleidooien niet voorbereidde, maar dat hij ze kennelijk op een notitieblok van geel gerechtspapier voorbereidde dat op de verdedigingstafel lag.

'Dames en heren, de verdachte heeft drie kinderen, van zes, zeven en negen jaar,' sprak Teskowitz, 'en ze zijn op dit ogenblik in de rechtszaal om de uitslag van deze rechtszaak af te wachten.' Teskowitz vermeed zijn cliënt bij naam te noemen. Als hij Herbert Cantrell had kunnen zeggen, meneer Cantrell, of alleen Herbert, zou het in orde geweest zijn, maar Herbert wilde zich

zelfs Herbert niet laten welgevallen. 'Ik heet geen Herbert,' zei hij tegen Teskowitz toen deze de zaak op zich nam. 'Ik ben je chauffeur niet. Mijn naam is
Herbert 92X.'

'Het was niet een of andere crimineel die daar die middag in de Doublehea-
der Grill zat,' ging Teskowitz verder, 'maar een arbeider met een baan en een
gezin.' Hij weifelde en keerde zijn gezicht omhoog met de verre, verre, verre
uitdrukking van iemand die op het punt staat een aanval van epilepsie te
krijgen. 'Een baan en een gezin,' herhaalde hij dromerig, op duizend kilometer afstand. Toen draaide hij zich abrupt om en liep naar de verdedigingstafel
en boog zijn reeds kromme bovenlijf vanaf zijn middel naar voren en staarde
op zijn gele gerechtspapier met zijn hoofd scheef, als een vogel die naar een
wormgaatje loert. Hij bleef voor wat een eeuwigheid leek in die houding
staan en liep toen terug naar de jurybanken en zei: 'Hij was geen agressieve-
ling. Hij probeerde niet om een oude rekening te vereffenen of iemand op
zijn nummer te zetten of om zijn gram te halen. Hij was een arbeider met een
baan en een gezin die zich maar om één ding druk maakte, en daar had hij elk
recht toe, dat was dat zijn leven in gevaar was.' De ogen van de kleine advocaat
gingen weer open als een sluiter bij een tijdopname, en hij maakte rechtsomkeert en liep terug naar de tafel van de verdediging en ging weer op het
gele notitieblok staan staren. Zoals hij voorovergebogen stond, had hij het
silhouet van een kraan boven een spoelbak... Een kraan boven een spoelbak... een hond met kotsneigingen... Snaakse beelden begonnen in de gedachten van de juryleden door te sijpelen. Ze werden zich bewust van dingen
als een laagje stof op de enorme ramen in de rechtszaal en de manier waarop de stervende middagzon het stof deed oplichten, alsof het dat soort plastic
was waar ze speelgoed van maken, het soort dat licht opneemt, en iedere
huisvrouw uit de jury, zelfs de slechtste, verbaasde zich waarom die ramen
niet gelapt werden. Ze verbaasden zich over vele dingen en over nagenoeg
alles behalve wat Albert Teskowitz stond te beweren over Herbert 92X, en
bovenal verbaasden ze zich over het gele notitieblok dat de deerniswekkende kromme broodmagere nek van Teskowitz aan een leiband scheen te hebben.

'... en over deze verdachte... het niet schuldig uit te spreken.' Toen Teskowitz eindelijk zijn pleidooi beëindigde, wisten ze niet eens zeker of hij klaar
was. Hun ogen zaten aan het gele gerechtsblok vastgehecht. Ze verwachtten
dat het hem nog een keer terug naar de tafel zou sleuren. Zelfs Herbert 92X,
die niets ontgaan was, keek verward.

Op dat moment begon een zacht geneurie in de rechtszaal.

'Yo-ohhhhhh...' Het kwam hiervandaan.

'Yo-ohhhhhhhhhhhhh...' Het kwam daarvandaan.

Kaminsky, de dikke parketwacht, begon ermee, en toen pakte Bruzzielli,
de griffier, het op, en zelfs Sullivan, de gerechtsschrijver die achter zijn stenografeermachine zat net onder de rand van Kovitsky's lessenaar, viel in met
zijn eigen zachte discrete versie. 'Yo-ohhh.'

Zonder een spier te vertrekken klopte Kovitsky met zijn hamer en kondig-
de een reces aan van dertig minuten.

Kramer wist wat er aan de hand was. Het was karavaan-tijd in de vesting, dat was alles. Karavanen was een normaal gebruik. Als het erin zat dat een proces tot na zonsondergang ging duren, dan moest je karavanen. Iedereen wist dat. Dit proces moest na zonsondergang verder gaan omdat de verdediging zojuist het eindpleidooi voltooid had en de rechter de zitting niet kon verdagen voordat de aanklager zijn requisitoir had gehouden. Dus was het tijd om te karavanen.

Tijdens een karavaan-reces stonden alle medewerkers op die met de auto naar het werk gekomen waren en die vanwege het proces in het gerechtsgebouw moesten blijven en liepen de zaal uit naar hun auto's op de parkeerplaatsen. De rechter, Kovitsky, was geen uitzondering. Hij was vandaag zelf naar het werk komen rijden en hij ging naar zijn kleedkamer, die achter een deur naast het podium lag, en daar trok hij zijn zwarte toga uit en begaf zich naar de parkeerplaats, zoals iedereen.

Kramer had geen auto en hij kon zich niet permitteren acht of tien dollar te betalen om een zwerftaxi naar huis te nemen. Zwerftaxi's – met achter het stuur meestal recente Afrikaanse immigranten uit landen als Nigeria en Senegal – waren de enige taxi's die overdag of 's nachts in de buurt van het gerechtsgebouw kwamen, behalve dan de taxi's die een rit hadden van Manhattan naar het Bronx County Building. De chauffeurs knipten het BUITEN DIENST-lampje zelfs al aan voordat het rempedaal zijn eerste hap wrijving uit de trommel haalde, lieten hun passagiers uitstappen en scheurden er dan vandoor. Nee, een beetje kil om het hart besefte Kramer dat dit een van die avonden was waarop hij in het donker drie straten naar het station van de ondergrondse aan 161st Street zou moeten lopen en daar zou moeten wachten op wat tot een van de tien gevaarlijkste perrons van de ondergrondse in de stad gerekend werd in termen van misdaad, en hopen dat er een coupé was waar genoeg mensen in zaten zodat hij er niet als een verdwaald kalf uit de kudde door de wolvenhordes uitgepikt zou worden. Hij ging ervanuit dat hij op zijn snelle Nike-schoenen tenminste nog een behoorlijke kans maakte. In de eerste plaats dienden ze als camouflage. In de ondergrondse in de Bronx bestempelden een paar leren schoenen van Johnston & Murphy je meteen tot een eersteklas doelwit. Dat was alsof je een bord om je nek droeg met BEROOF MIJ erop. Door de Nikes en het A&P-tasje zouden ze er tenminste nog eens over denken. Ze zouden hem misschien voor een agent in burger houden die op weg was naar huis. Er was geen agent in burger meer in de Bronx die geen sneakers aan had. In de tweede plaats kon hij het, als het echt stront werd, op zijn Nikes tenminste op een lopen zetten of zich verweren en vechten. Hij was niet van plan Andriutti en Caughey hier iets van te zeggen. Andriutti kon hem eigenlijk geen barst schelen, maar hij wist dat hij Caughey's minachting niet kon verdragen. Caughey was Iers en zou zich eerder in zijn gezicht laten schieten dan camouflage in de ondergrondse dragen.

Terwijl de juryleden terugliepen naar de jurykamer, staarde Kramer naar Miss Shelly Thomas tot hij die gladde bruine lipstick kon *voelen* toen ze langs liep, en ze keek heel even naar hem – *met een zweem van een glimlach!* – en hij begon zich het hoofd te breken over hoe ze thuis moest komen, maar daar kon hij niets aan doen omdat hij natuurlijk niet op haar af kon stappen en haar een boodschap van welke aard dan ook kon overbrengen. Zelfs met al dit *yo-o-ohhh*-geneurie lichtte nooit iemand de juryleden of de getuigen in over het karavanen, niet dat een jurylid trouwens tijdens een reces naar een parkeerplaats mocht gaan.

Kramer ging naar beneden naar de ingang aan Walton Avenue, om zijn benen te strekken, een luchtje te scheppen en de optocht te bekijken. Op het trottoir had zich al een groep met onder andere Kovitsky en zijn gerechts- ambtenaar Mel Herskowitz geformeerd. De parketwachten stonden er als commandanten van het peloton bij. De ronde ton, Kaminsky, stond op zijn tenen rond te speuren of er nog iemand anders was die meewilde. De favorie- te parkeerplaats van de rechtbankmedewerkers lag net achter de heuvel van de Grand Concourse een eindje de helling af, aan 161st Street, in een enorme zandgroeve tegenover het Criminal Courts Building. De groeve, die een heel straatblok in beslag nam, was een uitgraving voor een bouwproject dat nooit van de grond was gekomen.

De groep stelde zich op met Kaminsky aan het hoofd en een andere parketwacht die de rij sloot. De parketwachten droegen hun 38 mm revolvers duidelijk zichtbaar op hun heup. Het kleine contingent trok onverschrokken het indianenland in. Het was ongeveer kwart voor zes. Het was stil op Walton Avenue. In de Bronx had je niet veel spitsuur. De parkeerplaatsen op Walton Avenue naast de vesting stonden haaks op de stoeprand. Er stond slechts een handjevol auto's. Er waren tien gereserveerde plaatsen vlak bij de ingang, voor Abe Weiss, Louis Mastroiani, en andere hoogverheven bekleders van het Gezag in de Bronx. De wacht bij de deur zette fluorescerend rode plastic verkeerskegels op de plaatsen als de gebruikers weg waren. Kramer zag dat de auto van Abe Weiss er nog stond. Er stond nog een andere, die hij niet kende, maar de overige plaatsen waren leeg. Kramer liep op en neer over het trottoir bij de ingang met zijn hoofd naar beneden en zijn handen in zijn zakken en concentreerde zich op zijn requisitoir. Hij was hier om te spreken voor de enige hoofdpersoon in deze zaak die niet voor zichzelf kon spreken, name- lijk het slachtoffer, de overledene, Nestor Cabrillo, een brave vader en een brave burger van de Bronx. Het was allemaal zonneklaar. Van dik hout ge- zaagde argumenten zouden echter niet voldoende zijn; niet voor wat hij voor elkaar moest krijgen. Dit requisitoir moest haar *beroeren*, haar tot tranen of tot vrezens toe beroeren of, op zijn allerminst, tot volledige bedwelming als ge- volg van een zinderende dosis misdaad in de Bronx, met in de hoofdrol een stoere hulpofficier van justitie met een gouden tong en een kloeke voor- dracht, om nog maar niet te spreken van een grandioos gespierde nek. Zo liep hij het trottoir op en neer voor de ingang van het fort aan Walton Avenue, terwijl hij Herbert 92X onderuit haalde en zijn sternocleidomastoïde spieren spande en er een visioen van het meisje met de bruine lipstick door zijn hoofd danste.

Al gauw kwamen de auto's eraan. Daar had je Kovitsky in zijn enorme oude witte boot, de Pontiac Bonneville. Hij zeilde een van de gereserveerde plaat- sen op, vlakbij de deur. *Twop!* De enorme deur scharnierde open en hij stapte uit, een onopvallend uitziend kaal mannetje in een heel alledaags grijs pak. En toen kwam Bruzzielli in een of ander Japans sportwagentje waar hij ongeveer uit leek te barsten. Vervolgens Mel Herskowitz en Sullivan, de gerechtsschrijver. Toen Teskowitz in een nieuwe Buick Regal. Shit, dacht Kramer. Zelfs Al Teskowitz kan zich een auto permitteren. Zelfs hij, een pro-deo advocaat, en ik ga met de ondergrondse naar huis! Spoedig was praktisch elke plek aan Walton Avenue bezet door de rechtbankmedewerkers. De laatste auto die aan kwam zetten was die van Kaminsky zelf. Hij had de andere partketwacht een lift terug gegeven. Ze stapten allebei uit en Kaminsky kreeg Kramer in de gaten en grijnsde goedaardig en zong luid: 'Yo-ohhhhhhhhhhhhhhhhhhh!'

'Yo ho ho,' zei Kramer.

De karavaan. 'Yo-ohhhhhhh' was de kreet van John Wayne, de held en hoofdverkenner, die de pioniers het teken gaf om de wagens op te stellen. Dit was indianenland en bandietenland, en het werd tijd om de wagens in een kring te zetten voor de nacht. Iedereen die dacht dat hij in het donker de twee straten van Gibraltar naar de parkeerplaats met de benenwagen af kon leggen en dan rustig naar huis rijden naar Mams en Maatje en Meisje, die speelde het spel van zijn leven met een half spel kaarten.

Later op de dag kreeg Sherman een telefoontje van de secretaresse van Arnold Parch die zei dat Parch hem wilde spreken. Parch had de titel vice-president-directeur, maar hij was niet het type dat vaak mensen van de handelsvloer naar zijn kantoor ontbood.

Het kantoor van Parch was, uiteraard, kleiner dan dat van Lopwitz, maar het had hetzelfde prachtige uitzicht op het westen, over de Hudson Rivier en New Jersey. In tegenstelling tot Lopwitz' kantoor, met al zijn antiek, was dat van Parch ingericht met modern meubilair en grote moderne schilderijen van het soort waar Maria en haar man van hielden.

Parch, die een verwoed glimlacher was, glimlachte en gebaarde naar een grijze beklede stoel die zo glad en laag bij de vloer was dat hij op een opduikende onderzeeër leek. Sherman zonk erin weg tot hij het gevoel had dat hij zich onder vloerniveau bevond. Parch ging in een identieke stoel tegenover hem zitten. Sherman was zich hoofdzakelijk bewust van benen, die van hem en die van Parch. Vanuit Shermans gezichtshoek rees de kin van Parch nauwelijks uit boven de toppen van zijn knieën.

'Sherman,' zei het glimlachende gezicht achter de knietoppen, 'ik heb net een telefoontje gehad van Oscar Suder in Columbus, Ohio, en die is echt piswoest over die United Fragrance-obligaties.'

Sherman was geschokt. Hij wilde zijn hoofd hoger optillen, maar dat ging niet. 'Echt waar? En hij heeft jou gebeld? Wat zei hij?'

'Hij zei dat jij hem opgebeld had en hem drie miljoen obligaties verkocht had voor 102. Hij zei ook dat jij hem aanraadde om ze snel te kopen omdat ze omhoog gingen. Vanochtend zijn ze gezakt naar 100.'

'Pari! Dat is niet te geloven!'

'Nou, het is een feit, en ze gaan nog verder naar beneden, als ze ergens heen gaan. Standard & Poor heeft ze net van dubbel A naar driedubbel B gekieperd.'

'Dat is niet te... *geloven*, Arnold! Ik heb ze eergisteren van 103 naar 102,5 zien gaan en ik heb het nagetrokken bij Research, en alles was oké. Toen gingen ze gisteren naar 102, toen naar 101 ⅞, en toen kwamen ze weer omhoog naar 102. Dus vermoedde ik dat andere handelaren het in de gaten kregen, en toen heb ik Oscar gebeld. Ze gingen weer omhoog. Het was een verdomd goede handel op 102. Oscar had naar iets van boven de 9 uit zitten kijken, en hier had hij 9,75 bijna 10, dubbel A.'

'Maar heb je het gisteren bij Research nagetrokken, voordat je ze Oscar aanbood?'

'Nee, maar ze gingen weer een achtste omhoog nadat ik ze gekocht had. Ze gingen omhoog. Ik sta hier echt van te kijken. *Pari!* Het is niet te geloven!'

'Nou, tjee, Sherman,' zei Parch, die niet meer glimlachte, 'zie je niet wat er aan de hand was? Iemand bij Salomon heeft je een plaatje voorgeschilderd. Ze kwamen om in de U Frags, en ze wisten dat het s&p-rapport eraan zat te komen en dus hebben ze een plaatje geschilderd. Twee dagen geleden lieten ze de prijs zakken om te kijken of er iemand wou bijten. Toen brachten ze hem weer omhoog om het te laten lijken alsof er gehandeld werd. Toen lieten ze hem gisteren weer zakken en trokken ze hem weer op. En toen ze zagen dat jij toehapte – nogal een aardig hapje – brachten ze de prijs weer omhoog, om te kijken of jij bij 102 ⅛ weer zou toehappen. Jij en Solly vormden de hele markt, Sherman! Er zat niemand anders aan. Ze hebben je een plaatje voorgeschilderd. Nu is Oscar $60.000 kwijt en heeft hij drie miljoen driedubbele B's die hij niet wil.'

Een vreselijk helder licht. Natuurlijk was het waar. Hij had zich op de meest amateuristische manier in de luren laten leggen. En Oscar Suder, nota bene! Oscar, waar hij op rekende als deelnemer in het Giscard-project... maar $10 miljoen van de $600 miljoen, maar dat was wel $10 miljoen die hij nu ergens anders moest zien te vinden...

'Ik weet niet wat ik moet zeggen,' zei Sherman. 'Je hebt volkomen gelijk. Ik heb een miskleun gemaakt.' Hij besefte dat *miskleun* klonk alsof hij er zich makkelijk vanaf maakte. 'Het was een stomme blunder, Arnold. Ik had 't moeten zien aankomen.' Hij schudde zijn hoofd. 'Tjonge. Oscar, nota bene. Ik vraag me af of ik hem zelf moet bellen?'

'Dat zou ik nu nog niet doen. Hij is echt pisnijdig. Hij wilde weten of jij of iemand anders hier wist dat het s&p-rapport eraan zat te komen. Ik heb nee gezegd, omdat ik wist dat jij Oscar geen geintjes zou flikken. Maar Research wist er wel degelijk vanaf. Je had het bij hen na moeten trekken, Sherman. Per slot van rekening, drie miljoen obligaties...'

Parch voerde de glimlach van even-goede-vrienden op. Kennelijk hield hij zelf ook niet van sessie als deze. 'Het is oké. 't Gebeurt, 't gebeurt. Maar jij bent onze topman daar, Sherman.' Hij trok zijn wenkbrauwen op en hield ze halverwege zijn voorhoofd alsof hij wilde zeggen: 'Voel je hem?'

Hij hees zich uit zijn stoel omhoog. Sherman eveneens. Behoorlijk in verlegenheid strekte Parch zijn hand uit, en Sherman schudde hem.

'Oké, neem ze te grazen,' zei Parch met een brede maar effen glimlach.

De afstand van de tafel van de aanklager waar Kramer stond tot de verdachtenbank waar Herbert 92X zat bedroeg niet meer dan zes meter, hooguit. Kramer deed een paar stappen naar hem toe en verkleinde de afstand zover dat iedereen in de rechtszaal wist dat er iets eigenaardigs plaatsvond zonder in staat te zijn om precies te vertellen wat. Het was nu tijd geworden om alle medelijden voor Herbert dat Teskowitz eventueel had weten te creëren de grond in te boren.

'Ik weet dat we sommige dingen uit de persoonlijke geschiedenis van Herbert 92X gehoord hebben', zei Kramer met zijn gezicht naar de jury, 'en hier zit Herbert 92X vandaag, in deze rechtszaal.' In tegenstelling tot Teskowitz liet Kramer de naam Herbert 92X in bijna iedere zin vallen tot hij begon te klinken als een robot in een science-fictionfilm. Toen draaide hij om zijn as en bracht zijn hoofd naar beneden en staarde Herbert in het gezicht en zei: 'Jawel, hier zit Herbert 92X… in *blakende gezondheid!*… vol *energie!*… klaar om de straat weer op te gaan en zijn leven te *hervatten*, in de Herbert 92X-stijl die onder meer inhoudt dat hij *een verborgen illegale 38 mm revolver zonder vergunning* bij zich draagt!'

Kramer keek Herbert 92X in de ogen. Hij stond nu nauwelijks drie meter van hem vandaan en hij slingerde hem *gezondheid, energie* en *hervatten* in zijn gezicht alsof hij persoonlijk bereid was om de gezondheid, de energie en het vermogen van de man tot het hervatten van een normaal leven of, wat dat betreft, een leven van wat voor soort dan ook te elimineren, en wel met zijn blote handen. Herbert was niet iemand die voor een uitdaging terugdeinsde. Hij nam Kramer op met een koele glimlach op zijn gezicht die zoveel meedeelde als: 'Praat jij maar door, sukkel, want ik ga tot tien tellen en dan… *verpletter ik je.*' Voor de juryleden – voor haar – moet Herbert eruit gezien hebben alsof het niet veel scheelde of hij zou zijn handen uitsteken en hem wurgen en, bovendien, alsof hij zat te springen om hem te wurgen. Dat verontrustte Kramer niet. Hij werd gedekt door drie parketwachten die al in opperbeste stemming verkeerden bij de gedachte aan het overwerkgeld dat ze voor het werk van vanavond zouden krijgen. Dus laat Herbert daar maar zitten in zijn Arabische uitrusting en er zo agressief uitzien als hij maar wil! Hoe agressiever Herbert er in de ogen van de jury uitzag, des te beter was het voor Kramers zaak. En hoe gevaarlijker hij eruit zag in de ogen Miss Shelly Thomas – des te heroïscher het aura van de onverschrokken jonge openbare aanklager!

Degene die echt zijn ogen niet kon geloven was Teskowitz. Zijn hoofd ging langzaam naar achteren en naar voren, als een gazonsproeier. Hij kon de opvoering waar hij getuige van was niet geloven. Als Kramer op deze manier tegen Herbert tekeerging in deze klotezaak, wat zou hij verdomme dan niet doen als hij een echte moordenaar onder handen had?

'Welnu, dames en heren,' zei Kramer terwijl hij zich weer tot de jury wendde maar even dicht bij Herbert bleef, 'het is mijn plicht het woord te voeren voor iemand die hier niet in deze rechtszaal voor ons zit, omdat hij neergeschoten werd en gedood door een kogel uit een revolver die in het bezit was van een man die hij nog nooit eerder in zijn leven gezien had, Herbert 92X. Ik wil u eraan herinneren dat het in deze rechtszaak niet om het leven van Herbert 92X gaat, maar om de dood van Nestor Cabrillo, een brave man, een brave burger van de Bronx, een brave echtgenoot, een brave vader... van *vijf kinderen*... weggemaaid in de bloei van zijn leven omwille van Herbert 92X z'n *arrogante geloof*... dat hij gerechtigd is zijn werk uit te voeren in het bezit van een verborgen, illegale, 38 mm revolver zonder vergunning...'

Kramer liet zijn blik over de juryleden glijden, de een na de ander. Maar na het overdreven lang aankijken van elk jurylid kwamen zijn ogen steeds op *haar* te rusten. Ze zat helemaal aan het linkereind van de tweede rij, en daarom was het een beetje gênant, misschien zelfs een beetje doorzichtig. Maar het leven is kort! En, mijn God – zo'n gaaf blank gezichtje! – zo'n weelderige krans haar! – zulke volmaakte lippen met bruine lipstick! En wat een bewonderende glans bespeurde hij nu in die grote bruine ogen! Miss Shelly Thomas was finaal dronken, in een roes van misdaad in de Bronx.

Buiten op het trottoir kon Peter Fallow de auto's en taxi's zich naar het noorden over West Street zien haasten. God Christus, wat zou hij graag in een taxi kruipen en gaan slapen tot hij bij Leicester's arriveerde. *Nee!* Wat dacht hij nu? Geen Leicester's vanavond; geen druppel alcohol in welke vorm dan ook. Vanavond ging hij rechtstreeks naar huis. Het werd donker. Hij zou echt alles over hebben voor een taxi... zich in een taxi nestelen en gaan slapen en rechtstreeks naar huis gaan... Maar de rit zou negen of tien dollar kosten en hij had minder dan vijfenzeventig dollar waar hij mee moest doen tot hij weer uitbetaald kreeg, en dat was volgende week, en in New York was vijfenzeventig dollar niets, gewoon een zucht, een flinke ademteug, een voorbijgaande gedachte, een opwelling, een knip met de vingers. Hij bleef naar de hoofdingang van het gebouw van de *City Light* kijken, een groezelige toren in de Moderne Style uit de jaren twintig, in de hoop een of andere Amerikaan van de krant te ontdekken met wie hij een taxi kon delen. De truc was om erachter te komen waar de Amerikaan heen ging en om dan een bestemming te kiezen die vier of vijf straten daarvoor lag en deze als zijn eigen bestemming aan te kondigen. Niet één Amerikaan had het lef om onder die omstandigheden te vragen om de kosten van de rit te delen.

Even later kwam er een Amerikaan naar buiten die Ken Goodrich heette, het hoofd marketing van de *City Light*, wat *marketing* dan ook in godsnaam mocht betekenen. Zou hij het nog een keer wagen? Hij had de laatste twee maanden al twee keer een rit met Goodrich meegepikt en de tweede keer was Goodrich's vreugde over de kans om tijdens zijn rit naar huis met een Engelsman te converseren aanmerkelijk minder hevig geweest, aanmerkelijk. Nee, hij waagde het maar niet. Dus maakte hij zich op voor de wandeling van acht straatblokken naar City Hall, waar hij de ondergrondse naar Lexington Avenue kon nemen.

Dit oude gedeelte van het zuiden van Manhattan raakte 's avonds snel uitgestorven, en naarmate Fallow in de schemer voortsukkelde kreeg hij steeds meer met zichzelf te doen. Hij zocht in zijn jaszak om te kijken of hij een muntje voor de ondergrondse bij zich had. Dat was zo, en dit riep een deprimerende herinnering bij hem op. Twee avonden geleden bij Leicester's had hij in zijn zakken gezocht om Tony Moss een kwartje voor de telefoon te geven – hij wilde gul doen met het kwartje, omdat hij de reputatie begon te krijgen van een bietser, zelfs onder zijn landgenoten – en had hij een handvol kleingeld te voorschijn gehaald, en toen lagen daar, tussen al het kleingeld, twee muntjes voor de ondergrondse. Hij voelde zich alsof de hele tafel er naar zat te gapen. Tony Moss zag ze zeker liggen.

Fallow kende geen fysieke angst om de ondergrondse van New York te nemen. Hij zag zichzelf als een harde kerel en in elk geval was hem nooit iets vervelends overkomen in de ondergrondse. Nee, waar hij bang voor was – en het kwam neer op echte angst – was de smerigheid. Om de trappen van het station van de ondergrondse bij City Hall af te dalen met al die donkere armoedige mensen, dat had veel weg van het vrijwillig afdalen in een kerker, een heel vieze en lawaaiige kerker. Overal zag je goor beton en zwarte tralies, kooi na kooi, laag op laag, een delirium gezien door zwarte tralies in alle richtingen. Telkens als er een trein het station binnenreed of vertrok klonk er een onverdraaglijk schril gepiep van metaal, alsof een enorm stalen geraamte uit elkaar gewrikt werd door een hefboom met een niet te vatten vermogen. Waarom waren ze in dit lompe vette land, met zijn obscene stapels rijkdom en zijn nog obscenere obsessie ten aanzien van menselijk gerief, niet in staat een ondergrondse te creëren die net zo rustig, ordentelijk, toonbaar, en – nou ja – decent was als die van Londen? Omdat ze kinderlijk waren. Zo lang als het onder de grond was, buiten het gezichtsveld, deed het er niet toe hoe het eruit zag.

Het lukte Fallow om op dit uur een zitplaats te bemachtigen, als een plek op een smalle plastic bank een zitplaats genoemd kon worden. Voor hem spreidde zich de gebruikelijke naargeestige wirwar van graffiti uit, de gebruikelijke donkere armoedige mensen met hun grijze en bruine kleren en hun sneakers – behalve een stel precies tegenover hem, een man en een jongen. De man, die waarschijnlijk in de veertig was, was kort en stevig. Hij droeg een smaakvol en duur uitziend grijs krijtstreep, een fris wit overhemd en, voor een Amerikaan, een discrete stropdas. Hij droeg ook een paar goed passende, goed gemaakte, goed gepoetste zwarte schoenen. Amerikaanse mannen verknoeiden gewoonlijk hun in overig opzicht presentabele ensembles door lompe, slecht verzorgde schoenen met dikke zolen te dragen. (Ze zagen hun eigen voeten zelden en, kinderlijk als ze waren, bekommerden ze zich dus nauwelijks om wat ze eraan hadden zitten.) Tussen zijn voeten stond een duidelijk duur donker leren attachékoffertje. Hij leunde opzij om in het oor van de jongen te praten die acht of negen jaar oud leek. De jongen droeg een marineblauwe schoolblazer, een wit button-down overhemd en een gestreepte stropdas. Terwijl hij tegen de jongen bleef praten keek de man om zich heen en maakte gebaren met zijn rechterhand. Fallow stelde zich voor dat dit een man was die op Wall Street werkte en die zijn zoon voor een bezoekje naar zijn kantoor had laten komen en nu een ritje met de ondergrondse met hem maakte en hem de mysteriën van deze rijdende kerker onder de aandacht bracht.

Afwezig keek hij naar het tweetal, terwijl de trein sneller ging rijden en zijn schokkende, slingerende, razende vaart ontwikkelde voor de reis naar het noorden. Fallow zag zijn eigen vader voor zich. Een schamele kleine slungel, een triest kereltje, dat was alles wat hij uiteindelijk was, een schamele kleine slungel die een zoon had genaamd Peter, een schamele kleine mislukkeling die daar tussen zijn bohémien rekwisieten zat in een bouwvallig huis in Canterbury... En wat ben ik, dacht Fallow, wat doe ik in deze rijdende kerker in deze krankzinnige stad in dit waanzinnige land? Zo'n zin in een borrel, zo'n zin in een borrel... Hij werd weer overspoeld door een golf wanhoop... Hij keek naar beneden naar zijn revers. Zelfs in dit miserabele licht kon hij ze zien glimmen. Hij was afgegleden... tot minder dan bohémien... Het afschuwelijke woord schoot in zijn hoofd: *verlopen.*

De halte van de ondergrondse op de hoek van Lexington Avenue en Seventy-seventh Street was gevaarlijk dicht bij Leicester's. Maar dat was geen probleem. Peter Fallow zou niet meer meedoen. Toen hij boven aan de trappen kwam en in de schemering het trottoir opstapte, haalde hij zich het tafereel voor de geest, louter met de bedoeling zichzelf zijn vastbeslotenheid te bewijzen en het van zich af te zetten. Het oude hout, de matglazen lampen, het licht vanuit de diepe ruimte achter de bar en de manier waarop dit de rijen flessen deed oplichten, de samengepakte mensenmenigte, het loeiend haardvuur van hun stemmen – hun stemmen – *Engelse stemmen*... Misschien als hij alleen een jus d'orange met ginger ale nam en een kwartiertje Engelse stemmen... *Nee!* Hij zou streng zijn.

Nu stond hij voor Leicester's, dat er voor de onschuldige voorbijganger ongetwijfeld net zo uitzag als al die andere gezellige bistro's en trattoria's in de East Side. Tussen de ouderwetse stijlen van de vensters kon hij al de gezellige gezichten in groepjes aan de tafels bij de ramen zien zitten, gezellige blije blanke gezichten verlicht door roze lampen van barnsteen. Dat deed het hem. Hij had vertroosting nodig en een jus d'orange met ginger ale en Engelse stemmen.

Als je Leicester's vanaf Lexington Avenue binnenloopt kom je in een ruimte die vol staat met tafels met roodgeruite kleedjes, op de bistro-wijze. Langs een wand loopt een grote bar met een koperen voetleuning. Aan de ene kant ligt een vrij kleine eetzaal. Hierin staat, voor het raam dat op Lexington Avenue uitziet, een tafel waar zich acht of tien mensen omheen kunnen stouwen, ervan uitgaande dat het gezelligheidsmensen zijn. Volgens ongeschreven regel is dit de Engelse tafel geworden, een soort clubtafel waar in de middag en de vroege avond de Britten – leden van de Londense *bon ton* die nu in New York wonen – komen en gaan, om er een paar te nemen... en om Engelse stemmen te horen.

De stemmen! Het haardvuur loeide al toen Fallow binnenstapte.

'Hallo Peter!'

Het was Grillo, de Amerikaan, die tussen de menigte aan de bar stond. Hij was een onderhoudende kerel, en vriendelijk, maar Fallow had voor die dag

155

genoeg gehad van Amerika. Hij glimlachte en riep 'Hallo Benny' en ging rechtstreeks naar de zijkamer.

Tony Moss zat aan de Tafel; en Caroline Heftshank; en Alex Britt-Withers, de eigenaar van Leicester's; en St. John Thomas, de museumdirecteur en (in het geniep) kunsthandelaar; en het vriendje van St. John, Billy Cortez, een Venezolaan die op Oxford had gezeten en evengoed Engels had kunnen zijn; en Rachel Lampwick, een van de twee dochters van lord Lampwick die op zijn kosten in New York woonden; en Nick Stopping, de marxistische journalist – stalinistisch was meer het woord – die voornamelijk leefde van artikelen waarmee hij de rijken slijmde in *House & Garden*, *Art & Antiques* en *Connoisseur*. Te oordelen naar de glazen en flessen was de Tafel al enige tijd in zitting bijeen, en zo meteen zouden ze naar een vis zitten uit te kijken, tenzij Alex Britt-Withers, de eigenaar – maar nee, Alex schold de rekening nooit kwijt.

Fallow ging zitten en verkondigde dat hij aan een nieuwe bladzijde was begonnen en alleen een jus d'orange met ginger ale wilde. Tony Moss wilde weten of dit betekende dat hij met drinken was gestopt of met betalen. Fallow vond dat niet erg omdat het van Tony kwam, die hij wel mocht, en dus lachte hij en zei dat vanavond in feite niemands geld er veel toe deed omdat hun royale gastheer, Alex, aan de Tafel zat. En Alex zei:'En dat van jou nog het minst, vermoed ik.' Caroline Heftshank zei dat Alex Fallows gevoelens gekwetst had en Fallow zei dat dat waar was en dat hij onder deze omstandigheden gedwongen was van gedachten te veranderen. Hij vroeg de kelner hem een 'wodka Southside' te brengen. Iedereen lachte, omdat dit een toespeling was op Asher Herzfeld, een Amerikaan, erfgenaam van het glas-fortuin der Herzfelds, die de vorige avond een fikse ruzie met Alex gemaakt had omdat hij geen tafel kon krijgen. Herzfeld had al die tijd de kelners en de barkeepers tot wanhoop gedreven door dat verderfelijke Amerikaanse drankje, wodka Southside, te bestellen dat met mint gemaakt werd, en zich dan te beklagen dat de mint niet vers was. Dat bracht de Tafel ertoe anekdotes over Herzfeld te gaan vertellen. St. John Thomas vertelde, met zijn zeurderigste hoge stem, dat hij naar een diner geweest was in Herzfelds appartement op Fifth Avenue en dat Herzfeld erop gestaan had de gasten aan zijn vier personeelsleden voor te stellen, wat de bedienden in verlegenheid en de gasten tot ergenis bracht. Hij wist zeker dat hij de jonge Zuidamerikaanse huisknecht had horen zeggen: 'Nou dan, waarom gaan we niet allemaal bij mij thuis eten', wat waarschijnlijk een veel amusantere avond opgeleverd zou hebben, naar de mening van St. John. 'Waarschijnlijk, maar weet je 't niet zeker?' vroeg Billy Cortez met een ondertoon van echt verwijt. 'Ik weet zeker dat je hem er daarna aan herinnerd hebt. Een puisterig Portoricaantje, overigens.' 'Niet Portoricaans,' zei St. John, 'Peruaans. En niet puisterig.' Nu maakte de Tafel zich op voor het centrale thema, en het betrof de huiselijke gedragingen van de Amerikanen. De Amerikanen met hun geperverteerde schuldgevoel stelden onophoudelijk gasten voor aan bedienden, vooral 'mensen als Herzfeld', zei Rachel Lampwick. Daarna praatten ze over de vrouwen, de Amerikaanse vrouwen, die een tiranniek bewind voerden over hun echtgenoten. Nick Stopping zei dat hij ontdekt had waarom Amerikaanse zakenlui in New

York zulke lange lunchpauzes namen. Het was het enige tijdstip waarop ze van hun vrouwen weg konden achter seks aan. Hij ging een artikel doen dat 'Seks tussen de middag' heette voor *Vanity Fair*. En daar bracht de kelner Fallow een wodka Southside en met een heleboel uitgelatenheid en geproost en geklaag tegen Alex over de toestand van de mint dronk hij hem op en bestelde er nog een. Hij smaakte eigenlijk heel lekker. Alex verliet de Tafel om te zien hoe het er in de grote zaal voorstond, en Johnny Robertson, de kunstcriticus, arriveerde en vertelde een leuk verhaal over een Amerikaan die erop stond de Italiaanse minister van buitenlandse zaken en zijn vrouw bij hun voornaam te noemen bij de opening van de Tiepolo-tentoonstelling gisteravond, en Rachel Lampwick vertelde over de Amerikaan die aan haar vader voorgesteld werd – 'Dit is Lord Lampwick' – en die zei: 'Hallo, Lloyd.' Maar Amerikaanse universiteitsprofessoren zijn allemaal vreselijk beledigd als je vergeet om hen doctor te noemen, zei St. John, en Caroline Heftshank wilde weten waarom Amerikanen met alle geweld de afzender op de voorkant van de enveloppe vermelden, en Fallow bestelde nog een wodka Southside, en Tony en Caroline vroegen waarom ze niet nog een fles wijn bestelden. Fallow zei dat het hem niet uitmaakte dat de Yanks hem bij zijn voornaam noemden, als ze die alleen maar niet zo hardnekkig samen zouden knijpen tot Pete. Alle Yanks bij *The City Light* noemden hem Pete, en ze noemden Nigel Stringfellow Nige, en ook droegen ze pseudo-regimentsstropdassen die van hun overhemden afknalden, zodat elke keer als hij een van die schreeuwerige stropdassen zag een kettingreactie in werking trad en hij de stuipen en de kriebels kreeg van dat *Pete*. Nick Stopping zei dat hij onlangs een diner had in het huis van Stropp, de investeringsspecialist, op Park Avenue, en dat Stropps vier jaar oude dochtertje, van zijn tweede vrouw, de eetkamer binnenkwam en een speelgoedauto met zich mee trok waarop een verse menselijke drol lag – ja, een drol! – haar eigen, mocht je hopen, en dat ze drie keer om de tafel heenliep en Stropp en zijn vrouw alle twee alleen maar hun hoofd schudden en glimlachten. Dit behoefde geen verder commentaar, aangezien de suikerstroperige toegeeflijkheid van de Yanks ten opzichte van hun kinderen bekend was, en Fallow bestelde nog een wodka Southside en proostte op de afwezige Asher Herzfeld, en ze bestelden allemaal nog wat te drinken.

Nu begon het Fallow te dagen dat hij voor twintig dollar aan drank besteld had die hij niet van plan was te betalen. Alsof ze door Jungs collectieve onderbewustzijn verbonden waren, werden Fallow en St. John en Nick en Tony gewaar dat het uur van de vis aangebroken was. Maar welke vis?

Het was Tony, ten slotte, die blij uitriep: 'Hallo, Ed!' Met de hartelijkste grijns waartoe zijn gezicht in staat was begon hij een lange gestalte naar de Tafel te lonken. Het was een Amerikaan, goed gekleed, vrij knap eigenlijk, met aristocratische trekken en een gezicht zo zacht, roze, glad en donzig als een perzik.

'Ed, mag ik je voorstellen, Caroline Heftshank. Caroline, dit is mijn goeie vriend Ed Fiske.'

Van alle kanten hoe-maakt-u-hets terwijl Tony de jonge Amerikaan aan de Tafel voorstelde. Toen verkondigde Tony: 'Ed is de Prins van Harlem.'

'O, kom nou,' zei de heer Ed Fiske.

'Het is waar!' zei Tony. 'Ed is de enige persoon die ik ken die de lengte, de breedte, de diepte, de hoofdstraten en de zijstraten, de villa's en de achterbuurten van Harlem in kan wandelen wanneer hij maar wil, waar hij maar wil, altijd, dag en nacht, en die ook nog absoluut welkom is!'

'Tony, da's vreselijk overdreven,' zei de heer Ed Fiske blozend, maar toch ook glimlachend op een manier die aangaf dat het geen *mateloze* overdrijving was. Hij ging zitten en werd aangespoord een drankje te bestellen, wat hij deed.

'En, wat gebeurt er nou *echt* in Harlem, Ed?'

Nog wat meer blozend bekende de heer Ed Fiske dat hij juist die middag in Harlem geweest was. Zonder namen te noemen vertelde hij van een ontmoeting met een persoon bij wie hij, zoals zijn netelige missie was, aan moest dringen op de teruggave van nogal wat geld, driehonderdvijftigduizend dollar. Hij vertelde het verhaal weifelend en een beetje onsamenhangend, aangezien hij zich ervoor wachtte niet de nadruk op de factor huidskleur te leggen of uit te leggen waarom er zoveel geld mee gemoeid was – maar de Britten hingen opgetogen en met stralende gezichten aan zijn lippen, alsof hij de meest briljante raconteur was die ze in de Nieuwe Wereld tegengekomen waren. Ze gniffelden, ze lachten, ze herhaalden de laatste woorden van zijn zinnen als een koor in een operette van Gilbert en Sullivan. De heer Ed Fiske bleef aan de praat en zijn zelfvertrouwen en zijn welsprekendheid groeiden gestaag. Het drankje was er wel ingegaan. Hij diste zijn meest buitensporige en uitgelezen kennis van Harlem op. Wat een bewonderende Britse gezichten allemaal om hem heen! Zoals ze straalden! Ze waardeerden inderdaad de kunst van het converseren! Met terloopse vrijgevigheid bestelde hij een rondje voor de Tafel, en Fallow nam nog een wodka Southside, en de heer Ed Fiske vertelde over een grote gevaarlijke man met de bijnaam Buck die een grote gouden oorring droeg, als een piraat.

De Britten namen nog wat te drinken, en een voor een glipten ze er toen tussenuit, eerst Tony, toen Caroline, toen Rachel, toen Johnny Robertson, toen Nick Stopping. Toen Fallow zachtjes 'Excuseer me een ogenblik' zei en opstond, waren alleen St. John Thomas en Billy Cortez nog over, en Billy zat St. John aan zijn mouw te trekken omdat hij nu meer dan een beetje oprechtheid ontdekte in de verrukte blikken die St. John uitzond naar deze mooie en kennelijk rijke jongen met zijn perzikhuid.

Buiten, op Lexington Avenue, vroeg Fallow zich af hoe hoog de rekening zou zijn die de jonge heer Fiske weldra aangereikt zou krijgen. Hij grijnsde in het donker, zalig aangeschoten. Het was vast en zeker tegen de tweehonderd dollar. Hij zou het ongetwijfeld zonder gemor betalen, de arme vis.

De Yanks. Mijn God.

Alleen het etensprobleem moest nog geklaard worden. Bij Leicester's kostte een diner, zelfs zonder wijn, op zijn minst veertig dollar per persoon. Fallow liep naar de telefooncel op de hoek. Die Bob Bowles, de Amerikaanse redacteur van een tijdschrift... Dat moest lukken... De magere vrouw met wie hij samenwoonde, Mona en nog wat, was nauwelijks te harden, zelfs wanneer ze niet praatte. Maar alles in het leven had zijn prijs, niet soms?

Hij ging de cel binnen en liet een kwartje in de gleuf glijden. Met wat geluk zou hij binnen het uur weer bij Leicester's binnen zitten en zijn favoriete gerecht eten, de gevulde kip, die bijzonder goed smaakte met rode wijn. Hij hield van Vieux Galouches, een Franse wijn die geserveerd werd in een fles met een excentrieke hals, de beste.

8

De zaak

Martin, de Ierse rechercheur, zat achter het stuur, en zijn partner Goldberg, de joodse rechercheur, zat in de passagiersstoel, en Kramer zat op de achterbank en kon toevallig waar hij zat net de snelheidsmeter zien. Ze reden op de Major Deegan Expressway met een goeie Ierse honderd kilometer per uur, op weg naar Harlem.

Kramer zat steeds te denken aan het feit dat Martin een Ier was. Het was hem net te binnen geschoten waar hij hem voor het eerst gezien had. Dat was vlak nadat hij bij de afdeling Moordzaken was gekomen. Hij was naar East 152nd Street gestuurd, waar een man was doodgeschoten op de achterbank van een auto. De auto was een Cadillac DeVille. Een van de achterportieren was open, en er stond een rechercheur bij, een kleine vent, niet meer dan zeventig kilo, met een dunne nek, een mager enigszins scheef gezicht, en de ogen van een dobermannpinscher. Rechercheur Martin. Rechercheur Martin gebaarde naar het geopende portier met een zwaai van zijn hand, zoals een chef-kelner. Kramer keek naar binnen, en wat hij zag was gruwelijker dan alles wat de uitdrukking 'doodgeschoten op de achterbank van een auto' ooit bij hem opgeroepen had. Het slachtoffer was een dikke man in een opzichtig, geruit jasje. Hij zat op de achterbank met zijn handen op zijn benen, net boven zijn knieën, alsof hij op het punt stond zijn broekspijpen op te trekken zodat ze niet meer zo strak zaten bij zijn knieën. Het leek of hij een vuurrood servet voor had. Tweederde van zijn hoofd was eraf. De achterruit van de Cadillac zag eruit alsof iemand er een pizza tegenaan gegooid had. Het rode servet was slagaderbloed dat als een fontein uit de stronk van zijn hoofd was gepompt. Kramer deinsde terug uit de auto 'Shit!' zei hij. 'Heb je dat gezien? Hoe hebben ze – ik bedoel, shit! – de hele auto zit onder!' Waarop Martin gezegd had: 'Tja, dat moet z'n hele dag bedorven hebben!' Eerst had Kramer dit opgevat als een blijk van afkeuring dat hij zich bij het zien ervan liet gaan, maar later bedacht hij dat Martin het niet anders gewild had. Wat voor lol was eraan om mensen in aanraking te brengen met authentieke Bronx verminkingen als ze zich niet lieten gaan? Sindsdien zorgde Kramer er voor om op de plaats van een misdaad zo Iers mogelijk te zijn.

Martins partner, Goldberg, was twee keer zo groot als hij, een echte bieflap, met dik krullend haar, een snor die bij de mondhoeken een beetje afhing en een dikke nek. Er waren Ieren met de naam Martin en joden met de naam Martin. Er waren Duitsers met de naam Kramer en joden met de naam Kramer. Maar elke Goldberg in de geschiedenis van de wereld was een jood, met deze ene als mogelijke uitzondering. Als Martins partner was hij inmiddels waarschijnlijk ook Iers geworden.

Martin, op de plaats van de bestuurder, draaide zijn hoofd een beetje om tegen Kramer op de achterbank te praten. 'Ik kan er niet bij dat ik echt naar Harlem rij om naar deze klootzak te gaan luisteren. Als 't een afgetapt telefoontje was, dan kon ik 't nog geloven. Hoe is hij verdomme bij Weiss terechtgekomen?'

'Ik weet 't niet,' zei Kramer. Hij zei het op gelaten toon, om te laten blijken dat hij een goeie rauwe vent was die besefte dat dit een lullige opdracht was. In feite had hij nog steeds de wind onder de vleugels van de uitspraak die gisteravond binnengekomen was. Herbert 92X was ten onder gegaan. Shelly Thomas was omhoog gekomen, stralend als de zon. 'Blijkbaar heeft Bacon Joseph Leonard gebeld. Ken je Leonard? De zwarte afgevaardigde?'

Kramers radar vertelde hem dat zwarte te tactvol was, te verzorgd, een te trendy-progressieve benaming in een gesprek met Martin en Goldberg, maar hij had geen zin om iets anders uit te proberen.

'Ja, die ken ik wel,' zei Martin. 'Ook zo'n fraai nummer.'

'Nou, ik sla d'r maar een slag naar,' zei Kramer, 'maar voor Weiss zit er een verkiezing aan te komen in november, en als Leonard 'm om een gunst vraagt dan zal Weiss 'm helpen. Hij denkt dat-ie zwarte steun nodig heeft. Die Portoricaan, Santiago, is z'n tegenstander in de voorverkiezing.'

Goldberg snoof. 'Da's een mooi woord dat ze gebruiken, steun. Alsof ze denken dat er een of andere organisatie achter zit. Da's om je te bescheuren. In de Bronx kunnen ze niet eens een kop koffie organiseren. In Bedford-Stuyvesant precies hetzelfde. Ik heb in de Bronx gewerkt, in Bedford-Stuyvesant en in Harlem. In Harlem zijn ze wat wereldwijzer. Als je in Harlem een klootzak opbrengt en je zegt tegen hem: "Kijk, we kunnen dit op twee manieren doen, de makkelijke manier en de moeilijke, zeg 't maar," dan weten ze tenminste waar je 't over hebt. In de Bronx of in Bed-Stuy kun je 't wel schudden. Bed-Stuy is 't ergste. In Bed-Stuy kan je net zo goed direct in de troep gaan zwemmen. Nietwaar, Marty?'

'Jaah,' zei Martin, zonder geestdrift. Goldberg had helemaal geen benaming gebruikt, behalve ze. Martin scheen er trouwens niets voor te voelen om de filosofische smeris uit te hangen. 'Dus Bacon belt Leonard, en Leonard belt Weiss,' zei Martin. 'En wat toen?'

'De moeder van die Lamb werkt voor Bacon, of ze heeft voor Bacon gewerkt,' zei Kramer. 'Ze beweert dat ze een paar dingen weet over wat haar zoon overkomen is, maar ze heeft een hele stapel parkeerbonnen en er loopt een aanhoudingsbevel tegen haar en ze is bang om naar de politie te gaan. Dus is de afspraak dat Weiss het aanhoudingsbevel intrekt en een regeling treft voor de afbetaling van haar bonnen, en dat ze ons de informatie verstrekt, maar dat moet gebeuren in aanwezigheid van Bacon.'

'En Weiss gaat daarmee akkoord.'

'Yep.'

'Prachtig.'

'Nou, je kent Weiss,' zei Kramer. ''t Enige waar die zich druk om maakt is dat-ie joods is en dat-ie herkozen wil worden in een district dat voor zeventig procent zwart en Portoricaans is.'

Goldberg zei: 'Ben je Bacon ooit eerder tegen 't lijf gelopen?'

'Nee.'

'Je kan beter eerst je horloge afdoen voor je daar naar binnen gaat. Die klootzak steekt geen vinger uit behalve om te jatten.'

Martin zei: 'Daar zat ik net aan te denken, Davey. Ik zie niet precies waar 't in dit zaakje om geld te doen is, maar je kan d'r van verzekerd zijn dat 't er ergens mee te maken heeft.' Toen tegen Kramer: 'Ooit gehoord van 't Werkgelegenheidsverbond De Geopende Poort?'

'Jawel.'

'Da's een van Bacon z'n ondernemingen. Je weet hoe ze komen opdagen bij restaurants om banen te eisen voor minderheden? Je had bij die klote vechtpartij op Gun Hill Road moeten wezen. Daar werkte verdomme niet één blanke kloot. Dus ik weet niet over wat voor minderheden ze 't hebben, behalve als je een zootje bongo's met flinke einden pijp in hun poten een minderheid noemt.'

Kramer vroeg zich af of *bongo's* al dan niet als een racistisch epitheton beschouwd kon worden. Zo Iers wilde hij nu ook weer niet zijn. 'Maar wat levert 't ze dan op?'

'Geld,' zei Martin. 'Als de bedrijfsleider zou zeggen: "O ja, we hebben een paar extra mensen nodig, jullie kunnen allemaal een baantje krijgen," dan zouden ze hem aankijken alsof er haar uit z'n ogen groeide. Ze nemen alleen geld aan om weg te blijven. Met de Liga tegen Belastering van de Derde Wereld gaat 't net zo. Dat zijn degenen die naar Broadway trekken en rotzooi trappen. Da's ook een van Bacon z'n ondernemingen. Hij is een lieverdje.'

'Maar het Werkgelegenheidsverbond De Geopende Poort,' zei Kramer, 'die raken echt bij vechtpartijen betrokken.'

'Van tevoren afgesproken vechtpartijen,' zei Goldberg.

'Als 't afgesproken werk is, waarom zouden ze dat dan doen? Ze kunnen wel afgemaakt worden.'

'Je zou ze 'ns moeten zien,' zei Martin. 'Die maffe kloothommels gaan de hele dag voor niks knokken. Dus waarom zouden ze 't niet doen als iemand ze een paar dollar betaalt?'

'Weet je nog die ene die met dat stuk pijp op je in wou slaan, Marty?'

'Of ik dat nog weet? Ik heb 'm godverdomme in mijn slaap gezien. 'n Grote lange lul die een gouden oorring aan z'n kop had hangen, zo.' Martin maakte een grote O met zijn duim en wijsvinger onder zijn rechteroor.

Kramer wist niet wat hij hiervan moest geloven. Hij had eens een artikel in *The Village Voice* gelezen waarin Bacon omschreven werd als een 'straat-socialist', een zwarte politieke activist die zich zijn eigen theorieën had gevormd over de ketenen van het kapitalisme en de strategieën die vereist waren om zwarte mensen te geven wat hen toekwam. Kramer had geen belangstelling voor linkse politiek, evenmin als zijn vader. Toch had in hun huis, toen hij opgroeide, het woord *socialist* religieuze bijbetekenissen. Het was als *Zeloot* en *Massada*. Het had iets joods. Hoe obstinaat een socialist ook was, hoe hard en hoe compromisloos, ergens in zijn ziel gloeide toch een sprankje van het licht van God, van Jaweh. Misschien waren Bacons ondernemingen afpersing, en misschien ook niet. Van één kant bekeken was de hele geschiedenis van de arbeidersbeweging afpersing. Wat was een staking anders dan afpersing waar echte of veronderstelde dreiging van geweld achter stak? De arbeidersbeweging had in huize Kramer ook een religieus aura. De vakbonden waren een Massada-opstand tegen de ergsten der *gojim*. Zijn vader was een would-be kapitalist, een kapitalistenknecht eigenlijk, die nooit van zijn leven lid was geweest van een vakbond en zich oneindig superieur gevoeld had aan degenen die dat wel waren. Toch was op een avond senator Barry Goldwater op tv geweest om steun te krijgen voor een wetsvoorstel voor recht-op-werk, en was zijn vader zo gaan zitten grommen en vloeken dat Joe Hill en de Wobblies er vergeleken met hem als arbeidsbemiddelaars uitgezien zouden hebben. Jawel, de arbeidersbeweging was waarlijk religieus, zoals het judaïsme zelf. De arbeidersbeweging was een van die dingen waar je voor de hele mensheid in geloofde en waar je je in je eigen leven geen seconde druk om maakte. Het was een rare toestand met religie... Zijn vader hulde zichzelf erin als in een cape... Deze Bacon hulde zichzelf erin... Herbert hulde zichzelf erin... Herbert... Opeens zag Kramer een kans om over zijn triomf te vertellen.

''t Is een rare toestand, deze kerels en religie,' zei hij tegen de twee politiemannen op de voorbank. 'Ik heb net een zaak gehad, een vent die Herbert 92X heette.' Hij zei niet: 'Ik heb net een zaak gewonnen.' Dat zou hij erin verwerken. 'Deze vent...'

Martin en Goldberg kon het waarschijnlijk ook geen moer schelen. Maar ze zouden het tenminste... begrijpen...

De rest van de rit naar Harlem zat hij geanimeerd te vertellen.

Er was geen levende ziel in de grote salon annex kantoor van dominee Bacon toen de secretaresse Kramer, Martin en Goldberg binnenleidde. Het meest opvallend afwezig was dominee Bacon zelf. Zijn grote draaistoel verhief zich in gespannen leegte achter het bureau.

De secretaresse wees hen alle drie een leunstoel aan tegenover het bureau en vervolgens ging ze weg. Kramer keek uit het erkerraam achter de draaistoel naar de naargeestige boomstammen in de tuin. De stammen zaten onder de moerasgele en rottendgroene vlekken. Toen keek hij naar de holle stuclijst waarmee de wanden in het plafond overgingen en de getande kroonlijsten van pleisterwerk en al de andere architectonische details die tachtig jaar geleden duidelijk de Miljonair hadden verraden. Martin en Goldberg zaten ook rond te kijken. Martin keek Goldberg aan en trok een mondhoek op met de uitdrukking die meedeelt: 'Hier klopt niks van.'

Er ging een deur open en een lange zwarte man die eruit zag als tien miljoen dollar kwam het vertrek binnen. Hij droeg een zwart pak, zodanig van snit dat het zijn brede schouders en zijn slanke middel goed uit deed komen. Het jasje had een tweeknoops overslag die een schitterende vlakte aan wit overhemd vrij liet. De gesteven boord lag onberispelijk tegen de donkere huid van de man aan. Hij droeg een witte stropdas met een zwart kruisjespatroon, het soort stropdas dat Anwar Sadat vroeger droeg. Alleen al door naar hem te kijken voelde Kramer zich verkreukeld.

Een ogenblik overwoog hij of hij wel of niet uit zijn stoel zou opstaan, wetend wat Martin en Goldberg van elk gebaar van respect zouden denken. Maar hij kon geen enkele uitweg bedenken. Dus stond hij op. Martin wachtte enige ogenblikken maar toen stond hij ook op, en Goldberg volgde het voorbeeld. Ze keken elkaar aan en deze keer trokken ze allebei met hun lippen. Omdat Kramer het eerst overeind was liep de man op hem af en stak zijn hand uit en zei: 'Reginald Bacon.'

Kramer schudde hem de hand en zei: 'Lawrence Kramer, parket van de officier van justitie van de Bronx. Rechercheur Martin. Rechercheur Goldberg.'

Uit de manier waarop Martin met zijn dobermannpinscher-ogen naar de hand van dominee Bacon keek, kon Kramer niet opmaken of hij die zou gaan schudden of verscheuren. Uiteindelijk schudde hij hem. Hij schudde hem op z'n minst een kwart seconde, alsof hij zojuist een brok kooolteer had aangepakt. Goldberg volgde zijn voorbeeld.

'Koffie voor de heren?'

'Nee, bedankt,' zei Kramer.

Martin gaf dominee Bacon een ijzig priemende blik en schudde toen zijn hoofd twee keer heen en weer, ter-gend lang-zaam, en bracht daarmee overtuigend de boodschap 'Zelfs niet al stierf ik van de dorst' over. Goldberg, de joodse Shamrock, volgde zijn voorbeeld.

Dominee Bacon liep om het bureau heen naar zijn enorme stoel, en allemaal gingen ze zitten. Hij leunde naar achteren in de stoel en keek Kramer een hele tijd met geen enkele uitdrukking op zijn gezicht aan en zei toen met een zachte, diepe stem: 'De officier van justitie heeft u de situatie van mevrouw Lamb uitgelegd?'

'Het hoofd van mijn afdeling heeft dat gedaan, ja.'

'Het hoofd van uw afdeling?'

'Bernie Fitzgibbon. Hij is het hoofd van de afdeling Moordzaken.'

'Bent u van de afdeling Moordzaken?'

'Als een zaak geclassificeerd wordt als "waarschijnlijk met de dood als gevolg", dragen ze hem over aan de afdeling Moordzaken. Niet altijd, maar meestal wel.'

'U hoef mevrouw Lamb niet te vertellen dat u van de afdeling Moordzaken bent.'

'Ik begrijp 't,' zei Kramer.

'Dat zou ik waarderen.'

'Waar is mevrouw Lamb?'

'Ze is hier. Ze komt zo. Maar ik wil u iets vertellen voor ze binnenkomt. Ze

is erg van streek. Haar zoon ligt op sterven, en ze weet dat, en ze weet 't niet...
snapt u... Het is iets dat ze weet en iets dat ze niet wilt weten. Begrijpt u? En al
die tijd zit ze zich hier zorgen te maken over 'n hoop parkeerbonnen. Ze zeg
tegen zichzelf: "Ik móet bij mijn zoon zijn, en stel dat ze me arresteren voor
een hoop parkeerbonnen"... Snapt u?'

'Nou, daar – daar hoef ze zich geen zorgen om te maken,' zei Kramer. In
een kamer met drie mensen die tegen de regels der grammatica zondigden,
kon hij geen *hoeft* uit zijn mond krijgen. 'De officier van justitie trekt het aanhoudingsbevel in. Ze moet de bekeuringen nog wel betalen, maar niemand
zal haar arresteren.'

'Dat heb ik al tegen haar gezegd maar 't zal helpen als u 't tegen haar zegt!'

'O, wij zijn hier om te helpen, maar ik dacht dat zij óns iets te vertellen had.'
Dit was bedoeld voor Martin en Goldberg, zodat zij niet zouden denken dat
hij een doetje was.

Dominee Bacon pauzeerde weer en staarde naar Kramer, en vervolgde
toen op zachte toon, zoals daarvoor: 'Dat is waar. Zij heeft u iets te vertellen.
Maar u moet haar situatie kennen, en die van haar zoon, Henry. Henry is...
was... *was*... Here God, dit is een tragedie. Henry is een prima jongeman...
een prima jongeman, beter kom je ze niet gauw tegen... snapt u... Gaat naar
de kerk, nooit in moeilijkheden geweest, bijna klaar met school en wil gaan
studeren... een prima jongeman. En hij is al geslaagd voor iets zwaarders als
de universiteit van Harvard. Hij is opgegroeid in de woonprojecten, en hij is
heeft 't gehaald. Hij heeft 't overleefd. Hij is er als een prima jongeman doorheen gekomen. Henry Lamb is... *was!... de hoop!*... snapt u... de hoop. En nu
komt er zomaar iemand langs en' – *Whop!* Hij liet zijn hand op het bureau
neerkletsen – 'rijdt hem overhoop en stop zelfs niet eens.'

Omdat Martin en Goldberg erbij waren voelde Kramer zich genoodzaakt
een eind aan het theatrale gedoe te maken.

'Dat mag misschien zo zijn, dominee Bacon,' zei hij, 'maar tot dusverre
hebben we geen enkel bewijs van doorrijden-na-aanrijding.'

Dominee Bacon gaf hem zijn strakke starende blik en toen, voor de eerste
keer, glimlachte hij. 'U zult al het bewijs krijgen dat u nodig heeft. U zult de
moeder van Henry Lamb ontmoeten. Ik ken haar heel goed... snapt u... en u
kunt geloven wat zij zegt. Zij is lid van mijn kerk. Ze is 'n hardwerkende
vrouw, 'n goeie vrouw... snapt u... een goeie vrouw. Ze heeft een goeie baan,
op het gemeentehuis bij de afdeling huwelijksvoltrekking. Vangt geen cent
van de bijstand. Een goeie vrouw met een goeie zoon.' Toen drukte hij op
een knop op zijn bureau en leunde naar voren en zei: 'Juffrouw Hadley, laat
mevrouw Lamb binnen. O, nog iets. Haar man, Henry's vader, werd zes jaar
geleden vermoord, neergeschoten voor de flat toen hij 's avonds thuis kwam.
Probeerde zich tegen een overvaller te verzetten.' Dominee Bacon keek hen
de een na de ander aan, aldoor met zijn hoofd knikkend.

Hierop kwam Martin overeind en staarde door het erkerraam naar buiten.
Hij staarde zo aandachtig dat Kramer dacht dat hij op z'n allerminst een stel
inbrekers ontdekt moest hebben. Dominee Bacon keek bevreemd naar hem.

'Wat voor bomen zijn dat?' vroeg Martin.

'Welke, Marty?' vroeg Goldberg, en stond ook op.

'Die daar,' zei Martin en wees.

Dominee Bacon draaide rond in zijn stoel en keek zelf ook uit het raam. 'Dat zijn platanen,' zei hij.

'Platanen,' zei Martin op de peinzende toon van een jonge bioloog bij een boomkweekproject. 'Moet je die stammen zien. Die moeten wel vijftien meter hoog zijn.'

'Proberen het licht te bereiken,' zei dominee Bacon, 'proberen de zon te vinden.'

Achter Kramer gingen een paar enorme eikehouten deuren open, en de secretaresse, juffrouw Hadley, leidde een keurige zwarte vrouw naar binnen, niet ouder dan veertig, misschien jonger. Ze droeg een zakelijke blauwe rok met jasje en een witte blouse. Haar zwarte haar was in zachte golven gekapt. Ze had een smal, bijna delicaat gezicht en grote ogen en de beheerste blik van een onderwijzeres of van iemand anders die gewend was om mensen tegenover zich te vinden.

Dominee Bacon stond op en liep om het bureau heen om haar te begroeten. Kramer stond ook op – en begreep waarom Martin en de joodse Shamrock plotseling zo in boomsoorten geïnteresseerd waren. Ze voelden er niets voor om op te moeten staan wanneer de vrouw de kamer binnenkwam. Het was al erg genoeg om voor een sjoemelaar als Bacon overeind te moeten komen. En het zou te ver gaan om dat weer te doen voor een of andere vrouw uit de woonprojecten die deel uitmaakte van zijn doorgestoken kaart. Op deze manier stonden ze al, en bestudeerden de platanen als ze de kamer binnenkwam.

'Heren,' zei dominee Bacon, 'dit is mevrouw Annie Lamb. Dit is de meneer van het parket van de officier van justitie in de Bronx, de heer Kramer. En, eh – '

'Rechercheur Martin en rechercheur Goldberg,' zei Kramer. 'Zij zijn belast met het onderzoek in de zaak van uw zoon.'

Mevrouw Lamb stapte niet naar voren om een hand te geven en ze glimlachte niet. Ze knikte bijna onmerkbaar. Het leek alsof ze zich van een oordeel over hen drieën wilde onthouden.

Geheel en al de herder, trok dominee Bacon een leunstoel voor haar naar voren. In plaats van terug te keren naar zijn grote draaistoel ging hij met atletische nonchalance op de rand van het bureau zitten.

Dominee Bacon zei tegen mevrouw Lamb: 'Ik heb net met meneer Kramer hier gepraat, en de parkeerbonnen, daar wordt voor gezorgd.' Hij keek naar Kramer.

'Nou, het aanhoudingsbevel is ingetrokken,' zei Kramer. 'Er is geen aanhoudingsbevel meer. Nu zijn er alleen nog de bekeuringen, en wat ons betreft, wij zijn hoe dan ook niet geïnteresseerd in bekeuringen.'

Dominee Bacon keek mevrouw Lamb aan en glimlachte en knikte een paar keer met zijn hoofd, alsof hij wilde zeggen: 'Dominee Bacon doet zijn belofte gestand.' Zij keek hem alleen maar aan en kneep haar lippen samen.

'Welnu, mevrouw Lamb,' zei Kramer, 'dominee Bacon heeft gezegd dat u informatie voor ons hebt over wat er met uw zoon gebeurd is.'

Mevrouw Lamb keek naar dominee Bacon. Hij knikte van ja en zei: 'Ga je gang. Vertel meneer Kramer wat je mij verteld hebt.'

Ze zei: 'Mijn zoon is door een auto geraakt, en de auto is niet gestopt. Het was doorrijden na een aanrijding. Maar hij heeft het kenteken, of hij heeft een gedeelte ervan.'

Haar stem was zakelijk.

'Wacht even, mevrouw Lamb,' zei Kramer. 'Als u 't niet erg vindt, wilt u dan bij het begin beginnen. Wanneer kwam u hier voor het eerst achter? Wanneer wist u voor het eerst dat uw zoon gewond geraakt was?'

'Toen hij thuis kwam van het ziekenhuis met zijn pols in zo'n – eh – ik weet niet hoe je zoiets noemt.'

'Een gipsverband?'

'Nee, het was geen gipsverband. Het leek meer op een spalk, alleen zag het eruit als een grote handschoen van canvas.'

'Nou, hoe dan ook, hij kwam thuis uit het ziekenhuis met dit letsel aan zijn pols. Wanneer was dat?'

'Dat was... drie avonden geleden?'

'Wat zei hij dat er gebeurd was?'

'Hij zei niet veel. Hij had heel veel pijn en hij wilde naar bed. Hij zei iets over een auto, maar ik dacht dat hij in een auto gezeten had en dat ze een ongeluk hadden gehad. Zoals ik zeg, hij wou niet praten. Ik denk dat ze hem in het ziekenhuis iets gegeven hebben, tegen de pijn. Hij wilde alleen maar naar bed. Dus zei ik dat hij naar bed moest gaan.'

'Zei hij met wie hij was toen het gebeurde?'

'Nee. Hij was met niemand. Hij was in z'n eentje.'

'Dan zat hij niet in een auto.'

'Nee, hij was te voet.'

'Goed, gaat u verder. Wat gebeurde er daarna?'

'De volgende morgen was hij er heel slecht aan toe. Hij probeerde zijn hoofd op te tillen en hij viel bijna flauw. Hij was er zo slecht aan toe dat ik niet ben gaan werken. Ik heb gebeld – ik bleef thuis. Toen heeft-ie me verteld dat-ie door een auto was geraakt.'

'Hoe zei hij dat 't gebeurd was?'

'Hij stak Bruckner Boulevard over, en die auto raakte hem en toen viel hij op zijn pols, en hij moet ook ergens met zijn hoofd tegenaan gekomen zijn want hij had een vreselijke hersenschudding.' Op dit punt aangeland was het met haar zelfbeheersing gedaan. Ze deed haar ogen dicht en ze waren vol tranen toen ze weer opkeek.

Kramer wachtte een ogenblik. 'Waar was dit op Bruckner Boulevard?'

'Ik weet het niet. Als hij probeerde te praten deed hem dat te veel pijn. Hij deed alleen maar z'n ogen open en z'n ogen dicht. Hij kon niet eens rechtop zitten.'

'Maar hij was in z'n eentje, zei u. Wat deed hij op Bruckner Boulevard?'

'Ik weet het niet. D'r is daar een eettent, bij 161th Street, de Texas Fried Chicken, en Henry is gek op die dingen die ze daar hebben, kipcarrés, en dus ging hij daar misschien naar toe, maar ik weet 't niet.'

'Waar raakte de auto hem? Waar aan z'n lichaam?'

'Dat weet ik ook niet. Het ziekenhuis, misschien kunnen die u dat vertellen.'

Dominee Bacon kwam tussenbeide: 'Het ziekenhuis, die hebben er met de pet naar gegooid. Ze hebben geen röntgenfoto genomen van die jongen z'n hoofd. Ze hebben hem niet met de computer tomograaf bekeken of met het magnetische resonantieapparaat of een van die andere dingen. Die jongeman komt daar binnen met zeer ernstig hoofdletsel, en zij behandelen zijn pols en sturen hem naar huis.'

'Nou,' zei Kramer, 'blijkbaar wisten ze niet dat hij door een auto geraakt was.' Hij wendde zich tot Martin: 'Nietwaar?'

'Het rapport van de eerstehulpafdeling maakt geen melding van een auto,' zei Martin.

'De jongen had ernstig hoofdletsel!' zei dominee Bacon. 'Waarschijnlijk wist-ie maar half wat-ie zei. Ze worden geacht dit soort dingen uit te vissen.'

'Nou ja, laten we niet afdwalen,' zei Kramer.

'Hij had een gedeelte van het kenteken,' zei mevrouw Lamb.

'Wat heeft-ie u verteld?'

'Hij zei dat 't begon met een R. Dat was de eerste letter. De tweede letter was een E of een F of een P of een B of zo'n soort letter. Daar leek 't op.'

'Welke staat? New York?'

'Welke staat? Ik weet 't niet. Ik denk New York. Hij zei niet dat 't iets anders was. En hij heeft gezegd welk merk 't was.'

'Wat was 't?'

'Een Mercedes.'

'Juist. Wat voor kleur?'

'Weet ik niet. Heeft-ie niet gezegd.'

'Vierdeurs? Tweedeurs?'

'Weet ik niet.'

'Zei hij hoe de bestuurder eruit zag?'

'Hij zei dat er een man en een vrouw in de auto zaten.'

'Een man aan het stuur?'

'Dat denk ik. Ik weet 't niet.'

'Hebt u een beschrijving van de man of de vrouw?'

'Het waren blanken.'

'Zei hij dat het blanken waren? Anders nog iets?'

'Nee, hij zei alleen dat ze blank waren.'

'Da's alles? Heeft-ie niks anders over ze gezegd, of over de auto?'

'Nee. Hij kon nauwelijks praten.'

'Hoe is-ie bij het ziekenhuis gekomen?'

'Weet ik niet. Heeft-ie me niet verteld.'

Kramer vroeg Martin: 'Hebben ze dat bij het ziekenhuis gezegd?'

'Hij kwam te voet binnen.'

'Hij kan toch niet van Bruckner Boulevard naar Lincoln Hospital gelopen zijn met een gebroken pols?'

'Te voet wil niet zeggen dat-ie de hele weg erheen gelopen heeft. Dat wil alleen maar zeggen dat-ie de eerstehulpafdeling kwam binnenlopen. Hij werd niet binnengedragen. Hij is niet door de eerstehulpdienst gebracht. Hij is niet met 'n ambulance gekomen.'

Kramers gedachten snelden al vooruit naar de voorbereiding van een proces. Hij zag alleen maar losse eindjes. Hij zweeg en schudde toen zijn hoofd en zei tegen niemand in het bijzonder: 'Daar hebben we allemaal niet zo veel aan.'

'Hoe bedoelt u?' zei Bacon. Voor de eerste keer was er een scherpe klank in zijn stem. 'U hebt de eerste letter van het kenteken, en u hebt een heel stuk van de tweede letter, en u hebt 't merk van de auto – hoeveel Mercedessen met een kenteken dat begint met RE, RF, RB of RP denkt u dat u vindt?'

'Da's niet te zeggen,' zei Kramer. 'Dat zullen rechercheur Martin en rechercheur Goldberg natrekken. Maar wat we nodig hebben is een getuige. Zonder een getuige hebben we hiermee nog geen zaak.'

'Geen zaak?' zei dominee Bacon. 'U hebt wel anderhalve zaak, lijkt mij. U hebt een jongeman, een buitengewone jongeman, die op de rand van de dood zweeft. U hebt een auto en een kenteken. Hoeveel zaaks hebt u nodig?'

'Kijk,' zei Kramer, in de hoop dat een ultra-beheerste, enigszins minzame toon af zou rekenen met het impliciete verwijt. 'Ik zal u iets uitleggen. Laten we aannemen dat we de auto morgen opsporen. Oké? Laten we aannemen dat de auto geregistreerd is in de staat New York, en dat er maar één Mercedes is met een kenteken dat met een R begint. Dan hebben we een auto. Maar dan hebben we nog geen bestuurder.'

'Jaa, maar u kunt – '

'Alleen omdat iemand de eigenaar is van een auto hoeft dat niet te betekenen dat-ie d'r op een bepaalde tijd in reed.'

'Maar u kunt die man ondervragen.'

'Da's waar, en dat doen we dan ook. Maar tenzij hij zegt: "Zeker, ik was betrokken bij zus-en-zo'n aanrijding en toen ben ik doorgereden," zijn we weer waar we begonnen waren.'

Dominee Bacon schudde zijn hoofd. 'Dat zie ik niet.'

'Het probleem is dat we geen getuige hebben. We hebben niet alleen niemand om ons te vertellen waar het gebeurde, we hebben niet eens iemand die ons kan vertellen dat hij inderdaad door een auto geraakt is.'

'U hebt Henry Lamb zelf!'

Kramer hief zijn handen op uit zijn schoot en haalde lichtjes de schouders op, om niet al te zeer het feit te benadrukken dat de zoon van mevrouw Lamb waarschijnlijk nooit meer in staat zou zijn om waarover dan ook getuigenis af te leggen.

'U hebt wat hij zijn moeder verteld heeft. Hij heeft 't haar zelf verteld.'

'Dat geeft ons een aanwijzing, maar het is uit de tweede hand.'

'Hij heeft dat zijn *moeder* verteld.'

'U kan het als waarheid aannemen, en ik kan het als waarheid aannemen, maar voor een rechtbank is het niet geoorloofd.'

'Daar snap ik niks van.'

'Nou, zo is de wet. Maar in alle eerlijkheid moet ik nog iets anders naar voren brengen. Toen hij drie avonden geleden bij de eerstehulpafdeling binnenkwam, heeft hij blijkbaar helemaal niet gezegd dat hij door een auto geraakt was. Dat helpt de zaak er niet op vooruit.'

'Hij had een hersenschudding... en een gebroken pols... Waarschijnlijk heeft hij een hoop dingen niet gezegd.'

'Nou, was hij de volgende morgen dan wat helderder? Dat argument zou je ook aan kunnen voeren.'

'Wie voert dat argument aan?' zei dominee Bacon. 'U voert dat argument aan?'

'Ik voer geen enkel argument aan. Ik probeer u alleen maar te laten zien dat er zonder getuige een heleboel problemen zijn.'

'Nou, u kunt de auto toch vinden, niet? U kunt de eigenaar ondervragen. U kunt die auto op bewijzen onderzoeken, niet soms?'

'Jazeker,' zei Kramer. 'Zoals ik u al zei, dat zullen zij natrekken.' Hij knikte in de richting van Martin en Goldberg. 'Ze zullen ook proberen getuigen te vinden. Maar ik denk niet dat de auto veel bewijs op zou leveren. Als een auto hem geraakt heeft moet-ie 'm geschampt hebben. Hij heeft 'n paar kneuzingen, maar hij heeft niet het soort lichamelijk letsel dat je oploopt als je echt door een auto *geraakt* wordt.'

'Zegt u *als* een auto hem geraakt heeft?'

'Deze zaak zit vol met als, dominee Bacon. Als we een auto vinden en een eigenaar, en als de eigenaar zegt: "Ja, ik heb die jongeman een paar dagen geleden geraakt, en ik ben niet gestopt, en ik heb het niet aangegeven," dan hebben we een zaak. Zo niet, dan hebben we een hoop problemen.'

'Unh-hunh,' zei dominee Bacon. 'Dus het zou kunnen zijn dat u niet zo heel veel tijd aan deze zaak kunt besteden omdat er zoveel problemen aan zitten?'

'Da's niet waar. Deze zaak zal net zoveel aandacht krijgen als elke andere zaak.'

'U zegt wees eerlijk. Nou, ik zal ook eerlijk zijn. Henry Lamb is geen vooraanstaand burger en hij is niet de zoon van een vooraanstaand burger, maar hij is evenzogoed een prima jongeman... snapt u... Hij is binnenkort klaar met school. Hij is er niet mee gekapt. Hij was – hij denkt erover om te gaan studeren. Nooit in moeilijkheden geweest. Maar hij komt uit de Edgar Allan Poe-projecten. De Edgar Allan Poe-projecten. Hij is een jonge zwarte man uit de woonprojecten. Welnu, laten we de zaak eens omdraaien. Stel dat Henry Lamb een jonge blanke man was en dat hij op Park Avenue woonde, en van plan was naar Yale te gaan, en dat-ie op Park Avenue aangereden werd door een zwarte man en een zwarte vrouw in een... een... Pontiac Firebird in plaats van een Mercedes... snapt u... En die jongen zei tegen z'n moeder wat Henry Lamb tegen z'n moeder gezegd heeft. Wou u mij dan vertellen dat u geen *zaak* zou hebben? In plaats van het over problemen te hebben, zou u die informatie binnenste buiten gaan keren en tot op de draad uitzoeken.'

Grommend kwam Martin tot leven. 'We zouden precies 't zelfde doen als wat we nu aan 't doen zijn. We hebben twee dagen geprobeerd mevrouw

Lamb te vinden. Wanneer hoorden we voor 't eerst van een kenteken? U hebt 't gehoord. Ik heb op Park Avenue gewerkt en ik heb op Bruckner Boulevard gewerkt. 't Maakt geen enkel verschil.'

Martins stem was zo kalm en resoluut, en zijn strakke blik was zo onverbiddelijk, zo muilezelachtig, zo door-en-door-Iers, dat dominee Bacon een ogenblik uit zijn doen leek. Hij staarde Martin strak aan, maar de kleine Ier trotseerde zijn blikken. Toen glimlachte hij flauwtjes en zei: 'U kunt mij dat vertellen omdat ik predikant ben, en omdat ik wil geloven dat gerechtigheid blind is... snapt u... ik wil het geloven. Maar u kunt zich beter niet in de straten van Harlem en de Bronx vertonen om te proberen dat tegen de mensen te vertellen. Van deze zegeningen kunt u hen beter niet op de hoogte brengen, want zij kennen de waarheid al. Zij zijn er op de harde manier achter gekomen.'

'Ik ben elke dag in de straten van de Bronx,' zei Martin, 'en ik vertel 't aan iedereen die het maar wil weten.'

'Unh-hunh,' zei dominee Bacon. 'Wij hebben een organisatie, Solidariteit Aller Volkeren. We houden toezicht op de bevolking, en de mensen komen naar ons toe, en ik kan u vertellen dat de mensen uw boodschap niet krijgen. Ze krijgen heel andere boodschappen.'

'Ik ben bij een van uw toezichten geweest,' zei Martin.

'Waar bent u geweest?'

'Bij een van uw toezichten. Op Gun Hill Road.'

'Jaa, nou, ik weet niet waar u het over hebt.'

'Het was in de straten van de Bronx,' zei Martin.

'Hoe dan ook,' zei Kramer, terwijl hij naar mevrouw Lamb keek, 'bedankt voor uw informatie. En ik hoop dat u goed nieuws over uw zoon zult krijgen. Wij zullen dat kenteken natrekken. Als u ondertussen hoort dat uw zoon die avond met iemand anders was, of dat er iemand iets gezien heeft, laat u het ons dan weten, oké?'

'Unh-hunhm', zei ze, op dezelfde terughoudende toon die ze in het begin aansloeg. 'Dank u.'

Martin staarde nog steeds naar dominee Bacon met zijn dobermannpinscher-ogen. Dus wendde Kramer zich tot Goldberg en zei: 'Heb je een kaartje dat je mevrouw Lamb kan geven, met een telefoonnummer?'

Goldberg viste in een binnenzak en reikte haar een kaartje aan. Ze nam het aan zonder ernaar te kijken.

Dominee Bacon stond op. 'U hoeft mij uw kaartje niet te geven,' zei hij tegen Goldberg. 'Ik ken u... snapt u... ik *bel* u wel. Ik ga *bovenop* uw zaak zitten. Ik wil zien dat er iets gedaan wordt. Solidariteit Aller Volkeren wil zien dat er iets gedaan wordt. En er *zal* iets gedaan worden... snapt u... Dus op een ding kunt u rekenen: u zult van mij horen.'

'Prima,' zei Martin, 'wanneer u maar wilt.'

Zijn lippen waren een heel klein beetje geopend, met een zweem van een glimlach om zijn mondhoeken. Het deed Kramer denken aan de Grijnzende Wolf-uitdrukking die jongens aan het begin van een speelplaatsveldslag op hun gezicht hadden.

Kramer begon naar de deur te lopen en nam met een tot ziens over zijn schouder afscheid, in de hoop daarmee Martin de Vechtersbaas en de joodse Shamrock de kamer uit te krijgen.

Op de terugweg naar de vesting zei Martin: 'Christus, nu weet ik waarom ze jullie rechten laten studeren, Kramer. Dan leer je hoe je je gezicht in de plooi moet houden.' Hij zei het echter op een goedaardige toon.

'Wel verdomme, Marty,' zei Kramer, die vond dat hij, nu hij zij aan zij met hem had gestreden in de zeik-schermutseling bij dominee Bacon, wel op bijnamen over kon gaan met de onverschrokken kleine Ierse Donkey, 'de moeder van de jongen zat er bij. Bovendien, misschien levert dat kenteken wel iets op.'

'Wou je d'r om wedden?'

'Er zit 'n kans in.'

'M'n reet, 'n kans. Je wordt door 'n klote auto geraakt, en je gaat naar 't ziekenhuis en je zegt dat per ongeluk niet eens tegen ze? En dan ga je naar huis en je zegt 't per ongeluk ook niet tegen je moeder? En de volgende morgen voel je je niet zo lekker, dus zeg je: "O, voor ik 't vergeet, ik ben door een auto aangereden?" Rot op. Die arme klootzak heeft op z'n donder gekregen, maar hij voelde er niks voor om iemand te vertellen hoe en wat.'

'O, daar twijfel ik niet aan. Kijk 'ns of we iets over hem hebben, wil je?'

'Weet je,' zei Goldberg, 'ik heb te doen met deze mensen. Die zitten daar te vertellen dat de jongen geen strafblad heeft, alsof dat verdomme 'n echte prestatie is. En in de woonprojecten is 't dat ook. Om geen strafblad te hebben! Da's iets bijzonders. Ik heb met haar te doen.'

En iets van de jood sijpelt uit de joodse Shamrock naar buiten, dacht Kramer.

Maar toen zette Martin het refrein weer in. 'Godsamme, zo'n vrouw die hoort niet eens in de projecten te wonen. Ze was dik in orde. Ze was rechtuit. Nu herinner ik me die zaak waarbij d'r man gedood werd. Die vent was een harde werker die niet bang was. Verzette zich tegen een of ander stuk schorem en die klootzak schoot hem recht in zijn bek. Zij werkt, hoeft geen bijstand, stuurt die jongen naar de kerk, houdt 'm op school – ze is dik in orde. Geen idee waar die jongen in verwikkeld geraakt is, maar zij is in orde. De helft van deze mensen, weet je, er gebeurt iets, en je praat met ze, en ze zijn zo druk bezig om de klote wereld de schuld te geven van wat er gebeurd is dat je d'r nog niet voor de helft achter kan komen wat er nu eigenlijk precies gebeurd is. Maar zij daar, zij was rechtuit. Jammer dat ze in dat klote woonproject vastzit, maar weet je' – hij keek naar Kramer toen hij dit zei – 'd'r wonen een hoop fatsoenlijke mensen in de projecten, mensen die elke dag naar hun werk gaan.'

Goldberg knikte wijs en zei: 'Je zou 't nu niet zeggen, maar daar zijn die klote flats eigenlijk voor gebouwd, voor werkende mensen. Dat was 't hele idee, betaalbaar wonen voor werkende mensen. En als je d'r nu iemand vindt die naar z'n werk gaat en zich gewoon aan de regels houdt, dan krijg je verdomme tranen in de ogen.'

Toen begon het Kramer te dagen. Politiemensen waren niet zo veel anders dan hulpofficieren van justitie. Het was de drekfactor. De politie ging er ook van balen om de hele dag zwarten en Latino's naar de nor te slepen. Voor hen was het zelfs nog erger, omdat ze dieper de drek in moesten duiken. Het enige *positieve* eraan was het idee dat ze het *voor* iemand deden – voor de *fatsoenlijke mensen*. Dus hadden ze hun ogen geopend, en nu waren ze afgestemd op alle goeie mensen met een gekleurde huid... die boven kwamen drijven... bij al dit niet aflatende geroer in de drek...

Verlichting was een te groot woord, dacht Kramer, maar het was goddomme een begin.

9

Een Brit die Fallow heet

Deze keer bezorgde de explosie van de telefoon hem hartkloppingen, en iedere contractie joeg het bloed met zo'n druk door zijn hoofd – een beroerte! – hij kreeg een beroerte! – terwijl hij hier in z'n eentje in zijn Amerikaanse hoogbouwhut lag! – een beroerte! Door de paniek ontwaakte het beest. Het beest kwam meteen naar de oppervlakte en vertoonde zijn snuit.

Fallow deed één oog open en zag de telefoon in een nest van bruine Streptolon liggen. Zijn hoofd tolde, en hij had het nog niet eens opgetild. Grote klonten oogvuil dreven voor zijn gezicht. Door het beukende bloed barstte de kwikdooier uiteen in klonten, en de klonten kwamen zijn ogen uit. De telefoon explodeerde opnieuw. Hij deed zijn oog dicht. De snuit van het beest zat vlak achter zijn oogleden. Dat *pedofiel*-gedoe –

En gisteren was de avond als zo'n doodgewone avond begonnen!

Met minder dan veertig dollar om de volgende drie dagen mee door te komen, had hij de gebruikelijke tactiek gevolgd. Hij had een Yank opgebeld. Hij had Gil Archer opgebeld, de literair agent die getrouwd was met een vrouw van wie Fallow nooit de naam kon onthouden. Hij had voorgesteld dat ze elkaar bij Leicester's zouden ontmoeten om te eten, en had de indruk gewekt dat hijzelf ook een meisje mee zou brengen. Archer arriveerde met zijn vrouw, terwijl hij alleen aan kwam zetten. Onder die omstandigheden had Archer, altijd de vriendelijke beleefde Amerikaan, uiteraard de rekening betaald. Wat een rustige avond; wat een vroege avond; wat een routineuze avond voor een Engelsman in New York, een sloom etentje, betaald door een Yank; hij zat er echt over te denken om op te staan en naar huis te gaan. En toen kwamen Caroline Heftshank en een kunstenaarsvriendje van haar, een Italiaan, Filippo Chirazzi, binnen en zij kwamen langs bij de tafel en gingen zitten, en Archer vroeg hun of ze iets wilden drinken, en hij vroeg waarom ze niet nog een fles wijn namen, en dus bestelde Archer nog een fles wijn, en die dronken ze, en toen dronken ze er nog een, en nu was Leicester's stampvol en was het een herrie met al de gebruikelijke gezichten, en Alex Britt-Withers stuurde een van zijn kelners om een rondje van de zaak aan te bieden, waardoor Archer zich sociaal geslaagd voelde, in de trant van kennissen-van-de-baas – de Yanks waren daar zeer op gespitst – en Caroline Heftshank bleef haar mooie jonge Italiaan maar aanhalen, Chirazzi, die met zijn knappe smoel in de lucht zat te poseren, alsof je het als een voorrecht moest zien om dezelfde lucht in te mogen ademen als hijzelf. St. John kwam erbij van een andere tafel om de jonge signor Chirazzi te bewonderen, zeer tot ongenoegen van Billy Cortez, en signor Chirazzi vertelde St. John dat het noodzakelijk was voor een schilder om 'met de ogen van een kind' te schilderen, en St. John zei dat hijzelf probeerde de wereld met de ogen van een kind te zien, waarop Billy Cortez zei: 'Hij zei kind, St. John, niet pedofiel.' Signor Chirazzi poseerde nog wat meer, met zijn lange hals en zijn Valentino-neus die opstaken uit een belachelijk elektrisch-blauw punkoverhemd met een boordje van nog geen twee centimeter en een paarse glitterstropdas, en dus zei Fallow dat het voor een schilder postmoderner was om de ogen van een pedofiel te hebben dan de ogen van een kind, en wat dacht signor Chirazzi daarvan? Caroline, die behoorlijk dronken was, zei tegen hem dat hij niet zo stom moest doen, tamelijk scherp, en Fallow gooide zijn hoofd achterover in de nek, alleen met de bedoeling om met die houding de spot met de jonge schilder te drijven, maar hij verloor zijn evenwicht en viel op de vloer. Een hoop gelach. Toen hij overeind kwam was hij duizelig en hield hij zich aan Caroline vast, alleen om wat steun te hebben, maar daar nam de jonge signor Chirazzi aanstoot aan, vanuit zijn diepgewortelde Italiaanse mannelijke trots, en hij probeerde Fallow weg te duwen, en nu vielen Fallow en Caroline allebei om, en Chirazzi probeerde bovenop Fallow te springen, en St. John, om wat voor reden dan ook, sprong nu op de mooie Italiaan, en Billy Cortez zat te schreeuwen, en Fallow worstelde zich omhoog met een enorme last op zijn rug, en Britt-Withers stond over hem heen en gilde 'God nog aan toe!', en toen zat er een hele bende mensen bovenop hem en denderden ze allemaal door de voordeur het trottoir van Lexington Avenue op –

De telefoon explodeerde weer, en Fallow was als de dood voor wat hij te horen zou krijgen als hij de hoorn op zou nemen. Hij kon zich niets herinneren vanaf de tijd dat ze het trottoir op gedenderd waren tot nu toe. Hij zwaaide zijn voeten uit bed, en ze raasden en kolkten allemaal nog rond in zijn schedel, en zijn hele lichaam deed zeer. Hij kroop over het tapijt naar de exploderende telefoon en ging ernaast liggen. Het tapijt voelde droog, metaalachtig, stoffig, smerig aan tegen zijn wang.

'Hallo?'

'Heeee, Pete! Hoe gaat-ie!'

Het was een uitgelaten stem, de stem van een Yank, een Newyorkse stem, een bijzonder grof soort Newyorkse stem. Deze Yank-stem vond Fallow nog veel tergender dan het *Pete*. Nou ja, het was tenminste niet *The City Light*. Niemand van *The City Light* zou hem met zo'n uitgelaten stem opbellen.

'Met wie?' zei Fallow. Zijn eigen stem was een dier in een hol.

'Jeeezus, Pete, jij klinkt fantastisch. Nog wel polsslag? Héé. Met Al Vogel.'

Bij dit nieuws deed hij zijn ogen weer dicht. Vogel was een van die typische Yank-beroemdheden die zo kleurrijk, onstuitbaar en moreel bewonderenswaardig leken voor een Engelsman die in Londen over hen las. In levende lijve, in New York, bleken ze altijd op hetzelfde neer te komen. Het waren

Yanks; dat wil zeggen, onbehouwen ouwehoeren. Vogel stond in Engeland bekend als een Amerikaanse advocaat die gespecialiseerd was in impopulaire politieke zaken. Hij verdedigde radicalen en pacifisten, ongeveer zoals Charles Garry, William Kunstler en Mark Lane dat gedaan hadden. Impopulair betekende uiteraard alleen maar impopulair bij gewone mensen. Vogels beklaagden waren ontegenzeggelijk populair bij de pers en de intellectuelen in de jaren zestig en zeventig, vooral in Europa, waar iedereen die door Albert Vogel verdedigd werd vleugels kreeg, een aureool, een vrijheidskleed en een fakkel. Weinigen van deze eigentijdse heiligen hadden echter geld, en Fallow vroeg zich vaak af waar Vogel van leefde, te meer daar de jaren tachtig hem niet zo goed gezind waren geweest. In de jaren tachtig raakten zelfs de pers en intellectuelen uitgekeken op het opvliegende, tekeer gaande, norse, aan ellende verslaafde, opgefokte soort clientèle waarin hij zich specialiseerde. De laatste tijd was Fallow de grote verdediger op de meest uitzonderlijke feestjes tegen het lijf gelopen. Vogel zou nog naar de opening van een parkeerterrein gaan (en Fallow zou hem daar gedag zeggen).

'O, hoii,' zei Fallow met wat als een kreun eindigde.

'Ik heb eerst je kantoor gebeld, Pete, en zij zeiden dat ze je niet gezien hadden.'

Niet goed, dacht Fallow. Hij vroeg zich af wanneer, of waarom en waar hij Vogel zijn telefoonnummer thuis gegeven had.

'Ben je d'r nog, Pete?'

'Uhmmmmmmmm.' Fallow had zijn ogen dicht. Hij wist niet wat boven of beneden was. ''t Is al goed. Ik werk vandaag thuis.'

'Ik heb iets waar ik met je over wil praten, Pete. Ik denk dat er 'n verdomd goed verhaal inzit.'

'Uhmmmm.'

'Zeker weten, alleen ga ik 'r liever niet op in door de telefoon. Moet je luisteren. Waarom kom je niet met me lunchen. Ik zie je bij de Regent's Park, om één uur.'

'Uhmmmm. Ik weet 't niet, Al. De Regent's Park. Waar is dat?'

'Op Central Park South, vlak bij de New York Athletic Club.'

'Uhmmmmm.'

Twee diepe instincten dwongen Fallow tot een tweestrijd. Enerzijds de gedachte om van de vloer omhoog te komen, om de kwikdooier voor een tweede keer te laten schuiven, enkel en alleen om een uur of twee naar een Amerikaanse ouwehoer die heeft afgedaan te luisteren... Anderzijds een gratis maaltijd in een restaurant. De pterodactylus en de brontosaurus waren in een gevecht op leven en dood gewikkeld op de klippen boven het Verloren Continent.

De gratis maaltijd won, zoals zo vaak in het verleden.

'Oké. Al, ik zie je om één uur. Waar is 't ook alweer?'

'Op Central Park South, Pete, vlak bij de New York A.C. Het is een aardige tent. Je kan op het park uitzien. Je kan op een standbeeld uitzien van José Martí op een paard.'

Fallow zei tot ziens en krabbelde overeind, en de dooier klotste alle kanten uit, en hij stootte zijn teen tegen het stalen onderstel van het bed. De pijn was verschrikkelijk, maar daardoor had zijn centrale zenuwstelsel weer iets om zich op te richten. Hij nam een douche in het donker. Het plastic douchegordijn was om te stikken. Als hij zijn ogen dichtdeed had hij het gevoel dat hij kapseisde. Van tijd tot tijd moest hij zich aan de sproeier vasthouden.

De Regent's Park was het soort Newyorks restaurant waar vooral getrouwde mannen kwamen die een affaire hadden met een jongere vrouw. Het was imposant, luisterrijk en statig, met een forse hoeveelheid marmer van binnen en van buiten. Het was van een kolossale deftigheid, een *hauteur* die hoofdzakelijk mensen aansprak die logeerden in het nabij gelegen Ritz-Carlton, Park Lane, St. Moritz of Plaza Hotel. In de geschiedenis van New York was er nooit een gesprek begonnen met: 'Onlangs lunchte ik in de Regent's Park en…'

Zijn woord getrouw had Albert Vogel een tafel bij het grote raam bemachtigd. Dit was niet zo'n moeilijke opgave in de Regent's Park. Niettemin, daar was het, het park, in al zijn lenteglorie. En daar was het standbeeld van José Martí, dat Vogel ook beloofd had. Martí's paard stond er steigerend bij, en de grote Cubaanse revolutionair helde riskant naar rechts in zijn zadel. Fallow wendde zijn ogen af. Een onstandvastig standbeeld in een park was teveel voor hem.

Vogel was in zijn gebruikelijke joviale bui. Fallow zag zijn lippen bewegen zonder een woord op te vangen. Het bloed trok uit Fallows gezicht weg en daarna uit zijn borstkas en zijn armen. Zijn vel werd koud. Toen probeerden een miljoen kokend hete witvisjes uit zijn slagaders te ontsnappen en de oppervlakte te bereiken. Zweet brak uit op zijn voorhoofd. Hij vroeg zich af of hij dood zat te gaan. Op deze manier begonnen hartaanvallen. Dat had hij gelezen. Hij vroeg zich af of Vogel verstand had van hartreanimatie. Vogel zag eruit als iemands grootmoeder. Zijn haar was wit, niet grauw-wit maar zijig helderwit. Hij was kort en gedrongen. In zijn bloeiperiode was hij ook gedrongen geweest, maar had hij er 'strijdlustig' uitgezien, zoals de Amerikanen graag zeiden. Nu was zijn huid lichtroze en teer. Zijn handen waren petieterig en er liepen touwachtige oude aders overheen naar de knokkels. Een uitgelaten oude vrouw.

'Pete,' zei Vogel, 'wat wil je drinken?'

'Helemaal niks,' zei Fallow nogal overdreven nadrukkelijk. Toen tegen de kelner: 'Mag ik wat water hebben.'

'Ik wil 'n margarita met ijs,' zei Vogel. 'Weet je zeker dat je niks anders wilt, Pete?'

Fallow schudde zijn hoofd. Dat was fout. In zijn schedel begon een giftig gehamer.

'Eentje maar, om de motor te starten?'

'Nee, nee.'

Vogel zette zijn ellebogen op de tafel en leunde naar voren en begon de zaal in zich op te nemen, en toen vestigden zijn ogen zich op een tafeltje iets achter hem. Aan het tafeltje zaten een man in een grijs pak en een meisje in haar late tienerjaren met lang, sluik, zeer opvallend blond haar.

'Zie je dat meisje?' zei Vogel. 'Ik zou zweren dat dat meisje in dat comité zat, of hoe ze 't noemen, op de Universiteit van Michigan.'

'Wat voor comité?'

'Zo'n studentenclub. Ze organiseren het lezingenprogramma. Twee avonden geleden heb ik een lezing gegeven aan de Universiteit van Michigan.'

Nou en? dacht Fallow. Vogel keek weer over zijn schouder.

'Nee, 't is haar niet. Maar Jezus, ze lijkt er wel op. Die godverdomde meiden op die universiteiten – wil je weten waarom mensen in dit land meedoen aan het lezingencircuit?'

Nee, dacht Fallow.

'Oké, voor 't geld. Maar dat niet meegerekend. Wil je weten waarom?'

Yanks bleven inleidende vragen constant herhalen.

'Die godverdomde meiden.' Vogel schudde zijn hoofd en staarde een ogenblik verstrooid voor zich uit, alsof hij door die gedachte met stomheid geslagen was. 'Ik zweer je, Pete, je moet jezelf inhouden. Anders ga je je zo verdomd schuldig voelen. Die meiden – vandaag de dag – nou, toen ik opgroeide was de grootste lokker van het studentenleven dat je kon drinken wanneer je maar wilde. Oké? Deze meiden gaan naar de universiteit zodat ze kunnen naaien als ze d'r zin in hebben. En met wie willen ze dat? Da's echt 't treurigste ervan. Denk je dat ze knappe gezonde jongens van hun eigen leeftijd willen? Nee. Wil je weten wie? Ze willen… Autoriteit… Macht… Roem… Prestige… Ze willen met de docenten naar bed! De docenten op de campus draaien tegenwoordig helemaal dol. Weet je, toen de Beweging nog wat voorstelde, was een van de dingen die wij probeerden te doen op de campus om die muur van formalisme tussen de faculteit en de studenten neer te halen, omdat die alleen maar een machtsmiddel was. Maar nu, Jezus Christus, ik vraag 't me af. Ik denk dat ze allemaal door hun vader geneukt willen worden, als je Freud gelooft, wat ik niet doe. Weet je, dit is een van die dingen waar de vrouwenbeweging geen vooruitgang mee geboekt heeft. Als een vrouw tegen de veertig loopt zijn haar problemen nu even groot als ze altijd al geweest zijn – en een kerel als ik heeft 't nog nooit zo goed gehad. Ik ben niet zo oud, maar, godsamme, ik heb grijs haar – '

Wit, dacht Fallow, als van een ouwe vrouw.

' – en het maakt hoe dan ook geen enkel verschil. Je hoeft maar een beetje beroemd te zijn en ze vallen om. Ze vallen gewoonweg om. Ik zit niet op te scheppen, want 't is zo treurig. En deze godverdomde meiden, de een is nog een grotere spetter dan de andere. Ik zou graag eens over dat onderwerp een lezing geven, maar ze zouden waarschijnlijk niet eens weten waar ik 't over had. Ze hebben geen referentiekader, op geen enkel terrein. De lezing die ik eergisteravond hield ging over studentenengagement in de jaren tachtig.'

'Dat wilde ik nou zo stervensgraag weten,' zei Fallow achter in zijn keel, zonder zijn lippen te bewegen.

'Pardon?'

De Yanks zeiden pardon? in plaats van wat?

'Niks.'

'Ik vertelde ze hoe het er vijftien jaar geleden op de campus aan toe ging.'

Zijn gezicht betrok, 'Maar ik weet niet… vijftien jaar geleden, vijftig jaar geleden, honderd jaar geleden… ze hebben geen referentiekader. Het is allemaal zo ver van hun bed. Tien jaar geleden… vijf jaar geleden… Vijf jaar geleden was vóór de walkman. Dat kunnen ze zich niet voorstellen.'

Fallow luisterde niet meer. Vogel kon op geen enkele manier van zijn koers gebracht worden. Hij was ongevoelig voor ironie. Fallow wierp een blik naar het meisje met het lange gele haar. Rollend door het restaurant. Caroline Heftshank en de verschrikte blik op haar gezicht. Had hij iets gedaan vlak voor ze allemaal de deur uit denderden? Wat het ook was – ze verdiende het – maar wat was het? Vogels lippen bewogen. Hij zat zijn hele lezing door te nemen. Fallows oogleden vielen dicht. Het beest brak door de oppervlakte heen en stampte rond en keek naar hem. Het keek strak langs zijn smerige snuit naar hem. Nu had het beest hem te pakken. Hij kon zich niet bewegen.

'… Managua?' vroeg Vogel.

'Wat?'

'Ben je daar ooit geweest?' vroeg Vogel.

Fallow schudde zijn hoofd. Hij werd misselijk van de slingerende beweging.

'Moet je heen gaan. Iedere journalist moet daarheen gaan. 't Is ongeveer zo groot als… o, ik weet niet, East Hampton. Als 't zo groot is. Zou je daarheen willen? 't Zou makkelijk genoeg zijn om 't voor je te regelen.'

Fallow wilde niet weer zijn hoofd schudden. 'Is dat het verhaal dat je me wilde vertellen?'

Vogel pauzeerde een ogenblik, alsof hij de opmerking woog op sarcastische inhoud.

'Nee,' zei hij, 'maar 't is geen slecht idee. In dit land wordt maar ongeveer één-vijftigste gedrukt van alles wat er over Nicaragua gezegd dient te worden. Nee, waar ik 't over had is iets dat vier dagen geleden in de Bronx is gebeurd. 't Zou net zo goed Nicaragua kunnen zijn, als je toevallig daar woont. Hoe dan ook, je weet wie dominee Bacon is, toch?'

'Ja. Ik geloof van wel.'

'Hij is 'n – nou, hij is 'n – heb je wel eens wat over hem gelezen of hem op tv gezien?'

'Ja.'

Vogel lachte. 'Wil je weten waar ik 'm voor 't eerst tegen ben gekomen? In zo'n gigantisch appartement van twee verdiepingen aan Park Avenue, 't appartement van Peggy Fryskamp, vroeger toen ze nog geïnteresseerd was in de Geronimo Broederschap. Ze gaf daar een party om geld in te zamelen. Dit moet eind jaren zestig geweest zijn, begin zeventig. Die mafkees, Flying Deer, was er ook. Hij hield 't gewetenspraatje, zo noemden we 't vroeger. Je had altijd het gewetenspraatje en het geldpraatje. Maar goed, hij hield het gewetenspraatje, het spirituele praatje. Ze wist niet dat de smeerlap bezopen was. Ze dacht gewoon dat 't indianenpraat was, zo maf als-ie klonk. Een kwartier later kotste hij die Duncan Phyfe piano van tachtigduizend dollar die Peggy had helemaal onder, helemaal over de toetsen en de snaren en de hamertjes en alles. Ken je die kleine vilthamertjes? Oh, het was niet om aan te zien. Ze is

179

er nooit overheen gekomen. Die lul heeft 't die avond flink verknald. En wil je weten wie hem toen echt de huid vol heeft gescholden? Dominee Bacon. Zeker weten. Hij was bijna zover om Peggy te vragen 'n paar dingen die hij onder handen had te steunen, en toen deze Flying Deer de Duncan Phyfe onderkotste, wist hij dat hij dag met 't handje kon zeggen tegen Peggy Fryskamp. Hij begon hem Flying Beer te noemen. "Flying *Deer*? Flying *Beer*, als je 't mij vraagt!" Jezus, dat was grappig. Maar hij probeerde helemaal niet grappig te zijn. Bacon probeert nooit grappig te zijn. Maar goed, hij heeft een vrouw die soms voor hem werkt, Annie Lamb, uit de Bronx. Annie Lamb woont in het Edgar Allan Poe-project met haar enige zoon, Henry.'

'Ze is zwart?' vroeg Fallow.

'Jaah, ze is zwart. Praktisch iedereen in de Poe-projecten is zwart of Portoricaans. Overigens, volgens de wet worden al deze projecten geacht geïntegreerd te zijn.' Vogel trok zijn wenkbrauwen op. 'Maar goed, die Annie Lamb is geen alledaagse vrouw.' Vogel verhaalde uitvoerig de geschiedenis van Annie Lamb en haar familie, die culmineerde in de aanrijding en het doorrijden van de Mercedes Benz waardoor haar veelbelovende zoon Henry op het randje van dood zweefde.

Belabberd, dacht Fallow, maar waar is het verhaal?

Alsof hij dat bezwaar aan voelde komen, zei Vogel: 'Nu dan, d'r zitten twee kanten aan deze zaak, en ze hebben allebei te maken met wat er gebeurt met 'n goeie jongen als deze als-ie de pech heeft om zwart te zijn en in de Bronx op te groeien. Ik bedoel, dit is 'n jongen die alles volgens de regels deed. Als je 't over Henry Lamb hebt, dan heb je 't over die ene procent die precies doet wat het systeem zegt dat ze moeten doen. Oké? Dus wat gebeurt er? Ten eerste behandelt het ziekenhuis de jongen voor... 'n *gebroken pols*! Als dit een jongen van modale blanke afkomst geweest was zouden ze hem met röntgenapparatuur onderzocht hebben, met de computer tomograaf, met magnetische resonantie, met alles wat er is. Ten tweede, de politie en justitie steken geen poot uit. Daar wordt de moeder van de jongen echt razend van. Hier heb je doorrijden-na-aanrijding, ze hebben 'n gedeelte van 't kenteken en 't automerk, en ze doen d'r nop aan.'

'Hoezo?'

'Nou, in de kern van de zaak is 't alleen maar 'n jongen in de South Bronx die door 'n auto geraakt wordt, wat hun betreft. Daar kunnen ze zich niet druk om maken. Maar wat ze zeggen is dat er geen getuigen waren, behalve 't slachtoffer zelf, en die ligt in 'n fataal coma, en dus zouden ze geen zaak hebben zelfs als ze de auto en de bestuurder vonden. Stel je nou eens voor dat dit jouw zoon was. Hij heeft de informatie verstrekt, maar ze gaan 't niet gebruiken omdat 't technisch gesproken uit de tweede hand is.'

Het hele geval deed Fallow pijn aan zijn hoofd. Hij kon zich niet voorstellen dat hij een zoon had, en al helemaal niet in een gemeenteflat in het stadsdeel de Bronx van New York City in Amerika.

'Het is een belabberde situatie,' zei Fallow, 'maar ik ben er niet helemaal zeker van of er een verhaal inzit.'

'Nou, voor *iemand* zal d'r zeer binnenkort een verhaal inzitten, Pete,' zei

Vogel. 'De gemeenschap grijpt naar de wapens. Ze staan op het punt van ontploffen. Dominee Bacon is 'n protestdemonstratie aan 't organiseren.'

'Waarover ontploffen ze dan precies?'

'Ze zijn 't beu om behandeld te worden alsof het menselijk leven in de South Bronx niks voorstelt! En ik kan je vertellen dat als Bacon ergens greep op krijgt, dat er dingen gebeuren. Hij is geen Martin Luther King of Bisschop Tutu. Oké? Hij zal geen enkele Nobelprijs winnen. Hij heeft z'n eigen manier om dingen te doen, en die is niet altijd bestand tegen een kritisch onderzoek. Maar da's een van de redenen dat-ie resultaten boekt. Hij is wat Hobsbawm een primitief revolutionair noemde. Hobsbawm was 'n Brit, nietwaar?'

'Dat is hij nog.'

'Ik dacht was. Hij had een theorie over primitieve revolutionairen. Er zijn bepaalde natuurlijke leiders van de lagere klassen, en de machtsorde interpreteert wat ze doen als misdaad – zelfs met oprechte bedoelingen kunnen ze dat zo interpreteren – maar die man, dat is een revolutionair. En Bacon is dat ook. Ik bewonder 'm. En ik heb met deze mensen te doen. Maar goed, ik denk dat hier een verdomd goed verhaal inzit, afgezien van alle filosofische overwegingen.'

Fallow deed zijn ogen dicht. Hij zag de snuit van het beest, verlicht door zachte bistrolampjes. Toen de ijzige kilte. Hij deed zijn ogen open. Vogel staarde hem aan met zijn uitgelaten oude roze kinderjuffengrijns. Dit belachelijke land.

'Kijk, Pete, het minste wat je hieruit zal halen is een goeie human interest story. En als de zaken goed uitpakken, ben je iets groots op 't spoor. Ik kan je 'n interview met Annie Lamb bezorgen. Ik kan je 'n interview met dominee Bacon bezorgen. Ik kan je de intensive-care afdeling binnenbrengen, waar de jongen ligt. Ik bedoel, hij ligt in coma, maar je kan 'm zien.'

Fallow probeerde zich voor te stellen hoe hij het kwikei en zijn gallige ingewanden naar de Bronx verplaatste. Hij kon zich nauwelijks indenken dat hij de trip zou overleven. Vanuit zijn gezichtspunt was de Bronx net de Noordpool. Het was ergens naar het noorden, en je ging daar niet heen.

'Ik weet het niet, Al. Eigenlijk is mijn specialiteit de hogere kringen.' Hij probeerde een glimlach.

'Eigenlijk, Peter, eigenlijk. Ze zullen je niet ontslaan als je met een steengoed verhaal uit de lagere kringen aan komt zetten.'

Het woord *ontslaan* deed 't hem. Hij sloot zijn ogen. De snuit was er niet. In plaats daarvan zag hij het gezicht van de Dooie Muis. Hij kon de Muis op dit moment naar zijn hokje op de stadsredactie zien kijken, en het leeg aantreffen. Angst verspreidde zich door al zijn cellen, en hij hield zijn servet tegen zijn voorhoofd.

'Mag ik je iets vragen, Al?'

'Ga je gang.'

'Wat heb jij voor belang bij dit alles?'

'Geen enkel, als je 't over materieel belang hebt. Dominee Bacon belde me op en vroeg me om raad, en ik zei dat ik zou proberen hem te helpen, da's alles. Ik mag 'm wel. Ik vind 't prima wat hij probeert te doen. Ik vind 't prima zoals hij deze klote stad door elkaar rammelt. Ik sta aan zijn kant. Ik heb tegen hem gezegd dat hij moest proberen deze zaak in de kranten te krijgen voordat-ie de protestdemonstratie houdt. Op die manier krijgt-ie meer televisie-publiciteit en de hele rest. Ik vertel je nu de simpele waarheid. Ik dacht aan jou omdat ik meende dat jij misschien 'n kans als deze kon gebruiken. Dit zou in jouw voordeel uit kunnen pakken en in het voordeel van 'n heleboel fat-soenlijke mensen die verdomme nooit een kans krijgen in deze stad.'

Fallow huiverde. Wat had Vogel dan wel gehoord over zijn situatie? Hij wilde het niet echt weten. Hij wist dat hij gebruikt werd. Tegelijkertijd was dit een brok vlees dat hij naar de Muis kon gooien.

'Nou, misschien heb je gelijk.'

'Ik weet dat ik gelijk heb, Pete. Dit wordt 'n groot verhaal, hoe dan ook. Jij zou net zo goed degene kunnen zijn die 't in de openbaarheid brengt.'

'Kun jij me met die mensen in contact brengen?'

'O, zeker. Maak je daarover geen zorgen. 't Enige is dat je niet moet wach-ten met het verhaal. Bacon staat klaar om te beginnen.'

'Uhmmmm. Ik zal een paar van die namen noteren.' Fallow stak zijn hand in de zijzak van zijn jasje. Christus, hij had niet eens een notitieboek of een stuk papier gepakt voor hij wegging. Uit de jaszak haalde hij een aanzegging van het energiebedrijf met de waarschuwing dat zijn gas en elektriciteit bin-nenkort afgesloten zouden worden. Hij kon er niet eens op schrijven. Het was aan beide kanten bedrukt. Vogel keek toe en haalde zonder commentaar een memoblokje te voorschijn en reikte het hem aan. Toen gaf hij hem een zilveren balpen. Hij herhaalde de namen en bijzonderheden.

'Moet je horen,' zei Fallow. 'Ik ga meteen de stadsredactie bellen.'

Hij stond op en caramboleerde tegen een stoel bij het volgende tafeltje, waar een in Chanel-stijl geklede oude vrouw probeerde een lepel zuringsoep naar haar mond te brengen. Ze keek hem woedend aan.

'Wah wih je eten?' zei Vogel. 'Ik zal voor je bestellen.'

'Niets. Een kop tomatensoep. Een beetje gevulde kip.'

'Wijn?'

'Nee. Nou ja. Eén glas.'

De munttelefoon was in een vestibule tegenover de garderobe waar een knap meisje op een hoge stoel een boek zat te lezen. Ze sloeg even haar ogen op vanuit een sinistere zwarte ellips die met zorg rondom haar oogleden was getrokken. Fallow belde Frank de Pietro op, de stadsredacteur van *The City Light*. De Pietro was een van de weinige Amerikanen in een belangrijke redac-tionele functie bij de krant. Ze hadden iemand uit New York nodig als stads-redacteur. De andere Engelsen die daar werkten, zoals Fallow zelf, waren slechts vertrouwd met één enkel stuk Manhattan, vanaf de trendy restaurants in TriBeCa in het zuiden tot de trendy restaurants in Yorkville, bij Eighty-sixth Street, in het noorden. De rest van New York had net zo goed Damascus kunnen zijn.

'Jaah?' De stem van Frank de Pietro. Zijn enthousiasme om op een drukke tijd van de dag een telefoontje van Peter Fallow te krijgen, was niet waar-neembaar.

'Frank,' zei Fallow, 'ken jij een plek die ze de Edgar Allan Poe-projecten noemen?'

'Jazeker. Jij dan?'

Fallow wist niet wat hij het vervelendst vond, die botte Yank-manier van jazeker zeggen, of het ongeloof in 's mans stem. Niettemin ploeterde hij verder en vertelde het verhaal van Albert Vogel met, waar nodig, wat verfraaiingen, en zonder Albert Vogel te noemen. Hij wekte de indruk dat hij al met dominee Bacon en met de moeder van het slachtoffer contact had gehad, en dat zijn op handen zijnde verschijning in de Bronx door alles en iedereen verwacht werd. De Pietro zei hem ermee door te gaan en het uit te zoeken. Dit klonk evenmin bijzonder enthousiast. En toch voelde Fallow zijn hart volstromen met een geheel onverwachte vreugde.

Toen hij terugkwam bij de tafel zei Vogel: 'Zeg, hoe ging 't? Je soep wordt koud.' Hij kon de woorden nauwelijks uit zijn mond krijgen, die volgepropt zat met eten.

Op Fallows plaats stonden een grote kom tomatensoep en een glas witte wijn. Vogel was druk in de weer met een afzichtelijk uitziende lap kalfsvlees.

'Ze zien 't zitten, huhn?'

'Uhmmmmmm.' Nou, ze zijn er niet vies van, dacht Fallow. Zijn misselijkheid begon te zakken. De dooier werd kleiner. Een tintelende opgetogenheid, vergelijkbaar met die van een atleet die het strijdperk betreed, sloop zijn zenuwstelsel binnen. Hij voelde zich… bijna helemaal schoon. Het was de emotie, nooit door dichters bezongen, die degenen ondergaan die voelen dat zij, voor één keer, hun geld waard zijn.

Het was Kramers beurt om twaalf uur lang de pieper aan zijn broekriem te dragen. Op de afdeling Moordzaken van het parket van de officier van justitie in de Bronx was er te allen tijde iemand, een hulpofficier van justitie, bereikbaar. De bedoeling was dat er onmiddellijk iemand naar de plaats van een misdaad kon gaan, om getuigen te verhoren voor ze verdwenen of de drang verloren om over de rotzooi te praten. Gedurende deze twaalf uren zat het er dik in dat een hulpofficier opgezadeld werd met iedere klotezaak in de Bronx waar moord mee gemoeid was, en het was een klassieke Bronx klotezaak die Kramer hier naar dit rayonpolitiebureau gevoerd had. Een zwarte brigadier met de naam Gordon stond hem bij de balie de bijzonderheden te geven.

'Ze noemen de vent Pimp,' zei Gordon, 'maar hij is geen pooier. Hij is 'n gokker, hoofdzakelijk, en waarschijnlijk handelt hij wat in drugs, maar hij kleedt zich als 'n pooier. Je zult hem zo zien. Hij zit daar in het kleedhok en heeft een of ander soort kermis-pak aan met een dubbelrij's vest.' Gordon schudde zijn hoofd. 'Hij zit op de rand van een stoel koteletjes te eten en houdt ze zo vast' – hij leunde voorover en bracht met een sierlijke beweging zijn hand omhoog – 'zodat de saus niet op z'n pak terechtkomt. Hij had wel veertig pakken, en als hij je over die klote pakken vertelt, zou je denken dat 't verdomme zijn kind was dat vermist wordt.'

Het was allemaal gebeurd omdat iemand de veertig pakken gestolen had. O, dit was een echte klotezaak. Golven en golven van kinderachtigheid en zinloos geweld, en Kramer had het hele verhaal nog niet eens gehoord.

De hoofdafdeling van het rayonbureau was vergeven van de bedompte en eigenaardige zoete geur van rottend hout, veroorzaakt door stoomradiatoren die tientallen jaren op de vloer hadden staan lekken. Het grootste gedeelte van de vloer was vervangen door beton. De muren waren in Gemeentewerken-groen geverfd behalve een oude gehavende messing-en-groef-lambrizering van een meter hoog langs het onderste gedeelte. Het gebouw had dikke muren en hoge plafonds, die nu overwoekerd waren door TL-bakken. Aan het andere eind kon Kramer de ruggen van twee agenten zien. Hun heupen waren enorm door het wapentuig en hun uitrusting, zoals zaklantaarns, verbaliseerboekjes, walkie-talkies en handboeien. Een van hen stond de hele tijd met zijn handen te gebaren om iets uit te leggen aan twee vrouwen en een man, mensen uit de buurt. Van hun gezichten viel af te lezen dat ze er geen woord van geloofden.

Gordon stond Kramer te vertellen: 'Dus hij komt in die flat, en d'r zijn vier kerels daarbinnen, en een van hen is André Potts, en hij denkt dat die weet wie de pakken gejat heeft, alleen zegt André dat hij d'r geen moer vanaf weet, en ze blijven heen en weer zeiken, en ten slotte heeft André d'r genoeg van, en hij staat op en loopt de kamer uit. En wat zou jij doen als een of andere onbeschofte zak opstond en jou z'n rug toekeerde terwijl jij hem aan het ondervragen was over jouw veertig klote pakken? Je zou 'm in z'n rug schieten, oké? Da's dus wat Pimp deed. Hij schoot de heer André Potts in z'n rug, drie keer, met een 38 mm.'

'Heb je getuigen?' vroeg Kramer.

'O, stapels.'

Op dat moment ging de pieper aan Kramers broekriem over.

'Kan ik jullie telefoon gebruiken?'

Gordon wees naar een openstaande deur die toegang gaf tot de recherche-afdeling, een kantoor naast de hoofdafdeling. Binnen stonden drie armzalige stalen bureaus in Gemeentewerken-grijs. Aan elk bureau zat een zwarte man van dertig of veertig. Ze hadden alle drie straatplunje uit de Bronx aan, 'n tikje te modieus om echt te zijn. Kramer bedacht hoe ongewoon het was om een afdeling aan te treffen die in z'n geheel bemand werd door zwarte rechercheurs. De man aan het bureau het dichtst bij de deur droeg een zwart gewatteerd vest en een mouwloos zwart t-shirt dat zijn machtige armen goed deed uitkomen.

Kramer stak zijn hand uit naar de telefoon op zijn bureau en zei: 'Effe bellen?'

'Hé, krijg de klere, man!'

Kramer trok zijn hand terug.

'Hoe lang moet ik goddomme hier als een beest aan de ketting zitten?'

Daarbij hief de man met een geweldig gerammel zijn machtige linkerarm op. Er zat een handboei om zijn pols en aan de boei een ketting. Het andere eind van de ketting zat met een handboei aan de poot van het bureau vast. Nu hielden de andere twee, aan de andere bureaus, hun armen met een hoop gerammel en gejammer omhoog. Ze zaten alle drie met kettingen aan de bureaus vast.

'Ik heb alleen maar gezien hoe die hufter die lul te grazen nam, en hij was de hufter die die lul te grazen nam, en ik zit hier goddomme aan de ketting als een beest, en die hufter' – weer een geweldig gerammel toen hij met zijn linkerhand naar een ruimte achterin wees – 'die zit goddomme daarachter tv te kijken en koteletjes te eten.'

Kramer keek in de aangewezen richting en inderdaad, daarachter in een kleedhokje zat een gestalte op de rand van een stoel in het flikkerende licht van een televisietoestel een portie gegrilde varkenskoteletjes te eten. En hij leunde inderdaad op een sierlijke manier naar voren. De mouw van zijn jasje was zo gesneden dat er een heel stuk witte manchet en glimmende manchet- knoop te zien was.

Ze zaten nu alle drie te jammeren. *Klote koteletten!… klote kettingen!… klote tv!*

Maar natuurlijk! De getuigen. Zodra Kramer zich dat realiseerde werd alles duidelijk, kettingen en al.

'Jaah, oké, oké,' zei hij op ongeduldige toon tegen de man, 'ik kom zo bij je. Ik moet even opbellen.'

Klote koteletten!… shiiit!… klote kettingen!

Kramer belde het parket en Gloria, de secretaresse van Bernie Fitzgibbon, zei dat Milt Lubell hem wilde spreken. Lubell was de perschef van Abe Weiss. Kramer kende Lubell nauwelijks; hij kon zich niet herinneren vaker dan vier of vijf keer met hem gesproken te hebben. Gloria gaf hem Lubells nummer.

Milt Lubell had bij de oude Newyorkse *Mirror* gewerkt in de tijd dat Walter Winchell er nog zijn column had. Hij had de grote man heel oppervlakkig gekend en zijn hijgende gejaagde manier van praten doorgevoerd naar de laatste jaren van de twintigste eeuw.

'Kramer,' zei hij, 'Kramer, Kramer, 's kijke, Kramer. Jaah, jaah, jaah, oké, hebbes. De zaak Henry Lamb. Waarschijnlijk dood als gevolg. Zit er wat in?'

'Het is 'n klotezaak,' zei Kramer.

'Nou, ik kreeg vragen van *The City Light*, een Brit die Fallow heet. Kerel heeft zo'n raar accent. Ik dacht dat ik naar Channel 13 zat te luisteren. Hoe dan ook, hij las me 'n verklaring voor van dominee Bacon over de zaak Henry Lamb. Da's precies wat ik nodig heb. De woorden van dominee Reginald Bacon met 'n Brits accent. Ken je Bacon?'

'Jaah,' zei Kramer. 'Ik heb de moeder van Henry Lamb ondervraagd in Bacons kantoor.'

'Deze vent heeft ook iets van haar, maar 't is hoofdzakelijk Bacon. 's Kijke, 's kijke, 's kijke. D'r staat, eh… blah blah blah, blah blah blah… menselijk leven in de Bronx… misdrijf… blanke bourgeoisie… blah blah blah… magnetisch resonantieapparaat… Zeurt door over het magnetische resonantieapparaat. D'r zijn misschien twee van die klote apparaten in het hele land, volgens mij… blah blah blah… 's Kijke, hier is 't. Hij beschuldigt de officier van justitie ervan zich te drukken. We willen niet de moeite nemen om de zaak uit te zoeken omdat het een zwarte jongen is uit de Poe-projecten en 't teveel moeite is.'

'Da's gezwam.'

'Tja, dat weet ik, en dat weet jij, maar ik moet die Brit terugbellen en hem wat vertellen.'

Een oorverdovend gerammel. 'Hoelang moet ik hier nog aan die kettingen zitten, man!' De man met de grote armen barstte weer los. 'Dit is tegen de wet!'

'Hé!' zei Kramer, echt geïrriteerd. 'As je hier weg wil, hou je kop dan. Ik kan verdomme m'n eigen stem niet horen.' Toen tegen Lubell: 'Sorry, ik ben in het rayonbureau.' Hij dekte zijn mond en de hoorn van de telefoon af met zijn hand en zei met zachte stem: 'Ze hebben hier verdomme drie getuigen van een moord met kettingen vastzitten aan de poten van de bureaus in de rechercheafdeling, en die slaan op tilt.' Hij genoot van de ordinaire macho-gewaarwording om dit kleine oorlogsverhaal tegenover Lubell ten beste te geven, al kende hij de man niet eens.

'Aan de poten van de bureaus,' zei Lubell op waarderende toon. 'Jezus Christus, daar heb ik nog nooit van gehoord.'

'Hoe dan ook,' zei Kramer, 'waar was ik? Oké, we hebben 'n Mercedes Benz met een kenteken dat met 'n R begint. Om te beginnen weten we niet eens of we 't over een kenteken uit de staat New York hebben. Oké? Da's om te beginnen. Maar stel dat het zo is. D'r staan in de staat New York 2500 Mercedessen geregistreerd met een kenteken dat met 'n R begint. Oké, nou, de tweede letter lijkt vermoedelijk op 'n E of 'n F, of misschien 'n P of 'n B of 'n R, 'n letter met links 'n verticale poot waar 'n paar horizontale vanaf lopen. Stel dat we daarmee aan de slag gaan. Dan hebben we 't nog over bijna vijfhonderd auto's. Dus wat doe je? Achter vijfhonderd auto's aangaan? Als je 'n getuige hebt die kan zeggen dat de jongen door zo'n auto geraakt werd, doe je 't misschien. Maar d'r is geen getuige, behalve de jongen, maar hij ligt in coma en komt 'r niet uit. We hebben geen gegevens over een bestuurder. Alles wat we hebben zijn twee mensen in 'n auto, twee blanken, een man en een vrouw, en daar komt bij dat het verhaal van de jongen niet erg steekhoudend is.'

'Nou, wat moet ik zeggen? Het onderzoek duurt voort?'

'Zeker, het onderzoek duurt wel degelijk voort. Maar behalve als Martin een getuige vindt, zit hier geen zaak in. Zelfs als de jongen door 'n auto geraakt werd, was 't waarschijnlijk niet het soort aanrijding waarbij de auto gerechtelijk bewijsmateriaal op kan leveren, omdat de jongen niet 't lichamelijk letsel heeft dat overeenkomt met zo'n aanrijding – ik bedoel, Jezus nog an toe, dit kletsverhaal hangt helemaal van als-zus en als-zo aan mekaar. Als je 't mij vraagt is het 'n klotezaak. De jongen lijkt een fatsoenlijk type, en zijn moeder ook, maar onder ons gezegd, ik denk dat-ie in 'n soort ruzie terechtgekomen is en dit zwamverhaal over z'n moeder heeft verzonnen.'

'Maar goed, waarom zou-ie 'n deel van een kenteken verzinnen? Waarom zou-ie niet zeggen dat-ie 't nummer niet heeft?'

'Hoe weet ik dat nou? Waarom doen de mensen wat ze doen in de Bronx? Denk je dat deze vent, deze journalist, werkelijk iets gaat schrijven?'

'Weet ik niet. Ik zal maar zeggen dat we de zaak uiteraard op de voet volgen.'

'Heeft iemand anders je d'r nog over gebeld?'

'Nah. 't Klinkt alsof Bacon deze vent heeft ingelicht.'

'Wat zit er dan voor Bacon in?'

'O, dit is een van z'n stokpaardjes. Het meten met twee maten, blanke rechtspraak, blah blah blah. Hij is d'r altijd op uit de burgemeester dwars te zitten.'

'Nou,' zei Kramer, 'als hij van deze klotezaak iets weet te maken, dan is-ie 'n tovenaar.'

Tegen de tijd dat Kramer ophing zaten de drie geketende getuigen weer te rammelen en te klagen. Ontmoedigd realiseerde hij zich dat hij er niet onderuit kwam om met deze drie teringlijers te gaan zitten praten tot hij iets samenhangends uit hen kreeg over een vent die Pimp heette en die iemand neergeschoten had die een kerel kende die misschien wel of misschien niet wist waar veertig pakken uithingen. Zijn hele vrijdagavond zou verknald worden en hij zou met het Noodlot moeten dobbelen en de ondergrondse terug moeten nemen naar Manhattan. Hij keek nog een keer om naar het kleedhokje. Dat vleesgeworden visioen, dat omslagmodel van de *Gentleman's Quarterly*, de man met de naam Pimp, zat daar achterin nog steeds koteletten te eten en geweldig te genieten van iets op de tv, waardoor zijn gezicht oplichtte in tinten van eerstegraads verbrandings-paars en kobalttherapieblauw.

Kramer stapte de rechercheafdeling uit en zei tegen Gordon: 'Je getuigen daarbinnen worden wat onrustig. Die ene vent wil z'n ketting om mijn keel slaan.'

'Ik moest hem wel aan de ketting leggen.'

'Dat weet ik. Maar vertel me 's. Die Pimp, die zit daar achterin maar koteletjes te eten. Die zit nergens maar met een ketting aan vast.'

'Oh, om Pimp maak ik me geen zorgen. Die gaat nergens naar toe. Die zit af te koelen. Die heeft 't naar z'n zin. Deze belazerde buurt is alles wat-ie kent. Ik wed dat-ie niet weet dat New York aan de Atlantische Oceaan ligt. Hij is een huiselijke jongen. Nee, die gaat nergens naar toe. Hij is alleen maar de dader. Maar 'n *getuige* – ho, baby, als ik de getuige niet aan de ketting zou leggen, dan zou je nie-ie-ie-mand hebben om te verhoren. Je zou z'n porem nooit meer zien. Een klote getuige is 'm sneller naar Santo Domingo gesmeerd dan jij dalurenkaart uit kan spreken.'

Kramer liep terug naar de rechercheafdeling om zijn plicht te doen en de drie tierende burgers aan de kettingen te verhoren en enige samenhang proberen te ontdekken in deze nieuwste klotezaak.

Aangezien *The City Light* geen zondageditie publiceerde, was de stadsredactie op zaterdagmiddagen behoorlijk uitgedund. De bemanning bestond hoofdzakelijk uit redacteuren van telex-kopij die het materiaal dat trillend en ratelend uit de Associated Press- en United Press International-apparaten bleef stromen naplozen op berichten die de misschien gebruikt konden worden voor de maandageditie. Er zaten drie verslaggevers op de stadsredactie, plus eentje op het hoofdbureau van politie in Manhattan, voor het geval er een of andere catastrofe of slachtpartij plaatsgreep die zo bloederig was dat de lezers van *The City Light* er op maandag nog graag van wilden smullen. Er was een eenzame assistent-stadsredacteur die het telefoonabonnement van de *City Light* gebruikte om het grootste gedeelte van de middag verkooptelefoontjes te plegen voor een bijverdienste van hem, namelijk het verkopen van partijen insignes van studentenverenigingen aan de penningmeesters van de sociëteiten, die het spul, de dasspelden en ringen en corpsspeldjes en wat al niet, per stuk verkochten aan de leden en het verschil voor zichzelf hielden. De verveling en lethargie van deze wachtposten van de pers viel nauwelijks te overdrijven.

En op deze zaterdagmiddag was Peter Fallow er ook.

In tegenstelling tot zijn omgeving was Fallow de vleesgeworden gedrevenheid. Van de diverse hokjes langs de zijkanten van de ruimte was dat van hem het enige dat in gebruik was. Hij zat op het randje van zijn stoel met de telefoon aan zijn oor en een balpen in zijn hand. Hij was zo gespannen dat zijn opwinding door de kater van vandaag heen brak met iets dat in de buurt van helderheid kwam.

Op zijn bureau lag een telefoongids van Nassau County, op Long Island. Het was een geweldig lijvig ding, deze gids. Hij had nog nooit van Nassau County gehoord, hoewel hij nu aannam dat hij erdoorheen gekomen moest zijn tijdens het weekend toen hij de superieur van St. John bij het museum, Virgil Gooch III – de Yanks waren er gek op om Romeinse cijfers aan de namen van hun zonen te knopen – zover had weten te krijgen om hem in zijn bespottelijk voorname huis aan de oceaan in East Hampton, Long Island, uit te nodigen. Er was geen tweede uitnodiging gekomen, maar... al goed, al goed... Wat het stadje Hewlett betrof dat in Nassau County lag, daarvan was het bestaan op deze wereld nieuws voor hem geweest, maar ergens in het stadje Hewlett ging een telefoon over, en hij hoopte vurig dat er opgenomen werd. Ten slotte, na zeven keer overgaan, gebeurde dat.

'Hallo?' Buiten adem.

'Meneer Rifkind?'

'Ja... ' Buiten adem en op zijn hoede.

'Met Peter Fallow van de Newyorkse *City Light*.'

'Hoef ik niet.'

'Sorry? Ik hoop echt dat u het me niet kwalijk neemt dat ik u op zaterdagmiddag bel.'

'Dat hoopt u verkeerd. Ik heb me één keer op de *Times* geabonneerd. En ik kreeg 'm in feite zowat een keer per week.'

'Nee, nee, nee, ik ben geen – '

'Of iemand snaaide 'm van de voordeur weg voordat ik het huis uitging of hij was zeiknat of hij werd nooit bezorgd.'

'Nee, ik ben journalist, meneer Rifkind. Ik schrijf voor *The City Light*.'

Ten slotte slaagde hij erin dit feit tot tevredenheid van de heer Rifkind aannemelijk te maken.

'Nou, oké,' zei de heer Rifkind, 'ga door. Ik was net 'n paar biertjes aan het drinken buiten op de oprijlaan en een bord TE KOOP aan het maken om voor het raam van mijn auto te zetten. U bent toevallig niet geïnteresseerd in een Thunderbird van 1981?'

'Ik ben bang van niet,' zei Fallow met een luid gegrinnik, alsof de heer

Rifkind een van de grootste zaterdagmiddag-grapjassen was die hij had mee-gemaakt.

'Eigenlijk bel ik om u iets over een van uw leerlingen te vragen, een zekere Henry Lamb.'

'Henry Lamb. Zegt me niks. Wat heeft-ie gedaan?'

'O, hij heeft niets *gedaan*. Hij is ernstig gewond geraakt.' Hij ging verder de feiten van de zaak uit te leggen en schikte ze nogal dik aangezet in een versie die leunde op de theorie die Albert Vogel en dominee Bacon er over het voorval op nahielden. 'Mij is verteld dat hij een leerling Engels van u was.'

'Wie heeft u dat verteld?'

'Zijn moeder. Ik heb vrij uitvoerig met haar gesproken. Een heel aardige vrouw, en zeer geschokt, zoals u zich voor kunt stellen.'

'Henry Lamb... O ja, ik weet wie u bedoelt. Nou, da's wel heel erg jammer.'

'Wat ik graag zou willen weten, meneer Rifkind, is wat voor soort leerling Henry Lamb is.'

'Wat voor *soort*?'

'Nou, zou u zeggen dat hij een *buitengewone* leerling was?'

'Waar komt u vandaan, meneer – sorry, zeg uw naam nog 'ns?'

'Fallow.'

'Meneer Fallow. Ik krijg de indruk dat u niet uit New York komt.'

'Dat is waar.'

'Dan is het niet zo vreemd dat u niets afweet van Colonel Jacob Ruppert High School in de Bronx. We hanteren op Ruppert wel vergelijkende termen, maar *buitengewoon* hoort daar niet bij. Het scala loopt meer van coöperatief tot levensgevaarlijk.' Meneer Rifkind begon te grinniken. 'In godsnaam, zeg niet dat ik dat gezegd heb.'

'Maar hoe zou u Henry Lamb omschrijven?'

'Coöperatief. Hij is 'n aardige jongen. Bezorgt mij nooit enige last.'

'Zou u hem als een goede leerling omschrijven?'

'*Goed* is ook niet echt het woord op Ruppert. Het is meer "Volgt hij de lessen of niet?"'

'Volgde Henry Lamb de lessen?'

'Voor zover ik me kan herinneren, ja. Hij is er meestal. Hij is erg betrouw-baar. Hij is 'n aardig joch, een van de aardigste.'

'Was er een onderdeel in zijn vakkenpakket waar hij bijzonder goed – of, laat ik zeggen, bedreven in was, iets wat hij beter deed dan de andere dingen?'

'Niet specifiek.'

'Nee?'

'Het valt moeilijk uit te leggen, meneer Fallow. Zoals het gezegde luidt: "Ex nihilo nihil fit." Er is niet zo'n groot scala aan activiteiten in deze klassen, en dus is het moeilijk om prestaties te vergelijken. Deze jongens en meis-jes – soms zijn ze met hun gedachten in het leslokaal, en soms zijn ze dat niet.'

'En hoe is dat bij Henry Lamb?'

'Hij is een aardige knul. Hij is beleefd, hij is oplettend, hij bezorgt me geen enkele last. Hij probeert wat te leren.'

'Nou, hij moet toch een beetje talent hebben. Zijn moeder zei me dat hij erover dacht om te gaan studeren.'

'Dat zou goed kunnen. Ze heeft het dan waarschijnlijk over het CCNY. Dat is het City College of New York.'

'Ik geloof dat mevrouw Lamb dat inderdaad noemde.'

'Het City College heeft een open toelatingsbeleid. Als je in New York woont en je bent voor high school geslaagd en je wilt naar het City College, dan kan dat.'

'Denkt u dat Henry slaagt, of zou hij geslaagd zijn?'

'Voorzover ik weet. Zoals ik zeg, hij heeft een heel goeie presentielijst.'

'Hoe denkt u dat hij het als student gedaan zou hebben?'

Een zucht. 'Ik weet 't niet. Ik heb geen idee wat er met deze kinderen gebeurt als ze op het City College terechtkomen.'

'Meneer Rifkind, kunt u me iets vertellen over Henry Lambs prestaties of dingen waarin hij uitblinkt, *iets*, wat dan ook?'

'U moet begrijpen dat ze me aan het begin van het jaar ongeveer vijfenzestig leerlingen in elke klas geven, omdat ze weten dat 't er halverwege het jaar nog veertig zullen zijn en dertig aan het eind van het jaar. Zelfs dertig is te veel, maar zoveel krijg ik er. Het is eigenlijk niet direct wat je individueel onderwijs zou noemen. Henry Lamb is een aardige jongeman die zijn best doet en dingen wil leren. Wat kan ik u nog meer vertellen?'

'Een andere vraag. Hoe staat het ervoor met zijn schriftelijk werk?'

Meneer Rifkind slaakte een kreet. 'Schriftelijk werk? D'r is al vijftien jaar geen schriftelijk werk meer gemaakt op Ruppert High! Misschien twintig! Ze doen multiple-choice testen. Leesbegrip, daar draait het om. Da's alles waar de onderwijsinspectie zich druk om maakt.'

'Hoe was Henry Lambs leesbegrip?'

'Ik zou 't op moeten zoeken. Niet slecht, als ik moest schatten.'

'Beter dan de meesten? Of zo ongeveer middelmatig? Of wat zou u zeggen?'

'Nou… ik weet dat 't voor u moeilijk te begrijpen moet zijn, meneer Fallow, omdat u uit Engeland komt. Klopt dat? Bent u Brits?'

'Ja, dat klopt.'

'Natuurlijk – of ik neem aan dat het natuurlijk is – bent u gewend aan niveaus als uitstekend enzovoorts. Maar deze kinderen hebben niet 't niveau bereikt waar 't de moeite loont 't soort onderlinge verschillen te benadrukken waar u 't over heeft. We proberen ze alleen maar op een zeker niveau te krijgen en ze dan niet terug te laten vallen. U zit te denken aan "veelbelovende leerlingen" en "uitblinkers" en zo, en da's heel natuurlijk, zoals ik zeg. Maar op Colonel Jacob Ruppert High School is een veelbelovende leerling iemand die de lessen bezoekt, niet zit te klieren, probeert te leren en het redelijk doet met lezen en rekenen.'

'Goed dan, laten we die norm hanteren. Is volgens die norm Henry Lamb een veelbelovende leerling?'

'Volgens die norm, ja.

'Heel erg bedankt, meneer Rifkind.'

'Da's in orde. Het spijt me om dit allemaal te horen. 't Lijkt een aardig joch.

We horen ze eigenlijk niet jochies te noemen, maar dat zijn ze wel, arme ongelukkige onzekere jochies met een heleboel problemen. Haalt u mij niet aan, in godsnaam, anders krijg ik een heleboel problemen, Hé, hoor 'ns. Weet u zeker dat u geen Thunderbird van 1981 kunt gebruiken?'

10

Zware lunch op zaterdag

Op datzelfde moment was de strandclub, die ook op Long Island was maar dan honderd kilometer naar het oosten aan de zuidkust, juist opengegaan voor het nieuwe seizoen. De club bezat een slordig, laag, gepleisterd bouwsel dat dwars op de duinen stond, en ongeveer honderd meter strand dat was afgeperkt met twee scheepskabels die door het oog van ijzeren palen waren getrokken. De faciliteiten van de club waren ruim en gerieflijk maar werden met toegewijde zorg onderhouden in de Brahmaans-Ascetische of Kostschool-Geboend-Hout-stijl die in de jaren twintig en dertig in zwang was. Zo kwam het dat Sherman McCoy nu onder een grote verschoten parasol zat aan een doodeenvoudige houten tafel. Hij was in het gezelschap van zijn vader, zijn moeder, Judy en met tussenpozen ook Campbell.

Je kon direct van het terras het zand tussen de twee kabels opstappen, of, zoals Campbell, oprennen, en op dat moment liep Campbell daar ergens rond met het dochtertje van Rawlie Thorpe, Eliza, en het dochtertje van Garland Reed, Mackenzie. Sherman was aandachtig bezig niet te luisteren naar zijn vader die aan Judy uitlegde hoe Talbot, de barkeeper van de club, zijn martini had gemixt, die de kleur had van slappe thee.

'... weet niet waarom, maar ik heb altijd liever een martini gehad met zoete vermout. Geshaked tot hij schuimt. Talbot spreekt me altijd tegen...'

De dunne lippen van zijn vader gingen open en dicht en zijn nobele kin ging op en neer en zijn charmante raconteursglimlach trok rimpels in zijn wangen. Op een keer, toen Sherman van Campbells leeftijd was, mocht hij met zijn vader en moeder mee gaan picknicken op het zand buiten de kabels. Er had een avontuurlijke sfeer gehangen om dat uitstapje. Het was het ruige leven. De vreemden daar op het zand, het handjevol mensen dat er nog was in de late middag, bleken ongevaarlijk.

Nu liet Sherman zijn ogen van zijn vaders gezicht afglijden om het zand buiten de kabels weer eens te verkennen. Hij moest ze half dichtknijpen omdat het strand achter het groepje tafels en parasols een en al verblindend licht was. Dus verkleinde hij zijn gezichtsveld en richtte zijn blik op een hoofd aan de tafel vlak achter zijn vader. Het was onmiskenbaar het hoofd van Pollard Browning. Pollard zat daar met Lewis Sanderson senior, die voor

Sherman als kleine jongen altijd ambassadeur Sanderson was geweest, en mevrouw Sanderson en Coker Channing en zijn vrouw. Sherman kon er niet bij hoe Channing ooit lid was geworden, behalve dat hij er zijn stiel van gemaakt had om bij mensen als Pollard in het gevlei te komen. Pollard was voorzitter van de club. Jezus, hij was ook al voorzitter van Shermans vereniging van eigenaren. Dat massieve ronde hoofd... Maar in zijn huidige gemoedsgesteldheid deed de aanblik ervan Sherman goed... massief als een rots, vast als een rots, zo rijk als Croesus, onwankelbaar.

Zijn vaders lippen hielden even op met bewegen en hij hoorde zijn moeder zeggen: 'Schat, verveel Judy nou niet met die martini's. Dan lijk je meteen zo oud. Geen mens drinkt ze nog behalve jij.'

'Hier op het strand wel. Als je me niet gelooft – '

'Dat is hetzelfde als praten over wichtjes of kattebakken van auto's of restauratierijtuigen of – '

'Als je me niet gelooft – '

'Noodrantsoenen of de Hit Parade.'

'Als je me niet gelooft – '

'Heb jij ooit gehoord van een zangeres die Bonnie Baker heet?' Ze richtte zich hierbij tot Judy en negeerde Shermans vader. 'Bonnie Baker was de ster van de Hit Parade op de radio. Wee Bonnie Baker werd ze genoemd. Het hele land luisterde naar haar. Zal wel totaal vergeten zijn nu.'

Vijfenzestig jaar oud en nog steeds mooi, dacht Sherman. Lang, mager, kaarsrecht, dik wit haar – weigert het te verven – echt aristocratisch, veel meer dan zijn vader die zo zijn best deed om aristocratisch te zijn – en nog steeds aan het inhakken op de sokkel van het standbeeld van de grote Leeuw van Dunning Sponget.

'O, zover hoef je niet terug te gaan,' zei Judy. 'Ik stond laatst te praten met die zoon van Garland, Landrum. Hij is derdejaars student geloof ik dat hij zei, aan Brown University – '

'Heeft Garland Reed een zoon die studeert?'

'De zoon van Sally.'

'O jee, ik was Sally totaal vergeten. Is het niet vreselijk?'

'Niet vreselijk. Bij de tijd,' zei Judy met een dun glimlachje.

'Vraag het Talbot maar als je me niet gelooft,' zei Shermans vader.

'Bij de tijd!' zei zijn moeder, die lachend de Leeuw en zijn martini's en zijn Talbot negeerde.

'Maar goed,' zei Judy, 'ik zei toevallig iets tegen hem over hippies en hij stond me alleen maar aan te gapen. Nooit van gehoord. Oude geschiedenis.'

'Hier aan het strand – '

'Net als martini's,' zei Shermans moeder tegen Judy.

'Hier aan het strand is het tenminste nog toegestaan om van de eenvoudige geneugten van het leven te genieten,' zei Shermans vader, 'of tot voor kort was dat tenminste nog zo.'

'Papa en ik zijn gisteravond naar dat restaurantje in Wainscott geweest, Sherman, dat restaurantje waar papa zo van gecharmeerd is, met Inez en Herbert Clark, en weet je wat de eigenares tegen ons zei – ken je dat knappe vrouwtje van wie die zaak is?'

Sherman knikte bevestigend.

'Ik vind haar zo'n gezellig mens,' zei zijn moeder. 'Toen we weggingen zei ze tegen me – maar ja, ik moet er wel even bij vertellen dat Inez en Herbert elk twee gin-tonics op hadden en papa zijn drie martini's, *plus* de wijn nog, en ze zei tegen me – '

'Celeste, je neus is aan het groeien. Ik had er één op.'

'Nou ja, misschien dan geen drie. Twee.'

'Celeste.'

'Nou ja, ze vond het heel wat, die eigenares. Ze zei tegen me: "Ik heb mijn oudere klanten nog het liefst. Dat zijn de enigen die nog drinken." "*Mijn oudere klanten*"! Ik kan me niet voorstellen hoe ze dacht dat dat op mij over moest komen.'

'Ze dacht dat je vijfentwintig was,' zei Shermans vader. Vervolgens tegen Judy: 'Plotseling ben ik getrouwd met iemand van de blauwe knoop.'

'De blauwe knoop?'

'Nog meer oude geschiedenis,' bromde hij. 'Of anders ben ik getrouwd met Miss Trendy. Jij bent altijd bij de tijd geweest, Celeste.'

'Alleen vergeleken met jou, liefste.' Ze glimlachte en legde haar hand op zijn onderarm. 'Ik zou je die martini's van jou voor geen goud willen afnemen. En die van Talbot evenmin.'

'Ik maak me niet druk om Talbot,' zei de Leeuw.

Sherman had al minstens honderd keer aangehoord hoe zijn vader zijn martini's graag gemixt wilde hebben en Judy moest het verhaal ook wel twintig keer hebben gehoord, maar dat mocht niet deren. Het werkte zijn moeder op de zenuwen, niet hem. Het was genoeglijk; alles was net als altijd. Zo wilde hij het houden dit weekend: hetzelfde, hetzelfde, hetzelfde en netjes binnen de perken van de twee kabels.

Het had al aanmerkelijk geholpen om uit het appartement weg te gaan, waar het *Mag ik Maria alsjeblieft spreken* nog steeds als vergif in de lucht hing. Judy was gistermiddag vroeg naar hun buitenhuis gereden in de stationcar met Campbell, Bonita en Miss Lyons, het kindermeisje. Hijzelf was er gisteravond heengereden in de Mercedes. Vanochtend had hij de auto op de oprijlaan voor de garage achter hun grote oude huis aan Old Drover's Mooring Lane nog eens goed bekeken in het zonlicht. Voor zover hij kon nagaan was er geen spoor van de vechtpartij te zien... Alles zag er fleuriger uit vanmorgen, Judy incluis. Ze had heel genoeglijk zitten praten aan de ontbijttafel. Nu zat ze juist te glimlachen naar zijn vader en moeder. Ze zag er ontspannen uit... en werkelijk best knap, best chic... met haar poloshirt, haar lichtgele trui van Shetlandse wol en haar witte broek... Ze was niet jong meer, maar ze had wel het soort regelmatige trekken dat goed geconserveerd bleef... Prachtig haar... Het dieet en die afgrijselijke conditietraining... en haar leeftijd... hadden hun tol geëist van haar borsten, maar ze had nog een lekker figuur... stevig... Hij voelde een lichte tinteling... Misschien vanavond... of midden op de middag!... Waarom niet?... Dat zou de dooi, de wedergeboorte van de lente, de terugkeer van de zon... een steviger basis geven... Als ze zou instemmen was die... akelige toestand... achter de rug... Dan zou die akelige toestand misschien *helemaal* achter de rug zijn. Er waren nu vier dagen voorbij en er was nog geen letter nieuws geweest over iets vreselijks dat een lange magere jongen was overkomen op een oprit naar de snelweg in de Bronx. Er was niemand bij hem aan de deur geweest. Bovendien had zij achter het stuur gezeten. Dat had ze zelf letterlijk gezegd. En wat er ook mocht gebeuren, hij had *moreel gezien correct gehandeld.* (Niets te vrezen van God.) Hij had gevochten voor zijn eigen leven en dat van haar...

Wie weet was het allemaal een waarschuwing van God. Waarom lieten hij en Judy en Campbell de krankzinnigheid van New York en de grootheidswaanzin van Wall Street niet gewoon achter zich? Was het immers geen arrogante dwaasheid om een Meester van het Universum te willen zijn en de onzinnige risico's te aanvaarden die hij had genomen? Op het nippertje!... Mijn God, ik zweer dat ik van nu af aan... Waarom verkochten ze het appartement niet om het hele jaar door hier in Southampton te gaan wonen of in Tennessee... Tennessee... Zijn grootvader William Sherman McCoy was uit Knoxville naar New York gekomen toen hij eenendertig was... een pummel in de ogen van de Brownings... Nou, wat was er mis met goeie Amerikaanse pummels!... Sherman was met zijn vader naar Knoxville geweest. Hij had het alleszins acceptabele huis gezien waarin zijn vader was opgegroeid... Een beeld van een stadje, een spaarzaam, nuchter stadje, dat Knoxville... Waarom nam hij daar geen baan op een makelaarskantoor, een degelijke baan, een normale verantwoorde baan waarin hij niet probeerde de wereld op zijn kop te zetten, een baan van negen tot vijf of wat voor werktijden ze ook hadden in een plaatsje als Knoxville; $90.000 of $100.000 per jaar, een tiende of minder van wat hij nu, dwaas als hij was, dacht nodig te hebben, en het zou meer dan genoeg zijn... een neoklassiek huis met aan de ene kant een veranda met horren... een mooi groen gazon van een hectare of zo, een Snapper grasmaaier die hij misschien zelf ook af en toe zou bedienen, een garage met een deur die open gaat met zo'n sensor die je vastmaakt aan de zonneklep van je auto, een keuken met een magnetisch prikbord waarop je boodschappen voor elkaar achter liet, een knus leven, een liefdevol leven, Ons Stadje...

Judy zat nu te glimlachen om iets dat zijn vader gezegd had en de Leeuw glimlachte vergenoegd om haar waardering voor zijn gevatheid en zijn moeder glimlachte naar hen allebei, en aan de tafels achter hen glimlachte Pollard en Rawlie glimlachte en ambassadeur Sanderson glimlachte met knokige oude spillebenen en al, en de milde zon van begin juni warmde Shermans gebeente en hij was voor het eerst in twee weken ontspannen en hij glimlachte naar Judy en zijn vader en zijn moeder alsof hij nog enige aandacht aan hun gekeuvel geschonken had ook.

'Papa!'

Campbell kwam op hem afgerend vanuit het verblindende licht en het zand, het terras op en tussen de tafels door.

'Papa!'

Ze zag er absoluut schitterend uit. Met haar bijna zeven jaar had ze nu haar peuteruiterlijk verloren en was ze uitgegroeid tot een meisje met slanke armen en benen en stevige spieren en nergens ook maar de geringste onvolkomenheid. Ze droeg een roze badpakje met de letters van het alfabet erop. Haar huid glom van de zon en de beweging die ze kreeg. Alleen al haar aanblik, de aanblik van dit... *visioen*... bracht een glimlach op het gezicht van zijn vader en moeder en Judy. Hij draaide zijn benen vanonder de tafel en hield zijn armen open. Hij wilde dat ze recht in zijn omhelzing liep.

Maar ze hield in. Ze was niet gekomen voor genegenheid. 'Papa.' Ze stond te hijgen. Ze had een belangrijke vraag. 'Papa.'

'Ja, liefje.'

'Papa.' Ze kon nauwelijks op adem komen.

'Kalm aan, schat. Wat is er?'

'Papa... wat doe je?'

Wat hij deed?

'Doe? Wat bedoel je, schat?'

'Nou, MacKenzie's papa maakt boeken en hij heeft tachtig mensen die voor hem werken.'

'Heeft MacKenzie je dat verteld?'

'Ja.'

'Asjemenou! Tachtig mensen!' zei Shermans vader met de stem die hij voor kleine kinderen gebruikte. 'Tsjongejongejonge!'

Sherman kon zich indenken wat de Leeuw van Garland Reed vond. Garland had zijn vaders drukkerij geërfd en had er in tien jaar niet meer mee gedaan dan hem draaiende houden. De 'boeken' die hij 'maakte' waren drukopdrachten die hij kreeg van de eigenlijke uitgevers en zijn produkten waren vaker handleidingen, ledenlijsten van verenigingen, vennootschapscontracten en jaarverslagen dan dingen die zelfs maar in de verte leken op iets literairs. En wat die tachtig mensen betrof – tachtig met inkt besmeurde zielepoten was een betere benaming voor dat stel zetters, drukkersknechten enzovoort. Op het hoogtepunt van zijn carrière had de Leeuw *tweehonderd Wall Street-advocaten* onder zich gehad, de meeste van hen afgestudeerd aan Ivy League elite-universiteiten.

'Maar wat *doe* je nou?' vroeg Campbell, die nu ongeduldig werd. Ze wilde terug naar MacKenzie om verslag uit te brengen, en er was duidelijk iets indrukwekkends gewenst.

'Nou, Sherman, hoe zit dat?' zei zijn vader met een brede grijns. 'Ik wil het antwoord zelf ook wel eens horen. Ik heb me vaak afgevraagd wat jullie precies doen. Campbell, dat is een *uitstekende* vraag.'

Campbell glimlachte en nam haar grootvaders lof klakkeloos aan.

Nog meer ironie, en niet erg welkom dit keer. De Leeuw had er altijd een hekel aan gehad dat hij in plaats van de advocatuur de obligatiehandel was ingegaan, en het feit dat het hem daarin voor de wind was gegaan maakte het er alleen maar erger op. Sherman begon kwaad te worden. Hij kon zichzelf hier niet gaan zitten voordoen als een Meester van het Universum, niet met zijn vader en moeder en Judy erbij die op elk woord letten. Maar hij kon zichzelf bij Campbell ook niet bescheiden zitten afschilderen als een van de zoveel handelaars, of zelfs maar als het hoofd van de obligatiehandelaars hetgeen hoogdravend zou klinken zonder indruk te maken en Campbell trouwens toch niets zou zeggen – Campbell die daar stond te hijgen, pope-lend om terug te vliegen naar haar vriendinnetje dat een papa had die *boeken maakte* en *tachtig mensen* die voor hem werkten.

'Nou, ik handel in *obligaties*, liefje. Ik koop ze, ik verkoop ze, ik – '

'Wat zijn obligaties? Wat is handelen?'

Nu begon zijn moeder te lachen. 'Je zult met iets beters op de proppen moeten komen, Sherman!'

'Nou, schatje, obligaties zijn – een obligatie is eh, eens kijken hoe ik je dat het beste kan uitleggen.'

'Leg het mij ook maar eens uit, Sherman,' zei zijn vader. 'Ik moet wel vijf-duizend koopcontracten met effectenkrediet hebben opgesteld en ik viel al-tijd in slaap voor ik erachter kon komen waarom mensen die obligaties wil-den hebben.'

Dat komt doordat jij en je tweehonderd Wall Street-advocaten maar func-tionarissen waren van de Meesters van het Universum, dacht Sherman, die zich met de seconde méér ergerde. Hij zag Campbell ontsteld naar haar grootvader opkijken.

'Je opa maakt maar een grapje, liefje.' Hij wierp zijn vader een scherpe blik toe. 'Een obligatie is een manier om mensen geld te lenen. Laten we zeggen dat je een weg wilt bouwen, en het is geen klein weggetje maar een grote snelweg net als de snelweg die we vorige zomer naar Maine hebben geno-men. Of je wilt een groot ziekenhuis bouwen. Nou, daar heb je een boel geld voor nodig, meer geld dan je ooit bij elkaar zou kunnen krijgen als je naar de bank ging. Dus wat doe je dan? Je geeft dingen uit die ze obligaties noemen.'

'Bouw je wegen en ziekenhuizen, papa? Doe je dat dan?'

Nu begonnen zijn vader en zijn moeder allebei te lachen. Hij keek hen openlijk verwijtend aan, waardoor ze alleen maar vrolijker werden. Judy glimlachte met een ogenschijnlijk welwillende twinkeling in haar ogen.

'Nee, ik ben niet degene die ze daadwerkelijk bouwt, schatje. Ik verhandel de obligaties, en de obligaties maken het mogelijk – '

'Je *helpt* ze bouwen dan?'

'Nou ja, in zekere zin.'

'Welke?'

'*Welke?*'

'Je zei wegen en ziekenhuizen.'

'Nou ja, niet echt één die je zo op kunt noemen.'

'De weg naar Maine?'

Nu zaten zowel zijn vader als zijn moeder te giechelen op de hemeltergen-de manier van mensen die hun best doen om je niet recht in je gezicht uit te lachen.

'Nee, niet de – '

'Volgens mij zit je lelijk in de knoei, Sherman!' zei zijn moeder. Bij het woord *knoei* zat ze nagenoeg te gieren.

'Niet de weg naar Maine,' zei Sherman, die de opmerking negeerde. 'Laat ik het eens op een andere manier proberen te zeggen.'

Judy kwam ertussen. 'Laat mij het eens proberen.'

'Nou eh... vooruit dan.'

'Schatje,' zei Judy, 'papa bouwt geen wegen of ziekenhuizen en hij helpt ze ook niet bouwen, maar hij verhandelt wel de *obligaties* voor de mensen die het geld bijeen brengen.'

'Obligaties?'

'Ja. Stel je maar voor dat een obligatie een sneetje cake is en jij hebt de cake wel niet gebakken, maar elke keer als je iemand een sneetje aangeeft, valt er een heel klein beetje af, net een kruimeltje, en dat mag je houden.'

Judy glimlachte en Campbell ook, omdat ze leek te beseffen dat het een grapje was, een soort sprookje gebaseerd op wat haar vader deed.

'Kruimeltjes?' zei ze uitnodigend.

'Ja,' zei Judy. 'Je moet je indenken dat het kruimeltjes zijn, maar dan een *heleboel*. Als je genoeg sneetjes cake ronddeelt, heb je al gauw genoeg kruimels om er een *enorme* cake van te maken.'

'In 't echt?' vroeg Campbell.

'Nee, niet in het echt. Dat moet je je alleen zo voorstellen.' Judy keek naar Shermans vader en moeder om bijval voor deze geestige omschrijving van de obligatiehandel. Ze glimlachten wel, maar zonder overtuiging.

'Ik betwijfel of je het er duidelijker op maakt voor Campbell,' zei Sherman. 'Mijn hemel... *kruimels*.' Hij glimlachte om te laten zien dat hij wist dat het maar lunchtafelgekeuvel was. Eigenlijk was hij wel gewend aan Judy's neerbuigende houding tegenover Wall Street, maar hij was niet erg blij met die... *kruimels*.

'Zo'n slechte metafoor is het toch niet, dacht ik,' zei Judy, eveneens met een glimlach. Toen wendde ze zich tot zijn vader. 'Ik zal je een voorbeeld geven uit de praktijk, John, en dan moet jij er maar over oordelen.'

John. Er was al iets... mis... met dat woord *kruimels*, maar dit was de eerste echte aanwijzing dat het wellicht te ver aan het gaan was. *John*. Zijn vader en moeder hadden Judy aangemoedigd om hen John en Celeste te noemen, maar ze had zich er ongemakkelijk bij gevoeld. Dus vermeed ze het om hen wat dan ook te noemen. Dit ontspannen, zelfverzekerde *John* was niets voor haar. Zelfs zijn vader leek een beetje op zijn hoede.

Judy stak van wal over zijn Giscard-project. Toen zei ze tegen zijn vader: 'Pierce & Pierce geeft ze niet uit voor de Franse regering en koopt ze niet van de Franse regering maar van iedereen die ze daarvóór al gekocht heeft van de Franse regering. Dus de transacties van Pierce & Pierce hebben niets te maken met wat Frankrijk hoopt op te bouwen of te ontwikkelen of te... bereiken. Dat is allemaal al gebeurd voor Pierce & Pierce eraan te pas komt. Dus het zijn als het ware maar... sneetjes cake. Gouden cake. En Pierce & Pierce verzamelt miljoenen schitterende' – ze haalde haar schouders erbij op – 'gouden kruimels.'

'Noem jij het maar kruimels als je wilt,' zei Sherman, die tevergeefs probeerde om niet wrevelig te klinken.

'Tja, meer kan ik er ook niet van maken,' zei Judy opgewekt. En daarop tegen zijn vader en moeder: 'De obligatiehandel is een eigenaardige branche. Ik weet niet of je dit überhaupt wel kunt uitleggen aan iemand van onder de twintig. Of misschien zelfs onder de *dertig*.'

Sherman zag nu dat Campbell erbij stond met een bedrukt gezicht. 'Campbell,' zei hij, 'weet je wat? Ik denk dat mama wil dat ik van beroep verander.' Hij grijnsde alsof het een van de grappigste discussies was in jaren.

'Helemaal niet,' zei Judy lachend. 'Ik heb niets te klagen over jouw gouden kruimels!'

Kruimels – *basta*! Hij voelde de woede naar zijn hoofd stijgen. Maar hij bleef glimlachen. 'Misschien moest ik me maar wagen aan huizen inrichten. Pardon, binnenhuisarchitectuur.'

'Ik geloof niet dat je daarvoor in de wieg gelegd bent.'

'O, dat weet ik niet. Het is vast leuk om velours gordijnen en glanskatoen te bestellen voor – wie waren die mensen ook weer? – die Italianen voor wie je dat appartement hebt gedaan? – de di Ducci's?'

'Ik zou niet zeggen dat het nou zo léuk is.'

'Nou, *creatief* dan. Nietwaar?'

'Nou… je kunt in elk geval iets aanwijzen dat je gedaan hebt, iets tastbaars, iets duidelijk omlijnds.'

'Voor de di Ducci's.'

'Zelfs al is het voor mensen die ijdel en oppervlakkig zijn, het is tenminste iets *echts*, iets dat je onder woorden kunt brengen, iets dat bijdraagt aan het bevredigen van gewone menselijke behoeften, hoe protserig en vergankelijk dan ook, iets dat je tenminste aan je kinderen kunt uitleggen. Ik bedoel maar, wat zeggen jullie bij Pierce & Pierce in godsnaam *tegen elkaar* dat je elke dag doet?'

Plotseling gehuil. Campbell. De tranen stroomden over haar gezicht. Sherman sloeg zijn armen om haar heen, maar haar lichaam bleef stijf.

'Het is al goed, liefje!'

Judy stond op en liep naar hen toe en sloeg ook haar armen om Campbell heen. 'O Campbell, Campbell, Campbell, schatje toch! Papa en ik zaten elkaar alleen maar te plagen.'

Pollard Browning keek hun kant uit. Rawlie ook. Gezichten aan tafels overal om hen heen staarden naar het gekwetste kind.

Omdat ze allebei probeerden Campbell te omhelzen bevond Shermans gezicht zich vlak bij dat van Judy. Hij kon haar wel wurgen. Hij wierp een snelle blik op zijn ouders. Die waren ontzet.

Zijn vader stond op. 'Ik ga een martini halen,' zei hij. 'Jullie zijn mij allemaal te bijdetijds.'

Zaterdag! In SoHo! Na minder dan twintig minuten wachten hadden Larry Kramer en zijn vrouw Rhoda en Greg Rosenwald en de vriendin met wie hij samenwoonde, Mary Lou Van-Greg, en Herman Rappaport en zijn vrouw Susan nu een tafel aan het raam in het restaurant Haiphong Harbor. Buiten op West Broadway was het zo'n heldere sprankelende dag in de late lente dat zelfs de smurrie van SoHo het niet kon verhullen. Zelfs Kramers afgunst op Greg Rosenwald kon het niet verhullen. Hij en Greg en Herman waren jaargenoten geweest aan New York University. Ze hadden samen in de Studenten Activiteiten Raad gezeten. Herman was nu redacteur bij uitgeverij Putnam, een van de velen, en grotendeels dankzij hem was Rhoda aan haar baan gekomen bij Waverly Place Books. Kramer was hulpofficier van justitie, een van de 245, in de Bronx. Maar Greg, Greg met zijn trendy kleren en de lieftallige Mary Lou Blondje aan zijn zij, schreef voor *The Village Voice*. Tot dusver was Greg de enige van hun kleine groepje universiteitsbollebozen wiens ster gerezen was. Dat was al duidelijk vanaf het moment dat ze waren gaan zitten. Telkens wanneer de anderen iets te zeggen hadden, keken ze Greg aan terwijl ze er mee aankwamen.

Herman keek Greg aan toen hij zei: 'Ben je al bij Dean and DeLuca geweest? Heb je die prijslijst bekeken? Gerookte... Schotse... zalm... drieëndertig dollar per pond? Susan en ik zijn er net nog binnen geweest.'

Greg glimlachte fijntjes. 'Dat is iets voor de Seville-kliek uit Short Hills.'

'De Seville-kliek uit Short Hills?' vroeg Rhoda. Mijn vrouw, de perfecte aangever. En dat niet alleen, ze had het soort grimas op haar gezicht dat je maakt wanneer je gewoon *weet* dat je een gevat antwoord gaat krijgen.

'Ja,' zei Greg, 'moet je maar eens kijken.' Moetje maa's kijke. Zijn accent was al even gruwelijk als dat van Rhoda. 'Eén op de twee auto's is een Cadillac Seville met een kenteken uit Jersey. En moet je kijken wat ze *aan hebben*.' Moetje kijke wassaan hebbe. Hij had niet alleen een gruwelijk accent, hij had ook de 300-watts animo van de komiek David Brenner. 'Ze komen uit zo'n kast van een neoklassiek huis met zes slaapkamers in Short Hills gestekkerd, met hun pilotenjack en hun spijkerbroek aan, en ze stappen in hun Cadillac Seville en rijden elke zaterdag naar SoHo.'

Elleke zatedag. Maar Rhoda en Herman en Susan straalden en grinnikten vol waardering. Ze vonden het allemaal hardstikke gaaf. Alleen Mary Lou Blonde Koplampen leek niet geheel overdonderd door zijn kostelijke steedsheid. Kramer besloot dat hij zich, als hij er een woord tussen kon krijgen, tot haar zou richten.

Greg stak een verhandeling af over al de burgerlijke elementen die tegenwoordig op de kunstenaarsbuurt afkwamen. Waarom begon hij niet bij zichzelf? Moest je hem nou zien. Een golvende rode baard zo lang als die van de hartenkoning verhulde zijn wijkende kin... een donkergroenig tweed colbert met enorme schouders en revers die doorliepen tot zijn ribben... een zwart t-shirt met het logo van de band Pus Casserole op zijn borst... een zwarte broek met taps toelopende pijpen... de vettig zwarte *look* die zo... zo post-punk was, zo grootsteeds, zo... in... En in feite was hij een net joods jongetje uit Riverdale, wat het Short Hills was van de Newyorkse buitenwijken, en zijn ouders hadden een mooi groot huis uit de koloniale tijd, of misschien was het Tudor of zo... Een burgerlijke smiecht... een redacteur bij *The Village Voice*, een betweter, bezitter van Mary Lou Donzige Flanken... Greg was met Mary Lou gaan samenwonen toen ze zich had ingeschreven voor de werkgroep onderzoeksjournalistiek die hij twee jaar geleden aan New York University gaf. Ze had een fantastisch lichaam, *uitstekende borsten*, en een klassiek Wasp-uiterlijk. Op de universiteit trok ze zoveel bekijks dat je zou denken dat ze van een andere planeet kwam. Kramer noemde haar Mary Lou Van-Greg, waarmee hij bedoelde dat ze haar eigenlijke identiteit had prijsgegeven om met Greg te gaan samenwonen. Haar aanwezigheid hinderde hen. Haar aanwezigheid hinderde Kramer nog het meest van al. Hij vond haar dom, afstandelijk – uiterst begeerlijk. Ze deed hem denken aan het meisje met de bruine lipstick. En daarom was hij nog het meest afgunstig op Greg. Hij had bezit genomen van dit verrukkelijke schepsel zonder enige verplichting op zich te nemen, zonder te stranden in een mierenhoop in de West Side, zonder een Engelse kraamhulp op zijn dak te krijgen, zonder een vrouw te hebben die hij moest zien veranderen in haar eigen *sjtetl* moeder... Kramer keek eens tersluiks naar Rhoda en haar stralende pafferige gezicht en voelde zich meteen schuldig. Hij was *gek* op zijn pasgeboren zoon, hij was voor altijd *verbonden* met Rhoda door een heilige band... en toch... *Dit is New York! En ik ben jong!*

Gregs woorden gingen aan hem voorbij. Zijn ogen dwaalden af. Even ontmoetten ze die van Mary Lou. Ze hield ze vast. *Was het mogelijk* – Maar hij kon haar niet eeuwig aan blijven kijken. Hij keek naar buiten naar de mensen die West Broadway afliepen. De meesten waren jong of vrij jong – zo modieus uitgedost! – zo trendy! – sprankelend, zelfs in vettig zwart, op een perfecte zaterdag in de late lente.

Op dat moment en op die plaats, terwijl hij aan een tafel zat in Haiphong Harbor, zwoer Kramer dat hij *er bij zou horen*. Het meisje met de bruine lipstick – had zijn blik gevangen gehouden en hij die van haar toen de uitspraak kwam. Hij had gewonnen. Hij had de jury overtuigd en Herbert getorpedeerd, die op z'n minst een veroordeling zou krijgen van drie tot zes omdat er al een veroordeling wegens een zwaar misdrijf op zijn strafblad stond. Hij was hard geweest, onverschrokken, gewiekst – en hij had gewonnen. Hij had *haar* gewonnen. Toen de voorzitter van de jury, een zwarte die Forester heette, uitspraak deed, had hij in haar ogen gekeken en zij in de zijne, en daar waren ze voor zijn gevoel heel lang blijven rusten. Er was geen twijfel mogelijk.

Kramer probeerde Mary Lou's blik weer te vangen maar hij miste. Rhoda zat op de menukaart te kijken. Hij hoorde haar aan Susan Rappaport vragen: 'Hatjal gegete vooje wegging?' Hetgeen betekende: 'Had je al gegeten voor je wegging?'

Susan zei: 'Nee, en jij?'

'Nee, ik konnie gauw genoeg 't huis uit zijn. Dit kank in geen zestien jaar meer doen.'

'Wat doen?'

'O, gewoon naar SoHo omdat ik daar zin in heb. Ergens naar toe gaan. De kraamhulp gaat woensdag weg.'

'Waarom neem je geen andere?'

'Ben je niet goed? Wil je weten hoeveel we aan 'r kwijt zijn?'

'Hoeveel dan?'

'Vijfhonderdvijfentwintig dollar per week. M'n moeder heeft voor vier weken betaald.'

Hardstikke bedankt. Toe maar. Vertel al die kletskousen maar dat je man de kraamhulp verdomme niet eens kan betalen. Hij zag dat Susans ogen van

Rhoda's gezicht afdwaalden en opkeken. Op het trottoir, vlak voor het raam, stond een jonge man die probeerde naar binnen te turen. Als die ruit van zes millimeter er niet tussen gezeten had zou hij dwars over hun tafel hebben geleund. Hij bleef maar turen, turen en nog eens turen tot het puntje van zijn neus bijna tegen het glas aandrukte. Nu zaten ze alle zes te kijken naar de jongen, maar hijzelf kon hen blijkbaar niet zien. Hij had een mager, rimpelloos, knap, jong gezicht en zacht lichtbruin krulhaar. Met zijn overhemd met open hals en met de kraag van zijn marineblauwe trainingsjasje opgeslagen zag hij er uit als een jonge vliegenier uit vroeger tijden.

Mary Lou Liefkozing wendde zich tot Susan met een ondeugende uitdrukking op haar gezicht. 'Ik vind dat we hem maar moesten vragen of hij al geluncht heeft.'

'Hmmm,' zei Susan, die net als Rhoda haar eerste onderhuidse laag Matrone al had aangelegd.

'Volgens mij heeft hij honger,' zei Mary Lou.

'Volgens mij heeft hij weinig verstand,' zei Greg. Greg zat luttele decimeters van de jongeman vandaan, en het contrast tussen Gregs ongezonde vettig zwarte grootsteedse hippe rattenuiterlijk en de blozende knappe trekken van de jongeman was overdonderend. Kramer vroeg zich af of de anderen het ook opmerkten. Mary Lou moest het hebben opgemerkt. Deze smiecht uit Riverdale met zijn rode baard had haar niet verdiend.

Kramer ving haar blik weer een moment, maar ze keek naar de jongeman, die zich beduusd van de weerschijn afkeerde van het raam en West Broadway op begon te lopen. Op de rug van zijn jasje was een gouden bliksemstraal geborduurd met daarboven de woorden RADARTRONIC BEVEILIGING.

'Radartronic beveiliging,' zei Greg op een toon die aangaf wat een nietsnut, wat een nul die figuur was op wie Mary Lou haar zinnen had gezet.

'Je kunt er wel zeker van zijn dat die niet voor een beveiligingsfirma werkt,' zei Kramer. Hij was vastbesloten om Mary Lou's aandacht te krijgen.

'Waarom niet?' zei Greg.

'Omdat ik toevallig weet wie daar wèl werken. Ik zie ze elke dag. Al hing mijn leven ervan af, dan zou ik in deze stad nog niet zo'n bewaker inhuren – zeker niet als mijn leven ervan afhing. Ze hebben allemaal het predikaat geweldpleger.'

'Wat hebben ze?'

'Het predikaat geweldpleger. Ze zijn al minstens één keer veroordeeld wegens een misdrijf met persoonlijke geweldpleging.'

'Ach, kom nou,' zei Herman. 'Dat kan toch niet.' Nu had hij hun aandacht. Hij speelde zijn enige sterke kaart, Macho Insider van de Bronx.

'Nou, niet allemaal, maar toch wel zestig procent, wed ik. Je moest die strafverminderingszittingen 's morgens aan de Grand Concourse eens een keer ter plekke komen volgen. Eén van de manieren waarop je strafvermindering kunt rechtvaardigen is dat de rechter de verdachte vraagt of hij een baan heeft, en als dat zo is, toont dat zogenaamd aan dat hij wortels heeft in de gemeenschap, enzovoort. Dus vraagt de rechter die gasten of ze een baan hebben, en ik bedoel maar, die jongens zitten vast wegens gewapende roofovervallen, mishandeling, aanranding, doodslag, poging tot moord, noem maar op, en als ze überhaupt een baantje hebben, zeggen ze allemaal: "Ja, bewakingsdienst." Ik bedoel maar, wie denk je dat die baantjes aanneemt? Ze betalen niet meer dan het minimumloon, ze zijn saai, en als ze niet saai zijn onplezierig.'

'Misschien zijn ze er goed in,' zei Greg. 'Ze combineren het graag. Ze weten hoe ze met wapens om moeten gaan.'

Rhoda en Susan lachten. Wat een komiek, wat een komiek.

Mary Lou lachte niet. Ze bleef Kramer aankijken.

'Ongetwijfeld,' zei hij. Hij wilde zijn greep op het gesprek en de rondborstige blauwe ogen niet verliezen. 'Iedereen in de Bronx heeft een wapen op zak. Ik zal je eens wat vertellen over een zaak die ik net heb afgerond.' Ahhhhhhh! Dit was zijn kans om te vertellen over de overwinning van Het Volk op die desperado Herbert 92X, en hij stortte zich gretig in het verhaal. Maar vanaf het begin maakte Greg het hem lastig. Zodra hij de naam Herbert 92X hoorde kwam hij ertussen met een of ander artikel over gevangenissen dat hij geschreven had voor *The Village Voice*.

'Als de moslems er niet waren zou het in de gevangenissen van deze stad helemaal uit de hand lopen.'

Dat was bullshit, maar Kramer wilde niet dat het gesprek overging op de moslems en Gregs verdomde artikel. Dus zei hij: 'Herbert is geen echte moslem. Ik bedoel maar, moslems gaan niet naar de kroeg.'

Het verliep moeizaam. Greg wist het allemaal al. Hij wist alles over moslems, gevangenissen, criminaliteit, het leven op straat in deze miljoenenstad. Hij begon het verhaal tegen Kramer te gebruiken. Waarom waren ze er zo op gebeten om een man te vervolgen die alleen gehandeld had naar zijn instinct om zijn leven te beschermen?

'Maar hij heeft iemand *doodgeschoten*, Greg! – met een pistool zonder vergunning dat-ie elke dag op zak had, als een vaste gewoonte.'

'Ja, maar kijk eens wat voor baan hij had! 't Is duidelijk een gevaarlijk beroep. Je zei zelf dat iedereen daar een wapen draagt.'

'Kijk eens naar zijn *baan*? Oké, laten we daar eens naar kijken. Hij werkt verdomme voor een illegale *drankhandelaar*!'

'Wat had je dan gewild, dat-ie werkte voor IBM?'

'Je praat net alsof dat onmogelijk is. Ik wed dat IBM banenplannen voor minderheden zat heeft, maar zelfs al kon Herbert daar een baan krijgen, dan zou hij hem nog niet aannemen. Herbert is een gokker. Hij is een sjacheraar die zichzelf probeert te verschuilen achter zijn religieuze dekmantel, en hij gaat gewoon door met zijn kinderlijke egocentrische onverantwoordelijke opportunistische gedrag – '

Plotseling drong het tot Kramer door dat ze hem allemaal op een rare manier zaten aan te kijken, stuk voor stuk. Rhoda... Mary Lou... Ze keken hem aan als iemand die een verhulde reactionair blijkt te zijn. Hij zat al te diep in die strafrechtelijke zwendel... De reactionaire ondertoon van het Systeem gonsde al in zijn stem door... Het leek wel zo'n felle discussie-avond van toen het hele stel nog op New York University zat, behalve dat ze nu voor in de dertig waren en hem aankeken alsof hij iets afschuwelijks geworden was. En hij wist meteen dat hij hun met geen mogelijkheid kon uitleggen wat hij de afgelopen zes jaar had meegemaakt. Ze zouden het niet begrijpen, en zeker Greg niet, die hem met zijn overwinning op Herbert 92X om de oren sloeg.

Het liep zo in het honderd dat Rhoda zich gedwongen voelde te hulp te schieten.

'Je begrijpt 't niet, Greg,' zei ze, ' je hebt er geen idee van hoeveel zaken Larry te verwerken krijgt. Er zijn jaarlijks zevenduizend strafrechtelijke vervolgingen in de Bronx, en ze hebben maar een capaciteit' – kappesteit – 'van vijfhonderd processen. Ze kunnen met geen mogelijkheid elk aspect van een zaak bestuderen en met al die verschillende dingen rekening houden.'

'Ik kan me precies voorstellen hoe iemand dat aan die Herbert 92X probeert wijs te maken.'

Kramer keek omhoog naar het plafond van Haiphong Harbor. Het was dofzwart geschilderd, evenals de wirwar van pijpen, buizen en leidingen. Het leken wel darmen. Zijn eigen vrouw. Haar manier om hem te hulp te schieten was om te zeggen: 'Larry heeft zoveel kleurlingen op te bergen dat hij geen tijd heeft om ze als individuen te behandelen. Dus je moet hem een beetje ontzien.' Hij had zich uit de naad gewerkt aan die zaak van Herbert 92X, hij had hem tot een briljant einde gebracht, hij had Herbert zelf recht in de ogen gekeken, hij had de vader van vijf kinderen gewroken, Nestor Cabrillo – en wat was zijn loon? Nu moest hij *zichzelf* verdedigen tegen een stel intellectuele trendgekken in een trendy bistro in het vervloekte trendy SoHo.

Hij keek de tafel rond. Zelfs Mary Lou keek naar hem met die wantrouwende blik. Die grote mooie sufkop van wittebrood was al net zo trendy geworden als de rest.

Nou, er was één persoon die de zaak Herbert 92X begreep, die begreep hoe briljant hij het gedaan had, die de rechtschapenheid begreep van het recht dat hij gedaan had, en Mary Lou Prammen viel bij haar in het niets.

Even ontmoette zijn blik die van Mary Lou weer, maar het licht was uitgegaan.

11

De woorden op de vloer

De Parijse beurs, de Bourse, was slechts twee uur per dag voor de handel open, van één tot drie 's middags, wat zeven tot negen 's ochtends Newyorkse tijd was. Maandag was Sherman dan ook al om half zeven op de obligatieafdeling van Pierce & Pierce gearriveerd. Het was inmiddels half acht en hij zat aan zijn bureau met zijn telefoon aan zijn linkeroor en zijn rechtervoet op de steun van Felix' draagbare schoenpoetsersbankje.

Het geluid van jongemannen die om geld brulden op de obligatiemarkt klonk al op in de zaal, want de markt was nu internationaal. Aan de overkant zat de jonge heer van de pampa's, Arguello, met zijn telefoon aan zijn rechteroor en zijn linkerhand op zijn linkeroor, te praten met Tokio, naar alle waarschijnlijkheid. Hij zat al minstens twaalf uur in het kantoor toen Sherman was gearriveerd, en hij was bezig met een kolossale verkoop van Amerikaanse staatsobligaties aan de Japanse posterijen. Hoe die knul ooit zijn vinger achter zo'n transactie had gekregen, kon Sherman zich niet voorstellen, maar evengoed. De beurs van Tokio was open van half acht 's avonds tot vier uur 's morgens, Newyorkse tijd. Arguello droeg een soort wie-doet-me-wat-bretels met plaatjes van de stripfiguur Tweety Pie erop, maar dat was geen punt. Hij was aan het werk, en Sherman was tevreden.

Felix de schoenpoetser zat kromgebogen met zijn hoogglanslap over Shermans rechterschoen te wrijven, een New & Lingwood half brogue. Sherman genoot ervan hoe zijn beenspieren zich samentrokken en opzwollen en zijn liezen zich spanden als hij zijn voet optilde. Het gaf hem een atletisch gevoel. Hij genoot ervan hoe Felix zijn rug kromde als een schelp, alsof hij de schoen met lichaam en ziel omsloot. Hij keek naar de kruin van de zwarte, die zich niet meer dan een halve meter onder zijn ogen bevond. Felix had een volkomen ronde caramelbruine kale plek op zijn kruin, wat vreemd was, want het haar er omheen groeide best dicht opeen. Sherman genoot van die volkomen ronde kale plek. Felix was betrouwbaar en koddig, niet jong, haatdragend en gehaaid.

Felix had een exemplaar van The City Light op de vloer naast het bankje liggen en zat te lezen onder het werk. Hij lag open op pagina twee en was in het midden omgevouwen. Op pagina twee van The City Light stond het grootste deel van het buitenlands nieuws. De bovenste kop luidde: BABY OVER-LEEFT VAL VAN ZESTIG METER. Het was gebeurd in Elaiochori in Griekenland. Maar dat was geen punt. De sensatiebladen joegen Sherman geen schrik meer aan. Vijf dagen waren er nu voorbij en er had in geen enkele krant ook maar een woord gestaan over een vreselijk voorval op een oprit van de snelweg in de Bronx. Het ging precies zoals Maria had gezegd. Ze waren uitgedaagd tot een gevecht in de jungle, en ze hadden gestreden en overwonnen, en de jungle maakte geen stampei over haar gewonden. Vanmorgen had Sherman alleen de *Times* gekocht in het winkeltje op Lexington Avenue. In plaats van meteen door te bladeren naar het tweede katern met het stadsnieuws had hij tijdens de taxirit naar zijn werk zelfs zitten lezen over Rusland en Sri Lanka en de onderlinge haat en nijd binnen de Federal Reserve Bank.

Na een volle week angst kon hij zich nu concentreren op de radiumgroene cijfers die over de zwarte schermen gleden. Hij kon zich concentreren op de orde van de dag… de Giscard…

Bernard Levy, de Fransman met wie hij zaken deed bij Traders' Trust Co., was nu in Frankrijk bezig met een staartje research met betrekking tot de Giscard-obligaties, voor Trader T hun driehonderd miljoen dollar uittrokken en ze de affaire afrondden en een contract lieten drukken… de *kruimels*… Judy's minachtende term schoot in zijn gedachten en er meteen weer uit ook… kruimels… Nou en?… Het waren kruimels van goud… Hij concentreerde zich op de stem van Levy aan de andere kant van de satellietverbinding:

'Dus kijk, Sherman, het probleem is als volgt. Door de schuldcijfers die de regering zojuist heeft vrijgegeven is iedereen hier bloednerveus geworden. De franc is aan het dalen, en die daling zal wel doorzetten, en zoals je weet daalt tegelijkertijd ook de goudkoers, al is dat dan door andere oorzaken. Het is de vraag waar het zal ophouden, en… '

Sherman liet hem maar praten. Het was niet ongebruikelijk dat mensen een beetje knetter werden wanneer ze op het punt stonden zo'n bedrag als driehonderd miljoen dollar uit te geven. Hij had Bernard nu zes weken lang bijna elke dag gesproken – hij noemde hem bij zijn voornaam – en hij kon zich nauwelijks herinneren hoe hij er uitzag. Mijn Franse donut, dacht hij – en hij realiseerde zich meteen dat dat Rawlie Thorpe's grap was, Rawlie's cynisme, sarcasme, pessimisme, nihilisme, die allemaal synoniem waren voor Rawlie's *zwakheid*, en dus bande hij *donut* en *kruimels* uit zijn gedachten. Vanmorgen stond hij weer aan de kant van de kracht en de Voorbeschikking. Hij was er bijna weer aan toe om het idee te koesteren van… het meesterschap over het universum… Het gebrul van de jonge titanen weerklonk overal om hem heen –

'Ik zit op zestien, zeventien. Wat wil-ie nou eigenlijk?'

'Koop vijfentwintig van die tienjarige voor me!'

'Ik stap eruit!'

– en het klonk weer als muziek. Felix wreef de hoogglanslap heen en weer. Sherman genoot ervan hoe de lap op zijn middenvoetsbeentjes drukte. Welbeschouwd was het een kleine massage van zijn ego – deze potige bruine man met de kale plek op zijn kruin die daar over zijn voeten zat te wrijven, zonder enig besef van de hefbomen waarmee Sherman een ander land, een ander continent kon beheersen door simpelweg een paar woorden tegen een satelliet te laten kaatsen.

'De franc is geen probleem,' zei hij tegen Bernard. 'Dat kunnen we met een hedge-transactie oplossen tot januari of tot het eind van de termijn of allebei.'

Hij voelde Felix tegen de onderkant van zijn rechterschoen tikken. Hij tilde zijn voet van het bankje, en Felix pakte hem vast en draaide hem naar de andere kant van Shermans stoel, en Sherman hief zijn machtige atletische linkerbeen en zette zijn linkerschoen op de metalen steun van het bankje. Felix sloeg de krant om en vouwde hem doormidden en legde hem op de vloer naast het bankje en begon aan de linker New & Lingwood half brogue.

'Ja, maar zo'n hedge-transactie kost geld,' zei Bernard, 'en we hebben het steeds gehad over een affaire waarbij er geen vuiltje aan de lucht was, en...'

Sherman probeerde zich zijn donut, Bernard, voor de geest te halen, hoe hij in zijn kantoor zat in een van die popperige moderne gebouwtjes die de Fransen neerzetten, met honderden autootjes die voorbijzoefden en met hun speelgoedclaxons toeterden beneden op straat... beneden... en zijn blik zwierf bij toeval naar de krant op de vloer daar beneden...

Het haar op zijn armen ging recht overeind staan. Boven aan de pagina, de derde pagina van *The City Light*, stond een kop met de woorden:

MOEDER VAN VEELBELOVENDE SCHOLIER:
POLITIE ZIT STIL IN DOORRIJZAAK

Daarboven stond met witte letters op een zwarte balk: *Met één been in het graf.* Daaronder stond nog een zwarte balk met de woorden: *Een exclusief verslag van* THE CITY LIGHT. En daaronder: *door Peter Fallow.* En daar weer onder stond, in een kolom zetsel, een foto met daarop hoofd en schouders van een glimlachende zwarte jongen, netjes gekleed in donker colbert, wit overhemd en gestreepte stropdas. Op zijn smalle fijne gezicht stond een glimlach.

'Ik denk dat het de enige verstandige tactiek is om erachter komen waar die daling ophoudt,' zei Bernard.

'Nou, ik vind dat je het eh... eh... probleem... ' *Dat gezicht!* '... eh... ' *Dat smalle fijne gezicht, nu met overhemd en das! Een jong heertje!* '... eh, overdrijft.'

'Ik hoop van wel,' zei Bernard. 'Maar het kan hoe dan ook geen kwaad om te wachten.'

'Wachten?' *Yo! Hulp nodig! Dat bange fijne gezicht! Een goed mens!* Zei Bernard nu: 'Wachten'? 'Ik begrijp je niet, Bernard. Alles is *voor elkaar!*' Het was niet zijn bedoeling om het zo nadrukkelijk te zeggen, met zoveel klem, maar zijn blik was gekluisterd aan de woorden op de vloer daar beneden.

Terwijl ze vocht tegen haar tranen vertelde een weduwe uit de Bronx gisteren aan *The City Light* hoe haar begaafde zoon aangereden was door een te hard rijdende luxe auto. Zij beschuldigde de politie en justitie in de Bronx ervan dat zij niets ondernamen in de zaak.

Mevrouw Annie Lamb, administratief medewerkster bij het gemeentelijk bureau huwelijksvoltrekkingen, zei dat haar zoon Henry, 18, die volgende week een eervol diploma aan de Colonel Jacob Ruppert High School zou halen, een gedeelte van het kentekennummer van de auto (een Mercedes-Benz) aan haar had opgegeven voor hij in coma raakte.

'Maar de man van justitie noemde die informatie onbruikbaar,' zei ze, op grond van het feit dat het slachtoffer zelf voor zover bekend de enige getuige was.

De artsen van Lincoln Hospital noemden het coma 'waarschijnlijk fataal' en zeiden dat de toestand van Henry Lamb 'zorgwekkend' was.

Henry Lamb en zijn moeder wonen in de Edgar Allan Poe Towers, een sociaal huisvestingproject in de Bronx. Door buren en leraren werd hij omschreven als 'een voorbeeldige jongeman'. Hij had zich opgegeven voor een universitaire studie, die hij komende herfst zou aanvangen.

Zane J. Rifkind, Lambs leraar letterkunde en schrijfvaardigheid op Ruppert High School, vertelde *The City Light*: 'Dit is een tragische situatie. Henry behoort tot dat opmerkelijke minieme groepje scholieren die in staat zijn de vele hindernissen die het leven in de South Bronx op hun pad legt te overwinnen en zich te concentreren op hun studie en hun mogelijkheden en hun toekomst. Men kan zich alleen maar afvragen wat hij aan de universiteit zou hebben bereikt.'

Mevrouw Lamb zei dat haar zoon vroeg in de avond van afgelopen dinsdag de woning had verlaten, kennelijk om eten te gaan halen. Terwijl hij Bruckner Boulevard overstak, zei ze, werd hij aangereden door een Mercedes-Benz met twee inzittenden, een man en een vrouw, beiden blank. De auto stopte niet. De buurt bestaat hoofdzakelijk uit zwarten en Latino's.

Lamb slaagde erin om het ziekenhuis te bereiken, waar hij voor een gebroken pols werd behandeld en vervolgens ontslagen. De ochtend daarop klaagde hij over zware hoofdpijn en duizeligheid. Hij viel bewusteloos neer op de eerstehulpafdeling. Men stelde vast dat hij een subdurale bloeding had gehad.

Milton Lubell, woordvoerder van de officier van justitie in de Bronx, Abe Weiss, zei dat rechercheurs en een hulpofficier van justitie met mevrouw Lamb hadden gesproken en dat 'een onderzoek in voorbereiding' is, maar dat er in de staat New York 2500 Mercedes-Benzen geregistreerd staan met kentekens die beginnen met een R, de letter die mevrouw Lamb had opgegeven. Ze zei dat volgens haar zoon de tweede letter een E, F, B, P of een R moest zijn. 'Zelfs als we aannemen dat één daarvan inderdaad de juiste letter is,' zei Lubell, 'dan nog hebben we het over bijna 500 auto's –

RF – *Mercedes-Benz* – de gegevens op de pagina's van een miljoen kranten – het schoot door Shermans plexus solaris met een ontstellende schok. Zijn kenteken begon met RFH. Met een gruwelijke honger naar het nieuws van zijn eigen ondergang las hij verder:

– en we hebben geen signalement van de bestuurder en geen getuigen en

Meer kon hij niet lezen. Op die plek had Felix de krant omgevouwen. De rest stond op de onderste helft van de pagina. Zijn hoofd brandde. Hij snakte ernaar om te bukken en de krant om te slaan – en snakte er tegelijk naar om nooit te hoeven weten wat er in dat stuk zou worden onthuld. Intussen zeurde de stem van Bernard door van over de oceaan, weerkaatsend van een communicatiesatelliet van AT & T.

'... je hebt het over zesennegentig, als je dat soms bedoelt met "voor elkaar". Maar dat begint er nogal prijzig uit te zien, want... '

Prijzig? Zesennegentig? *Geen woord over een tweede jongen! Geen woord over een oprit, een wegversperring, een poging tot roof!* De prijs had altijd al vastgestaan! Hoe kan hij daar nu mee aankomen? Kon het zijn dat... het toch *geen roofoverval was geweest!* Hij had er gemiddeld vierennegentig voor betaald. Maar twee punten ruimte! Hij kon niet zakken! *Dat aardige joch op sterven! Mijn auto!* Moet me erop concentreren ... de Giscard! Mocht niet mislukken, niet na al die tijd – en het sensatieblad lag te sissen op de vloer.

'Bernard... ' Hij had een droge mond gekregen. 'Luister eens... Bernard... ' 'Ja?'

Maar misschien als hij zijn voet van het schoenpoetsersbankje haalde –

'Felix? Felix?' Felix leek hem niet te horen. De volmaakte caramelbruine kale plek op zijn kruin bleef heen en weer gaan terwijl hij bezig was aan de New & Lingwood half brogue.

'Felix!'

'Hallo, Sherman! Wat zei je?' In zijn oor de stem van de Franse donut, die op driehonderd miljoen met goud gedekte obligaties zat – onder zijn ogen, de kruin van een zwarte die op een schoenpoetsersbankje zat en zijn linkervoet omstulpte.

'Pardon, Bernard! Een moment graag... Felix?'

'Zei je Felix?'

'Nee, Bernard! Een moment graag, bedoel ik... Felix!'

Felix staakte de bewerking en keek op.

'Sorry Felix, ik moet mijn been even strekken.'

De Franse donut: 'Hallo Sherman, ik kan je niet verstaan!'

Sherman haalde zijn voet van het bankje en strekte zijn been met veel vertoon alsof het stijf was.

'Sherman, ben je er nog?'

'Jazeker! Een ogenblik graag, Bernard.'

Zoals hij had gehoopt, maakte Felix van de gelegenheid gebruik om *The City Light* om te slaan zodat hij de onderste helft van de pagina kon gaan lezen. Sherman zette zijn voet weer op het bankje en Felix kromde zich weer over de schoen, en Sherman stak zijn hoofd omlaag en probeerde de woorden op de vloer te onderscheiden. Hij boog zijn hoofd zo dicht naar dat van Felix toe dat de zwarte opkeek. Sherman trok zijn hoofd terug en glimlachte zwakjes.

'Sorry!' zei hij.

'Zei je "Sorry"?' vroeg de Franse donut.

'Sorry Bernard, ik had het tegen iemand anders.'

Felix schudde afkeurend zijn hoofd, boog voorover en ging weer aan het werk.

'Sorry?' herhaalde de Franse donut, nog steeds verbluft.

'Laat maar zitten, Bernard. Ik had het tegen iemand anders.' Langzaam liet Sherman zijn hoofd weer zakken en richtte hij zijn ogen op de letters daar in de diepte.

– niemand die ons kan vertellen wat er gebeurd is, ook de jongeman zelf niet.'

'Sherman, ben je er nog? Sherman – '

'Ja, Bernard. Sorry. Eh... vertel me nog eens wat je over de prijs zei? Want Bernard, die staat echt vast. Die staat al *weken* vast!'

'Nog eens?'

'Als je het niet erg vindt. Ik werd hier net onderbroken.'

Een diepe zucht vanuit Europa, via de satelliet. 'Ik zei dat we hier van een stabiele naar een onstabiele combinatie van factoren zijn gegaan. We kunnen niet langer extrapoleren uit de cijfers waar we mee te maken hadden toen je met je presentatie kwam... '

Sherman probeerde aan beide zaken tegelijk aandacht te besteden, maar de woorden van de Fransman werden al gauw een grijs regengordijn, een regengordijn via de satelliet, terwijl hij de letters verslond die zichtbaar waren onder de schedel van de schoenpoetser:

Maar dominee Reginald Bacon, voorzitter van het in Harlem zetelende Solidariteit Aller Volkeren noemde het 'het oude verhaal. Een mensenleven, als dat het mensenleven is van een zwarte of een Latino, telt voor de gevestigde macht niet mee. Als het een veelbelovende blanke scholier geweest was die op Park Avenue was aangereden door een zwarte automobilist zouden ze hun tijd niet verkwisten met statistieken en juridische obstakels.'

Hij noemde het feit dat het ziekenhuis Lambs hersenschudding niet meteen had onderkend 'schandalig' en eiste een onderzoek.

Ondertussen kwamen buurtgenoten langs in mevrouw Lambs kleine, propere woning in Poe Towers om haar te troosten terwijl ze haar gedachten liet gaan over de jongste ontwikkeling in de tragische geschiedenis van haar gezin.

'Op die plek is Henry's vader zes jaar geleden vermoord,' vertelde ze *The City Light*, terwijl ze naar een raam wees dat uitzag op de ingang van de flat. Monroe Lamb werd door een overvaller doodgeschoten toen hij op een avond thuis kwam van zijn werk als airconditioningsmonteur. Hij was zesendertig.

'Als ik Henry verlies, is het met mij ook afgelopen, en dat zou trouwens geen mens iets kunnen schelen,' zei ze. 'De politie is er nooit achter gekomen wie mijn man heeft vermoord, en ze willen niet eens zoeken naar degene die Henry dit heeft aangedaan.'

Maar dominee Bacon zwoer de autoriteiten onder druk te zetten tot er actie wordt ondernomen: 'Als de gevestigde macht ons duidelijk maakt dat het er zelfs niet toe doet wat er met onze allerbeste jonge mensen, de hoop zelf van dit armoedige oord, gebeurt, dan wordt het tijd dat we een signaal uitzenden naar die macht: "Jullie namen staan niet gegrift op de tafelen die van de berg zijn gekomen. Er staat een verkiezing voor de deur, en jullie kunnen worden vervangen." '

Abe Weiss, de officier van justitie van de Bronx, moet bij de voorverkiezingen van de Democratische partij in september tegen geduchte concurrentie opboksen. Staatsafgevaardigde Robert Santiago heeft de steun van Bacon, de afgevaardigde Joseph Leonard en andere zwarte leiders, plus van de leiders van het zwaar Portoricaanse zuiden en centrum van de Bronx.

'... en dus zeg ik, laat de zaak even een paar weken liggen, laat alles eens bezinken. Tegen die tijd weten we wel waar de bodem ligt. Dan weten we of we het over realistische prijzen hebben. Dan weten we... '

Het drong plotseling tot Sherman door wat de bange donut-Fransoos eigenlijk zei. Maar hij kon niet wachten – niet met deze affaire die van alle kanten op hem af kwam – hij moest een contract hebben – nu!

'Bernard, luister nou eens even. We kunnen niet wachten. We hebben zoveel tijd besteed om alles voor te bereiden. Het hoeft niet te blijven liggen om te bezinken. Het is voor elkaar. We moeten er nu vaart achter zetten! Je komt met spookbeelden. We moeten vastberaden blijven en het gewoon doen! We hebben al die dingen al een hele tijd geleden uitgewerkt! Het geeft niets wat er op dagelijkse termijn gebeurt met de koers van het goud en de franc!'

Terwijl hij dat zei, besefte hij al hoe funest de dwingende toon was in zijn stem. Op Wall Street was je als handelaar uitgeteld zodra je paniekerig werd. Dat wist hij! Maar hij kon zich niet inhouden –

'Ik kan moeilijk gewoon mijn ogen sluiten, Sherman.'

'Dat vraag ik ook niet.' Tok. Een droge tik. Een lange tengere jongen, een veelbelovende scholier! De verschrikkelijke gedachte overheerste zijn hele bewustzijn: Het waren eigenlijk alleen twee jongens die het goed bedoelden en wilden helpen... Yo!... De oprit, het duister... Maar hij die ene dan – die grote? Geen woord over een tweede jongen... Geen woord over een afslag... Het klopte gewoon niet... Misschien gewoon toeval! – een andere Mercedes! – R – 2500 waren er –

Maar in de Bronx, op dezelfde avond?

Het afgrijselijke van de situatie viel weer met zijn volle verstikkende gewicht op hem neer.

'Het spijt me, maar we kunnen dit niet met Zen boogschieterij afdoen, Sherman. We zullen er een tijdje op moeten broeden.'

'Waar heb je het over? Hoe lang is "een tijdje" in godsnaam?' Was het aannemelijk dat ze 2500 auto's konden natrekken?

'Nou, tot volgende week of de week daarna. Ik zou zeggen drie weken op z'n hoogst.'

'Drie weken!'

'We hebben een hele serie grote presentaties voor de boeg. Daar kunnen we niets aan veranderen.'

'Ik kan geen drie weken wachten, Bernard! Kijk eens, je laat een paar kleine problemen – het zijn verdorie nog niet eens problemen. Ik heb ons verdomme twintig keer tegen al die mogelijke complicaties ingedekt! Je moet het nu doen! Drie weken zal geen zier helpen!'

Op Wall Street zeiden de handelaars ook al niet *moet*.

Een stilte. En toen de zachte geduldige stem van de donut uit Parijs over de satelliet: 'Alsjeblieft, Sherman. Voor driehonderd miljoen aan obligaties *moet* niemand iets doen op een plotselinge ingeving.'

'Natuurlijk niet, natuurlijk niet. Ik weet alleen dat ik al uitgelegd heb... ik weet dat ik... ik weet...'

Hij wist dat hij zichzelf zo snel mogelijk van deze duizelingwekkende paniekerige bergpiek moest afpraten en de innemende bedaarde figuur van de vijftigste verdieping bij Pierce & Pierce moest worden die de donut van Trader T sinds tijden kende, een figuur die vertrouwen uitstraalde en een onwrikbare *puissance*, maar... *het moest zijn auto wel zijn. Daar viel niet aan te ontkomen! Mercedes, RF, een blanke man en vrouw!*

Het vuur laaide in zijn hoofd. De zwarte wreef door over zijn schoen. Het rumoer van de handelsvloer kwam van alle kanten op hem af als het gebrul van wilde dieren:

'Hij volgt hun bod van zes! Jouw bod is vijf!'

'Eruit stappen! De Feds maken schijnbewegingen!'

'De Feds kopen alle coupons! Aanbod uit de markt!'

'Godverdomme nogantoe! Ik wil er vanaf!'

Het was een en al verwarring in Part 62 met rechter Jerome Meldnick die de zitting leidde. Vanachter de tafel van de griffier bezag Kramer Meldnicks ontsteltenis met geamuseerde minachting. Op het rechterspodium leek Meldnicks grote bleke hoofd net een Goudse kaas. Het bevond zich voorovergebogen naast dat van zijn gerechtssecretaris, Jonathan Steadman. Voor zover het rechterschap van Jerome Meldnick berustte op enige bruikbare juridische achtergrond bevond die zich in het hoofd van Steadman. Meldnick was voorzitter geweest van de onderwijsvakbond, een van de grootste vakbonden van de staat en een van de meest solide bolwerken van de Democratische partij, toen de gouverneur hem, bij wijze van erkenning voor zijn rechtskundig potentieel en de tientallen jaren dat hij zich had afgesloofd voor de partij, aanstelde als rechter op de afdeling strafrecht van het hooggerechtshof in de staat New York. Hij was niet meer actief geweest in de advocatuur sinds de tijd vlak na zijn afstuderen toen hij loopjongen was geweest voor zijn oom, een advocaat die testamenten en onroerend goed-contracten opstelde en eigendomsrechtverzekeringen afsloot in een armetierig gebouw van twee verdiepingen aan Queens Boulevard.

Irving Bietelberg, de advocaat van een zware crimineel die Willie Francisco heette, stond op zijn tenen voor het podium en probeerde er een woord tussen te krijgen. De verdachte zelf, de tweeëntwintigjarige dikke Francisco, die een donzig snorretje had en een roodwit gestreept sportshirt droeg, was opgestaan en schreeuwde Bietelberg toe: 'Yo! Hé! Yo!' Drie agenten waren naast en achter Willie geposteerd voor het geval hij te opgewonden mocht raken. Ze zouden hem met graagte een kogel door zijn kop hebben gejaagd, aangezien hij een politieman had vermoord zonder ook maar met zijn ogen te knipperen. De agent had hem aangehouden toen hij een brillenwinkel uit kwam rennen met een Porsche zonnebril in zijn handen. Porsche zonnebrillen oogstten veel bewondering in de wijk Morrisiana van de Bronx, omdat ze $250 kostten en de naam Porsche in witte letters op de bovenrand van het linkerglas geëtst stond. Willie was bij de opticien binnengegaan met een vervalst ziekenfondsrecept voor een bril en deelde mee dat hij de Porsche zonnebril wilde. De verkoper zei dat hij hem niet kon krijgen omdat het ziekenfonds zo'n dure bril niet vergoedde. Dus griste Willie hem mee en rende naar buiten en schoot de agent neer.

Het was een echte klotezaak, en een uitgemaakte klotezaak bovendien, en Jimmy Caughey had zich niet eens hoeven inspannen om hem te winnen. Maar toen was er iets krankzinnigs gebeurd. De jury had zich gistermiddag teruggetrokken en was na zes uur teruggekeerd zonder tot een uitspraak te zijn gekomen. Vanmorgen was Meldnick de kalender aan het doorworstelen toen de jury de boodschap liet overbrengen dat ze tot een uitspraak was gekomen. De juryleden kwamen achter elkaar de zaal in gemarcheerd, en de uitspraak was 'schuldig'. Bietelberg, die slechts de gebruikelijke procedure volgde, verzocht hun afzonderlijk hun stem uit te brengen. 'Schuldig', 'Schuldig', 'Schuldig', zeiden ze één voor één, tot de griffier bij een gezette oude blanke kwam, Lester McGuigan, die ook 'Schuldig' zei, maar Wille Francisco vervolgens in de Porscheloze ogen keek en zei: 'Het zit me niet helemaal lekker, maar ik moet nou eenmaal een stem uitbrengen, en dus doe ik het maar zo.'

Willie Francisco sprong overeind en schreeuwde 'Ongeldig!' nog voordat Bietelberg daar kans toe zag en daarna was het een en al verwarring. Meldnick begroef zijn hoofd in zijn onderarmen en riep Steadman bij zich, en zo stond de zaak er nu voor. Jimmy Caughey kon het niet geloven. Jury's uit de Bronx waren berucht om hun onvoorspelbaarheid, maar Caughey had gedacht dat McGuigan een van zijn vaste steunpunten was. Hij was niet alleen blank, hij was nog van Ierse afkomst ook, een Ier die geboren en getogen was in de Bronx en zeker moest weten dat iemand die Jimmy Caughey heette zelf ook een fatsoenlijke jonge Ier was. Maar het bleek nu dat McGuigan een oude man was die teveel tijd over had, teveel nadacht en te filosofisch werd over de dingen des levens, zelfs over zulke types als Willie Francisco.

Kramer vond Meldnicks verwarring wel vermakelijk, maar die van Jimmy Caughey niet. Met Jimmy had hij alleen maar medelijden. Kramer zat in Part 62 met net zo'n klotezaak en had net zulke bespottelijke catastrofes te vrezen. Kramer was aanwezig om te luisteren naar een verzoek voor een getuigenverhoor dat ingediend zou worden door Gerard Scalio, de advocaat in de zaak van Jorge en Juan Terzio, twee broers die 'een paar echte klunzen' waren. Ze hadden geprobeerd een Koreaanse kruidenierszaak aan Fordham Road te beroven, maar konden er niet achter komen welke toetsen ze moesten aanslaan op de kassa en besloten toen maar een vrouwelijke klant twee ringen van haar vingers te trekken. Hier wordt een andere klant, Charlie Esposito, zo woest om dat hij achter hen aan rent, Jorge inhaalt, tackelt en vloert en tegen hem zegt: 'Weet je wat jullie zijn? Jullie zijn een paar echte klunzen.' Jorge steekt zijn hand onder zijn shirt, trekt zijn pistool te voorschijn, en schiet hem recht in zijn gezicht dood.

Een echte klotezaak.

Terwijl de storm van klotezaken steeds harder raasde en Jimmy Caughey's ogen in steeds vertwijfelder bogen rondrolden dacht Kramer aan een mooiere toekomst. Vanavond had hij eindelijk met haar afgesproken... het Meisje met de Bruine Lipstick.

Muldowny's, dat restaurant in de East Side bij Third Avenue en Seventy-eighth Street... muren van schoon metselwerk, blank hout, koper, geëtst glas, hangplanten... beginnende actrices die er als serveerster werkten... beroemdheden... maar met een ongedwongen sfeer en niet erg duur, dat had hij tenminste gehoord... het opgewonden geroezemoes van jonge mensen in Manhattan die... het Leven leidden... een tafel voor twee... Hij kijkt in het onvergetelijke gezicht van Miss Shelly Thomas...

Een zacht bedeesd stemmetje zei dat hij het niet moest doen, tenminste nu nog niet. De zaak was voorbij wat het proces betrof, en Herbert 92X was naar behoren veroordeeld, en de jury was ontbonden. Wat stak er dan voor kwaad in om met een jurylid af te spreken en haar te vragen naar de aard van haar overwegingen in deze zaak? Niets... behalve dat het vonnis nog niet was vastgelegd, zodat de zaak technisch gezien nog niet was afgesloten. Het was het verstandigste om te wachten. Maar intussen kon Miss Shelly Thomas wel... druk verliezen... neerkomen uit de wolken van het strafrecht... niet meer in de ban zijn van de magie van de onverschrokken jonge hulpofficier van justitie met de gouden tong en de machtige sternocleidomastoïdespieren...

Een krachtige mannelijke stem vroeg hem of hij van plan was zijn hele leven voor de veilige, roemloze weg te blijven kiezen. Hij rechtte zijn schouders. Hij zou die afspraak nakomen. Daar kon je donder op zeggen! De opwinding in haar stem! Het was bijna alsof ze erop *gerekend* had dat hij zou bellen. Daar zat ze in dat MTV-kantoor bij Prischker & Bolka met zijn glazen bouwsteen en zijn balustrades van witte buizen, in het hart van het Leven, nog steeds kloppend op het rauwe ritme van het ruige leven in de Bronx, nog steeds zinderend van de kracht van degenen die mans genoeg waren om af te rekenen met de roofdieren... Hij zag haar voor zich, hij zag haar voor zich... Hij kneep zijn ogen stijf dicht... Haar dikke bruine haar, haar albasten gezicht, haar lipstick...

'Hé, Kramer!' Hij deed zijn ogen open. Het was de griffier. 'Er is telefoon voor je.'

Hij pakte de telefoon aan die op het bureau van de griffier stond. Op het podium zat Meldnick nog steeds in volvette Goudse consternatie te smoezen met Steadman. Willie Francisco schreeuwde nog steeds: 'Yo! Hé! Yo!'

'Kramer,' zei Kramer.

'Larry, met Bernie. Heb je *The City Light* van vandaag al gezien?'

'Nee.'

'Er staat een groot artikel op pagina drie over de zaak Henry Lamb. Er staat in dat de politie de kantjes eraf loopt. En dat wij dat ook doen. Er staat dat jij die mevrouw Lamb verteld hebt dat de informatie die ze gaf onbruikbaar is. Het is een lang artikel.'

'*Wat!*'

'Je naam wordt er niet in genoemd. Er staat alleen maar: "de man van justitie".'

'Dat is absoluut totale bullshit, Bernie! Ik heb haar verdomme het tegenovergestelde gezegd! Ik zei dat ze ons een bruikbare tip had gegeven! Het was alleen niet genoeg om er een zaak mee op te bouwen.'

'Nou, Weiss is helemaal over de rooie. Hij vliegt tegen de muren op. Milt Lubell komt hier om de drie minuten aanzetten. Waar ben je nu mee bezig?'

'Ik wacht op een getuigenverhoor in de zaak van de broers Terzio, de twee klunzen. De zaak Lamb! Jezus Christus! Milt zei laatst dat er een of andere kerel had opgebeld, zo'n lul van een Engelsman van *The City Light* – maar Jezus Christus, dit slaat alles. Deze zaak is verdomme zo lek als een mandje. Ik hoop dat je dat in de gaten hebt, Bernie.'

'Nou ja, luister eens, zorg ervoor dat die zaak van de twee klunzen wordt opgeschort en kom hier naar toe.'

'Dat gaat niet. Voor de verandering staat Meldnick weer eens op het podium met zijn handen in zijn haar. Een van de juryleden is zojuist teruggekomen op zijn uitspraak in de zaak Willie Francisco. Jimmy staat zowat over te koken hier. Er zal hier niks gebeuren tot Meldnick iemand te pakken krijgt die hem kan vertellen wat-ie moet doen.'

'Francisco? O mijn God. Wie is de griffier daar, Eisenberg?'

'Ja.'

'Geef hem eens.'

'Hé, Phil,' zei Kramer. 'Bernie Fitzgibbon wil je spreken.'

Terwijl Bernie Fitzgibbon met Phil Eisenberg sprak liep Kramer om de griffierstafel heen om zijn papieren over de broers Terzio bij elkaar te rapen. Hij kon het niet geloven. De arme weduwe Lamb, de vrouw waar zelfs Martin en Goldberg zo'n medelijden mee hadden – die blijkt een serpent te zijn! Waar kon hij een krant vinden? Hij snakte er naar om er een in handen te krijgen. Hij zag dat hij naast de stenograaf stond, of de gerechtsschrijver, zoals het ras eigenlijk werd genoemd, de lange Ier Sullivan. Sullivan was opgestaan achter zijn stenografeermachine, juist beneden de rand van het rechtspodium, en rekte zich uit. Sullivan was een knappe man van voor in de veertig met strohaar, befaamd, of berucht, op Gibraltar om zijn chique kleding. Op het ogenblik droeg hij een tweed colbert dat zo zacht en comfortabel was, zo rijk aan glanzende roodbruine spikkels uit de Schotse hooglanden, dat Kramer wist dat hij het zelf in geen miljoen jaar had kunnen betalen. Achter Kramer dook een oude rechtbankmedewerker op die Joe Hyman heette en het hoofd van de gerechtsschrijvers was. Hij liep op Sullivan af en zei: 'Er komt een moord naar deze zaal. Dat wordt volle dagen werk. Wat zeg je ervan?'

'Wat? Kom nou Joe. Ik heb net een moord achter de rug. Wat heb ik aan nog een moord? Dan moet ik karavanen. Ik heb kaartjes voor de schouwburg. Die hebben me vijfendertig dollar per stuk gekost.'

Hyman zei: 'Oké, oké. En die verkrachting dan? Er moet nog een verkrachting verslagen worden ook.'

'Ja, bekijk 't effe, Joe,' zei Sullivan, 'een verkrachting dat is ook een karavaan. Waarom ik? Waarom moet ik altijd de klos zijn? Sheila Polsky heeft in geen maanden bij een jury gezeten. Waarom zij niet?'

'Ze heeft een slechte rug. Zo lang kan ze niet zitten.'

'Een slechte rug?' zei Sullivan. 'Ze is achtentwintig, verdomme. Ze loopt zich te drukken. Da's 't enige wat er bij haar aan scheelt.'

'Toch – '

'Kijk eens, we moeten er maar eens over vergaderen. Ik ben 't zat om altijd de klos te zijn. Er moet gepraat worden over de taakverdeling. We moeten de flierefluiters eens aanpakken.'

'Oké,' zei Hyman. 'Ik weet 't goed gemaakt. Jij neemt de verkrachting en volgende week zet ik je in een zaal die voor halve dagen is ingeroosterd. Goed?'

'Ik weet niet,' zei Sullivan. Hij krulde zijn wenkbrauwen om zijn neus alsof hij voor een van de meest benauwende beslissingen van zijn leven stond. 'Denk je dat er dagelijkse kopij komt over die verkrachting?'

'Ik weet 't niet. Waarschijnlijk wel.'

Dagelijkse kopij. Nu wist Kramer waarom hij een hekel had aan Sullivan en zijn dure kleren. Na veertien jaar als gerechtsschrijver had Sullivan het plafond van de ambtenarensalarissen zijnde $51.000 per jaar bereikt – $14.500 meer dan Kramer verdiende – en dat was het basissalaris nog maar. Daar bovenop *verkochten* de gerechtsschrijvers de verslagen pagina voor pagina tegen een prijs van minstens $4,50 per stuk. 'Dagelijkse kopij' betekende dat elke advocaat en hulpofficier van justitie plus het hof, dat wil zeggen de rechter, de verslagen wilde van de dagelijkse rechtsgang, een spoedopdracht waarvoor Sullivan recht had op een toeslag van $6 of meer. Als er 'meerdere verdachten' waren – en dat was bij een verkrachting vaak het geval – kon het wel oplopen tot $14 of $15 per pagina. Er werd gezegd dat Sullivan en een andere schrijver vorig jaar in een moordzaak waarbij een bende drugshandelaars uit Albany betrokken was samen $30.000 hadden verdiend voor tweeënhalve week werk. Het was voor deze figuren niets bijzonders om $75.000 per jaar te verdienen, $10.000 meer dan de rechter en *twee* keer zoveel als hijzelf. Een gerechtsschrijver! Een automaat aan een stenografeermachine! Iemand die zijn mond niet eens open mocht doen in de rechtszaal behalve om de rechter te vragen iemand een woord of een zin te laten herhalen!

En hier was hij zelf, Larry Kramer, afgestudeerd aan de rechtenfaculteit van Columbia University, een hulpofficier van justitie die zich afvroeg of hij het wel kon bekostigen om een meisje met bruine lipstick mee uit eten te nemen naar een restaurant in de Upper East Side!

'Hé, Kramer.' Het was de griffier, Eisenberg, die hem de telefoon aanreikte. 'Ja Bernie?'

'Ik ben eruit gekomen met Eisenberg, Larry. Hij zal de broers Terzio onderaan de kalender zetten. Kom maar hier naar toe. We moeten aan de slag met die rotzaak van Lamb.'

'De Yanks bouwen hun gemeenteflats zò dat de liften maar om de verdieping stoppen,' zei Fallow, 'en ze ruiken naar pis. De liften, bedoel ik. Zodra je binnenkomt, grote kleffe walmen van mensenpis.'

'Waarom om de verdieping?' vroeg Sir Gerald Steiner, die smulde van dit verhaal over de diepste regionen. Zijn hoofdredacteur, Brian Highridge, stond al even verrukt naast hem. In de hoek van zijn hokje hing Fallows vuile regenjas nog steeds aan de plastic kapstok, en de veldfles wodka zat nog steeds weggeborgen in zijn binnenzak. Maar met hun lof, aandacht en ruggesteun kon hij de kater van die morgen wel aan.

'Om de bouwkosten te drukken, zou ik denken,' zei hij. 'Of om die arme drommels eraan te herinneren dat ze van een uitkering leven. Het is allemaal leuk en aardig voor degenen die een woning hebben op de verdieping waar de lift stopt, maar de andere helft moet hem nemen naar de verdieping erboven en dan naar beneden lopen. In een gemeenteflat in de Bronx lijkt me dat nogal een riskante opzet. De moeder van de jongen, mevrouw Lamb, vertelde me dat ze de helft van haar meubilair was kwijtgeraakt toen ze er introk.' De herinnering bracht een glimlach op Fallows lippen, het wrange soort glimlach dat aangeeft dat het een droevig verhaal is maar men toch moet toegeven dat het ook komisch is. 'Ze bracht het meubilair met de lift naar de verdieping boven hun flat. Ze moesten elk meubelstuk de trap afdragen, en elke keer dat ze weer op de verdieping erboven kwamen was er iets weg. Dat is daar de gewoonte! Als er nieuwe mensen intrekken op een pechverdieping kapen de inboorlingen hun eigendommen naast de lift weg!'

De Dooie Muis en Highridge probeerden hun gelach in te slikken, omdat het per slot van rekening een stel onfortuinlijke zielepoten was waar ze het over hadden. De Dooie Muis ging op de rand van Fallows bureau zitten, wat aangaf dat hij dit alles leuk genoeg vond om het zich even gemakkelijk te maken. Fallows ziel zwol. Wat hij voor zich zag was niet langer… de Dooie Muis… maar Sir Gerald Steiner, de verlichte magnaat van de Britse uitgeverswereld die hem naar de Nieuwe Wereld geroepen had.

'Blijkbaar riskeer je daar je leven al als je alleen maar de trap af gaat,' ging hij verder. 'Die mevrouw Lamb zei dat ik hem onder geen enkel beding moest gebruiken.'

'Waarom niet?' vroeg Steiner.

'Het schijnt dat de trappenhuizen bij wijze van spreken de achterbuurt van de gemeenteflats vormen. De flats zijn opeengestapeld in van die grote torens, ziet u, en die torens zijn her en der neergezet' – hij gebaarde met zijn handen om de onregelmatige indeling aan te geven – 'op stukken land die als park bedoeld zijn. Natuurlijk blijft er geen grassprietje van over, maar er zijn in elk geval geen straten of stegen of gangetjes of pubs of wat dan ook tussen de gebouwen, alleen die troosteloze open woestenijen. Er is geen plaats voor de vaste bewoners om te *zondigen*. Dus gebruiken ze de overlopen in het trappenhuis. Ze doen… *alles*… op de overlopen van het trappenhuis.'

De grote ogen van Sir Gerald en zijn hoofdredacteur waren teveel voor Fallow. Ze stuwden een golf van dichterlijke vrijheid door zijn hersenstam.

'Ik moet bekennen dat ik de verleiding niet kon weerstaan om er een kijkje te nemen. Ik besloot dus dezelfde route te volgen als mevrouw Lamb en haar zoon toen ze hun intrek namen in de Edgar Allan Poe Towers.'

In werkelijkheid had Fallow zich na de waarschuwing niet in de buurt van de trap gewaagd. Maar nu borrelden er met bedwelmende vaart leugens, schilderachtige leugens op in zijn brein. Tijdens zijn onverschrokken tocht de trap af kwam hij elk soort van kwaad tegen: ontucht, crack roken, heroïne spuiten, dobbelen en balletje balletje en nog meer ontucht.

Steiner en Highridge gaapten hem aan met wijd open mond en uitpuilende ogen.

'Meen je dat echt?' zei Highridge. 'Wat deden ze toen ze je zagen?'

'Niets, gewoon ijverig doorgaan. Wat gaven zij in hun verheven staat immers om een passerende journalist?'

'Het is verrek net Hogarth,' zei Steiner. 'Gin Lane. Behalve dat dit verticaal is.'

Fallow en Highridge lachten beiden uit enthousiaste waardering voor die vergelijking.

'De verticale Gin Lane,' zei Highridge. 'Weet je, Jerry, daar zou best een aardige tweedelige serie van te maken zijn. Het leven in een gesubsidieerde sloppenwijk of zo.'

'Hogarth Op en Neer,' zei Steiner, die een beetje zwelgde in zijn nieuwe rol als kretenmaker. 'Maar zouden de Amerikanen eigenlijk wel eens gehoord hebben van Hogarth en Gin Lane?'

'O, ik denk niet dat dat zo'n probleem is,' zei Highridge. 'Je herinnert je ons verhaal over de Blauwbaard van Howard Beach nog wel. Ik ben er van overtuigd dat ze geen flauw benul hadden wie Blauwbaard was, maar dat kun je in een alinea uitleggen, en dan zijn ze blij met wat ze zojuist hebben geleerd. En Peter hier kan onze Hogarth zijn.'

Fallow voelde een lichte verontrusting de kop opsteken.

'Bij nader inzien,' zei Steiner, 'weet ik niet of het wel zo'n goed idee is.'

Fallow voelde zich enorm opgelucht.

'Waarom niet, Jerry?' vroeg Highridge. 'Ik vind het werkelijk een vondst.'

'O, ik denk dat het in wezen wel een belangrijk verhaal is. Maar weet je, ze zijn erg gevoelig wat dit soort dingen betreft. Als we een verhaal zouden maken over het leven in de blanke gemeenteflats zou het geen probleem zijn, maar ik geloof niet dat er blanke gemeenteflats zijn in New York. Het is een erg delicaat terrein dat me momenteel enige zorg geeft. We krijgen al wat gebrom van bepaalde organisaties die *The City Light* ervan beschuldigen dat de krant tegen minderheden gekant is, zoals zij het uitdrukken. Nu is het prima om een blanke krant te zijn – wat kan er lelieblanker zijn dan de *Times*? – maar het is heel wat anders om een reputatie als zodanig op te bouwen. Dat maakt een groot aantal invloedrijke mensen, onder meer adverteerders, mag ik wel zeggen, zenuwachtig. Ik heb laatst een vreselijke brief gekregen van een of andere club die zich de Liga tegen Belastering van de Derde Wereld noemde.' Hij rekte de term Belastering alsof die het meest bespottelijke hersenspinsel was dat je je maar kon indenken. 'Waar ging dat ook weer over, Brian?'

'De Lachende Vandalen,' zei Highridge. 'We hadden vorige week een foto op de voorpagina van drie zwarte jongens op een politiebureau. Ze waren gearresteerd omdat ze de fysiotherapeutische apparatuur hadden vernield in een school voor gehandicapte kinderen. Gooiden er benzine over en streken lucifers af. Schattige kereltjes. De politie zei dat ze er om zaten te lachen nadat ze waren opgebracht, en dus stuurde ik er een van onze fotografen op af, Silverstein – hij is een Amerikaan – schaamteloos mannetje – om een foto van ze te maken terwijl ze lachten.' Hij haalde zijn schouders op alsof het een journalistiek routinebesluit was geweest.

'De politie was erg behulpzaam. Ze brachten ze uit de cel naar de balie zodat ons mannetje een foto van hen kon nemen terwijl ze lachten, maar toen ze Silverstein zagen met zijn camera wilden ze niet lachen. Dus vertelde Silverstein ze een schuine mop. Een *schuine mop!*' Highridge begon te lachen voor hij zijn verhaal kon afmaken. 'Het ging over een joodse vrouw die op safari gaat naar Afrika en ontvoerd wordt door een gorilla, en hij sleept haar een boom in en hij houdt haar daar een maand vast en verkracht haar dag en nacht, en ten slotte ontsnapt ze, en het lukt haar terug te komen naar de Verenigde Staten, en ze vertelt het allemaal aan een andere vrouw, haar beste vriendin, en ze barst in tranen uit. En die vriendin zegt: "Kalm nou maar, alles is immers weer goed." En de vrouw zegt: "Jij hebt makkelijk praten. Jij weet niet hoe ik me voel. Hij *schrijft* niet... hij *belt* niet..." En de drie jongens beginnen te lachen, waarschijnlijk omdat ze zich generen vanwege die verschrikkelijke grap, en Silverstein maakt een foto van ze, en we hebben hem geplaatst. "De Lachende Vandalen".'

Steiner ontplofte. 'O, dat is kostelijk! Ik zou er eigenlijk niet om mogen lachen. O mijn God! Hoe zei je ook weer dat die knaap heette? Silverstein?'

'Silverstein,' zei Highridge. 'Je kunt hem niet missen. Loopt altijd rond met sneeën in zijn gezicht. Hij doet er stukjes *wc-papier* op om het bloeden te stelpen. Heeft altijd wc-papier op zijn gezicht zitten.'

'Sneeën? Wat voor sneeën?'

'Van een scheermes. Het schijnt dat zijn vader hem een ouderwets scheermes heeft nagelaten toen hij stierf. Hij moet en zal het ding gebruiken. Krijgt de slag maar niet te pakken. Snijdt zich elke dag aan stukken. Gelukkig kan hij beter fotograferen.'

Steiner was buiten adem van pret. 'Die Yanks toch! Mijn God, zijn ze niet geweldig! Vertelt ze een mop. Godnogantoe, godnogantoe... Ik hou wel van een kerel met pit. Noteer het maar, Brian. Geef hem salarisverhoging. Vijfentwintig dollar per week. Maar zeg in godsnaam niet tegen hem of tegen iemand anders waarom. Vertelt ze een *mop!* Verkracht door een *gorilla!*'

Steiners voorliefde voor sensatiejournalistiek, zijn ontzag voor de 'pit' die journalisten het lef gaf om zulke stunts uit te halen, was zo gemeend dat Fallow en Highridge het met hem mee moesten lachen. Steiners kleine gezicht was op dat moment bij lange na niet dat van een Dooie Muis. Hij leefde op, hij straalde zelfs bij de gedachte aan het schaamteloze elan van die Amerikaanse fotograaf.

'Niettemin,' zei Steiner, weer bijna bij zijn positieven, 'zitten we wel met dat probleem.'

'Volgens mij stonden we volledig in ons recht,' zei Highridge. 'De politie verzekerde ons dat ze erom hadden zitten lachen. Het was hun advocaat, zo'n man van het Bureau voor Rechtshulp geloof ik dat het heet, die er moeilijk over deed, en hij is waarschijnlijk degene die contact heeft opgenomen met die Liga tegen de Belastering enzovoort.'

'Om de feiten draait het jammer genoeg niet,' zei Steiner. 'We moeten iets aan de beeldvorming doen, en ik denk dat die doorrij-kwestie een geschikt beginpunt is. Laten we eens kijken wat we voor dat gezin kunnen doen, die arme mensen van Lamb. Het schijnt dat ze al wat steun hebben. Die Bacon.'

'De arme Lambs,' zei Brian Highridge. 'Ja.' Steiner keek wat beduusd; zijn woordkeus was ongelukkig uitgevallen.

'Vertel eens, Peter,' zei Steiner, 'lijkt die moeder, mevrouw Lamb, je een serieus te nemen figuur?'

'O ja,' zei Fallow. 'Ze komt goed over, ze is welbespraakt, heel eerlijk. Ze heeft een baan, ze lijkt me erg netjes in haar doen en laten – ik bedoel, die gemeenteflats zijn troosteloze onderkomens, maar die van haar is keurig op orde... schilderijtjes aan de muren... zo'n sofa met bijzetttafeltjes... zelfs zo'n tafeltje bij de voordeur.'

'En die jongen, daar gaan we toch niet onze vingers aan branden, is het wel? Hij is geloof ik een talentvolle scholier of zo?'

'Gemeten naar het niveau van zijn school wel. Ik betwijfel hoe het hem zou vergaan op Holland Park Comprehensive School.' Fallow glimlachte. Dat was een middelbare school in Londen. 'Hij heeft nog nooit last gehad met de politie. Dat is zo ongebruikelijk in die gemeenteflats dat ze doen alsof je geïmponeerd moet zijn door zoiets opmerkelijks.'

'Wat zeggen de buren over hem?'

'O... dat hij een aardige... oppassende jongen is,' zei Fallow. In werkelijkheid was Fallow regelrecht naar Annie Lambs flat gegaan met Albert Vogel en een van de mensen van dominee Bacon, een lange man met een gouden ring in één oor, en had hij Annie Lamb geïnterviewd en was hij weer vertrokken. Maar nu was zijn status als onverschrokken verkenner van de Bronx-versie der diepste regionen zo gestegen in de ogen van zijn nobele werkgever dat hij nog geen zin had om nu al in te binden.

'Mooi,' zei Steiner. 'Wat hebben we als vervolg?'

'Dominee Bacon – zo wordt hij door iedereen genoemd, dominee Bacon – dominee Bacon organiseert een grote demonstratie voor morgen. Die is gericht tegen – '

Op dat moment ging Fallows telefoon.

'Hallo?'

'Hééé, die Pete!' Het was onmiskenbaar de stem van Albert Vogel. 'D'r zit schot in. Een of andere gast heeft Bacon net opgebeld, iemand van de Dienst Motorvoertuigen.' Fallow begon notities te maken. 'Die gast heeft je stuk gelezen en is uit eigen beweging achter de computer gaan zitten, en hij beweert dat hij 't aantal auto's teruggebracht heeft tot 124.'

'Honderdvierentwintig? Kan de politie dat aan?'

'Fluitje van een cent, als ze het willen. Ze kunnen ze in een paar dagen natrekken als ze de mensen eraan willen zetten.'

'Wie is die... jongen?' Fallow verafschuwde de gewoonte om het woord *gast*, dat strikt gezien alleen sloeg op mensen die ergens te gast zijn, te gebruiken als aanduiding voor 'jonge persoon'.

'Gewoon een of andere gast die daar werkt, iemand die vindt dat de Lambs zoals altijd in de hoek zitten waar de klappen vallen. Zoals ik al zei, dat staat me nou zo aan van die Bacon. Hij pept de mensen op die de gevestigde macht willen aanvechten.'

'Hoe kom ik in contact met die… jongen?'

Vogel gaf hem alle bijzonderheden, en zei toen: 'Luister 'ns even, Pete. Bacon heeft je stuk net gelezen en hij vond 't erg goed. Alle kranten en tv-zenders van de stad hebben 'm al opgebeld, maar dat aspect van de kentekennummers bewaart hij voor jou. Dat is voor jou, exclusief. Begrijp je? Maar je moet wel doordouwen. Niet met de bal aan je voeten blijven staan. Begrijp je wat ik bedoel?'

'Jazeker.'

Nadat hij had opgehangen, glimlachte Fallow naar Steiner en Highridge, die een en al oog waren, knikte veelbetekenend en zei: 'Jaajaa… ik geloof dat de bal aan het rollen is. Dat was een tipgever van de Dienst Motorvoertuigen, waar alle kentekennummers zijn opgeslagen.'

Het was precies zoals hij gedroomd had. Het was precies zo, en hij wilde zijn adem haast inhouden uit vrees dat iets de betovering zou verbreken. Ze zat in zijn ogen te kijken, niet meer dan een tafeltjesbreedte van hem vandaan. Ze was verdiept in zijn woorden, zijn magnetische veld ingetrokken, zo ver dat hij de aandrang voelde om zijn handen over de tafel te schuiven en zijn vingertoppen onder de hare te laten glijden – nu al! – nog maar twintig minuten na het tijdstip waarop hij met haar had afgesproken – wat een geladenheid! Maar hij moest het niet forceren, hij moest het delicate evenwicht van het moment niet verbreken.

De achtergrond werd gevormd door het schoon metselwerk, het zacht fonkelende koper, de pub-achtige uitgesneden waterval van geëtst glas, de aerobic-stemmen van de jonge, snelle generatie. De voorgrond bestond uit haar bos lang donker haar, de Berkshire-herfstblos van haar wangen – in wezen realiseerde hij zich, zelfs te midden van alle betovering, dat die herfstblos waarschijnlijk make-up was. De mauve en paarse regenbogen op haar bovenste oogleden en de randen van haar oogkas waren in elk geval make-up – maar dat was nu eenmaal de aard van de hedendaagse perfectie. Van haar lippen, die bol stonden van begeerte en glansden van bruine lipstick, kwamen de woorden:

'Maar je stond zo *dicht* bij hem, en je *schreeuwde* praktisch tegen hem, en hij keek je aan met zo'n *moordende* blik – ik bedoel, was je niet bang dat hij gewoon *overeind* zou springen en – ik weet niet – ik bedoel, hij zag er bepaald niet uit als een aardige man!'

'Jaaaahh,' zei Kramer, terwijl hij het doodsgevaar afdeed met een schouderophalen en het spannen van zijn machtige sternocleidomastoïde spieren. 'Die figuren zijn voor negentig procent show, al is het wel verstandig om uit te kijken voor die andere tien procent. Haha, nou. Het belangrijkste was dat ik op een of andere manier Herberts gewelddadige kant naar boven moest brengen zodat iedereen die kon zien. Zijn advocaat, Al Teskowitz – tja, ik hoef je niet te vertellen dat hij niet de grootste spreker ter wereld is, maar dat hoef – hoeft' – het was tijd om over te schakelen op de derde persoon enkelvoud – 'helemaal geen verschil te maken in een strafproces. Strafrecht is een aparte branche, omdat 't daarbij niet om geld gaat maar om het leven van mensen en de vrijheid van mensen, en ik kan je wel vertellen dat dat een heleboel krankzinnige emoties losmaakt. Geloof 't of niet, maar Teskowitz kan geniaal zijn in het doldraaien van – het bespelen van een jury. Hij ziet er zelf zo gekweld uit – en dat doet hij met *opzet* – o, geen twijfel aan. Hij weet hoe hij medelijden moet wekken voor een cliënt. Voor de helft is het – hoe heet 't ook weer? – lichaamstaal zou je het noemen, geloof ik. Het is misschien niks anders dan *theatraal* doen, maar dat beheerst hij heel goed, en ik kon dat idee dat Herbert een brave huisvader is – een *huisvader*! – niet zomaar laten rondzweven als 'n mooie ballon, weet je. Dus bedacht ik dat – '

De woorden stroomden er gewoon uit, met bakken, al die geweldige dingen over zijn moed en zijn knokkerstalent die hij aan niemand had kunnen vertellen. Zo kon hij niet tekeergaan tegen Jimmy Caughey of Ray Andriutti, zelfs niet meer tegen zijn vrouw, die een weerstand tegen misdaadextase had opgebouwd die zo massief was als een stenen muur. Maar Miss Shelly Thomas – ik moet je in extase houden! Ze slurpte het allemaal op. Die ogen! Die glanzende bruine lippen! Haar dorst naar zijn woorden was onlesbaar, en dat was maar goed ook, want ze dronk alleen bronwater van de beste kwaliteit. Kramer had een glas witte huiswijn en deed zijn best om geen gulzige slokken te nemen, want hij had al in de gaten dat het hier niet zo voordelig was als hij gedacht had. Jezus! Zijn hersens draaiden verdomme op dubbele toeren! Het was net een tweesporenband. Op het ene spoor spuide hij de redevoering over zijn aanpak van het proces –

' – uit mijn ooghoeken kon ik zien dat hij op springen stond. De draad stond helemaal strak! Ik wist niet eens of ik het einde van mijn requisitoir zou halen, maar ik was bereid – '

– en op het tweede spoor zat hij te denken aan *haar*, de rekening (en ze hadden nog niet eens besteld), en waar hij haar in 's hemelsnaam mee naar toe kon nemen (als!) en aan het publiek hier in Muldowny's. Jezus! Was dat John Rector niet, de nieuwslezer van Channel 9, daar aan die tafel voorin, naast de muur van schoon metselwerk? Maar nee! Daar zou hij haar niet op wijzen. Er was hier maar plaats voor één beroemdheid – hijzelf – overwinnaar van de gewelddadige Herbert 92x en de gewiekste Al Teskowitz. Een jong publiek, een snel ogend publiek hier – het zat stampvol – perfect – kon niet beter. Shelly Thomas bleek van Griekse afkomst te zijn. Beetje teleurstellend. Hij had gehoopt dat – hij wist niet wat. Thomas was de naam van haar stiefvader; hij was fabrikant van plastic containers in Long Island City. Haar eigen vader heette Choudras. Ze woonde in Riverdale bij haar stiefvader en haar moeder, werkte bij Prischker & Bolka, kon geen flatje in Manhattan betalen, wilde er dolgraag een hebben – 'een aardig woninkje in Manhattan' was tegenwoordig niet meer te krijgen (hoefde ze hem niet te vertellen) –

' – geval wil namelijk dat de jury's in de Bronx erg onberekenbaar zijn. Ik zou je kunnen vertellen wat een van de jongens van mijn kantoor vanmorgen in de rechtszaal is overkomen! – maar waarschijnlijk heb je wel gemerkt wat ik bedoel. Ik bedoel, je krijgt mensen in de jurybanken met gedachten die – hoe moet ik 't zeggen? – in zekere zin al vaststaan. Er wordt veel gedacht in termen van Ons tegen Hun, en Hun zijn dan de politie en de aanklagers – maar daar had je waarschijnlijk al iets van gemerkt.'

'Nee, eigenlijk niet. Ze waren allemaal heel redelijk en leken hun taak serieus op te vatten. Ik wist niet wat ik moest verwachten, maar ik was heel aangenaam verrast.'

Denkt ze dat ik bevooroordeeld ben? 'Nee, ik bedoel niet dat – er zijn genoeg goeie mensen in de Bronx, alleen zitten er wel bij die verbitterd zijn, en dan gebeuren er knettergekke dingen.' Laten we maar op iets anders overgaan. 'Nu we toch openhartig zijn, mag ik je iets vertellen? Ik maakte me zorgen over jou als jurylid.'

'Over mij!' Ze glimlachte en leek wel dwars door de make-up blos heen te kleuren, uiterst gevleid dat ze een factor was geweest in de keuze van een strategie in het hooggerechtshof van de Bronx.

'Jazeker! Heus! Zie je, in een strafproces leer je de dingen vanuit een ander perspectief bekijken. Het is misschien een krom perspectief, maar dat is de aard van 't beest. In een zaak als deze ben je… nou ja, 't kwam er op neer dat je *te* intelligent, *te* goed opgeleid was, dat je *te ver afstond* van de wereld van een figuur als Herbert 92X, en daarom – en dat is de ironie ervan – te zeer in staat was om zijn problemen te begrijpen, en zoals de Fransen zeggen: "Alles begrijpen is alles vergeven".'

'Nou, eigenlijk – '

'Ik wil niet zeggen dat dat eerlijk of juist is, maar zo leer je er nu eenmaal tegenaan kijken in dit soort zaken. Jij niet – maar iemand zoals jij – kan *te gevoelig* zijn.'

'Maar je hebt me niet gewraakt. Is dat de term?'

'Klopt. Nee, dat heb ik niet gedaan. Tja, om te beginnen vind ik 't niet juist om een jurylid te wraken alleen omdat hij – zij intelligent is en goed opgeleid. Ik bedoel, je hebt vast wel gezien dat er geen andere mensen uit Riverdale in de jury zaten. Er was zelfs niemand anders uit Riverdale bij de kandidaten tijdens de voorselectie. Iedereen zit altijd te jammeren over 't feit dat we geen beter opgeleide juryleden krijgen in de Bronx, en als we er dan een krijgen, dan is 't bijna alsof je iets van waarde weggooit of zo wanneer je iemand wraakt alleen omdat je denkt dat ze misschien *gevoelig* is. Bovendien…' Zou hij het wagen? Hij *waagde* het. '… Ik wou… om eerlijk te zijn… ik wou je gewoon in die jury hebben.'

Hij keek zo diep in die grote mauve-regenbooghogen als hij maar kon en trok zijn openhartigste en eerlijkste gezicht en lichtte zijn kin op zodat ze de volheid van zijn sternocleidomastoïdespieren kon aanschouwen.

Ze sloeg haar ogen neer en bloosde opnieuw dwars door de herfst in de Berkshires heen. Toen sloeg ze haar ogen op en keek diep in de zijne.

'Het viel me al een beetje op dat je vaak naar me keek.'

Ik en alle andere rechtbankmedewerkers in de zaal! – maar hij kon het niet maken om haar dat te vertellen.

'O ja? Ik had gehoopt dat 't niet zo opvallend was. God, ik hoop dat de anderen 't niet hebben gezien.'

'Haha. Ik denk van wel. Herinner je je die mevrouw die naast me zat, die zwarte mevrouw? Een heel aardig mens. Ze werkt bij een gynaecoloog, en ze is erg lief, erg intelligent. Ik heb haar telefoonnummer nog gevraagd en gezegd dat ik haar zou opbellen. Maar goed, wil je weten wat ze tegen me zei?'

'Vertel eens?'

'Ze zei: "Ik geloof dat die officier van justitie wel wat in je ziet, Shelly." Ze noemde me Shelly. We konden het heel goed met elkaar vinden. "Hij kan zijn ogen niet van je af houden."'

'Zei ze dat echt?' Hij begon te glimlachen.

'Jazeker!'

'Vond ze het erg? Ik bedoel, mijn God. Ik had niet gedacht dat het zo opvallend was!'

'Nee, ze vond het juist enig. Vrouwen vinden zulke dingen wel leuk.'

'Dus het was zo opvallend, hè?'

'Voor haar wel!'

Kramer schudde zijn hoofd alsof hij zich geneerde, terwijl hij ondertussen de hele tijd zijn ogen in die van haar uitstortte en zij de hare in die van hem. Ze waren al over de slotgracht gesprongen, en nogal moeiteloos bovendien. Hij wist – hij wist het! – dat hij zijn handen over de tafel zou kunnen laten glijden en haar vingertoppen in de zijne nemen, en ze zou het toelaten, en het zou allemaal gebeuren zonder dat hun ogen elkaar loslieten, maar hij hield zich in. Het was te volmaakt en het ging te goed om ook maar het minste risico te nemen.

Hij bleef zijn hoofd schudden en glimlachen... hoe langer hoe veelbetekenender... In feite geneerde hij zich wel degelijk, zij het niet om het feit dat anderen hadden opgemerkt hoe bezeten hij van haar geweest was in de rechtszaal. Waar ze *heen* moesten – daar geneerde hij zich om. Ze had geen flatje, en natuurlijk was er van zijn levensdagen geen sprake van dat hij haar kon meenemen naar zijn mierenkolonie. Een hotel? – veel te vulgair, en hoe moest hij dat verdomme trouwens betalen? Zelfs een tweederangs hotel kostte nog bijna honderd dollar per kamer. God mocht weten wat dit dineetje zou gaan kosten. De letters op de menukaart zagen er zo ongekunsteld en met de hand geschreven uit dat er een alarm afging in Kramers centrale zenuwstelsel: *geld*. Op een of andere manier wist hij, op grond van maar heel weinig ervaring, dat die quasi-nonchalante flauwekul stond voor *geld*. Op dat moment kwam de serveerster terug. 'Hebt u al een beslissing kunnen nemen?'

Zij was ook al een perfect produkt. Jong met blond krulhaar en glanzende blauwe ogen, het perfecte type van de actrice in de dop, met kuiltjes in haar wangen en een glimlach die suggereerde: 'Nou! Ik kan wel zien dat jullie tweeën in elk geval *iets* besloten hebben!' Of suggereerde die glimlach: 'Ik ben jong, knap en charmant, en ik reken op een forse fooi wanneer je de forse rekening betaalt'?

Kramer keek in haar guitige gezicht, en vervolgens keek hij in dat van Miss

Shelly Thomas. Hij werd verteerd door gevoelens van wellust en armoede.

'Nou, Shelly,' zei hij, 'weet je al waar je zin in hebt?'

Het was de eerste keer dat hij haar bij haar voornaam noemde.

Sherman zat op de rand van een van de gebogen houten stoelen. Hij leunde voorover met zijn handen tussen zijn knieën gevouwen en zijn hoofd naar beneden. Het walgelijke, belastende exemplaar van *The City Light* lag op de eikehouten tafel als iets radioactiefs. Maria zat op de andere stoel, weliswaar meer ontspannen, maar ook al niet zo laconiek als vroeger.

'Ik wist het wel,' zei Sherman zonder haar aan te kijken. 'Ik heb het van het begin af aan geweten. We hadden het meteen aan moeten geven. Ik kan er niet bij dat ik – ik kan er niet bij dat we in deze situatie zitten.'

'Tja, nu is 't te laat, Sherman. Dat zijn gedane zaken.'

Hij ging rechtop zitten en keek haar aan. 'Misschien is het nog niet te laat. Wat je moet zeggen is dat je er niets van wist dat je iemand had aangereden tot je die krant las.'

'Welja,' zei Maria. 'En hoe moet ik dan zeggen dat het gebeurd is, dat ongeluk waarvan ik niet eens wist dat het gebeurd is?'

'Vertel gewoon... wat er echt gebeurd is.'

'Zal dat even *prachtig* klinken. Twee jongens dwongen ons te stoppen en probeerden ons te beroven, maar jij gooide die ene een band naar zijn hoofd, en ik stoof er vandoor als een... als een wegpiraat, maar ik wist niet dat ik iemand geraakt had.'

'Nou, dat is precies wat er gebeurd is, Maria.'

'En wie zal dat geloven? Moet je dat stuk eens lezen. Ze noemen die jongen een soort *bolleboos*, een soort heilige. Ze hebben 't nergens over die ander. Ze hebben 't niet eens over een oprit. Ze hebben 't over een kleine heilige die eten ging halen voor zijn moeder.'

De vreselijke mogelijkheid flakkerde weer op. En als de jongens nou eens *echt* alleen maar probeerden te helpen?

Daar zat Maria met een jersey coltrui aan die haar volmaakte borsten ook nu accentueerde. Ze droeg een korte geruite rok en had haar glanzende benen over elkaar geslagen, en een van haar pumps bungelde aan het puntje van haar voet.

Achter haar stond het provisorische bed, en boven het bed hing nu een tweede olieverfschilderijtje, een van een naakte vrouw die een klein dier vasthield. Het penseelwerk was zo afschuwelijk grof dat hij niet kon zien wat voor soort dier het was. Het kon net zo goed een rat als een hond zijn. Uit ellende bleef zijn oog er even op rusten.

'Het is je opgevallen,' zei Maria, terwijl ze een poging deed om te glimlachen. 'Je wordt al beter. Ik heb 't van Filippo gekregen.'

'Geweldig.' De vraag waarom zo'n schilderende spaghettivreter zo gul was voor Maria interesseerde Sherman niet meer in het minst. De wereld was gekrompen. 'Dus wat moeten we volgens jou doen?'

'Volgens mij moeten we tien keer diep ademhalen en kalm blijven. Dat vind ik.'

'En vervolgens?'

'En vervolgens misschien wel niets.' Vuvolgus mesgien wil niks. 'Sherman, als we ze de waarheid vertellen laten ze niks van ons heel. Begrijp je dat? Op dit moment weten ze niet wie z'n auto 't was, ze weten niet wie er achter 't stuur zat, ze hebben geen getuigen, en de jongen zelf ligt in coma en 't ziet er niet naar uit dat-ie… dat-ie ooit bij zal komen.'

Jij zat achter het stuur, dacht Sherman. Vergeet dat detail niet. Het stelde hem gerust om haar dat te horen zeggen. Toen een schok van angst: stel dat ze het ontkende en zei dat hij had gereden? Maar de andere jongen wist het, waar hij ook mocht wezen.

Het enige wat hij zei was echter: 'En die andere jongen dan? Stel dat die ineens komt opdagen.'

'Als die ooit van plan was geweest om te komen opdagen had-ie dat al gedaan. Hij zal niet komen opdagen, want hij is een misdadiger.'

Sherman leunde voorover en boog opnieuw het hoofd. Hij zat nu te staren naar de glimmende punten van zijn New & Lingwood half brogues. Hij werd misselijk van de kolossale ijdelheid van zijn met de hand gemaakte Engelse schoenen. Wat baat het een man… Hij kon zich het citaat niet meer herinneren. Hij zag de deerniswekkende bruine maan op de kruin van Felix' hoofd… Knoxville… Waarom was hij niet al lang geleden verhuisd naar Knoxville?… een eenvoudig neoklassiek huis, met aan de ene kant een veranda met horren…

'Ik weet het niet, Maria,' zei hij zonder op te kijken. 'Ik denk niet dat we steeds kunnen raden wat ze wel en niet weten. Ik denk dat we maar eens contact op moesten nemen met een advocaat' – *twee* advocaten, zei een stemmetje in zijn achterhoofd, omdat ik deze vrouw niet ken en we misschien niet eeuwig aan dezelfde kant zullen staan – 'en… voor de dag komen met wat we weten.'

'En ons hoofd in de muil van de tijger steken, bedoel je.' En uns hoof in de muhl van de tijguh stikkuh. Maria's zuidelijke accent begon Sherman op de zenuwen te werken. 'Ik ben degene die achter 't stuur zat, Sherman,en dus vind ik dat ik moet beslissen.'

Ik ben degene die achter 't stuur zat! Ze had het zelf gezegd. Hij fleurde wat op. 'Ik probeer je niets aan te praten,' zei hij. 'Ik zit alleen maar hardop te denken.'

Maria's gezicht kreeg een vertederde uitdrukking. Ze glimlachte naar hem op een warme, bijna moederlijke manier. 'Sherman, luister 'ns even. Er zijn twee soorten jungle. Wall Street is een jungle. Dat heb je wel gehoord, hè? Je weet hoe je jezelf moet redden in die jungle.' Het zuidelijke briesje streelde zijn oren – maar het was toch immers zo? Hij fleurde nog wat verder op. 'En dan is er die andere jungle, de jungle waar we laatst 's avonds in verdwaald zijn, de Bronx. En je hebt *gevochten*, Sherman! Je was fantastisch!' Hij moest zich bedwingen om zijn zelfgenoegzaamheid niet te verraden door een glimlach. 'Maar jij woont niet in die jungle, Sherman, nu niet en vroeger ook niet. Weet je wat je in die jungle ziet? Mensen die de hele tijd oversteken, heen en weer, heen en weer, heen en weer van de ene kant van de wet naar de andere. Jij weet niet wat dat is. Jij hebt een *goeie* opvoeding gehad. De wetten zijn voor jou geen bedreiging geweest. Het waren *jouw wetten*, Sherman, de wetten van mensen zoals jij en je familie. Nou, ik ben niet zo opgegroeid. Wij zwabberden altijd heen en weer over die grens als een stel dronkelappen, en dus ken ik dat en maakt 't me niet bang. En ik zal je nog 'ns wat vertellen. Daar op de grens is iedereen een beest – de politie, de rechters, de misdadigers, iedereen.'

Ze bleef warm naar hem glimlachen als een moeder die een kind deelgenoot heeft gemaakt van een groot geheim. Hij vroeg zich af of ze werkelijk wist waar ze het over had of dat ze alleen maar toegaf aan een beetje sentimenteel omgekeerd snobisme.

'En wat wil je daar nou mee zeggen?' vroeg hij.

'Ik wil zeggen dat ik vind dat je moet vertrouwen op mijn instinct.'

Op dat moment werd er geklopt.

'Wie is dat?' zei Sherman, die meteen in staat van alarm was.

'Maak je niet druk,' zei Maria. 'Het is Germaine. Ik heb tegen haar gezegd dat je er zou zijn.' Ze stond op en ging naar de deur.

'Je hebt haar toch niet gezegd wat er gebeurd...'

'Natuurlijk niet.'

Ze deed de deur open. Maar het was Germaine niet. Het was een reus van een kerel in een exotisch zwart tenue. Hij kwam binnenwandelen alsof de boel van hem was, keek vluchtig de kamer rond, naar Sherman, de muren, het plafond, de vloer, en toen naar Maria.

'Bent u Germaine Boll' – hij stond naar adem te happen, kennelijk omdat hij zojuist de trap was opgelopen – 'of Bowl?'

Maria was sprakeloos. Sherman ook. De reus was jong, blank en had een grote zwarte krulletjesbaard, een kolossaal rood aangelopen gezicht dat glom van het zweet, een zwarte vilthoed met een volkomen platte rand, een te kleine zwarte vilthoed die op zijn enorme hoofd geprikt stond als een speelgoedhoedje, een gekreukeld wit overhemd dat tot aan de hals was dichtgeknoopt, maar geen das, en een sjofel zwart pak waarvan het colbert een dubbele rij knopen had en het rechter jaspand over het linker viel, zoals dat gewoonlijk bij een damesjas het geval is. Een chassidische jood. Sherman had veel chassidische joden gezien in het diamantendistrict op Forty-sixth en Forty-seventh Street tussen Fifth en Sixth Avenue, maar zo'n kanjer had hij nog nooit meegemaakt. Hij moest wel één meter vijfennegentig zijn en ruim honderdtwintig kilo wegen, hij was zo vet als modder maar krachtig gebouwd, en hij puilde uit zijn leverkleurige huid als een eind stopworst. Hij nam zijn vilthoed af. Zijn haar plakte aan zijn schedel van het zweet. Hij sloeg met de rug van zijn hand tegen de zijkant van zijn grote hoofd alsof hij zijn schedel aan het uitdeuken was. Toen zette hij zijn hoed weer op. Die zat zo hoog op zijn hersenpan dat het leek alsof hij er elk moment af kon vallen. Het zweet druppelde de reus van het voorhoofd.

'Germaine Boll? Bowl? Bull?'

'Nee, dat ben ik niet,' zei Maria. Ze had zich hersteld. Ze was kribbig, en ging al tot de aanval over. 'Ze is er niet. Wat wilt u?'

'Woont u hier?' Voor zo'n grote man had hij een eigenaardig hoge stem.

'Mejuffrouw Boll is er nu niet,' zei Maria, die de vraag negeerde.

'Woont u hier of woont zij hier?'

'Moet u luisteren, we hebben 't nogal druk.' Overdreven geduld. 'Probeert u 't later nog eens.' Strijdlustig: 'Hoe bent u hier binnengekomen?'

De reus stak zijn hand in zijn rechter jaszak en haalde een enorme bos sleutels te voorschijn. Het leken er wel honderd. Hij ging met een grote dikke wijsvinger langs de kraag van sleutels en stopte bij één ervan en lichtte die er omzichtig uit met zijn duim en wijsvinger.

'Hiermee. Makelaarsbedrijf Winter.' Hiehmee. Makelaahsbedraif Wientah. Hij had een licht Jiddisch accent.

'Nou, u zult toch later terug moeten komen om mejuffrouw Boll te spreken.'

De reus verzette geen voet. Hij keek opnieuw de flat rond. 'U woont hier niet?'

'Luister 's – '

'Geeft niet, geeft niet. We gaan hier schilderen.' Bij die woorden strekte de reus zijn armen als vleugels alsof hij de zwaluwsprong ging doen, en liep naar een muur toe en bleef daar staan. Vervolgens zette hij zijn linkerhand tegen de muur en schoof opzij en lichtte zijn linkerhand op en zette zijn rechterhand op die plek neer en schuifelde naar links tot hij weer gestrekt stond in de zwaluwsprong.

Maria keek Sherman aan. Hij wist dat hij iets moest doen, maar hij kon niet bedenken wat. Hij liep op de reus af. Op de meest ijzige en bevelende toon die hij kon voortbrengen zei hij, precies zoals de Leeuw van Dunning Sponget dat gedaan zou hebben: 'Wacht eens even. Waar bent u mee bezig?'

'Opmeten,' zei de reus, die nog steeds in zwaluwsprong langs de muur schuifelde. 'Moet hier schilderen.'

'Wel, het spijt me bijzonder, maar daar hebben we nu geen tijd voor. U zult uw zaakjes een andere keer moeten regelen.'

De reusachtige jongeman keerde zich langzaam om en zette zijn handen in zijn zij. Hij haalde diep adem, zodat het leek alsof hij uitdijdde tot 250 kilo. Hij had de gelaatsuitdrukking van iemand die de taak had om een plaag te bezweren. Sherman kreeg het deprimerende gevoel dat dit monster gewend was aan dergelijke confrontaties en er eigenlijk van genoot. Maar de mannelijke strijd was nu begonnen.

'Woont u hier?' vroeg de reus.

'Ik zei al dat we hier geen tijd voor hebben,' zei Sherman, die probeerde zijn Leeuwentoon van koele autoriteit te bewaren. 'Wees nu zo goed om te verdwijnen en een andere keer uw schilderwerk te komen doen.'

'Woont u hier?'

'Feitelijk niet nee, maar ik ben hier te gast, en ik – '

'U woont hier niet en zij woont hier niet. Wat doen jullie hier?'

'Dat gaat u niets aan!' zei Sherman, die niet in staat was zijn woede te beheersen maar zich met de seconde machtelozer begon te voelen. Hij wees naar de deur. 'Wees nu zo goed om te verdwijnen!'

'U hoort hier niet. Begrijpt u wel? D'r zit hier iets lelijk fout. D'r zitten de verkeerde mensen in dit gebouw. Dit is een gebouw met vastgestelde huren, en de mensen hier' – menschen hieh – 'gaan de woningen aan anderen ver- huren voor duizend, tweeduizend dollar per maand. De huur in deze wo- ning, die ist maar $331 per maand. Snapt u? Germaine Boll – maar die zien we hier nooit. Hoeveel betzaalt u haar nou?'

De brutaliteit! De mannelijke strijd! Wat moest hij doen? In de meeste situa- ties voelde Sherman zich groot van stuk. Maar naast dit exotische creatuur... Hij kon geen vinger naar hem uitsteken. Hij kon hem niet intimideren. De koele bevelen van de Leeuw hadden geen effect. En daaronder was de funde- ring zelf verrot. Hij was moreel gezien volledig in het nadeel. Hij hoorde hier inderdaad niet en hij had een heleboel te verbergen. En als dit ongelooflijke monster nou niet echt van Makelaarsbedrijf Winter kwam? Stel –

Gelukkig kwam Maria tussenbeide. 'Toevallig komt mejuffrouw Boll zo thuis. Intussen – '

'Oké! Best! Ik wacht wel op haar.'

De reus begon de kamer rond te lopen als een waggelende druïde. Hij stopte bij de eikehouten tafel, en met zwierige nonchalance liet hij zijn ont- zaglijke gewicht op een van de gebogen houten stoelen zakken.

'Oké!' zei Maria. 'Zo is 't wel genoeg!'

De reus reageerde hierop door zijn armen over elkaar te slaan, zijn ogen te sluiten en achterover te leunen, alsof hij het zich zolang gemakkelijk wilde maken. Op dat moment besefte Sherman dat hij echt iets moest doen, het deed er niet toe wat, om niet al zijn mannelijk aanzien te verliezen. De man- nelijke strijd! Hij deed een stap vooruit.

Kraaaattsssjj!! Plotsklaps lag het monster op zijn rug op de vloer en rolde de stijve hoedrand plompverloren over het kleed. Een van de stoelpoten was bijna in tweeën gespleten bij de zitting en het blanke hout was te zien onder de beits. De stoel had het onder zijn gewicht begeven.

Maria krijste: 'Kijk nou wat je gedaan hebt, jij oetlul! Jij fokzeug! Jij spekvat!'

Met veel gehoest en geproest richtte de reus zich op en begon zich over- eind te werken. Zijn brutale pose was naar de knoppen. Hij had een rood hoofd waar het zweet weer vanaf gutste. Hij boog zich voorover om zijn hoed op te rapen en verloor bijna zijn evenwicht.

Maria zette de aanval voort. Ze wees naar wat er van de stoel was overgeble- ven. 'Ik hoop dat je door hebt dat je daarvoor zult moeten *betalen!*'

'Wat zullen we nou krijgen,' zei de reus. 'Hij is niet van jou!' Maar hij blies de aftocht. Maria's verwijten en zijn schaamte werden hem te machtig.

'Dat gaat je vijfhonderd dollar kosten en een proces!' zei Maria. 'Dit is je reinste huisvredebreuk!'

De reus hield stil bij de deur en keek haar woedend aan, maar het werd hem allemaal te machtig. Hij schommelde de deur uit in grote verwarring.

Zodra ze hem de trap af hoorde klossen deed Maria de deur dicht en draai- de hem op slot. Ze draaide zich om en keek Sherman aan en barstte uit in een gierende lachbui.

'Zag... je... hem... liggen... op... de... vloer!' Ze moest zo verschrikkelijk lachen dat ze de woorden amper kon uitbrengen.

Sherman staarde haar aan. Het was waar – ze had gelijk. Ze waren dieren van een verschillende soort. Maria was er tegen bestand... wat er ook met hen zou gebeuren. Ze vocht – met gretigheid! Het leven was een gevecht op de grens waar ze het zojuist over had gehad – en wat dan nog? Hij *wilde* lachen. Hij wilde haar dierlijke pret delen om de bespottelijke scène waar ze zojuist getuige van waren geweest. Maar hij kon het niet. Hij kon nog geen glimlach opbrengen. Het leek wel alsof het schild rondom zijn positie in de wereld aan het verbrokkelen was. Deze... ongelooflijke mensen... konden nu zijn leven binnenlopen.

'Kraaaaattsssjj!' zei Maria, huilend van het lachen. 'O God, ik wou dat ik er een videoband van had!' Toen zag ze de uitdrukking op Shermans gezicht. 'Wat is er?'

'Wat denk je dat dat allemaal voorstelde?'

'Wat bedoel je, "allemaal voorstelde"?'

'Wat denk je dat hij hier deed?'

'De huisbaas heeft hem hier naar toe gestuurd. Weet je nog wel, die brief die ik je heb laten zien.'

'Maar is het niet een beetje eigenaardig dat – '

'Germaine betaalt maar $331 per maand, en ik betaal haar $750. Ze heeft een woning met een vastgestelde huur. Ze zouden haar er maar wat graag uitwerken.'

'Vind je het niet eigenaardig dat ze besluiten hier binnen te vallen – juist nu?'

'Juist nu?'

'Nou, misschien ben ik gek, maar vandaag – nadat die zaak in de krant heeft gestaan?'

'In de *krant*?' Toen drong het tot haar door waar hij het over had en begon ze te glimlachen. 'Sherman, je bent *echt* gek. Je bent paranoïde, weet je dat?'

'Misschien wel. Maar het is wel een heel eigenaardig toeval.'

'Wie denk je dat hem hierheen heeft gestuurd als 't de huisbaas niet is? De politie?'

'Nou...' Hij besefte dat het inderdaad nogal paranoïde klonk en glimlachte flauwtjes.

'De politie stuurt je een kolossale geschifte chassidische blubberdebiel op je dak om je te *bespioneren*?'

Sherman liet zijn machtige Yale-kin over zijn sleutelbeen hangen. 'Je hebt gelijk.'

Maria liep naar hem toe en tilde zijn kin op met haar wijsvinger en keek in zijn ogen en keek hem aan met de liefste glimlach die hij ooit had gezien.

'Sherman.' Shuhmun. 'De hele wereld staat niet stil om te prakkizeren over jou. De hele wereld is er niet op uit om jou te *pakken*. Alleen ik maar.'

Ze nam zijn gezicht in haar handen en kuste hem. Ze belandden uiteindelijk op het bed, maar deze keer kostte het van zijn kant enige moeite. Het was toch niet hetzelfde met de stuipen op je lijf.

12

De laatste der grote rokers

Na een onrustige slaap kwam Sherman om acht uur bij Pierce & Pierce aan. Hij was uitgeput, en de dag moest nog beginnen. De obligatieafdeling had iets hallucinatorisch. De ijzingwekkende lichtzee aan de kant van de haven... de krioelende silhouetten... de radiumgroene cijfers die over een oneindig aantal monitors glibberden... de jonge Meesters van het Universum die zo volkomen wereldvreemd tegen de elektrische donuts bulkten:

'Ik geef er twee voor!'

'Ja, maar de tijd van uitgifte dan?'

'Twee ticks gezakt!'

'Bullshit! Ik zie het lijk al drijven!'

Zelfs Rawlie, de arme moedeloze Rawlie was er bij gaan staan met zijn telefoon aan zijn oor. Zijn lippen gingen driftig op en neer, terwijl hij met zijn potlood op het blad van zijn bureau roffelde. De jonge Arguello, heer van de pampas, hing achterover op zijn stoel, met zijn dijen uit elkaar en de telefoon aan zijn oor. Zijn moiré bretels vlamden in volle glorie en er lag een brede grijns op zijn jonge gigolo-gezicht. Gisteren had hij in Japan een verpletterende slag geslagen met de Amerikaanse staatsobligaties. De hele afdeling had het er over. Grijnzend grijnzend grijnzend grijnzend zat de gastarbeider te luieren in triomf.

Sherman hunkerde ernaar om naar de Yale Club te gaan en een stoombad te nemen en op een van die met leer beklede tafels te gaan liggen voor een lekker hete harde massage en te gaan slapen.

Op zijn bureau lag een boodschap, met het woord spoed erboven, dat hij Bernard Levy in Parijs moest bellen.

Vier monitors verderop was Felix bezig aan de rechterschoen van een slungelige, lastige jonge bolleboos die Ahlstrom heette en nog maar twee jaar van Wharton College af was. Ahlstrom zat te telefoneren. Kwaak kwaak kwaak, hè meneer Ahlstrom? Felix – *The City Light*. Die moest nu in de kiosken liggen. Hij wilde hem lezen maar was er tegelijk als de dood voor.

Zich nauwelijks bewust van wat hij deed, bracht Sherman de hoorn naar zijn oor en draaide het nummer van Trader T in Parijs. Hij boog zich over het bureau en steunde op allebei zijn ellebogen. Zodra Felix klaar was met de snelle jonge Ahlstrom zou hij hem bij zich roepen. Ergens in zijn hersens werd er geluisterd toen de Franse donut Bernard Levy zei:

'Sherman, nadat we elkaar gisteren hadden gesproken, heb ik het erover gehad met New York, en iedereen is het er over eens dat je gelijk hebt. Het heeft geen zin om te wachten.'

Goddank.

'Maar,' zei Bernard, 'tot zesennegentig kunnen we niet gaan.'

'Tot zesennegentig kun je niet gaan?'

Hij hoorde onheilspellende woorden... en toch kon hij zich niet concentreren... In de ochtendbladen, de *Times*, de *Post*, de *News*, die hij had zitten lezen in de taxi op weg naar Wall Street, stond het artikel van *The City Light* herkauwd, plus nog meer uitspraken van die zwarte dominee Bacon. Heftige verwijten aan het adres van het ziekenhuis, waar de jongen nog steeds in coma lag. Een ogenblik had Sherman moed gevat. *Ze gaven het ziekenhuis overal de schuld van!* Toen realiseerde hij zich dat hij dat alleen maar hoopte. Ze zouden de schuld geven aan... Zij had achter het stuur gezeten. Als ze het kordon uiteindelijk om hem sloten, als er niets meer baatte, had zij achter het stuur gezeten. Zij was het. Daar klampte hij zich aan vast.

'Nee, zesennegentig is niet meer bespreekbaar,' zei Bernard. 'Maar bij drieënnegentig doen we mee.'

'Drieënnegentig!'

Sherman ging recht overeind zitten. Dit kon niet waar zijn. Het volgende moment zou Bernard hem ongetwijfeld vertellen dat hij zich vergist had. Sherman had er vierennegentig voor betaald. Zeshonderd miljoen obligaties voor vierennegentig! Bij drieënnegentig zou Pierce & Pierce er zes miljoen dollar op verliezen.

'Je zei toch geen drieënnegentig!'

'Drieënnegentig, Sherman. We vinden dat een heel redelijke prijs. Hoe dan ook, dat is het bod.'

'God allemachtig... Daar moet ik even over denken. Luister eens, ik bel je wel terug. Blijf je bereikbaar?'

'Natuurlijk.'

'Goed. Dan bel ik je zo terug.'

Hij hing op en wreef in zijn ogen. Christus! Er moest een manier zijn om zich hier uit te redden. Hij had zich gisteren door Bernard op stang laten jagen. Fataal! Bernard had paniek in zijn stem bespeurd en zich teruggetrokken. Word wakker! Verzamel je troepen! Trek een plan! Bel hem terug en wees jezelf, de man met de hoogste omzet bij Pierce & Pierce! – Meester van het... de moed zonk hem in de schoenen. Hoe meer hij zichzelf aanspoorde, hoe nerveuzer hij werd. Hij keek op zijn horloge. Hij keek naar Felix. Felix kwam juist overeind van de schoen van de snelle jongen, Ahlstrom. Hij wenkte hem bij zich. Hij haalde zijn portemonnee uit zijn broekzak, ging zitten, stopte hem tussen zijn knieën om hem te verbergen, haalde er een biljet van vijf dollar uit, stopte het in een enveloppe, en stond op terwijl Felix naar hem toe kwam.

'Felix, hier zit vijf dollar in. Ga beneden even een *City Light* voor me halen, wil je? Het wisselgeld kun je houden.'

Felix keek hem aan en trok een raar glimlachje en zei: 'Ja, best, maar weet u, voorge keer heb ik lang moete wachte bij de kiosk, en de lif kwam maar nie, en ik was een hoop tijd kwijt. Tis vijfteg verdiepinge naar beneje. Kos m'een hoop tijd.' Hij verzette geen voet.

Het was godgeklaagd! Hij stond te beweren dat vijf dollar om een krant van 35 dollarcent te halen in zijn winstmarge als schoenpoetser hakte! Hij had het lef om hem af te zetten – ahaaa... dat was het. Een soort straatradar had hem ingegeven dat het contrabande was als hij de krant in een enveloppe moest verbergen. Het was smokkelen. Het was wanhoop, en wanhopige mensen betalen wel.

Nauwelijks in staat om zijn woede te bedwingen diepte Sherman nog een biljet van vijf dollar op uit zijn zak en stak het de zwarte toe, die het aannam en hem een uitermate verveelde blik toewierp en met de enveloppe op weg ging.

Hij draaide Parijs weer.

'Bernard?'

'Ja?'

'Sherman. Ik ben er nog steeds mee bezig. Geef me nog een kwartier of twintig minuten.'

Een moment stilte. 'Nou goed.'

Sherman hing op en keek naar het grote achterraam. De silhouetten hupten en schokten in krankzinnige patronen. Als hij bereid was omhoog te gaan tot vijfennegentig... De zwarte was in een mum terug. Hij gaf hem de enveloppe zonder een woord of een blik waaruit iets viel op te maken.

De enveloppe stond bol van het sensatieblad. Het leek net of er iets levends in zat. Hij legde hem onder zijn bureau, waar het ding lag te grommen en klauwen.

Als hij er een deel van zijn eigen winst in stak... Hij begon de cijfers op een stuk papier te noteren. Die getallen – nietszeggend! Ze hingen totaal in de lucht! Hij kon zijn ademhaling horen. Hij raapte de enveloppe op en ging op weg naar het herentoilet.

In het hokje deed Sherman de enveloppe open en haalde de krant eruit, terwijl de pantalon van zijn Saville Row pak van tweeduizend dollar de kale wc-bril sierde en hij zijn New & Lingwood half brogues met neuskapjes hield opgetrokken tegen de porseleinen pot. Elke ritseling van het papier klonk als een beschuldiging. De voorpagina... VERKIEZINGSSCHANDAAL IN CHINA-TOWN... van geen enkel belang... Hij vouwde hem open... pagina 2... pagina 3... een foto van een Chinese restauranteigenaar... het stond onderaan de pagina:

GEHEIME UITDRAAI
AANRIJDING IN BRONX

Boven de kop stond in kleinere witte letters op een zwarte balk: *Nieuwe sensatie in zaak Lamb*. Onder de kop stond op een tweede zwarte balk: *Een exclusief verslag van THE CITY LIGHT*. Het was weer een stuk van die Peter Fallow:

Met de verklaring: 'Ik ben het getraineer zat,' verschafte een bron binnen de Dienst Motorvoertuigen *The City Light* gisteren een computeruitdraai waarin het aantal voertuigen dat betrokken geweest kan zijn bij het ongeluk waarbij de veelbelovende scholier uit de Bronx Henry Lamb ongeneeslijk letsel opliep, wordt teruggebracht tot 124.

De tipgever, die al vaker met de politie heeft samengewerkt in dergelijke zaken, zei: 'Het kost maar een paar dagen om 124 voertuigen na te trekken. Maar dan moeten ze er eerst de mankracht voor over hebben. Als het slachtoffer uit de projecten komt is dat niet altijd het geval.'

Henry Lamb, die met zijn moeder, die weduwe is, in de Edgar Allan Poe Towers woont, een sociaal huisvestingsproject in de Bronx, ligt in een naar alle waarschijnlijkheid fataal coma. Voordat hij het bewustzijn verloor, kon hij zijn moeder de eerste letter – R – alsmede vijf mogelijkheden voor de tweede letter – E, F, B, R, P – geven van het kenteken van de luxe Mercedes-Benz die hem op Bruckner Boulevard aanreed en er vervolgens met hoge snelheid vandoor ging.

Politie en justitie in de Bronx hebben tegengeworpen dat bijna vijfhonderd Mercedes-Benzen die in de staat New York geregistreerd staan kentekens hebben die beginnen met die letters, te veel om een systematisch auto-onderzoek te rechtvaardigen in een zaak waarbij de enige getuige, Lamb zelf, wellicht nooit meer bij bewustzijn zal komen.

De bron van *The City Light* bij de DMV zei echter: 'Het klopt dat er 500 mogelijkheden zijn, maar slechts 124 voor de hand liggende. De plek waar deze jongeman is aangereden, Bruckner Boulevard, staat niet bepaald te boek als een toeristische trekpleister. Het lijkt aannemelijk dat de auto van iemand uit New York City of uit Westchester is. Als je van die veronderstelling uitgaat – en dat heb ik de politie bij andere zaken al vaker zien doen – dan brengt dat het aantal terug tot 124.'

Die onthulling was voor een zwarte leider, dominee Reginald Bacon, het sein om opnieuw te eisen dat er een diepgaand onderzoek naar het voorval wordt ingesteld.

'Als de politie en de officier van justitie het niet doen, doen we het zelf,' zei hij. 'De gevestigde macht laat toe dat het leven van deze briljante jongeman kapot wordt gemaakt en staat er gewoon bij te geeuwen. Maar we zullen het niet nemen. We hebben die uitdraai nu, en als het moet zullen we die auto's zelf natrekken.'

Shermans hart klopte in zijn keel.

De buurt in de South Bronx waar Lamb woont is naar verluid 'in het geweer gekomen' en 'ziedend van woede' om de manier waarop zijn verwondingen zijn behandeld en de vermeende onwil van de autoriteiten om de zaak aan te pakken.

Een woordvoerder van de Dienst Volksgezondheid zei dat er een 'intern onderzoek' op stapel stond. Bij de politie en het parket van de officier van justitie in de Bronx, Abe Weiss, verklaarde men dat het onderzoek 'nog gaande' was. Men weigerde commentaar te geven op de uitdraai waarin het aantal auto's is gereduceerd, maar een woordvoerster van de DMV, Ruth Berkowitz, zei met betrekking tot het materiaal dat door *The City Light* was verzameld: 'Het onbevoegd vrijgeven van eigendomsgegevens in een gevoelige zaak als deze is een ernstige en bijzonder onverantwoorde schending van onze voorschriften.'

Dat was het. Sherman zat op de wc-bril te staren naar de kolom drukletters. De strop werd aangetrokken! Maar de politie besteedde er geen aandacht aan... Ja, maar stel dat die... die *Bacon*... en een stel ziedende zwarten die in het geweer waren gekomen de auto's zelf begonnen na te trekken... Hij probeerde het zich voor de geest te halen... Te grof om je voor te kunnen stellen... Hij keek op naar de beige-grijze deur van het toilethokje... De sluitveer van de deur naar de herentoiletten ging open. Toen ging er niet meer dan een paar hokjes van hem vandaan een deur open. Langzaam deed Sherman de krant dicht, vouwde hem dubbel en stak hem terug in de enveloppe. O zo langzaam kwam hij overeind van de wc-bril; o zo stilletjes opende hij de deur van het hokje; o zo steels glipte hij over de vloer van de herentoiletten, terwijl zijn hart hem vooruit vloog.

Terug op de obligatieafdeling pakte hij de telefoon. Moet Bernard opbellen. *Moet Maria opbellen.* Hij probeerde een zakelijk gezicht te trekken. Privégesprekken vanuit de obligatieafdeling van Pierce & Pierce werden met argusogen bekeken. Hij draaide haar appartement op Fifth Avenue. Een vrouw met een Spaans accent nam op. Mevrouw Ruskin niet thuis. Hij belde de schuilplaats, en draaide het nummer met grote zorg. Er werd niet opgenomen. Hij viel achterover in zijn stoel. Zijn ogen tuurden in de verte... de lichtzee, de maaiende silhouetten, het tumult...

Het geluid van iemand die met zijn vingers knipte boven zijn hoofd... Hij keek op. Het was Rawlie die met zijn vingers knipte.

'Wakker worden. Denken is hier niet toegestaan.'

'Ik was net... ' Hij deed geen moeite om zijn zin af te maken want Rawlie was alweer voorbij.

Hij zat ineengedoken over zijn bureau en keek naar de radiumgroene cijfers die gestaag over de monitors gleden.

Zomaar ineens besloot hij naar Freddy Button te gaan.

Wat moest hij zeggen tegen Muriel, de verkoopassistente? Hij zou zeggen dat hij naar Mel Troutman bij Polsek & Fragner ging, in verband met de uitgifte van Medicart Fleet... Dat zou hij tegen haar zeggen... en hij werd al misselijk bij de gedachte. Een van de stelregels van de Leeuw was: 'Met een leugen kun je iemand anders voor de gek houden, maar voor jou onthult hij de waarheid: dat je zwak bent.'

Hij wist Freddy Buttons telefoonnummer niet meer. Zo lang was het al geleden dat hij hem had opgebeld. Hij zocht het op in zijn adresboekje.

'Met Sherman McCoy. Ik zou graag de heer Button spreken.'

'Het spijt me, meneer McCoy, hij heeft net een cliënt. Kan hij u terugbellen?'

Sherman zweeg even. 'Zeg maar dat het dringend is.'

De secretaresse zweeg even. 'Een moment.'

Sherman zat ineengedoken aan zijn bureau. Hij keek naar zijn voeten... de enveloppe met de krant... Nee! Stel dat ze Freddy opriep over de intercom, en een andere advocaat, iemand die zijn vader kende, hoorde het... 'Sherman McCoy, dringend'...

'Pardon! Wacht even! Laat maar – bent u er nog?' Hij schreeuwde in de telefoon. Ze was weg.

Hij staarde naar de enveloppe. Hij krabbelde wat cijfers op een papier om er bedrijvig en zakelijk uit te zien. Het volgende dat hij hoorde was de altijd hoffelijke, altijd nasale stem van Freddy Button.

'Sherman. Hoe gaat het? Wat is er?'

Op weg naar buiten vertelde Sherman zijn leugen aan Muriel en voelde zich goedkoop, verdorven en zwak.

Zoals zoveel welgestelde oude protestantse families in Manhattan hadden de McCoys de zorg over hun privé-zaken en hun lichaam uitsluitend toevertrouwd aan andere protestanten. Tegenwoordig kostte dat nogal wat moeite. Protestantse tandartsen en accountants waren zeldzame wezens, en protestantse dokters waren ook niet gemakkelijk te vinden.

Protestantse advocaten waren er echter nog bij de vleet, op Wall Street tenminste wel, en Sherman was een cliënt geworden van Freddy Button zoals hij ook als kleine jongen bij de Knickerbocker Greys, de welpen, was gegaan. Zijn vader had het geregeld. Toen Sherman vierdejaars student was aan Yale University vond de Leeuw het tijd dat hij, als een ordentelijk en weloverwogen onderdeel van zijn groei naar volwassenheid, een testament opmaakte. Dus droeg hij hem over aan Freddy, die in die tijd een jonge, kersverse compagnon was bij Dunning Sponget. Sherman had zich nooit zorgen hoeven maken of Freddy een goeie advocaat was of niet. Hij was naar hem toe gegaan om zijn zaken op orde te houden: voor testamenten die hij had laten herzien toen hij met Judy trouwde en toen Campbell werd geboren, voor contracten toen hij het appartement op Park Avenue en het huis in Southampton kocht. Over de aankoop van het appartement had Sherman lang geaarzeld. Freddy wist dat hij $1,8 miljoen had geleend om het te kopen, en dat was meer dan hij tegenover zijn vader (formeel gezien Freddy's compagnon) wilde weten. Freddy was steeds discreet gebleven. Maar was er in een smerig zaakje als dit, met die schreeuwerige kranteverhalen, misschien een reden – een of andere procedure – een of andere gewoonte bij de firma – iets waardoor de zaak zou circuleren onder andere compagnons en de bejaarde Leeuw zelf ter ore zou komen?

Dunning Sponget & Leach hielden kantoor op vier verdiepingen van een wolkenkrabber in Wall Street, drie straten van Pierce & Pierce. Toen hij gebouwd werd was hij het nieuwste van het nieuwste in de Modern Style van de jaren twintig, maar nu had het gebouw de groezelige somberheid die typerend was voor Wall Street. Het kantoor van Dunning Sponget leek op dat van Pierce & Pierce. Ze hadden allebei moderne interieurs die betimmerd waren met achttiende-eeuwse Engelse lambrizering en voorzien van achttiende-eeuwse Engelse meubelen. Dit ging echter aan Sherman voorbij. Voor hem was alles aan Dunning Sponget zo eerbiedwaardig als zijn vader.

Tot zijn opluchting herkende de receptioniste noch hemzelf noch zijn naam. Uiteraard was de Leeuw tegenwoordig slechts een van de gerimpelde oude compagnons die de gangen elke dag een paar uur onveilig maakten. Sherman was juist in een leunstoel gaan zitten toen Freddy Buttons secretaresse, juffrouw Zilitsky, verscheen. Ze was zo'n vrouw die er betrouwbaar en rond de vijftig uitzag. Ze ging hem voor door een stille gang.

Freddy, lang, mager, elegant, charmant en druk rokend, stond bij de deur van zijn kantoor op hem te wachten.

'Hal-lo, Sherman!' Een pluim sigaretterook, een stralende glimlach, een warme handdruk, een charmant vertoon van vergenoegdheid bij het zien van Sherman McCoy. 'Nee maar, nee maar, hoe is het? Ga zitten. Heb je zin in koffie? Juffrouw Zilitsky!'

'Nee dank je. Ik niet.'

'Hoe gaat het met Judy?'

'Goed.'

'En Campbell?' Hij wist zich altijd Campbells naam te herinneren, en dat kon Sherman zelfs in zijn huidige toestand waarderen.

'O, die groeit als kool.'

'Ze zit nu toch op Taliaferro, nietwaar?'

'Ja. Hoe weet je dat? Heeft mijn vader dat verteld?'

'Nee, mijn dochter Sally. Die is er al twee jaar af. Ze vond het absoluut geweldig. Houdt alles goed bij. Ze zit nu op Brown.'

'Hoe bevalt het haar daar?' Jezus Christus, waarom doe ik de moeite nog om dat te vragen? Maar hij wist wel waarom. Je werd gewoon meegesleept door Freddy's gezwollen, nietszeggende stroomversnelling van charme. Je zei machteloos de geijkte frasen.

Het was een vergissing. Freddy stak meteen van wal met een anekdote over Brown University en gemengde studentenhuisvesting. Sherman deed geen moeite om te luisteren. Freddy's lange handen wapperden op in een loom, verwijfd gebaar om iets te onderstrepen. Hij had het altijd over families, zijn eigen familie, jouw familie, de familie van anderen, en hij was homoseksueel. Geen twijfel mogelijk. Freddy was rond de vijftig, één meter negentig of langer, tenger, slecht geproportioneerd maar elegant gekleed in de losse Engelse stijl. Zijn sluike blonde haar, dat nu zijn glans verloor in een opkomend tij van grijs, zat glad achterover naar de mode van de jaren dertig. Loom nestelde hij zich zonder een moment op te houden met praten en roken tegenover Sherman in zijn stoel aan de andere kant van het bureau. Hij nam een lange haal van zijn sigaret en liet de rook uit zijn mond kringelen en zoog hem door zijn neusgaten weer naar binnen in twee dikke zuilen. Dat stond ooit bekend als inhaleren op zijn Frans, en zo ook bij Freddy Button, de laatste der Grote Rokers. Hij blies rookkringen. Hij inhaleerde op zijn Frans en blies grote kringen rook en vervolgens kleintjes door de grote heen. Van tijd tot tijd hield hij zijn sigaret niet tussen wijs- en middelvinger maar rechtop als een kaars tussen duim en wijsvinger. Hoe kwam het dat homoseksuelen zoveel rookten? Misschien omdat ze een zekere doodsdrift hadden. Maar met het woord *doodsdrift* was de grens van Shermans vertrouwdheid met het psychoanalytisch gedachtengoed bereikt, en dus begonnen zijn ogen rond te dwalen. Freddy's kantoor was *gedaan* zoals Judy het ook had over appartementen *doen*. Het leek wel iets uit een van die walgelijke tijdschriften... donkerrood fluweel, ossebloed leer, gevlamd hout, koperen en zilveren bibelots... Plotseling ergerde Freddy hem mateloos met zijn charme en zijn smaak.

Freddy moest zijn ergernis hebben aangevoeld, want hij brak zijn verhaal af en zei: 'Maar kom – je zei dat er iets gebeurd was met jou en je auto.'

'Jammer genoeg kun je het lezen, Freddy.' Sherman opende zijn attachékoffertje en pakte de enveloppe van Pierce & Pierce en haalde het exemplaar van *The City Light* eruit en vouwde hem open op pagina drie en reikte hem aan over het bureau. 'Het stuk onderaan de pagina.'

Freddy nam de krant aan met zijn linkerhand, en met zijn rechter doofde hij de sigaret in een Lalique asbak met een sculptuur van een leeuwekop op de rand. Hij pakte een witzijden pochet die nonchalant en weelderig uit het borstzakje van zijn colbert naar boven stak en haalde een bril met een hoornen montuur te voorschijn. Toen legde hij de krant neer en zette met beide handen zijn bril op. Uit zijn binnenzak haalde hij een sigarettenkoker van zilver en ivoor, opende die en trok een sigaret vanonder een zilveren klemmetje. Hij tikte ermee op de buitenkant van de koker, stak hem aan met een smalle geribbelde zilveren aansteker, pakte toen de krant en begon te lezen, ofwel te lezen en te roken. Met zijn ogen gericht op de krant bracht hij de sigaret naar zijn mond in de kaarsgreep tussen zijn duim en wijsvinger, nam een diepe haal, draaide met zijn vingers en – bingo! – de sigaret dook op tussen de knokkels van zijn wijs- en middelvinger. Sherman was stomverbaasd. Hoe had hij dat geleverd? Toen werd hij furieus. Hij gaat de tabacacrobaat spelen – *midden in mijn crisis!*

Freddy las het artikel uit en legde de sigaret zorgvuldig in de Lalique asbak, deed zijn bril af en stopte hem weer terug onder de glanzende zijden pochet en pakte de sigaret weer op en nam weer een lange haal.

Sherman spuwde de woorden uit: 'Dat is mijn auto waarover je net hebt zitten lezen.'

Freddy schrok van de woede in zijn stem. Behoedzaam, alsof hij op eieren liep, zei hij: 'Heb je een Mercedes met een kenteken dat begint met een R? R en nog wat?'

'Precies,' siste hij.

Freddy, beduusd: 'Eh... vertel me maar wat er gebeurd is.'

Pas toen Freddy dat zei, besefte Sherman dat... hij ernaar snakte! Hij snakte ernaar om het op te biechten bij iemand! Wie dan ook! Zelfs deze nicotine-*Turnvereiner*, deze homoseksuele fat die een compagnon was van zijn vader! Hij had Freddy nog nooit met zo'n heldere blik bekeken. Hij kon hem *zien*. Freddy was het soort plooibare tovermiddel naar wiens kantoor een Wall Street-firma van het kaliber van Dunning Sponget al de weduwen en erfgenamen afschoof die, zoals Sherman zelf, verondersteld werden meer geld dan problemen te hebben. Maar hij was de enige biechtvader waarover hij kon beschikken.

'Ik heb een vriendin die Maria Ruskin heet,' zei hij. 'Ze is getrouwd met een zekere Arthur Ruskin die een smak geld heeft verdiend met God mag weten wat.'

'Ik heb wel van hem gehoord,' zei Freddy met een hoofdknikje.

'Ik – ' Sherman stopte. Hij wist niet precies hoe hij het moest formuleren. 'Ik zie mevrouw Ruskin nogal regelmatig.' Hij trok zijn lippen samen en staarde Freddy aan. De onuitgesproken boodschap was: 'Ja, precies, het geijkte geval van verdorven, goedkope wellust.'

Freddy knikte.

Sherman weifelde opnieuw en stortte zich toen in de bijzonderheden van de autorit naar de Bronx. Hij keek onderzoekend naar Freddy's gezicht of hij tekens van afkeuring of – nog erger! – plezier kon bemerken. Hij kon niets anders bespeuren dan een vriendelijke bezorgdheid doorspekt met rook-kringeltjes. Sherman voelde echter geen afkeer meer van hem. Wat een op-luchting! Het verderfelijke gif gutste eruit! Mijn biechtvader!

Terwijl hij zijn relaas deed werd hij zich bewust van iets nieuws: een irratio-nele vreugde. Hij was de hoofdfiguur in een opwindend verhaal. Eens te meer was hij trots – die dwaze trots! – dat hij in de jungle had gevochten en gewonnen. Hij stond op de bühne. Hij was de ster! Freddy's gezicht was van vriendelijke bezorgdheid overgegaan… in vervoering…

'En hier ben ik dan,' zei Sherman ten slotte. 'Ik heb geen idee wat ik moet doen. Ik wou dat ik direct nadat het gebeurd was naar de politie was gegaan.'

Freddy leunde achterover in zijn stoel en keek de andere kant op en trok aan zijn sigaret en wendde zich weer tot Sherman met een geruststellende glimlach.

'Tja, uit wat je me verteld hebt maak ik op dat je niet verantwoordelijk bent voor het letsel dat de jongeman heeft opgelopen.' Terwijl hij sprak kwamen er vage pufjes geïnhaleerde rook uit zijn mond. Dat had Sherman in geen jaren meer iemand zien doen. 'Als eigenaar van het voertuig heb je misschien enige verplichting om het voorval aan te geven, en dan is er misschien nog de kwestie van het verlaten van de plaats van het ongeval. Ik zou het statuut erop na moeten slaan. Ik neem aan dat ze een aanklacht wegens geweldpleging kunnen uitwerken omdat je die band hebt gegooid, maar ik denk niet dat die staande valt te houden, want je had duidelijk reden om te veronderstellen dat je leven in gevaar was. Dit is in feite niet zo'n ongebruikelijke situatie als je misschien zou denken. Ken je Clinton Danforth?'

'Nee.'

'Hij is president-directeur van Danco. Ik heb hem vertegenwoordigd in een geding tegen de Triple A. De Automobile Club of New York was de eigen-lijke rechtspersoon, geloof ik. Hij en zijn vrouw – heb je Clinton ooit gezien?' *Gezien?* 'Nee.'

'Erg gedistingeerd. Ziet eruit als zo'n kapitalist die de cartoonisten vroeger tekenden, met zo'n hoge zijden hoed. Maar goed, op een avond reden Clin-ton en zijn vrouw naar huis' – Nu stak hij een verhaal af over de keer dat die illustere cliënt van hem autopech kreeg bij Ozone Park in Queens. Sherman zifte de woorden op zoek naar een goudklompje hoop. Toen drong het tot hem door dat dit alleen maar Freddy's charmereflex was die ingeschakeld stond. De essentie van de sociale charmeur was om een verhaal klaar te hebben voor elke gelegenheid, bij voorkeur met Dikke Namen erin. In een kwart eeuw als jurist was dit waarschijnlijk de enige zaak die Freddy ooit bij de hand had gehad waar de straten van New York zelfs maar bij te pas kwamen.

'... een zwarte met een politiehond aan de lijn – '

'Freddy.' Sherman siste weer. 'Je dikke vriend Danforth interesseert me geen barst.'

'Wat?' zei Freddy, beduusd en geschokt.

'Ik heb er geen tijd voor. Ik zit met een probleem.'

'O, luister. Neem me niet kwalijk. Alsjeblieft.' Freddy praatte zachtjes, bedachtzaam; droevig ook, zoals je tegen een gek praatte die over zijn toeren dreigde te raken. 'Heus, ik probeerde je alleen duidelijk te maken – '

'Laat dat duidelijk maken maar zitten. Doe die sigaret uit en zeg me wat je er van vindt.'

Zonder zijn ogen van Shermans gezicht te halen doofde Freddy de sigaret in de Lalique asbak. 'Nou goed, ik zal je precies vertellen wat ik er van denk.'

'Ik wil niet bot zijn, Freddy, maar God allemachtig.'

'Dat weet ik, Sherman.'

'Rook alsjeblieft als je wilt, maar laten we niet afdwalen.'

De handen fladderden op om aan te geven dat roken niet belangrijk was.

'Nou goed,' zei Freddy, 'ik zie het zo. Ik denk dat je vrijuit gaat voor wat betreft het belangrijkste aspect, dat van het persoonlijk letsel. Het is niet helemaal ondenkbaar dat je het risico loopt vervolgd te worden wegens een misdrijf omdat je de plaats van het ongeluk hebt verlaten en verzuimd hebt de politie in kennis te stellen. Zoals ik al zei, dat zal ik uitzoeken. Maar ik denk niet dat dat zo'n ernstig probleem is, aangenomen dat we de gebeurtenissen kunnen vaststellen zoals jij ze hebt geschetst.'

'Hoe bedoel je, "vaststellen"?'

'Tja, waar ik me ongerust over maak is dat de inhoud van dit kranteartikel zo ver bezijden de feiten is zoals jij me die hebt verteld.'

'O, dat weet ik!' zei Sherman. 'Er wordt niet over die ander gerept – die andere kerel, degene die eerst op me af kwam. Er staat geen woord over de wegversperring of zelfs maar de oprit. Ze schrijven dat het gebeurd is op Bruckner Boulevard. Het is niet gebeurd op Bruckner Boulevard of wat voor boulevard dan ook. Ze doen het voorkomen alsof die jongen, die... *veelbelovende* scholier... die zwarte heilige... zich op straat met zijn eigen zaken liep te bemoeien, en er komt een of andere blanke racist aan in een "luxe auto" die hem schept en gewoon doorrijdt. Het is je reinste waanzin! Ze noemen het steeds maar een "luxe auto", terwijl het een gewone Mercedes is. Christus, een Mercedes is tegenwoordig wat een Buick vroeger was.'

Freddy's opgetrokken wenkbrauwen zeiden: 'Niet precies.' Maar Sherman ging verder.

'Ik wil je wat vragen, Freddy. Het feit dat' – hij wou 'Maria Ruskin' gaan zeggen maar wilde er niet al te happig op lijken om de schuld af te schuiven – 'het feit dat ik niet achter het stuur zat toen de jongen geraakt werd, ga ik daardoor juridisch gezien vrijuit?'

'Voor wat betreft het letsel van de jongeman zou ik denken van wel. Nogmaals, ik zou de statuten erop na moeten kijken. Maar ik wil je iets vragen. Wat is je vriendin mevrouw Ruskins versie van het gebeurde?'

'Haar versie?'

'Ja. Hoe zegt zij dat die jongen geraakt werd? Zegt ze dat zij achter het stuur zat?'

'Zegt ze dat ze achter het stuur zat? Ze *zat* achter het stuur.'

'Ja, maar laten we eens veronderstellen dat ze de mogelijkheid ziet dat ze vervolgd kan worden wegens een misdrijf als ze zegt dat ze achter het stuur zat.'

Sherman was een ogenblik sprakeloos. 'Nou, ik kan me niet voorstellen dat ze zou... ' *Liegen* was het woord dat hij wilde zeggen maar niet uitsprak, omdat het zijn voorstellingsvermogen eigenlijk niet helemaal te boven ging. Hij was geschokt door het idee. 'Eh... het enige wat ik ervan kan zeggen is dat ze telkens wanneer we het erover hebben gehad hetzelfde heeft gezegd. Ze heeft steeds het zinnetje gebruikt: "Ik ben immers degene die achter het stuur zat." Vlak nadat het gebeurd was, toen ik voor het eerst voorstelde om naar de politie te gaan, zei ze dat ook. "Ik ben degene die achter het stuur zat. Dus ik ben degene die moet beslissen." Ik bedoel, ik neem aan dat er van alles kan gebeuren, maar... God allemachtig.'

'Ik probeer geen twijfel te zaaien, Sherman. Ik wil er alleen voor zorgen dat je beseft dat zij wellicht de enige is die jouw versie van deze zaak kan onderschrijven – en dat met enig risico voor zichzelf.'

Sherman zakte terug in zijn stoel. De wulpse strijdster die aan zijn zijde had gevochten in de jungle en daarna glanzend de liefde met hem had bedreven op de vloer...

'Dus als ik nu naar de politie ga,' zei hij, 'en ik vertel wat er gebeurd is, en ze bevestigt mijn verklaring niet, dan ben ik slechter af dan nu.'

'Die mogelijkheid bestaat. Kijk eens, ik wil niet zeggen dat ze je verklaring niet zal bevestigen. Ik wil alleen dat je beseft... hoe je er voor staat.'

'Wat vind je dat ik zou moeten doen, Freddy?'

'Met wie heb je hierover gesproken?'

'Met niemand. Alleen met jou.'

'En Judy dan?'

'Nee. Met Judy vooral niet, om je de waarheid te zeggen.'

'Nou, voorlopig moet je er met niemand over praten, waarschijnlijk zelfs niet met Judy, tenzij je niet anders kunt. Zelfs dan nog moet je haar doordringen van de noodzaak om er met geen woord over te reppen. Je zou er van versteld staan hoe dingen die je zegt kunnen worden opgepakt en tegen je gebruikt als iemand daar op uit is. Ik heb dat al te vaak zien gebeuren.'

Sherman had daar zijn twijfels over, maar hij knikte slechts.

'Als je het goed vindt, ga ik deze zaak ondertussen bespreken met een andere advocaat die ik ken, een jongen die de hele tijd op dit gebied werkt.'

'Niet iemand hier bij Dunning Sponget – '

'Nee.'

'Want ik zou het knap vervelend vinden als dit zaakje hier verdomme in de gangen rondgebazuind wordt.'

'Maak je geen zorgen, het is een totaal andere firma.'

'Wat voor firma dan?'

'Hij heet Dershkin, Bellavita, Fischbein & Schlossel.'

De stortvloed van lettergrepen was als een kwalijke geur.

'Wat voor soort firma is dat?'

'O, ze hebben een algemene praktijk, maar ze staan het meest bekend om hun werk op het gebied van strafrecht.'

'Strafrecht?'

Freddy glimlachte flauw. 'Maak je geen zorgen. Strafpleiters helpen ook mensen die niet crimineel zijn. We hebben al meer gebruik gemaakt van deze jongen. Hij heet Thomas Killian. Hij is erg gewiekst. Hij is ongeveer van jouw leeftijd. Hij heeft op Yale gezeten, trouwens, of hij heeft daar in elk geval op de rechtenfaculteit gezeten. Hij is de enige Ier die ooit aan de rechtenfaculteit van Yale is afgestudeerd, en hij is de enige afgestudeerde van de rechtenfaculteit van Yale die ooit in het strafrecht gegaan is. Ik zit te overdrijven, uiteraard.'

Sherman zakte weer terug in zijn stoel en trachtte de term *strafrecht* te laten bezinken. Nu hij zag dat hij weer De Advocaat was die het voor het zeggen had, pakte Freddy de koker van zilver en ivoor, peuterde omzichtig een Senior Service van onder het zilveren klemmetje, tikte ermee, stak hem op en inhaleerde met grote voldoening.

'Ik wil eens zien wat hij er van denkt,' zei Freddy, 'vooral omdat uit dit kranteartikel valt af te leiden dat de zaak een politieke bijklank begint te krijgen. Daar kan Tommy Killian ons een veel betere analyse van geven dan ik.'

'Dershkin, nog wat & Schloffel?'

'Dershkin, Bellavita, Fishbein & Schlossel,' zei Freddy. 'Drie joden en een Italiaan, en Tommy Killian is een Ier. Ik zal je eens wat vertellen, Sherman. De advocatuur in New York is erg gespecialiseerd geworden. Het is net alsof er een heleboel ... *clannetjes* ... van *trollen* zijn ... Ik zal je een voorbeeld geven. Als ik vervolgd zou worden in een zaak van onachtzaamheid in het verkeer zou ik me niet laten vertegenwoordigen door iemand van Dunning Sponget. Ik zou naar zo'n kantoor aan het begin van Broadway gaan, naar een van die advocaten die niets anders doen. Ze zitten absoluut op de onderste trede van de juridische ladder. Het zijn allemaal Bellavita's en Schlossels. Ze zijn grof, onbehouwen, smerig, onsmakelijk – je kunt je niet eens voorstellen wat voor mensen het zijn. Maar daar zou ik naar toe gaan. Ze kennen al de rechters, al de griffiers, al de andere advocaten – ze weten hoe ze iets moeten regelen. Als iemand met de naam Bradshaw of Farnsworth van Dunning Sponget & Leach zou komen opdagen zouden ze hem met de nek aankijken. Ze zouden hem saboteren. Zo is het ook met het strafrecht. Strafpleiters zijn ook niet bepaald de *bout en train*, maar in sommige gevallen moet je gebruik van ze maken. In de gegeven situatie is Tommy Killian een hele goeie keus.'

'Jezus Christus,' zei Sherman. Van alles wat Freddy gezegd had was alleen het woord *strafrecht* blijven hangen.

'Kijk niet zo somber, Sherman!'

Strafrecht.

Toen hij terugkeerde op de obligatieafdeling bij Pierce & Pierce wierp de verkoopassistente Muriel hem een nurkse blik toe.

'Waar heb je gezeten, Sherman? Ik heb je de hele tijd proberen te bereiken.'

'Ik was – ' Hij begon zijn leugen te herhalen, met verbeteringen erin, maar aan haar gezicht kon hij al zien dat het de zaak er alleen maar erger op zou maken. 'Nou goed, wat is er mis?'

'Er kwam een uitgifte binnen toen je net weg was, 200 miljoen Fidelity Mutuals. Dus heb ik Polsek & Fragner gebeld, maar daar was je niet, en ze zeiden dat ze je niet eens verwachtten. Arnold is niet blij, Sherman. Hij wil je spreken.'

'Ik ga naar hem toe.' Hij draaide zich om en begon naar het bureau te lopen.

'Wacht even,' zei Muriel. 'Die kerel in Parijs heeft ook nog geprobeerd om je te pakken te krijgen. Hij heeft een keer of vier gebeld. Meneer Levy. Zei dat je beloofd had om hem terug te bellen. Zei dat ik moest doorgeven dat het drieënnegentig blijft. "Definitief," zei hij. Hij zei dat je wel zou begrijpen wat hij bedoelde.'

13

De fluorescerende paling

Kramer en de twee rechercheurs Martin en Goldberg arriveerden om ongeveer kwart over vier bij de Edgar Allan Poe Towers in een gewone Dodge. De
demonstratie was gepland om vijf uur. Het complex was ontworpen in het
Groene Gras tijdperk van krottenafbraak. Het was de bedoeling geweest om
torenflats te bouwen in een grazig landschap waar de jeugd kon ravotten en
de ouden van dagen aan kronkelende wandelpaden tussen de schaduwbomen konden zitten. De realiteit was dat de ravottende jeugd de jonge aan-
plant van de schaduwbomen in de eerste maand brak, omhakte of ontwortel-
de, en elke bejaarde die zo gek was om langs de kronkelende paden te gaan
zitten kon rekenen op een soortgelijke behandeling. Het complex bestond
nu uit een stel kolossale gore bakstenen torens die neergezet waren op een
plaat van as en aangestampte klei. Nu de groene houten latten al sinds lang
verdwenen waren zagen de betonnen steunen van de banken er uit als oude
ruïnes. De eb en vloed van de binnenstad die werd veroorzaakt door het getij
van de menselijke arbeid bracht geen enkele rimpeling teweeg bij de Edgar
Allan Poe Towers, waar de werkeloosheid tenminste vijfenzeventig procent
bedroeg. Om kwart over vier was het er niet drukker dan op het middaguur.
Kramer kon geen ziel bespeuren, behalve een groepje tienerjongens dat zich
langs de graffiti onderaan de gebouwen voorthaastte. De graffiti zagen er
sfeerloos uit. De gore baksteen met al zijn cementgeulen had zelfs op de
jonge spuitbusboeven nog een deprimerende werking.

Martin minderde vaart tot een slakkegang. Ze zaten op de hoofdweg voor
gebouw A, waar de demonstratie zou worden gehouden. De straat was leeg
op een slungelige tiener na die ergens midden op de weg aan het wiel van een
auto bezig was. De auto, een rode Ford Camaro, stond vooruit ingeparkeerd
met zijn neus tegen de stoeprand. De achterkant stak uit over de straat. De
jongen droeg een zwarte spijkerbroek, een zwart t-shirt en gestreepte sneakers. Hij zat op zijn hurken met een moersleutel in zijn handen.

Martin bracht de auto amper drie meter van hem vandaan tot stilstand en
zette de motor af. De jongen, die nog steeds op zijn hurken zat, staarde naar
de Dodge. Martin en Goldberg zaten voorin en Kramer zat op de achterbank.
Martin en Goldberg bleven recht vooruit zitten kijken. Kramer had geen idee

wat ze van plan waren. Toen stapte Martin uit. Hij droeg een bruin windjack, een poloshirt en een grijze broek die er nogal goedkoop uitzag. Hij liep op de jongen af, boog zich over hem heen en zei: 'Wah ben j'an 't doen?' En het kwam er bepaald niet vriendelijk uit.

Verbluft zei de jongen: 'Niks. Een wieldop aan 't vastzetten.'

'Een *wieldop* aan het vastzetten?' vroeg Martin op een toon die doordrenkt was van insinuatie.

'Jaaaaah… '

'Parkeer je verdomme altijd zo middenop straat?'

De jongen stond op. Hij was ruim over de één tachtig. Hij had gespierde armen en stevige handen waarvan er een de moersleutel vast hield. Met zijn mond open staarde hij op Martin neer, die er plotseling uit zag als een dwerg. Martins smalle schouders leken niet eens te bestaan onder het windjack. Hij droeg geen insigne of politiepenning. Kramer kon zijn ogen niet geloven. Hier zaten ze in de South Bronx, een half uur voor een demonstratie tegen de misstanden van de Blanke Klassejustitie, en Martin gooit een zwarte jongen die twee keer zo groot is als hij en een moersleutel in zijn handen heeft de handschoen toe.

Martin hield zijn hoofd scheef en staarde de jongen in het ongelovige gezicht zonder zelfs maar te knipperen. De jongen vond het blijkbaar ook bijzonder gek, want hij verzette geen voet en zei geen woord. Nu wierp hij een snelle blik op de Dodge en bleek hij in het grote pafferige gezicht van Goldberg, met zijn spleten van ogen en zijn zwarte hangsnor, te kijken. Toen keek hij Martin weer aan en zette een dapper, kwaad gezicht.

'Ben maar een wieldop aan 't vastzetten, kanjer. Waar bemoei je je mee?'

Voordat hij bij het laatste woord was liep hij al van Martin weg met wat door moest gaan voor een slentergangetje. Hij deed het portier van de Camaro open en gooide de sleutel op de achterbank en slenterde naar de bestuurdersplaats, stapte in, startte de auto, manoeuvreerde hem de parkeerplek uit en reed ervandoor. De Camaro maakte een diep brullend geluid. Martin liep terug naar de Dodge en ging achter het stuur zitten.

'Ik zal je voordragen voor een onderscheiding buurtcontacten, Marty,' zei Goldberg.

'Die knaap mag blij wezen dat ik z'n gegevens niet heb opgevraagd,' zei Martin. 'Dit is verdomme trouwens de enige parkeerplek in de hele straat.'

En ze vragen zich nog af waarom de mensen in het getto de pest aan ze hebben, dacht Kramer. Toch stond hij op dat moment versteld… *versteld!* Hijzelf, Kramer, was groot genoeg om het tegen de jongen met de sleutel op te nemen, en het was niet ondenkbaar dat hij hem ook zou hebben verslagen. Maar dat zou dan ook *zijn enige keus* zijn geweest. Als hij op de jongen was afgestapt zou het meteen op vechten zijn uitgedraaid. Maar Martin wist van het begin af aan dat dat niet zou gebeuren. Hij wist dat iets in zijn ogen de jongen zou vertellen dat deze te maken had met een Ierse Smeris Die Niet Inbindt. Het kon natuurlijk geen kwaad om Goldberg daar te hebben zitten als de Oer-Gemene Gluiperd en het kon geen kwaad om een 38 mm onder je jas te hebben. Niettemin wist Kramer dat hij niet gekund had wat die ongehoorde kleine vedergewichtkampioen van zijn ras had gepresteerd, en voor de vijfhonderdste keer in zijn carrière als hulpofficier van justitie in de Bronx bracht hij een zwijgend eerbetoon aan die hoogst mysterieuze en fel-begeerde mannelijke eigenschap, Ierse stoerheid.

Martin parkeerde de Dodge op de plek die de jongen had vrijgemaakt, en ze gingen met z'n drieën zitten wachten.

'Bullshit regeert,' zei Martin.

'Hé, Marty,' zei Kramer, die trots was dat hij zijn voorbeeld met de voor-naam kon aanspreken, 'zijn jullie erachter gekomen wie die uitdraai gegeven heeft aan *The City Light*?'

Zonder zich om te draaien zei Martin: 'Een fan de *broeders*', in een Ierse imitatie van een negeraccent. Hij draaide zijn hoofd een beetje en krulde zijn lippen om aan te geven dat je dat zo'n beetje kon verwachten en er niets aan te doen was.

'Ga je die 124 of weet ik hoeveel auto's allemaal natrekken?'

'Ja. Weiss zit de hoofdinspecteur al de hele dag op z'n nek.'

'Hoe lang gaat 't duren?'

'Een dag of drie, vier. Hij heeft er zes man aan gezet. Bullshit regeert.'

Goldberg draaide zich om en zei tegen Kramer: 'Wat heeft die Weiss? Ge-looft-ie die shit in de kranten nou echt of zo?'

'Dat is 't enige wat-ie gelooft,' zei Kramer. 'En van alles waar een luchtje van discriminatie aanzit gaat-ie over de rooie. Zoals ik al zei, hij wil herkozen worden.'

'Ja, maar waar haalt-ie 't idee vandaan dat we getuigen zullen vinden bij deze demonstratie, wat toch *pure* bullshit is?'

'Ik weet 't niet. Maar dat zei-ie tegen Bernie.'

Goldberg schudde zijn hoofd. 'We weten verdomme niet eens precies waar 't gebeurd is. Besef je dat wel? Marty en ik zijn Bruckner Boulevard hele-maal afgereden en ik mag een boon wezen als we kunnen vaststellen waar 't gebeurd is. Dat is een van de dingen die die knaap z'n moeder heeft vergeten te vertellen toen-ie met dat klote kenteken op de proppen kwam, waar 't verdomme gebeurd moet weze.'

'Trouwens,' zei Kramer, 'hoe zou zo'n knaap uit het Poe-project nou kun-nen weten hoe een Mercedes eruit ziet?'

'O, dat weten ze wel,' zei Martin, zonder zich om te draaien. 'De pooiers en mafiabazen rijden allemaal Mercedes.'

'Ja,' zei Goldberg. 'Naar een Cadillac kijken ze niet meer om. Je ziet die knapen rondlopen met van die dingen, van die sterren van de motorkap om hun nek.'

'Als zo'n knaap van hier een lulverhaal ophangt over een auto,' zei Martin, 'dan is een Mercedes 't eerste waar hij aan denkt. Dat weet Bernie ook wel.'

'Nou, Weiss zit Bernie ook al de hele tijd op z'n nek,' zei Kramer. Hij keek nog eens rond. Het was zo stil bij het reusachtige complex dat het luguber was. 'Weet je zeker dat we hier goed zitten, Marty? D'r is geen mens hier.'

'Maak je geen zorgen,' zei Martin. 'Ze komen wel. Bullshit regeert.'

Even later reed er een bronskleurig personenbusje de straat in en stopte voor hen. Een man of twaalf stapte uit. Ze waren allemaal zwart. De meeste van hen droegen blauwe werkhemden en denim broeken. Ze moesten in de twintig of voor in de dertig zijn. Een van hen viel op door zijn lengte. Hij had een hoekig profiel en een grote adamsappel en droeg een gouden ring in een van zijn oren. Hij zei iets tegen de anderen, en ze begonnen einden hout uit het busje te halen. Dat bleken de stokken te zijn voor de borden. Ze legden de borden op een stapel op het trottoir. De helft van de mannen ging tegen het busje staan leunen en begon te praten en sigaretten te roken.

'Ik heb die lange klootzak eerder gezien,' zei Martin.

'Ik ook, geloof ik,' zei Goldberg. 'O, shit, da's waar ook. Hij is een van die klootzakken van Bacon, ze noemen 'm Buck. Hij was bij dat gedoe op Gun Hill Road.'

Martin ging rechtop zitten. 'Je hebt gelijk, Davey. Die klootzak is het.' Hij staarde naar de man aan de overkant van de straat. 'Wat zou ik graag... ' Hij sprak op dromerige toon. 'Alsjeblieft, klootzak, haal alsjeblieft één stommiteit uit, klootzak... Ik stap uit.'

Martin stapte de Dodge uit en ging met veel vertoon op het trottoir zijn arm- en schouderspieren laten rollen, als een profbokser die zich opwarmde. Toen stapte Goldberg uit. Dus stapte Kramer ook maar uit. De demonstranten aan de overkant van de straat begonnen hun kant uit te staren.

Nu kwam een van hen, een krachtig gebouwde jongeman in een blauw werkhemd en een spijkerbroek, met een koele Patser Pas de straat overgelopen en sprak Martin aan.

'Yo!' zei hij. 'Ben je van de tv?'

Martin stak zijn kin omlaag en schudde nee, heel langzaam, op een manier die een puur dreigement inhield.

De zwarte mat hem met zijn ogen en zei: 'Waar kom je dan vandaan, maat?'

'Gaat je geen moer an,' zei Martin.

De jongeman probeerde het met een kwaaie blik en toen met een glimlach, en met beide bereikte hij niets dan een gezicht vol Ierse verachting. Hij draaide zich om en liep terug de straat over en zei iets tegen de anderen, en de man die Buck heette staarde Martin aan. Martin staarde terug met een paar Shamrock laserstralen. Buck wendde zich af en verzamelde vier of vijf anderen om zich heen in een kringetje. Van tijd tot tijd wierpen ze steelse blikken op Martin.

Die zinderende patstelling duurde een paar minuten tot er een ander busje aankwam. Een aantal jonge blanken stapte uit, zeven mannen en drie vrouwen. Ze zagen eruit als studenten, op één vrouw na met lang grijsblond golvend haar.

'Yo, Buck!' riep ze luidkeels. Ze liep op de man met de gouden oorring af en strekte met een brede glimlach allebei haar handen uit. Hij greep haar handen, zij het niet al te enthousiast, en zei: 'Hé, hoe gaat-ie, Reva?' De vrouw trok hem naar zich toe en kuste hem eerst op de ene en vervolgens op de andere wang.

'O, krijg de klere,' zei Goldberg. 'De teef.'

'Ken je haar?' vroeg Kramer.

'Of ik haar ken. Dat is een teringcommuniste.'

Toen keerde de blanke vrouw, Reva, zich om en zei iets, en een blanke man en een blanke vrouw gingen terug naar de bus en sleepten er nog meer borden uit.

Nu arriveerde er een derde busje. Nog negen of tien blanken stapten uit, zowel mannen als vrouwen, de meesten van hen nog jong. Ze haalden een grote rol stof uit het busje en rolden hem uit. Het was een spandoek. Kramer kon de woorden ROZE VUIST AKTIEKOMITEE TEGEN RACISME onderscheiden.

'Wa's dat nou weer?' zei hij.

'Dat zijn de lesbo's en de homo's,' zei Goldberg.

'Wat doen die hier?'

'Die zijn er altijd bij. Houden zeker van frisse lucht. Ze maken er echt een feest van.'

'Maar wat is hun belang bij de zaak?'

'Weet ik veel. De solidariteit van de onderdrukten noemen ze het. Als één zo'n club figuranten nodig heeft komen ze opdraven.'

Nu hingen er dus zo'n twee dozijn blanke én één dozijn zwarte demonstranten rond die stonden te praten en borden en spandoeken verzamelden.

Nu kwam er een auto aan. Twee mannen stapten uit. Een van hen droeg twee fototoestellen aan riemen om zijn nek en een zadeltas met het logo THE CITY LIGHT in drukletters erop vastgeplakt. De andere was een lange man van in de dertig met een lange neus en blond haar dat vanuit een smalle kuif naar achteren golfde. De witte huid van zijn gezicht zat vol rode vlekken. Hij droeg een blauwe blazer van een ongebruikelijke en in Kramers ogen buitenlandse snit. Om onduidelijke reden slingerde hij plotseling naar links. Hij leek aan grote kwellingen ten prooi. Hij stond stokstijf op het trottoir, duwde een spiraalblok onder zijn linkerarm, sloot zijn ogen en drukte allebei zijn handen tegen zijn slapen, masseerde die geruime tijd, opende zijn ogen weer en knipperde en grimaste en keek overal om zich heen.

Martin begon te lachen. 'Moet je dat gezicht zien. Lijkt wel een broeiend vat roggemout. Die kerel heeft zo'n kater dat-ie in z'n prut staat te bloeden.'

Fallow slingerde weer naar links. Hij bleef naar bakboord overhellen. Er was iets ernstig mis met zijn evenwichtsorgaan. Deze was absoluut giftig, alsof zijn hersens gewikkeld waren in vezelige draden, zoals de draden van de vezels om een sinaasappel, en bij elke samentrekking van zijn hart trokken de draden strak en werd het gif zijn gestel ingeperst. Hij had wel meer barstende hoofdpijn gehad, maar dit was een *toxische* hoofdpijn, giftig bij het leven –

Waar bleven de massa's? Zaten ze verkeerd? Er waren zo te zien een handjevol zwarten en ongeveer twintig blanke studenten die maar wat stonden te niksen. Op een kolossaal spandoek stond ROZE VUIST. *Roze Vuist?* Hij was als de dood geweest voor het lawaai en het tumult, maar nu maakte hij zich zorgen om de stilte.

Vlak voor hem op het trottoir stond de lange zwarte met de oorring die hem en Vogel twee dagen geleden hiernaar toe gereden had. Vogel. Hij sloot zijn ogen. Vogel had hem de vorige avond bij wijze van eerbetoon (betaling?)

voor het artikel mee uit eten genomen naar Leicester's... Hij had een wodka Southside genomen... toen nog een... *De snuit van het beest! – oplaaiend in een radiumblauwe gloed!*... Tony Stalk en Caroline Heftshank kwamen bij hen zitten, en Fallow probeerde zich te verontschuldigen voor wat er met haar jonge vriend, de kunstenaar Chirazzi, gebeurd was, en Caroline glimlachte naar hem op een eigenaardige manier en zei dat hij zich daar geen zorgen over hoefde te maken, en hij nam nog een wodka Southside, en Caroline bleef maar Frascati drinken en heel idioot tegen Britt-Withers aankrijsen, en uiteindelijk kwam hij bij haar zitten, en ze deed de knopen van zijn overhemd los en trok zo hard aan zijn borsthaar dat hij vloekte, en toen waren Fallow en Caroline boven in het kantoor van Britt-Withers, waar Britt-Withers een bull-terrïer met waterogen aan een ketting had, en Caroline bleef Fallow maar aankijken met die eigenaardige glimlach van haar, en hij probeerde haar blouse los te knopen, en ze lachte hem uit en tikte hem minachtend tegen zijn billen, maar daarvan raakte hij door het dolle heen, en – *een rimpeling! – het beest roerde zich in de ijzige diepten!* – en ze wenkte hem met gekromde vinger, en hij wist dat ze de spot met hem dreef maar hij liep toch het kantoor door, en er was een machine – iets met een machine en een radiumblauwe gloed – *rondmaaiend! op weg naar de oppervlakte!* – een rubberachtige flap – hij kon het bijna zien – bijna! – en ze dreef de spot met hem, maar het kon hem niet schelen en ze bleef maar iets indrukken en de radiumblauwe gloed laaide op van ergens binnenin en er klonk een geknars en gepiep en ze bukte zich en raapte het op – ze toonde hem – hij kon het bijna zien – geen houden aan – *het dook op aan de oppervlakte en keek hem recht over zijn smerige snuit in de ogen* – en het was net een houtsnede die zich in een radiumaureool aftekende tegen een zwarte ondergrond en het beest bleef hem over zijn snuit aanstaren en hij wilde zijn ogen open doen om het weg te jagen maar dat lukte niet en de bull-terrïer begon te grommen en Caroline keek hem niet langer aan, zelfs niet om haar minachting te laten blijken en dus greep hij haar bij de schouder maar ze was plotseling een en al zakelijkheid, en de machine bleef knarsen en snorren en knarsen en snorren en radiumblauw oplaaien en toen had ze een stapel foto's in haar hand en ze rende de trap af naar het restaurant en hij bleef naar de ene kant omvallen en toen kwam er een verschrikkelijke gedachte bij hem op. Hij rende de trap af die steil naar beneden draaide en daardoor werd hij nog duizeliger. In de zaal van het restaurant zoveel brullende gezichten en kolkende tanden! – en Caroline Heftshank stond bij de bar en liet de foto zien aan Cecil Smallwood en Billy Cortez, en toen waren er overal foto's en hij maaide zich een weg door de tafels en de mensen die naar de foto's graai-den –

Hij opende zijn ogen en probeerde ze open te houden. De Bronx, de Bronx, hij was in de Bronx. Hij liep naar de man toe met de gouden oorring, Buck. Hij bleef overhellen naar bakboord. Hij voelde zich duizelig. Hij vroeg zich af of hij een beroerte had gekregen.

'Hallo,' zei hij tegen Buck. Het was vrolijk bedoeld, maar het kwam er als een kreun uit. Buck keek hem aan zonder een spoor van herkenning. Dus zei hij: 'Peter Fallow, van *The City Light*.'

'O, hé, hoe gaat-ie, broer.' De toon van de zwarte was vriendelijk maar niet enthousiast. De auteur van de briljante onthullingen in The City Light had gerekend op enthousiasme. De zwarte hervatte zijn gesprek met de vrouw.

'Wanneer begint de demonstratie?' zei Fallow.

Buck keek verstrooid op. 'Zo gauw Channel 1 er is.' Toen hij bij het woord is gekomen was keek hij alweer naar de vrouw.

'Maar waar zijn de mensen?'

Hij staarde Fallow aan en wachtte even, alsof hij erachter probeerde te komen waar hij op uit was. 'Die komen nog wel... zo gauw Channel 1 er is.' Hij sloeg het soort toon aan dat je gebruikt tegen een goedbedoelend maar sloom iemand.

'Ik zie wat je bedoelt,' zei Fallow, die helemaal niets kon zien. 'Wanneer eh, zoals je zegt, Channel 1 arriveert, eh... wat gebeurt er dan?'

'Geef die man het persbericht, Reva,' zei Buck. Een bezielde dement uitziende blanke vrouw dook in een grote boodschappentas die aan haar voeten op het trottoir stond en gaf hem twee aan elkaar geniete vellen papier. Het papier, dat gekopieerd was – Gekopieerd! Radiumblauw! De snuit! – droeg het briefhoofd van de Amerikaanse Volks Alliantie. Een kop, die met hoofdletters was getypt, meldde: HET VOLK EIST ACTIE IN DE ZAAK LAMB.

Fallow begon te lezen, maar de woorden versmolten voor zijn gezicht tot een brei. Op dat moment dook er een energieke jonge blanke op. Hij droeg een afschuwelijk smakeloos tweed colbert.

'Neil Flannagan van de Daily News,' zei de energieke man. 'Wat is er gaande?'

De vrouw die Reva heette diepte nog een persbericht op. De heer Neil Flannagan was net als Fallow zelf vergezeld van een fotograaf. De energieke heer Flannagan had niets te zeggen tegen Fallow, maar de twee fotografen konden het meteen goed vinden. Fallow kon hen horen klagen over het karwei. Fallows fotograaf, een weerzinwekkend kereltje met een pet op, gebruikte steeds de uitdrukking 'gezeik'. Dat leek wel het enige waarover Amerikaanse krantefotografen nog een beetje smakelijk konden praten, hun ongenoegen wanneer hun gevraagd werd het kantoor uit te gaan om foto's te maken. Intussen bleef het dozijn demonstranten onbewogen onder de aanwezigheid van de vertegenwoordigers van de twee sensatiebladen uit de stad, The City Light en de Daily News. Ze bleven bij de bus rondhangen en beteugelden met succes hun woede, als die er al was, over het onrecht dat Henry Lamb was aangedaan.

Fallow probeerde nog eens om het persbericht te lezen, maar gaf het al gauw op. Hij keek om zich heen. Het bleef vredig in de Poe Towers; abnormaal vredig, gezien de grootte van het complex. Aan de overkant van de straat stonden drie blanken. Een van hen was een klein mannetje in een bruin windjack, de tweede was een grote varkensachtige man met een hangsnor die een trainingsjasje droeg, en de derde had een kalend hoofd, plompe trekken, en droeg een grijs pak van povere snit en een gestreepte Yankee-das. Fallow vroeg zich af wie ze waren. Maar eerst en vooral wilde hij slapen. Hij vroeg zich af of hij staande kon slapen, net als een paard.

Nu hoorde hij de vrouw, Reva, tegen Buck zeggen: 'Daar zijn ze, geloof ik.'

Ze keken allebei de straat door. De demonstranten kwamen tot leven.

Door de straat kwam een grote witte bus gereden. Op de zijkant stond met grote letters het opschrift THE LIVE 1. Buck, Reva en de demonstranten begonnen erheen te lopen. De heer Neil Flannagan, de twee fotografen en als laatste Fallow zelf volgden hen op de hielen. Channel 1 was gearriveerd.

De bus kwam tot stilstand, en uit het rechter voorportier kwam een jongeman met een groot pluizig hoofd van donker krulhaar en een marineblauwe blazer en een lichtbruine broek.

'Robert Corso,' zei Reva vol ontzag.

De zijdeuren van de bus schoven open, en twee jongemannen in spijkerbroeken en sweaters en sneakers stapten uit. De chauffeur bleef achter het stuur zitten. Buck haastte zich naar voren.

'Yo-o-o-o-o! Robert Corso! Hoe gaat 't, man!' Plotseling toonde Buck een glimlach die de hele straat deed stralen.

'Oké!' zei Robert Corso, die op zijn beurt enthousiast probeerde te klinken. 'Oké.' Hij had duidelijk geen flauw idee wie die zwarte kerel met de gouden oorring was.

'Wat wil je dat we doen?' vroeg Buck.

De energieke jongeman kwam ertussen: 'Hé Corso, Neil Flannagan, *Daily News*.'

'O, dag.'

'Wat wil je dat we – '

'Waar bleven jullie nou?'

'Wat wil je dat we – '

Robert Corso keek op zijn horloge. 'Het is nog maar tien over vijf. We gaan om zes uur de lucht in. We hebben tijd zat.'

'Ja, maar mijn deadline is zeven uur.'

'Wat wil je dat we doen?' hield Buck vol.

'Nou eh… ' zei Robert Corso. 'Ik weet niet. Wat zou je doen als ik er niet was?'

Buck en Reva keken hem aan met rare lachjes op hun gezicht, alsof hij een grapje maakte.

'Waar zijn dominee Bacon en mevrouw Lamb?' zei Robert Corso.

'In mevrouw Lambs flat,' zei Reva. Dat schoot bij Fallow in het verkeerde keelgat. Niemand had de moeite genomen om hem van dat feit op de hoogte te stellen.

'Nou eh, je zegt het maar,' zei Buck.

Robert Corso schudde zijn grote pluizige hoofd. Hij mompelde: 'Ja zeg, ik ga het zaakje niet voor je regelen.' Toen tegen Buck: 'Het zal wel even duren voor we zover zijn. Het trottoir is denk ik de beste plek. Ik wil de gebouwen op de achtergrond hebben.'

Buck en Reva gingen aan de slag. Ze begonnen te gebaren en instructies te geven aan de demonstranten, die nu terugliepen naar hun busje en de protestborden opraapten die op het trottoir lagen opgestapeld. Een paar mensen kwamen van de Poe Towers op het gebeuren afgewarreld.

Fallow liet Buck en Reva in de steek en liep op Robert Corso af. 'Pardon,' zei hij. 'Ik ben Peter Fallow van *The City Light*. Hoorde ik u zeggen dat dominee Bacon en mevrouw Lamb hier zijn?'

'Fallow?' zei Robert Corso. 'Jij bent degene die die stukken heeft geschreven?' Hij stak zijn hand uit en schudde die van Fallow vol enthousiasme.

'Ik vrees van wel.'

'Jij bent er de oorzaak van dat we op deze teringplek staan?' Hij zei het met een waarderende glimlach.

'Het spijt me hoor.' Fallow voelde zich warm worden van binnen. Dit was het soort eerbetoon dat hij de hele tijd al verwacht had, maar hij had niet gedacht dat het van een tv-persoonlijkheid zou komen.

Robert Corso werd serieus. 'Denk je dat Bacon echt zuiver op de graat is wat dit betreft? Nou ja, blijkbaar wel.'

'Jij niet?'

'Tja, shit, met Bacon weet je 't nooit. Hij is nogal schaamteloos. Maar toen ik mevrouw Lamb interviewde was ik eerlijk gezegd onder de indruk. Ze lijkt me een prima mens – ze is intelligent, ze heeft een vaste baan, ze heeft een leuk, proper flatje. Ik was echt onder de indruk. Ik weet niet – ik geloof haar. Wat denk jij ervan?'

'Je hebt haar al geïnterviewd? Ik dacht je haar hier wilde gaan interviewen.'

'Jawel, maar dat is maar voor de afronding. We ronden de boel live af om zes uur.'

'Live afronden... ik geloof niet dat ik wel eens gehoord heb van live afronden.'

De ironie was echter niet aan de Amerikaan besteed. 'Nou, we gaan 't zo doen: vanmiddag ben ik hier met een ploeg geweest nadat je stuk was verschenen. Nog hardstikke bedankt daarvoor! Ik ben echt gek op klussen in de Bronx. Maar goed, we hebben mevrouw Lamb geïnterviewd en een stel buren, en we hebben wat beeldmateriaal van Bruckner Boulevard en de plek waar de vader van die jongen is doodgeschoten en zo, plus nog wat foto's van de jongen. Dus we hebben 't meeste al op de band. Die duurt een minuut of twee, en dan doen we 't zo dat we er live ingaan tijdens de demonstratie, en daarna draaien we de tape, en dan gaan we er live in en ronden we 't af met een stukje live. Dat is nou live afronden.'

'Maar wat ga je uitzenden? Er is hier geen mens te zien op dit stelletje na. De meesten zijn blank.' Fallow gebaarde naar Buck en Reva.

'O, maak je geen zorgen. Er komen mensen zat zodra onze telescoop de lucht in gaat.'

'Jullie telescoop.'

'Onze zendmast.' Robert Corso keek naar het busje. Fallow volgde zijn blik. Daarbinnen zag hij de twee mensen van de tv-ploeg in hun spijkerbroeken.

'Je zendmast. Waar zijn jullie concurrenten trouwens?'

'Onze concurrenten?'

'De andere zenders.'

'O, ze hebben ons een exclusieve reportage beloofd.'

'O ja? Wie heeft dat gedaan?'

'Dat zal Bacon wel geweest zijn. Dat bevalt me nou niet aan de hele opzet. Die Bacon manipuleert iedereen als de pest. Hij heeft een direct lijntje naar m'n producer, Irv Stone. Ken je Irv?'

'Ik vrees van niet.'

'Je hebt wel van hem gehoord.'

'Ummmm, eigenlijk niet.'

'Hij heeft een hoop onderscheidingen gekregen.'

'Ummmm.'

'Irv is – ach, Irv gaat wel, maar hij is zo'n ouwe knar uit de radicale studentenbeweging van de jaren zestig, toen ze die anti-oorlogsdemonstraties hielden en zo. Hij denkt dat Bacon zo'n romantische leider van het volk is. Hij is een verdomde gladjanus als je 't mij vraagt. Maar goed, hij heeft Irv een exclusieve reportage beloofd als hij hem live uitzendt om zes uur.'

'Knusjes allemaal. Maar waarom zou hij dat doen? Waarom zou hij er niet alle zenders bij willen hebben?'

'Omdat hij er op die manier misschien niets wijzer van wordt. Ik wed dat er dagelijks twintig of dertig demonstraties gehouden worden in New York, en ze vechten allemaal voor publiciteit. Op deze manier weet hij dat we 't op grote schaal aanpakken. Als we de moeite nemen om de relaiswagen er op af te sturen, en als we rechtstreeks uitzenden en denken dat we een exclusieve reportage hebben, wordt 't het hoofditem van het journaal. Het is live, en 't geeft een hoop stampei, en morgen zullen Channel 5 en 7 en 2 en de rest concluderen dat ze ook maar beter iets aan 't verhaal kunnen gaan doen.'

'Ik begrijp het,' zei Fallow. 'Hmmmmm... Maar hoe kan hij je, zoals je zegt, een exclusief verslag garanderen? Wat weerhoudt de andere, eh, zenders er van om ook hierheen te komen?'

'Niets, behalve dat hij ze niet vertelt waar 't is en hoe laat.'

'Zo behulpzaam was hij niet tegenover mij, is het wel?' zei Fallow. 'Ik merk dat de *Daily News* schijnt te weten waar het is en hoe laat.'

'Ja,' zei Robert Corso, 'maar jij hebt al twee dagen primeurs gehad. Nu moet hij de andere kranten ook een kans geven.' Hij zweeg even. Zijn knappe jonge Amerikaanse pluizebol stond plotseling mismoedig. 'Maar je vindt het toch een geloofwaardig verhaal, of niet?'

'O, zonder meer,' zei Fallow.

Corso zei: 'Die Henry Lamb is – was – is een aardige knaap. Een veelbelovende scholier, geen strafblad, rustig, de buren schijnen hem wel te mogen – komt 't op jou ook niet zo over?'

'O, geen twijfel aan,' zei de schepper van de veelbelovende scholier.

Reva kwam op hen aflopen. 'We zijn klaar. Je hoeft maar een seintje te geven.'

Robert Corso en Fallow keken naar het trottoir, waar de drie dozijn demonstranten nu in een slordige rij stonden opgesteld. Ze hielden de stokken van de protestborden over hun schouders als houten geweren.

Robert Corso zei: 'Is Bacon klaar? En mevrouw Lamb?'

Reva zei: 'Nou, geef het maar door aan mij of Buck. Dominee Bacon heeft geen zin om met mevrouw Lamb hierheen te komen om alleen maar te staan wachten. Maar hij is klaar.'

'Oké,' zei Robert Corso. Hij keerde zich naar de wagen van THE LIVE 1. 'Hé Frank! Zijn jullie klaar?'

Vanuit de bus: 'Bijna!'

Een zwaar geronk klonk op. Uit het dak van de bus kwam een zilverkleurige pijp omhoog, een cilinder. Bovenaan de pijp zat een fluorescerende oranje vlag of wimpel vast. Nee, het was een kabel, een zwaar geïsoleerde kabel, breed maar plat, als een elektrische paling. De piepende oranje paling was spiraalsgewijs om de pijp gewikkeld. De zilveren buis en de oranje spiraal bleven stijgen en stijgen en stijgen, en de bus ronkte en ronkte en ronkte.

Er begonnen mensen te voorschijn te komen uit de stille torens van het complex, waar het niet langer stil bleef. Een kolkend lawaai, het kolkend lawaai van vele stemmen steeg op uit de barre woestenij. Hier kwamen ze dan, mannen, vrouwen, groepjes jongens, kleine kinderen, met hun ogen gericht op de stijgende zilveroranje lans met zijn Stralings-Oranje wimpel.

Nu was de pijp tweeënhalve verdieping boven de straat gestegen met zijn oranje paling eromheen gekronkeld. De straat en het trottoir waren niet langer leeg. Een grote vrolijke menigte dromde bijeen voor het feest. Een vrouw gilde: 'Robert Corso!' Channel 1! De man met de pluizebol die op tv zou komen!

Robert Corso keek naar de demonstranten, die een lome ovaal gevormd hadden op het trottoir en zich in beweging zetten. Buck en Reva stonden erbij. Buck had een megafoon in zijn hand. Hij hield zijn ogen gevestigd op Robert Corso. Toen keek Robert Corso naar zijn tv-ploeg. Zijn cameraman stond op twee meter afstand. De camera leek heel klein naast de bus en de ontzaglijke pijp, maar de menigte werd aan de grond genageld door het diepe, diepe staaroog. De camera stond niet eens aan, maar elke keer dat de cameraman zich omdraaide om met de geluidsman te praten en het grote oog rondzwierde, ging er een golf door de menigte, alsof de machine zijn eigen onzichtbare kinetische vermogen bezat.

Buck keek naar Robert Corso en stak een hand omhoog met de palm naar boven, waarmee hij wilde vragen: 'Wanneer?' Robert Corso haalde zijn schouders op en wees toen lusteloos met zijn vinger naar Buck. Buck zette de megafoon aan zijn mond en schreeuwde: 'Wah wille we?'

'Gerechtigheid!' riepen de drie dozijn demonstranten in koor. Hun stemmen klonken vreselijk iel tegen de achtergrond van de menigte en de torens van het complex en de schitterende zilveren lans van THE LIVE 1.

'WAH KRIJGE WE?'

'Ra-cis-me!'

'WAH WILLE WE?'

'Ge-rech-tig-heid!' Ze riepen wat harder, maar niet erg veel.

'WAH KRIJGE WE?'

'Ra-cis-me!'

Zes of acht opgeschoten jongens stonden elkaar te duwen en te stompen en probeerden lachend om in het gezichtsveld van de camera te komen. Fallow stond een eindje verwijderd van de ster, Robert Corso, die zijn microfoon vasthield maar niets zei. De man met de high-tech geluidstrechter schoof dichter naar de ovalen rij demonstranten toe, en als reactie ging er een golf door de massa. De borden en spandoeken kwamen voorbij gedobberd. WEISS-JUSTITIE IS BLANKE KLASSEJUSTITIE... LAMB: SLACHTOFFER VAN ON-VERSCHILLIGHEID... VRIJHEID VOOR JOHANNE 卐 BRONX... ROZE VUIST AK-TIEKOMITEE TEGEN RACISME... HET VOLK ROEPT OM WRAAK VOOR HENRY!... HOU OP MET DAT GETREUZEL, ABE!... HOMO- EN LESBISCH NEW YORK EISEN GERECHTIGHEID VOOR ONZE BROEDER HENRY LAMB... KAPITALISME + RACIS-ME = GELEGALISEERDE MOORD... AANRIJDEN, DOORRIJDEN EN HET VOLK VOORLIEGEN!... ACTIE NU!...

'Wah wille we?'

'Ge-rech-tig-heid!'

'Wah krijge we?'

'Ra-cis-me!'

Buck keerde de megafoon naar het publiek. Hij wilde dat ze mee gingen schreeuwen.

'WAH WILLE WE?'

Er kwam geen reactie. Ze bekeken de voorstelling in opperbeste stem-ming.

Buck beantwoordde zijn eigen vraag: 'GE-RECH-TIG-HEID.'

'WAH KRIJGE WE?'

Niets.

'RA-CIS-ME!'

'OKÉ! WAH WILLE WE?'

Niets.

'BROEDERS EN ZUSTERS,' zei Buck, met de rode megafoon voor zijn gezicht. '*Onze broeder, onze buurjongen, Henry Lamb is aangereden... door iemand die doorreed... en het ziekenhuis... daar doen ze niets voor hem... en de politie en de officier van justitie... die zijn niet thuis... Henry ligt op de rand van de dood... en het kan ze niets schelen... Henry is een veelbelovende scholier... en ze zeggen: "Nou en?"... omdat hij arm is, omdat hij uit de projec-ten komt... omdat hij zwart is... Dus waarom staan we hier, broeders en zusters?... Om Chuck te dwingen tot gerechtigheid!*'

Dat bracht enig waarderend gelach teweeg bij de menigte.

'*Om gerechtigheid te krijgen voor onze broeder Henry Lamb!*' ging Buck verder. '*Oké. DUS WAH WILLE WE?*'

'Gerechtigheid,' zeiden stemmen in de massa.

'EN WAH KRIJGE WE?'

Gelach en gestaar.

Het gelach kwam van zes of acht opgeschoten jongens die elkaar stonden te duwen en te stompen en te verdringen om een plekje net achter Buck te bemachtigen. Daarmee zouden ze op één lijn komen met de camera, waar-van het betoverende rode licht nu aan was.

'Wie is Chuck?' vroeg Kramer.

'Chuck is Charlie,' zei Martin, 'en Charlie is Het Gezag, en namens Het Gezag zou ik die grote flapdrol wel eens in mijn handen willen krijgen.'

'Zie je die borden?' vroeg Kramer. 'WEISS-JUSTITIE IS BLANKE KLASSEJUSTI-

'Ja.'

'Als dat op tv komt gaat Weiss verdomme over de rooie.'

'Die is al over de rooie als je 't mij vraagt,' zei Goldberg. 'Moet je die bullshit zien.'

Van de plaats waar Kramer, Goldberg en Martin stonden zag het tafereel aan de overkant van de straat eruit als een curieus arenatheater in het klein. Het stuk ging over de Media. Onder de hoog oprijzende zuil van een tv-wagen marcheerden drie dozijn figuren, waaronder twee dozijn blanken, met borden in een kleine ovaal. Elf mensen, twee zwarten en negen blanken, stonden hen bij om hun iele stemmen en viltstiftboodschappen te presenteren aan een stad van zeven miljoen inwoners: een man met een megafoon, een vrouw met een boodschappentas, een tv-presentator met een pluizebol, een cameraman en een geluidsman die met navelstrengen aan de bus waren verbonden, twee technici die in de open schuifdeuren van de bus te zien waren, de chauffeur, twee persfotografen en twee journalisten met een notitieblok in hun handen, waarvan er een nog steeds af en toe naar bakboord slingerde. Een publiek van twee- of driehonderd zielen was rond hen bijeengedromd en stond van het schouwspel te genieten.

'Goed,' zei Martin, 'tijd om te gaan praten met de getuigen.' Hij begon de straat over te steken naar de menigte.

'Hé Marty,' zei Goldberg. 'Rustig aan, oké?'

Hij nam Kramer de woorden uit de mond. Dit was niet de ideale omgeving om je Ierse stoerheid aan de wereld te demonstreren. Hij kreeg een schrikbeeld van Martin die de man met de oorring zijn megafoon afnam en hem probeerde zijn kop in te stampen voor de neus van de verzamelde bewoners van de Poe Towers.

Ze waren met z'n drieën de straat half overgestoken toen de demonstranten en de menigte plotseling het heilige vuur kregen. Ze begonnen een kabaal van jewelste te maken. Buck stond iets in de megafoon te brullen. De high-tech slurf van de cameraman kronkelde heen en weer. Ergens vandaan was een lange figuur opgedoken, een man met een zwart pak en een enorme stijve witte boord en een zwarte stropdas met witte strepen. Hij was vergezeld van een kleine zwarte vrouw in een donkere jurk waar een glans over lag als van zijde of satijn. Het waren dominee Bacon en mevrouw Lamb.

Sherman was halverwege de marmeren vloer van de hal toen hij Judy zag zitten in de bibliotheek. Ze zat in de oorfauteuil tv te kijken met een tijdschrift op haar schoot. Ze sloeg haar ogen op en keek hem aan. Wat betekende die blik? Het was verbazing, geen warmte. Als ze hem ook maar een spoortje warmte zou geven zou hij meteen naar binnen lopen en – *en het vertellen! O ja? Wat vertellen? Vertellen... van het debâcle op kantoor, op z'n minst, van de toon die Arnold Parch tegen hem had aangeslagen en, nog erger, hoe hij hem had *aangekeken*! De anderen ook! Alsof... Hij vermeed het onder woorden te brengen wat ze van hem gedacht moesten hebben. Zijn verdwijning, de mislukking van het plan met de door goud gedekte obligaties – en zou hij haar daarna ook de rest vertellen? Had ze inmiddels een kranteartikel gezien over een Mercedes... RF... Maar er was geen spoortje warmte. Er was alleen verbazing. Het was zes uur. Hij was sinds lang niet meer zo vroeg thuis geweest... Er stond alleen verbazing te lezen op dat droevige smalle gezicht met die krans van zacht bruin haar.

Hij liep verder op haar af. Hij zou evengoed de bibliotheek ingaan. Hij zou in de andere leunstoel gaan zitten en ook televisie kijken. Dat waren ze stilzwijgend overeengekomen. Ze konden samen in de bibliotheek zitten lezen of televisie kijken. Zo konden ze de starre schijn ophouden dat ze een gezin vormden, vooral omwille van Campbell, zonder te hoeven praten.

'Papa!'

Hij keerde zich om. Campbell kwam naar hem toe uit de deur die naar de keuken leidde. Ze had een stralende glimlach op haar gezicht. Het was bijna hartverscheurend.

'Hallo liefje.' Hij stak zijn handen onder haar oksels en tilde haar met een zwaai van de vloer en sloeg zijn armen om haar heen. Ze sloeg haar armen om zijn hals en haar benen om zijn middel en zei: 'Papa! Raad eens wat ik gemaakt heb!'

'Wat dan?'

'Een konijntje.'

'O ja? Een konijntje?'

'Ik zal 'm laten zien.' Ze begon te wurmen om op de vloer te komen.

'Wil je hem laten zien?' Hij wilde haar konijntje niet zien, niet nu, maar hij werd overmand door de plicht om enthousiast te zijn. Hij liet haar op de vloer glijden.

'Kom nou!' Ze pakte zijn hand en begon hem met geweldige kracht mee te trekken. Ze trok hem uit zijn evenwicht.

'Hé! Waar gaan we naar toe?'

'Kom nou! Hij is in de keuken!' Terwijl ze hem naar de keuken sleepte, leunde ze zover voorover dat bijna haar hele gewicht aan zijn hand hing, die de hare vast hield.

'Hé! Pas op. Straks val je nog, liefje.'

'Kom... nou!' Hij strompelde achter haar aan, vermalen tussen zijn vrees en zijn liefde voor een kind van zes dat hem een konijntje wilde laten zien.

De deur leidde naar een korte gang met aan weerszijden kasten, en vervolgens naar de servieskamer met langs alle wanden gootstenen van roestvrijstaal en kabinetten met glazen deuren waarachter zich een fonkelende weelde van kristal bevond. De kabinetten met hun parellijsten, spijlen, stijlen, kroonlijsten – hij wist alle termen niet meer – hadden duizenden dollars gekost... duizenden... De hartstocht die Judy in deze... dingen... had gestoken... De manier waarop ze geld hadden uitgegeven... Geld hadden gebloed...

En nu waren ze in de keuken. Nog meer kabinetten, kranslijsten, roestvrijstaal, tegels, spots, de Sub-Zero, de Vulcan – alles van het beste dat Judy's oneindige speurwerk had opgeleverd, alles oneindig duur, geld dat wegbloedde en wegbloedde... Bonita stond bij het Vulcan fornuis.

'Dag meneer McCoy.'

'Hallo, Bonita.'

Lucille, het dienstmeisje, zat op een kruk aan een buffet een kop koffie te drinken.

'Meneer McCoy.'

'Hé, hallo Lucille.' Hij had haar in geen tijden gezien; was nooit vroeg genoeg thuis. Hij zou iets te zeggen moeten hebben tegen haar, maar hij kon niets bedenken behalve hoe triest het allemaal was. Ze gingen door met hun werk van alledag in de stellige overtuiging dat alles net zo was als altijd.

'Hierzo, papa.' Campbell bleef trekken. Ze wilde niet dat hij zich van zijn voornemen zou laten afbrengen terwijl hij met Bonita en Lucille stond te praten.

'Campbell!' zei Bonita. 'Loop niet zo aan je vader te trekken!'

Sherman glimlachte en voelde zich onbeholpen. Campbell negeerde haar. Toen hield ze op met trekken.

'Bonita gaat hem voor me bakken. Zodat hij hard wordt.'

Daar was het konijntje. Het stond op een witte tafel met een formica blad. Sherman stond te staren. Hij kon het amper geloven. Het was een verbazingwekkend goed gemaakt konijntje van klei. Het was primitief van uitvoering maar het hield zijn kopje scheef en de oren waren in expressieve hoeken opgestoken en de poten waren gespreid in een ongewone houding voor konijntjes, en de massa en verhouding van de flanken was uitstekend. Het diertje zag er geschrokken uit.

'Maar schatje toch! Heb jij dat gemaakt?'

Heel trots: 'Ja.'

'Waar?'

'Op school.'

'Helemaal alleen?'

'Ja. Echt waar.'

'Nou, Campbell – dat is een prachtig konijntje! Ik ben erg trots op je! Je bent hardstikke goed!'

Heel bedeesd: 'Dat weet ik.'

Plotseling wilde hij wel huilen. Een geschrokken konijntje. Denk je eens in wat het betekende om nog een konijntje te kunnen *willen* maken in deze wereld, en dat in alle onschuld te doen, met het volste vertrouwen dat de wereld het zou ontvangen met liefde en tederheid en bewondering – denk je eens in wat ze met haar zes jaar als *gegeven* aannam, namelijk dat de wereld zo was en dat haar mama en papa – haar *papa!* – hem zo gemaakt hadden en hem natuurlijk nooit zouden laten veranderen.

'Dat gaan we aan mama laten zien,' zei hij.

'Ze heeft 'm al gezien.'

'Ik wed dat ze er weg van was.'

De heel bedeesde stem: 'Dat weet ik.'

'Kom, we gaan hem met z'n tweeën aan haar laten zien.'

'Bonita moet 'm bakken. Zodat hij hard wordt.'

'Nou, ik wil mama gaan vertellen hoe mooi ik hem vind.' Gemaakt enthousiast nam hij Campbell met een zwaai in zijn armen en gooide haar over zijn schouder. Ze vatte het op als een fantastisch spelletje.

'Papa!'

'Campbell, je wordt zo groot! Straks kan ik je niet meer ronddragen als een zak meel. Lage brug! We gaan door de deur.'

Onder veel gegiechel en gewriemel droeg hij haar over de marmeren vloer naar de bibliotheek. Judy keek kribbig op.

'Campbell, je moet papa niet vragen om je te dragen. Daar ben je te groot voor.'

Met een zweem van opstandigheid: 'Ik heb er niet om *gevraagd*.'

'We waren maar aan het spelen,' zei Sherman. 'Heb je Campbells konijntje gezien? Is het niet prachtig?'

'Ja. Het is snoezig.' Ze draaide haar hoofd weer naar de televisie.

'Ik ben echt *diep* onder de indruk. Ik geloof dat we een bijzonder begaafd meisje in huis hebben.'

Geen antwoord.

Sherman liet Campbell van zijn schouders in zijn armen zakken, alsof ze een baby was, en ging toen in de leunstoel zitten en nam haar op schoot. Campbell schoof wat heen en weer om gemakkelijker te zitten en vleide zich tegen hem aan, en hij sloeg zijn armen om haar heen. Ze keken naar het televisiescherm.

Het nieuws stond aan. De stem van een nieuwslezer. Een waas van zwarte gezichten. Een protestbord: ACTIE – NU!

'Wat zijn ze aan 't doen, papa?'

'Het ziet eruit als een demonstratie, schatje.'

Nog een bord: WEISS-JUSTITIE IS BLANKE KLASSEJUSTITIE.

Weiss?

'Wat is een demonstratie?' Campbell ging rechtop zitten op zijn schoot en keek hem aan terwijl ze het vroeg, zodat zijn zicht op de televisie werd belemmerd. Hij probeerde langs haar heen te kijken.

'Wat is een demonstratie?'

Afwezig, terwijl hij probeerde een oog op het beeld te houden: 'Eh... dat is eh – soms, als mensen ergens boos om worden, dan maken ze borden en dan lopen ze er mee rond.'

AANRIJDEN, DOORRIJDEN EN LIEGEN TEGEN HET VOLK!

Aanrijden en doorrijden!

'Waar worden ze boos om?'

'Wacht even, liefje.'

'Waar worden ze boos om, papa?'

'Bijna overal om.' Sherman leunde nu ver naar links om het beeld te kunnen zien. Hij moest Campbell stevig bij haar middel vasthouden om haar niet van zijn schoot te laten vallen.

'Maar wat dan?'

'Nou, laten we eens kijken.'

Campbell keerde haar hoofd naar het beeld maar draaide zich meteen weer om. Er stond maar een man te praten, een heel lange zwarte man die gekleed was in een zwart colbert en een wit overhemd en een gestreepte das met naast zich een magere zwarte vrouw in een donkere jurk. Er was een reusachtige zwerm zwarte gezichten die zich achter hen verdrongen. Jongens met een stomme grijns op hun gezicht schoten steeds vanachter hen te voorschijn en staarden in de camera.

'Wanneer een jongeman als Henry Lamb,' zei de man, 'een veelbelovende scholier, een voorbeeldige jongeman, wanneer een jongeman als Henry Lamb naar het ziekenhuis komt met een acute hersenschudding en ze behandelen hem voor een gebroken pols... snapt u... wanneer zijn moeder de politie en de officier van justitie een beschrijving geeft van de auto die hem aangereden heeft, een beschrijving van die auto... snapt u... en ze doen er niets aan, ze drukken zich – '

'Papa, laten we teruggaan naar de keuken. Bonita gaat mijn konijntje bakken.'

'Zo dadelijk – '

' – aan ons volk is: "Het kan ons niks schelen. Jullie jonge mensen, jullie veelbelovende scholieren, jullie verwachtingen tellen niet mee, die doen er helemaal niks toe"... snapt u... Dat is de boodschap. Maar ons kan het wèl schelen, en wij zullen niet stil zitten, en wij zullen niet zwijgen. Als de gevestigde macht er niks aan wil doen – '

Campbell gleed van Shermans schoot en greep met beide handen zijn rechterpols vast en begon te trekken. 'Kom nou, papa.'

Het gezicht van de magere zwarte vrouw vulde het beeld. De tranen liepen over haar wangen. Een jonge blanke met pluishaar was in beeld met een microfoon aan zijn mond. Er was een heel universum van zwarte gezichten achter hem en nog een stel jongens die bekken trokken voor de camera.

' – die tot dusver spoorloze Mercedes-Benz met een kenteken dat begint met RE, RF, RB of RP. En net zoals dominee Bacon beweert dat er een boodschap van de overheid doordringt tot deze gemeenschap, hebben deze demonstranten een boodschap voor de overheid zelf: "Als jullie geen volledig onderzoek instellen doen we het zelf." Dit is Robert Corso, THE LIVE 1, in de Bronx.'

'Papa!' Ze trok zo hard aan hem dat de stoel begon te wankelen.

'RF?' Judy had zich omgedraaid om Sherman aan te kijken. 'Dat van ons begint met RF, is het niet?'

Nu! Zeg het!

'Papa! Kom nou! Ik wil het konijntje gaan bakken!'

Er stond geen bezorgdheid op Judy's gezicht. Ze was gewoon verbaasd om het toeval; zo verbaasd dat ze een gesprek was begonnen.

Nu!

'Papa, kom nou!'

Eerst maar eens dat konijntje gaan bakken.

14

Ik kan niet liegen

Sherman ontwaakte uit een droom die hij zich niet kon herinneren. Zijn hart beukte tegen zijn ribbenkast. Het was het drinkersuur, het uur in het holst van de nacht waarop drinkers en mensen die aan slapeloosheid lijden plotseling wakker worden en weten dat het helemaal voorbij is, die reddende slaap. Hij weerstond de drang om op de verlichte klokradio op het tafeltje naast zijn bed te kijken. Hij wilde niet weten hoeveel uur hij hier zou moeten liggen vechten met die vreemde, zijn hart, die er wanhopig naar verlangde te ontsnappen naar een ver ver ver ver ver ver ver ver ver ver Canada.

De ramen aan de kant van Park Avenue en de zijstraat stonden open. Tussen de vensterbanken en de onderkant van de rolgordijnen zat een streep van paarsachtig duister. Hij hoorde een auto, een eenzame auto, van een stoplicht wegrijden. Toen hoorde hij een vliegtuig. Het was geen straalvliegtuig maar een toestel met een propeller. De motor viel stil. Het ging neerstorten! Toen hoorde hij het weer, ronkend en grommend boven New York City. Wat buitengewoon eigenaardig...

... in het holst van de nacht. Zijn vrouw lag een paar decimeter van hem vandaan te slapen aan de andere kant van de Berlijnse Muur, met een regelmatige ademhaling... zich nergens van bewust... Ze lag op haar zij, met haar rug naar hem toe en haar knieën opgetrokken. Wat zou het fijn zijn om naar haar toe te rollen en zijn knieën in haar knieholten te duwen en zijn borst tegen haar rug te drukken. Vroeger konden ze... vroeger, toen ze zo'n nauwe band hadden... konden ze dat doen zonder de ander wakker te maken... in het holst van de nacht.

Het kon niet waar zijn! Het was gewoon niet mogelijk dat ze door die muren heen konden breken en zijn leven binnendringen! De lange magere jongen, de kranten, de politie... op het drinkersuur.

Zijn dierbare lieve dochtertje sliep aan het eind van de gang. Lieve Campbell. Een gelukkig meisje – zich nergens van bewust! Er kwam een waas over zijn wijd open ogen.

Hij staarde naar het plafond en probeerde zichzelf met kunstgrepen weer in slaap te krijgen. Hij dacht aan... andere dingen... Het meisje dat hij die keer in de eetzaal van dat hotel in Cleveland had ontmoet... de zakelijke manier waarop ze zich voor hem had uitgekleed... in tegenstelling tot Maria... die van alles en nog wat deed, barstensvol roodgloeiende... *Wellust!*... *Wellust* had hem erheen gedreven... naar de diepten van de Bronx, de lange magere jongen... Daar gaat hij neer –

Er waren geen *andere* dingen. Alles was met deze dingen verbonden, en hij lag daar terwijl ze in gruwelijke beelden opflakkerden in zijn geest... De gruwelijke gezichten op de televisie, het naargeestige gezicht van Arnold Parch, die zo gruwelijk zijn best deed om streng over te komen... de ontwijkende stem van Bernard Levy... de uitdrukking op het gezicht van Muriel, alsof ze wist dat hij nu een verschrikkelijke smet op zijn blazoen had en niet langer een Olympiër was bij Pierce & Pierce... Geld dat wegvloeide als een bloeding... Dit moest toch een droom zijn! Zijn ogen waren wijd open, en staarden naar het paarsachtig duister waar de rolgordijnen tot net boven de vensterbank reikten... in het holst van de nacht, als de dood voor het licht van de dageraad.

Hij stond vroeg op, bracht Campbell naar de bushalte, kocht kranten op Lexington Avenue en nam een taxi naar Pierce & Pierce. In de *Times*... niets. In de *Post*... niets. In de *Daily News*, alleen een foto met onderschrift. Op de foto stonden demonstranten en een menigte mensen. Op een bord op de voorgrond stond WEISS-JUSTITIE IS BLANKE KLASSEJUSTITIE. Nog twee uur... en *The City Light* zou in de kiosken liggen.

Het was een rustige dag bij Pierce & Pierce, voor hemzelf tenminste. Hij maakte zijn gebruikelijke telefoontjes, naar Prudential, Morgan Guaranty, Allen & Company... *The City Light*... Felix was aan de andere kant van de zaal. Door de poging alleen al om hem weer te gebruiken zou hij zich te diep verlagen... Geen woord van Arnold Parch of iemand anders. *Laten ze me links liggen?*... *The City Light*... Hij zou Freddy opbellen en hem de krant laten halen. Freddy zou het blad kunnen voorlezen. Dus belde hij Freddy, maar hij was het kantoor uit vanwege een afspraak. Hij belde Maria op; nergens te vinden... *The City Light*... Hij kon het niet langer uithouden. Hij zou naar beneden gaan en de krant kopen en hem lezen in de hal en weer terugkomen. Gisteren was hij ongeoorloofd afwezig toen er een uitgifte van obligaties binnenkwam. Hij had miljoenen – miljoenen! – verknald met de door goud gedekte obligaties. Hoe veel erger kon het er met nog een overtreding op worden? Zo beheerst als hij kon, begon hij de handelsvloer over te steken naar de liften. Niemand scheen het te merken. (Het kan geen mens meer iets schelen!)

Beneden bij de kiosk in de hal keek hij naar links en naar rechts en kocht toen *The City Light*. Hij liep naar een plek achter een grote pilaar van roze marmer. Zijn hart bonsde. Wat een treurnis! wat eigenaardig! – om elke dag zo *bang* te zijn voor de kranten in New York! Niets op de voorpagina... ook niet op pagina twee en drie... Het stond op pagina vijf, een foto en een artikel van die Peter Fallow. Op de foto stond de magere zwarte vrouw te huilen, terwijl de grote zwarte in het zwarte pak haar troostte. Bacon. Er waren protestborden op de achtergrond. Het artikel was niet lang. Hij vloog er door heen... 'woede van de gemeenschap'... 'luxe auto'... 'blanke bestuurder'... Geen duidelijke aanwijzing wat de politie er aan deed. Aan het eind van het artikel stond een gekaderde mededeling: 'Redactioneel p. 36'. Zijn hart begon weer op hol te slaan. Zijn vingers trilden terwijl hij doorritselde naar pagina 36... Daar, bovenaan het redactioneel, stond de kop RAAK-OF-MIS-RECHT.

> Afgelopen maandag bracht de verslaggever van The City Light Peter Fallow het tragische verhaal in de openbaarheid van Henry Lamb, de veelbelovende scholier uit de Bronx die ernstig gewond raakte bij een aanrijding met een auto die doorreed – en aan zijn lot werd overgelaten als een gewoon stuk afval in een vervuilde stad.
>
> Toegegeven, vanuit juridisch standpunt bekeken is de zaak Lamb niet zo min onproblematisch. Maar Henry's leven is al net zo min onproblematisch geweest. Hij is erin geslaagd het ergste te overleven dat hem tijdens een jeugd in een sociaal huisvestingsproject kon overkomen – met inbegrip van de moord op zijn vader, die door een overvaller werd neergeschoten – en een uitstekende reputatie op te bouwen aan de Ruppert High School. Hij werd geveld op de drempel van een briljante toekomst.
>
> Ons medelijden is niet genoeg voor Henry Lamb en de vele andere brave mensen die vastbesloten zijn om zich niet uit het veld te laten slaan door de ongunstige perspectieven in de minder welvarende wijken van onze stad. Ze dienen te weten dat hun hoop en hun dromen belangrijk zijn voor de toekomst van heel New York. Wij dringen aan op een doortastend onderzoek van alle aspecten in de zaak Lamb.

Hij was ontsteld. Het geval was een kruistocht aan het worden. Hij staarde naar de krant. Moest hij hem bewaren? Nee, beter om er niet mee gezien te worden. Hij zocht naar een prullenbak of een bank. Hij deed de krant dicht en vouwde hem dubbel en liet hem op de vloer achter de pilaar vallen en haastte zich terug naar de lift.

Hij at zijn lunch, een boterham met een glas sinaasappelsap, op aan zijn bureau om de schijn van ijver op te houden. Hij was nerveus en vreselijk moe. Hij kreeg de boterham niet op. Vroeg in de middag had hij het overweldigende verlangen om zijn ogen te sluiten. Zijn hoofd was zo zwaar... Een beginnende hoofdpijn hield zijn voorhoofd in een bankschroef. Hij vroeg zich af of hij griep kreeg. Hij zou Freddy Button moeten bellen. Maar hij was zo moe. Op dat moment kwam er een telefoontje binnen. Het was Freddy die hem belde.

'Wat typisch, ik dacht er net over om jou op te bellen. Er was zo'n vervloekt redactioneel vandaag, Freddy.'

'Ik weet het. Ik heb het gelezen.'

'Je hebt het gelezen?'

'Ik heb alle vier de kranten gelezen. Hoor eens, Sherman, ik ben zo vrij geweest om Tommy Killian op te bellen. Waarom ga je niet eens naar hem toe? Hij zit in Reade Street. Dat is niet zo ver van je werk, vlak bij City Hall. Bel hem eens op.' Met zijn gesmoorde rokersstem gaf hij een telefoonnummer op.

'Het ziet er zeker niet best uit,' zei Sherman.

'Dat is het niet. Naar wat ik lees staat er niets in van substantieel belang. Het gaat alleen een wat politieker karakter krijgen, en Tommy zal daar wel kijk op hebben.'

'Goed. Bedankt, Freddy. Ik zal hem wel bellen.'

Een of andere Ier in Reade Street die Tommy Killian heette.

Hij belde hem niet op. Hij had zo'n hoofdpijn dat hij zijn ogen sloot en zijn slapen masseerde met zijn vingertoppen. Hij ging weg om klokslag vijf uur, het officiële einde van de dag. Dat was niet zoals het hoorde. Voor een Meester van het Universum was het einde van de handelsdag het begin van het tweede gedeelte van de dag.

Het einde van de handelsdag was als het einde van een veldslag. Na vijven werkten de Meesters van het Universum de zaken af waar de mensen in andere bedrijfstakken de hele dag aan kwijt waren. Ze berekenden de 'netto netto', dat wil zeggen, de eigenlijke winst- en verliesmarge van hun werk van die dag. Ze namen de markten door, ze namen strategieën door, ze bespraken personeelskwesties, onderzochten nieuwe uitgiften en lazen de financiële bladen, wat verboden was tijdens de dagelijkse veldslag. Ze vertelden oorlogsverhalen en sloegen zich op de borst en jubelden als ze het verdienden. Het enige wat je *nooit* deed was gewoon naar moeder de vrouw gaan.

Sherman liet Muriel een auto voor hem bestellen van het bedrijf dat auto's met chauffeur verhuurde. Hij onderzocht haar gezicht op aanwijzingen dat hij uit de gratie was gevallen. Niets.

Buiten voor het gebouw stonden de wagens van het verhuurbedrijf vier of vijf rijen dik, en blanken in pak manoeuvreerden ertussendoor met hun hoofd naar beneden en hun ogen half toegeknepen op zoek naar hun nummer. De naam van het autobedrijf en het nummer van de auto stonden altijd op het zijraam. Pierce & Pierce maakte gebruik van een bedrijf dat Tango heette. Allemaal Oldsmobiles en Buicks. Pierce & Pierce bestelde 300 tot 400 ritten per dag voor een gemiddelde prijs van vijftien dollar per rit. Wie de eigenaar van Tango ook mocht zijn, de gewiekste donder zou wel een slordige miljoen dollar per jaar opstrijken van Pierce & Pierce alleen. Sherman liep te zoeken naar Tango 278. Hij dwaalde door de zee van sedans, af en toe tegen mannen opbotsend die er net als hij uitzagen, met hun hoofd naar beneden en hun ogen half toegeknepen... donkergrijze pakken... 'Pardon'... 'Pardon'... Het nieuwe spitsuur! In oude films was de Wall Street spits een en al ondergrondse... *Ondergrondse?*... daar beneden met... *hen?*... *Afschermen!*... Vandaag... zwervend, zwervend... tussen de sedans... zijn ogen half toeknijpend, toeknijpend... Pardon, pardon... Eindelijk vond hij Tango 278.

Bonita en Lucille waren verbaasd toen ze hem om half zes het appartement binnen zagen komen. Hij voelde zich niet goed genoeg om een aangename toon aan te slaan. Judy en Campbell waren niet thuis. Judy had haar naar een verjaardagsfeestje in de West Side gebracht.

Sherman slofte de grote gewelfde trap op. Hij ging de slaapkamer in en deed zijn colbert uit en zijn das af. Zonder zijn schoenen uit te doen strekte hij zich uit op het bed. Hij sloot zijn ogen. Hij voelde zijn bewustzijn wegzinken, wegzinken. Het was ondraaglijk zwaar, dat bewustzijn.

Meneer McCoy, meneer McCoy.

Bonita stond over hem heen gebogen. Hij had geen idee waarom.

'Ik nie wil storen,' zei ze. 'De portier, hij zeg twee mannen van de politie beneden.'

'Wat?'

'De portier, hij zeg –'

'Beneden?'

'Ja. Hij zeg van de politie.'

Sherman ging rechtop zitten, steunend op een elleboog. Daar lagen zijn benen uitgestrekt op het bed. Hij had geen idee waarom. Het moest ochtend zijn, maar hij had zijn schoenen aan. Bonita stond over hem heengebogen. Hij wreef over zijn gezicht.

'Nou… zeg maar dat ik er niet ben.'

'De portier, hij al gezegd u hier ben.'

'Wat willen ze?'

'Weet niet, meneer McCoy.'

Een zachte omfloerste schemer. Was het ochtend? Hij was in een sluimertoestand. Het was net of zijn zenuwbanen geblokkeerd waren. Totaal geen patroon. Bonita; de politie. De paniek sloeg toe nog voor hij zich kon concentreren op de oorzaken.

'Hoe laat is het?'

'Zes uur.'

Hij keek weer naar zijn benen, naar zijn schoenen. Moet zes uur 's avonds zijn. Thuis gekomen om half zes. In slaap gevallen. Nog steeds uitgestrekt… onder de ogen van Bonita. Niet in de laatste plaats uit fatsoensoverwegingen zwaaide hij zijn benen van het bed en ging op de rand zitten.

'Wat vertel ik hem, meneer McCoy?'

Ze moest de portier bedoelen. Hij kon het allemaal niet op een rij krijgen. Ze waren beneden. Twee politiemannen. Hij zat op de rand van het bed, en probeerde bij te komen. Er waren twee politiemannen beneden bij de portier. Wat moest hij zeggen?

'Zeg tegen hem… dat ze moeten wachten, Bonita.'

Hij stond op en begon naar de badkamer te lopen. Zo versuft, zo stijf; zijn hoofd deed pijn; het suisde in zijn oren. Het gezicht in de spiegel van de badkamer had de nobele kin maar was gerimpeld en gezwollen en verlopen. Zijn overhemd was gekreukeld en hing uit zijn broek. Hij plensde water over zijn gezicht. Er bleef een druppel aan het puntje van zijn neus hangen. Hij droogde zijn gezicht af met een handdoek. Kon hij maar nadenken. Maar het was helemaal geblokkeerd. Het was één mist. Als hij weigerde om hen te woord te staan en ze wisten dat hij er was, en dat deden ze, dan zouden ze argwaan krijgen, nietwaar? Maar als hij met hen praatte, en ze vroegen hem – wat? Hij probeerde zich in te denken… Hij kon zijn hoofd er niet bij houden. Wat ze ook vragen… hij weet het niet… Nee! Hij mag geen risico nemen! Moet hen niet te woord staan! Maar wat had hij tegen Bonita gezegd? 'Ze moeten wachten' – alsof hij wilde zeggen, ik zal hen wèl te woord staan, maar ze moeten even wachten.

'Bonita!' Hij ging terug naar de slaapkamer, maar ze was er niet. Hij liep de gang in. 'Bonita!'

'Hier, meneer McCoy.'

Vanaf de balustrade in de gang zag hij haar aan de voet van de trap staan. 'Je hebt toch nog niet naar de portier beneden gebeld, is het wel?'

'Jawel, ik gebeld. Ik zeg hem ze moeten wachten.'

Shit. Dat betekende dat hij hen te woord zou staan. Te laat om terug te krabbelen. Freddy! Hij zou Freddy bellen! Hij ging terug naar de slaapkamer, naar de telefoon bij het bed. Hij belde Freddy's kantoor. Geen gehoor. Hij draaide het hoofdnummer van Dunning Sponget en vroeg naar hem; na een tijd wachten waar geen eind aan leek te komen zeiden ze dat hij al weg was. Bel hem thuis op. Wat was zijn nummer? In het adresboekje beneden in de bibliotheek.

Hij kwam de trap afgerend – besefte dat Bonita nog steeds in de hal was. Moet er niet paniekerig uit zien in haar bijzijn. Twee politiemannen beneden bij de portier. Liep de marmeren vloer over met een gangetje dat misschien kon doorgaan voor een kalme pas.

Het adresboekje lag altijd op een plank achter het bureau. Zijn vingers trilden terwijl hij het gejaagd doorbladerde. B. De telefoon – die stond niet op het bureau. Iemand had hem op de consoletafel naast de oorfauteuil laten staan. Een *schandaal.* Hij haastte zich langs het bureau naar de stoel. Tijd die verstrijkt. Hij draaide Freddy's nummer. Een dienstmeisje nam op. Buttons uit eten. *Shit.* Wat nu? Tijd die verstrijkt, verstrijkt, verstrijkt. Wat zou de Leeuw doen? Het soort familie waarin meewerken met het gezag vanzelf sprak. Er kon maar één reden zijn om niet mee te werken: je had wel degelijk iets te verbergen. Natuurlijk zouden ze dat meteen in de gaten hebben omdat je niet meewerkte. Als hij –

Hij liep de bibliotheek uit en ging terug de hal in. Bonita stond daar nog steeds. Ze keek hem heel doordringend aan – en dat deed het hem. Wilde er niet bang of besluiteloos uitzien in het bijzijn van het personeel. Wilde er niet uitzien als iemand die in moeilijkheden zat.

'Goed, Bonita.' Hij probeerde te klinken als iemand die zich toch al ergerde en wist dat hij nog meer tijd ging verspillen. 'Welke portier heeft er dienst vanavond? Eddie?'

'Eddie.'

'Zeg maar dat hij ze naar boven laat komen. Laat ze hier wachten. Ik ben zo weer beneden.'

Hij liep uiterst bedaard de trap op. Toen hij eenmaal op de overloop was, haastte hij zich naar de slaapkamer. Wat hij in de spiegel zag was een afgepeigerde en verfomfaaide figuur. Hij stak zijn kin in de lucht. Dat hielp. Hij zou sterk zijn. Hij zou zijn hoofd niet verliezen. Hij zou... hij stond zichzelf de benaming toe... een Meester van het Universum zijn.

Hoe moest hij eruit zien? Moest hij zijn jasje en das weer aan doen? Hij had een wit overhemd aan, de broek van een grijs kamgaren pak met een fijn ruitdessin en een paar zwarte schoenen met neuskapjes. Met zijn das en colbert aan zou hij er vreselijk Wall Streets uitzien, vreselijk conservatief. Daar zouden ze zich wellicht aan storen. Hij haastte zich naar de andere slaapkamer, die zijn kleedkamer geworden was, en pakte een geruit tweed colbert uit de kast en deed dat aan. Tijd die verstrijkt, verstrijkt. Veel ongedwongener, veel meer ontspannen; een man in zijn eigen huis, volkomen ontspannen. Maar het wollige tweed van het colbert paste niet bij de gladde stof van de broek. Trouwens... een vrijetijdscolbert... een *vrije jongen*... een jonge wildebras die woeste ritten maakt met een sportauto... Hij deed het tweed colbert uit en gooide het op de bedbank en haastte zich terug naar de grote slaapkamer. Zijn jasje en das waren achteloos op een kussenstoel neergegooid. Hij deed de das om en legde er een strakke knoop in. Tijd die verstrijkt, verstrijkt. Hij trok het jasje aan en knoopte het dicht. Hij stak zijn kin in de lucht en rechtte zijn rug. Wall Street. Hij ging de badkamer in en kamde zijn haar naar achteren. Hij stak zijn kin weer omhoog. Sterk zijn. Een Meester van het Universum.

Hij vloog de gang weer door en minderde vaart toen hij de trap naderde. Hij daalde af met trage tred en probeerde te onthouden dat hij rechtop moest lopen.

Ze stonden midden op de marmeren vloer, twee mannen en Bonita. Wat zag het er allemaal vreemd uit! De twee mannen stonden een beetje wijdbeens, en Bonita stond een meter of twee van hen af, alsof ze haar kleine kudde waren. Zijn hart klopte in een stevig tempo.

De grootste van de twee zag eruit als een grote vleesklomp met kleren aan. Het jasje van zijn pak stak voor zijn worstelaarspens uit als een stuk bordkarton. Hij had een dik donker gezicht, een Zuideuropees gezicht, dacht Sherman. Hij had een snor die niet bij zijn haar paste. De snor krulde om zijn mondhoeken naar beneden, een stijl die voor een obligatiehandelaar van Pierce & Pierce meteen op arbeidersklasse duidde. Hij staarde Sherman aan terwijl die de trap afkwam, maar de andere, de kleinste, deed dat niet. Hij droeg een vrijetijdscolbert en het soort bruine broek dat een echtgenote erbij had kunnen kiezen. Hij stond de hal in zich op te nemen als een toerist... het marmer, het taxushouten handschoenenkastje, de abrikooskleurige zijde aan de muren, de Thomas Hope stoelen, Judy's perfecte kleine details ter waarde van tienduizenden weggebloede dollars... De man had een grote neus en een vormeloze kin en kaken. Hij hield zijn hoofd scheef. Hij zag eruit alsof hij met een ontzettende kracht tegen de zijkant van zijn hoofd geslagen was. Toen richtte hij zijn scheve starende blik op Sherman. Sherman was zich bewust van zijn hartslag en het geluid dat zijn schoenen maakten terwijl hij over het marmer liep. Hij hield zijn kin omhoog en dwong zichzelf tot een beminnelijke glimlach.

'Heren, wat kan ik voor u doen?' Hij keek naar de grote terwijl hij dat zei, maar het was de kleine met de scheve blik die antwoordde.

'Meneer McCoy? Ik ben rechercheur Martin, en dit is rechercheur Goldberg.'

Hoorde hij een hand te geven? Waarom ook niet. Hij stak zijn hand uit en de kleine schudde hem en daarna de grote. Het bracht hen in verlegenheid. Hun handdruk was niet al te stevig.

'We zijn bezig met een onderzoek in verband met een auto-ongeluk waarbij iemand gewond is geraakt. Misschien heeft u er iets over gelezen of op tv gezien.' Hij stak zijn hand in zijn colbert en haalde een stuk papier te voorschijn dat één keer doormidden gevouwen was. Hij gaf het aan Sherman. Er stond een kranteknipsel op, het eerste verhaal uit *The City Light*. De foto van de lange magere jongen. Sommige gedeelten waren onderstreept met een gele viltstift. Bruckner Boulevard. Mercedes-Benz. R. *Zouden zijn vingers trillen!* Als hij het papier lang genoeg vasthield om het hele stuk te lezen wel. Hij sloeg zijn ogen op en keek de twee rechercheurs aan.

'We hebben er gisteravond iets van gezien op televisie, mijn vrouw en ik.' Hoorde hij te zeggen dat het hem verbaasde? Of *wat toevallig?* Het drong tot hem door in precies deze woorden: *Ik kan niet liegen.* 'We dachten, grote God, *wij* hebben een Mercedes, en het kenteken begint met een R.' Hij wierp weer een blik op het knipsel en gaf het vlug terug aan de kleine, Martin.

'U en nog een hoop anderen,' zei Martin met een geruststellende glimlach. 'We proberen ze allemaal na te trekken.'

'Hoeveel zijn het er?'

'Heel wat. We hebben er een hoop agenten aan werken. M'n collega en ik hebben hier zelf een lijst met een stuk of twintig adressen.'

Bonita stond nog steeds toe te kijken en nam het allemaal gretig in zich op.

'Nou, komt u even hier binnen,' zei Sherman tegen degene die Martin heette. Hij gebaarde naar de bibliotheek. 'Bonita, als mevrouw McCoy en Campbell thuiskomen, wil je dan zeggen dat ik met deze heren bezig ben in de bibliotheek?'

Bonita knikte en trok zich terug naar de keuken.

In de bibliotheek ging Sherman naar de stoel achter het bureau en gebaarde uitnodigend naar de oorfauteuil en de Sheraton leunstoel. De kleine, Martin, keek overal om zich heen. Sherman werd er zich pijnlijk van bewust hoeveel opvallend dure... *troep*... in deze ene kleine kamer was gepropt... de ongelooflijke rommel... de snuisterijen... en toen de ogen van de kleine rechercheur bij het houtsnijwerk van de fries kwamen, bleven ze daarop gevestigd. Hij keerde zich naar Sherman met een openhartige, jongensachtige blik in zijn ogen, alsof hij wilde zeggen: *Niet gek!* Toen ging hij in de leunstoel zitten, en de grote, Goldberg, nam plaats in de oorfauteuil. Sherman ging achter het bureau zitten.

'Goed, laat 'ns kijken,' zei Martin. 'Kunt u ons zeggen of uw auto in gebruik was op de avond dat dit gebeurd is?'

'Wanneer was het precies?' *Tja – nu moet ik verder wel liegen.*

'Dinsdag een week geleden,' zei Martin.

'Ik weet niet,' zei Sherman, 'daar zou ik even over na moeten denken.'

'Hoeveel personen gebruiken uw auto?'

'Ik het meest, soms mijn vrouw.'

'Hebt u kinderen?'

'Ik heb een dochter, maar die is nog maar zes.'

'Nog iemand anders die in de auto kan?'

'Nee, ik dacht van niet, op de mensen van de garage na.'

'De garage?' vroeg Martin. 'Een parkeergarage?'

'Ja.' Waarom was hij over de garage begonnen?

'U laat de auto daar achter, met de sleutels erin, en zij parkeren 'm?'

'Ja.'

'Waar is die garage?'

'Die is… hier vlakbij.' Shermans hoofd begon met een razende vaart te tollen. Ze verdenken het garagepersoneel! Nee, dat is krankzinnig. Dan! Hij zag de dikke kleine trol met zijn rooie haar voor zich. Hij zal hun met plezier vertellen dat ik de auto die avond heb meegenomen! Misschien zou hij het vergeten zijn of niet meer weten welke avond het was. O, *dat weet hij nog wel!* Zo koel als ik tegen hem deed –

'Zouden we er naar kunnen gaan kijken?'

Sherman had een droge mond gekregen. Hij voelde zijn lippen samentrekken.

'Naar de auto?'

'Ja.'

'Wanneer?'

'Wat ons betreft zo gauw we hier weggaan.'

'U bedoelt nu? Tja, ik weet niet… ' Sherman had het gevoel dat zijn lipspieren met een touwtje werden dichtgesnoerd.

'Er zijn bepaalde dingen die met zo'n voorval als dit samengaan. Als een auto die dingen niet heb, dan gaan we de lijst verder af. Op dit moment zoeken we naar een auto. We hebben geen signalement van de bestuurder. Dus – als u 't goed vindt.'

'Tja… ik weet niet… ' Nee! Laat ze er naar kijken! Er valt niets voor ze te vinden! Of misschien toch? Iets waar ik niets van afweet, waar ik nooit van gehoord heb! Maar als ik nee zeg – dan krijgen ze argwaan! Zeg maar ja! Maar stel dat die kleine roodharige parkeerwachter dienst heeft!

'Het is een kwestie van procedure. We bekijken alle auto's.'

'Dat weet ik, maar eh, als dat eh, de procedure is, dan zal ik denk ik de eh, procedure moeten volgen die ik – die gepast is voor iemand met een auto in deze situatie.' Zijn mond trok steeds strakker samen. Hij zag de twee mannen een blik wisselen.

De kleine, Martin, trok een zeer teleurgesteld gezicht. 'U wilt toch meewerken, niewaar?'

'Ja, natuurlijk.'

'Nou, zoveel stelt dit niet voor. Dit hoort bij de procedure. We trekken alle auto's na.'

'Dat weet ik, maar als er een procedure bestaat – dan moet ik dat ook doen, een procedure volgen. Dat is tenminste wel zo logisch, lijkt me.'

Sherman was zich pijnlijk bewust dat hij onzin uitsputterde, maar hij klampte zich uit alle macht vast aan dat woord *procedure*. Kon hij die spieren om zijn mond maar onder controle krijgen –

'Het spijt me, ik snap 't nie,' zei Martin. 'Wat voor procedure?'

'Nou, u had het over een procedure, uw procedure, bij het onderzoek in een zaak als deze. Ik weet niet hoe dat gaat met dit soort dingen, maar er moet ook een procedure zijn voor de eigenaar van de auto in deze situatie – ik bedoel, ik bezit toevallig een auto van een merk en kentekennummer – met een kentekennummer – en ik weet dat er een procedure moet zijn. Dat wil ik maar zeggen. Ik denk dat ik daaraan moet denken. De procedure.'

Martin stond op en begon het houtsnijwerk op de fries weer te bekijken. Zijn ogen gingen de halve kamer rond. Toen keek hij Sherman aan met zijn hoofd in die scheve hoek. Er lag een dun glimlachje om zijn lippen. Brutaal! IJselijk!

'Nou goed, de procedure is – die is niks ingewikkeld. Als u met ons mee-werkt, en daar heb u geen bezwaar tegen, dan werkt u met ons mee en bekij-ken we de auto en gaan we weer verder. Niks ingewikkeld. Oké? Als u nie mee wil werken, als u uw redenen heb om nie mee te werken, dan werkt u nie mee, en dan moet 't langs officiële kanalen, en dan gebeurt 't toch, en u zegt 't dus maar.'

'Nou, het is alleen zo dat… ' Hij wist niet hoe hij de zin moest afmaken.

'Wanneer hebt u voor het laatst met uw auto gereden, meneer McCoy?' Het was de andere, de grote, Goldberg, die nog steeds in de oorfauteuil zat. Even was Sherman dankbaar dat ze van onderwerp veranderden.

'Laat eens kijken… Het afgelopen weekend, denk ik, tenzij… laat eens kijken, heb ik er sindsdien mee gereden… '

'Hoe vaak hebt u er de afgelopen twee weken mee gereden?'

'Dat weet ik niet precies… Laat eens kijken… '

Hij keek de grote vleesklomp in de oorfauteuil aan en probeerde er wan-hopig achter te komen hoe hij op deze vragen moest liegen – en uit zijn oog-hoek zag hij de kleinste op hem aflopen, om de zijkant van het bureau heen.

'Hoe vaak rijdt u er gewoonlijk mee?' vroeg Goldberg.

'Dat varieert.'

'Hoe vaak per week?'

'Zoals ik al zeg, dat varieert.'

'Dat varieert. Rijdt u ermee naar uw werk?'

Sherman staarde naar de grote vleesklomp met de snor. Iets hondsbrutaals aan deze ondervraging. Tijd om het af te kappen en zich te laten gelden. Maar wat voor toon moest hij aanslaan? Deze twee waren met een onzichtbare lijn verbonden aan een gevaarlijke… Macht… die hij niet kon vatten. *Wat?* –

De kleine, Martin, was nu omgelopen tot aan zijn kant van het bureau. Vanuit de diepte van zijn stoel keek Sherman naar Martin op, en Martin keek op hem neer met die scheve uitdrukking op zijn gezicht. Eerst keek hij erg triest. Toen kwam hij met een dappere glimlach.

'Kijk es, meneer McCoy,' zei hij, terwijl hij door zijn bedroefdheid heen lachte, 'ik ben ervan overtuigd dat u wil meewerken, en ik wil nie dat u te zwaar aan de procedure gaat tillen. Alleen moeten we alles in deze zaak nauwkeurig nagaan, want 't slachtoffer, die meneer Lamb, is er heel slecht aan toe. Volgens onze informatie gaat-ie dood. Dus vragen we iedereen om mee te werken, maar d'r is geen mens die zegt dat dat moet. Als u wil kunt u ook helemaal niks zeggen. Dat recht heb u. Begrijpt u?'

Toen hij 'Begrijpt u?' zei, hield hij zijn hoofd in een bijzonder scheve hoek en produceerde een sceptische glimlach die aangaf dat Sherman wel een verschrikkelijk ondankbare vlegel, een lastpak en een hardvochtige burger moest zijn als hij niet meewerkte.

Toen zette hij allebei zijn handen op het blad van Shermans bureau en boog zich voorover tot zijn armen het gewicht van zijn bovenlichaam droegen. Daardoor kwam zijn gezicht dichter bij dat van Sherman, al keek hij nog steeds op hem neer.

'Ik bedoel, u weet wel,' zei hij, 'u heb recht op 'n *advocaat*.'

Door de manier waarop hij *advocaat* zei leek het alsof hij probeerde om zich de meest krankzinnige en belachelijke mogelijkheden in te denken die een man – een kleiner en veel geniepiger man dan Sherman McCoy – kon hebben. 'U begrijp me toch, niewaar?'

Sherman zat onwillekeurig ja te knikken. Er kroop een koude rilling door zijn lijf.

'Ik bedoel, wat dat betreft, mocht 't u aan middelen voor een advocaat ontbreken' – hij zei het met zo'n kameraadschappelijke glimlach en op zo'n gemoedelijke toon dat het was alsof Sherman en hij al jarenlang makkers waren en zo hun eigen grapjes hadden – 'en u wilde een advocaat, dan zou de staat u er kosteloos een toewijzen. Als u er om een of andere reden een nodig mocht hebben.'

Sherman knikte weer. Hij staarde naar het scheve gezicht van de man. Hij voelde zich niet in staat om iets te doen of zich te verweren. De boodschap van de man leek te zijn: 'Ik hoef u die dingen niet te vertellen. U bent een burger van aanzien, en u staat boven hen. Maar als dat niet zo is... dan moet u het soort ziektekiem zijn dat we dienen uit te roeien.'

'Ik wil alleen maar zeggen dat we uw medewerking nodig hebben.'

Toen ging hij met een zwaai op de rand van Shermans bureau zitten en keek recht neer in zijn gezicht. *Hij zit op de rand van mijn bureau!*

Hij kwam met de warmste glimlach die je je maar voor kon stellen en vroeg zachtjes: 'Nou, hoe zit 't, meneer McCoy? M'n collega vroeg u daarnet of u met de auto naar uw werk gaat.' Hij bleef glimlachen.

Wat een schaamteloosheid! Wat een intimidatie! Dat gaat gewoon op mijn bureau zitten! Wat een barbaarse brutaliteit!

'Nou, is dat zo?' Weer die scheve glimlach. 'Gaat u ermee naar uw werk?'

Angst en verontwaardiging welden tegelijkertijd op. Maar de angst had de overhand. 'Nee... dat niet.'

'Wanneer gebruikt u hem dan?'

'In de weekends... Of – wanneer het uitkomt... overdag of soms 's avonds. Ik bedoel, niet vaak overdag, behalve wanneer mijn vrouw hem gebruikt, dat wil zeggen, ik bedoel, dat is moeilijk te zeggen.'

'Zou 't kunnen dat uw vrouw 'm vorige week dinsdagavond gebruikt heb?'

'Nee! Ik bedoel, ik denk van niet.'

'Dus 't kan zijn dat u 'm op wat voor tijd dan ook gebruikt heb, maar u weet nie meer wanneer.'

'Zo zit het niet. Alleen eh – ik gebruik de auto, ik hou het niet bij, ik schrijf het niet op, ik denk er niet zo bij na, geloof ik.'

'Hoe vaak gebruikt u 'm 's avonds?'

Vertwijfeld probeerde Sherman het juiste antwoord in te schatten. Als hij *vaak* zei, maakte dat het dan waarschijnlijker dat hij ermee weg was *op die avond*? Maar als hij *zelden* zei – zou hij dan niet zekerder weten of hij hem al dan niet gebruikt had op die bewuste avond?

'Ik weet niet,' zei hij. 'Niet echt *vaak* – maar ik geloof vrij regelmatig, naar verhouding.'

'Niet echt vaak maar vrij regelmatig, naar verhouding,' zei de kleine rechercheur monotoon. Toen hij bij het woord *verhouding* was aangekomen keek hij zijn collega aan. Hij draaide zich weer om en keek opnieuw vanaf zijn post op de rand van het bureau op Sherman neer.

'Nou, laten we maar eens terugkomen op de auto. Waarom gaan we d'r niet 'ns naar kijken. Wat zegt u d'r van?'

'Nu?'

'Zeker.'

'Dit is geen geschikt moment.'

'Heb u een afspraak of zo?'

'Ik – zit te wachten op mijn vrouw.'

'Moet u weg?'

'Ik – uhhhhhhhhhh.' De eerste persoon enkelvoud eindigde in een zucht.

'Moet u weg met de auto?' vroeg Goldberg. 'Dan zouden we hem meteen kunnen bekijken. Zò gebeurd.'

Even dacht Sherman er over om de auto uit de garage te halen en hen ernaar te laten kijken voor het gebouw. Maar stel dat ze dat niet goed vonden? Stel dat ze meegingen – en met Dan praatten?

'Hoor ik u net zeggen dat uw vrouw straks thuis komt?' vroeg de kleinste. 'Misschien moeten we effe wachten en ook met haar praten. Misschien weet zij nog of iemand de auto gebruikt heb vorige week dinsdagavond.'

'Tja, ze – dit is gewoon geen geschikt moment, heren.'

'Wanneer is 't dan een geschikt moment?' vroeg de kleinste.

'Dat weet ik niet. Als u mij eens wat tijd gaf om erover na te denken.'

'Waarover nadenken? Wanneer 't een geschikt moment is? Of u gaat meewerken?'

'Daar gaat het niet om. Ik – tja, ik zit over de richtlijnen in.'

'De richtlijnen?'

'Hoe dit precies afgehandeld dient te worden. Op correcte wijze.'

'Zijn de richtlijnen hetzelfde als de procedure?' De rechercheur tuurde met een beledigend glimlachje op hem neer.

'Richtlijnen... procedure... ik ken het jargon niet. Het zal wel op hetzelfde neerkomen.'

'Ik ken 't ook nie, meneer McCoy, want zo'n jargon is er nie, zulke richtlijnen zijn er nie, zo'n procedure is er nie. U werkt gewoon mee aan 'n onderzoek of nie. Ik dacht dat u mee wilde werken?'

'Dat wel, maar u zet me voor het blok.'

'Wat voor blok?'

'Tja – kijk eens. Ik geloof dat ik maar eens... dat ik het maar eens moet bepraten met een advocaat.'

Zodra de woorden uit zijn mond kwamen, voelde hij dat hij een vreselijke bekentenis had afgelegd.

'Zoals gezegd,' zei de kleine rechercheur, 'dat is uw goed recht. Maar waarom zou u willen praten met een advocaat? Waarom zou u zich de moeite en de kosten op de hals halen?'

'Ik wil alleen maar zeker zijn dat mijn handelwijze' – meteen was hij er bang voor dat hij met dat woord *handelwijze* ook in de knoei zou raken – 'correct is.'

De dikke die in de oorfauteuil zat, nam het woord. 'Ik wil u eens iets vragen, meneer McCoy. Hebt u soms wat op te biechten?'

Sherman kreeg het koud. 'Op te biechten?'

'Want als dat zo is' – een vaderlijke glimlach – *brutaliteit!* – 'is dit 't goeie moment, voordat 't nog verder gaat en 't een ingewikkelde boel wordt.'

'Wat moet ik op te biechten hebben?' Hij had resoluut willen klinken, maar het kwam er… verbluft uit.

'Dat vraag ik net aan u.'

Sherman stond op en schudde zijn hoofd. 'Ik geloof niet dat het zin heeft om hier nu op door te gaan. Ik zal dit eerst moeten bespreken – '

De kleine, die nog steeds op het bureau zat, maakte de zin voor hem af: ' – met een advocaat?'

'Ja.'

De kleine schudde zijn hoofd zoals je doet wanneer iemand die je een advies geeft, vastbesloten lijkt om een dwaze koers aan te houden. 'Dat is uw goed recht. Maar als er iets belangrijks is waar u over wilt praten met uw advocaat bent u beter af als u er nou mee voor de dag komt. En u zult er zich beter bij *voelen*. Wat 't ook is, 't is vast niet zo erg als u denkt. Iedereen maakt fouten.'

'Ik heb niet gezegd dat er iets belangrijks was. Dat is niet zo.' Hij voelde zich ingesloten. *Ik probeer hun spelletje mee te spelen – terwijl ik het spelletje zelf zou moeten verwerpen!*

'Weet u 't zeker?' vroeg de dikke met wat bij hem kennelijk voor een vaderlijke glimlach doorging. In feite was het een afgrijselijke… weerzinwekkende grimas… De *onbeschoftheid!*

Sherman wrong zich langs de kleinste, die op het bureau bleef zitten en hem volgde met zijn dreigende oogjes. Bij de deur draaide Sherman zich om en keek hen allebei aan.

'Het spijt me,' zei hij, 'maar ik zie het nut er niet van in om hier op door te gaan – ik vind niet dat ik er verder over moet praten.'

Ten slotte stond de kleinste op – *eindelijk verlaat hij zijn brutale post op mijn bureau!* Hij haalde zijn schouders op en keek de dikke aan, die ook opstond.

'Goed, meneer McCoy,' zei de kleinste, 'we zien u nog wel… met uw advocaat.' De manier waarop hij het zei suggereerde: 'We zien u nog wel… in de *rechtszaal.*'

Sherman deed de deur van de bibliotheek open en verzocht hen met een gebaar om de hal in te lopen. Het leek vreselijk belangrijk voor hem om hen naar buiten te begeleiden en de kamer als laatste te verlaten – om te bewijzen dat dit per slot van rekening zijn eigen huis was en dat hij hier heer en meester was.

Toen ze bij de deur van de liftvestibule kwamen, zei de kleinste tegen de dikke: 'Davey, heb je 'n kaartje? Geef meneer McCoy effe een kaartje.'

De dikke haalde een kaartje uit de zijzak van zijn colbert en gaf het aan Sherman. Het kaartje was gekreukeld.

'Mocht u zich bedenken,' zei de kleinste, 'bel ons dan effe op.'

'Ja, denk er 'ns over na,' zei de dikke met zijn afzichtelijke glimlach. 'Waar u ook mee zit, hoe eerder u 't aan ons vertelt hoe beter voor u. Zo zit dat. Op dit moment bent u nog in de gelegenheid om mee te werken. Als u ermee wacht... dan gaat de molen draaien... ' Hij hief zijn handen alsof hij wilde zeggen: 'En dan zit u tot uw nek in de problemen.'

Sherman deed de deur open. De kleinste zei: 'Denk er nog 'ns over na.'

Terwijl ze naar buiten liepen gaf de dikke hem een afschuwelijke knipoog.

Sherman deed de deur dicht. Ze waren weg. In plaats van opluchting maakte een overweldigende moedeloosheid zich van hem meester. Zijn hele centrale zenuwstelsel vertelde hem dat hij zojuist een catastrofale nederlaag geleden had – en toch wist hij niet wat er gebeurd was. Hij kon zijn wonden niet analyseren. Hij was op brute wijze in zijn eer aangetast – maar hoe was het gebeurd? Hoe waren deze twee... brutale... gesjochten... *beesten*... zijn leven binnengedrongen?

Toen hij zich omkeerde was Bonita uit de keuken verschenen en stond ze op de rand van de marmeren vloer. Hij moest iets tegen haar zeggen. Ze wist dat ze van de politie waren.

'Ze onderzoeken een auto-ongeluk, Bonita.' Te gejaagd.

'O, een ongeluk.' Haar grote ogen zeiden: 'Ga verder.'

'Ja... ik weet niet. Een van de auto's die erbij betrokken was had een kenteken dat veel lijkt op het onze. Of zoiets.' Hij zuchtte en maakte een hulpeloos gebaar. 'Ik kon het niet helemaal volgen.'

'U maak geen zorgen, meneer McCoy. Zij weten u bent het niet.' Aan de manier waarop ze het zei kon hij merken dat hij er wel héél bezorgd uitzag.

Sherman ging de bibliotheek in, sloot de deur en wachtte drie of vier minuten. Hij wist dat het nergens op sloeg, maar hij had het gevoel dat als hij niet wachtte tot de twee politiemannen het gebouw uit waren, ze op een of andere manier opnieuw op zouden duiken, zomaar weer binnen zouden wippen, met hun smalende grijnslachjes en afschuwelijke knipoogjes. Toen belde hij Freddy Buttons huis op en liet de boodschap achter dat hij moest terugbellen zodra hij thuis was.

Maria. Moest haar spreken. Zou hij het wagen om haar op te bellen? Wist niet eens waar ze kon wezen... de schuilplaats, het appartement op Fifth Avenue... *Telefoon afgetapt!*... Konden ze op een of andere manier meteen zijn telefoon aftappen? Hadden ze een afluisterapparaatje in de kamer achtergelaten?... Bedaar... Dat is krankzinnig... Maar stel dat Judy al terug is en ik haar niet gehoord heb!

Hij stond op van zijn stoel en liep de kamer uit en zijn statige hal in... Niemand te zien... Hij hoorde een zacht klik klik... Marshalls hondepenning... De trieste tekkel kwam de huiskamer uitgewaggeld... De nagels van het beest kletterden op het marmer... Het lopende stukje salami... de oorzaak van de helft van mijn problemen... En wat kan jou de politie schelen?... Eten en uit, eten en uit... Toen stak Bonita haar hoofd in de deuropening... Wil er niks van missen, hè? Wil dat gedoe met de politie helemaal opslobberen, nietwaar?... Sherman staarde haar beschuldigend aan.

'O, ik dacht mevrouw McCoy thuisgekomen,' zei ze.

'Maak je geen zorgen,' zei hij, 'wanneer mevrouw McCoy en Campbell binnenkomen, hoor je het wel.' En hou tot die tijd je neus buiten mijn zaken.

Bonita kon de toon in zijn stem goed genoeg thuisbrengen en trok zich terug in de keuken. Sherman liep terug naar de bibliotheek. Ik zal toch maar een telefoontje wagen. Op dat moment ging de deur van de liftvestibule open.

Judy en Campbell.

Wat nu? Hoe kon hij Maria opbellen? Moest hij Judy eerst over de politie vertellen? Als hij dat niet deed, zou Bonita het wel doen.

Judy keek hem onderzoekend aan. Wat droeg ze verdomme nou weer? Een witte flanellen broek, een witte kasjmier trui en een soort punkjack met schoudervulling... tot... hier... mouwen zowat opgetrokken tot haar elleboog, een kraag met een belachelijk brede V tot... hier... Ondertussen zag Campbell er als een echte dame uit in haar donkerrode jumper en blazer en witte blouse met schulpjeskraag van de Taliaferro-school... Hoe kwam het dat al de kleine meisjes tegenwoordig als dames gekleed gingen en hun moeders als verwende bakvissen?

'Sherman,' zei Judy, die bezorgd keek, 'is er iets mis?'

Moest hij haar meteen vertellen van de politie? Nee! Wegwezen en Maria bellen!

'Eh, nee,' zei hij, 'ik was alleen – '

'Papa!' zei Campbell, en liep op hem af. 'Zie je deze kaarten?'

Zie je deze kaarten?

Ze stak drie mini-speelkaarten naar hem uit, de hartenaas, de schoppenaas en de ruitenaas.

'Wat zijn dat?' zei ze.

Wat zijn dat?

'Ik weet niet, schat. Speelkaarten.'

'Maar wat zijn 't dan?'

'Wacht even, liefje. Judy, ik moet even weg.'

'Papa! Wat zijn 't dan!'

'Ze heeft ze van de goochelaar gekregen,' zei Judy. 'Zeg maar wat het zijn.' Een hoofdknikje dat beduidde: 'Geef haar haar zin maar. Ze wil je een truc laten zien.'

'Als ik terug ben,' zei hij tegen Campbell. 'Ik moet even een ogenblikje weg.'

'Papa!' Ze sprong op en neer en probeerde de kaarten recht in zijn gezicht te duwen.

'Wacht even, schat!'

'Ga je weg?' zei Judy. 'Waar ga je naar toe?'

'Ik moet naar – '

'PAPA! ZEG – NOU – WAT – HET – ZIJN!'

' – Freddy Button.'

'PAPA!'

'Sssssssst,' zei Judy. 'Stil even.'

'Papa... kijk!' De drie kaarten dansten voor zijn neus in de lucht.

'Naar Freddy Button? Weet je hoe laat het is? We moeten ons klaar maken, we gaan zo weg!'

'Zeg dan wat het zijn, papa!'

Christus! Was hij totaal vergeten! Ze zouden gaan dineren bij die vreselijke mensen, de Bavardages! Judy's kliek... de Society Schimmen... Vanavond? Onmogelijk!

'Ik weet het niet, Judy. Ik... weet niet hoe lang ik bij Freddy moet wezen. Het spijt me, ik – '

'Hoe bedoel je, je weet het niet?'

'PAPA!' De tranen nabij van frustratie.

'In godsnaam, Sherman, kijk nu naar die kaarten.'

'Je mag geen God zeggen, mama.'

'Je hebt helemaal gelijk, Campbell. Dat had ik niet moeten zeggen.'

Hij boog zich voorover en tuurde op de kaarten. 'Nou... hartenaas... schoppenaas... en ruitenaas.'

'Weet je het zeker?'

'Ja.'

Brede glimlach. Triomfantelijk. 'Ik wapper er alleen mee, zò.' Ze begon razendsnel met de kaarten rond te zwaaien tot ze vervaagden in de lucht.

'Sherman, je hebt geen tijd om naar Freddy Button te gaan.' Een strenge en-daarmee-uit-blik.

'Judy, het moet.' Hij knikte met zijn hoofd naar de bibliotheek, alsof hij wilde zeggen: 'Ik leg het je daar wel uit.'

'Hokus pokus pas!' zei Campbell. 'Kijk nou eens, papa!'

Judy, met een stem die gespannen stond als een veer: 'We gaan... naar – dat – diner.'

Hij boog zich weer voorover. 'Ruitenaas... hartenaas... en... klaveraas! Nee maar, Campbell! Hoe is die klaveraas daar terecht gekomen?'

Dolblij. 'Gewoon – zo maar!'

'Maar – dat is toveren!'

'Sherman – '

'Hoe heb je dat gedaan? Ik kan mijn ogen niet geloven!'

'Sherman, heb je me verstaan?'

Campbell, met grote bescheidenheid: 'De goochelaar heeft 't voorgedaan.'

'Aha! De goochelaar. Wat voor goochelaar?'

'Op het verjaardagsfeestje van MacKenzie.'

'Dat is ongelooflijk!'

'Sherman, kijk me eens aan.'

Hij keek haar aan.

'Papa! Wil je zien hoe ik het gedaan heb?'

'Sherman.' Nog meer *en-daarmee-uit.*

'Kijk papa, ik zal het eens voordoen.'

Judy, koortsachtig lief: 'Campbell, weet je wie er *dol* is op goocheltrucs?'

'Wie dan?'

'Bonita. Die is er gek op. Doe het haar maar eens voor voordat ze het te druk heeft met het klaarmaken van je eten. Dan mag je terugkomen en aan papa laten zien hoe je het hebt gedaan.'

'Nou goed dan.' Ze slofte er mismoedig vandoor naar de keuken. Sherman voelde zich schuldig.

'Kom even mee naar de bibliotheek,' zei hij tegen Judy met een onheilspellende stem.

Ze gingen de bibliotheek in, en hij deed de deur dicht en zei tegen Judy dat ze moest gaan zitten. *Dit wordt te erg voor je om staand te kunnen verwerken.* Ze ging in de oorfauteuil zitten en hij nam plaats in de leunstoel.

'Judy, herinner je je dat gedoe gisteravond op de televisie, over dat ongeluk met die auto die doorreed in de Bronx, en dat ze op zoek zijn naar een Mercedes met een kenteken dat begint met een R?'

'Ja.'

'Nou, er zijn net twee politiemannen langs geweest voordat jij en Campbell thuis kwamen. Twee rechercheurs, en ze stelden me een heleboel vragen.'

'Ja?'

Hij beschreef de ondervraging, en wilde de dreiging ervan laten overkomen – *ik moet naar Freddy Button toe!* – maar verzweeg zijn eigen angst en onbeholpenheid en schuldgevoelens.

'Dus ik belde Freddy op, maar hij was niet thuis, al werd hij daar wel verwacht. Dus ga ik naar zijn appartement en laat er een briefje achter' – hij legde zijn hand op de borst van zijn jasje alsof er een brief in de binnenzak zat – 'en als hij al terug is als ik daar aankom, praat ik met hem. Dus ik moest nu maar gaan.'

Even keek Judy hem alleen maar aan. 'Sherman, dit is je reinste onzin.' Ze sprak op een bijna warme toon, met een glimlachje, zoals je tegen iemand praat die van het dak moet worden gepraat. 'Ze zullen je niet in de gevangenis gooien omdat je een half kentekennummer hebt. Ik zag er vanmorgen iets over in de *Times*. Het schijnt dat er 2500 Mercedessen zijn met het kenteken dat begint met een R. Ik heb er nog grapjes over zitten maken met Kate di Ducci onder de lunch. We hebben geluncht in La Boue d'Argent. Waar maak je je in 's hemelsnaam druk over? Je reed vast niet rond in de Bronx op die avond, wanneer het ook was.'

Nu!… Vertel het haar!… Werp voor eens en altijd die vreselijke last van je schouders! Voor de draad ermee! Met een gevoel dat de euforie benaderde nam hij de laatste meter van de grote muur van bedrog die hij tussen zichzelf en zijn gezin had opgetrokken, en –

'Nou… dat weet ik wel. Maar ze deden net alsof ze me niet geloofden.'

– en viel meteen weer naar beneden.

'Het is vast alleen maar verbeelding, Sherman. Zo *gaan* die dingen waar-

schijnlijk gewoon. Alsjeblieft, zeg. Als je Freddy wilt spreken is er morgenochtend nog tijd zat.'

'Nee! Heus! Ik moet naar hem toe.'

'En dan kun je een hele tijd met hem praten, als het moet.'

'Eh, ja, als het moet.'

Ze glimlachte op een manier die hem niet beviel. Toen schudde ze haar
hoofd. Ze glimlachte nog steeds. 'Sherman, we zijn vijf weken geleden op die
uitnodiging ingegaan. We worden er over anderhalf uur verwacht. En ik ga.
En jij gaat ook. Als je het nummer van de Bavardages wilt achterlaten zodat
Freddy je kan opbellen, mij best. Dat zullen Inez en Leon vast niet erg vinden.
Maar we gaan wel.'

Ze bleef warm glimlachen... naar de springer op het dak... *en daarmee uit.*

Die kalmte... die glimlach... die gespeelde warmte... Haar gezicht was
overtuigender dan elke verklaring waar ze mee op de proppen had kunnen
komen. Als het woorden waren geweest, had hij wellicht nog openingen
kunnen vinden om zich doorheen te wurmen. Dit gezicht bood helemaal
geen openingen. Het diner bij Leon en Inez Bavardage was voor Judy net zo
belangrijk als de Giscard-transactie voor hem geweest was. De Bavardages
waren dit jaar de gastheer en gastvrouw van de eeuw en het drukst en lawaaie-
rigst gearriveerd van de arrivisten. Leon Bavardage was een handelaar in cichorei uit New Orleans die overgestapt was op onroerend goed en daarin
fortuin gemaakt had. Zijn vrouw Inez was misschien echt iemand van een
oud geslacht uit Louisiana, de Belairs. In de ogen van Sherman (de knickerbocker) waren het belachelijke mensen.

Judy glimlachte – en ze had het haar hele leven nog nooit zo ernstig gemeend.

Maar hij moest Maria spreken!

Hij sprong op. 'Nou goed, we gaan – maar ik moet vlug even bij Freddy
aanwippen! Ik ben zo terug!'

'Sherman!'

'Dat beloof ik! Ik ben zo terug!'

Hij rende zowat over het donkergroene marmer van de hal. Hij verwachtte
half en half dat ze achter hem aan zou rennen en hem uit de liftvestibule terug
naar binnen zou slepen.

Beneden zei Eddie, de portier: 'Goeienavond, meneer McCoy,' en staarde
hem aan met een gezicht dat leek te zeggen: 'En waarom moest de politie bij
u wezen?'

'Hallo Eddie,' zei hij zonder in te houden om hem aan te kijken. Hij liep
Park Avenue op.

Zodra hij bij de hoek was aangekomen vloog hij naar de gewraakte telefooncel.

Voorzichtig, voorzichtig draaide hij Maria's nummer. Eerst op de schuilplaats. Geen gehoor. Toen draaide hij het appartement op Fifth Avenue. Een
Spaanse stem vertelde dat mevrouw Ruskin niet aan de telefoon kon komen.
Godverdomme! Moest hij zeggen dat het dringend was? Moest hij zijn naam
achterlaten? Maar die oude man met wie ze getrouwd was, Arthur, kon er wel

zijn. Hij zei dat hij nog terug zou bellen.

Moest wat tijd doden om aannemelijk te maken dat hij naar het huis van Freddy Button was geweest en een briefje had afgegeven en weer was teruggekomen. Hij liep naar Madison Avenue... het Whitney Museum... het Carlyle Hotel... Drie mannen kwamen de deur uit die naar Café Carlyle leidde. Ze waren ongeveer van zijn leeftijd. Ze liepen te praten en te lachen, met hun hoofd in de nek, zalig beneveld... Ze hadden alle drie een attachékoffertje bij zich en twee van hen droegen een donker pak, een wit overhemd en een lichtgele das met een fijn printdessin. Die lichtgele dassen waren het insigne geworden van de werkbijen van de zakenwereld... Wat hadden ze verdomme te lachen en te snoeven, afgezien van de alcoholische roes in hun hersens, de arme misleide –

Hij voelde het soort wrok in zich opkomen van mensen die ontdekken dat de wereld ondanks hun zorgelijke toestand zijn gang gaat, zonder erbarmen, zonder zelfs maar een lang gezicht.

Toen hij het appartement weer binnenkwam, was Judy boven in hun slaapsuite.

'Nou – zie je wel? Zo lang duurde dat niet,' zei hij. Hij klonk alsof hij een lintje verwachtte omdat hij zijn woord had gehouden.

Ze had de tijd om verschillende mogelijke commentaren door haar hoofd te laten gaan. Wat ze ten slotte daadwerkelijk zei, was: 'We hebben minder dan een uur, Sherman. Doe me nou eens een plezier. Doe dat marineblauwe pak aan dat je vorig jaar gekocht hebt, dat diep-marineblauwe. Nachtblauw heet het geloof ik. En een fatsoenlijke das, niet zo'n printdessin. Die marineblauwe van crêpe de Chine. Of een zwart-wit geblokte is ook wel goed. Die staan je altijd goed.'

Een zwart-wit geblokte is ook wel goed... Hij werd overmand door schuld en wanhoop. Zij cirkelden daar buiten rond, en hij had niet de moed gehad om het haar te vertellen. Ze dacht dat ze zich nog steeds de onschatbare luxe kon permitteren om zich druk te maken over de juiste stropdas.

15

Het masker van de rode dood

Sherman en Judy arriveerden bij het gebouw van de Bavardages in een zwarte Buick met een witharige chauffeur die voor een avond was ingehuurd van Mayfair Town Car, Inc. Ze woonden maar zes straten van de Bavardages vandaan, maar van erheen lopen kon geen sprake zijn. Om te beginnen vanwege Judy's jurk. Die liet haar schouders bloot, maar de korte pofmouwen die haar bovenarmen bedekten waren zo groot als lampions. De taille was smal maar de rok was opgeblazen tot een vorm die Sherman aan een luchtballon deed denken. De uitnodiging bij de Bavardages schreef 'informele' kleding voor. Maar zoals *tout le monde* wist, kleedden vrouwen zich dit seizoen veel uitbundiger voor informele diners in sjieke appartementen dan voor galapartijen in balzalen. In elk geval kon Judy onmogelijk over straat gaan in deze jurk. Een kopwind van kracht één zou haar al meteen tot staan hebben gebracht.

Maar er was nog een dwingender reden voor de huurauto met chauffeur. Het zou volkomen *oké* geweest zijn als ze getweeën voor een diner in een Goed Gebouw (de gangbare term) aan Fifth Avenue gearriveerd waren per taxi, en het zou nog geen drie dollar hebben gekost. Maar wat moesten ze dan *na de party doen?* Hoe konden ze dan het gebouw van de Bavardages uitlopen en toestaan dat de hele wereld, *tout le monde*, hen, de McCoys, dat vlotte paar, op straat zag staan met hun handen opgestoken in een dappere, wanhopige, deerniswekkende poging om een taxi aan te houden? De portiers zouden geen uitkomst bieden, want zij waren dan bezig *tout le monde* naar hun limousine te begeleiden. Dus had hij die auto met chauffeur gehuurd, die chauffeur met zijn witte haar die hen zes straten ver zou rijden en weer vertrekken. Met vijftien procent fooi en btw zou de rekening $197,20 of $246,50 bedragen, al naar gelang ze voor vier of vijf uur in totaal moesten betalen.

Wegbloedend geld! Had hij überhaupt nog wel een baan! Kolkende angst... Lopwitz... Lopwitz zou hem toch zeker niet *ontslaan*... om drie schamele dagen... *en zes miljoen dollar, sufferd die je bent!*... Moet beginnen minder uit te geven... Vanavond was het natuurlijk nog pure noodzaak om een auto met chauffeur te hebben.

Tot overmaat van ramp kon de chauffeur niet stoppen bij het trottoir voor de ingang omdat er zoveel limousines in de weg stonden. Hij moest dubbel parkeren. Sherman en Judy moesten zich een weg banen tussen de limousines door... Afgunst... afgunst... Uit de kentekens kon Sherman afleiden dat deze limousines niet gehuurd waren. Ze waren *het bezit* van degenen wier glanzende pels hier naar toe werd vervoerd met die wagens. Een chauffeur, een goeie die bereid was lange en late diensten te draaien, kostte minimaal $36.000 per jaar; stalling, onderhoud en verzekering zouden nog eens $14.000 extra kosten; een totaalbedrag van $50.000, waarvan niets aftrekbaar was. *Ik verdien een miljoen dollar per jaar – en ik kan dat niet eens betalen!*

Hij stapte op het trottoir. *Hè?* Een stukje naar links, in het halfduister, een figuur – *een fotograaf* – daarzo –

Pure doodsangst!

Mijn foto in de krant!

De andere jongen, die grote, die bruut, ziet hem en gaat naar de politie! *De politie!* De twee rechercheurs! Die dikke! Die met het scheve gezicht! McCoy – dus die gaat naar party's bij de Bavardages! *Nu ruiken ze echt bloed!*

Vol ontzetting staart hij naar de fotograaf –

– en ontdekt dat het maar een jongeman is die zijn hond uitlaat. Hij staat stil bij de luifel die naar de ingang leidt... Kijkt niet eens naar Sherman... staat te staren naar een paar dat naar de deur loopt... een oude man in een donker kostuum en een jonge vrouw, een blondine, in een korte jurk.

Kalm nou toch om Godswil! Doe niet zo krankzinnig! Doe niet zo paranoïde!

Maar een smalende, beledigende stem zegt: '*Hebt u soms wat op te biechten?*'

Nu waren Sherman en Judy onder de luifel, slechts drie of vier passen achter de oude man en de blondine, op weg naar de ingang. Een portier met een gesteven frontje duwde hem open. Hij droeg witte katoenen handschoenen. De blondine ging het eerst binnen. De oude man, die niet veel langer was dan zij, zag er slaperig en somber uit. Zijn dunne grijze haar was recht achterover gekamd. Hij had een grote neus en zware oogleden, net als een filmindiaan. *Wacht eens even – die ken ik...* Nee, hij had hem ergens *gezien*... Maar waar?... *Bingo!*... Op een foto natuurlijk!... Het was baron Hochswald, de Duitse financier.

Dat had Sherman nu net nodig, uitgerekend op deze avond. Om na de catastrofes van de laatste drie dagen, op dit gevaarlijke dieptepunt van zijn carrière op Wall Street, deze man tegen het lijf te lopen wiens succes zo compleet was, zo permanent, wiens rijkdom zo gigantisch en onbetwistbaar was – om deze onverstoorbaar zekere en bejaarde Duitser in het oog te krijgen –

Misschien *woonde* de baron alleen maar in dit gebouw. Alsjeblieft God, laat hem niet naar hetzelfde diner gaan –

Net op dat moment hoorde hij de baron met een zwaar Europees accent tegen de portier zeggen: 'Bavardage'. De witte handschoen van de portier gebaarde naar ergens achter in de hal.

Sherman was de wanhoop nabij. De wanhoop om deze avond en dit leven. Waarom was hij een half jaar geleden niet naar Knoxville gegaan? Een klein neoklassiek huis, een elektrische bladerenruimer, een badmintonnet in de achtertuin voor Campbell... Maar nee! Hij moest achter die Duitser met de donkerbruine ogen aansjouwen op weg naar de woning van een paar aanmatigend vulgaire mensen die Bavardage heetten, een overgewaardeerde handelsreiziger en zijn vrouw.

Sherman zei tegen de portier: 'De Bavard*ages*, alstublieft.' Hij liet de beklemtoonde lettergreep flink galmen, opdat niemand zou denken dat hij ook maar de minste aandacht geschonken had aan het feit dat de nobele baron Hochswald hetzelfde had gezegd. De baron, de blondine, Judy en Sherman gingen op de lift af. De lambrizering van de lift was van glanzend oud mahonie. De nerf was opzichtig maar rijk en warm. Terwijl hij instapte, hoorde hij baron Hochswald de naam Bavard*age* tegen de liftbediende zeggen. Sherman herhaalde dus net als daarvoor: 'De Bavard*ages*' – opdat de baron zelf niet de indruk zou krijgen dat hij, Sherman, zich bewust was van diens bestaan.

Nu wisten ze alle vier dat ze naar hetzelfde diner gingen en moesten ze een besluit nemen. Moest je je fatsoenlijk, amicaal, gemoedelijk en echt Amerikaans gedragen – wat je zonder aarzelen zou doen in een lift op Beacon Hill of Rittenhouse Square – of in welk ander gebouw in New York dan ook, mits de party gegeven werd door iemand van goeden bloede en goede inborst, zoals Rawlie of Pollard (vergeleken met het aanwezige gezelschap leek Pollard plotseling wel oké, best een prijzenswaardige ouwe Knickerbocker) – moest je goedmoedig zijn en glimlachen en je aan elkaar voorstellen... of moest je vulgair snobistisch doen en voorwenden dat je je niet bewust was van je gemeenschappelijke bestemming en stijf naar de nek van de liftbediende turen terwijl de mahoniehouten kabine in zijn schacht omhoog ging?

Sherman wierp Hochswald en de blondine tersluiks een onderzoekende blik toe. Haar jurk was een zwarte cocon die een flink stuk boven haar knieën ophield en haar malse dijen en de soepele glooiing van haar onderbuik nauw omsloot om uit te monden in een geschulpte kraag die aan bloemblaadjes deed denken. God, wat was ze sexy! Haar roomblanke schouders en de bovenkant van haar borsten bolden alsof ze ernaar snakte de cocon af te schudden en naakt door de begonia's te rennen... Haar blonde haar zat in een losse zwier naar achteren en liet een paar enorme robijnrode oorhangers vrij... Niet ouder dan vijfentwintig jaar... Een smakelijk hapje! Een hijgend diertje!... Die ouwe smeerlap had genomen wat hij wilde, verdorie!... Hochswald droeg een kostuum van zwarte serge, een wit overhemd met een spread boord en een zwarte zijden stropdas met een grote, bijna opzichtige knoop... alles van *haarscherpe* snit... Sherman was blij dat Judy hem had aangepraat om het marineblauwe pak en de marineblauwe das aan te doen... Niettemin zag de combinatie van de baron er akelig smaakvol uit vergeleken met de zijne.

Nu zag hij de ogen van de oude Duitser over Judy en hem flitsen. Hun blikken ontmoetten elkaar een fractie van een seconde. Toen tuurden ze allebei weer naar het galon achterop de kraag van de liftbediende.

Zo stegen ze, een liftbediende en vier sociaalstommen, naar een verdieping ergens boven in het gebouw. Het antwoord was: Je deed vulgair snobistisch.

De lift stopte, en de vier stommen stapten uit in de liftvestibule van de

Bavardages. De ruimte was verlicht door zwermen piepkleine schemer-lampjes aan weerszijden van een spiegel met een vergulde lijst. Er was een open deur... een rijke en rozige gloed... het geluid van een korf vol opgewonden stemmen...

Ze gingen de deuropening door en de hal van het appartement binnen. Wat een stemmen! Wat een vreugde! Wat een gelach! Sherman stond voor een catastrofe in zijn carrière, een catastrofe in zijn huwelijk – en de politie cirkelde rond – en toch, de korf – de korf! – de korf! – toch deden de geluidsgolven van de korf zijn binnenste meevibreren. Gezichten vol lachende, glinsterende, *kolkende* tanden! Wat zijn we toch fantastisch en fortuinlijk, wij uitverkorenen, dat we ons in deze hoogste vertrekken kunnen ophouden te midden van onze stralende en vlammende kleurenpracht!

De hal was kleiner dan die van Sherman, maar terwijl die van hemzelf (ingericht door zijn vrouw, de binnenhuisarchitecte) groots en statig was, maakte deze een verblindende, overrompelende indruk. De muren waren bedekt met glanzende Chineesrode zijde, en de zijde was omlijst met smalle vergulde lijsten, en de lijsten waren omlijst met brede gebrand omberen bekleding, en de bekleding was weer omlijst met nog meer vergulde lijsten, en het licht van een rij koperen kandelaren deed het verguldsel glanzen, en de gloed van het verguldsel en de Chineesrode zijde maakte al de lachende gezichten en schitterende japonnen nog luisterrijker.

Hij overzag de mensenmassa en bespeurde meteen een patroon... *presque vu! presque vu!* bijna gezien!... en toch zou hij het niet kunnen hebben verwoorden. Dat zou zijn vermogens te boven zijn gegaan. Al de mannen en vrouwen in deze hal waren in zwermen geschikt, in conversatieboeketten als het ware. Er waren geen eenlingen, geen verdwaalde schapen. Alle gezichten waren blank. (Zwarte gezichten konden zich misschien wel eens vertonen bij chique liefdadigheidsdiners maar niet in chique woningen van particulieren.) Er waren geen mannen van onder de vijfendertig en verdomd weinig van onder de veertig. Vrouwen had je in twee variëteiten. Ten eerste waren er vrouwen van achter in de dertig en in de veertig (vrouwen 'van een bepaalde leeftijd'), allemaal vel over been (uitgehongerd tot een nagenoeg absolute perfectie). Om het gemis aan begeerlijkheid van hun dorre ribben en hun geatrofieerde achterwerk te compenseren, wendden zij zich tot de kledingontwerpers. Dit seizoen gingen geen poffen, franjes, plooien, ruches, beffen, strikken, opvulsels, schulpjes, tressen, figuurnaden of diagonaal smokwerk hen te ver. Zij waren de Society Schimmen, om de kreet te gebruiken die in Shermans hoofd was opgeborreld. Ten tweede waren er de zogenaamde Limoen Taarten. Dat waren vrouwen van in de twintig of voor in de dertig, meestal blondines (de Limoen in de Taart), die de tweede, derde en vierde echtgenote of partner waren van mannen boven de veertig of vijftig of zestig (of zeventig), het soort vrouwen dat door mannen compleet gedachteloos betiteld wordt met de term *meisjes*. Dit seizoen kon de Taart paraderen met het natuurlijke voordeel van haar jeugd door haar benen te tonen tot ruim boven de knie en haar ronde achterwerk te accentueren (iets wat geen enkele Schim had). Wat totaal ontbrak *chez* Bavardage was het soort vrouw dat noch heel jong noch heel oud was, dat een voering van onderhuids vet heeft aangelegd, dat straalt van molligheid en een blozend gezicht heeft dat zonder woorden spreekt van huis en haard en warm eten op tafel om zes uur en verhalen die 's avonds worden voorgelezen en praten op de rand van het bed net voor Klaas Vaak komt. Om kort te gaan, niemand inviteerde ooit... Moeder.

Shermans aandacht werd getrokken door een boeket van extatische kolkende gezichten op de voorgrond. Twee mannen en een onberispelijk uitgeteerde vrouw stonden te grinniken om een kolossale jongeman met lichtblond haar en een babykrul op zijn voorhoofd... *Ben hem ooit tegengekomen... maar wie is hij?*... *Bingo!*... Weer een gezicht uit de pers... De Gouden Hillbilly, de Getapte Tenor... zo werd hij genoemd... Hij heette Bobby Shaflett. Hij was de nieuwe solotenor van de Metropolitan Opera, een moddervet creatuur dat op een of andere manier uit de bovenlandse valleien van de Appalachen was opgedoken. Je kon amper een tijdschrift of krant openslaan of je zag zijn foto. Terwijl Sherman toe stond te kijken, viel de mond van de jongeman wijd open. *Hah hah hah hah hah hah hah hah hah hah*, barstte hij los in een bulkende boerenlach, en de grinnikende gezichten om hem heen gingen er nog stralender, nog verrukter uitzien dan voorheen.

Sherman verhief zijn Yale-kin, trok zijn schouders naar achteren, rechtte zijn rug, verhief zich in zijn volle lengte, en mat zich de Aanwezigheid aan, de aanwezigheid van een ouder, verfijnder New York, het New York van zijn vader, de Leeuw van Dunning Sponget.

Een butler dook op en vroeg Judy en Sherman wat ze wilden drinken. Judy vroeg om 'bronwater' (het was te afgezaagd geworden om 'Perrier' of een andere merknaam te noemen). Sherman had zich voorgenomen om niets te drinken. Hij had zich voorgenomen om zich afzijdig te houden van deze mensen, deze Bavardages, te beginnen met hun drank. Maar de kring van de korf had zich om hem gesloten, en de vlaskop met de babykrul van de Gouden Hillbilly bulderde door.

'Een gin-tonic,' zei Sherman vanaf de verhevenheid van zijn kin. Een fel knokig vrouwtje schoot vantussen al de zwermen in de hal te voorschijn en kwam op hen af. Het was een Schim met een getoupeerd blond pagekopje met een boblijn en veel kleine lachende tandjes. Haar uitgeteerde lichaam was gestoken in een zwart-met-rode jurk met woeste schouderpoffen, een erg smalle taille en een lange rok. Haar gezicht was breed en rond – maar zonder een grammetje vlees. Haar hals was veel schraler dan die van Judy. Haar sleutelbeenderen staken zo scherp uit dat Sherman het gevoel had dat hij zijn hand kon uitsteken en de twee grote botten oprapen. Hij kon lamplicht door haar ribbenkast zien schijnen.

'Judy, schat!'

'Inez!' zei Judy, en ze kusten elkaar, of liever gezegd, zwaaiden hun wangen langs elkaar, eerst aan de ene kant, dan aan de andere, op een Europese manier die Sherman, nu de zoon van die taaie Knickerbocker, die patriarch van een Oud Geslacht, die Evangelische Episcopale gesel der vleespotten, John Campbell McCoy, pretentieus en vulgair vond.

'Inez! Ik denk niet dat je Sherman ooit hebt ontmoet!' Ze forceerde haar stem om boven het lawaai van de korf uit te komen. 'Sherman, dit is Inez Bavardage!'

'Angenaam,' zei de Leeuwenloot.

'Het is anders net alsof ik je al ken!' zei de vrouw, terwijl ze hem recht in de ogen keek en haar kleine tandjes liet schitteren en haar hand naar hem uitstak. Overdonderd schudde hij hem. 'Je zou Gene Lopwitz eens bezig moeten horen over jou!' Lopwitz! Wanneer? Sherman klampte zich meteen vast aan deze strohalm. (Misschien had hij zoveel punten gescoord in het verleden dat het debâcle met de Giscard niet zijn einde zou betekenen!) 'En je vader ken ik ook. Als de dood voor hem!' Hierbij greep de vrouw Shermans onderarm en boorde haar blik in de zijne en barstte uit in een uitzonderlijke lach, een schelle lach, niet ha ha ha maar hè hè hè hè hè hè hè hè, een lach van zo'n hartelijkheid en heftige verrukking dat Sherman er dwaas bij stond te grinniken en zei:

'Het is niet waar!'

'Jawel!' Hè hè hè hè hè hè hè. 'Dat heb ik je nog nooit verteld, Judy!' Ze strekte haar armen uit en trok hen beiden naar zich toe, alsof ze de twee dikste kameraden waren die ze ooit had gehad. 'Een of andere afschuwelijke man, Derderian heette hij, had eens een proces aangespannen tegen Leon. Hij bleef maar proberen om dingen in beslag te laten nemen. Pure bedreiging. Dus op een weekend waren we op Santa Catalina Island op bezoek bij Angie Civelli.' Ze liet de naam van de beroemde komiek vallen zonder de minste hapering. 'En we zitten aan het diner, en Leon begint over al die problemen die hij heeft met die Derderian, en Angie zegt – geloof me, hij meende het bloedserieus – hij zegt: "Zal ik dat zaakje maar eens aanpakken?"' Hierbij duwde Inez haar neus naar de ene kant met haar wijsvinger ter indicatie van de Kromme-Neuzen-Kliek. 'Nou ja, ik had wel gehoord van Angie en de jongens van de penose, maar ik geloofde het niet – maar òf hij het meende!' Hè hè hè hè hè hè hè hè. Ze trok Sherman nog dichter naar zich toe en stak haar ogen recht in zijn gezicht. 'Toen Leon weer terug in New York was ging hij naar je vader en vertelde wat Angie gezegd had, en toen zei hij tegen je vader: "Misschien is het wel de eenvoudigste manier om de zaak aan te pakken." Ik zal nooit vergeten wat je vader zei. Hij zei: "Nee, meneer Bavardage, laat u dat maar aan mij over. Het zal niet eenvoudig zijn, het zal niet vlug gaan en het zal een heleboel geld kosten. Maar mijn rekening kunt u betalen. Die van hen – daarvoor is niemand rijk genoeg. Die blijven ze innen tot uw dood toe."'

Inez Bavardage bleef dicht bij Shermans gezicht en wierp hem een bodemloos diepe blik toe. Hij voelde zich verplicht om iets te zeggen.

'En... wat deed uw man toen?'

'Wat je vader zei, natuurlijk! Als hij sprak – dan vlógen de mensen!' Een hè hè hè-end lachsalvo.

'En de rekening?' vroeg Judy, alsof ze het geweldig vond om dit verhaal over Shermans weergaloze vader te mogen horen.

'Die was sensationeel! Die was verbijsterend, die rekening!' Hè hè hè hè hè. De Vesuvius, de Krakatau en de Mauna Loa ontbrandden in een lachuitbarsting, en Sherman voelde hoe hij werd meegesleept in de explosie, of hij wilde of

niet. Het was niet te weerstaan – Gene Lopwitz loopt met je weg! – je weergaloze vader! – je aristocratische afkomst! – wat ontsteek je een euforie in mijn
knokige borst!

Hij wist dat het irrationeel was, maar hij voelde zich warm, rozig, gelukkig,
in de zevende hemel. Ontspannen stopte hij de revolver van zijn Wrok terug
in zijn gordel en sommeerde zijn Snobisme bij de haard te gaan liggen.
Werkelijk een uiterst charmante vrouw! Wie had dat gedacht na alle dingen
die er over de Bavardages werden verteld. Weliswaar een Society Schim, maar
dat kun je haar toch nauwelijks kwalijk nemen! Werkelijk hartverwar-
mend – en heel amusant!

Zoals de meeste mannen was Sherman niet vertrouwd met de routineuze
begroetingstechnieken van de moderne gastvrouwen. Tenminste vijfenveertig seconden lang was elke gast de beste, geliefdste, leukste, meest gevatte
samenzweerderige vriend die een meisje maar kon hebben. Ze legde elke
mannelijke gast een hand op de arm (elk ander lichaamsdeel was problema-
tisch) en gaf die een zacht diepgemeend kneepje. Elke gast, man of vrouw,
hield ze gevangen in haar radaroog, alsof ze gefascineerd was (door de uitmuntendheid, de gevatheid, de schoonheid en de weergaloze herinneringen).

De butler kwam terug met de drankjes voor Judy en Sherman, Sherman
nam een diepe teug van zijn gin-tonic, en de gin-tonic kwam aan, en de zoete
jeneverbes steeg, en hij kalmeerde en liet het vrolijke gegons van de korf zijn
hoofd binnengolven.

Hè hè hè hè hè hè hè, lachte Inez Bavardage.

Hah hah hah hah hah hah hah hah, lachte Bobby Shaflett.

Ha ha ha ha ha ha ha ha ha, lachte Judy.

Huh huh huh huh huh huh huh, lachte Sherman.

De korf gonsde en gonsde.

In een mum had Inez Bavardage hem en Judy naar het boeket geloodst
waar de Gouden Hillbilly hoog stond op te geven. Knikjes, begroetingen,
handdrukken, onder de protectie van Shermans nieuwe beste vriendin, Inez.
Voor hij precies besefte wat er gebeurde, had Inez Judy de hal uitgeloodst,
een of andere salon binnen, en zat Sherman opgescheept met de gevierde
dikzak uit de Appalachen, met twee mannen en een Schim. Hij keek ze één
voor één aan, te beginnen met Shaflett. Geen van hen keek terug. De twee
mannen en de vrouw staarden gebiologeerd naar het kolossale bleke hoofd
van de tenor terwijl hij een verhaal vertelde over iets dat gebeurd was in een
vliegtuig:

' – dus ik zit daar te wachte op Barbra – die zou ommers met me terugvlie-
ge naar New York?' Hij had de hebbelijkheid om een meedelende zin te laten
eindigen in een vraag, wat Sherman deed denken aan Maria… Maria… en de
kolossale chassidische jood! De grote blonde vetzak voor hem leek op die
kolossale zeug van dat makelaarsbedrijf – áls hij daar tenminste vandaan
kwam. Een koude rilling… ze cirkelden daar buiten rond… 'En ik zit op m'n
stoel – ik heb die aan 't raam? En vanachter vandaan komp die *on*gelooflijke,
te *gek*ke zwarte aanlope.' Door de manier waarop hij *on* en *gek* beklemtoonde

en met zijn handen in de lucht wapperde, vroeg Sherman zich af of deze Hillbilly-reus eigenlijk homoseksueel was. 'Hij draagt zo'n hermelijnen overjas? – die tot hier valt? – en zo'n bijpassende gleufhoed? – en hij heeft meer ringen dan Barbra, en hij heeft drie lijfwachten bij zich? – zó uit die film *Shaft?'*

De reus babbelde verder, en de twee mannen en de vrouw hielden met verstarde grijnzen hun ogen gericht op dit enorme ronde gezicht; en de reus keek op zijn beurt weer alleen naar hen, nooit naar Sherman. Terwijl de seconden voorbijgleden werd hij zich steeds duidelijker bewust dat ze alle vier net deden of hij niet bestond. Een reus van een nicht met een Hillbilly-accent, dacht Sherman, en ze hingen aan zijn lippen. Sherman nam drie diepe teugen van zijn gin-tonic.

Het verhaal scheen te draaien om het feit dat de majesteitelijke zwarte die naast Shaflett in het vliegtuig was gaan zitten de wereldkampioen halfzwaargewicht was, Sam (Potige Sam) Assinore. Shaflett vond de naam 'Potige Sam' eindeloos vermakelijk – *hah hah hah hah hah hah hah hah hah* – en de twee mannen barstten uit in een opgewonden gierend gelach. Sherman bestempelde hen ook als homoseksuelen. Potige Sam wist niet wie Shaflett was, en Shaflett wist niet wie Potige Sam was. De clou van het hele verhaal scheen te zijn dat de enigen in het eersteklasgedeelte van het lijnvliegtuig die niet wisten wie die twee beroemdheden waren… Shaflett en Assinore zelf waren! *Hah hah hah hah hah hah hah hah* – hi hi hi hi hi hi hi – en – *aha!* – er schoot Sherman een conversatieparel over Potige Sam Assinore te binnen. Oscar Suder – *Oscar Suder!* – hij schrok onwillekeurig toen hij aan hem terug dacht maar zette toch door – Oscar Suder maakte deel uit van een syndicaat van beleggers in het middenwesten die Assinore financiële dekking gaven en het beheer hadden over zijn vermogen. Een goudklompje! Een goudklompje van een gespreksonderwerp! Een entreebewijs tot deze partyzwerm! Zodra het gelach was weggeëbt zei Sherman tegen Bobby Shaflett: 'Wist u dat Assinore's contract, en wie weet zijn hermelijnen jas, in handen is van een syndicaat van zakenlieden in Ohio, voornamelijk uit Cleveland en Columbus?'

De Gouden Hillbilly keek hem aan alsof hij een schooier was. 'Hmmmmmmmm,' zei hij. Het was het soort *hmmmmmmm* dat wil zeggen: 'Dat begrijp ik, maar het kan me geen zier schelen,' waarop hij zich weer tot de andere drie wendde en zei: 'Dus ik vroeg of hij z'n handtekening wilde zette op m'n menukaart. Je weet wel, je krijgt zo'n menu? – en – '

Dat was genoeg voor Sherman McCoy. Hij trok de revolver van Wrok weer uit zijn broeksband. Hij wendde zich af van de zwerm en keerde hen de rug toe. Geen van hen merkte het. De korf raasde in zijn hoofd.

Wat moest hij nu doen? Plotseling was hij alleen in deze lawaaierige korf zonder een plek om neer te strijken. Alleen! Hij werd zich er pijnlijk van bewust dat het hele gezelschap nu bestond uit die boeketten en dat wie zich niet in één daarvan bevond een abjecte, onhandige sociale mislukkeling moest zijn. Hij keek van de ene kant naar de andere. Wie was dat daar? Een lange, knappe man die er zelfingenomen uitzag… bewonderende gezichten die naar hem opkeken… Aha!… Nu kon hij hem plaatsen… een schrijver… hij heette Nunnally Voyd… een romanschrijver… hij had hem gezien in een talkshow op de tv... scherp, bitter... Moet je zien hoe die dwazen met hem dwepen... Durfde dat boek et niet te proberen... Zou ongetwijfeld een herhaling worden van de Gouden Hillbilly... Daar, iemand die hij kende... Nee! Nog een beroemd gezicht... die balletdanser... Boris Korolev... weer een kring van bewonderende gezichten... glimmend van verrukking... De idioten!... Menselijk grut! Wat is dat voor gedoe om te kruipen voor dansers, schrijvers en kolossale nichterige operazangers. Het zijn maar hofnarren, maar licht vertier voor... de Meesters van het Universum, degenen die de hefbomen overhalen die de wereld in beweging houden... en toch aanbidden die idioten hen alsof ze in verbinding staan met de godheid... Ze wilden niet eens weten wie hij was... en zouden niet eens in staat zijn om het te begrijpen, zelfs als ze het wèl wisten...

Inmiddels stond hij alweer bij een andere zwerm... Tenminste geen beroemde mensen hierin, geen smalende hofnar... Een dikke man met een rood hoofd was aan het woord en zei met een Brits accent: 'Hij lag op de weg, zie je, met een gebroken been... ' *De tengere magere jongen! Henry Lamb! Hij had het over het artikel in de krant! Maar wacht eens even – een gebroken been –* '... en hij zei de hele tijd: "Wat oervervelend, wat oervervelend".' Nee, hij had het over een of andere Engelsman. *Heeft niets met mij te maken...* De anderen in de zwerm lachten... een vrouw van rond de vijftig met roze poeder over haar hele gezicht... *Wat grotesk... Wacht!... Hij kende dat gezicht.* De dochter van die beeldhouwer, nu een decorontwerpster. Hij wist haar naam niet meer... Toen schoot hij hem te binnen... Barbara Cornagglia... Hij liep verder... Alleen!... Ondanks alles, ondanks het feit dat zij rondcirkelden – de politie! – voelde hij de druk van sociaal onvermogen... Wat kon hij doen om de indruk te wekken dat hij alleen wilde zijn, dat het zijn eigen keus was om alleen door de korf te lopen? De korf gonsde en gonsde.

Vlak bij de deuropening waardoor Judy en Inez Bavardage waren verdwenen stond een antiek kabinet met een paar Chinese schildersezels in miniatuur. Op elke ezel lag een dieprode fluwelen schijf ter grootte van een taart, en in gleufjes in het fluweel, kleine zakjes, waren naamkaartjes gestopt. Het waren modellen van de plaatsindeling voor het diner, zodat elke gast zou weten wie zijn tafelgenoten waren. Sherman, de Leeuw van Yale, beschouwde het als weer zo'n vulgariteit. Hij bekeek ze niettemin. Het was een manier om bezig te lijken, alsof hij uitsluitend alleen was om de plaatsindeling te bestuderen.

Kennelijk waren er twee tafels. Nu zag hij een kaartje waar dhr. McCoy op stond. Hij zou dus komen te zitten naast, eens kijken, mevrouw Rawthrote, wie dat ook mocht zijn, en ene mevrouw Ruskin. Ruskin! Zijn hart sloeg op hol. Dat kon niet – toch niet Maria!

Maar natuurlijk kon het. Dit was precies het soort gelegenheid waarbij zij en haar rijke doch enigszins omstreden echtgenoot werden uitgenodigd. Hij sloeg de rest van zijn gin-tonic achterover en ging haastig de deur door naar de andere kamer. Maria! Moest haar spreken! – maar moest ook Judy uit haar buurt houden! *Dat moet ik er niet nog eens bij hebben!*

Hij stond nu in de woonkamer van het appartement, of liever gezegd salon, aangezien hij blijkbaar bedoeld was om gasten in te ontvangen. Hij was enorm maar leek wel... *volgepropt*... met sofa's, kussens, zware stoelen en poefs, allemaal met franjes, tressen, sierranden, borduursels en... *volgepropt*... Tot aan de muren toe; de muren waren bedekt met een soort gevoerde stof met rode, paarse en rozerode strepen. Naast de ramen die uitkeken op Fifth Avenue hingen gordijnen met diepe plooien van hetzelfde materiaal, dat was omgeslagen zodat de rozerode voering en een bies van gestreept gevlochten galon te zien waren. Er was niets aan het decor dat ook maar even deed denken aan de twintigste eeuw, zelfs niet de verlichting. Een paar tafellampen met rozerode kappen zorgden voor de verlichting, zodat het terrein van deze luisterrijk volgepropte kleine planeet werd gehuld in diepe schaduwen en zachte lichtpunten.

De korf gonsde van pure extase om in deze zachte rozerode volgestouwde planetaire sfeer te mogen vertoeven. *Hè hè hè hè hè hè hè*, klonk het gehinnik van Inez Bavardage ergens op. Zoveel boeketten mensen... lachende gezichten... *kolkende* tanden. Een butler verscheen en vroeg of hij iets wilde drinken. Hij bestelde nog een gin-tonic. Daar stond hij. Zijn ogen flitsten over de diepe volgepropte schaduwen.

Maria.

Ze stond bij een van de twee hoekramen. Blote schouders... een rode cocon... Ze zag hem staan en glimlachte. Alleen een glimlach. Hij beantwoordde die met de flauwst denkbare glimlach. Waar was Judy?

In Maria's zwerm stond een vrouw die hij niet herkende, een man die hij niet herkende en een kale man die hij ergens van kende, weer zo'n... *beroemd gezicht* waarin deze dierentuin zo goed gesorteerd was... een soortement van schrijver, een Brit... Hij kon niet op zijn naam komen. Volkomen kaal; geen haar op zijn lange smalle hoofd; vaal; een doodskop.

Shermans ogen speurden de kamer af, wanhopig op zoek naar Judy. Ach, wat zou het als Judy iemand in deze kamer tegenkwam die Maria heette. Zo'n ongewone naam was het nu ook weer niet. Maar zou Maria discreet blijven? Ze was niet geniaal en ze had iets ondeugends over zich – en hij moest naast haar zitten!

Hij voelde zijn hart overslaan in zijn borst. Christus! Kon het zijn dat Inez Bavardage van hun tweeën wist en hen expres bij elkaar gezet had? *Wacht eens even! Dat is behoorlijk paranoïde!* Ze zou nooit een akelige scène durven riskeren. Maar toch –

Judy.

Daar stond ze bij de open haard, en ze lachte zo hard – *haar nieuwe party-lach* – wil een tweede Inez Bavardage worden – ze lachte zo hard dat haar kapsel ervan schudde. Ze maakte een nieuw geluid, *hoh hoh hoh hoh hoh hoh hoh hoh.* Nog niet het *hè hè hè hè* van Inez Bavardage, slechts het daarop vooruitlopende *hoh hoh hoh hoh.* Ze stond te luisteren naar een zware oude man met dunnend grijs haar en zonder nek. Het derde lid van het boeket, een vrouw, elegant, slank en rond de veertig, vond het bij lange na niet zo vermakelijk. Ze stond er bij als een marmeren engel. Sherman baande zich een weg door de korf, langs de knieën van een aantal mensen die op een enorme ronde oosterse poef zaten, naar de haard. Hij moest zich door dichte drommen pofjurken en kolkende gezichten heenworstelen...

Judy's gezicht was een masker van plezier. Ze was zo in de ban van de conversatie van de zware man dat ze Sherman eerst niet eens opmerkte. Toen zag ze hem. Schrik! Maar natuurlijk! – het was een teken van sociaal onvermogen als echtgenoten zich bij hun wederhelft moesten voegen in een conversatiezwerm. *Maar wat zou het! Hou haar uit de buurt van Maria!* Dat was het belangrijkste. Judy keek hem niet aan. Nogmaals straalde ze de oude man haar lach van verrukking toe.

' – dus vorige week,' zei de oude man, 'komt mijn vrouw terug uit Italië met de mededeling dat we een zomerverblijf hebben aan "Como". "Como", zegt ze. Daarmee bedoelt ze het Comomeer. Mij best! Dan hebben we maar een zomerverblijf aan "Como". Dat is beter dan Hammamet. Dat was twee zomers geleden.' Hij had een rauwe stem, een bijgeschaafde Newyorkse straatstem. Hij had een glas spuitwater in zijn hand, keek heen en weer van Judy naar de marmeren engel terwijl hij zijn verhaal vertelde en de overstelpende goedkeuring oogstte van Judy en zo af en toe een trekje van de bovenlip van de marmeren engel, als hij haar recht in het gezicht keek. Een trekje; het had het begin kunnen zijn van een beleefde glimlach. 'Van "Como" weet ik tenminste nog waar het is. Van Hammamet had ik nog nooit gehoord. Mijn vrouw is tegenwoordig helemaal Italië-gek. Italiaanse schilderijen, Italiaanse kleren en nu "Como".'

Judy schoot weer in een mitrailleursalvo van gelach, *hoh hoh hoh hoh hoh hoh hoh hoh*, alsof de manier waarop de oude man 'Como' uitsprak om de voorliefde van zijn vrouw voor Italiaanse dingen te bespotten het gevatste grapje was dat een mens maar kon bedenken – *Maria*. Het overviel hem, *zomaar ineens*. Hij had het over Maria. Deze oude man was haar echtgenoot, Arthur Ruskin. Had hij haar naam al genoemd of had hij het alleen nog maar gehad over 'mijn vrouw'?

De andere vrouw stond daar maar als een marmeren engel. De oude man greep plotseling naar haar linkeroor en nam haar oorbel tussen duim en wijsvinger. Ontsteld verstijfde de vrouw. Ze had haar hoofd wel willen terugtrekken maar haar oor zat nu tussen duim en wijsvinger van dit bejaarde en afzichtelijke beerachtige creatuur.

'Heel fraai,' zei Arthur Ruskin, terwijl hij de oorbel nog steeds vasthield. 'Nadina D. hè?' Nadina Dulocci was een sieradenontwerpster die het vernoemen zeer waard was.

'Ik geloof van wel!' zei de vrouw met een bangelijke Europese stem. Haastig bracht ze haar handen naar haar oren en maakte de twee oorbellen los en overhandigde ze op een uiterst nadrukkelijke manier, alsof ze zeggen wilde: 'Hier, pak aan. Maar wees tenminste zo vriendelijk om mijn oren niet van mijn hoofd te trekken.'

Onbekommerd nam Ruskin ze in zijn harige knuisten en onderzocht ze verder. 'Jazeker, Nadina D. Heel fraai. Waar heb je ze vandaan?'

'Ik heb ze gekregen.' Koud als marmer. Hij gaf ze aan haar terug en ze stopte ze vlug in haar handtas.

'Heel fraai, heel fraai. M'n vrouw – '

Stel dat hij 'Maria' zei! Sherman kwam ertussen. 'Judy!' Tegen de anderen: 'Neemt u me niet kwalijk.' Tegen Judy: 'Ik vroeg me af – '

Judy verving haar geschrokken gezicht meteen voor een uitdrukking van stralende blijdschap. In heel de geschiedenis was een vrouw nooit verheugder geweest om haar echtgenoot bij een conversatieboeket te zien aankomen.

'Sherman! Ken je madame Prudhomme al?'

Sherman stak zijn Yale-kin naar voren en trok een gezicht van de meest gepaste Knickerbockercharme ter begroeting van de beduusde Française. 'Angenaam.'

'En Arthur Ruskin,' zei Judy. Sherman schudde de harige knuist stevig.

Arthur Ruskin zag er niet jong uit voor zijn eenenzeventig jaar. Hij had grote oren met dikke schelpen waaruit stug haar naar buiten groeide. Er hingen klonterige kwabben onder zijn grote kaken. Hij stond kaarsrecht op zijn hielen te wiegen, wat zijn borst en zijn massieve pens opvallend deed uitkomen. Zijn logge lijf was stemmig gekleed in een marineblauw kostuum, wit overhemd en marineblauwe das.

'Neemt u me niet kwalijk,' zei Sherman. Tegen Judy, met een charmante glimlach: 'Kom even hier staan.' Hij wierp Ruskin en de Française een vluchtige glimlach toe als excuus en verwijderde zich een paar passen, met Judy op sleeptouw. Het gezicht van madame Prudhomme betrok. Zijn intrede in het boeket was haar kans geweest om zich te bevrijden van Ruskin.

Judy, met nog steeds een vuurvaste glimlach op haar gezicht: 'Wat is er?'

Sherman, met een masker van Yale-kin charme: 'Ik wil je... eh... voorstellen aan baron Hochswald.'

'Aan wie?'

'Baron Hochswald. Je weet wel, die Duitser – een van de Hochwalds.'

Judy, met de glimlach nog steeds vastgeklonken: 'Maar waarom?'

'We hebben met hem in de lift gestaan.'

Hier kon Judy kennelijk geen touw aan vastknopen. Op dringende toon: 'Waar is hij dan?' Dringend, want het was al erg genoeg om in een grote conversatiezwerm te worden betrapt met je eigen man. Maar om een minimale zwerm te vormen met hem alleen, zomaar met z'n tweeën –

Sherman, terwijl hij rondkeek: 'Nou, daarnet was hij hier nog.'

Judy, zonder glimlach nu: 'Sherman, waar ben je in godsnaam mee bezig? Waar heb je het over met je baron Hochswald?'

Op dat moment kwam de butler met Shermans gin-tonic. Hij nam een grote slok en keek nog eens rond. Hij voelde zich duizelig. Overal... Society Schimmen met pofjurken die glansden in het gebrand abrikozen schijnsel van de tafellampjes...

'Nee maar – jullie twee! Wat zijn *jullie* aan het bekokstoven! *Hè hè hè hè hè hè hè.'* Inez Bavardage nam hen allebei bij de arm. Een moment, voordat ze haar vuurvaste lachje weer op haar gezicht wist te krijgen, zag Judy er verslagen uit. Niet alleen was ze in een minimale zwerm beland met haar man, maar de regerende gastvrouw van New York, deze maand de circusdirectrice van de eeuw, had hen gesignaleerd en zich verplicht gevoeld om met zwaailichten aan toe te snellen om hen van sociale schande te redden.

'Sherman was – '

'Ik zocht je al! Ik wilde je voorstellen aan Ronald Vine. Hij is het huis van de vice-president aan het doen in Washington.'

Inez Bavardage sleepte hen door de korf van vermaak en vertoon en schikte hen in een boeket dat werd gedomineerd door een lange slanke knappe tamelijk jonge man, de voornoemde Ronald Vine. Meneer Vine zei: '... jabots, jabots, jabots. Ik vrees dat de vrouw van de vice-president jabots ontdekt heeft.' Een vermoeide blik ten hemel. De anderen in het boeket, twee vrouwen en een kalende man, hadden het niet meer. Judy kon amper een glimlach opbrengen... Gebroken... Moest door de gastvrouw van de sociale dood worden gered...

Wat een trieste ironie! Sherman haatte zichzelf. Hij haatte zichzelf om alle catastrofes waar ze nog niet van wist.

De eetkamermuren bij de Bavardages waren beschilderd met zoveel lagen gebrand abrikozen lakwerk, veertien bij elkaar, dat ze de glazige weerschijn hadden van een vijver die 's avonds een kampvuur weerspiegelt. De kamer was een triomf van nachtelijke spiegelingen, een van de vele soortgelijke overwinningen van Ronald Vine, wiens forte het creëren van schittering was zonder spiegels te gebruiken. Spiegelindigestie werd tegenwoordig beschouwd als een van de grove zonden van de jaren zeventig. Vandaar dat in het begin van de jaren tachtig, van Park Avenue tot Fifth Avenue, van Sixty-second Street tot Ninety-sixth Street, het gruwelijke gekletter geluid was opgeklonken van kilometers peperdure platen spiegelglas die van de muren in de chique appartementen werden gewrikt. Nee, in de eetkamer van de Bavardages knipperden je ogen in een kosmos van geschitter, geglinster, gefonkel, geflonker, geglans, glimmende poelen en sprankelende schijnsels die op subtielere manieren waren bewerkstelligd, door het gebruik van lakwerk, glazuurtegels in een smalle strook juist onder de kroonlijsten, verguld Engels Regency meubilair, zilveren kandelaren, kristallen kommen, Tiffany vazen en bewerkt tafelzilver dat zo zwaar was dat de messen als sabelheften in je hand wogen.

De twee dozijn genodigden zaten aan een tweetal ronde Regency tafels. De bankettafel, het soort Sheraton landingsbaan waaraan je vierentwintig gasten kon laten plaatsnemen als je alle bladen uitschoof, was uit de chiquere dineerkamers verdwenen. Het paste niet om zo formeel, zo hoogdravend te doen. Twee kleine tafels was veel beter. Wat zou het als die twee kleine tafels omgeven en overdekt waren met een opeenhoping van objets, stoffen en bibelots die zo overdadig was dat de Zonnekoning er bij had zitten knipperen met zijn ogen? Gastvrouwen zoals Inez Bavardage gingen prat op hun gevoel voor het informele en het intieme.

Om het informele karakter van de gelegenheid te onderstrepen was er in het midden van beide tafels, diep in het woud van kristal en zilver, een mand neergezet die naar zeer rustieke Appalachische nijverheidsgebruiken ge-

vlochten was van verhoute wingerd. Door het vlechtwerk was, aan de buitenkant van de mand, een overdaad aan wilde bloemen gestoken. Midden in de
mand waren drie of vier dozijn klaprozen bijeengeschikt. Dit *pièce de milieu* in
pseudo-naïeve stijl was het handelsmerk van de jonge bloemist Huck Thigg,
die de Bavardages een rekening van $3300 voor dit ene diner zou presente-
ren.

Sherman staarde naar het vlechtwerk. Het zag eruit als iets dat door Gretel
of kleine Heidi uit Zwitserland was afgeleverd bij een feest van Lucullus. Hij
zuchtte. Allemaal... teveel. Maria zat rechts naast hem een eind weg te kweb-
belen tegen het Engelse lijk, hoe hij ook mocht heten, dat rechts van haar zat.
Judy zat aan de andere tafel maar had een goed zicht op hem en Maria. Hij
moest Maria spreken over de ondervraging van de twee rechercheurs – maar
hoe kon hij dat doen, vlak onder de ogen van Judy? Hij zou het doen met een
onschuldige partylach op zijn gezicht. Dat was het! Hij zou het hele gesprek
zitten glimlachen! Ze zou er nooit iets van merken... Of misschien toch?...
Arthur Ruskin zat aan Judy's tafel... Maar goddank vier stoelen van haar vandaan... zou geen praatje met haar maken... Judy zat tussen baron Hochswald
en een of andere vrij jonge man die er nogal verwaand uitzag... Inez Bavardage zat twee stoelen van Judy vandaan en Bobby Shaflett zat weer rechts van
Inez. Judy lachte de verwaande man toe met een enorme gezelligheidsgrijns... *Hoh hoh hoh hoh hoh hoh hoh hoh hoh hoh hoh!* Boven het gegons van de korfuit
kon hij duidelijk horen hoe ze haar nieuwe lach liet klinken... Inez was in
gesprek met Bobby Shaflett maar ook met de Society Schim die rechts van de
Gouden Hillbilly zat en met Nunnally Voyd, die weer rechts van de Schim zat.
Hah hah hah hah hah hah hah hah, zong de Getapte Tenor... *Hè hè hè hè hè hè hè,*
zong Inez Bavardage... *Hoh hoh hoh hoh hoh hoh hoh hoh hoh,* balkte zijn eigen
vrouw...

Leon Bavardage zat vier stoelen rechts van Sherman, voorbij Maria, het
Engelse lijk en de vrouw met het roze poeder op haar gezicht, Barbara Cornagglia. In tegenstelling tot Inez Bavardage bezat Leon de levendigheid van
een regendruppel. Hij had een uitgestreken, onbeweeglijk, rimpelloos gezicht, golvend blondachtig haar dat al uitdunde, een lange fragiele neus en
een heel bleke, haast asgrauwe huid. In plaats van een 300-watts gezelligheidsgrijns had hij een verlegen ingehouden glimlach die hij nu losliet op
mevrouw Cornagglia.

Aan de late kant schoot het Sherman te binnen dat hij in gesprek hoorde te
zijn met de vrouw die links van hem zat. Rawthrote, mevrouw Rawthrote,
wie was dat in godsnaam? Wat kon hij tegen haar zeggen? Hij keerde zich naar
links – *en ze zat al te wachten.* Ze staarde hem recht in het gezicht, met haar
laserogen niet meer dan een halve meter van de zijne. Een echte Schim met
een kolossale bos blond haar en zo'n intense blik dat hij eerst dacht dat ze iets
moest *weten.* Hij deed zijn mond open... hij glimlachte... hij pijnigde zijn
hersens op zoek naar een gespreksonderwerp... hij deed zijn uiterste best...
Hij zei tegen haar: 'Zou u mij een grote dienst willen bewijzen? Hoe heet die
heer rechts van mij, die *magere* heer? Zijn gezicht komt me zo bekend voor,
maar ik kan met geen mogelijkheid op zijn naam komen.'

Mevrouw Rawthrote boog zich nog verder naar hem toe, tot hun gezichten amper twee decimeter van elkaar af waren. Ze was zo dichtbij dat het leek alsof ze drie ogen had. 'Aubrey Buffing,' zei ze. Haar ogen bleven in de zijne branden.

'Aubrey Buffing,' zei Sherman slapjes. Het was eigenlijk meer een vraag.

'De dichter,' zei mevrouw Rawthrote. 'Hij staat op de nominatie voor de Nobelprijs. Zijn vader was de hertog van Bray.' Haar toon suggereerde: 'Hoe is het in godsnaam mogelijk dat je dat niet wist?'

'Maar natuurlijk,' zei Sherman, die besefte dat hij naast al zijn andere tekortkomingen ook nog een cultuurbarbaar was. 'De dichter'.

'Hoe vindt u dat hij eruit ziet?' Ze had de ogen van een cobra. Haar gezicht bleef recht op dat van hem ingezoomd. Hij wilde terugtrekken maar kon niet. Hij voelde zich lamgeslagen.

'Eruit ziet?' vroeg hij.

'Lord Buffing,' zei ze. 'Zijn gezondheidstoestand.'

'Ik – kan er niets van zeggen. Ik ken hem niet.'

'Hij is onder behandeling in het Vanderbilt ziekenhuis. Hij heeft AIDS.' Ze schoof een paar centimeter achteruit om beter te kunnen zien hoe deze klapper bij Sherman aankwam.

'Maar dat is verschrikkelijk!' zei Sherman. 'Hoe weet u dat?'

'Ik ken zijn beste vriendje.' Ze sloot haar ogen en opende ze toen weer alsof ze wilde zeggen: 'Ik weet die dingen, maar je moet niet teveel vragen stellen.' Toen zei ze: 'Dit is *entre nous. Maar ik heb je nog nooit eerder gezien!* 'Zeg het niet tegen Leon of Inez,' ging ze verder. 'Hij is bij hen te gast – al tweeënhalve week. Vraag nooit een Engelsman voor een weekend. Je krijgt ze niet meer weg.' Ze zei dit zonder glimlach, alsof het het meest serieuze advies was dat ze ooit gratis had gegeven. Ze ging verder met haar bijziende bestudering van Shermans gezicht.

Om het oogcontact te verbreken wierp Sherman een vluchtige blik op de grauwe Engelsman, Lord Buffing de Nominatiedichter.

'Maak je geen zorgen,' zei mevrouw Rawthrote. 'Aan tafel kun je het niet krijgen. Als dat zo was hadden we het nu allemaal. De helft van de obers in New York is homoseksueel. Een gelukkige homo is een zo goed als dooie flikker.' Ze herhaalde dat *mot farouche* met dezelfde mitrailleurstem als de rest, zonder ook maar een zweem van een glimlach.

Op dat moment begon een knappe jonge ober met een Latijnsamerikaans uiterlijk met het serveren van de eerste gang, die leek op een paasei bedekt met een zware witte saus op een plateau van rode kaviaar die weer rustte op een bed van malse donkergroene kropsla.

'Deze niet,' zei mevrouw Rawthrote waar de jongeman met zijn neus bij stond. 'Deze hebben een volle baan bij Inez en Leon. Mexicanen uit New Orleans. Ze wonen in hun huis op het platteland en komen hier naartoe rijden om diners te verzorgen.' Toen zei ze zonder inleiding: 'Wat doet u voor werk, meneer McCoy?'

Sherman was compleet uit het veld geslagen. Hij kon geen woord uitbrengen. Hij was net zo verbijsterd als die keer toen Campbell dezelfde vraag stelde. Een nul, een vijfendertigjarige Schim, en toch... *Ik wil indruk maken op haar!* De mogelijke antwoorden kwamen door zijn hoofd gedenderd... *Ik ben een topfunctionaris op de obligatieafdeling bij Pierce & Pierce...* Nee... dat klinkt net alsof hij een vervangbaar onderdeel is in een bureaucratie en er nog trots op is ook... *Ik ben de nummer één...* Nee... dat klinkt weer als iets dat uit de mond van een stofzuigerverkoper kan komen... *We zijn met een selecte groep die de beslissingen nemen...* Nee... niet precies juist en een uiterst klungelige mededeling... *Ik heb $980.000 verdiend met het verkopen van obligaties vorig jaar...* Dat was de eigenlijke kern van de zaak, maar zulke informatie viel niet over te brengen zonder een belachelijke indruk te maken... *Ik ben – een Meester van het Universum...* Droom maar door! – zoiets valt trouwens niet over je lippen te krijgen. Dus zei hij: 'O, ik probeer wat obligaties te verkopen voor Pierce & Pierce.' Hij vormde een o zo licht glimlachje, in de hoop dat de bescheiden formulering zou worden opgevat als een teken van een overvloed aan zelfvertrouwen dat te danken was aan geweldige, spectaculaire successen op Wall Street.

Mevrouw Rawthrote zoomde het laseroog weer op hem in. Van vijftien centimeter afstand: 'Gene Lopwitz is een van onze cliënten.'

'Uw cliënt?'

'Bij Benning en Sturtevant.'

Waar? Hij staarde haar aan.

'U kent Gene toch,' zei ze.

'Eh, jazeker, ik werk met hem.'

Kennelijk vond de vrouw dat niet overtuigend. Tot Shermans verbazing draaide ze zich zonder verder nog een woord te zeggen negentig graden naar links, waar een gezellige blozende man in gesprek was met de Limoen Taart die met baron Hochswald was aangekomen. Nu besefte Sherman pas wie hij was... een directeur bij de televisie die Rale Brigham heette. Sherman staarde naar de plek waar mevrouw Rawthrote's knokige wervels boven haar japon uitstaken... Misschien had ze zich maar voor een ogenblik afgewend en zou ze zich naar hem terugwenden om het gesprek weer op te vatten... Maar nee... ze had zich botweg in het gesprek gemengd tussen Brigham en de Taart... Hij hoorde haar mitrailleurstem aan het werk... Ze boog zich naar Brigham... inzoomend met haar laseroog... Ze had alle tijd besteed die ze wilde besteden... aan een doodgewone obligatiehandelaar!

Hij zat weer aan de grond. Rechts van hem was Maria nog steeds in een diep gesprek gewikkeld met Lord Buffing. Hij stond opnieuw oog in oog met de sociale dood. Hij was een volmaakte eenzaat aan een eettafel. De korf gonsde overal om hem heen. Al de anderen verkeerden in een staat van sociale zaligheid. Hij alleen zat aan de grond. Hij alleen was een muurbloem zonder gesprekspartner, een sociaal licht zonder een greintje stroom in het Beroemdhedenkabinet van Bavardage... *Mijn leven gaat naar de knoppen!* – en daar bovenop, door al het andere in zijn overbelaste centrale zenuwstelsel heen, brandde de schande – de schande! – van sociaal onvermogen.

Hij staarde naar Huck Thiggs vlechtwerk in het midden van de tafel alsof hij voor bloemschikker leerde. Toen trok hij een zelfverzekerd grijnzend gezicht, alsof hij ergens plezier om had. Hij nam een diepe teug wijn en keek naar de andere kant van de tafel alsof iemand daar hem had opgemerkt... Hij glimlachte... Hij mompelde geluidloos tegen lege plekken aan de muren. Hij dronk nog wat wijn en bestudeerde het vlechtwerk nog wat. Hij telde de wervels in mevrouw Rawthrotes ruggegraat. Hij was blij toen een van de obers, een van de *varones* van het platteland, opdook en zijn glas nog eens bijvulde.

Het hoofdgerecht bestond uit roze plakken rosbief die binnen gebracht werden op enorme porseleinen schalen met garneringen van gestoofde uien, wortels en aardappelen. Het was een eenvoudig, hartig Amerikaans hoofdgerecht. Eenvoudige Amerikaanse hoofdgerechten, tussen uitgekiende exotische prologen en epilogen ingesmokkeld, waren *comme il faut* tegenwoordig, in overeenstemming met de informele stijl. Toen de Mexicaanse ober de enorme schotels over de schouders van de eters begon te hijsen zodat die konden nemen wat ze wilden, was dat het sein om van gesprekspartner te veranderen. Lord Buffing, de gekwelde Engelse dichter, *entre nous*, wendde zich tot de bepoederde madame Cornagglia. Maria wendde zich tot Sherman. Ze glimlachte en keek hem diep in zijn ogen. Te diep! Stel dat Judy naar hen keek! Hij trok een stijve gezelligheidsgrijns.

'Poeh!' zei Maria met een oogbeweging in de richting van Lord Buffing. Sherman wilde niet praten over Lord Buffing. Hij wilde praten over het bezoek van de twee rechercheurs. *Maar het best kalm aan beginnen voor het geval dat Judy kijkt.*

'Ach, dat is waar ook!' zei hij. Een brede gezelligheidsgrijns. 'Dat was ik vergeten. Je bent niet erg gesteld op Britten.'

'O, dat is het niet,' zei Maria. 'Hij lijkt me wel een aardige man. Ik kon amper begrijpen wat hij zei. Zo'n accent heb je nog nooit gehoord.'

Gezelligheidsgrijns: 'Waar had hij het over?'

'De zin van 't leven. Zonder flauwekul.'

Gezelligheidsgrijns: 'Zei hij toevallig ook wat die is?'

'Dat deed hij inderdaad. Voortplanting.'

Gezelligheidsgrijns: 'Voortplanting?'

'Ja. Hij zei dat-ie er zeventig jaar over gedaan heeft om te beseffen dat dat de enige zin van 't leven is: voortplanting. Hij zei: "De natuur houdt zich maar met één ding bezig: voortplanting omwille van de voortplanting."'

Gezelligheidsgrijns: 'Dat is heel interessant, zeker uit zijn mond. Je weet toch dat hij homoseksueel is, nietwaar?'

'Ach, ga weg. Van wie heb je dat?'

'Van deze dame hier.' Hij maakte een gebaar naar de rug van mevrouw Rawthrote. 'Wie is dat trouwens? Ken je haar?'

'Ja. Sally Rawthrote. Ze is makelaar in onroerend goed.'

Gezelligheidsgrijns: 'Makelaar in onroerend goed!' Goeie genade! Wie haalt het in 's hemelsnaam in zijn hoofd om een *makelaar in onroerend goed* voor een diner uit te nodigen!

Alsof ze zijn gedachten las, zei Maria: 'Je loopt achter, Sherman. Makelaars in onroerend goed zijn helemaal in tegenwoordig. Ze komt overal met die ouwe dikzak met dat rooie hoofd daar, Lord Gutt.' Ze knikte naar de andere tafel.

'Die dikke man met het Britse accent?'

'Ja.'

'Wie is dat?'

'Een of andere bankier.'

Gezelligheidsgrijns: 'Ik moet je iets vertellen Maria, maar – je moet je niet opwinden. Mijn vrouw zit aan de tafel hiernaast en ze kan ons zien. Dus hou het hoofd alsjeblieft koel.'

'Wel wel wel. Nee maar, die schat van 'n meneer McCoy toch.'

Met de gezelligheidsgrijns de hele tijd op zijn smoel geklonken gaf Sherman haar een kort verslag van zijn confrontatie met de twee politiemannen.

Zoals hij al gevreesd had verloor Maria haar kalmte. Ze schudde haar hoofd en keek hem woedend aan. 'Waarom liet je ze die verdomde auto niet zien, Sherman! Je zei dat er niks mee was!'

Gezelligheidsgrijns: 'Hé! Kalm nou! Misschien zit mijn vrouw te kijken. Ik maakte me geen zorgen vanwege de auto. Ik wilde alleen niet dat ze de garagebediende spraken. Het had dezelfde kunnen zijn als die avond toen ik de auto terugbracht.'

'Jezus Christus, Sherman. Je hebt 't tegen mij over 't hoofd koel houden terwijl jij zelf helemaal niet koel blijft. Weet je zeker dat je ze niks verteld hebt?'

Gezelligheidsgrijns: 'Ja, dat weet ik zeker.'

'Haal in godsnaam dat stomme lachje van je gezicht. Het is toegestaan om een serieus tafelgesprek te hebben met een meisje, zelfs al zit je vrouw ernaar te kijken. Ik begrijp verdomme trouwens toch al niet waarom je het goed vond om met de politie te praten.'

'Het leek op dat moment de juiste keuze.'

'Ik heb nog *gezegd* dat dit niks voor jou is.'

Terwijl hij de gezelligheidsgrijns weer op zijn gezicht vastklonk wierp Sherman een snelle blik op Judy. Ze was druk bezig het Indianengezicht van baron Hochswald toe te grijnzen. Hij wendde zich weer tot Maria, nog steeds met die grijns.

'O, alsjeblieft zeg,' zei Maria.

Hij zette de grijns af. 'Wanneer kan ik met je praten? Wanneer kan ik je zien?'

'Bel me morgenavond maar op.'

'Goed. Morgenavond. Ik moet je nog iets vragen. Heb je iemand horen praten over het stuk in *The City Light*? Iemand hier binnen vanavond?'

Maria begon te lachen. Sherman was blij toe. Als Judy keek, zou het net lijken alsof ze een amusant gesprek voerden. 'Meen je dat nou?' zei Maria. 'Het enige wat de mensen hier lezen in *The City Light* is *haar* column.' Ze gebaarde naar een grote vrouw aan de andere kant van de tafel, een vrouw van een bepaalde leeftijd met een ontzettende bos blond haar en valse wimpers die zo lang en dik waren dat ze nauwelijks haar oogleden kon opslaan.

Gezelligheidsgrijns: 'Wie is dat?'

'Dat is "De Schaduw".'

Shermans hart bokte. 'Je maakt een grapje. Ze nodigen een krantecolumnist uit voor het diner?'

'Jazeker. Maak je geen zorgen. Ze heeft geen belangstelling voor jou. En ze heeft ook al geen belangstelling voor auto-ongelukken in de Bronx. Als ik Arthur nou neerschoot, daar zou ze belangstelling voor hebben. En ik zou d'r graag van dienst zijn.'

Maria hief een klaagzang aan over haar man. Hij werd verteerd door jaloezie en rancune. Hij maakte haar leven tot een hel. Hij zat haar de hele tijd voor hoer uit te maken. Ze vertrok haar gezicht meer en meer. Sherman werd ongerust – misschien keek Judy wel! Hij wilde zijn gezelligheidsgrijns opzetten, maar hoe kon dat met deze klaagzang? 'Ik bedoel, hij loopt me voor hoer uit te maken in 't appartement! "Hoer dat je bent! Hoer dat je bent!" – waar de bedienden bij staan! Hoe denk je dat dat is voor mij? Als-ie me nog één keer zo noemt sla ik 'm met 't een of ander z'n hersens in, dat zweer ik je!'

Uit zijn ooghoek kon Sherman zien dat Judy haar gezicht naar hen tweeën toegekeerd had. O God! – en hij zonder zijn grijns op! Vlug hervond hij hem en klonk hem weer vast op zijn gezicht en zei tegen Maria: 'Dat is vreselijk! Het klinkt alsof hij seniel is.'

Maria staarde een ogenblik naar zijn aangename gezelligheidsgezicht en schudde toen haar hoofd. 'Loop naar de hel, Sherman. Je bent al net zo erg als hij.'

Geschrokken hield Sherman zijn grijns op en liet zich door het geluid van de korf overspoelen. Wat een extase aan alle kanten! Wat een stralende ogen en vuurvaste lachjes! Wat een kolkende tanden! *Hè hè hè hè hè hè hè*, klonk Inez Bavardage's lach op in sociale triomf. *Hah hah hah hah hah hah hah hah hah*, klonk het boerengebalk van de Gouden Hillbilly ten antwoord. Sherman sloeg nog een glas wijn achterover.

Het dessert was abrikozensoufflé, voor elke gast apart klaargemaakt in een robuuste kom van Normandisch aardewerk met *au rustaud* randen die met de hand waren beschilderd. Machtige desserts waren dit seizoen weer in zwang. Het soort dessert waaruit bleek dat je calorie- en cholesterolbewust was, al die bessen en meloenbollen met scheppen sorbet, was net een beetje kleinburgerlijk geworden. Bovendien was het een tour de force om vierentwintig soufflés apart te serveren. Dat vereiste een flinke keuken en anderhalve staf.

Toen de tour de force zijn weg had gevonden, stond Leon Bavardage op van zijn stoel en tikte tegen zijn wijnglas – een glas sauternes met een diepe roodgouden kleur – zware dessertwijnen waren ook al *comme il faut* dit seizoen – en kreeg een respons van blijmoedig dronken getinkel van de mensen aan beide tafels die lacherig tegen hun wijnglazen zaten te tikken. *Hah hah hah hah*, weergalmde de lach van Bobby Shaflett. Hij zat met volle inzet tegen zijn wijnglas te slaan. Leon Bavardage vertrok zijn rode lippen tot een brede glimlach en er verschenen kraaiepootjes bij zijn ogen, alsof het beklappen van het kristal een grootse hulde betekende aan het genoegen dat de bijeengekomen beroemdheden in zijn huis beleefden.

'Jullie zijn allemaal zulke dierbare en diep gewaardeerde vrienden van Inez en mij dat we geen *speciale* gelegenheid nodig hebben om jullie allemaal om ons heen te willen zien bij ons thuis,' zei hij met een zoetsappige, enigzins vrouwelijke temerigheid die typerend was voor de Golfkust. Toen wendde hij zich tot de andere tafel, waar Bobby Shaflett zat. 'Ik bedoel maar, soms nodigen we Bobby uit, enkel en alleen om te kunnen luisteren naar zijn *lach*. Bobby's lach klinkt wat mij betreft als muziek – we kunnen hem trouwens nooit zo ver krijgen om voor ons te zingen, zelfs niet als Inez piano speelt!'

Hè hè hè hè hè hè hè, lachte Inez Bavardage. *Hah hah hah hah hah hah hah hah hah*, overstemde de Gouden Hillbilly haar met zijn eigen lach. Dit was een verbazingwekkende lach. *Hah hah hahh hahhh hahhhh hahhhhh*; hij klonk luider en luider en luider en begon toen weg te ebben op een eigenaardige, uiterst gestileerde manier, om uiteindelijk te smoren in een snik. De kamer verstijfde – doodse stilte – voor het ogenblik dat de tafelgasten, althans de meesten van hen, nodig hadden om te beseffen dat ze zojuist de befaamde *lach-en-snik* hadden gehoord van de aria 'Vesti la giubba' uit *I Pagliacci*.

Een ontzaglijk applaus van beide tafels, stralende grijnzen, gelach en 'Bis! Bis! Bis!' geroep.

'O nee!' zei de reusachtige blonde geweldenaar. 'Ik zing alleen voor m'n souper, en da's genoeg voor dit souper hier. M'n soufflé was niet groot genoeg, Leon!'

Een storm van gelach, nog meer applaus. Leon Bavardage gebaarde lusteloos naar een van de Mexicaanse obers. 'Meer soufflé voor meneer Shaflett!' zei hij. 'Maak het maar klaar in de badkuip!' De ober staarde terug met een gezicht van steen.

Grijnzend en met glinsterende ogen schreeuwde Rale Brigham, meegesleept door dit duet van de grote causeurs: 'Soufflé van de illegale stook!' Dit was zo'n misser, zag Sherman met genoegen, dat iedereen het negeerde, zelfs de laserogige mevrouw Rawthrote.

'Maar dit is tóch een speciale gelegenheid,' zei Leon Bavardage, 'omdat we een zeer gewaardeerde gast in ons midden hebben voor de duur van zijn bezoek aan de Verenigde Staten, Aubrey Buffing.' Hij stond te stralen naar de grootheid, die zijn vale gezicht naar Leon toewendde met een dun, effen, waakzaam glimlachje. 'Vorig jaar immers vertelde onze vriend Jacques Prudhomme' – hij straalde naar de Franse minister van cultuur, die rechts van hem zat – 'aan Inez en mij dat hij uit betrouwbare bron vernomen had – ik hoop dat ik niet voor mijn beurt spreek, Jacques – '

'Dat hoop ik ook,' zei de minister van cultuur met zijn diepe stem, overdreven schouderophalend bij wijze van scherts. Waarderend gelach.

'Nou, in elk geval heb je Inez en mij verteld dat je uit betrouwbare bron wist dat Aubrey de Nobelprijs gewonnen had. Het spijt me Jacques, maar de operaties van je inlichtingendienst zijn niet erg succesvol in Stockholm!'

Weer een pontificaal schouderophalen, nog een dosis van de elegante grafstem: 'Gelukkig dat we geen vijandelijkheden met Zweden overwegen, Leon.' Grote hilariteit.

'Maar Aubrey was er in elk geval zò dichtbij,' zei Leon terwijl hij zijn duim en wijsvinger vlak bij elkaar bracht, 'en volgend jaar is het misschien zijn beurt.' Het dunne glimlachje van de oude Engelsman bleef op zijn plaats. 'Maar het doet er eigenlijk niet toe natuurlijk, want wat Aubrey voor onze... cultuur... betekent gaat veel dieper dan prijzen, en ik weet dat wat Aubrey voor Inez en mij betekent als *vriend*... nou, dat gaat dieper dan prijzen en cultuur... en – ' Hij zag geen mogelijkheid om zijn tricolon af te maken en dus zei hij: ' – en al het andere. Hoe dan ook, ik wil een toast uitbrengen op Aubrey en hem veel geluk wensen bij zijn bezoek aan Amerika – '

'Hij heeft weer voor een maand logé ingeslagen,' zei mevrouw Rawthrote tegen Rale Brigham in een gefluisterd terzijde.

Leon hief zijn glas sauternes: 'Lord Buffing!'

Geheven glazen, applaus, Brits *hear-hear* geroep.

De Engelsman stond langzaam op. Hij zag er vreselijk afgeleefd uit. Zijn neus leek wel een kilometer lang. Hij was niet groot, en toch gaf zijn grote haarloze schedel hem iets ontzagwekkends.

'Je bent àl te goed voor me, Leon,' zei hij, terwijl hij hem aankeek en daarna zijn ogen bescheiden neersloeg. 'Zoals jullie misschien wel weten... is het raadzaam voor iedereen die met de gedachte aan de Nobelprijs speelt om te doen alsof hij zich geenszins bewust is van het bestaan daarvan, en ik ben in elk geval toch te oud om me er druk over te maken... En dus weet ik echt niet waar jullie het over hebben.' Lichte niet-begrijpende hilariteit. 'Maar een mens kan zich moeilijk onbewust zijn van de fantastische vriendschap en gastvrijheid van jou en Inez, en goddank hoef ik geen moment iets anders voor te wenden.' De litotes had zich zo snel opgestapeld dat het gezelschap er geen raad mee wist. Maar ze murmelden hun steunbetuigingen. 'En wel in zodanige mate,' ging hij verder, 'dat ik zelf met plezier zou zingen voor mijn souper – '

'Dat geloof ik,' fluisterde mevrouw Rawthrote.

' – maar ik zie niet hoe iemand dat nog zou kunnen wagen na de opmerkelijke verwijzing van de heer Shaflett naar Canio's verdriet in I *Pagliacci*.'

Hij sprak 'de heer Shaflett' erg overdreven uit, zoals alleen Engelsen dat kunnen, om te onderstrepen hoe bespottelijk het was om die plattelandspummel de plechtige titel van 'heer' te geven.

Plotseling stopte hij en richtte zijn hoofd op en staarde recht voor zich uit alsof hij door de muren van het gebouw heen keek naar de metropool daarachter. Hij lachte droogjes.

'Neem me niet kwalijk. Ik hoorde plotseling het geluid van mijn eigen stem, en de gedachte schoot me te binnen dat ik nu het soort Britse stem heb waarvoor ik, mocht ik haar een halve eeuw geleden hebben gehoord, toen ik nog een jongeman was – een verrukkelijk heetgebakerde jongeman naar ik mij herinner – de kamer uit zou zijn gelopen.'

Er werden tersluikse blikken gewisseld.

'Maar ik weet dat u niet zult weglopen,' vervolgde Buffing. 'Het is altijd geweldig geweest om een Engelsman in de Verenigde Staten te zijn. Lord Gutt zou het daar wellicht mee oneens kunnen zijn' – hij sprak Gutt uit met zo'n diepe keelklank dat het net was alsof hij *Lord Flapdrol* zei – 'maar dat is vast niet het geval. Toen ik voor het eerst als jongeman in de Verenigde Staten kwam, voor de Tweede Wereldoorlog, en de mensen mijn stem hoorden, dan zeiden ze: "O, u komt uit Engeland!" en ik kreeg altijd mijn zin omdat ze zo onder de indruk waren. Wanneer ik tegenwoordig in de Verenigde Staten kom en de mensen mijn stem horen, zeggen ze: "O, u komt uit Engeland – arme drommel!" – en ik krijg nog steeds mijn zin omdat jullie landgenoten te allen tijde medelijden hebben met ons.'

Veel waarderend gelach en opluchting. De oude man boorde de lichtere aderen aan. Hij zweeg weer even alsof hij probeerde te beslissen of hij door zou gaan of niet. Zijn conclusie was vanzelfsprekend ja.

'Waarom ik nooit een gedicht over de Verenigde Staten heb geschreven weet ik niet. Nou, dat neem ik terug. Dat weet ik natuurlijk wèl. Ik leef in een eeuw waarin dichters niet zozeer verondersteld worden ergens *over* te schrijven, tenminste niet over iets waar je een geografische naam aan kunt geven. Maar de Verenigde Staten verdienen een episch gedicht. Er zijn verschillende momenten in mijn carrière geweest waarop ik overwoog om een epos te schrijven, maar ook dat heb ik niet gedaan. Dichters horen geen epos meer te schrijven, ondanks het feit dat de enige dichters die de tijd hebben weerstaan en zullen weerstaan dichters zijn die epen hebben geschreven. Homerus, Virgilius, Dante, Shakespeare, Milton, Spenser – waar zullen de heer Eliot of de heer Rimbaud' – uitgesproken als de heer Shaflett – 'in hun licht bezien blijven, zelfs over een luttele vijfentwintig jaar? In de schaduw vrees ik, in de voetnoten, diep in het kreupelhout van de *ibidems*... samen met Aubrey Buffing en nog een heleboel andere dichters die ik bij tijd en wijle hoog heb aangeslagen. Nee, wij dichters hebben niet eens de vitaliteit meer om epen te schrijven. We hebben niet eens de moed meer om rijmen te maken, en het Amerikaanse epos hoort te rijmen met rijm bovenop rijm in een onbeschaamde stortvloed, rijmen van het soort dat Edgar Allan Poe ons heeft gegeven... Jawel... Poe die zijn laatste jaren juist ten noorden van deze plek heeft gesleten, geloof ik, in een deel van New York dat de Bronx heet... in een optrekje met seringen en een kersenboom... en een echtgenote die stervende was aan tuberculose. Een dronkelap was hij in elk geval, en misschien ook psychotisch – maar met de waanzin van een profetische blik. Hij heeft een verhaal geschreven waarin alles wordt gezegd wat we moeten weten over de periode waarin we nu leven... "Het masker van de rode dood"... Het land wordt geteisterd door een mysterieuze plaag, de rode dood. Prins Prospero – prins Prospero – zelfs de naam is perfect – prins Prospero verzamelt al zijn beste mensen in zijn kasteel en legt een voorraad eten en drinken aan voor twee jaar, en sluit de poorten voor de buitenwereld, voor de besmetting door alle mindere zielen, en geeft het sein tot een gemaskerd bal dat moet duren tot de plaag buiten de muren is uitgewoed. Het feest is oneindig en naadloos, en het vindt plaats in zeven grote salons, en in elke daarvan wordt het gezwelg intenser dan in die daarvoor, en de feestvierders worden verder en verder gelokt naar de zevende kamer, die een geheel zwart interieur heeft. Op een avond verschijnt in deze kamer een gast die gehuld is in het meest uitgekiende en meest gruwelijk fraaie kostuum dat dit gezelschap van illustere gemaskerden ooit heeft gezien. De gast is gekleed als de dood, maar op zo een overtuigende wijze dat Prospero er aanstoot aan neemt en opdracht geeft om hem te verwijderen. Maar niemand durft hem aan te raken, zodat de taak wordt overgelaten aan de prins zelf, en op het moment dat hij het ijselijke kleed aanraakt valt hij dood neer, want de rode dood is het huis van Prospero binnengekomen... Prospero, waarde vrienden... Het ingenieuze van het verhaal is dat de gasten op een of andere manier de hele tijd hebben beseft wat hen te wachten staat, en toch worden ze er onweerstaanbaar door aangetrokken, omdat de opwinding zo intens is en het genot zo ongebreideld en de gewaden en de spijzen en de dranken en het vlees zo overdadig – en dat is het enige wat ze hebben. Hun gezin, hun thuis, hun kinderen, de grote keten van het zijn, het oneindige getij der chromosomen betekenen niets meer voor hen. Ze zijn met elkaar verbonden en ze kolken eeuwig langs elkaar heen als deeltjes in een verdoemd atoom – en wat kan de rode dood anders zijn dan een soort laatste prikkel, het *ne plus ultra*? Poe was zo goed om het einde al meer dan honderd jaar geleden voor ons te schrijven. Wie is met dit besef nog in staat al de zonniger fragmenten te schrijven die aan dat einde voorafgaan? Ik niet, ik niet. De ziekte – de walging – de meedogenloze pijn – zijn vergaan met de razende koorts in mijn brein – met de koorts die "Leven" heet en brandde in mijn brein. De koorts die "Leven" heet – die woorden behoorden tot de laatste die hij schreef... Nee... ik kan niet de epische dichter zijn die jullie verdienen. Ik ben te oud en te afgemat, ik ben de koorts die "Leven" heet te moe, en ik stel jullie gezelschap te zeer op prijs, jullie gezelschap en het kolken, het kolken, het kolken. Dank je Leon. Dank je Inez.'

En met die woorden ging de spookachtige Engelsman weer zitten.

De indringer waarvoor de Bavardages het meest beducht waren, de stilte, had nu het vertrek in zijn macht. De tafelgasten keken elkaar aan, in drie opzichten in verlegenheid gebracht. Verlegenheid om de oude man die de blunder had gemaakt om een sombere noot toe te voegen aan een avond bij de Bavardages thuis. Verlegenheid omdat ze de aandrang voelden hun cynische superioriteit tegenover zijn plechtige woorden tot uiting te brengen, maar ze wisten niet hoe ze dat moesten aanleggen. Zouden ze het wel wagen om laatdunkend te gniffelen? Tenslotte was hij Lord Buffing van de Nobelprijsnominatie en de logé van hun gastpaar. En verlegenheid omdat er altijd nog de mogelijkheid was dat de oude man iets diepzinnigs had gezegd en zij het niet hadden begrepen. Sally Rawthrote liet haar ogen rollen en trok een quasi lang gezicht en keek rond om te zien of iemand haar voorbeeld volgde. Lord Gutt plooide zijn gezicht tot een mismoedig glimlachje en gluurde naar Bobby Shaflett, die zelf in Inez Bavardage's ogen keek voor een hint. Ze gaf er geen. Ze zat te staren, met stomheid geslagen. Judy zat volkomen dwaas te glimlachen, vond Sherman, alsof ze dacht dat de gedistingeerde heer uit Groot-Brittannië iets heel aangenaams onder woorden had gebracht.

Inez Bavardage stond op en zei: 'De koffie wordt geserveerd in de andere kamer.'

Geleidelijk aan, zij het zonder overtuiging, begon de korf weer te gonzen.

Tijdens de rit naar huis, de rit van zes straten ver voor de som van $123,25, dat wil zeggen de helft van $246,50, met de witharige chauffeur van Mayfair Town Inc. aan het stuur, kwebbelde Judy aan één stuk door. Ze liep gewoon over. Sherman had haar al meer dan twee weken niet meer zo geanimeerd gezien, de tijd na die avond waarop ze hem in *flagrante telefone* betrapt had met Maria. Vanavond had ze duidelijk niets gemerkt van Maria, ze kende de *naam* nog niet eens van het knappe meisje dat naast haar man zat tijdens het diner. Nee, ze was in een uitstekende stemming. Ze was in een roes, niet van de alcohol – van alcohol werd je dik – maar van de Society.

Met een air van geamuseerde afstandelijkheid babbelde ze over de listigheid waarmee Inez haar befaamde sterren gekozen had: drie titels (baron Hochswald, Lord Gutt en Lord Buffing), een hoge politicus met een cosmopolitisch cachet (Jacques Prudhomme), vier giganten in de kunst en literatuur (Bobby Shaflett, Nunnally Voyd, Boris Korolev en Lord Buffing), twee ontwerpers (Ronald Vine en Barbara Cornagglia), drie vif's – 'vif's?' vroeg Sherman – 'Very Important Flikkers,' zei Judy, 'zo noemt iedereen ze' (de enige naam die Sherman opving was die van de Engelsman die rechts van haar had gezeten, St. John Thomas), en drie titanen uit de zakenwereld (Hochswald, Rale Brigham en Arthur Ruskin). Vervolgens praatte ze verder over Ruskin. De vrouw rechts van hem, madame Prudhomme, wilde niet met hem praten en de vrouw links van hem, Rale Brighams echtgenote, was niet geïnteresseerd, en dus had Ruskin zich voorover gebogen en was een verhaal tegen baron Hochswald begonnen over zijn luchtcharterdienst in het Midden-Oosten. 'Sherman, heb je enig idee hoe die man zijn geld verdient? Hij vervoert Arabieren naar Mekka per vliegtuig – 747's! – met tienduizenden tegelijk! – en hij is joods!'

Het was de eerste keer sinds hij wist niet meer hoe lang dat ze hem wat koetjes en kalfjes had verteld in de zonnige stijl van vroeger tijden. Maar leven en werken van Arthur Ruskin konden hem al niet meer schelen. Hij kon alleen maar denken aan de grauwe gekwelde Engelsman, Aubrey Buffing.

En toen zei Judy: 'Wat zou Lord Buffing in godsnaam ineens bezield hebben? Het was allemaal zo... zo doodeng.'

Doodeng, zeg dat wel, dacht Sherman. Hij stond op het punt om haar te vertellen dat Buffing dood ging aan AIDS, maar over de geneugten van de roddel was hij ook al lang heen.

'Ik heb geen idee,' zei hij.

Maar natuurlijk had hij dat wel. Hij wist het precies. Die welgemanierde spookachtige Engelse stem was de stem geweest van een orakel. Aubrey Buffing had zich rechtstreeks tot hem gericht alsof hij een medium was, gezonden door God zelf. Edgar Allan Poe! – *Poe!* – de ondergang van de verdorvenen! – in de Bronx! – *de Bronx!* Het zinloze kolken, het ongebreidelde vlees, het wegvagen van huis en haard! – en wachtend in de laatste kamer, de Rode Dood.

Eddie had de deur al voor hen opengedaan toen ze van de auto van Mayfair Town Car naar de ingang liepen. Judy galmde: 'Hallo Eddie!' Sherman keek hem nauwelijks aan en zei geen woord. Hij voelde zich duizelig. Behalve dat hij verteerd werd door angst was hij nog dronken ook. Zijn ogen schoten de hal door... De Straat der Dromen... Hij verwachtte half en half dat hij het doodskleed zou zien.

16

Ierse praatjes

Martins Ierse stoerheid was zo ijzig dat Kramer zich hem niet uitgelaten kon voorstellen, behalve misschien wanneer hij dronken was. Zelfs dan nog, bedacht hij, zou hij wel een kwaaie en prikkelbare dronk hebben. Maar die morgen was hij in een uitstekend humeur. Zijn sinistere Dobermann-ogen waren nu groot en stralend. Hij was zo blij als een kind.

'Dus we staan daar in de hal met twee van die portiers,' zei hij, 'en d'r klinkt een zoemer en d'r gaat een lichtje branden, en Jezus Christus, een van die lui rent de deur uit alsof z'n gat onder stroom staat en blaast op 'n fluitje en zwaait met z'n armen om 'n taxi aan te houden.'

Hij keek Bernie Fitzgibbon recht in het gezicht terwijl hij zijn verhaal vertelde. Ze waren met z'n vieren, Martin, Fitzgibbon, Goldberg en hijzelf, in Fitzgibbons kantoor. Fitzgibbon was, zoals het de chef van de afdeling Moordzaken van het parket van de officier van justitie betaamt, een slanke atletische Ier van de zwarte Ierse band met hoekige kaken, dik zwart haar, donkere ogen en wat Kramer bestempelde als een Kleedkamergrijns. Een Kleedkamergrijns was vlot maar nooit slijmerig. Fitzgibbon glimlachte ongetwijfeld gretig om Martins verhaal en de boertige details daarvan omdat Martin een bepaald soort kleine taaie Harp was en Fitzgibbon het ras begreep en hoog aansloeg.

Er waren twee Ieren in de kamer, Martin en Fitzgibbon, en twee joden, Goldberg en hijzelf, maar het kwam er praktisch op neer dat er vier Ieren waren. Ik ben nog wel joods, dacht Kramer, maar in deze kamer niet. Alle politieagenten werden Iers, de joodse agenten zoals Goldberg, maar ook de Italiaanse agenten, de Latijnsamerikaanse agenten en de zwarte agenten. Zelfs de zwarte agenten; niemand begreep de commissarissen van politie, die meestal zwart waren, want hun huidskleur verhulde het feit dat ze Iers waren geworden. Hetzelfde gold voor de hulpofficieren van justitie op de afdeling Moordzaken. Je hoorde Iers te worden. Voor wat de bevolking in zijn geheel betrof, waren de Ieren aan het verdwijnen uit New York. In politiek opzicht waren de Ieren, die twintig jaar geleden nog de Bronx, Queens, Brooklyn en een groot deel van Manhattan in handen hadden, teruggevallen tot één verlopen districtje in de West Side van Manhattan, waar alle ongebruikte pieren lagen te roesten in de Hudson. Alle Ierse politieagenten die Kramer tegenkwam, Martin incluis, woonden op Long Island of een plek als Dobbs Ferry en reden elke dag naar de stad. Bernie Fitzgibbon en Jimmy Caughey waren dinosaurussen. Iedereen die promotie maakte op het parket van de officier van justitie in de Bronx was een jood of een Italiaan. En toch drukte dat Ierse stempel op het politiebureau en de afdeling Moordzaken van het parket, en dat zou wel eeuwig zo blijven ook. Ierse stoerheid – dat was de grimmige waanzin die hen allemaal in zijn greep hield. Ze noemden zichzelf 'Harps' en 'Donkeys', de Ieren. Donkeys! Ze gebruikten het woord zelf met trots maar ook ter onderkenning. Ze begrepen dat woord. Ierse moed was niet de moed van de leeuw maar van de werkezel. Als agent of als hulpofficier van justitie op Moordzaken maakte het niet uit hoe erg je in de knel raakte, maar opgeven deed je nooit. Je hield voet bij stuk. Dat was het griezelige aan zelfs maar het kleinste en onbeduidendste exemplaar van het ras. Als ze eenmaal stelling hadden genomen waren ze bereid om ervoor te vechten. Als je met ze wilde afrekenen moest je ook bereid zijn om ervoor te vechten, en er waren niet zoveel mensen op deze arme aardbol die daar iets voor voelden. Aan de andere kant was er hun loyaliteit. Als een van hen in de knel raakte, verbraken ze nooit de gelederen. Nou ja, dat was niet helemaal waar, maar het spel moest er toch vrijwel verloren uitzien eer de Ieren om hun eigen hachje begonnen te denken. Zo waren de agenten en zo hoorden de hulpofficieren van justitie op Moordzaken ook te zijn. Loyaliteit was loyaliteit en Ierse loyaliteit was massief, ondeelbaar. De code van de Donkey! En elke jood, elke Italiaan, elke zwarte, elke Portoricaan maakte zich die code eigen en werd zelf een keiharde Donkey. De Ieren onthaalden elkaar graag op Ierse oorlogsverhalen, zodat Donkey Fitzgibbon en Donkey Goldberg toen ze naar Donkey Martin zaten te luisteren alleen nog de sterke drank tekort kwamen om het plaatje te kunnen completeren door dronken en sentimenteel te worden of dronken en driest. Nee, dacht Kramer, alcohol hebben ze niet nodig. Ze gaan al uit hun bol bij het besef dat ze een stelletje harde uitgeslapen klootzakken zijn.

'Ik heb er bij een van de portiers naar gevraagd,' zei Martin. 'Ik bedoel, we hadden tijd zat. Die lul van een McCoy laat ons een kwartier wachten beneden in de hal. Maar goed, op elke verdieping hebben ze twee knoppen naast de lift. De ene is voor de lift, de andere voor een taxi. Je drukt op de knop en zo'n kleine flapdrol rent zwaaiend en op z'n fluitje blazend de straat op. Maar goed, we stappen uiteindelijk de lift in en 't dringt ineens tot me door da'k nie eens weet op welke verdieping die klootzak woont. Dus ik steek m'n kop door de deur en ik zeg tegen de portier: "Welke knop moe 'k hebben?" En hij zegt: "We sturen u er wel naar toe." *We sturen u er wel naar toe.* Je kunt in die lift alle knoppen indrukken die je maar wilt en 't haalt geen moer uit. Een van de portiers moet op de knop drukken op z'n paneel bij de deur. Zelfs als je daar verdomme woont en je wilt bij iemand anders langs, dan kan je niet gewoon de lift instappen en de verdieping van iemand anders indrukken. Niet dat 't me daar nou 't soort huis lijkt waar ze effe langs komen om een potje te ouwehoeren. Maar goed, die McCoy zit op de negende verdieping. De deur gaat open, en je stapt zo'n klein kamertje in. D'r is geen gang, d'r is dat kleine kamertje en d'r is maar één deur. Op die verdieping is de lift er verdomme alleen voor zijn appartement.'

'Je hebt een beschermd leventje geleid, Marty,' zei Bernie Fitzgibbon.

'Maar verdomme nog niet beschermd genoeg, als je 't mij vraagt,' zei Martin. 'We bellen aan en er doet 'n dienstmeid in uniform open. Een Portoricaanse of een Zuidamerikaanse of zo. In die hal waar je dan binnenkomt, is er van dat marmer en houten lambrizering en zo'n grote trap die zo naar boven loopt, net als in 'n film, verdomme. Dus we staan 'n tijdje op die marmeren vloer uit onze neus te vreten tot die kerel vindt dat-ie ons lang genoeg heb laten wachten en dan komt-ie heel traag de trap af met zijn kin verdomme – ik zweer 't je – met zijn kin verdomme in de lucht. Heb jij dat ook gezien, Davey?'

'Jaah,' zei Goldberg. Hij snoof van plezier.

'Hoe ziet-ie d'r uit?' vroeg Fitzgibbon.

'Hij is groot, hij heb zo'n grijs pak, hij heb zo'n kin die de lucht in steekt – een regelrechte Wall Street klootzak. Ziet er nie slecht uit. Rond de veertig.'

'Hoe reageerde hij erop dat jullie d'r waren?'

'Hij hield 't hoofd eerst nogal koel,' zei Martin. 'Hij liet ons binnen in z'n bibliotheek zal 't wel geweest zijn. Die was nie zo groot maar je had verdomme dat klerespul om z'n plafond 'ns moeten zien.' Hij maakte een brede armzwaai. 'Allemaal mensen uit hout gesneden, net massa's mensen op 't trottoir, en winkels en meer van die flauwekul op de achtergrond. Zoiets heb je nog nooit gezien. Dus we gaan daar zitten en ik vertel 'm dat 't een routine-controle is van auto's van dit merk en met dat kenteken en ga zo maar door, en hij zegt ja, hij heb iets over die zaak gehoord op de tv en ja, hij heb een Mercedes met een kenteken dat begint met een R, en 't is toch wel verrekte toevallig – en ik bedoel, ik denk dat 't wel wéér zo'n klotenaam op die verdomde klotelijst zal zijn die we hebben gekregen. Ik bedoel, hij is wel de meest onwaarschijnlijke figuur die 's avonds over Bruckner Boulevard in de Bronx zou gaan rijden. Ik bedoel, ik zit me praktisch te verontschuldigen bij die kerel omdat ik z'n tijd verdomme zit te verknoeien. En toen vraag ik 'm of we er 'ns naar kunnen kijken, en hij zegt: "Wanneer?" En ik zeg: "Nu", en meer had-ie nie nodig. Ik bedoel, as-ie nou gezegd had: "Hij is in de reparatie" of "Mijn vrouw heeft 'm" of 't dondert niet wat, dan weet ik niet of ik nog was teruggegaan om 'm na te trekken, 't leek allemaal zo verdomd onwaarschijnlijk. Maar hij trekt zo'n gezicht en z'n lippen beginnen te trillen en hij begint zo'n lulverhaal over dat-ie 't niet weet… en wat is de procedure… maar 't is vooral 't gezicht dat-ie trekt. Ik keek naar Davey en Davey keek naar mij, en we hebben allebei hetzelfde gezien. Waar of niet, Davey?'

'Ja. Ineens begint 't 'm dun door de broek te lopen. Je kon 't zo zien.'

'Zulke mensen heb ik al meer gezien,' zei Martin. 'Hij heb 't helemaal niet op dat gesodemieter. Het is geen slechte kerel. Ziet er een beetje uit als een kapsoneslijer, maar voor de rest valt-ie wel mee, denk ik. Hij heb 'n vrouw en 'n kind. Hij heb dat verdomde appartement. Hij kan niet tegen zulk gesodemieter. Hij kan er niet tegen om buiten de wet te staan. 't Kan nie schelen wie je bent, maar op 'n gegeven moment in je leven kom je buiten de wet te staan, en sommige mensen kunnen er tegen en anderen niet.'

'Hij kon er nie tegen dat jij op dat klotebureau van 'm ging zitten,' zei Goldberg lachend.

'Z'n bureau?' zei Fitzgibbon.

'O jaah,' zei Martin, grinnikend bij de gedachte. 'Tja, weet je, ik zie dat die kerel 'm begint te knijpen en ik zeg tegen mezelf: "Nou heb ik 'm verdomme z'n rechten nog nie verteld, dus laat ik dat maar 'ns doen." Dus ik probeer dat zo echt luchtigjes te doen, en ik zeg 'm hoe we z'n medewerking waarderen en zo, maar dat-ie niks hoeft te zeggen as-ie nie wil en dat-ie recht heb op een advocaat en ga zo maar door, en dan zit ik vooruit te denken. Hoe ik tegen 'm ga zeggen: "Als u geen advocaat kunt betalen zal de staat u er kosteloos een verschaffen" en dat luchtigjes moet laten klinken terwijl dat verdomde hout-snijwerk aan de wand meer kost dan een pro deo-advocaat in een heel jaar bij mekaar verdient. Dus ik besluit als klap op de vuurpijl de ouwe "opzij" ma-noeuvre maar 'ns te gebruiken en ik sta pal over 'm heen gebogen – hij zit daar aan dat grote bureau – en ik kijk 'm zo aan van "Je gaat toch niet zo schijterig zijn om je mond te houden omdat ik je je rechten vertel, hè?"'

'Het was nog erger,' zei Goldberg. 'Marty gaat godver op de rand van die kerel z'n bureau zitten!'

'Wat deed-ie toen?' vroeg Fitzgibbon.

'Eerst niks,' zei Martin. 'Hij weet dat er stront aan de knikker is. Je kan nie zomaar zeggen: "Tussen haakjes," en iemand z'n rechten vertellen alsof je 't over 't weer hebt. Maar hij is in de war. Ik kan z'n ogen groter en groter zien worden. Hij zit uit z'n nek te lullen dat 't nie mooi meer is. Dan staat-ie op en zegt-ie dat-ie een advocaat wil spreken. Het gekke is dat-ie 'm begint te knij-pen als we naar zijn auto vragen, en als we dan de auto gaan bekijken, is er niks mee. Geen plekje aan te zien.'

'Hoe heb je z'n auto gevonden?'

'Simpel genoeg. Hij zei dat-ie 'm in een garage had staan. Dus dacht ik zo, als je zoveel geld hebt als deze klerelijer zal je 'm wel in de parkeergarage zetten die 't dichtstbij is. Dus ik vraag de portier waar de dichtstbijzijnde parkeerga-rage is. Meer niet. Heb 't nie eens over McCoy gehad.'

'En bij de garage, lieten ze de auto daar zò zien?'

'Ja, ik heb m'n legitimatie effe opgehouwen en Davey stond aan de andere kant gaten in die kerel z'n kop te kijken. Dat weet jij ook wel, dat een kwaaie jood er nog veel kwaaier uit ziet dan een kwaaie Harp.'

Goldberg straalde. Hij vatte het op als een groot compliment.

'Die kerel zegt: "Welke auto?"' zei Goldberg. 'Blijkt dat ze daar twee auto's hebben staan, de Mercedes en 'n Mercury stationwagon, en 't kost $410 per maand om daar 'n auto te stallen. Het hangt aan de muur. Achthonderdtwin-tig dollar per maand voor twee auto's. Dat is tweehonderd dollar meer dan ik verdomme voor m'n hele huis in Dix Hills betaal.'

'Dus die kerel laat je de auto zien?' vroeg Fitzgibbon.

'Hij zegt waar-ie staat en zegt: "Ga je gang",' zei Goldberg. 'Ik heb 't idee dat-ie niet zo wegloopt met McCoy.'

'Nou, hij slooft zich in elk geval niet voor 'm uit,' zei Martin. 'Ik vraag 'm of die auto gebruikt was vorige week dinsdagavond en hij zegt, o jazeker, dat weet-ie nog heel goed. Meneer McCoy neemt 'm mee om 'n uur of zes en komt er tegen tienen weer mee terug, en 't ding zit onder de troep.'

'Leuk als de mensen 't zo goed met je voor hebben,' zei Goldberg.

'Alleen?' vroeg Fitzgibbon.

'Hij zei van wel,' zei Martin.

'Dus je weet zeker dat dit 'm moet zijn.'

'O jaah.'

'Nou goed,' zei Fitzgibbon, 'hoe maken we er 'n zaak van?'

'We hebben nou in elk geval 'n begin,' zei Martin. 'We weten dat-ie die avond z'n auto gebruikt heb.'

'Geef ons nog twintig minuten met die lul en we krijgen de rest d'r wel uit,' zei Goldberg. 'Het loopt 'm nou al dun door z'n broek.'

'Daar zou ik maar niet op rekenen,' zei Fitzgibbon, 'al kan je 't wel proberen. Weet je, we hebben nog geen barst. We hebben geen getuigen. Die jongen zelf moet je afschrijven. We weten niet eens waar 't gebeurd is. En dat niet alleen, die gast komt die avond dat 't gebeurd is 't ziekenhuis in en zegt er niks van dat-ie door een auto is aangereden.'

Er begon iets te gloren. Kramer kwam ertussen: 'Misschien was-ie al suf.' Een stralenkrans schoot op uit wat eertijds een klotezaak was geweest. 'We weten dat-ie een stevige knal voor z'n kop heeft gehad.'

'Kan wel wezen,' zei Fitzgibbon, 'maar daarmee heb ik nog niks waarmee ik iets kan ondernemen en ik zeg je dat Abe iets zal willen ondernemen. Hij was niet blij met die demonstratie van gisteren. WEISS-JUSTITIE IS BLANKE KLASSEJUSTITIE. Dat stond overal in de krant en 't is nog op tv geweest ook.'

'En 't was bullshit,' zei Goldberg. 'We zijn d'r bij geweest. Een paar dozijn demonstranten waarvan de helft bestond uit de mafkezen die d'r altijd bij zijn, die Reva Dinges en 'r kabouters en de rest waren maar pottekijkers.'

'Probeer dat Abe maar 'ns wijs te maken. Hij heeft 't net als iedereen op de tv gezien.'

'Nou, weet je,' zei Kramer, 'die McCoy klinkt als iemand die we misschien wel uit kunnen roken.'

'Uitroken?'

'Ja. Ik zit maar wat hardop te denken – maar misschien, als we 't nou eens in de publiciteit brengen...'

'In de publiciteit?' zei Fitzgibbon. 'Maak je een geintje? Wat in de publiciteit brengen? Die kerel wordt zenuwachtig als er twee agenten bij z'n apparte- ment komen om 'm te ondervragen en hij is met de auto weggeweest op de avond dat die jongen is aangereden? Weet je wat dat samen betekent? Niks.'

'Ik zeg toch dat ik maar hardop zit te denken.'

'Ja, nou, doe me een lol. Ga niet in die trant hardop zitten denken als Abe d'r bij is. Hij is nog in staat om je serieus te nemen ook.'

Reade Street was een van die oude straten vlak bij City Hall en de gerechtsge- bouwen. Het was een smalle straat die door de gebouwen aan weerskanten ervan, kantoorgebouwen en pakhuizen met gietijzeren zuilen en architraven, in een naargeestig schemerduister werden gehuld, zelfs op een heldere lentedag als vandaag. Gaandeweg werden de gebouwen in deze buurt, die bekend stond als TriBeCa, voor *triangle below Canal Street*, gerenoveerd tot kantoren en appartementen, maar de buurt behield een onuitroeibare groezeligheid. Op de derde verdieping van een oud gietijzeren gebouw liep Sherman door een gang met een vuile tegelvloer.

Halverwege de gang hing een plastic bord waarin de namen DERSHKIN, BELLAVITA, FISHBEIN & SCHLOSSEL gegrift stonden. Sherman opende de deur en kwam terecht in een piepkleine en overweldigend lichte vestibule met glazen wanden waar een Latijnsamerikaanse receptioniste achter een glazen afscheiding zat. Hij zei zijn naam en vroeg of hij meneer Killian kon spreken en de vrouw drukte op een zoemer. Een glazen deur leidde naar een grotere nog lichtere kamer met witte muren. De lampen aan het plafond schenen zo fel dat Sherman zijn hoofd gebogen hield. De vloer was bedekt met een geribbeld oranje fabriekstapijt. Sherman kneep zijn ogen half dicht in een poging om het moordende schijnsel te ontwijken. Vlak voor zich op de vloer kon hij het onderstel van een bank onderscheiden. Het was gemaakt van wit formica. Er lagen lichtbruine leren kussens op. Sherman ging zitten en zijn stuitje gleed meteen naar voren. De zitting leek naar de verkeerde kant af te lopen. Zijn schouderbladen kwamen tegen de kussens achter zijn rug, die tegen een formica plaat lagen die loodrecht op het onderstel was gezet. Behoedzaam richtte hij zijn hoofd op. Er stond nog een bank tegenover hem. Er zaten twee mannen en een vrouw op. De ene man had een blauwwit trainingspak aan met twee grote ingezette stukken metallic blauw leer van voren. De andere man droeg een trenchcoat die van dof, stoffig, ruw leer gemaakt was, olifantehuid misschien, met schouders die zo breed waren dat hij er uitzag als een reus. De vrouw droeg een zwartleren jack, ook zeer ruim van snit, een zwartleren broek en zwarte laarzen die onder de knie waren omgeslagen als die van een piraat. Ze zaten alledrie met half dichtgeknepen ogen, net als Sherman. Ze gleden ook steeds naar voren en verkrampten en wurmden zich weer overeind en hun leren kleding knarste en piepte. Het Leer-Volk. Zo bij elkaar gestouwd op de bank leken ze wel een door vliegen geplaagde olifant.

Een man kwam de receptie binnen uit een gang die verder het kantoor in leidde, een lange magere man met borstelige wenkbrauwen. Hij droeg een overhemd en een das maar geen colbert en hij had een revolver in een holster hoog op zijn linkerheup. Hij wierp Sherman het soort effen glimlach toe van een dokter die niet wenste te worden opgehouden in de wachtkamer. Toen liep hij weer terug naar binnen.

Stemmen uit de gang: een man en een vrouw. Het leek of de man de vrouw voor zich uit duwde. De vrouw nam kleine pasjes en keek naar hem achterom over haar schouder. De man was groot en slank, waarschijnlijk achter in de dertig. Hij droeg een marineblauw pak met een dubbele rij knopen en een lichtblauw ruitdessin en een gestreept overhemd met een stijve witte kraag. Het was een spread boord met overdreven breed uitstaande punten. Naar Shermans smaak zag het er erg blitskikkerachtig uit. Hij had een mager gezicht, een fijn gezicht zou je gezegd hebben zonder die neus van hem, die ooit gebroken leek te zijn geweest. De vrouw was jong, niet ouder dan vijfentwintig, één massa borsten, vuurrode lippen, woest haar en uitdagende make-up die uit een zwarte coltrui puilde. Ze droeg een zwarte broek en liep te strompelen op een paar schoenen met naaldhakken.

Eerst waren hun stemmen gedempt. Toen werd de stem van de vrouw harder en die van de man zachter. Het was het klassieke geval. De man wil de zaak beperken tot een onopvallende onderlinge woordenstrijd maar de vrouw besluit een van haar troefkaarten uit te spelen, dat wil zeggen Een Scène Maken. Je hebt Een Scène Maken, en je hebt Tranen. Dit was Een Scène Maken. De stem van de vrouw klonk harder en harder en op het laatst begon de man ook harder te praten.

'Maar je mot,' zei de vrouw.

'Maar ik mot niks, Irene.'

'Wat mot ik dan? Krepere?'

'As je nou je rekeningen 'ns betaalde net as ieder ander,' zei hij, op een toon die een imitatie was van de hare. 'Je heb me al de helft van m'n honorarium door de neus geboord. En dan vraag je me nog om dingen te doen waarvoor ik geroyeerd kan worden.'

'Het ken je niks schele.'

''t Is niet dat het me niks ken schelen, Irene. 't Is dat 't me niks méér ken schelen. Je betaalt je rekeningen niet. Sta me niet zo aan te gapen. Je zoekt 't zelf maar uit.'

'Maar je mot! As ze me nou weer arresteren?'

'Daar had je an moeten denken, Irene. Wah hek je gezegd toen je voor 't eerst in dit kantoor kwam? Ik heb je twee dingen gezegd. Ik heb gezegd: "Irene, ik zal geen vriend van je zijn. Ik zal je advocaat zijn. Maar ik zal meer voor je doen dan je vrienden." En 'k heb gezegd: "Irene, weet je waarvoor ik dit doe? Ik doe 't voor geld." En toen hek gezegd: "Irene, knoop die twee dingen in je oren." Waar of niet? Hek dah gezegd of niet?'

'Ik kan niet terug daarheen,' zei ze. Ze liet haar zware Tropical Twilight oogleden zakken en toen haar hoofd. Haar onderlip trilde; haar hoofd met het woeste haar schudde en haar schouders ook.

De Tranen.

'O, in godsnaam, Irene. Maak 't nou!'

De Tranen.

'Nou goed. Luister... ik zal wel uitzoeken of ze je zullen vervolgen voor een 220-31, en ik zal je vertegenwoordigen bij de nieuwe dagvaarding as 't zover komt, maar meer niet.'

De Tranen! – Nog steeds triomferend na die vele millennia. De vrouw knikte als een kind dat spijt heeft. Ze liep door de hel verlichte wachtkamer naar buiten. Haar achterste wiegde zwart en glanzend voorbij. Een van de Leer Mannen keek Sherman aan en glimlachte van man tot man en zei: 'Ai-ai, caramba.'

Op dit onbekende terrein voelde Sherman zich verplicht om terug te glimlachen.

De blitskikker kwam de receptie binnen en zei: 'Meneer McCoy? Ik ben Tom Killian.'

Sherman stond op en gaf hem een hand. Killian gaf geen erg stevige hand; Sherman moest denken aan de twee rechercheurs. Hij volgde Killian door een gang met nog meer spotjes.

Killians kantoor was klein, modern en somber. Er was geen raam. Maar het was in elk geval niet hel verlicht. Sherman keek naar het plafond. Van de negen inbouwspotjes waren er zeven losgedraaid of doorgebrand zonder te zijn vervangen.

Sherman zei: 'Dat licht daar...' Hij schudde zijn hoofd en deed geen moeite om de zin af te maken.

'Ja, ik weet 't,' zei Killian. 'Dat krijg je als je neukt met je binnenhuisarchitecte. De kerel die dit gebouw leaste kwam met zo'n wijf aanzetten en ze vond 't gebouw donker. Ze zou er wel 'ns even *licht* in gooien. Die vrouw had wattkoorts. Het moet nu zogenaamd doen denken aan Key Biscayne. Dat zei ze.'

Sherman hoorde niets meer na 'neukt met je binnenhuisarchitecte'. Als Meester van het Universum schepte hij een zekere mannelijke trots in het idee dat hij alle kanten van het leven aan kon. Maar nu ontdekte hij zoals zoveel respectabele Amerikaanse mannen vóór hem dat Alle Kanten van het Leven voornamelijk kleurrijk waren als je je in het publiek bevond. *Neukt met je binnenhuisarchitecte.* Hoe kon hij ook maar enige beslissing die van invloed was op zijn leven overlaten aan zo'n soort persoon in zo'n soort atmosfeer? Hij had zich ziek gemeld – het slapste, flauwste, jankerigste leugentje in het leven – bij Pierce & Pierce om deze schurftige achterbuurt van de juridische wereld te bezoeken.

Killian wees hem een stoel, een moderne stoel met een gebogen verchroomd frame en Chineesrode bekleding, en Sherman ging zitten. De rugleuning was te laag. Je kon er onmogelijk gemakkelijk in zitten. Killians stoel achter het bureau zag er al niet veel beter uit.

Killian zuchtte en rolde weer met zijn ogen. 'U hebt me wel horen confereren met mijn cliënte, juffrouw – ' Hij maakte een boog in de lucht met zijn hand half open.

'Ja. Dat klopt.'

'Nou, dat was dus het strafrecht in zijn fundamentele vorm en in al zijn elementen.' Nou, dah was dust strafrecht in z'n funduhmuntele vohm en in al z'n illuhmente. Eerst dacht Sherman dat de man zo praatte als vervolg op zijn imitatie van de vrouw die net was weggegaan. Toen realiseerde hij dat het niet haar accent was. Het was dat van Killian zelf. De gesteven dandy die voor zijn neus zat had een Newyorks straataccent, met medeklinkers die wegvielen en klinkers die verkracht werden. Niettemin had hij Shermans stemming een paar fracties laten stijgen door aan te geven dat hij wist dat de wereld van het strafrecht nieuw was voor Sherman en dat die zich op een veel hoger plan bewoog.

'Wat voor soort zaak?' vroeg Sherman.

'Drugs. Wie kan zich anders acht weken lang een procesadvocaat permitteren?' Toen zei hij abrupt: 'Freddy heeft me van je probleem verteld. Ik heb ook over de zaak gelezen in de sensatiekranten. Freddy is 'n geweldige kerel maar hij heeft te veel klasse om de sensatiekranten te lezen. Ik heb ze gelezen. Vertel me dus maar eens wat er nou eigenlijk gebeurd is.'

Tot Shermans verbazing vond hij het toen hij eenmaal begonnen was gemakkelijk om zijn verhaal te vertellen aan deze man op deze plek. Net als een priester, zijn biechtvader, was deze dandy met zijn boksersneus iemand van een andere orde.

Af en toe klonk er een elektronische piep uit een plastic intercomkastje op Killians bureau en zei de licht Latijnsamerikaanse stem van de receptioniste: 'Meneer Killian… meneer Scannesi op 3-0,' of 'meneer Rothblatt op 3-1,' en Killian zei dan: 'Zeg maar da'k 'm wel terugbel,' en dan ging Sherman weer verder. Maar toen piepte het apparaat en zei de stem: 'Meneer Leong op 3-0.'

'Zeg maar – geef 'm maar.' Killian zwaaide geringschattend in de lucht met zijn hand, alsof hij wilde zeggen: 'Dit is niets in vergelijking met de zaak waar wij het over hebben, maar ik moet een halve seconde met die persoon praten.'

'Aiiiii, Lee,' zei Killian. 'Tsjongejongejonge… serieus?… Hé Lee, ik zat net een boek over je te lezen… Nou ja, niet over jou maar over jullie Leongs… Ben ik er de man naar om je wat wijs te maken? Wat denk je, dat ik een bijl in mijn rug wil?'

Sherman begon zich meer en meer te ergeren. Maar tegelijkertijd was hij ook onder de indruk. Blijkbaar vertegenwoordigde Killian een van de verdachten bij het verkiezingsschandaal in Chinatown.

Eindelijk hing Killian op en wendde zich tot Sherman en zei: 'Dus je bracht de auto terug naar de garage en je praatte even met de parkeerwachter en je liep naar huis.' Dit was ongetwijfeld om te laten zien dat hij zich niet had laten afleiden door de onderbreking.

Sherman bleef doorpraten en besloot zijn verhaal met het bezoek van de twee rechercheurs, Martin en Goldberg, aan zijn appartement.

Killian boog zich voorover en zei: 'Goed. Het eerste wat je moet onthouden is dat je van nu af aan je mond moet houden. Begrijp je? Je hebt er niks mee te winnen, helemaal *niks*, als je hierover gaat praten' – *praaatuh* – 'met iemand, maak nie uit wie. Het enige wat je dan krijgt is dat je weer net zo wordt gekoeioneerd als door die twee smerissen.'

'Wat had ik *dan* moeten doen? Ze waren al in het gebouw. Ze wisten dat ik boven was. Als ik weigerde met ze te praten was dat een duidelijke aanwijzing geweest dat ik iets te verbergen had.'

'Je had alleen tegen ze hoeven zeggen: "Aangenaam kennis te maken heren, u bent bezig aan een onderzoek, daarvan heb ik absoluut geen verstand, dus ik verwijs u naar mijn advocaat, goeienavond, pas op dat u de deurknop niet in uw rug krijgt als u 't huis uitgaat.'

'Maar zelfs dat – '

'Da's in elk geval beter dan wat er gebeurd is, niewaar? Ze zouden trouwens waarschijnlijk gedacht hebben: Tjee, daar heb je weer zo'n kapsoneslijer van Park Avenue die 't te druk heeft of zich te goed voelt om met figuren as ons te praten. Daar heeft-ie z'n mensen voor. Dat zou je zaak waarschijnlijk helemaal niet ongunstig beïnvloed hebben. Van nu af aan in elk geval om de donder nie.' Hij begon te grinniken. 'Die kerel heeft je ook nog je rechten verteld, hè? Ik wou dat ik erbij geweest was. De stomme lul woont waarschijnlijk in een tweegezinswoning in Massapequa, en hij zit in een appartement op Park Avenue in de Seventies en hij moet je er zo nodig van op de hoogte brengen dat als je geen advocaat kunt betalen de staat je er kosteloos een verschaft. Hij moet je zo nodig de hele mikmak vertellen.'

Sherman kreeg het koud van de afstandelijke geamuseerdheid van de man. 'Goed,' zei hij, 'maar wat heeft het te betekenen?'

'Het betekent dat ze bewijsmateriaal proberen te verzamelen voor een strafrechtelijke aanklacht.'

'Wat voor soort?'

'Wat voor soort bewijsmateriaal of wat voor soort aanklacht?'

'Wat voor soort aanklacht.'

'Ze hebben verschillende mogelijkheden. Aangenomen dat Lamb niet doodgaat, dan heb je nog roekeloze onachtzaamheid.'

'Is dat hetzelfde als roekeloos rijden?'

'Nee, 't is een misdrijf. 't Is een betrekkelijk zwaar misdrijf. Of als ze 't echt hard willen spelen zouden ze kunnen werken aan een theorie van wederrechtelijke aanval met een dodelijk wapen, dat wil zeggen de auto. Als Lamb doodgaat komen er twee mogelijkheden bij. De ene is doodslag en de andere is moord door criminele nalatigheid, al heb ik in al de tijd dat ik op 't parket gezeten heb nog nooit iemand aangeklaagd horen worden wegens moord door criminele nalatigheid, tenzij 't betrekking had op dronken rijden. Bovendien hebben ze nog de plaats van een ongeluk verlaten en verzuimen om aangifte van een ongeluk te doen. Allebei misdrijven.'

'Maar gezien het feit dat ik niet achter het stuur zat op het moment dat die jongen geraakt werd, kunnen ze mij dan een van die dingen tenlasteleggen?'

'Voor we daar aan toekomen wil ik je iets uitleggen. Misschien kunnen ze wel helemaal *niemand* iets tenlasteleggen.'

'O nee?' Sherman voelde zijn hele zenuwstelsel opleven bij dit eerste teken van hoop.

'Je hebt je auto behoorlijk nauwkeurig nagekeken, niewaar? Geen deuken? Geen bloed? Geen weefsel? Geen gebroken glas? Klopt dat?'

'Dat klopt.'

'Het is wel duidelijk dat die knaap niet erg hard geraakt is. Op de eerstehulpafdeling hebben ze 'm behandeld voor een gebroken pols en hem daarna weer laten gaan. Klopt dat?'

'Ja.'

'Als 't er op aan komt *weet* je nog niet eens of je auto 'm geraakt heeft, is 't wel?'

'Nou, ik heb wel iets gehoord.'

'Met al dat gesodemieter dat je op dat moment had kon dat van alles wezen. Je hebt iets *gehoord*. Je hebt niks gezien. Je weet 't niet echt zeker, hè?'

'Tja… dat is waar.'

'Begin je in te zien waarom ik wil dat je d'r met geen mens over praat?'

'Ja.'

'En ik bedoel *geen mens*. Goed? Nou dan. Nog eens iets anders. Misschien was 't jouw auto wel niet waardoor-ie geraakt is. Heb je ooit aan die mogelijkheid gedacht? Misschien was 't wel *helemaal* geen auto. Dat *weet* je niet. En zij weten 't niet, de politie weet 't niet. Die verhalen in de krant zijn erg vreemd. Hier heb je die zogenaamd zo'n geweldige zaak, maar niemand weet waar dat krankjoreme ongeluk met doorrijden gebeurd moet zijn. *Bruckner Boulevard*. Bruckner Boulevard is acht kilometer lang! Ze hebben geen getuigen. Wat die knaap tegen zijn moeder verteld heeft, is maar een mondelinge verklaring uit de tweede hand. 't Heb' – *Heb* – 'geen moer te betekenen. Ze hebben geen signalement van degene die achter 't stuur zat. Zelfs als ze konden vaststellen dat 't jouw auto was waardoor-ie is geraakt – een auto arresteren kunnen ze niet. Een van de parkeerwachters kan 'm wel hebben uitgeleend aan de neef van z'n schoonzuster zodat die naar Fordham Road toe kon om z'n meisje een nachtzoen te geven. Dat weten ze niet. En jij weet 't ook niet. Als 't erop aankomt zijn er wel vreemdere dingen gebeurd.'

'Maar stel dat die andere jongen komt opdagen? Ik zweer je dat er nog een jongen was, een grote sterke knaap.'

'Dat geloof ik. Het was een hinderlaag. Ze gingen je beroven. Ja, hij zou kunnen komen opdagen, maar voor mij klinkt 't alsof-ie z'n redenen heeft om dat niet te doen. Aan 't verhaal van die moeder te horen heeft d'r zoon 't ook niet over 'm gehad.'

'Ja,' zei Sherman, 'maar hij kan komen opdagen. Echt waar, ik begin te voelen dat ik de situatie niet op zijn beloop kan laten en het initiatief moet nemen en naar de politie moet gaan met Maria – mevrouw Ruskin – en ze gewoon precies vertellen wat er gebeurd is. Ik bedoel, ik weet niet hoe dat juridisch zit, maar ik ben er moreel gezien zeker van dat ik juist heb gehandeld en dat zij juist heeft gehandeld in de gegeven situatie.'

'Aiiiiii!' zei Killian. 'Jullie Wall Street piefen zijn me wèl een stelletje gokkers! Aiiiii! Tsjongejonge!' Killian zat te grijnzen. Sherman staarde hem verwonderd aan. Killian moest het bespeurd hebben, want hij trok een volkomen serieus gezicht. 'Heb je enig idee wat de officier van justitie zou doen als je gewoon kwam binnenlopen en zei: "Ja, dat was ik en mijn vriendin die op Fifth Avenue woont, in mijn auto"? Ze zouden geen stuk van je heel laten – geen *stuk*.'

'Waarom?'

'De zaak is nou al een politieke speelbal en ze hebben niks waar ze iets mee kunnen beginnen. Dominee Bacon zet er 'n keel over op, het is op de tv, *The City Light* is ervan uit z'n bol gegaan en Abe Weiss staat er flink door onder druk omdat er 'n verkiezing voor de deur staat. Ik ken Weiss heel goed. Voor Abe Weiss bestaat er geen echte wereld. Het enige wat bestaat is wat er op tv komt en in de kranten. Maar ik zal je nog 'ns wat vertellen. Je zou geen schijn van kans hebben ook al werd 't door geen mens gevolgd.'

'Waarom niet?'

'Weet je wat je de hele dag doet als je bij justitie werkt? Je klaagt mensen aan die Tiffany Latour heten en LeBaron Courtney en Mestaffalah Shabazz en Camilio Rodriguez. Je gaat er naar snakken om iemand in handen te krijgen die wat voorstelt. En als je 'n stel krijgt zoals jij en je vriendin, mevrouw Ruskin – aiiiiiiii, om van te watertanden!'

De man leek een afschuwelijk, nostalgisch enthousiasme te hebben voor zo'n vangst.

'Wat zou er dan gebeuren?'

'Om te beginnen ontkom je dan met geen mogelijkheid aan 'n arrestatie en als ik Weiss 'n beetje ken maakt-ie er 'n hoop tamtam van. Ze kunnen je dan misschien wel niet erg lang vasthouden maar 't zou bijzonder onaangenaam zijn. Dat kan ik je wel garanderen.'

Sherman probeerde het zich voor te stellen. Het ging niet. Zijn stemming zakte tot het nulpunt. Hij slaakte een diepe zucht.

'Begrijp je nou waarom ik wil dat je er met niemand over praat? Heb je 't in de smiezen?'

'Ja.'

'Maar luister, ik probeer je niet te ontmoedigen. Het is nu niet mijn taak om je te verdedigen, maar om ervoor te zorgen dat 't zover niet eens hoeft te komen. Ik bedoel, aangenomen dat je besluit om je door mij te laten vertegenwoordigen. Ik zal 't op dit moment nog niet eens over een honorarium hebben omdat ik niet weet wat er allemaal bij komt kijken. Als je geluk hebt kom ik tot de conclusie dat deze zaak bullshit is.'

'Hoe kom je daar dan achter?'

'Het hoofd van de afdeling Moordzaken van het parket van de officier van justitie in de Bronx is een jongen met wie ik daar destijds begonnen ben, Bernie Fitzgibbon.'

'En die zegt dat wel tegen jou?'

'Ik denk van wel. We zijn vrienden van elkaar. Hij is 'n Donkey, net als ik.'

'Een Donkey?'

'Een Ier.'

'Maar is het wel verstandig als je loslaat dat ik een advocaat in de arm heb genomen en me zorgen maak? Breng je ze daarmee niet op gedachten?'

'Christus, ze hebben nou al gedachten en ze weten dat je je zorgen maakt. Als je je geen zorgen had gemaakt nadat die twee gehaktballen langs waren geweest, was er iets mis met je. Maar dat kan ik wel regelen. Waar jij je maar eens over moet gaan buigen is je vriendin mevrouw Ruskin.'

'Dat zei Freddy ook al.'

'Freddy had gelijk. Als ik deze zaak aanneem wil ik met haar praten en hoe eerder hoe beter. Denk je dat ze bereid is om een verklaring af te leggen?'

'Een verklaring?'

'Een verklaring onder ede die we als getuigenis kunnen opvoeren.'

'Voor ik Freddy sprak zou ik ja gezegd hebben. Nu weet ik het niet zo. Als ik probeer om haar een verklaring onder ede te laten afleggen in een juridische context weet ik niet wat ze zal doen.'

'Nou, ik wil 'r hoe dan ook spreken. Kun je haar te pakken krijgen? Ik wil 'r best zelf opbellen, trouwens.'

'Nee, ik denk dat ik dat beter kan doen.'

'Je moet haar bijvoorbeeld geen praatjes laten rondstrooien.' *Praatjes,*
praatjes, praatjes.

'Freddy heeft me verteld dat je aan de rechtenfaculteit van Yale hebt gestu-
deerd. Wanneer heb je daar gezeten?'

'Eind jaren zeventig,' zei Killian.

'Wat vond je ervan?'

'Ging wel. Geen mens wist daar waar ik 't verdomme over had. Je kon net
zo goed uit Afghanistan komen als uit Sunnyside in Queens. Maar 't beviel me
wel. Het is er wel oké. Gemakkelijk, vergeleken met andere rechtenfaculteiten. Ze proberen je niet te begraven onder de details. Ze geven je de weten-
schappelijke kijk mee, 't overzicht. Je krijgt de grote lijnen. Daar zijn ze erg
goed in. Yale is geweldig voor wat je maar wilt, zo lang 't maar niks te maken
heeft met mensen met sneakers, pistolen, dope, wellust of luiheid.'

17

De Bank van *Wederdienst*

Door de intercom kwam de stem van de secretaresse: 'Ik heb Irv Stone aan de lijn van Channel 1.' Zonder een woord tegen Bernie Fitzgibbon, Milt Lubell of Kramer hield Abe Weiss in het midden van een zin op en nam de telefoon aan. Zonder hallo of enige andere opmerking vooraf sprak hij in de hoorn: 'Wat heb ik met jullie te maken?' Het was de stem van een vermoeide en teleurgestelde ouder. 'Jullie zijn toch zogenaamd een nieuwsorganisatie in de belangrijkste stad van 't land? Nietwaar? En wat is het ernstigste probleem in de belangrijkste stad van 't land? Drugs. En welke van de drugs is 't ergste? Crack. Waar of niet? En we komen met tenlasteleggingen van de grand jury tegen drie van de grootste crackdealers in de Bronx, en wat doen jullie? Niks... Laat me uitpraten. We brengen ze alle drie om tien uur 's ochtends bij Centrale Registratie binnen, en waar zijn jullie dan? Nergens... Even wachten, je kan de pot op!' Niet langer de bedroefde ouder. Nu de toornige onderbuurman. 'Je hebt geen enkel excuus, Irv! Jullie zijn lui. Je bent bang dat je 'n etentje misloopt in de Côte Basque. Op een goeie dag word je wakker – wat?... Kom daar maar niet mee aan, Irv! Het enige wat er mankeert aan die crackdealers is dat ze zwart zijn en uit de Bronx komen! Wat had je dan gewild, Vanderbilt, Astor en – en – en – en Wriston?' Hij leek niet zo zeker van Wriston. 'Op een goeie dag word je wakker en besef je dat je niet meedoet. Dit is Amerika hier in de Bronx, Irv, het hedendaagse Amerika! En er zijn zwarte mensen in 't hedendaagse Amerika, of je dat nou weet of niet! Manhattan is 'n luxe-eiland. Dit is Amerika! Dit is 't laboratorium van de menselijke betrekkingen! Dit is 't experiment in stedelijk wonen!... Wat bedoel je, en die zaak Lamb dan? Wat heeft dat ermee te maken? Geweldig, je hebt 'n reportage gedaan over iets in de Bronx. Je hebt zeker 'n quotum!'

Hij hing op. Geen tot ziens. Hij wendde zich tot Fitzgibbon, die aan de ene kant zat aan het enorme bureau van de officier van justitie. Kramer en Lubell zaten aan weerszijden van Fitzgibbon. Weiss stak zijn handen in de lucht alsof hij een oefenbal boven zijn hoofd hield.

'Ze gaan elke avond over crack tekeer en we komen met tenlasteleggingen tegen drie belangrijke crackdealers en hij zegt dat er geen verhaal in zit, dat 't niks bijzonders is.'

Kramer zat zijn hoofd te schudden om aan te geven hoe bedroevend hij de eigenzinnigheid van de nieuwsmensen bij de tv wel vond. De perschef van Weiss, Milt Lubell, een mager mannetje met een grijzige baard en grote ogen, ging met zijn hoofd heen en weer in een toestand van vergevorderd ongeloof. Alleen Bernie Fitzgibbon hoorde dit nieuws aan zonder ook maar de minste motorische respons.

'Zie je dat nou?' zei Weiss. Hij wees driftig met zijn duim in de richting van de telefoon, zonder ernaar om te kijken. 'Ik probeer met die kerel te praten over tenlasteleggingen wegens drugshandel en hij komt met de zaak Lamb aanzetten.'

De officier van justitie keek bijzonder kwaad. Maar ja, elke keer dat Kramer hem had gezien, had hij kwaad gekeken. Weiss was ongeveer achtenveertig. Hij had een volle kop lichtbruin haar, een smal gezicht en een krachtige scherpe kaak met een litteken aan de ene kant. Dat gaf niets. Abe Weiss was er een uit een lange lijn van officieren van justitie in New York wier carrière gebaseerd was op tv-optredens en aankondigingen betreffende de recentste verwoestende opdoffer tegen de plexus solaris van de misdaad in de woeste wereldstad. Weiss, de goede kapitein Achab, kon wel eens het mikpunt zijn van grappen. Maar hij was verbonden met de Macht, en de Macht opereerde via hem, en zijn kantoor met de lambrizering aan de muur en zijn buitenmaatse oude houten meubilair en zijn Amerikaanse vlag op een standaard was een commandopost van de Macht, en Kramer tintelde van opwinding dat hij bij een topconferentie als deze moest komen opdraven.

'Op de een of andere manier,' zei Weiss, 'moeten we zelf het initiatief zien te nemen in deze zaak. Op dit moment zit ik vast aan 'n positie waarin ik alleen kan reageren. Jij moet dat aan hebben zien komen, Bernie, en je hebt me niet gewaarschuwd. 't Is zeker een week geleden dat Kramer met Bacon heeft gesproken.'

'Dat is 't 'm juist, Abe,' zei Fitzgibbon. 'Dat is – '

Weiss drukte op een knop op zijn bureau en Fitzgibbon hield op met praten omdat de gedachten van de officier van justitie de directe omgeving hadden verlaten. Hij keek naar een televisiescherm aan de andere kant van de kamer. Uit de statige gelambrizeerde wand puilden een batterij van vier televisies en stapels stalen kastjes met stalen knoppen en metertjes achter zwart glas en groene diodelichtjes in een warboel van elektriciteitssnoeren. Op de planken waar ooit boeken hadden gestaan, lagen nu hele rijen videocassettes. Als Abe Weiss van iets dat betrekking had op Abe Weiss of iets dat betrekking had op misdaad en straf op tv kwam, wilde Abe Weiss het op tape hebben. Een van de toestellen flitste tot leven. Alleen beeld; geen geluid. Een spandoek vulde het beeld... JOHANNE 🔩 BRONX: WEISS-JUSTITIE IS APARTHEIDS-JUSTITIE... Toen kwam er een zwerm boze gezichten, zowel blanke als zwarte, van onderaf gefilmd, zodat ze er uitzagen als een overweldigende menigte.

'Wie is dat nou verdomme?' vroeg Weiss.

'Dat is Channel 7,' zei Milt Lubell.

Kramer keek Lubell aan. 'Maar die waren er gister niet eens, Channel 7. Alleen Channel 1 was er.' Hij zei het met zachte stem om aan te geven dat hij

het waagde om het woord uitsluitend te richten tot de perschef van de officier van justitie.

'Heb je deze niet gezien?' zei Lubell. 'Deze is van gisteravond. Nadat ik hem
had afgespeeld, liepen de anderen warm voor het verhaal. Dus hielden ze
gisteravond nog een demonstratie.'

'Je bent gek!' zei Kramer.

'Is op vijf of zes kanalen uitgezonden. Slim bekeken van ze.'

Weiss drukte op een andere knop op zijn bureau en er ging een tweede
beeldscherm aan. Op het eerste bleven er hoofden opflitsen en vervagen,
opflitsen en vervagen. Op het tweede zag je drie musici met benige gezichten
en kolossale adamsappels en een vrouw... in een duistere, rokerige steeg...
MTV... Een snorrend geluid... De musici vielen uiteen in bibberende strepen.
De videocassette begint te draaien. Een jongeman met een pokdalig gezicht
en een microfoon onder zijn kin... voor het Poe-project... De gebruikelijke
horde tieners staat te donderjagen op de achtergrond.

'Mort Selden, Channel 5,' zei Weiss.

'Precies,' zei Milt Lubell.

Weiss drukte nog een knop in. Een derde scherm lichtte op. De musici
waren weer terug op de rokerige straat. De vrouw had donkere lippen... net
als die van Shelly Thomas... Kramer werd gegrepen door een intens verlangen... De musici veranderden weer in bibberende strepen. Een man met
Latijnsamerikaanse trekken...

'Roberto Olvidado,' zei Lubell.

De man hield een microfoon voor het gezicht van een boze zwarte vrouw.
In een mum stonden er drie toestellen op te flitsen en te vervagen, op te
flitsen en te vervagen en hun gloed van gifgolven op het houtsnijwerk te
werpen.

Weiss zei tegen Fitzgibbon: 'Besef je wel dat dat 't enige item van 't nieuws
was gisteravond, de zaak Lamb? En Milt heeft de hele ochtend niet anders
gedaan dan telefoontjes aannemen van verslaggevers en allerlei klerelijers die
willen weten wat we eraan doen.'

'Maar dat is belachelijk, Abe,' zei Fitzgibbon. 'Wat moeten we dan doen?
We zijn aanklagers en de politie heeft nog geen enkele arrestatie gemaakt.'

'Bacon is link,' zei Lubell. 'Hij is link. O wat is dat een linke vogel. Hij zegt
dat de politie met de moeder van die knaap heeft gepraat en dat wij met de
moeder van die knaap hebben gepraat en dat we om de een of andere non-
sensreden samenspannen om er niks aan te doen. We geven niks om zwarten
uit de projecten.'

Plotseling wierp Weiss een onheilspellende blik op Kramer en Kramer
hield zijn hart vast.

'Kramer, jij moet me eens wat vertellen. Heb je de moeder van die knaap
echt verteld dat haar inlichtingen onbruikbaar waren?'

'O nee, geen sprake van!' Kramer besefte dat zijn antwoord een beetje te
gejaagd klonk. 'Het enige wat ik heb gezegd, is dat wat haar zoon gezegd had
bij justitie gold als 'n verklaring uit de tweede hand en dat we eigenlijk getuigen nodig hebben en dat ze ons onmiddellijk op de hoogte moest stellen zo

gauw ze van iemand hoorde die gezien heeft wat er gebeurd is. Meer heb ik niet gezegd. Ik heb helemaal niet gezegd dat wat ze ons vertelde onbruikbaar was. Juist 't tegenovergestelde. Ik heb haar nog bedankt. Ik snap niet hoe iemand 't zo kan verdraaien.'

En de hele tijd zat hij te denken: Waarom moest ik het zo koeltjes afhandelen met die vrouw? Om indruk te maken op Martin en Goldberg, zodat ze me niet voor een zacht eitje zouden aanzien! Zodat ze me als een echte Ier zouden beschouwen! Waarom kon ik nou geen goeie barmhartige jood zijn? Moet je nou zien hoe ik in de knoei zit... Hij vroeg zich af of Weiss hem van de zaak af zou halen.

Maar Weiss knikte alleen maar somber en zei: 'Ja, ik weet 't... Maar onthou wel dat je niet altijd logisch kunt blijven tegen...' Hij besloot zijn zin niet af te maken. Hij verlegde zijn wazige blik naar Fitzgibbon. 'Bacon kan verdomme zeggen wat-ie wil en ik moet me maar koest houden en tegen mezelf zeggen: "Mijn handen zijn gebonden."'

'Abe, ik hoop dat je beseft dat die demonstraties je reinste bullshit zijn. Een dozijn jongens van Bacon en nog een paar dozijn van die vaste gekken, de Monolitisch-Socialistische Arbeiderspartij, of wat dan ook. Waar of niet, Larry?'

'Die middag dat ik er was wel, ja,' zei Kramer. Maar er was iets dat hem ingaf om niet geringschattend te doen over het belang van de demonstraties. Dus gebaarde hij naar de televisieschermen en zei: 'Maar het ziet er anders wèl uit alsof er gisteravond veel meer publiek was.'

'Ja natuurlijk,' zei Lubell. 'Dat is het oude liedje van de voorspelling die vanzelf uitkomt. Zodra het op tv komt en de kranten er vol van staan, denken de mensen dat het belangrijk is. Dan denken ze dat ze zich er druk om moeten maken. Het oude liedje van de voorspelling die vanzelf uitkomt.'

'Maar goed,' zei Weiss, 'hoe is de situatie? Hoe zit 't met die McCoy? Hebben we al iets over hem gevonden? Die twee rechercheurs – hoe heten ze ook alweer?'

'Martin en Goldberg,' zei Fitzgibbon.

'Ze zeggen dat 't 'm is, nietwaar?'

'Ja.'

'Zijn ze goed?'

'Martin heeft een hoop ervaring,' zei Fitzgibbon. 'Maar hij is niet onfeilbaar. Dat die kerel zo van slag raakt, hoeft nog niet te betekenen dat hij iets gedaan heeft.'

'Park Avenue,' zei Weiss. 'Z'n ouweheer was de baas van Dunning Sponget & Leach. Milt heeft z'n naam gevonden in 'n stuk of wat roddelrubrieken en z'n vrouw is binnenhuisarchitecte.' Weiss liet zich terugzakken in zijn stoel en glimlachte als iemand die onhaalbare dromen koestert. 'Dat zou wel geheid een eind maken aan dat gelul over blanke klassejustitie.'

'Abe,' zei de Ierse koude douche Fitzgibbon, 'tot dusver hebben we noppes waarop we die kerel kunnen pakken.'

'Kunnen we hem op een of andere manier oproepen voor een verhoor? We weten dat-ie z'n auto gebruikt heeft op de avond dat 't gebeurd is.'

'Hij heeft nu een advocaat, Abe. Tommy Killian, om precies te zijn.'

'Tommy? Ik vraag me af hoe hij verdorie aan Tommy komt. Hoe weet je dat?'

'Tommy heeft me gebeld. Zei dat-ie 'm vertegenwoordigt. Wilde weten waarom de politie 'm had ondervraagd.'

'Wat heb je hem verteld?'

'Ik zei dat z'n auto overeenkomt met de beschrijving van de auto die ze zoeken. Dat ze 't dus proberen na te trekken.'

'Wat zei hij daar op?'

'Hij zei dat ze een beschrijving hebben die nergens op slaat en gebaseerd is op een verklaring uit de tweede hand.'

'En wat zei jij?'

'Ik zei dat er een knaap in het ziekenhuis ligt die waarschijnlijk dood gaat en dat de politie een onderzoek doet op basis van de gegevens die ze hebben.'

'Hoe is de toestand van die knaap? Enige verandering?'

'Nee... Hij ligt nog steeds in coma op intensive care. Hij leeft op slangetjes.'

'Enige kans dat-ie weer bij bewustzijn komt?'

'Naar wat ze mij hebben verteld kan dat wel gebeuren maar dan betekent 't nog niks. Ze kunnen zò bijkomen en zò weer wegglijden. Hij kan trouwens niet praten. Hij haalt adem door een slangetje in zijn keel.'

'Maar misschien kan-ie wijzen,' zei Weiss.

'Wijzen?'

'Ja. Ik heb 'n idee.' Een wazige blik, de blik in de verte die duidt op inspiratie. 'We nemen een foto van McCoy mee naar 't ziekenhuis. Milt heeft er een gevonden in zo'n tijdschrift.'

Weiss gaf Bernie Fitzgibbon een pagina uit een of ander weekblad voor de upper class dat *W* heette. Er stonden voornamelijk foto's van lachende mensen op. De mannen waren in smoking. De vrouwen waren een en al tanden en vale gezichten. Kramer boog zich voorover om mee te kijken. Eén foto stond met markeerstift omlijnd. Een man en een vrouw, allebei lachend, in avondkleding. Moet je dat zien. De Wasps. De man had een smalle scherpe neus. Zijn hoofd hield hij achterover, waardoor zijn grote patriciërskin werd geaccentueerd. Zo'n zelfverzekerde... arrogante?... glimlach. De vrouw zag er ook uit als een Wasp, maar dan op een andere manier. Ze had dat effen, nette, onberispelijke, kalme gezicht waardoor je je meteen afvraagt wat er mis is met wat je aan hebt of wat je net hebt gezegd. Het onderschrift was *Sherman en Judy McCoy*. Ze waren op een of andere liefdadigheidsbijeenkomst. Hier op sectie 6M van de eilandvesting nam je bij het horen van de naam Sherman McCoy vanzelfsprekend aan dat de persoon waarover het ging zwart was. Maar dit waren de mensen van het eerste uur, de Wasps. Kramer zag ze bijna nooit anders dan in deze vorm, op foto's, en op die foto's stonden dan gezapige figuren uit een andere wereld, met stijve nekken en scherpe neuzen, aan wie God met zijn averechtse wegen zoveel had toebedeeld. Dat was echter niet langer een gedachte die gestalte kreeg in woorden; het was een reflex geworden.

Weiss zei: 'We nemen die foto van McCoy en drie of vier anderen, drie of vier blanken mee, en we leggen ze naast zijn bed. Hij komt bij en hij wijst de foto van McCoy aan... Hij blijft wijzen...'

Bernie Fitzgibbon keek Weiss aan alsof hij op een aanwijzing, een hint zat te wachten dat het maar een grapje was.

'Misschien is 't de moeite waard om 't eens te proberen,' zei Weiss.

'Wie moet van dat alles getuige zijn?' zei Fitzgibbon.

'Een verpleegster, een dokter, wie er maar is. Daarna gaan we erheen en nemen 'n geldige sterfbedverklaring af.'

Fitzgibbon zei: '*Geldige*? Hoe dan wel? Ik kan m'n oren niet geloven, Abe. Een arme stumper met een slangetje in z'n keel die naar een foto wijst? Dat valt nooit staande te houden.'

'Dat weet ik Bernie. Ik wil die kerel alleen opbrengen. Daarna kunnen we 't rustig op de goeie manier aanpakken.'

'Abe!... Jezus Christus! Laten we 't nog even niet hebben over de juridische kant. Je gaat een foto van een obligatiehandelaar van Wall Street en nog een stel andere blanken neerleggen op 't tafeltje naast die knaap z'n bed terwijl hij verdomme ligt te *creperen*? Stel dat-ie bijkomt, en hij kijkt naar dat klotetafeltje en er zitten een half dozijn blanken van middelbare leeftijd met pakken en stropdassen aan naar hem te staren! Dan krijgt 't joch toch zeker een rolberoerte! Dan zegt-ie: "Godsodeklote!" en geeft-ie verdomme toch de geest! Ik wil maar zeggen, godverdomme, Abe, heb een *beetje* gevoel in je lijf!'

Weiss slaakte een diepe zucht en leek als een ballon voor Kramers ogen leeg te lopen. 'Ja. Je hebt gelijk. Het is te dol.'

Fitzgibbon keek tersluiks naar Kramer.

Kramer vertrok geen spier van zijn gezicht. Hij wilde niet de minste smet werpen op de wijsheid van de officier van justitie van Bronx County. Kapitein Achab was bezeten van de zaak Lamb en hij, Kramer, had de zaak nog steeds in handen. Hij mocht nog een poging wagen naar dat hoogstbegeerde, immer ontglippende en in de Bronx nagenoeg mythische schepsel, de Grote Blanke Beklaagde.

Op vrijdag mochten de kinderen van de Taliaferro-school om half één 's middags naar huis. Dit was uitsluitend omdat er zoveel meisjes uit gezinnen kwamen die een weekendhuis hadden op het platteland en voor twee uur 's middags de stad uit wilden zijn, voordat de vrijdagmiddagspits begon. Dus zou Judy zoals gebruikelijk met Campbell, Bonita en het kindermeisje juffrouw Lyons in de Mercury stationcar naar Long Island rijden. Sherman zou er zoals gebruikelijk die avond of de volgende morgen heen rijden in de Mercedes sport, dat hing ervan af hoe lang hij bij Pierce & Pierce moest doorwerken. Deze regeling was de afgelopen maanden bijzonder handig gebleken. Het was een regelmatige gewoonte geworden om elke vrijdagavond een ontspannen bezoekje aan Maria te brengen in haar schuilplaats.

De hele ochtend had hij Maria vanaf zijn bureau bij Pierce & Pierce telefonisch proberen te bereiken, in haar appartement op Fifth Avenue en in de schuilplaats. Hij kreeg geen gehoor in de schuilplaats. In het appartement verklaarde een dienstmeisje dat ze niet wist waar ze was, niet eens in wat voor staat of land ze zat. Uiteindelijk raakte hij wanhopig genoeg om zijn naam en telefoonnummer achter te laten. Ze belde hem niet terug.

Ze meed hem! Bij de Bavardages had ze gezegd dat hij haar gisteren moest opbellen. Hij had verschillende keren gebeld; er werd helemaal niet opgenomen. Ze had alle contact verbroken! Maar om wat voor reden precies? Angst? Ze was niet zo'n bangelijk type... Het cruciale feit dat hem zou redden: *zij zat achter het stuur*... Maar als ze nu eens verdween! Dat was krankzinnig. Ze kon niet verdwijnen. Italië! Ze kon naar Italië verdwijnen! Oooo... dat was bespottelijk. Hij hield zijn adem in en deed zijn mond open. Hij kon zijn hart letterlijk horen kloppen... tch, tch, tch, tch... onder zijn borstbeen. Zijn ogen gleden zomaar van de monitors af. Kon hier niet gaan zitten niksen; hij moest iets doen. Tot overmaat van ramp was er maar één persoon tot wie hij zich om raad kon wenden, en dat was iemand die hij amper kende, Killian.

Rond het middaguur belde hij Killian op. De receptioniste zei dat hij in de rechtszaal was. Twintig minuten later belde Killian op vanuit een rumoerige telefooncel en zei dat hij hem om één uur zou treffen in de centrale hal van het Criminal Courts Building op Centre Street 100.

Op weg naar buiten vertelde Sherman Muriel slechts een halve leugen. Hij zei dat hij naar een afspraak ging met een advocaat die Thomas Killian heette en hij gaf haar Killians telefoonnummer. De halve leugen lag in de laconieke manier waarop hij het zei, waarmee hij suggereerde dat de weledele heer Thomas Killian betrokken was bij zaken van Pierce & Pierce.

Op deze zachte junidag was het een aangename wandeling van Wall Street naar Centre Street 100. In al de jaren dat hij in New York woonde en in Manhattan werkte was het Criminal Courts Building Sherman nog nooit opgevallen, hoewel het een van de grootste en imposantste gebouwen was in de buurt van City Hall. Een architect met de naam Harvey Wiley Corbett had het ontworpen in de Modern Style die tegenwoordig art deco werd genoemd. Net als de opwinding om het Criminal Courts Building toen het in 1933 werd opgeleverd, was de eens zo beroemde Corbett nu vergeten, behalve door een handjevol architectuurhistorici. De steen-, koper- en glasfiguren bij de ingang waren nog steeds indrukwekkend, maar toen Sherman in de centrale hal kwam, was er iets waardoor er een alarm in hem afging. Hij had niet kunnen zeggen wat. Eigenlijk waren het de donkere gezichten, de sneakers en de trainingsjacks en de Patser Passen. Voor hem was het net het busstation bij de haven. Het was onbekend terrein. Door de hele wijdse ruimte, die de torenhoge plafonds van een ouderwets spoorstation hadden, liepen groepjes donkere mensen, en hun stemmen zorgden voor een druk, nerveus geroezemoes, en om die donkere mensen heen liepen blanke mannen in goedkope pakken of vrijetijdscolberts hen te beloeren als wolven die schapen uitzoeken. Nog andere donkere mensen, jonge mannen, liepen met z'n tweeën of z'n drieën met verontrustende pompende tred door de hal. Aan de ene kant stonden in het schemerduister een half dozijn figuren in een rij openbare telefoons geleund. Aan de andere kant werden door de liften nog meer donkere mensen opgeslokt en uitgebraakt, en de groepjes donkere mannen vielen uiteen en er vormden zich weer nieuwe en het nerveuze geroezemoes steeg en ebde weg, steeg en ebde weg en de sneakers piepten op de marmeren vloeren.

Het was niet moeilijk om Killian eruit te halen. Hij stond vlak bij de lift in weer zo'n modieuze uitmonstering van hem, een lichtgrijs pak met een brede krijtstreep en een overhemd met een spread boord en een roodbruine smalle streep. Hij stond te praten met een kleine blanke man van middelbare leeftijd die een trainingsjack droeg. Terwijl Sherman op hen af liep, hoorde hij Killian zeggen: 'Korting bij contant betalen? Maak 't effe, Dennis. Ben je nou helemaal.' Het mannetje zei iets. 'Zo bijzonder is 't nie, Dennis. Ik krijg nie anders dan contanten. De helft van m'n cliënten hebben trouwens nog nooit gehoord van lopende rekeningen. Bovendien betaal ik verdomme m'n belasting. Dat komt er ook nog bij.' Hij zag Sherman op zich toekomen, knikte en zei toen tegen het mannetje: 'Wah moek ervan zeggen? 't Is nie anders. Zorg ervoor da'k 't maandag heb. Anders kank nie aan de slag.' Het mannetje volgde Killians blik naar Sherman, zei iets met gedempte stem en liep er hoofdschuddend vandoor.

Killian zei tegen Sherman: 'Hoe gaat 't?'

'Goed.'

'Ben je hier wel 'ns eerder geweest?'

'Nee.'

'Het grootste advocatenkantoor in New York. Zie je die twee kerels daar?' Hij gebaarde naar twee blanken in pak en stropdas die tussen de groepjes donkere mensen rondzwierven. 'Dat zijn advocaten. Ze zoeken cliënten om te vertegenwoordigen.'

'Ik begrijp het niet.'

'Simpel als wat. Ze lopen gewoon op je af en zeggen: "Hé, heb je een advocaat nodig?"'

'Is dat geen lijkenpikkerij?'

'Dat is 't zeker. Zie je die kerel daar?' Hij wees naar een kort mannetje met een opzichtig geruit vrijetijdscolbert dat voor een rij liften stond. 'Hij heet Miguel Escalero. Ze noemen hem Mickey de Lift. Hij is advocaat. Hij staat daar de halve ochtend en telkens als-ie iemand tegenkomt die er Latijnsamerikaans en belabberd uitziet loopt-ie op 'm af en zegt: '¿Necesita usted un abogado?' Als die man dan zegt: "Ik kan geen advocaat betalen," zegt-ie: "Hoeveel heb je op zak?" Als die man vijftig dollar bij zich heeft, heeft-ie een advocaat.'

Sherman zei: 'Wat krijg je voor vijftig dollar?'

'Daarvoor loodst-ie zo'n man door een strafverminderingszitting of een voorgeleiding. Als er echt werk voor de cliënt bij komt kijken wil hij er niks van weten. Een specialist. Maar hoe gaat 't met je?'

Sherman vertelde hem over zijn vergeefse pogingen om Maria te bereiken.

'Het klinkt zo'n beetje alsof ze een advocaat in de arm heeft genomen,' zei Killian. Terwijl hij sprak draaide hij rond met zijn hoofd, met half toegeknepen ogen, als een bokser die zijn spieren losmaakt voor het gevecht. Sherman vond het onfatsoenlijk maar zei er niets van.

'En de advocaat zegt tegen haar dat ze niet met me moet praten.'

'Dat zou ik tegen 'r zeggen als ze mijn cliënte was. Let maar niet op mij. Ik heb gisteren een stuk of wat bruggen gedaan. Ik geloof dat 't in m'n nek ge-schoten is.'

Sherman staarde hem aan.

'Vroeger liep ik graag,' zei Killian, 'maar met al dat op en neer gebeuk heb ik m'n rug verknoeid. Dus nou doe ik gewichtheffen op de New York Athletic Club. Daar zie ik al die jongens bruggen doen. Ik zal wel te oud worden voor bruggen. Ik ga 'r zelf proberen te pakken te krijgen.' Hij hield op met het gedraai.

'Hoe?'

'Ik bedenk wel wat. M'n halve praktijk bestaat uit praten met mensen die er niet erg happig op zijn om te praten.' *Praaate.*

'Om je de waarheid te zeggen,' zei Sherman, 'verbaast het me echt. Maria is niet zo'n voorzichtig type. Ze is een avonturierster. Ze is een gokster. Het meisje uit het Zuiden dat het schopt tot Fifth Avenue 962... Ik weet niet... En het kan misschien naïef klinken, maar ik denk dat ze echt... iets om me geeft. Ik denk dat ze van me houdt.'

'Ik wed dat ze ook van Fifth Avenue 962 houdt,' zei Killian. 'Wie weet vindt ze dat 't tijd is om op te houden met gokken.'

'Misschien,' zei Sherman, 'maar ik kan gewoon niet geloven dat ze het me zou aandoen om te verdwijnen. En het is natuurlijk nog maar twee dagen geleden.'

'Mocht 't zover komen,' zei Killian, 'dan hebben we een detective die spe-ciaal voor ons kantoor werkt. Is vroeger rechercheur bij de politie geweest op de afdeling Ernstige Delicten. Maar 't heeft geen zin om de kosten op te laten lopen als 't niet echt nodig is. En ik denk niet dat 't nodig zal zijn. Op 't ogenblik hebben ze niks. Ik heb Bernie Fitzgibbon gesproken. Weet je nog dat ik je van die kerel heb verteld die op de afdeling Moordzaken zit op het parket van de officier van justitie in de Bronx?'

'Heb je al met hem gesproken?'

'Jazeker. Ze zijn onder druk gezet door de pers, dus ze zijn auto's aan 't natrekken. Meer is er niet aan de hand. Ze hebben niks.'

'Hoe weet je dat zo zeker?'

'Hoe bedoel je?'

'Hoe weet je zeker dat hij je de waarheid vertelt?'

'O, hij zal me misschien niet alles vertellen wat-ie weet, maar liegen doet-ie niet. Hij zal me niet misleiden.'

'Waarom niet?'

Killian keek de hal door van Centre Street 100. Toen wendde hij zich weer tot Sherman. 'Heb je wel eens gehoord van de Bank van Wederdienst?'

'De Bank van Wederdienst? Nee.'

'Nou, alles in dit gebouw, alles in 't strafrechtelijke apparaat in New York' – *New Yaahk* – 'draait op wederdiensten. Iedereen bewijst elkaar diensten. Tel-kens als ze de kans krijgen storten ze wat op de Bank van Wederdienst. Op een keer toen ik nog maar pas begonnen was als hulpofficier van justitie bracht ik een zaak aan en kreeg ik te stellen met zo'n advocaat, een oudere man al, die me gewoon voor schut zette. Hij was joods. Ik wist niet hoe ik 'm aan moest pakken. Dus kaartte ik de kwestie een keer aan bij m'n chef, die net als ik een Ier was. Voordat ik 't weet brengt-ie me naar de rechter toe in de raadkamer. De rechter was ook een Ier, een ouwe man met wit haar. Ik zal 't nooit vergeten. We komen binnenlopen en hij staat naast z'n bureau te spelen met zo'n indoor golfset. Je slaat de bal over 't tapijt, en in plaats van een hole is er zo'n bakje met een aflopende rand. Hij kijkt niet eens op. Hij concentreert zich op het putten. M'n bureauchef gaat de kamer uit en de rechter zegt: "Tommy…" Hij staat nog steeds te kijken naar de golfbal. Hij noemt me Tommy terwijl ik 'm nog nooit buiten de rechtszaal gezien heb. "Tommy," zegt-ie, "je lijkt me wel een goeie jongen. Ik begrijp dat er een of andere vuile jood is die je 't leven zuur maakt." Ik sta godverdomme perplex. Dit is zo buiten 't boekje – weet je wel, vergeet 't maar. Ik weet niet eens wa'k moet zeggen. Toen zegt-ie: "Ik zou me d'r maar niet meer druk om maken, Tommy." Hij kijkt nog steeds niet op. Dus ik zei alleen maar: "Dank u wel, rechter" en liep de kamer uit. Daarna was 't de rechter die die advocaat voor schut zette. Als ik "Bezwaar" zeg, ben ik nog niet bij de tweede lettergreep eer-ie "Toegewezen" zegt. Plotseling lijk ik wel een genie. Dat was nou puur een storting op de Bank van Wederdienst. Er was absoluut niks wat ik voor die rechter kon doen – toen tenminste. Een storting op de Bank van Wederdienst is niet simpelweg een kwestie van gelijk oversteken. Het is een appeltje voor de dorst. In 't strafrecht zijn er een heleboel grijze gebieden en daar moet je mee werken en dan kan je wel eens als de gesmeerde bliksem veel hulp nodig hebben. Ik bedoel, moet je maar 'ns kijken naar die lui daar.' Hij gebaarde naar de advocaten die tussen de mensen in de hal op buit joegen, en vervolgens naar Mickey de Lift. 'Ze zouden ervoor gearresteerd kunnen worden. Zonder de Bank van Wederdienst zou 't afgelopen zijn met ze. Maar als je regelmatig wat gestort hebt op de Bank van Wederdienst ben je in de positie om contracten af te sluiten. Dat noemen ze grote diensten, contracten. Van de contracten moet je 't hebben.'

'O ja? Waarom?'

'Omdat iedereen in het gerechtshof gelooft in een gezegde: "Alle dingen komen weerom". Dat betekent dat als jij vandaag niet voor mij zorgt, doe ik dat morgen voor jou ook niet. Wanneer je in wezen geen vertrouwen hebt in je eigen kunnen is dat een angstwekkende gedachte.'

'Dus je hebt je vriend Fitzgibbon gevraagd om een contract? Is dat de term?'

'Nee, wat ik van hem gehad heb is een doodgewone dienst, gewoon 't standaardprotocol. Er is nog niks om een contract aan te verspillen. Het is mijn strategie om 't niet zover te laten komen. Op dit moment lijkt je vriendin mevrouw Ruskin me de risicofactor.'

'Ik denk toch dat ze nog wel contact met me opneemt.'

'Als dat zo is zal ik 'ns zeggen wat je moet doen. Regel een ontmoeting met haar en bel me dan op. Ik ben nooit langer dan een uur van m'n telefoon vandaan, zelfs niet in 't weekend. Ik vind dat je de boel moet gaan opnemen.'

'Opnemen?' Het drong tot Sherman door wat hij bedoelde en hij was ontsteld.

'Ja. Je moet een opname-apparaatje dragen.'

'Een opname-apparaatje?' Achter Killians schouder werd Sherman opnieuw het wijdse, mistroostige duister gewaar van de hal, met de donkere verwaaide figuren die de telefoonkappen inleunden en her en der zwierven met hun kolossale sneakers en hun vreemde dansende tred, samenklittend in hun ellendige onderonsjes, met Mickey de Lift die langs de rand van die verlopen en ellendige kudde heen en weer liep.

'Stelt niks voor,' zei Killian, die blijkbaar dacht dat Sherman zich zorgen maakte om het technische aspect. 'We plakken de recorder vast onder aan je rug. De microfoon gaat onder je overhemd. Hij is niet groter dan het voorste kootje van je pink.'

'Kijk eens, meneer Killian – '

'Noem me maar Tommy. Dat doet iedereen.'

Sherman zweeg en keek in het smalle Ierse gezicht dat boven een Britse spread boord uitstak. Opeens voelde hij zich alsof hij zich op een andere planeet bevond. Hij zou hem noch meneer Killian noch Tommy noemen.

'Ik maak me zorgen om de hele toestand,' zei hij, 'maar toch niet zo erg dat ik stiekem een opname zou maken van een gesprek met iemand die me na aan het hart ligt. Dus laten we dat maar uit ons hoofd zetten.'

'Het is volkomen legaal in de staat New York,' zei Killian, 'en ze doen hier niet anders. Je hebt 't volste recht om je eigen gesprekken op te nemen. Je mag 't telefonisch doen of terwijl je persoonlijk aanwezig bent.'

'Daar gaat het niet om,' zei Sherman. Onwillekeurig stak hij zijn Yale-kin omhoog.

Killian haalde zijn schouders op. 'Oké. Ik wil alleen maar zeggen dat 't koosjer is en soms zelfs de enige manier om ervoor te zorgen dat mensen zich aan de waarheid houden.'

'Ik...' Sherman begon een belangrijk principe te verkondigen maar was bang dat Killian het als een belediging zou opvatten. Dus hield hij het maar bij: 'Ik zou het niet kunnen.'

'Nou goed,' zei Killian. 'We zien wel hoe 't loopt. Probeer 'r toch te pakken te krijgen en bel me als dat gelukt is. En ik zal 't zelf ook proberen.'

Terwijl hij het gebouw uitliep zag Sherman sombere groepjes mensen op de trap staan. Zoveel jongemannen met kromme ruggen! Zoveel donkere gezichten! Een moment zag hij de lange magere jongen en de gespierde bruut voor zich. Hij vroeg zich af of het wel helemaal veilig was om je op te houden in de nabijheid van een gebouw waar elke dag, elk uur zoveel verdachten in strafprocessen samenkwamen.

Hoe Albert Vogel aan zulke restaurants kwam kon Fallow zich zelfs niet bij benadering indenken. Huan Li was net zo protserig en hoogdravend als de Regent's Park. Ondanks het feit dat ze tijdens de lunchpiek in de East Fifties zaten, dicht bij Madison Avenue, was het stil in het restaurant. Het was mogelijk dat het voor tweederde leeg was. Het viel moeilijk te zeggen door het schemerdonker en de afscheidingen. Het restaurant was een en al zithoeken en geperforeerde schermen van donker hout waaruit ontelbare vishaakfiguren waren gesneden. Het was zo donker dat Vogel, die amper een halve meter van hem vandaan zat aan tafel, wel een Rembrandt leek. Een belicht gelaat, een schacht van licht die zijn oude grootmoedershoofd schitterend wit maakte, een flits van een overhemd dat werd doorkliefd door een stropdas – en de rest van zijn gedaante vervaagde in het omringende duister. Van tijd tot tijd verschenen er geruisloos Chinese kelners en hulpkelners in stewardjasjes en zwarte vlinderdassen. Niettemin was er een belangrijke stimulans om met Vogel in Huan Li te lunchen. De Amerikaan zou betalen.

Vogel zei: 'Weet je zeker dat je 't daarop houdt, Pete? Ze hebben een fantastische Chinese wijn hier. Heb je wel eens Chinese wijn geproefd?'

'Chinese wijn smaakt naar dooie muis,' zei Fallow.

'Smaakt naar wat?'

Dooie muis... Fallow wist niet eens waarom hij dat gezegd had. Hij gebruikte die uitdrukking niet meer. Hij dacht er niet eens meer aan. Hij marcheerde nu schouder aan schouder met Gerald Steiner door de wereld van de sensatiejournalistiek, wat hij mede te danken had aan Albert Vogel maar voornamelijk aan zijn eigen uitmuntendheid. Hij was al geneigd om de bijdrage van Al Vogel aan zijn onthulling van de zaak Lamb te vergeten. Hij had een hekel aan de man, met zijn *Pete* dit en zijn *Pete* dat, en hij had zin om de draak met hem te steken. Aan de andere kant was Vogel zijn contact met Bacon en diens club. Hij zou niet graag hebben dat hij helemaal op zijn eentje met hen te doen had.

'Soms geef ik de voorkeur aan bier bij Chinees eten, Al,' zei Fallow.

'Ja... dat kan ik me wel voorstellen,' zei Vogel. 'Hé, ober. Ober! Christus, waar zijn die obers nou? Ik zie hier geen sodemieter.'

Een biertje zou eigenlijk prima kunnen. Bier was praktisch een gezondheidsdrank, net als kamillethee. Zijn kater was helemaal niet zo erg vandaag, niet meer dan een dikke mist. Geen pijn, alleen die mist. Gisteren had hij de tijd rijp gevonden om de meest sexy redactie-assistente, een blondine met grote ogen die Darcy Lastrega heette, mee uit eten te vragen. Ze gingen naar Leicester's waar hij de vrede had getekend met Britt-Withers en zelfs met Caroline Heftshank. Ze waren aan de Tafel beland met Nick Stopping en Tony en St. John en Billy Cortez en nog een stel van de anderen. De Tafel had in een mum van tijd een volkomen gewillige vis aan de haak geslagen, een Texaan die Ned Perch heette en een ongelooflijk fortuin verdiend had met het een of ander en een heleboel oud zilver had gekocht in Engeland, zoals hij keer op keer herhaalde. Om iedereen op de hoogte te stellen van zijn recente succes onderhield Fallow de Tafel geruime tijd met verhalen over het huisvestingsproject in de Bronx. Zijn gezelschap, Darcy Lastrega, was echter niet geheel onder de indruk. Mensen zoals Nick Stopping en St. John wisten haar meteen naar waarde te schatten, een humorloos Amerikaans gansje, en niemand gaf zich enige moeite om met haar te praten, en ze begon allengs mismoediger weg te zakken in haar stoel. Om een en ander goed te maken wendde Fallow zich elke twintig of dertig minuten tot haar en pakte haar bij haar onderarm en boog zijn hoofd dicht naar het hare en zei: 'Ik weet niet wat me overkomt. Ik zal wel verliefd zijn. Je bent toch niet getrouwd, hè?' De eerste keer was ze zo vriendelijk om te glimlachen. De tweede en derde keer niet. De vierde keer was ze er niet meer. Ze had het restaurant verlaten en hij had het niet eens gemerkt. Billy Cortez en St. John begonnen hem uit te lachen en dat kon hij niet verkroppen. Een kinderlijk Amerikaans gansje – en toch was het vernederend. Na nog drie of vier glazen wijn, op z'n hoogst, liep hij zelf ook zonder te groeten Leicester's uit en naar huis, en viel toen in slaap.

Vogel was erin geslaagd een ober te vinden en bier te bestellen. Hij vroeg ook een paar stokjes. Huan Li was zo ronduit commercieel en bekommerde zich zo weinig om authenticiteit dat de tafels gedekt waren met gewoon horecabestek. Wat was het toch uiterst Amerikaans om te veronderstellen dat deze koele Chinezen blij zouden zijn als iemand zijn voorkeur liet blijken voor hun traditionele eetgerei... Wat was het toch uiterst Amerikaans om zich op een of andere manier schuldig te voelen als je je niet door de bami en de stukken vlees worstelde met behulp van dingen die eruit zagen als bovenmaatse breinaalden. Terwijl hij een soort van glibberige deegbal in een kom achternazat, zei Vogel tegen Fallow: 'Nou, Pete, wees eens eerlijk. Heb ik 't niet gezegd? Heb ik 't niet gezegd dat er een geweldig verhaal in zou zitten?'

Dat was niet wat Fallow wilde horen. Hij wilde niet horen dat het verhaal, de zaak Lamb op zichzelf, geweldig was. Dus knikte hij alleen maar.

Vogel moest die gedachtengang hebben opgevangen, want hij zei vervolgens: 'Je hebt wel wat veroorzaakt. De hele stad heeft het erover. Dat stuk dat je geschreven hebt – een klapper is het, Pete, een echte klapper.'

Nu hij op gepaste wijze gevleid werd, ging er een scheut van dankbaarheid door Fallow heen. 'Ik moet bekennen dat ik sceptisch was toen we er voor het eerst over spraken. Maar je had gelijk.' Hij hief zijn glas bier alsof hij een toast uitbracht.

Vogel liet zijn kin praktisch in de kom zakken om de deegbal naar binnen te werken voor die tussen de stokjes uitglipte. 'En 't geweldige ervan is, Pete, dat het niet zo'n gewone voorbijgaande sensatie is. Deze kwestie raakt de structuur van de stad zelf, de klassenstructuur, de rassenstructuur, de manier waarop het hele systeem is opgezet. Daarom is het van zo'n betekenis voor dominee Bacon. Hij is je echt dankbaar voor wat je gedaan hebt.'

Fallow had een hekel aan die verwijzingen naar Bacons patent op het verhaal. Zoals zoveel journalisten die een verhaal toegeschoven krijgen, wilde Fallow zichzelf graag overtuigen dat hij dit slijk zelf had ontdekt en leven had ingeblazen.

'Hij vertelde me,' vervolgde Vogel, 'hij zei hoe versteld hij ervan stond – jij komt uit Engeland, Pete, maar je komt hier en legt de vinger precies op de centrale vraag, dat wil zeggen hoeveel een mensenleven waard is. Is het leven van een zwarte minder waard dan dat van een blanke? Dat maakt deze kwestie nou zo belangrijk.'

Fallow dreef een tijdje met de stroop mee en begon zich toen af te vragen waar deze verhandeling eigenlijk heen ging.

'Maar er is een aspect in deze kwestie dat je volgens mij wat meer kunt accentueren, en daar heb ik 't nog over gehad met dominee Bacon.'

'O ja?' zei Fallow. 'En wat is dat?'

'Het ziekenhuis, Pete. Tot dusver is het ziekenhuis er naar verhouding nogal makkelijk vanaf gekomen. Ze zeggen dat ze "aan het onderzoeken" zijn hoe 't kon dat die knaap binnen kwam met een subdurale bloeding en er alleen iets gedaan werd aan z'n gebroken pols, maar je weet wel wat ze zullen gaan doen. Ze zullen zich eruit proberen te draaien.'

'Dat kan best wezen,' zei Fallow, 'maar ze beweren dat Lamb nooit gezegd heeft dat hij door een auto was aangereden.'

'Die gast was waarschijnlijk al half van de kaart, Pete! Dat hadden ze nou juist moeten opmerken – z'n algehele toestand! Dat bedoel ik nou met het leven van een zwarte en het leven van een blanke. Nee, ik vind dat het tijd is om dat ziekenhuis eens hard aan te pakken. En dit is er de goeie tijd voor. Het verhaal is een beetje doodgelopen omdat de politie de auto en de bestuurder niet heeft kunnen vinden.'

Fallow zei niets. Hij had er een hekel aan om zo te worden gemanipuleerd. Toen zei hij: 'Ik zal er eens over nadenken. Het lijkt me dat ze een nogal complete verklaring hebben afgelegd, maar ik zal er eens over nadenken.'

Vogel zei: 'Hoor eens hier Pete, ik zal open kaart met je spelen. Bacon heeft al contact gehad met Channel 1 over dit aspect, maar jij bent onze – onze vaste gabber, zoals ze zeggen, en we willen je graag als voortrekker houden bij dit verhaal.'

Je vaste gabber! Wat een walgelijke onbeschaamdheid! Maar hij aarzelde om Vogel te laten blijken hoe beledigend het was. Hij zei: 'Wat is dat voor knusse vriendschap tussen Bacon en Channel 1?'

'Hoe bedoel je?'

'Hij heeft ze ook al een exclusieve reportage gegeven bij de eerste demonstratie.'

'Tja, dat is waar, Pete. Ik ga open kaart met je spelen. Hoe wist je daarvan?'

'Hun hoe noemen jullie dat, *anchorman*, Corso, heeft het me verteld.'

'Ach zo. Tja, je moet nu eenmaal zo te werk gaan. Televisienieuws is een en al pr. Elke dag wachten de samenstellers van het tv-nieuws op pr-mensen die hun lijsten voorleggen van dingen die ze kunnen filmen, en dan kiezen ze er een paar uit. De kunst is om te weten hoe je hun interesse kunt wekken. Ze hebben niet veel ondernemingslust. Ze voelen zich een stuk prettiger als ze eerst iets op papier hebben gezien.'

'In *The City Light*, om maar een mogelijk voorbeeld te noemen,' zei Fallow.

'Nou ja, dat is wel zo. Ik zal er geen doekjes om winden, Pete. Je bent een rasjournalist. Als die tv-zenders zien dat een rasjournalist iets te pakken heeft, springen ze erop.'

Fallow leunde achterover en nam op zijn gemak een teug bier in het doodse schemerduister van Huan Li. Ja, zijn volgende slag zou een verhaal zijn dat het televisienieuws in zijn ware gedaante zou tonen. Maar nu zou hij daar even niet aan denken. Als je zag hoe de mensen van het televisienieuws zich hadden gehaast om zijn spoor te volgen in de zaak Lamb – nog nooit had hij zulke goeie reclame gehad voor zichzelf.

Binnen een paar minuten had hij het in gedachten voor elkaar gekregen dat een verhaal over de nalatigheid van het ziekenhuis niets meer was dan de vanzelfsprekende volgende stap. Daar zou hij onvermijdelijk zelf op gekomen zijn, met of zonder die belachelijke Yank met zijn ronde gezicht dat zo rood en blozend was als maar kon.

Vandaag kwamen de broodjes voor Jimmy Caughey, Ray Andriutti en Larry Kramer van de staat New York, met dank aan de zaak Willie Francisco. Het had rechter Meldnick niet meer dan vier dagen gekost om her en der navraag te doen en erachter te komen wat zijn standpunt was inzake Willie's verzoek om ongeldigverklaring, en vanmorgen had hij uitspraak gedaan. Op grond van de twijfelaanval van het dikke oude Ierse jurylid McGuigan wees hij het verzoek toe. Maar aangezien het proces toen de dag begonnen was technisch gesproken nog steeds liep, was Fitzgibbons secretaresse Gloria formeel gerechtigd om broodjes te bestellen.

Ray zat weer eens voorovergeleund aan zijn bureau een stokbrood-speciaal naar binnen te werken met een sloot gelige koffie erbij. Kramer zat er een met een soort rosbief te eten dat naar chemicaliën smaakte. Jimmy raakte zijn eten amper aan. Hij zat nog steeds te treuren om het verloren gaan van zo'n gemakkelijke klus. Hij had een uitstekende reputatie. De afdeling Moordzaken hield echte ranglijsten bij, zoals bij honkbal, waarop te zien was hoeveel tenlasteleggingen en schuldigverklaringen elke hulpofficier van justitie had gescoord, en Jimmy Caughey had in geen twee jaar een zaak verloren. Zijn woede was nu uitgegroeid tot een intense haat tegenover Willie Francisco en diens laaghartige misdaad, die op Andriutti en Kramer overkwam als het gebruikelijke soort klotezaak. Het was een vreemde gewaarwording om Jimmy in zo'n staat te zien. Gewoonlijk bezat hij net zo'n grimmige Ierse koelheid als Fitzgibbon zelf.

'Ik heb 't al meer zien gebeuren,' zei hij. 'Je sleept dat uitschot voor 't gerecht en ze denken dat ze een ster zijn. Heb je Willie daarbinnen op en neer zien springen en "Ongeldig" zien roepen?'

Kramer knikte bevestigend.

'Nou is-ie opeens een juridisch expert. In feite is-ie een van de stomste klerelijers die ooit voor 't gerecht is verschenen in Bronx County. Ik heb Bietelberg twee dagen geleden nog verteld dat als Meldnick het proces ongeldig zou verklaren, en ik wil maar zeggen, hij moest 't wel ongeldig verklaren – dat we dan bereid waren om iets te regelen. Dan zouden we, alleen om een nieuw proces te vermijden, de aanklacht verminderen van tweedegraads moord naar eerstegraads doodslag. Maar nee hoor. Daar is-ie te gis voor, die Willie. Hij vat 't op als een zwaktebod. Hij denkt dat-ie macht heeft over jury's of zo. Bij heropening van het proces gaat-ie geheid voor de bijl. Twaalfenhalf tot vijfentwintig krijgt-ie voor z'n kiezen in plaats van drie tot zes of vier tot acht.'

Ray Andriutti onderbrak het opschrokken van zijn stokbrood lang genoeg om te zeggen: 'Misschien heeft-ie 't goed bekeken, Jimmy. Als-ie schuld bekent, gaat-ie in elk geval de bak in. Met zo'n klotejury uit de Bronx is 't telkens weer een gok. Heb je gehoord wat er gister gebeurd is?'

'Wat dan?'

'Van die dokter ergens in Montauk?'

'Nee.'

'Die dokter, de een of andere huisarts ergens in Montauk, had de Bronx waarschijnlijk nog nooit van z'n leven gezien. Hij heeft een patiënt met een of andere uitheemse tropische ziekte. Die kerel is heel ziek, en in 't ziekenhuis in Montauk denken ze dat ze 'm niet kunnen behandelen, maar d'r is zo'n ziekenhuis in Westchester met de een of andere speciale afdeling voor dit soort toestanden. Dus die dokter laat een ambulance komen voor die kerel en stapt met 'm in de ambulance en rijdt helemaal mee naar Westchester met die man, en die man sterft op de eerstehulpafdeling in Westchester. Dus de familie vervolgt die dokter wegens medische fouten. Maar waar brengen ze de zaak aan? In Montauk? Westchester? Vergeet 't maar. De Bronx.'

'Hoe kunnen ze de zaak hier aanbrengen?' vroeg Kramer.

'De ambulance moest verdomme over Major Deegan Avenue om in Westchester te komen. Dus komt hun advocaat met de theorie aanzetten dat de medische fouten begaan zijn in de Bronx, en daar is 't proces ook gehouden. Ze hebben acht miljoen dollar aan ze toegekend. De jury heeft gisteren uitspraak gedaan. Dat noem ik nou een advocaat die z'n aardrijkskunde kent.'

'Ach wat,' zei Jimmy Caughey, 'ik durf te wedden dat elke jurist in Amerika die gespecialiseerd is in nalatigheidskwesties van de Bronx heeft gehoord. In een civiel proces is een jury uit de Bronx een instrument voor de herverdeling van de welvaart.'

Een jury uit de Bronx... En plotseling dacht Kramer niet langer aan dezelfde zwerm donkere gezichten als Ray en Jimmy... Hij dacht aan die volmaakte lachende tanden en die zoete volle lippen die glansden van de bruine lipstick en die schitterende ogen aan de overkant van een tafeltje in het hart van... het Leven... dat alleen in Manhattan bestond... Jezus... Nadat hij de rekening in Muldowny's had betaald was hij blut... maar toen hij voor het restaurant een taxi voor haar aanhield en hij zijn hand uitstak om haar te bedanken en gedag te zeggen, liet ze haar hand in de zijne rusten, en hij drukte hem steviger en zij kneep terug en zo bleven ze staan terwijl ze elkaar in de ogen keken en – God! – dat ogenblik was ontroerender, sexyer, voller van – verdomd! – *liefde*, oprechte *liefde*, het soort liefde waar je gewoon door *overdonderd wordt* en... *waar je hart vol van is*... dan al die patsboem eerste-afspraakjesveroveringen waar hij zo prat op ging in de tijd dat hij op jacht was als een vervloekte kater... Nee, van jury's uit de Bronx kon hij veel door de vingers zien. Dankzij een jury uit de Bronx was de vrouw in zijn leven gekomen die hij altijd al was voorbestemd om te ontmoeten... Liefde, Voorbestemming, Hoe Vol Mijn Hart... Laat anderen maar terugschrikken voor de betekenis van die termen... Ray die zijn stokbrood-speciaal zat op te schrokken, Jimmy die nors zat te kankeren op Willie Francisco en Lester McGuigan... Larry Kramer bewoog zich op een spiritueler vlak...

Ray's telefoon ging. Hij nam hem op en zei: 'Moordzaken... Nee... Bernie is er niet... de zaak Lamb? Kramer... Larry.' Ray keek Larry aan en trok een gek gezicht. 'Die is hier. Je wilt 'm spreken?... Oké, een momentje.' Hij hield zijn hand over de hoorn en zei: 'Het is een kerel van het Bureau voor Rechtshulp, Cecil Hayden.'

Kramer stond op achter zijn bureau en liep naar Andriutti toe om de telefoon aan te pakken. 'Kramer.'

'Larry, met Cecil Hayden van het Bureau voor Rechtshulp.' Een joviale stem had die Cecil Hayden. 'Jij bent belast met de zaak Henry Lamb, klopt dat?'

'Dat klopt.'

'Larry, ik geloof dat de tijd rijp is om *Laten We Iets Regelen* te spelen.' Erg joviaal.

'Wat valt er te regelen?'

'Ik vertegenwoordig een persoon genaamd Roland Auburn, die twee dagen geleden door de grand jury in staat van beschuldiging is gesteld wegens ongeoorloofd bezit en verkoop van drugs. Weiss heeft een persbericht uit laten gaan waarin hij wordt omschreven als de Crack Koning van Evergreen Avenue. Mijn cliënt was hoogst gevleid. Als je Evergreen Avenue ooit zou zien, zou je je afvragen waarom. De Koning is niet in staat om een borgtocht van tienduizend dollar bij elkaar te krijgen en zit momenteel op Rikers Island.'

'Kan wel wezen, maar wat heeft hij met de zaak Lamb te maken?'

'Hij zegt dat hij in het gezelschap was van Henry Lamb toen die werd geschept door die auto. Hij heeft hem naar het ziekenhuis gebracht. Hij kan een signalement geven van de persoon die achter het stuur zat. Hij wil iets regelen.'

18

Shuhmun

Daniel Torres, de dikke hulpofficier van justitie van de afdeling Hoogge-rechtshof, kwam Kramers kantoor binnen met zijn tienjarige zoontje op sleeptouw en een diepe plooi over het midden van zijn voorhoofd. Hij was woest, op een slappe, dikke manier woest, dat hij op zaterdagmorgen op de eilandvesting moest verschijnen. Hij zag er nog vetter uit dan de vorige keer dat Kramer hem gezien had, en dat was in de rechtszaal van Kovitsky geweest. Hij droeg een bont geruit vrijetijdsoverhemd, een colbert dat zijn grote weke buik in de verste verte niet vermocht te omsluiten, en een broek uit de Line-backer Shop in Fresh Meadow, de zaak voor de gezette man, die zijn onder-buik vanonder zijn riem deed uitpuilen als Zuid-Amerika. Een klierafwijking, dacht Kramer. Zijn zoon daarentegen was tenger en donker en had een fijn gezicht, zo te zien een verlegen en gevoelig type. Hij had een pocketboek en een honkbalhandschoen bij zich. Nadat hij een keer vluchtig en verveeld het kantoor had rondgekeken, ging hij op Jimmy Caughey's stoel zijn boek zitten lezen.

Torres zei: 'Wat zeg je me daar van, de Yankees' – hij knikte naar Yankee Stadium, dat niet ver heuvelafwaarts stond – 'spelen natuurlijk weer uit op de zaterdag' – *zatehdag* – 'dat ik hier op moet komen draven. Het is m'n weekend met...' Nu knikte hij naar zijn zoon. '... en ik heb beloofd dat ik met hem naar de honkbalwedstrijd zou gaan en ik heb m'n ex-vrouw beloofd dat ik bij Kiel's op Springfield Boulevard een stel struiken zou ophalen en thuis afleve-ren, en hoe ik van hier naar Springfield Boulevard moet komen en daarna naar Maspeth en dan weer terug naar Shea Stadium op tijd voor de wedstrijd, God mag het weten. Vraag maar niet waarom ik gezegd heb dat ik die struiken thuis zou afleveren.' Hij schudde zijn hoofd.

Kramer geneerde zich vanwege de jongen, die helemaal verdiept leek in het boek. De titel was *De vrouw in het zand*. Voor zover Kramer uit de omslag kon opmaken was de naam van de schrijver Kobo Abé. Nieuwsgierig en welwil-lend liep hij op de jongen toe en zei op de hartelijkste belangstellende toon die hij op kon brengen: 'Wat zit je te lezen?'

De jongen keek op als een hert dat gevangen was in een paar autolampen. 'Het is een verhaal,' zei hij. Dat zeiden zijn lippen tenminste. Zijn ogen zeiden: 'Laat me alsjeblieft, alsjeblieft weer terugkruipen in de bescherming van mijn boek.'

Kramer merkte dat wel, maar voelde zich verplicht om zijn gastvrijheid af te ronden.

'Waar gaat het over?'

'Japan.' Smekend.

'Japan? Hoezo over Japan?'

'Het gaat over een man die in de val komt te zitten ergens in de duinen.' Een erg zachte stem, die smeekte, smeekte en smeekte.

Aan de abstracte plaat op de omslag en de kleine druk te zien, was het geen kinderboek. Kramer, de vorser van het menselijk hart, kreeg de indruk dat hij te maken had met een intelligente, teruggetrokken jongen, het produkt van Torres' joodse helft, die waarschijnlijk leek op zijn moeder en al vervreemd was van zijn vader. Een ogenblik dacht hij aan zijn eigen zoontje. Hij probeerde zich in te denken hoe het zou zijn om hem over een jaar of negen, tien hier mee naar Gibraltar te moeten slepen. Hij vond het een bijzonder deprimerende gedachte.

'Nou, wat weet je van meneer Auburn, Danny?' vroeg hij aan Torres. 'Waar slaat dat gedoe over een Crack Koning van Evergreen Avenue op?'

'Het is een kl – ' Torres hield zich in omwille van de jongen. 'Dat is gewoon een grap. Auburn is – je weet wel, gewoon maar een knaap van om de hoek. Het is z'n derde arrestatie wegens drugs. De rechercheur die 'm arresteerde, noemde hem de Crack Koning van Evergreen Avenue. Hij bedoelde het sarcastisch. Evergreen is zo'n vijf straatblokken lang. Ik weet niet eens hoe Weiss 't te weten is gekomen. Toen ik dat persbericht zag, kon ik wel – kon ik m'n ogen niet geloven. Goddank heeft geen mens erop gelet.' Torres keek op zijn horloge. 'Waar blijven ze nou?'

'Ze zouden er zo moeten zijn,' zei Kramer. 'Zaterdags gaat alles trager op Rikers Island. Hoe hebben ze 'm te pakken gekregen?'

'Tja, dat was een maffe toestand,' zei Torres. 'In feite kregen ze 'm twee keer te pakken, maar die knaap heeft ontzaglijk grote – een hoop lef, of anders is-ie erg dom, een van de twee. Zo'n maand geleden kocht een stille iets van Auburn en nog zo'n knaap en verklaarde dat ze onder arrest stonden en zovoort, en Auburn zei tegen hem: "As je me mot hebben, vader – dan zal je me moeten neerleggen," en hij rende er vandoor. Ik heb die politieman nog gesproken, ene Iannucci. Hij zei dat-ie Auburn had neergeschoten, of in elk geval op 'm had geschoten, als-ie niet zwart was geweest, in een zwarte wijk. Een week geleden heeft-ie 'm opgebracht, dezelfde agent.'

'Wat staat 'm te wachten als-ie veroordeeld wordt wegens drugshandel?'

'Twee tot vier misschien.'

'Weet je iets over z'n advocaat, die Hayden?'

'Ja. Een zwarte.'

'Echt?' Kramer wou al zeggen: 'Zo zwart klonk hij niet,' maar besloot dat maar in te slikken. 'Je ziet niet veel zwarte jongens bij het Bureau voor Rechtshulp.'

'Dat is niet waar. Er zijn er heel wat. Er zijn er veel bij die zo'n baan nodig hebben. Weet je, die jonge zwarte juristen hebben 't zwaar te verduren. Ze kunnen wel diploma's halen, maar er is geen plek voor ze. In Manhattan – het is om te huilen. Ze hebben het er altijd wel over, maar als 't erop aankomt nemen ze geen zwarte juristen in dienst. Dus gaan ze bij het Bureau voor Rechtshulp of worden ze pro deo-advocaat. Er zijn er bij die wat aanmodderen met een armetierige strafpraktijk. Maar de zwarte penozebazen die het gemaakt hebben in de drugshandel willen zich niet laten vertegenwoordigen door een zwarte advocaat. De kleine jongens ook niet. Ik was een keer bij de cellen in 't gerechtshof en er komt zo'n zwarte pro deo-advocaat binnen, op zoek naar de cliënt die hem is toegewezen, en hij begint z'n naam te schreeuwen. Je weet wel hoe ze namen schreeuwen bij die cellen daar. Maar goed, de kerel die 'm is toegewezen is zwart, en die komt naar de tralies toegelopen en kijkt de man in z'n ogen en zegt: "Sodemieter op, vader – ik wil een jood." Ik zweer het je! Hij zegt: "Sodemieter op, vader – ik wil een jood." Hayden schijnt nogal bij de pinken te zijn, maar goed kennen doe ik hem niet.'

Torres keek weer op zijn horloge, en toen naar de vloer in de hoek. Opeens waren zijn gedachten ergens weg uit de kamer en weg uit Gibraltar. De plantenkwekerij van Kiel's? Zijn honkbalclub, de Mets? Zijn ex-huwelijk? Zijn zoon was in Japan met de man die in de val zat in de duinen. Alleen Kramer was echt in de kamer aanwezig. Hij was gespannen. Hij was zich bewust van de stilte op de eilandvesting op deze zonnige zaterdag in juni. Als die figuur, die Auburn nou maar bleek te deugen, als hij maar niet te veel weghad van het gebruikelijke soort hersenloze zwendelaar dat met iedereen een spelletje probeerde te spelen en de wereld probeerde op de knieën te krijgen door vanachter het prikkeldraad in de leegte te staan brullen…

Even later hoorde Kramer mensen door de gang aan komen lopen. Hij deed de deur open en daar waren Martin en Goldberg met tussen hen in een zwaargebouwde jonge zwarte met een jersey coltrui aan en zijn handen op zijn rug. De achterhoede werd gevormd door een kleine gezette zwarte in een lichtgrijs pak. Dat moest Cecil Hayden zijn.

Zelfs met zijn handen op zijn rug wist Roland Auburn de Patser Pas te produceren. Hij was niet langer dan één meter zeventig maar erg gespierd. Zijn borstspieren, deltaspieren en trapeziusspieren zwollen zwaar en scherp afgetekend op. Kramer de weggekwijnde voelde een scheut van afgunst door zich heen gaan. Het was nog zacht uitgedrukt om te zeggen dat de knaap zich bewust was van zijn indrukwekkende bouw. De jersey coltrui zat hem als gegoten. Hij had een gouden ketting om zijn hals. Hij droeg een strakke zwarte broek en witte Reebok sneakers die eruit zagen alsof ze net uit de doos kwamen. Zijn bruine gezicht was vierkant, hard en onverzettelijk. Hij had kort haar en een dun snorretje dat als een streep op zijn bovenlip stond.

Kramer vroeg zich af waarom Martin zijn handen achter zijn rug geboeid had. Dat was vernederender dan voor zijn buik. Zo voelde een mens zich hulpelozer en kwetsbaarder. Hij kon de dreiging van het vallen echt *voelen*. Hij zou omvallen als een boom, zonder zijn hoofd te kunnen beschermen. Aangezien ze Auburns medewerking nodig hadden, dacht Kramer dat Martin de man de fatsoenlijke behandeling zou gunnen – of dacht hij nou werkelijk dat er gevaar bestond dat die kleerkast het op een lopen zou zetten? Of koos Martin steevast voor de harde aanpak?

De hele mikmak kwam het kantoor binnengedromd. Het kennismaken was een houterig gedoe. Als de hulpofficier van justitie die belast was met de drugszaak van de gevangene kende Torres Cecil Hayden wel, maar Martin, Goldberg of de gevangene zelf niet. Hayden kende Kramer niet, en Kramer kende de gevangene niet, en hoe moesten ze de gevangene trouwens aanspreken? Zijn ware status was die van een straatschuimer die gearresteerd was op verdenking van drugshandel, maar op het moment was hij technisch gezien een burger die zich gemeld had om de autoriteiten bij te staan in een onderzoek naar een misdrijf. Martin loste het probleem van de aanspreekvorm op door Roland Auburn vaak en op verveelde toon aan te spreken met 'Roland'.

'Oké, Roland, effe kijken, waar zullen we jou eens neerpoten?'

Hij keek het kantoor rond met zijn samenraapsel van aftands meubilair. Een gevangene bij zijn voornaam noemen was een standaardmanier om eventuele pretenties van waardigheid en sociale afscherming waar hij nog aan vasthield te elimineren. Martin zou Roland Auburns lijf wel neerpoten waar het hem uitkwam. Hij zweeg, staarde Kramer aan en wierp een twijfelachtige blik op de zoon van Torres. Hij vond blijkbaar dat die niet in de kamer hoorde te blijven. De jongen zat niet langer te lezen in zijn boek. Hij hing met gebogen hoofd op zijn stoel, en staarde voor zich uit. Hij was gekrompen. Er was niets meer van hem over dan een paar enorme ogen die Roland Auburn aanstaarden.

Voor al de anderen in de kamer, misschien wel met inbegrip van Roland Auburn zelf, was het maar een routineprocedure, een zwarte verdachte die bij justitie werd binnengebracht voor onderhandelingen, een gespreksronde over wijziging van de aanklacht en daarmee strafvermindering. Maar die trieste, gevoelige kleine boekenwurm zou nooit vergeten waar hij nu naar keek, een zwarte met zijn handen geboeid op zijn rug in het gebouw waar zijn papa werkte, op een zonnige zaterdag voor de wedstrijd van de Mets.

Kramer zei tegen Torres: 'Dan, ik denk dat we die stoel wel eens nodig konden hebben.' Hij keek naar Torres' zoon. 'Misschien wil hij daar wel gaan zitten, in 't kantoor van Fitzgibbon. Daar zit niemand.'

'Ja, Ollie, ga jij daar maar zitten tot we klaar zijn.' Kramer vroeg zich af of Torres zijn zoon echt Oliver had genoemd. Oliver Torres.

Zonder een woord te zeggen stond de jongen op, pakte zijn boek en honkbalhandschoen en liep langs de andere deur naar Bernie Fitzgibbons kantoor, maar hij kon het niet laten om nog één keer naar de geboeide zwarte te kijken. Roland Auburn staarde zonder enige uitdrukking terug. Zijn leeftijd lag dichter bij die van de jongen dan die van Kramer. Met al zijn spieren was hij zelf ook niet veel meer dan een jongen.

'Goed, Roland,' zei Martin, 'ik zal je die dingen afdoen en dan ga je braaf in die stoel zitten, oké?'

Roland Auburn zei niets en draaide zijn rug alleen een beetje om Martin zijn handen toe te keren zodat hij de handboeien kon losmaken.

'Héé, maak je geen zorgen, Marty,' zei Cecil Hayden, 'mijn cliënt is hier omdat hij dit gebouw uit wil *wandelen*, zonder over z'n schouder te hoeven kijken.'

Kramer kon het niet geloven. Hayden noemde de Ierse Dobermann nu al bij zijn bijnaam, Marty, en hij had hem nog maar net ontmoet. Hayden was zo'n energiek kereltje met een soort jovialiteit dat zo innemend en zelfverzekerd is dat je wel in een erg slecht humeur moet zijn om je er aan te storen. Hij volbracht de zware opgave om zijn cliënt te laten zien dat hij diens rechten en waardigheid verdedigde zonder zich daarbij de woede van het contingent Ierse Smerissen op de hals te halen.

Roland Auburn ging zitten en begon over zijn polsen te wrijven maar hield daar toen mee op. Hij gunde Martin en Goldberg niet het genoegen dat ze zouden merken dat de handboeien zeer hadden gedaan. Goldberg was achter de stoel om gelopen en zette zijn logge lijf neer op de rand van Ray Andriutti's bureau. Hij had een blocnote en balpen om aantekeningen te maken van het gesprek. Martin liep om Jimmy Caughey's bureau heen en ging daar op de rand zitten. De gevangene zat nu tussen hen in en zou zich moeten draaien om een van hen recht in het gezicht te kijken. Torres ging in Ray Andriutti's stoel zitten, Hayden ging zitten in die van Kramer, en Kramer, die de leiding had, bleef staan. Roland Auburn zat nu achterover geleund op zijn stoel, met zijn knieën wijd uit elkaar. Met zijn onderarmen op de leuningen zat hij zijn knokkels te knakken, terwijl hij Kramer recht in het gezicht keek. Zijn gezicht was een masker. Hij knipperde niet eens met zijn ogen. Kramer dacht aan de kreet die steeds weer voorkwam in de reclasseringsrapporten over die jonge zwarte verdachten: 'gevoelsarm.' Dat betekende blijkbaar dat ze geen normaal gevoelsleven hadden. Ze voelden geen schuld, schaamte, wroeging, angst of genegenheid voor anderen. Maar telkens wanneer Kramer het lot beschoren was om met die mensen te praten had hij het gevoel dat het iets anders was. Ze lieten een gordijn zakken. Ze sloten hem uit van wat er achter die nimmer knipperende spiegel van hun ogen lag. Ze toonden hem nog geen halve centimeter van wat ze over hem en de Macht en hun eigen leven dachten. Hij had het zich al eerder afgevraagd en deed dat ook nu: Wat zijn dat voor mensen? (Die mensen van wie ik dagelijks het lot bepaal...)

Kramer keek Hayden aan en zei: 'Raadsman...' *Raadsman.* Hij wist niet precies hoe hij de man moest aanspreken. Hayden had hem vanaf het eerste moment 'Larry' genoemd door de telefoon, maar hij had hem in deze kamer nog niet aangesproken, en Kramer wilde hem niet 'Cecil' noemen uit vrees dat hij te kameraadschappelijk of ongemanierd zou over komen terwijl Roland er bij was. 'Raadsman, u hebt aan uw cliënt uitgelegd waar we hier mee bezig zijn, nietwaar?'

'O jazeker,' zei Hayden. 'Hij begrijpt waar het om gaat.'

Nu keek Kramer Roland aan. 'Meneer Auburn...' *Meneer Auburn.* Kramer nam aan dat Martin en Goldberg hem wel zouden vergeven. Wanneer een hulpofficier van justitie een verdachte ondervroeg was het de gebruikelijke procedure om te beginnen met het beleefde 'meneer', alleen maar om de zaak in te leiden, en vervolgens, zodra ze op gang waren, over te gaan op

de voornaam. 'Meneer Auburn, meneer Torres hier kent u geloof ik al. Hij is
de hulpofficier van justitie die belast is met de zaak waarvoor u bent gearresteerd en in staat van beschuldiging gesteld, de aanklacht wegens handel. Oké?
En ik ben belast met de zaak Henry Lamb. Welnu, we kunnen u niets beloven, maar als u ons helpt, helpen wij u. Zo simpel ligt dat. Maar u moet wel
precies de waarheid vertellen. Anders vernachelt u iedereen maar en wordt u
er zelf ook niet beter van. Begrijpt u?'

Roland keek naar zijn advocaat, Cecil Hayden, en Hayden knikte alleen
maar alsof hij wilde zeggen: 'Maak je geen zorgen, dat zit wel goed.'

Roland draaide zich weer om en keek Kramer aan en zei heel effen: 'Unh-
hunh.'

'Mooi,' zei Kramer. 'Waar het mij om gaat, is wat er met Henry Lamb gebeurde op de avond dat hij gewond raakte. Ik wil dat u me vertelt wat u ervan
weet.'

Nog steeds achterover hangend in Jimmy Caughey's stoel zei Roland:
'Waar moet ik beginnen?'

'Nou... bij het begin. Hoe kwam het dat u die avond bij Henry Lamb was?'

Roland zei: 'Ik stond op 't trottoir en was van plan naar 161th Street te gaan,
naar die afhaalzaak, Texas Fried Chicken, en ik zie Henry voorbij komen lopen.' Hij stopte.

Kramer zei: 'Goed. En wat toen?'

'Ik zeg tegen 'm: "Henry, waar ga jij naartoe?" En hij zegt: "Ik ben op weg
naar de Texas Fried Chicken," en ik zeg: "Daar moet ik ook heen." Dus gingen
we daar samen heen.'

'En door welke straat liepen jullie?'

'Bruckner Boulevard.'

'Is Henry een goeie vriend van je?'

Roland toonde voor het eerst enige emotie. Hij leek licht geamuseerd. Een
glimlachje speelde om zijn ene mondhoek en hij sloeg zijn ogen neer alsof er
een gênant onderwerp werd aangesneden. 'Nee, ik ken 'm alleen maar. We
wonen in dezelfde flat.'

'Slenteren jullie vaak rond met z'n tweeën?'

Opnieuw geamuseerd. 'Nee, Henry slentert niet veel rond. Hij komt niet
veel buiten.'

'Hoe dan ook,' zei Kramer, 'jullie tweeën lopen over Bruckner Boulevard
op weg naar de Texas Fried Chicken. Wat gebeurde er toen?'

'Nou, we lopen naar Hunts Point Avenue en we staan op 't punt om de
straat over te steken naar de Texas Fried Chicken.'

'Welke straat stak je over, Hunts Point Avenue of Bruckner Boulevard?'

'Bruckner Boulevard.'

'Voor alle duidelijkheid, aan welke kant van Bruckner Boulevard was je
nou, aan de oostkant en op weg naar de westkant?'

'Precies. Aan de oostkant en op weg naar de westkant. Ik stond een stukkie
op de weg, en wachtte tot er geen auto's meer aankwamen, en Henry stond
hierzo.' Hij gebaarde naar rechts. 'Ik kan de auto's dus beter zien komen dan
hij, want ze komen van die kant.' Hij gebaarde naar links. 'De auto's rijen

meestal op de middelste baan, zo'n beetje achter elkaar, en plotseling komt die ene auto eraan, hij gaat een andere baan op, en hij wil al die andere auto's aan de rechterkant voorbij, en ik zie dat-ie te dicht bij de plek komt waar ik sta. Dus ik spring achteruit. Maar Henry zal wel niks gezien hebben tot ik achteruit spring, en toen hoor ik zo'n tik, en ik zie Henry op de grond vallen, zo.' Hij maakte een draaiende beweging met zijn wijsvinger.

'Goed, wat gebeurde er toen?'

'Toen hoorde ik zo'n piepend geluid. Die auto remt af. Het eerste wat ik doe is naar Henry toelopen, en die ligt daar krom op de weg naast het trottoir met z'n hand zo om z'n arm, en ik zeg: "Henry, ben je gewond?" En hij zegt: "Ik geloof dat ik m'n arm gebroken heb."'

'Zei hij dat zijn hoofd geraakt was?'

'Dat zei-ie later tegen me. Toen ik daar bij 'm neerhurkte zei-ie dat-ie pijn in z'n arm had. En toen bracht ik 'm naar 't ziekenhuis, en hij vertelde me hoe hij z'n armen had uitgestoken toen-ie viel, en dat-ie op z'n arm gevallen was en bleef rollen en z'n hoofd had gestoten.'

'Goed, laten we eens teruggaan naar 't moment toen 't net gebeurd was. Je zat daar op de weg naast Henry, en de auto die 'm had aangereden, die remde af. Stopte hij helemaal?'

'Ja. Ik zie 'm verderop aan de kant staan.'

'Hoeveel verderop?'

'Weet niet. Dertig meter of zo. Het portier gaat open en er komt 'n kerel uit, 'n blanke. En die vent kijkt achterom. Hij staat achterom te kijken naar mij en Henry.'

'Wat deed je toen?'

'Nou, ik dacht dat die vent gestopt was omdat-ie Henry had aangerejen en wou zien of-ie kon helpen. Ik dacht zo: Hé, die kerel kan Henry wel naar 't ziekenhuis brengen. Dus ik stond op en begon op 'm af te lopen en zei: "Yo! Yo! We hebben hulp nodig!"'

'En wat deed hij?'

'Die man staat me zo aan te kijken, en toen ging 't portier open en komt er zo'n vrouw te voorschijn. Ze komt zo half en half de auto uit en kijkt ook achterom. Ze kijken allebei achterom naar mij, en ik zeg: "Yo! Mijn vriend is gewond!"'

'Hoever ben je op dat moment van ze vandaan?'

'Niet zo ver. Een meter of vijf, zes.'

'Kon je ze goed zien?'

'Ik keek ze recht in 't gezicht.'

'Wat deden ze?'

'Die vrouw keek zo raar. Ze keek zo benauwd. Ze zegt: "Shuhmun, kijk uit!" Ze praat tegen die vent.'

'"Shuhmun, kijk uit"? Zei ze "Shuhmun"?' Kramer wierp tersluiks een blik op Martin. Martin sperde zijn ogen wijd open en blies een stoot lucht onder zijn bovenlip. Goldberg zat met gebogen hoofd notities te maken.

'Zo klonk 't wel, naar mijn idee.'

'Shuhmun of Sherman?'

'Klonk als Shuhmun.'

'Goed, wat gebeurde er toen?'

'Die vrouw springt weer in de auto. Die man staat achter de auto naar me te kijken. Toen zegt die vrouw: "Shuhmun, stap nou in!" Alleen zit zij nou achter 't stuur. En die man loopt naar de andere kant, waar zij eerst zat, en hij springt in de auto en gooit 't portier dicht.'

'Dus nu zijn ze van plaats gewisseld. En wat deed jij? Hoe ver was je op dat moment van ze af?'

'Amper verder dan ik nou van jou vandaan zit.'

'Was je kwaad? Schreeuwde je naar ze?'

'Ik heb alleen gezegd: "M'n vriend is gewond."'

'Heb je je vuist gebald? Heb je een dreigend gebaar gemaakt?'

'Ik wilde alleen hulp hebben voor Henry. Ik was niet kwaad. Ik was bang, vanwege Henry.'

'Goed, wat gebeurde er toen?'

'Ik rende om de auto heen naar voren.'

'Naar welke kant?'

'Naar welke kant? De rechterkant, waar die vent zat. Ik keek recht in hun gezicht door de voorruit. Ik zeg: "Yo! Mijn vriend is gewond!" Ik sta voor de auto en kijk achterom door de straat, en daar is Henry. Hij is vlak achter de auto. Hij loopt zo'n beetje versuft met z'n hand op z'n arm, zo.' Roland greep zijn linkeronderarm met zijn rechterhand en liet zijn linkerhand bungelen alsof die gekwetst was. 'Dus dat betekent dat die kerel Henry de hele tijd heb zien aankomen, met z'n hand zo op z'n arm. Bestaat niet dat-ie niet wist dat Henry gewond was. Ik sta naar Henry te kijken en voordat ik 't weet geeft die vrouw vol gas en scheurt er zo hard vandoor dat 't rubber op de weg blijft liggen. Ze scheurt er zo hard vandoor dat ik die man z'n hoofd naar achter zie schokken. Hij kijkt me recht in m'n gezicht, en z'n hoofd schokt naar achter, en ze spuiten weg als een raket. Zo dicht langs me heen.' Hij bracht zijn duim en wijsvinger bij elkaar. 'Had ik bijna nog erger in de lappenmand gezeten dan Henry.'

'Heb je 't kentekennummer?'

'Nee. Maar Henry wel. Of tenminste, voor 'n deel, denk ik.'

'Heeft-ie 't aan je verteld?'

'Nee. Maar aan z'n moeder wel, denk ik. Dat heb ik op de televisie gezien.'

'Wat was 't voor auto?'

'Het was een Mercedes.'

'Wat voor kleur?'

'Zwart.'

'Wat voor type?'

'Wat voor type weet ik nie.'

'Hoeveel deurs?'

'Tweedeurs. Hij was 'n beetje, je weet wel, laaggebouwd. Het was 'n sport-model.'

Kramer keek weer naar Martin. Zijn gezicht stond opnieuw met grote ogen op bingo.

'Zou je die man herkennen als je 'm weer zag?'

'Jazeker zou ik 'm herkennen.' Roland zei het met een soort bittere overtuiging die waarheidsgetrouw overkwam.

'En die vrouw?'

'Die ook. D'r was niet meer dan een stuk glas tussen hun en mijn.'

'Hoe zag die vrouw eruit? Hoe oud was ze?'

'Weet ik niet. Ze was blank. Ik weet niet hoe oud ze was.'

'Nou, was ze oud of jong? Was ze het dichtst bij de vijfentwintig, vijfendertig, vijfenveertig of vijfenvijftig?'

'Vijfentwintig waarschijnlijk.'

'Licht haar, donker haar, rood haar?'

'Donker haar.'

'Wat had ze aan?'

'Een jurk, denk ik. Ze was helemaal in 't blauw. Ik weet 't nog omdat 't een heel fel soort blauw was, en ze had van die grote schouders aan die jurk. Dat weet ik nog.'

'Hoe zag die man eruit?'

'Hij was groot. Hij had 'n pak aan en 'n stropdas.'

'Wat voor kleur pak?'

'Weet ik niet. Een donker pak. Meer weet ik er niet van.'

'Hoe oud was hij? Zou je zeggen van mijn leeftijd, of was hij ouder? Of jonger?'

'Een beetje ouder.'

'En je zou 'm herkennen als je 'm weer zag.'

'Zeker zou ik 'm herkennen.'

'Nou, Roland, ik zal je wat foto's laten zien, en dan moet jij me vertellen of je iemand op die foto's herkent. Goed?'

'Unh-hunh.'

Kramer liep naar zijn eigen bureau, waar Hayden zat, en zei: 'Mag ik even?' en trok een la open. Terwijl hij dat deed, keek hij Hayden een ogenblik aan en knikte hem lichtjes toe, alsof hij wilde zeggen: 'Het gaat goed.' Hij haalde het stel foto's uit de la dat Milt Lubell voor Weiss bij elkaar had gezocht. Hij stalde de foto's voor Roland Auburn uit op Jimmy Caughey's bureau.

'Herken je iemand van deze mensen?'

Roland liet zijn ogen over de foto's gaan, en zijn wijsvinger ging direct naar Sherman McCoy, die stond te grijnzen in zijn jacquet.

'Dat is 'm.'

'Hoe weet je dat het dezelfde vent is?'

'Dat is 'm. Ik herken 'm. Dat is zijn kin. Die man had zo'n grote kin.'

Kramer keek naar Martin en toen naar Goldberg. Goldberg had een heel dun glimlachje op zijn gezicht.

'Zie je die vrouw op de foto, de vrouw waar hij naast staat? Is dat de vrouw die in de auto zat?'

'Nee. De vrouw in de auto was jonger, en ze had donkerder haar, en ze was meer… meer een spetter.'

'Een spetter?'

Roland begon weer te glimlachen maar wist het te onderdrukken. 'Je weet wel, meer een eh... lekker stuk.'

Kramer permitteerde zich een glimlach en wat gegrinnik. Het gaf hem de kans om een beetje lucht te geven aan de opgetogenheid die hij nu al voelde. 'Een lekker stuk, hè? Oké, een lekker stuk. Nou goed. Ze rijden dus weg van de plaats waar het gebeurd is. Wat deed je toen?'

'Ik kon nie veel beginnen. Henry stond daar met z'n hand op z'n arm. Zijn pols stond helemaal krom. Dus ik zei: "Henry, je moet naar 't ziekenhuis," en hij zegt dat-ie nie naar 't ziekenhuis wil, hij wil naar huis. Dus we beginnen terug te lopen over Bruckner Boulevard, terug naar de flat.'

'Wacht 'ns even,' zei Kramer. 'Is er iemand die dit allemaal heeft zien gebeuren? Stond er iemand op 't trottoir?'

'Ik weet 't niet.'

'Stopten er geen auto's?'

'Nee. Ik denk dat als Henry, als-ie daar nou een hele tijd gelegen had, dan was er misschien wel iemand gestopt. Maar geen mens stopte.'

'Dus nu loop je over Bruckner Boulevard terug naar de flat.'

'Precies. En Henry loopt te kreunen en ziet eruit alsof-ie elk moment van z'n stokje kan gaan, en ik zeg: "Henry, je moet naar 't ziekenhuis." Dus ik loop met 'm terug naar Hunts Point Avenue en we lopen verder over 161st Street, naar 't metrostation daar, en ik zie zo'n taxi staan van 'n gabber van me, Brill.'

'Brill?'

'Da's een kerel die twee taxi's heeft.'

'En hij heeft jullie naar Lincoln Hospital gebracht?'

'Curly Kale heeft gereje. Da's een van Brills chauffeurs.'

'Curly Kale. Is dat z'n echte naam of is dat een bijnaam?'

'Weet ik niet. Zo wordt-ie genoemd, Curly Kale.'

'En hij heeft jullie tweeën naar 't ziekenhuis gebracht.'

'Precies.'

'Hoe leek Henry's toestand op weg naar 't ziekenhuis? Heeft hij je toen verteld dat hij z'n hoofd gestoten had?'

'Ja precies, maar hij had 't vooral over z'n arm. Z'n pols zag er lelijk uit.'

'Was hij helder? Was hij goed bij zinnen, voor zover je kon opmaken?'

'Ik zeg al, hij zat nogal te kreunen en klagen dat z'n arm zo'n zeer deed. Maar hij wist waar-ie was. Hij wist wat er gebeurde.'

'Toen jullie aankwamen bij 't ziekenhuis, wat deed je toen?'

'Nou, we stapten uit en ik liep met Henry naar de deur, naar de eerstehulp-afdeling, en hij ging naar binnen.'

'Ging je met 'm mee naar binnen?'

'Nee, ik stapte weer bij Curly Kale in de taxi en ging weg.'

'Je bleef niet bij Henry?'

'Ik dacht dat ik niks meer voor 'm kon doen.' Roland wierp een blik op Hayden.

'Hoe kwam Henry thuis uit het ziekenhuis?'

'Weet ik niet.'

Kramer zweeg even. 'Goed Roland, er is nog één ding dat ik wil weten.

Waarom kom je nu pas met die informatie naar voren? Ik bedoel, daar ben je dan met je vriend, of in elk geval je buurjongen – hij woont in dezelfde flat – en hij is het slachtoffer van een ongeluk dat onder je neus gebeurt, en de zaak komt op tv en de kranten staan er vol van, en we horen geen kik van je tot vandaag. Hoe kan dat?'

Roland keek naar Hayden, die alleen knikte, en Roland zei: 'Ik werd gezocht door de politie.'

Hayden nam het woord. 'Er was een arrestatiebevel uitgevaardigd wegens handel, bezit, verzet tegen arrestatie en nog een paar andere dingen, dezelfde aanklachten waarop hij in staat van beschuldiging is gesteld.'

Kramer zei tegen Roland: 'Dus 't was zelfbescherming. Je hield liever informatie achter dan te moeten praten met de politie.'

'Precies.'

Kramer was duizelig van vreugde. Hij kon het al gestalte zien krijgen. Die Roland was niet voor de poes, maar hij was volkomen geloofwaardig. Haal hem uit die bodybuilderstrui en die sneakers! Breek zijn heup zodat hij die Patser Pas niet meer kan maken! Stop dat gedoe van de Crack Koning van Evergreen Avenue in de doofpot! Kwam niet goed over op een jury als een zware crimineel kwam getuigen voor het gerecht in ruil voor een tenlastelegging met een lagere strafmaat. Alleen wat oppoetsen en bijwerken – meer hoefde deze zaak niet te hebben! In een flits zag Kramer hem voor zich... *de tekening*...

Hij zei tegen Roland: 'En je hebt me de volledige waarheid verteld?'

'Unh-hunh.'

'Je hebt er niets aan toegevoegd of uit weggelaten?'

'Unh-unh.'

Kramer liep naar Jimmy Caughey's bureau, vlak naast Roland, en raapte de foto's bijeen. Toen wendde hij zich tot Cecil Hayden.

'Raadsman,' zei hij, 'ik moet dit nog bepraten met mijn superieuren. Maar tenzij ik het mis heb, is het geregeld.'

Hij zag hem al voor zich terwijl de woorden nog niet uit zijn mond waren... *de tekening*... door de rechtbanktekenaar... Hij zag hem al, alsof hij het beeld van de tv recht voor zijn neus had... Hulpofficier van justitie Lawrence N. Kramer... staand... met zijn wijsvinger geheven... en zijn massieve sternocleidomastoïdespieren gespannen... Maar wat zou de kunstenaar doen met zijn schedel, waar hij al zoveel haar kwijt was? Nou ja, als zijn machtige gestel goed tot zijn recht kwam op de tekening, zou geen mens het merken. De moed en welsprekendheid... dat zouden ze zien. De hele stad New York zou dat zien. Miss Shelly Thomas zou dat zien.

19

Donkey-loyaliteit

Op maandagochtend werden Kramer en Bernie Fitzgibbon meteen bij Abe Weiss op kantoor geroepen. Milt Lubell was er ook. Kramer merkte dat zijn status er in de loop van het weekend op vooruit gegaan was. In plaats van Kramer noemde Weiss hem nu Larry, en hij richtte niet langer al zijn opmerkingen over de zaak Lamb tot Bernie, alsof hij, Kramer, slechts Bernie's voetknecht was.

Maar Weiss keek wel naar Bernie toen hij zei: 'Ik wil niet met deze zaak gaan pielen als 't niet echt nodig is. Hebben we genoeg om die McCoy op te brengen of niet?'

'We hebben genoeg, Abe,' zei Fitzgibbon, 'maar ik ben er niet helemaal gelukkig mee. We hebben die Auburn die McCoy aanwijst als de bestuurder van de auto waardoor Lamb werd geschept, en we hebben de parkeerwachter die zegt dat McCoy met z'n auto weg was op het tijdstip dat het gebeurde, en Martin en Goldberg hebben die eigenaar van dat taxibedrijf gevonden, Brill, en die bevestigt dat Auburn die avond een van z'n taxi's gebruikt heeft. Maar de chauffeur, die Curly Kale, hebben ze niet gevonden' – hij rolde met zijn ogen en haalde snuivend adem, alsof hij wilde zeggen: 'Die lui met die namen van hun' – 'en ik vind dat we eerst met hem moeten praten.'

'Waarom?' vroeg Weiss.

'Omdat er bepaalde dingen zijn die niet kloppen en Auburn een stuk schorem van 'n drugsdealer is die vanonder z'n steen vandaan is gekropen. Ik wil nog steeds weten waarom Lamb er niks over zei dat-ie was aangereden toen ie de eerste keer naar 't ziekenhuis ging. Ik wil wel 'ns weten wat er in die taxi gebeurd is, en ik wil wel 'ns weten of Auburn die knaap ook echt naar 't ziekenhuis heeft gebracht. Ik wil ook meer over Auburn weten. Weet je, hij en Lamb zijn geen types om samen naar de Texas Fried Chicken te gaan. Ik heb begrepen dat Lamb een beetje een brave jongen is en Auburn een sjoemelaar.'

Kramer voelde een eigenaardig vuur oplaaien in zijn borst. Hij wilde opkomen voor de eer van Roland Auburn. Jazeker! Voor hem opkomen!

Weiss wuifde het allemaal weg met een handgebaar. 'Dat klinkt voor mij maar als losse eindjes, Bernie. Ik zie niet waarom we McCoy niet zouden kunnen opbrengen en proces-verbaal opmaken en dan die losse eindjes in orde maken. Iedereen vat dat "we zijn nog bezig met het onderzoek" op als een vertragingstactiek.'

'Een paar dagen extra kan geen kwaad, Abe. McCoy zal niet weglopen en Auburn zal zeker niet weglopen.'

Kramer zag een gaatje, en moed puttend uit zijn nieuwe status wierp hij in het midden: 'Dat zou wel eens problemen kunnen geven, Bernie. Het is waar dat Auburn' – hij wilde niet zeggen maar schakelde over op nie – 'nie zal weglopen, maar ik vind dat we hem snel moeten gebruiken. Hij denkt waarschijnlijk dat-ie elk moment op borgtocht vrij kan komen. Als we die knaap gaan gebruiken moeten we hem zo gauw mogelijk voor een grand jury brengen.'

'Maak je daar maar geen zorgen over,' zei Fitzgibbon. 'Hij is geen genie, maar hij weet dat-ie kan kiezen tussen drie jaar in de bak en nul jaar in de bak. Hij zal 't ons niet flikken om z'n mond te houden.'

'Is dat wat we geregeld hebben?' vroeg Weiss. 'Dat Auburn vrijuit gaat?'

'Daar zal 't uiteindelijk wel op neerkomen. We moeten de in staat van beschuldigingstelling intrekken en de aanklacht terugbrengen tot overtreding vanwege bezit en overtreding vanwege verkoop.'

'Shit,' zei Weiss. 'Ik wou dat we er niet zo'n vaart achter gezet hadden met die klootzak. Ik hou er niet van om een uitspraak van de grand jury in te trekken.'

'Abe,' zei Fitzgibbon glimlachend, 'dat heb jij gezegd, niet ik! Ik wil alleen maar zeggen dat je 't een beetje kalmer aan moet doen. Ik zou me een stuk geruster voelen als we nog iets meer hadden waarmee we hard kunnen maken wat-ie zegt.'

Kramer kon zich niet inhouden. 'Ik weet niet – wat-ie zegt kan aardig kloppen. Hij heeft me dingen verteld die hij alleen kan weten als-ie erbij geweest is. Hij wist de kleur van de auto, hoeveel deurs – hij wist dat het een sportmodel was. Hij wist McCoy's voornaam. Hij hoorde 't als *Shuhmun*, maar ik bedoel, dat zit er aardig dichtbij. Het bestaat niet dat hij dat allemaal uit zijn duim heeft gezogen.'

'Ik zeg niet dat-ie er niet bij was, Larry, en ik zeg niet dat we hem niet gaan gebruiken. We gaan hem gebruiken. Ik zeg alleen dat-ie een klerelijer is en dat we op onze tellen moeten passen.'

Klerelijer? Je hebt het over mijn getuige! 'Ik weet niet, Bernie,' zei hij. 'Als ik afga op wat ik tot nu toe heb kunnen achterhalen, lijkt-ie niet zo'n kwaaie. Ik heb een reclasseringsrapport in handen gehad. Hij is geen genie, maar hij heeft nooit met iemand te maken gehad die 'm gedwongen heeft om z'n hersens te gebruiken. Hij is een uitkeringstrekker van de derde generatie, z'n moeder was vijftien toen-ie geboren werd en ze heeft nog twee kinderen van verschillende vaders, en nu woont ze samen met een maat van Roland, een jongen van twintig, net een jaar ouder dan Roland. Hij is bij haar en Roland en een van de andere twee kinderen ingetrokken in de flat. Ik wil maar zeggen, Jezus Christus, kun je 't je voorstellen? Ik denk dat ik een langer strafblad zou hebben dan hij. Ik betwijfel of-ie ooit familie gekend heeft die niet uit zo'n sociaal huisvestingsproject kwam.'

Nu zat Bernie Fitzgibbon naar hem te glimlachen. Kramer schrok ervan, maar ploeterde door.

'Nog iets anders wat ik over 'm te weten ben gekomen is dat-ie best wel talent heeft. Z'n reclasseringsambtenaar heeft me een paar werkstukken laten zien die hij gemaakt had. Ze zijn echt interessant. Het zijn van die, hoe heten die dingen...'

'Collages?' zei Fitzgibbon.

'Ja!' zei Kramer. 'Collages, met van dat zilverachtige...'

'Gekreukelde aluminiumfolie voor de lucht?'

'Ja! Je hebt ze gezien! Waar heb je ze gezien?'

'Die van Auburn heb ik niet gezien, maar wel een heleboel van dat spul. Het is bajeskunst.'

'Wat bedoel je?'

'Je ziet niet anders. Ze maken die werkstukken in de bak. Met van die figuren, net van die stripfiguren, hè? En dan vullen ze de achtergrond toch op met gekreukeld folie?'

'Ja...'

'Ik zie niet anders dan die troep. Er komen elk jaar wel twee of drie advocaten hier binnenstappen met van die werkstukken van aluminiumfolie om te zeggen dat ik Michelangelo achter de tralies hou.'

'Nou, dat kan wel wezen,' zei Kramer. 'Maar volgens mij heeft die knaap echt talent.'

Fitzgibbon zei niets. Hij glimlachte alleen. En nu wist Kramer wat die glimlach voorstelde. Bernie dacht dat hij probeerde om zijn getuige in een gunstig daglicht te stellen. Daar wist Kramer alles van – maar dit lag anders! Het was een veel voorkomend psychologisch verschijnsel onder aanklagers om de getuige in een gunstig daglicht stellen. In een strafzaak lag het voor de hand dat je kroongetuige uit hetzelfde milieu kwam als de verdachte en zelf ook best een strafblad kon hebben. Het lag niet voor de hand dat hij bekend stond als een rots van onkreukbaarheid – en toch was hij de enige kroongetuige die je had. Op zo'n moment zat het er dik in dat je de behoefte voelde om hem in een gunstig daglicht te stellen door hem te beschijnen met de lamp van waarheid en geloofwaardigheid. Maar dit was niet zomaar een kwestie van het opvijzelen van zijn reputatie in de ogen van de rechter en de jury. Je voelde de behoefte om hem *voor jezelf* schoon te praten. Je voelde de behoefte om te geloven dat wat je met die persoon deed – namelijk van hem gebruik maken om een andere persoon de bak in te werken – niet alleen effectief maar ook rechtvaardig was. Deze worm, deze bloedlijer, deze ploert, deze klootzak van weleer was nu je kameraad, je speerpunt in de strijd van goed tegen kwaad, en *jij zelf* wilde geloven dat er een stralenkrans hing om dit... organisme, dit voormalige ongedierte van onder die steen, nu een misleide en onbegrepen jongeling.

Hij wist er alles van – maar met Roland Auburn lag het anders!

'Oké,' zei Weiss, die met een tweede handgebaar een eind maakte aan het esthetisch debat. 'Het doet er nie toe. Ik moet een beslissing nemen en dat heb ik al gedaan. We hebben genoeg. We brengen McCoy morgenochtend op, en we kondigen 't aan. Is dinsdag een geschikte dag?'

Hij keek naar Milt Lubell terwijl hij dat zei. Lubell knikte wijs. 'Dinsdag en woensdag zijn 't beste. Dinsdag en woensdag.' Hij wendde zich tot Bernie Fitzgibbon. 'Maandagen zijn waardeloos. Het enige wat de mensen op maandag doen is de hele dag de sportkrant lezen en 's avonds naar wedstrijden kijken.'

Maar Fitzgibbon zat naar Weiss te kijken. Uiteindelijk haalde hij zijn schouders op en zei: 'Nou goed, Abe. Daar kan ik wel mee leven. Maar als we 't morgen doen, moet ik Tommy Killian wel meteen opbellen voor-ie naar de rechtbank gaat, om ervoor te zorgen dat-ie zijn mannetje kan afleveren.'

Weiss gebaarde naar het tafeltje met de telefoon achter in de kamer, achter de vergadertafel, en Fitzgibbon liep ernaar toe. Terwijl Fitzgibbon zat te telefoneren, zei Weiss: 'Waar zijn die foto's, Milt?'

Milt Lubell bladerde een stapel papier op zijn schoot door en diepte een aantal pagina's uit een tijdschrift op en gaf die aan Weiss.

'Hoe heet dat tijdschrift, Milt?'

'*Architectural Digest*.'

'Moet je zien.' Voor Kramer wist wat er gebeurde, boog Weiss zich over het bureau en stak ze hem toe. Hij voelde zich enorm gevleid. Hij bekeek de pagina's aandachtig... het romigste papier dat je je voor kon stellen... malse kleurenfoto's met zulke scherpe details dat je ervan knipperde met je ogen... het appartement van McCoy... Een zee van marmer leidde naar een grote gewelfde trap met een balustrade van donker hout... Overal donker hout en een sierlijke tafel met een overvloed aan bloemen die uit een grote vaas omhoog staken... Het was de hal waar Martin het over had gehad. Hij was zo groot dat Kramers mierenkolonie van $888 per maand er wel drie keer in leek te passen, en het was maar een hal. Hij had ervan gehoord dat er mensen waren die zo woonden in New York... Een ander vertrek... nog meer donker hout... Moest de woonkamer zijn... Zo groot, er stonden drie of vier groepjes zware meubelen in... het soort kamer waar je binnenloopt en je stemgeluid tempert tot een gefluister... Nog een foto... een close-up van een stuk houtsnijwerk, een glanzende houtsoort met een roodbruine tint, allerlei figuurtjes met een pak aan en een hoed op, die kriskras door elkaar liepen voor gebouwen... En nu boog Weiss zich over zijn bureau en wees naar de foto.

'Moet je dat eens zien,' zei hij. '"Wall Street" heet 't, van Wing Wong of weet ik hoe die kwast heet. "De meesterhoutsnijder van Hong Kong." Staat dat er nie? Het hangt aan de muur van "de bibliotheek". Je houdt 't niet voor mogelijk.'

Nu zag Kramer waar Martin het over gehad had. 'De bibliotheek'... De Wasps... Achtendertig... maar zes jaar ouder dan hij zelf was... Ze hadden een fortuin geërfd van hun ouders, en ze leefden in Sprookjesland. Nou, deze hier koerste af op een aanvaring met de echte wereld.

Fitzgibbon kwam terug van de andere kant van de kamer.

'Heb je Tommy gesproken?' vroeg Weiss.

'Ja. Hij zal ervoor zorgen dat z'n mannetje klaar is.'

'Moet je dit 'ns zien,' zei Weiss, terwijl hij naar de pagina's uit het tijdschrift wees. Kramer gaf ze aan Fitzgibbon. 'Het appartement van McCoy,' zei Weiss.

Fitzgibbon wierp een vluchtige blik op de foto's en gaf ze weer terug aan Kramer.

'Heb je ooit zoiets gezien?' vroeg Weiss. 'Z'n vrouw heeft voor de inrichting gezorgd. Waar of niet, Milt?'

'Ja, ze is zo'n binnenhuisarchitecte uit de high society,' zei Lubell, 'zo'n rijke vrouw die woningen inricht voor andere rijke vrouwen. Je ziet er wel eens stukken over in de *New York*.'

Weiss bleef Fitzgibbon aankijken, maar Fitzgibbon zei niets. Toen sperde Weiss zijn ogen wijd open alsof hij een openbaring kreeg. 'Zie je 't voor je, Bernie?'

'Wat moet ik voor me zien?'

'Nou, ik zie 't zò,' zei Weiss. 'Wat mij nou een goed idee lijkt waarmee we aan al dat gelul over blanke klassejustitie en Johannesbronx en al dat gesode-mieter een eind kunnen maken, is dat we 'm arresteren in z'n appartement. Dat zou volgens mij een verdomd goeie zet zijn. Als je de mensen uit dit stadsdeel duidelijk wil maken dat de wet zonder onderscheid des persoons werkt, moet je een vent uit Park Avenue op dezelfde manier arresteren als José Garcia of Tyrone Smith. Dan ga je verdomme gewoon hun appartement binnen, waar of niet?'

'Ja,' zei Fitzgibbon, 'omdat je ze op een andere manier niet binnen krijgt.'

'Daar gaat 't niet om. We hebben onze plicht tegenover 't volk uit dit stads-deel. Dit parket wordt voor hen in een heel kwaad daglicht gesteld, en hier-mee kun je er een eind aan maken.'

'Is dat niet een beetje grof, om een man in z'n huis op te pakken om iets aan te tonen?'

'D'r zijn geen fraaie manieren om te worden gearresteerd, Bernie.'

'Nou, dat kunnen we niet doen,' zei Fitzgibbon.

'Waarom niet?'

'Omdat ik net tegen Tommy gezegd heb dat we 't niet zo zouden doen. Ik heb 'm gezegd dat-ie McCoy zelf over kon dragen.'

'Nou, 't spijt me, maar dat had je niet moeten doen, Bernie. We kunnen niemand garanderen dat we zijn cliënt een voorkeursbehandeling geven. Dat weet jij ook.'

'Dat weet ik niet, Abe. Ik heb hem mijn woord gegeven.'

Kramer keek naar Weiss. Kramer wist dat de Donkey zich nu had ingegra-ven, maar wist Weiss dat ook? Blijkbaar niet.

'Kijk eens, Bernie, zeg maar tegen Tommy dat ik je teruggefloten heb, ja? Je kunt mij de schuld geven. Ik draai wel op voor 't gedonder. We maken 't wel goed met Tommy.'

'Nee,' zei Fitzgibbon. 'Je zult er niet voor op hoeven draaien, Abe, want het gaat niet door. Ik heb Tommy mijn woord gegeven. Het is een contract.'

'Tja, nou, soms moet je gewoon – '

'Morgen brengen, Abe, 't is een contract.'

Kramer hield zijn ogen op Weiss gericht. Bernie's herhaalde gebruik van het woord *contract* had indruk op hem gemaakt. Kramer zag het. Weiss was helemaal stilgevallen. Nu wist hij dat hij te maken had met die stugge Ierse code van loyaliteit. Stilzwijgend smeekte Kramer Weiss om zijn ondergeschikte aan de kant schuiven. Donkey-loyaliteit! Het was gewoon schunnig! Waarom zou hij, Kramer, moeten boeten voor de broederlijke solidariteit van de Ieren? Een arrestatie van die obligatiehandelaar van Wall Street in zijn eigen appartement, met veel publiciteit eromheen – dat was toevallig een briljant idee! De onpartijdigheid aantonen van de rechtspraak in de Bronx – absoluut! Hulpofficier van justitie Lawrence Kramer – de *Times*, de *News*, de *Post*, *The City Light*, Channel 1 en de anderen zouden zijn naam gauw genoeg uit hun hoofd kennen! Waarom zou Abe Weiss overstag gaan voor de code van die Harps? En toch wist hij dat dat zou gebeuren. Hij kon het zien aan zijn gezicht. Het was niet eens alleen Bernie Fitzgibbons grimmige Ierse onverzettelijkheid. Het was ook het woord *contract*. Dat sneed elke ambtenaar die levenslang had in deze branche recht door zijn ziel. Op de Bank van Wederdienst moesten alle openstaande rekeningen worden vereffend. Dat was de wet van het strafrechtelijk apparaat, en Abe Weiss was ten voeten uit een produkt van dat apparaat.

'Shit, Bernie,' zei Weiss, 'waar was dat nou voor nodig? God allemachtig…'

De patstelling was doorbroken.

'Geloof me, Abe, dit zal een betere indruk maken. Ze kunnen niet zeggen dat je hebt toegegeven aan de grillen van de massa.'

'Hmmmmm. Nou, leg je de volgende keer niet zo vast zonder mij er eerst in te kennen.'

Bernie keek hem alleen aan en glimlachte fijntjes naar hem op een manier die nogmaals zoveel wilde zeggen als *Morgen brengen*.

20

Telefoon uit hoger sferen

Gene Lopwitz ontving geen bezoekers aan zijn bureau. Hij liet hen plaats nemen in een groepje kolossale Engelse Chippendale oorfauteuils en Ierse Chippendale consoletafels voor de open haard. De Chippendale zitcombinatie was net als de andere zitcombinaties in de enorme ruimte een geesteskind van de binnenhuisarchitect Ronald Vine. Maar de open haard was een idee van Lopwitz geweest. De open haard werkte. De bedienden op de obligatieafdeling, die eruit zagen als bejaarde bankbewakers, konden er zelfs een houtvuur in maken – wat cynici binnen de firma zoals Rawlie Thorpe verscheidene weken stof tot gniffelen had gegeven.

Aangezien het een moderne kantoortoren was, had het gebouw geen schoorstenen. Maar na een jaar van verpletterende successen was Lopwitz vastbesloten om een functionerende open haard met houtgesneden schoorsteenmantel in zijn kantoor te laten installeren. En waarom? Omdat Lord Upland, de eigenaar van de Londense *Daily Courier*, er een had. De gestrenge edelman had een lunch ter ere van Lopwitz gegeven in zijn kantoorsuite in een statig oud bakstenen gebouw in Fleet Street, in de hoop dat hij hem een heleboel 'creatief gestructureerde' aandelen van de *Daily Courier* aan de Yanks kon laten slijten. Lopwitz was nooit vergeten hoe er van tijd tot tijd een butler was binnengekomen om een blok op het warme, knapperige en scherp geurende haardvuur te gooien. Het was zo… hoe moest je dat zeggen?… zo *vorstelijk*, dat was het. Lopwitz had zich gevoeld als een bevoorrecht jongetje dat bij een groot man thuis was uitgenodigd.

Thuis. Dat was je ware. De Britten, met hun immer trefzekere klasse-instinct, beseften dat iemand die aan de top stond in de zakenwereld geen standaard bedrijfskantoor moest hebben waardoor het zou lijken alsof hij een vervangbaar onderdeel in een groter apparaat was. Nee, hij hoorde een kantoor te hebben dat eruit zag als het huis van een edelman, waarmee hij als het ware verklaarde: 'Ik persoonlijk ben schepper, heer en meester van deze geweldige organisatie.' Lopwitz was verzeild geraakt in een ontzettende strijd met de eigenaren van de toren en het bedrijf dat het gebouw namens hen beheerde en met de gemeentelijke dienst bouw- en woningtoezicht en de brandweer, en het inbouwen van rookkanalen en schoorsteenpijpen had

$350.000 gekost, maar uiteindelijk had hij dan zijn zin gekregen en nu zat Sherman McCoy peinzend in de mond van die vorstelijke haard te staren, vijftig verdiepingen boven Wall Street, buiten het gewoel van de handelsvloer van Pierce & Pierce. Er brandde echter geen vuur in de haard. Dat brandde er al sinds lang niet meer.

Sherman voelde een knetterende roffel hartkloppingen in zijn borst. Lopwitz en hijzelf zaten in de monsterlijke Chippendale oorfauteuils. Lopwitz was niet erg goed in praten over koetjes en kalfjes, zelfs niet bij de meest vrolijke gelegenheden, en deze korte bijeenkomst beloofde een grimmig gebeuren te worden. De haard... de mijten... Christus... Nou ja, alles was beter dan eruit zien als een geslagen hond. Dus ging Sherman rechtop zitten in zijn stoel, hij hief zijn grote kin en presteerde het zelfs om enigszins vanuit de hoogte op de heer en meester van deze machtige organisatie neer te kijken.

'Sherman,' zei Gene Lopwitz, 'ik zal er geen doekjes om winden bij jou. Daarvoor heb ik te veel respect voor je.'

De knetterende roffel in zijn borst! Shermans hoofd sloeg al net zo op hol als zijn hart en de nogal doelloze gedachte kwam in hem op of Lopwitz toevallig ook wist waar de uitdrukking 'er geen doekjes om winden' vandaan kwam. Waarschijnlijk niet.

'Ik heb vrijdag een hele tijd met Arnold gesproken,' zei Lopwitz intussen. 'Kijk eens, wat ik nu tegen jou ga zeggen – er is één ding dat ik duidelijk wil stellen, het gaat niet om het geld, of het geld dat verloren is gegaan – daar draait het nu niet om.' Deze expeditie door psychologisch gebied trok radeloze rimpels in de toch al ingevallen wangen van Lopwitz. Hij was een fanatiek jogger (zo eentje van vijf uur 's ochtends). Hij had het uitgemergelde en geteisterde en sportieve uiterlijk van mensen die dagelijks in de benige strot van de grote god Aerobics staren. Nu had hij het over de affaire met Oscar Suder en de United Fragrance-obligaties, en Sherman wist dat hij goed op moest letten. United Fragrance-obligaties... Oscar Suder... en hij moest denken aan *The City Light*. Wat betekende dat, 'dicht bij een belangrijke doorbraak in de zaak Henry Lamb'? Het verhaal van weer diezelfde Fallow was verbijsterend vaag, behalve dat erin stond dat het verhaal in *The City Light* over de mogelijke kentekennummers de eerste stoot tot de 'doorbraak' had gegeven. *De eerste stoot!* Dat was de uitdrukking die ze gebruikten! Op een of andere manier had dat de hartkloppingen in gang gezet terwijl hij verstopt zat in het toilethokje. Geen van de andere kranten had een soortgelijk verhaal geplaatst.

Nu ging Lopwitz tekeer over het feit dat hij ongeoorloofd afwezig was geweest op de dag dat die grote uitgifte van obligaties was binnengekomen. Sherman kon Freddy Buttons fatterige handen om de sigarettenkoker heen zien fladderen. De lippen van Gene Lopwitz gingen op en neer. De telefoon op de Ierse Chippendale tafel ging over met een discreet murmelend gerinkel. Lopwitz nam hem op en zei: 'Ja?... Oké, goed. Heb je hem al aan de lijn?'

Onverklaarbaar genoeg zat Lopwitz nu naar Sherman te stralen en zei hij: 'Duurt niet lang. Ik heb Bobby Shaflett een lift gegeven met het vliegtuig zodat hij een afspraak na kon komen in Vancouver. Ze zitten boven Wisconsin of Zuid-Dakota of weet ik wat voor vervloekte uithoek.'

Nu sloeg Lopwitz zijn ogen neer en zakte weer terug in de oorfauteuil en zat te stralen bij het vooruitzicht om met de befaamde Gouden Hillbilly te spreken wiens befaamde boterbergtors en tenorstem nu verpakt zaten in Lopwitz' eigen achtpersoons straalvliegtuig met Rolls Royce motoren. Strikt genomen was het vliegtuig van Pierce & Pierce, maar in de praktijk was het zijn persoonlijke, vorstelijke bezit. Lopwitz boog zijn hoofd, en er verscheen een uitdrukking van grote bezieling op zijn gezicht en hij zei: 'Bobby? Bobby? Kun je me verstaan?... Wat zeg je? Hoe gaat het?... Maken ze je 't daar een beetje naar de zin?... Wat?... Hallo? Hallo?... Bobby? Ben je er nog? Hallo? Kun je me verstaan? Bobby?'

Terwijl hij nog steeds de telefoon vasthield, keek Lopwitz Sherman kwaad aan, alsof hij iets veel ergers gedaan had dan zich in de boot te laten nemen met de United Fragrance-affaire of ongeoorloofd afwezig te zijn geweest. 'Shit,' zei hij. 'Verbinding verbroken.' Hij drukte op de witte knop. 'Mevrouw Bayles?... Verbinding verbroken. Kijk eens of u 't vliegtuig weer kunt krijgen.'

Hij hing op met een mismoedig gezicht. Hij had de kans gemist om de grote artiest, de grote bol vet en vermaardheid, vanuit de hemel elf kilometer boven het hart van Amerika zijn dank en daarmee zijn hulde te laten betuigen aan eminentie Lopwitz.

'Maar goed, waar waren we gebleven?' vroeg Lopwitz, die bozer keek dan Sherman hem ooit gezien had. 'O ja, de Giscard.' Lopwitz begon zijn hoofd te schudden alsof er werkelijk iets vreselijks gebeurd was, en Sherman hield zijn hart vast, want het debâcle met de door goud gedekte obligaties was het ergst van al. Het volgende moment kreeg Sherman echter het onbestemde gevoel dat Lopwitz eigenlijk zijn hoofd zat te schudden vanwege de verbroken tele- foonverbinding.

De telefoon ging opnieuw. Lopwitz dook er bovenop. 'Ja?... Heb je 't vlieg- tuig?... Wat?... Nou vooruit, verbind hem maar door.'

Deze keer keek Lopwitz Sherman aan en schudde hij zijn hoofd van frus- tratie en verbijstering, alsof Sherman een begrijpende vriend van hem was. 'Het is Ronald Vine. Hij belt vanuit Engeland. Hij zit in Wiltshire. Hij heeft daar wat briefpanelen voor me te pakken gekregen. Ze zijn daar zes uur op ons voor, dus ik moet hem wel nemen.'

Zijn stem vroeg om begrip en vergiffenis. *Briefpanelen?* Sherman kon hem alleen maar aanstaren. Maar kennelijk bevreesd dat hij iets zou zeggen op zo'n kritiek moment stak Lopwitz een vinger op en sloot even zijn ogen.

'Ronald? Waar bel je vandaan?... Dat dacht ik al... Nee, dat ken ik heel goed... Hoezo willen ze het niet aan je verkopen?'

Lopwitz stortte zich in een oeverloze discussie met de binnenhuisarchitect Ronald Vine over het een of andere detail dat de aankoop van de briefpanelen in Wiltshire in de weg stond. Sherman keek weer naar de haard... De mij- ten... Lopwitz had de haard maar een maand of twee gebruikt en daarna nooit meer. Toen hij op een dag aan zijn bureau zat, kreeg hij een hevige jeuk en een branderig gevoel onderaan zijn linkerbil. Vuurrode blaren had hij... *Mijtenbeten*... De enige plausibele verklaring was dat er op een of andere ma- nier via een lading brandhout voor de haard mijten waren beland op de vijf-

tigste verdieping, op de machtige obligatiehandelsvloer van
en dat die hem in de vorstelijke kont hadden gebeten. Op de
ijzers lag op dit ogenblik een stapel zorgvuldig geselecteerd
hout uit New Hampshire, qua vormgeving perfect, brandsch
steriel, verpest met genoeg insecticide om een heel bananer
van alles wat beweegt, blijvend geïnstalleerd om nooit te w…
ken.

Lopwitz verhief zijn stem. 'Hoezo willen ze het niet verkopen aan "een
handelaar"?… Ja, ik weet dat ze dat tegen jou hebben gezegd, maar ze weten
dat je 't spul voor mij koopt. Waar hebben ze 't over met hun "handelaar"?…
Unnh-hnnh… Ja, nou, zeg maar tegen ze dat ik een woord voor ze heb. Trei-
fe… Laat ze dat zelf maar uitzoeken. Als ik "een handelaar" ben, zijn zij *treife*…
Wat dat betekent? Het betekent zoiets als "niet koosjer", alleen is 't nog erger.
Bij ons is het denk ik zoiets als "stront". Er is een oud gezegde, "als je goed
genoeg kijkt, is alles *treife*", en dat geldt voor die beschimmelde aristocraten
ook, Ronald. Zeg maar dat ze de pot op kunnen met hun briefpanelen.'

Lopwitz hing op en keek Sherman aan met grote ergernis. 'Goed, Sherman,
laten we eens ter zake komen.' Hij sloeg een toon aan alsof Sherman hem had
zitten ophouden, tegenspreken, ontwijken, voorliegen en hem ook anderszins het bloed vanonder de nagels had zitten halen. 'Ik begrijp er niks van wat
er met die Giscard gebeurd is… Ik moet je eens wat vragen.' Hij hield zijn
hoofd scheef en trok zo'n gezicht dat betekent: 'Ik ben een scherp waarne-
mer van de menselijke natuur.

Ik wil niet zitten vissen,' zei hij, 'maar je moet het me toch maar vertellen.
Heb je problemen thuis of zo?'

Heel even speelde Sherman met de gedachte om een beroep van man tot
man te doen op Lopwitz' medelijden en een klein stukje van zijn ontrouw
bloot te geven. Maar een soort zesde zintuig gaf hem in dat 'problemen thuis'
bij Lopwitz alleen minachting en een kennelijk aanzienlijke roddeldrift zou
opwekken. Dus schudde hij zijn hoofd en glimlachte flauwtjes om aan te
geven dat de vraag hem niet eens van zijn à propos bracht en zei: 'Nee, helemaal niet.'

'Heb je dan behoefte aan vakantie of zo?'

Sherman wist niet wat hij daarop moest zeggen. Maar hij kreeg weer moed.
Het klonk tenminste niet alsof Lopwitz op het punt stond om hem te ontslaan. Hij hoefde trouwens niets te zeggen, want de telefoon ging weer. Lopwitz pakte de hoorn op, zij het deze keer minder snel.

'Ja?… Wat zegt u, mevrouw Bayles?… Sherman?' Een diepe zucht. 'Nou, die
zit hier bij me.'

Lopwitz keek Sherman onderzoekend aan. 'Het schijnt voor jou te zijn.'
Hij stak hem de hoorn toe.

Wat eigenaardig. Sherman stond op, pakte de hoorn aan en bleef naast de
stoel van Lopwitz staan. 'Hallo?'

'Meneer McCoy?' Het was mevrouw Bayles, de secretaresse van Lopwitz.
'Ik heb ene meneer Killian aan de lijn. Hij zegt dat het "absoluut noodzakelijk" is dat hij u spreekt. Wilt u hem spreken?'

...an voelde een dreunende klopping in zijn borst. Toen sloeg zijn hart ... in een gedurige galop. 'Ja. Dank u wel.'

...en stem zei: 'Sherman?' Het was Killian. Hij had hem nog nooit bij zijn voornaam genoemd. 'Ik moest je te pakken krijgen.' *Moesje tepakkekrijge.*

'Ik zit in het kantoor van meneer Lopwitz,' zei Sherman op een formele toon.

'Dat weet ik,' zei Killian. 'Maar ik moest er zeker van zijn dat je niet 't gebouw uitging of zo voordat ik je te pakke kreeg. Ik heb net een telefoontje gehad van Bernie Fitzgibbon. Ze beweren dat ze een getuige hebben die de mensen op de plaats van het voorval kan – thuisbrengen. Kun je me volgen?'

'Thuisbrengen?'

'Identificeren.'

'Ach zo... Ik zal je bellen zodra ik terug ben bij mijn bureau.' Beheerst.

'Oké, ik ben op m'n kantoor, maar ik moet zo naar de rechtbank. Dus schiet op. Er is iets heel belangrijks dat je moet weten. Ze willen je morgen officieel spreken. Officieel, ja? Dus bel me dadelijk terug.' Aan de manier waarop Killian 'officieel' zei, kon Sherman merken dat het een code-uitdrukking was, voor het geval iemand op het kantoor van Lopwitz het gesprek kon afluisteren.

'Goed,' zei hij. Beheerst. 'Dank je wel.' Hij legde de hoorn weer terug op de haak op de Ierse Chippendale tafel en ging versuft terugzitten in de oorfauteuil.

Lopwitz ging door alsof het gesprek helemaal niet had plaats gevonden. 'Zoals ik al zei, Sherman, het gaat er niet om dat je geld hebt verspeeld voor Pierce & Pierce. Dat wil ik niet zeggen. De Giscard was jouw idee. Het was een geweldig strijdplan, en jij hebt het uitgedacht. Maar ik bedoel, god allemachtig, je hebt er vier maanden aan gewerkt, en je bent daar op de vloer onze nummer één van de obligatiehandelaars. Dus het gaat niet om het geld dat je voor ons hebt verspeeld, het gaat erom dat je bij ons iemand bent die wordt verondersteld daar als de beste te functioneren, en nu zitten we met de situatie dat we een hele rits van die dingen hebben waar ik het met je over gehad heb – '

Lopwitz hield op met praten en staarde stomverbaasd toe hoe Sherman zonder een woord te zeggen voor zijn neus opstond. Sherman wist wat hij deed maar scheen er tegelijkertijd geen controle over te hebben. Hij kon niet zomaar opstaan en midden in een cruciaal gesprek over zijn prestaties bij Pierce & Pierce bij Gene Lopwitz weglopen, en toch kon hij er geen seconde meer blijven zitten.

'Gene,' zei hij, 'je zult me moeten excuseren. Ik moet weg.'

Hij hoorde zijn eigen stem alsof die van buitenaf kwam. 'Het spijt me echt, maar het moet.'

Lopwitz bleef zitten en keek hem aan alsof hij gek geworden was.

'Dat telefoontje,' zei Sherman. 'Het spijt me.'

Hij begon het kantoor uit te lopen. Vanuit zijn perifere gezichtsveld werd hij gewaar hoe Lopwitz hem met zijn ogen volgde.

Op de handelsvloer van de obligatieafdeling was de ochtendrazernij tot een hoogtepunt gestegen. Terwijl hij op zijn bureau afliep, voelde Sherman zich alsof hij door een deliriumgolf heenzwom.

'... die van oktober '92 tegen de nominale waarde...'

'... ik zeg, uitkleden die klootzakken!'

Aaahhh, de gouden kruimels... Wat leek het allemaal zinloos...

Toen hij aan zijn bureau ging zitten, kwam Arguello op hem af en zei: 'Sherman, weet je wat van tien miljoen Joshua Tree S & L's?'

Sherman wuifde hem weg zoals je iemand zou waarschuwen weg te blijven van het vuur of de rand van een steile rots. Hij zag dat zijn wijsvinger trilde terwijl hij Killians nummer op de telefoon intoetste. De receptioniste nam op, en in gedachten zag Sherman de gloeiende lichtzee van de receptie in het oude gebouw op Reade Street. Even later had hij Killian aan de lijn.

'Ben je ergens waar je kunt praten?' vroeg hij. *Praaate.*

'Ja. Wat bedoelde je nou, dat ze me officieel willen spreken?'

'Ze willen je opbrengen. Het is immoreel, het is onnodig, het is bullshit, maar ze gaan het wèl doen.'

'Me opbrengen?' Op het moment dat hij het zei, kreeg hij het afschuwelijke gevoel dat hij wist wat Killian bedoelde. Zijn vraag was een onwillekeurig gebed, vanuit het diepst van zijn centrale zenuwstelsel, dat hij het mis mocht hebben.

'Ze gaan je in hechtenis nemen. Het is een grof schandaal. Wat ze aan materiaal hebben, hadden ze voor moeten leggen aan een grand jury om een in staat van beschuldigingstelling los te krijgen, en daarna hadden ze de voorgeleiding pas moeten regelen. Dat weet Bernie ook, maar Weiss moet snel een arrestatie hebben om zich de pers van 't lijf te houden.'

Sherman kreeg een droge keel bij het horen van 'in hechtenis nemen'. Voor de rest waren het maar woorden.

'In hechtenis?' vroeg hij schor.

'Weiss is een beest,' zei Killian, 'en hij hoereert met de pers.'

'In *hechtenis* – dat kun je niet menen.' Laat het alsjeblieft niet waar zijn. 'Wat kunnen ze – wat is de aanklacht?'

'Roekeloze onachtzaamheid, de plaats van een ongeval verlaten en verzuimen om aangifte te doen.'

'Ik kan het niet geloven.' Maak het alsjeblieft een droom. 'Roekeloze onachtzaamheid? Maar uit wat je zei – ik bedoel, hoe kunnen ze dat doen? Ik zat niet eens achter het stuur!'

'Niet volgens hun getuige. Bernie zei dat die je foto heeft uitgepikt uit een stel andere.'

'Maar ik zat niet achter het stuur!'

'Ik zeg alleen maar wat Bernie tegen mij gezegd heeft. Hij zegt dat de getuige ook de kleur en 't model van je auto herkend heeft.'

Sherman was zich bewust van zijn gejaagde ademhaling en het tumult op de obligatieafdeling.

Killian zei: 'Ben je er nog?'

Sherman, met schorre stem: 'Ja... Wie is die getuige?'

'Dat wilde hij me niet vertellen.'

'Is het die andere jongen?'

'Dat wilde hij niet zeggen.'

'Of – Christus! – Maria?'

'Dat zal-ie me niet vertellen.'

'Heeft hij ook maar *iets* gezegd over een vrouw in de auto?'

'Nee. Voorlopig zullen ze niks loslaten over de bijzonderheden. Maar moet je luisteren. Ik zal je 'ns wat zeggen. Het zal niet zo erg zijn als je denkt. Ik heb een toezegging van Bernie. Ik mag je daar zelf heen brengen en overdragen. Je loopt er zo naar binnen en zo weer naar buiten. *Ba-bing.*'

Waar naar binnen en naar buiten? Maar wat hij zei was: 'Mij overdragen?'

'Ja. Als ze wilden, zouden ze bij je thuis kunnen komen om je te arresteren en je geboeid weg te voeren.'

'Waar naar toe?'

'De Bronx. Maar dat zal niet gebeuren. Ik heb een toezegging van Bernie. En tegen de tijd dat ze 't aan de pers doorgeven, ben je daar alweer weg. Daar mag je wel dankbaar voor wezen.'

De pers... de Bronx... overdragen... roekeloze onachtzaamheid... de ene groteske abstractie na de andere. Plotseling snakte hij er wanhopig naar om zich een beeld te vormen van wat er ging gebeuren, om het zich voor te stellen, hoe het ook mocht zijn, in plaats van alleen te voelen hoe die afgrijselijke macht hem aan het insluiten was.

Killian zei: 'Ben je er nog?'

'Ja.'

'Je mag Bernie Fitzgibbon wel dankbaar wezen. Weet je nog wat ik zei over contracten? Dit is nou een contract tussen mij en Bernie.'

'Luister eens,' zei Sherman, 'ik moet met je komen praten.'

'Ik moet nu naar de rechtbank. Ik ben nou al' – *nouwal* – 'te laat. Maar om één uur ben ik wel klaar. Kom om één uur maar langs. Je zult trouwens toch wel een paar uur kunnen gebruiken.'

Deze keer wist Sherman precies waar Killian het over had. 'O God,' zei hij met een inmiddels gesmoorde stem, 'ik moet het aan mijn vrouw vertellen. Ze heeft geen flauw benul van dit alles.' Hij praatte meer tegen zichzelf dan tegen Killian. 'En mijn dochtertje en mijn ouders... en Lopwitz... Ik weet niet... Ik kan je niet zeggen – dit is ronduit niet te geloven.'

'Het is net of de vloer vanonder je voeten wegzakt, hè? Da's het normaalste gevoel van de wereld. Je bent geen misdadiger. Maar 't zal niet zo erg zijn als je denkt. Dit wil nog niet zeggen dat ze er een zaak van kunnen maken. Het betekent alleen dat ze denken dat ze genoeg hebben om een zet te kunnen doen. Dus ik zal je 'ns wat vertellen. Of ik zal je nog een keer vertellen wat ik al eerder gezegd heb. Je zult een aantal mensen moeten vertellen wat er gaande is, maar ga niet tot in details vertellen wat er die avond gebeurd is. Je *vrouw* – tja, wat je haar vertelt is een zaak tussen jullie tweeën, en daar kan ik niks in zeggen. Maar anderen – begin er niet aan. Het kan tegen je gebruikt worden.'

Sherman werd overspoeld door een trieste, trieste golf van sentiment. Wat moest hij tegen Campbell zeggen? En hoeveel zou ze meenemen van wat andere mensen over hem zeiden? Zes jaar oud; zo onbevangen; een klein meisje dat houdt van bloemen en konijntjes.

'Dat begrijp ik,' zei hij met een volkomen gedeprimeerde stem. Hoe kon het anders dan dat Campbell kapot zou zijn van de hele toestand?

Nadat hij het gesprek met Killian had beëindigd, bleef hij aan zijn bureau zitten en liet de diode-groene letters en cijfers op de beeldschermen aan zijn ogen voorbijglijden. Logisch en rationeel bekeken wist hij dat Campbell, zijn kleine meid, de eerste zou zijn om hem volledig te geloven en de laatste om het vertrouwen in hem te verliezen, en toch haalde het niets uit om te proberen om er logisch en rationeel over te denken. Hij zag haar jonge, tere gezicht-je voor zich.

Zijn bezorgdheid om Campbell had tenminste nog één gunstig effect. De eerste van zijn zware taken, namelijk om weer bij Lopwitz terug naar binnen te gaan en hem te spreken, viel erbij in het niet.

Toen hij weer bij de suite van Lopwitz verscheen, wierp mevrouw Bayles hem een achterdochtige blik toe. Kennelijk had Lopwitz haar verteld dat hij als een krankzinnige de kamer was uitgelopen. Ze wees hem een protserige Franse leunstoel en hield hem in de gaten gedurende het kwartier dat hij moest wachten voor Lopwitz hem weer binnenriep.

Lopwitz stond op hem te wachten toen Sherman het kantoor binnen-kwam en bood hem geen stoel aan. Integendeel, hij onderschepte hem mid-den op het enorme Perzische tapijt dat de vloer van de kamer bedekte, alsof hij wilde zeggen: 'Oké, ik heb je weer binnen gelaten. Maar hou 't kort.'

Sherman hief zijn kin en probeerde een waardig gezicht te zetten. Maar het duizelde hem bij de gedachte aan wat hij zo dadelijk ging onthullen, zo dade-lijk ging bekennen.

'Gene,' zei hij, 'het was niet mijn bedoeling om hier zo abrupt weg te lo-pen, maar ik had geen keus. Dat telefoontje dat binnenkwam onder ons ge-sprek. Je vroeg me of ik soms problemen had. Nou, om eerlijk te zijn, dat is zo. Morgenochtend word ik gearresteerd.'

Eerst staarde Lopwitz hem alleen maar aan. Sherman zag hoe dik en rimpe-lig zijn oogleden waren. Toen zei hij: 'Laten we hier even gaan zitten,' en gebaarde naar het groepje oorfauteuils.

Ze gingen weer zitten. Sherman voelde een steek van wrevel toen hij de geboeide uitdrukking zag op het vleermuizengezicht van Lopwitz, waar het voyeurisme duimendik bovenop lag. Sherman vertelde hem over de zaak Lamb zoals die in eerste instantie in de publiciteit was gekomen, en toen over het bezoek van de twee rechercheurs aan zijn huis, zij het zonder de vernede-rende details. De hele tijd staarde hij naar Lopwitz' aandachtige gezicht en voelde de misselijk makende sensatie van de hopeloze losbol die goed geld naar kwaad geld gooit en een deugdzaam leven naar vunzige, zwakke zon-den. De verleiding om het *allemaal te vertellen*, om een echte losbol te zijn, om te vertellen over de zoete malse lendenen van Maria Ruskin en het gevecht in de jungle en zijn overwinning op de twee bruten – om Lopwitz te vertellen dat wat hij ook gedaan had, hij het tenminste gedaan had *als een man* – en dat hij als man onschuldig was en meer dan onschuldig, misschien zelfs een held – de verleiding om het hele drama te openbaren – *waarin ik geen schurk was!* – was bijna te groot om te kunnen weerstaan. Maar hij hield zich in.

'Dat was mijn advocaat die belde terwijl ik hierbinnen was, Gene, en hij zegt dat ik op dit moment niet met anderen in details moet treden over wat er al of niet gebeurd is, maar één ding wil ik wel aan je kwijt, vooral omdat ik niet weet wat de pers er allemaal over gaat zeggen. En dat is dat ik niemand heb aangereden of roekeloos heb gedaan of iets anders heb gedaan waarover ik ook maar in het minst een bezwaard geweten zou kunnen hebben.'

Zodra hij het woord 'geweten' uitsprak, besefte hij dat elke schuldige het heeft over zijn goede geweten.

'Wie is je advocaat?' vroeg Lopwitz.

'Hij heet Thomas Killian.'

'Ken ik niet. Je moet Roy Branner nemen. Hij is de beste pleiter van New York. Fantastisch. Als ik ooit in de knoei zou zitten, nam ik Roy. Als je hem wilt hebben, zal ik hem wel bellen.'

Verbluft luisterde Sherman toe terwijl Lopwitz opgaf over de bekwaamheid van de fantastische Roy Branner en de zaken die hij had gewonnen en hoe hij hem voor het eerst had ontmoet en hoe hun vrouwen elkaar kenden en hoeveel Roy voor hem zou doen als hij, Gene Lopwitz, het sein daartoe gaf.

Dus dat was het onbedwingbare instinct van Lopwitz bij het vernemen van deze crisis in Shermans leven: om hem te vertellen wat hij er allemaal van wist en hoeveel belangrijke mensen hij kende en welk een greep hij, de charismatische magnaat, op de Grote Naam had. Het tweede instinct was van een meer praktische aard. Het werd geactiveerd door het woord *publiciteit*. Op een toon die geen tegenspraak duldde, stelde Lopwitz voor dat Sherman verlof nam tot deze betreurenswaardige kwestie was opgehelderd.

Deze volkomen redelijke suggestie, die bedaard naar voren werd gebracht, deed een alarm in Shermans zenuwstelsel afgaan. Als hij verlof nam, zou hij misschien – hij was er niet helemaal zeker van – dan zou hij misschien nog zijn basissalaris krijgen van $10.000 per maand, wat minder dan de helft was van het bedrag dat hij elke maand verschuldigd was aan rente en aflossingen. Maar hij zou niet langer delen in de commissiegelden en de winsten uit de obligatiehandel. In de praktijk kwam het erop neer dat hij geen inkomen meer zou hebben.

De telefoon op Lopwitz' Ierse Chippendale consoletafel ging over met zijn zoetgevooisde rinkeling. Lopwitz pakte hem op.

'Ja?... Heus?' Brede glimlach. 'Geweldig... Hallo?... Hallo?... Bobby? Kun je me een beetje verstaan?' Hij keek Sherman aan en glimlachte hem ontspannen toe en vormde 's mans naam met zijn lippen, *Bobby Shaflett*. Toen sloeg hij zijn ogen neer en concentreerde zich op de telefoon. Zijn gezicht stond vol rimpels en kraaiepootjes van puur genoegen. 'Je zegt dat het lekker gaat?... Prachtig! Graag gedaan. Ze hebben je wel iets te eten gegeven, neem ik aan... Mooi, mooi. Maar luister eens. Als je iets nodig hebt, moet je er gewoon om vragen. Het zijn geschikte kerels. Wist je dat ze allebei in Vietnam hebben gevlogen?... O, zeker. Het zijn prachtkerels. Als je een borrel wilt of zo, moet je 't maar vragen. Ik heb wat Armagnac uit 1934 aan boord. Ik denk dat die ergens achterin opgeborgen zit. Vraag 't maar aan die kleine, Tony. Hij weet wel waar 't ligt... Nou, als je vanavond terugvliegt, dan. Het is geweldig spul. Het beste jaar voor Armagnac dat er ooit is geweest, 1934. Hij is heel zacht. Daar word je lekker rustig van... Dus 't gaat goed, hè?... Prima. Nou... Wat?... Geen dank, Bobby. Graag gedaan, graag gedaan.'

Toen hij ophing, had hij er niet blijer uit kunnen zien. De beroemdste operazanger van Amerika zat in zijn vliegtuig, en had een lift gekregen naar Vancouver in Canada, met Lopwitz' eigen voormalige kapiteins van de luchtmacht, twee veteranen uit de oorlog in Vietnam als chauffeur en butler, die hem Armagnac serveerden van meer dan een halve eeuw oud, $1200 per fles, en nu zat die fantastische beroemde bolle vent hem te bedanken en de groeten te doen van een hoogte van twaalf kilometer boven de staat Montana.

Sherman staarde naar het glimlachende gezicht van Lopwitz en werd bang. Lopwitz was niet kwaad op hem. Hij was niet van streek. Hij was zelfs niet erg uit zijn humeur. Nee, *het lot van Sherman McCoy deed er niet zo veel toe.* Het Engelse Imitatieleven dat Lopwitz leidde zou aan Sherman McCoy's problemen niet ten onder gaan, en Pierce & Pierce evenmin. Iedereen zou een tijdje genieten van het sappige verhaal, en de obligaties zouden nog steeds met enorme hoeveelheden worden verkocht, en de nieuwe topman van de obligatiehandel – wie? – Rawlie? – of iemand anders? – zou zijn opwachting maken in Lopwitz' Thee-in-het-Connaught-Hotel vergaderkamer om te bespreken hoe de miljarden van Pierce & Pierce naar deze of gene hoek van de markt geschoven moesten worden. Nog een telefoontje van hemel tot aarde van een of andere dikke beroemdheid en Lopwitz zou niet eens meer weten wie hij was.

'Bobby Shaflett,' zei Lopwitz, alsof hij en Sherman een aperitiefje zaten te drinken voor het diner. 'Hij zat boven Montana toen hij belde.' Hij schudde zijn hoofd en grinnikte alsof hij wilde zeggen: 'Een fantastische kerel.'

21

De fabelachtige koala

Nog nooit in zijn leven had hij zo'n helder oog gehad voor *dingen*, de dingen van het leven van alledag. En al die dingen werden door zijn ogen vergiftigd!

In de bank in Nassau Street, waar hij honderden keren naar binnen was gegaan, waar de mensen aan de loketten, de bewakers, de hogere functionarissen en de directeur zelf hem allemaal kenden als de geachte heer McCoy van Pierce & Pierce en hem bij zijn naam noemden, waar hij in feite zo geacht was dat ze hem een persoonlijke lening hadden verstrekt van 1,8 miljoen dollar om zijn appartement te kopen – en die lening kostte hem $21.000 per maand! – en waar moest hij het vandaan halen! – *mijn God!* – vielen hem nu de kleinste dingen op... het eierprofiel aan de kroonlijsten in de grote zaal... de oude bronzen lampekappen op de schrijftafels midden in de hal... de spiralende cannelures op de stijlen van het hekwerk tussen de hal en het gedeelte waar de functionarissen zaten... Allemaal zo degelijk! zo nauwgezet! zo ordentelijk!... en nu zo'n schone schijn! zo'n schijnvertoning!... zo *waardeloos*, geen enkele bescherming biedend...

Iedereen *glimlachte* naar hem. Vriendelijke dienstwillige nietsvermoedende zielen... Vandaag nog meneer McCoy meneer McCoy meneer McCoy meneer McCoy meneer McCoy... Wat een treurnis om te bedenken dat in deze degelijke ordentelijke ruimte... morgen...

Tienduizend cash... Killian had gezegd dat de borgtocht cash betaald moest worden... De lokettiste was een jonge zwarte vrouw, hooguit vijfentwintig, en ze droeg een blouse met een hoog kraagje en een gouden speld... een wolk met een gezicht dat wind blies... van goud... zijn ogen hechtten zich vast aan de vreemde triestheid van het gouden gezicht van de wind... Als hij een cheque voor $10.000 uitschreef, zou ze dan moeilijk gaan doen? Zou hij naar een van de hogere functionarissen moeten om het uit te leggen? Wat moest hij dan zeggen? Voor een *borgtocht*? De geachte heer McCoy heer McCoy heer McCoy heer McCoy...

Ze zei echter alleen maar: 'U weet toch dat we alle transacties van $10.000 en meer moeten rapporteren, meneer McCoy?'

Rapporteren? Aan een hogere functionaris!

Ze zag zeker de verwarring op zijn gezicht, want ze zei: 'Aan de overheid.

We moeten een formulier invullen.'

Toen begon het hem te dagen. Het was een maatregel om drugsdealers die met grote bedragen in cash zaken deden te dwarsbomen.

'Hoe lang duurt dat? Betekent dat een hoop papierwerk?'

'Nee, we vullen alleen het formulier in. We hebben alle gegevens die we nodig hebben in ons bestand, uw adres en zo.'

'Nou, eh, goed, mij best.'

'Hoe wilt u het hebben? In honderdjes?'

'Eh, ja, in honderdjes.' Hij had geen flauw idee hoe dat eruit zag, $10.000 in briefjes van honderd.

Ze liep weg en kwam even later terug met wat leek op een kleine papieren baksteen met een papieren bandje erom. 'Alstublieft. Dit zijn honderd biljetten van honderd dollar.'

Hij glimlachte zenuwachtig. 'Is dat alles? Ziet er niet uit alsof het zoveel is, hè?'

'Nou... hangt ervan af. Alle biljetten worden per honderd verpakt, de eentjes zowel als de honderdjes. Als je een honderdje bovenop ziet liggen, is dat toch behoorlijk indrukwekkend, dacht ik.'

Hij legde zijn attachékoffertje op de marmeren rand van het loket en knipte het deksel open en nam de papieren baksteen van haar aan en stopte hem erin en klapte het koffertje dicht en keek toen weer snel naar haar gezicht. Ze wist het, nietwaar? Ze wist dat er een luchtje aan zat als je zo'n ontstellende hoop cash op moest nemen. Daar moest wel iets mee zijn!

In feite verried haar gezicht goed- noch afkeuring. Ze glimlachte beleefd, om haar goede wil te tonen – en een golf van angst sloeg over hem heen. *Goede wil!* Wat zou zij of iedere andere zwarte die Sherman McCoy aankeek morgen denken – *van de man die een veelbelovende zwarte scholier aanreed en hem stervend achterliet!*

Terwijl hij door Nassau Street naar Wall Street liep, op weg naar Dunning Sponget & Leach, werd hij plotseling overmand door geldzorgen. Die $10.000 hadden zijn tegoed vrijwel weggevaagd. Hij had nog zo'n $16.000 op een spaarrekening, en dat geld kon wanneer hij maar wilde overgeboekt worden op zijn lopende rekening. Dat was geld dat hij achter de hand hield voor – diversen! – de normale rekeningen die elke maand kwamen! en zouden blijven komen! – als golven op de kust – *en wat nu?* Zeer binnenkort zou hij zijn kapitaal moeten gaan aanspreken – en zoveel kapitaal was er niet. Niet meer aan denken. Hij dacht aan zijn vader. Over vijf minuten zou hij er zijn... Hij kon er zich geen voorstelling van maken. En dat zou nog niets zijn vergeleken bij Judy en Campbell.

Toen hij het kantoor van zijn vader betrad, stond die op uit de stoel achter zijn bureau... maar Shermans vergiftigde blik viel op het meest onbeduidende tafereeltje... het treurigste tafereeltje... Recht tegenover het raam van zijn vaders kantoor, voor een raam van het nieuwe gebouw van glas en aluminium aan de overkant van de straat, stond een jonge blanke vrouw naar beneden te staren en met een wattenstaafje in haar linkeroor te peuteren... een heel alledaagse jonge vrouw met kort krulletjeshaar die naar de straat staarde en haar oren schoonmaakte... Hoe intens treurig... De straat was zo smal dat hij het gevoel had dat hij bij haar op de ruit kon tikken als hij zijn arm uitstak... Het nieuwe gebouw had het kantoortje van zijn vader in eeuwige schemer gehuld. Hij zat altijd met het licht aan. Bij Dunning Sponget & Leach werden de oude firmanten zoals John Campbell McCoy niet gedwongen om met pensioen te gaan, maar werden ze geacht om te doen wat hoorde. Dit hield in dat ze hun imposante kantoorruimte met het imposante uitzicht opgaven en plaats maakten voor de opkomende jongeren, advocaten van veertig of vijftig die nog overliepen van eerzucht en droomden van een nog imposanter uitzicht in een nog imposanter kantoor.

'Kom binnen, Sherman,' zei zijn vader... de voormalige Leeuw... met een glimlach en ook met iets behoedzaams. Ongetwijfeld had hij uit de toon van Shermans stem aan de telefoon kunnen afleiden dat dit geen gewoon bezoek zou zijn. De Leeuw... Hij zag er nog steeds indrukwekkend uit met zijn aristocratische kin en zijn dikke witte achterovergekamde haar en zijn Engelse pak en zijn zware horlogeketting over zijn vest. Maar zijn huid leek dun en broos, alsof dat hele leeuwevel elk moment in al die ontzagwekkende kamgaren kleren weg kon schrompelen. Hij gebaarde naar de leunstoel naast zijn bureau en zei, heel innemend: 'De obligatiemarkt is zeker ingeklapt, dat ik plotseling midden op de dag met een bezoek vereerd word.'

Een bezoek midden op de dag – het oude kantoor van de Leeuw had niet alleen op de hoek gelegen maar ook een schitterend uitzicht over de haven van New York geboden. Wat een genot was het geweest om als jongetje bij papa op bezoek te gaan! Vanaf het moment dat hij op de achttiende verdieping uit de lift stapte was hij Zijne Majesteit het Kind. Iedereen, de receptioniste, de jongere firmanten, zelfs de bodes, wist hoe hij heette en schalde zijn naam uit alsof niets de trouwe onderdanen van Dunning Sponget gelukkiger kon maken dan de aanblik van zijn gezichtje met de ontluikende aristocratische kin. Alle bedrijvigheid leek tot stilstand te komen als Zijne Majesteit het Kind door de gang geleid werd naar de vertrekken van de directie en het kantoor van de Leeuw zelf, op de hoek, waar de deur geopend werd en – welk een glorie! – de zon binnenstroomde van over de haven die voor hem uitgespreid lag in de diepte. Het Vrijheidsbeeld, de veerboten naar Staten Island, de sleepboten, de politieboten, de vrachtschepen die in de verte door de Narrows tussen Staten Island en Brooklyn aan kwamen varen... Wat een show – voor hem! Wat een genot!

Het was een paar keer voorgekomen dat ze in dat glorieuze kantoor bijna een echt gesprek hadden gehad. Zo jong als hij was had Sherman bemerkt dat zijn vader probeerde een deur te openen in zijn vormelijkheid en hem naar binnen te wenken. En hij had nooit precies geweten hoe hij dat moest doen. Nu, in een oogwenk, was Sherman achtendertig en was er helemaal geen deur. Hoe moest hij het zeggen? Hij had het nog nooit in zijn hele leven gewaagd om zijn vader in verlegenheid te brengen met een blijk van zwakte, laat staan van moreel verval en abjecte kwetsbaarheid.

'En, hoe gaat het bij Pierce & Pierce?'

Sherman stootte een vreugdeloos lachje uit. 'Ik heb geen idee. Het gaat door zonder mij, dat weet ik wèl.'

Zijn vader leunde naar voren. 'Je gaat toch niet *weg*?'

'Bij wijze van spreken.' Hij wist nog steeds niet hoe hij het moest zeggen. En dus viel hij, zwak, schuldbewust, terug op de schokmethode, het botte verzoek om medegevoel dat bij Gene Lopwitz goed gewerkt had. 'Vader, ik word morgenochtend gearresteerd.'

Zijn vader staarde hem aan, een hele tijd, leek het, en opende toen zijn mond en deed hem weer dicht en slaakte een zuchtje, alsof hij alle gebruikelijke menselijke reacties van verrassing of ongeloof als er een ramp wordt aangekondigd verwierp. Wat hij uiteindelijk zei bevreemdde Sherman, al was het volmaakt logisch: 'Door wie?'

'Door... de politie. De politie van New York City.'

'Op wat voor beschuldiging?' Wat een verbijstering en pijn op zijn gezicht. O zeker, hij had hem overrompeld, en hem waarschijnlijk zijn vermogen om kwaad te worden ontnomen... wat een verachtelijke strategie was het...

'Roekeloze onachtzaamheid, de plaats van een ongeluk verlaten, verzuimen aangifte te doen van een ongeluk.'

'Auto,' zei zijn vader, alsof hij in zichzelf sprak. 'En morgen arresteren ze je?'

Sherman knikte en begon met zijn kwalijke verhaal, terwijl hij steeds zijn vaders gezicht bestudeerde en, opgelucht en schuldbewust, vaststelde dat deze met stomheid geslagen bleef. Met Victoriaanse kiesheid behandelde Sherman het onderwerp Maria. Kende haar nauwelijks. Had haar maar drie of vier keer ontmoet, in onschuldige omstandigheden. Had natuurlijk nooit met haar moeten flirten. Flirten.

'Wie is die vrouw, Sherman?'

'Ze is getrouwd met een zekere Arthur Ruskin.'

'Ah. Ik denk dat ik weet wie je bedoelt. Hij is joods, hè?'

Wat maakte dat nou in 's hemelsnaam voor verschil? 'Ja.'

'En zij?'

'Ze komt uit een of ander plaatsje in South Carolina.'

'Wat is haar meisjesnaam?'

Haar meisjesnaam? 'Dean. Ik geloof niet dat ze uit een oude kolonistenfamilie komt, pa.'

Toen hij bij het punt van de eerste verhalen in de pers kwam, kon Sherman aan zijn vader zien dat hij verder niets meer wilde horen over de smerige details. Hij onderbrak hem weer.

'Wie vertegenwoordigt je, Sherman? Ik neem tenminste aan dat je een advocaat hebt.'

'Ja. Hij heet Thomas Killian.'

'Nooit van gehoord. Wie is dat?'

Neerslachtig: 'Hij werkt bij een firma genaamd Dershkin, Bellavita, Fishbein & Schlossel.'

De neusvleugels van de Leeuw trilden en zijn kaakspieren spanden zich, alsof hij probeerde niet te kokhalzen. 'Hoe ben je daar in godsnaam terecht gekomen?'

'Ze zijn gespecialiseerd in strafrecht. Freddy Button heeft me naar hen verwezen.'

'Freddy? Heb je *Freddy*…' Hij schudde zijn hoofd. Hij kon niet op de juiste woorden komen.

'Hij is mijn juridisch adv*iseur*!'

'Dat weet ik, Sherman, maar Freddy…' De Leeuw wierp een snelle blik naar de deur en dempte zijn stem. 'Freddy is echt een uitstekende vent, Sherman, maar dit is een ernstige zaak!'

'Jij hebt me naar Freddy gestuurd, pa, jaren geleden!'

'Dat *weet* ik! – maar niet als het om iets *belangrijks* gaat!' Hij schudde nog wat met zijn hoofd. Van de ene verbijstering in de andere.

'Hoe dan ook, ik word vertegenwoordigd door een advocaat die Thomas Killian heet.'

'Ach, Sherman.' Het klonk vermoeid, ver weg. Het paard sjokt zijn stal uit. 'Was je maar meteen toen dit gebeurde bij me gekomen. Nu, in dit stadium – maar ja, zo liggen de zaken nou eenmaal, nietwaar. Dus laten we kijken wat we nu nog kunnen doen. Eén ding weet ik zeker. Je moet de beste advocaten in de arm nemen die er zijn. Je moet advocaten vinden die je kunt vertróuwen, onvoorwaardelijk, want je legt heel wat in hun handen. Je kunt niet zomaar bij een stel mensen aankloppen die Dershbein – enzovoort heten. Ik zal Chester Whitman en Ed LaPrade bellen en die eens polsen.'

Chester Whitman en Ed LaPrade? Twee oude rechters die gepensioneerd waren of zo goed als. Het was verre van waarschijnlijk dat zij iets afwisten van de kuiperijen van een officier van justitie in de Bronx of een volksmenner uit Harlem… En opeens voelde Sherman zich treurig, niet zozeer om zichzelf als wel om deze oude man daar voor hem, die zich vastklampte aan de invloed van connecties die in de jaren vijftig en het begin van de jaren zestig iets betekend hadden…

'Juffrouw Needleman?' De Leeuw zat al aan de telefoon. 'Wilt u rechter Chester Whitman alstublieft voor me bellen?… Wat?… O. Ik begrijp het. Nou, als u klaar bent, dan.' Hij hing op. Als oud compagnon had hij geen eigen secretaresse meer. Hij deelde er een met een stuk of zes anderen, en zij, juffrouw Needleman, stond zo te horen niet meteen in de houding als de Leeuw zijn mond opendeed. De Leeuw wachtte, keek uit zijn enige raam, perste zijn lippen op elkaar en zag er heel oud uit.

En op dat moment deed Sherman de verschrikkelijke ontdekking die alle mannen vroeger of later omtrent hun vader doen. Voor het eerst realiseerde hij zich dat de man voor hem niet een bejaarde vader was maar een jongen, een jongen die veel van zichzelf weghad, een jongen die opgroeide en zelf een kind kreeg en zo goed als hij kon, uit plichtsgevoel en, misschien, liefde de rol van Vader Zijn op zich nam, zodat zijn kind iets mythisch en oneindig belangrijks bezat: een Beschermer, die paal en perk stelde aan alle chaotische en rampzalige gebeurtenissen die het leven kon bieden. En nu was die jongen, die goede acteur, oud geworden en zwak en moe, en lustelozer dan ooit bij de gedachte om nu, bijna aan het eind van de rit, het harnas van de Beschermer weer om zijn schouders te moeten sjorren.

De Leeuw wendde zijn blik af van het raam en keek Sherman recht aan en glimlachte met wat Sherman opvatte als een vriendelijke gêne.

'Sherman,' zei hij, 'je moet me één ding beloven. Je gaat niet bij de pakken neerzitten. Ik zou willen dat je eerder bij me gekomen was, maar dat hindert niet. Ik sta helemaal achter je, en moeder ook. We zullen voor je doen wat in ons vermogen ligt.'

Even dacht Sherman dat hij het over geld had. Bij nader inzien wist hij van niet. Gemeten naar de rest van de wereld, de wereld buiten New York, waren zijn ouders rijk. In feite hadden ze net genoeg inkomsten om het huis in Seventy-third Street en het huis op Long Island aan te houden en om te zorgen dat ze een paar dagen per week huishoudelijke hulp hadden in die twee huizen en de dagelijkse onkosten konden dekken die ze als mensen van stand maakten. Het zou het doorsnijden van een ader betekenen als hun kapitaal werd aangesproken. Dat kon hij deze goed bedoelende grijze man die in dit miezerige kantoortje voor hem zat niet aandoen. En hij was er trouwens helemaal niet zeker van dat dat aangeboden werd.

'En Judy?' vroeg zijn vader.

'Judy?'

'Hoe houdt ze zich eronder?'

'Ze weet er nog niets van.'

'*Wat?*'

'Helemaal niets.'

Het gezicht van de oude grijze jongen verloor zijn laatste restje expressie.

Toen Sherman Judy vroeg om mee te komen naar de bibliotheek had hij zich vast voorgenomen, heel bewust, om volstrekt eerlijk te zijn. Maar zodra hij zijn mond opendeed, werd hij zijn knullige para-ik gewaar, de huichelaar. Het was deze huichelaar die zijn stem zo'n gewichtig klinkende bariton verleende en die Judy naar de oorfauteuil leidde zoals een begrafenisondernemer dat gedaan zou hebben en die de deur van de bibliotheek met een pathetische bedachtzaamheid dichtdeed en zich toen omdraaide en zijn wenkbrauwen om zijn neus drapeerde zodat Judy, zonder nog maar één woord gehoord te hebben, kon begrijpen dat de situatie ernstig was.

De huichelaar ging niet achter zijn bureau zitten – dat zou een te zakelijke pose zijn – maar in de leunstoel. En toen zei hij: 'Judy, ik wil dat je je even schrap zet. Ik –'

'Als je me gaat vertellen over je kleine wat dan ook, doe geen moeite. Je hebt geen idee hoe weinig het me interesseert.'

Verbijsterd: 'Mijn kleine *wat?*'

'Jouw... affaire... als het dat is. Ik wil er niks over horen.'

Hij zat haar aan te gapen met zijn mond iets open, zijn hersens pijnigend om iets te zeggen: Dat is er maar een stukje van... Was dat maar alles... Ik ben bang dat je dat ook zult moeten horen... Er is nog veel meer aan de hand... Allemaal zo slap, zo vlak – dus viel hij terug op de bom. Hij zou de bom op haar laten vallen.

'Judy – morgenochtend word ik gearresteerd.'

Daar had ze niet van terug. Dat vaagde die meewarige blik van haar gezicht. Ze liet haar schouders hangen. Ze was gewoon een klein vrouwtje in een grote stoel.

'Gearresteerd?'

'Weet je nog die avond toen die twee rechercheurs langskwamen. Dat gedoe in de Bronx?'

'Was jij dat?'

'Dat was ik.'

'Ik kan het niet geloven.'

'Helaas is het waar. Dat was ik.'

Daar had hij haar. Ze was helemaal van haar stuk. Hij voelde zich opnieuw goedkoop en schuldig. Zijn catastrofe was zo groot dat hij er opnieuw zijn ethische beginselen aan opofferde.

Hij begon zijn verhaal te doen. Tot het moment dat de woorden daadwerkelijk uit zijn mond kwamen, was het zijn bedoeling om de hele waarheid over Maria te vertellen. Maar… wat voor nut zou dat hebben? Waarom zou hij zijn vrouw helemaal in de vernieling helpen? Waarom zou hij haar opzadelen met een volstrekt verachtelijke echtgenoot? Dus vertelde hij dat het alleen maar een flirterijtje geweest was. Kende de vrouw nog geen drie weken.

'Ik zei zomaar dat ik haar af zou halen van het vliegveld. Opeens zei ik dat zomaar tegen haar. Waarschijnlijk was ik – ik denk dat ik iets van plan was – ik zal jou of mezelf niet proberen voor de gek te houden – maar, Judy, ik zweer je dat ik die vrouw zelfs nog nooit gekust had, laat staan dat ik een affaire met haar had. Toen overkwam me dat ongelooflijke gedoe, die nachtmerrie, en sindsdien heb ik haar niet meer gezien behalve die ene avond toen ik opeens naast haar zat bij de Bavardages. Judy, ik zweer je dat er geen sprake was van een *affaire*.'

Hij bestudeerde haar gezicht om te kijken of ze hem soms geloofde. Geen enkele uitdrukking. Verdwaasd. Hij ploeterde verder.

'Ik weet dat ik het je meteen had moeten vertellen toen het gebeurde. Maar het kwam bovenop dat stomme telefoontje. En toen wist ik *zeker* dat jij zou denken dat ik de een of andere affaire aan de hand had, wat niet zo was. Judy, ik heb die vrouw misschien vijf keer van mijn leven gezien, en altijd in het openbaar. Ik bedoel, ook als je iemand afhaalt van het vliegveld is dat een openbaar gebeuren.'

Hij zweeg en probeerde er weer achter te komen wat er in haar omging. Niets. Hij vond haar stilzwijgen verpletterend. Hij voelde zich gedwongen om zelf alle woorden die niet kwamen in te vullen.

Hij ging verder over de verhalen in de kranten, zijn problemen op kantoor, over Freddy Button, Thomas Killian, Gene Lopwitz. Terwijl hij nog doorzeurde over het een stormde zijn geest al verder naar het volgende. Moest hij haar vertellen over zijn gesprek met zijn vader? Daarmee zou hij haar voor zich winnen, want ze zou beseffen wat een moeite hem dat gekost moest hebben. Nee! Misschien zou ze kwaad zijn als ze hoorde dat hij het eerst aan zijn vader verteld had… Maar voor hij zover was drong het tot hem door dat ze niet meer luisterde. Er was een curieuze, bijna dromerige blik op haar gezicht verschenen. Toen begon ze te grinniken. Het enige geluid dat ze maakte was een zacht uh-uh-uh in haar keel.

Geschokt en beledigd: 'Vind je dit grappig?'

Met een zweem van een glimlach: 'Ik lach om mezelf. Het hele weekend had ik de pest in omdat jij zo'n... sul... was bij de Bavardages. Ik was bang dat mijn kansen om voorzitter van het museumcomité te worden daardoor verknald zouden worden.'

Ondanks alles deed het Sherman pijn om te horen dat hij een sul was geweest bij de Bavardages.

Judy zei: 'Wat een grap, hè? Dat ik me druk maak over het museumcomité?'

Hij siste: 'Sorry dat ik je ambities in de weg sta.'

'Sherman, nou moet je eens naar mij luisteren.' Ze zei het met zo'n kalme, moederlijke vriendelijkheid dat het griezelig was. 'Ik reageer niet als een goeie echtgenote, is het wel? Ik wil wel. Maar hoe kan ik dat? Ik wil je mijn liefde schenken, of zo niet mijn liefde dan toch mijn... wat?... mijn sympathie, mijn betrokkenheid, mijn troost. Maar ik kan het niet. Ik kan niet eens doen alsof. Je hebt me buitengesloten. Begrijp je dat? Je hebt me buitengesloten. Je hebt me bedrogen, Sherman. Weet je wel wat dat betekent, om iemand te *bedriegen*?' Ze zei dit met dezelfde moederlijke vriendelijkheid als de rest.

'Bedriegen? Lieve hemel, het was een flirterijtje, op z'n hoogst. Als jij... een oogje op iemand hebt... dat kun je bedrog noemen als je wilt, maar ik zou het zo niet noemen.'

Ze zette het flauwe glimlachje weer op en schudde haar hoofd. 'Sherman, Sherman, Sherman.'

'Ik zweer dat het de waarheid is.'

'O, ik weet niet wat je met die Maria Ruskin van jou hebt uitgevoerd, en het kan me niet schelen ook. Geen zier. Dat is nog het minst erge ervan, maar dat zul je wel niet begrijpen.'

'Het minst erge van *wat*?'

'Wat je mij hebt aangedaan, en mij niet alleen, Campbell ook.'

'Campbell!'

'Je gezin. We zijn een gezin. Dit gedoe, dit gedoe dat ons allemaal raakt, dit is twee weken geleden gebeurd en je hebt er niks over gezegd. Je hebt het voor me verborgen gehouden. Je zat pal naast me, hier in deze zelfde kamer, en je keek naar dat nieuwsbericht, de demonstratie, en je zei geen woord. Toen kwam de politie bij ons aan de deur – de *politie*! – bij *ons* aan de deur! – ik vroeg je nog waarom je het zo te kwaad had, en je deed alsof het toeval was. En toen – *diezelfde avond* – zat je naast je... je vriendin... je medeplichtige... je scharreltje... zeg jij maar hoe ik haar moet noemen... en nog steeds zei je niks. Je liet me in de waan dat er niks aan de hand was. Je liet mij mijn dwaze dromen hebben, en je liet Campbell haar kinderdromen hebben, dat ze een gewoon klein meisje was in een gewoon gezin dat met haar vriendinnetjes speelde en konijntjes en schildpadden en pinguïns maakte. Die avond dat *de wereld* van jouw *escapades* hoorde, liet Campbell je een konijntje zien dat ze van klei gemaakt had. Weet je dat nog? Hè? En je *keek* er gewoon naar en zei *precies de goeie dingen*! En nu kom je thuis' – opeens sprongen haar ogen vol tranen – 'aan het eind van de dag en vertel je me dat... je morgen... gearresteerd... wordt.'

De zin smoorde in gesnik. Sherman stond op. Moest hij zijn arm om haar heen proberen te leggen? Of zou dat het er alleen maar erger op maken? Hij deed een stap in haar richting.

Ze ging rechtop zitten en hield haar handen op een ingehouden, onzekere manier voor zich omhoog.

'Niet doen,' zei ze zachtjes. 'Luister alleen maar naar wat ik zeg.' Haar wangen waren nat van de tranen. 'Ik zal je proberen bij te staan, en ik zal Campbell proberen bij te staan, op alle mogelijke manieren. Maar ik kan je geen liefde geven, en ik kan je geen sympathie geven. Zo'n goeie actrice ben ik niet. Ik wou dat ik het wel was, want dat zul je nodig hebben, Sherman, liefde en sympathie.'

Sherman zei: 'Kun je me niet vergeven?'

'Ik denk dat ik dat wel zou kunnen, maar wat voor verschil zou dat maken?'

Daar had hij geen antwoord op.

Hij praatte met Campbell in haar slaapkamer. Alleen al om daar naar binnen te lopen was voldoende om zijn hart te breken. Campbell zat aan haar tafel (een ronde tafel met voor zo'n achthonderd dollar aan gebloemde katoenen stof van Laura Ashley die tot op de vloer hing en een glasplaat met een schuingeslepen rand die $280 gekost had over het bovenblad) of liever gezegd, ze hing er half overheen, haar hoofd dicht op het blad, in een houding van opperste concentratie, en tekende letters met een groot roze potlood. Het was de volmaakte kleine meisjeskamer. Overal lagen en stonden poppen en lappenbeesten, op de witgelakte boekenkasten met hun geribbelde pilasters en op de twee miniatuur boudoirstoeltjes (nog meer bloemetjesstof van Laura Ashley). Ze lagen tegen het Chippendale hoofdeinde van het bed en het voeteneind en op de zorgvuldig uitgedachte warboel van kanten kussens en op de twee ronde tafeltjes aan weerszijden van het bed met nog een fortuin aan stof tot op de vloer. Sherman had nooit een cent betreurd van de kolossale sommen geld die Judy in deze ene kamer gestopt had, en dat deed hij nu zeker niet. Zijn hart werd verscheurd door de gedachte dat hij nu de woorden moest vinden om Campbell te vertellen dat er, vele jaren te vroeg, een einde was gekomen aan de droomwereld van deze kamer.

'Hoi, lieverd, wat ben je aan het doen?'

Zonder op te kijken: 'Ik ben een boek aan het schrijven.'

'Een boek! Dat is geweldig. Waar gaat het over?'

Stilte; kijkt niet op of om; hard bezig.

'Liefje, ik wil met je praten over iets heel, heel belangrijks.'

Ze keek op. 'Pappie, kun jij een boek maken?'

Een boek maken? 'Een boek maken? Ik begrijp niet precies wat je bedoelt.'

'Een boek maken!' Een beetje geërgerd door zijn traagheid.

'Bedoel je echt een boek *maken*? Nee, dat doen ze in een fabriek.'

'MacKenzie is een boek aan het maken. Haar papa helpt haar. Ik wil er een maken.'

Garland Reed en zijn vermaledijde zogenaamde boeken. Hij ontweek de kwestie: 'Nou, eerst moet je je boek schrijven.'

Brede glimlach: 'Ik heb het al geschrijfd!' Ze gebaarde naar het stuk papier op tafel.

'Heb je het al geschreven?' Hij verbeterde haar grammaticale fouten nooit rechtstreeks.

'Ja! Help je mij een boek maken?'

Hulpeloos, treurig: 'Ik zal het proberen.'

'Wil je het lezen?'

'Campbell, er is iets heel belangrijks waar ik met je over wil praten. Ik wil dat je heel goed luistert naar wat ik zeg.'

'Wil je het lezen?'

'Campbell –' Een zucht; weerloos tegenover haar standvastigheid. 'Ja. Ik wil het dolgraag lezen.'

Bescheiden: 'Het is niet zo lang.' Ze pakte een stuk of wat vellen papier van de tafel en gaf ze aan hem.

Met grote, vol zorg getekende letters:

DE KOALA

door Campbell McCoy

Er was eens een koala. Zijn naam was Kelly. Hij woonde in de bossen. Kelly had heel veel vrienden. Op een dag ging iemand een wandeling maken en at al Kelly zijn eten op.

Hij was heel verdrietig. Hij wilde de stad zien. Kelly ging naar de stad. Hij wilde ook gebouwen zien. Toen hij bijna bij de knop van de deur was om hem open te maken rende er een hond voorbij! Maar hij kon Kelly niet vangen. Kelly sprong in een raam. En per ongeluk drukte hij op de sirene. Toen zoefden de plisieautos voorbij. Kelly was bang. IJndelijk ontsnapte hij.

Iemand ving Kelly en bragt hem naar de dierentuin. Nu vindt Kelly het fijn in de dierentuin.

Het leek of Shermans schedel zich met stoom vulde. Het ging over hemzelf! Even vroeg hij zich af of ze op een onverklaarbare manier een ingeving had gehad... de onheilspellende vibraties had opgevangen... of het op de een of andere manier in de atmosfeer zelf van hun huis hing... *Per ongeluk drukte hij op de sirene. Toen zoefden de politieauto's voorbij!*... Het was niet mogelijk... en toch stond het daar!

'Vind je het mooi?'

'Ja, eh... ik, eh...'

'Pappie! Vind je het mooi?'

'Het is prachtig, lieveling. Je hebt veel talent... Niet veel meisjes van jouw leeftijd – niet veel... het is prachtig...'

'Help je nou met het boek maken?'

'Ik – er is iets wat ik je moet vertellen, Campbell. Oké?'

'Oké. Vind je het echt mooi?'

'Ja, het is prachtig. Campbell, ik wil dat je even naar me luistert. Oké? Nou dan, Campbell, je weet dat mensen niet altijd de waarheid vertellen over anderen.'

'De waarheid?'

'Soms zeggen de mensen gemene dingen, dingen die niet waar zijn.'

'Wat?'

'Soms zeggen de mensen gemene dingen over andere mensen, dingen die ze niet horen te zeggen, dingen waardoor de ander zich niet fijn voelt. Weet je wat ik bedoel?'

'Pappie, zal ik een tekening van Kelly maken voor het boek?'

Kelly? 'Luister alsjeblieft even naar me, Campbell. Dit is belangrijk.'

'Ooo-kéééé.' Matte zucht.

'Weet je nog toen MacKenzie op een keer iets zei wat niet leuk was over jou, iets wat niet waar was?'

'MacKenzie?' Nu had hij haar aandacht.

'Ja. Weet je nog, ze zei dat jij…' Hij kon zich met de beste wil van de wereld niet herinneren wat MacKenzie had gezegd. 'Ik geloof dat ze zei dat je geen vriendinnetje van haar was.'

'MacKenzie is mijn beste vriendinnetje, en ik ben haar beste vriendinnetje.'

'Dat weet ik. Daar gaat het nou juist om. Ze zei iets wat niet waar was. Ze meende het niet, maar ze zei het, en soms doen mensen dat. Ze zeggen dingen die andere mensen pijn doen, en misschien menen ze het niet, maar ze doen het toch, en dat doet de ander pijn, en dat horen ze niet te doen.'

'Wat?'

Hij ploeterde voort: 'Het zijn niet alleen kinderen. Soms doen grote mensen het. Grote mensen kunnen ook zo gemeen zijn. Ze kunnen zelfs nog erger zijn. Nu, Campbell, luister naar me. Er is een stel mensen dat heel gemene dingen over mij zegt, dingen die niet waar zijn.'

'Echt waar?'

'Ja. Ze zeggen dat ik een jongen met mijn auto heb geraakt en hem heel erg zeer heb gedaan. Alsjeblieft, Campbell, kijk me even aan. Nou, dat is niet waar. Ik heb dat helemaal niet gedaan, maar er zijn gemene mensen die dat zeggen, en misschien hoor je mensen dat wel zeggen, maar het enige wat je moet weten is dat het niet waar is. Ook al zeggen ze dat het waar is, jij weet dat het niet waar is.'

'Waarom zeg je niet tegen ze dat het niet waar is?'

'Dat ga ik ook doen, maar misschien willen deze mensen me niet geloven. Er zijn gemene mensen die gemene dingen willen geloven over andere mensen.'

'Maar waarom *zeg* je het niet tegen ze?'

'Dat doe ik ook. Maar deze gemene mensen gaan die gemene dingen in de krant en op de televisie zeggen, en dan gaan de mensen ze geloven, omdat ze het in de krant lezen en op de televisie zien. Maar het is niet waar. En het kan me niet schelen wat ze denken, maar het kan me wel schelen wat jij denkt, want ik hou van je, Campbell, ik hou heel veel van je, en ik wil dat je weet dat je papa een goed mens is en niet gedaan heeft wat die mensen zeggen.'

'Kom je in de krant? Kom je op de televisie?'

'Ik ben bang van wel, Campbell. Morgen waarschijnlijk. En misschien zeggen je vriendinnetjes op school er wel iets van. Maar je moet niet naar ze luisteren, want je weet dat het niet waar is wat er in de krant en op de televisie gezegd wordt. Nietwaar, liefje?'

'Word je dan beroemd?'

'Beroemd?'

'Kom je dan in de geschiedenis, pappie?'

Geschiedenis? 'Nee, ik kom niet in de geschiedenis, Campbell. Maar ik zal beklad worden, belasterd, door het slijk gehaald.'

Hij wist dat ze er geen woord van zou begrijpen. Het floepte er zomaar uit, opgestuwd door de frustratie om te proberen de werking van de pers aan een kind van zes uit te leggen.

Iets in zijn gezicht begreep ze maar al te goed. Met diepe ernst en genegenheid keek ze hem in de ogen en zei:

'Maak je maar geen zorgen, papa. Ik hou van je.'

'Campbell – '

Hij nam haar in zijn armen en verborg zijn gezicht op haar schouder om zijn tranen niet te laten zien.

Er was eens een koala en een mooi kamertje waar zachte lieve schepseltjes woonden en vol vertrouwen de slaap der onschuldigen sliepen, en nu was dat allemaal weg.

22

Piepschuim pinda's

Sherman draaide zich op zijn linkerzij, maar al gauw begon zijn linkerknie te steken, alsof het gewicht van zijn rechterbeen de bloedsomloop stremde. Zijn hart sloeg een tikje snel. Hij draaide zich op zijn rechterzij. Op de een of andere manier kwam de muis van zijn rechterhand onder zijn rechterwang terecht. Het was alsof hij die hand nodig had om zijn hoofd te ondersteunen, omdat het kussen niet genoeg was, maar dat sloeg nergens op, en hoe kon hij trouwens ooit in slaap vallen met zijn hand onder zijn hoofd? Een tikje snel, dat was alles... Het rende er niet vandoor... Hij draaide zich weer terug op zijn linkerzij en rolde toen plat op zijn buik, maar dat gaf een druk op zijn onderrug, en dus rolde hij weer terug op zijn rechterzij. Meestal sliep hij op zijn rechterzij. Zijn hart klopte nu sneller. Maar het was een regelmatig ritme. Hij had het nog onder controle.

Hij weerstond de verleiding om zijn ogen open te doen en te kijken hoe licht het al was onder het rolgordijn. Met het aanbreken van de dag werd de streep allengs lichter, zodat je in deze tijd van het jaar altijd wist wanneer het tegen zessen liep. Stel dat de streep al lichter werd! Maar dat kon niet. Het kon niet later dan drie uur zijn, halfvier hooguit. Maar misschien had hij zonder het te weten een uur of zo geslapen! – en stel dat de streep licht –

Hij kon zich niet langer inhouden. Hij deed zijn ogen open. God zij dank: het was nog donker; dus was hij nog veilig.

Bij die gedachte sloeg zijn hart op hol. Het begon verschrikkelijk snel en hard te bonzen in een poging om uit zijn ribbenkast te ontsnappen. Zijn hele lichaam schokte ervan. Wat maakte het uit of hij hier nog een paar uur in zijn bed kon liggen sidderen en de warmte van de ochtendstond zich al achter het gordijn genesteld had, en de tijd gekomen was –

Ik ga de gevangenis in.

Met een wild bonkend hart en zijn ogen open was hij zich nu in alle hevigheid bewust van het feit dat hij alleen in dat enorme bed lag. Zeeën van zijde golfden op de vier hoeken van het bed van het plafond naar beneden. Meer dan $125 de meter had de zijde gekost. Het was Judy's binnenhuisarchitectonische benadering van een koninklijke slaapkamer uit de achttiende eeuw. *Koninklijk!* Wat dreef dat de spot met hem, een bonzende massa vlees en vrees die ineenkromp in bed, midden in de nacht!

Ik ga de gevangenis in.

Als Judy hier geweest was, naast hem, als ze niet in de logeerkamer was gaan slapen, dan had hij zijn armen om haar heen geslagen en zich aan haar vastgeklampt alsof zijn leven ervan afhing. Hij wilde haar omhelzen, hunkerde ernaar –

En meteen daarna: *Wat zou dat voor zin hebben?* Geen enkele. Dan zou hij zich nog zwakker en hulpelozer voelen. Zou ze slapen? Als hij nou naar de logeerkamer ging? Ze sliep vaak plat op haar rug, als een liggend standbeeld, als het beeld van... Hij kon zich niet herinneren van wie. Hij kon het enigszins gelige marmer zien en de plooien van het kleed dat het lichaam bedekte – iemand die beroemd, geliefd en dood was. Maar Campbell lag vast en zeker te slapen, aan het eind van de gang. Daar was hij van overtuigd. Hij was even binnengegaan in haar kamer en had een poosje naar haar staan kijken, alsof dit de allerlaatste keer was dat hij haar zou zien. Ze sliep met haar mond een beetje open en haar lichaam en ziel totaal overgeleverd aan de geborgenheid en de rust van haar huis en haar familie. Ze was vrijwel meteen in slaap gevallen. Niets van de dingen die hij tegen haar gezegd had was echt... *arrestatie*... *kranten*... 'Kom je in de geschiedenis?'... Wist hij maar wat er in haar omging! Men beweerde dat kinderen op meer manieren dingen konden oppikken dan je dacht, uit de toon van je stem, de blik op je gezicht... Maar Campbell scheen alleen maar te begrijpen dat er iets droevigs en spannends stond te gebeuren, en dat haar vader verdrietig was. Totaal afgesloten van de wereld... in de schoot van haar familie... haar mond iets open... daar aan het eind van de gang... Omwille van haar moest hij zich vermannen. En dat deed hij, in ieder geval voor het moment. Zijn hart kwam tot bedaren. Hij begon zijn lichaam weer de baas te worden. Hij zou sterk zijn voor haar, al was het alleen maar voor haar. *Ik ben een man.* Toen hij moest vechten, had hij gevochten. Hij had in de jungle gevochten, en hij had gewonnen. Dat uitzinnige moment toen hij die band een zwieper had gegeven tegen die... bruut. De bruut was languit tegen het wegdek gegaan... *Henry!* Als het moest, zou hij weer vechten. Hoe erg zou het zijn?

Toen hij gisteravond met Killian praatte, had hij alles in gedachten op een rijtje gehad. Het zou allemaal niet zo erg uitpakken. Killian had elke stap uitgelegd. Het was een formaliteit, geen prettige formaliteit, maar toch ook niet zo erg als echt de gevangenis ingaan. Het zou niet zo erg zijn als een gewone arrestatie. Killian zou daarvoor zorgen, Killian en zijn vriend Fitzgibbon. Een contract. Niet zo erg als een gewone arrestatie, niet zo erg als een gewone arrestatie; hij klampte zich vast aan dat zinnetje: 'Niet zo erg als een gewone arrestatie.' Maar als wat dan wel? Hij probeerde zich voor te stellen hoe het zou gaan, en voor hij het wist bonkte zijn hart weer als een razende en stormde weg, panisch van angst.

Killian had het zo geregeld dat de twee rechercheurs, Martin en Goldberg, op weg naar hun dagdienst in de Bronx om ongeveer halfacht langs zouden komen en hem op zouden pikken. Ze woonden alle twee op Long Island, en ze reden iedere dag naar hun werk in de Bronx, en zouden dus een omweg maken en langs Park Avenue rijden en hem oppikken. Killian zou er ook zijn als ze kwamen, en zou met hen meerijden naar de Bronx en erbij zijn als ze hem arresteerden – en dat was dan een *speciale behandeling*.

Hij lag daar in bed, met een waterval van zijde à $125 de meter op elke hoek, en deed zijn ogen dicht en probeerde het in gedachten door te lopen. Hij zou bij de twee rechercheurs, de kleine en de dikke, in de auto stappen. Killian zou bij hem zijn. Ze zouden de FDR Drive nemen naar de Bronx. De rechercheurs zouden hem zodra de dagdienst begon meteen naar de Centrale Registratie brengen, en hij zou als eerste aan de beurt zijn, voor de zaken van die zich zouden opstapelen. Centrale Registratie – maar wat was dat? Gisteravond had Killian die term zo nuchter gebruikt. Maar nu hij hier lag realiseerde hij zich dat hij geen idee had wat het inhield. Aan de beurt zijn. Aan de beurt voor wat? Zijn *arrestatie*! Al had Killian alles proberen uit te leggen, het bleef onvoorstelbaar. Zijn vingerafdrukken zouden genomen worden. *Hoe?* En zijn vingerafdrukken zouden via de computer naar Albany overgeseind worden. *Waarom?* Om na te gaan of er geen arrestatiebevel tegen hem liep. Maar ze wisten toch zeker wel beter! Tot het rapport uit Albany kwam, via de computer, zou hij in de arrestantencel moeten wachten. Cel! Dat was het woord dat Killian steeds gebruikte. *De cel!* – voor wat voor soort beesten! Alsof hij zijn gedachten kon lezen had Killian gezegd dat hij zich geen zorgen moest maken over de dingen die je las over gevangenissen. De niet met name genoemde term was *homoseksuele verkrachting*. De cellen dienden om arrestanten tijdelijk op te sluiten terwijl ze wachtten op voorgeleiding. Omdat arrestaties vroeg in de ochtend zeldzaam waren, zou het best kunnen dat hij de cel voor zich alleen had. Als het rapport uit Albany er was, zou hij naar boven gaan om voor een rechter te verschijnen. *Naar boven!* Wat hield dat in? Waar boven? Hij zou verklaren dat hij onschuldig was en vrijgelaten worden op borgtocht van $10.000 – morgen – over een paar uur – als de ochtendstond het licht onder het gordijn verwarmt –

Ik ga de gevangenis in – als de man die een veelbelovende zwarte scholier aanreed en hem stervend achterliet!

Zijn hart ging nu wild tekeer. Zijn pyjama was nat van het zweet. Hij moest ophouden met denken. Hij moest zijn ogen dicht doen. Hij moest slapen. Hij probeerde zich op een denkbeeldig punt tussen zijn ogen te concentreren. Achter zijn oogleden… korte stukjes film… kronkelende vormen… een paar opbollende mouwen… Ze veranderden in een overhemd, zijn eigen witte overhemd. Niet te netjes, had Killian gezegd, want de arrestantencellen konden wel eens vies zijn. Maar natuurlijk wel een pak en een das, toch, want dit was geen gewone arrestatie, geen gewone arrestatie… Het oude blauwgrijze tweed pak, dat in Engeland was gemaakt… een wit overhemd, een degelijke marineblauwe stropdas of misschien de blauwe das met de stippen… Nee, de marineblauwe, die was waardig en helemaal niet opvallend – *om mee de gevangenis in te gaan!*

Hij deed zijn ogen open. De zijde golfde naar beneden van het plafond. 'Beheers je!' Hij zei het hardop. Het zou toch zeker niet echt gebeuren. *Ik ga de gevangenis in.*

Om ongeveer halfzes, toen de streep onder het gordijn geel begon te kleuren, gaf Sherman het idee van slaap, of zelfs rust, op en stond op. Tot zijn verbazing voelde hij zich toen wat beter. Zijn hartslag was snel, maar hij had de paniek onder controle. Het hielp als hij iets deed, al was het maar douchen en het blauwgrijze tweed pak aantrekken en de marineblauwe stropdas strikken… *mijn gevangenisplunje*. Het gezicht dat hij in de spiegel zag leek niet zo vermoeid als hij zich voelde. De Yale-kin; hij *leek* sterk.

Hij wilde ontbijten en de woning uit zijn voor Campbell opstond. Hij wist niet zeker of hij in haar bijzijn flink genoeg kon zijn. Hij had ook geen zin om met Bonita te praten. Het zou te gênant zijn. Wat Judy betrof wist hij eigenlijk niet wat hij wilde. Hij had geen zin om die blik in haar ogen te zien, de verdoofde blik van iemand die verraden is maar ook geschokt en bang. Toch wilde hij dat *zijn vrouw* bij hem was. Hij had zijn glas sinaasappelsap nog niet op of Judy kwam de keuken in, aangekleed en klaar voor de dag. Ze had niet veel meer geslapen dan hij. Even later kwam Bonita binnen uit de dienstvleugel en begon rustig het ontbijt voor hen klaar te maken. Al gauw was Sherman blij dat Bonita erbij was. Hij wist niet wat hij tegen Judy moest zeggen. In het bijzijn van Bonita zou hij uiteraard niet veel kunnen zeggen. Hij kon nauwelijks een hap door zijn keel krijgen. Hij dronk drie koppen koffie in de hoop dat zijn hoofd wat op zou klaren.

Om kwart over zeven belde de portier met de mededeling dat de heer Killian beneden was. Judy liep met Sherman mee de hal in. Hij bleef staan en keek haar aan. Ze deed een poging tot een bemoedigende glimlach, maar dat gaf haar gezicht een vreselijk matte uitdrukking. Zacht maar ferm zei ze: 'Sherman, wees flink. Vergeet niet wie je bent.' Ze opende haar mond alsof ze nog iets wilde zeggen, maar dat deed ze niet.

En dat was het! Dat was alles wat ze op kon brengen! Ik probeer om meer in je te zien, Sherman, maar het enige dat overblijft is de schil, je waardigheid!

Hij knikte. Hij kon geen woord uitbrengen. Hij draaide zich om en liep naar de lift.

Killian stond onder de luifel net buiten de voordeur. Hij droeg een pak met een grijze krijtstreep, bruine suède schoenen, een bruine gleufhoed. (Hoe durfde hij de dandy uit te hangen op de dag van mijn doem?) Park Avenue zag er asgrauw uit. De lucht was donker. Het zag er naar uit dat het elk moment kon gaan regenen. Sherman en Killian schudden elkaar de hand en liepen een meter of zeven het trottoir af, om buiten gehoorsafstand van de portier te zijn.

'Hoe voel je je?' vroeg Killian. Hij vroeg het zoals je het aan een zieke vraagt.

'Opperbest,' zei Sherman met een sombere grijns.

'Het zal allemaal wel meevallen. Gisteravond heb ik nog effe met Bernie Fitzgibbon gesproken, na ons gesprek. Hij zal je d'r zo snel mogelijk doorheen loodsen. Die klootzak van 'n Weiss, die draait ook maar met alle winden mee. Hij is zich rot geschrokken van al die publiciteit. Anders zou zelfs 'n idioot als hij dit niet uithalen.'

Sherman schudde alleen maar met zijn hoofd. Het stond mijlenver van hem af om te gaan speculeren over de mentaliteit van Abe Weiss. *Ik ga de gevangenis in!*

Uit een ooghoek zag hij een auto naast hen stoppen, en toen zag hij de rechercheur, Martin, aan het stuur. De auto was een tweedeurs Oldsmobile Cutlass, tamelijk nieuw, en Martin had een jasje aan en een stropdas, en dus zou de portier het misschien niet doorhebben. O, ze zouden het gauw genoeg horen, al die portiers en vrouwen des huizes en managers en compagnons en obligatiehandelaren en president-directeuren en al hun kinderen op particuliere scholen en kindermeisjes en gouvernantes en huishoudsters, alle bewoners van deze society-vesting. Maar dat iemand zou zien dat hij werd *weggevoerd door de politie* was meer dan hij kon verdragen.

De auto was net ver genoeg van de ingang van het gebouw gestopt dat de portier niet naar buiten kwam. Martin stapte uit en hield het portier open en trok de stoel voorover, zodat Sherman en Killian achterin konden klimmen. Martin grijnsde tegen Sherman. *De grijns van de beul!*

'Hallo, raadsman!' zei Martin tegen Killian. En nog heel opgewekt ook. 'Bill Martin,' zei hij, en stak zijn hand uit, en hij en Killian schudden elkaar de hand. 'Bernie Fitzgibbon heeft me verteld dat jullie met elkaar gewerkt hebben.'

'Klopt,' zei Killian.

'Bernie is een taaie, hè?'

'Wat heet. Ik zou je verhalen kunnen vertellen...'

Martin grinnikte, en Sherman kreeg een vleugje hoop. Killian kende deze Fitzgibbon, het hoofd van de afdeling Moordzaken van het parket van justitie in de Bronx, en Fitzgibbon kende Martin, en nu kende Martin Killian... en Killian – Killian was zijn beschermer!... Net voor Sherman bukte om achterin te stappen, zei Martin: 'Pas op voor je kleren, daar achterin. D'r liggen allemaal van die klote – excuseer m'n Frans – piepschuim pinda's. M'n zoontje dee een doos open, en alles kwam onder die witte pinda's waar ze dingen mee inpakken te zitten, en die blijven verdomme aan je kleren en alles zitten.'

Toen Sherman bukte zag hij de dikke met de snor, Goldberg, voorin zitten. Die had een nog bredere grijns op zijn gezicht.

'Sherman.' Hij zei het zoals je hallo of goeiemorgen zegt. Allerbeminnelijkst. En de hele wereld verstarde, stolde. *Mijn voornaam!* Een bediende... een slaaf... een gevangene... Sherman zei niets. Martin stelde Killian voor aan Goldberg. Nog meer opgewekt gekeuvel.

Sherman zat achter Goldberg. Er zaten inderdaad overal witte piepschuim inpakpinda's. Twee zaten er aan Shermans broekspijp. Eentje zat praktisch bovenop zijn knie. Hij plukte hem eraf en kon hem toen bijna niet van zijn vinger krijgen. Hij kon er nog een onder zijn zitvlak voelen en begon ernaar te graaien.

Ze waren nog maar nauwelijks op weg, Park Avenue op naar Ninety-sixth Street en de oprit naar de FDR Drive, of Goldberg draaide zich om in zijn stoel en zei: 'Weet je, ik heb een dochter op de middelbare school en die is gek op lezen, en ze was 'n boek aan 't lezen en die toestand waar jij voor werkt – Pierce & Pierce, hè, die kwam er ook in voor.'

'O ja?' wist Sherman uit te brengen. 'Wat voor boek?'

'Ik geloof dat 't *Ruzies op Wall Street* heette. Zoiets.'

Ruzies op Wall Street? Het boek heette Fusies op Wall Street. Probeerde hij hem met zo'n akelige grap te treiteren?

'Ruzies op Wall Street!' zei Martin. 'Jezus nog an toe, Goldberg, 't is Fu-sies op Wall Street.' Toen over zijn schouder tegen Killian en Sherman: "t Is fantastisch om een intellectueel as partner te hebben.' Tegen zijn partner: 'Wat voor vorm heeft een boek, Goldberg? Rond of driehoekig?'

'Ik zal je laten zien wat voor vorm,' zei Goldberg, en stak de middelvinger van zijn rechterhand op. Toen draaide hij zich weer om naar Sherman: 'In ieder geval, ze vond 't een prima boek, en ze zit nog maar in de tweede klas. Ze zegt dat ze op Wall Street wil gaan werken als ze klaar is. Da's tenminste 't plan van deze week.'

Die Goldberg hier ook al! Dezelfde ontstellende onbeschofte slavenmeester-vriendelijkheid! Nu hoorde hij die twee dus aardig te vinden! Nu het spel voorbij was en hij had verloren en in hun macht was, mocht hij niets tegen hen hebben. Hij hoorde ze te bewonderen. Ze hadden een obligatiehandelaar van Wall Street in hun klauwen, en wat was hij nu? Hun buit! Hun prooi! Hun prijsdier! In een Oldsmobile Cutlass! De beesten uit de buitenwijken – het soort mensen dat je op Fifty-eigth Street of Fifty-ninth Street in de richting van de Queensboro Bridge zag rijden – dikke jonge mannen met hangsnorren, zoals Goldberg... en nu was hij aan hen overgeleverd.

Bij Ninety-third Street hielp een portier een oude dame de deur uit en het trottoir op. Ze droeg een jas van woestijnlynx. Het was het soort deftige zwarte bontjas dat je nooit meer zag tegenwoordig. Een lang gelukkig afgeschermd leven op Park Avenue! Park Avenue, le tout New York, zou zonder erbarmen met het leven van alledag verder gaan.

'Oké,' zei Killian tegen Martin, 'laten we even precies nagaan hoe we dit aan gaan pakken. We gaan door de ingang aan 161st Street naar binnen, oké? En dan gaan we naar beneden, en neemt de Engel Sherman – meneer McCoy – meteen mee voor vingerafdrukken. De Engel zit er nog?'

'Ja, die zit er nog,' zei Martin, 'maar we moeten naar binnen langs de zijkant, door de buitendeur van de Centrale Registratie.'

'Waarvoor?'

'Dat zijn m'n orders. De hoofdinspecteur is er, en de pers is er.'

'De pers!'

'Precies. En hij moet handboeien omhebben als we er aankomen.'

'Zit je me nou te bedonderen? Ik heb gisteravond nog met Bernie gesproken. Hij heeft me z'n woord gegeven. D'r komt geen gezeik.'

'Ik weet niks van Bernie. Dit komt van Abe Weiss. Zo wil Weiss 't, en ik heb m'n orders rechtstreeks van de hoofdinspecteur. Deze arrestatie moet helemaal volgens 't boekje gaan. Je wordt zo al genoeg gematst. Je weet toch wat ze van plan waren? Ze wouen die klote pers naar z'n woning sturen en 'm daar de boeien omslaan.'

Killian gluurde kwaad naar Martin. 'Wie heeft gezegd dat 't zo moet?'

'Hoofdinspecteur Crowther.'

'Wanneer?'

'Gisteravond. Hij belde me thuis. Moet je luisteren, je kent Weiss toch. Dan hoef ik je toch niks te vertellen?'

'Dit... deugt... niet,' zei Killian. 'Ik had Bernie's woord. Dit... is... helemaal... fout. Zoiets flik je niet. Dit... deugt... niet.'

Martin en Goldberg draaiden zich alle twee om en keken hem aan.

'Dit zal ik niet vergeten,' zei Killian, 'en ik ben er niks blij mee.'

'Tjaaaaa... wat moeten we d'r mee,' zei Martin. 'Je hoeft ons de schuld niet te geven, ons maakt 't geen flikker uit of we 't zus doen of zo. Ga je maar bij Weiss beklagen.'

Ze waren nu op de FDR Drive en reden noordwaarts richting de Bronx. Het was gaan regenen. Het ochtendverkeer vormde al files aan de andere kant van de vangrails die de snelweg in tweeën deelde, maar aan deze kant van de weg waren er geen opstoppingen. Ze naderden een voetbrug die zich van de oever van Manhattan over de rivier naar een eilandje in het midden welfde. De pijler was, in een uitbarsting van euforie in de jaren zeventig, in heliotropisch heet paars geschilderd. Sherman raakte intens gedeprimeerd door de valse belofte die het ding uitstraalde.

Ik ga de gevangenis in!

Goldberg keerde zich weer om. 'Zeg, 't spijt me,' zei hij, 'maar ik moet je de handboeien omdoen. Ik kan er niet mee gaan zitten emmeren als we d'r zijn.'

'Dit is je reinste bullshit,' zei Killian. 'Dat weet jij ook, hopelijk.'

'Zo is de wèhèt!' zei Goldberg klaaglijk. 'Als je iemand opbrengt voor 'n zwaar misdrijf hoor je 'm te boeien. Ik geef toe da'k 't niet altijd doe, maar die verdomde hoofdinspecteur is er.'

Goldberg stak zijn rechterhand op. Hij hield een stel handboeien omhoog. 'Steek je polsen op,' zei hij tegen Sherman, 'zodat we dit kunnen regelen.'

Sherman keek naar Killian. De spieren in Killians kaak waren opgezwollen. 'Oké, doe 't maar!' zei hij tegen Sherman met het soort schelle nadruk dat wil zeggen: 'Hier zal iemand voor *boeten!*'

Martin zei: 'Moet je luisteren. Waarom doe je je jasje niet uit. Hij boeit je van voren in plaats van op je rug, en je kunt 't jasje over je polsen houen en dan kun je die kutboeien niet eens meer zien.'

Zoals hij het zei leek het wel of ze vier vrienden waren die samen één front vormden tegen een hard noodlot. Even voelde Sherman zich wat beter. Hij worstelde zich uit zijn tweed jasje. Toen leunde hij voorover en stak zijn handen door de ruimte tussen de twee stoelen voorin.

Ze reden over een brug... misschien de Willis Avenue Bridge... hij wist eigenlijk niet welke brug het was. Het enige dat hij wist, was dat het een brug was, en dat hij over de Harlem River ging, weg van Manhattan. Goldberg klikte de boeien om zijn polsen. Sherman leunde achterover op de bank en keek omlaag, en daar zat hij dan, in de ketenen.

Het ging harder regenen. Ze kwamen aan de andere kant van de brug. Nou, hier was het dan, de Bronx. Het leek net een oud, verlopen gedeelte van Providence, Rhode Island. Er stonden wat massieve lage gore gebouwen weg te rotten, en brede levenloze zwarte straten liepen heuvelop en heuvelaf. Martin sloeg af en reed via een oprit een andere snelweg op.

Sherman wilde zijn hand naar achteren steken om zijn jasje te pakken en het over de handboeien te leggen. Toen hij besefte dat hij het met zijn beide handen moest pakken, en toen de boeien bij de poging in zijn polsen sneden, sloeg er een golf van vernedering... en *schaamte!*... door hem heen. Hier zat hijzelf, dezelfde persoon die bestond in de unieke en gewijde en ontoegankelijke smeltkroes in het centrum van zijn geest, en die nu geketend was... in de Bronx... Natuurlijk was dit een hallucinatie, een nachtmerrie, een streek van zijn geest, en zou hij een doorschijnende sluier wegtrekken... en... De regen viel harder, de ruitenwissers zwiepten heen en weer voor de ogen van de twee politiemannen.

Met de handboeien om kon hij het jasje niet over zijn polsen draperen. Het bleef in een prop zitten. Killian hielp hem. Er zaten drie of vier piepschuim pinda's op het jasje. Op zijn broekspijp zaten er nog twee. Hij kon er onmogelijk bij met zijn vingers. Misschien kon Killian... Nou ja, wat maakte het uit?

Daar rechts voor hen... Yankee Stadium!... Een houvast! Iets waaraan hij zich kon vastklampen! Hij was wel eens naar het Yankee Stadium geweest! Alleen voor wedstrijden in de World Series... Maar toch, hij was er geweest! Het maakte deel uit van een normale, ordentelijke wereld! Niet deze... Kongo!

De auto reed een afrit af en verliet de snelweg. De weg liep rond de voet van de reusachtige kuip van het stadion. Het was nog geen tien meter van hem vandaan. Er stond een dikke man met wit haar in een trainingspak met 'New York Yankees' erop naast wat een klein kantoordeurtje leek. Sherman was naar de World Series geweest met Gordon Schoenburg, wiens bedrijf een loge had voor het hele seizoen, en Gordon had tussen de vijfde en de zesde innings een souper geserveerd uit zo'n rieten picknickmand met allemaal vakken en roestvrijstalen eetgerei, en hij had zuurdesembrood en pâté en kaviaar aan iedereen uitgedeeld, en een stel dronkelappen die dat vanaf het gangpad achter de loges zagen waren daar pissig om geworden en gingen heel beledigende dingen roepen en een woord herhalen dat ze Gordon hadden horen zeggen. Dat woord was *ongelooflijk*, dat ze almaar bleven herhalen als *ongelòòòòflijk*. 'Gôh, ongelòòòòflijk!' riepen ze. 'Gôh, ongelòòòòflijk!' Dat was zo ongeveer alsof ze Gordon een mietje noemden, en Sherman was dat altijd bijgebleven, ook al sprak niemand erover naderhand. Wat een belediging! Wat een zinloze vijandigheid! Wat een haat! Martin en Goldberg! Het waren allemaal Martins en Goldbergs.

Toen draaide Martin een brede straat in, en ze gingen onder een traject van de ondergrondse door die daar een eind boven de grond liep en reden een heuvel op. Er liepen meest donkere mensen op het trottoir die zich voorthaastten door de regen. Ze zagen er allemaal zo donker en doorweekt uit. Een heleboel grijze haveloze winkeltjes, net als in de verlopen centra van steden door heel Amerika heen, Chicago, Akron, Allentown... De Maffeteria, de snookerzaal, de winkel met koffers en tassen, het reisbureautje...

De ruitenwissers veegden plenzen regen opzij. Boven op de heuvel stond een imposant gebouw van kalksteen dat een heel straatblok leek te beslaan, het soort monumentale bouwwerk dat je in Washington ziet. Aan de overkant hing aan de zijgevel van een laag kantoorgebouw een gigantisch bord met ANGELO COLON, U.S. CONGRESS erop. Ze gingen de top van de heuvel over. Wat hij aan de andere kant van de heuvel zag gaf hem een schok. Het was niet enkel haveloos en doorweekt, maar een ruïne, als na de een of andere natuurramp. Rechts was een groot gat in de grond waar vroeger een huizenblok gestaan had, met rollen prikkeldraad bovenop het hek dat eromheen stond en hier en daar een schriel trompetboompje. Eerst leek het wel een autokerkhof. Toen zag hij dat het een parkeerplaats was, een uitgestrekte groeve voor auto's en vrachtwagens, zo te zien ongeplaveid. Links stond een nieuw gebouw, modern in de goedkope zin van het woord, somber, verregend.

Martin stopte en wachtte tot het verkeer dat van de andere kant kwam voorbij was en hij linksaf kon slaan.

'Wat is dat?' vroeg Sherman aan Killian, en knikte met zijn hoofd naar het gebouw.

'Het Criminal Courts Building.'

'Daar moeten we zijn?'

Killian knikte en staarde toen recht voor zich uit. Hij zag er gespannen uit. Sherman voelde zijn hart voortjakkeren. Af en toe had hij hartkloppingen.

In plaats van stil te houden voor het gebouw reed Martin een helling af aan de zijkant. Daar stond, bij een verveloos stalen deurtje, een rij mannen en achter hen een ordeloos samenraapsel van dertig of veertig mensen, meest blanken, ineengedoken in de regen, gehuld in poncho's, gewatteerde jacks, vuile regenjassen. Een kantoor van de bijstand, dacht Sherman. Nee, een gaarkeuken. Ze zagen eruit als de mensen die hij voor een kom soep in de rij had zien staan bij de kerk op Madison Avenue bij Seventy-first Street. Maar hun vertwijfelde, uitgeputte ogen richtten zich alle, als op commando, op de auto – op hem – en opeens zag hij de camera's.

De meute schudde zich, leek het wel, als een enorme vuile wijdbeens staande hond, en kwam op de auto afgesprongen. Sommigen renden, en hij kon televisiecamera's op en neer zien schokken.

'Jezus Christus,' zei Martin tegen Goldberg. 'Stap uit en hou dat portier open of we krijgen 'm verdomme nooit uit deze kar.'

Goldberg sprong eruit. Meteen waren overal verlopen doorweekte mensen. Sherman kon het gebouw niet meer zien. Hij zag alleen die meute die de auto insloot.

Killian zei tegen Sherman: 'Luister. Je zegt niks. Je toont geen enkele emotie. Je houdt niks voor je gezicht, je houdt je hoofd niet omlaag. Je weet niet eens dat ze d'r zijn. Er valt met deze teringlijers niks te beginnen, dus je hoeft 't niet eens te proberen. Ik stap eerst uit.'

Bingo! In één vloeiende beweging zwaaide Killian zijn voeten over Shermans knieën en rolde over hem heen. Zijn ellebogen raakten Shermans over elkaar geslagen handen en dreven de handboeien in zijn onderbuik. Shermans tweed jasje lag verfrommeld over zijn handen. Er zaten vijf of zes piepschuim pinda's op, maar daar kon hij niets tegen doen. Het portier was open, en Killian was de auto uit. Goldberg en Killian hielden hun handen naar hem uitgestoken. Sherman zwaaide zijn voeten naar buiten. Killian, Goldberg en Martin hadden met hun lichaam een haag gevormd rond het portier. De meute verslaggevers, fotografen en cameramannen drong achter hen op. Mensen schreeuwden. Eerst dacht hij aan een opstootje. Ze probeerden hem te pakken te krijgen! Killian stak zijn hand onder Shermans jasje en trok hem aan de handboeien overeind. Iemand stak een camera over Killians schouder in Shermans gezicht. Hij dook weg. Toen hij omlaag keek, zag hij dat er vijf, zes, zeven, de hemel wist hoeveel piepschuim pinda's aan zijn broek kleefden. Ze zaten overal op zijn jasje en zijn broek. De regen gutste langs zijn voorhoofd en zijn wangen. Hij wilde zijn gezicht afvegen, maar toen realiseerde hij zich dat hij dan beide handen met het jasje omhoog moest doen, en hij wilde niet dat ze zijn handboeien zouden zien. Dus liep het water gewoon naar beneden. Hij kon het in zijn boord voelen lopen. Door de handboeien zakten zijn schouders naar voren. Hij probeerde zijn schouders naar achteren te trekken, maar opeens rukte Goldberg hem bij zijn elleboog naar voren. Hij begon hem door de meute heen te loodsen.

'Sherman!'

'Hier, Sherman!'

'Hé, Sherman!'

Ze riepen allemaal Sherman! Zijn voornaam! Hij was ook aan hen overgeleverd! Die uitdrukking op hun gezicht! Zo'n meedogenloze intensiteit! Ze stootten hun microfoons in zijn richting. Iemand ramde tegen Goldberg op en kegelde hem tegen Sherman aan. Goldberg zwiepte keihard zijn elleboog en onderarm naar voren, er klonk een doffe bons, en de camera viel op de grond. Goldberg had zijn andere arm nog steeds achter Shermans elleboog gehaakt. De kracht van Goldbergs stoot trok Sherman uit balans. Sherman deed een stap opzij en zijn voet kwam terecht op het been van een man die over de grond kronkelde. Het was een klein mannetje met donker krulhaar. Goldberg stapte op de koop toe op zijn buik. De man ging *Oeoeoeaaahhh*.

'Hé, Sherman! Hé, klojo!'

Geschokt keek Sherman opzij. Het was een fotograaf. Zijn gezicht ging half schuil achter zijn camera. Op de andere helft zat een stukje wit papier. Wc-papier. Sherman kon de lippen van de man zien bewegen. 'Goed zo, klojo, kijk maar recht hierheen!'

Martin stond voor Sherman en probeerde zich een weg te banen. 'Opzij! Opzij! Donder een eind op!'

Killian nam Sherman bij zijn andere elleboog en probeerde hem aan die kant af te schermen. Maar nu werden alle twee zijn ellebogen naar voren getrokken, en hij voelde zichzelf voorwaarts wankelen, kletsnat, met afhangende schouders. Hij kon zijn hoofd niet omhoog houden.

'Sherman!' De stem van een vrouw. Er hing een microfoon voor zijn gezicht. 'Ben je al eens eerder gearresteerd?'

'Hé, Sherman! Ga je schuld bekennen?'

'Sherman! Wie is de brunette?'

'Sherman! Heb je 'm expres geraakt?'

Ze staken de microfoons tussen Killian en Martin en tussen Martin en Goldberg door. Sherman probeerde zijn hoofd omhoog te houden, maar een van de microfoons kwam met een klap tegen zijn kin aan. Hij kromp ineen. Telkens als hij omlaag keek, kon hij de witte piepschuim pinda's op zijn jasje en zijn broek zien zitten.

'Hé, Sherman! Klootzak! Leuke cocktailparty, hè?'

Wat een beledigingen! Ze kwamen van de fotografen. Ze probeerden alles om hem hun kant uit te laten kijken, maar – wat een beledigingen! Wat een vuilspuiterij! Er was niets te schunnig om hem mee te beledigen! Hij was... van hun! Hun prooi! Hij was hun toegeworpen! Ze konden doen wat ze wilden! Hij vond hen weerzinwekkend – maar hij voelde zich zo beschaamd. De regen liep in zijn ogen. Hij kon er niets tegen doen. Zijn overhemd was kletsnat. Ze kwamen niet meer vooruit. Het stalen deurtje was nog geen tien meter van hen vandaan. Voor hen stond een rij mannen op elkaar gedrongen. Het waren geen verslaggevers of fotografen of cameramannen. Er stonden een paar politiemannen in uniform bij. En een stel Latino's, leek het, voor het merendeel jonge mannen. Verder nog wat blanken... zwervers... dakloze dronkelappen... nee, ze droegen een politie-insigne. Het waren politiemannen. Ze stonden met z'n allen in de regen. Ze waren drijfnat. Martin en Goldberg stonden nu tegen de Latino's en de politiemannen aan te dringen, met Killian en Sherman vlak achter hen. Goldberg en Killian hielden nog steeds Shermans ellebogen vast. De verslaggevers en cameramannen bleven van opzij en van achteren op hem afkomen.

'Sherman! Hé! Leg eens een verklaring af!'

'Eén foto maar!'

'... Park Avenue!...'

'... met opzet!...'

Martin draaide zich om en zei tegen Goldberg: 'Jezus Christus, ze hebben een inval gedaan bij die soos op 167th Street. D'r staan twaalf van die uitgefreakte klotecaramba's in de rij te wachten om te worden ingeboekt!'

'Prachtig,' zei Goldberg.

'Luister,' zei Killian, 'je móet 'm naar binnen zien te krijgen. Ga met Crowther praten als 't moet, maar zorg dat-ie naar binnen kan.'

Martin wrong zich de meute uit en was in minder dan geen tijd terug.

'Geen kans,' zei hij, en schudde verontschuldigend zijn hoofd. 'Hij zegt dat we dit helemaal volgens 't boekje doen. Hij moet op z'n beurt wachten.'

'Dit deugt van geen kant,' zei Killian.

Martin haalde zijn wenkbrauwen op. (Ik weet 't, ik weet 't, maar wat kan ik eraan doen?)

'Sherman! Wat dacht je van een verklaring!'

'Sherman! Hé, kuttekop!'

'Oké!' Dat was Killian die schreeuwde. 'Jullie willen 'n verklaring? De heer McCoy legt geen verklaring af. Ik ben z'n advocaat, en ik zal een verklaring afleggen.'

Nog meer geduw en gedrang. De microfoons en camera's richtten zich allemaal op Killian.

Sherman stond vlak achter hem. Killian liet zijn elleboog los, maar Goldberg hield de andere nog vast.

Iemand riep: 'Hoe heet je?'

'Thomas Killian.'

'Hoe spel je dat?'

'K-I-L-L-I-A-N. Oké? Dit is een *circusarrestatie!* Mijn cliënt is te allen tijde bereid geweest om voorgeleid te worden en te reageren op de beschuldigingen die tegen hem zijn ingebracht. In plaats daarvan is nu deze circusarrestatie op touw gezet, wat een flagrante schending is van de afspraken die tussen de officier van justitie en mijn cliënt gemaakt zijn.'

'Wat deed hij in de Bronx?'

'Dat is de verklaring, en dat is echt de hele verklaring.'

'Wil je zeggen dat-ie onschuldig is?'

'De heer McCoy wijst deze beschuldigingen volstrekt van de hand, en deze schandelijke circusarrestatie had nooit toegestaan mogen worden.'

De schouders van Killians pak waren doorweekt. De regen was door Shermans overhemd gedrongen, en hij kon het water op zijn huid voelen.

'¡Mira! ¡Mira!' Een van de Latino's riep steeds het woord ¡Mira!

Sherman stond daar met zijn natte, afhangende schouders. Hij voelde het gewicht van het kletsnatte jasje op zijn polsen. Over Killians schouder zag hij een woud van microfoons. Hij hoorde de camera's snorren. Die afgrijselijke koorts in hun gezichten! Hij wilde dat hij doodging. Hij had nog nooit eerder echt dood willen gaan, al had hij, als zoveel andere zielen, met dat gevoel gespeeld. Nu wilde hij echt dat God of de Dood hem zou verlossen. Zo afschuwelijk voelde hij zich, en in feite was dat gevoel een schroeiende schaamte.

'Sherman!'

'Smeerlap!'

'¡Mira! ¡Mira!'

En toen was hij dood, zo dood dat hij niet eens meer kon sterven. Hij had zelfs niet de wilskracht om zich te laten vallen. De verslaggevers en cameramannen en fotografen – wat een schunnige beledigingen! – ze waren er nog, geen meter van hem vandaan! – ze waren de maden en de vliegen, en hij was het dode beest dat ze hadden gevonden om overheen te krioelen en in te wroeten.

Killians zogenaamde verklaring had maar even hun aandacht afgeleid. Killian! – die beweerd had dat hij connecties had en er voor zou zorgen dat het geen gewone arrestatie was! Het *was* geen gewone arrestatie. Het was de *dood*. Elk greintje eergevoel, respect, waardigheid dat hij, een schepsel dat Sherman McCoy heette, misschien ooit had bezeten was weggenomen, *zomaar ineens*, en het was zijn dode ziel die nu hier in de regen stond, met handboeien om, in de Bronx, bij een verveloos stalen deurtje, achterin een rij van twaalf andere gevangenen. De maden noemden hem *Sherman*. Ze zaten bovenop hem.

'Hé, Sherman!'

'Ga je schuld bekennen of niet, Sherman!'

Sherman keek recht voor zich uit. Killian en de twee rechercheurs, Martin en Goldberg, probeerden nog steeds om Sherman af te schermen van de maden. Een cameraman van de televisie kwam dichterbij, een dikke kerel. De camera lag over zijn schouder als een granaatwerper.

Goldberg draaide zich om naar de man en riep: 'Haal dat kloteding uit m'n gezicht!'

De cameraman week terug. Wat idioot! Om helemaal moedeloos van te worden! Goldberg was nu zijn beschermer. Hij was Goldbergs schepsel, zijn dier. Goldberg en Martin hadden hun dier opgebracht, en nu waren ze vastbesloten om ervoor te zorgen dat het afgeleverd werd.

Killian zei tegen Martin: 'Dit is niet oké. Jullie moeten wat doen.'

Martin haalde zijn schouders op. Toen zei Killian in volle ernst: 'M'n schoenen gaan verdomme helemaal naar de kloten.'

'Meneer McCoy.'

Meneer McCoy. Sherman draaide zijn hoofd om. Een grote bleke man met lang blond haar stond vooraan een horde verslaggevers en cameramannen.

'Peter Fallow van The City Light,' zei de man. Hij had een Engels accent, een accent dat zo pompeus was dat het wel een parodie op een Engels accent leek. Stond hij hem in de maling te nemen? 'Ik heb u een paar keer gebeld. Ik zou erg graag uw kant van deze zaak horen.'

Sherman wendde zich af... Fallow, zijn bezeten kwelgeest in The City Light... Geen enkele scrupule om op hem af te lopen en zich voor te stellen... natuurlijk niet... zijn slachtoffer was dood... Hij zou hem moeten haten, en toch kon hij dat niet, omdat hij zichzelf nog veel meer verafschuwde. Hij was ook voor zichzelf dood.

Eindelijk waren alle gevangenen die bij de inval in de sociëteit waren gearresteerd binnen, en Sherman, Killian, Martin en Goldberg stonden buiten voor het stalen deurtje. 'Oké, raadsman,' zei Martin tegen Killian, 'wij zullen er verder wel voor zorgen.'

Sherman keek Killian dringend aan. (Je gaat toch wel met me mee naar binnen!) Killian zei: 'Ik ben boven als ze je voorgeleiden. Maak je maar nergens druk om. Maar denk eraan, leg geen verklaringen af, zeg niks over de zaak, ook niet in de cel, vooral niet in de cel.'

De cel! Er klonk geschreeuw vanachter de deur.

'Hoe lang gaat het duren?' vroeg Sherman.

'Ik weet niet precies. Ze moeten eerst die kerels doen die voor je zijn.' Toen zei hij tegen Martin: 'Luister. Doe d'r eens wat aan. Kijk of je z'n vingerafdrukken niet vóór dat hele stel kunt laten doen. Ik bedoel, Jezus nog an toe.'

'Ik zal 't proberen,' zei Martin, 'maar ik heb 't je al gezegd. Om de een of andere reden willen ze dit stap voor stap.'

'Zeker, maar jullie staan bij me in 't krijt,' zei Killian. 'En niet zo'n beetje ook.' Hij zweeg. 'Als je d'r maar wat aan doet.'

Opeens trok Goldberg Sherman bij zijn elleboog naar binnen. Martin kwam vlak achter hem aan. Sherman keek om naar Killian. Killians hoed was zo nat dat hij zwart leek. Zijn stropdas en de schouders van zijn pak waren doorweekt.

'Maak je geen zorgen,' zei Killian. 'Het komt allemaal dik in orde.'

Uit de manier waarop Killian dit zei wist Sherman dat zijn eigen gezicht een toonbeeld van pure radeloosheid moest zijn. Toen ging de deur dicht; geen Killian meer. Sherman was van de wereld afgesneden. Hij had gedacht dat hij geen angst meer had, alleen maar wanhoop. Maar hij was weer net zo bang als voorheen. Zijn hart begon te bonken. De deur was dicht, en hij was opgegaan in de wereld van Martin en Goldberg in de Bronx.

Hij bevond zich in een grote lage ruimte die door hokjes onderbroken werd, sommige met vensterglas in de ramen, als de binnenramen van een radio- of televisiestudio. Er waren geen buitenramen. Een fel elektrisch licht vulde de ruimte. Er liepen mensen in uniform rond, maar de uniformen waren niet allemaal hetzelfde. Twee mannen met hun handen op hun rug geboeid stonden voor een hoge balie. Twee jonge mannen in lompen stonden naast hen. Een van de gevangenen keek over zijn schouder en zag Sherman en stootte de ander aan, en die draaide zich om en keek naar Sherman, en ze lachten alle twee. Ergens van de zijkant vandaan kon Sherman de kreet horen die hij buiten ook had gehoord, een man die schreeuwde: '¡Mira! ¡Mira!' Er klonk wat gegiechel en toen het harde winderige geluid van iemand die zijn darmen leegt. Een diepe stem zei: 'Gatverdarrie. Smeerpijp.'

Een andere stem zei: 'Oké, haal 'm eruit. Spuit 't schoon.'

De twee mannen in lompen bukten zich achter de twee gevangenen. Achter de balie zat een reusachtige politieman met een volstrekt kaal hoofd, een grote neus en vooruitstekende kaken. Hij leek op z'n minst zestig jaar oud. De mannen in lompen maakten de handboeien van de twee gevangenen los. Een van de jonge mannen in lompen had een gewatteerd vest aan over een gescheurd zwart t-shirt. Hij droeg sneakers en een vuile camouflagebroek, heel nauw bij de enkels. Er zat een insigne, een politie-insigne, op het gewatteerde vest. Toen zag Sherman dat de ander ook een insigne had. Er kwam een oude politieman naar de balie toe en zei: 'Zeg, Engel, Albany is uitgevallen.'

'Prachtig,' zei de man met het kale hoofd. 'We hebben deze lading hier al, en de dienst is net begonnen.'

Goldberg keek naar Martin en rolde met zijn ogen en grijnsde en keek toen naar Sherman. Hij had Sherman nog steeds bij zijn elleboog. Sherman keek omlaag. Piepschuim pinda's! De piepschuim inpakpinda's die hij op de achterbank van Martins auto op zijn kleren had gekregen zaten overal. Ze zaten aan zijn in elkaar gefrommelde jasje over zijn polsen. Zijn tweed broek zat onder. Zijn broek was nat, gekreukt, vormeloos om zijn knieën en zijn dijen gedraaid, en de piepschuim pinda's zaten eraan vastgehecht als ongedierte.

Goldberg zei tegen Sherman: 'Zie je dat hok daar?'

Sherman keek door een groot raam met spiegelglas het hok in. Er stonden archiefkasten en stapels papier. In het midden stond een groot beige-grijs apparaat. Twee politiemannen stonden ernaar te staren.

'Dat is 't fax-apparaat waarmee de vingerafdrukken naar Albany gestuurd worden,' zei Goldberg. Hij zei het op een plezierig soort lijzig dreuntje, zoals je iets tegen een kind zou zeggen dat bang en beduusd is. De toon alleen al joeg Sherman angst aan. 'Een jaar of tien geleden,' zei Goldberg, 'kreeg de een of andere knappe kop 't idee – was dat tien jaar geleden, Marty?'

'Weet ik veel,' zei Martin. 'Ik weet wèl dat het 'n verdomd stom idee was.'

'In ieder geval, iemand kreeg 't idee om alle vingerafdrukken voor de hele staat New York in dat ene klote archief in Albany te stoppen... snap je... en toen hebben ze alle afdelingen van de Centrale Registratie met Albany verbonden, en je stuurt de afdrukken naar Albany met de computer, en je krijgt je rapport, en de verdachte gaat naar boven om voorgeleid te worden... snap je... Alleen is 't een ontieglijke puinhoop in Albany, vooral als de machine uitvalt, zoals nu.'

Sherman kon niets in zich opnemen van wat Goldberg zei, behalve dat er iets fout was gegaan en dat Goldberg meende dat hij zich uit moest sloven om aardig te zijn en het uit te leggen.

'Tja,' zei Martin tegen Sherman, 'wees maar blij dat 't halfnegen 's ochtends is en niet halfvijf 's middags. Als 't middag was zou je waarschijnlijk moeten overnachten in 't huis van bewaring of zelfs op Rikers.'

'Rikers Island?' vroeg Sherman. Zijn stem was schor. Hij kreeg de woorden bijna niet uit zijn keel.

'Precies,' zei Martin, 'als Albany 's middags uitvalt kun je 't wel schudden. Je kunt hier 's nachts niet blijven, dus brengen ze je naar Rikers. Geloof me maar, je mag nog blij zijn.'

Hij mocht blij zijn, zei hij. Het was de bedoeling dat Sherman hen nu aardig vond! Hierbinnen waren zij zijn enige vrienden! Sherman stond te trillen van angst.

Iemand riep: 'Wie is er hier in jezusnaam *doodgegaan!*'

De stank bereikte de balie.

'*Da's* nog 'ns walgelijk,' zei de kale man genaamd Engel. Hij keek om zich heen. 'Spuit 't schoon!'

Sherman volgde zijn blik. Aan de zijkant, in een gang, zag hij twee cellen. Witte tegels en tralies; het leek of ze gebouwd waren van witte baksteentegels, als een openbaar toilet. Voor een van de cellen stonden twee politieagenten.

Een van de twee schreeuwde door de tralies: 'Wat heb je?'

Sherman kon de druk van Goldbergs reusachtige hand die hem naar voren duwde op zijn elleboog voelen. Hij stond voor de balie en staarde omhoog naar de Engel. Martin had een bundel papieren in zijn hand.

De Engel zei: 'Naam?'

Sherman probeerde te spreken maar kon geen woord uitbrengen. Zijn mond was totaal uitgedroogd. Het leek of zijn tong vast zat aan zijn verhemelte.

'Naam?'

'Sherman McCoy.' Het was ternauwernood gefluister te noemen.

'Adres?'

'Park Avenue 816. New York.' Hij voegde er 'New York' aan toe uit bescheidenheid en gehoorzaamheid. Hij wilde het niet doen voorkomen alsof hij gewoon maar aannam dat de mensen hier in de Bronx wisten waar Park Avenue was.

'Park Avenue 816, New York. Leeftijd?'

'Achtendertig'.

'Al eerder gearresteerd?'

'Nee.'

'Zeg, Engel,' zei Martin. 'Meneer McCoy hier is heel behulpzaam geweest... en eh... kan-ie niet ergens hier gaan zitten in plaats van dat je 'm daar bij dat tuig stopt? Die verdomde zogenaamde persjongens daarbuiten hebben 'm al behoorlijk te pakken genomen.'

Een golf van diepe, sentimentele dankbaarheid spoelde door Sherman heen. Het was een irrationeel gevoel, dat wist hij ook, maar evengoed was het er.

De Engel blies zijn wangen op en staarde in de verte, alsof hij zat te peinzen. Toen zei hij: 'Onmogelijk, Marty.' Hij deed zijn ogen dicht en stak zijn enorme kin omhoog, alsof hij wilde zeggen: 'Die lui boven.'

'Wat maken die zich nou te sappel? Voor die verdomde gifkikkers van de tv heeft-ie daarbuiten verdomme een halfuur in de regen moeten staan. Moet je 'm nou zien. Hij ziet eruit alsof-ie hier door 't riool naar toe gekropen is.'

Goldberg grinnikte. Toen zei hij tegen Sherman, om hem niet te krenken: 'Je ziet er niet op je best uit. Dat *weet* je.'

Zijn enige vrienden! Sherman kon wel huilen, en helemaal omdat dit vreselijke, erbarmelijke gevoel echt was.

'Gaat niet,' zei de Engel. 'We moeten de hele procedure doen.' Hij deed zijn ogen weer dicht en stak zijn kin omhoog. 'Je kan de boeien afnemen.'

Martin keek naar Sherman en trok één mondhoek opzij. (Nou, vriend, we hebben het geprobeerd.) Goldberg maakte de handboeien los en haalde ze van Shermans polsen. Er zaten witte banden om zijn polsen waar het metaal had gezeten. De aderen op de rug van zijn handen waren opgezwollen van het bloed. *M'n bloeddruk staat op springen.* Overal op zijn broek zaten piepschuim pinda's. Martin gaf hem zijn doorweekte jasje. Dat zat ook onder de piepschuim pinda's.

'Maak je zakken leeg en geef alles aan mij,' zei de Engel.

Op advies van Killian had Sherman niet veel bij zich. Vier biljetten van vijf dollar, ongeveer een dollar in kleingeld, een sleutel van zijn huis, een zakdoek, een balpen, zijn rijbewijs – om de een of andere reden had hij gedacht dat hij een legitimatiebewijs nodig zou hebben. Terwijl hij elk artikel overhandigde, beschreef de Engel het hardop – 'twintig dollar in biljetten, een zilveren balpen' – en gaf het aan iemand die Sherman niet kon zien.

Sherman zei: 'Kan ik mijn... zakdoek houden?'

'Laat 'ns zien.'

Sherman hield hem omhoog. Zijn hand trilde waanzinnig.

'Die kun je wel houden. Maar dat horloge moet ik hebben.'

'Het is maar – het is maar een goedkoop horloge,' zei Sherman. Hij hield zijn hand omhoog. Het horloge was van plastic met een nylon bandje. 'Het kan me niet schelen als er wat mee gebeurt.'

'Nee, kan niet.'

Sherman maakte het bandje los en gaf hem het horloge. Er voer weer een huivering van paniek door hem heen.

'Alstublieft,' zei Sherman. Zodra hij het woord uitgesproken had wist hij dat hij dat niet had moeten zeggen. Hij stond te smeken. 'Hoe kan ik anders weten – kan ik het horloge niet houden?'

'Heb je 'n afspraak of zo?' De Engel deed een poging tot een glimlach om duidelijk te maken dat hij maar een grapje maakte. Maar hij gaf het horloge niet terug. Toen zei hij: 'Oké, nou je riem en je veters nog.'

Sherman gaapte hem aan. Het drong tot hem door dat zijn mond openstond. Hij keek naar Martin. Martin stond naar de Engel te kijken. Toen deed Martin zijn ogen dicht en stak zijn kin omhoog, net als de Engel gedaan had, en zei: 'Nou nou.' (Ze hebben *echt* de pik op hem.)

Sherman maakte zijn riem los en trok hem uit de lussen. Meteen zakte zijn broek omlaag om zijn heupen. Hij had het pak een hele tijd niet gedragen, en de taille was veel te wijd. Hij trok zijn broek omhoog en propte zijn overhemd er weer in, en de broek zakte weer omlaag. Hij moest hem van voren ophouden. Hij hurkte om zijn schoenveters los te maken. Wat een miserabele stakker was hij nu, in elkaar gedoken aan de voeten van Martin en Goldberg. Zijn gezicht was vlak bij de piepschuim pinda's op zijn broek. Hij kon de ribbeltjes erop zien zitten. Een soort afschuwelijke beestjes of parasieten! De warmte van zijn lichaam en de dampige wol van zijn broek gaven een onaangename lucht. Hij was zich bewust van de vochtige geur van zijn oksels onder het klamme overhemd. Hij zag eruit als een schooier. Er was geen ander woord voor. Hij had het gevoel dat een van hen, Martin, Goldberg of de Engel, gewoon op hem zou gaan staan, en *plop*, dat was het dan. Einde. Hij trok de veters uit zijn schoenen en kwam overeind. Hij voelde zich duizelig worden toen hij uit zijn gehurkte houding opstond. Even dacht hij dat hij flauw zou vallen. Zijn broek zakte weer af. Met één hand trok hij hem op en met de andere gaf hij de Engel zijn veters. Het leken net twee gedroogde dode dingetjes.

De stem achter de balie zei: 'Twee bruine schoenveters.'

'Oké, Engel,' zei Martin, 'we laten 'm aan jou over.'

'Goed,' zei de Engel.

'Nou, succes, Sherman,' zei Goldberg, en grijnsde vriendelijk.

'Bedankt,' zei Sherman. Het was afgrijselijk. Hij stelde het nog echt op prijs ook.

Hij hoorde een celdeur openschuiven. In het gangetje stonden drie politie-agenten die een groep Latino's een cel uitdreven naar de cel ernaast. Sherman herkende een paar van de mannen die buiten voor hem in de rij gestaan hadden.

'Oké, kap ermee en schiet op, daarheen.'

'¡Mira! ¡Mira!'

Er bleef één man in de gang staan. Een politieagent had hem bij zijn arm. Hij was lang, had een lange hals, en zijn hoofd wiebelde heen en weer. Hij leek behoorlijk dronken. Hij stond in zichzelf te mompelen. Toen sloeg hij zijn ogen ten hemel en schreeuwde: '¡Mira!' Hij hield zijn broek op net als Sherman.

'Hé, Engel, wat moet ik met deze hier? Z'n hele *broek* zit onder!' De politie-agent zei dat *broek* vol walging.

'Tja, shit,' zei Engel. 'Trek die broek van z'n reet en begraaf 'm, en spuit hemzelf dan ook af, en geef 'm zo'n groene werkbroek.'

'Ik zou 'm voor geen goud aan willen raken, brigges. Heb je niet zo'n ding met 'n grijper waar ze in de supermarkt blikken mee van 't schap halen?'

'Ja, die heb ik wel,' zei de Engel, 'en daar zal ik jouw ding 'ns mee grijpen.'

De politieagent duwde de lange man terug naar de eerste cel. De benen van de lange man leken wel die van een marionet.

De Engel zei: 'Wat heb je allemaal aan jouw broek zitten?'

Sherman keek omlaag. 'Ik weet het niet,' zei hij. 'Die lagen op de achterbank van de auto.'

'Welke auto?'

'Die van rechercheur Martin.'

De Engel schudde zijn hoofd alsof hij nou alles wel had meegemaakt. 'Oké, Tanooch, breng 'm naar Gabsie.'

Een jonge blanke agent pakte Sherman bij zijn elleboog. Sherman hield met zijn hand zijn broek op, en dus kwam zijn elleboog omhoog als de vleugel van een vogel. Zelfs de tailleband van zijn broek was vochtig. Hij droeg zijn natte jasje over zijn andere arm. Hij begon te lopen. Zijn rechtervoet schoot uit zijn schoen omdat er geen veter in zat. Hij bleef staan, maar de politieagent liep door en rukte zijn elleboog naar voren. Sherman stak zijn voet weer in de schoen, en de agent gebaarde naar het gangetje. Sherman begon te schuifelen, zodat zijn voeten niet uit zijn schoenen zouden schieten. De schoenen maakten een zompend geluid omdat ze zo nat waren.

Sherman werd naar het hok met de grote ramen gebracht. Aan de andere kant van het gangetje waren de twee cellen, waar Sherman nu een blik in kon werpen. In de ene zag hij een stuk of tien gestalten, tien vormeloze gedaanten in grijs en zwart, tegen de muren zitten. De deur naar de andere cel stond open. Er zat maar één man in, de lange man, in elkaar gezakt op een richel. Er lag een bruine hoop op de vloer. De stank van uitwerpselen was overweldigend.

De politieagent duwde Sherman het hok met de ramen in. Daar stond een reusachtige politieman met sproeten op zijn brede gezicht en blond golvend haar, die hem van top tot teen bekeek. De agent die Tanooch heette zei: 'McCoy,' en gaf de grote een vel papier. De kamer stond vol metalen dingen: een soort metaaldetector, zo'n poortje dat je op vliegvelden ziet, een camera op een statief, en iets dat leek op een muziekstandaard behalve dat het bovenblad veel te klein was om bladmuziek op te leggen.

'Oké, McCoy,' zei de grote politieman, 'loop maar door dat poortje daar.'

Zomp, zomp, zomp... met zijn ene hand zijn broek ophoudend en het jasje in de andere schuifelde Sherman door het poortje. Het apparaat begon luid te gieren.

'Ho, stop,' zei de politieman. 'Oké, geef me je jasje.'

Sherman gaf hem het jasje. De man voelde in de zakken en begon toen het jasje van boven tot onder te kneden. Hij gooide het over de rand van een tafel.

'Oké, doe je benen uit mekaar en steek je armen opzij, zoals ik.'

De politieman spreidde zijn armen alsof hij een zwaluwsprong ging doen.

Sherman staarde naar de rechterhand van de politieman. Hij droeg een doorzichtige rubber operatiehandschoen die tot halverwege zijn arm kwam.

Sherman spreidde zijn benen. Toen hij zijn armen uitstak, zakte zijn broek een heel eind naar beneden. De man kwam naar hem toe en begon op zijn armen te kloppen, zijn borst, zijn ribben, zijn rug en toen zijn heupen en zijn benen. De hand met de rubber handschoen schuurde onaangenaam. Een nieuwe golf paniek... Hij staarde ontzet naar de handschoen. De man keek hem aan en gromde, kennelijk geamuseerd, en hield toen zijn rechterhand omhoog. De hand en de pols waren reusachtig. De akelige rubber handschoen hing vlak voor Shermans gezicht.

'Maak je maar niet druk om die handschoen,' zei hij. 'Het punt is, ik moet je vingerafdrukken nemen en dan moet ik je vingers één voor één oppakken en ze op 't stempelkussen drukken... Snap je?...' Hij sprak op conversatietoon, gemoedelijk, alsof ze met z'n tweeën in een steegje stonden en hij uitlegde hoe de motor van zijn nieuwe Mazda werkte. 'Dat doe ik de hele dag door, en ik krijg inkt aan m'n handen, en om te beginnen wordt m'n huid ruw, en soms krijg ik niet alle inkt eraf, en dan ga ik naar huis, en alles in de hele woonkamer is wit, dat wou m'n vrouw, en dan kom ik met m'n hand aan de bank of zo en dan krijgt m'n vrouw een rolberoerte.' Sherman gaapte hem aan. Hij wist niet wat hij moest zeggen. Deze reusachtige beer van een vent wilde aardig gevonden worden. Het was allemaal zo idioot. Misschien wilden ze allemaal wel aardig gevonden worden.

'Oké, loop nog 'ns door de poort.'

Sherman schuifelde nog een keer door het poortje, en het alarm ging weer af.

'Shit,' zei de man. 'Probeer 't nog 'ns.'

Het alarm ging voor de derde keer af.

'Daar snap ik geen reet van,' zei de man. 'Wacht even. Kom hier. Doe je mond open.'

Sherman deed zijn mond open.

'Hou 'm open... Wacht even, draai 'ns 'n beetje hierheen. Zo heb ik geen licht.' Hij wilde dat Sherman zijn hoofd in een rare scheve positie hield. Sherman kon het rubber van de handschoen ruiken. 'Sodeju. Je hebt daar verdomme een zilvermijn in zitten. Moet je luisteren. Buig je 'ns voorover. Zover mogelijk.'

Sherman boog zich voorover terwijl hij zijn broek met één hand ophield. Hij zou toch zeker niet –

'Nou achteruit door de poort, maar heel langzaam.'

Sherman begon achteruit te schuifelen, met zijn bovenlichaam bijna onder een hoek van negentig graden.

'Oké, langzaam, langzaam, langzaam – goed zo... ho!'

Sherman was nu bijna helemaal door het poortje. Alleen zijn schouders en zijn hoofd staken er nog aan één kant uit.

'Oké, een beetje naar achter... nog een beetje, nog een beetje, nog een beetje...'

Het alarm ging weer af.

'Ho! Ho! Houen zo! Blijf zo staan!' Het alarm bleef afgaan.

'Sodeju!' zei de grote man. Hij begon zuchtend in het rond te lopen. Hij sloeg zich met zijn handen op zijn dijen. 'Vorig jaar had ik er ook zo eentje. Oké, je kunt wel overeind komen.'

Sherman richtte zich op. Hij keek verbijsterd naar de grote man. De man stak zijn hoofd om de deur en riep: 'Hé, Tanooch! Kom 'ns hier! Moet je dit zien!'

In de openstaande cel aan de andere kant van het gangetje stond een politieagent met een slang de vloer schoon te spuiten. Het gekletter van het water echode van de tegels.

'Hé, Tanooch!'

De agent die Sherman binnengebracht had kwam door het gangetje aangelopen.

'Moet je dit 'ns zien, Tanooch.' Toen zei hij tegen Sherman: 'Oké, buig je voorover en doe dat nog 'ns. Achteruit door de poort, heel langzaam.'

Sherman boog zich voorover en deed wat hem gezegd werd.

'Oké, ho, ho, ho... Zie je dat, Tanooch? Tot nu toe nog niks. Oké, nog iets achteruit, nog iets, nog iets...' Het alarm ging af. De grote man hàd het weer niet meer. Hij stapte zuchtend en handenwringend in het rond. 'Heb je dat gezien, Tanooch! 't Is z'n *hoofd*! Ik zweer 't je!...'t Is die vent z'n hoofd!... Oké, kom maar overeind. Doe je mond open... Zo ja. Nee, deze kant op.' Hij draaide weer aan Shermans hoofd om meer licht te krijgen. 'Moet je hier 'ns in kijken. Wil je 'n beetje metaal zien?'

De man die Tanooch heette zei geen woord tegen Sherman. Hij wierp een blik in zijn mond, als iemand die een kruipruimte in een kelder inspecteert. 'Jezus Christus,' zei Tanooch. 'Je hebt gelijk. Dat gebit lijkt wel 'n kwartjesautomaat.' Toen zei hij tegen Sherman, alsof hij hem voor het eerst opmerkte: 'Hebben ze je wel 'ns in 'n vliegtuig toegelaten?' De grote kwam niet meer bij van het lachen. 'Je bent niet de eerste,' zei hij. 'Vorig jaar had ik er ook zo een. Ik dacht da'k gek werd. Ik kon er met m'n kop niet bij... *tering nog an toe*... weet je wel?' Opeens was het weer dat nonchalante toontje van ouwejongens-krentebrood. 'Dit apparaat is heel gevoelig, maar je hebt wel 'n bek vol metaal, dat moet ik zeggen.'

Sherman schaamde zich rot, totaal vernederd. Maar wat kon hij doen? Als hij braaf meespeelde konden deze twee hem misschien uit de... *cel!*... houden. Bij *die* mensen! Sherman stond daar maar, zijn broek op te houden.

'Wat is dat voor spul op je broek?' vroeg Tanooch.

'Piepschuim,' zei Sherman.

'Piepschuim,' zei Tanooch, en knikte met zijn hoofd, maar op een wijze alsof hij er niets van begreep. Hij ging de kamer uit.

Toen moest Sherman achter een metalen standaard gaan staan en nam de grote man twee foto's van hem, eentje van voren en een van opzij. Het begon Sherman te dagen dat dit de zogenaamde politiefoto's moesten zijn. Deze reusachtige grote beer had net een politiefoto van hem gemaakt, terwijl Sherman daar stond en zijn broek ophield. Hij bracht hem naar een balie en nam één voor één Shermans vingers en drukte ze op een stempelkussen en rolde ze toen op een voorbedrukt formulier. Het was een verrassend ruwe operatie. De man greep Shermans vingers beet alsof hij een mes of een hamer oppakte en plempte ze op het stempelkussen. Toen verontschuldigde hij zich.

'Je moet hier al 't werk alleen doen,' zei hij tegen Sherman. 'Je kan niet verwachten dat er hier iemand binnenkomt die een vinger voor je uitsteekt.'

Van de overkant van de gang kwam het rauwe geluid van iemand die kokhalsde. Er stonden drie Latino's bij de tralies van de cel.

'Aiiiiii!' gilde een van hen. 'De man kotsen! Hij hoop kotsen!'

Tanooch was er het eerste bij.

'Jezus nog an toe. Mooi is dat. Hé, Engel! Die kerel hier is een eenmans afvalschuit. Wat moeten we daar nou mee?'

'Dezelfde weer?' zei Engel.

Toen begon de stank van braaksel zich te verspreiden.

'Gatverdarrie, wat nou weer,' zei Engel. 'Spuit 't schoon en laat 'm daar maar zitten.'

Ze deden de tralies open en twee agenten bleven erbij staan terwijl een derde met de slang naar binnen ging. De gevangenen sprongen alle kanten op om niet nat te worden.

'Hé, brigges,' zei de politieman. 'Die vogel heeft z'n hele broek ondergekotst.'

'Die werkbroek?'

'Ja.'

'Krijg de klere. Spuit 'm schoon. 't Is hier geen wasserette.'

Sherman kon de lange man op de richel zien zitten met zijn hoofd omlaag. Zijn knieën zaten onder het braaksel, en hij leunde met zijn ellebogen op zijn knieën.

De grote man bekeek het hele gedoe door het raam van zijn hok. Hij stond met zijn hoofd te schudden. Sherman liep naar hem toe.

'Zeg, agent, is er niet een andere plek waar ik kan wachten? Ik kan daar niet naar binnen. Ik ben – ik kan het gewoon niet.'

De grote man stak zijn hoofd om de deur en riep: 'Hé, Engel, wat doen we met deze hier, McCoy?'

Engel keek op van zijn balie en staarde naar Sherman en wreef met zijn hand over zijn kale hoofd.

'Nou, eh…' Toen gebaarde hij met zijn hand naar de cel. 'Daarheen.'

Tanooch kwam binnen en nam Sherman weer bij de arm. Iemand maakte de traliedeur open. Tanooch duwde Sherman naar binnen, en die schuifelde de tegelvloer op terwijl hij zijn broek ophield. De tralies gingen achter hem dicht. Sherman staarde naar de Latino's die op de richel zaten. Ze staarden terug, allemaal behalve de lange, die nog steeds zijn hoofd omlaag hield en met zijn ellebogen door het braaksel op zijn knieën rolde.

De hele vloer helde af naar het afvoerputje in het midden. Hij was nog nat. Nu Sherman erop stond kon hij duidelijk voelen dat de vloer afliep. Er rolden nog wat druppels naar het putje. Dat was het hier: een afvoerpijp van de mensheid die, net als water, het laagste punt opzoekt, en de kraan van het mensenvlees stond open.

Hij hoorde de tralies achter zich dichtschuiven, en hij stond daar in de cel en hield met zijn rechterhand zijn broek op. Zijn jasje lag in de kromming van zijn linkerarm. Hij wist niet wat hij moest doen of zelfs waar hij moest kijken, en dus richtte hij zijn blik op een lege plek op de muur en probeerde... hen... te ontwaren aan de rand van zijn gezichtsveld. Hun kleren waren een wazige vlek grijs en zwart en bruin, behalve hun sneakers, die een patroon van rechte en golvende strepen over de vloer creëerden. Hij wist dat ze naar hem keken. Hij loerde naar de tralies. Niet één politieagent! Zouden ze er wel iets tegen doen als er iets...

De Latino's hadden alle zitplaatsen op de richel bezet. Hij koos een plek op een meter van het einde van de richel en leunde met zijn rug tegen de muur. Zijn ruggegraat deed zeer aan de muur. Hij tilde zijn rechtervoet op en zijn schoen viel uit. Zo terloops als hij kon schoof hij zijn voet er weer in. Toen hij naar zijn voet keek op de glanzende tegels kreeg hij het gevoel dat hij om zou vallen van duizeligheid. De piepschuim pinda's! Ze zaten nog steeds overal op zijn broekspijpen.

Hij werd gegrepen door de vreselijke angst dat ze zouden denken dat hij gestoord was, het soort hopeloze geval dat ze op hun gemak konden afmaken. Hij rook de stank van braaksel... braaksel en sigaretterook... Hij liet zijn hoofd op zijn borst zakken, alsof hij zat te doezelen, en keek naar hen vanonder zijn wenkbrauwen. Ze zaten naar hem te kijken! Ze zaten naar hem te kijken en sigaretten te roken. De lange, de man die de hele tijd '¡Mira! ¡Mira!' geroepen had, zat nog steeds op de richel met zijn hoofd omlaag en zijn ellebogen in het braaksel op zijn knieën.

Een van de Latino's stond op en kwam op hem toelopen! Hij kon hem uit zijn ooghoeken zien. Nu begon het! Ze wachtten niet eens!

De man ging vlak naast hem zitten en leunde net als hij tegen de muur. Hij had dun krullend haar, een snor die om zijn lippen naar beneden welfde, een beetje een gelige gelaatskleur, smalle schouders, een klein buikje en een krankzinnige blik in zijn ogen. Hij moest een jaar of vijfendertig zijn. Hij grijnsde, en daardoor zag hij er nog waanzinniger uit.

'Hé, man, ik zie jou buiten.'

Ziet me buiten!

'Met de tv, man. Waarom jij hier?'

'Roekeloze onachtzaamheid,' zei Sherman. Hij had het gevoel dat hij zijn laatste woorden op deze aarde uitkraste.

'Roekeloze onachtzaamheid?'

'Dat is... als je iemand met je auto raakt.'

'Met je auto? Je raak iemand met je auto, en de tv kom hier?'

Sherman haalde zijn schouders op. Hij had helemaal geen zin om nog iets te zeggen, maar zijn vrees dat hij dan ontoeschietelijk over zou komen kreeg de overhand.

'Waarvoor zit jij hier?'

'O, man, 220, 265, 225.' De kerel gebaarde met zijn hand door de lucht, alsof hij de hele wereld omvatte. 'Drugs, revolvers, gokspullen – aiiiii, de hele rotzooi, weetjewel?'

De man scheen nogal prat te gaan op zijn rampspoed.

'Je raak iemand met je auto?' vroeg hij nogmaals. Kennelijk vond hij dát maar onbenullig en slap. Sherman haalde zijn wenkbrauwen op en knikte mat.

De man ging weer op de richel zitten, en Sherman zag hem met drie of vier van zijn kameraden praten, die nog een keer naar Sherman keken en toen hun blik afwendden, alsof het nieuws hen verveelde. Sherman kreeg het gevoel dat hij ze teleurgesteld had. Wat idioot! En toch voelde hij dat zo.

Shermans angst maakte snel plaats voor verveling. De minuten kropen voorbij. Zijn linkerheup begon zeer te doen. Hij verplaatste zijn gewicht naar de rechterkant, en zijn rug deed zeer. Toen ging zijn rechterheup zeer doen. De vloer was betegeld. De wanden waren betegeld. Hij rolde zijn jasje op tot een kussen. Hij legde het op de vloer, vlak langs de muur, en ging zitten en leunde naar achter. Het jasje was vochtig, en zijn broek ook. Zijn blaas begon te zwellen, en hij voelde kleine mesjes van gas in zijn darmen.

De kleine man die een praatje met hem was komen maken, het mannetje dat de nummers kende, liep naar de tralies. Hij had een sigaret tussen zijn lippen. Hij nam de sigaret uit zijn mond en riep: 'Aiiiiii! Ik wil vuur!' Er kwam geen reactie van de politieagenten. 'Aiiiiii! Ik wil vuur!'

Ten slotte kwam de agent die Tanooch heette opdagen. 'Wat moet je?'

'Aiii, ik wil vuur.' Hij hield zijn sigaret omhoog.

Tanooch diepte een doosje lucifers op uit zijn zak en stak er een aan en hield die een meter of zo van de tralies vandaan. De kleine man wachtte, stak toen de sigaret tussen zijn lippen en drukte zijn gezicht tegen de tralies zodat de sigaret er buiten stak. Tanooch verroerde zich niet met de brandende lucifer. De lucifer ging uit.

'Aiiiiii!' zei het mannetje.

Tanooch trok zijn schouders op en liet de lucifer op de grond vallen.

'Aiiiiii!' De kleine man draaide zich om naar zijn kameraden en hield de sigaret in de lucht. (Hebben jullie gezien wat hij deed?) Een van de mannen die op de richel zaten lachte. Het mannetje trok een grimas om dit gebrek aan solidariteit. Toen keek hij naar Sherman. Sherman wist niet of hij zijn medeleven moest betuigen of de andere kant opkijken. Uiteindelijk zat hij maar wat te staren. De man liep op hem af en hurkte naast hem neer. De onaangestoken sigaret hing uit zijn mond.

'Zie je dat?' vroeg hij.

'Ja,' zei Sherman.

'Je wil vuur, ze horen te geven. Klootzak. Aiii... heb je sigaretten?'

'Nee, ze hebben alles afgepakt. Zelfs mijn schoenveters.'

'Echt waar?' Hij keek naar Shermans schoenen. Zelf had hij nog veters in, zag Sherman.

Hij hoorde de stem van een vrouw. Ze was ergens kwaad over. Ze verscheen in het gangetje langs de cel. Tanooch liep naast haar. Het was een lange magere vrouw met bruin krulhaar en een donkerbruine huid. Ze droeg een zwarte broek en een eigenaardig jasje met heel brede schouders. Tanooch bracht haar naar de kamer waar haar vingerafdrukken genomen moesten worden. Opeens draaide ze zich om en zei tegen iemand die Sherman niet kon zien: 'Grote zak van 'n...' Ze maakte de zin niet af. 'Ik zit tenminste niet de godganse dag in dit riool zoals jij! Denk daar maar 'ns over, dikke!'

Luid hoongelach van de agenten op de achtergrond.

'Kijk maar uit of hij trekt je door, Mabel.'

Tanooch gaf haar een duwtje. 'Schiet op, Mabel.'

Ze keerde zich tegen Tanooch. 'As je 't tegen mij heb dan noem je me maar bij m'n echte naam! Je hoef me geen Mabel te noemen!'

Tanooch zei: 'Direct noem ik je nog heel wat ergers,' en hij duwde haar verder.

'Twee-twintig-eenendertig,' zei de kleine man. 'Drugshandel.'

'Hoe weet je dat?' vroeg Sherman.

De kleine man sperde enkel zijn ogen open en trok een veelbetekenend gezicht. (Sommige dingen spreken vanzelf.) Toen schudde hij zijn hoofd en zei: 'De klerebus kom.'

'Bus?'

Het bleek dat mensen normaliter, als ze gearresteerd werden, eerst naar rayonpolitiebureaus gebracht werden en daar opgesloten. Op gezette tijden deed een politiebusje de ronde langs de bureaus en bracht de gevangenen naar de Centrale Registratie voor vingerafdrukken en voorgeleiding. Nu was er dus een nieuwe groep aangekomen. Ze zouden allemaal in deze cel terechtkomen, behalve de vrouwen. Die werden naar een andere cel gebracht, de gang door, om de hoek. En er zat helemaal geen schot in, want 'Albany' was uitgevallen.

Er kwamen nog drie vrouwen voorbij. Ze waren jonger dan de eerste.

'Twee-dertig,' zei de kleine man. 'Prostitutie.'

De kleine man die de nummers kende had gelijk. De bus was er. De optocht begon, van de balie van de Engel naar de kamer voor vingerafdrukken en dan naar de cel. Shermans angst begon weer op te spelen. Eén voor één kwamen drie grote zwarte jongens met kaalgeschoren hoofden, windjacks en grote witte sneakers de cel in. Alle nieuwkomers waren zwarten of Latino's. De meesten waren jong. Er waren er een paar bij die dronken leken. De kleine man die de nummers kende stond op en ging terug naar zijn kameraden om zijn plek op de richel veilig te stellen. Sherman was vastbesloten om zich niet te bewegen. Hij wilde onzichtbaar zijn. Zolang hij maar geen vin verroerde zouden ze hem niet opmerken.

Sherman staarde naar de vloer en probeerde niet aan de steken in zijn ingewanden en zijn blaas te denken. Een van de zwarte voegen tussen de tegels op de vloer begon te bewegen. Een kakkerlak! Toen zag hij er nog een... en nog een. Fascinerend! – en afschuwelijk. Sherman spiedde rond om te kijken of iemand anders ze ook had gezien. Het leek van niet – maar hij ving de blik van een van de drie zwarte jongens op. Ze zaten alle drie naar hem te kijken! Wat een smalle harde boosaardige gezichten! Hij kreeg meteen hartkloppingen. Hij zag hoe zijn voet op en neer schokte met het bonken van zijn hartslag. Hij staarde naar de kakkerlakken in een poging zichzelf tot bedaren te brengen. Een van de kakkerlakken was naar de dronken Latino gescharreld die op de vloer gezakt was. De kakkerlak begon tegen de hak van zijn schoen op te klimmen. Hij kroop langs zijn been omhoog. Hij verdween in zijn broekspijp. Toen kwam hij weer te voorschijn en klom over de omslag van zijn broek. Hij begon naar zijn knie te kruipen. Toen hij bij de knie was, nestelde hij zich te midden van het aangekoekte braaksel.

Sherman keek op. Een van de zwarte jongens kwam op hem af. Hij had een flauwe grijns op zijn gezicht. Hij leek ontzagwekkend groot. Zijn ogen stonden dicht bij elkaar. Hij droeg een zwarte broek met kachelpijpen en grote witte sneakers met klitteband in plaats van veters. Vlak voor Sherman boog hij zich voorover. Zijn gezicht was volkomen uitdrukkingsloos. Nog angstaanjagender! Hij keek Sherman recht in zijn gezicht.

'Hé, man, heb je 'n sigaret?'

'Nee,' zei Sherman. Maar hij wilde niet dat de ander dacht dat hij stoer deed of niets met hem te maken wilde hebben, en dus voegde hij eraan toe: 'Sorry. Ze hebben alles afgepakt.'

Zodra hij dit gezegd had, wist hij dat het een stomme zet was. Het was een excuus, een teken dat hij zwak was.

'Da's oké, man.' De jongen klonk bijna vriendelijk. 'Waar zit je voor?'

Sherman aarzelde. 'Doodslag,' zei hij. 'Roekeloze onachtzaamheid' was gewoon niet genoeg.

'O. Da's *erg*, man,' zei de jongen met wat door kon gaan voor een bezorgde stem. 'Wat is 'r gebeurd?'

'Niks,' zei Sherman. 'Ik weet niet waar ze het over hebben. Waarvoor zit jij hier?'

'Een 160-15,' zei de jongen. Toen voegde hij eraan toe: 'Gewapende overval.'

De jongen kneep zijn lippen samen. Sherman wist niet of hij daarmee wilde zeggen 'Niks bijzonders, gewapende overval' of 'Slaat nergens op, die beschuldiging'.

De jongen grijnsde naar Sherman. Hij keek hem nog steeds recht in zijn gezicht. 'Oké, meneer Doodslag,' zei hij, en hij stond op en draaide zich om en liep weg naar de andere kant van de cel.

Meneer Doodslag! Hij wist meteen dat hij arrogant tegen me kon doen! Wat zouden ze kunnen uithalen? Ze zouden toch niet... Er was eens een incident geweest – waar ook weer? – waarbij de gevangenen voor de tralies gingen staan zodat niemand naar binnen kon kijken in de cel terwijl de anderen... Maar zouden de anderen hier zoiets doen voor deze drie – zouden de Latino's dat doen?

Shermans mond schroeide, volkomen uitgedroogd. Hij had de hevige aandrang om te urineren. Zijn hart klopte angstig, hoewel niet zo snel als voorheen. Op dat ogenblik schoof de traliedeur open. Politieagenten. Een van hen droeg twee kartonnen dienbladen, zoals ze die in broodjeszaken gebruiken. Hij zette ze neer op de vloer van de cel. Op het ene lag een stapel sandwiches, op het andere stonden rijen plastic bekertjes.

De agent kwam overeind en zei: 'Oké, tijd om te bikken. Eerlijk alles delen, en ik wil geen gezeik horen.'

Er was geen stormloop op het eten. Toch was Sherman blij dat hij niet te ver van de dienbladen afzat. Hij stopte zijn vieze jasje onder zijn linkerarm en schuifelde er naar toe en pakte een sandwich die in folie gewikkeld was en een plastic bekertje met een heldere roze-achtige vloeistof erin. Toen ging hij weer op zijn jasje zitten en proefde van het drankje. Het had een slappe zoete smaak. Hij zette het plastic bekertje op de vloer naast zich en trok de folie van de sandwich. Hij deed de twee stukken brood een beetje van elkaar en gluurde naar wat er tussen zat. Een plak lunchworst met een ziekelijke gelige kleur. In het TL-licht van de cel zag het beleg er bijna geelgroen uit. Het was glad en slijmerig van buiten. Hij bracht de sandwich naar zijn gezicht en snoof. Er kwam een dode chemische lucht van het vlees. Hij haalde de twee stukken brood van elkaar en trok de plak vlees eraf en wikkelde hem in de folie en legde de prop viezigheid op de vloer. Hij zou alleen het brood opeten. Maar het brood verspreidde zo'n onaangename lucht van het vlees dat hij er niet tegen kon. Moeizaam vouwde hij de folie weer open en kneedde het brood tot balletjes en rolde de hele rommel weer in de folie, het vlees en het brood. Hij merkte dat er iemand voor hem stond. Witte sneakers met klitteband.

Hij keek op. De zwarte jongen stond met een vreemd glimlachje op hem neer te kijken. Hij liet zich op zijn hurken zakken, tot zijn hoofd maar net boven dat van Sherman uitstak.

'Hé, man,' zei hij. 'Ik heb een beetje dorst. Geef me jouw drinken.'

Geef me jouw drinken! Sherman knikte naar de kartonnen dienbladen.

'D'r is niks meer over, man. Geef me 't jouwe.'

Sherman zocht koortsachtig naar iets om te zeggen. Hij schudde zijn hoofd.

'Je hebt 't toch gehoord. Eerlijk alles delen. 'k Dacht dat jij en ik maten waren.'

Wat een verachtelijk toontje van pseudo-teleurstelling! Sherman wist dat het tijd werd om een grens te trekken, om een eind te maken aan dit... dit... Sneller dan Sherman het met zijn ogen kon volgen schoot de arm van de jongen uit en griste het plastic bekertje op de vloer naast Sherman weg. Hij stond op en gooide zijn hoofd in zijn nek en dronk het met veel vertoon leeg en hield het bekertje boven Shermans hoofd en zei:

'Ik heb 't beleefd gevraagd... Snap je wel?... Hierbinnen moet je je kop gebruiken en *vrienden* maken.'

Toen opende hij zijn hand, liet het bekertje in Shermans schoot vallen en liep weg. Sherman voelde hoe de hele cel toekeek. *Ik had – ik had –* maar hij was verlamd van angst. Tegenover hem trok een Latino het vlees van zijn sandwich en gooide het op de vloer. Overal lagen plakken vlees. Hier en daar op de vloer lagen verfrommelde proppen folie en hele sandwiches, nog in hun verpakking. De Latino nam een hap van het brood – en zijn ogen rustten op Sherman. Ze keken naar hem... in deze mensenkooi... gele lunchworst, brood, folie, plastic bekertjes... kakkerlakken! Daar... en daar... Hij keek naar de dronken Latino. Hij zat nog steeds in elkaar gezakt op de vloer. Bij zijn knie wroetten drie kakkerlakken rond in de kreukels van zijn linker broekspijp. Opeens zag Sherman iets bewegen bij de opening van de broekzak van de man. Nog een kakkerlak – nee, veel te groot... grijs... een muis!... een muis die uit de zak van de man kwam gekropen... De muis hield zich even vast aan de stof, schoot toen verder naar beneden naar de tegelvloer en hield weer even stil. Toen rende hij naar voren naar een plak lunchworst. Hij hield weer stil, alsof hij dit buitenkansje even taxeerde...

'¡Mira!' Een van de Latino's had de muis in de gaten gekregen.

Er schoot een voet uit vanaf de richel. De muis vloog over de tegelvloer als een ijshockeypuck. Een ander been schoot uit. De muis vloog terug naar de richel... Gelach, gekakel... '¡Mira!'... nog een trap... De muis gleed op zijn rug tegen een stuk lunchworst aan, waardoor hij weer op zijn pootjes terecht- kwam... Gelach, gejoel... '¡Mira! ¡Mira!'... weer een trap... De muis kwam, tollend op zijn rug, op Sherman af en bleef daar liggen, nog geen tien centi- meter van zijn voet vandaan, versuft, met trillende pootjes. Toen krabbelde hij overeind en bleef stil zitten. Het was gedaan met het knaagdiertje. Zelfs zijn angst kon hem niet meer in beweging krijgen. Hij strompelde een paar stapjes naar voren... Nog meer gelach... *Moet ik hem een trap geven als teken van solidariteit met mijn celgenoten?*... Dat zat hij zich af te vragen... Zonder erbij na te denken stond hij op. Hij stak zijn hand uit en pakte de muis op. Hij hield hem in zijn rechterhand en liep naar de tralies toe. Het werd stil in de cel. De muis beefde zwakjes in zijn hand. Hij was bijna bij de tralies... *Godverdegodver!*... Een vreselijke pijn in zijn wijsvinger... De muis had hem gebeten!... Sherman schrok zich rot en wapperde wild met zijn hand in de lucht. De muis hield met zijn tanden vast aan zijn vinger. Sherman zwaaide met zijn vinger op en neer alsof hij een thermometer afsloeg. Het beestje liet maar niet los!... '¡Mira! ¡Mira!'... gekakel, gelach... Het was een geweldige show! Ze amuseerden zich kostelijk! Sherman knalde de vlezige zijkant van zijn hand neer op een van de dwarsstangen van de tralies. De muis vloog van zijn vinger... vlak voor Ta- nooch, die met een bundel papieren in zijn hand aan kwam lopen. Tanooch sprong achteruit.

'Krijg de tering!' zei hij. Toen keek hij dreigend naar Sherman. 'Ben je nou helemaal van de pot gerukt?'

De muis lag op de vloer. Tanooch stampte erop met de hak van zijn schoen. Het diertje lag op de vloer geplet met zijn bek open.

Shermans hand deed verschrikkelijk pijn waar hij de stang geraakt had. Hij hield hem in de palm van zijn andere hand. *Ik heb hem gebroken!* Hij kon de afdrukken van de muizetanden op zijn wijsvinger zien zitten, en een enkel bloeddruppeltje. Met zijn linkerhand reikte hij achter zijn rug om naar zijn rechter achterzak en trok de zakdoek eruit. Hij moest zijn hele bovenlichaam in een bocht wringen. Ze zaten allemaal te kijken. Jazeker, allemaal te kijken. Hij veegde het bloed af en wikkelde de zakdoek om zijn hand. Hij hoorde Tanooch tegen een andere politieman zeggen: 'Die vent van Park Avenue. Hij gooide met een muis.'

Sherman schuifelde terug naar zijn jasje, dat helemaal verfrommeld op de vloer lag. Hij ging er weer op zitten. Zijn hand deed nu lang niet zo zeer meer. *Misschien heb ik hem niet gebroken. Maar mijn vinger kan wel vergiftigd zijn door de beet!* Hij trok de zakdoek net ver genoeg weg om zijn vinger te kunnen zien. Hij zag er niet zo slecht uit. Er kwam geen bloed meer uit.

De zwarte jongen kwam weer op hem af! Sherman keek op naar hem en wendde zijn blik toen af. De jongen ging weer op zijn hurken zitten, net als daarvoor.

'Hé, man,' zei hij, 'weet je, 'k heb 't koud.'

Sherman probeerde hem te negeren. Hij wendde zijn hoofd af. Hij realiseerde zich dat hij een kribbige uitdrukking op zijn gezicht had. *De verkeerde uitdrukking! Zwak!*

'Yo! Kijk me aan als ik tegen je praat!'

Sherman draaide zijn hoofd naar hem toe. *Pure kwaadaardigheid!*

'Ik vraag je om drinken, en je was niet aardig, maar 'k geef je een kans om 't goed te maken... snap je... 'k heb 't koud, man. Ik wil je jasje. Geef me je jasje.'

Mijn jasje! Mijn kleren!

Shermans hoofd maalde. Hij kon geen woord uitbrengen. Hij schudde zijn hoofd van nee.

'Wat heb je nou, man? Je moet 'n beetje aardig proberen te zijn, meneer Doodslag. M'n maat zegt dat-ie je kent. Hij heb je op tv gezien. Je heb een van onze jongens om zeep geholpen, en je woont op Park Avenue. Da's leuk, man. Maar dit is hier geen Park Avenue. Snap je? Je kunt maar beter 'n paar vrienden maken, snap je? Je hebt behoorlijk beroerd tegen me gedaan, beroerd, man, maar 'k zal je een kans geven om 't goed te maken. Vooruit, geef op dat klerejasje.'

Shermans gedachten stokten. Zijn hersens stonden in lichterlaaie! Hij zette zijn handen plat op de vloer en tilde zijn heupen op en zwaaide toen naar voren tot hij op een knie leunde. Toen sprong hij op, met het jasje stevig in zijn rechterhand. Hij deed dit zo onverhoeds dat de zwarte jongen helemaal verrast was.

'Hou je bek,' hoorde hij zichzelf zeggen. 'Jij en ik hebben niks te bepraten!'

De zwarte jongen staarde hem uitdrukkingsloos aan. Toen grijnsde hij. 'Hou je *bek*?' zei hij. 'Hou je *bek*!' Hij grinnikte en maakte een snuivend geluid. '*Probeer* 't maar, mij m'n bek te laten houen.'

'Hé! Stelletje gajes! Kap ermee!' Het was Tanooch, die bij de tralies naar hen stond te kijken. De zwarte jongen gaf Sherman een brede, spottende grijns. (Veel plezier! Je hebt nog ongeveer een minuut om van je leven te genieten!) Hij liep terug naar de richel en ging zitten, en bleef Sherman de hele tijd aanstaren.

Tanooch las van een vel papier: 'Solinas! Gutiérrez! McCoy!'

McCoy! Sherman trok haastig zijn jasje aan, uit vrees dat zijn Nemesis naar voren zou stormen en het weg zou graaien voor hij de cel uit was. Het jasje was nat, vettig, het stonk en er zat totaal geen model meer in. Zijn broek zakte af om zijn heupen toen hij het aantrok. Er zaten overal piepschuim pinda's op het jasje en... *ze bewogen!*... er waren twee kakkerlakken in de plooien gekropen. Als een uitzinnige sloeg hij ze eraf, op de vloer. Zijn adem ging nog steeds hortend.

Terwijl Sherman achter de Latino's aan de cel uitliep, zei Tanooch zachtjes tegen hem: 'Zie je wel? We hebben je niet vergeten. Eigenlijk staat jouw naam nog zes plaatsen lager op de lijst.'

'Bedankt,' zei Sherman. 'Aardig van je.'

Tanooch trok zijn schouders op. 'Ik loop liever met je naar buiten dan da'k je daar op moet vegen.'

De ruimte was nu vol politie en gevangenen. Bij de balie van de Engel werd Sherman overgedragen aan een gevangenbewaarder, die zijn handen op zijn rug boeide en hem in de rij achter de Latino's zette. Zijn broek zakte nu om zijn heupen zonder dat hij er iets tegen kon doen. Hij kon hem met geen mogelijkheid optrekken. Hij keek voortdurend over zijn schouder, bang dat de zwarte jongen achter hem zou staan. Hij was de laatste in het rijtje. De bewaarders leidden hen een smalle trap op. Boven aan de trap lag weer een ruimte zonder ramen. Er zaten nog meer gevangenbewaarders aan gehavende stalen bureaus. Achter de bureaus – *weer cellen!* Ze waren kleiner, grauwer en vuiler dan de wit betegelde cellen beneden. Echte gevangeniscellen waren het. Aan de voorste hing een afgebladderd bord met MANNEN – BOVEN 21 – CAP. 8-10 erop. BOVEN 21 was met een soort viltstift doorgekrast. De hele rij gevangenen moest de cel in. De handboeien bleven om. Sherman hield zijn ogen strak gericht op de deur waardoor ze binnen waren gekomen. Als de zwarte jongen binnengebracht werd en bij hem in deze kleine cel gezet werd – dan – dan – hij werd gek van angst. Hij zweette overvloedig. Hij had elk besef van tijd verloren. Hij liet zijn hoofd hangen om zijn bloedsomloop te bevorderen.

Even later werden ze uit de cel gehaald en naar een stalen traliedeur geleid. Aan de andere kant van de deur zag Sherman een rij gevangenen op de vloer van een gang zitten. De gang was nog geen meter breed. Een van de gevangenen was een jonge blanke man met een enorm gipsverband om zijn rechterbeen. Hij droeg een korte broek zodat je het hele verband zag zitten. Hij zat op de vloer. Tegen de muur naast hem stond een stel krukken. Aan het eind van de gang was een deur. Er stond een agent naast. Hij had een reusachtige revolver op zijn heup. Sherman bedacht dat dit de eerste revolver was die hij had gezien sinds hij hier was. Van iedere gevangene die door de traliedeur ging werden de handboeien afgedaan. Sherman liet zich tegen de muur zakken, zoals de rest. De gang was bedompt. Er waren geen ramen. Er hing een mistig TL-licht en de warmte en de stank van te veel lichamen. De vleeskraan! De stortkoker naar het abattoir! Die... waarheen voerde?

De deur aan het eind van de gang ging open, en een stem aan de andere kant zei: 'Lantier.' De agent bij de deur zei: 'Oké, Lantier.' De jonge man met de krukken krabbelde overeind. De Latino naast hem hielp hem. Hij sprong op en neer op zijn goede been tot hij de krukken onder zijn oksels had zitten. *Wat zou hij in 's hemelsnaam gedaan kunnen hebben, in die conditie?* De agent hield de deur voor hem open, en Sherman kon een stem aan de andere kant een paar nummers horen roepen en toen: 'Herbert Lantier?... de raadsman van Herbert Lantier?'

De rechtszaal! Aan het eind van de stortkoker was de rechtszaal!

Toen Sherman eindelijk aan de beurt was, voelde hij zich versuft, duizelig, koortsig. De stem aan de andere kant zei: 'Sherman McCoy.' De agent zei: 'McCoy.' Sherman schuifelde de deur door. Hij hield zijn broek op en schoof met zijn voeten over de vloer om zijn schoenen niet te verliezen. Hij werd een hel verlichte moderne zaal gewaar en een heleboel mensen die heen en weer liepen. De verhoging waar de rechter zat, de tafels en de banken waren alle gemaakt van goedkoop uitziend blank hout. Aan de ene kant golfden mensen rondom het podium van de rechter, en aan de andere kant golfden ze rond op wat de publieke tribune scheen te zijn. Zo'n hoop mensen... zo'n fel licht... zo'n wanorde... zo'n herrie... Tussen de twee gedeeltes was een hek, ook van blank hout. En bij het hek stond Killian... Hij was er! Hij zag er heel fris en zwierig uit in zijn patserige kleren. Hij stond te glimlachen. Het was de geruststellende glimlach die je voor invaliden reserveert. Terwijl Sherman naar hem toeschuifelde, drong het in alle hevigheid tot hem door hoe hij er zelf uit moest zien... zijn vuile doorweekte jasje en dito broek... de piepschuim pinda's... zijn gekreukte overhemd, zijn natte schoenen zonder veters... hij kon zijn eigen lucht van vuiligheid, vertwijfeling en angst ruiken.

Iemand las een nummer op, en toen hoorde hij zijn naam, en toen hoorde hij Killian zijn eigen naam zeggen, en de rechter zei: 'Verklaart u zich schuldig of niet schuldig?' Killian zei binnensmonds tegen Sherman: 'Zeg "niet schuldig".' Sherman kraste de woorden uit.

Er scheen een hoop tumult in de zaal te zijn. De pers? Hoelang was hij al hier? Toen brak er een woordenwisseling uit. Er stond een gespannen zwaargebouwde kalende jonge man voor de rechter. Hij was kennelijk van de justitie. De rechter zei *bzz bzz bzz bzz meneer Kramer.* Meneer Kramer.

De rechter kwam Sherman erg jong voor. Het was een mollige blanke man met een kaal voorhoofd en krullend haar en een toga die eruit zag alsof hij voor een promotie was gehuurd.

Sherman hoorde Killian grommen: 'Klootzak.'

Kramer was aan het woord. 'Ik besef, Edelachtbare, dat het parket in deze zaak akkoord is gegaan met een borgtocht van slechts $10.000. Maar latere ontwikkelingen, zaken die ons sindsdien ter ore zijn gekomen, maken het ons onmogelijk om in te stemmen met zo'n lage borgtocht. Edelachtbare, het gaat in deze zaak om ernstig letsel, dodelijk letsel hoogstwaarschijnlijk, en wij beschikken over harde, specifieke informatie dat er een getuige is in deze zaak die zich niet gemeld heeft en dat die getuige zich notabene in de auto bevond die door de verdachte, de heer McCoy, bestuurd werd, en wij hebben gegronde redenen om aan te nemen dat er pogingen in het werk gesteld zijn of zullen worden om te voorkomen dat deze getuige verschijnt, en wij geloven niet dat de rechtspraak ermee gediend is – '

Killian zei: 'Edelachtbare – '

' – dat toegestaan wordt dat deze verdachte in vrijheid gesteld wordt tegen een symbolische borgtocht – '

Een gegrom, een gegrauw, een immens woedend gemor steeg op uit de publieke tribune, en een zware stem schreeuwde: 'Geen borg!' En toen een machtig misnoegd koor: 'Geen borg!... Sluit 'm op!... De nor in!'

De rechter hamerde om stilte. Het geschreeuw stierf weg.

Killian zei: 'Edelachtbare, de heer Kramer weet heel goed – '

Het gegrom zwol weer aan.

Kramer ging onverstoorbaar verder, dwars door Killians woorden heen: 'Gezien de emoties in deze gemeenschap, die volstrekt terecht opgeroepen worden door deze zaak, waarin het er de schijn van gehad heeft dat het recht een riet – '

Killian, in de tegenaanval, schreeuwde: 'Edelachtbare, dit is baarlijke non-sens!'

Een machtig gemor.

Het gemor barstte uit in een gejoel, het gemopper in een luid rauw gebrul. 'Krijg de tering, man!'... 'Boeoehhh!'... 'Yeggggh!'... 'Hou je gore bek en laat die man uitpraten!'

De rechter sloeg weer met zijn hamer. 'Stilte!' Het gejoel nam af. Toen tegen Killian: 'Laat hem zijn uiteenzetting afmaken. Daarna kunt u reageren.'

'Dank u, Edelachtbare,' zei Kramer. 'Edelachtbare, ik wens het hof te wijzen op het feit dat deze zaak, zelfs in dit stadium van de voorgeleiding, in zeer korte tijd tot een luid protest vanuit de gemeenschap aanleiding heeft gegeven, en meer in het bijzonder van de vrienden en de buren van het slachtoffer in deze zaak, Henry Lamb, die in uiterst kritieke toestand in het ziekenhuis ligt.'

Kramer draaide zich om en gebaarde naar de publieke tribune. Hij was afgeladen. Er waren mensen die moesten staan. Shermans oog viel op een groep zwarten in blauwe werkhemden. Een van hen was heel lang en droeg een gouden oorring.

'Ik heb hier een rekest,' zei Kramer, en hij hield wat vellen papier op en wuifde ermee boven zijn hoofd. 'Dit document is getekend door meer dan honderd leden van de gemeenschap en afgegeven bij het parket van de officier van justitie in de Bronx met het verzoek aan justitie om hun belangen te behartigen en erop toe te zien dat het recht zijn loop zal hebben in deze zaak, en het is uiteraard niet meer dan onze gezworen plicht om hun belangen te behartigen.'

'Heilige Jezus Christus,' mompelde Killian.

'De buurt, de gemeenschap, de mensen van de Bronx zijn voornemens om deze zaak met uiterste aandacht te volgen, in elke stap van het juridische proces.'

Goed zo!... Yegggh!... Zo is 't maar net!... Pak 'm! Een geweldig gemekker steeg op uit de publieke tribune.

De mollige rechter beukte met zijn hamer en riep: 'Stilte! Dit is een voorgeleiding. Het is geen buurtvergadering. Is dat alles, meneer Kramer?'

Grom grom mor mor *boeoehhh!*

'Edelachtbare,' zei Kramer, 'mij is door het parket, bij monde van de heer Weiss zelf, opgedragen om in deze zaak te verzoeken om een borgtocht ten bedrage van $250.000.'

Goed zo!... Yegggh!... Pak 'm!... Gejuich, applaus, gestamp op de vloer.

Sherman keek naar Killian. *Zeg – zeg – zeg dat dit onmogelijk waar kan zijn!* Maar Killian stevende op de rechter af. Hij had zijn hand in de lucht. Zijn lippen bewogen al. De rechter hamerde om stilte.

'Als dit zo doorgaat laat ik de zaal ontruimen!'

'Edelachtbare,' zei Killian toen het kabaal verstomde, 'het is voor de heer Kramer nog niet voldoende om een overeenkomst tussen het parket en mijn cliënt te schenden. Hij is uit op een circus! Vanmorgen is mijn cliënt onderworpen aan een circusarrestatie, ondanks het feit dat hij te allen tijde bereid is geweest om vrijwillig voor een jury te getuigen teneinde vast te stellen of hij vervolgd dient te worden. En nu zuigt de heer Kramer een denkbeeldige bedreiging ten aanzien van een niet met name genoemde getuige uit zijn duim en verzoekt het hof om een absurd hoge borgtocht vast te stellen. Mijn cliënt is sinds jaar en dag eigenaar van een huis in deze stad, hij heeft een gezin en diepe wortels in zijn gemeenschap, en er is een akkoord bereikt over een verzoek om borgtocht, zoals zelfs de heer Kramer toegeeft, en er is niets voorgevallen dat de uitgangspunten van dat akkoord wijzigt.'

'Er is een heleboel veranderd, Edelachtbare!' zei Kramer.

'Zeker,' zei Killian, 'de officier van justitie van de Bronx, die is veranderd!'

'Goed!' zei de rechter. 'Meneer Kramer, indien u gegevens hebt die van invloed zijn op de borgstelling in deze zaak, dan gelast ik u die gegevens te verzamelen en een formeel verzoekschrift tot dit hof te richten, waarna deze kwestie alsdan opnieuw in behandeling zal worden genomen. Tot die tijd stelt dit hof de verdachte, Sherman McCoy, in vrijheid tegen een borgtocht ten bedrage van $10.000, hangende de indiening van deze aanklacht bij de grand jury.'

Geloei en geschreeuw! Boeoehhh!... Yegggghh!... Neeeeee!... Pak 'm... En toen ving er een spreekkoor aan: 'Geen borg – berg 'm op!'... 'Geen borg – berg 'm op!'

Killian leidde hem weg van het hek. Om uit de rechtszaal te komen moesten ze dwars door de publieke tribune, dwars door een menigte woedende mensen die allemaal overeind gekomen waren. Sherman zag vuisten in de lucht. Toen zag hij politieagenten op zich afkomen, wel zes. Ze droegen witte overhemden en patroongordels en kolossale holsters waar pistoolkolven uitstaken. In feite waren dit parketwachten. Ze sloten hem van alle kanten in. Ze gooien me weer in de cel! Toen drong het tot hem door dat ze zich in een wig om hem heen opstelden om hem door de menigte te loodsen. Wat een massa dreigende gezichten, zwart en blank! Moordenaar!... Klootzak!... We pakken je zoals jij Henry Lamb hebt gepakt!... Ga maar vast bidden, Park Avenue!... Ga maar weer 'n ander overhoop scheuren!... McCoy, zeg maar McDood, schat!... Hij strompelde verder tussen zijn beschermers met hun witte overhemden. Hij kon ze horen kreunen en steunen terwijl ze de menigte terugdreven. 'Opzij! Opzij!'... Hier en daar doken andere gezichten op, bewegende lippen... De lange Engelsman met het blonde haar... Fallow... De pers... toen nog meer geschreeuw... 'k Zal je krijgen, Puntneus!... Tel je laatste seconden, schat!... Grijp 'm!... Kassiewijlen, hufter!... Moet je 'm nou zien – Park Avenue!

Zelfs midden in de storm voelde Sherman zich merkwaardig onaangedaan door wat er gebeurde. Zijn verstand zei hem dat het iets verschrikkelijks was, maar hij voelde het niet. Ik ben immers al dood.

De storm raasde de rechtszaal uit en kwam terecht in een hal. De hal stond vol groepjes mensen. Sherman zag hoe de uitdrukking op hun gezicht omsloeg van consternatie in angst. Ze repten zich opzij, om de woeste schare die de rechtszaal uit kwam gestormd door te laten. Killian en de parketwachten duwden hem naar een roltrap. Op de wand zat een afgrijselijke muurschildering. De roltrap ging naar beneden. Geduw van achteren – hij struikelde naar voren en kwam tegen de rug van de parketwacht terecht die een trede lager stond. Even leek het alsof er een lawine van lichamen – maar de man wist zich aan de leuning vast te grijpen. De joelende massa barstte door de voordeuren naar buiten de trappen af van de hoofdingang aan 161st Street. Een muur van mensen stond in de weg. Televisiecamera's, wel zes of acht, microfoons, wel vijftien of twintig, schreeuwende gezichten – de pers.

De twee mensenmassa's botsten op elkaar, smolten samen, stolden. Killian rees vlak voor Sherman op. Met de microfoons in zijn gezicht declameerde hij, met oratorische stembuigingen:

'Ik wil dat jullie de hele stad New York' – Yaahk – 'laten zien wat jullie daarnet' – dahnit – 'gezien hebben daarbinnen' – dahbinnuh. Met een curieuze afstandelijkheid merkte Sherman dat hij zich bewust was van elke platte uitspraak van de showbink. 'Jullie hebben een circusarrestatie gezien, en toen een circusvoorgeleiding, en toen hebben jullie gezien hoe de officier van justitie' – ofsieh van justiesie – 'zich geprostitueerd heeft en de wet aan z'n laars heeft gelapt ter wille van jullie camera's en 't applaus van een partijdige bende herrieschoppers!'

Boeoehhh!... Yegggh!... Partijdig an me reet, smeerlap met je kromme neus!... Ergens achter hem, zo'n halve meter van hem vandaan, neuriede iemand met een lijzige falset: 'Zeg maar een schietgebedje, McCoy... Je dagen zijn geteld... Zeg maar een schietgebedje, McCoy... Je dagen zijn geteld...'

Killian zei: 'Gister zijn we met de officier van justitie overeengekomen...'

De lijzige falset neuriede: 'Zeg maar een schietgebedje, McCoy... Je laatste uur heeft geslagen...'

Sherman keek omhoog naar de hemel. De regen was opgehouden. De zon was doorgebroken. Het was een heerlijke zachte dag in juni. Er hing een donzig-blauwe koepel over de Bronx.

Hij keek naar de hemel en luisterde naar de geluiden, enkel de geluiden, de gezwollen beeldspraak en de clichés, het geneuzel van de falset, het geschreeuw van de pers, het verongelijkte gemor, en hij dacht: Ik ga daar niet meer naar binnen, nooit meer. Het kan me niet schelen hoe ik daar uitblijf, al moet ik een geweer in mijn mond steken.

Het enige geweer dat hij had was er een met een dubbele loop. Een oud joekel van een ding. Hij stond op 161st Street, één straat van de Grand Concourse vandaan, in de Bronx, en vroeg zich af of hij die beide lopen in zijn mond kon krijgen.

23

In de holte

'Nou, Larry, daar ben je dan,' zei Abe Weiss met een brede grijns. 'Ze hebben je wel een glimmende kanus gegeven.'

Aangezien Weiss hem er nu toe uitnodigde, deed Kramer wat hij de laatste vijfenveertig seconden steeds had willen doen, namelijk zich helemaal van Weiss afwenden en naar de serie televisietoestellen aan de wand kijken.

En daar was hij, inderdaad.

De videocassette was net bij het gedeelte van de uitzending van Channel 1 van de vorige avond waarin een tekening te zien was van de scène in de rechtszaal. Het geluid stond zacht, maar Kramer kon de stem van de verslaggever, Robert Corso, horen alsof hij in zijn schedel zat: 'Hulpofficier van justitie Lawrence Kramer stak rechter Samuel Auerbach het verzoekschrift toe met de woorden: "Edelachtbare, het volk van de Bronx..."' Op de tekening was hij helemaal kaal boven op zijn hoofd, wat onrealistisch en onbillijk was, want hij was niet kaal, alleen maar wat kalend. Evengoed, *daar was hij*. Het was niet een van die Bekende Televisie Gezichten. Hij was het zelf, en als er ooit een machtig strijder voor het Recht was, dan was hij dat wel, daar op dat scherm. Zijn nek, zijn schouders, zijn borst, zijn armen – ze waren reusachtig, alsof hij de kogel van zeven kilo stootte op de Olympische Spelen in plaats van met wat vellen papier naar Sammy Auerbach te wuiven. Het was waar dat hij vooral zo enorm leek omdat de tekening een beetje uit verhouding was, maar zo had de tekenares hem waarschijnlijk gezien: meer dan levensgroot. De tekenares... Wat een sappig Italiaans ding was dat geweest... Lippen als nectarines... Mooie borsten onder een strak glanzend zijden bloesje... Lucy Dellafloria heette ze... Als er niet zo'n tumult en chaos geweest was, zou het zo makkelijk als wat geweest zijn. Per slot van rekening had ze zich daar in de rechtszaal helemaal op hem, midden op het toneel, geconcentreerd, in beslag genomen door zijn aanblik, door de hartstocht van zijn uiteenzetting, de zelfverzekerdheid van zijn optreden op het slagveld. Ze was in beslag genomen geweest als kunstenares en als vrouw... met volle Italiaanse Vieze Meisjeslippen... door hem.

Opeens was de tekening, veel te snel naar zijn zin, verdwenen en was Weiss in beeld met een heel woud microfoons op hem gericht. De microfoons hadden op metalen statiefjes op zijn bureau gestaan, voor de persconferentie die hij meteen na de voorgeleiding gaf. Hij had er vanochtend nog een gegeven. Weiss wist precies hoe hij in het middelpunt van de belangstelling moest blijven. Zeker weten. De doorsnee tv-kijker zou denken dat het helemaal de show van Abe Weiss was en dat de hulpofficier van justitie die de zaak in de rechtszaal voorlegde, deze Larry Kramer, enkel het werktuig was van Abe Weiss' met knarsende stem gepresenteerde strategische genialiteit. Weiss had niet meer daadwerkelijk in een rechtszaal opgetreden sinds hij bijna vier jaar geleden in functie kwam. Maar dat stoorde Kramer niet, of niet erg. Dat was het gegeven. Zo werkte het. Zo ging het op elk parket van elke officier van justitie, niet alleen op dat van Weiss. Nee, op deze ochtend kon Kapitein Achab bij Kramer geen kwaad doen. De televisiejournaals en de kranten hadden de naam Lawrence Kramer vele malen laten vallen, en zij, de verrukkelijke Lucy Dellafloria, sexy Lucy Delicate Bloem, had zijn portret getekend en het machtige Kramer-uiterlijk weten vast te leggen. Nee, het was prima. En Weiss had net de moeite genomen om het hem duidelijk te maken door de video af te spelen. De impliciete boodschap was: 'Oké, ik zorg dat ik de ster ben omdat ik hier de leiding heb en omdat er verkiezingen aankomen. Maar je ziet, ik laat jou niet in de kou staan. Jij krijgt de belangrijkste bijrol.'

Dus keken ze met z'n tweeën naar de rest van het verslag van Channel 1 op de televisie in de met houten panelen betimmerde wand. Daar had je Thomas Killian op de trappen van het gerechtsgebouw met de microfoons naar zijn gezicht uitgestoken.

'Moet je die stomme kleren nou zien,' mompelde Weiss. 'Die ziet er belachelijk uit.' Wat bij Kramer opkwam, was hoeveel dat soort kleren wel moesten kosten.

Killian ging tekeer over wat een 'circusarrestatie' het was en wat een 'circusvoorgeleiding'. Hij scheen ontzettend kwaad te zijn.

'Gister zijn we met de officier van justitie overeengekomen dat de heer McCoy vanochtend hier in de Bronx zou verschijnen voor de voorgeleiding, vrijwillig en in alle rust, en de officier van justitie heeft verkozen die afspraak niet na te komen en de heer McCoy op te laten brengen als een gevaarlijke misdadiger, als een beest – en waarvoor? Omwille van jullie camera's en omwille van de komende verkiezingen.'

'Gelul,' zei Weiss tegen het scherm.

Killian ging verder: 'De heer McCoy ontkent deze beschuldigingen niet alleen, maar hij is erop gebrand dat de harde feiten in deze zaak bekend worden, en als dat gebeurt dan zullen jullie zien dat het scenario dat voor deze zaak in elkaar wordt geknutseld volslagen ongefundeerd is.'

'Bla bla bla,' zei Weiss tegen het scherm.

De camera zwenkte naar een gestalte die vlak achter Killian stond. Het was McCoy. Zijn das zat los en naar één kant gerukt. Zijn overhemd en jasje waren gekreukeld. Zijn haar zat in de war. Hij zag er half verzopen uit. Zijn ogen zwierven omhoog, naar de hemel. Hij wekte de indruk er niet helemaal bij te zijn.

Toen verscheen Robert Corso's gezicht op het scherm, en hij had het maar over McCoy, McCoy, McCoy. Het was niet langer de zaak Lamb. Het was de zaak McCoy. De grote Wasp van Wall Street met zijn aristocratische profiel had de zaak wat sexappeal gegeven. De pers kon er niet genoeg van krijgen.

Het bureau van Weiss lag bezaaid met kranten. Hij had *The City Light* van gistermiddag nog bovenop liggen. Op de voorpagina stond in enorme letters:

WALL STREET KOPSTUK
GEPAKT WEGENS
DOORRIJDEN NA
AANRIJDING

De woorden lagen opgestapeld tegen een lange smalle foto van McCoy, drijfnat, met zijn handen voor zich en het jasje van zijn pak over zijn handen gevouwen, kennelijk om zijn handboeien aan het oog te onttrekken. Hij had zijn grote knappe kin in de lucht en vuurde recht langs zijn neus een woeste, dreigende blik af op de camera. Hij keek alsof hij wilde zeggen: 'Zeker, en wat zou dat?' Zelfs de *Times* had de zaak deze ochtend op de voorpagina, maar het was *The City Light* die echt uit zijn bol ging. De kop op de voorpagina van deze ochtend luidde:

GEZOCHT:
MYSTERIEUZE
'SPETTER'
BRUNETTE

En een kleinere kop daarboven: *Mercedes-koppel: hij reed aan, zij reed weg.* De foto was die uit het society-tijdschrift *W* die Roland Auburn had aangewezen, die van McCoy in zijn smoking, grijnzend, samen met zijn vrouw, keurig en alledaags. Het onderschrift luidde: *Ooggetuige noemt McCoy's metgezellin jonger, een 'spetter', een 'lekkerder stuk' dan zijn vrouw Judy, 40, hier met manlief op liefdadigheidsfeest.* Een regel witte letters op een zwarte balk onderaan de pagina meldde: *Demonstranten eisen 'geen borg – berg 'm op' voor Wall Street kopstuk. Zie p. 3.* En: *Huize McCoy en Huize Lamb: Een Verhaal van Twee Steden. Foto's, p. 4 en 5.* Op de pagina's 4 en 5 stonden aan de ene kant foto's van McCoy's woning op Park Avenue, die uit *Architectural Digest*, en aan de andere kant foto's van de karige behuizing van het gezin Lamb in het Poe-project. Een lang fotobijschrift begon aldus: *Twee totaal verschillende New Yorks kwamen met elkaar in botsing toen Sherman McCoy, obligatiehandelaar van Wall Street, met zijn Mercedes-Benz sportauto van $50.000 de veelbelovende scholier Henry Lamb raakte. McCoy woont in een appartement met twee verdiepingen en 14 kamers van $3 miljoen op Park Avenue. Lamb op een driekamer-etage van $247 per maand in een sociaal huisvestingsproject in de South Bronx.*

Weiss genoot van elke vierkante centimeter van de berichtgeving. Al die praatjes over 'blanke rechtspraak' en 'Johannesbronx' waren in één klap verstomd. Het was hun niet gelukt om McCoy's borgtocht tot $250.000 op te krikken, maar ze hadden zich agressief in de strijd geworpen. Agressief? Kramer moest glimlachen. Sammy Auerbachs ogen waren als parapluutjes opengegaan toen hij met het verzoekschrift naar hem gewuifd had. Dat was een tikkeltje buitensporig geweest, maar de strekking was duidelijk. Justitie in de Bronx had voeling met het volk. En ze zouden blijven verzoeken om een hogere borgtocht.

Nee, Weiss was in zijn nopjes. Dat was duidelijk. Dit was de eerste keer dat Kramer alleen bij Weiss geroepen was, zonder Bernie Fitzgibbon.

Weiss drukte op een knop en de televisie ging uit. Hij zei tegen Kramer: 'Zag je hoe McCoy d'r bij stond? Hij zag er verdorie uit als een schooier. Milt zei dat-ie er zo uitzag toen-ie gister de rechtszaal binnenkwam. Hij zei dat-ie er afgrijselijk uitzag. Wat was er allemaal aan de hand?'

'Nou,' zei Kramer, 'het enige wat er was, was dat 't regende. Hij is nat geworden toen-ie buiten in de rij bij de Centrale Registratie stond. Hij moest op z'n beurt wachten zoals iedereen, dat was 't hele idee. Om 'm geen speciale behandeling te geven.'

'Akkoord,' zei Weiss, 'maar Jezus nog an toe, brengen we daar Park Avenue in de rechtszaal, en dan zegt Milt dat die vent eruit zag alsof-ie net uit de rivier was opgevist. Bernie deed daar ook al zo moeilijk over tegen mij. Eigenlijk wilde hij 'm helemaal niet in laten boeken.'

'Zo heel erg zag-ie er nou ook weer niet uit, meneer Weiss,' zei Kramer.

'Zeg maar Abe.'

Kramer knikte, maar besloot een behoorlijke poos te wachten voor hij zijn eerste *Abe* uit zou proberen. 'Hij zag er niet anders uit dan de mensen die elke dag binnengebracht worden uit de cellen.'

'En Tommy Killian probeert er ook al een hoop stennis over te maken.' Hij gebaarde naar de televisietoestellen.

Kramer dacht: Nou, je bent eindelijk op je achterste benen gaan staan tegenover die twee Donkey's. Bernie was er niet blij mee geweest, om het zacht uit te drukken, toen Weiss hem gepasseerd had en Kramer had opgedragen om een verzoek in te dienen om McCoy's borg te verhogen tot $250.000, nadat Bernie met Killian een bedrag van $10.000 had afgesproken. Weiss had tegen Bernie gezegd dat het alleen maar was om de woedende inwoners van de gemeenschap tevreden te stellen die dachten dat McCoy een speciale behandeling zou krijgen, en dat hij wist dat Auerbach nooit echt zo'n hoge borgtocht zou vaststellen. Maar voor Bernie was het contractbreuk, een schending van de regels van de Bank van Wederdienst, van de heilige loyaliteitscode tussen de ene Harp en de andere in het strafrechtelijk apparaat.

Kramer kon een wolk over Weiss' gezicht zien trekken, en toen zei Weiss: 'Nou ja, laat Tommy maar jeremiëren. Je wordt gek als je probeert 't iedereen naar de zin te maken. Ik moest 'n beslissing nemen, en dat heb ik gedaan. Bernie mag Tommy wel, en da's prima. Ik mag Tommy zelf ook wel. Maar Bernie wil 'm de hele klerehandel geven! Met al die beloftes die hij aan Tommy gedaan had, was McCoy hier naar binnen komen kuieren als prins Charles. Hoelang is McCoy in de cel geweest?'

'O, een uurtje of vier.'

'Nou, verdorie, da's toch zo'n beetje normaal, is 't niet?'

'Zo'n beetje. Ik heb wel meegemaakt dat verdachten van de ene politiecel naar de andere gependeld werden en toen naar Centrale Registratie en toen naar Rikers Island en toen weer terug naar Centrale Registratie, en toen pas voorgeleid werden. Als ze op vrijdagavond gearresteerd worden, kunnen ze 't hele weekend heen en weer blijven stuiteren. Dan zien ze er pas echt als een schooier uit. McCoy hoefde niet eens op een politiebureau te beginnen en met de bus naar Centrale Registratie gebracht te worden.'

'Nou, dan snap ik niet wat dit allemaal voor gezeik is. Is er iets met 'm in de cel gebeurd? Wat stelt 't nou helemaal voor?'

'D'r is niks gebeurd. De computer ging stuk, geloof ik. Dus was er op-onthoud. Maar dat gebeurt ook de hele tijd. Da's normaal.'

'Weet je wat ik denk? Ik denk dat Bernie, zonder dat-ie 't beseft – begrijp me goed, ik mag Bernie graag en ik heb respect voor 'm – maar ik denk dat-ie, zonder 't te beseffen, echt vindt dat iemand als McCoy een speciale behande-ling hoort te krijgen, omdat-ie blank is en omdat-ie bekend is. Dat is iets heel subtiels. Bernie is Iers, net als Tommy, en Ieren hebben iets ingebakken zitten wat de Engelsen *deferentie* noemen, en daar hebben ze zelf geeneens weet van. Ze kijken op tegen zulke Wasp-kerels als McCoy, ook al denken en doen ze voor hun gevoel alsof ze leden van de IRA zijn. 't Stelt niet echt veel voor, maar zo'n kerel als Bernie heeft toch te maken met dat ontzag, dat onbewuste Ierse trekje, en hij heeft 't zelf niet eens in de gaten. Maar wij vertegenwoordigen niet de Wasps, Larry. Ik vraag me af of er zelfs wel eentje hier in de Bronx woont. Er moet er ergens in Riverdale eentje zitten.'

Kramer grinnikte.

'Nee, serieus,' zei Weiss. 'Dit is de Bronx. Dit is het Laboratorium van Men-selijke Betrekkingen. Zo noem ik 't, het Laboratorium van Menselijke Betrek-kingen.'

Dat klopte; hij noemde het het Laboratorium van Menselijke Betrekkin-gen. Zo noemde hij het elke dag, alsof hij zich niet bewust was van het feit dat iedereen die ooit een voet in zijn kantoor gezet had het hem al eens had horen zeggen. Maar Kramer was in de stemming om Weiss zijn stompzinnige trekjes te vergeven. Meer dan dat... om de kern van waarheid die ten grond-slag lag aan de halfgare zegswijze van deze schertsfiguur *te begrijpen* en naar waarde te schatten. Weiss had gelijk. Je kon niet de strafrechtspraak in de Bronx bestieren en net doen alsof je je in een soort tweede Manhattan be-vond.

'Moet je 'ns hier komen,' zei Weiss. Hij stond op uit zijn grote stoel en liep naar het raam achter hem en wenkte Kramer. Van hier op de zesde verdie-ping, boven op de heuvel, was het uitzicht fenomenaal. Ze zaten zo hoog dat alle armzalige details vervaagden en de mooie golvende topografie van de Bronx de overhand kreeg. Ze keken uit over Yankee Stadium en John Mullaly Park, dat er van hier werkelijk groen en landelijk uitzag. In de verte, recht voor hen, over de Harlem River, lag de skyline van Upper Manhattan, met het Columbia-Presbyterian Medical Center, en van hieruit zag het er idyllisch uit, als zo'n oud landschapsschilderij met een paar mistige bomen en wat zacht-grijze wolken op de achtergrond.

Weiss zei: 'Kijk 'ns naar die straten daar beneden, Larry. Wat zie je daar? *Wie* zie je daar?'

Het enige wat Kramer eigenlijk kon zien waren een paar kleine figuurtjes die over 161st Street en Walton Avenue liepen. Ze waren zo diep onder hem dat het wel insekten leken.

'Het zijn allemaal zwarten en Portoricanen,' zei Weiss. 'Je ziet daar beneden zelfs geen ouwe joden meer rondlopen of Italianen, en dit is dan 't bestuurlijke centrum van de Bronx. Dit is net als Montague Street in Brooklyn of City Hall Plaza in Manhattan. Vroeger zaten daar 's zomers de joden buiten op de stoep op de Grand Concourse, 's avonds, en keken naar de auto's die voorbij kwamen. Je zou nu Charles Bronson niet eens zo gek kunnen krijgen om daar te gaan zitten. Dit is de moderne tijd, en niemand snapt er nog wat van. Toen ik klein was, hadden de Ieren het voor 't zeggen in de Bronx. Ze maakten hier jarenlang de dienst uit. Herinner je je Charlie Buckley nog? Charlie Buckley, het congreslid? Nee, daar ben je te jong voor. Charlie Buckley, de Baas van de Bronx, zo Iers als maar kan. Tot een jaar of dertig geleden had Charlie Buckley het nog steeds voor 't zeggen in de Bronx. En nu is 't afgelopen met ze, en wie zijn er nu de baas? Joden en Italianen. Maar voor hoelang nog? Je ziet er geeneen daar beneden op straat, en hoelang zullen ze dus nog in dit gebouw zitten? Maar dat is de Bronx, het Laboratorium van Menselijke Betrekkingen. Zo noem ik 't, het Laboratorium van Menselijke Betrekkingen. Dat zijn arme mensen daar beneden waar je naar staat te kijken, Larry, en armoede kweekt misdaad, en de misdaad in deze wijk – nou, daar hoef ik je niks over te vertellen. Voor een deel ben ik een idealist. Ik wil elke zaak op individuele basis behandelen, mens voor mens. Maar met die werkdruk van ons? Aiiiiiiiiiiii… Voor de rest weet ik waar we werkelijk mee bezig zijn, we zijn net een kleine troep cowboys die een kudde voortdrijven. Met een kudde kun je hooguit hopen om 't spul *als geheel*' – hij maakte een grote cirkel met zijn handen – 'onder controle te houden en te hopen dat je er onderweg niet teveel kwijtraakt. Natuurlijk, er komt een dag, en misschien al heel gauw, dat die mensen daar beneden hun eigen leiders zullen hebben en hun eigen organisaties, en dan vormen ze zelf de Democratische Partij van de Bronx en zo, en dan zullen wij niet meer in dit gebouw zitten. Maar op dit moment hebben ze ons nodig, en moeten we er voor hen het beste van zien te maken. We moeten ze laten weten dat we niet ver van ze afstaan en dat ze net zo goed bij New York horen als wij. We moeten ze de goeie signalen geven. We moeten ze laten weten dat we ze misschien wel hard aanpakken als ze uit de pas lopen, maar dat dat niet is omdat ze zwart zijn of Latijnsamerikaans of arm. We moeten ze laten weten dat het recht echt blind is. We moeten ze laten weten dat het precies eender gaat als je blank bent en rijk. Dat is een heel belangrijk signaal. Het is belangrijker dan specifieke onderdelen of technische details van de wet. Dat is waar ons werk om draait, Larry. We zitten hier niet om zaken af te handelen. We zitten hier om hoop te scheppen.' De officier van justitie zweeg even in hooggestemde gedachten. 'Maar Bernie begrijpt dat niet,' zei Weiss. 'Die is nog op 'n Ierse manier met politiek bezig, net zoals Charlie Buckley dat vroeger deed, en dat heeft afgedaan. Da's allemaal voorbij. Dit is de moderne tijd in het Laboratorium van Menselijke Betrekkingen, en 't is onze gezworen plicht om die mensen daar beneden waar je naar staat te kijken te vertegenwoordigen.'

Kramer tuurde nijver naar beneden naar de insekten. Wat Weiss betrof, diens verheven gevoelens hadden zijn stem en zijn gezicht vervuld van ontroering. Hij keek Kramer aan met een oprechte blik in zijn ogen en een vermoeide glimlach, het soort uitdrukking dat zegt: 'Daar gaat het echt om in het leven, als je alle triviale overwegingen terzijde schuift.'

'Zo heb ik er nog nooit over gedacht, Abe,' zei Kramer, 'maar je hebt volkomen gelijk.' Het leek een goed moment voor zijn eerste *Abe*.

'In 't begin maakte ik me zorgen over deze zaak McCoy,' zei Weiss. 'Het leek of Bacon en z'n mensen de kwestie aan 't opjutten waren en wij alleen maar reageerden. Maar da's prima. 't Heeft goed uitgepakt. Hoe ga je *echt* om met de een of andere patser van Park Avenue? Net als met ieder ander, dus! Hij wordt gearresteerd, krijgt handboeien om, wordt geboekt, z'n vingerafdrukken worden genomen, hij wacht in de cel, net als iedereen daar beneden op straat! Volgens mij is dat 'n ontieglijk goed signaal. Daarmee weten die mensen dat we er voor *hen* zijn en dat ze bij New York City horen.'

Weiss liet zijn blik over 161st Street dwalen als een herder over zijn kudde. Kramer was blij dat er verder niemand bij was om dit mee te maken. Als er nog iemand bij was geweest, dan was het cynisme niet van de lucht geweest. Dan had je nergens anders aan kunnen denken dan aan het feit dat Abe Weiss over vijf maanden de verkiezingen moest zien te winnen, en dat zeventig procent van de inwoners van de Bronx zwarten en Latino's waren. Maar omdat er dus geen anderen bij waren, kon Kramer de essentie op zich in laten werken, en die was dat die manische figuur voor hem, Kapitein Achab, gelijk had.

'Je hebt gister puik werk geleverd, Larry,' zei Weiss, 'en ik wil dat je zo door blijft gaan. Geeft 't je geen fantastisch *gevoel* om je talent te gebruiken voor iets wat van betekenis is? Jezus, je weet wat ik verdien.' Dat wist Kramer drommels goed, namelijk $82.000 per jaar. 'Ik heb wel tien keer een andere afslag van m'n levensweg kunnen nemen en drie maal, vijf maal zoveel kunnen verdienen met 'n privé-praktijk. Maar waarvoor? Je leeft maar één keer, Larry. Wat wil je dat ze later van je zeggen? Dat je een enorme kast van een huis in Riverdale of Greenwich of Locust Valley had? Of dat je *wat betekend hebt*? Ik heb *te doen* met Tommy Killian. Hij was een goeie hulpofficier van justitie, maar Tommy wilde geld verdienen, en dat doet-ie nu dus, maar hoe? Hij houdt een stelletje kapsoneslijers, psychoten en junks hun handje vast en snuit hun neus. Zo'n vent als McCoy geeft hem wat aanzien. In al die jaren dat-ie hier weg is heeft-ie nog nooit zo'n vent gehad. Nee, geef mij maar liever het Laboratorium van Menselijke Betrekkingen. Zo denk ik erover. Ik beteken liever wat.'

Je hebt gister puik werk geleverd. En ik wil dat je zo door blijft gaan.

'Jezus, hoe laat zou 't zijn,' zei Weiss. 'Ik begin trek te krijgen.'

Kramer keek bereidwillig op zijn horloge. 'Bijna kwart over twaalf.'

'Waarom blijf je niet even voor de lunch? Rechter Tonneto zou langskomen, en die knaap van de *Times*, Overton Dinges – ik vergeet die namen altijd, ze heten allemaal Overton of Clifton of zo'n soort klotenaam – en Bobby Vitello en Lew Weintraub. Ken je Lew Weintraub? Nee? Blijf maar hangen. Daar kun je nog iets van opsteken.'

'Nou, als je 't zeker weet...'

'Natuurlijk!' Weiss gebaarde naar zijn gigantische vergadertafel, alsof hij wilde zeggen dat er genoeg plaats was. 'Ik laat alleen maar wat broodjes komen.'

Hij zei dit alsof dit toevallig zo'n spontane lunch was waarbij je eten laat komen in plaats van uit te gaan, alsof hij of welke herder van het vestingeiland dan ook het zou wagen om een ommetje te maken te midden van de kudde in het bestuurlijke centrum van de Bronx. Maar Kramer bande elk goedkoop cynisme uit zijn gedachten. Lunchen met kopstukken als rechter Tonneto, Bobby Vitello, Lew Weintraub, de projectontwikkelaar, Overton Willekeurige Wasp van The Times, en de officier van justitie zelf!

Hij steeg op uit het moeras van de anonimiteit.

God zij gedankt voor de Grote Blanke Verdachte. Dank u, God, voor de heer Sherman McCoy.

In een opflikkering van nieuwsgierigheid dacht hij even aan McCoy. McCoy was niet veel ouder dan hij. Wat zou zo'n Wasp die zijn hele leven alles gekregen had wat zijn hartje begeerde vinden van deze ijzige duik in de echte wereld? Het was maar een opflikkering, meer niet.

De Bororo Indianen, een primitieve stam die langs de Vermelho-rivier in de jungle van de Braziliaanse Amazone leeft, geloven dat er niet zoiets als een eigen ik bestaat. De Bororo's beschouwen de geest als een open holte, als een grot of een tunnel of een arcade als je wilt, waarin het hele dorp woont en de jungle groeit. José M.R. Delgado, de eminente Spaanse hersenfysioloog, verkondigde in 1969 dat de Bororo's gelijk hadden. Gedurende bijna drie millennia hadden westerse filosofen het ik als iets unieks gezien, iets dat weggestopt was in de schedel van ieder individu, zogezegd. Dit innerlijke ik moest natuurlijk omgaan met en leren van de buitenwereld, en daarbij zou kunnen blijken dat het daartoe niet in staat was. Desalniettemin werd aangenomen dat er in de kern van het ik iets onveranderlijks en ongerepts school. Klopt niet, zei Delgado. 'Ieder individu is een vergankelijk samenstelsel van materiaal dat ontleend wordt aan het milieu.' Het woord waar het om ging was *vergankelijk*, en hij had het niet over jaren maar over uren. Hij haalde experimenten aan waarbij gezonde studenten, die op bed lagen in goed verlichte maar geluiddichte kamers en die handschoenen droegen om de tastzin te reduceren en doorschijnende brillen om de specifieke waarneming te verhinderen, *binnen een paar uur* begonnen te hallucineren. Zonder het hele dorp en de hele jungle die de holte in beslag namen, hadden ze geen geest meer.

Hij haalde echter geen onderzoekingen aan van het tegenovergestelde geval. Hij ging niet in op wat er gebeurt als je ik – of datgene wat je daarvoor door laat gaan – niet slechts een holte is die toegankelijk is voor de buitenwereld, maar opeens een pretpark is geworden waar iedereen, *todo el mundo*, *tout le monde*, binnen komt draven, huppelend en joelend, vol gespannen verwachting, popelend van verlangen, tot alles bereid, wat je maar wilt, lachend, huilend, kermend, duizelend van opwinding, snakkend naar adem, gruwelend, 't kan niet gek genoeg, hoe bloederiger hoe vrolijker. Ofte wel, hij heeft ons niets verteld over de geest van een individu in het middelpunt van een schandaal tijdens het laatste kwart van de twintigste eeuw.

In het begin, in de weken die volgden op het incident in de Bronx, had Sherman de pers beschouwd als een vijand die hem *daarbuiten* besloop. Elke dag was hij doodsbang voor de kranten en nieuwsuitzendingen, zoals je bang bent voor het wapentuig van een anonieme, onzichtbare vijand, zoals je bang zou zijn voor vallende bommen of rondsuizende granaten. Zelfs gisteren, toen hij bij de Centrale Registratie, buiten in de regen en de troep, het wit van hun ogen en het geel van hun tanden zag en zij hem uitscholden en hoonden en treiterden, toen ze hem praktisch vertrapten en bespogen, waren ze nog steeds de vijand *daarbuiten*. Ze hadden hem omsingeld voor de genadeslag, en ze beledigden en vernederden hem, maar ze konden niet bij zijn onschendbare ik komen, Sherman McCoy, binnenin de koperen smeltkroes van zijn geest.

Ze omsingelden hem voor de genadeslag. En toen doodden ze hem.

Hij kon zich niet meer herinneren of hij doodgegaan was toen hij nog buiten in de rij stond, voordat de deur naar de Centrale Registratie was opengegaan, of toen hij in de cel zat. Maar toen hij uit het gebouw kwam en Killian zijn geïmproviseerde persconferentie op de trappen hield, was hij gestorven en herboren. In zijn nieuwe incarnatie was de pers niet langer een vijand en was ze ook niet meer *daarbuiten*. De pers was een kwaal geworden, een huidziekte als lupus erythematosus of Wegeners granulomatosis. Zijn hele centrale zenuwstelsel was nu aangesloten op het immense, onmetelijke circuit van radio en televisie en kranten, en zijn lichaam deinde en tintelde en gonsde van de energie van de pers en de sensatiezucht van degenen die door de media bereikt werden, en dat was iedereen, van de naaste buur tot de meest apathische, verre onbekende die voor een ogenblik geprikkeld werd door de schande van Sherman McCoy. Met duizenden, nee, miljoenen tegelijk kwamen ze nu de holte binnendraven waarvan hij gedacht had dat het zijn ik was. Hij kon net zomin voorkomen dat ze zijn bloedeigen huid binnendrongen als hij de lucht uit zijn longen kon houden. (Of liever gezegd, hij kon ze alleen buiten houden op dezelfde wijze waarop hij voor eens en altijd zijn longen van lucht kon onthouden. Die oplossing kwam meer dan eens bij hem op tijdens die lange dag, maar hij vocht tegen deze ziekelijke aandrang, hij vocht en hij vocht, hij die al één keer gestorven was.)

Het begon kort nadat hij en Killian zich van de meute demonstranten en verslaggevers en fotografen en cameralieden hadden weten te ontdoen en in de auto met chauffeur waren gestapt die Killian had gehuurd. De chauffeur luisterde naar een zender met zachte muziek op de autoradio, maar al gauw kwam het halfuurnieuws, en meteen hoorde Sherman zijn naam, zijn naam en alle sleutelwoorden die hij de hele verdere dag zou blijven horen: Wall Street, societyfiguur, doorrijden na aanrijding, veelbelovende scholier uit de Bronx, onbekende metgezellin, en hij kon de ogen van de chauffeur door de achteruitkijkspiegel in de open holte zien staren die bekend stond als Sherman McCoy. Toen ze bij Killians kantoor aankwamen, was de middageditie van *The City Light* er al, en zijn verwrongen gezicht staarde vanaf de voorpagina naar hem terug, en iedereen in New York mocht zo door die met afschuw vervulde ogen van hem naar binnen lopen. Toen hij aan het eind van de middag naar huis ging, naar Park Avenue, moest hij spitsroeden lopen door een haag van verslaggevers en cameraploegen van de televisie om in zijn eigen flat te komen. Ze noemden hem 'Sherman', zo vrolijk en geringschattend en aanmatigend als het ze uitkwam, en Eddie, de portier, keek hem in de ogen en stak zijn hoofd diep in de holte. Tot overmaat van ramp moest hij samen met de Morrissey's, die in het dakappartement woonden, met de lift naar boven. Ze zeiden niets. Ze staken alleen maar hun lange neus in de holte en snuffelden en snuffelden aan zijn schande, tot hun gezichten verstarden van de stank. Hij had op zijn geheime telefoonnummer gerekend voor wat rust, maar de pers had dat al uitgevonden toen hij thuiskwam, en Bonita, de lieve Bonita, die alleen maar even een snelle blik wierp in de holte, moest de telefoontjes schiften. Elke denkbare nieuwsorganisatie belde op, en er waren een paar telefoontjes voor Judy. En voor hemzelf? Wie zou het zo aan waardigheid ontbreken, wie zou zo immuun zijn voor gêne dat hij deze grote beklagenswaardige openbare arcade op zou bellen, dit omhulsel van schande en stank dat Sherman McCoy heette? Alleen zijn vader en moeder en Rawlie Thorpe. Nou, zoveel had Rawlie dan tenminste in zich. Judy doolde, geschokt en afstandelijk, door het appartement. Campbell was helemaal in de war maar ze huilde niet; nog niet. Hij had niet gedacht dat hij in staat zou zijn om naar de televisie te kijken, maar toch zette hij hem aan. Elk kanaal spuide een stroom lasterpraatjes. Vooraanstaand obligatiehandelaar van Wall Street, topfunctie bij Pierce & Pierce, societyfiguur, kostschool, Yale, verwend zoontje van de vroegere mede-directeur van Dunning Sponget & Leach, het advocatenkantoor op Wall Street, in zijn Mercedes sportauto van $60.000 (nu $10.000 er bovenop), met een spetter van een brunette die niet zijn vrouw was en helemaal niets van zijn vrouw had en waarbij vergeleken zijn vrouw er als een slonsje uitzag, rijdt een voorbeeldige zoon van fatsoenlijke arme burgers aan, een jonge veelbelovende scholier die opgegroeid was in de projecten, en vlucht met zijn patserige auto zonder een ogenblik medelijden te hebben met zijn slachtoffer, laat staan hem te helpen, een jongen die nu op het randje van de dood zweeft. Het griezelige was – en het was griezelig toen hij daar naar de televisie had zitten kijken – dat hij niet geschokt en woedend was door deze grove verdraaiingen en aperte onwaarheden. Nee, hij *schaamde* zich. Toen de avond viel waren ze zo vaak herhaald, via dat immense circuit waarop zijn eigen huid leek te zijn aangesloten, dat ze het gewicht van waarheid hadden gekregen, omdat miljoenen nu deze Sherman McCoy *gezien* hadden, deze Sherman McCoy op het scherm, en ze hem kenden als de man die deze hardvochtige daad begaan had. Ze liepen hier nu rond, een enorme meute, verontwaardigd en ziedend van woede en met waarschijnlijk nog ergere dingen in de zin, door de openbare arcade die vroeger het eigen ik van Sherman McCoy was geweest. Iedereen, iedere levende ziel die ooit zijn blik op hem liet rusten, mogelijk met uitzondering van Maria, als die ooit nog haar blik op hem zou laten rusten, zou hem kennen als deze man op de voorpagina van twee miljoen, drie miljoen, vier miljoen kranten en op het scherm van

God wist hoeveel miljoenen televisietoestellen. De felheid van hun beschuldigingen, overgeseind via het immense circuit van de media dat aangesloten was op zijn centrale zenuwstelsel, gonsde en tintelde door zijn huid en deed zijn adrenaline bruisen. Zijn hartslag was voortdurend te snel, en toch was hij niet langer in een staat van paniek. Er was een doffe verdoving ingetreden. Hij kon zich nergens op concentreren, zelfs niet lang genoeg om zich er treurig over te voelen. Hij dacht eraan wat dit Campbell en Judy moest doen, en toch voelde hij niet meer zulke verschrikkelijke steken als daarvoor... voor hij doodging. Dit verontrustte hem. Hij keek naar zijn dochter en probeerde de steken te voelen, maar het was een oefening van de geest. Het was allemaal zo treurig en zwaar, zwaar, zwaar.

Het enige wat hij echt voelde was angst. Het was de angst om weer *daar naar binnen* te gaan.

Gisternacht was hij uitgeput naar bed gegaan en had hij gedacht dat hij niet zou kunnen slapen. In werkelijkheid viel hij vrijwel meteen in slaap en had hij een droom. Het schemerde. Hij zat in de bus op First Avenue. Dat was raar, want hij had al minstens tien jaar geen bus meer genomen in New York. Voor hij het wist, was de bus bij 110th Street, en was het donker. Hij had zijn halte gemist, al kon hij zich niet herinneren welke halte hij moest hebben. Hij bevond zich in een zwarte wijk. Het had eigenlijk een Latijnsamerikaanse wijk moeten zijn, namelijk Spanish Harlem, maar het was een zwarte wijk. Hij stapte uit de bus omdat hij vreesde dat het nog erger zou worden als hij bleef zitten. Hij kon gedaanten zien in de duisternis, in portieken, op trappen, op het trottoir, maar ze hadden hem nog niet gezien. Hij haastte zich in de schaduw door de straten en probeerde in westelijke richting te gaan. Zijn gezonde verstand zou hem gezegd hebben om rechtdoor over First Avenue terug te lopen, maar het leek verschrikkelijk belangrijk om naar het westen te gaan. Toen drong het tot hem door dat de gedaanten om hem heen cirkelden. Ze zeiden niets, ze kwamen zelfs niet erg dichtbij... voorlopig. Ze hadden alle tijd van de wereld. Hij spoedde zich door de duisternis en probeerde om in de schaduw te blijven, en geleidelijk sloten de gedaanten hem in; geleidelijk, want ze hadden alle tijd van de wereld. Hij schoot wakker, panisch van angst, zwetend, zijn hart wild bonzend. Hij had nog geen twee uur geslapen.

Vroeg in de ochtend, toen de zon opkwam, voelde hij zich sterker. Het gonzen en tintelen was opgehouden, en hij begon zich af te vragen: Ben ik verlost van deze vreselijke kwaal? Hij had het natuurlijk niet begrepen. Het immense circuit lag alleen maar stil voor de nacht. De miljoenen beschuldigende ogen waren dicht. Hoe dan ook, hij nam zich voor dat hij sterk zou zijn. Welke andere keuze had hij? Niet een, geen andere dan weer dood te gaan, langzaam of snel; en dan echt. In die gemoedstoestand besloot hij dat hij geen gevangene in zijn eigen huis zou zijn. Hij zou zo goed als hij kon zijn leven leiden en zich teweer stellen tegen de meute. Hij zou beginnen met Campbell naar de bus te brengen, zoals altijd.

Om zeven uur belde Tony, de portier, verontschuldigend naar boven en zei dat er een stuk of zes verslaggevers en fotografen buiten rondhingen op het trottoir en in hun auto's. Bonita gaf de boodschap door, en Sherman rechtte zijn rug en stak zijn kin in de lucht en besloot hen tegemoet te treden net zoals je dat met rotweer zou doen. Met z'n tweeën, Sherman in zijn minst opvallende geruite kamgaren pak uit Engeland en Campbell in haar school-uniform, kwamen ze uit de lift en liepen naar de voordeur, en Tony zei, op-recht meevoelend: 'Sterkte. 't Is een onbehouwen zootje.' Buiten op het trot-toir was de eerste die op hen afkwam een heel jonge man, wat kinderlijk van voorkomen, en die zei, met iets wat op beleefdheid leek: 'Meneer McCoy, ik zou u willen vragen – '

Sherman nam Campbell bij de hand en stak zijn Yale-kin omhoog en zei: 'Ik heb geen enkel commentaar. Als u mij wilt verontschuldigen.'

Plotseling zwermden er vijf, zes, zeven om hem en Campbell heen, en was het niet meer 'meneer McCoy'.

'Sherman! Eén momentje! Wie was die vrouw?'

'Sherman! Blijf even zo staan! Eén foto maar!'

'Hé, Sherman! Je advocaat zegt – '

'Blijf staan! Hé! Hé! Hoe heet jij, popje?'

Een van die lui noemde Campbell *popje*! Ontzet en woedend keerde hij zich om naar de stem. *Dezelfde* – die met die warrige bos kroeshaar op zijn schedel geplakt – en nu met twee stukjes wc-papier op zijn wangen.

Sherman draaide zich weer om naar Campbell. Er lag een beduusde glim-lach op haar gezicht. Fototoestellen! Foto's maken was altijd een feestelijke aangelegenheid geweest.

'Hoe heet ze, Sherman!'

'Hallo, popje, hoe heet je?'

De goorling met het wc-papier op zijn gezicht boog zich over zijn dochter-tje met een vleierige, vaderlijke stem.

'Laat haar met rust!' zei Sherman. Hij zag dat zijn snijdende stem Campbell bang maakte.

Opeens hing er een microfoon voor zijn neus die hem het zicht benam.

Een lange pezige jonge vrouw met zware kaken: 'Henry Lamb ligt in 't ziekenhuis op 't randje van de dood, en jij loopt hier over Park Avenue. Hoe voel je je nu Henry – '

Sherman zwaaide zijn onderarm omhoog om de microfoon uit zijn gezicht te slaan. De vrouw begon te krijsen:

'Grote schoft die je bent!' Tegen haar collega's: 'Jullie hebben 't gezien! Hij gaf me 'n klap! De klootzak gaf me 'n klap! Jullie hebben 't gezien! Jullie heb-ben 't gezien! Ik laat je arresteren wegens mishandeling, klootzak die je bent!'

De horde dromde om hem en zijn dochtertje heen. Hij legde zijn arm om Campbells schouders en probeerde haar dicht naar zich toe te trekken en tegelijkertijd vlug naar de hoek van de straat te lopen.

'Kom op, Sherman! Een paar vraagjes maar en dan laten we je gaan!'

Achter hem stond de vrouw nog steeds te schreeuwen en te jammeren: 'Hé, heb je d'r een foto van? Ik wil zien wat je hebt! Da's bewijsmateriaal! Je moet 't me laten zien!' Toen over straat: ''t Kan je niet schelen wie je raakt hè, racistische kloot!'

Racistische kloot! De vrouw was blank.

Campbells gezicht was verstard van angst en ontsteltenis.

Het licht sprong op groen, en de hele horde kwam achter hun tweeën aan en zwierde en zwermde om hen heen terwijl ze Park Avenue overstaken. Sherman en Campbell, hand in hand, baanden zich een weg rechtdoor, en de verslaggevers en fotografen om hen heen draafden achterwaarts en zijwaarts en krabsgewijs.

'Sherman!'

'Sherman!'

'Kijk me aan, popje!'

De ouders, kindermeisjes en kinderen die bij de bushalte stonden te wachten deinsden achteruit. Ze wilden niets te maken hebben met het weerzinwekkende zootje dat ze op zich af zagen komen, dat luidruchtige samenraapsel van schaamte, schuld, vernedering en kwelling. Aan de andere kant wilden ze ook niet dat hun kleintjes de bus zouden missen die eraan kwam. Dus huiverden ze en klonterden ze samen, alsof ze door de wind op een hoop werden geblazen. Even dacht Sherman nog dat er wel iemand te hulp zou schieten, niet zozeer ter wille van hem als wel voor Campbell, maar hij vergiste zich. Sommigen gaapten hem aan alsof ze niet wisten wie hij was. Anderen wendden hun ogen af. De schattige kleine mevrouw Lueger! Ze had beide handen op de schouders van haar dochtertje, dat met grote gefascineerde ogen naar hem staarde. Mevrouw Lueger keek hem aan alsof hij een zwerver uit het Tehuis voor Daklozen op Sixty-seventh Street was.

In haar donkerrode uniform sjokte Campbell de treden van de bus op en wierp toen binnen nog een laatste blik over haar schouder. De tranen stroomden over haar gezicht, geluidloos.

Er trok een scheut door Shermans plexus solaris. Hij was nog niet voor de tweede maal doodgegaan. Hij was nog niet dood; nog niet. De fotograaf met het wc-papier op zijn wangen stond vlak achter hem, nog geen halve meter van hem vandaan, met zijn afgrijselijke apparaat in zijn oogkas geschroefd.

Grijp hem! Stamp het zijn hersens in! Hoe waag je het om 'Hé, popje!' te zeggen tegen mijn vlees en bloed –

Maar wat had het voor zin? Ze waren immers niet langer de vijand *daarbuiten*, toch? Het waren parasieten onder zijn eigen huid. Het gonzen en tintelen begon voor weer een dag.

Fallow slenterde langzaam door de burelen van de stadsredactie zodat ze zijn indrukwekkende gestalte goed in zich op konden nemen. Hij hield zijn buik in en rechtte zijn rug. Morgen zou hij met een serieus trainingsregiem beginnen. Er was geen enkele reden waarom hij geen heroïsche lichaamsbouw zou hebben. Op weg naar de krant was hij bij Herzfeld langsgegaan, een herenmodezaak op Madison Avenue die Europese en Britse kleding verkocht, en hij had een marineblauwe linon-zijden stropdas met stippen gekocht. De stipjes waren van wit borduursel. Hij had hem meteen daar in de winkel omgedaan, waarbij hij de verkoper een blik op zijn afneembare boord gegund had. Hij droeg zijn beste overhemd, van Bowring, Arundel & Co. op Saville Row. Het was een eerlijk overhemd, en het was een eerlijke stropdas.

Kon hij zich maar een nieuwe blazer veroorloven, met royale revers tot aan zijn navel die niet glommen... Nou ja, joechei – binnenkort! Hij hield stil bij de balie en pakte een *City Light* van de stapel van de vroege editie die daar voor de medewerkers was neergelegd. GEZOCHT: MYSTERIEUZE 'SPETTER' BRUNETTE. Weer een voorpagina-artikel door Peter Fallow. De rest van de tekst zwom te midden van wazig oogvocht voor zijn gezicht. Maar hij bleef ernaar staren, om hen allemaal de gelegenheid te geven de aanwezigheid in zich op te nemen van... Peter Fallow... Kijk maar goed, arme ploeteraars, gebogen over jullie tekstverwerkers, kletsend en kwebbelend en kankerend over jullie 'honderd flappen'. Opeens voelde hij zich zo verheven dat hij bedacht wat een superieur gebaar het zou zijn om naar die arme Goldman toe te lopen en hem zijn honderd dollar te geven. Nou, hij zou het in zijn achterhoofd houden.

Toen hij bij zijn hokje kwam, lagen er al zes of zeven briefjes met boodschappen op zijn bureau. Hij nam ze vluchtig door, half en half verwachtend dat er één bij zou zitten van een filmproducent.

Sir Gerald Steiner, voorheen de Dooie Muis, kwam zijn kant op, zonder jasje en met een paar vuurrode vilten bretels over zijn streepjesoverhemd en een glimlach op zijn gezicht, een charmante glimlach, een innemende glimlach, in plaats van die kwaadaardige wolveblik van een paar weken terug. De flacon wodka zat nog steeds verstopt in de zak van Fallows regenjas, die nog steeds aan de plastic kapstok in de hoek hing. Hij zou het waarschijnlijk wel kunnen maken om hem te pakken en in het bijzijn van de Muis een vlammende slok achterover te slaan. Wat zou er gebeuren? Niets, alleen maar een veelbetekenende pseudo-toffe jongensachtige Muize-glimlach, als hij zijn Muis goed kende.

'Peter!' zei Steiner. *Peter*, niet meer het *Fallow* van de schoolopzichter. 'Wil je iets zien om je dag op te fleuren?'

Steiner kwakte de foto op Fallows bureau neer. Daarop stond Sherman McCoy die met een dreigende blik op zijn gezicht met de rug van zijn hand een mep uitdeelde naar het gezicht van een lange vrouw met een soort stokje in haar hand, dat bij nadere bestudering een microfoon bleek te zijn. Met zijn andere hand hield hij een klein meisje in schooluniform bij de hand. Het meisje keek verbouwereerd in de camera. Op de achtergrond zag je de luifel van een appartementengebouw en een portier.

Steiner stond te grinniken. 'Die vrouw – een vreselijk wijf trouwens, van een of ander radiostation – belt om de tien minuten. Ze zegt dat ze McCoy wil laten arresteren wegens mishandelng. Ze wil die foto hebben. Ze krijgt hem ook, en hoe! Hij staat op de voorpagina van de volgende editie!'

Fallow pakte de foto op en bekeek hem. 'Hmmm. Mooi kindje. Moet niet eenvoudig zijn om een vader te hebben die steeds met minderheden in botsing komt, zwarte jongens, vrouwen. Is het je wel eens opgevallen dat Yanks het altijd over vrouwen hebben als een minderheid?'

'Die arme moedertaal,' zei Steiner.

'Schitterende foto,' zei Fallow, echt gemeend. 'Wie heeft hem gemaakt?'

'Silverstein. Die knaap heeft wel pit. Echt waar.'

'Silverstein houdt de wacht bij de stervende?' vroeg Fallow.

'Jazeker,' zei Steiner. 'Hij is dol op dat soort dingen. Weet je, Peter' – *Peter* – 'ik heb respect voor knapen als Silverstein, misschien een omgekeerd respect, maar het is wel echt. Het zijn de boeren van de journalistiek. Ze zijn dol op dat goeie vruchtbare slijk der aarde, om dat slijk *zelf*, niet om het geld – ze zitten graag met hun handen in de drek te wroeten.' Steiner zweeg bedremmeld. Hij raakte altijd wat in de war door zijn eigen woordspelletjes.

O, wat zou Sir Gerald, het lievelingetje van de Oude Steiner, graag zelf in die drek rondwentelen, met extatische overgave! – als een knaap met pit! Zijn ogen gloeiden van heftige emotie: liefde, wellicht, of heimwee naar de modder.

'De Lachende Vandalen,' zei Steiner hoofdschuddend en met een brede grijns. Dat sloeg op de befaamde heldendaden van de pittige fotograaf. Dit voerde hem vervolgens naar een nog rijkere bron van voldoening.

'Ik moet je wat zeggen, Peter. Ik weet niet of je het ten volle beseft of niet, maar je hebt een heel belangrijk verhaal naar buiten gebracht met deze Lamb en McCoy kwestie. Zeker, het is sensationeel, maar het is veel meer dan dat. Het is een moraliteit. Denk daar eens even over. Een moraliteit. Je had het net over minderheden. Ik begrijp dat je een grapje maakte, maar we krijgen al signalen van deze minderheden, van die zwarte organisaties en zo, dezelfde organisaties die het gerucht verspreid hebben dat we racistisch zijn en al die gebruikelijke kletspraat, en nu feliciteren ze ons en kijken naar ons op als een soort… *baken*. Dat is nogal een ommekeer in zo'n korte tijd. Deze mensen van de Liga tegen Belastering van de Derde Wereld, dezelfde mensen die zo razend waren over de Lachende Vandalen, die hebben me net de meest *gloedvolle* dankbetuiging gestuurd. Godsamme, we zijn nu de vaandeldragers van progressiviteit en burgerrechten! Ze vinden jou overigens een genie. Die dominee Bacon, zoals ze hem noemen, schijnt de baas van het spul te zijn. Als het aan hem lag, gaf hij je de Nobelprijs. Ik zou Brian eigenlijk moeten vragen je die brief te laten zien.'

Fallow zei niets. De idioten zouden wel iets subtieler kunnen zijn.

'Wat ik je probeer duidelijk te maken, Peter, is dat dit een heel belangrijke stap is in de ontwikkeling van de krant. Onze lezers geven totaal geen snars om een goede naam. Maar de adverteerders wel. Ik heb Brian al aan het werk gezet om te bezien of we misschien een paar van deze zwarte groeperingen kunnen overhalen om hun nieuwe mening over The City Light op een of andere manier formeel te ventileren, door citaten of het toekennen van prijzen of – weet ik veel, maar Brian weet wel hoe hij dat aan moet pakken. Ik hoop dat je wat tijd vrij zult kunnen maken om een bijdrage te leveren aan waar hij mee op de proppen komt. Maar we zien wel hoe dat loopt.'

'O, maar natuurlijk,' zei Fallow. 'Zeker. Ik weet wat voor sterke emoties deze mensen hebben. Weet je dat de rechter die geweigerd heeft om McCoy's borg te verhogen gisteren een paar keer met de dood bedreigd is?'

'Met de dood bedreigd! Dat meen je niet.' De Muis rilde van afschuw en opwinding.

'Echt waar. En hij neemt het nog heel serieus ook.'

'Grote God,' zei Steiner. 'Een verbazingwekkend land is dit.'

Fallow zag dit als een goed moment om Sir Gerald een belangrijke stap van een andere soort in overweging te geven: een voorschot van duizend dollar, dat op zijn beurt de eminente Muis er ook toe zou kunnen brengen een salarisverhoging te overwegen.

En hij had het op beide onderdelen bij het rechte eind. Zodra de nieuwe blazer klaar was, zou hij deze oude *verbranden*, met veel genoegen.

Nog geen minuut nadat Steiner weg was ging Fallows telefoon. Het was Albert Vogel.

'Hé, Pete! Hoe gaat 't? De zaak loopt op rolletjes, rolletjes, rolletjes. Pete, je moet me een plezier doen. Je moet me McCoy's telefoonnummer geven. Het staat niet in 't telefoonboek.'

Zonder precies te weten waarom vond Fallow dit een alarmerend idee. 'Wat moet jij met zijn telefoonnummer, Al?'

'Nou, 't punt is, Pete, ik ben door Annie Lamb in de arm genomen, en ze wil namens haar zoon 'n schadeclaim indienen. Twee claims, eigenlijk: eentje tegen 't ziekenhuis wegens grove nalatigheid, en een tegen McCoy.'

'En je wil zijn telefoonnummer thuis? Waarvoor?'

'Waarvoor? Misschien moeten we onderhandelen.'

'Ik snap niet waarom je zijn advocaat niet belt.'

'Jezus Christus, Pete.' Vogels stem werd kwaad. 'Ik bel je niet voor juridisch advies. Ik wil verdomme alleen maar 'n telefoonnummer. Heb je 't of heb je 't niet?'

Fallows gezonde verstand zei hem om nee te zeggen. Maar zijn ijdelheid stond hem niet toe om Vogel te vertellen dat ik, *Fallow*, eigenaar van de zaak McCoy, niet in staat was geweest om aan het telefoonnummer van McCoy te komen.

'Oké, Al. Ik stel een ruil voor. Jij geeft me de bijzonderheden van de aanklachten en een dag voorsprong met het verhaal, en ik geef je het nummer.'

'Moet je luisteren, Pete, ik wil 'n persconferentie geven over de aanklachten. Alles wat ik je vraag is 'n rottig telefoonnummer.'

'Je kunt altijd nog een persconferentie geven. Er komen meer mensen op af als ik er eerst over geschreven heb.'

Stilte. 'Oké, Pete.' Vogel grinnikte, maar niet erg van harte. 'Ik geloof dat ik een monster heb geschapen toen ik jou op Henry Lamb zette. Wie denk je wel dat je bent, Lincoln Steffens?'

'Lincoln wie?'

'Laat maar zitten. 't Zou je niet interesseren. Oké, je kunt dat klote verhaal krijgen. Word je niet moe van al die exclusieve verhalen? Geef me 't nummer maar.'

En dat deed hij.

Wat maakte het in de grond van de zaak eigenlijk uit of hij het nummer had of niet?

24

De informanten

Het vreselijke oranje tapijt laaide op. Bij de muur vlak naast de formica bank waarop hij onderuit gezakt zat was het losgeraakt van de vloer en waren de gekrulde metaalachtige vezels uitgerafeld. Sherman staarde naar de jeukerige slonzigheid van de rafels om zodoende zijn ogen afgewend te houden van de louche figuren op de bank tegenover hem. Hij was bang dat ze naar hem zouden zitten te kijken en zouden weten wie hij was. Het feit dat Killian hem zo liet wachten bezegelde het, bevestigde de juistheid van wat hij op het punt stond te gaan doen. Dit zou zijn laatste bezoek hier zijn, de laatste keer dat hij zich verlaagde tot dat vulgaire gedoe met Banken van Wederdienst, contracten, ordinaire showbinken en goedkope filosofietjes van de richel.

Maar al gauw kreeg zijn nieuwsgierigheid de overhand en wierp hij een blik op hun voeten... Twee mannen... De ene had een bevallig klein maatje instappers aan met een versiering van gouden kettinkjes over de wreef. De ander droeg een paar sneeuwwitte Reebok sneakers. De schoenen verschoven een stukje wanneer de twee mannen met hun achterwerk van de bank gleden en ze zich met hun benen omhoog drukten en dan weer omlaag gleden en zich weer omhoog drukten en omlaag gleden en zich omhoog drukten. Sherman gleed omlaag en drukte zich omhoog. Zij gleden omlaag en drukten zich omhoog. Sherman gleed omlaag en drukte zich omhoog. Uit alles daar, zelfs uit de obsceen afhellende banken, sprak slechte smaak, slordigheid, vulgariteit en, in wezen, je reinste achterlijkheid. De twee mannen praatten in wat, naar Sherman aannam, Spaans was. '*Oy el meemo,*' zei de ene steeds. '*Oy el meemo.*' Hij liet zijn ogen omhoogkruipen tot aan hun middel. Ze hadden alle twee een overhemd en een leren jasje aan; ook al Leerjongens. '*Oy el meemo.*' Hij waagde het erop: hun gezicht. Onmiddellijk sloeg hij zijn ogen weer neer. Ze zaten hem recht in zijn gezicht te staren! Wat een kille blikken! Ze leken alle twee voor in de dertig. Ze hadden dik zwart haar, geknipt en geborsteld in een eender, ordinair maar waarschijnlijk duur model. Ze droegen alle twee een scheiding in het midden, en hun haar was zodanig tegengekamd dat het in kunstige zwarte ceremoniële fonteinstraaltjes op leek te spuiten. Wat staarden ze met een verwrongen gelaatsuitdrukking naar hem! *Zouden ze het weten?*

Hij kon Killians stem horen. *Affekaat. Komp voh mekah.* Hij troostte zich met de gedachte dat hij er niet lang meer naar zou hoeven te luisteren. De Leeuw had gelijk. Hoe had hij zijn lot in handen kunnen leggen van iemand die doortrokken was van dit smerige milieu? Killian verscheen in de deuropening van de gang naar zijn kamer. Hij had zijn arm om de schouders van een kleine gedrongen en uiterst mismoedige blanke man die een erbarmelijk pak droeg met een bijzonder erbarmelijk vest dat voor zijn buik uitpuilde.

'Tja, wat wil je, Donald?' zei Killian. ''t Is met de wet net als met alles. Alle waar is naar z'n geld. Ja toch?' *Alle waas nah z'n geld.* Het mannetje sjokte weg zonder zelfs nog naar hem op te kijken. Hij was niet één keer bij Killian geweest zonder dat het voornaamste onderwerp van gesprek geld was geweest – geld te betalen aan Thomas Killian.

'Aiiiiii,' zei Killian met een grijns naar Sherman. ''t Was niet m'n bedoeling om je te laten wachten.' Hij wierp een veelbetekenende blik naar de zich verwijderende gestalte van het mannetje, en haalde toen zijn wenkbrauwen op.

Terwijl hij en Sherman onder het felle licht van de spotjes door de gang liepen naar Killians kantoor zei hij: 'Dat' – zijn hoofd knikte naar achteren in de richting van het mannetje – 'is pas iemand met problemen. Hij is zevenenvijftig, plaatsvervangend hoofd van een school, Iers, katholiek, vrouw en kinderen, en hij wordt opgepakt op verdenking van oneerbare voorstellen aan 'n meisje van zeven. De agent die 'm aangehouden heeft beweert dat-ie haar een banaan aanbood en van daaruit verder ging.'

Sherman zweeg. Dacht deze onverschillige fatterige kapsoneslijer met zijn ingebakken cynisme nou echt dat hij zich door zo'n verhaal beter zou gaan voelen? Er voer een koude rilling door hem heen. Het was net alsof het lot van het gedrongen mannetje ook het zijne was.

'Heb je die twee kerels die tegenover je zaten bekeken?'

Sherman zette zich schrap. In wat voor hel zouden die terecht gekomen zijn?

'Achtentwintig, negenentwintig jaar, alle twee, en ze zouden op de Forbeslijst van de vierhonderd meest verdienende mensen in Amerika staan als hun bedrijf jaarverslagen publiceerde. *Zo'n hoop geld* hebben die. 't Zijn Cubanen, maar ze importeren uit Colombia. Cliënten van Mike Bellavita.'

Met elk kapsoneswoord nam Shermans afkeer toe. Dacht die snelle showbink nou echt dat zijn luchtige overzicht van het lokale wereldje, zijn onverschilligheid en zijn cynische toon hem zouden strelen, dat hij zich daardoor verheven zou voelen boven het rioolslib dat met het smerige getij meegevoerd werd langs dit kantoor? Ik sta er niet boven, jij o zo gewiekste, o zo achterlijke stomkop! Ik ben een van hen! Ik voel met ze mee! Een oude Ierse kinderverkrachter... twee jonge Cubaanse drugsdealers met hun treurige pronkerige haar – kortom, hij ontdekte voor zichzelf de waarheid van het gezegde 'Een conservatief wordt vanzelf progressief als hij gearresteerd is.'

In Killians kantoor nam Sherman een stoel en keek toe hoe de Ierse showbink in zijn bureaustoel achterover leunde en zelfvoldaan met zijn schouders rolde onder zijn pak met twee rijen knopen. Hij kreeg een nog hartgrondiger afkeer van hem. Killian was in een uitstekend humeur. Op zijn bureau lag een stapel kranten. *Mercedes-koppel: hij reed aan, zij reed weg.* Maar natuurlijk! Het meest sensationele proces in New York was van hem.

Nou, dat zou niet lang meer duren. Hoe zou hij het hem vertellen? Hij wilde het hem gewoon *recht in zijn smoel* zeggen. Maar de woorden kwamen er met iets van tact uit.

'Ik hoop dat je beseft,' zei Sherman, 'dat ik hoogst ongelukkig ben met wat er gisteren gebeurd is.'

'Aiiiiii, wie zou dat niet zijn? 't Was een schande, zelfs voor Weiss z'n doen.'

'Ik geloof niet dat je het begrijpt. Ik heb het niet over wat ik doorgemaakt heb, op zichzelf, ik heb het over het feit dat jij – '

Hij werd onderbroken door de stem van de receptioniste uit de intercom op Killians bureau: 'Neil Flannagan van de *Daily News* op 3-0.'

Killian leunde voorover in zijn stoel. 'Zeg dat ik 'm terugbel. Nee, wacht even. Zeg dat ik 'm over een halfuur terugbel. Als-ie dan niet op kantoor is, moet hij me zelf over een halfuur terugbellen.' Tegen Sherman: 'Sorry.'

Sherman wachtte even, keek de showbink onheilspellend aan, en zei: 'Ik heb het ergens anders over. Ik heb het over – '

Killian onderbrak hem: 'Daar bedoel ik niet mee dat we maar een halfuur hebben om te praten.' *Havuuh.* 'Je hebt de hele dag als je wilt en als 't moet. Maar ik wil met die Flannagan van de *News* praten. Hij wordt ons tegengif… tegen 't venijn.'

'Prima,' zei Sherman zo vlak als hij kon, 'maar we hebben een probleem. Je hebt me verzekerd dat je jouw speciale "contacten" had bij de justitie van de Bronx. Je hebt me verteld dat je een "contract" had met die Fitzgibbon. Ik meen me een hele verhandeling te herinneren over iets wat de "Bank van Wederdienst" heette. Welnu, begrijp goed wat ik zeg. Voor zover ik weet heb je net zo'n scherp juridisch inzicht – '

De stem uit de intercom: 'Peter Fallow van *The City Light* op 3-0.'

'Noteer z'n nummer. Zeg dat ik 'm terugbel.' Tegen Sherman: 'Over vergif gesproken. De opperslang meldt zich.'

Shermans hart begon hevig te bonken, en bedaarde toen weer.

'Ga verder. Waar was je gebleven?'

'Ik twijfel niet aan je juridisch inzicht, maar je hebt die beloftes gedaan, en daar ben ik, naïef genoeg, op afgegaan en…' Hij zweeg even om de juiste woorden te zoeken.

Killian schoot ertussen: 'Ze hebben je belazerd, Sherman. Ze hebben mij belazerd. Ze hebben Bernie Fitzgibbon belazerd. Wat Weiss geflikt heeft is schandalig. Zoiets… *doe… je… niet*. Zoiets *doe je gewoon niet*.'

'Evengoed heeft hij het gedaan, en toen je me gezegd had – '

'Ik weet precies hoe 't was. 't Was alsof je in een beerput gesmeten werd. Maar Bernie heeft toch nog wel iets bereikt. Weiss had 't nog erger willen maken. Dat moet je echt begrijpen. De klootzak wilde je *thuis* laten arresteren. Hij was uit op een *arrestatie op Park Avenue!* Hij 's gek! Volslagen geschift! En weet je wat-ie gedaan zou hebben als-ie z'n zin had gekregen? Dan had-ie je door de smerissen bij je thuis in de boeien laten slaan en je daarna naar een politiebureau laten brengen zodat je daar even aan de cellen kon ruiken en dan hadden ze je in een arrestantenbusje gestopt met gaas voor de ramen, met een stel van die beesten, en je *dan* pas naar de Centrale Registratie gebracht en je door laten maken wat je nu meegemaakt hebt. Zo had-ie 't gewild.'

'Evengoed – '

'Meneer Killian, Irv Stone van Channel 1 op 3-2. Hij belt al voor de derde keer.'

'Noteer z'n nummer en zeg dat ik 'm terugbel.' Tegen Sherman: 'Ik moet vandaag met deze lui praten, ook al heb ik niks te zeggen. Gewoon om de lijnen open te houden. Morgen gaan we de rollen omdraaien.'

'De rollen omdraaien,' zei Sherman met wat bedoeld was als bittere ironie. De showbink merkte het niet eens. De opwinding van de showbink over al die aandacht van de pers stond op zijn gezicht geschreven. Uit mijn schande haalt hij zijn eigen goedkope glorie.

Dus probeerde hij het nog eens. 'De rollen omdraaien, jazeker,' zei hij.

Killian glimlachte. 'Meneer McCoy, ik geloof echt dat u aan mij twijfelt. Nou, ik heb nieuws voor u. Om precies te zijn, ik heb 'n hele hoop nieuws voor u.' Hij drukte op de knop van de intercom. 'Hoi, Nina. Vraag of Quigley even komt. Zeg dat de heer McCoy er is.' Tegen Sherman: 'Ed Quigley is onze detective, die kerel waar ik van verteld heb, die vroeger bij Ernstige Delicten zat.'

Een lange kale man verscheen in de deuropening. Het was dezelfde man die Sherman in de fel verlichte receptie had gezien bij zijn eerste bezoek. Hij droeg een revolver in een holster hoog op zijn linkerheup. Hij had een wit overhemd aan maar geen stropdas. Zijn mouwen waren opgerold en lieten een paar reusachtige polsen en armen bloot. In zijn linkerhand hield hij een manilla enveloppe. Hij was een van die lange hoekige broodmagere mannen die er sterker en gevaarlijker uitzagen op hun vijftigste dan op hun vijfentwintigste. Hij liep met afgezakte schouders die breed waren maar hun beste tijd gehad hadden. Zijn ogen waren diep weggezonken in hun kassen.

'Ed,' zei Killian, 'dit is de heer McCoy.'

Sherman knikte stuurs.

'Aangenaam,' zei de man. Hij gaf Sherman dezelfde dode grijns als de eerste keer.

Killian zei: 'Heb je de foto?'

Quigley haalde een stuk papier uit de enveloppe en gaf het aan Killian, en Killian gaf het aan Sherman.

'Dit is een fotokopie, maar 't heeft – ik zal je maar niet vertellen wat 't gekost heeft om deze foto in handen te krijgen. Herken je 'm?'

Een foto van opzij en van voren van een zwarte, met nummers eronder. Een vierkant gezicht, een dikke nek.

Sherman zuchtte. 'Hij lijkt er wel op. Die andere jongen, de grote, die zei: "Yo! Hulp nodig?"'

'Het is een schooier genaamd Roland Auburn. Woont in 't Poe-project. Op dit ogenblik zit-ie op Rikers Island in afwachting van de afhandeling van z'n vierde aanklacht wegens dealen. 't Is duidelijk dat hij 't op een akkoordje met justitie gooit in ruil voor een getuigenverklaring tegen jou.'

'Die hij bij elkaar liegt.'

'Dat is in geen enkel opzicht in strijd met de beginselen die de heer Roland Auburn tot dusver door 't leven geleid hebben,' zei Killian.

'Hoe ben je hier achter gekomen?'

Killian glimlachte en gebaarde naar Quigley. 'Ed heeft vele vrienden onder onze mannen in 't blauw, en velen van onze meest voortreffelijke dienaren der wet zijn hem een wederdienst verschuldigd.'

Quigley tuitte alleen maar een beetje zijn lippen.

Sherman zei: 'Is hij wel eens gearresteerd wegens roof – of wat hij bij mij probeerde uit te halen?'

'Je bedoelt auto-overval?' Killian grinnikte om wat hij net gezegd had. 'Daar heb ik nog nooit bij stil gestaan. Auto-overval, dat is 't. Nietwaar, Ed?'

'Denk van wel.'

'Voor zover we weten niet,' zei Killian, 'maar we zijn van plan om nog veel meer over die klootzak te weten te komen. Gedetineerden zijn berucht om wat ze allemaal willen getuigen – en dat is dan Weiss z'n hele klotezaak! Hierop heeft-ie je laten inrekenen!'

Killian schudde zijn hoofd, vol duidelijk zichtbare afkeer, en bleef het schudden. Sherman voelde zich oprecht dankbaar. Het was de eerste keer dat iemand zo welgemeend te kennen gaf dat hij van zijn onschuld overtuigd was.

'Goed, da's één,' zei Killian. Toen tegen Ed: 'Vertel 'm wat je weet van mevrouw Ruskin.'

Sherman keek op naar Quigley, en Quigley zei: 'Ze zit in Italië. Ik heb haar achterhaald tot aan 'n huis dat ze aan 't Comomeer gehuurd heeft. Da's een soort vakantieoord in Lombardije.'

'Dat klopt,' zei Sherman. 'Daar kwam ze net vandaan die nacht dat dit allemaal gebeurde.'

'Oké,' zei Quigley. 'Nou, een paar dagen geleden is ze daar weggegaan in een auto met de een of andere jonge vent genaamd Filippo. Meer weet ik niet, "Filippo". Heb je enig idee wie dat kan zijn? Voor in de twintig, slank, normaal postuur. Hoop haar. Punkkleren. Mooie jongen, volgens ons mannetje daar.'

Sherman zuchtte. 'Dat is een of andere kunstenaar die ze kent. Filippo Charazza of Charizzi.'

'Is er naar je weet een andere plek in Italië waar ze naar toe kan zijn?'

Sherman schudde zijn hoofd. 'Hoe ben je hier allemaal achter gekomen?'

Quigley keek naar Killian, en Killian zei: 'Vertel 't hem maar.'

'Was niet zo moeilijk,' zei Quigley. Trots dat hij op het toneel stond, kon hij een glimlach niet onderdrukken. 'De meeste van die lui hebben Globexpres. Je weet wel, de creditcard. D'r zit een vrouw – iemand met wie ik zaken doe op 't administratiekantoor in Duane Street. Ze hebben een computernetwerk waar gegevens uit de hele wereld binnenkomen. Ik geef 'r honderd dollar per naam. Niet gek voor vijf minuten werk. En jawel hoor, die Maria Ruskin heeft twee keer haar creditcard gebruikt bij winkels in die stad, Como. Kledingwinkels. Dus ik bel een kerel die we gebruiken in Rome, en die belt een van de winkels op en zegt dat-ie van Globexpres is en geeft haar rekeningnummer en zegt dat-ie haar een telegram moet sturen voor "verduidelijking" van haar rekening. 't Zal die lui worst zijn. Ze geven hem 't adres waar ze de spullen afgeleverd hebben, en hij gaat naar Como en trekt 't na.' Quigley haalde zijn schouders op, alsof hij wilde zeggen: 'Fluitje van een cent voor iemand als ik.'

Killian zag dat Sherman werkelijk onder de indruk was en zei: 'Dus nu hebben we informatie over onze twee sjoemelaars. We weten wie hun getuige is, en we sporen je vriendin mevrouw Ruskin op. En we zorgen dat ze terugkomt, al moet Ed haar in 'n kist met luchtgaten terughalen. Je hoeft niet zo geschrokken te kijken. Ik weet dat je haar 't voordeel van de twijfel gunt, maar objectief gezien gedraagt ze zich niet echt als 'n goeie vriendin. Je hebt nog nooit van je leven zo in de knoei gezeten, en zij kan je d'r uit helpen, en dan smeert ze 'm naar Italië met een knappe jongen die Filippo heet. Aiiiiiiiii, wat moeten we d'r allemaal mee?'

Sherman moest glimlachen, of hij wilde of niet. Zijn ijdelheid gebood hem echter om aan te nemen dat er een onschuldige verklaring voor haar gedrag moest zijn.

Toen Quigley weg was zei Killian: 'Ed Quigley is de beste. Er is geen betere privé-detective in de branche. Hij... gaat... tot het... *uiterste*. Hij is 't prototype van de keiharde Ier, gepokt en gemazeld in de criminele kringen van New York. De jongetjes waar Ed vroeger mee speelde zijn allemaal of gangster of smeris geworden. De jongens die smeris werden raakten in de klauwen van de Kerk, die hadden een beetje 'n schuldgevoel. Maar ze vinden allemaal dezelfde dingen leuk. Ze vinden 't allemaal leuk om koppen in elkaar te rammen en mensen hun tanden uit hun bek te slaan. 't Enige verschil is dat je 't als smeris legaal kunt doen, met de priester die vroom knikt en tegelijk de andere kant op kijkt. Ed was een kanjer van een smeris. Hij voerde goddomme een waar schrikbewind.'

'Hoe is hij nou eigenlijk aan deze foto gekomen?' Sherman zat naar de fotokopie te kijken. 'Was dat een van jullie... "contracten"?'

'Zoiets als dit? Ooooooh. Vergeet 't maar. Om dit soort informatie te krijgen – een politiefoto? – da's zo buiten alle perken – ik bedoel, dit gaat veel verder dan de Bank van Wederdienst. Ik vraag er niet naar, maar tenzij ik me vergis is dit de Bank van Wederdienst plus de echte bank, als basiskapitaal voor de onderhandelingen. Vergeet 't. Ik meen 't. Praat er in godsnaam met niemand over. Denk er zelfs niet meer aan.'

Sherman leunde achterover in zijn stoel en keek naar Killian. Hij was hier gekomen om hem te ontslaan – en nu was hij er niet meer zo zeker van.

Alsof hij zijn gedachten las zei Killian: 'Ik moet je even wat uitleggen. 't Is niet zo dat Abe Weiss zich niets van de rechtsgang aantrekt.' *Niets*. Hij had het onbepaalde voornaamwoord correct uitgesproken. Sherman vroeg zich af wat voor verheven notie zijn hoofd binnengedwaald was. 'Waarschijnlijk doet-ie dat wel. Maar in deze zaak gaat het niet om de rechtsgang. Dit is een oorlog. Dit gaat om Abe Weiss die herkozen wil worden, en die baan is z'n hele rotleven, en als de pers zo op 'n zaak duikt als nu denkt-ie helemaal niet

aan de rechtsgang. Dan doet-ie verdomme precies wat-ie moet doen. Ik wil je
niet bang maken, maar zo liggen de zaken. 't Is 'n oorlog. Ik kan niet zomaar
een verdediging voor je opzetten, ik moet een campagne voeren. Ik denk niet
dat-ie je telefoon af gaat luisteren, maar hij heeft wel de macht om 't te doen
en hij is er volledig toe in staat. Dus als ik jou was zou ik niks belangrijks over
deze zaak door de telefoon zeggen. Eigenlijk moet je er maar helemaal niks
over zeggen door de telefoon. Dan hoef je je ook geen zorgen te maken over
wat wel en wat niet belangrijk is.'

Sherman knikte om te laten zien dat hij het begreep.

'Sherman, ik ga er geen doekjes om winden. Deze klus gaat een hoop geld
kosten. Weet je wat Quigley's mannetje in Italië kost? Tweeduizend dollar
per week, en da's maar een van de dingen die we moeten doen. Ik moet je
recht voor z'n raap om een groot voorschot vragen. Daarbij is 't proceswerk
zelf niet inbegrepen, ik hoop nog steeds dat dat niet nodig zal zijn.'

'Hoeveel?'

'Vijfenzeventigduizend.'

'*Vijfenzeventigduizend?*'

'Sherman, wat wil je? 't Is met de wet net als met alles. Ja toch? Alle waas nah
z'n geld.'

'Maar lieve hemel, vijfenzeventigduizend.'

'Je dwingt me om onbescheiden te zijn. Wij zijn de besten. En ik zal voor je
vechten. Ik ben gek op vechten. Ik ben net zo Iers als Quigley.'

En dus schreef Sherman, hij die gekomen was om zijn advocaat te ontslaan,
een cheque uit voor vijfenzeventigduizend dollar.

Hij gaf hem aan Killian. 'Je moet me wel wat tijd geven om zoveel geld op
mijn rekening te krijgen.'

'Da's redelijk. Wat is 't vandaag? Woensdag? Ik zal er niet voor vrijdagoch-
tend mee naar de bank gaan.'

Onderaan de menukaart stonden kleine zwart-witte advertenties, kleine
rechthoeken met ouderwetse randjes en heel gestileerde logo's voor zaken
als Nehi Chocoladedrank en Captain Henry's Haringkuit in Blik en Café du
Monde Donker Gebrande Koffie met Cichorei en Indian Chief Luchtband
Fietsen en Edgeworth Pijptabak en 666 Griep & Hoest Medicijn. De advertenties waren louter versiering, herinneringen aan de goeie ouwe tijd van auto's
zonder vensterstijlen op tweebaanswegen in de moeraslanden van Louisiana. Een soort zesde zintuig deed Kramer terugschrikken. Deze pseudo-
huiselijke rotzooi was net zo duur als die informele pseudo-bohémien rotzooi. Hij dacht er maar liever niet aan wat dit allemaal zou gaan kosten, misschien wel vijftig dollar, verdomme. Maar er was nu geen weg meer terug,
toch? Shelly zat recht tegenover hem en volgde al zijn gebaren en uitdrukkin-
gen, en hij had de laatste anderhalf uur het beeld zitten projecteren van een
man die de touwtjes in handen neemt en de zaken onder controle heeft, en
hij, de manhaftige bon vivant, had zelf voorgesteld dat ze meteen dessert en
koffie zouden bestellen. Bovendien had hij een hevige behoefte aan ijs. Zijn
mond en zijn keel stonden in brand. Het Café Alexandria leek geen enkel

gerecht te serveren dat niet een vuurzee was. De Creoolse Gumbo met Bayou-zand – hij had gedacht dat het woord *zand* wel een metafoor zou zijn voor de een of andere korrelige kruiderij, een gemalen wortel of zo, maar er zat echt zand in de klere soep, die zo te proeven gedrenkt was in tabasco. Maïsbrood Cayenne – het leek wel brood met rode mieren erin. De Wijting Filet met Geschroeide Okra op een Bedje van Gele Rijst met Appelmoes en Chinese Mosterd – de Chinese mosterd hees een rode vlag, maar hij moest de wijting wel nemen omdat die het enige semi-goedkope hoofdgerecht op het menu was, $10,50. En Andriutti had gezegd dat het een goedkoop Creools restaurantje in Beach Street was, 'echt te gek'. Beach Street was armoedig genoeg om een goedkoop restaurant te hebben, en dus had hij hem geloofd.

Maar Shelly bleef maar zeggen hoe geweldig het was. Ze zat te stralen, een goddelijk gloeiende glans met bruine lipstick, al was hij er niet helemaal zeker van of het nou liefde was, haar Herfst in Berkshire make-up, of een brandje in haar maag waar hij naar zat te kijken.

IJs, ijs, ijs... Hij spitte het moerasvuurproza van de menukaart door, en tussen de hittegolven ontwaarde hij één ijsgerecht: Met de Hand Geklopt Vanille IJs met Walnoten/Chili Chutney – Chili? Nou ja, hij zou de chutney er wel afscheppen en het alleen op ijs houden. Hij had niet het lef om de hippe serveerster met al haar honingkrullen te vragen om de chutney eraf te laten. Hij wilde in het bijzijn van Shelly geen saaie piet lijken.

Shelly koos de Citroentaart met Gevuld Korstdeeg, en ze namen alle twee de Vers Gemalen New Orleans Koffie met Cichorei, al zei iets hem dat de cichorei nog meer leed voor zijn verhitte ingewanden zou betekenen.

Nadat hij de bestelling voor het dessert en de koffie met vastberaden stem en mannelijke resoluutheid geplaatst had, legde hij zijn onderarmen op de rand van de tafel en leunde voorover en liet zijn ogen weer in die van Shelly vloeien, om haar nog een keer bij te vullen met een portie misdaad-beneveling alsook met het laatste beetje wijn uit de fles Crockett Sump White Zinfandel die hem twaalf dollar armer maakte. Dat was de op één na goedkoopste wijn van de kaart. Hij had niet de moed om de goedkoopste te bestellen, een Chablis van $9,50. Alleen onervaren sullen bestelden Chablis.

'Kon ik je maar meenemen en je gewoon laten luisteren naar deze knaap, die Roland Auburn. Ik heb 'm nou drie keer ondervraagd. In 't begin lijkt hij *zo* stoer, *zo* hard, *zo*... weetjewel... gevaarlijk. Hij is net een *steen*, met van die dooie ogen, het soort tiener dat in ieders nachtmerrie over een donkere straat in New York voorkomt. Maar als je gewoon vijf minuten naar 'm luistert – gewoon luistert – dan begin je wat anders te horen. Dan hoor je verdriet. Christus, 't is een *jongen*. Hij is bang. Die jongens groeien op in 't getto zonder dat er ooit iemand echt om ze geeft. Ze zijn doodsbang. Ze trekken zo'n muur op van overdreven mannelijkheid en denken dat ze daardoor beschermd worden tegen 't kwaad, terwijl ze eigenlijk elk moment de vernieling in kunnen gaan. Dat verwachten ze ook: dat ze de vernieling in gaan. Nee, ik maak me geen zorgen om Roland als hij voor de jury staat. Ik zal 'm de eerste twee minuten door wat onschuldige vragen over z'n achtergrond heen loodsen, en dan zal hij uit die huid van harde penose kruipen zonder dat hij 't zelf in de gaten heeft, en dan zullen ze *hem geloven*. Dan komt hij niet over als een gewetenloze misdadiger of een gewetenloze wat dan ook. Dan komt hij over als een bange jongen die hunkert naar een beetje fatsoen en een beetje schoonheid in z'n leven, want da's precies hoe hij is. Kon ik maar een manier bedenken om de jury de tekeningen en collages die hij maakt te laten zien. Shelly, hij is magnifiek! Magnifiek! Maar ik denk niet dat dat erin zit. 't Zal al moeilijk genoeg worden om te zorgen dat ik de echte Roland Auburn uit zijn harde schulp krijg. Dat wordt zoiets als een slak uit zo'n schelp die in een spiraal gaat proberen te krijgen.'

Kramer draaide zijn vinger in een spiraalbeweging omhoog en moest om zijn eigen vergelijking lachen. Shelly's glanzende lippen glimlachten bewonderend. Ze schitterden. Zij schitterde.

'O, ik zou zò graag bij 't proces zijn,' zei ze. 'Wanneer is het?'

'Dat weten we nog niet.' (Ik en de officier van justitie, die toevallig wèl heel dik met mekaar zijn.) 'We brengen de zaak pas volgende week voor de grand jury die over de tenlastelegging beslist. De rechtszaak kan over twee maanden of over een half jaar zijn. 't Is moeilijk te zeggen bij een zaak die zoveel publiciteit krijgt als deze. Als de media ergens in springen, maakt dat de dingen een stuk ingewikkelder.' Hij schudde zijn hoofd, alsof hij wilde zeggen: 'Daar moet je gewoon mee leren leven.'

Shelly zat ronduit te stralen. 'Larry, ik kwam gisteravond thuis en deed de televisie aan, en daar was je, die tekening van jou – ik begon gewoon te gieren, als een kind. Ik zei: "Larry!" Heel hard, alsof je net de kamer binnen was gekomen. Ik hàd 't niet meer.'

'Ik was er ook wel een beetje ondersteboven van, om je de waarheid te zeggen.'

'Ik zou er alles voor over hebben om bij de rechtszaak te zijn. Zou dat kunnen?'

'Tuurlijk.'

'Ik beloof je dat ik niks doms zal doen.'

Kramer voelde een tinteling. Hij wist dat *dit* het moment was. Hij schoof zijn hand naar voren en gleed met de toppen van zijn vingers onder die van haar, zonder ernaar te kijken. Zij keek ook niet omlaag, en ze trok haar hand niet terug. Ze bleef hem in de ogen kijken en drukte met de toppen van haar vingers tegen de zijne.

'Het kan me niks schelen als je wat doms doet,' zei hij. Zijn stem verraste hem. Hij klonk zo schor en verlegen.

Buiten, met praktisch al zijn geld achtergelaten in de Fleurig Antiek Gemaakte non-elektrische kassa van Café Alexandria, nam hij haar hand en strengelde zijn dikke gewichthefffersvingers door haar slanke ranke vingers, en ze begonnen door de haveloze duisternis van Beach Street te lopen.

'Weet je, Shelly, je kunt je niet voorstellen wat het voor me betekent om jou te hebben om mee te praten over al deze dingen. De jongens op kantoor – als je probeert om iets met ze uit te diepen, denken ze dat je 'n slappeling aan 't worden bent. En God sta je bij als je 'n slappeling wordt. En m'n vrouw – ik weet niet, maar ze wilt – wil er gewoon niks meer over horen, hoe dan ook. Zo langzamerhand denkt ze alleen nog maar dat ze getrouwd is met een kerel die de beroerde taak heeft om een hoop zielige gevallen naar de gevangenis te sturen. Maar dit is geen zielige zaak. Weet je wat dit voor zaak is? 't Is een signaal, een heel belangrijk signaal aan de mensen van deze stad die denken dat ze geen deel uitmaken van het Sociale Contract. Snap je? 't Gaat om een man die denkt dat z'n hoge positie in 't leven hem ontslaat van de verplichting om met het leven van iemand onderaan de ladder om te gaan zoals hij met iemand zoals hijzelf om zou gaan. Ik twijfel er geen moment aan dat als McCoy iemand aangereden had die maar in de verste verte op hemzelf geleken had, dat hij dan juist gehandeld zou hebben. Waarschijnlijk is hij wat we allemaal kennen als "een fatsoenlijke vent". Dat maakt het zo fascinerend. Hij is helemaal geen slecht mens – maar hij heeft wat slechts gedaan. Kun je me volgen?'

'Ik geloof het wel. Het enige wat ik niet begrijp is waarom Henry Lamb er niets over gezegd heeft dat hij aangereden was door een auto toen hij naar het ziekenhuis ging. En nu vertel je me over je getuige, Roland – er heeft niets over hem in de kranten gestaan, hè?'

'Nee, en voorlopig zullen we ook niks over hem loslaten. Wat ik je heb verteld moet tussen ons blijven.'

'Goed, maar nu blijkt dat Roland twee weken lang niets gezegd heeft over het feit dat zijn vriend door een auto was aangereden. Is dat niet een beetje raar?'

'Wat is daar zo raar aan? Jezus, Shelly, Lamb lag daar met fataal letsel aan z'n hoofd, of 't is waarschijnlijk fataal, en Roland wist dat hij voor een zwaar misdrijf gearresteerd zou worden als-ie met de politie ging praten! Dat noem ik toch niet *raar*.'

Shelly Thomas besloot er niet verder op door te gaan. 'Ik bedoelde eigenlijk niet raar. Ik geloof dat ik bedoelde – ik benijd je niet, al die voorbereiding en dat onderzoek dat je moet doen om dit soort zaken aan te kunnen.'

'Ha! Als ik al die uren die ik hierin moet stoppen als overwerk uitbetaald kreeg – nou, dan kon ik zelf op Park Avenue gaan wonen. Maar weet je, dat doet me helemaal niets. Echt niet. Het enige wat ik wil, wat voor leven ik ook leid, is dat ik terug kan kijken en kan zeggen: "Ik heb wat betekend." Deze zaak is zo belangrijk, op alle niveaus die je maar kunt bedenken, niet enkel op 't punt van mijn carrière. Het is gewoon... ik weet niet hoe ik het moet zeggen... een heel nieuw hoofdstuk. Ik wil wat *betekenen*, Shelly.'

Hij bleef staan en legde zijn hand, nog steeds door die van haar gestrengeld, om haar middel en trok haar naar zich toe. Ze keek naar hem op, met stralende ogen. Hun lippen raakten elkaar. Hij gluurde heel even door zijn oogleden, om te zien of ze haar ogen dicht hield. Dat deed ze.

Kramer kon haar onderbuik tegen de zijne voelen drukken. Was dat de welving van haar venusheuvel? Nou was het zo ver gekomen, zo snel, zo heerlijk, zo prachtig – en verdomme! Geen plek om haar mee naar toe te nemen!

Stel je voor! Hij! De rijzende ster van de zaak McCoy – en geen plek – geen enkele plek! – midden in het Babylon van de twintigste eeuw! – om een lieftallig gewillig meisje met bruine lipstick mee naar toe te nemen. Hij vroeg zich af wat er op dit moment in haar omging.

In feite dacht ze over het gedrag van de mannen in New York. Als je met eentje uitging, moest je altijd eerst twee of drie uur lang luisteren naar Mijn Carrière.

Het was een triomfantelijke Peter Fallow die die avond bij Leicester's naar binnen liep. Iedereen aan de Tafel, en nog een heleboel anderen in de propvolle rumoerige bistro, zelfs degenen die hun neus optrokken voor *The City Light*, wisten dat hij de man was die de zaak McCoy in de openbaarheid had gebracht. Zelfs St. John en Billy, die zelden oog hadden voor iets anders dan elkaars slippertjes, feliciteerden hem, en duidelijk gemeend. Sampson Reith, de politieke correspondent van de Londense *Daily Courier* die een paar dagen over was uit Washington, wipte even aan bij de Tafel en vertelde dat hij had geluncht met Irwin Gubner, adjunct-hoofdredacteur van *The New York Times*, die had zitten klagen dat *The City Light* het verhaal praktisch voor zichzelf had, waarmee natuurlijk Peter Fallow, hoeder en broeder, bedoeld werd. Alex Britt-Withers liet hem een wodka Southside brengen, rondje van het huis, en die smaakte zo lekker dat Fallow er nog een bestelde. De vloedgolf van loftuitingen was zo krachtig dat Caroline hem voor het eerst in lange tijd weer een glimlach schonk. De enige dissonant was Nick Stopping. Zijn lof was bepaald tam en niet van ganser harte. Toen realiseerde Fallow zich dat Nick, de marxist-leninist, de Spartaanse strijder uit Oxford, de Rousseau van de Derde Wereld, ongetwijfeld verteerd werd door jaloezie. Dit was zijn soort verhaal, niet dat van deze oppervlakkige komediant Fallow – Fallow kon Nicks mening over hem nu met grootmoedig plezier onder ogen zien – en toch stond Fallow nu vooraan op de goederentrein van de Geschiedenis, terwijl hij, Stopping, maar weer een stukje voor *House & Garden* schreef over de nieuwste villa van mevrouw Chique in Hobe Sound of waar dan ook.

Over chique gesproken, Rachel Lampwick plaagde hem wel behoorlijk dat hij dat woord zo vaak gebruikte. 'Peter, ik vind echt dat je wel wat meer *galant*' – ze sprak het op z'n Frans uit – 'zou kunnen zijn tegenover die mevrouw McCoy, vind je niet? Ik bedoel, je blijft maar doorgaan over de chique heer McCoy en zijn chique auto en zijn chique flat en zijn chique baan en zijn chique papa en zijn chique vriendin – of hoe noemde je haar ook al weer? – "een spetter"? – dat vind ik wel aardig – en die arme mevrouw McCoy is enkel maar zijn "veertigjarige vrouw", wat uiteraard betekent dat ze heel alledaags is, toch? *Niet erg galant*, Peter.'

Maar het was zonneklaar dat Rachel elk woord dat hij had geschreven had verslonden, en dus voelde hij tegenover haar en jan en alleman niets dan de begeestering van de overwinnaar.

'*The City Light* vindt vrouwen pas bekoorlijk wanneer ze ontrouw zijn,' zei Fallow. 'Wij reserveren ons enthousiasme voor Andere Vrouwen.'

Toen begon iedereen te speculeren over de Brunette, en Billy Cortez zei, met een zijdelingse blik naar St. John, dat hij wel gehoord had van mannen die hun snoepjes meenamen naar afgelegen plekjes om niet ontdekt te worden, maar echt, *de Bronx* duidde toch op tamelijk ver gevorderde paranoïa, en Fallow bestelde nog een wodka Southside.

Het geroezemoes was geanimeerd en vrolijk en Engels, en de oranje en okergele kleuren van Leicester's waren warm en Engels, en Caroline zat de hele tijd naar hem te kijken, soms met een glimlach, soms met een zelfgenoegzame grijns, en dat maakte hem werkelijk nieuwsgierig, en hij nam nog een wodka Southside, en Caroline stond op van haar stoel en liep rond de tafel naar waar hij zat en boog zich naar hem toe en zei in zijn oor: 'Kom even mee naar boven.'

Zou het echt waar zijn? Het was wel erg onwaarschijnlijk, maar – zou het echt waar zijn? Ze gingen de wenteltrap achterin op naar Britt-Withers kantoor, en Caroline zei, plotseling serieus: 'Peter, ik zou je waarschijnlijk niet moeten zeggen wat ik ga zeggen. Je hebt het echt niet verdiend. Je bent helemaal niet aardig tegen me geweest.'

'Ik niet aardig!' zei Fallow met een schaterlach. 'Caroline! Jij hebt geprobeerd om mijn snuit over heel New York rond te strooien!'

'Wat? Je snuit?' Caroline glimlachte verlegen. 'Nou, niet over heel New York. Hoe dan ook, na het cadeau dat ik je ga geven, denk ik dat we quitte staan.'

'Cadeau?'

'Ik vind het een cadeau. Ik weet wie jouw Brunette is. Ik weet wie er bij McCoy in de auto zat.'

'Dat meen je niet.'

'Dat meen ik wel.'

'Oké – wie?'

'Ze heet Maria Ruskin. Je hebt haar die avond in de Limelight gezien.'

'O ja?'

'Peter, je wordt altijd zo dronken. Ze is de vrouw van een zekere Arthur Ruskin, die wel drie keer zo oud is als zij. Hij is een joodse weet-ik-veel. Steenrijk.'

'Hoe weet je dat allemaal?'

'Kun je je mijn vriend de kunstenaar nog herinneren? De Italiaan? Filippo? Filippo Chirazzi?'

'O ja. Hoe zou ik die kunnen vergeten, nietwaar?'

'Nou, die kent haar.'

'Hoezo kent die haar?'

'Net zoals een hoop mannen haar kennen. Het is een slet.'

'En zij heeft het hem verteld?'

'Ja.'

'En hij heeft het jou verteld?'

'Ja.'

'Mijn God, Caroline. Waar kan ik hem vinden?'

'Dat weet ik niet. Ik kan hem zelf niet eens vinden. De kleine smiecht.'

25

Wij de jury

'Dit is gewoon het establishment dat zijn eigen belangen probeert veilig te stellen,' zei dominee Bacon. Hij zat achterovergeleund in zijn stoel aan zijn bureau in de telefoon te praten, maar zijn toon was formeel. Want hij sprak met de pers. 'Dit is de Gevestigde Macht die leugens verzint en rondstrooit, met de bereidwillige medewerking van haar lakeien bij de media, en die leugens zijn makkelijk te doorzien.'

Edward Fiske III herkende, al was hij nog jong, de retoriek van de Black Power beweging van rond 1970. Dominee Bacon staarde naar de hoorn van de telefoon met een blik van oprechte woede. Fiske zakte nog wat verder onderuit in zijn stoel. Zijn ogen schoten van het gezicht van dominee Bacon naar de grauwgele platanen in de tuin achter het venster en toen terug naar dominee Bacon en weer terug naar de platanen. Hij wist niet of oogcontact met de man verstandig was op dit moment, ook al had het geval dat de woede van de dominee had opgewekt niets te maken met Fiske's bezoek. Bacon was furieus over het artikel in de Daily News van die ochtend waarin gesuggereerd werd dat Sherman McCoy mogelijk probeerde te ontsnappen aan een roofoverval toen zijn auto Henry Lamb raakte. De Daily News had onthuld dat Lambs handlanger een zekere Roland Auburn was, een misdadiger met een strafblad, en dat de hele bewijsvoering van justitie tegen Sherman McCoy gebaseerd was op een verhaal dat deze figuur uit zijn duim gezogen had om te proberen strafvermindering te krijgen in een drugszaak.

'Twijfel je eraan dat ze zo laag kunnen zinken?' oreerde dominee Bacon in de hoorn. 'Twijfel je eraan dat ze in staat zijn tot zoiets verachtelijks? Je ziet nu toch zelf hoe laag ze zinken, ze proberen de jonge Henry Lamb te bekladden. Je ziet nu toch zelf hoe ze 't slachtoffer, dat levensgevaarlijk gewond is en niet voor zichzelf kan opkomen, belasteren. Dat ze Henry Lamb een overvaller noemen, dat is pas misdadig... snap je... Dat is pas misdadig. Maar dat is de verziekte geest van de Gevestigde Macht, dat is hun racistische mentaliteit. Omdat Henry Lamb een jonge zwarte is, denken ze dat ze hem als misdadiger kunnen brandmerken... snap je... Ze denken dat ze hem op die manier kunnen bekladden. Maar ze vergissen zich. Hun leugens worden gelogenstraft door het leven van Henry Lamb. Henry Lamb is precies zoals de Gevestigde

Macht zegt dat de jonge zwarte hoort te zijn, maar als het nodig is voor *een van hun eigen soort*... snap je... een van hun *eigen* soort... dan slaan ze om alsof het niks is en proberen ze de goeie naam van deze jongeman te grabbel te gooien... Wat?... Zei je "Wie zijn *ze*?"... Denk je dat Sherman McCoy alleen staat? Denk je dat hij in z'n eentje is? Hij is een van de machtigste mensen bij Pierce & Pierce, en Pierce & Pierce is een van de machtigste firma's in Wall Street. Ik ken Pierce & Pierce... snap je... ik *weet* waar ze toe in staat zijn. Je hebt gehoord van kapitalisten. Je hebt gehoord van plutocraten. Kijk eens naar Sherman McCoy, dan *zie* je een kapitalist, dan *zie* je een plutocraat.'

Dominee Bacon begon het grievende kranteartikel te ontkrachten. De *Daily News* was een beruchte hielenlikker van het bedrijfsleven. De verslaggever die het pak leugens had geschreven, Neil Flannagan, was een schaamteloze lakei om zijn naam aan zo'n walgelijke lastercampagne te lenen. De bron van zijn zogenaamde informatie – schijnheilig aangeduid als 'kringen dichtbij de zaak' – was duidelijk McCoy zelf en diens kliek.

De zaak McCoy interesseerde Fiske hoegenaamd niets, behalve als ordinaire roddel, al kende hij de Engelsman die de hele toestand als eerste aan de kaak gesteld had, een heerlijk geestige kerel die Peter Fallow heette en een meester was in de kunst van het converseren. Nee, wat Fiske alleen interesseerde was in hoeverre Bacons betrokkenheid bij dit geval zijn taak om de $350.000 geheel of gedeeltelijk terug te krijgen, zou compliceren. In het halve uur dat hij hier zat, was Bacons secretaresse ertussendoor komen zoemen met telefoontjes van twee kranten, Associated Press, een staatsafgevaardigde uit de Bronx, een congreslid uit de Bronx en de leider van het Roze Vuist Aktiekomité, en ze gingen allemaal over de zaak McCoy. En nu zat dominee Bacon te praten met een zekere Irv Stone, van Channel 1. Aanvankelijk dacht Fiske dat zijn missie (weer eens) hopeloos was. Maar achter de onheilspellende hoogdravendheid van dominee Bacon begon hij een zekere geestdrift te bespeuren, een *joie de combat*. Dominee Bacon genoot van wat er gebeurde. Hij leidde de kruistocht. Hij was in zijn element. Als Edward Fiske III het juiste moment koos, zou hij misschien eindelijk, ergens in dit hele gedoe, een opening kunnen vinden waardoor hij de $350.000 van de Episcopale Kerk zou kunnen redden uit het kluwen van warrige intriges van de Goddelijke Kruisvaarder.

Dominee Bacon was aan het woord: 'Je hebt oorzaak en je hebt gevolg, Irv... snap je... En we hadden een demonstratie bij de Poe-projecten, waar Henry Lamb woont. Dat is 't gevolg... snap je... Wat er met Henry Lamb is gebeurd, is het gevolg. Nou, vandaag gaan we de oorzaak aanpakken. We gaan Park Avenue aanpakken. Park Avenue, snap je, waar de onwaarheden ontspruiten... waar de onwaarheden ontspruiten... Wat?... Precies. Henry Lamb kan niet voor zichzelf praten, maar hij zal een machtige stem hebben. Hij zal de stem hebben van zijn volk, en die stem zal gehoord worden op Park Avenue.'

Fiske had dominee Bacon nog nooit zo bezield gezien. Hij begon Irv Stone wat technische dingen te vragen. Uiteraard kon hij Channel 1 dit keer geen exclusieve berichtgeving garanderen, maar kon hij op een directe reportage rekenen? Wat was de gunstigste tijd? Net als de vorige keer? Enzovoort enzovoort. Ten slotte hing hij op. Hij wendde zich tot Fiske en keek hem met een dreigende intensiteit aan en zei:

'De stoom.'

'De stoom?'

'De stoom... Weet u nog dat ik u verteld heb over de stoom?'

'O ja. Dat weet ik nog.'

'Wel, u krijgt nu te zien hoe de druk van de stoom oploopt. De hele stad krijgt het te zien. Midden op Park Avenue. De mensen denken dat het vuur gedoofd is. Ze denken dat die woede iets is uit het verleden. Ze weten niet dat-ie alleen maar opgekropt is. Pas als de stoom geen uitweg kan vinden, komen jullie erachter wat-ie aan kan richten... snapt u... Op dat moment komen jullie erachter dat het voor jullie en jullie hele bende een kruitvat is. Bij Pierce & Pierce weten ze maar met één soort kapitaal om te gaan. Van de stoom begrijpen ze niks. Ze kunnen niet omgaan met de stoom.'

Fiske bespeurde een klein openingetje.

'Om daarbij aan te sluiten, dominee Bacon, ik had het laatst nog met iemand van Pierce & Pierce over u, Linwood Talley, van de garantiedivisie.'

'Ze kennen me daar,' zei dominee Bacon. Hij grijnsde, maar een beetje smalend. 'Ze kennen mij. De stoom kennen ze niet.'

'De heer Talley vertelde me over het Stedelijk Garantie Fonds. Hij zei dat het bijzonder goed loopt.'

'Ik mag niet klagen.'

'De heer Talley trad niet in bijzonderheden, maar ik kreeg de indruk dat het vanaf het begin' – hij zocht naar het juiste eufemisme – 'winstgevend is geweest.'

'Ummmmmm.' Dominee Bacon scheen niet genegen er dieper op in te gaan.

Fiske zweeg en probeerde dominee Bacons starende blik met zijn ogen vast te houden, in de hoop een vacuüm in het gesprek te creëren dat de grote kruisvaarder niet zou kunnen weerstaan. De waarheid omtrent het Stedelijk Garantie Fonds, zoals Fiske in feite gehoord had van Linwood Talley, was dat de federale regering de firma onlangs $250.000 had geschonken als 'minderheideninschrijver' op een emissie van door de staat gedekte gemeente-obligaties ter waarde van zeven miljard dollar. De zogeheten reserveringswet schreef voor dat minderheden moesten participeren in de verkoop van dergelijke obligaties, en het Stedelijk Garantie Fonds was in het leven geroepen om aan dit wettelijke voorschrift te voldoen. Het was geen voorschrift dat de minderhedenfirma de obligaties daadwerkelijk verkocht of ze zelfs maar ontving. De wetgevers wilden niet dat deze opzet in allerlei bureaucratische rompslomp verstrikt raakte. De firma hoefde slechts in de emissie te participeren. Participeren werd ruim gedefinieerd. In de meeste gevallen – het Stedelijk Garantie Fonds was maar een van vele van dit soort firma's over het hele land – betekende participeren het ontvangen en verzilveren van een cheque van de federale regering voor de provisie, en weinig meer dan dat. Het Stedelijk Garantie Fonds had geen werknemers en geen kantoor, alleen maar een adres (Fiske bevond zich daar nu), een telefoonnummer en een directeur, Reginald Bacon.

'Dus ik dacht zo, dominee Bacon, in verband met onze gesprekken en de vanzelfsprekende bezorgdheid van het bisdom over wat nog geregeld dient te worden, als wij een regeling willen treffen over wat u vast net zo graag zult willen regelen als de bisschop die, moet ik u zeggen, op dit punt druk op mij heeft uitgeoefend – ' Fiske zweeg. Zoals wel vaker in zijn gesprekken met dominee Bacon, wist hij niet meer hoe hij zijn zin begonnen was. Hij had geen idee wat getal en tijd van het gezegde hoorden te zijn. ' – druk op mij heeft uitgeoefend, en, eh, eh, de kwestie is, wij dachten dat u wellicht in staat zou zijn om enige gelden over te boeken naar de borgrekening waar we het over gehad hebben, de borgrekening voor het Kinderdagverblijf De Kleine Herder, tot onze problemen met de vergunning geregeld zijn.'

'Ik kan u niet volgen,' zei dominee Bacon.

Fiske had het ontmoedigende gevoel dat hij een manier moest gaan bedenken om het nog een keer te zeggen.

Maar dominee Bacon hielp hem uit de penarie. 'Bedoelt u dat we geld van het Stedelijk Garantie Fonds over moeten boeken naar het Kinderdagverblijf De Kleine Herder?'

'Niet met zoveel woorden, dominee Bacon, maar als de gelden opgenomen kunnen worden of voor leningen kunnen worden aangewend...'

'Maar dat is illegaal! U hebt het over het vermengen van kapitaal! We kunnen niet zomaar gelden van de ene onderneming naar de andere overhevelen, louter omdat die andere er meer behoefte aan lijkt te hebben.'

Fiske keek naar de rots van fiscale rechtschapenheid en verwachtte half en half een knipoog, al wist hij dat dominee Bacon niet het type was dat knipoogjes gaf. 'Wel, het bisdom is altijd bereid geweest om u wat extra speelruimte te geven, dominee Bacon, in die zin dat als er ruimte te vinden was voor enige soepelheid bij de strikte interpretatie van de voorschriften, zoals die keer toen u en de raad van bestuur van het Genootschap tot Herstructurering van het Gezin in de Binnenstad die reis naar Parijs maakten en het bisdom ervoor betaalde uit de begroting van het Genootschap voor Zendelingenwerk – ' Opnieuw verdronk hij in de syntactische soep, maar het maakte niets uit.

'Geen sprake van,' zei dominee Bacon.

'Nou, dan misschien – '

De stem van dominee Bacons secretaresse kwam over de intercom: 'Ik heb de heer Vogel aan de lijn.'

Dominee Bacon zwenkte rond naar de telefoon op het kastje. 'Al?... Ja, dat heb ik gezien. Ze halen die jongen z'n naam door 't slijk alsof het niks is.'

Dominee Bacon en Vogel gingen een poos door over het artikel in de *Daily News*. Deze meneer Vogel wees dominee Bacon er kennelijk op dat de officier van justitie, Weiss, tegen de *Daily News* gezegd had dat er geen enkel bewijs was voor de theorie over een roofoverval.

'Van hem kunnen we niet op aan,' zei dominee Bacon. 'Hij is net als de vleermuis. Ken je de fabel van de vleermuis? De vogels en de beesten hadden oorlog. Zolang de vogels wonnen, zei de vleermuis dat hij een vogel was omdat hij kon vliegen. Toen de beesten wonnen, zei de vleermuis dat hij een beest was omdat hij tanden had. Daarom komt de vleermuis overdag niet te voorschijn. Hij wil niet dat iemand z'n twee gezichten ziet.'

Dominee Bacon luisterde even, en zei toen: 'Dat is zo, Al. Er zit hier momenteel een meneer van het Episcopale bisdom van New York bij me. Wil je dat ik je terugbel?... Unh-hunh... Unh-hunh... Zeg je dat z'n appartement drie miljoen dollar waard is?' Hij schudde zijn hoofd. 'Da's toch ongehoord. Volgens mij is het tijd dat Park Avenue de stem van de straat te horen krijgt... Unhhunh... Daar bel ik je over terug. Ik zal het er met Annie Lamb over hebben voor ik je bel. Wanneer was je van plan om ze in te dienen?... Zo'n beetje 't zelfde, toen ik haar gister sprak. Hij wordt kunstmatig in leven gehouden. Hij zegt niks en kent niemand. Als je aan die jongen denkt, valt het met geen geld ter wereld goed te maken, is 't niet zo?... Goed, ik bel je terug zo gauw als ik kan.'

Nadat hij had opgehangen, schudde dominee Bacon droevig met zijn hoofd, maar toen keek hij op met een schittering in zijn ogen en een zweem van een glimlach op zijn gezicht. Lenig en kwiek stond hij uit zijn stoel op en liep met uitgestrekte hand om het bureau heen, alsof Fiske net had aangekondigd dat hij ervandoor moest.

'Altijd fijn om u te zien!'

In een reflex schudde Fiske zijn hand, en zei tegelijkertijd: 'Maar dominee Bacon, we hebben nog geen – '

'Daar hebben we 't een andere keer over. Ik heb het vreselijk druk – een demonstratie midden op Park Avenue, ik moet de heer Lamb helpen met het indienen van een schadeclaim van honderd miljoen dollar tegen Sherman McCoy...'

'Maar ik kan niet zonder antwoord weggaan, dominee Bacon. Het geduld van het bisdom raakt echt op – dat wil zeggen, ze staan erop dat ik – '

'Zegt u het bisdom maar dat het gesmeerd loopt. Ik heb u de vorige keer al gezegd dat dit de beste investering is die jullie ooit hebben gedaan. Zegt u maar dat ze nu een optie hebben. Ze kopen de toekomst met korting. Zegt u maar dat ze zeer binnenkort zullen zien wat ik bedoel, op heel korte termijn.' Hij legde zijn arm kameraadschappelijk om Fiske's schouder en bespoedigde zijn aftocht terwijl hij zei: 'Maakt u zich maar nergens druk om. U doet het prima, ziet u. Prima. Later zullen ze zeggen: "Die jongeman, die heeft een risico genomen en de jackpot gewonnen."'

Volkomen van de wijs werd Fiske naar buiten gespoeld door een golf van optimisme en de druk van een sterke arm op zijn rug.

Het kabaal van de megafoon en het woedende gebrul stegen tien verdiepingen op vanaf Park Avenue in de juni-hitte – tien verdiepingen! – koud kunstje! – ze kunnen er zowat bij! – tot de heksenketel beneden in de lucht die hij inademde leek te zitten. De megafoon brulde zijn naam! De harde C in McCoy sneed door het gejoel van de meute en zeilde omhoog boven het verschrikkelijke pandemonium van verbittering daar beneden uit. Hij sloop naar het raam in de bibliotheek en waagde een blik omlaag. *Stel dat ze me zien!* De straat was aan weerszijden van de middenberm volgestroomd met demonstranten. Het verkeer was tot stilstand gekomen. De politie probeerde hen terug te drijven op het trottoir. Drie agenten zaten een andere groep van wel vijftien of twintig man achterna, dwars door de gele tulpen in de middenberm. Onder het rennen hielden de demonstranten een lang spandoek omhoog: WORD WAKKER, PARK AVENUE! JE KUNT JE NIET VERSTOPPEN VOOR HET VOLK! De gele tulpen knakten onder hun voeten, en ze lieten een geul van vertrapte bloemen achter zich, en de drie agenten kwamen door de geul gestampt. Vervuld van afschuw stond Sherman te staren. Hij verstijfde van angst toen hij zag hoe de in volle bloei staande gele lentetulpen op Park Avenue vermorzeld werden onder de voeten van de meute. Een televisieploeg probeerde hen bij te benen over de straat. De man met de camera op zijn schouder struikelde en sloeg met een klap tegen het wegdek, met camera en al. De spandoeken en borden van de meute dansten en wapperden als zeilen in een winderige haven. Op een enorm spandoek stond de raadselachtige tekst: ROZE VUIST TEGEN KLASSEJUSTITIE. De twee s-en van KLASSE waren hakenkruisen. Op een ander – Christus! Shermans adem stokte. Met gigantische letters stond er:

SHERMAN McCOY:
WIJ DE JURY
MOETEN JOU HEBBEN!

Verder stond er een ruwe schets van een vinger op die recht naar je toe wees, zoals op de oude UNCLE SAM WANTS YOU posters. Het leek alsof ze het spandoek schuin hielden, zodat hij het van bovenaf kon lezen. Hij vluchtte de bibliotheek uit en ging achter in de woonkamer in een leunstoel zitten, een van Judy's geliefde Lodewijk de Zoveelste bergères, of was het een fauteuil? Killian liep heen en weer te ijsberen en nog steeds te snoeven over het artikel in de *Daily News*, zeker om hem op te beuren, maar Sherman luisterde al niet meer. Hij kon de zware nijdige stem van een van de lijfwachten horen die in de bibliotheek de telefoon aannam. 'Steek 't maar in je reet.' Steeds als er weer een telefonische bedreiging kwam zei de lijfwacht, een kleine kwaadaardig uitziende man die Occhioni heette: 'Steek 't maar in je reet.' Zoals hij het zei klonk het erger dan alle andere traditionele grofheden. Hoe waren ze aan zijn geheime telefoonnummer gekomen? Waarschijnlijk via de pers – in de open holte. Ze stonden hier op Park Avenue, *beneden bij de voordeur.* Ze drongen binnen via de telefoon. Hoe lang zou het nog duren voor ze binnenstormden door de hal en joelend over die statige groenmarmeren vloer kwamen denderen? De andere lijfwacht, McCarthy, zat in de hal in een van Judy's geliefde Thomas Hope leunstoelen, en wat zou hij aan hem hebben? Sherman leunde achterover, zijn neergeslagen ogen gericht op de slanke poten van een Pembroke tafel van Thomas Sheraton, een hels duur ding dat Judy in een van die antiekwinkels op Fifty-seventh Street had gevonden... hels duur... hels... Occhioni die 'Steek 't maar in je reet' zei tegen iedereen die opbelde en hem met de dood bedreigde... $200 voor acht uur dienst... nog eens $200 voor die onverstoorbare McCarthy... $400 voor de twee lijfwachten in het huis van zijn ouders in East Seventy-third Street waar Judy, Campbell, Bonita en juffrouw Lyons zaten... $800 voor elke acht uur... allemaal voormalige politiemannen uit New York City van een of ander bureau dat Killian kende... $2400 per dag... wegbloedend geld... MCCOY!... MCCOY!... een ontzagwekkend gebrul van de straat beneden... En even later zat hij niet meer te denken aan de Pembroke tafel of de lijfwachten... Hij zat catatonisch voor zich uit te staren en te denken aan de loop van het geweer. Hoe groot was die? Hij had hem zo vaak gebruikt, de laatste keer op de jachtpartij van de Leash Club, vorige herfst, maar hij kon zich niet voor de geest halen hoe groot hij was! Hij was groot, het was immers een dubbelloops kaliber 12. Was hij te groot om in zijn mond te krijgen? Nee, zo groot kon hij niet zijn, maar hoe zou dat aanvoelen? Hoe zou dat aanvoelen als hij tegen zijn verhemelte aankwam? Hoe zou dat smaken? Zou hij lang genoeg kunnen blijven ademen om... om... Hoe moest hij de trekker overhalen? Eens kijken, hij zou de loop stevig in zijn mond houden met één hand, zijn linkerhand – maar hoe lang was de loop? Hij was lang... Zou hij met zijn rechterhand bij de trekker kunnen? Misschien niet! Zijn teen... Hij had eens ergens gelezen over iemand die zijn schoen uitgetrokken had en de trekker met zijn teen had overgehaald... Waar zou hij het doen? Het geweer was in het huis op Long Island... aangenomen dat hij op Long Island kon komen, uit dit gebouw kon komen, van belegerd Park Avenue kon ontsnappen, levend kon ontkomen aan... WIJ DE JURY... Het bloembed achter het schuurtje... Judy noemde het altijd het snijbed... Daar zou hij gaan zitten... Het was niet erg als het een hoop rotzooi gaf... Stel dat Campbell hem zou vinden!... De gedachte bewoog hem niet tot tranen zoals hij gedacht had... gehoopt had... Het was niet haar vader die ze zou vinden... Hij was haar vader niet meer... er was niets meer over van de man die iedereen ooit gekend had als Sherman McCoy... Hij was enkel een holte die zich snel vulde met een vurige verderfelijke haat...

De telefoon ging in de bibliotheek. Sherman zette zich schrap. Steek 't maar in je reet? Maar hij hoorde alleen maar het gebas van Occhioni's normale stem. Even later stak de kleine man zijn hoofd om de deur van de woonkamer en zei: 'Hé, meneer McCoy, 't is iemand die Sally Rawthrote heet. Wilt u haar spreken of niet?'

Sally Rawthrote? Dat was de vrouw die naast hem had gezeten bij de Bavardages, de vrouw die meteen haar belangstelling voor hem verloren had en hem toen voor de rest van het diner ijskoud genegeerd had. Waarom zou ze nu met hem willen praten? Waarom zou hij trouwens met haar willen praten? Dat wilde hij ook niet, maar een vonkje nieuwsgierigheid lichtte op in de holte, en hij stond op en keek naar Killian en haalde zijn schouders op en liep de bibliotheek in en ging aan zijn bureau zitten en pakte de hoorn op.

'Hallo?'

'Sherman! Sally Rawthrote.' Sherman. Oudste vriend ter wereld. 'Ik hoop dat ik niet op het verkeerde moment bel?'

Het verkeerde moment? Van de straat welde een geweldig gebrul op, en de

megafoon schreeuwde en bulderde, en hij hoorde zijn naam. MCCOY!...
MCCOY!

'Nou, natuurlijk is het een verkeerd moment,' zei Sally Rawthrote. 'Moet je
mij nou horen. Maar ik dacht gewoon, ik waag 't erop en bel hem op en kijk
of ik misschien kan helpen.'

Helpen? Terwijl ze sprak, doemde haar gezicht weer voor hem op, dat vreselijke gespannen bijziende gezicht dat scherp stelde op zo'n tien centimeter
van de brug van je neus.

'Nou, dank u wel,' zei Sherman.

'Weet je, ik woon maar een paar straten verderop. Zelfde kant van Park
Avenue.'

'Aha.'

'Ik zit op de noordwest-hoek. Als je toch op Park Avenue wilt wonen, is er
niets zo mooi als de noordwest-hoek, vind ik. Je hebt zoveel *zon*! Jullie zitten
natuurlijk ook wel mooi. Jullie gebouw heeft enkele van de mooiste appartementen van New York. Ik ben niet meer in dat van jullie geweest sinds de
McLeods er woonden. Die zaten er voor de Kittredges. Hoe dan ook, vanuit
mijn slaapkamer, die op de hoek ligt, kan ik zo over Park Avenue kijken naar
waar jullie wonen. Ik zit nu naar buiten te kijken, en die *meute* – het is absoluut
schandalig! Ik vind het zo naar voor jou en Judy – ik moest gewoon even
bellen en kijken of er iets is wat ik kan doen. Ik hoop dat het niet ongepast is?'

'Nee, dat is heel vriendelijk van u. Tussen haakjes, hoe komt u aan mijn
telefoonnummer?'

'Ik heb Inez Bavardage gebeld. Dat is toch wel goed?'

'Om u de waarheid te zeggen, het maakt eigenlijk geen donder meer uit,
mevrouw Rawthrote.'

'Sally.'

'In ieder geval bedankt.'

'Zoals ik zei, als ik jullie kan helpen, laat het me dan weten. Met het appartement, bedoel ik.'

'Met het appartement?'

Weer een hoop lawaai buiten... gebrul... MCCOY! MCCOY!

'Als je mocht besluiten iets met het appartement te gaan doen. Ik werk
voor Benning Sturtevant, zoals je waarschijnlijk weet, en ik weet dat vaak in
dit soort omstandigheden de mensen het soms gunstig vinden om zo liquide
te worden als ze maar kunnen. Haha, dat zou ik zelf ook wel een beetje kunnen gebruiken! Hoe dan ook, het is een punt van overweging, en ik kan je
verzekeren – *verzekeren* – dat ik drieënhalf voor jullie appartement kan krijgen. Zonder meer. Dat kan ik je garanderen.'

De brutaliteit van de vrouw was niet te geloven. Dit sloeg alles, goede manieren, slechte manieren... smaak... Het was niet te geloven. Sherman moest
erom lachen, en hij had niet gedacht dat hij nog kon lachen.

'Nou, nou, nou, nou, Sally. Echt, ik heb bewondering voor mensen met
een vooruitziende blik. Je keek uit je raam op het noordwesten en je zag een
appartement te koop.'

'Helemaal niet! Ik dacht alleen – '

'Nou, Sally, je komt net te laat. Je zult met een zekere Albert Vogel moeten gaan praten.'

'Wie is dat?'

'Hij is de advocaat van Henry Lamb. Hij heeft een schadeclaim tegen me ingediend van honderd miljoen dollar, en ik weet niet zeker of ik op dit moment zelfs maar een kleedje mag verkopen. Nou ja, misschien mag ik wel een kleedje verkopen. Wil je een kleedje voor me verkopen?'

'Haha, nee. Van kleedjes heb ik geen verstand. Maar ik zie niet in hoe ze je eigendommen kunnen bevriezen. Dat lijkt me volstrekt onrechtvaardig. Ik bedoel, jij was toch het *slachtoffer*, nietwaar? Ik heb het verhaal in de *Daily News* van vandaag gelezen. Normaal gesproken lees ik alleen Bess Hill en Bill Hatcher, maar ik zat wat te bladeren – en daar stond jouw foto. Ik zei: "Mijn God, dat is Sherman!" Dus toen las ik dat verhaal – en je probeerde alleen maar een roofoverval te verijdelen. Het is zo oneerlijk!' Ze babbelde verder. Ze was vuurvast. Ze was ongevoelig voor spot.

Toen hij had opgehangen, liep Sherman terug naar de woonkamer.

Killian zei: 'Wie was dat?'

Sherman zei: 'Een onroerend goed-makelaar die ik op een diner ontmoet heb. Ze wilde mijn appartement voor me verkopen.'

'Zei ze hoeveel ze er voor kon krijgen?'

'Drieënhalf miljoen dollar.'

'Zo,' zei Killian. 'Eens kijken, als ze haar zes procent commissie krijgt, is dat… eh… $210.000. Dat is 't waard om keihard en opportunistisch te klinken, lijkt me. Maar ik moet haar één ding nageven.'

'Wat dan?'

'Ze heeft je aan 't lachen gemaakt. Dus ze is niet door en door slecht.'

Opnieuw gebrul, nog harder dan daarvoor… MCCOY!… MCCOY!… Ze stonden met z'n tweeën midden in de woonkamer en bleven even luisteren.

'Jezus, Tommy,' zei Sherman. Het was de eerste keer dat hij hem bij zijn voornaam noemde, maar hij dacht er verder niet over na. 'Ik kan niet geloven dat ik hier sta en dat dit allemaal gebeurt. Ik hou me schuil in mijn huis en Park Avenue is bezet door een meute die op de loer ligt om me te vermoorden. *Vermoorden!*'

'Aaaach, kom op, dat is wel 't *laatste* wat ze willen doen. Je bent geen sodemieter waard voor Bacon als je dood bent, en die denkt dat je levend een heleboel voor 'm waard bent.'

'Voor Bacon? Wat schiet hij hiermee op?'

'Miljoenen denkt-ie ermee op te schieten. Ik kan 't niet bewijzen, maar volgens mij is deze hele kermis opgezet voor die schadeclaims.'

'Maar het is toch Henry Lamb die die claims indient? Of zijn moeder, eigenlijk, namens hem. Hoe kan Bacon daar nou iets mee opschieten?'

'Luister. Wie is de advocaat van Henry Lamb? Albert Vogel. En hoe is Henry Lambs moeder bij Albert Vogel terechtgekomen? Omdat ze zo'n bewondering had voor z'n briljante verdediging van de Vier uit Utica en de Acht uit Waxahachie in 1969? Vergeet 't maar. Bacon stuurt haar naar Vogel omdat die twee dikke maatjes zijn. Hoeveel de Lambs in 'n proces ook toegewezen krijgen, Vogel krijgt er op z'n minst een derde van, en je kan er donder op zeggen dat-ie dat met Bacon deelt of anders krijgt-ie een meute op z'n dak die hem wel eventjes z'n oren zal wassen. In deze wereld is er één ding waar ik alles van afweet, en dat is van advocaten en waar hun geld vandaan komt en waar 't naar toe gaat.'

'Maar Bacon was al met zijn campagne voor Henry Lamb bezig voor hij wist dat ik er iets mee te maken had.'

'O, in 't begin mikten ze alleen maar op 't ziekenhuis, op grond van nalatigheid. Ze wilden de stad een proces aandoen. Als Bacon ervoor kon zorgen dat het flink opgeklopt werd in de pers, dan zou een jury ze misschien geven wat ze wouen. Een jury in een schadevergoedingsproces… met 'n racistisch kantje? Ze zouden een goeie kans maken.'

'En dat geldt dus ook voor mij,' zei Sherman.

'Ik zal niet proberen je voor de gek te houden. Dat klopt. Maar als je de rechtszaak om de aanrijding wint dan komt er geen schadevergoedingsproces.'

'En als ik de rechtszaak niet win, zal dat proces me niets meer kunnen schelen,' zei Sherman, en keek heel mistroostig.

'Nou, je moet één ding toegeven,' zei Killian met een opbeurende stem, 'dit hele gedoe heeft wel een gigant van je gemaakt op Wall Street, een te gek grote *gigant*, maat. Hèje gezien hoe Flannagan je noemt in de *Daily News*? "Pierce & Pierce's legendarische topverkoper van de obligatiehandel." *Legendarisch*. Een levende legende. Je bent de zoon van "de aristocratische John Campbell McCoy", voormalig president van Dunning Sponget & Leach. Je bent het legendarische aristocratische genie van de obligatiehandel. Bacon denkt waarschijnlijk dat je de helft van al 't geld van de wereld bezit.'

'Als je de waarheid wilt weten,' zei Sherman, 'ik weet niet eens waar ik het geld vandaan moet halen om' – hij wees naar de bibliotheek waar Occhioni zat – 'te betalen. In de processtukken wordt *alles* opgesomd. Ze zitten zelfs achter de kwartaal-winstdeling aan die ik aan het eind van de maand zou krijgen. Ik kan me niet voorstellen hoe ze dat te weten zijn gekomen. Ze noemen die winstdeling zelfs bij z'n interne codenaam, "Taart B". Ze moeten iemand kennen bij Pierce & Pierce.'

'Pierce & Pierce zal toch wel voor je zorgen?'

'Ha. Ik besta niet meer bij Pierce & Pierce. Op Wall Street heb je niet zoiets als loyaliteit. Vroeger misschien wel – mijn vader praatte altijd alsof het bestond – maar nu niet. Ik heb één telefoontje van Pierce & Pierce gehad, en dat was niet van Lopwitz. Het was van Arnold Parch. Hij wilde weten of ze iets konden doen, en daarna wist hij niet hoe snel hij op moest hangen, bang dat ik ergens mee aan zou komen. Maar ik weet niet waarom ik Pierce & Pierce eruit pik. Onze eigen vrienden hebben zich net zo gedragen. Mijn vrouw kan niet eens speelafspraakjes voor ons dochtertje maken. Ze is zes…'

Hij zweeg. Plotseling voelde hij zich ongemakkelijk dat hij tegenover Killian zo met zijn persoonlijke misère te koop liep. Die vervloekte Garland Reed en zijn vrouw! Ze wilden niet eens dat Campbell met MacKenzie kwam spelen! Een of ander uitermate slap excuus… Garland had niet één keer gebeld, en hij kende hem al zijn hele leven. Rawlie had tenminste het lef gehad om te bellen. Hij had al drie keer gebeld. Waarschijnlijk had hij ook nog het lef om hem op te komen zoeken... als WIJ DE JURY Park Avenue ooit weer zouden ontruimen... Hij wel, misschien...

'Het is verdomd ontnuchterend hoe hard het gaat als het eenmaal gaat,' zei hij tegen Killian. Hij wilde niet zoveel zeggen, maar hij kon er niets aan doen. 'Alle banden die je hebt, alle mensen waar je mee naar school bent gegaan, de mensen van je clubs, de mensen waar je mee uit eten gaat – het is allemaal maar een dun draadje, Tommy, alle banden die te zamen je leven vormen, en als het breekt... afgelopen!... Uit... Ik vind het zo erg voor mijn dochtertje, mijn kleine meid. Ze zal om me treuren, ze zal om haar papa treuren, de papa die ze zich herinnert, zonder dat ze weet dat hij al dood is.'

'Waar heb je 't in godsnaam over?' zei Killian.

'Jij hebt nog nooit zoiets als dit doorgemaakt. Ik twijfel er niet aan dat je er een hoop van gezien hebt, maar je hebt het nooit zelf doorgemaakt. Ik kan het gevoel niet uitleggen. Het enige wat ik kan zeggen is dat ik al dood ben, of dat de Sherman McCoy van de familie McCoy en van Yale en Park Avenue en Wall Street dood is. Je eigen ik – ik weet niet hoe ik het uit moet leggen, maar als jou onverhoopt ooit zoiets overkomt, zul je weten wat ik bedoel. Je eigen ik... bestaat uit *anderen*, alle mensen waar je een band mee hebt, en het is maar een dun draadje.'

'Ai-ai-ai, Sherman,' zei Killian. 'Doe me 'n lol. 't Helpt je geen moer om midden in een oorlog te gaan zitten filosoferen.'

'Mooie oorlog.'

'Jezus nog an toe, wat wil je? Dit verhaal in de *Daily News* is heel belangrijk voor je. Weiss zal wel over de pis zijn. We hebben onthuld wie die junkie-schooier is die hij als getuige heeft. Auburn. We hebben nu een andere theorie voor de hele zaak in omloop gebracht. Nu hebben de mensen een grond om achter je te gaan staan. We hebben duidelijk gemaakt dat je bijna 't slacht-offer was van een roofoverval. Dat verandert 't hele plaatje voor je, en we hebben je niet in 't minst in opspraak gebracht.'

'Het is te laat.'

'Wat bedoel je, te laat? Godallemachtig, je moet 't een beetje tijd gunnen. Die Flannagan van de *News* speelt mee zolang als wij willen spelen. Die Brit, Fallow, van *The City Light* is hem steeds een slag voor geweest met dit verhaal. Dus nou pakt-ie alles aan wat ik 'm geef. Godsamme, dat verhaal dat-ie nou heeft geschreven was er niet beter uitgekomen als ik 't hem zelf gedicteerd had. En hij noemt Auburn niet alleen met naam en toenaam, maar hij ge-bruikt ook nog de politiefoto die Quigley heeft versierd!' Killian was reusach-tig in zijn schik. 'En hij heeft 't over het feit dat Weiss twee weken geleden Auburn nog de Crack Koning van Evergreen Avenue noemde.'

'Wat maakt dat nou uit?'

'Dat maakt geen goeie indruk. Als je 'n kerel in de gevangenis hebt voor een zwaar misdrijf en die meldt zich plotseling om te getuigen in ruil voor straf-vermindering of intrekking van de aanklacht, dan maakt dat geen goeie in-druk. 't Maakt geen goeie indruk bij een jury, en 't maakt geen goeie indruk bij de pers. Als-ie vast zit wegens een lichter vergrijp of een overtreding maakt 't niet zoveel verschil, want de veronderstelling is dan dat 't hem qua gevangenisstraf toch niet zoveel uitmaakt.'

Sherman zei: 'Er is één ding wat ik me steeds heb afgevraagd, Tommy. Waarom zei Auburn toen hij dat verhaal verzon – waarom zei hij dat ik reed? Waarom niet Maria, die in werkelijkheid reed toen Lamb geraakt werd? Wat maakte dat uit voor Auburn?'

'Hij moest 't wel zo spelen. Hij wist niet of andere getuigen je auto hadden gezien vlak voor Lamb geraakt werd en vlak daarna, en hij moest een verklaring hebben waarom jij reed toen 't gebeurde en zij degene was die daarna wegreed. Als-ie zegt dat je stopte, en dat jij en Maria toen van plaats wisselden en zij wegreed en Lamb raakte, dan is de logische vraag: "Waarom zijn ze gestopt?" en 't logische antwoord: "Omdat een stuk schorem als Roland Auburn de weg had geblokkeerd en probeerde ze te beroven."'

'Die – hoe heet hij – Flannagan gaat daar helemaal niet op in.'

'Dat klopt. Je zult gemerkt hebben dat ik 'm helemaal niks verteld heb over 'n vrouw die in de auto zat. Als 't zover is, willen we Maria aan onze kant hebben. Je zult ook gemerkt hebben dat Flannagan dat hele verhaal geschreven heeft zonder veel ophef te maken over de "mysterieuze vrouw".'

'Attente vent. Waarom niet?'

'O, ik ken 'm. Hij is ook een Donkey, net als ik, en hij probeert om vooruit te komen in Amerika. Hij stort z'n aanbetalingen in de Bank van Wederdienst. Amerika is een heerlijk land.'

Eventjes fleurde Sherman een graadje of twee op, maar toen werd hij neerslachtiger dan ooit. Het was Killians onmiskenbare vervoering die het hem deed. Killian liep te pochen op zijn strategische genie in 'de oorlog'. Hij had een soort geslaagde uitval geleid. Voor Killian was dit een spel. Als hij won, prachtig. Als hij verloor… nou, op naar de volgende oorlog. Voor hem, Sherman, viel er niets te winnen. Hij had al bijna alles verloren, dat was niet meer ongedaan te maken. Hij kon op z'n hoogst zorgen niet echt alles te verliezen.

De telefoon ging in de bibliotheek. Sherman zette zich nogmaals schrap, maar al gauw stond Occhioni weer in de deuropening.

'Het is ene Pollard Browning, meneer McCoy.'

'Wie is dat?' vroeg Killian.

'Hij woont hier in het gebouw. Hij is de voorzitter van de eigenarencommissie.'

Hij ging de bibliotheek in en pakte de hoorn op. Van beneden op straat hoorde hij weer het gebrul en het gebulder door de megafoon… MCCOY!… MCCOY!… Het was ongetwijfeld niet zo goed te horen in huize Browning. Hij kon zich voorstellen wat Pollard dacht.

Maar zijn stem klonk heel vriendelijk. 'Hoe houd je je, Sherman?'

'O, gaat wel, Pollard, denk ik.'

'Ik zou graag even bij je langs willen komen, als het niet teveel gevraagd is.'

'Zit je thuis?' vroeg Sherman.

'Ik ben net binnen. Het was niet gemakkelijk om het gebouw in te komen, maar het is me gelukt. Komt het je uit?'

'Tuurlijk. Kom maar naar boven.'

'Ik neem de brandtrap maar, als het goed is. Eddie heeft zijn handen vol beneden bij de voordeur. Ik weet niet eens of hij de zoemer wel kan horen.'

'Ik zie je daar.'

Hij zei tegen Killian dat hij naar de keuken ging om Browning binnen te laten.

'Aha, zie je wel?' zei Killian. 'Ze zijn je niet vergeten.'

'We zullen zien. Je gaat nu kennismaken met Wall Street in zijn zuiverste vorm.'

In de grote stille keuken aan de achterkant kon Sherman door de open deur horen hoe Pollard de stalen treden van de brandtrap op kwam bonken. Weldra kwam hij te voorschijn, hijgend van de klim van wel twee trappen, maar onberispelijk. Pollard was het soort vlezige veertiger dat er veerkrachtiger uitziet dan welke atleet dan ook van dezelfde leeftijd. Zijn gladde kaken welden op uit een wit overhemd van glanzende fijne katoen. Een prachtig gesneden grijs kamgaren pak lag rimpelloos over elke vierkante centimeter van zijn boterachtig lichaam. Hij droeg een marineblauwe stropdas met het embleem van de Yacht Club en een paar zwarte schoenen met zo'n perfecte leest dat zijn voeten er petieterig in leken. Hij was zo glad en glanzend als een zeehond.

Sherman ging hem voor de keuken uit en de hal in, waar de Ier, McCarthy, in de Thomas Hope stoel zat. De deur naar de bibliotheek stond open en daar was Occhioni duidelijk te zien.

'Lijfwachten,' voelde Sherman zich genoopt om zachtjes tegen Pollard te zeggen. 'Ik wed dat je nooit gedacht had dat je iemand zou kennen die lijfwachten had.'

'Een van mijn cliënten – ken je Cleve Joyner van United Carborundum?'

'Die ken ik niet.'

'Hij heeft nu al zes of zeven jaar lijfwachten. Gaan overal met hem mee.'

In de woonkamer liet Pollard zijn blik snel over Killians opzichtige kleren glijden, en zijn gezicht kreeg een pijnlijk getroffen, geknepen uitdrukking. Pollard zei: 'Hoe maakt u het?' wat klonk als 'Hoe màáktuut?' en Killian zei: 'Aangenaam' wat klonk als 'Anchnam'. Pollards neusvleugels trilden een beetje, net als die van Shermans vader gedaan hadden toen hij de naam Dershkin, Bellavita, Fishbein & Schlossel noemde.

Sherman en Pollard namen plaats in een van de groepjes meubilair die Judy had opgesteld om de kolossale kamer op te vullen. Killian verdween naar de bibliotheek voor een praatje met Occhioni.

'Nou, Sherman,' zei Pollard, 'ik heb contact gehad met alle leden van het dagelijks bestuur, op Jack Morrissey na, en ik wil je laten weten dat je op ons kunt rekenen, en dat we alles zullen doen wat we kunnen. Ik begrijp dat dit een vreselijke situatie moet zijn voor jou en Judy en Campbell.' Hij schudde zijn gladde ronde hoofd.

'Dank je wel, Pollard. Het is niet bepaald geweldig geweest.'

'Ik heb zelf contact gehad met de inspecteur van het rayonpolitiebureau, en ze zullen een mannetje bij de voordeur zetten zodat we erin en eruit kunnen, maar hij zegt dat hij de demonstranten niet helemaal weg kan houden van het gebouw. Ik had gedacht dat ze konden zorgen dat ze op honderdvijftig meter afstand bleven, maar hij beweert dat ze dat niet kunnen doen. Eerlijk gezegd vind ik het een schande. Dat stelletje…' Sherman kon zien dat Pollard de hersens in zijn gladde ronde hoofd pijnigde op zoek naar een hoffelijk ingekleed racistisch epitheton. Hij gaf de poging op: '… die meute.' Hij schudde zijn hoofd nog veel meer.

'Het is een politieke speelbal, Pollard. Ik ben een politieke speelbal. Dat heb je nu boven je hoofd wonen.' Sherman probeerde een glimlachje. Tegen beter weten in wilde hij dat Pollard hem mocht en met hem meevoelde. 'Ik hoop dat je vandaag de *Daily News* gelezen hebt, Pollard.'

'Nee, die lees ik bijna nooit. Ik heb wel de *Times* gelezen.'

'Nou, lees het verhaal in de *Daily News* maar eens, als je kunt. Het is het eerste stuk dat een idee geeft van wat er werkelijk aan de hand is.'

Pollard schudde nog kommervoller met zijn hoofd. 'De pers is net zo erg als de demonstranten, Sherman. Ze zijn ronduit schandalig. Ze springen je in je nek. Ze springen iedereen in de nek die hier naar binnen probeert te komen. Ik moest daarnet gewoon spitsroeden lopen om mijn eigen huis in te kunnen, verdorie. En toen vlogen ze op mijn chauffeur af! Ze zijn onbeschoft! Het is een stelletje vuile patjakkers!' *Patjakkers?* 'En de politie doet er natuurlijk geen donder aan. Het is alsof je vogelvrij bent louter omdat je fortuinlijk genoeg bent om in een pand als dit te wonen.'

'Ik weet niet wat ik moet zeggen. Het spijt me allemaal, Pollard.'

'Het is jammer…' Dat liet hij zitten. 'Er is nog nooit zoiets als dit gebeurd op Park Avenue, Sherman. Ik bedoel, een demonstratie gericht *tegen Park Avenue* als deftige woonbuurt. Het is onduldbaar. Het is alsof de onschendbaarheid van ons huis ons ontzegd wordt omdat dit Park Avenue is. En *ons* pand is het brandpunt van dit alles.'

Er schoot een alarmsignaal door Shermans zenuwstelsel over wat kon volgen, maar hij was er niet helemaal zeker van. Hij begon zijn hoofd in de maat met dat van Pollard te schudden, om te laten zien dat hij het hart op de goede plaats droeg.

Pollard zei: 'Ze zijn kennelijk van plan om elke dag terug te komen of dag en nacht te blijven, tot – tot ik weet niet wat.' Zijn hoofd had er nu echt de vaart in.

Sherman voerde het tempo van zijn eigen hoofd op. 'Wie heeft dat gezegd?'

'Eddie.'

'Eddie, de portier?'

'Ja. En Tony, die dienst had tot Eddie om vier uur kwam. Die zei het ook tegen Eddie.'

'Ik kan me niet voorstellen dat ze dat doen, Pollard.'

'Tot vandaag had je je toch ook niet voor kunnen stellen dat zo'n zootje – dat ze vlak voor ons huis op Park Avenue een demonstratie zouden houden? Ik bedoel, je ziet het.'

'Dat is waar.'

'Sherman, wij zijn al heel lang vrienden. We hebben samen op Buckley gezeten. Dat was een zorgeloze tijd, hè?' Er trok een zweem van een glimlach over zijn gezicht. 'Mijn vader kende de jouwe. Ik zit hier dus bij je als een oude vriend die voor je wil doen wat hij kan. Maar ik ben ook voorzitter van de eigenarenvereniging uit naam van alle bewoners van dit pand, en ik heb een verantwoordelijkheid tegenover hen die ik zwaarder moet laten wegen dan mijn persoonlijke voorkeuren.'

Sherman voelde zijn gezicht warm worden. 'En dat houdt in, Pollard?'

'Nou, gewoon dit. Ik kan me niet indenken dat dit hoe dan ook een gemakkelijke situatie is voor jou, om praktisch gevangen gehouden te worden in dit gebouw. Heb je overwogen... om van domicilie te veranderen? Tot de storm een beetje gaat liggen?'

'O, natuurlijk heb ik daarover gedacht. Judy en Campbell en onze huishoudster en het kindermeisje logeren nu bij mijn ouders. Eerlijk gezegd ben ik al doodsbang dat die schoften daar buiten erachter komen en *daar* naar toe gaan en iets uithalen, en een gewoon huis ligt *helemaal* onbeschut. Ik heb erover gedacht om naar Long Island te gaan, maar je kent ons huis daar. Het ligt helemaal vrij. Allemaal glazen deuren. Daar hou je nog geen eekhoorntje buiten de deur. Ik heb gedacht aan een hotel, maar dat biedt geen enkele beveiliging. Ik heb eraan gedacht om in de Leash Club te gaan logeren, maar dat is ook een gewoon huis. Pollard, ik word met de dood bedreigd. Met de *dood*. Ik heb vandaag minstens tien telefoontjes gehad.'

Pollards kleine oogjes schoten schichtig de kamer door, alsof Zij door de ramen zouden komen. 'Nou, eerlijk gezegd... dat is een reden te meer, Sherman.'

'Een reden te meer voor wat?'

'Nou, om te overwegen... om iets te regelen. Begrijp je, jij bent niet de enige die gevaar loopt. Iedereen in dit gebouw loopt gevaar, Sherman. Ik weet wel dat het niet jouw schuld is, niet rechtstreeks, in elk geval, maar dat verandert niets aan de feiten.'

Sherman wist dat zijn gezicht vuurrood was. 'De feiten! De feiten zijn dat ik met de dood bedreigd word, en dat dit de veiligste plek is die tot mijn beschikking staat, en dat het toevallig ook mijn huis is, als ik je aan *dat* feit mag herinneren!'

'Nou, laat me jou eraan herinneren – nogmaals, ik zeg dit alleen omdat ik een hogere verantwoordelijkheid heb – laat me jou eraan herinneren dat je hier een huis hebt omdat je aandeelhouder bent in een *coöperatieve* woonvereniging. Die heet met reden coöperatief, en uit het contract dat je getekend hebt toen je jouw aandelen kocht vloeien bepaalde verplichtingen voort, van jouw kant en van de kant van de vereniging. Met geen mogelijkheid kan ik *die* feiten veranderen.'

'Ik zit in de hachelijkste situatie van mijn leven, en jij komt met contractvoorwaarden aankakken?'

'Sherman...' Pollard sloeg zijn ogen neer en wierp zijn handen in de lucht, een toonbeeld van droefheid. 'Ik heb niet alleen aan jou en je gezin te denken, maar aan nog dertien andere gezinnen in dit pand. En we vragen je niet om iets van definitieve aard te doen.'

Wij! Wij de Jury – *binnen* de muren!

'Nou, waarom vertrek jij niet, Pollard, als je verdomme zo bang bent? Waarom vertrekken jij en het hele dagelijks bestuur niet? Ik weet zeker dat jouw lichtende voorbeeld de anderen zal inspireren om ook te vertrekken, zodat er niemand in jouw geliefde pand gevaar loopt behalve die vervloekte McCoys, die trouwens zelf voor alle problemen gezorgd hebben, nietwaar!'

Occhioni en Killian stonden in de bibliotheek door de deuropening naar binnen te gluren, en McCarthy keek naar binnen vanuit de hal. Maar hij kon zich niet inhouden.

'Sherman – '

'*Vertrekken?* Heb je enig idee wat voor een belachelijke opgeblazen *zak* je bent? Dat komt hier doodsbang binnen en zegt me dat de vereniging het in haar wijsheid gepast acht dat ik... *vertrek?*'

'Sherman, ik begrijp dat je aangeslagen bent – '

'*Vertrekken?* De enige die vertrekt ben jij, Pollard! Jij vertrekt uit dit appartement – nu meteen! En je gaat weg zoals je gekomen bent – door de keukendeur!' Met zijn arm en wijsvinger zo stram als een stok wees hij in de richting van de keuken.

'Sherman, ik ben hier te goeder trouw gekomen.'

'Schei toch uit, Pollard... Op Buckley was je al een belachelijke dikke blaaskaak en nu ben je nog steeds een belachelijke dikke blaaskaak. Ik heb al genoeg aan mijn hoofd zonder jouw *goede trouw*. Dag, Pollard.'

Hij pakte hem bij zijn elleboog en probeerde hem richting keuken te draaien.

'Blijf met je handen van me af!'

Sherman liet hem los. Ziedend: 'Maak dan dat je wegkomt.'

'Sherman, je laat ons geen andere keus dan de bepaling betreffende Onaanvaardbare Situaties ten uitvoer te brengen.'

De stramme stok wees naar de keuken en zei zachtjes: 'Ingerukt, Pollard. En als ik nog één woord van je hoor tussen hier en de brandtrap krijgen we zeker een onaanvaardbare situatie.'

Pollards hoofd leek op te zwellen alsof hij een beroerte kreeg. Toen draaide hij zich om en haastte zich met grote passen door de hal de keuken in. Sherman kwam achter hem aan, zo luidruchtig als hij kon.

Toen Pollard de vrijhaven van de brandtrap bereikt had, keerde hij zich om en zei furieus: 'Onthou wel, Sherman, dat jij de toon hebt gezet.'

'"De toon gezet." Geweldig. Je bent een echte fraseur, Pollard!' Met een klap smeet hij de oude stalen branddeur dicht.

Vrijwel meteen had hij spijt van het gebeurde. Toen hij terugliep naar de woonkamer ging zijn hart heftig tekeer. Hij beefde. De drie mannen, Killian, Occhioni en McCarthy, stonden wat te staan en voerden een mimeshow van onverschilligheid op.

Sherman dwong zichzelf tot een glimlach, om te laten zien dat alles in orde was.

'Vriend van je?' zei Killian.

'Ja, een oude vriend. We hebben op dezelfde school gezeten. Hij wil me het gebouw uitgooien.'

'Weinig kans,' zei Killian. 'We kunnen hem met gemak tien jaar lang inmaken.'

'Weet je, ik moet je iets bekennen,' zei Sherman. Hij dwong zich weer tot een glimlach. 'Tot die klootzak hier kwam, zat ik eraan te denken me voor mijn kop te schieten. Nu zou ik er niet over peinzen. Daarmee zouden al zijn problemen opgelost zijn, en hij zou een maand lang de populaire jongen zijn en ondertussen zo schijnheilig als de neten doen. Hij zou aan iedereen vertellen hoe we samen opgegroeid zijn en met dat grote ronde bolle hoofd van hem schudden. Ik denk dat ik die schoften' – hij wees naar de straat – 'vraag om boven te komen en ze vlak boven zijn grote bolle kop de mazurka laat dansen.'

'Aiiiiii, da's beter,' zei Killian. 'Nou wor je verdomme een echte Ier. De Ieren hebben de afgelopen twaalfhonderd jaar geteerd op wraakdromen. Zo mag ik 't horen, maat.'

Opnieuw rees het gebrul op van Park Avenue in de juni-hitte... MCCOY!... MCCOY!... MCCOY!

26

Dood op zijn Newyorks

Het was de Dooie Muis zelf, Sir Gerald Steiner, die het slimme idee kreeg. Steiner, Brian Highridge en Fallow zaten bij elkaar in Steiners kantoor. Het gaf Fallow een warm gevoel dat hij daar mocht zitten en dezelfde lucht in mocht ademen als de eminente Muis. Dankzij zijn triomfen met de zaak McCoy stonden de hogere regionen en intiemere kringen van The City Light voor hem open. Steiners kantoor was een ruim vertrek op de hoek dat uitkeek op de Hudson River. Er stonden een groot houten bureau, een sobere solide werktafel, zes leunstoelen en dat onontbeerlijke blijk van een hoge positie in een bedrijf, een sofa. Voor het overige was het decor dat van een Drukke Krantenman. Steiner had altijd wanordelijke stapels kranten, naslagwerken en kopijpapier op zijn bureau en werktafel liggen. Een beeldscherm en een handtypemachine stonden op degelijke stalen tafeltjes bij zijn draaistoel. Een telexapparaat dat aangesloten was op de nieuwsdienst van Reuter stond in een hoek te ratelen. In een andere hoek stond een politieradio. Hij stond nu uit, maar Steiner had het ding een jaar lang aan gehad voor hij het gepiep en geknetter beu was. Voor de ramen, die een overdonderend uitzicht boden op de rivier en de slijkgrijze kust van Hoboken, hingen geen gordijnen, enkel luxaflex. De luxaflex gaf het uitzicht een idee van Lichte Industrie, Drukke Krantenman.

Het doel van deze topconferentie was om uit te stippelen hoe ze te werk zouden gaan met Fallows gloeiendhete tip, namelijk dat Maria Ruskin de mysterieuze vrouw was, de spetter van een brunette die achter het stuur van McCoy's Mercedes was gaan zitten nadat McCoy Henry Lamb had aangereden. Er waren vier verslaggevers aangewezen – onder wie, zo zag Fallow tot zijn genoegen, Robert Goldman – om onderzoek te doen voor het verhaal. Onderzoek *voor hem*; ze waren zijn sloven. Tot dusver hadden ze alleen nog maar vastgesteld dat Maria Ruskin het land uit was en waarschijnlijk in Italië zat. Wat de jonge kunstenaar betrof, Filippo Chirazzi, van hem hadden ze helemaal nog geen spoor kunnen vinden.

Steiner zat aan zijn bureau met zijn jasje uit, zijn stropdas los en zijn rode vilten vuurspuwende bretels over zijn gestreepte overhemd toen het bij hem opkwam, zijn slimme idee. In het bedrijfskatern van The City Light liep een serie over 'De Nieuwe Magnaten'. Steiners plan was om Arthur Ruskin te benaderen als onderwerp voor de serie. Dit zou niet helemaal achterbaks zijn, aangezien Ruskin in feite een typisch voorbeeld was van de 'nieuwe magnaat' van het hedendaagse New York, de man met een immense, nieuwe, onbegrijpelijke rijkdom. Fallow zou de nieuwe magnaat interviewen. Als hij bij de oude man in de buurt kon komen, zou hij verder wel improviseren. Dan zou hij er op z'n minst achter kunnen komen waar Maria Ruskin zat.

'Maar denk je dat hij er zin in heeft, Jerry?' vroeg Brian Highridge.

'O, ik ken dit soort knapen,' zei Steiner, 'en de ouwe knarren zijn het ergst. Die hebben hun vijftig miljoen of hun honderd miljoen binnen – dat noemen ze in Texas een "unit". Wisten jullie dat? Ze noemen honderd miljoen een unit. Kostelijk vind ik dat. Een unit is, uiteraard, nog maar een *begin*. In elk geval, dit soort knapen haalt zijn kolossale berg geld binnen, en dan gaat hij naar een dinner-party, en daar zit hij naast zo'n mooi jong ding, en hij voelt wat van die ouwe tinteling – maar ze heeft geen flauw benul wie hij is. Honderd miljoen dollar! – en ze heeft nog nooit van hem gehoord, en het interesseert haar geen bal wie hij is als hij het haar probeert te vertellen. Wat moet hij dan? Hij kan moeilijk rond gaan lopen met een bord om zijn nek waarop staat FINANCIËLE GIGANT. Geloof me, op dat moment beginnen ze wat van hun zogenaamde gewetensbezwaren met betrekking tot publiciteit te verliezen.'

Fallow geloofde hem. Het was niet voor niets dat Steiner *The City Light* had opgericht en gaande had gehouden met een bedrijfsverlies van zo'n tien miljoen dollar per jaar. Hij was niet langer zomaar een financier. Hij was de gevreesde vrijbuiter van de gevreesde *City Light*.

De Muis bleek een bekwaam psycholoog van de nieuwe, anonieme rijken te zijn. Twee telefoontjes van Brian Highridge en het was in kannen en kruiken. Ruskin zei dat hij over het algemeen publiciteit schuwde, maar in dit geval zou hij een uitzondering maken. Hij zei tegen Highridge dat hij de schrijver – hoe was zijn naam? De heer Fallow? – wilde uitnodigen voor het diner in La Boue d'Argent.

Toen Fallow en Arthur Ruskin bij het restaurant aankwamen, gaf Fallow de koperen draaideur een zetje voor de oude man. Ruskin liet zijn kin iets zakken en sloeg zijn ogen neer, en toen plooide zijn gezicht zich in de meest oprecht gemeende glimlach. Even stond Fallow ervan te kijken dat deze norse fors gebouwde eenenzeventigjarige man zo erkentelijk kon zijn voor zo'n onbeduidend gebaar van beleefdheid. Het volgende moment realiseerde hij zich dat het helemaal niets uitstaande had met hem en zijn hoffelijkheid. Ruskin voelde gewoon de eerste ambrozijnen uitstraling van het welkom dat hem achter de drempel wachtte.

Zodra Ruskin de vestibule betrad en hij beschenen werd door het licht van *Het zilveren zwijn*, het beroemde sculptuur van het restaurant, werd het menens met het gefleem. De maître d', Raphael, sprong op vanachter zijn balie en zijn register. Niet één maar twee oberkelners traden naar voren. Ze straalden, ze bogen, en de lucht gonsde van hun *Monsieur Ruskins*. De grote financier liet zijn kin nog wat verder zakken tot hij dreef op een kussen van wangzakken, en mompelde zijn weerwoord, en zijn grijns werd breder en breder en, merkwaardig genoeg, steeds bedeesder. Het was de glimlach van een jongetje op zijn eigen verjaardagspartijtje, het joch dat zowel verlegen als wonderbaarlijk opgetogen is als hij zich realiseert dat hij in een kamer vol mensen is die blij zijn, uitzonderlijk blij zou je kunnen zeggen, om hem springlevend in hun midden te zien.

Raphael en de twee oberkelners gaven Fallow een paar vluchtige *Dag meneers* en gingen weer verder met het beroepsmatige loze gevlei waarmee ze Ruskin besprenkelden. Fallows oog viel op twee eigenaardige figuren in de vestibule, twee mannen van midden in de dertig in donkere pakken die slechts als omhulsel leken te dienen voor onvervalste proletarische spierbundels. De ene leek een Amerikaan, de ander een Aziaat. De laatste was zo groot en had zo'n reusachtig hoofd, met zulke brede platte dreigende trekken, dat Fallow zich afvroeg of hij van Samoa kwam. Ruskin zag hem ook, en Raphael zei met een zelfvoldaan lachje: 'Geheime dienst. *Twee* geheime diensten, de Amerikaanse en de Indonesische. Madame Tacaya komt hier vanavond dineren.' Nadat hij dit nieuwtje had meegedeeld, glimlachte hij weer.

Ruskin wendde zich tot Fallow en trok een grimas, zonder te glimlachen, misschien uit vrees dat hij niet met de vrouw van de Indonesische dictator zou kunnen wedijveren om de gedienstigheid en het eerbetoon van het restaurant. De grote Aziaat stond hun beiden op te nemen. Fallow zag dat er een snoertje uit zijn oor kwam.

Raphael glimlachte weer naar Ruskin en gebaarde naar de eetzaal, waarop zich een optocht in beweging zette met Raphael aan het hoofd, gevolgd door Ruskin en Fallow, en met een oberkelner en een kelner in de achterhoede. Ze gingen rechts bij het door spotjes verlichte sculptuur van *Het zilveren zwijn* en stevenden de eetzaal in. Ruskin had een grijns op zijn smoel. Dit vond hij heerlijk. Alleen het feit dat hij zijn ogen neergeslagen hield voorkwam dat hij er als een volslagen idioot uitzag.

's Avonds was de eetzaal royaal verlicht en leek hij veel opzichtiger dan 's middags. De mensen die er dineerden, hadden zelden de maatschappelijke allure van degenen die er lunchten, maar desalniettemin was het restaurant afgeladen en gonsde het van de gesprekken. Fallow kon het ene na het andere groepje van mannen met kale hoofden en vrouwen met ananaskleurig haar zien.

De optocht hield halt naast een ronde tafel die veel groter was dan de andere maar nog onbezet. Een oberkelner, twee kelners en twee hulpkelners liepen er rond te redderen en schikten glaswerk en tafelzilver bij elke zitplaats. Kennelijk was dit de tafel van Madame Tacaya. Recht ertegenover stond een lange muurbank onder de ramen aan de straatkant. Hierop mochten Fallow en Ruskin naast elkaar plaatsnemen. Zo konden ze het hele voorste gedeelte van de eetzaal overzien. Wat wilde iemand die ernaar smachtte om te worden opgenomen in de hogere sferen van La Boue d'Argent nog meer?

Ruskin zei: 'Wil je weten waarom ik dit een goed restaurant vind?'

'Waarom?' vroeg Fallow.

'Omdat ze hier het beste eten en de beste bediening van New York hebben.' Ruskin wendde zich opzij naar Fallow en keek hem recht in het gezicht. Fallow kon geen adequaat antwoord op deze openbaring bedenken.

'Zeker, de mensen hebben 't over society-gedoe,' zei Ruskin, 'en er komen hier natuurlijk 'n hoop bekende mensen. Maar waarom? Omdat ze hier fantastisch eten hebben en een fantastische bediening.' Hij haalde zijn schouders op. (Niks geheimzinnigs aan.)

Raphael verscheen weer en vroeg Ruskin of hij iets wenste te drinken.

'O, Christus,' zei Ruskin met een grijns. 'Eigenlijk mag 't niet, maar ik heb best zin in 'n glas. Heb je Courvoisier v.s.o.p.?'

'Jazeker.'

'Geef me dan maar een sidecar met v.s.o.p.'

Fallow bestelde een glas witte wijn. Vanavond was hij van plan om nuchter te blijven. Even later verscheen er een kelner met het glas wijn en Ruskins sidecar. Ruskin hief zijn glas.

'Op Vrouwe Fortuna,' zei hij. 'Ik ben blij dat m'n vrouw er niet bij is.'

'Hoezo?' vroeg Fallow, een en al oor.

'Eigenlijk mag ik niet drinken, en zeker niet zo'n kleine bom als dit hier.' Hij hield zijn cocktail tegen het licht. 'Maar vanavond heb ik zin om wat te drinken. Willi Nordhoff heeft me sidecars leren drinken. Die dronk niks anders, daar in de ouwe King Cole Bar van het St. Regis Hotel. "Zitekar," zei hij altijd. "Mit Fee, Es, Oo, Pee," zei hij altijd. Wel 'ns ontmoet, Willi?'

'Nee, ik geloof van niet,' zei Fallow.

'Maar je weet wie hij is.'

'Uiteraard,' zei Fallow, die de naam nog nooit van zijn leven gehoord had.

'Jezus,' zei Ruskin. 'Ik had nooit gedacht dat ik nog eens zulke goeie maatjes met een mof zou worden, maar ik ben gek op die kerel.'

Deze gedachte inspireerde Ruskin tot een lange monoloog over de vele paden die hij in zijn carrière bewandeld had en over de vele splitsingen in die paden en over wat een schitterend land Amerika was en wie er ooit een cent gegeven zou hebben voor de kansen van een kleine jood uit Cleveland, Ohio om te komen waar hij nu was. Hij begon Fallow het uitzicht vanaf de top van de berg te schetsen en bestelde onderwijl nog een tweede sidecar. Hij schetste met energieke maar vage halen. Fallow was blij dat ze naast elkaar zaten. Zo zou Ruskin niet zo gemakkelijk de verveling op zijn gezicht kunnen lezen. Zo af en toe waagde hij het om iets te vragen. Hij hengelde naar informatie over Maria's verblijfplaats wanneer ze in Italië was, zoals op dit moment, maar daar was Ruskin ook vaag over. Hij zat te springen om terug te keren naar zijn levensverhaal.

De eerste gang werd geserveerd. Fallow had een groentepastei besteld. Het lichtroze pasteitje had de vorm van een halve cirkel met rabarberstelen als stralen eromheen geschikt. Het lag in de linkerbovenhoek van een groot bord. Het leek of het bord geglazuurd was met een eigenaardige Art Nouveau schildering van een rossige zee met een Spaans galjoen erop dat wegzeilde naar de... zonsondergang... maar de ondergaande zon was in feite het pasteitje met zijn rabarberstralen, en het Spaanse schip was helemaal niet geglazuurd maar van verschillende kleuren saus gemaakt. Het was een schilderij in saus. Op Ruskins bord lag een laagje platte groene noedels die zorgvuldig door elkaar gevlochten waren in de vorm van een mandje, met daarop een zwerm vlinders gemaakt van champignonschijfjes als vleugels en Spaanse pepertjes, uienringen, sjalotjes en kappertjes als lijf, ogen en voelsprieten. Ruskin schonk geen aandacht aan de wonderlijke collage voor zijn neus. Hij had een fles wijn besteld en weidde steeds verder uit over de pieken en dalen in zijn carrière. Dalen, jazeker; nou, hij had heel wat teleurstellingen moeten verwerken. Het voornaamste was dat je resoluut was. Resolute mannen namen grote beslissingen, niet omdat ze noodzakelijkerwijs intelligenter waren dan andere mensen, maar omdat ze meer beslissingen namen, en volgens de wet der gemiddelden zaten daar een paar grote bij. Snapte Fallow dat? Fallow knikte. Ruskin zweeg alleen om mistroostig naar de drukte te staren die Raphael en zijn jongens om de grote ronde tafel vlak voor hen maakten. Madame Tacaya komt eraan. Het leek of Ruskin zich naar het tweede plan verwezen voelde.

'Ze willen allemaal naar New York komen,' zei hij somber, zonder te zeggen over wie hij het had, al was dat duidelijk genoeg. 'Deze stad is wat Parijs vroeger was. Wat ze ook voorstellen in hun eigen land, het begint van ze te vreten, het idee dat het de mensen in New York misschien geen barst kan schelen wie ze zijn. Je weet wat ze is, hè? Ze is keizerin, en Tacaya is de keizer. Hij noemt zichzelf president, maar dat doen ze allemaal. Ze bewijzen allemaal lippendienst aan de democratie. Is dat je wel eens opgevallen? Als Genghis Khan nog leefde, zou hij president Genghis zijn, of president voor 't leven, net als Duvalier vroeger. Ja ja, 't is een fraaie wereld. D'r krimpen tien of twintig miljoen arme duvels op hun aarden vloertje ineen telkens als de keizerin een vinger verroert, maar ze kaa 's nachts niet slapen bij de gedachte dat de mensen in La Boue d'Argent in New York misschien niet weten wie ze verdorie is.'

Madame Tacaya's geheim agent stak zijn reusachtige Aziatische hoofd de eetzaal in en spiedde rond. Ruskin wierp hem een onheilspellende blik toe.

'Maar zelfs in Parijs,' zei hij, 'kwamen ze niet helemaal uit de Stille Zuidzee, godsamme. Ben je wel eens in het Midden-Oosten geweest?'

'Mmmmnnnnnnee,' zei Fallow, die een halve seconde overwoog om te doen alsof.

'Daar moet je eens heen. Je kunt niet begrijpen wat er in de wereld aan de hand is als je daar niet heen gaat. Jiddah, Kuwayt, Dubayy... Weet je wat ze daar willen doen? Ze willen wolkenkrabbers van glas bouwen, zodat het net New York is. De architecten zeggen tegen ze dat ze gek zijn. Een gebouw van glas in zo'n klimaat, dan moeten ze de airconditioning vierentwintig uur per dag laten draaien. Dat gaat een fortuin kosten. Ze halen gewoon hun schouders op. Nou en? Ze zitten bovenop al de olie van de wereld.'

Ruskin grinnikte. 'Ik zal je zeggen wat ik bedoel met beslissingen nemen. Kun je je de oliecrisis nog herinneren, in 't begin van de jaren zeventig? Zo noemden ze 't, de oliecrisis. Dat was het beste wat me ooit overkomen is. Plotseling had iedereen het over 't Midden-Oosten en de Arabieren. Op een avond zat ik met Willi Nordhoff te eten, en hij begint over de godsdienst van de moslems, de islam, en dat elke moslem voor hij dood gaat naar Mekka wil. "Ellke ferdohmde moslem will dahr heen." Hij gooide er altijd een hoop *ferdohmds* in, want dan klonk hij vloeiender, dacht hij, als Duitser zijnde. Nou, hij had het nog niet gezegd of er ging een lampje branden in m'n hoofd. Floep, zomaar. Nou was ik toen bijna zestig en finaal blut. De effectenhandel was toen naar z'n mallemoer, en dat was 't enige wat ik twintig jaar lang gedaan had, effecten kopen en verkopen. Ik had een appartement op Park Avenue, een huis aan Eton Square in Londen en een boerderij in Armenia hier in de staat New York, maar ik was blut, en ik was ten einde raad, en er ging een lampje aan in m'n hoofd.

Dus ik zeg tegen Willi: "Willi," zeg ik, "hoeveel moslems zijn er?" En hij zegt: "Ik weht niet. Dahr zijn er miljohnen, tiehntallen miljohnen, hoenderden miljohnen." Dus nam ik m'n beslissing, daar ter plekke, op dat moment. "Ik ga in de charter-business. Ellke ferdohmde Arabier die naar Mekka wil breng ik erheen." Dus ik verkocht m'n huis in Londen en ik verkocht m'n boerderij in Armenia om wat geld bij elkaar te krijgen, en ik leaste m'n eerste vliegtuigen, drie aftandse Electra's. 't Enige waar m'n vrouw goddomme aan kon denken – ik heb 't over m'n vorige vrouw – was waar we nou 's zomers heen moesten, als we niet naar Armenia konden en niet naar Londen. Dat was haar enige commentaar op de hele verdomde toestand.'

Ruskin kwam behoorlijk op dreef met zijn verhaal. Hij bestelde rode wijn, een zware wijn die een zalig vuur ontstak in Fallows maag. Fallow bestelde een gerecht dat Kalfs Boogie Woogie heette en bleek te bestaan uit rechthoeken van kalfsvlees, kleine vierkantjes gekruide rode appel en rechte lijnen van gepureerde walnoten. Het geheel was zodanig geschikt dat het eruit zag als Piet Mondriaans schilderij *Broadway Boogie Woogie*. Ruskin bestelde *médaillons de selle d'agneau Mikado*, wat volmaakt ovaalvormige roze lamsboutjes waren met kleine blaadjes spinazie en stengels gesmoorde selderie die zo geschikt waren dat ze op een Japanse waaier leken. Ruskin presteerde het om twee glazen van de vlammende rode wijn achterover te slaan in een tempo dat opzienbarend was, gezien het feit dat hij geen ogenblik zijn mond hield.

Het bleek dat Ruskin in het begin vaak meegevlogen was naar Mekka, waarbij hij zich voordeed als lid van de bemanning. Arabische reisagenten hadden de meest afgelegen dorpen afgeschuimd om de bewoners over te halen het geld voor een vliegticket uit hun schamele bezittingen te peuren zodat ze de magische pelgrimstocht naar Mekka konden maken die maar enkele uren duurde in plaats van dertig of veertig dagen. Velen van hen hadden nog nooit een vliegtuig gezien. Ze arriveerden op de vliegvelden met levende lammetjes, schapen, geiten en kippen. Geen macht ter wereld kon hen ertoe bewegen afstand te doen van hun dieren voor ze in het vliegtuig stapten. Ze begrepen dat de vlucht maar kort duurde, maar hoe moesten ze aan eten komen als ze eenmaal in Mekka waren? Dus ging het vee met hun eigenaars mee het vliegtuig in, blatend, kakelend, urinerend en zich ontlastend zoals het uitkwam. Er werden grote stukken plastic in de vliegtuigen gelegd, over de stoelen en op de vloer. En zo reisden mens en dier zij aan zij naar Mekka, vliegende nomaden op een woestijn van plastic. Sommige passagiers begonnen meteen van takjes en kreupelhout vuurtjes aan te leggen in de gangpaden om het eten te bereiden. Het was een van de meest dringende taken van de bemanning om deze praktijk te ontmoedigen.

'Maar waar ik je over wil vertellen is die keer toen we van de landingsbaan in Mekka afraakten,' zei Ruskin. 'Het is nacht en we komen binnen voor de landing, en de piloot heeft een veel te lange baan nodig en die verdomde kist raakt van de landingsbaan af en we komen met een ontiegelijke klap in 't zand terecht en de punt van de rechtervleugel boort zich in 't zand en 't vliegtuig maakt een draai van praktisch 360 graden voor we tot stilstand komen. Tjeezus nog an toe, wij denken, dat wordt grote paniek in de tent met al die Arabieren en de schapen en de geiten en de kippen. We denken, dat wordt een puinhoop. Maar nee hoor, ze zitten allemaal gewoon te kletsen en naar buiten te kijken naar de vleugel en naar 't vuurtje dat aan de punt is gaan fikken. Nou, ik bedoel, wij waren degenen die in paniek raakten. Ze staan allemaal op, echt op hun dooie akkertje, en pakken al hun tassen en zakken en beesten en de hele santenkraam en staan gewoon te wachten tot wij de deuren opendoen. Ze zijn zo kalm als wat – en wij staan te trillen op onze benen! Dan begint het ons te dagen. Ze denken dat het normaal is! Ha! Ze denken dat dat de manier is om 'n vliegtuig tot stilstand te brengen! Je steekt een vleugel in 't zand en maakt een draai, en dan sta je stil en stap je uit! Het punt is, ze hadden nog nooit met een vliegtuig gevlogen, dus weten zij veel hoe je zo'n ding aan de grond zet! Ze denken dat het normaal is! Ze denken dat het zo hoort!'

Bij die gedachte barstte Ruskin uit in een geweldige rochelende lach, diep in zijn keel, en toen ging de lach over in een hoestbui, en zijn gezicht liep vuurrood aan. Hij duwde zich met zijn handen tegen de tafel af tot hij met zijn rug tegen de bank gedrukt zat, en hij zei: 'Unnnh! Hmmmm! Hmmmmm, hmmmmm, hmmmm,' alsof hij geamuseerd terug zat te denken aan het voorval dat hij zojuist beschreven had. Zijn hoofd zakte voorover, alsof hij diep in gedachten was over zijn belevenissen. Toen viel zijn hoofd opzij, en er kwam een snurkend geluid uit zijn mond, en hij leunde met zijn schouder tegen die van Fallow aan. Even dacht Fallow dat de oude man in slaap was gevallen. Fallow draaide zich om in Ruskins gezicht te kunnen kijken, en toen hij dat deed viel Ruskins lichaam tegen hem aan. Geschrokken ging Fallow weer recht zitten, waarop Ruskins hoofd in zijn schoot terecht kwam. Het gezicht van de oude man was niet langer rood. Het was nu spookachtig grijs. De mond stond iets open. De adem kwam er met korte stootjes uit. Zonder erbij na te denken probeerde Fallow hem weer overeind te zetten op de bank. Het was alsof je een zak kunstmest probeerde op te tillen. Terwijl hij zat te worstelen en te sjorren zag Fallow dat de twee vrouwen en de twee mannen aan het tafeltje naast hem zaten toe te kijken met de afkeurende nieuwsgierigheid van mensen die iets onaangenaams zien gebeuren. Niemand stak een vinger uit, natuurlijk. Fallow had Ruskin nu overeind gezet tegen de rugleuning van de bank en keek de zaal rond voor hulp. Raphael, een kelner, twee oberkelners en een hulpkelner waren druk in de weer met de grote ronde tafel die op Madame Tacaya en haar gezelschap wachtte.

Fallow riep: 'Pardon!' Niemand hoorde hem. Hij was zich ervan bewust hoe mal het klonk, dit beschaafde *Pardon*, terwijl hij eigenlijk *Help!* bedoelde. Dus riep hij: 'Ober!' Hij zei het zo scherp als hij kon. Een van de oberkelners bij Madame Tacaya's tafel keek op en fronste zijn wenkbrauwen, en kwam toen naar hem toe.

Met één arm hield Fallow Ruskin overeind. Met zijn andere wees hij naar het gezicht van de oude man. Ruskins mond stond half open, en zijn ogen waren half gesloten.

'De heer Ruskin heeft een soort – ik weet niet wat!' zei Fallow tegen de oberkelner.

De oberkelner keek naar Ruskin zoals hij naar een duif had kunnen kijken die op onverklaarbare wijze het restaurant was binnengestapt en de beste plek van de zaak had ingenomen. Hij draaide zich om en haalde Raphael erbij, en Raphael gluurde naar Ruskin.

'Wat is er gebeurd?' vroeg hij aan Fallow.

'Hij heeft een soort attaque gehad!' zei Fallow. 'Is er een dokter in de zaal?'

Raphael spiedde de zaal rond. Maar je kon zien dat hij niet specifiek naar iemand op zoek was. Hij probeerde in te schatten wat er zou gebeuren als hij om stilte zou vragen en om medische bijstand. Hij keek op zijn horloge en vloekte binnensmonds.

'In 's hemelsnaam, haal een dokter!' zei Fallow. 'Bel de politie!' Hij gebaarde met allebei zijn handen, en toen hij Ruskin met zijn ene hand losliet, stortte de oude man met zijn gezicht voorover in zijn bord, in de *selle d'agneau Mikado*. De vrouw aan het tafeltje ernaast ging 'Aaaaoeoeoeh!' Het was bijna een gil, en ze bracht haar servet naar haar gezicht. De ruimte tussen de twee tafeltjes was niet meer dan vijftien centimeter, en op een of andere manier was Ruskins arm daarin bekneld geraakt.

Raphael blafte naar de oberkelner en de twee kelners bij Madame Tacaya's tafel. De kelners begonnen het tafeltje weg te trekken van de bank. Ruskin lag echter met zijn volle gewicht op de tafel, en zijn lichaam begon naar voren te glijden. Fallow greep hem om zijn middel in een poging om te voorkomen dat hij tegen de vloer zou slaan. Maar Ruskins zware lijf was een loden last. Zijn gezicht slipte van het bord. Fallow kon hem niet tegenhouden. De oude man gleed van het tafeltje af en duikelde voorover op het tapijt. Nu lag hij op zijn zij op de vloer met zijn benen opgetrokken. De kelners trokken het tafeltje verder weg, zodat het gangpad tussen de tafeltjes langs de muur en Madame Tacaya's tafel geblokkeerd was. Raphael stond tegen iedereen tegelijk te schreeuwen. Fallow kende een beetje Frans, maar hij verstond geen woord van wat Raphael allemaal zei. Twee kelners met dienbladen vol eten stonden naar Ruskin en daarna naar Raphael te kijken. Het was een verkeersopstopping. Raphael nam het heft in handen en hurkte neer en probeerde Ruskin bij zijn schouders op te tillen. Hij kreeg hem niet in beweging. Fallow stond op. Hij kon niet vanachter het tafeltje vandaan komen vanwege Ruskins lichaam. Eén blik op Ruskins gezicht was genoeg om vast te stellen dat hij eraan ging. Zijn gezicht zag asgrauw en was besmeurd met Franse saus en blaadjes spinazie en stukjes selderie. De huid rondom zijn neus en mond werd blauw. Zijn ogen, die nog openstonden, leken van melkglas. Mensen strekten hun halzen, maar de tent gonsde nog van de gesprekken. Raphael keek steeds naar de deur.

'In godsnaam,' zei Fallow, 'haal een dokter.'

Raphael wierp hem een woedende blik toe en wuifde hem toen weg met zijn hand. Fallow was geschokt, en toen werd hij kwaad. Hij had ook geen zin om met deze stervende oude man opgescheept te zitten, maar nu had die kleine arrogante maître d' hem beledigd. Dus nu was hij Ruskins bondgenoot. Hij knielde neer op de vloer over Ruskins benen heen. Hij maakte Ruskins stropdas los en rukte zijn overhemd open, waarbij het bovenste knoopje eraf sprong. Hij maakte zijn riem los en de rits van zijn broek open, en probeerde Ruskins overhemd van zijn lichaam af te trekken, maar dat zat strak om hem heen, kennelijk door de manier waarop hij gevallen was.

'Wat is er met 'm? Heeft-ie zich verslikt? Heeft-ie zich verslikt? Opzij, dan geef ik 'm de Heimlich-behandeling!'

Fallow keek op. Een grote blozende man, een enorm trekpaard van een Yank, stond over hem heen gebogen. Hij was blijkbaar een van de klanten.

'Ik denk dat hij een hartaanval gehad heeft,' zei Fallow.

'Daar lijkt 't op als ze zich verslikt hebben!' zei de man. 'Grote God, geef 'm de Heimlich-behandeling!'

Raphael hief zijn handen op en probeerde de man weg te loodsen. De man schoof hem aan de kant en knielde naast Ruskin neer.

'De Heimlich-behandeling, verdomme!' zei hij tegen Fallow. 'De Heimlich-behandeling!' Het klonk als een militaire order. Hij stak zijn handen onder Ruskins armen en slaagde erin hem in een zittende positie te tillen. Toen sloeg hij zijn armen van achteren rond Ruskins borst. Hij trok Ruskins lichaam omhoog, verloor toen zijn evenwicht, en stortte met Ruskin in zijn armen neer op de vloer. Het leek wel alsof ze aan het worstelen waren. Fallow zat nog op zijn knieën. De Heimlich Behandelaar kwam overeind met zijn hand aan zijn bloedende neus en wankelde weg. Het voornaamste resultaat van zijn inspanningen was dat Ruskins overhemd en hemd nu loshingen, zodat een groot deel van de zware pens van de oude man aan de blikken van een ieder was blootgesteld.

Fallow begon overeind te komen en voelde toen een zware druk op zijn schouder. Het was de vrouw naast hem op de bank die probeerde zich langs hem heen te wringen. Hij keek op naar haar gezicht. Het was een toonbeeld van panische verlamming. Ze drong Fallow opzij alsof ze probeerde de laatste trein uit Barcelona te halen. Per ongeluk stapte ze op Ruskins arm. Ze keek omlaag. 'Aaaaaaoeoeh!' Weer zo'n gil. Ze deed nog twee passen. Toen keek ze omhoog naar het plafond. Ze begon langzaam te draaien. Er flitste iets voor Fallows ogen langs. Het was Raphael. Hij dook naar Madame Tacaya's tafel, griste een stoel weg en schoof hem onder de vrouw precies op het moment dat ze flauwviel en in elkaar zakte. Daar zat ze plotseling, buiten kennis, met één arm over de rugleuning van de stoel.

Fallow stond op en stapte over Ruskins lichaam heen en bleef staan tussen Ruskin en de tafel die klaar stond voor Madame Tacaya. Ruskins lichaam lag languit in het gangpad, als een enorme gestrande witte walvis. Raphael stond een halve meter van hem vandaan te praten met de Aziatische lijfwacht met het snoertje in zijn oor. Ze keken alle twee naar de deur. Fallow kon ze *Madame Tacaya Madame Tacaya Madame Tacaya* horen zeggen.

De kleine hufter! 'Wat gaat u nu doen?' vroeg Fallow bars.

'Monsieur,' zei Raphael kwaad, 'we hebben geroepen de politie. De ambulance zal komen. Er is verder niets wat ik kan doen. Er is verder niets wat u kunt doen.'

Hij wenkte naar een kelner, die met een reusachtig dienblad in zijn handen over het lichaam stapte en een tafeltje iets verderop begon te bedienen. Fallow keek naar de gezichten aan de tafeltjes om hem heen. Ze zaten naar het afschuwelijke schouwspel te staren, maar ze deden niets. Op de vloer lag een grote oude man die er heel beroerd aan toe was. Misschien lag hij wel dood te gaan. Dat kon iedereen toch zien die het lukte een blik op zijn gezicht te werpen. In het begin waren ze benieuwd geweest. Gaat hij vlak voor onze neus dood? In het begin hadden ze de opwinding gevoeld van Andermans Rampspoed. Maar nu ging het drama te lang duren. Het geroezemoes van de gesprekken was weggestorven. De oude man zag er weerzinwekkend uit met zijn opengeritste broek en zijn grote dikke blote puilbuik. Hij was een protocollair probleem geworden. Wat hoorde je te doen als er een oude man een meter van je tafeltje vandaan op het tapijt lag dood te gaan? Je diensten aanbieden? Maar er was al een opstopping daar in het gangpad tussen de rijen tafeltjes. De zaal verlaten en hem de ruimte geven en later terugkomen om de maaltijd te voltooien? Maar wat zou de man ermee opschieten als ze de zaal ontruimden? Ophouden met eten tot het drama ten einde was en de oude man uit het zicht was verdwenen? Maar de bestellingen waren geplaatst en het eten werd opgediend, en niets wees op een onderbreking – en deze maaltijd kostte zo'n $150 per persoon, als je de wijn erbij optelde, en het was om te beginnen al geen eenvoudige opgave om een tafeltje in een restaurant als dit te bemachtigen. Je ogen afwenden? Nou, misschien was dat de enige oplossing. Dus wendden ze hun ogen af en keerden terug naar hun schilderachtige gerechten… maar er was iets verdomd deprimerends aan het hele gedoe, want het viel niet mee om je ogen niet om de paar seconden af te laten dwalen en te kijken of, jezus nog aan toe, nou hadden ze dat gevelde gevaarte nog niet afgevoerd. Een man die dood lag te gaan! O, vergankelijkheid! Waarschijnlijk nog een hartaanval ook! Die diepe vrees huisde in het gemoed van praktisch elke man in de eetzaal. De oude aderen slibden micromillimeter voor micromillimeter dicht, dag na dag, maand na maand, van al het malse vlees en de sausjes en het luchtige brood en de wijn en de soufflés en de koffie… En zag het er dan zo uit? Lag je dan op de vloer van een of andere openbare gelegenheid met een blauwe kring rond je mond en met troebele ogen die half open waren en honderd procent dood? Het was een verdomd onappetijtelijk schouwspel. Je werd er onpasselijk van. Het weerhield je ervan te genieten van deze dure hapjes die in zulke leuke plaatsjes op je bord waren geschikt. Zo was nieuwsgierigheid omgeslagen in onbehagen, dat nu omsloeg in wrevel – een gevoel dat door het personeel van het restaurant opgepikt was en verdubbelde en verdriedubbelde in hevigheid.

Raphael zette zijn handen in zijn zij en keek op de oude man neer met een frustratie die aan woede grensde. Fallow kreeg de indruk dat als Ruskin zelfs maar met zijn ogen geknipperd had, de kleine maître d' uitgebarsten was in een reprimande die gelardeerd was met de ijzig koude beleefdheden waarmee dit slag zijn beledigingen inkleedde. Het geroezemoes zwol weer aan. Het lukte de eters eindelijk om niet meer aan het lijk te denken. Maar Raphael niet. *Madame Tacaya kwam eraan.* De kelners sprongen nu nonchalant over het lijk, alsof ze dat elke avond deden, alsof er elke avond een of ander lijk op die plek lag, tot het ritme van de sprong geïntegreerd was in hun zenuwstelsel. Maar hoe kon de keizerin van Indonesië over dit gevaarte heen naar haar tafel geleid worden? Of zelfs maar met zoiets in de nabijheid plaatsnemen? Waar bleef de politie?

Afgrijselijke kinderachtige rot-Yanks, dacht Fallow. Op de belachelijke Heimlich Behandelaar na had niemand een vin verroerd om deze arme ouwe drommel te helpen. Eindelijk arriveerden een politieagent en twee ziekenbroeders van een ambulancedienst. Het lawaai verstomde opnieuw en iedereen keek naar de broeders, een zwarte en een Latino, en naar hun uitrusting, die bestond uit een opvouwbare brancard en een zuurstoftank. Ze deden een zuurstofmasker over Ruskins mond. Aan hun manier van praten hoorde Fallow dat ze geen respons kregen van Ruskin. Ze vouwden de brancard uit en schoven hem onder Ruskins lichaam en snoerden hem erop vast.

Toen ze met de brancard bij de voordeur kwamen, deed zich een storend probleem voor. Ze konden de brancard met geen mogelijkheid door de draaideur krijgen. Nu de brancard niet langer opgevouwen was maar uitgeklapt en met een lichaam erop, was hij te lang. Ze probeerden om een van de vleugels van de deur terug te klappen, maar niemand scheen te weten hoe dat moest. Raphael zei de hele tijd: 'Zet hem rechtop! Rechtop en dan erdoorheen!' Maar blijkbaar was het een ernstige inbreuk op de regels voor het medisch handelen om in het geval van een slachtoffer van een hartaanval het lichaam verticaal te kantelen, en de broeders moesten ook om hun eigen hachje denken. Dus stonden ze daar met z'n allen in de vestibule te overleggen, voor het beeld van *Het zilveren zwijn*.

Raphael begon zijn handen in de lucht te gooien en met zijn voeten te stampen. 'Denken jullie dat ik toesta dat dit' – hij wees naar Ruskins lichaam, zweeg, en gaf het toen op om een passend zelfstandig naamwoord te leveren – 'hier in het restaurant blijft, voor het oog van *tout le monde*? Alstublieft! Kijkt u zelf! Dit is de hoofdingang! Dit is een bedrijf! Hier komen mensen! Madame Tacaya kan elk moment hier zijn!'

De agent zei: 'Goed, rustig maar. Is er nog een andere uitgang?'

Gepraat over en weer. Een kelner had het over het damestoilet, dat aan de straatkant een raam had. De agent en Raphael gingen weer de eetzaal in om die mogelijkheid te onderzoeken. Al gauw kwamen ze terug, en de agent zei: 'Oké, dat moet wel lukken.' Dus nu betraden Raphael, zijn oberkelner, de politieagent, de brancarddragers, een kelner, Fallow en de inerte vleesmassa van Arthur Ruskin de eetzaal weer. Ze liepen door precies hetzelfde gangpad, tussen de tafeltjes langs de muurbank en Madame Tacaya's tafel, waar Ruskin nog geen uur tevoren triomfantelijk doorheen gestapt was. Hij was nog steeds de blikvanger van de optocht, al lag hij nu dus opgebaard. Het lawaai in de zaal nam abrupt af. De eters konden hun ogen niet geloven. Nu kwamen ze met Ruskins geteisterde gezicht en zijn witte pens langs hun tafeltjes paraderen... de lugubere restanten van de geneugten des vlezes. Het was alsof er een soort pest, waarvan ze allemaal gedacht hadden dat hij eindelijk was uitgeroeid, weer in hun midden was uitgebroken, kwaadaardiger dan ooit.

De optocht ging een kleine deur door achter in de eetzaal. De deur kwam uit op een halletje met weer twee deuren, naar het herentoilet en het damestoilet. Het damestoilet had ook weer een halletje, en daarin bevond zich het raam naar de straat. Met aanzienlijke inspanning wisten een kelner en de agent het raam open te krijgen. Raphael trok een sleutelbos te voorschijn en ontsloot het traliehek dat het raam beveiligde. Een koele stoffige wind blies naar binnen. Die was welkom. Door de drom mensen, de levenden en de dode, was het niet om uit te houden in de kleine ruimte.

De agent en een van de broeders klommen door het raam het trottoir op. De andere broeder en de kelner gaven het ene uiteinde van de brancard, waar Ruskins gezicht met de minuut akeliger en grauwer lag te worden, door het raam aan de twee mannen buiten aan. Het laatste dat Fallow zag van het stoffelijk overschot van Arthur Ruskin, veerman van de Arabieren naar Mekka, waren de zolen van zijn handgemaakte Engelse schoenen die verdwenen door het raam van het damestoilet van La Boue d'Argent.

Het volgende moment flitste Raphael langs Fallow het damestoilet uit en weer de eetzaal in. Fallow volgde hem. Toen hij de eetzaal half doorgestoken was, werd Fallow de weg versperd door de oberkelner die zijn tafeltje onder zijn hoede had gehad. Hij gaf Fallow het soort plechtstatige glimlach dat je iemand bij een sterfgeval schenkt. 'Monsieur,' zei hij, nog steeds met die trieste maar vriendelijke glimlach, en hij gaf Fallow een papier. Het zag eruit als een rekening.

'Wat is dit?'

'L'addition, monsieur. De rekening.'

'De rekening?'

'Oui, naturellement. U heeft uw diner besteld, monsieur, en dat is bereid en opgediend. Het spijt ons heel erg van de tegenspoed van uw vriend...' Toen trok hij zijn schouders op en zijn kin omlaag en een gezicht. (Maar daar staan wij verder buiten, en het leven gaat door, en we moeten evengoed ons brood verdienen.)

Fallow was diep geschokt door de onbeschoftheid van de man. Nog veel schokkender echter was de gedachte om een rekening in een restaurant als dit te moeten betalen.

'Als je zo verrekte tuk bent op l'addition,' zei hij, 'dan veronderstel ik dat je dat met de heer Ruskin zult moeten bespreken.' Hij schoot langs de oberkelner in de richting van de deur.

'Daar komt niets van in!' zei de oberkelner. Het was niet langer de flemerige stem van een oberkelner in een chique restaurant. 'Raphael!' gilde hij, en daarop riep hij iets in het Frans. In de vestibule draaide Raphael zich vliegensvlug om en stelde zich op voor Fallow. Hij had een heel strenge uitdrukking op zijn gezicht.

'Een ogenblikje, monsieur!'

Fallow was sprakeloos. Maar op dat moment draaide Raphael zich weer om naar de deur en brak uit in een professionele glimlach. Een grote norse Aziaat met een plat gezicht in een kostuum kwam door de draaideur naar binnen. Zijn ogen priemden heen en weer. Achter hem verscheen een kleine vrouw van een jaar of vijftig met een olijfbruine huid, donkerrode lippen en een reusachtig schild van zwart haar op haar rug. Ze had een lange rode zijden mantel aan met een nauwe opstaande kraag en daaronder een rode zijden avondjapon die tot de vloer reikte. Ze droeg genoeg sieraden om de nacht te doen oplichten.

'Madame Tacaya!' zei Raphael. Hij hield alle twee zijn handen op, alsof hij een boeket ving.

De volgende dag bestond de voorpagina van *The City Light* voor het grootste deel uit vijf gigantische woorden, in het grootste corps dat Fallow ooit in een krant gezien had:

DOOD
OP ZIJN
NEWYORKS

En daarboven, in kleinere letters: SOCIETY-RESTAURANT TEGEN MAGNAAT: 'STERF A.U.B. VOOR MADAME TACAYA KOMT.'

En onderaan de pagina: *Een exclusieve reportage van* THE CITY LIGHT *door onze man aan tafel: Peter Fallow.*

In aansluiting op het hoofdartikel, dat een uitvoerig en gedetailleerd verslag gaf van de avond, tot aan de kelners toe die bedrijvig over het lichaam van Arthur Ruskin heen sprongen, was er een verhaal dat bijna net zoveel aandacht trok. De kop luidde:

GEHEIM DODE MAGNAAT:
KOOSJERE 747's NAAR MEKKA

Tegen de middag kwam de woede van de moslemwereld via de telexdienst van Reuter het kantoor van de Muis binnenratelen. De Muis glimlachte en wreef zich in de handen. Het interview met Ruskin was *zijn idee* geweest.

Met een vreugde die al het geld in de wereld hem niet had kunnen bezorgen neuriede hij in zichzelf: 'Ja, ik ben er eentje van de drukke pers, ik ben er eentje van de drukke pers, ik ben er eentje van de drrrrrukke pers.'

27

Held van de korf

De demonstranten verdwenen net zo snel als ze gekomen waren. De telefonische bedreigingen hielden op. *Maar voor hoelang?* Sherman moest nu een afweging maken tussen de angst om dood te gaan en de gruwel om failliet te gaan. Hij koos de gulden middenweg. Twee dagen na de demonstratie halveerde hij het aantal lijfwachten, één voor het appartement en één voor het huis van zijn ouders. Desalniettemin – *wegbloedend geld!* Vierentwintig uur per dag twee lijfwachten in dienst tegen vijfentwintig dollar per uur per persoon, in totaal $1200 per dag – $438.000 per jaar – hij bloedde dood!

Twee dagen daarna verzamelde hij de moed om een afspraak na te komen die Judy bijna een maand eerder gemaakt had: een diner bij de di Ducci's.

Trouw aan haar belofte had Judy gedaan wat ze kon om hem bij te staan. Evenzeer trouw aan haar belofte hield dit niet in dat ze genegenheid toonde. Ze was als de ene wegenbouwer die door een smerige speling van het lot gedwongen werd tot een verbond met een andere wegenbouwer... Misschien beter dan niets... In die geest planden zij samen hun terugkeer in de Society.

Naar hun oordeel (dat van de Firma McCoy & McCoy) gaf het lange artikel in de *Daily News* van Killians mannetje Flannagan een verklaring van de zaak McCoy die Sherman van elke blaam zuiverde. Dus waarom zouden ze zich verborgen houden? Zouden ze niet de schijn van een normaal leven op moeten houden, hoe openlijker hoe beter?

Maar zou *le monde* – en meer in het bijzonder de zeer elitaire di Ducci's – het ook zo zien? Bij de di Ducci's kregen ze tenminste een kans om er voor te vechten. Silvio di Ducci, die al vanaf zijn eenentwintigste in New York woonde, was de zoon van een Italiaanse fabrikant van remschoenen. Zijn vrouw Kate was geboren en getogen in San Marino, Californië; hij was haar derde vermogende echtgenoot. Judy was de binnenhuisarchitecte die hun appartement had *gedaan*. Uit voorzorg belde ze op en bood aan om af te zien van het diner. 'Als je het waagt!' zei Kate di Ducci. 'Ik reken op jullie komst.' Dit gaf Judy een geweldige oppepper. Sherman kon het op haar gezicht lezen. Maar hemzelf deed het niets. Zijn neerslachtigheid en scepsis waren te hevig voor een beleefd duwtje in de rug van mensen als Kate di Ducci. Het enige dat hij tegen Judy wist te zeggen was: 'We zullen wel zien, hè.'

De lijfwacht in het appartement, Occhioni, ging met de Mercury stationcar naar het huis van zijn ouders om Judy op te pikken en reed weer terug naar Park Avenue om Sherman op te pikken. Toen gingen ze op weg naar het huis van de di Ducci's op Fifth Avenue. Sherman trok de revolver van zijn Wrok uit zijn broeksband en bereidde zich voor op het ergste. De di Ducci's trokken met precies dezelfde kliek op (dezelfde ordinaire lui van buiten New York) als de Bavardages. Bij de Bavardages hadden ze hem met de nek aangekeken, al was zijn goede naam toen nog niet aangetast. Wat zouden ze nu voor hem in petto hebben, met hun combinatie van lompheid, grofheid, geslepenheid en chique? Hij hield zichzelf voor dat het hem al lang niets meer kon schelen wat ze van hem dachten. Het was zijn bedoeling – hun bedoeling (die van McCoy & McCoy) – om de wereld te tonen dat ze, aangezien ze niets op hun geweten hadden, gewoon door konden gaan met hun leven. Het was zijn grootste angst dat het op iets uit zou draaien waaruit zou blijken dat ze het verkeerd hadden, namelijk een akelige scène.

De hal van de di Ducci's had niets van de pracht en praal van die van de Bavardages. In plaats van Ronald Vine's ingenieuze combinaties van materialen, van zijde en hennep en verguld hout en jute, verried de hal van de di Ducci's Judy's zwak voor plechtstatigheid en voornaamheid: marmer, gecanneleerde pilasters, reusachtige klassieke kroonlijsten. Toch was de hal evenzeer van een andere eeuw (de achttiende) en was hij gevuld met dezelfde zwermen Society Schimmen, Limoen Taarten en mannen met donkere stropdassen; hetzelfde gegrijns, hetzelfde gelach, dezelfde 300 watt-ogen, hetzelfde verheven geleuter en extatische klep-klep-klep gekwebbel. Kortom, de korf. De bijenkorf! – de bijenkorf! – het vertrouwde gegons golfde om Sherman heen, maar het resoneerde niet langer in zijn botten. Hij luisterde ernaar, en vroeg zich af of het gezoem van de korf door zijn bezoedelde aanwezigheid zou verstommen, midden in een zin, midden in een grijns, midden in een bulderend gelach.

Een uitgemergelde vrouw maakte zich los uit een van de zwermen en kwam met een glimlach op hen af... Uitgemergeld maar ongelooflijk mooi... Hij had nog nooit zo'n mooi gezicht gezien... Haar lichte goudblonde haar zat in een zwier naar achteren. Ze had een hoog voorhoofd en een gezicht zo blank en glad als porselein, en toch met grote, sprankelende ogen en een mond met een sensuele – nee, meer dan dat – een *uitdagende* glimlach. Heel uitdagend! Toen ze hem bij zijn arm pakte, voelde hij een tinteling door zijn lendenen gaan.

'Judy! Sherman!'

Judy omhelsde de vrouw. In alle oprechtheid zei ze: 'O, Kate, je bent zo lief. Je bent zo geweldig.' Kate di Ducci haakte haar arm in die van Sherman en trok hem naar zich toe, zodat ze met z'n drieën een sandwich vormden, met Kate di Ducci tussen de twee McCoy's in.

'Je bent meer dan lief,' zei Sherman. 'Je bent moedig.' Opeens realiseerde hij zich dat hij met die vertrouwelijke bariton sprak die hij gebruikte als hij zin had in het oude spelletje.

'Doe niet zo mal!' zei Kate di Ducci. 'Als jullie niet gekomen waren, jullie alle twee, was ik heel, heel boos geworden! Kom mee, ik wil jullie aan wat mensen voorstellen.'

Sherman merkte met ontsteltenis dat ze hen naar een conversatieboeket leidde dat gedomineerd werd door de lange aristocratische gestalte van Nunnally Voyd, de schrijver die op het diner bij de Bavardages geweest was. Een Schim en twee mannen in marineblauwe pakken, witte overhemden en marineblauwe stropdassen stonden de grote auteur met brede gezelligheidsgrijnzen aan te stralen. Kate di Ducci stelde iedereen aan elkaar voor en leidde Judy toen de hal uit en de grote salon in.

Sherman hield zijn adem in, erop voorbereid dat hij beledigd of, op zijn best, genegeerd zou worden. Maar ze bleven alle vier breeduit glimlachen.

'Zo, meneer McCoy,' zei Nunnally Voyd met een Engels aandoend accent, 'ik moet zeggen dat ik de laatste paar dagen meer dan eens aan u gedacht heb. Welkom in het legioen der vervloekten, nu u geheel en al verslonden bent door de fruitvliegjes.'

'De fruitvliegjes?'

'De pers. Ik vind het hoogst amusant, al dit gevors in de ziel waar deze... *insekten* zich mee bezighouden. "Zijn we te agressief, te koelbloedig, te meedogenloos?" – alsof de pers een roofdier zou zijn, een tijger. Ik denk dat ze graag voor bloeddorstig aangezien worden. Dat noem ik zichzelf lof toezwaaien door zich de grond in te boren. Ze hebben het verkeerde beest voor ogen. In wezen zijn het fruitvliegjes. Als ze eenmaal de geur oppikken, blijven ze in een zwerm rondcirkelen. Als je naar hen uithaalt met je hand *bijten* ze daar niet in maar vluchten ze weg, en je hebt je kont nog niet gekeerd of ze zijn weer terug. Het zijn fruitvliegjes. Maar dat hoef ik u vast niet te vertellen.'

Sherman was dankbaar, ondanks het feit dat deze grote literator zijn benarde situatie gebruikte als een voetstuk waarop hij deze gezochte entomologische metafoor kon plaatsen, deze compositie die er bij de presentatie wat muf uitkwam. In zeker opzicht was Voyd inderdaad een broeder, een medelegionair. Er stond hem iets bij – hij had nooit veel belangstelling gehad voor literaire roddels – dat Voyd eens gestigmatiseerd was als homoseksueel of biseksueel. Er was een soort gekibbel ontstaan dat veel aandacht in de media had gekregen... Hoe hoogst onrechtvaardig! Hoe waagden deze... *insekten* het deze man lastig te vallen die, al deed hij misschien wat gemaakt, zo ruim van geest was, zo open voor de mens en zijn beperkingen. En wat dan nog als hij *echt* een... nicht was? Dat woord *nicht* kwam spontaan in zijn hoofd op. (Jazeker, het is waar. Een conservatief die gearresteerd is, wordt vanzelf progressief.)

Door zijn nieuwe broeder vatte Sherman moed en vertelde hij hoe de vrouw met het paardegezicht een microfoon in zijn gezicht geduwd had toen hij en Campbell uit de flat kwamen en hoe hij een zwaai met zijn arm had gegeven, louter om het ding uit zijn gezicht te krijgen – en nu had de vrouw een aanklacht tegen hem ingediend! Ze had staan krijsen, dreinen en jammeren – en eiste een schadevergoeding van $500.000!

Iedereen in het boeket, zelfs Voyd, stond hem recht aan te kijken, ging helemaal in hem op met een stralende gezelligheidsgrijns.

'Sherman! Sherman! Verdomme!' Een bulderende stem... Hij keek om zich heen... Een reusachtige jonge kerel kwam op hem af... Bobby Shaflett... Hij had zich losgemaakt uit een ander boeket en kwam met een grijns als een hooischuur op zijn gezicht op hem af. Hij stak zijn hand uit en Sherman schudde die en de Gouden Hillbilly galmde: 'Je hebt verdorie wel een hoop opschudding veroorzaakt sinds ik je de laatste keer zag! Godnondeju nou, je bent wel bezig geweest!'

Sherman wist niet wat hij moest zeggen. Het bleek dat hij helemaal niets hoefde te zeggen.

'Ik ben vorig jaar in Montreal gearresteerd,' zei de Getapte Tenor met duidelijke voldoening. 'Daar heb je vast wel wat over gelezen.'

'Eh, nee... ik geloof het niet.'

'Niet?'

'Nee – waarom in 's hemelsnaam – waar werd je voor gearresteerd?'

'TEGEN EEN BOOM PISSEN!' Hah hah hah hah hah hah hah hah hah hah hah! 'Dat pruimen ze niet echt in Montreal, als je midden in de nacht tegen hun bomen piest, tenminste niet vlak buiten 't hotel!' Hah hah hah hah hah hah hah hah hah hah!

Sherman staarde onthutst naar zijn stralende gezicht.

'Ze hebben me in de nor gegooid! Schennis der eerbaarheid! TEGEN EEN BOOM PISSEN!' Hah hah hah hah hah hah hah hah! Hij kwam wat tot bedaren. 'Weet je,' zei hij, 'ik was nog nooit in de gevangenis geweest. Wa von jij d'r van?'

'Niet veel zaaks,' zei Sherman.

'Ik weet wat je bedoelt,' zei Shaflett, 'maar 't viel allemaal best mee. Ik had al die verhalen gehoord over wat de andere gevangenen met je uithalen in de nor?' Hij sprak dit uit alsof het een vraag was. Sherman knikte. 'Wil je weten wat ze met me uitgehaald hebben?'

'Wat?'

'Ze gaven me appels!'

'Appels?'

'Zeker weten. De eerste maaltijd die ik 'r kreeg was zo slecht da'k 'm nie naar binnen kon krijgen – en ik ben gek op eten! Ik kon enkel de appel opkrijgen die d'r bij zat. En weet je wat? D'r werd rondverteld da'k alleen die appel op had, en toen stuurden ze me allemaal hun appels, alle andere gevangenen. Ze gaven ze door, van hand tot hand, door de tralies, tot ze bij mij waren. Tegen da'k d'r uit mocht, stak enkel m'n kop nog uit die stapel appels!' Hah hah hah hah hah hah hah hah hah hah hah!

Aangemoedigd door dit rooskleurige beeld dat van het verblijf in de gevangenis gegeven werd, vertelde Sherman over de Portoricaan in de arrestantencel die had gezien hoe hij met zijn handboeien aan door de televisieploegen gefilmd werd en wilde weten waar hij voor gearresteerd was. Hij vertelde hoe zijn antwoord, 'Roekeloze onachtzaamheid', de man klaarblijkelijk teleurgesteld had en hoe hij daarom tegen de volgende die het vroeg gezegd had: 'Doodslag.' (De zwarte jongen met het kaalgeschoren hoofd... Hij voelde een steek van zijn angst van toen... Dit vertelde hij niet.) Gretig staarden ze hem

aan, het hele boeket – zijn boeket – de vermaarde Bobby Shaflett en de vermaarde Nunnally Voyd, en ook de drie andere gezellige zielen. Ze keken zo
geboeid, zo in verwachtingsvolle vervoering! Sherman voelde een onweerstaanbare drang om zijn oorlogsverhaal nog wat aan te dikken. Dus verzon hij
een derde celgenoot. En toen deze hem vroeg waar hij voor zat, zei hij:
'Tweedegraads moord.'

'Ik raakte door de misdrijven heen,' zei de avonturier, Sherman McCoy.

Hah hah hah hah hah hah hah hah, lachte Bobby Shaflett.

Hi hi hi hi hi hi hi hi hi hi, lachte Nunnally Voyd.

Ho ho ho ho ho ho ho, lachten de Schim en de twee mannen in marineblauwe
pakken.

Huh huh huh huh huh huh huh huh huh, lachte Sherman McCoy, alsof zijn verblijf
in de arrestantencel op niets meer was neergekomen dan een oorlogsverhaal
in het leven van een man.

Net als in de eetkamer van de Bavardages stonden er in die van de di Ducci's
twee ronde tafels, en midden op elke tafel stond een creatie van Huck Thigg,
de bloemist. Voor deze avond had hij twee dwergboompjes gecreëerd, niet
meer dan veertig centimeter hoog, uit verhoute ranken van blauweregen.
Aan de takken van de boompjes zaten talloze stralend blauwe gedroogde
korenbloemen gelijmd. Elk boompje stond in een wei van ongeveer dertig
centimeter in het vierkant met echte boterbloemen die zo dicht gezaaid waren dat ze tegen elkaar aanstonden. Rond elke wei stond een miniatuurhekje
gemaakt van taxusplankjes. Dit keer had Sherman echter geen gelegenheid
om het kunstenaarschap van de gevierde jonge heer Thigg te bestuderen. In
plaats van dat hij verlegen zat om een gesprekspartner domineerde hij nu een
groot deel van de tafel. Links naast hem zat een vermaarde Society Schim met
de naam Red Pitt, *sotto voce* bekend als Bodemloze Put omdat ze zo weergaloos
uitgeteerd was dat haar glutei maximi en het omliggende weefsel – in de
volksmond haar kont dus – geheel en al verdwenen leek te zijn. Je had een
loodlijn neer kunnen laten van haar onderrug naar de vloer. Links van haar
zat Nunnally Voyd, en links van hem Lily Bradshaw, een Schim die in onroerend goed deed. Rechts van Sherman zat een Limoen Taart die Jacqueline
Balch heette en de derde vrouw was van Knobby Balch, erfgenaam van het
Colonoid-fortuin, een indigestiemedicijn. Rechts van haar zat niemand minder dan Baron Hochswald, en rechts van hem Kate di Ducci. Gedurende het
grootste deel van het diner waren al deze zes mannen en vrouwen uitsluitend
afgestemd op de heer Sherman McCoy. Misdaad, Economie, God, Vrijheid,
Onsterfelijkheid – waarover McCoy van de Zaak McCoy ook wenste te praten, de tafel luisterde, zelfs zo'n bedreven, egoïstisch en niet af te stoppen
causeur als Nunnally Voyd.

Voyd zei dat het hem verrast had dat er zulke gigantische bedragen verdiend konden worden met obligaties – en Sherman besefte dat Killian gelijk
had: de pers had de indruk gewekt dat hij een financiële titaan was.

'Eerlijk gezegd,' zei Voyd, 'heb ik de obligatiehandel altijd beschouwd
als... eh... nogal *miezerig gedoe.'*

Sherman glimlachte met de zuinige glimlach van iemand die een groot goddelijk geheim kent. 'Tien jaar geleden,' zei hij, 'zou u gelijk gehad hebben. Ze noemden ons toen de "obligatie-obligaten".' Hij glimlachte weer. 'Die term heb ik lange tijd niet meer gehoord. Vandaag de dag gaat er denk ik vijf maal zoveel geld om in obligaties als in aandelen.' Hij wendde zich tot Hochswald die naar voren leunde om het gesprek te volgen. 'Denkt u ook niet, Baron?'

'O ja, zeker,' zei de oude man, 'dat geloof ik wel ja.' En toen zweeg de baron – om te kunnen horen wat de heer McCoy te zeggen had.

'Alle overnames, verkopen, fusies – dat wordt allemaal met obligaties gedaan,' zei Sherman. 'De staatsschuld? Een biljoen dollar? Waar denken jullie dat die uit opgebouwd is? Allemaal obligaties. Elke keer dat de rentevoet schommelt – naar boven of naar beneden, dat maakt niet uit – vallen er kleine kruimels van de obligaties, en die blijven vastzitten in de scheuren in het trottoir.' Hij zweeg en glimlachte zelfverzekerd... en vroeg zich af... waarom hij deze verfoeide frase van Judy gebruikt had... Hij gniffelde en zei: 'Het belangrijkste is om niet je neus op te halen voor die kruimels, want er zijn er miljarden en miljarden. Geloof me, bij Pierce & Pierce vegen we ze heel vlijtig op.' *We!* – bij *Pierce & Pierce!* Zelfs de kleine Taart rechts van hem, Jacqueline Balch, knikte bij dit alles alsof ze het begreep.

Red Pitt, die prat ging op haar botheid, zei: 'Zegt u mij nou eens, meneer McCoy, zegt u eens – nou, ik zal het maar recht voor z'n raap vragen: Wat is er nou *echt* gebeurd daar in de Bronx?'

Nu leunden ze allemaal naar voren en staarden als in trance naar Sherman. Sherman glimlachte. 'Mijn advocaat zegt dat ik geen woord mag zeggen over wat er voorgevallen is.' Toen leunde hij zelf naar voren en keek naar rechts en toen naar links en zei: 'Maar, strikt *entre nous*, het was een poging om mij te beroven. Het was letterlijk een auto-overval.'

Ze leunden nu allemaal zo ver naar voren dat het wel een samenzwering leek rond Huck Thiggs blauweregenboompje in de boterbloemenwei.

Kate di Ducci zei: 'Waarom kun je dat niet openlijk zeggen, Sherman?'

'Daar kan ik niet op ingaan, Kate. Maar één ding kan ik jullie wèl vertellen: ik heb *niemand* aangereden met mijn auto.'

Niemand zei een woord. Ze waren gebiologeerd. Sherman wierp een tersluikse blik op Judy aan de andere tafel. De vier mensen om haar heen, twee aan elke kant, onder wie hun kleine vosachtige gastheer Silvio di Ducci, waren helemaal op haar gefixeerd. McCoy & McCoy. Sherman drukte door:

'Ik kan jullie een heel goeie raad geven. Raak *nooit*... verstrikt... in het *strafrechtelijk apparaat*... in deze stad. Als je eenmaal verstrikt raakt in die molen, enkel de *molen*, heb je verloren. De enige vraag die er dan nog overblijft is *hoeveel* je gaat verliezen. Zodra je in een cel komt – zelfs nog voor je de kans hebt gehad om te verklaren dat je onschuldig bent – word je een nummer. Dan besta je niet meer.'

Een diepe stilte om hem heen... Die blik in hun *ogen!*... Ze bedelden om oorlogsverhalen!

Dus vertelde hij hun over de kleine Portoricaan die alle nummers kende. Hij vertelde hun over de hockeywedstrijd met de levende muis en hoe hij (de

470

held) de muis gered had en hem de cel uit gegooid had, waarop een smeris het beestje met zijn hak had vermorzeld. Zelfverzekerd wendde hij zich tot Nunnally Voyd en zei: 'Ik meen dat dat onder het kopje metaforen valt, meneer Voyd.' Hij glimlachte wijs. 'Een metafoor voor het hele gebeuren.'

Toen keek hij naar rechts. De lieftallige Limoen Taart slurpte elk woord van hem op. Hij voelde weer de tinteling in zijn lendenen.

Na het diner was het een hele zwerm die zich in de bibliotheek van de di Ducci's om Sherman McCoy verzamelde. Hij onderhield hen met het verhaal van de agent die hem steeds door de metaaldetector liet lopen.

Silvio di Ducci viel in: 'Kunnen ze je *dwingen* om dat te doen?'

Sherman realiseerde zich dat hij in het verhaal een beetje te meegaand leek, waardoor zijn nieuwe status van een man die het vuur van de hel had getrotseerd werd ondergraven.

'Ik heb een overeenkomst met hen gesloten,' zei hij. 'Ik zei: "Oké, jij mag aan je maat laten zien hoe ik het alarm af laat gaan, maar dan moet jij iets voor mij doen. Je moet me uit dat klote"' – dat *klote* zei hij heel zacht, om aan te geven dat, zeker, hij wist dat het van slechte smaak getuigde, maar dat onder de omstandigheden het woordelijke citaat vereist was – '"varkenskot zien te krijgen."' Hij wees veelbetekenend met zijn vinger, alsof hij naar de arrestantencel in de Centrale Registratie in de Bronx wees. 'En het heeft de moeite geloond. Ze hebben me er snel uitgehaald. Anders had ik de nacht op Rikers Island door moeten brengen, en dat, heb ik de indruk, is... *geen... pretje.*'

Elke Taart in de zwerm kon hij krijgen, als hij wilde.

Toen de lijfwacht, Occhioni, hen naar het huis van zijn ouders reed om Judy daar af te zetten, was het Sherman die in een sociale roes verkeerde. Tegelijkertijd was hij in de war. Wie *waren* die mensen eigenlijk?

'Het is toch ironisch, hè,' zei hij tegen Judy. 'Ik heb deze vrienden van jou nooit gemogen. Ik denk dat je dat wel in de gaten hebt gehad.'

'Er was niet veel voor nodig om dat in de gaten te hebben,' zei Judy. Ze glimlachte niet.

'En toch zijn dat de enige mensen die me sinds dit hele gedoe begonnen is fatsoenlijk behandeld hebben. Het is duidelijk dat mijn zogenaamde oude vrienden willen dat ik zo goed ben om te verdwijnen. Deze mensen, deze mensen die ik niet eens ken, hebben me behandeld als een levend mens.'

Op dezelfde gereserveerde toon zei Judy: 'Je bent beroemd. Volgens de kranten ben je een rijke aristocraat. Je bent een magnaat.'

'Alleen volgens de kranten?'

'O, denk je opeens dat je rijk bent?'

'Jazeker, ik ben een rijke aristocraat met een fabelachtig appartement van een beroemd ontwerpster.' Hij wilde haar lijmen.

'Ha.' Zachtjes, bitter.

'Het is wel pervers, vind je niet? Twee weken geleden toen we bij de Bavardages waren werd ik straal genegeerd door deze zelfde mensen. Nu word ik over elke krant uitgesmeerd – *uitgesmeerd!* – en kunnen ze niet genoeg van me krijgen.'

Ze wendde haar blik van hem af en keek naar buiten. 'Je bent gauw tevreden.' Haar stem was net zo ver weg als haar starende blik.

McCoy & McCoy sloten de zaak voor de nacht.

'Wa hebbe we vandaag, Sheldon?'

De burgemeester had de woorden nog niet uitgesproken of hij had er al spijt van. Hij wist wat zijn miezerige secretaris zou gaan zeggen. Het was onontkoombaar, en dus zette hij zich schrap voor dat verachtelijke zinnetje, en ja hoor, daar kwam het al.

'Hoofdzakelijk speldjes voor zwarte heldjes,' zei Sheldon. 'Bisschop Bottomley zit op u te wachten, en er zijn een stuk of tien verzoeken om commentaar van u op de zaak McCoy.'

De burgemeester wilde protesteren, zoals hij al vaker gedaan had, maar in plaats daarvan wendde hij zich af en keek uit het raam, in de richting van Broadway. Het kantoor van de burgemeester lag op de begane grond, een kleine maar smaakvol ingerichte kamer op de hoek met een hoog plafond en voorname ramen met zijvenstertjes. Het uitzicht over het kleine parkje rond het stadhuis werd bedorven door de aanwezigheid van rijen blauwe dranghekken op de voorgrond, vlak buiten het raam. Ze stonden daar permanent opgeslagen op het gras – of eigenlijk op kale plekken waar ooit gras gestaan had – klaar voor gebruik als er demonstraties uitbraken. Die braken voortdurend uit. Als dat gebeurde, maakte de politie een grote blauwe afzetting van de dranghekken, en kon hij uitzien op de brede achterwerken van de agenten die oog in oog stonden met weer zo'n haveloze horde demonstranten die aan de andere kant van de afzetting stonden te mekkeren. Wat droegen die agenten een verbazingwekkende collectie spullen op hun rug! Wapenstokken, gummiknuppels, zaklantaarns, handboeien, patronen, verbaliseerboekjes, walkie-talkies. Hij zat doorlopend te staren naar de logge rommelige ruggen van agenten, terwijl diverse groepen ontevredenen schreeuwden en brulden, allemaal ten behoeve van de televisie, uiteraard.

Speldjes voor zwarte heldjes speldjes voor zwarte heldjes speldjes voor zwarte heldjes speldjes voor zwarte heldjes. Het verachtelijke zinnetje speelde nu door zijn hoofd. *Speldjes voor zwarte heldjes* was een bescheiden manier om vuur met vuur te bestrijden. Elke ochtend ging hij van zijn kantoor naar de Blauwe Kamer waar hij, te midden van de portretten van politici met kale hoofden uit vervlogen tijden, speldjes en onderscheidingen uitdeelde aan groepen burgers en leraren en bekroonde scholieren en dappere inwoners en onzelfzuchtige vrijwilligers en diverse andere ploegers en zwoegers van de stadsakkers. In deze zorgelijke tijden, en gezien de kant die de opiniepeilingen opgingen, was het wijs en waarschijnlijk goed om zoveel mogelijk zwarten uit te kiezen om deze trofeeën en retorische hulde in ontvangst te nemen, maar het was niet wijs en niet goed dat Sheldon Lennert, deze dwerg met zijn absurd kleine hoofd en zijn vloekende geruite overhemden, colbertjes en broeken, de procedure 'speldjes voor zwarte heldjes' noemde. De burgemeester had de uitdrukking ook al horen gebruiken door een paar mensen van de gemeentelijke voorlichtingsdienst. Als de zwarte leden van zijn staf het nou eens hoorden? Misschien zouden ze er wel om lachen. Maar inwendig zouden ze niet lachen.

Maar nee... Sheldon bleef 'speldjes voor zwarte heldjes' zeggen. Hij wist dat de burgemeester er een gloeiende hekel aan had. Sheldon had boosaardige trekjes, net als een hofnar. Naar buiten toe was hij zo trouw als een hond. Onder de oppervlakte leek het wel of hij de helft van de tijd de spot met hem dreef. De woede van de burgemeester nam toe.

'Sheldon, ik heb je gezegd dat ik die uitdrukking niet meer wil horen in dit kantoor!'

'Oké, oké,' zei Sheldon. 'Wat gaat u nou zeggen als ze naar de zaak McCoy vragen?'

Sheldon wist altijd precies hoe hij hem af moest leiden. Dan kwam hij aanzetten met iets waarvan hij wist dat het de burgemeester in grote verwarring bracht, iets dat hem het meest afhankelijk maakte van Sheldons kleine maar wonderbaarlijk kwieke geest.

'Ik weet niet,' zei de burgemeester. 'In 't begin leek het een uitgemaakte zaak. We hadden die vent van Wall Street te pakken die een zwarte scholier aanrijdt en 'm smeert. Maar nu blijkt dat er nog een tweede zwarte jongen bij was, en da's een crackdealer, en misschien was het wel een poging om die man te beroven. Ik denk dat ik maar kies voor de justitiële aanpak. Ik eis een volledig onderzoek en een zorgvuldige afweging van het bewijsmateriaal. Goed?'

'Fout,' zei Sheldon.

'Fout?' Het was verbijsterend zo vaak als Sheldon inging tegen wat voor de hand lag – en later volstrekt gelijk bleek te hebben.

'Fout,' zei Sheldon. 'De zaak McCoy is voor de zwarte gemeenschap een soort toetssteen geworden. 't Is net zoiets als met bedrijven die zich terugtrekken uit Zuid-Afrika. Daar zitten gewoon geen twee kanten aan. Zodra je aanvoert dat er twee kanten aan zouden kunnen zitten, ben je niet neutraal meer, dan ben je bevooroordeeld. Dat geldt ook voor deze zaak. De enige vraag is: is het leven van een zwarte evenveel waard als dat van een blanke? En het enige antwoord is: blanke kerels zoals deze McCoy van Wall Street, die in een Mercedes-Benz rijden, kunnen niet zomaar veelbelovende zwarte scholieren overrijden en ervandoor gaan omdat het niet gelegen komt om te stoppen.'

'Maar dat is bullshit, Sheldon,' zei de burgemeester. 'We weten nog niet eens zeker wat er precies gebeurd is.'

Sheldon haalde zijn schouders op. 'Meer weten we toch niet? Dat is gewoon de enige lezing waar Abe Weiss 't over wil hebben. Hij springt met deze zaak om alsof-ie goddomme Abe Lincoln is.'

'Is Weiss hiermee begonnen?' De gedachte verontrustte de burgemeester, want hij wist dat Weiss altijd met het idee had rondgelopen om zelf een gooi te doen naar het burgemeesterschap.

'Nee, Bacon is ermee begonnen,' zei Sheldon. 'Op de een of andere manier heeft hij contact gelegd met die dronkelap van *The City Light*, die Brit, Fallow. Zo is 't begonnen. Maar nu is 't aangeslagen. 't Is nu boven Bacon en z'n bende uitgestegen. Zoals ik zeg, de kwestie is een toetssteen. Weiss heeft een verkiezingsstrijd voor de boeg. U ook.'

De burgemeester dacht even na. 'Wat voor naam is McCoy? Iers?'

'Nee, hij is een Wasp.'

'Wat voor figuur is-ie?'

'Rijke Wasp. Door en door. Al de goeie scholen, Park Avenue, Wall Street, Pierce & Pierce. Z'n vader was vroeger het hoofd van Dunning Sponget & Leach.'

'Heeft-ie op mij gestemd? Voor zover je weet?'

'Niet dat ik weet. U kent deze lui toch. Ze denken niet eens aan plaatselijke verkiezingen, want het heeft geen ene moer zin om bij verkiezingen in New York City op de Republikeinen te stemmen. Ze doen mee aan de presidents-verkiezingen en aan de senaatsverkiezingen. Ze kletsen over de Federal Reserve Bank en de aanbodzijde van de economie en al dat gelul.'

'Unnnh-hunnnh. Nou, wat moet ik dan zeggen?'

'U eist een volledig en diepgaand onderzoek van McCoy's rol in deze tragische gebeurtenis en, mocht dat nodig zijn, de benoeming van een speciale aanklager. Door de gouverneur. "Mocht dat nodig zijn," zegt u, "als de feiten niet allemaal boven tafel komen." Op die manier geeft u Abe een steek onder water zonder dat u z'n naam noemt. U zegt dat het recht geen onderscheid des persoons mag maken. U zegt dat niet geduld mag worden dat deze zaak vanwege McCoy's rijkdom en hoge positie anders behandeld wordt dan wanneer Henry Lamb McCoy had overreden. Daarna zegt u de moeder van de jongen – Annie heet ze geloof ik – zegt u de moeder van de jongen uw volledige steun en medewerking toe om degene die deze weerzinwekkende daad gepleegd heeft voor het gerecht te brengen. U kunt het er niet dik genoeg opleggen.'

'Nogal hard tegenover die McCoy, hè?'

'Da's uw schuld niet,' zei Sheldon. 'Die vent heeft de verkeerde jongen geraakt in 't verkeerde stuk van de stad achter het stuur van 't verkeerde merk auto met de verkeerde vrouw, niet z'n echtgenote, naast zich in 't kuipstoeltje. Echt mooi staat-ie d'r niet op.'

De hele toestand zat de burgemeester niet lekker, maar Sheldons intuïtie bleek altijd onfeilbaar in dit soort onoverzichtelijke gevallen. Hij dacht nog wat verder na. 'Oké,' zei hij, 'ik moet toegeven dat je gelijk hebt. Maar zorgen we dan niet dat Bacon er mooi op staat? Ik haat die klootzak.'

'Tja, maar hij heeft al 'n home-run gescoord met deze zaak. Dat kunt u niet meer veranderen. Het enige wat u kunt doen is met de stroom meedrijven. Het duurt niet meer zo lang tot november, en als u een foute zet doet in de zaak McCoy kan Bacon u echt 't leven zuur maken.'

De burgemeester schudde zijn hoofd. 'Je zal wel gelijk hebben. We zetten de Wasp tegen de muur.' Hij schudde weer met zijn hoofd, en zijn gezicht betrok. 'De stomme hufter... Waar was-ie in godsnaam mee bezig om 's avonds rond te gaan karren op Bruckner Boulevard in een Mercedes-Benz? Sommige mensen zijn gewoon vastbesloten om zichzelf in de nesten te werken. Hij heeft erom gevraagd. 't Zit me nog steeds niet lekker – maar je hebt gelijk. Hoe 't ook met 'm afloopt, hij heeft erom gevraagd. Oké, dat wat McCoy betreft. Nou bisschop hoe-heet-ie-ook-weer, wat wil die?'

'Bottomley. Het gaat om die Episcopale kerk, de St. Timothy Kerk. De bisschop is zwart, trouwens.'

'De Episcopalen hebben een zwarte bisschop?'

'O, maar die zijn heel progressief,' zei Sheldon, en rolde met zijn ogen. 'Het had net zo makkelijk een vrouw kunnen zijn of een sandinist. Of een lesbienne. Of een lesbische sandiniste.'

De burgemeester schudde nog wat met zijn hoofd. Hij vond de christelijke kerken niet te geloven. Toen hij klein was, waren de *gojim* allemaal katholiek, tenzij je de *schwartzer* meetelde, wat niemand deed. Die waren het zelfs niet waard om *gojim* genoemd te worden. De katholieken had je in twee soorten, Ieren en Italianen. Ieren waren dom en hielden van vechten en anderen pijn doen. Italianen waren dom en slonzig. Beide waren ze onaangenaam, maar de indeling was gemakkelijk genoeg te bevatten. Pas toen hij studeerde drong het tot hem door dat er nog een heel ander stel *gojim* was, de protestanten. Hij zag er nooit een. Er waren alleen joden, Ieren en Italianen op de universiteit, maar hij hoorde verhalen over hen, en hij kwam tot de ontdekking dat een aantal van de beroemdste mensen in New York tot dit slag *gojim* behoorde, protestanten als de Rockefellers, de Vanderbilts, de Roosevelts, de Astors, de Morgans. De term *Wasp*, voor blanke Angelsaksische protestanten, werd pas veel later uitgevonden. De protestanten waren verdeeld in zo'n maf zootje sekten dat niemand ze uit elkaar kon houden. Het was allemaal heel goddeloos en griezelig, als het niet bespottelijk was. Ze vereerden allemaal een of andere obscure jood van de andere kant van de wereld. Dat deden de Rockefellers! En zelfs de Roosevelts! Heel griezelig was het, en toch stonden deze protestanten aan het hoofd van de grootste advocatenkantoren, de banken, de beleggingsfirma's, de grote bedrijven. Hij zag die mensen nooit in levende lijve, behalve bij feestelijkheden. Voor de rest bestonden ze niet in New York. Ze kwamen zelfs nauwelijks voor in de verkiezingspolls. In absolute cijfers waren ze te verwaarlozen – en toch waren ze er. En nu had een van deze sekten, de Episcopalen, een zwarte bisschop. Je kon grapjes maken over de Wasps, en dat deed hij vaak met zijn vrienden, maar toch waren ze niet zozeer grappig als wel griezelig.

'En die kerk,' zei de burgemeester, 'heeft iets met Monumentenzorg te maken?'

'Precies,' zei Sheldon. 'De bisschop wil de St. Timothy Kerk verkopen aan een projectontwikkelaar, omdat het ledental terugloopt en de kerk een hoop geld kost, wat klopt. Maar vanuit de bevolking wordt er forse druk op de Monumentencommissie uitgeoefend om er een monument van te maken zodat niemand iets aan 't gebouw mag veranderen, ook de eventuele koper niet.'

'Is 't een integere kerel?' vroeg de burgemeester. 'Waar gaat 't geld naar toe als ze de kerk verkopen?'

'Ik heb nog nooit gehoord dat-ie niet integer zou zijn,' zei Sheldon. 'Hij is een geleerd geestelijke. Hij heeft op Harvard gezeten. Daarom kan-ie nog wel inhalig zijn, lijkt me, maar ik heb geen reden om aan te nemen dat-ie dat is.'

'Unnh-hunh.' De burgemeester kreeg plotseling een idee. 'Goed, laat 'm maar binnenkomen.'

Bisschop Warren Bottomley bleek een van die erudiete wellevende zwarten te zijn die onmiddellijk het Aureool Effect teweegbrengen in de ogen van blanken die niet wisten wat ze moesten verwachten. Even was de burgemeester zelfs geïntimideerd, zo dynamisch was de bisschop. Hij was knap, slank, een jaar of vijfenveertig, atletisch gebouwd. Hij had een welwillende glimlach, glinsterende ogen, een stevige handdruk, en het predikantenkostuum dat hij droeg had veel weg van dat van een katholieke priester maar zag er duur uit. En hij was groot, veel groter dan de burgemeester, die nogal gevoelig was op het punt van zijn kleine gestalte. Toen ze eenmaal gezeten waren kreeg de burgemeester weer oog voor de verhoudingen en dacht hij na over zijn idee. Ja, bisschop Warren Bottomley zou geknipt zijn.

Na een paar goed geplaatste aardigheden over de luisterrijke politieke carrière van de burgemeester begon de bisschop de benarde financiële situatie van de St. Timothy Kerk te schetsen.

'Ik heb uiteraard begrip voor de bezorgdheid van de mensen van de gemeenschap,' zei de bisschop. 'Zij voelen niets voor een groter gebouw of een ander soort gebouw.'

Helemaal geen zwart accent, dacht de burgemeester. Hij scheen tegenwoordig voortdurend zwarte mensen zonder accent tegen het lijf te lopen. Hij voelde zich lichtelijk schuldig door het feit dat het hem opviel, maar hij merkte het evengoed.

'Maar van deze mensen zijn er maar heel weinig lid van de St. Timothy Kerk,' vervolgde de bisschop, 'wat natuurlijk precies het probleem is. Er komen nog geen vijfenzeventig vaste leden in een ontzaglijk gebouw, dat tussen haakjes geen architectonische waarde heeft. De architect was een zekere Samuel D. Wiggins, een tijdgenoot van Cass Gilbert, die geen enkel spoor in het zand van de architectuurgeschiedenis heeft achtergelaten, voor zover ik kan nagaan.'

Door deze terloopse verwijzing raakte de burgemeester nog meer geïntimideerd. Kunst en architectuur waren niet zijn sterkste kanten.

'Eerlijk gezegd, meneer de burgemeester, heeft de St. Timothy Kerk niet langer een functie voor de gemeenschap omdat hij daartoe de positie ontbeert, en wij zijn van mening dat het van veel groter nut zou zijn, niet alleen voor de Episcopale Kerk en haar meer vitale verschijningsvormen in onze stad maar voor de stad zelf – aangezien er een groot project dat belastingen afdraagt op die plek gerealiseerd zou kunnen worden en ook de gemeenschap daar indirect baat bij zou hebben, in de zin dat de hele stad ervan zou profiteren door de hogere belastinginkomsten. Daarom zouden wij het huidige bouwwerk willen verkopen, en verzoeken wij u dit in overweging te nemen... opdat het gebouw niet aangemerkt wordt als monument, zoals de Monumentencommissie wil.'

God zij dank! Het was een opluchting voor de burgemeester om te merken dat de bisschop verstrikt was geraakt in zijn zinsbouw en een onafgemaakte zin in de lucht had laten hangen. Zonder een woord te zeggen glimlachte de burgemeester naar de bisschop en legde een vinger langs zijn neus, zoals de Kerstman in 'The Night before Christmas'. Toen stak hij zijn vinger rechtop de lucht in, alsof hij wilde zeggen: 'Hoort!' of: 'Let op!' Hij keek de bisschop stralend aan en drukte op een knop van de intercom op het kastje naast zijn bureau en zei: 'Geef me 't hoofd van de Monumentencommissie.' Even later klonk er een zachte piep, en de burgemeester nam de hoorn van de haak.

'Mort?... Je kent de St. Timothy Kerk?... Juist. Precies... Mort – BLIJF ERAF!' De burgemeester hing op en leunde achterover in zijn stoel en glimlachte weer naar de bisschop.

'Bedoelt u – is dat alles?' De bisschop scheen oprecht verrast en verheugd. 'Is dat... de commissie... ze gaan niet...'

De burgemeester knikte en grijnsde.

'Meneer de burgemeester, ik weet nauwelijks hoe ik u moet bedanken. Gelooft u mij – ik had gehoord dat u dingen snel voor elkaar kunt krijgen, maar – nou! Ik ben u heel dankbaar! En ik kan u verzekeren dat ik er voor zal zorgen dat iedereen in het bisdom en al onze vrienden zullen beseffen wat een geweldige dienst u ons bewezen hebt. Daar kunt u van op aan!'

'Dat is nergens voor nodig, bisschop,' zei de burgemeester. 'Er is geen enkele reden om dit als een gunst of zelfs als een dienst te beschouwen. De feiten die u mij zo helder heeft voorgelegd waren zeer overtuigend, en ik denk dat de hele stad er profijt van zal hebben. Ik ben blij dat ik iets voor u-u-u kan doen wat goed is voor u-u-u-u en voor de stad New York.'

'Dat heeft u zeker gedaan! En ik waardeer het ten zeerste.'

'Nu, in dezelfde trant,' zei de burgemeester, en sloeg zijn beste schoolmeesterstoontje aan dat hem zo vaak van dienst geweest was, 'wil ik dat u-u-u iets doet voor mij-ij-ij... wat eveneens goed is voor u-u-u en de stad New York.'

De burgemeester hield zijn hoofd wat scheef en glimlachte breder dan ooit. Hij zag eruit als een lijster die naar een worm gluurt.

'Bisschop, ik wil dat u zitting neemt in een bijzondere commissie van vooraanstaande burgers die zich bezig gaat houden met de criminaliteit in New York en die ik binnenkort ga instellen. Ik zou uw benoeming graag bekend willen maken op hetzelfde tijdstip dat ik de instelling van de commissie aankondig. Ik hoef u niet te vertellen wat een cruciale kwestie dit is, en een van onze grootste problemen is die hele raciale geladenheid, al die verkeerde opvattingen en de beeldvorming over wie misdaden begaat en hoe onze politie omgaat met die misdaden. Er is op dit moment geen gewichtiger dienst die u de stad New York zou kunnen bewijzen dan zitting te nemen in deze commissie. Wat denkt u ervan?'

De burgemeester kon meteen de ontzetting in het gezicht van de bisschop zien.

'Ik voel me zeer vereerd, meneer de burgemeester,' zei de bisschop. Hij zag er echter niet zeer vereerd uit. De glimlachjes waren over. 'En ik ben het uiteraard met u eens. Maar ik moet u zeggen dat voor zover mijn activiteiten als bisschop van dit bisdom in wisselwerking staan met het publiek of, laat ik het zo zeggen, de ambtelijke sector, mijn handen enigszins gebonden zijn, en...'

Maar op dat ogenblik waren zijn handen niet gebonden. Hij begon ermee te wringen alsof hij een pot augurken probeerde open te krijgen, en ondertussen poogde hij de structuur van de Episcopale Kerk aan de burgemeester uit te leggen en de theologie die aan die structuur ten grondslag lag en de teleologie van de theologie en wat er wel of niet des keizers was.

De burgemeester hield het na een seconde of tien voor gezien, maar liet de bisschop wel verder bazelen, en schiep een wrang genoegen in 's mans benauwenis. O, het was zo duidelijk als wat. De smiecht zat maar wat in de lucht te wauwelen om het feit te verdoezelen dat geen enkele Opkomende Zwarte Leider zoals hijzelf zich kon veroorloven om zich op enigerlei wijze aan de burgemeester te liëren, al was het maar door zitting te nemen in een of andere klote commissie over die klote criminaliteit. En het was zo'n briljant idee geweest! Een biraciale commissie over criminaliteit met een stuk of zes dynamische zwarte leiders van aanzien zoals de bisschop. Bisschop Warren Bottomley zou de meest oprechte gevoelens vertolken van elke fatsoenlijke zwarte burger van New York, precies het kiezerspubliek dat de burgemeester achter zich moest hebben wilde hij in november winnen. En deze gladde Harvard-slang zat zich al uit zijn greep te kronkelen! Lang voordat de bisschop klaar was met zijn exegese en apologieën had de burgemeester het idee van een bijzondere commissie van vooraanstaande lieden over criminaliteit in New York laten varen.

'Het spijt me werkelijk,' zei de bisschop, 'maar het beleid van de Kerk laat me geen keuze.'

'O, ik begrijp het,' zei de burgemeester. 'Wat u niet kunt, kunt u niet. Ik kan niemand anders bedenken van wie ik liever zag dat hij zitting zou nemen in de commissie, maar ik heb het volste begrip voor uw situatie.'

'Het spijt me eens te meer, meneer de burgemeester, met het oog op wat u net voor onze kerk gedaan hebt.' De bisschop zat zich af te vragen of de afspraak nog steeds gold.

'O, maakt u zich daar maar geen zorgen over,' zei de burgemeester. 'Maakt u zich daar maar geen enkele zorg over. Zoals ik zei, dat heb ik niet voor u gedaan en ook niet voor uw kerk. Ik heb het gedaan omdat ik vind dat het in het belang is van de stad. Zo simpel ligt dat.'

'Nou, toch ben ik u heel dankbaar,' zei de bisschop terwijl hij opstond, 'en u kunt er zeker van zijn dat het hele bisdom dankbaar zal zijn. Daar zal ik voor zorgen.'

'Dat is nergens voor nodig,' zei de burgemeester. 'Zo af en toe is het fijn om een voorstel tegen te komen dat op zichzelf al een onweerstaanbare logica heeft.'

De burgemeester gaf de bisschop zijn breedste glimlach en keek hem recht in de ogen en schudde hem de hand en bleef glimlachen tot de bisschop de kamer uit was. Toen de burgemeester terug was bij zijn bureau drukte hij op een knop en zei: 'Geef me 't hoofd van de Monumentencommissie.'

Even later klonk er een zachte piep, en de burgemeester nam de hoorn van de haak en zei: 'Mort? Je weet wel die kerk, de St. Timothy Kerk?... Precies... GOOI DAT ROTDING OP DE LIJST!'

28

Naar betere oorden

'Luister 'ns, Sherman. Denk je dat 't haar zoals de zaken er nu voor staan echt wat kan schelen of je een heer bent of wat dan ook? Denk je dat ze uit vrije wil haar eigen belangen in gevaar zal brengen om jou te helpen? Jezus nog an toe, ze wil nie eens met je praaate.'

'Ik weet het niet.'

'Ik weet 't wèl. Heb je 't nou nog niet door? Ze is met Ruskin *getrouwd* verdomme, en wat denk je dat ze voor hem voelde? Ik wed dat ze er verdomme de levensverzekeringsstatistieken op heeft zitten naslaan.'

'Misschien heb je wel gelijk. Maar dat is nog geen excuus voor wat ik zelf doe. We hebben het hier over een *begrafenis*, de begrafenis van haar man!'

Killian lachte. 'Noem jij het maar 'n begrafenis als je wilt. Voor haar is 't kerstmis.'

'Maar om een *weduwe* dit aan te doen op de dag dat haar man begraven wordt, praktisch over het lijk heen!'

'Nou goed. Laat ik 't eens op een andere manier stellen. Wat wil je, een lintje voor ethiek… of je eigen begrafenis?'

Killian zat met zijn ellebogen op de leuningen van zijn bureaustoel. Hij leunde naar voren en hield zijn hoofd scheef, alsof hij wilde zeggen: 'Wat zeg je, Sherman? Ik versta je niet.'

En op dat ogenblik kreeg Sherman een visioen van *die plek* en *die mensen*. Als hij naar de gevangenis moest, al was het maar voor een paar maanden – laat staan voor *jaren* –

'Dit is de enigste keer dat je zéker weet dat je 'r zult zien,' zei Killian. 'Ze *moet* verdomme wel verschijnen voor die vent z'n begrafenis. Als die afgelopen is krijgt ze te maken met jou en nog tien mensen zoals jij die een appeltje met haar te schillen hebben.'

Sherman sloeg zijn ogen neer en zei: 'Goed, ik doe het.'

'Geloof me,' zei Killian, 'het is volkomen legaal en onder deze omstandigheden is 't volkomen terecht. Je doet Maria Ruskin geen kwaad. Je bent jezelf aan 't beschermen. Daar heb je volledig 't recht toe.'

Sherman keek op naar Killian en knikte ja alsof hij had toegestemd in het einde van de wereld.

'We moeten maar meteen aan de slag,' zei Killian, 'voor Quigley lunchpauze neemt. Hij regelt al onze afluisterapparatuur.'

'Doe je dit dan zo vaak?'

'Ik zeg toch, dit is tegenwoordig heel gewoon. We lopen er niet bepaald mee te koop, maar we doen niet anders. Ik ga Quigley halen.'

Killian stond op en liep weg door de gang. Shermans ogen dwaalden over het vreselijke, raamloze interieur van het kantoortje. Wat onbeschrijfelijk naargeestig! Maar hier zat hij. Dit was zijn laatste verschansing. Hij zat hier uit eigen vrije wil te wachten tot hij van *afluisterapparatuur* werd voorzien waarmee hij iemand van wie hij had gehouden door middel van de meest onoirbare misleiding een getuigenis zou ontfutselen. Hij knikte alsof er nog iemand in de kamer was, en dat hoofdknikje betekende: 'Ja, maar ik ga het wèl doen.'

Killian kwam terug met Quigley. Aan de linkerkant van Quigley's broeksband stak een 38 mm revolver uit een holster omhoog, met de kolf naar voren. Hij kwam binnen met een soort attachékoffertje bij zich. Hij glimlachte naar Sherman op een korzelige, zakelijke manier.

'Oké,' zei Quigley tegen Sherman, 'je zult je overhemd uit moeten trekken.'

Sherman deed wat hem gezegd werd. De lichamelijke ijdelheid van de man kent geen grenzen. Het was Shermans eerste zorg om de contouren van zijn borstspieren, buikspieren en triceps goed te laten uitkomen, zodat deze twee mannen onder de indruk zouden zijn van zijn bouw. Hij wist dat zijn triceps zich zouden spannen als hij zijn armen recht naar beneden strekte alsof hij ze gewoon langs zijn zij hield.

Quigley zei: 'Ik stop de recorder onderaan je rug. Je draagt er toch een jasje over, hè?'

'Ja.'

'Oké. Dat zal dan geen probleem zijn.'

Quigley hurkte op één knie, deed zijn attachékoffertje open, haalde de bedrading en de recorder eruit, die ongeveer zo groot was als een spel kaarten. De microfoon was een grijs buisje ter grootte van het gum en het metalen hulsje bovenop een potlood. Eerst plakte hij de recorder op Shermans rug vast. Toen plakte hij de bedrading om zijn middel heen van achteren naar voren en over zijn buik naar de holte tussen zijn borstspieren, juist boven het borstbeen, waar hij de microfoon vastplakte.

'Da's prima zo,' zei hij. 'Die zit diep verscholen. Je kunt er niks van zien, zeker niet als je een stropdas draagt.'

Sherman vatte dat op als een compliment. *Diep verscholen… tussen de massieve glooiingen van mijn mannelijke borstspieren.*

'Goed,' zei Quigley, 'je kunt je overhemd aandoen, en dan zullen we 't eens uitproberen.'

Sherman deed zijn overhemd en stropdas en colbert weer aan. Wel… nu droeg hij *afluisterapparatuur*. Koude stukjes metaal onderaan zijn rug en op zijn borstbeen… Hij was zo'n weerzinwekkend beest geworden… een… een… Maar *weerzinwekkend* was maar een woord, nietwaar? Nu hij echt zo'n creatuur geworden was, *voelde* hij in feite niet eens meer iets van schuld. Door zijn angst had het landschap van de goede zeden al heel snel een nieuwe topografie gekregen.

'Mooi,' zei Killian. 'Nou gaan we effe doornemen wat je moet zeggen. Je hebt maar een paar verklaringen van 'r nodig, maar je moet precies weten hoe je die eruit krijgt. Oké? Laten we beginnen.'

Hij gebaarde naar de witte plastic stoel en Sherman ging zitten om de mannelijke kunst om iemand verklaringen te ontlokken te leren. 'Geen kwestie van ontlokken,' zei hij tegen zichzelf. 'De waarheid.'

Uitvaartcentrum Harold A. Burns op Madison Avenue genoot al vele jaren het meeste aanzien in New York, maar Peter Fallow had er nog nooit een voet over de drempel gezet. De donkergroene dubbele deuren aan Madison Avenue waren omlijst met een paar statige pilasters. De vestibule daarachter was niet groter dan drieënhalf bij drieënhalf. Toch werd Fallow, vanaf het moment dat hij binnenstapte, gegrepen door een overweldigende indruk. Het licht in de kleine ruimte was doordringend hel, zo hel dat hij niet eens wilde zien waar het vandaan kwam, uit vrees dat hij met blindheid zou worden geslagen. Er stond een kale man met een donkergrijs pak in de vestibule. Hij gaf Fallow een programma en zei: 'Wilt u alstublieft het register tekenen?' Er stond een lessenaar waarop een groot notitieboek lag met een balpen ernaast die vastzat aan een koperen kettinkje. Fallow zette zijn naam op de lijst.

Toen zijn ogen begonnen te wennen aan het licht merkte hij dat er een grote deuropening was achter in de vestibule en dat hij door iemand werd aangestaard. Niet door iemand, echter, maar door een aantal mensen... niet door een aantal mensen, maar... door hele horden! De deur leidde naar een korte trap. Zoveel ogen die op hem af schoten! De rouwende menigte zat in een gedeelte dat eruit zag als het sanctuarium van een kleine kerk, en ze zaten allemaal naar hem te staren. De banken stonden gericht naar een toneel, waarop de dienst zou plaatsvinden en waarvoor de kist stond van de overledene. De vestibule vormde ook een toneel, aan de zijkant, en als de rouwenden hun hoofd draaiden, konden ze iedereen zien die arriveerde. En iedereen draaide zijn hoofd. Maar natuurlijk! Dit was Manhattan. De Upper East Side! De dierbare overledene die in die kist rust daar vooraan? Ach wee, het is gedaan met de arme drommel, hij is dood en verscheiden. Maar zij die leven en ademen – aha! – daar zeg je wat. Die branden nog steeds op het heerlijke society-wattage van het stadsleven! Niet wie van ons heengaat, maar wie zich bij ons voegt! Laat ons gewis de nieuwkomers beschijnen en hun stralengloed meten!

Ze bleven binnenstromen, baron Hochswald, Nunnally Voyd, Bobby Shaflett, Red Pitt, Jackie Balch, de Bavardages, iedereen, de hele schaamteloze menigte die de roddelrubrieken bevolkte, en ze stapten het laaiende licht van de vestibule in met gezichten van zulk een gepaste somberheid dat Fallow er haast om moest lachen. Plechtig schreven ze hun naam in het register. Hij moest die lijst handtekeningen nog eens goed doorkijken voor hij weg ging.

Al gauw was het stampvol. Er ging een gedruis door het publiek. Een deur aan de zijkant van het toneel ging open. Er begonnen mensen van hun stoel omhoog te komen om het beter te kunnen zien. Fallow kwam overeind tot een gebogen houding.

Nou, daar was ze dan – Fallow nam tenminste aan dat zij het was. Aan het hoofd van een processie liep... de Mysterieuze Brunette, de Weduwe Ruskin. Ze was een slanke vrouw die een zwart zijden mantelpakje droeg met lange mouwen en enorme schouders en een blouse van zwarte zijde en een zwarte fez-achtige hoed waarvan een omvangrijke zwarte sluier naar beneden viel. Die uitmonstering ging de nalatenschap een paar tickets naar Mekka kosten. Ze werd vergezeld door een half dozijn anderen. Twee van hen waren zonen uit Ruskins eerste huwelijk, een paar mannen van middelbare leeftijd, allebei oud genoeg om Maria Ruskins vader te kunnen zijn. Er was een vrouw van rond de veertig bij die naar Fallow aannam Ruskins dochter bij zijn tweede vrouw moest zijn. Er was een oude vrouw, misschien Ruskins zuster, plus nog twee vrouwen en twee mannen die Fallow totaal niet kon plaatsen. Ze gingen op de voorste rij zitten, vlak bij de kist.

Fallow zat aan de zijkant van de zaal, ver weg van de deur waaruit Maria Ruskin was verschenen en waardoor ze wellicht zou verdwijnen wanneer de dienst was afgelopen. Hij zou misschien een beroep moeten doen op een dosis grove journalistieke agressiviteit. Hij vroeg zich af of de Weduwe Ruskin ook lijfwachten had ingehuurd voor de gelegenheid.

Een lange slanke heel parmantige figuur besteeg de vier of vijf treden naar het toneel voorin de zaal en liep naar het spreekgestoelte. Hij was modieus gekleed voor de rouw, met zijn marineblauwe kostuum met twee rijen knopen, zwarte stropdas, wit overhemd en zwarte schoenen met smalle neus. Fallow keek op zijn programma. Dit was blijkbaar ene B. Monte Griswold, directeur van het Metropolitan Museum of Art. Hij viste een brilletje met halve glazen uit zijn borstzak, legde wat velletjes papier voor zijn neus, sloeg zijn ogen neer, sloeg zijn ogen op, deed het brilletje af, wachtte even en zei met een nogal zachte en heldere stem:

'We zijn hier niet om te rouwen om Arthur Ruskins dood, maar om zijn bijzonder rijke... en bijzonder gulle leven te gedenken.'

Fallows haren gingen ervan overeind staan, van die Amerikaanse hang naar het persoonlijke en het sentimentele. De Yanks konden zelfs de doden niet met waardigheid laten heengaan. Iedereen in de zaal moest er nu aan geloven. Hij kon het aan voelen komen, de zinloze smartlappen, de druipende strooplepels emotie. Als Engelsman zou je weer worden teruggedreven in de armen van de Anglicaanse kerk, waarin met de dood en alle belangrijke keerpunten van het leven werd omgegaan op het verheven niveau van de Predikant, een onwankelbare en bewonderenswaardig plechtige eminentie.

Ruskins lofzangers waren net zo humorloos en smakeloos als Fallow zich had voorgesteld. De eerste was een senator uit New York, Sidney Greenspan, die een buitengewoon plat accent had, zelfs naar Amerikaanse maatstaven. Hij benadrukte Arthur Ruskins vrijgevigheid ten opzichte van het Verenigd Joods Appèl, een ongelukkige opmerking gezien het juist onthulde gegeven dat zijn financiële macht gebaseerd was op de pendeldienst voor moslems naar Mekka. De senator werd gevolgd door een van Ruskins compagnons,

Raymond Radosz. Hij stak op een onderhoudende manier van wal met een anekdote over de tijd dat zij tweeën op de rand van het faillissement stonden, maar dwaalde daarna op een gênante manier af met een beschrijving van de successen van hun holding company, Rayart Equities, waarin Artie's – hij noemde hem Artie – Artie's geest zou voortleven, zolang de leningen zwevend bleven en de obligaties converteerbaar. Toen kwam er een jazzpianist, 'Arthurs favoriete artiest', die Manny Leerman heette en een medley van 'Arthurs favoriete liedjes' speelde. Manny Leerman was een dikke man met rood haar en een hemelsblauw kostuum met dubbele rij knopen die hij omstandig begon los te maken nadat hij achter de piano was gaan zitten, zodat de kraag van zijn jasje niet zou opkruipen boven het boord van zijn overhemd. Arthurs favoriete liedjes bleken 'September in the Rain', 'The Day Isn't Long Enough (When I'm With You)' en 'The Flight of the Bumblebee' te zijn. Dit laatste nummer speelde de zwierige pianist op een meeslepende zij het niet vlekkeloze wijze. Hij sloot zijn optreden af door een draai van 180 graden op zijn pianokrukje te maken voordat hij zich realiseerde dat dit geen optreden in een club was en hij geen buiging hoorde te maken. Hij knoopte zijn dubbelrij's jasje dicht voor hij het toneel afging.

Toen kwam de hoofdspreker, de filmacteur Hubert Birnley, die besloten had dat deze gelegenheid vroeg om de luchtige toon en de menselijke kant van Arthur, de grote financier en veerman naar de Arabische wereld. Hij raakte verzand in een anekdote waarvoor je enig inzicht moest hebben in de problemen die mensen hebben met filtersystemen van zwembaden in Palm Springs, Californië. Zijn ooghoeken deppend met een zakdoek ging hij het toneel af.

De laatste op het programma was voorzanger Myron Branoskowitz van de congregatie Schlomoch'om in Bayside, Queens. Hij was een kolossale jongeman, een driehonderdponder die in het Hebreeuws begon te zingen met een heldere krachtige tenor. Zijn klaagzangen begonnen aan te zwellen. Ze waren oneindig en onontkoombaar. Zijn stem ging over in vibrato's en trillers. Als hij kon kiezen of hij een frase in een hoge octaaf of een lage zou eindigen, nam hij steevast de hoge, als een operazanger genietend van zijn virtuositeit. Hij legde tranen in zijn stem op een wijze waarvoor de meest aanstellerige Pagliacci zich nog zou gêneren. Eerst waren de aanwezigen onder de indruk. Daarna schrokken ze toen de stem aanzwol. Vervolgens werden ze ongerust doordat de jongeman leek op te zwellen als een kikker. En nu begonnen ze elkaar aan te kijken en vroeg iedereen zich af of zijn buurman hetzelfde dacht: 'Die jongen heeft een klap van de molen gehad.' De stem steeg hoger en hoger en kwam toen tot een climax met een noot die grensde aan een jodelklank, waarna hij met een snotterige stortvloed van vibrato in duikvlucht naar een lager register zwierde en abrupt zweeg.

De dienst was voorbij. Het publiek wachtte even, maar Fallow niet. Hij glipte het gangpad op en begon zich lichtelijk gebogen naar voren te haasten. Hij was tien of twaalf rijen van het toneel toen een figuur voor hem hetzelfde deed.

Het was een man met een marineblauw pak, een hoed met een neergeslagen rand en een donkere bril. Fallow ving slechts een minieme glimp op van de zijkant van zijn hoofd... die kin... het was Sherman McCoy. Hij droeg de hoed en de bril ongetwijfeld om de rouwzaal binnen te komen zonder te worden herkend. Hij ging de bocht om bij de voorste bank en sloot achter het kleine familiegezelschap aan. Fallow deed hetzelfde. Nu kon hij een glimp opvangen van het profiel. Het was inderdaad McCoy.

De menigte verliet de begrafenisdienst reeds met het gebruikelijke geroezemoes en blies de stoom af van dertig of veertig minuten gedwongen eerbied voor een rijke man die tijdens zijn leven niet bijzonder warm of innemend was geweest. Een bediende van het uitvaartcentrum hield het zijdeurtje open voor de Weduwe Ruskin. McCoy bleef dicht op de hielen van een lange man die zoals Fallow nu zag Monte Griswold bleek te zijn, de ceremoniemeester. De lofzangers voegden zich bij de familie in de coulissen. McCoy en Fallow hoorden gewoon bij een treurende troep donkerblauwe pakken en zwarte jurken. Fallow kruiste zijn armen voor zijn borst om de koperen knopen op zijn blazer te verbergen, uit vrees dat ze uit de toon zouden vallen.

Het was geen probleem. De portier van het uitvaartcentrum hield zich enkel bezig met het binnenloodsen van iedereen die naar binnen wilde. Het deurtje kwam uit op een korte trap die leidde naar een suite die eruit zag als een klein appartement. Iedereen kwam samen in een kleine receptieruimte met ballonvormige lampekappen en een stoffen lambrizering met vergulde houten lijsten in de negentiende-eeuwse Franse stijl. Iedereen betuigde zijn medeleven aan de weduwe, die nauwelijks zichtbaar was achter de muur van blauwe pakken. McCoy bleef wat terzijde en had nog steeds zijn donkere bril op. Fallow bleef achter McCoy staan.

Hij kon het gemurmel horen van de bariton van Hubert Birnley, die met de weduwe stond te praten en ongetwijfeld met een droevige maar charmante Birnley-glimlach op zijn gezicht volkomen gepaste en nietszeggende dingen zei. Nu was senator Greenspan aan de beurt, en je kon zijn nasale stem ongetwijfeld verscheidene verkeerde dingen horen zeggen tussen de goeie door. En toen was Monte Griswold aan de beurt, die onberispelijke woorden sprak, daar kon je zeker van zijn, en wachtte om de complimenten van de weduwe voor zijn kundigheid als ceremoniemeester in ontvangst te nemen. Monte Griswold nam afscheid van de Weduwe Ruskin en – bingo! – McCoy stelde zich voor haar op. Fallow stond vlak achter hem. Hij kon Maria Ruskins gezicht zien door de zwarte sluier. Jong en mooi! Weergaloos gewoon! Haar mantelpakje accentueerde haar borsten en deed de glooiing van haar onderbuik uitkomen. Ze keek McCoy recht in de ogen. McCoy boog zich zo dicht naar haar gezicht dat Fallow eerst dacht dat hij haar zou gaan kussen. Maar hij stond te fluisteren. De Weduwe Ruskin zei iets met zachte stem. Fallow boog zich dichter naar hen toe. Hij kroop vlak achter McCoy.

Hij kon het niet verstaan... Een woord hier en daar... 'duidelijk'... 'essentieel'... 'allebei'... 'auto' –

Auto. Zodra hij het woord hoorde kreeg Fallow een gevoel waar journalisten voor leven. Nog voor het verstand kan verwerken wat de oren zojuist

hebben opgevangen, brengt een alarm het zenuwstelsel in staat van verhoogde paraatheid. *Een verhaal!* Het is een neurologische gebeurtenis, een gevoel
dat net zo tastbaar is als welke indruk dan ook die door de vijf zintuigen
wordt geregistreerd. *Een verhaal!*

Verdomme. McCoy stond weer te mompelen. Fallow boog zich nog dichter naar hen toe... 'andere'... 'oprit'... 'slipte' –

Oprit! Slipte!

De weduwe ging harder praten. 'Shuhmun' – het leek alsof ze hem *Shuhmun* noemde. 'Kin dannie latuh?'

'Latuh?' vroeg Fallow zich af. 'Wat moest hij laten?' Toen besefte hij dat ze
later zei.

Nu ging McCoy harder praten: '... tijd, Maria!'... 'daar bij me – je bent mijn
enige getuige!'

'Da staat mun hoof nou niet na, Shuhmun.' Dezelfde gespannen stem, die
eindigde met een lichte triller. 'Kan juh da nou nie buhgrijpuh? Weetjuh nou
nie wa je hie bin? Mun man is dood, Shuhmun.'

Ze sloeg haar ogen neer en begon zachtjes te snikken met schokkende
schouders. Meteen was er een brede gezette man aan haar zij. Het was Raymond Radosz, die gesproken had tijdens de dienst.

Meer gesnik. McCoy liep vlug weg, het vertrek uit. Even wilde Fallow hem
achterna gaan, maar toen maakte hij rechtsomkeert. De Weduwe Ruskin was
nu het verhaal.

Radosz hield de weduwe nu in zo 'n knellende omhelzing dat de enorme
schouders van haar rouwkleding dubbel klapten. Ze zag er verfomfaaid uit. ''t
Is alweer goed, schatje,' zei hij. 'Je bent een dapper kind en ik weet precies
hoe je je voelt, want ik en Artie hebben heel wat meegemaakt met z'n tweeën.
We kennen elkaar al heel, heel lang, van voor de tijd dat jij geboren bent,
denk ik. En één ding kan ik je vertellen. *Artie zou 't een mooie dienst hebben gevonden.*
Dat kan ik je wel vertellen. Hij zou 't mooi gevonden hebben, met de senator
en al die anderen.'

Hij wachtte op een compliment.

De weduwe slikte haar verdriet in. Het was de enige manier om zich los te
maken van haar onstuimige rouwklager. 'Maar met jou in 't bijzonder, Ray,'
zei ze. 'Jij hebt hem 't beste gekend, en je wist precies hoe je 't moest zeggen.
Ik weet dat Arthur vrediger rust door wat je gezegd hebt.'

'Ooooh, nou, dank je, Maria. Weet je, ik kon Artie zowat voor me zien
terwijl ik aan 't praten was. Ik hoefde er niet bij na te denken. Het kwam er
gewoon uit.'

Hierop vertrok hij en Fallow stapte naar voren. De weduwe glimlachte
hem ietwat onzeker toe omdat ze niet wist wie hij was.

'Ik ben Peter Fallow,' zei hij. 'Zoals u misschien wel weet, was ik bij uw man
toen hij stierf.'

'Ach ja,' zei ze, en wierp een onderzoekende blik op hem.

'Ik wilde u alleen vertellen,' zei Fallow, 'dat hij niet geleden heeft. Hij verloor gewoon het bewustzijn. Het gebeurde' – Fallow bracht zijn handen omhoog in een hulpeloos gebaar – '*zomaar* ineens. Ik wilde u vertellen dat al het

mogelijke gedaan is, tenminste voor zover ik het kan bekijken. Ik heb kunst-matige ademhaling geprobeerd, en de politie was er heel vlug bij. Ik weet hoe men aan die dingen kan twijfelen, en ik vond dat u dat moest weten. We hadden net een uitstekend diner en een uitstekend gesprek achter de rug. Het laatste wat ik me herinner was die geweldige lach van uw man. Ik moet u in alle eerlijkheid vertellen, er zijn erger manieren – het is een verschrikkelijk verlies, maar het was geen verschrikkelijk einde.'

'Dank u,' zei ze. 'Het is ontzettend aardig van u om me dat te vertellen. Ik heb mezelf verweten dat ik niet bij hem was toen…'

'Dat moet u niet doen.'

De weduwe Ruskin sloeg haar ogen naar hem op en glimlachte. Hij merkte de twinkeling in haar ogen en het eigenaardige krullen van haar lippen. Ze kon zelfs aan de dankbetuiging van een weduwe nog iets kokets te geven.

Zonder van toon te veranderen, zei Fallow: 'Ik zag toevallig dat meneer McCoy met u stond te praten.'

De weduwe stond te glimlachen met haar lippen iets van elkaar. Eerst stierf de glimlach weg. Toen gingen de lippen dicht.

'Eigenlijk ving ik toevallig op waar u het over had,' zei Fallow. Toen, met een opgewekte, beminnelijke uitdrukking op zijn gezicht en een volleerd Weekend-op-het-Engelse-Platteland accent, alsof hij vroeg naar de lijst van genodigden bij een diner: 'Ik begrijp dat u bij meneer McCoy in de auto zat toen hij dat betreurenswaardige ongeluk kreeg in de Bronx.'

De ogen van de weduwe veranderden in een paar gloeiende kolen.

'Ik hoopte dat u mij misschien kon vertellen wat er die avond precies ge-beurd is.'

Marria Ruskin bleef hem nog even aanstaren en zei toen tussen haar sa-mengeknepen lippen door: 'Kijk 'ns, meneer – meneer – '

'Fallow.'

' – Dikkop. Dit is de begrafenis van mijn man, en ik wil u hier niet hebben. Begrijpt u? Dus maak dat u weg komt – en krijg de tering.'

Ze draaide zich om en liep naar Radosz en een groep blauwe pakken en zwarte jurken.

Terwijl Fallow uitvaartcentrum Harold A. Burns uitliep, duizelde het hem van wat hij te weten was gekomen. Het verhaal zat niet alleen in zijn hoofd maar zelfs in zijn lijf en in zijn plexus solaris. Het welde op als een bron in elk axon en elke dendriet van zijn lichaam. Zodra hij bij de tekstverwerker kwam, zou het verhaal uit zijn vingers stromen – kant en klaar. Hij zou niet hoeven zeggen, beweren, suggereren, speculeren dat de mooie en nu fabel-achtig rijke vrolijke jonge Weduwe Ruskin de Mysterieuze Brunette was. McCoy had het voor hem gezegd: 'daar bij me – mijn enige getuige!' De We-duwe Ruskin had niets losgelaten – maar ze had het niet ontkend. Ze had het evenmin ontkend toen de journalist, de grote Fallow, toen ik – toen ik – toen ik – dat was het. Hij zou het schrijven in de eerste persoon. Weer een exclu-sief verslag in de eerste persoon, net als DOOD OP ZIJN NEWYORKS. Ik, Fal-low – lieve god, hij smachtte, hij geilde naar de tekstverwerker! Het verhaal vi-breerde door zijn hoofd, zijn hart, ja zelfs door zijn kruis.

Maar hij dwong zichzelf te stoppen bij het register in de vestibule en de namen over te schrijven van alle beroemde zielen die ter plekke waren geweest om hun opwachting te maken bij de lieftallige weduwe van Mekka's Koosjere Veerman, zonder te dromen van het drama dat zich onder hun onzedige neuzen ontvouwde. Ze zouden er gauw genoeg achter komen. Ik, Fallow!

Buiten op het trottoir, net buiten de vestibule, stonden groepjes van diezelfde glansrijke personages, van wie de meesten uitbundig en breed lachend converseerden, zoals mensen in New York dat op een of andere manier altijd doen bij gelegenheden die hun verheven status onderstrepen. Begrafenissen vormden daarop geen uitzondering. De reusachtige jonge voorzanger, Myron Branoskowitz, stond te praten met of te praten tegen een streng kijkende oudere man wiens naam Fallow net had overgeschreven uit het register: Jonathan Buchman, de hoofddirecteur van Columbia Records. De voorzanger sprak zeer geanimeerd. Zijn handen maakten korte vluchtjes door de lucht. Buchmans gezicht stond star, verlamd door de sonore woordendiarree die zo ononderbroken in zijn gezicht werd gespuid.

'Geen probleem,' zei de voorzanger. Het was bijna een schreeuw. 'Geen enkel probleem! Ik heb de cassettes al gemaakt! Ik heb alle klassiekers van Caruso al gedaan! Ik kan ze morgen op uw kantoor komen brengen! Hebt u een kaartje?'

Het laatste dat Fallow zag voor hij weg ging, was Buchman die een kaartje opdiepte uit een fraaie kleine portefeuille van hagedisseleer, terwijl voorzanger Branoskowitz er met dezelfde retorische tenor aan toevoegde:

'Mario Lanza ook! Mario Lanza heb ik ook gedaan! Die moet u ook hebben!'

'Nou – '

'Geen probleem!'

29

Het rendez-vous

De volgende ochtend zaten Kramer en Bernie Fitzgibbon en de twee rechercheurs, Martin en Goldberg, in het kantoor van Abe Weiss. Het was net een bestuursvergadering. Weiss zat aan het hoofd van de grote notehouten vergadertafel. Links van hem zaten Fitzgibbon en Goldberg, rechts Kramer en Martin. Het onderwerp van gesprek was hoe ze te werk zouden gaan met het getuigenverhoor voor de grand jury in de zaak McCoy. Het beviel Weiss niet wat hij nu van Martin hoorde. Kramer ook niet. Van tijd tot tijd wierp Kramer een blik naar Bernie Fitzgibbon. Het enige wat hij zag was een masker van norse Ierse onbewogenheid, maar het zond korte golven uit die zeiden: 'Ik heb het toch gezegd.'

'Wacht even,' zei Weiss. Hij had het tegen Martin. 'Vertel me nog 'n keer hoe je deze twee figuren opgepakt hebt.'

'In een crack-razzia,' zei Martin.

'Een crack-razzia?' zei Weiss. 'Wat is in godsnaam een crack-razzia?'

'Een crack-razzia is een – dat doen we tegenwoordig. Er lopen daar in sommige buurten zoveel crack-dealers rond dat de straat wel een vlooienmarkt lijkt. Een heleboel van de huizen staan leeg, en de mensen die er nog wonen durven de deur niet uit omdat er op straat alleen maar mensen rondlopen die crack verkopen of mensen die crack kopen of mensen die crack roken. Dus houden we van die razzia's. We trekken zo'n buurt in en nemen alles mee wat los en vast zit.'

'Werkt dat?'

'Jazeker. Als je dat 'n paar keer gedaan hebt verdwijnen ze naar een andere buurt. 't Is nu al zo ver dat ze de huizen uit beginnen te rennen zo gauw de eerste surveillancewagen de hoek om komt. 't Is net as bij een huizenblok dat gesloopt wordt, as ze 't dynamiet aanbrengen en de ratten de straat op beginnen te rennen. D'r zou 'ns iemand een filmcamera mee moeten nemen. Daar heb je al die mensen die zich de tering rennen, de straat uit.'

'Oké,' zei Weiss. 'Dus die twee kerels die je hebt opgepakt, die kennen Roland Auburn?'

'Zeker. Ze kennen Roland allemaal.'

'Oké. En wat je nu zit te vertellen – is dat iets wat Roland zelf tegen ze verteld heeft of is dat iets wat ze gehoord hebben?'

'Nee, dat is 't verhaal dat de ronde doet.'

'In kringen van crack-dealers in de Bronx,' zei Weiss.

'Ja, dat zal wel.'

'Oké, ga verder.'

'Nou, 't verhaal gaat dat Roland toevallig die jongen, Henry Lamb, ziet lopen op weg naar de Texas Fried Chicken, en hij loopt een stuk met 'm op. Roland vindt 't leuk om die jongen te treiteren. Lamb is wat ze 'n "brave" jongen noemen, een moederskindje, een jongen die niet "buiten" komt. Hij moet niks hebben van 't straatleven. Hij gaat naar school, hij gaat naar de kerk, hij wil naar de universiteit, hij zorgt dat-ie niet in moeilijkheden raakt – hij hoort daar niet eens thuis. Z'n moeder probeert te sparen voor een aanbetaling op een huis in Springfield Gardens, anders zouden ze daar niet eens wonen.'

'Dat is toch niet wat die twee kerels je hebben verteld.'

'Nee, dat zijn dingen die we al uitgevonden hadden over 't joch en z'n moeder.'

'Nou, laten we even bij die twee junks blijven en wat die te vertellen hadden.'

'Ik zat jullie alleen maar wat achtergronden te geven.'

'Goed. Kom nou maar met de voorgrond.'

'Oké. Dus Roland loopt over Bruckner Boulevard met Lamb. Ze komen langs de oprit bij Hunts Point Avenue, en Roland ziet die troep op de oprit liggen, autobanden of vuilnisemmers of zoiets, en hij snapt dat er iemand bezig is geweest om te proberen auto's te overvallen. Dus hij zegt tegen Lamb: "Kom op, dan laat ik je zien hoe je 'n auto moet overvallen." Lamb wil daar niks mee te maken hebben, en dus zegt Roland: "Ik ga 't niet ècht doen, ik laat je alleen maar zien hoe 't moet. Wat ben je toch een schijtluis." Hij pest die jongen, weet je wel, omdat die zo'n moederskindje is. Dus de jongen loopt met hem mee de oprit op, en voordat-ie 't weet gooit Roland een autoband of een vuilnisemmer of zoiets voor de wielen van een auto, een pracht van een Mercedes, en 't blijkt dat het McCoy is met de een of andere griet. Die arme sufkees, Lamb, staat daar alleen maar een beetje. Hij knijpt 'm vast als de neten dat-ie d'r bij staat, en hij knijpt 'm ook omdat-ie niet weg kan rennen, vanwege Roland, die de hele show alleen maar opvoert om hem te laten merken wat een miet hij eigenlijk wel is. Dan gaat er iets fout, want McCoy en de vrouw slagen d'r in om 'm als de donder te smeren, en Lamb wordt van opzij geraakt. Da's hoe dan ook 't verhaal dat op straat de ronde doet.'

'Nou, fraaie theorie is dat. Maar heb je iemand gevonden die zegt dat-ie Roland daadwerkelijk zoiets heeft horen vertellen?'

Bernie Fitzgibbon kwam ertussen. 'Die theorie zou verklaren waarom Lamb niks zei over een auto die 'm had aangereden toen-ie naar 't ziekenhuis ging. Hij wilde niet dat er iemand zou denken dat-ie betrokken was bij een poging om een auto te overvallen. Hij wilde alleen maar z'n pols laten oplappen en naar huis.'

'Ja,' zei Weiss, 'maar 't enige wat we hier hebben is een theorie waar twee junks mee op de proppen komen. Dat soort mensen weten 't verschil niet tussen wat ze horen en wat ze *horen*.' Hij maakte met zijn wijsvinger een spiraal naast zijn slaap; krankjorem, was de onuitgesproken boodschap.

'Nou, ik denk dat het de moeite waard is om 't na te trekken, Abe,' zei Bernie. 'Ik vind dat we er in elk geval wat tijd in moeten steken.'

Kramer voelde zich verontrust en gepikeerd en had de aandrang om Roland Auburn in bescherming te nemen. Ze hadden geen van allen de moeite genomen om Roland te leren kennen, zoals hij. Roland was geen heilige, maar er zat iets goeds in hem, en hij vertelde de waarheid.

Hij zei tegen Bernie: 'Het kan natuurlijk geen kwaad om 't na te trekken, maar ik kan me goed indenken hoe een theorie als deze eigenlijk ontstaat. Ik bedoel, 't is eigenlijk de McCoy-theorie. 't Is wat McCoy de *Daily News* opgedist heeft, en 't is op tv geweest. Ik bedoel, die theorie doet al de ronde, en dan krijg je dit soort verhalen. D'r wordt één vraag mee beantwoord, maar je krijgt er tien andere voor terug. Ik bedoel, waarom zou Roland proberen om een auto te beroven met deze jongen d'r bij, van wie hij weet dat-ie 'n kneus is, een brave Hendrik? En als McCoy het slachtoffer is van 'n poging om hem te beroven en hij raakt een van zijn overvallers, waarom zou hij dan wachten met aangifte doen bij de politie? Dat zou hij *meteen* doen.' Kramer knipte met zijn vingers en realiseerde zich dat er een redetwistende toon in zijn stem geslopen was.

'Ik ben 't met je eens, deze theorie roept een heleboel vragen op,' zei Bernie. 'Des te meer reden om deze zaak niet te overhaasten en door 't vooronderzoek van de grand jury te jagen.'

'We móeten er wel haast mee maken,' zei Weiss.

Kramer zag dat Bernie hem op een bepaalde manier zat aan te kijken. Hij kon de beschuldigingen in zijn grimmige Ierse ogen lezen.

Op dat moment gaf de telefoon op Weiss' bureau drie zachte piepjes. Hij stond op, liep naar het bureau en nam de hoorn op.

'Ja?... Oké, geef 'm maar... Nee, ik heb *The City Light* nog niet gezien... Wat? Dat meen je niet...'

Hij draaide zich om naar de vergadertafel en zei tegen Bernie: ''t Is Milt. Ik denk dat we ons voorlopig niet meer 't hoofd hoeven te breken over allerlei junkie-theorietjes.'

In minder dan geen tijd kwam Milt Lubell met wijd opengesperde ogen en een beetje buiten adem de kamer binnenlopen met een exemplaar van *The City Light*. Hij legde de krant op de vergadertafel. De voorpagina spatte van de tafel af:

City Light EXCLUSIEF:

WEDUWE VAN MAGNAAT
IS MYSTERIEUZE VROUW
IN ZAAK MCCOY

McCoy op begrafenis: 'Help mij!'

Onderaan de pagina stond een regel met de tekst: *Peter Fallows ooggetuigeverslag plus foto's op p. 3, 4, 5, 14, 15.*

Alle zes stonden ze op en leunden voorover, met hun handpalmen op de notehouten tafel ter ondersteuning. Hun hoofden kwamen samen boven het epicentrum, de kop op de voorpagina.

Weiss richtte zich op. Op zijn gezicht lag de uitdrukking van de man die weet dat het aan hem is om de leider te zijn.

'Goed, we gaan 't volgende doen. Milt, jij belt Irv Stone bij Channel 1.' Toen ratelde hij de namen af van de producers van nieuwsrubrieken bij vijf andere zenders. 'En bel Fallow. En die Flannagan van de *News*. Zeg tegen ze dat we die vrouw zo spoedig mogelijk gaan verhoren. Da's onze officiële reactie. Onofficieel kun je zeggen dat als zij de vrouw is die bij McCoy in de auto zat, dat ze dan wegens een misdrijf vervolgd kan worden omdat zij degene was die wegreed nadat McCoy de jongen had aangereden. Da's de plaats van een misdrijf verlaten en verzuimen aangifte te doen. Aanrijden en wegrijden. Hij reed aan, zij reed weg. Oké?'

Toen tegen Bernie: 'En jullie…' Hij liet zijn ogen snel over Kramer, Martin en Goldberg glijden, om hen te laten weten dat zij er ook bij hoorden. 'Jullie proberen die vrouw te pakken te krijgen, en jullie zeggen precies 't zelfde tegen haar. "Het spijt ons dat uw echtgenoot dood is, enzovoorts enzovoorts, maar we hebben heel snel een paar antwoorden nodig, en als u degene bent die bij McCoy in de auto zat dan zit u een tyfus eind in de problemen." Maar als ze bereid is om tegenover de grand jury de waarheid te vertellen over McCoy dan zullen we haar immuniteit verlenen.' Tegen Kramer: 'Wees daar in 't begin niet al te expliciet over. Nou ja, verdorie, je weet wel hoe je dat aan moet pakken.'

Toen Kramer, Martin en Goldberg aankwamen bij nummer 962 op Fifth Avenue zag het trottoir eruit als een vluchtelingenkamp. Mensen van televisieploegen, radioreporters, verslaggevers en fotografen lummelden, slenterden en hingen rond in de spijkerbroeken, poloshirtjes, jacks en lompe schoenen die in hun beroep in trek waren, en de nietsnutten die stonden toe te kijken waren niet veel beter gekleed. Agenten van het rayonpolitiebureau hadden een dubbele rij blauwe dranghekken geplaatst om een doorgang naar de voordeur te maken voor de mensen die in het gebouw woonden. Er stond een agent in uniform bij. Voor zo'n gebouw, veertien verdiepingen hoog en een half straatblok breed, was de ingang niet bijzonder indrukwekkend. Desalniettemin straalde het geld ervan af. De ingang bestond uit één enkele deur van glas dat in een zware glanzend gepoetste koperen omlijsting was gevat en beveiligd werd door barok koperen traliewerk dat ook glom. Een luifel liep van de deur tot aan de rand van het trottoir. De luifel werd gestut door koperen palen met koperen schoorstangen, ook gepoetst tot ze van witgoud leken. Het was vooral het eindeloze gezwoeg waar al dat met de hand gepoetste koper voor stond waaruit geld sprak. Achter het glas kon Kramer de gestalten van twee geüniformeerde portiers zien, en hij dacht aan Martin en zijn monoloog over de *flapdrollen* in McCoy's flat.

Nou... daar stond hij dan. Hij had minstens duizend keer omhooggekeken naar deze appartementengebouwen op Fifth Avenue, tegenover Central Park, de laatste keer zondag nog. Hij was met Rhoda, die Joshua in zijn kinderwagentje voortduwde, in het park geweest, en de namiddagzon had op de machtige kalkstenen voorgevels geschenen tot het woord vanzelf bij hem opgekomen was: *de goudkust*. Maar het was louter een bespiegeling, gespeend van emotie, behalve misschien een licht gevoel van tevredenheid dat hij in zo'n gouden omgeving kon rondwandelen. Het was algemeen bekend dat in die gebouwen de rijkste mensen van New York woonden. Maar hun manier van leven, hoe die dan ook was, stond zo ver van hem af als een andere planeet. Die mensen waren alleen maar symbolen, ver buiten het bereik van elke denkbare afgunst. Het waren De Rijken. Hij had je van geen van hen de naam kunnen geven.

Nu wel.

Kramer, Martin en Goldberg stapten uit de auto, en Martin zei iets tegen de agent in uniform. De sjofele horde journalisten kwam in beweging. Hun gruwelijke kleren flapperden rond. Ze bekeken de drie mannen van top tot teen en probeerden de geur van de zaak McCoy op te snuiven.

Zouden ze hem herkennen? Het was een gewone auto, en Martin en Goldberg droegen zelfs een colbertje en een stropdas, en ze zouden dus door kunnen gaan voor drie mannen die toevallig in het gebouw moesten zijn. Aan de andere kant... was hij nog wel een anoniem ambtenaar van justitie? Nauwelijks. Zijn portret (van de hand van de verrukkelijke Lucy Dellafloria) was op de televisie geweest. Zijn naam had in elke krant gestaan. Ze begonnen het gangetje tussen de dranghekken door te lopen. Ze waren al halverwege de voordeur – Kramer vond het een afknapper. Geen teken van herkenning bij deze nerveuze massa van de verzamelde Newyorkse pers.

Toen: 'Hé, Kramer!' Een stem rechts van hem. Zijn hart sprong op. 'Kramer!' Hij had de opwelling om zich om te draaien en te glimlachen, maar hij onderdrukte die. Moest hij gewoon verder blijven lopen en de kreet negeren? Nee, hij kon toch niet uit de hoogte tegen hen doen, wel?... Dus wendde hij zich naar de stem met een uitdrukking van diepe ernst op zijn gezicht.

Twee stemmen tegelijk:

'Hé, Kramer, ga je – '

'Waarvan wordt – '

' – met haar praten?'

' – ze beschuldigd?'

Hij hoorde een ander zeggen: 'Wie is dat?' En iemand anders antwoordde: 'Da's Larry Kramer, de officier van justitie in deze zaak.'

Kramer hield zijn kaken grimmig op elkaar geklemd en zei: 'Ik heb op dit ogenblik nog niks voor jullie, jongens.'

Jongens! Ze waren nu in zijn macht, dit stelletje – *de pers*, die vroeger wat hem betrof niet meer dan een abstract begrip was geweest. Nu stond hij die hele ongedurige persmeute in de ogen te kijken en hingen ze aan zijn lippen, volgden elke stap die hij zette. Eén, twee, drie fotografen stelden zich op. Hij kon het gesnor van hun motordrives horen. Een televisieploeg kwam aangesjouwd. Vanaf de schedel van een van hen stak een videocamera vooruit als een toeter. Kramer ging wat langzamer lopen en staarde naar een van de verslaggevers alsof hij een antwoord overwoog, zodat de jongens nog een paar seconden langer dat plechtige smoel van hem konden filmen. (Ze deden alleen maar hun werk.)

Toen hij en Martin en Goldberg bij de voordeur waren, zei Kramer met een gebiedende keelklank tegen de twee portiers: 'Larry Kramer, van het parket van de officier van justitie van de Bronx. We worden verwacht.'

De portiers kwamen meteen in actie.

Boven werd de deur naar het appartement geopend door een klein mannetje in uniform dat er Indonesisch of Koreaans uitzag. Kramer stapte naar binnen – en hij werd overdonderd door wat hij zag. Dat viel te verwachten, aangezien het bedoeld was om mensen te overdonderen die veel meer luxe gewend waren dan Larry Kramer. Hij wierp een blik naar Martin en Goldberg. Ze stonden daar met z'n drieën als onvervalste toeristen... het plafond van twee verdiepingen hoog, de enorme kroonluchter, de marmeren trap, de gecanneleerde pilasters, het zilverwerk, het balkon, de reusachtige schilderijen, de weelderige lijsten die elk zowat het halve jaarsalaris van een agent kostten, enkel de lijst. Hun ogen slokten het allemaal gulzig op.

Kramer kon ergens boven het geluid van een stofzuiger horen. Een dienstmeisje in een zwart uniform en een wit schortje verscheen op de marmeren vloer van de hal en verdween weer. De Aziatische butler leidde hen de hal door. Door een deuropening konden ze een blik werpen in een gigantische kamer waarin het licht binnenstroomde door de grootste ramen die Kramer ooit in een woning gezien had. Ze waren zo groot als de ramen in de rechtszalen van de eilandvesting. Ze keken uit over de toppen van de bomen in Central Park. De butler ging hen voor naar een aangrenzende kamer die kleiner en donkerder was. Tenminste, in vergelijking was die donkerder; in feite kwam er door het ene raam met uitzicht op het park zoveel licht naar binnen dat de twee mannen en de vrouw die binnen zaten te wachten eerst alleen als silhouetten zichtbaar waren. De twee mannen stonden. De vrouw zat in een stoel. Er stonden twee verrijdbare bibliotheekladders, een fors bureau met verguldsel op de gebogen poten en antieke snuisterijen erop, en twee kleine sofa's met een grote koffietafel van vlammend hout ertussenin, een paar leunstoelen en consoletafeltjes en... en al die *spullen*.

Een van de silhouetten kwam naar voren uit het verblindende licht en zei: 'Meneer Kramer? Ik ben Tucker Trigg.'

Tucker Trigg; zo heette die kerel echt. Hij was haar advocaat, van het bureau Curry, Goad & Pesterall. Kramer had deze bijeenkomst via hem geregeld. Tucker Trigg had een nasale Wasp-stem als een misthoorn die Kramer werkelijk van de wijs had gebracht, maar nu Kramer hem zag beantwoordde hij niet aan zijn voorstelling van een Wasp. Hij was groot, rond, gezet, als een footballspeler die te vet was geworden. Ze gaven elkaar een hand, en Tucker Trigg zei met zijn misthoornstem:

'Meneer Kramer, dit is mevrouw Ruskin.'

Ze zat in een leunstoel met een hoge rug die Kramer deed denken aan een televisieserie over Engels toneel. Naast haar stond een grote kerel met grijs haar. De *weduwe* – wat zag ze er jong en pittig uit! *Een spetter* had Roland gezegd. Arthur Ruskin had het er maar druk mee gehad, eenenzeventig jaar oud, met zijn tweede pacemaker die de tijd wegtikte. Ze droeg een eenvoudige zwarte zijden jurk. Het feit dat de brede schouders en het cadettenkraagje helemaal in de mode waren ging aan Larry Kramer voorbij, maar haar benen niet. Ze zat met haar benen over elkaar geslagen. Kramer probeerde zijn ogen niet omhoog te laten glijden over de glanzende welving van haar wreef en de glinsterende welving van haar kuiten en de schemerende welving van haar dijen onder de zwarte zijde. Hij probeerde het uit alle macht. Ze had een prachtige lange ivoren hals, en ze had haar lippen iets van elkaar, en haar donkere ogen leken de zijne compleet op te slokken. Hij was helemaal van de kaart.

'Het spijt me om u onder deze omstandigheden te storen,' stamelde hij. Meteen voelde hij dat hij iets dwaas gezegd had. Moest ze hieruit opmaken dat hij onder andere omstandigheden graag gestoord zou hebben?

'O, ik begrijp 't, meneer Kramer,' zei ze zacht, met een dappere glimlach. *O, uk buhgrijp ut, munuh Kramuh.* Was 't wel *alleen maar* een dappere glimlach? Allemachtig, zoals ze naar hem *keek!*

Hij had geen idee wat hij verder tegen haar moest zeggen. Tucker Trigg bespaarde hem het zoeken naar woorden door hem voor te stellen aan de man die naast de stoel stond. Het was een lange, oudere man. Zijn grijze haar zat glad naar achteren gekamd. Hij had het soort militaire houding dat je maar zelden zag in New York. Zijn naam was Clifford Priddy, en hij was een bekend pleiter voor prominente mensen in federale strafzaken. Zijn hele voorkomen straalde Wasp uit. Hij keek je recht langs zijn lange dunne neus aan. Zijn kleren waren stemmig en duur, zoals alleen deze klootzakken wisten hoe het moest. Zijn glimmende zwarte schoenen zaten o-zo-fraai om zijn wreef en pasten perfect in de neus. Kramer voelde zich lomp naast de man. Zijn eigen schoenen waren zware bruine trappers met zolen die uitstaken als rotsrichels. Nou ja, deze zaak diende niet voor het federale hof, waar het oude netwerk van de Ivy League-elite nog steeds op zijn eigen mensen paste. Nee, ze hadden nu te maken met de elementaire Bronx.

'Hoe maakt u het, meneer Kramer,' zei de heer Clifford Priddy minzaam. 'Prima,' zei Kramer en schudde zijn hand en dacht: We zullen nog wel eens zien hoe zelfgenoegzaam je eruit ziet als we je naar Gibraltar laten komen.

Toen stelde hij Martin en Goldberg voor, en nam iedereen plaats. Martin en Goldberg en Tucker Trigg en Clifford Priddy; daar had je een mooi kwartet. Goldberg zat ineengedoken, een beetje bedeesd, maar Martin was nog steeds de Onbekommerde Toerist. Zijn ogen dansten de hele kamer door.

De jonge weduwe in het zwart drukte op een knop op de tafel naast haar stoel. Ze sloeg haar benen andersom over elkaar. De schitterende welvingen vlogen uit elkaar en kwamen weer samen, en Kramer probeerde zijn blikken af te wenden. Ze keek naar de deuropening. Daar stond een dienstmeisje, een Filippijnse, als je het Kramer gevraagd had.

Maria Ruskin keek naar Kramer en toen naar Goldberg en toen naar Martin en zei: 'Hebben de heren zin in een kopje koffie?'

Geen van de heren had zin in koffie. Ze zei: 'Nora, ik wil wel koffie, en – '

'Cora,' zei de vrouw toonloos. Alle hoofden draaiden zich naar haar om, alsof ze net een revolver te voorschijn had gehaald.

' – en neem wat extra kopjes mee, alsjeblieft,' zei de weduwe die de correctie negeerde, 'voor 't geval dat een van de heren van gedachten veranderen.'

Niet volmaakt qua grammatica, dacht Kramer. Hij zat te denken over wat er precies fout was aan wat ze had gezegd – en toen drong het tot hem door dat iedereen stil was en naar hem zat te kijken. Nu was het zijn show. De weduwe hield haar lippen iets vaneen in hetzelfde vreemde glimlachje. Was het bravoure? Spot?

'Mevrouw Ruskin,' begon hij, 'zoals ik al zei, het spijt me dat ik juist nu bij u moet komen, en ik ben u erg erkentelijk voor uw medewerking. Ik neem aan dat de heren Trigg en Priddy u uitgelegd hebben wat het doel is van deze bijeenkomst, en ik wil, eh, er nog even – ' Ze bewoog haar benen onder haar jurk, en Kramer probeerde geen aandacht te schenken aan de manier waarop haar dijen onder de glanzende zwarte zijde golfden. ' – eh, de nadruk op leggen dat deze zaak, waarin sprake is van ernstig letsel, misschien wel dodelijk letsel, dat toegebracht is aan een jongeman, Henry Lamb – dat deze zaak van het grootste gewicht is voor justitie omdat hij van het grootste gewicht is voor de mensen van de Bronx en voor alle mensen in deze stad.' Hij zweeg. Hij realiseerde zich dat hij hoogdravend klonk, maar hij wist niet goed hoe hij weer zijn hoge toren uit moest komen. De aanwezigheid van deze Waspadvocaten en de schaal van dit paleis hadden hem deze hoge zitplaats opgedrongen.

'Ik begrijp het,' zei de weduwe, misschien om hem te hulp te komen. Ze hield haar hoofd iets scheef, en ze glimlachte zoals ze naar een intieme vriend zou doen. Kramer voelde een kwajongensachtige hitsigheid. Zijn gedachten maakten een sprong naar de rechtszaak. Soms kwam je tot een nauwe samenwerking met een bereidwillige getuige.

'Daarom zou uw medewerking voor ons van zo'n grote waarde zijn.' Hij gooide zijn hoofd achterover, om de grandeur van zijn sternocleidomastoïde spieren nog beter te doen uitkomen. 'Wat ik op dit moment wil doen is u proberen uit te leggen wat het inhoudt als u ons uw medewerking verleent of als u om de een of andere reden besluit om dat niet te doen, want ik vind dat we daar volstrekt duidelijk over moeten zijn. Uit elk van beide beslissingen zullen automatisch bepaalde dingen voortvloeien. Nu, voor we beginnen moet ik u erop wijzen dat – ' Hij zweeg weer. Hij was de zin verkeerd begonnen en zou verstrikt raken in zijn zinsbouw. Niets aan te doen dan maar verder te ploeteren. ' – uw belangen worden door eminente raadslieden behartigd, dus hoef ik u niet te wijzen op uw rechten op dat punt.' *Op dat punt.* Waarom die opgeblazen clichés? 'Maar ik ben verplicht u te wijzen op uw recht om te zwijgen, mocht u dat om de een of andere reden willen.'

Hij keek haar aan en knikte, alsof hij wilde zeggen: 'Is dat duidelijk?' Ze knikte terug, en hij zag hoe de rondingen van haar borsten onder de zwarte zijde bewogen.

Hij pakte het attachékoffertje naast zijn stoel en legde het op zijn knieën en wenste meteen dat hij dat niet had hoeven doen. De versleten hoeken en randen verrieden zijn nederige status. (Een hulpofficier van justitie uit de Bronx met een jaarsalaris van $36.000.) Moet je dat verdomde koffertje nou eens zien! Helemaal uitgedroogd, gebarsten en versleten! Hij voelde zich vernederd. Wat zou er nu door die koppen van die klote Wasps gaan? Hielden ze hun zelfgenoegzame lachjes uit tactische overwegingen voor zich, of uit de een of andere minzame Wasp-beleefdheid?

Uit zijn koffertje haalde hij twee vellen aantekeningen op geel gerechtspapier en een map vol kopieën, waaronder ook wat krantenknipsels. Toen knipte hij het beschamende koffertje dicht en zette het weer op de vloer.

Hij keek naar zijn aantekeningen. Hij keek op naar Maria Ruskin. 'Er zijn vier mensen van wie bekend is dat ze tot in details op de hoogte zijn van deze zaak. De eerste is het slachtoffer, Henry Lamb, die waarschijnlijk niet meer uit zijn coma zal ontwaken. De tweede is de heer Sherman McCoy, die beschuldigd wordt van roekeloze onachtzaamheid, het verlaten van de plaats van een ongeluk en het verzuimen aangifte te doen van een ongeluk. Hij ontkent deze beschuldigingen. De derde is een persoon die aanwezig was toen het voorval plaatsvond en die zich gemeld heeft en de heer McCoy aangewezen heeft als de bestuurder van de auto waardoor de heer Lamb werd overreden. Deze getuige heeft ons verteld dat de heer McCoy in die auto vergezeld was van een andere persoon, een blanke vrouw van in de twintig, en afgaande op de verkregen informatie is zij zijn medeplichtige in een of meer van de strafbare feiten waarvan de heer McCoy verdacht wordt.' Hij zweeg even, om een maximum aan effect te bereiken, zo hoopte hij. 'Die getuige heeft die vrouw met stelligheid aangewezen als zijnde… uzelf.'

Kramer zweeg en keek de weduwe recht in de ogen. In het begin was ze perfect. Ze knipperde niet. Haar lieve dappere glimlachje week niet. Maar toen ging, bijna onmerkbaar, haar adamsappel één enkele keer op en neer. Ze slikte!

Er stroomde een excellent gevoel door Kramer heen, door elke cel en elke zenuwvezel. Op dat ogenblik, het ogenblik van die minieme slikbeweging, betekende zijn versleten attachékoffertje niets meer, en zijn turftrappers en zijn goedkope pak en zijn armetierige salaris en zijn Newyorkse accent en zijn barbarismen en taalfouten evenmin. Want op dat ogenblik bezat hij iets wat deze Wasp-advocaten, deze onberispelijke kopstukken van Wall Street uit de wereld van de Curry's & Goads & Pesteralls & Dunnings & Spongets & Leach's nooit zouden kennen en waarvan ze nooit het onbeschrijflijke genot zouden voelen. En ze zouden zwijgen en beleefd blijven als ze ermee geconfronteerd werden, zoals nu, op dit moment, en ze zouden slikken van angst wanneer en indien hun tijd gekomen was. En nu begreep hij wat het was dat hem elke ochtend even een oppepper gaf als hij de eilandvesting op de top van de Grand Concourse uit de mistroostigheid van de Bronx zag opdoemen. Want het was niets minder dan de Macht, dezelfde Macht waar Abe Weiss zelf zijn hart aan verpand had. Het was de macht van de regering over de vrijheid van haar onderdanen. Als je er op een abstracte manier over dacht werd het zo theoretisch en academisch, maar als je het *voelde* – als je die *blik op hun gezicht* zag – terwijl ze terugstaarden naar jou, gezant en geleider van de Macht – Arthur Rivera, Jimmy Dollard, Herbert 92X en de kerel die ze de Pimp noemden – zelfs zij – en als je nu *die minieme slikbeweging van angst* zag in een volmaakte hals die miljoenen waard was – nou, de dichter heeft die extase nooit bezongen of er zelfs maar over gedroomd, en geen openbare aanklager, geen rechter, geen agent, geen inspecteur van de inkomstenbelasting zal hem dat ooit bijbrengen, want we wagen het niet eens om er met elkaar over te praten, nietwaar? – en toch *voelen* we het en *weten* we het elke keer dat ze ons aankijken met die ogen die smeken om genade of, als het geen genade is, Heer, dom geluk of een bevlieging van edelmoedigheid. (Eén kans maar!) Wat betekenen al die kalkstenen gevels op Fifth Avenue en al die marmeren hallen en bibliotheken met lederen boekbanden en alle weelde van Wall Street vergeleken met *mijn* zeggenschap over *jullie* lot en jullie weerloosheid tegenover de Macht?

Kramer liet dat moment zolang voortduren als de grenzen van logica en minimaal fatsoen toestonden en toen nog even langer. Niemand, de twee onberispelijke Wasp-advocaten van Wall Street niet en ook niet de mooie jonge weduwe met haar pas verworven miljoenen, durfde een kik te geven.

Toen zei hij zacht, vaderlijk: 'Oké. Laten we nou eens bekijken wat dat betekent.'

Toen Sherman Killians kantoor binnenkwam, zei Killian: 'Aiiiiii, zeg, wat gaan we nou krijgen? Waarom trek je zo'n lang gezicht? Je zult 't niet erg meer vinden dat je 't hele eind hiernaar toe hebt moeten komen als ik je vertel waarom. Denk je dat ik je hier heb laten komen om je dit te laten zien?'

Hij gooide *The City Light* voor hem neer op de rand van het bureau. WEDUWE VAN MAGNAAT... Sherman keurde de krant nauwelijks een blik waardig. Het was al de arcade binnen komen gonzen en knetteren.

'Hij was daar ook in de zaal bij Burns. Die Peter Fallow. Ik heb hem niet eens gezien.'

'Dat maakt allemaal niks uit,' zei Killian, die in een vrolijke bui was. 'Da's oud nieuws. Dat wisten we al. Waar of niet? Ik heb je laten komen voor *het nieuws.*'

De waarheid was dat Sherman deze uitstapjes naar Reade Street helemaal niet vervelend vond. Hij zat maar in het appartement... te wachten op het volgende telefoontje met bedreigingen... Met wat er van hem geworden was, voelde hij zich bespottelijk te midden van al de pracht en praal van het appartement. Hij zat daar maar op de volgende klap te wachten. Hij ondernam liever iets. Met de auto naar Reade Street rijden, zich horizontaal voortbewegen zonder enige weerstand – uitstekend! Geweldig!

Sherman ging zitten en Killian zei: 'Ik wou 't niet door de telefoon zeggen, maar ik heb een heel interessant telefoontje gekregen. De hoofdprijs, in feite.'

Sherman keek hem alleen maar aan.

'Maria Ruskin,' zei Killian.

'Je maakt een grapje.'

'Daar zou ik tegen jou geen grapjes over maken.'

'Heeft Maria je opgebeld?'

'"Menih Killjun, mun naam is Muhriuh Ruskin. Ik bun un vriendin van un cliïnt van u, de huh Shuhmun McCoy." Klinkt dat als de juiste persoon?'

'Mijn God! Wat zei ze? Wat wilde ze?'

'Ze wil je spreken.'

'Godallemachtig...'

'Ze wil je vanmiddag spreken om halfvijf. Ze zei dat jij wel wist waar.'

'God... alle... machtig... Weet je, gisteren bij Burns zei ze dat ze me zou opbellen. Maar dat heb ik geen seconde geloofd. Zei ze waarom?'

'Nee, en ik heb 't haar niet gevraagd. Ik wou niks zeggen waardoor ze misschien van gedachten zou veranderen. 't Enige wat ik gezegd heb is dat ik er zeker van was dat je zou komen. En ik weet zeker dat dat zo is, maat.'

'Heb ik je niet gezegd dat ze me zou bellen?'

'Heb je dat gezegd? En je zei net dat je niet geloofde dat ze dat zou doen.'

'Dat weet ik. Gisteren geloofde ik het niet omdat ze me steeds ontlopen heeft. Maar heb ik niet gezegd dat ze niet het type was om op haar hoede te zijn? Ze is een gokker. Ze is niet het type om op veilig te spelen. Ze vindt het heerlijk om te vechten, en haar spelletje is – nou, dat is *mannen*. Jouw spel is de wet, het mijne is de obligatiehandel, en dat van haar is *mannen*.'

Killian begon te gniffelen, maar meer om de verandering in Shermans stemming dan om iets anders. 'Oké,' zei hij, 'prima. Gaan jullie tweeën maar spelen. Laten we beginnen. Ik had nog 'n reden om je hierheen te laten komen in plaats van dat ik naar jou toekwam. We moeten je van afluisterapparatuur voorzien.'

Hij drukte op een knop en zei in de intercom: 'Nina? Vraag Ed Quigley om even hier te komen.'

Precies om halfvijf drukte Sherman met een flink bonzend hart op de bel van '4B Boll'. Ze had zeker zitten wachten bij de intercom – die niet meer werkte – want hij hoorde meteen een zoemer in de deur en het zware klik-klik-klik van de elektrische vergrendeling, de deur ging open en hij stapte naar binnen. De geur was dadelijk weer vertrouwd, de muffe lucht, de vuile loper op de trap. Daar was dezelfde oude troosteloze verf en de gehavende deuren en het armzalige licht – vertrouwd en tegelijk nieuw en angstaanjagend, alsof hij nooit de moeite had genomen om te zien hoe het er echt uitzag. De heerlijke bohémien-betovering van het huis was verbroken. Hij had nu de pech om naar een erotische droom te staren met de ogen van een realist. Hoe had hij dit ooit betoverend kunnen vinden?

Het gekraak van de trap herinnerde hem aan dingen die hij wilde vergeten. Hij zag de tekkel weer voor zich die zijn dikke kokerlijf de treden ophees... 'Je bent me ook een nat stuk salami, Muhshull'... En hij had gezweet... Zwetend had hij drie keer deze versleten trappen op en neer gesjouwd met Maria's bagage... En nu droeg hij de zwaarste last van alles. Ik draag afluisterapparatuur bij me. Hij kon het recordertje op zijn rug net boven zijn broek voelen, de microfoon op zijn borstbeen; hij kon voelen, of hij verbeeldde zich dat, waar het plakband de draad tegen zijn lichaam gekleefd hield. Al deze slinkse, heimelijke, sterk verkleinde elementen schenen te groeien bij elke stap die hij zette. Ze werden uitvergroot door zijn huid, zoals een tong die een gebroken kies voelt. Het kon toch niet anders of ze waren duidelijk te zien! Hoeveel stond erover op zijn gezicht te lezen? Hoeveel bedrog?

Hij zuchtte en kwam tot de ontdekking dat hij alweer zweette en hijgde, van de klim of van de adrenaline of omdat hij in de rats zat. Het plakband kriebelde door de warmte van zijn lichaam – of was dat maar verbeelding?

Toen hij bij de deur kwam, die treurige geverfde deur, was hij buiten adem. Hij wachtte even, zuchtte weer en klopte toen op de deur met het signaal dat ze altijd gebruikt hadden: *tap tappa tap tap* – *tap tap*. De deur ging langzaam open, maar er was niemand. Toen –

'Boeh!' Haar hoofd dook op van achter de deur, en ze stond naar hem te grinniken. 'Hekje late schrikke?'

'Niet echt,' zei Sherman. 'De laatste tijd heb ik daar vaklui voor.'

Ze lachte, en het leek een gemeende lach. 'Jij ook? Mooi stel zijn we, hè, Sherman?' Ze hield haar armen naar hem uit, zoals je zou doen voor een omhelzing ter verwelkoming.

Sherman gaapte haar aan, verrast, beduusd, verlamd. De overwegingen schoten sneller door zijn hersens dan hij ze kon uitwerken. Daar stond ze, in een zwarte zijden jurk, haar weduwendracht, die haar taille nauw omsloot zodat haar verrukkelijke lichaam erboven en eronder opwelfde. Haar ogen waren groot en schitterden. Haar donkere haar was de volmaaktheid zelf met zijn weelderige glans. Haar koket krullende lippen, die hem altijd het hoofd op hol gebracht hadden, waren vol en glimlachten, iets van elkaar. Maar uiteindelijk kwam dat alles alleen maar neer op een bepaalde ordening van kleding en vlees en haar. Op haar onderarmen lag een licht dons van donkere haartjes. Hij zou in die armen moeten glijden en haar kussen, als ze dat zo graag wilde! Het was een delicaat moment! Hij moest haar aan zijn zijde hebben, hij moest haar vertrouwen winnen, net zolang tot bepaalde feiten via de microfoon op zijn borst waren vastgelegd op de bandrecorder op zijn rug! Een delicaat moment – en een vreselijk dilemma! Stel dat hij haar omhelsde – en zij de microfoon voelde – of met haar hand over zijn rug gleed! Hij had nooit stilgestaan bij die dingen, geen moment. (Wie zou trouwens een man willen omhelzen die *afluisterapparatuur droeg*?) Maar toch – hij moest iets doen!

Dus stapte hij naar haar toe met zijn schouders naar voren en zijn rug gekromd, zodat zij zich met geen mogelijkheid tegen zijn borst aan zou kunnen vleien. En zo omhelsden zij elkaar, een wulps lenig jong ding en een mysterieuze invalide.

Hij maakte zich snel van haar los en probeerde te glimlachen, en zij keek hem onderzoekend aan of hij wel in orde was.

'Daar heb je gelijk in, Maria. Een mooi stel zijn we, we staan op de voorpagina.' Hij glimlachte gelaten. (Laten we dus ter zake komen!) Hij keek zenuwachtig de kamer rond. 'Kom,' zei ze, 'ga zitten.' Ze gebaarde naar de ronde eiken tafel. 'Ik zal wat voor je inschenken. Waar heb je zin in?'

Prima; laten we gaan zitten en praten. 'Heb je whisky?'

Ze ging de keuken in, en hij keek naar beneden naar zijn borst om te controleren of de microfoon niet te zien was. Hij vroeg zich af of de band nog steeds liep.

Even later kwam ze terug met zijn whisky en een glas voor haarzelf, een helder drankje, gin of wodka. Ze ging zitten in de andere stoel van gebogen hout en sloeg haar benen over elkaar, haar glanzende benen, en glimlachte.

Ze hief haar glas om te proosten. Hij hief zijn glas ook.

'Daar zitten we dan, Sherman, het paar waar heel New York 't over heeft. D'r zijn heel wat mensen die dit gesprek zouden willen horen.'

Shermans hart sloeg over. Hij snakte ernaar om naar beneden te gluren om te kijken of zijn microfoon te zien was. Zat ze iets te insinueren? Hij wierp een onderzoekende blik op haar gezicht. Hij kon er niets uit opmaken.

'Tja, daar zitten we dan,' zei hij. 'Om je de waarheid te zeggen, ik dacht dat je besloten had om mij aan mijn lot over te laten. Ik heb geen erg aangename tijd gehad nadat jij weggegaan was.'

'Sherman, ik zweer je dat ik er niets van wist tot ik terug kwam.'

'Maar je hebt niet eens gezegd dat je wegging.'

'Dat weet ik, maar dat had niks met jou te maken, Sherman. Ik was – ik was half gek.'

'Waar had het dan wel mee te maken?' Hij hield zijn hoofd scheef en glimlachte, om duidelijk te maken dat hij niet verbitterd was.

'Met Arthur.'

'O. Met Arthur.'

'Ja, met Arthur. Jij denkt dat ik een vrijheid-blijheid-regeling met Arthur had, en dat was ook ergens wel zo, maar ik moest ook met hem leven, en bij Arthur kreeg je eigenlijk niks voor niks. Hij zette het me betaald, hoe dan ook. Ik heb je verteld hoe hij me uit is gaan schelden.'

'Daar heb je het over gehad, ja.'

'Hij schold me uit voor hoer en slet, waar de bedienden of wie dan ook bij stonden, als hij er zin in had. Die rancune van hem, Sherman! Arthur wilde een jonge vrouw, en toen sloeg hij om en ging me haten omdat ik jong was en hij een ouwe man. Hij wilde mensen om zich heen hebben die hem stimuleerden omdat hij vond dat hij opwindende mensen verdiende met al zijn geld, en toen sloeg hij om en ging ze haten en ging mij haten omdat 't mijn vrienden waren of omdat ze meer in mij geïnteresseerd waren dan in hem. De enige mensen die geïnteresseerd waren in Arthur waren die ouwe jidden, zoals Ray Radosz. Ik hoop dat je gezien hebt hoe belachelijk die vent zich maakte op de begrafenis. En toen kwam hij in die kamer daarachter en ging me proberen te omhelzen. Ik dacht dat hij m'n jurk van m'n lijf ging trekken. Heb je dat gezien? En jij was zo opgewonden! Ik probeerde je steeds te zeggen dat je moest bedaren! Zo heb ik je nog nooit gezien. En die smiecht met die grote neus van The City Light, die afschuwelijke huichelachtige Brit, die stond vlak achter je. Die kon je verstaan!'

'Ik weet dat ik opgewonden was,' zei hij. 'Ik dacht dat je me ontliep. Ik was bang dat het de laatste kans was die ik zou krijgen om met je te praten.'

'Ik ontliep je niet, Sherman. Dat probeer ik net uit te leggen. De enige die ik ontliep was Arthur. Ik ben gewoon weggegaan, ik heb gewoon – ik heb er niet bij nagedacht. Ik ben gewoon weggegaan. Ik ben naar Como gegaan, maar ik wist dat hij me daar zou vinden. Dus ben ik Isabel di Nodino op gaan zoeken. Die heeft een huis in de bergen, in een dorpje buiten Como. 't Is net een kasteel uit een boek. Het was heerlijk. Geen telefoontjes. Ik heb zelfs geen krant gezien.'

Helemaal alleen, op Filippo Chirazzi na. Maar dat maakte ook niets uit. Zo kalm als hij kon zei hij: 'Fijn voor je dat je weg kon komen, Maria. Maar je wist dat ik in de zorgen zat. Je wist van dat artikel in de krant, want dat heb ik je laten zien.' Het lukte hem niet de agitatie uit zijn stem te houden. 'Die avond toen die grote maniak hier was – ik weet dat je je dat herinnert.'

'Toe nou, Sherman, je raakt weer helemaal over je toeren.'

'Ben jij wel eens gearresteerd?'

'Nee.'

'Nou, ik wel. Dat was een van de dingen die met me gebeurd zijn terwijl jij weg was. Ik…' Hij zweeg omdat hij zich opeens realiseerde dat hij iets heel doms aan het doen was. Haar bang maken met wat haar te wachten stond als ze gearresteerd werd, was wel het laatste wat hij op dit moment moest doen. Dus trok hij zijn schouders op en zei: 'Nou ja, het is wel een ervaring,' alsof hij wilde zeggen: 'Maar niet zo erg als je zou denken.'

'Maar ik ben er wel mee bedreigd,' zei ze.

'Hoe bedoel je?'

'Vandaag kwam er een man van de justitie van de Bronx bij me op bezoek, met twee rechercheurs.'

Sherman kreeg een schok. 'Echt waar?'

'Een opgeblazen huffertje. Hij vond zichzelf zo stoer. Hij zat maar steeds z'n hoofd achterover te gooien en iets mafs met z'n nek te doen, zò, en naar me te loeren door die kleine spleetoogjes van hem. Wat een griezel.'

'Wat heb je hem verteld?' Bloednerveus nu.

'Niks. Hij had 't te druk met mij te vertellen wat hij me allemaal aan kon doen.'

'Hoe bedoel je?' Een riedel paniek.

'Hij vertelde me over die getuige die hij had. God, wat deed hij er gewichtig en formeel over. Hij wilde niet eens zeggen wie 't was, maar 't ging duidelijk om die andere jongen, die grote. Wat een ongelooflijke zak is die man.'

'Heette hij Kramer?'

'Ja. Dat is 'm.'

'Dezelfde die in de rechtszaal was toen ik werd voorgeleid.'

'Hij maakte 't heel eenvoudig, Sherman. Hij zei dat als ik bereid was om tegen jou te getuigen en 't verhaal van die andere getuige te bevestigen, dat-ie me dan immuniteit zou verlenen. Als ik 't niet deed, zouden ze me beschouwen als medeplichtige en me deze… misdrijven ten laste leggen. Ik kan me niet eens meer herinneren wat de beschuldigingen waren.'

'Maar je hebt – '

'Hij gaf me zelfs allemaal kopieën van kranteartikelen. Hij heeft 't praktisch voor me uitgetekend. Dit waren de verhalen die klopten, en dat waren de

501

verhalen die jij verzonnen had. Ik hoor 't eens te zijn met de verhalen die kloppen. Als ik zeg wat er echt gebeurd is, draai ik de gevangenis in.'

'Maar je hebt hem toch zeker wel verteld wat er echt gebeurd is!'

'Ik heb 'm niks verteld. Ik wilde eerst met jou praten.'

Hij zat op het puntje van de stoel. 'Maar Maria, er zijn bepaalde dingen in deze zaak die zo *uitgemaakt* zijn, en die weten ze nog niet eens. Ze hebben alleen maar leugens gehoord van die jongen die ons probeerde te beroven! Bijvoorbeeld, het gebeurde niet op een *straat*, maar op een *oprit*, nietwaar? En we zijn gestopt omdat de *weg* versperd was, nog voor we iemand *zagen*, nietwaar? Waar of niet?' hij realiseerde zich dat hij harder was gaan praten.

Er kwam een warme, verdrietige glimlach op Maria's gezicht, het soort glimlach dat je gebruikt bij mensen die pijn lijden, en ze stond op en zette haar handen in haar zij en zei: 'Sherman, Sherman, Sherman, wat moeten we nou toch met jou aan?'

Ze draaide haar rechtervoet naar buiten op die manier van haar en zwenkte er even mee heen en weer op de hiel van haar zwarte pump. Ze keek hem aan met haar grote bruine ogen en stak haar handen naar hem uit, met haar handpalmen naar boven.

'Kom hier, Sherman.'

'Maria – dit is belangrijk!'

'Dat weet ik. Kom nou even hier.'

Christus! Ze wilde hem weer omhelzen! Nou – omhels haar dan, idioot die je bent! Het is een teken dat ze aan jouw kant wil staan! Omhels haar tot ie erbij neervalt! Ja! – maar hoe? *Met dat spul op m'n lijf!* Een kogel met schande op mijn borst! Een bom van smaad op mijn rug! En wat zou ze vervolgens willen? Het nest induiken? En wat dan? Nou – grote goden, man! Die blik op haar gezicht zegt: 'Ik ben van jou!' Zij kan je hieruit redden! Verpruts deze kans nou niet! *Doe iets! Actie!*

En dus stond hij op uit zijn stoel. Verscheurd tussen hoop en vrees strompelde hij naar haar toe. Hij kromde zijn rug, zodat haar borst niet tegen de zijne aan zou komen en ze niet met haar handen bij zijn rug zou kunnen. Hij omhelsde haar als een oude man die over een hek leunt om een vlaggemast aan te raken. Zijn hoofd boog diep voorover. Zijn kin rustte praktisch op haar sleutelbeen.

'Sherman,' zei ze, 'wat is er? Wat is er met je rug?'

'Niks.'

'Je staat helemaal krom.'

'Neem me niet kwalijk.' Hij draaide zich opzij, met zijn armen nog steeds om haar schouders. Hij probeerde haar van opzij te omhelzen.

'Sherman!' Ze deed even een stapje achteruit. 'Je staat helemaal opzij gebogen. Wat is er aan de hand? Wil je niet dat ik aan je kom?'

'Nee! Nee... ik ben gewoon wat gespannen, geloof ik. Je weet niet wat ik doorgemaakt heb.' Hij besloot daar zijn best nog eens op te doen. 'Je weet niet hoe ik je gemist heb, hoe moeilijk ik het heb gehad zonder jou.'

Ze keek hem onderzoekend aan en gaf hem toen de warmste, natste, volstgelipte glimlach die je je voor kon stellen. 'Nou,' zei ze, 'hier ben ik.'

Ze stapte weer naar hem toe. Nu ging hij het krijgen. Niet meer krom staan, sukkel die je bent! Niet meer wegdraaien! Hij moest het er maar op wagen! Misschien zat de microfoon diep genoeg weg dat ze hem niet zou voelen, zeker als hij haar ging kussen – haar koortsachtig ging kussen! Haar armen zouden om zijn nek zitten. Zolang zij ze daar hield, zou ze niet aan zijn rug komen. Hun gezichten waren vlak bij elkaar. Hij schoof zijn armen onder die van haar zodat ze gedwongen werd haar armen hoog rond zijn nek leggen. Hij omhelsde haar rond haar schouderbladen om haar armen omhoog te houden. Onbeholpen, maar zo moest het maar.

'O, Maria.' Dit soort gepassioneerd gekreun was niets voor hem, maar dat moest ook maar zo.

Hij kuste haar. Hij deed zijn ogen dicht omwille van de oprechtheid en concentreerde zich erop zijn armen hoog om haar bovenlichaam te houden. Hij werd zich bewust van vlees met een dun aangekoekt laagje lippenstift en warm speeksel en de geur van haar adem waarop de verwerkte graanlucht van gin zweefde.

Wacht even. Wat was ze verdorie aan het doen? Ze gleed met haar armen naar beneden, buiten zijn armen om, in de richting van zijn heupen! Hij hief zijn ellebogen op en spande de spieren op zijn bovenarmen om te proberen haar armen weg te dringen van zijn lichaam zonder er al te duidelijk een punt van te maken. Te laat! Ze had haar handen op zijn heupen en probeerde zijn heupen tegen die van haar aan te drukken. Maar haar armen waren niet lang genoeg! Stel dat haar handen dan naar zijn onderrug schoven. Hij stak zijn kont naar achter. Als haar vingers het contact met zijn heupen zouden verliezen, zou ze misschien opgeven. Haar vingers – waar waren die? Even voelde hij niets. Toen – iets aan zijn middel, aan de zijkant. Shit! Zijn enige kans was haar in verwarring te brengen. Haar lippen bleven tegen de zijne aangedrukt. Ze kronkelde ritmisch en wellustig heen en weer in een hevige graangeur. Hij kronkelde terug en schokte wat met zijn heupen, om haar van zich af te schudden. Haar vingers – hij was ze weer kwijt. Elke zenuwvezel was in staat van alarm en trachtte ze op te sporen. Opeens hielden haar lippen op met kussen. Hun lippen zaten nog op elkaar, maar de motor was afgeslagen. Ze haalde haar lippen van de zijne en trok haar hoofd een stukje terug, zodat hij drie ogen voor zijn gezicht zag zwemmen. Maar haar armen zaten nog om hem heen. Het beviel hem niets zoals die drie ogen zwommen.

'Sherman… Wat heb je op je rug?'

'Op mijn rug?' Hij probeerde zich te bewegen, maar zij hield zich aan hem vast. Haar armen zaten nog om hem heen.

'Er zit een bobbel, een stuk metaal of zo – dit ding, op je rug.'

Nu kon hij de druk van haar hand voelen, bovenop de recorder! Hij maakte een draai naar de ene kant en een draai naar de andere kant maar haar hand bleef op die plek. Hij probeerde een echte slingerbeweging. Het had geen zin! Nu had ze hem vast!

'Sherman, wat is dit?'

'Ik weet het niet. Mijn riem – de gesp van mijn riem – ik weet het niet.'

'Je hebt de gesp van je riem toch niet op je rug zitten!'

Nu trok ze zich van hem los, maar ze had haar hand nog steeds op de recorder.

'Maria! Wat maakt 't uit, verdorie!'

Hij maakte een halve draai opzij, maar zij draaide vliegensvlug om hem heen tot ze achter hem stond als een worstelaar die zocht naar een manier om hem te vloeren. In een flits zag hij haar gezicht. Een halve glimlach – een halve woedende blik – er daagde iets afschuwelijks.

Hij draaide om zijn as en rukte zich los. Ze stond nu oog in oog met hem.

'Sherman!' *Shuhmun*. Een onderzoekende glimlach die wachtte op het juiste ogenblik om in een beschuldigend gekrijs uit te breken. Traag: 'Ik wil weten... wah je daah op je rug heb.'

'In godsnaam, Maria. Wat is er met je? Het is niets. Misschien de knopen van mijn bretels – ik weet het niet.'

'Ik wil 't zien, Sherman.'

'Hoe bedoel je, zien?'

'Trek je jasje uit.'

'Hoe bedoel je?'

'Trek 't uit. Ik wil zien wat 't is.'

'Doe niet zo gek.'

'Je hebt hierbinnen nog heel wat meer uitgetrokken, Sherman.'

'Ach kom nou, Maria, je bent niet goed wijs.'

'Geef me dan m'n zin. Laat me zien wat je op je rug hebt.'

Een smeekbede: 'Maria, *toe* nou. Het is veel te laat om nog spelletjes te spelen.'

Ze kwam naar hem toe met die vreselijke glimlach nog steeds op haar gezicht. Ze zou het zelf wel uitzoeken! Hij sprong opzij. Ze kwam achter hem aan. Weer dook hij weg.

Een zogenaamde spelletjes-giechel: 'Wat doe je nou, Maria!'

Ze begon te hijgen: 'Dat zullen we wel zien!' Ze sprong op hem af. Hij kon geen kant op. Haar handen waren op zijn borst – ze probeerde zijn overhemd te pakken te krijgen! Hij sloeg zijn armen om zich heen als een maagd.

'Maria!'

Het gekrijs begon: 'Je *verbergt iets*, hè!'

'Wacht nou eens even...'

'Je *verbergt iets*! Wah hejje onder je overhemd!'

Ze deed weer een uitval naar hem. Hij dook weg, maar voor hij het wist was ze achter hem. Ze had de recorder beet, al zat die nog onder zijn overhemd, en zijn overhemd zat nog in zijn broek. Hij voelde hoe de recorder losliet van zijn rug.

'En een *draad*, Sherman!'

Hij klemde haar hand vast met de zijne, om te voorkomen dat ze de draad te voorschijn trok. Maar haar hand zat onder zijn jasje, en die van hem er buitenop. Hij begon rond te huppen terwijl hij die wriemelende pisnijdige bult onder zijn jasje vasthield.

''t Zit – vast – met – een – *draad* – jij – hufter!'

De woorden spoten in een afschuwelijk gegrom naar buiten terwijl ze met z'n tweeën rondhupten. Alleen de inspanning voorkwam dat ze moord en brand schreeuwde.

Nu had hij haar hand bij de pols. Hij moest zorgen dat ze losliet. Hij kneep harder en harder.

'Je doet – me pijn!'

Hij kneep nog harder.

Ze gaf een gilletje en liet los. Even stond hij als versteend door de razernij in haar gezicht.

'Sherman – verrotte, gemene klootzak die je bent!'

'Maria, ik zweer – '

'Je – *zweert*, hè!' Ze deed weer een uitval. Hij vloog naar de deur. Ze greep een mouw en het achterpand van zijn jasje. Hij probeerde zich los te wringen. De mouw begon los te scheuren van het jasje. Hij zeulde verder naar de deur. Hij kon de recorder op en neer voelen stuiteren tegen zijn achterste. Hij hing nu uit zijn broek, onderuit zijn overhemd, en bengelde aan de draad op zijn lichaam.

Toen was er een waas van zwarte zijde en een bons. Maria lag op de vloer. Een van haar pumps had het begeven en haar benen waren onder haar vandaan geklapt. Sherman rende naar de deur. Hij kon hem amper open krijgen, want zijn jasje zat naar beneden over zijn armen getrokken.

Nu was hij in de gang. Hij hoorde Maria snikken, en toen gilde ze:

'Goed zo, ren maar weg! Met je staart tussen je poten!'

Dat was waar. Hij hobbelde de trap af terwijl de recorder smadelijk onderaan zijn rug bungelde. Hij voelde zich verachtelijker dan een hond.

Toen hij bij de voordeur kwam, was de waarheid met een dreun tot hem doorgedrongen. Door stupiditeit, incompetentie en angst had hij het klaargespeeld om zijn laatste kans te verspelen.

O, Meester van het Universum.

30

Een prima leerling

De vertrekken in de eilandvesting waar de grand jury zitting hield waren geen gewone rechtszalen. Het waren net kleine amfitheaters. De leden van de grand jury keken neer op de tafel en de stoel waar de getuigen zaten. Aan de ene kant stond de tafel van de griffier. Bij een zitting van de grand jury was geen rechter aanwezig. De openbare aanklager liet zijn getuigen plaatsnemen in de stoel en ondervroeg hen, en de grand jury besliste of de zaak sluitend genoeg was om de verdachte te vervolgen of dat de zaak dat niet was en hem verwierp. Het beginsel, dat in 1681 in Engeland was ingevoerd, was dat de grand jury de burgers zou beschermen tegen gewetenloze openbare aanklagers. Dat was het beginsel, en het beginsel was een lachertje geworden. Als een verdachte een getuigenis wilde afleggen voor de grand jury kon hij zijn advocaat meebrengen in de rechtszaal. Als hij a) van de wijs gebracht werd of b) verlamd van angst was of c) onheus bejegend werd door de vragen van de aanklager kon hij de zaal verlaten en met een advocaat ruggespraak houden op de gang – en zodoende de indruk wekken van iemand die (b) verlamd van angst was, een verdachte die iets te verbergen had. Niet veel verdachten namen dat risico. Getuigenverhoren voor een grand jury waren een show geworden met de aanklager in de hoofdrol. Zeldzame uitzonderingen daargelaten handelden de leden van een grand jury zoals een aanklager dat wenste en kenbaar maakte. In 99 procent van de gevallen wilde hij dat zij de verdachte in staat van beschuldiging stelden en gaven ze hem zonder een spier te vertrekken zijn zin. Zij waren trouwens in het algemeen gezagsgetrouwe lieden. Ze werden gekozen uit mensen die al jarenlang ingezetenen waren van de gemeenschap. Zo af en toe, als politieke overwegingen dat vereisten, wilde een aanklager dat een aanklacht afgewezen werd. Geen probleem; hij hoefde slechts zijn presentatie op een bepaalde manier in te kleden, wat verbale knipoogjes te geven, als het ware, en de jury zou het meteen doorhebben. Maar de jury werd voornamelijk gebruikt om mensen in staat van beschuldiging te stellen, en volgens het beroemde gezegde van Sol Wachtler, opperrechter bij het federale Hof van Beroep, zou een grand jury nog 'een ham-sandwich in staat van beschuldiging stellen' als je dat wilde.

Je zat de zitting voor, je presenteerde het bewijsmateriaal, ondervroeg de getuigen, hield je requisitoir. Je stond terwijl de getuigen zaten. Je oreerde, gebaarde, liep weg, draaide rond op je hielen, schudde ongelovig met je hoofd of glimlachte met vaderlijke goedkeuring, terwijl de getuigen netjes op hun stoel zaten en naar je opkeken voor instructies. Je was zowel de regisseur als de ster van deze kleine produktie in het amfitheater. Het toneel was helemaal voor jou.

En Larry Kramer had goed gerepeteerd met zijn acteurs.

De Roland Auburn die deze ochtend de zaal van de grand jury in kwam wandelen leek in niets op de harde jongen die twee weken geleden in Kramers kantoor was opgedoken, ook niet in zijn manier van lopen. Hij droeg een button-down overhemd, zij het zonder stropdas; het was al een heel karwei geweest om hem in het duffe Brooks Brothers overhemd te krijgen. Hij droeg een sportief blauwgrijs colbertje, waar zijn mening ongeveer gelijkluidend over was, en een zwarte broek, die van hemzelf was en er wel mee door kon. Het geheel was bijna nog de mist in gegaan over de kwestie van het schoeisel. Roland was bezeten van Reebok sneakers, die nieuw, vers uit de doos en sneeuwwit moesten zijn. Op Rikers Island was het hem gelukt om *twee paar nieuwe per week* te krijgen. Hiermee maakte hij de wereld duidelijk dat hij binnen de muren een harde jongen was die respect afdwong en erbuiten een ritselaar met connecties. Hem te vragen om uit Rikers te komen zonder zijn sneeuwwitte Reeboks was zoiets als een popzanger vragen zijn haar af te laten knippen. Dus liet Kramer hem ten slotte maar uit Rikers komen met zijn Reeboks aan, op voorwaarde dat hij ze in de auto voor een paar leren schoenen zou verwisselen voordat ze bij het gerechtsgebouw aankwamen. Het waren instappers, en Roland vond ze verfoeilijk. Hij eiste de garantie dat niemand die hij kende of zou kunnen kennen toestemming zou krijgen hem in deze burgerlijke toestand te zien. Het laatste probleem was zijn Patser Pas. Roland was net als een hardloper die te lang marathons heeft gelopen; een zware klus om zijn tred te veranderen. Ten slotte kreeg Kramer een ingeving. Hij liet Roland met zijn handen op zijn rug lopen, zoals hij prins Philip en prins Charles op televisie had zien lopen toen zij een museum van inheemse kunst op Nieuw-Guinea bezichtigden. Het werkte! De ineengeslagen handen hielden zijn schouders op hun plaats, en de stijve schouders verstoorden de cadans van zijn heupen. Zodoende kon Roland nu, terwijl hij in zijn schoolse kleren de zaal van de grand jury binnenwandelde naar de tafel midden op het toneel, doorgaan voor een middelbare scholier die liep te peinzen over de gedichten van Wordsworth.

Roland ging op de getuigenstoel zitten zoals Kramer hem geïnstrueerd had; dat wil zeggen, zonder onderuit te zakken en zijn benen uit te strekken alsof de tent van hem was en zonder met zijn knokkels te knakken.

Kramer keek Roland aan en wendde zich toen om naar de grand jury en deed een paar stappen de ene kant op en een paar stappen de andere kant op en keek met een peinzende glimlach naar de juryleden op een manier die, zonder dat er een woord gezegd werd, aankondigde: 'Dit is een sympathiek en geloofwaardig mens dat hier voor u zit.'

Kramer vroeg Roland om te vertellen wat zijn beroep was, en Roland zei op zachte, bescheiden toon: 'Ik ben kunstenaar.' Kramer vroeg of hij momenteel werk had. Nee, dat had hij niet, zei Roland. Kramer stond een paar seconden te knikken, en begon toen een methode van ondervraging waaruit precies naar voren kwam waarom deze talentvolle jongeman, deze jongeman die zo gretig een markt had gezocht voor zijn creativiteit, de juiste markt niet had gevonden en momenteel zelfs vervolgd werd wegens een vrij licht drugsdelict. (De Crack Koning van Evergreen Avenue had troonsafstand gedaan en was een lijfeigene van zijn milieu geworden.) Net als zijn vriend Henry Lamb, maar zonder Henry Lambs voordelen op het punt van een stabiel gezinsleven, had Roland de ongelijke strijd met de uitzichtloze omstandigheden van een jongere in de projecten aangebonden en was eruit te voorschijn gekomen met zijn dromen intact. Het was alleen zaak om lichaam en geest bij elkaar te houden, en Roland was in een verderfelijke markt verzeild geraakt die in het geheel niet ongebruikelijk was in het getto. Noch hij, de openbare aanklager, noch Roland, de getuige, probeerde zijn kleine criminaliteit te verdoezelen of goed te praten; maar gezien het milieu waarin hij was opgegroeid hoorden die in de ogen van rechtvaardige mensen geen afbreuk te doen aan zijn geloofwaardigheid in een zaak die zo ernstig was als het lot van Henry Lamb.

Charles Dickens, hij die de levensloop van Oliver Twist wist te verklaren, had het niet beter kunnen doen, althans niet staande in een zaal van de grand jury in de Bronx.

Toen leidde Kramer Roland door het verslag van het ongeluk. Hij bleef vol genoegen stilstaan bij één moment in het bijzonder. Dat was het ogenblik waarop de spetter van een brunette naar de man die de auto bestuurde had geschreeuwd.

'En wat zei ze tegen hem, meneer Auburn?'

'Ze zei: "Shuhmun, kijk uit."'

'Zei ze Shuhmun?'

'Zo klonk 't mij in de oren.'

'Wilt u die naam nog eens zeggen, meneer Auburn, precies zoals u hem die avond gehoord hebt?'

'Shuhmun.'

'"Shuhmun, kijk uit"?'

'Precies. "Shuhmun, kijk uit."'

'Dank u.' Kramer keerde zich naar de juryleden, en liet Shuhmun daar in de lucht zweven.

De persoon die in die getuigenstoel zat was een jongeman uit de achterbuurt die Henry Lamb ondanks al zijn moed en inzet niet had weten te behoeden voor de misdadige nalatigheid en het onverantwoordelijke gedrag van een obligatiehandelaar die op Park Avenue woonde. Carl Brill, de beheerder van een telefonische taxidienst, kwam de zaal binnen en vertelde hoe Roland Auburn inderdaad een van zijn taxi's had gehuurd om Henry Lamb te redden. Edgar (Curly Kale) Tubb vertelde dat hij de heren Auburn en Lamb naar het ziekenhuis had gereden. Hij kon zich niets herinneren van wat de heer Lamb had gezegd, behalve dat hij veel pijn had.

De rechercheurs vertelden over hun noeste politiewerk om een gedeeltelijk kentekennummer te herleiden tot een obligatiehandelaar op Park Avenue die van de wijs raakte en eromheen draaide. Ze vertelden hoe Roland Auburn zonder enige aarzeling Sherman McCoy had aangewezen uit een serie foto's. De bewaker van een parkeergarage, een zekere Daniel Podernli, vertelde hoe Sherman McCoy zijn Mercedes-Benz sportauto op de avond in kwestie had meegenomen gedurende de uren in kwestie, en in een staat van verwarring en opwinding was teruggekeerd.

Ze kwamen allemaal binnen en gingen aan de tafel zitten en keken op naar de krachtdadige maar geduldige jonge hulpofficier van justitie, die met al zijn gebaren, met elke pauze, met elke stap die hij zette te kennen gaf: 'We hoeven hen alleen maar op hun eigen manier hun verhaal te laten doen, en de waarheid zal geopenbaard worden.'

En toen liet hij *haar* binnenkomen. Maria Ruskin kwam het amfitheater in vanuit een wachtkamer met een parketwacht bij de deur. Ze was superb. Ze had in haar kleding precies de goede toon getroffen, een zwarte jurk met een bijpassend jasje afgezet met fluweel. Ze had zich niet opgedoft maar zag er zeer verzorgd uit. Ze was de volmaakte weduwe in de rouw die zaken had te regelen. En toch scheen het alsof haar jeugdigheid, haar wulpsheid, haar erotische uitstraling, haar sensuele persoonlijkheid op elk moment uit die kleren los kon breken, uit dat verbluffend mooie maar beheerste gezicht, uit dat volmaakte weelderige donkere haar dat elk moment met onstuimige overgave in de war gemaakt kon worden – elk moment! – onder elk voorwendsel! – bij de eerste kriebel! – enkel maar een knipoog! Kramer kon de juryleden horen ritselen en roezemoezen. Ze hadden de kranten gelezen. Ze hadden televisie gekeken. De Spetter van een Brunette, de Mysterieuze Vrouw, de Financiersweduwe – dat was zij.

Onwillekeurig trok Kramer zijn maag in en spande zijn onderbuikspieren en wierp zijn schouders en zijn hoofd naar achteren. Hij wilde dat ze zijn machtige borst en nek zag, niet zijn ongelukkige kruin. Jammer dat hij de jury niet het hele verhaal kon vertellen. Daar zouden ze van genieten. Ze zouden hem met hernieuwd respect bezien. Alleen al het feit dat ze door die deur was gekomen en nu aan deze tafel zat, precies op het goede moment, was een triomf geweest, zijn triomf, en niet zomaar van zijn woorden maar van zijn persoonlijke uitstraling. Maar hij kon hun uiteraard niet vertellen over zijn bezoek aan het appartement van de Spetter van een Brunette, aan haar paleis dat een doos was geworden.

Als ze had besloten om McCoy te steunen in het verhaal dat hij had verzonnen over een roofoverval op een oprit, dan was het een groot probleem geworden. Dan had de hele zaak afgehangen van de geloofwaardigheid van Roland Auburn, de voormalige Crack Koning die nu probeerde onder zijn gevangenisstraf uit te komen. Rolands getuigenis leverde het fundament voor een zaak, maar het was geen erg solide fundament, en Roland was in staat het elk moment te verknallen, niet door wat hij zei – Kramer twijfelde er niet aan dat hij de waarheid sprak – maar door zijn houding. Maar nu had hij haar ook. Hij was naar haar woning gegaan en had haar in de ogen gekeken, haar en ook haar Wasp-vazallen, en hij had haar in een doos gestopt, een doos van onweerlegbare logica en angst voor de Macht. Hij had haar zo vlug en secuur in die doos gestopt dat ze niet eens door had gehad wat er gebeurde. Ze had geslikt – een slikbeweging van een multimiljonaire – en het was allemaal over. Tegen het vallen van de avond hadden H.H. Tucker Trigg en Clifford Priddy – Trigg en Priddy, Priddy en Trigg – o, gij Wasps! – aan de telefoon gehangen om de kwestie te regelen.

Nu zat ze voor hem, en hij keek op haar neer en hield zijn ogen op de hare gevestigd, eerst ernstig en daarna met een twinkeling (dacht hij zelf).

'Wilt u alstublieft uw volledige naam en adres geven.'

'Maria Teresa Ruskin, Fifth Avenue 962.'

Heel goed, Maria Teresa! Kramer zelf had ontdekt dat haar tweede voornaam Teresa was. Hij had erop gerekend dat er een paar oudere Italiaanse en Portoricaanse vrouwen in de grand jury zouden zitten, en dat was inderdaad zo. *Maria Teresa* zou een band scheppen tussen hen en haar. Een precaire zaak, haar schoonheid en haar geld. De juryleden keken hun ogen uit. Ze konden geen genoeg van haar krijgen. Ze was het meest glamoureuze menselijk wezen dat ze ooit in levenden lijve hadden gezien. Hoe lang was het geleden dat er iemand in deze zaal in de getuigenbank had gezeten die een adres op Fifth Avenue tegenover Central Park had opgegeven? Ze was alles wat zij niet waren en (daar was Kramer van overtuigd) graag wilden zijn: jong, adembenemend, chique en ontrouw. En toch kon dat in haar voordeel zijn, zolang ze zich op een bepaalde wijze gedroeg, zolang ze deemoedig en bescheiden was en lichtelijk beduusd leek van al die voordelen die ze had, zolang ze Maria Teresa was uit een klein stadje in South Carolina. Zolang ze moeite deed om in haar hart *een van ons* te zijn zouden ze zich gestreeld voelen door hun omgang met haar op deze expeditie in het strafrecht, door haar succes en faam, door het aureool van haar geld.

Hij vroeg haar om haar beroep op te geven. Ze weifelde en staarde hem aan met haar lippen iets van elkaar, en zei toen: 'Eh… ik ben' – *uk bin* – 'uk dink da'k huisvrouw bin.'

Er ruiste een golf van gelach door de juryleden, en Maria sloeg haar ogen neer en glimlachte bescheiden en schudde een beetje met haar hoofd, alsof ze wilde zeggen: 'Ik weet dat het belachelijk klinkt, maar ik weet niet wat ik anders moet zeggen.' Uit de manier waarop de juryleden naar haar terugglimlachten maakte Kramer op dat ze tot dusver aan haar kant stonden. Ze waren al in de ban van deze zeldzame mooie vogel die nu voor hun neus in de Bronx fladderde.

Kramer greep dit moment aan om te zeggen: 'Ik meen dat de juryleden erop gewezen dienen te worden dat de echtgenoot van mevrouw Ruskin, de heer Arthur Ruskin, nog maar vijf dagen geleden overleden is. Onder deze omstandigheden zijn we haar dank verschuldigd voor haar bereidheid om hier nu te verschijnen en haar medewerking te verlenen aan deze zitting van de grand jury.'

De juryleden gaapten Maria opnieuw aan. *Dapper, dapper meisje!*

Maria sloeg haar ogen weer neer, heel bevallig.

Braaf meisje, Maria! 'Maria Teresa'... 'Huisvrouw'... Kon hij deze eerzame juryleden maar een korte exegese geven over hoe hij haar getraind had op deze kleine maar veelzeggende punten. Het was allemaal eerlijk waar! – maar zelfs eerlijkheid en waarheid kunnen ongezien verdwijnen. Ze was tot nu toe een beetje koel tegen hem geweest, maar ze volgde zijn aanwijzingen op en gaf daarmee haar respect te kennen. Nou, er zouden nog heel wat zittingen komen wanneer het proces begon – en zelfs op dit ogenblik, in deze zaal, onder deze grimmige omstandigheden, tijdens deze sobere terechtzitting had ze iets – wat elk moment te voorschijn kon breken! Een kromming van de vinger... een enkel knipoogje...

Rustig en ingetogen, om te laten zien dat hij wist hoe moeilijk dit voor haar moest zijn, begon hij haar door de gebeurtenissen van die noodlottige avond te sturen. De heer McCoy had haar afgehaald van Kennedy Airport. (Niet nodig, ten behoeve van deze zitting, om de reden daarvan te geven.) Ze raken verdwaald in de Bronx. Ze maken zich wat ongerust. De heer McCoy rijdt op de linkerrijbaan van een brede straat. Ze ziet een bord aan de rechterkant dat de weg terug naar de snelweg aangeeft. Hij zwenkt plotseling met hoge snelheid naar rechts. Hij gaat recht op twee jongens af die aan de kant staan. Hij ziet hen te laat. Hij schampt er een en raakt bijna de ander. Ze zegt tegen hem dat hij moet stoppen. Dat doet hij.

'Mevrouw Ruskin, wilt u ons nu alstublieft vertellen... Op het moment dat de heer McCoy stopte, was de auto toen op de oprit naar de snelweg of nog op de straat zelf?'

'Op de straat.'

'De straat.'

'Ja.'

'En was er een versperring of barricade of enig obstakel dat de heer McCoy ertoe bracht om op die plaats te stoppen?'

'Nee.'

'Goed. Vertelt u ons wat er toen gebeurde.'

De heer McCoy stapte uit om te kijken wat er gebeurd was, en zij deed het portier open en keek achterom. Ze zagen de twee jongens op de auto af komen lopen.

'En wilt u ons alstublieft vertellen hoe u reageerde toen u zag dat ze op u af kwamen?'

'Ik was bang. Ik dacht dat ze ons aan zouden vallen – vanwege wat er gebeurd was.'

'Omdat de heer McCoy een van hen had geraakt?'

'Ja.' Ogen neergeslagen, wellicht van schaamte.

'Bedreigden ze u in woord of gebaar?'

'Nee, dat deden ze niet.' Nog meer schaamte.

'Maar u dacht dat ze u misschien aan zouden vallen.'

'Ja.' Op gedweeë toon.

Een vriendelijke stem: 'Zou u uit kunnen leggen waarom?'

'Omdat we in de Bronx waren, en het was avond.'

Een zachte, vaderlijke stem: 'Is het ook mogelijk dat het kwam doordat deze twee jongelui zwart waren?'

Een pauze. 'Ja.'

'Denkt u dat de heer McCoy dat ook zo voelde?'

'Ja.'

'Heeft hij op enig moment woordelijk te kennen gegeven dat hij dat voelde?'

'Ja.'

'Wat zei hij?'

'Ik kan 't me niet precies herinneren, maar we hadden 't er later over, en hij zei dat het net een gevecht in de jungle was.'

'Een *gevecht in de jungle?* Deze twee jongelui die op u af kwamen lopen nadat een van hen geschept was door de auto van de heer McCoy – dat was als een gevecht in de jungle?'

'Dat zei hij, ja.'

Kramer zweeg om dat in te laten zinken. 'Goed. De twee jongelui naderen de auto van de heer McCoy. Wat deed u toen?'

'Wat ik deed?'

'Wat deed u – of wat zei u.'

'Ik zei: "Sherman, kijk uit."' *Shuhmun.* Een van de juryleden giechelde.

Kramer zei: 'Wilt u dat alstublieft herhalen, mevrouw Ruskin? Wat u tegen de heer McCoy zei?'

'Ik zei: "Shuhmun, kijk uit."'

'Mevrouw Ruskin... met uw welnemen... U heeft een kenmerkend accent. Uw uitspraak van de voornaam van de heer McCoy is wat ongearticuleerd. *Shuhmun.* Is dat juist?'

Een bedrukt maar bevallig glimlachje gleed over haar gezicht. 'Ik denk van wel. Dat kunt u beter beoordelen dan ik.'

'Wilt u de voornaam van de heer McCoy nog een keer op uw eigen manier voor ons uitspreken?'

'Shuhmun.'

Kramer wendde zich naar de juryleden en keek alleen maar naar hen. *Shuhmun.*

'Goed, mevrouw Ruskin, wat gebeurde er toen?'

Ze vertelde hoe ze achter het stuur geschoven was en de heer McCoy in de stoel naast haar was gaan zitten en ze weggescheurd was, waarbij ze bijna de jongeman raakte die aan een aanrijding ontsnapt was toen de heer McCoy reed. Toen ze eenmaal veilig terug waren op de snelweg had ze het voorval aan willen geven bij de politie. Maar de heer McCoy had daar niets van willen weten.

'Waarom wilde hij geen aangifte doen van wat er gebeurd was?'

'Hij zei dat hij achter het stuur zat toen 't gebeurde, en dat het dus aan hem was om erover te beslissen, en hij wilde 't niet aangeven.'

'Jawel, maar hij moet toch een reden gegeven hebben.'

'Hij zei dat het alleen maar een voorval in de jungle was, en dat het toch geen zin had om 't aan te geven, en hij wilde niet dat zijn werkgever en zijn vrouw het te horen kregen. Ik denk dat hij zich 't meest zorgen maakte over z'n vrouw.'

'Omdat hij iemand had aangereden met zijn auto?'

'Omdat hij mij afgehaald had van 't vliegveld.' Ogen neergeslagen.

'En dat was genoeg reden om geen aangifte te doen van het feit dat er een jongeman aangereden was en, zoals gebleken is, zwaar gewond was geraakt?'

'Nou – dat weet ik niet. Ik weet niet wat er allemaal door z'n hoofd speel-de.' Zachtjes, triest.

Heel goed, Maria Teresa! Een prima leerling! Dat siert je, dat je de grenzen van je kennis erkent!

En zodoende liet de lieftallige Weduwe Ruskin de heer Sherman McCoy als een baksteen vallen.

Kramer verliet de zaal van de grand jury in de staat van gelukzaligheid die voornamelijk bekend is aan atleten die net een grote overwinning hebben behaald. Hij deed zijn best om een glimlach te onderdrukken.

'Hé, Larry!'

Bernie Fitzgibbon kwam op hem afgesneld door de gang. Goed zo! Nu had hij nog eens een oorlogsverhaal voor de norse Ier.

Maar voor hij een woord uit kon brengen over zijn triomf, zei Bernie: 'Lar-ry, heb je dit gezien?'

Hij stak hem een exemplaar van *The City Light* toe.

Quigley, die net binnen was gekomen, pakte *The City Light* van Killians bureau en begon hem zelf te lezen. Sherman zat naast het bureau in de belabberde leunstoel van fiberglas en wendde zijn ogen af, maar hij kon hem nog steeds zien, de voorpagina.

Een balk bovenaan luidde: EXCLUSIEF! NIEUWE SENSATIE IN ZAAK MCCOY!

In de linkerbovenhoek van de pagina stond een foto van Maria in een laag uitgesneden jurk waaronder haar borsten opwelfden en met haar lippen iets van elkaar. Om de foto heen stond een kop in een enorm zwart corps:

KOM
IN MIJN
LIEFDESNESTJE
MET HUURCONTROLE!

Daaronder stond een balk met kleinere letters:

MILJONAIRSWEDUWE MARIA ONTVING MCCOY OP GEHEIM RENDEZ-VOUS ADRES VAN $331 PER MAAND *door Peter Fallow*

Killian zat achter het bureau, leunde achterover in zijn draaistoel en bestu-deerde Shermans sombere gezicht.

'Luister,' zei Killian. 'Maak je d'r niet druk om. 't Is een smerig verhaal. Maar 't is niet nadelig voor ons. Misschien helpt het wel. 't Zit er dik in dat haar geloofwaardigheid ermee ondermijnd wordt. Ze komt eruit naar voren als een hoer.'

'Zo is 't maar net,' zei Quigley met een stem die opbeurend bedoeld was.

'We wisten al waar ze zat toen haar echtgenoot de pijp uit ging. Ze zat daar in Italië bij die jongen Filippo. En nu hebben we die vent Winter hier die zegt dat ze daar de hele tijd mannen over de vloer had. Een fraai heerschap, die Winter, vin je nie, Tommy?'

'Echt een sympathieke huisbaas,' zei Killian. Toen tegen Sherman: 'Als Maria je erbij lapt, kan dit alleen maar helpen. Niet veel, maar wel een beetje.'

'Ik zit niet aan de zaak te denken,' zei Sherman. Hij zuchtte en liet zijn machtige kin op zijn sleutelbeen zakken. 'Ik zit aan mijn vrouw te denken. Dit doet de deur dicht. Volgens mij had ze me bijna vergeven, of in ieder geval zou ze bij me blijven om ons gezin bij elkaar te houden. Maar dit doet de deur dicht.'

'Je hebt je ingelaten met een eersteklas hoer,' zei Killian. 'Dat gebeurt de hele tijd. Zoveel stelt 't niet voor.'

Hoer? Tot zijn eigen verrassing voelde Sherman de aandrang om Maria te verdedigen. Maar hij zei: 'Ongelukkig genoeg heb ik mijn vrouw gezworen dat ik nooit... nooit wat gedaan had behalve een of twee keer wat met haar geflirt.'

'Denk je nou echt dat ze dat geloofd heeft?' zei Killian.

'Dat maakt niets uit,' zei Sherman. 'Ik heb gezworen dat dat de waarheid was, en toen heb ik haar gevraagd om mij te vergeven. Ik heb daar nogal een punt van gemaakt. En nu leest ze met de rest van New York, met de rest van de wereld, op de voorpagina van een sensatiekrantje, dat ik... ik weet niet...' Hij schudde zijn hoofd.

'Nou, 't was toch niks serieus,' zei Quigley. 'Die vrouw is een eersteklas hoer, net wat Tommy al zegt.'

'Ik wil niet dat je haar zo noemt,' zei Sherman met een zachte, neerslachtige stem, zonder Quigley aan te kijken. 'Zij is de enige persoon in deze hele rotzooi die deugt.'

Killian zei: 'Ze deugt zo geweldig dat ze je erbij gaat lappen, als ze dat nog niet gedaan heeft.'

'Ze was bereid om de waarheid te vertellen,' zei Sherman. 'Daar ben ik van overtuigd, en ik heb haar gewoon met haar goeie geweten om de oren geslagen.'

'Schei toch uit. Ik kan m'n oren niet geloven.'

'Ze heeft me niet opgebeld en gevraagd om haar in dat appartement te ontmoeten om mij te belazeren. Ik ben daarheen gegaan met *afluisterapparatuur*... om *haar* te belazeren. Wat had ze erbij te winnen om mij te zien? Niets. Haar advocaten hadden haar waarschijnlijk gezegd dat ze zich niet met mij moest inlaten.'

Killian knikte. 'Da's waar.'

'Maar zo werkt Maria's geest niet. Zij is niet voorzichtig. Zij verschuilt zich niet achter juridische foefjes alleen omdat ze in een lastig parket zit. Ik heb je eens verteld dat ze met mannen in haar element is, en zo is het, net zoals het element van een... een... een dolfijn de zee is.'

'Mag 't ook een haai zijn?' zei Killian.

'Nee.'

'Oké, jij je zin. Ze is een zeemeerminnetje.'

'Noem haar wat je wilt. Maar ik ben ervan overtuigd dat wat ze in deze zaak ook met betrekking tot mij, een man met wie ze een verhouding gehad heeft, ging doen, ze zou 't niet doen vanachter een scherm van advocaten – en ze zou niet met afluisterapparatuur gekomen zijn... voor bewijsmateriaal. Wat er ook zou gebeuren, ze wilde me zien, bij me zijn, een echt gesprek met me hebben, een eerlijk gesprek, niet een of ander woordspelletje – en met me naar bed gaan. Jullie denken misschien dat ik gek ben, maar dat is precies wat ze wilde doen.'

Killian trok slechts zijn wenkbrauwen op.

'Ik geloof ook dat ze niet naar Italië ging om zich aan deze zaak te onttrekken. Ik denk dat ze ging om exact de reden die ze me vertelde. Om weg te zijn van haar man... en van mij... en ik kan haar geen ongelijk geven... en om plezier te maken met een mooie jongen. Je kunt dat de hoer uithangen noemen als je wilt, maar zij is de enige in deze hele toestand die een rechte koers heeft gevaren.'

'Da's een te gekke truc, op je rug varen,' zei Killian. 'Wat is ook weer het crisisnummer van C.S. Lewis? We hebben hier een heel nieuw concept van moraliteit aan de hand.'

Sherman sloeg zich met zijn vuist in zijn handpalm. 'Ik hou het niet voor mogelijk dat ik dit uitgehaald heb. Was ik maar recht door zee met haar geweest! Ik! – met mijn pretenties van respectabiliteit en fatsoen! En moet je dit nu zien.'

Hij pakte The City Light op, geheel en al bereid om zich te verdrinken in zijn publieke schande. '"Liefdesnestje"... "geheim adres"... een foto van het bed waarin "de miljonairsweduwe Maria McCoy ontving"... Dit is wat mijn vrouw oppakt, zij en een paar miljoen andere mensen... en mijn dochter... Mijn kleine meid is bijna zeven. Haar vriendinnetjes zullen prima in staat zijn om haar te vertellen wat dit allemaal betekent... en dat maar al te graag doen... Daar kun je zeker van zijn... Moet je je voorstellen. Die klootzak, Winter, dat is zo'n goorling dat hij de pers naar binnen haalt om een foto van het bed te maken!'

Quigley zei: ''t Zijn beesten, meneer McCoy, die huisbazen in hun huizen met vastgestelde huren. 't Zijn maniakken. Ze denken van 's morgens vroeg tot 's avonds laat maar aan één ding, en da's hoe ze hun huurders d'r uit moeten krijgen. Geen Siciliaan haat een ander dieper dan zo'n huisbaas die zich aan de huurprijzen moet houden z'n huurders haat. Ze denken dat hun huurders hun levensader aftappen. Ze worden gek. Die vent ziet Maria Ruskins foto in de krant, en ze heeft een appartement met twintig kamers op Fifth Avenue, en hij flipt helemaal en rent naar de krant.'

Sherman sloeg de krant open op pagina 3, waar het hele verhaal begon. Er stond een foto van de voorkant van het huis. Nog een foto van Maria, jong en sexy. Een foto van Judy, oud en afgetobd. Nog een foto van hemzelf... met zijn aristocratische kin... en een brede grijns...

'Dit doet de deur dicht,' zei hij in zichzelf, maar luid genoeg dat Killian en Quigley het konden horen. Wegzinkend, wegzinkend, de diepte van zijn schande induikend... Hij las hardop:

'"Winter zei dat hij over informatie beschikte dat mevrouw Ruskin onderhands $750 per maand betaalde aan de eigenlijke huurster, Germaine Boll, die de vastgestelde huur van $331 per maand betaalde." Dat klopt,' zei Sherman, 'maar ik vraag me af hoe hij dat wist. Maria heeft het hem niet verteld, en ik weet zeker dat Germaine het hem ook niet verteld heeft. Maria heeft het één keer tegen me gezegd, maar ik heb er nooit met iemand over gesproken.'

'Waar?' vroeg Quigley.

'Waar wat?'

'Waar was dat toen Maria 't jou vertelde?'

'Dat was... Dat was de laatste keer dat ik in het appartement was. Op de dag dat het eerste verhaal verscheen in *The City Light*. Die dag toen die grote gek, dat chassidische monster, binnen kwam vallen.'

'Jajaja,' zei Quigley. Er spreidde zich een glimlach over zijn gezicht. 'Heb je 't door, Tommy?'

'Nee,' zei Killian.

'Nou, ik wel,' zei Quigley. 'Ik kan 't fout hebben, maar ik denk da'k 't door heb.'

'Dat je wat door hebt?'

'Die gluiperige klootzak,' zei Quigley.

'Waar heb je 't over?'

'Dat vertel ik je later wel,' zei Quigley, nog steeds met een grijns. 'Ik ga daar nu meteen heen.'

Hij ging de kamer uit en snelde de gang door.

'Wat gaat hij doen?' vroeg Sherman.

'Ik weet het niet precies,' zei Killian.

'Waar gaat hij naar toe?'

'Ik weet het niet. Ik laat hem z'n gang maar gaan. Quigley is iemand die z'n intuïtie volgt.'

Killians telefoon ging, en de stem van de receptioniste kwam over de intercom. 'De heer Fitzgibbon op 3-0.'

'Geef maar door,' zei Killian, en hij pakte de hoorn op. 'Ja, Bernie?'

Killian luisterde met zijn ogen naar beneden gericht, maar zo af en toe sloeg hij ze op en wierp hij een blik op Sherman. Hij maakte wat aantekeningen. Sherman voelde hoe zijn hart begon te bonzen.

'Op grond waarvan?' zei Killian. Hij luisterde verder. 'Da's bullshit, dat weet je best... Jaja, nou, ik ben... Ik ben... Wat?... Bij wie komt 't voor?... Unh unh...' Na een poosje zei hij: 'Ja, hij zal er zijn.' Hij keek op naar Sherman toen hij dat zei. 'Oké. Bedankt, Bernie.'

Hij hing op en zei tegen Sherman: 'Nou... de grand jury heeft besloten tot strafvervolging. Ze heeft je erbij gelapt.'

'Heeft hij dat gezegd?'

'Nee. Hij mag niks zeggen over wat er in de juryzaal voorvalt. Maar hij heeft het tussen neus en lippen gezegd.'

'Wat betekent dat? Wat gaat er nu gebeuren?'

'Het eerste wat er gebeurt is dat de officier van justitie het hof morgen ochtend verzoekt om 'n hogere borgtocht te stellen.'

'Een hogere borgtocht? Hoe kunnen ze dat maken?'

'De veronderstelling is dat nu je in staat van beschuldiging bent gesteld je meer reden hebt om je te onttrekken aan de jurisdictie van het hof.'

'Maar dat is waanzin!'

'Natuurlijk is 't dat, maar dat gaan ze doen, en daar moet je bij aanwezig zijn.'

Een vreselijke gedachte begon tot Sherman door te dringen. 'Hoeveel gaan ze vragen?'

'Dat weet Bernie niet, maar 't zal een hoop zijn. Een half miljoen. Een kwart miljoen zeker. Een of ander nonsensbedrag. Da's gewoon Weiss die op grote krantekoppen mikt, en op de stemmen van de zwarten.'

'Maar – kunnen ze die borg echt zo hoog stellen?'

'Dat hangt helemaal van de rechter af. In dit geval rechter Kovitsky, die ook toezicht houdt op de grand jury. Die laat niet met zich sollen. Bij hem maak je tenminste een kans.'

'Maar als ze de borgtocht echt zo hoog stellen – hoeveel tijd heb ik dan om het geld bij elkaar te krijgen?'

'Hoeveel tijd? Zo gauw je dat geld gestort hebt, kom je vrij.'

'Kom ik vrij?' Een vreselijk besef – 'Hoe bedoel je, vrij?'

'Vrij uit hechtenis.'

'Maar waarom zou ik in hechtenis zitten?'

'Nou, zo gauw er 'n nieuwe borgtocht wordt gesteld, word je in hechtenis genomen tot je de borg betaald hebt, tenzij je 'm meteen betaalt.'

'Wacht even, Tommy. Je bedoelt toch niet dat als ze mijn borgtocht verhogen morgenochtend, dat ze me meteen in hechtenis nemen daar, zodra de borgtocht is gesteld?'

'Nou, eh, ja. Maar trek nou geen voorbarige conclusies.'

'Bedoel je dat ze me daar meteen oppakken, in de rechtszaal?'

'Tja, als – maar je moet – '

'Ze pakken me op, en stoppen me waar?'

'Nou, in het Huis van Bewaring in de Bronx, waarschijnlijk. Maar 't punt is – '

Sherman begon met zijn hoofd te schudden. Hij had het gevoel dat de binnenkant van zijn hersenpan in brand stond. 'Dat kan ik niet opbrengen, Tommy.'

'Denk nou niet meteen 't ergste! We kunnen nog van alles doen.'

Nog steeds hoofdschuddend: 'Ik kan met geen mogelijkheid vanmiddag een half miljoen dollar bij elkaar krijgen en in een zak stoppen.'

'Zo ver ga ik nog helemaal niet, godsamme. 't Is een hoorzitting over de borgtocht. De rechter moet de argumenten aanhoren. Wij hebben goeie argumenten.'

'Jazeker,' zei Sherman. 'Je hebt zelf gezegd dat dit een politieke speelbal is.' Hij liet zijn hoofd hangen en schudde het nog wat. 'Jezus Christus, Tommy, ik kan het niet opbrengen.'

Ray Andriutti zat zijn pepperoni en zijn afwaswaterkoffie naar binnen te werken, en Jimmy Caughey hield een halve stok rosbief als een knuppel in de lucht terwijl hij met iemand aan de telefoon zat te praten over de een of andere klote zaak die hem was toegewezen. Kramer had geen trek. Hij las het artikel in *The City Light* voor de zoveelste maal. Hij ging er helemaal in op. Liefdesnestje met huurcontrole, $331 per maand. Deze onthulling had hoe dan ook niet echt veel invloed op de zaak. Maria Ruskin zou er niet helemaal vanaf komen als het sympathieke schatje dat iedereen plat had gekregen in de zaal van de grand jury, maar ze zou toch een goeie getuige zijn. En als ze haar 'Shuhmun'-duet met Roland Auburn deed, zou hij Sherman McCoy achter slot en grendel hebben. Liefdesnestje met huurcontrole, $331 per maand. Durfde hij Hielig Winter op te bellen? Waarom niet? Hij moest hem toch ondervragen... kijken of hij de relatie tussen Maria Ruskin en Sherman McCoy verder kon toelichten voor zover deze verband hield met... met... met liefdesnestje met huurcontrole, $331 per maand.

Sherman liep de woonkamer uit en de hal in en luisterde naar het geluid van zijn schoenen op het statige groene marmer. Toen draaide hij zich om en luisterde naar zichzelf terwijl hij over het marmer naar de bibliotheek liep. In de bibliotheek was er nog één lamp, naast een stoel, die hij niet had aangedaan. Dus deed hij die aan. Het hele appartement, alle twee de verdiepingen, baadde in het licht en bonsde van de stilte. Zijn hart ging stevig tekeer. In hechtenis – morgen zouden ze hem weer *daarin* opsluiten! Hij wilde het uitschreeuwen, maar er was niemand in het gigantische appartement om het tegen uit te schreeuwen; en daarbuiten ook niet.

Hij dacht aan een mes. In theorie was dat van een stalen efficiëntie, een lang keukenmes. Maar toen probeerde hij het in gedachten ten uitvoer te brengen. Waar zou hij het in zich steken? Zou hij het kunnen verdragen? Als hij er nou een bloederige troep van maakte? Zich uit een raam werpen. Hoelang zou het duren voor hij van deze hoogte op het plaveisel zou neerkomen? Seconden... seconden waar geen eind aan kwam... waarin hij zou denken aan... wat? Aan wat het Campbell zou doen, aan het feit dat hij de uitweg van de lafaard koos. Was hij het wel echt van plan? Of was dit alleen maar bijgelovig gespeculeer, waarbij hij zichzelf wijsmaakte dat hij het, als hij maar aan het ergste dacht, wel kon verdragen... wat er werkelijk... *terug daarin*? Nee, hij kon het niet verdragen.

Hij pakte de hoorn van de haak en draaide het nummer in Southampton weer. Er werd niet opgenomen; er werd de hele avond al niet opgenomen, ondanks het feit dat Judy en Campbell volgens zijn moeder nog voor de middag uit het huis in East Seventy-third Street weg waren gegaan, samen met Bonita, juffrouw Lyons en de tekkel. Had zijn moeder het artikel in de krant gelezen? Ja. Zijn moeder had zich er zelfs niet toe kunnen brengen om er commentaar op te leveren. Het was te goor om over te praten. Hoeveel erger zou het dan voor Judy geweest zijn! Ze was helemaal niet naar Southampton gegaan! Ze had besloten om ervandoor te gaan, en had Campbell meegenomen... naar het Midden-Westen... Terug naar Wisconsin... Een herinne-

ringsflits... de kale prairie, alleen onderbroken door zilverige aluminium wa-
tertorens die eruit zagen als modernistische paddestoelen en door sprietige
bomengroepjes... Een zucht... Campbell zou het daar beter hebben dan in
New York waar ze leefde met de besmeurde herinnering aan een vader die in
feite niet langer bestond... een vader die verstoken was van alles wat een
mens kenschetste, op zijn naam na, die nu toebehoorde aan een schurkachti-
ge karikatuur waar kranten, televisie en lasteraars van elke soort naar eigen
goeddunken de draak mee konden steken... Wegzinkend, wegzinkend,
wegzinkend gaf hij zich over aan schaamte en zelfmedelijden... tot bij ongeveer de twaalfde keer dat de telefoon overging iemand hem opnam.

'Hallo?'

'Judy?'

Een stilte. 'Ik dacht al dat jij het zou zijn,' zei Judy.

'Ik veronderstel dat je het verhaal gelezen hebt,' zei Sherman.

'Ja.'

'Judy, luister – '

'Tenzij je wilt dat ik nu meteen ophang, zeg er geen woord over. Begin er
zelfs niet over.'

Hij aarzelde. 'Hoe gaat het met Campbell?'

'Ze houdt zich goed.'

'Hoeveel weet ze ervan?'

'Ze begrijpt dat er moeilijkheden zijn. Ze weet dat er iets aan de hand is. Ik
denk niet dat ze weet wat. Gelukkig is de school afgelopen, al zal het hier al
erg genoeg zijn.'

'Laat me uitleggen – '

'Nee. Ik heb geen zin om naar je verklaringen te luisteren. Het spijt me,
Sherman, maar ik heb geen zin om mijn intelligentie te laten beledigen. Niet
nog meer dan al gebeurd is.'

'Goed, maar ik moet je toch tenminste vertellen wat er verder gaat gebeuren. Ik word morgen weer in hechtenis genomen. Terug naar de gevangenis.'

Zacht: 'Waarom?'

Waarom? Het maakt niet uit waarom! Ik schreeuw het tegen je uit om
hulp – om me in je armen te nemen! Maar ik heb er geen recht meer op! Dus
legde hij haar alleen maar het probleem van de verhoogde borgtocht uit.

'Ik begrijp het,' zei ze.

Hij wachtte even, maar dat was het. 'Judy, ik weet niet of ik het op kan
brengen.'

'Hoe bedoel je?'

'Het was afschuwelijk de eerste keer, en toen zat ik alleen maar een paar
uur vast in een tijdelijke arrestantencel. Dit keer moet ik naar het Huis van
Bewaring in de Bronx.'

'Maar alleen maar tot je de borg hebt gestort.'

'Maar ik weet niet of ik het zelfs maar een dag uithou, Judy. Na al deze
publiciteit zal het er vol mensen zitten... die *het op mij gemunt hebben*... ik bedoel, het is al erg genoeg als ze niet weten wie je bent. Je kunt je niet voorstellen hoe het is – ' Hij zweeg. *Ik wil het tegen je uitschreeuwen om hulp!* Maar hij had
het recht niet meer.

Ze hoorde de angst in zijn stem. 'Ik weet niet wat ik tegen je moet zeggen, Sherman. Als ik op een of andere manier bij je kon zijn, zou ik dat doen. Maar jij blijft de grond vanonder mijn voeten weghalen. We hebben al eens eerder zo'n gesprek gehad. Wat heb ik jou nog te geven? Ik heb alleen… zo met je te doen, Sherman. Ik weet niet wat ik je verder moet zeggen.'

'Judy?'

'Ja?'

'Zeg tegen Campbell dat ik heel veel van haar hou. Zeg tegen haar… zeg tegen haar dat ze aan haar vader moet denken als de persoon die hier was voor dit allemaal gebeurde. Zeg tegen haar dat je verandert door dit alles en dat je nooit meer dezelfde persoon kunt zijn.'

Hij hunkerde ernaar dat Judy hem zou vragen wat hij bedoelde. Hij stond klaar om bij de minste of geringste uitnodiging alles eruit te gooien wat hij voelde. Maar het enige dat ze zei was:

'Ik weet zeker dat ze altijd van je zal houden, wat er ook gebeurt.'

'Judy?'

'Ja?'

'Weet je nog toen we vroeger in de Village woonden, hoe ik altijd naar mijn werk ging?'

'Hoe je naar je werk ging?'

'Toen ik bij Pierce & Pierce begon? Hoe ik een vuist naar je ophief als ik het huis uitging, de Black Power groet?'

'Ja, dat weet ik nog.'

'Weet je waarom?'

'Ik denk van wel.'

'Daar wilde ik mee zeggen, zeker, ik ga op Wall Street werken, maar mijn hart en ziel zullen nooit aan Wall Street toebehoren. Ik ging Wall Street gebruiken en rebelleren en ermee breken. Weet je dat allemaal nog?'

Judy zweeg.

'Ik besef dat het niet zo gelopen is,' ging hij verder, 'maar ik herinner me wat een heerlijk gevoel het was. Jij niet?'

Weer stilte.

'Nou, ik heb gebroken met Wall Street. Of Wall Street heeft met mij gebroken. Ik weet dat het niet hetzelfde is, maar op een of andere manier voel ik me bevrijd.' Hij zweeg, in de hoop haar een opmerking te ontlokken.

Ten slotte zei Judy: 'Sherman?'

'Ja?'

'Dat is een herinnering, Sherman, maar die leeft niet meer.' Haar stem brak. 'Al onze herinneringen uit die tijd zijn verschrikkelijk bezoedeld. Ik begrijp dat je van mij iets anders wilt horen, maar ik ben bedrogen en ik ben vernederd. Ik zou willen dat ik zo kon zijn als lang geleden en je kon helpen, maar ik kan het gewoon niet.' Ze zat haar tranen te verbijten.

'Het zou helpen als je me kon vergeven – als je me een laatste kans gaf.'

'Dat heb je me al eens eerder gevraagd, Sherman. Goed, ik vergeef je. En ik vraag je nogmaals: Wat voor verschil maakt dat nog?' Ze huilde zachtjes.

Daar had hij geen antwoord op, en dat was dat.

Naderhand zat hij in de schitterende zee van licht en stilte van de bibliotheek. Hij liet zich onderuit zakken in de draaistoel aan zijn bureau. Hij voelde de druk van de rand van de zitting tegen de onderzijde van zijn dijen. Wijnrood Marokkaans leer; $1100 alleen voor de bekleding van de rug en de zitting van deze ene stoel. De deur van de bibliotheek stond open. Hij keek de hal in. Daar op de marmeren vloer kon hij de weelderig gekrulde poten van een van de Thomas Hope leunstoelen zien. Geen mahoniehouten kopie maar een van de palissanderhouten originelen. Palissanderhout! De kinderlijke vreugde toen Judy haar palissanderhouten originelen ontdekt had!

De telefoon ging. *Ze belde terug!* Hij nam de hoorn meteen op.

'Hallo?'

'Aiiiii, Sherman.' Zijn hart zonk weer in zijn schoenen. Het was Killian. 'Ik wil dat je weer hier komt. Heb je iets te laten zien.'

'Zit je nog op kantoor?'

'Quigley is er ook. We hebben iets voor je.'

'Wat?'

'Liever niet door de telefoon.' *Tillefoon.* 'Ik wil dat je meteen komt.'

'Oké... ik kom eraan.'

Hij wist niet of hij hoe dan ook nog een minuut in het appartement had kunnen blijven.

In het oude gebouw in Reade Street zat de nachtwaker, die eruit zag als een Cyprioot of een Armeniër, te luisteren naar een country-zender op een enorme draagbare radio. Sherman moest zijn naam en de tijd in een register schrijven. De nachtwaker zong steeds het refrein van het liedje mee met zijn zware accent:

> Mijn kin hou ik hoog,
> Mijn glimlach op,
> Mijn hart zit
> in mijn
> schoenen...

Wat klonk als:

> M'n kin ouk ook,
> M'n klimlak op,
> M'n art sit
> in m'n
> skoene...

Sherman nam de lift naar boven, liep door de vunzige stilte van de gang, en kwam bij de deur met het gegraveerde plastic bord met de namen DERSHKIN, BELLAVITA, FISHBEIN & SCHLOSSEL. Heel even schoot de gedachte aan zijn vader door zijn hoofd. De deur was op slot. Hij klopte aan, en na vijf of tien seconden deed Ed Quigley open.

'Aiiiii! Kom d'r in!' zei Quigley. Zijn norse gezicht glom van genoegen. *Straalde* was het woord. Plotseling was hij Shermans dikste vriend. Er pruttelde een zacht gegrinnik uit hem op terwijl hij Sherman voorging naar Killians kantoor.

Killian stond daar met de grijns van de kat die de kanarie te pakken heeft gekregen. Op zijn bureau stond een grote bandrecorder die zo te zien afkomstig was uit de hogere en meer geavanceerde regionen van het Audio-Visuele Rijk.

'Aiiiiiiiiii!' zei Killian. 'Ga zitten. Hou je vast. Luister hier maar eens naar.'

Sherman ging naast het bureau zitten. 'Wat is het?'

'Vertel dat maar aan mij,' zei Killian. Quigley stond naast Killian naar het apparaat te kijken en zenuwachtig te draaien als een schooljongen op het toneel die een prijs krijgt. 'Ik wil niet dat je hier teveel van gaat verwachten,' zei Killian, 'want er zitten wat behoorlijk problematische kanten aan, maar je zult 't wel interessant vinden.'

Hij drukte een knop op het apparaat in, en er kwam een stroom zacht geknetter uit. Toen een mannenstem:

'Ik wist het wel. Ik heb het van het begin af aan geweten. We hadden het meteen aan moeten geven.' Gedurende een of twee seconden herkende hij de stem niet. Toen drong het tot hem door. *Mijn eigen stem!* De stem vervolgde: 'Ik kan er niet bij dat ik – ik kan er niet bij dat we in deze situatie zitten.'

De stem van een vrouw: 'Tja, nu is 't te laat, Sherman.' *Shuhmun.* 'Dat zijn gedane zaken.'

De hele scène – de angst, de spanning, die hele sfeer – golfde door Shermans zenuwgestel... In haar schuilplaats die avond toen het eerste artikel over Henry Lamb in *The City Light* verschenen was... MOEDER VAN VEELBELOVENDE SCHOLIER: POLITIE ZIT STIL IN DOORRIJZAAK... Hij kon de kop voor zich zien bovenop de eikehouten tafel...

Zijn stem: 'Vertel gewoon... wat er echt gebeurd is.'

Haar stem: 'Dat zal *prachtig* klinken. Twee jongens hielden ons tegen en probeerden ons te beroven, maar jij gooide die ene een band naar zijn hoofd, en ik stoof ervandoor als een... als een wegpiraat, maar ik wist niet dat ik iemand geraakt had.'

'Nou, dat is precies wat er gebeurd is, Maria.'

'En wie zal dat geloven?...'

Sherman keek naar Killian. Killian had een gespannen glimlachje op zijn gezicht. Hij hief zijn rechterhand op alsof hij Sherman aan wilde manen om te blijven luisteren en nog niets te zeggen. Quigley hield zijn ogen strak op het toverapparaat gericht. Hij klemde zijn lippen op elkaar om de brede grijns, die naar zijn gevoel wel op zijn plaats was, in te houden.

Al gauw kwam de Reus op de proppen. 'Woont u hier?'

Zijn eigen stem: 'Ik zei al dat we hier geen tijd voor hebben.' Hij klonk verschrikkelijk hooghartig en gemaakt. Hij voelde weer helemaal opnieuw de ontluistering van dat ogenblik, het vreselijke gevoel dat hij elk moment gedwongen kon worden tot een duel van man tot man, hoogstwaarschijnlijk lichamelijk, dat hij met geen mogelijkheid kon winnen.

'U woont hier niet en zij woont hier niet. Wat doen jullie hier?'

De verwaande kwast: 'Dat gaat u niets aan! Wees nu zo goed om te verdwijnen!'

'Jullie horen hier niet. Begrijpt u wel? D'r zit hier iets lelijk fout.'

Toen Maria's stem... het gekrakeel... een kolossaal gekraak toen de stoel brak en de Reus tegen de vloer klapte... zijn smadelijke aftocht... Maria's gierende lachbui...

Ten slotte zei haar stem: 'Germaine betaalt maar $331 per maand, en ik betaal haar $750. Ze heeft een woning met een vastgestelde huur. Ze zouden haar er maar wat graag uitwerken.'

Spoedig daarna hielden de stemmen op... en Sherman herinnerde zich, *voelde*, de wilde vrijpartij op het bed...

Toen de band afgelopen was, zei Sherman tegen Killian: 'Mijn God, dat is niet te geloven. Waar komt dat vandaan?'

Killian keek naar Sherman maar wees met zijn rechterwijsvinger naar Quigley. Dus keek Sherman naar Quigley. Dit was het moment waar Quigley op gewacht had.

'Zodra je mij vertelde waar zij dat tegen jou gezegd had over haar huurzwendel, wist ik 't. Ik *wist* 't goddomme gewoon. Wat een stelletje gekken. Die Hielig Winter is niet de eerste met een recorder die door stemgeluid geactiveerd wordt. Dus ik ben daar meteen naar toe gegaan. Die klojo heeft microfoons verstopt in de kastjes van de intercom in de woningen. De recorder had-ie in de kelder in een afgesloten kast.'

Sherman staarde naar het plotseling stralende gezicht van de man. 'Maar waarom zou hij al die moeite nemen?'

'Om de huurders d'r uit te krijgen!' zei Quigley. 'De helft van de mensen in dit soort appartementen met een vastgestelde huur zit er illegaal. De helft zwendelt maar wat aan, net als jouw vriendin daar. Maar 't is weer heel wat anders om 't te bewijzen voor de rechter. Dus die idioot neemt alle gesprekken in de hele tent op met zijn recorder. En heus, hij is lang niet de eerste.'

'Maar... is dat ook niet illegaal?'

'Ille*gaal*,' zei Quigley vergenoegd, ''t is zo verdomd illegaal dat 't niet leuk meer is! 't Is zo verdomd illegaal dat als-ie nu binnen zou komen dan zou ik zeggen: "Hé, ik heb je klote band gepikt, wat zeg je daarvan?" En hij zou zeggen: "Ik weet niet waar je 't over hebt," en als een brave jongen aftaaien. Ik zeg je toch, die maniakken zijn *geschift*.'

'En jij hebt die band gewoon gepikt? Hoe ben je er trouwens in gekomen?'

Quigley haalde met opperste zelfgenoegzaamheid zijn schouders op. 'Dat was niet zo moeilijk.'

Sherman keek naar Killian. 'Jezus... misschien... als dat op band staat dan staat misschien... Meteen na dat hele gedoe in de Bronx zijn Maria en ik naar haar appartement gegaan en hebben we de hele zaak doorgepraat, alles wat er was gebeurd. Als dat op band staat – dat zou... fantastisch zijn!'

'Dat staat er niet op,' zei Quigley. 'Ik heb kilometers van dit spul afgeluisterd. 't Gaat niet zo ver terug. Af en toe zal hij de band wel wissen en er weer overheen opnemen, zodat hij niet steeds nieuwe banden hoeft te kopen.'

Sherman was in een jubelstemming. 'Nou, misschien is dit al voldoende!' zei hij tegen Killian.

Quigley zei: 'Overigens, jij bent niet de enige bezoeker die ze in die tent ontvangt.'

Killian viel in: 'Tja, nou, dat is op dit moment alleen van belang voor de historici. Moet je luisteren, Sherman. Ik wil niet dat je nou allerlei verwachtingen gaat koesteren nu we deze band hebben. We hebben twee lastige problemen. 't Eerste is dat ze er niet rechtstreeks voor uitkomt dat zij die jongen heeft aangereden en niet jij. Wat ze zegt is indirect. De helft van de tijd klinkt ze alsof ze 't eens is met wat jij zegt. Maar 't is toch een goed strijdmiddel. 't Is zeker voldoende om twijfel te zaaien bij 'n jury. Ze schijnt zonder meer in te stemmen met jouw theorie dat het een poging tot roof was. Maar we hebben nog een probleem, en om eerlijk te zijn weet ik niet wat we daar verdomme aan kunnen doen. Ik kan deze band met geen mogelijkheid als bewijsmateriaal opvoeren.'

'Niet? Waarom niet?'

'Zoals Ed net zegt, deze band is totaal illegaal. Die mafkees Winter kan de gevangenis indraaien omdat hij dit gedaan heeft. Er is absoluut geen enkele kans dat een clandestiene, illegale band gebruikt kan worden als bewijsmateriaal in een rechtszaal.'

'Ja maar, waarom heb je mij dan met afluisterapparatuur op pad gestuurd? Dat is ook een clandestiene band. Hoe zou die dan wèl gebruikt kunnen worden?'

'Die is clandestien maar niet illegaal. Je hebt 't recht om je eigen gesprekken op te nemen, heimelijk of niet. Maar als 't iemand anders z'n gesprekken zijn, is 't illegaal. Als die geschifte huisbaas, die Winter, z'n eigen gesprekken aan 't opnemen was, dan zou er geen probleem zijn.'

Sherman gaapte Killian met open mond aan. Zijn net opgeflakkerde hoop werd alweer de kop ingedrukt. 'Maar daar klopt niets van! Hier hebben we... essentieel bewijsmateriaal! Ze kunnen toch geen essentieel bewijsmateriaal verbieden vanwege een technisch detail!'

'Dan zal ik je 's wat vertellen, maat. Dat kunnen ze wèl. En dat zúllen ze ook. We moeten de een of andere manier bedenken waarop we deze band kunnen gebruiken om iemand over te halen een rechtsgeldige getuigenis af te leggen. Bijvoorbeeld een manier waarop we hem kunnen gebruiken om jouw vriendin Maria de waarheid te laten spreken. Heb jij geen slim idee?'

Sherman dacht even na. Toen zuchtte hij en staarde in de verte langs de twee mannen heen. Het was allemaal zo bespottelijk. 'Ik zou niet eens weten hoe je haar ertoe zou kunnen brengen om naar die verdomde band te luisteren.'

Killian keek naar Quigley. Quigley schudde zijn hoofd. Ze waren alle drie stil.

'Wacht eens even,' zei Sherman. 'Laat me die band eens zien.'

'Zien?' zei Killian.

'Ja. Geef hem eens.'

'Van 't apparaat af halen?'

'Ja.' Sherman stak zijn hand uit.

Quigley spoelde de band terug en haalde hem heel behoedzaam van het apparaat, alsof hij een kostbaar voorwerp van met de mond geblazen glas oppakte. Hij gaf hem aan Sherman.

Sherman hield de band met beide handen vast en staarde ernaar. 'Krijg nou wat,' zei hij, en keek op naar Killian. 'Dit is de mijne.'

'Wa bedoel je, de jouwe?'

'Dit is mijn band. Die heb ik gemaakt.'

Killian keek hem bevreemd aan, alsof hij voelde dat hij in de maling werd genomen. 'Wa bedoel je, die heb jij gemaakt?'

'Ik had die avond afluisterapparatuur bij me, omdat dat artikel in *The City Light* net verschenen was en ik bedacht dat ik misschien een bewijs nodig zou hebben van wat er werkelijk gebeurd was. Waar we net naar hebben zitten luisteren – dat is de band die ik die avond gemaakt heb. Dit is mijn band.'

Killians mond hing open. 'Waar heb je 't nou allemaal over?'

'Ik zeg dat ik deze band gemaakt heb. Wie kan er beweren dat het niet zo is? Deze band is in mijn bezit, nietwaar? Hier is hij. Ik heb deze band gemaakt om een accuraat verslag van mijn eigen gesprek te hebben. Vertelt u eens, Raadsman, zou u zeggen dat deze band toelaatbaar is in een rechtszaal?'

Killian keek naar Quigley. 'Jezus Christus, godverdomme.' Toen keek hij naar Sherman. 'Even voor alle duidelijkheid, meneer McCoy. Je vertelt mij dat je afluisterapparatuur bij je had en deze band gemaakt hebt van jouw gesprek met mevrouw Ruskin?'

'Precies. Is deze band toelaatbaar?'

Killian keek naar Quigley, grijnsde, en keek toen weer naar Sherman. ''t Is heel goed mogelijk, meneer McCoy, heel goed mogelijk. Maar je moet me wat vertellen. Hoe heb je deze band precies gemaakt? Wat voor apparatuur heb je gebruikt? Waar had je die apparatuur? Ik denk dat als je wilt dat het hof dit bewijsstuk toelaat, dat je dan maar beter kunt zorgen dat je in staat bent om verantwoording af te leggen over alles wat je gedaan hebt, van A tot Z.'

'Nou,' zei Sherman, 'Ik zou graag horen hoe de heer Quigley hier *raadt* dat ik het gedaan heb. Hij schijnt verstand van deze materie te hebben. Ik wil het hem wel eens horen *raden*.'

Quigley keek naar Killian.

'Vooruit maar, Ed,' zei Killian, 'raad eens.'

'Nou,' zei Quigley, 'zelf zou ik een Nagra 2600 nemen die door stemgeluid geactiveerd wordt, en dan zou ik…' Hij gaf een zeer gedetailleerd overzicht van hoe hij precies het fabelachtige Nagra-apparaat zou gebruiken en op zijn lichaam zou bevestigen en ervoor zou zorgen dat hij zich verzekerde van een opname van de hoogste kwaliteit van een dergelijk gesprek.

Toen hij klaar was zei Sherman: 'Meneer Quigley, u bent waarlijk een expert in deze materie. Want weet u wat? Dat is exact wat ik gedaan heb. U hebt geen enkele stap overgeslagen.' Toen keek hij naar Killian. 'Zo zat het. Wat denk je ervan?'

'Ik zal je zeggen wat ik denk,' zei Killian langzaam. 'Ik sta goddomme versteld van je. Ik had niet gedacht dat je dat in je had.'

'Ik ook niet,' zei Sherman. 'Maar er is me de laatste dagen zo langzamerhand iets duidelijk geworden. Ik ben Sherman McCoy niet meer. Ik ben iemand anders zonder eigennaam. Ik ben die andere persoon al sinds de dag waarop ik gearresteerd werd. Ik wist dat er iets... iets fundamenteels gebeurd was die dag, maar in het begin wist ik niet wat het was. In het begin dacht ik dat ik nog steeds Sherman McCoy was, en Sherman McCoy maakte een periode van zware tegenslag door. Maar de laatste paar dagen ben ik de waarheid onder ogen gaan zien. Ik ben iemand anders. Ik heb niets te maken met Wall Street of Park Avenue of Yale of St.Paul's of Buckley of de Leeuw van Dunning Sponget.'

'De Leeuw van Dunning Sponget?' vroeg Killian.

'Zo heb ik altijd over mijn vader gedacht. Hij was een heerser, een aristocraat. En misschien was hij dat, maar ik ben niet meer met hem verwant. Ik ben niet de persoon met wie mijn vrouw getrouwd is of de vader die mijn dochter kent. Ik ben een ander mens. Ik besta nu *hier beneden*, als jullie het mij niet kwalijk nemen dat ik het zo noem. Ik ben geen uitzonderlijke cliënt van Dershkin, Bellavita, Fishbein & Schlossel. Ik ben een standaardgeval. Elk schepsel heeft zijn natuurlijke omgeving, en ik zit nu in de mijne. Reade Street en 161st Street en de cel – als ik denk dat ik erboven sta, hou ik mezelf alleen maar voor de gek, en ik ben opgehouden met mezelf voor de gek houden.'

'Aiiiii, wacht even,' zei Killian. 'Zo erg is 't nog niet.'

'Zo erg is het wel,' zei Sherman. 'Maar ik zweer je dat het me nu niet meer zoveel doet. Weet je hoe ze een hond, een troeteldier, zoals een politiehond die zijn hele leven gevoerd en verwend is, hoe ze die kunnen trainen tot een valse waakhond?'

'Heb ik wel 'ns over gehoord, ja,' zei Killian.

'Ik heb 't wel zien gebeuren,' zei Quigley. 'Ik heb 't zien gebeuren toen ik bij de politie zat.'

'Nou, dan ken je het principe,' zei Sherman. 'Ze veranderen de aard van zo'n hond niet met hondebrokjes of pillen. Ze leggen hem aan de ketting en ze slaan hem en ze sarren hem en ze tergen hem en ze slaan hem nog meer, tot hij omslaat en zijn tanden ontbloot en bereid is om zich dood te vechten telkens als hij een geluid hoort.'

'Dat klopt,' zei Quigley.

'Nou, in die situatie zijn honden slimmer dan mensen,' zei Sherman. 'Een hond klampt zich niet vast aan het denkbeeld dat hij een fantastisch troeteldier is in de een of andere prachtige hondenshow, zoals een mens doet. Een hond snapt wat er aan de hand is. Een hond weet wanneer het tijd is om in een beest te veranderen en te vechten.'

31

In de plexus solaris

Het was een zonnige dag dit keer, een zachte dag in juni. De lucht was zo helder dat hij zuiver en verkwikkend leek, zelfs hier in de Bronx. Een ideale dag, kortom; Sherman trok het zich erg aan. Hij trok het zich persoonlijk aan. Wat vreselijk harteloos! Hoe kon de Natuur, het Noodlot – God – zo'n subliem decor opzetten voor het uur van zijn misère? Harteloosheid van alle kanten. Een angstscheut schoot naar het uiteinde van zijn endeldarm.

Hij zat naast Killian op de achterbank van een Buick. Ed Quigley zat voorin, naast de chauffeur, die een donkere huid had, dik sluik zwart haar en smalle, fijne, bijna popperige gelaatstrekken. Een Aziaat? Ze kwamen de afrit van de snelweg af vlak langs de kuip van het Yankee Stadion, en op een groot bord stond: VANAVOND 19.00 YANKEES – KANSAS CITY. Wat vreselijk harteloos! Er zouden hier vanavond *ondanks alles* tienduizenden mensen komen – om bier te drinken en naar een witte bal te kijken die twee uur lang heen en weer sprong en stuiterde – en hij zou *daarbinnen* zijn, in een duisternis waar hij zich geen voorstelling van kon maken. En *het zou beginnen*. De arme dwazen! Ze wisten niet hoe de werkelijkheid was! Er zaten tienduizenden mensen in het Yankee Stadion naar een *spel* te kijken, een *schijnvertoning* van een oorlog, terwijl hij in een oorlog zat. En het zou beginnen... het elementaire fysieke geweld...

Nu reed de Buick de lange heuvel van 161st Street op. Ze zouden er in minder dan geen tijd zijn.

'Het is niet hetzelfde gerechtsgebouw,' zei Killian. ''t Is het gebouw bovenop de heuvel, rechts.'

Sherman zag een gigantisch bouwwerk van kalksteen. Het zag er heel majestueus uit zoals het op de top van de Grand Concourse stond, in het zonlicht op een ideale dag; majestueus en ontzagwekkend zwaar.

Sherman zag hoe de ogen van de chauffeur hem steeds opzochten in de achteruitkijkspiegel, en dan was er een gênant contact en schoten ze weg. Quigley, voorin naast de chauffeur, droeg een stropdas en een colbert, maar dat hield niet over. Het tweed colbert, van een merkwaardige talinggroene Bedorven Vlees-kleur, kroop op uit de pokdalige huid van zijn nek. Hij zag eruit als het soort ongedurige Harde Jongen dat staat te trappelen om het colbertje en de stropdas af te doen en te gaan vechten en hematomen te kweken of, nog beter, de een of andere van angst verstijfde slappeling op te naaien die niet op de uitdaging om te vechten in wil gaan.

Terwijl de auto de heuvel opreed, zag Sherman boven aan de heuvel een massa mensen op de straat voor het kalkstenen gebouw. De auto's weken helemaal uit om zich erlangs te wurmen.

'Wat is daar aan de hand?' zei hij.

'Ziet eruit als een demonstratie,' zei Quigley.

Killian zei: 'Ze staan deze keer tenminste niet voor je flat.'

'Een de-mon-strrra-tie? Hahaha,' zei de chauffeur. Hij had een zangerig accent en een beleefde en uiterst nerveuze lach. 'Tegen wat? Hahaha.'

'Tegen ons,' zei Quigley met zijn vlakke stem.

De chauffeur keek naar Quigley. 'Tegen julliiiie? Hahaha.'

'Ken je de heer die deze auto gehuurd heeft? De heer McCoy?' Quigley knikte met zijn hoofd in de richting van de achterbank.

De ogen van de chauffeur zochten weer in de spiegel en maakten contact. 'Hahaha.' Toen werd hij stil.

'Maak je niet druk,' zei Quigley. ''t Is altijd veiliger midden in een rel dan aan de buitenkant. Da's bekend.'

De chauffeur keek weer naar Quigley en zei: 'Hahaha.' Toen werd hij *heel* stil en zat hij vast en zeker te bedenken waar hij het bangst voor moest zijn, de demonstranten op straat die hij steeds dichter naderde of de Harde Jongen hier in zijn auto op maar een paar centimeter van zijn nog niet omgedraaide nek. Toen zocht hij Sherman weer en maakte contact en schoot toen de holte in en zwierde weg met uitpuilende schrikogen.

'D'r zal niks gebeuren,' zei Killian tegen Sherman. 'D'r is daar een hoop politie. Die staat klaar voor ze. 't Is elke keer 't zelfde stel, Bacon en z'n bende. Denk je dat het de mensen uit de Bronx een moer kan schelen wat er gebeurt? Zit jezelf niet te vleien. Dit is 't zelfde stel dat weer 't zelfde maffe nummer opvoert. 't Is een show. Zeg niks en kijk recht voor je uit. Deze keer hebben we een verrassing voor ze.'

Toen de auto dichter bij Walton Avenue kwam, kon Sherman de menigte op straat zien. Ze stonden overal om de voet van het gebouw op de heuvel heen. Hij hoorde een stem door een microfoon. De mensen beantwoordden de stem met een spreekkoor. Degene die in de microfoon schreeuwde scheen op het bordes boven aan de trappen aan de kant van 161st Street te staan. Uit de zee van gezichten staken cameraploegen op met hun apparatuur.

De chauffeur zei: 'Moet ik stoppen? Hahahaha.'

'Blijf maar rustig doorrijden,' zei Quigley. 'Ik zeg 't wel als je moet stoppen.'

'Hahaha.'

Killian zei tegen Sherman: 'We gaan aan de zijkant naar binnen.' Toen tegen de chauffeur: 'De volgende rechts!'

'Wat een mènsen! Hahaha.'

'Neem gewoon de volgende rechts,' zei Quigley, 'en maak je niet druk.'

Killian zei tegen Sherman: 'Bukken. Maak je veter vast of zo.'

De auto draaide de straat in die onderlangs het grote kalkstenen gebouw liep. Maar Sherman bleef rechtop zitten. Het maakte niets meer uit. *Wanneer zou het beginnen?* Hij zag een paar oranje-met-blauwe busjes met gaas voor de ramen. De mensen waren het trottoir afgestroomd en stonden de kant van 161st Street op te kijken. De stem stak een tirade tegen hen af, en vanuit de meute op de trappen stegen spreekkoren op.

'Hier scherp links,' zei Killian. 'Recht daarheen. Zie je die rooie kegel? Daar moeten we zijn.'

De auto draaide in een hoek van negentig graden naar de stoeprand onderaan langs het gebouw. Een politieagent tilde een fluorescerende rubber kegel op die midden op een parkeerplek stond. Met zijn linkerhand hield Quigley een kaart omhoog voor de voorruit, kennelijk ten behoeve van de politieagent. Op de stoep liepen nog vier of vijf politieagenten. Ze droegen witte overhemden met korte mouwen en hadden geweldige revolvers op hun heup.

'Als ik 't portier open doe,' zei Killian, 'kom je tussen Ed en mij in lopen en maken we dat we binnen komen.'

Het portier ging open en ze repten zich de auto uit. Quigley stond rechts van Sherman, Killian links. Op de stoep stonden mensen naar hen te staren maar ze schenen niet te weten wie zij waren. Drie van de agenten posteerden zich tussen de menigte en Sherman, Killian en Quigley in. Killian greep Shermans elleboog en duwde hem naar een deur. Quigley droeg een zware koffer. Voor de deur stond een politieagent in een wit overhemd. Hij stapte opzij om hen binnen te laten, een hal in die verlicht werd door TL-lampen. Rechts was een deur die naar een vertrek leidde dat op een bijkeuken leek. Sherman kon de zwarte en grijze gestalten onderscheiden van mensen die onderuitgezakt op banken hingen.

'Aardig van ze om hun demonstratie op de trappen te houden,' zei Killian. Zijn stem klonk schel en gespannen. Ze werden door twee parketwachten naar een lift gebracht die door een derde voor hen open werd gehouden.

Ze stapten de lift in en de parketwacht ging met hen naar binnen. Hij drukte op knop van de negende verdieping en de lift zette zich in beweging.

'Bedankt, Brucie,' zei Killian tegen de man.

'Da's oké. Bedank Bernie maar.' Killian keek naar Sherman of hij wilde zeggen: 'Wat heb ik je gezegd?'

Op de negende verdieping stond een luidruchtige menigte op de gang voor een deur met het bordje 'Part 60'. Ze werden op afstand gehouden door een rij parketwachten.

'Yo!... Daar heb je 'm!'

Sherman keek recht voor zich uit. *Wanneer begint het?* Er sprong een man voor hem – een blanke man, lang, met blond achterover gekamd haar met een kuif. Hij droeg een marineblauwe blazer en een marineblauwe stropdas, en een gestreept overhemd met een stijve witte boord. Het was de verslaggever, Fallow. Sherman had hem voor het laatst gezien toen hij buiten voor de Centrale Registratie stond... *dat gebouw...*

'Meneer McCoy!' *Die stem.*

Met Killian aan de ene kant en Quigley aan de andere en Brucie, de parketwacht, voorop stoven ze in wig-formatie door de gang. Ze schoven de Engelsman opzij en gingen een deur door. Ze waren in de rechtszaal. Links van Sherman een menigte mensen... op de publieke tribune... Zwarte gezichten... een paar blanke gezichten... Vooraan zat een lange zwarte man met een gouden ring in een van zijn oorlellen. Hij stond in een gekromde houding op van zijn zitplaats en wees met een lange dunne arm naar Sherman en zei met een luid grommend gefluister: 'Dat is 'm!' Toen nog luider: 'Geen borg! Berg 'm op!'

De zware stem van een vrouw: 'Sluit 'm op!'

Yegggh!... Dat is 'm!... Moet je 'm zien!... Geen borg! Berg 'm op!

Nu? Nog niet. Killian hield hem bij zijn elleboog en fluisterde in zijn oor: 'Niet op letten!'

Een zangerige falset: 'Sherrrr-maannnn... Sherrrr-maannnn.'

'KOP DICHT! ZITTEN!'

Het was de luidste stem die Sherman ooit gehoord had. Eerst dacht hij dat het tegen hem was. Hij voelde zich verschrikkelijk schuldig, al had hij geen woord gezegd.

'NOG EEN KEER ZO'N HERRIE EN IK LAAT DE ZAAL ONTRUIMEN! IS DAT DUIDELIJK?'

Op het podium van de rechter, onder de inscriptie IN GOD WE TRUST, stond een magere kale man met een haviksneus in een zwarte toga met zijn vuisten op zijn lessenaar en zijn armen recht omlaag, alsof hij een hardloper was die op het punt stond uit de startblokken te schieten. Sherman kon het wit onder de irissen zien toen de vuurspuwende ogen van de rechter over de menigte voor hem maaiden. De demonstranten morden maar werden stil.

De rechter, Myron Kovitsky, bleef hen met zijn woeste blik aanstaren.

'In deze rechtszaal spreekt u pas wanneer u door het hof gevraagd wordt om te spreken. U velt pas een oordeel over uw medemens wanneer u tot jurylid gekozen bent en u door het hof gevraagd wordt om een oordeel te vellen. U staat pas op en geeft uw obiter dicta wanneer u door het hof gevraagd wordt om op te staan en uw obiter dicta te geven. Tot die tijd – ZWIJGT U EN BLIJFT U ZITTEN! EN IK... BEN HET HOF! IS DAT DUIDELIJK? Is er iemand die betwist wat ik net heb gezegd en zich zodanig schuldig maakt aan belediging van dit hof dat hij enige tijd de gast wenst te zijn van de staat New York om te overdenken wat ik net heb gezegd? IS – DAT – DUIDELIJK?'

Zijn ogen gleden over de menigte van links naar rechts en van rechts naar links en weer van links naar rechts.

'Goed. Nu u dat begrijpt, kunt u zich wellicht als verantwoordelijke leden van de gemeenschap houden aan de gerechtelijke procedures hier. Zolang u dat doet, bent u welkom in deze rechtszaal. En zodra u dat niet doet – zult u wensen dat u in bed was gebleven! Is – dat – duidelijk?'

Zijn stem zwol weer aan, zo plotseling en tot zo'n volume dat de menigte achteruit leek te deinzen van schrik bij de gedachte dat de toorn van dit furieuze mannetje weer op hen neer zou dalen.

Kovitsky nam plaats en spreidde zijn armen. Zijn toga wapperde als een stel vleugels om hem heen. Hij liet zijn hoofd zakken. Het wit onder zijn irissen was nog steeds te zien. De zaal was nu stil. Sherman, Killian en Quigley stonden bij het hek – de balie – dat de publieke tribune scheidde van de eigenlijke rechtbank. Kovitsky's ogen bleven rusten op Sherman en Killian. Het leek of hij ook kwaad op hen was. Hij gaf een zucht van afkeer, leek het wel.

Toen wendde hij zich tot de griffier, die aan een grote vergadertafel zat aan de zijkant. Sherman volgde Kovitsky's blik, en daar, naast de tafel, zag hij de hulpofficier van justitie staan, Kramer.

Kovitsky zei tegen de griffier: 'Roept u de zaak af.'

De griffier riep: 'Dagvaarding nummer 4-7-2-6, het Volk *versus* Sherman McCoy. Wie vertegenwoordigt de heer McCoy?'

Killian deed een stap naar de balie en zei: 'Ik.'

De griffier zei: 'Uw naam en adres, alstublieft.'

'Thomas Killian, Reade Street 86.'

Kovitsky zei: 'Meneer Kramer, hebt u op dit moment een verzoek in te dienen?'

De man, Kramer, deed een paar passen naar de rechtersstoel. Hij liep als een footballspeler. Hij hield stil, wierp zijn hoofd achterover, spande zijn nekspieren om de een of andere reden, en zei: 'Edelachtbare, de verdachte, de heer McCoy, is momenteel vrij op een borgtocht van tienduizend dollar, een onbeduidend bedrag voor iemand met zijn bijzondere positie en mogelijkheden in de financiële gemeenschap.'

Yegggh!… Geen borg! Berg 'm op!… Laat hem maar boeten!

Kovitsky staarde dreigend rond, met zijn hoofd diep omlaag. De stemmen zakten weg tot een zacht gerommel.

'Zoals Uwe Edelachtbare weet,' vervolgde Kramer, 'heeft de grand jury de verdachte in staat van beschuldiging gesteld op grond van ernstige aanklachten: roekeloze onachtzaamheid, de plaats van een ongeluk verlaten en verzuimen aangifte te doen van een ongeluk. Edelachtbare, aangezien de grand jury het bewijsmateriaal aangaande de veronachtzaming van verantwoordelijkheden door de verdachte toereikend heeft gevonden om hem in staat van beschuldiging te stellen, is het Volk van mening dat er een reële mogelijkheid bestaat dat de verdachte zijn borgtocht zou kunnen negeren en prijsgeven, gezien het lage bedrag van die borg.'

Jaaahh… Precies… Unh-hunh…

'Dus, Edelachtbare,' zei Kramer, 'is het Volk van mening dat het aan het hof is om een duidelijk signaal te geven, niet alleen naar de verdachte maar ook naar de gemeenschap, dat wat hier aan de orde is werkelijk uiterst serieus genomen wordt. Deze zaak, Edelachtbare, draait om een jonge man, een voorbeeldige jonge man, Henry Lamb, die voor de mensen van de Bronx een symbool geworden is van zowel de hoop die zij koesteren voor hun zonen en dochters als de hardvochtige en dodelijke obstakels waarmee ze geconfronteerd worden. Uwe Edelachtbare is zich reeds bewust van de betrokkenheid waarmee de gemeenschap elke stap van deze zaak volgt. Ware deze rechtszaal groter, dan zouden de mensen van deze gemeenschap hier nu met honderden zijn, misschien wel met duizenden, zoals ze zich ook op dit moment in de gangen en buiten op straat bevinden.'

Juist!... Geen borg! Berg 'm op!... Toe maar!

BANGG!

Kovitsky gaf een verschrikkelijke klap met zijn hamer.

'STILTE!'

Het geschreeuw van de menigte stierf weg tot een zacht gemurmel.

Met zijn hoofd diep omlaag en zijn irissen dobberend in een zee van wit zei Kovitsky: 'Kom ter zake, meneer Kramer. Dit is geen bijeenkomst om de mensen op te peppen. Dit is een hoorzitting in een gerechtshof.'

Kramer kende al de gebruikelijke tekenen. De irissen dreven op die schuimende zee. Het hoofd hing laag. De haakneus was vooruitgestoken. Er was niet veel meer voor nodig om Kovitsky te laten ontploffen. Aan de andere kant, dacht hij, kan ik nu niet opgeven. Kan me nu niet gewonnen geven. Kovitsky's houding tot dusver – al was die alleen maar standaard-kovitskiaans, het normale geschreeuw, het normale strijdlustige gehamer op zijn gezag – Kovitsky's houding tot dusver kenmerkte hem als een tegenstander van de demonstranten. Het parket van de officier van justitie van Bronx County was hun vriend. Abe Weiss was hun vriend. Larry Kramer was hun vriend. Het Volk was... echt het Volk. Hij was hier voor hen. Hij moest het er maar op wagen met Kovitsky – met die furieuze Masada-ogen die nu zwaar op hem drukten.

Zijn eigen stem klonk hem raar in de oren toen hij zei: 'Daar ben ik mij van bewust, Edelachtbare, maar ik moet mij ook bewust zijn van het belang van deze zaak voor het Volk, voor alle Henry Lambs van nu en van de toekomst, in dit district en in deze stad –'

Goed zo, broer!... Vooruit maar!... Precies!

Kramer haastte zich verder te gaan, op nog luidere toon, voordat Kovitsky explodeerde: ' – en daarom verzoekt het Volk het hof de verdachte te verhogen tot een betekenisvol en serieus te nemen bedrag – tot één miljoen dollar – ten einde – '

Geen borg! Berg 'm op!... Geen borg! Berg 'm op!... Geen borg! Berg 'm op! De demonstranten hieven een spreekkoor aan.

Goed zo!... Miljoen dollar!... Yaggghh! De roep van de menigte zwol aan tot een gejoel dat gelardeerd werd met uitgelaten gelach en gepluimd met een spreekkoor: Geen borg! Berg 'm op!... Geen borg! Berg 'm op!... Geen borg! Berg 'm op!... Geen borg! Berg 'm op!

Kovitsky's hamer rees wel een kwart meter boven zijn hoofd en Kramer kromp inwendig ineen voor hij neerkwam.

BANGG!

Kovitsky wierp Kramer een woedende blik toe, leunde toen voorover en richtte zich tot de menigte.

'ORDE IN DE ZAAL!... KOP DICHT!... GELOVEN JULLIE MIJ NIET?' Zijn irissen surften heen en weer op de wildkolkende zee.

Het spreekkoor hield op, en het gejoel nam af tot een gemor. Maar lachriedeltjes wezen erop dat ze gewoon zaten te wachten op de volgende gelegenheid.

'Edelachtbare! Edelachtbare!' Het was McCoy's advocaat, Killian.

'Wat is er, meneer Killian?'

De onderbreking maakte de menigte van slag. Ze werden stil.

'Edelachtbare, mag ik u even met u overleggen?'

'Goed, meneer Killian.' Kovitsky wenkte hem naar voren. 'Meneer Kramer?' Kramer liep ook naar de rechter toe.

Nu stond hij naast Killian, Killian in zijn showy kleren, voor het podium, onder het dreigend gefronste voorhoofd van rechter Kovitsky.

'Oké, meneer Killian,' zei Kovitsky, 'wat is er?'

'Rechter,' zei Killian, 'als ik me niet vergis bent u de toezichthoudende rechter van de grand jury in deze zaak?'

'Dat klopt,' zei hij tegen Killian, maar toen richtte hij zijn aandacht op Kramer. 'Bent u hardhorend, meneer Kramer?'

Kramer zweeg. Hij hoefde een dergelijke vraag niet te beantwoorden.

'Hebt u zich het hoofd op hol laten brengen door het lawaai van dat zootje' – Kovitsky knikte in de richting van de toeschouwers – 'dat u aanmoedigt?'

'Nee, rechter, maar deze zaak kan met geen mogelijkheid behandeld worden als een normale zaak.'

'In deze rechtszaal, meneer Kramer, zal hij behandeld worden zoals ik verdomme zeg dat-ie behandeld wordt. Is dat duidelijk?'

'U bent altijd duidelijk, rechter.'

Kovitsky staarde hem aan en probeerde kennelijk uit te maken of die opmerking brutaal bedoeld was. 'Goed, dan weet u dus dat als u nog meer van deze misplaatste bullshit uitkraamt, dat u dan zult wensen dat u Mike Kovitsky nooit onder ogen was gekomen!'

Dit kon hij niet zomaar nemen, met Killian hier naast hem, en dus zei hij: 'Kijk eens, rechter, ik heb volledig 't recht – '

Kovitsky viel hem in de rede: 'Vollédig 't recht om wat? Om Abe Weiss z'n herverkiezingscampagne voor hem te voeren in mijn rechtszaal? Bullshit, meneer Kramer! Zeg maar tegen 'm dat-ie een zaal afhuurt of een persconferentie belegt. Zeg maar tegen 'm dat-ie in een talkshow moet optreden, Jezus nog an toe.'

Kramer was zo kwaad dat hij geen woord kon uitbrengen. Zijn gezicht was zo rood als een biet. Met opeengeklemde kaken zei hij: 'Is dat alles, rechter?' Zonder antwoord af te wachten draaide hij rond op zijn hielen en begon weg te lopen.

'Meneer Kramer!'

Hij hield in en draaide zich om. Tartend wenkte Kovitsky hem terug naar het podium. 'De heer Killian heeft een vraag, geloof ik. Of wilt u dat ik in m'n eentje naar hem luister?'

Kramer beet enkel op zijn tanden en staarde hem aan.

'Goed, meneer Killian, ga uw gang.'

Killian zei: 'Rechter, ik ben in het bezit van belangrijk bewijsmateriaal dat niet alleen betrekking heeft op het verzoek van de heer Kramer betreffende de borgtocht maar op de rechtsgeldigheid van de tenlastelegging zelf.'

'Wat voor bewijsmateriaal?'

'Ik heb geluidsbanden van gesprekken tussen mijn cliënt en een betrokkene in deze zaak die erop wijzen dat er hoogstwaarschijnlijk een vals getuigenis is afgelegd tegenover de grand jury.'

Wat was dat nou, verdomme? Kramer kwam tussenbeide: 'Rechter, dit is nonsens. We hebben een rechtsgeldige tenlastelegging van de grand jury. Als de heer Killian aanmerkingen – '

'Wacht even, meneer Kramer,' zei Kovitsky.

'– als hij aanmerkingen heeft op de gang van zaken tijdens het verhoor voor de grand jury, staan hem de gebruikelijke wegen – '

'Wacht even. De heer Killian zegt dat hij bewijsmateriaal heeft – '

'Bewijsmateriaal! Dit is geen getuigenverhoor, rechter! Hij kan hier niet zomaar binnen komen lopen en de behandeling door de grand jury aanvechten, *ex post facto*! En u kunt niet – '

'MENEER KRAMER!'

Het geluid van Kovitsky die zijn stem verhief bracht een gegrom teweeg onder de demonstranten, die opeens weer zaten te morren.

Met ogen die over de woeste baren surften: 'Meneer Kramer, weet u wat uw probleem is? U luistert godverdomme niet! Bent u godverdomme *doof*!'

'Rechter – '

'KOP DICHT! Het hof gaat naar het bewijsmateriaal van de heer Killian luisteren.'

'Rechter – '

'We gaan in raadkamer.'

'In raadkamer? Waarom?'

'De heer Killian zegt dat hij een paar geluidsbanden heeft. Daar gaan we eerst in raadkamer naar luisteren.'

'Luister, rechter – '

'U wilt niet in raadkamer gaan, meneer Kramer? Bang dat u uw publiek zult missen?'

Ziedend van woede sloeg Kramer zijn ogen neer en schudde zijn hoofd.

Sherman stond wat verloren bij het hek, de balie. Quigley stond ergens achter hem met de zware koffer. Maar vooral waren... zij daar achter hem. *Wanneer zou het beginnen?* Hij hield zijn ogen star gericht op de drie figuren bij het podium van de rechter. Hij durfde zijn ogen niet af te laten dwalen. Toen begonnen de stemmen. Ze kwamen vanachter zijn rug, zangerig, dreigend.

'Je laatste uurtje, McCoy!'

'Laatste *avondmaal*.'

Toen een zachte falset: 'Laatste ademzucht.'

Er waren er aan allebei de kanten parketwachten, ergens. Ze deden er niets tegen. *Die zijn net zo bang als ik!*

Dezelfde falset: 'Yo, Sherman, wat sta je te wurmen?'

Wurmen. Klaarblijkelijk vonden de anderen dat leuk. Ze begonnen ook met falsetstemmen te neuriën.

'Sherrr-maaannnn...'

'Wurmende Sherman!'

Gegrinnik en gelach.

Sherman staarde naar de rechtersstoel, waar zijn enige hoop leek te zetelen. Als in antwoord op zijn smeekbede keek de rechter zijn kant op en zei: 'Meneer McCoy, wilt u even hier komen?'

Gemor en een koor van falsetstemmen toen hij naar voren liep. Toen hij bij de rechtersstoel aankwam, hoorde hij de hulpofficier van justitie, Kramer, zeggen: 'Dat begrijp ik niet, rechter. Welk doel is er met de aanwezigheid van de verdachte gediend?'

De rechter zei: ''t Is zijn verzoek en zijn bewijsmateriaal. Bovendien wil ik niet dat hij hier rond loopt te banjeren. Akkoord, meneer Kramer?'

Kramer zei niets. Hij keek woedend naar de rechter en toen naar Sherman.

De rechter zei: 'Meneer McCoy, komt u met mij en de heer Killian en de heer Kramer mee naar mijn raadkamer.'

Toen gaf hij drie harde klappen met zijn hamer en zei tegen de zaal: 'Het hof zal nu in raadkamer bijeenkomen met de procureur van het Volk en de raadsman van de verdachte. Tijdens mijn afwezigheid zal de zaal zich OP GEPASTE WIJZE GEDRAGEN. Is dat duidelijk?'

Het gemor van de demonstranten zwol aan tot een zacht kwaad gepruttel, maar Kovitsky verkoos dat te negeren en stond op en daalde de treden van het podium af. De griffier stond op vanachter zijn tafel en voegde zich bij hem. Killian gaf Sherman een knipoogje en liep terug naar de publieke tribune. De rechter, de griffier, de gerechtssecretaris van de rechter en Kramer begaven zich naar een deur in de betimmerde wand terzijde van het podium. Killian kwam terug met de zware koffer. Hij bleef even staan en gebaarde Sherman dat hij Kovitsky moest volgen. De parketwacht, met een enorme vetboei die over zijn pistoolgordel hing, kwam achteraan.

De deur leidde naar een vertrek dat alles wat de rechtszaal zelf en de chique term *raadkamer* bij Sherman had opgeroepen logenstrafte. De 'raadkamer' was een mistroostige aangelegenheid: klein, vuil, kaal, haveloos, geschilderd in Goed Genoeg voor Ambtenaren-crème. Hier en daar zaten kale plekken of was de verf in armoedige krullen aan het afbladderen. Het enige dat weldadig aandeed was het buitengewoon hoge plafond en een raam van zo'n tweeenhalve meter hoog waardoor de kamer baadde in het licht. De rechter ging aan een gebutst stalen bureau zitten. De griffier ging aan een ander bureau zitten. Kramer, Killian en Sherman gingen in een paar zware, ouderwetse houten stoelen met ronde rug zitten, het soort stoelen dat bekend stond als bankiersstoelen. Kovitsky's gerechtssecretaris en de dikke parketwacht gingen tegen een muur staan. Een lange man kwam binnen met de draagbare stenografeermachine die gerechtsschrijvers gebruiken. Wat vreemd! – de man was zo goed gekleed. Hij droeg een grijzig tweed colbert, een wit button-down overhemd, zo onberispelijk als die van Rawlie, een ouderwetse purperrode stropdas, een zwarte flanellen pantalon en half brogues. Hij zag eruit als een professor van Yale die financieel onafhankelijk is en een vaste aanstelling heeft.

'Meneer Sullivan,' zei Kovitsky, 'u kunt maar beter ook uw stoel halen.'

Sullivan verliet de kamer en kwam terug met een kleine houten stoel. Hij ging zitten, friemelde wat aan zijn machine, keek naar Kovitsky en knikte.

Toen zei Kovitsky: 'Meneer Killian, u stelt dus dat u in het bezit bent van informatie die van relevante en wezenlijke betekenis is voor de zitting van de grand jury in deze zaak.'

'Dat is correct, rechter,' zei Killian.

'Goed,' zei Kovisky. 'Ik wil horen wat u hebt te zeggen, maar ik waarschuw u als dit verzoek iets onnozels behelst.'

'Het gaat niet om iets onnozels, rechter.'

'Want als dat wel zo is dan zal ik daar heel sceptisch tegenover staan, zo sceptisch als ik nog nooit ergens in mijn jaren als rechter tegenover heb gestaan, en dat zou beslist héél sceptisch zijn. Is dat duidelijk?'

'Jazeker, rechter.'

'Goed. Nou, bent u klaar om nu uw informatie voor te leggen?'

'Ja.'

'Ga dan uw gang.'

'Drie dagen geleden, rechter, kreeg ik een telefoontje van Maria Ruskin, de weduwe van Arthur Ruskin, met de vraag of ze de heer McCoy te spreken kon krijgen. Volgens mijn inlichtingen – en volgens de kranteberichten – heeft mevrouw Ruskin een getuigenis afgelegd tegenover de grand jury in deze zaak.'

Kovitsky zei tegen Kramer: 'Is dat juist?'

Kramer zei: 'Ze heeft gisteren getuigd.'

De rechter zei tegen Killian: 'Oké, ga verder.'

'Ik heb dus een ontmoeting gearrangeerd tussen mevrouw Ruskin en de heer McCoy, en op aandringen van mij droeg de heer McCoy tijdens die ontmoeting een verborgen opname-apparaat bij zich om een verifieerbaar verslag te hebben van dat gesprek. De ontmoeting vond plaats in een appartement in East Seventy-seventh Street dat mevrouw Ruskin kennelijk aanhoudt voor... eh, privé-ontmoetingen... en van die ontmoeting is een opname gemaakt. Ik heb die cassette bij me, en ik meen dat het hof zou moeten weten wat erop staat.'

'Eén moment, rechter,' zei Kramer. 'Zegt hij dat zijn cliënt met opname-apparatuur bij mevrouw Ruskin op bezoek ging?'

'Ik begrijp dat dat het geval is,' zei de rechter. 'Klopt dat, meneer Killian?'

'Dat is juist, rechter,' zei Killian.

'Dan wil ik bezwaar aantekenen, rechter,' zei Kramer, 'en ik wil dat dat in de verslagen wordt opgenomen. Dit is niet de gelegenheid om dit verzoek in overweging te nemen, en bovendien is er geen mogelijkheid om de echtheid vast te stellen van de cassette die de heer Killian beweert te hebben.'

'We gaan eerst de cassette beluisteren, meneer Kramer, om te zien wat erop staat. We kijken of dat aanleiding geeft tot verder beraad, prima facie, en daarna zullen we ons met de andere vragen bezighouden. Kunt u zich daarin vinden?'

'Nee, rechter, ik zie niet in hoe u – '

De rechter, korzelig: 'Draai die band af, raadsman.'

Killian deed de koffer open en haalde de grote recorder eruit en zette hem op het bureau van Kovitsky. Toen deed hij er een cassette in. De cassette was buitengewoon klein. Op een of andere manier leek het of deze geheime minicassette net zo geniepig en verachtelijk was als de onderneming zelf.

'Hoeveel stemmen staan er op deze band?' vroeg Kovitsky.

'Maar twee, rechter,' zei Killian. 'Die van de heer McCoy en die van mevrouw Ruskin.'

'Dus 't zal duidelijk genoeg zijn voor meneer Sullivan wat we horen?'

'Dat lijkt me wel,' zei Killian. 'Nee, sorry, rechter, dat was ik vergeten. In 't begin van de band hoort u de heer McCoy tegen de chauffeur van de auto praten die hem naar het adres heeft gebracht waar hij mevrouw Ruskin ontmoette. En aan 't slot hoort u hem weer tegen de chauffeur praten.'

'Wie is de chauffeur?'

'Iemand van 't bedrijf waar de heer McCoy de auto gehuurd had. Ik heb de band op geen enkele manier willen monteren.'

'Unh-hunh. Goed, speel maar af.'

Killian zette het apparaat aan, en in het begin hoorde je alleen maar achtergrondgeluiden, een zacht suizend geruis met af en toe verkeersgeluiden, zoals de schetterende claxon van een brandweerauto. Toen een half gemompeld gesprekje met de chauffeur. Wat was het toch allemaal geniepig. Een golf van schaamte spoelde over hem heen. Ze zouden de cassette tot het einde afdraaien! De notulist zou het allemaal optekenen, tot het laatste gejammer toen hij probeerde Maria te ontwijken en te ontkennen wat zonneklaar was, namelijk dat hij een achterbakse hufter was die met afluisterapparatuur naar haar appartement was gekomen. Wat zou daarvan overkomen via de woorden alleen? Genoeg, hij was verachtelijk.

Toen kwam uit de omfloerste misleidende bandrecorder het geluid van de zoemer van Maria's voordeur, het klik-klik-klik van de elektrische vergrendeling en – of was dat zijn verbeelding? – het gekreun van de trap terwijl hij naar boven sjokte. Toen ging er een deur open... en Maria's vrolijke, argeloze stem: 'Boe!... Hekje late schrikke?' En het nonchalante antwoord van de verraderlijke acteur met een stem die hij nauwelijks herkende: 'Niet echt. De laatste tijd heb ik daar vaklui voor.' Zijn ogen schoten heen en weer. De andere mannen in de kamer hielden hun hoofd omlaag en staarden naar de vloer of naar het apparaat op het bureau van de rechter. Toen ving hij de blik op van de dikke parketwacht die hem recht in zijn gezicht keek. Wat zou die denken? En de anderen, met hun ogen afgewend? Maar natuurlijk! Ze hoefden hem niet aan te kijken want ze waren al lang diep in de holte, rondwroetend naar hartelust, allemaal met gespitste oren om de tekst op te vangen van zijn achterbakse povere geacteer. De lange vingers van de stenograaf dansten over zijn gevoelige machientje. Sherman voelde een verlammende treurigheid. Zo zwaar... kon zich niet verroeren. In dit sombere muffe kamertje waren nog zeven anderen, zeven andere organismen, honderden kilo's weefsel en beenderen die ademden, bloed pompten, calorieën verbrandden, voedingsstoffen verwerkten, vervuilende en giftige stoffen uitfilterden, zenuwimpulsen overbrachten, zeven warme weerzinwekkende onaangename beesten die betaald werden om rond te wroeten in de volledig openbare holte die hij vroeger gezien had als zijn ziel.

Kramer brandde van verlangen om naar McCoy te kijken, maar besloot om koel en professioneel te zijn. Hoe ziet een rat eruit als hij naar zijn eigen rattengedrag zit te luisteren in een kamer vol mensen die weten dat hij een rat is – iemand die met een afluisterapparatuur naar zijn vriendin gaat? Het was een grote, zij het onbewuste, opluchting voor Kramer. Sherman McCoy, deze Wasp, deze aristocraat van Wall Street, deze societyfiguur, deze man van Yale, was net zo'n rat als de drugsdealers die hij van afluisterapparatuur had voorzien en op pad gestuurd om hun soortgenoten te verlinken. Nee, McCoy was nog een smeriger rat. De ene junk had niet veel te verwachten van de andere. Maar in die hogere kringen, op die verheven toppen van fatsoen en deugdzaamheid, daarboven in die stratosfeer waar de fletse Wasps met hun smalle lippen de dienst uitmaakten, was eer, zo werd verondersteld, geen woord waarmee lichtzinnig werd omgesprongen. Maar als ze met hun rug tegen de muur stonden, veranderden ze net zo snel in ratten als het eerste het beste stuk schorem. Dat was een opluchting, want het had hem dwars gezeten wat Bernie Fitzgibbon had gezegd. Stel dat de zaak inderdaad niet zorgvuldig genoeg onderzocht was? Maria Ruskin had Rolands verhaal onderschreven voor de grand jury, maar in zijn hart wist hij dat hij haar nogal onder druk had gezet. Hij had haar zo snel ingepakt dat ze misschien –

Hij maakte de gedachte liever niet af.

De wetenschap dat McCoy uiteindelijk niet meer was dan een rat met een beter curriculum vitae stelde hem gerust. McCoy zat op deze manier in de knoei omdat dit zijn natuurlijke milieu was, het smerige broeinest van zijn minderwaardige karakter.

Nadat hij zichzelf gerustgesteld had dat hij voor een rechtvaardige zaak streed, trakteerde Kramer zichzelf op enige onversneden verontwaardiging over deze grote nep-aristocraat die nog geen meter van hem vandaan de lucht in de kamer zat te verpesten met zijn rattestank. Hij luisterde naar de twee stemmen op de band, het aristocratische gesnater van McCoy, de lijmerige stem van het Meisje uit het Zuiden, Maria Ruskin, en er was niet al te veel verbeelding voor nodig om door te hebben wat er zich afspeelde. De stiltes, het gehijg, het geritsel – McCoy, de rat, had dit verrukkelijke sexy schepsel in zijn armen genomen... En dit appartement in East Seventy-seventh Street waar ze hun rendez-vous hielden – deze mensen van de Upper East Side hadden appartementen alleen voor *hun pleziertjes!* – terwijl hij nog steeds zijn hersens (en zijn beurs) doorzocht naar een plekje om aan de vurige verlangens van Shelly Thomas tegemoet te komen. De Schoonheid en de Rat praatten verder... Er viel een stilte toen ze de kamer verliet om hem wat in te schenken en er klonk een krassend geluid toen hij kennelijk aan zijn verborgen microfoon kwam. De Rat. De stemmen gingen weer verder, en toen zei zij: 'D'r zijn heel wat mensen die dit gesprek zouden willen horen.'

Zelfs Kovitsky kon niet nalaten om bij die opmerking op te kijken en zijn ogen door de kamer te laten gaan, maar Kramer weigerde hem met een glimlachje tegemoet te komen.

Maria Ruskins stem zeurde maar door. Nu zat ze te dreinen over haar huwelijk. Waar moest het in godsnaam heen met deze band? Het geklaag van de vrouw was stomvervelend. Ze was met een oude man getrouwd. Wat had ze verdorie dan verwacht? Hij droomde weg – hij kon haar voor zich zien, alsof ze hier in de kamer was. De zwoele manier waarop ze haar benen over elkaar sloeg, het glimlachje, de manier waarop ze je soms aankeek –

Opeens schrok hij met een ruk op: 'Vandaag kwam er een man van de justitie van de Bronx bij me op bezoek, met twee rechercheurs.' Toen: 'Een opgeblazen huftertje.'

Wah – hij stond paf. Een schroeiend getij kwam op in zijn nek en gezicht. Op een of andere manier was het dat *tje* dat hem het meest kwetste. Zo geringschattend als hij afgedaan werd – hij met zijn machtige sternocleidomastoïden – hij sloeg zijn ogen op om de gezichten van de anderen af te speuren, klaar om zich met een lach te verweren als er toevallig iemand op zou kijken en zou glimlachen om zo'n schaamteloosheid. Maar niemand keek op, McCoy wel het minst, die hij met plezier had willen kelen.

'Hij zat maar steeds z'n hoofd naar achter te gooien en iets mafs met z'n nek te doen, zò, en naar me te loeren door die kleine spleetoogjes van hem. Wat een griezel.'

Zijn gezicht was nu scharlakenrood, een vuurzee, kokend van woede en, erger dan woede, verbijstering. Iemand in de kamer maakte een geluid dat een kuchje kon zijn maar ook een lachje. Hij had het hart niet om het uit te zoeken. *Teef*, zeiden zijn hersenen, welbewust. Maar zijn zenuwstelsel zei: *Losbandige vernietiger van mijn liefste dromen!* In dit kamertje vol mensen leed hij de pijn van mannen wier ego hun maagdelijkheid verliest – zoals dat gebeurt als ze voor het eerst een mooie vrouw haar eerlijke, ongezouten mening over hun eigen mannelijkheid horen geven.

Wat volgde was nog erger.

'Hij maakte 't heel eenvoudig, Sherman,' zei de stem op de band. 'Hij zei dat als ik bereid was om tegen jou te getuigen en 't verhaal van die andere getuige te bevestigen, dat-ie me dan immuniteit zou verlenen. Als ik 't niet deed, zouden ze me beschouwen als medeplichtige en me deze… misdrijven ten laste leggen.'

En toen:

'Hij gaf me zelfs allemaal kopieën van kranteartikelen. Hij heeft 't praktisch voor me uitgetekend. Dit waren de verhalen die klopten en dat waren de verhalen die jij verzonnen had. Ik hoor 't eens te zijn met de verhalen die kloppen. Als ik zeg wat er echt gebeurd is, draai ik de gevangenis in.'

De leugenachtige slet! Hij had haar ingepakt, uiteraard – maar hij had het niet voor haar uitgetekend! – had haar niet *geïnstrueerd* wat ze moest zeggen – had haar niet weggeleid van de waarheid met zijn waarschuwingen –

Hij barstte uit: 'Rechter!'

Kovitsky stak zijn hand op, met de palm naar buiten, en de band liep verder.

Sherman schrok zich wild van de stem van de hulpofficier van justitie. De rechter legde hem meteen het stilzwijgen op. Sherman zette zich schrap voor wat hij wist dat nu zou volgen.

Maria's stem: 'Kom nou even hier.'

Hij kon dat moment weer helemaal opnieuw *voelen*, dat moment en die verschrikkelijke stoeipartij... 'Sherman, wat is er? Wat is er met je rug?'... Maar dat was nog maar het begin... Zijn eigen stem, zijn eigen waardeloze bedriegersstem: 'Je weet niet hoe ik je gemist heb, hoe moeilijk ik het heb gehad zonder jou.' En Maria: 'Nou... hier ben ik.' Daarna het vreselijke veel- betekenende geritsel – en hij kon haar adem weer helemaal opnieuw ruiken en haar handen op zijn rug voelen.

'Sherman... Wat heb je op je rug?'

De woorden vulden de kamer in een golf van vernedering. Hij kon wel door de vloer zakken. Hij zonk onderuit in zijn stoel en liet zijn kin op zijn borst zakken. 'Sherman, wat is dit?'... Haar overslaande stem, zijn miserabele tegenwerpingen, het geworstel, haar gehijg en gegil... 'En een *draad*, Sher- man!'... 'Je doet – me pijn!'... 'Sherman – verrotte, gemene klootzak die je bent!'

Maar al te waar, Maria! Maar al te verschrikkelijk waar!

Kramer luisterde ernaar in een rood waas van gêne. De Teef en de Rat – hun *tête-à-tête* was ontaard in een soort vunzig rat-tegen-teef-gevecht. *Opgeblazen huftertje. Griezel. Iets mafs met z'n nek.* Ze had hem beschimpt, verne- derd, onderuit gehaald, belasterd – waarmee ze hem blootstelde aan een be- schuldiging van aanzetten tot meineed.

Sherman stond verbijsterd door het geluid van zijn eigen wanhopige ge- snak naar adem dat uit het zwarte apparaat op het bureau van de rechter kwam voortgezwoegd. Het was een diep krenkend geluid. Pijn, paniek, laf- heid, slapheid, bedrog, schaamte, vernedering – al die dingen tegelijk, ge- volgd door een lomp gestommel. Dat was het geluid van hemzelf die weg- vluchtte de trappen af. Op de een of andere manier wist hij dat iedereen in de kamer hem weg kon zien rennen met de cassetterecorder en *de draad* tussen zijn benen.

Tegen de tijd dat de cassette afgelopen was, was Kramer erin geslaagd om vanonder zijn gekrenkte ijdelheid vandaan te kruipen en zijn gedachten bij- een te rapen. 'Rechter,' zei hij, 'ik weet niet wat – '

Kovitsky onderbrak hem: 'Eén moment. Meneer Killian, kunt u die band terugspoelen? Ik wil het gesprek tussen de heer McCoy en mevrouw Ruskin over haar getuigenis horen.'

'Maar, rechter – '

'We gaan er nog een keer naar luisteren, meneer Kramer.'

Ze luisterden er nog een keer naar.

De woorden zeilden langs Sherman heen. Hij verdronk nog steeds in zijn schanddaad. Hoe kon hij hen nog in de ogen kijken?

De rechter zei: 'Goed, meneer Killian. Wat is volgens u de conclusie die het hof hieruit moet trekken?'

'Rechter,' zei Killian, 'deze vrouw, mevrouw Ruskin, was hetzij geïn- strueerd om bepaalde verklaringen af te leggen en bepaalde andere verklarin- gen achterwege te laten omdat ze anders ernstige gevolgen te vrezen zou hebben, of ze dàcht dat ze dat was, wat op hetzelfde neerkomt. En – '

'Da's belachelijk!' zei de hulpofficier van justitie, Kramer. Hij zat voorover geleund in zijn stoel met een grote vlezige vinger uitgestoken naar Killian en een laaiend woeste blik op zijn gezicht.

'Laat hem uitspreken,' zei de rechter.

'En voorts,' zei Killian, 'had ze, zoals we net gehoord hebben, ruimschoots voldoende beweegredenen om een valse getuigenis af te leggen, niet alleen om zichzelf te beschermen maar ook om de heer McCoy te benadelen, die ze een "verrotte, gemene klootzak" noemt.'

De verrotte, gemene klootzak voelde zich opnieuw totaal ontluisterd. Wat kon er ontluisterender zijn dan de waarheid? Er ontbrandde een schreeuwpartij tussen de hulpofficier van justitie en Killian. Wat zeiden ze allemaal? Het stelde niets voor vergeleken met de klare, ellendige waarheid.

De rechter brulde: 'KOPPEN DICHT!' Ze hielden hun koppen dicht. 'De kwestie van aanzetten tot meineed interesseert me op dit moment niet, als u daar zo bezorgd over bent, meneer Kramer. Maar ik denk wel dat de mogelijkheid van een valse getuigenis tegenover de grand jury bestaat.'

'Da's absurd!' zei Kramer. 'De vrouw had constant twee advocaten aan haar zijde. Vraag hun dan wat ik gezegd heb!'

'Als 't zover komt zullen we dat zeker aan hen vragen. Maar ik stel minder belang in wat u gezegd hebt dan in wat er in haar omging toen ze getuigde voor de grand jury. Kunt u dat volgen, meneer Kramer?'

'Nee, rechter, en – '

Killian kwam tussenbeide: 'Rechter, ik heb nog een band.'

Kovitsky zei: 'Goed. Wat is dat voor band?'

'Rechter – '

'Wilt u ons niet in de rede vallen, meneer Kramer. U krijgt later de kans om te spreken. Ga uw gang, meneer Killian. Wat voor soort band?'

'Dit is een gesprek met mevrouw Ruskin waarvan de heer McCoy mij verteld heeft dat hij het tweeëntwintig dagen geleden heeft opgenomen, nadat het eerste krantartikel over de verwondingen van Henry Lamb verschenen was.'

'Waar vond dit gesprek plaats?'

'Op dezelfde plek als het eerste, rechter, in 't appartement van mevrouw Ruskin.'

'Eveneens zonder haar medeweten?'

'Dat is juist.'

'En wat is de betekenis van deze band voor deze zitting?'

'De band geeft mevrouw Ruskins versie van 't voorval waarbij Henry Lamb betrokken was. Ze praat openhartig en uit eigen vrije wil met de heer McCoy. Het gesprek roept de vraag op of ze haar openhartige versie al dan niet gewijzigd heeft toen ze voor de grand jury getuigde.'

'Rechter, dit is waanzin! Nu krijgen we te horen dat de verdachte *leeft* met een afluisterapparaat op zijn lichaam! We weten al dat hij een rat is, in de volksmond, dus waarom zouden we geloven – '

'Beheers u, meneer Kramer. Eerst gaan we naar de band luisteren. Daarna zullen we het gehoorde evalueren. Er wordt nog niets in de verslagen vastgelegd. Ga uw gang, meneer Killian. Wacht even, meneer Killian. Eerst wil ik de heer McCoy beëdigen.'

Toen Kovitsky en hij elkaar in de ogen keken, had Sherman de grootste moeite om zijn blik vast te houden. Tot zijn verrassing voelde hij zich vreselijk schuldig over wat hij ging doen. Hij stond op het punt om meineed te plegen.

Kovitsky liet hem door de griffier, Bruzzielli, de eed afnemen en vroeg hem toen of hij de twee banden op de manier en het tijdstip gemaakt had die door Killian waren genoemd. Sherman zei ja, dwong zichzelf naar Kovitsky te blijven kijken, en vroeg zich af of de leugen op zijn gezicht te zien zou zijn.

De band begon: 'Ik wist het wel. Ik heb het van het begin af aan geweten. We hadden het meteen aan moeten geven...'

Sherman kon er nauwelijks naar luisteren. Ik ben iets onwettigs aan het doen! Jawel... maar omwille van de waarheid... Dit is het clandestiene pad naar het licht... Dit is het feitelijke gesprek dat we hadden... Elk woord, elk geluid is de waarheid... als dit achtergehouden werd... dat zou nog leugenachtiger zijn... Nietwaar?... Ja – maar ik doe iets onwettigs! De gedachte tolde rond en rond in zijn hoofd terwijl de band verder liep... En Sherman McCoy, hij die gezworen had om zijn dierlijke ik te volgen, kwam tot de ontdekking die velen voor hem gedaan hadden. In goed opgevoede meisjes en jongens zijn schuldbesef en het instinct om de regels op te volgen reflexen, onuitroeibare levensprincipes in het mechanisme.

Al voor het chassidische monster de trap was afgestommeld en Maria's lachbui was weggestorven in deze muffe raadkamer in de Bronx, was de openbare aanklager, Kramer, heftig aan het protesteren.

'Rechter, u kunt niet toestaan dat deze – '

'U krijgt zo meteen de kans om te spreken.'

'– goedkope truc – '

'Meneer Kramer!'

'– uw oordeel – '

'MENEER KRAMER!'

Kramer hield zijn mond.

'Goed, meneer Kramer,' zei Kovitsky, 'u kent ongetwijfeld de stem van mevrouw Ruskin. Bent u het ermee eens dat dat haar stem was?'

'Waarschijnlijk wel, maar dat is niet het punt. Het punt is – '

'Eén moment. Aannemende dat dit zo is, wijkt wat u net op die band hebt gehoord af van het getuigenis van mevrouw Ruskin tegenover de grand jury?'

'Rechter... Dit is absurd! 't Is moeilijk te zeggen *wat* er op die band aan de hand is!'

'Wijkt het af, meneer Kramer?'

'Het verschilt.'

'Is "verschilt" 't zelfde als "wijkt af"?'

'Rechter, er valt niet vast te stellen onder welke omstandigheden deze opname gemaakt is!'

'*Prima facie*, meneer Kramer, wijkt het af?'

'*Prima facie* wijkt het af. Maar u kunt niet toestaan dat deze goedkope truc' – hij gaf een verachtelijke ruk met zijn hoofd in de richting van McCoy – 'uw oordeel – '

'Meneer Kramer – '

'– beïnvloedt!' Kramer kon zien dat Kovitsky's hoofd geleidelijk daalde. Het wit begon te verschijnen onder zijn irissen. De zee begon te schuimen. Maar Kramer kon zich niet inhouden. 'Het simpele feit is dat de grand jury een rechtsgeldige tenlastelegging heeft uitgesproken! U hebt – deze zitting heeft geen jurisdictie over – '

'Meneer Kramer – '

'– de naar behoren afgeronde overwegingen van een grand jury!'

'DANK U VOOR UW RAAD EN ADVIES, MENEER KRAMER!'

Kramer verstijfde, met zijn mond nog steeds open.

'Laat mij u eraan herinneren,' zei Kovitsky, 'dat ik de toezichthoudende rechter ben van de grand jury, en ik ben niet gecharmeerd van de mogelijkheid dat het getuigenis van een hoofdgetuige in deze zaak vals kan zijn.'

Ziedend schudde Kramer zijn hoofd. 'Niets van wat deze twee... *personen*' – hij zwaaide weer met zijn hand naar McCoy – 'in hun liefdesnestje zeggen...' Hij schudde weer met zijn hoofd, te kwaad om de woorden te vinden om zijn zin af te maken.

'Soms komt de waarheid juist op die momenten aan het licht, meneer Kramer.'

'De *waarheid*! Twee verwende rijke mensen, van wie er eentje afluisterapparatuur draagt als een rat – probeer dat de mensen in die rechtszaal maar eens wijs te maken, rechter!'

Zo gauw die woorden eruit floepten, wist Kramer dat hij een fout begaan had, maar hij kon zich niet inhouden.

'– en de duizenden buiten die rechtszaal die deze zaak op de voet volgen! Probeer hun maar eens wijs te maken – '

Hij zweeg. Kovitsky's irissen surften weer over de woeste baren. Hij verwachtte dat hij weer zou exploderen, maar in plaats daarvan deed hij iets wat nog veel verwarrender was. Hij glimlachte. Het hoofd hing laag, de haakneus stak vooruit, de irissen scheerden over de oceaan, en hij glimlachte.

'Dank u, meneer Kramer. Dat zal ik doen.'

Tegen de tijd dat rechter Kovitsky terugkeerde in de rechtszaal hadden de demonstranten er voor zichzelf een vrolijke boel van gemaakt. Ze zaten luidkeels te kletsen en te kakelen, liepen bekken te trekken en op allerlei manieren het peloton parketwachten in witte overhemden duidelijk te maken wie er de baas was. Ze kwamen een beetje tot bedaren toen ze Kovitsky zagen, maar meer uit nieuwsgierigheid dan iets anders. Ze stonden op scherp.

Sherman en Killian liepen naar de beklaagdenbank, een tafel tegenover de rechtersstoel, en het geneurie van de falsetstemmen begon weer.

'Sherrrr-maaannnn...'

Kramer stond bij de tafel van de griffier te praten met een lange blanke man in een goedkoop gabardine pak.

'Dat is de voornoemde Bernie Fitzgibbon, in wie jij geen vertrouwen hebt,' zei Killian. Hij stond te grinniken. Toen zei hij, doelend op Kramer: 'Hou 't gezicht van die sukkel maar eens in de gaten.'

Sherman staarde vol onbegrip.

Kovitsky had zijn plaats nog niet ingenomen. Hij stond een meter of drie van hen vandaan te praten met zijn secretaris, de man met het rode hoofd. Het kabaal op de publieke tribune nam toe. Kovitsky besteeg traag de treden van het podium zonder in hun richting te kijken. Hij stond aan zijn lessenaar met zijn ogen neergeslagen, alsof hij naar iets op de vloer stond te staren.

Opeens – BANGG! *De hamer* – alsof er een rotje afging.

'JULLIE DAAR! KOPPEN DICHT EN ZITTEN!'

De demonstranten verstijfden even, geschrokken door het woeste volume van de stem van dit mannetje.

'DUS JULLIE BLIJ-IJ-IJVEN... DE WI-I-IL... VAN DIT HOF... OP DE PROE-OE-OEF STELLEN?'

Ze werden stil en begonnen hun plaats in te nemen.

'Uitstekend. Welnu, in de zaak van het Volk *versus* Sherman McCoy heeft de grand jury tot vervolging besloten. Conform mijn volmacht om toezicht te houden op de gang van zaken bij de zitting van de grand jury, gelast ik de niet-ontvankelijkverklaring van die tenlastelegging in het belang van de rechtspleging, onder voorbehoud en met permissie aan de officier van justitie om de aanklacht opnieuw in te dienen.'

'Edelachtbare!' Kramer stond met zijn hand in de lucht.

'Meneer Kramer – '

'Uw actie zal niet alleen onherstelbare schade berokkenen aan de zaak van het Volk – '

'Meneer Kramer – '

'– maar ook aan de strijd van het Volk. Edelachtbare, vandaag zijn er in deze rechtszaal' – hij gebaarde naar de publieke tribune en de demonstranten – 'vele leden van de gemeenschap die diep getroffen zijn door deze zaak, en het betaamt het strafrechtelijk apparaat van dit district niet – '

'MENEER KRAMER! BESPAAR MIJ ALSTUBLIEFT WAT U ONBETAMELIJK ACHT!'

'Edelachtbare – '

'MENEER KRAMER! HET HOF GEBIEDT U UW KOP TE HOUDEN!'

Kramer keek naar Kovitsky op met zijn mond wijd open, alsof de lucht uit zijn longen gestompt was.

'Nu, meneer Kramer – '

Maar Kramer had zijn adem weer terug. 'Edelachtbare, ik wil in de verslagen opgenomen zien dat het hof zijn stem heeft verheven. Geschreeuwd heeft, om nauwkeurig te zijn.'

'Meneer Kramer... het hof gaat nog... MEER... verheffen... DAN ZIJN STEM! Hoe haalt u 't in uw hoofd om hier met het vaandel van pressie vanuit de gemeenschap te komen zwaaien? De wet is geen schepping van de enkeling of van de massa. Het hof laat zich niet leiden door uw bedreigingen. Het hof is zich bewust van uw gedrag ten overstaan van rechter Auerbach in de rechtbank voor strafzaken. U heeft daar staan zwaaien met een verzoekschrift, meneer Kramer! U heeft ermee in de lucht staan zwaaien als een vaandel!' Kovitsky hief zijn rechterhand op en zwaaide ermee rond. 'U was op TELEVI-

SIE, meneer Kramer! Een tekenaar heeft een tekening van u gemaakt, zwaaiend met uw verzoekschrift als Robespierre of Danton, en u kwam op TELEVISIE! U hebt een show opgevoerd ten behoeve van de meute, nietwaar – en misschien zitten er OP DIT OGENBLIK in deze rechtszaal wel lieden die hebben GENOTEN van dat optreden, meneer Kramer. Nou, ik zal u eens wat VERTELLEN! Lieden die deze rechtszaal binnen komen en met vaandels zwaaien... VERLIEZEN HUN ARMEN!... IS DAT DUIDELIJK?'

'Edelachtbare, ik wilde alleen maar – '

'IS DAT DUIDELIJK?'

'Ja, Edelachtbare.'

'Goed. Welnu, ik verklaar de tenlastelegging in de zaak van het Volk *versus* McCoy niet-ontvankelijk, met permissie tot herindiening van de aanklacht.'

'Edelachtbare! Ik zeg u nogmaals – een dergelijke actie zou onherstelbare schade berokkenen aan de zaak van het Volk!' Kramer ratelde de woorden eruit zodat Kovitsky hem niet kon overdonderen met zijn bulderende stem. Kovitsky scheen overrompeld door de doldriestheid van zijn verklaring en door zijn heftigheid. Hij verstijfde, en dat gaf de demonstranten net voldoende lef om uit te barsten.

'Yagggghhh!... Weg met die Park Avenue Justitie!' Er sprong er eentje overeind uit zijn stoel, en toen een tweede en een derde. De grote zwarte met de oorring stond vooraan met zijn vuist in de lucht. 'Volksverlakkerij!' schreeuwde hij. 'Volksverlakkerij!'

BANGG! De hamer explodeerde weer. Kovitsky stond op en zette zijn vuisten bovenop zijn lessenaar en leunde naar voren. 'De parketwachten zullen... DIE MAN VERWIJDEREN!' Bij die woorden schoot Kovitsky's rechterarm uit en wees naar de lange demonstrant met de oorring. Twee parketwachten in witte overhemden met korte mouwen en een 38 mm revolver op hun heup gingen naar hem toe.

'Je kunt het Volk niet verwijderen!' gilde hij. 'Je kunt het Volk toch niet verwijderen!'

'Jaja,' zei Kovitsky, 'maar JIJ wordt wel verwijderd!'

De parketwachten kwamen van twee kanten op de man af en begonnen hem naar de uitgang te duwen. Hij keek achterom naar zijn confrères, maar die schenen in de war. Ze zaten te mekkeren, maar ze hadden niet het lef om het en masse tegen Kovitsky op te nemen.

BANGG!

'STILTE!' zei Kovitsky. Zodra de menigte enigszins bedaard was, keek Kovitsky naar Fitzgibbon en Kramer. 'De zitting wordt verdaagd.'

De toeschouwers stonden op, en hun gemekker zwol aan tot een woedend gebrul terwijl ze op weg gingen naar de deur en Kovitsky dreigende blikken toewierpen. Negen parketwachten vormden een kordon tussen de toeschouwers en de balie. Twee van hen hadden hun hand op de kolf van hun revolver. Er klonk gedempt geschreeuw, maar Sherman kon er niets uit opmaken. Killian stond op en liep in de richting van Kovitsky. Sherman volgde hem.

Een geweldige opschudding achter hen. Sherman draaide zich vliegensvlug om. Een lange zwarte man was door de rij parketwachten gebroken. Het was de man met de gouden oorring, de man die Kovitsky de rechtszaal uit had laten zetten. Kennelijk hadden de parketwachten hem buiten op de gang gezet, en nu was hij, door het dolle heen, teruggekomen. Hij was al voorbij de balie. Hij liep met vuurschietende ogen op Kovitsky af.

'Jij ouwe kale kut! Jij ouwe kale kut!'

Drie parketwachten maakten zich los uit het kordon dat de demonstranten de rechtszaal uit probeerde te drijven. Een van hen greep de lange man bij zijn arm, maar hij wrong zich los.

'Park Avenue Justitie!'

De demonstranten begonnen nu door de bres in het kordon parketwachten te stromen, grommend en grauwend en hun vechtlust testend. Sherman gaapte hen aan, verlamd door de aanblik. *Nu begint het!* Een gevoel van angst... *anticipatie!... Nu begint het!* De parketwachten wijken terug en proberen tussen de meute en de rechter en het rechtbankpersoneel te blijven. De demonstranten krioelen rond, ze grommen en brullen, ze voeren de druk van de stoom op en testen hoe sterk ze zijn en hoe dapper.

Boeoeh!... Yeggghhh!... Yaaaggghhh!... Yo! Goldberg!... Jij ouwe kale kut!

Opeens ziet Sherman net links van zich de ruige broodmagere gestalte van Quigley. Hij heeft zich aangesloten bij de parketwachten. Hij probeert de meute terug te drijven. Hij heeft een waanzinnige blik op zijn gezicht.

'Oké, Jack, zo is 't wel genoeg. 't Is voorbij. Iedereen gaat nu naar huis, Jack.' Hij noemt ze allemaal Jack. Hij is gewapend, maar de revolver blijft ergens onder zijn talinggroene colbert. De parketwachten wijken langzaam achteruit. Ze maken steeds een beweging met hun hand naar de holster op hun heup. Ze raken de kolf van de revolver aan en trekken dan hun hand weg, alsof ze terugschrikken voor wat er zou gebeuren in deze rechtszaal als ze hun wapens trokken en begonnen te schieten.

Geduw en getrek... een verschrikkelijk gedrang... Quigley!... Quigley grijpt een demonstrant bij zijn pols en draait zijn arm op zijn rug en rukt hem omhoog – *Aaaagggh!* – en schopt zijn benen onder hem vandaan. Twee parketwachten, de man die Brucie heet en de grote met de vetboei rond zijn middel, komen achteruit gelopen langs Sherman, in gebogen houding, met hun hand op de revolver in hun holster. Brucie begint over zijn schouder tegen Kovitsky te schreeuwen: 'Naar uw lift, rechter! In 's hemelsnaam, ga naar uw lift!' Maar Kovitsky verzet geen poot. Hij staat dreigend naar de meute te loeren.

De lange, die met de oorring, staat vlak bij de twee parketwachten. Hij probeert niet om langs hen te komen. Hij heeft zijn hoofd hoog in de lucht gestoken op zijn lange nek en gilt naar Kovitsky: 'Jij ouwe kale kut!'

'Sherman!' Het is Killian, naast hem. 'Kom mee! We gaan met de lift van de rechter!' Hij voelt Killian aan zijn elleboog sjorren, maar hij staat als aan de grond genageld. *Nu begint het! Waarom nog verder uitstel?*

Een schim. Hij kijkt op. Een woeste gestalte in een blauw werkhemd komt op hem afgestormd. Een vertrokken gezicht. Een enorme benige vinger. 'Je dagen zijn geteld, Park Avenue!'

Sherman zet zich schrap. Plotseling – Quigley. Quigley stapt tussen hun tweeën in en steekt met een krankzinnige glimlach zijn gezicht in dat van de man en zegt: 'Hallo!'

Geschrokken gaapt de man hem aan, en op dat moment tilt Quigley, die hem nog steeds recht aankijkt en toegrijnst, zijn linkervoet op en stampt hem neer op de man zijn tenen. Een gil van jewelste.

Dat brengt de meute tot ontploffing. *Yagggghhhh!... Grijp 'm!... Grijp 'm!...* Ze dringen zich langs de parketwachten. Brucie geeft de lange zwarte kerel met de oorring een duw. Hij struikelt opzij. Opeens staat hij vlak voor Sherman. Hij staart, onthutst. Oog in oog! En wat nu? Hij staart alleen maar. Sherman is verlamd... doodsbang... *Nu!* Hij duikt ineen, zijn bovenlichaam maakt een draai, hij draait hem zijn rug toe – *nu!* – *het begint nu!* Hij wervelt terug en drijft zijn vuist in de man zijn plexus solaris.

'Oeoeoehh!'

De grote klootzak zakt in elkaar met zijn mond open. Zijn ogen puilen uit en zijn adamsappel stuiptrekt. Hij smakt tegen de vloer.

'Sherman! Ga mee!' Killian trekt hem aan zijn arm. Maar Sherman staat verstijfd. Hij kan zijn ogen niet van de man met de gouden oorring afhouden. Hij ligt op de vloer op zijn zij, dubbelgeklapt, happend naar lucht. De oorring bungelt in een rare hoek aan zijn lelletje.

Sherman wordt achteruit gedrongen door twee vechtende gedaanten. *Quigley.* Quigley heeft zijn arm om de nek van een grote blanke jongen en probeert zo te zien zijn neus terug zijn schedel in te stompen met de muis van zijn andere hand. De blanke jongen kreunt *Aaaaaah, aaaaaah* en bloedt vreselijk. Zijn neus is een bloederige brij. Quigley gromt *Unnnnh unnnh unnnh.* Hij laat de blanke jongen op de vloer vallen en stampt dan met de hak van zijn schoen op zijn arm. Een ontzettend *Aaaaaaaaah.* Quigley pakt Sherman bij zijn arm en duwt hem achteruit.

'Kom, Sherm!' *Sherm.* 'Laten we godverdomme maken dat we hier wegkomen!'

Ik heb mijn vuist in zijn buik gedreven – en hij schreeuwde Oeoeoehh! en smakte tegen de vloer. Een laatste blik op de bungelende oorring –

Quigley duwt hem nu achteruit en Killian trekt aan hem.

'Kom op!' gilt Killian. 'Ben je nou helemaal besodemieterd?'

Er stond maar een kleine halve cirkel parketwachten, plus Quigley, tussen de meute en Sherman en Killian en de rechter, zijn secretaris en de griffier, die elkaar verdrongen en zich schouder aan schouder door de deur naar de raadkamer wrongen. De demonstranten – die hadden nu reden genoeg om woest te zijn! Een van hen probeert zich door de deur te wringen... Brucie kan hem niet tegenhouden... Quigley... Hij heeft zijn revolver getrokken. Hij houdt hem hoog in de lucht. Hij stoot zijn gezicht naar de demonstrant in de deuropening.

'Oké, flikker! Wil je 'n extra gat in die klere-neus van je?'

De man verstijft – verstijft als een standbeeld. Het is niet de revolver. Het is de uitdrukking op Quigley's gezicht die het hem doet.

Eén tel... twee tellen... Meer hebben ze niet nodig. De parketwacht met de

grote vetboei heeft de deur naar de lift van de rechter open. Ze drijven iedereen naar binnen – Kovitsky, zijn secretaris, de grote griffier, Killian. Sherman
stommelt achteruit naar binnen met Quigley en Brucie bovenop hem. Drie
parketwachten blijven in de raadkamer, met hun hand aan hun revolver.
Maar de druk is van de ketel bij de meute, ze laten de moed zakken. *Quigley.*
Die uitdrukking op zijn gezicht. Oké, flikker. Wil je 'n extra gat in die klere-neus van je?

De lift begint te dalen. Het is overweldigend warm binnen. Met z'n allen op
elkaar geperst. *Aaah, aaaahh, aaaaaah, aaaaahhh.* Sherman beseft opeens dat hij
het zelf is, snakkend naar adem, hijzelf en Quigley ook, en Brucie, en de
andere parketwacht, de dikke. *Aaaaaah, aaaaahhhhh, aaaaaahhhhh, aaaahhhhh,*
aaaaahhhhhhhh.

'Sherm!' Het is Quigley, tussen twee ademhorten door. 'Je hebt... die etter-
bak... buiten westen... geslagen, Sherm!... Hij ging... finaal... van z'n stokje!'
Zakte op de vloer. Klapte dubbel. De oorring bungelde. Nu! – en ik heb getriomfeerd. Hij
wordt verteerd door kille angst – *ze zullen me te pakken nemen!* – en een duizelig
makende, gretige verwachting – *Nog een keer! Ik wil het nog een keer doen!*

'Jullie hoeven elkaar niet te feliciteren.' Het was Kovitsky, met een zachte
grimmige stem. 'De hele zooi was godverdomme een fiasco. Je hebt er geen
idee van hoe erg 't was. Ik had de zitting niet zo snel moeten verdagen. Ik had
met ze moeten praten. Ze... *hebben er geen sjoege van.* Ze weten niet eens wat ze
gedaan hebben.'

'Rechter,' zei Brucie, ''t is nog niet voorbij. D'r zitten demonstranten in de
gangen en buiten.'

'Waar buiten?'

'Voornamelijk op de trappen bij de ingang aan 161st Street, maar d'r zitten
er ook 'n stel om de hoek op Walton Avenue. Waar staat uw auto, rechter?'

'Waar-ie altijd staat. In de groeve.'

'Misschien moet een van ons 'm naar de ingang aan de Concourse rijden.'
Kovitsky dacht even na. 'Ze kunnen doodvallen. Dat plezier gun ik ze niet.'

'Ze zullen 't niet eens in de gaten hebben, rechter. Ik wil u niet ongerust
maken, maar ze hebben het daar buiten al... over u... Ze hebben een geluids-
installatie en alles.'

'O ja?' zei Kovitsky. 'Hebben ze nooit gehoord van het belemmeren van de
overheid in haar bestuurstaken?'

'Ik denk niet dat ze ooit van iets anders gehoord hebben dan rotzooi
schoppen, maar ze weten goed hoe dat moet.'

'Nou, bedankt, Brucie.' Kovitsky begon te glimlachen. Hij wendde zich tot
Killian. 'Weet je nog die keer toen ik je bevel gaf om te maken dat je weg-
kwam uit de rechterslift? Ik weet niet eens meer hoe je erin kwam.'

Killian glimlachte en knikte.

'En jij vertikte 't om uit te stappen, en ik zei dat ik je schuldig verklaarde aan
belediging? En jij zei: "Belediging van wat? Belediging van de lift?" Weet je dat
nog?'

'Nou, reken maar dat ik dat nog weet, rechter, maar ik heb altijd gehoopt
dat u 't niet meer zou weten.'

'Weet je waarom ik zo pissig was? Je had gelijk. Daar was ik zo pissig over.'

Nog voor de lift bij de begane grond was, konden ze het verpletterende BRAAANNNNNGG! van het alarm horen.

'Christus. Welke zak heeft 't alarm aangezet?' zei Brucie. 'Wie denken ze verdomme dat erop reageert? Elke parketwacht in 't gebouw staat al op z'n post.'

Kovitsky was weer somber. Hij stond met zijn hoofd te schudden. Hij leek zo klein, een benig kaal mannetje in een wijde zwarte toga dat in deze smoorhete lift geperst stond. 'Ze hebben geen idee hoe erg dit is. Ze hebben verdomme gewoon geen idee... Ik ben hun enige vriend, hun enige vriend...'

Toen de liftdeur openging, was het lawaai van het alarm – BRAAANNNNNGGGGG! – oorverdovend. Ze kwamen in een kleine vestibule. Een van de deuren leidde naar de straat. Een tweede voerde naar de gang op de begane grond van de eilandvesting. Brucie schreeuwde tegen Sherman: 'Hoe had je gedacht om hier vandaan te komen?'

Quigley antwoordde: 'We hebben een auto, maar God mag weten waar-ie is. Die teringchauffeur deed 't al in z'n broek toen-ie hier naar toe moest rijden.'

Brucie zei: 'Waar zou-ie moeten staan?'

Quigley zei: 'Bij de ingang op Walton Avenue, maar als je 't mij vraagt is die flikker al halverwege dat klote Candy.'

'Candy?'

'Da's die klote stad waar-ie vandaan komt, op Ceylon. Hoe dichter we bij dit klote gebouw kwamen, hoe meer hij 't begon te hebben over die klote stad waar-ie vandaan komt, Candy. Die klote stad heet Candy.'

Brucie sperde zijn ogen open, en hij riep: 'Hé, rechter!'

Kovitsky stevende door de deur de gang van het gebouw in.

'Rechter! Niet daarheen! De gangen zitten vol met die lui!'

Nu! Nog een keer! Sherman stormde naar de deur en rende achter het mannetje in het zwart aan.

Killians stem: 'Sherman! Wat ga je godverdomme doen!'

Quigley's stem: 'Sherm! Jezus Christus!'

Sherman bevond zich in een lange marmeren gang die trilde van het oorverdovende geluid van het alarm. Kovitsky liep voor hem uit, zo snel dat zijn toga opbolde. Hij leek op een kraai die hoogte probeerde te maken. Sherman zette het op een drafje om hem in te halen. Er kwam een gestalte langs hem heen gerend. Brucie.

'Rechter! Rechter!'

Brucie haalde Kovitsky in en probeerde hem bij zijn linkerarm te grijpen. Sherman was nu vlak achter hen. Met een woedend gebaar schudde Kovitsky de hand van de parketwacht van zich af.

'Rechter, waar gaat u naar toe? Wat gaat u doen!'

'Ik moet het tegen ze zeggen!' zei Kovitsky.

'Rechter! Ze maken u af!'

'Moet het tegen ze zeggen!'

Sherman merkte dat de anderen hen ook ingehaald hadden. Ze renden aan weerszijden... de dikke parketwacht... Killian... Quigley... Alle gezichten in de gang hielden stil en bleven staan gapen en probeerden erachter te komen waar ze in godsnaam naar keken... deze furieuze kleine rechter in zijn zwarte toga met een stel anderen die naast hem voortrenden en riepen: 'Rechter! Niet doen!'

Geschreeuw in de gang... *Daar gaat-ie!*... *Yo! Daar gaat de smeerlap!*... BRAAAANNNNGGGG!... Het alarm beukte op iedereen in met zijn schokgolven.

Brucie probeerde weer om Kovitsky tegen te houden. 'La m'n ARM LOS, VERDOMME,' krijste Kovitsky. 'Da's VERDOMME EEN BEVEL, BRUCIE!'

Sherman zette het op een draf om bij te blijven. Hij was maar een halve stap achter de rechter. Hij speurde de gezichten in de gang af. Nu! – *nog een keer!* Ze gingen een hoek om in de gang. Ze waren in de grote Modern Style hal die uitkwam op het bordes aan 161st Street. Vijftig of zestig toeschouwers, vijftig of zestig gespannen gezichten, stonden binnen in de hal en keken naar buiten naar het bordes. Door de glazen deuren kon Sherman het silhouet van een massa gestalten zien.

Kovitsky kwam bij de buitendeuren en duwde er een open en hield stil. BRRAAAANNNGGGG! Brucie gilde: 'Ga niet naar buiten, rechter! Ik smeek 't u!'

Midden op het bordes stond een microfoon op een standaard, zoals je in een muziektent ziet. Bij de microfoon stond een lange zwarte man in een zwart pak en een wit overhemd. Hij stond te midden van een opdringende menigte zwarten en blanken. Naast hem stond een blanke vrouw met steil grijs-blond haar. Er stond een hele meute, zwart en blank, op het bordes en op de trappen die van weerszijden naar het bordes omhoog voerden. Te oordelen naar het kabaal stonden er nog eens honderden, misschien wel duizenden, op de brede hoofdtrappen en het trottoir onderaan 161st Street. Toen realiseerde Sherman zich wie de lange man bij de microfoon was. Dominee Bacon.

Hij sprak de menigte toe in een gelijkmatige, beheerste bariton, alsof elk woord een nieuwe onwrikbare voetstap van het noodlot was.

'Wij hebben ons vertrouwen in deze maatschappij gesteld... en in deze gevestigde macht... en wat hebben we teruggekregen?' Een hoop gejammer en boos geschreeuw vanuit de menigte. 'Wij hebben hun beloftes geloofd... en wat hebben we gekregen?' Gekreun, geklaag, gejank. 'We hebben in hun rechtspraak geloofd. Ze zeiden tegen ons dat het Recht blind was. Ze zeiden tegen ons dat het Recht een blinde vrouw was... een *onpartijdige vrouw*... snappen jullie?... En deze vrouw wist niet welke kleur jullie huid had... En wie blijkt die blinde vrouw nou te zijn? Wat is haar *naam*? Als ze haar leugenachtige racistische spelletjes speelt, wat is dan 't gezicht dat ze draagt?' Gejoel, boe-geroep, gehuil, geroep om wraak. 'Wij kennen dat gezicht, wij *kennen* die naam... MY-RON KO-VIT-SKY!' Boe-geroep, gekrijs, gekakel, getier, een reusachtig huilend gejoel steeg op uit de meute. 'MY-RON KO-VIT-SKY!' Het gejoel zwol aan tot een gebrul. 'Maar wij kunnen wachten, broeders en zusters... wij kunnen wachten... We hebben nu al *zo* lang gewacht, en we kunnen nergens anders meer heen. WIJ KUNNEN WACHTEN!... We kunnen wachten tot de trawanten van de gevestigde macht hun gezicht tonen. Hij is daar binnen. Hij is daar binnen!' Bacon hield zijn gezicht naar de microfoon en de menigte gericht, maar hij zwaaide zijn arm met zijn uitgestoken vinger naar achteren in de richting van het gebouw. 'En hij weet dat het volk hier is, want… hij… is niet blind… Hij leeft in angst op dit eiland, in de machtige zee van het volk, want hij weet dat het volk – en het recht! – op hem wachten. En er is geen ontsnapping mogelijk!' De menigte tierde, en Bacon leunde even opzij terwijl de vrouw met steil grijs-blond haar iets in zijn oor fluisterde.

Op dat moment gooide Kovitsky alle twee de glazen deuren voor zich open. Zijn toga bolde op als een paar reusachtige zwarte vleugels.

'Rechter! In godsnaam!'

Kovitsky hield stil in de deuropening, met uitgespreide armen. Het moment duurde voort… duurde voort… De armen zakten. De opbollende vleugels vielen terug tegen het frêle lichaam. Hij draaide zich om en liep terug de hal in. Zijn ogen waren neergeslagen en hij liep te mompelen.

'Hun enige vriend, godverdomme, hun enige vriend.' Hij keek naar de parketwacht. 'Oké, Brucie, we gaan.'

Nee! Nu! Sherman gilde: 'Nee, rechter! Doe het! Ik ga met u mee!'

Kovitsky keerde zich om en keek naar Sherman. Het was duidelijk dat hij niet eens geweten had dat hij er was. Een woedende donderblik. 'Wat gaan we sodeju – '

'Doe het!' zei Sherman. 'Doe het, rechter!'

Kovitsky staarde hem aan. Op aandrang van Brucie liepen ze nu allemaal in stevige pas terug door de gang. Het was veel drukker in de gangen… een dreigende menigte…

Da's Kovitsky! Dat gaat-ie! Gejoel… een overdonderend geraas… BRRAAAANNNGGG! – het alarm beukte en beukte en echode terug van het marmer, met dubbele, driedubbele kracht… Een oudere man, geen demonstrant, kwam van opzij op hen af, alsof hij Kovitsky moest hebben. Hij wees naar hem en schreeuwde: 'Jij…' Sherman viel naar hem uit en gilde: 'Donder op met je verdomde rotkop!' De man sprong terug, met zijn mond open. Zijn *gelaatsuitdrukking* – bang! *Nu!* – *nog een keer!* stomp hem in zijn maag, ram zijn neus tot pulp, stamp een hak in zijn oog! – Sherman draaide zich om en keek naar Kovitsky.

Kovitsky stond naar hem te staren zoals je naar een waanzinnige zou staren. Killian ook. De twee parketwachten ook.

'Ben je gek geworden?' riep Kovitsky. 'Wil je dood?'

'Rechter,' zei Sherman, ''t maak niks uit! 't Maak niks uit!'

Hij glimlachte. Hij kon voelen hoe zijn bovenlip optrok over zijn tanden. Hij stootte een wrang honend lachje uit. De meute in de gang aarzelde bij gebrek aan een leider, niet helemaal zeker waar ze mee te maken hadden. Sherman speurde hun gezichten af, alsof hij hen met zijn ogen wilde uitroeien. Hij was doodsbang – en geheel en al bereid! – *nog een keer!*

Het groepje blies de aftocht door de marmeren gangen.

Epiloog

Op de dag af een jaar later verscheen het volgende artikel op de eerste pagina van het stadsnieuws-katern van de The New York Times:

Financier voorgeleid na dood scholier

door OVERTON HOLMES JR.

De voormalige Wall Street financier Sherman McCoy werd gisteren met handboeien om naar de Bronx gebracht en voorgeleid op beschuldiging van doodslag na het overlijden van Henry Lamb, een 19-jarige zwarte scholier en ooit de trots van een sociaal huisvestingsproject in de South Bronx.

Lamb overleed maandagavond in het Lincoln Hospital ten gevolge van hersenletsel opgelopen toen hij dertien maanden geleden op Bruckner Boulevard in de Bronx werd aangereden door de Mercedes-Benz sportauto van McCoy. Hij is daarna niet meer bij bewustzijn gekomen.

Demonstranten van de beweging Solidariteit Aller Volkeren en andere organisaties hieven spreekkoren aan met 'Wall Street moordenaar,' 'Kapitalistische slachter' en 'Eindelijk gerechtigheid' terwijl McCoy door rechercheurs naar het Criminal Courts Building van de Bronx op 161st Street werd gevoerd. McCoy's betrokkenheid bij Lambs verwondingen maakte hem vorig jaar tot het middelpunt van een politieke rel.

Aristocraat

Toen McCoy door verslaggevers gevraagd werd om commentaar op het contrast tussen zijn achtergrond van Wall Street en Park Avenue en zijn huidige omstandigheden riep McCoy: 'Ik heb niets te maken met Wall Street en Park Avenue. Ik heb van verdachte mijn beroep gemaakt. Ik heb een jaar van juridisch getouwtrek te verduren gehad, en dat zal nog wel een jaar doorgaan – of misschien 8 ⅓ tot 25 jaar.'

Dit laatste was kennelijk een verwijzing naar de gevangenisstraf die hem te wachten staat als hij veroordeeld wordt wegens de nieuwe aanklacht. Naar verluidt heeft de officier van justitie in de Bronx, Richard A. Weiss, een tenlastelegging van 50 pagina's opgesteld ter indiening bij de grand jury. De hardnekkige gerechtelijke vervolging in deze zaak door Weiss wordt algemeen gezien als de sleutel tot zijn geslaagde gooi naar herverkiezing in november.

McCoy (39), een rijzige aristocratische figuur, zoon van de eminente advocaat John Campbell McCoy van Wall Street en een produkt van St. Paul's School en Yale, was gekleed in een openstaand sportshirt, kaki broek en wandelschoenen. Dit stond in schril contrast met de Engelse maatpakken van $2000 waar hij beroemd om was als de legendarische 'koning van de obligatiemarkt' bij Pierce & Pierce met een jaarinkomen van $1.000.000.

Terwijl hij door een deur in het souterrain van het gerechtsgebouw naar het Bureau Centrale Registratie in de Bronx geleid werd, zei McCoy in antwoord op een vraag van een journalist: 'Ik heb u toch gezegd, ik ben verdachte van beroep. Ik kleed me nu op de gevangenis, ook al ben ik niet wegens een misdaad veroordeeld.'

Teruggang in levensstijl

Zes uur later verscheen McCoy bij zijn voorgeleiding voor rechter Samuel Auerbach met een lichtelijk gezwollen linkerkaak en schaafwonden op de knokkels van beide handen. Toen rechter Auerbach hem daarover ondervroeg zei hij, terwijl hij zijn vuisten balde: 'Maakt u zich daar geen zorgen over, rechter. Dat is iets wat ik zelf regel.'

Politiefunctionarissen zeiden dat McCoy verwikkeld was geraakt in een 'meningsverschil' met twee andere gevangenen in een gemeenschappelijke arrestantencel dat uitmondde in een handgemeen, maar dat hij elke medische behandeling had afgewezen.

Toen de rechter hem vroeg of hij zichzelf schuldig of onschuldig verklaarde, zei McCoy met luide stem: 'Absoluut onschuldig.' Tegen het advies van de rechter in stond hij erop om zichzelf te vertegenwoordigen bij de voorgeleiding en gaf hij te kennen dat hij dat ook bij zijn aanstaande proces zal doen.

Bronnen in de omgeving van McCoy, wiens vermogen ooit geschat werd op meer dan $8.000.000, deelden mee dat hij na een jaar van buitengewone juridische kosten en verwikkelingen 'nauwelijks in staat is om de huur te betalen'. Nadat hij vroeger eigenaar was van een appartement van $3.200.000 op Park Avenue, huurt hij nu twee bescheiden kamers in een naoorlogse wolkenkrabber op East 34th Street bij First Avenue.

De oorspronkelijke aanklacht tegen McCoy, roekeloze onachtzaamheid, werd in juni vorig jaar niet-ontvankelijk verklaard tijdens een turbulente zitting in de rechtszaal van voormalig rechter bij het Hooggerechtshof Myron Kovitsky. Te midden van een storm van protesten uit de zwarte gemeenschap die daarop volgde, diende Weiss de aanklacht in bij een tweede grand jury en werd een nieuwe tenlastelegging ontvankelijk verklaard.

De afdeling de Bronx van de Democratische Partij ging in op eisen uit de gemeenschap en weigerde rechter Kovitsky opnieuw voor te dragen. Kovitsky werd overtuigend verslagen in de verkiezingen van november. Hij werd vervangen door de oudgediende rechter Jerome Meldnick. McCoy's proces in februari eindigde met een verdeelde jury, waarin alle drie de blanke juryleden en één Spaanstalig jurylid ontslag van rechtsvervolging eisten.

Twee maanden geleden wees een jury in de Bronx Henry Lamb $12.000.000 toe in een civiele procedure tegen McCoy, die in beroep is gegaan. Onlangs heeft de advocaat van Lamb, Albert Vogel, de beschuldiging geuit dat McCoy middelen heeft achtergehouden ten einde de vordering te ontduiken. De middelen in kwestie zijn de opbrengsten van de verkoop van zijn appartement op Park Avenue en zijn huis in Southampton, Long Island, die hij in hun geheel getracht heeft over te dragen aan zijn echtgenote Judy en hun zevenjarig dochtertje Campbell. Hangende de uitkomst van McCoy's beroep tegen de schadeloosstelling heeft het hof deze fondsen geblokkeerd, te zamen met McCoy's overige waardepapieren en verkoopbare persoonlijke eigendommen.

Mevrouw McCoy, die gescheiden van haar man woont, is met haar dochtertje verhuisd naar het Midden-Westen, maar ze zat gisteren op de publieke tribune van de rechtszaal, klaarblijkelijk zonder herkend te worden door de luidruchtige groep demonstranten, blank en zwart, die het merendeel van de banken bezette. Op een gegeven moment keek McCoy naar zijn vrouw, glimlachte flauwtjes en hief zijn gebalde linkervuist ter begroeting. De betekenis van dit gebaar was onduidelijk. Mevrouw McCoy weigerde verslaggevers te woord te staan.

Liefdesnestje met huurcontrole

McCoy's huwelijk liep op de klippen door de onthulling dat Maria Ruskin Chirazzi, erfgename van het chartermaatschappijfortuin van wijlen haar eerste echtgenoot, Arthur Ruskin, bij McCoy in de auto zat op het tijdstip dat Lamb werd aangereden. Het kwam aan het licht dat het paar een affaire onderhield in een geheim appartement dat later de naam 'het liefdesnestje met huurcontrole' kreeg. Kort voor haar betrokkenheid in de zaak bekend werd, overleed Arthur Ruskin aan een hartaanval.

Officier van justitie Weiss had zich erop voorbereid om zodra Henry Lamb stierf een nieuw proces aanhangig te maken wegens roekeloze onachtzaamheid, waarmee McCoy wordt blootgesteld aan de zwaardere aanklacht van doodslag. Weiss had reeds aangekondigd dat hulpofficier van justitie Raymond I. Andriutti als openbare aanklager zou optreden. Weiss werd tot de tamelijk ongebruikelijke stap gedwongen om de aanklager in het eerste proces, Lawrence N. Kramer, van zijn taak te ontheffen toen bekend werd dat Kramer ten behoeve van een vriendin, Shelly Thomas, bemiddeld had bij een huisbaas om te zorgen dat zij het zogenoemde liefdesnestje met huurcontrole zou kunnen huren. Kramer, die getrouwd is, leerde Shelly Thomas, een reclametekstschrijver, kennen toen ze als jurylid optrad in een andere zaak waarin hij de aanklager was. De verdachte in die zaak, Herbert (Herbert 92x) Cantrell, heeft herziening van zijn vonnis wegens doodslag in de eerste graad verkregen op grond van 'ambtsovertreding van de openbare aanklager'.

Andriutti deelde gisteren mee dat hij mevrouw Chirazzi zou oproepen als getuige à charge in McCoy's nieuwe proces, ondanks het feit dat het een controverse over haar getuigenis tegenover een grand jury was die leidde tot de niet-ontvankelijkverklaring van de eerste tenlastelegging door rechter Kovitsky. Ze is bij het eerste proces niet als getuige opgetreden.

Luxueus landgoed

De juridische problemen van Sherman McCoy werden gisteren nog groter toen een werkneemster van een makelaarskantoor, Sally Rawthrote, bij het Manhattan Civil Court een schadeclaim tegen hem indiende van $500.000. Mevrouw Rawthrote had een provisie van $192.000 ontvangen voor de verkoop van McCoy's appartement op Park Avenue, dat $3.200.000 opbracht. Maar in naam van Henry Lamb spande diens advocaat Vogel een geding tegen haar aan, overwegende dat de $192.000 aan Henry Lamb toekwam als onderdeel van de betaling van Lambs vordering ten bedrage van $12.000.000 door McCoy. In haar claim beschuldigde Rawthrote McCoy gisteren van 'het misleidend te koop aanbieden van bezwaard onroerend goed'. In een verklaring zei ze dat ze zich 'alleen maar indekte tegen het eventuele verlies van een mij rechtens toekomende provisie' en dat zij McCoy in feite alle goeds toewenste.

Het was onzeker hoe McCoy deze en andere ingewikkelde juridische kwesties die uit de zaak voortvloeien, zal gaan afhandelen. McCoy's voormalige advocaat, Thomas Killian, zei desgevraagd in zijn huis op Long Island dat hij niet langer in staat was om McCoy te verdedigen gezien diens gebrek aan voldoende financiële middelen om een verdediging op te zetten.

Killian heeft momenteel zelf zijn handen vol aan een spervuur van gedingen die de aangespannen zijn door zijn nieuwe buren in de chique gemeente Lattingtown in North Shore. Onlangs heeft hij daar het tien hectare grote Phipps-landgoed gekocht en de beroemde Neo-Dakspaan architect Hudnall Stallworth opgedragen om een grote aanbouw te ontwerpen aan het hoofdgebouw, dat op de lijst van het Nationaal Historisch Archief staat. Plaatselijke monumentenbeschermers maken bezwaar tegen elke ingreep aan het statige neo-klassieke gebouw.

Killian is echter geestdriftig in zijn steun voor McCoy. In een toespraak voor een besloten lunchgezelschap zou hij gisteren met een aan een bepaald mannelijk lichaamsdeel ontleende krachtterm naar de tenlastelegging wegens doodslag verwezen hebben. Letterlijk zou hij gezegd hebben: 'Als deze zaak berecht werd in foro conscientiae [in het hof van het geweten] dan zouden de beklaagden Abe Weiss, Reginald Bacon en Peter Fallow van The City Light zijn.'

Milton Lubell, de woordvoerder van Weiss, zei dat de officier van justitie niet zou ingaan op 'de bemoeizucht' van 'iemand die niet langer betrokken is bij de zaak'. Hij voegde eraan toe: 'Het is alleen te wijten aan een voorkeursbehandeling door bepaalde elementen binnen het rechtsapparaat dat de heer McCoy tot dusverre aan de wet heeft weten te ontkomen. Het is tragisch dat Henry Lamb, die de hoogste idealen van onze stad vertegenwoordigde, heeft moeten sterven om te bewerkstelligen dat er eindelijk recht wordt gedaan in deze zaak.'

Buck Jones, een woordvoerder van dominee Bacons beweging Solidariteit Aller Volkeren, deed Killians beschuldiging af met 'de gebruikelijke racistische onzin van een racistische spreekbuis van een bekende kapitalistische racist' die probeert om 'eronder uit te komen dat hij moet dokken voor de racistische vernietiging van een voorbeeldige jongeman'.

Peter Fallow, winnaar van een Pulitzerprijs voor zijn berichtgeving over de zaak McCoy, was niet bereikbaar voor commentaar. Hij bevond zich naar verluidt op een zeiljacht in de Egeïsche Zee met de dochter van de uitgever en financier Sir Gerald Steiner, Lady Evelyn, die sinds twee weken zijn bruid is.

Inhoud

'Een onweerstaanbaar spannend en grappig boek - spectaculair geschreven en slim geconstrueerd en daarmee een nieuwe bevestiging van Tom Wolfe's status als de Dickens van twintigste eeuws Amerika.'

NRC Handelsblad

ƒ **25,00** / 704 blz.

Michael Cunningham

De uren

'subliem geschreven (...) verdient een groot en aandachtig publiek'
NRC Handelsblad

'Ik was sprakeloos van bewondering. Wat een prachtige hommage. Niet alleen Virginia Woolf, maar aan de ziel van de literatuur.'

De Groene Amsterdammer

ƒ 15,75 / 224 blz.

Frank McCourt

De as van mijn moeder

Een Ierse herinnering

Nu weergaloos verfilmd
door Alan Parker,
met in de hoofdrollen
Emily Watson en Robert Carlyle

'een meesterwerk'   *Elsevier*

***f* 34,90** / 408 blz.